Barcelona – das sind auch Hafenhallen, billige Bars und Bordelle. Im Labyrinth des Elendsviertels kennt Fernando jede Gasse. Sex, Drogen und Mord sind seine Welt. Aber Fernando schafft den sozialen Aufstieg. Als er jedoch in die Machenschaften von Politikern und Bankern gerät, besinnt er sich auf seine Wurzeln und verzichtet auf den materiellen Wohlstand. Fernando steht an einem Neuanfang. Mit schamlosem Humor und unbändiger Erzählfreude führt uns Casavella durch ein schillerndes Barcelona, in dem nur Witz und Phantasie das Überleben garantieren.

»Casavella versteht es, in den Mülltonnen der Realität zu wühlen, ohne dabei dumpf zu werden, Farce und Absurdität zu streifen, ohne ins Karikatureske zu verfallen, zu unterhalten, ohne frivol zu sein.«
La Vanguardia

Francisco Casavella, geboren 1963 in Barcelona, hat zahlreiche Romane verfasst. Für seinen ersten Roman »El Triunfo« erhielt er den »Tigre-Juan-Preis«. Casavella zählt zu den bedeutendsten Schriftstellern Spaniens.

Unsere Adresse im Internet: www.fischerverlage.de

Francisco Casavella

Verwegene Spiele

Barcelona-Roman

Aus dem Spanischen von
Stefanie Gerhold

Fischer
Taschenbuch
Verlag

Die Übersetzung wurde gefördert vom Deutschen Übersetzerfonds und vom Berliner Senat

Bisher wurde nur der erste Teil des Romans unter dem Titel ›Der Tag des Watussi. Verwegene Spiele‹ in deutscher Sprache im Verlag Kiepenheuer & Witsch veröffentlicht. Die vorliegende Taschenbuchausgabe erscheint unter dem Titel ›Verwegene Spiele‹.
Die Teile 2 ›Wind und Juwelen‹ und 3 ›Die unverständliche Sprache‹ liegen hier erstmals auf Deutsch vor.

Veröffentlicht im Fischer Taschenbuch Verlag,
einem Unternehmen der S. Fischer Verlag GmbH,
Frankfurt am Main, August 2007

Die Originalausgabe erschien unter dem Titel
›El día del Watusi. Los juegos feroces‹

Satz: Pinkuin Satz und Datentechnik, Berlin
Druck und Bindung: Clausen & Bosse, Leck
Printed in Germany
ISBN 978-3-596-17245-0

Für María
Weil es nicht verlorene Liebesmühe ist
Meinen Eltern und meinem Bruder

Verwegene Spiele

Prolog

1995

Ich komme oben auf dem Tibidabo an und sehe ungefähr fünfzig Waisenkinder in olivgrünen Uniformen vor dem Aussichtspunkt über der Stadt. Bibbernd vor Kälte und Aufregung stehen sie in Reih und Glied unter den Torbögen am Eingang des Vergnügungsparks. Vergnügungsparks ... Irgendein Neunmalkluger hat einmal gesagt, diese Orte seien das burleske Negativ der Hölle, auf Silberschienen funkeln die Emotionen, in den Tunneln mit kreischenden Pärchen fließt die Lethe, und die Rampe der Achterbahn ist eine Stahlklippe, von der die Verdammten in die Flammen stürzen. Alles ist möglich. Aber den Allegoriendrechslern würde schwindlig werden, wenn sie diese Seiten läsen und mich nach Feierabend in einer solchen Attraktion sitzen sähen, wo ich mich inmitten eines Kosmos, der früher meine Heimat gewesen ist, zu ein paar einleitenden Worten darüber entschließe, wie ich zu diesem Bericht kam. Er soll, wenn keiner es verhindert, von dem seltsamen Auf und Ab erzählen, dessen Zeuge ich im Lauf meines Lebens geworden bin. Und diese Veränderungen folgen keiner vorgezeichneten Ordnung; es gibt keinen Himmel, keine Hölle, auch nicht als Illusion: Wir geraten in Labyrinthe ohne Plan, Spiralen ohne Zentrum, und an Monster, viele Monster, keines wie das andere und doch alle gleich, wir sind Gefangene im Mysterium eines unergründlichen Lebens, aus dem ein Zauberlehrling eine *Opera buffa* gemacht hat.

In dem Roman von diesem Schwachkopf bin ich die Vorlage für eine sehr nebensächliche Nebenfigur. Dort liest man: »Sein proletenhaftes Benehmen und seine markigen Sprüche sollen für postmoderne Verstellung, für ironische Verfremdung von verlässlicher Intelligenz stehen, vergeblich, und auch sein lächerlicher Beruf ist keine Rechtfertigung: Angeblich schreibt er Storys für japanische Comics. D. hat den Eindruck, dass F. für die jungen Leute zu klug und für die Erwachsenen zu dumm daherredet, die er mit seinem Schreiben und Leben erreichen will, dieser gehörig überschätzte Dünnbrettbohrer, dem als Kind irgendetwas sagenhaft Schreckliches passiert ist.« Da ist was dran, überschätzter D. Am Anfang ist immer das Kind. Und jetzt stehen andere Kinder am Aussichtspunkt, applaudieren, lachen und rufen »Pistacho! Pistacho!«. Ein paar Nonnen führen Aufsicht, während eine Hostess in Kostüm, Mantel und mit Halstuch, deren Farbenfrohheit eine Beleidigung für die religiöse Kleiderordnung ist, die schrecklichsten Verstümmelungen für jedes böse Kind heraufbeschwört, das sich nicht schön brav an die Wand drückt, wenn gleich der, auf den sie alle jubelnd warten, vom Himmel kommt. Neben der Bergstation der Seilbahn sind ein paar Fotografen damit beschäftigt, das graue Winterlicht zu bemessen, neben ihnen warten ein paar murrende Geschäftsleute: hier und da eine qualmende Zigarre, ein nervöser Blick auf die Uhr mit Komplikationen, ein Aufstampfen, um die Leere des Wartens zu verscheuchen oder einfach, um die Luft aufzuschrecken, die nun um ihre Knöchel wirbelt. Die Manager wollen, dass der Alptraum, noch bevor er angefangen hat, ein Ende findet, und starren so konzentriert in den Himmel, dass sie den Aufmarsch weiterer Hostessen verpassen, deren eifriges Wimpernklimpern lediglich anzeigt, dass sie ganz für einen da sind. Eine der Damen entdeckt mich und sagt es einer Kollegin weiter, älteren Jahrgangs, mit niedrigerer Wimpernschlagfrequenz, also mit verantwortungsvollem Posten. Prompt steht sie vor mir: »Sie sind …?«

»Fernando Atienza. Man hat mich hierher bestellt.«

»Von welchem Blatt kommen Sie?«

»Von einem unbeschriebenen.«

Das Lächeln der Chef-Hostess erstarrt zu Blitzeis, die Extralage Make-up gleißt in der Januarkälte. Wenn ihr ihre Ruhe und ihr Arbeitsplatz etwas wert sind, sollte sie sich schleunigst an freche und ausfällige Bemerkungen gewöhnen, anstelle der bisherigen Devotheit, mit der alle dem großen Pistacho hinterherlaufen.

»Letzte Woche hat mich so eine Firma angerufen …«, sage ich.

»Infotrans? Omega Technics? Kommunikation & Investment?« Die Chef-Hostess rattert eine ganze Liste herunter und spuckt immer weiter Initialen, Anglizismen und snobistische Doppelnamen aus, die mir nichts sagen.

»Top Security? Kann das sein?« frage ich.

Woraufhin sie nachschaut, findet und nickt, nun gelöster lächelt und »Herr Atienza« zu mir sagt. Dass heute, wie ich sicher wisse, ja, ich weiß, der Tag der Heiligen Drei Könige aus dem Morgenland sei, an dem Don Ernesto del Pistacho wie jedes Jahr Geschenke an die Waisenkinder des Heims Hogares Clarinet verteile, wobei sie besonderen Nachdruck auf »wie jedes Jahr« legt und es betont wie »alles in Ordnung«. Ich möge mich zu den Herren in Anzug stellen, gleich sei es so weit, dann komme Herr Del Pistacho (und den Nachnamen spricht sie aus, wie die Nonnen »Jesus Christus o mein Leben« sagen würden) und vollführe ein außergewöhnliches Werk der Wohltätigkeit, bei dem ich die Ehre habe, den prominenten Herrn persönlich zu begrüßen, hören Sie, ich auf Tuchfühlung mit ihm, bei einem kleinen Wermutempfang im Restaurant Omnia. Und sie deutet auf eine gelbe Markise vor der Kirche, deren Dach ein Jesus krönt.

Alles bestens, wenn sie nicht geflissentlich übergangen hätte, was ich und jeder in Spanien weiß, dass nämlich der mächtige Del Pistacho im Gefängnis sitzt, wo er sich mit einer für ihn neuartigen Resignation darin fügt, von seinen neuen Freunden mit »Herr Kollege« angesprochen zu werden. Als die Einladung geschickt wurde, ging ich zuversichtlich davon aus – obwohl einem bei dem Treffpunkt alle Hoffnung schwinden musste –, dass der Finanzmagnat dank Hilfe von oben seinen Zwist mit dem Gesetz geregelt hatte und die Waisenkinder und ich (und die mit den Mänteln) ihn somit pünktlich an diesem die Phantasie beflügelnden Ort würden empfangen können. Auf diese wunderbare Weise hätte ich mit einer Reihe von Vorfällen abschließen können, die seit Monaten den ruhigen Gang meines Lebens störten und mich in einen dunklen Wald führten, wo ich doch gerade erst – optimistisch geschätzt – meines Lebens Mitte erreicht habe.

Ich gehe zu denen mit den Mänteln und stelle fest, dass sie weder miteinander reden noch Anstalten machen, mich zu begrüßen. Sie kennen sich, haben sich aber nichts zu sagen, oder es ist schon alles gesagt. Sie starren in den Himmel, wo ich jetzt einen blauen Punkt erkenne, der immer größer und schließlich zu einem Hubschrauber wird. Irgendwo im Park erklingt auf einmal Vivaldis »Vier Jahreszeiten«, unpassenderweise *Der Frühling*, dessen Melodie, die Jagd von Schmetterlingen, sofort vom Dröhnen des auf der großen Fläche vor dem Aussichtspunkt landenden Hubschraubers entweiht wird, zu Spiralen sich zwirbelnde Propeller, deren Zentrum fixierende Blicke, unter denen das Kreischen der Kinder verstummt, die Warnungen der Nonnen und Hostessen leben wieder auf. Flattern von Papieren und Röcken.

»Und Goldpfeil?« schreit einer von denen im Mantel und meint den Luxusbrummer, mit dem der Bonze in besseren und gar nicht so lange zurückliegenden Zeiten über die Normalsterblichen hinwegflog.

»Endstation Schuldenberg … Den da hat er bei der Feuerwehr gemietet. Nein, im Ernst, ich weiß es nicht …«

Der Propeller wird zitternde Spirale, dann wieder Propeller, während der Flugkörper wie ein fliegender Dickhäuter schwankend im Blitzlichtgewitter der Fotografen aufsetzt, begleitet von den Violinen und von den Hochrufen der Waisenkinder. Ein Zeichen des Piloten geben die Hostessen den Nonnen weiter, und die Kinder stellen sich nach Alter geordnet auf. Als der Kleinste an der Stelle steht, die die Novizin ihm mit der Fußspitze zeigt, kommt es kurz zu Verwirrung, weil die Tür nicht aufgeht.

Die Chef-Hostess tritt an die Luke des Hubschraubers und erhält eine Anweisung; sofort bildet sich eine Befehlskette von Hostess zu Hostess, bis sie einen Verantwortlichen des Parks erreicht, der sich kurz am Kopf kratzt und sich dann zügig seinen Weg zwischen den Attraktionen bahnt. Die Ungeduld wächst. Die Mitglieder des Mäntelclans zielen nun mit ihrem Spott auf die Schuhe des Finanzmagnaten, die schlammverschmutzt sind, und auf diese neue Misswirtschaft vor den Toren des Freizeitparks, dessen Besitzer er einmal war; hohles Unternehmergequatsche über die Betrügereien und das vanitas vanitatum: »Eine Generation kommt, eine Generation geht, aber die Erde besteht in Ewigkeit …«, würde auf den Punkt bringen, was einer von ihnen sagt.

»Sicher ist nur, dass jeden Tag die Sonne aufgeht …«, ist die wohlwollende Kurzfassung dessen, was ein anderer hervorrülpst.

»Und dass es gleich anfängt zu regnen …«, sage ich.

Was für ein Glück, dass mir jemand auf die Schulter tippt und ich mich umdrehe, denn die mit den Mänteln wollen auf mich losgehen. Wieder eine Hostess, die etwas von mir will, eine neue: »Guten Tag, Herr Atienza. Ich soll Ihnen eine Nachricht von Herrn Del Pistacho überbringen. Herr Del Pistacho …«, lässt sie sich auf der Zunge zergehen, »hat großes Interesse, Sie persönlich im Restaurant Omnia zu begrüßen.«

»Höchstpersönlich, in eigener Person?«

Verwirrte Hostess, noch einmal: »Großes Interesse …«

Hostess tritt ab, während die Kinder wieder ihr kollektives Gekreische anstimmen, als die ersten Tropfen fallen. Und das ist nicht der einzige Grund für das kindliche Delirium: Hinter dem Verwalter kommen durch das Tor des Vergnügungsparks keine Geringeren als Graf Dracula, die Mumie, ein Werwolf und das Frankensteinmonster. Die Schminke der Monster ist nicht weniger aufwändig als die der Hostessen, kann aber trotzdem nicht verbergen, dass sich die Geisterbahnfiguren über die unvorhergesehene Überstunde ärgern. Die Mantelfraktion bleibt ungerührt, während die Begeisterung der Kinder und Fotografen in Hysterie umzuschlagen droht; vielleicht deshalb erhalten zwei Bodyguards, die noch furchterregender sind als die Monster, ebenfalls einen Befehl aus dem Innern des Hubschraubers und konfiszieren die Kameras eine nach der anderen, bis auf die eines Auserwählten, der an die Luke der Maschine gerufen wird und die Kamera behalten darf. Der Regen wird stärker, und ich sehne mich nach der Behaglichkeit und den exquisiten Köstlichkeiten im Restaurant Omnia. Kurz entschlossen kehre ich dem Schauplatz den Rücken und gehe zum Ort der Zusammenkunft, während hinter mir erneut »Hoch lebe Pistacho!« und »Hoch!« ertönt, weil endlich die Hubschraubertür aufgeht.

Dieselbe Hostess, die mich von Ernesto del Pistachos ausdrücklichem Interesse an einem Gespräch mit mir unterrichtet hat, empfängt mich an der Tür zum Restaurant, als wäre ich die Lösung aller geschäftlichen, politischen, strafrechtlichen und finanziellen Probleme ihres Chefs, und wir betreten einen Raum mit blütenweißen Tischdecken und großen Fotografien von früheren Attraktionen, und da steht das Büfett, das in seiner unangetasteten Perfektion nach dem Pinsel eines flämischen Stilllebenmeisters ruft. Die

Hostess trägt einem Kellner auf, jedem Wunsch, der von meinen Lippen kommt, unverzüglich zu entsprechen, dann tritt sie ein paar Schritte zurück und schafft so einen Diskretionsabstand zwischen sich und meinen Gedanken. Da wir allein im Raum sind, bin ich der Meinung und drücke das auch mit einem Blick aus, dass so viel Protokoll doch nicht angebracht sei, eher schon ein angeregter Flirt, unterlegt mit einem Hauch brauchbarer Informationen. Mein Vorschlag wird übergangen. Ich trete an eines der Fenster und erspähe durch den Regen hindurch den Berg mit dem anderen Vergnügungspark auf der gegenüberliegenden Seite der Stadt, und die Stadt liegt im Nebel; entlang dem Hang die Behausungen zwischen Pinien, Steineichen, Asphaltnarben und Gräben voller Müll. Halbherzig suche ich La Alameda, den Ort, an dem mir alles hätte klar werden können, wenn ich als Kind nicht zu sehr darauf bedacht gewesen wäre, Geschichten aus dem Weg zu gehen. Seit jenem Augusttag, im Verlauf der vierundzwanzig Jahre, die seitdem vergangen sind, bin ich vielleicht dreimal in dieser Gegend herumgelaufen, um das Gebäude zu suchen, den alten Garten, die abgerutschten Erdhänge, die Baumgruppen. Nie ist etwas dabei herausgekommen, und in Wirklichkeit wollte ich das auch nicht.

Mein Blick wandert hoch zum Aussichtspunkt, der von dem Hubschrauber und dem seltsamen menschlichen Treiben beherrscht wird. Auf Weisung der Nonnen stellen sich die Kinder in fünf Reihen auf, vor denen die beliebten Monster und ein Pistacho-Ersatz im König-Baltasar-Kostüm die Geschenke verteilen, blaue, rote und gelbe Schachteln, nach Altersstufen sortiert. Offenbar kommt es zu logistischen Komplikationen, da die Kinder sich geradezu rabiat darum reißen, die milde Gabe unbedingt von einem der Monster (die Mumie ist der Renner) zu bekommen und nicht von dem vermeintlichen Bonzen mit dem rußgeschwärzten Gesicht. Die Verteilung wird beschleunigt. Irgendetwas geht vor, denn der falsche König Baltasar alias falsche Pistacho zieht sich zurück in den Hubschrauber, und die Monster bringen die Verteilung eilig zu Ende, und während die Hostessen und Nonnen die geschenkbeladenen Waisenkinder von den Propellern fernhalten, ziehen die Fotografen und die in den Mänteln, die große Beherrschung beweisen, ab und verschwinden in ihre Wagen. Dann fahren sie in einem Trauerzug hinunter in die Stadt, die Waisenkinder steigen in einen Bus, die Monster zählen ihr Geld, und der Propeller des Helikopters schraubt sich zur Spirale, die Spirale schraubt sich zu einer neuen Spirale (die schon wieder eine neue ist), und der Flugkörper erreicht den Himmel, schlingert, findet sein Gleichgewicht und entfernt sich, bis er nur noch ein Punkt ist. Ich verstehe nichts.

»Sie verstehen nichts? Stimmt's?«

Es ist einer der Männer im Mantel. Gutmütiges Gesicht, das der nervös springende Blick Lügen straft. Jugendlicher Aufzug, übertrieben, grell, eine dieser lustigen Krawatten, auf der Äffchen in allen möglichen Stellungen zum Adamsapfel hochklettern, der so faltig ist, dass er aussieht wie Dörrobst. Sofort habe ich sein Porträt beisammen: Marketingangestellter um die fünfzig, der unter keinen Umständen seinen Posten räumen und mindestens das von seinem Ego aufgeblasene berufliche Ansehen bewahren will; wenn man ihn im Flugzeug anspricht, schläft er ein oder quält einen mit bleiernen Wahrheiten, sodass die Unterhaltung gegen Abend nur noch ein alkoholisiertes Lallen ist:

»Für mich einen Whisky«, sagt er zu dem Kellner. Und zu mir: »Hören Sie, Säfte oder Mineralwasser, der ganze Scheiß kann mir gestohlen bleiben, nichts für echte Männer …«

Ich nicke und schaue zu der Hostess, die durch mich hindurchguckt, und ihre blauen Augen schweifen über die freie Fläche, über den Vergnügungspark, der seine Tore der Allgemeinheit öffnet, über die Pfützen und die Kirche, die sich doch glatt ›Büßertempel Spaniens‹ nennt. Auf die Komik darin muss ich meinen Leser nicht erst hinweisen.

»Roberto del Pistacho …«, sagt der Mann, im Mund ein Kanapee, »… war nicht Roberto del Pistacho. Klar, das wissen Sie schon längst. Der Gute ist davon ausgegangen, dass er zu diesem Zeitpunkt schon wieder auf freiem Fuß sein würde. Aber in diesem Nervenkrieg, denn etwas anderes ist es nicht, ein Krieg der Nerven und Zeitungen, glauben einige angesichts des Feinschmeckers Pistacho, der sich an Heiligabend mit einer Stulle begnügen muss, sie seien wahnsinnig gerechtigkeitsliebend. Ich sage ›sie glauben‹. In dieser feindseligen Stimmung erteilte Pistacho die Anweisung, die traditionelle Drei-Königs-Bescherung soll stattfinden, und mich hat er beauftragt, die wenigen verbliebenen Freunde zusammenzutrommeln, Freunde, um ehrlich zu sein, die nur zu dieser kleinen Show gekommen sind, weil sie keine andere Wahl hatten. Wir haben auch die Presse informiert, Radio, Fernsehen … Aber keiner ist gekommen, noch nicht mal, um Pistachos Tun in seiner Dreistigkeit bloßzustellen. Nichts. Die vier Fotografen waren drittklassige Freelancers, die ihre Aufnahmen nirgendwo loswerden. Was soll's, falls Pistacho vor seinem früheren Besitz ein ›Mich kriegt ihr nicht klein‹ demonstrieren wollte, hatte er eben nicht viele Zeugen. Und dasselbe gilt, wenn die Aktion als unterschwellige Warnung an diejenigen gerichtet sein sollte, die für ihn keinen Finger mehr krumm machen, ein ›Noch bin ich im Gefängnis‹, es fühlt sich doch niemand angesprochen. Vielleicht kriegt er es ja beim Finanzamt als gemeinnützige Veranstaltung durch: die Miete für die Freifläche, für den Hubschrauber, für die Spielsachen, die Nonnen, die Kinder … Das waren doch keine Waisenkinder. Heutzutage gibt's so was wie Waisen, so richtig aus dem Waisenhaus, doch zum Glück kaum noch … Wir haben also einen Mann vorgeführt, der nicht ist, wer er behauptet zu sein, der Waisenkindern, die keine Waisenkinder sind, Geschenke überreicht, die am Ende auch nicht echt sind. Ein glänzendes Paradox, wenn auch ein bisschen lächerlich. Aber kein Grund zur Panik: Immerhin müssen wir dankbar sein, dass Del Pistacho noch nicht als Superman verkleidet herumläuft wie dieser andere, den sie enteignet haben. Und das sollten wir verhindern, denn man weiß, wie … Wenn uns schon die Massen und ihre Wortführer im Stich lassen, sollen sie uns nicht auch noch den Pesthauch ihres Geschwätzes hinterlassen. Eine wichtige Wahrheit. Da kenne ich mich aus. Mein Terrain ist nämlich das Wissen, nicht die Weisheit. Und das eine verträgt sich nicht mit dem anderen, wenn man eine gewisse geistige Vervollkommnung erreichen will … Rede ich zu viel?«

Oje, wie bekannt kommt mir diese Art zu reden vor! Und wie fürchte ich sie!

»Nein, was Sie sagen, ist sehr interessant …«, gebe ich vor.

»Sag du zu mir, Fernando, unter Freunden …«

Ich habe entsetzliche Angst.

»Ich heiße Javier Trueta.« Nachdem er sich die Hand an einer

Serviette abgewischt hat, reicht er sie mir zur Begrüßung. »Setzen wir uns? Solltest du dich noch immer fragen, welchen Sinn unser Gespräch hat«, sagt Javier Trueta, während er sich mit Kanapees und Whisky versorgt, »sage ich dir, dass ich von Top Security bin. Ich habe dich anrufen lassen. Ich wollte dich kennenlernen und dich persönlich fragen, ob du nicht einen kleinen, großzügig bezahlten und ... wie soll ich sagen, befreienden Auftrag annehmen willst. Du verstehst schon.«

Sprachlos lasse ich mich auf den Stuhl fallen, den Trueta mir zeigt. Ich nehme die Kanapees an, den Whisky:

»Schon möglich, dass dir vieles von dem, was ich sage ... märchenhaft, unwirklich vorkommt, aber die Zeiten sind nun mal märchenhaft und unwirklich. Weißt du, wo ich vor zwanzig Jahren war? In dem Jahr, als Franco starb? Theoretisch habe ich damals eine Reihe kommunistischer Aktionen in Spanien koordiniert. Aber es ging nicht um Fließbandkommunisten, oder Salonkommunisten, nichts mit ›Freiheit! Freiheit!‹. Nichts von der Sorte. Ich war eine unbedeutende Figur in einer Art Maskenspiel, das von der CIA und dem KGB in Madrid organisiert wurde. Training in Gegenspionage auf neutralem Boden, oder sagen wir, auf einem Terrain von verschwindend geringer Bedeutung. Ich war Doppelagent, außerdem Agentenjäger des SECED, einer Art Geheimdienst, um es irgendwie zu benennen, Vorgänger von CESID, PAK und FINCA ... Verstehst du?«

Ich schüttle den Kopf. Vielleicht denkt Javier Trueta, diese Verneinung bedeutet: »Nein, ich verstehe nicht.« Falsch, sie bedeutet: »Mal sehen ...« Noch vor einem Monat waren Namen wie FINCA für mich paranoide Spinnereien, über die ich mich mehr oder weniger amüsierte.

»Recht so, dass du nicht verstehen willst, ist alles gelogen. Fünfundsiebzig habe ich als stellvertretender Verkaufsleiter in einem Warenhaus gearbeitet. Politik und Finanzen haben mich damals noch nicht interessiert, nur mein Gehalt und meine Aufstiegschancen ...«

Das glaube ich ihm jetzt auch wieder nicht. Er kommt mir vor wie ein altmodischer Prüfling, der sein Gedächtnis und die Gunst eines sexuell unerfüllten Professors dazu benutzt, um einem Quark von Selbstverständlichkeiten ein Sahnehäubchen aufzusetzen. Oder wie ein altmodischer Seminarist, erst vom Marxismus gesalbt (wobei Gott der dialektische Materialismus und die Revolution die Auferstehung ist) und danach vom Morbus der dunklen Wissenschaften geweiht (und aus dem dialektischen Materialismus ward Information, und aus der Revolution ward die Macht des Faktischen). Diese beiden Gruppen haben jedenfalls der Gesellschaft vorgeführt, dass man nur große Töne spucken muss:

»Ach, dieser Corte Inglés …! Meine Chefs beteten mich an, meine Untergebenen waren geteilter Meinung, und wider die Hausordnung des Kaufhauses hatte ich eine Affäre, Ferkeleien in der Damenumkleide, mit einer Angestellten, die mich damals ebenso heiß machte, wie sie mich heute mehr als kaltlässt, nachdem sie meine zweite Frau geworden ist und mir drei Kinder geschenkt hat. Was hat es in den letzten zwanzig Jahren nicht alles für erstaunliche Karrieren gegeben. Nimm mich. Oder diesen Don José María, den ich vorhin erwähnt habe: Er war nicht irgendein führender Unternehmer des Landes, sondern die Nummer eins, und von heute auf morgen landet er vor Gericht, wo er in Umhang und Strumpfhose herumspaziert wie Superman. Oder nimm die Karriere von einem Bekannten von mir, steigt einfach so vom Moderator einer Kindersendung zum Pressechef des Verteidigungsministeriums auf. Von Käpt'n Blaubär zu Käpt'n Blauhelm. Aber was soll's. Sein direkter Vorgesetzter, einer der höchsten Verantwortlichen für Innere Sicherheit, hat sich schon immer damit gebrüstet, Vorsitzender der Nachbarschaftshilfe zu sein und in der elterlichen Drogerie auszuhelfen. Und jetzt, wenn's recht ist, zu dir …«

Javier Trueta verschlingt ein Kaviarkanapee samt Zitronenscheibe. Der Kauvorgang erleichtert ihm das Denken, dieses energische Kiefermalmen, das im Gegensatz zu den Augen steht, die willkürlich von den Kurven der Hostess zu den weißen Tischdecken des leeren Gastraums springen und von dort zu dem regentriefenden Ast vor unserem Fenster. Eine Intelligenz, die mit Zeitgewinn operiert, deren Grundfunktion Hinhaltetaktik ist; als Funktionär spult er eine vielleicht etwas seltsame Routine ab, auf die er in einer exklusiven Fortbildung in einem edlen Landhotel gedrillt worden ist. Er braucht bloß Schritt für Schritt der Anleitung zu folgen, einem Plan, einer Handlung. Bestimmt wird jetzt gleich die erste

Wende eingeleitet, der Punkt der Peripetie, mit dem die Exposition endet, und den wird dieser aufdringliche und gefährliche Mann bestimmt als spontane Eingabe verkleiden, ein »Ich verrate es dir, weil du mir sympathisch bist«. Von dort aus wird Javier Trueta Spiralen drehen, um mich so in ein Labyrinth hineinzuziehen, in dem ich einsam und allein herumirre und auf wilde Tiere und Abgründe treffe. Der billige Trick, mit dem man mich hierher gelockt hat, folgt demselben Muster wie die Geschehnisse der letzten Wochen; ein Dickicht, das mich teilweise oder ganz verschlingen will, mich aber noch im Dunkeln lässt. Und immer weiter wickelt er mich ein, mit einem weiteren Kanapee im Mund, während die Schatten von Totentänzen ihn umgeben anstatt dionysischer Freudensprünge, burleske Negative der Hölle, die vielleicht die Hölle selbst sind, Fallen, Codes und Handlungsfäden von höchster Erfindungskraft, oder, im Gegenteil, an den Haaren herbeigezogen.

Javier Trueta hat meine kuriose Biographie vergessen und betrachtet jetzt die Stadt im Regen:

»Grandioses Stadtgebiet!« Und er lacht: »Das hat ein Bürgermeister von hier oben aus gesagt. Wahrscheinlich, als er irgendwelchen Besuchern die Stadt zeigte. Und angesichts der überwältigenden Stadtlandschaft fällt ihm nichts anderes ein als: ›Grandioses Stadtgebiet!‹. So was kann nur ein Hinterwäldler sagen …«

»Kann man so oder so sehen …« Trueta dreht sich um und blickt mich, überrascht von meinem Einspruch, an. »Vielleicht ist nur die lyrische Emphase beim Anblick der Stadt hinterwäldlerisch. Meine Mutter pflegte in ähnlichen Situationen zu sagen: ›Was für eine furchtbar gefährliche Stadt ist Barcelona!‹«

»Was für eine Frau, deine Mutter. Barnabooth Products, nicht wahr? Noch so eine kuriose Laufbahn. So was von kurios, mein Gott …«

Ich antworte nicht. Ich warte, dass Trueta seine Betrachtungen zu Ende bringt und endlich zur Sache kommt.

»Sieh, wie es schüttet! Morgen beginnt meine liebste Jahreszeit. Siebter Januar. Endlich können wir uns ganz darauf einstellen, dass Winter ist, und gleich geraten wir ins Schwärmen, über das satte Rot von saftigem Fleisch, das Aroma des Gemüses, wie diese Alten, die ganz im Ernst behaupten, sich im Leben noch nie so gut gefühlt zu haben wie mit achtzig. Schon klar, du bist eine taube Nuss … Trotzdem, Fernando, man muss den Sinn für das Wesentliche bewahren: die Intensität der Gerüche und Geschmäcker, die klare Luft der lauen, sonnigen Morgen … Da geht einem das Herz auf. Was für ein Unterschied zum vergangenen Monat! Vor ungefähr zwei Wochen war ich in Madrid, kein Vergleich. Ich weiß nicht mehr, in welcher Angelegenheit, jedenfalls ging ich am Justizpalast vorbei, als ich plötzlich ›da, da‹ hörte, und in dem Moment bemerkte ich eine auf mich zustürzende Horde Fotografen. Die hätten mich glatt über den Haufen gerannt. Erschrocken sprang ich zur Seite, und sie rauschten an mir vorbei, direkt hinein durch eine Tür. Offenbar hatte man ihnen den Wink gegeben, dass Mario Conde seinen Weg ins Gefängnis durch das Hauptportal antreten würde, und den wollten sie in seinem Unglück festhalten, damit die schadenfrohen Massen beim Anblick eines verwackelten Fotos den Sturz der Titanen feiern konnten. Was für ein Trubel! Dazu die ganzen Gaffer, Schaulustigen, Rentner und notorischen Krawallmacher, der Verkehr, den kein Mensch mehr aushält, und dann war auch noch Ferienbeginn, die Straßen ein einziges Gedränge von besoffenen Studenten und Rotzlöffeln mit Weihnachtsmannmützen auf dem Kopf. Und darüber so ein seltsamer Velázquez-Himmel … Dieses Chaos möchte irgendetwas zu mir sagen, aber ich weiß nicht genau, was … Die Zerstörung eines Systems, eines klaren Moralbegriffs, einer historischen Ordnung? Ich weiß, dass mir etwas Wichtiges entgeht, denn ich weiß, welche Bedeutung ein beliebiges Datum erlangen kann. Willst du noch ein Kanapee? Wir haben das ganze Bankett für uns …«

Trueta steht vom Tisch auf, sagt etwas zu der Hostess, woraufhin sich die Kleine und der Kellner verziehen. In diesem Augenblick kommt mir ein Ausdruck in den Sinn, von dem ich nicht weiß, ob er sehr glücklich ist, »Uns seltsamen Menschen passieren seltsame Dinge«, und wieder einmal sehe ich mich darin bestätigt, dass mein Leben eine Aneinanderreihung von Übertreibungen ist; doch vielleicht sind Wendepunkte immer besonders extrem, diese Vorfälle, die einen in eine neue Lebensphase katapultieren, während man selbst sich nur die Wunden leckt und sich wundert, dass das, was alles ausgelöst hat, doch letztlich ziemlich banal war.

»Willst du Schinkenwurst?« ruft er mir vom Bankett, wie er es nennt, zu, und ich zwinge mich zu einem Nicken und zustimmenden Lächeln, während ich damit beschäftigt bin, mir bloß nicht das geringste Anzeichen von Furcht anmerken zu lassen. Und die spüre ich am ganzen Körper. Ich trinke den Whisky aus und denke, während Trueta zurückkommt, dass ich die Angst noch immer mit Trinken aus meinem Leben verbannt habe, und mein Leben aus anderen Leben, denen der anderen, ein Gedanke, der nur neue Ängste schürt, ein Eiterherd. »Pass auf …« Trueta setzt sich, sieht mich an und bereitet mich darauf vor, dass er gleich etwas Wichtiges und Geheimes sagen wird, was ihm locker über die Lippen kommt, weil er gelernt hat, so zu wirken, als würde er reden, ohne nachzudenken: »Ich arbeite bei Top Security, aber sagen wir so, mein Interesse weicht letztlich von dem der Firma ab. Du verstehst? Gerne würde ich als Figur dem Thema Verräter und Held eine weitere Schraubendrehung geben, aber an diesem Fleck der Erde hat Literatur nicht viel Platz. Zumindest keine gute. Noch etwas, Fernando, meine Interessen decken sich mit denen des Staats, egal, wer regiert. Das zu deiner Beruhigung. Ich bin ein Scharnier zwischen dem Staat und Top Security, und diese Firma unter der offiziellen Leitung von Pistacho kümmert sich darum, dass die wirklichen Machthaber die Informationen bekommen, die sie brauchen. Ich könnte dir sagen, dass du für Pistacho arbeiten würdest, dass du Teil eines umfassenden Racheplans wärest, der sich gegen die wendet, die ihn ins Gefängnis gebracht haben. Aber das sage ich dir nicht. Ich sage dir die Wahrheit. Nicht, weil ich dich so ungeheuer sympathisch finde, auch wenn ich dich schon sympathisch finde, das will ich gar nicht abstreiten. Der Grund ist, dass du den Auftrag richtig begreifen sollst, wissen sollst, was du unter allem, was du zu suchen hast, wirklich suchst. Dass wenigstens eine Wahrheit deine Intuition lenkt, Fernando, wenn in diesem Jahr die ersten Informationen durchsickern, Fakten und Personalien, Geschichten und Sensationen und schmutzige Wäsche … Vor allem Informationen über Personen, die mit ihren unverantwortlichen Verleumdungen die Situation ins Kippen bringen, obwohl Spanien schon relativ viel erreicht hat. Enorm viel im Vergleich zu Haïti, zum Beispiel. In diesem Winter wird es keine rosigen Aussichten auf die Mandelblüte geben. Dieser Winter wird hart. Und der Frühling stürmisch. Und im Sommer werden wir ganz schön ins Schwitzen geraten. Es wird ein Heulen und Zähneklappern sein, Fernando …«

»Und die Zahnlosen?«

»Es wird Zähne für alle geben, Fernando. Meine Arbeit, die Arbeit von vielen, besteht darin, zu verhindern, dass die Situation außer Kontrolle gerät. Wir sehen zu, wie die großartige Gelehrtenrepublik holterdipolter zusammenkracht. Die charismatischen Köpfe rollen. Und weißt du, warum? Wenn du mich fragst, aus Mangel an echtem Verantwortungsbewusstsein. Ihre Ideale sind auf der Strecke geblieben, wie auch immer die ausgesehen haben mögen, wenn es eigentlich nur darum ging, die Zeit bis zur Mittagspause rumzukriegen. Für dumm gehalten haben sie uns, dachten, sie hätten den Zynismus selbst erfunden, Schwachköpfe. Noch so ein Beispiel dieser merkwürdigen Lebensläufe … Der Sohn des Aktenwälzers wird Minister, der Neffe des Bankiers, ein reuiger Ex-Marxist, der um gesellschaftliche Wiedereingliederung buhlt und ein starres Regelwerk mitbringt, eine völlige Immunisierung gegen den Lauf der Zeit, sag ich mal … Wen er allerdings auch mitbringt, ist der Sohn des Aktenwälzers. Und solche machtgeilen Würstchen bilden den idealen Nährboden für Skandale. Was wir jetzt brauchen, sind vernünftige Leute, Führer der Konservativen, die sich noch in jedem Krieg bewährt haben, gehorsame Funktionäre, die in der Lage sind, ihren eigenen Geltungsdrang zu kontrollieren. Denk nicht, ich sei ungerecht, Fernando, ich sei gegen den gesellschaftlichen Fortschritt. Es ist nur besser, wenn wirkliche und fähige Beamte die Verwaltung des Landes übernehmen, die sich der brenzligen Lage bewusst sind, wenn sie auf der höchsten Beförderungsstufe angekommen sind, anders als diese Trickspieler, denn das Volk ist anfällig für solche frivolen Temperamente und deren Getöse … Erst haben sie die Bürger jahrelang mit ihrem Abrakadabra zum Narren gehalten, dann haben sie sie mit ihrer ehrlichen Mittelmäßigkeit überzeugt. Bürger, sag ich mal … Heutzutage entscheiden doch die Landeier aus Gemeinden mit unter zehntausend Einwohnern die Wahlen. Und wer vom allgemeinen Zusammenbruch profitiert und Hochkonjunktur hat, sind die Schwarzseher, denen die Korruption ein Dorn im Auge ist, es sei denn, dieselbe um ein paar Verfälschungen und Erfindungen bereicherte Korruption verhilft ihnen zum besseren Verkauf irgendwelcher Bücherchen, zu lukrativen Auftritten bei Gesprächsrunden im Radio und zu Gefälligkeiten, die man irgendwann bezahlt. Sie sagen, was jeder beschwipste Weintrinker hören will, und das Ergebnis ist Demoralisierung, Vertrauensverlust gegenüber dem System. Als würden sie an den Kirchenmauern die Leute erschießen. Als wäre es nicht bis zu einem bestimmten Grad begrüßenswert, dass in Zeiten allgemeiner Prosperität jemand ab und zu in die Kasse langt. Das weiß doch der kleinste Krämer …! Aber Schluss jetzt, ich komme vom Thema ab …« Trueta keucht nach seiner Rede, zeigt mit dem Finger auf mich, versucht, seinen glasigen Blick auf mich zu lenken, scheitert, denn sein Blick flattert nun durch den Raum, bis er endlich in meinen Augen zur Ruhe kommt, um zu sagen: »Jetzt ist der Moment gekommen, an dem du mich fragen musst, was so ein heruntergekommener Säufer, Kokainschnupfer und Mitgiftjäger wie du in einem so noblen Unternehmen verloren hat.«

Dass ich der fett gefressenen Pausbacke nicht eine quer übers Gesicht ziehe, liegt daran, dass ich noch nie jemanden geschlagen habe (außer am Tag des Watussi), dass an der glühenden Rede, die er vor mir gehalten hat, ziemlich viel Wahres dran ist, und nicht zuletzt, dass ich noch immer Angst habe. Und da ist noch etwas: Ich weiß, was meine Rolle in dieser Komödie ist und dass ich sie nicht spielen werde, zumindest nicht so, wie dieser Typ es von mir erwartet. »Verstell dich«, befehle ich mir. Und nachdem ich einen zweiten Whisky geleert und das leere Glas mit unergründlicher Ehrfurcht angeblickt habe, versuche ich mich in der gequälten Miene und dem ausweichenden Blick des Schauspielers Peter Lorre. Javier Trueta schenkt mir voller Vertrauen auf seine überzeugende Darbietung nach, während ich aufatme bei dem Gedanken, dass mein neuer Freund vielleicht dumm ist, eine einfache Phrasendreschmaschine, die von Gespräch zu Gespräch runder läuft; dass er Effekthascherei betreibt, genau wie die, die er mit seinem hochtrabenden Ausdruck »Gelehrtenrepublik« kritisiert. Eine gewisse Schlagfertigkeit, Gedächtnis, fertig. Er hat eine vorgefertigte Idee von mir und handelt entsprechend: Ich bin einer von denen, bei denen Verschwörung und Plutokratie immer an allem schuld sind, die immer Verdacht schöpfen, für ihr eigenes jämmerliches Scheitern die böse Welt verantwortlich machen, einer der typischen um sich schlagenden Wichte, für die die geschätzten Zeitungskolumnisten schreiben. Trueta kennt keine Genüsse, die aus den Tiefen des Irrationalen schöpfen und seltsamerweise den gesunden Menschenverstand fördern; ebenso wenig weiß er von der Logik der Freiheit, des Zufalls, von der entgleitenden Gewissheit eines auf dem Wasser treibenden Körpers, sichtbar nur der Schriftzug »Watussi '65« und ein W, und keine Angst stellt sich ein. Er weiß nicht, was uns verdammt und was uns rettet.

»Keine Sorge, Fernando, wir sind doch auf derselben Seite.« Gleich läuft der Whisky über, so viel schenkt er ein.

»Und wenn ich auf keiner Seite sein will?«

Überrascht hebt er den Kopf. Eine typische Geste. Nach einer Sekunde hat er schon die Antwort auf den Lippen:

»Ein Händedruck und tschüss ... Aber du kannst mir nicht weismachen, du hättest derzeit ein einfaches Leben. So manch einer hat sich verzweifelt an einem Baum erhängt, weil merkwürdige Dinge passieren und er nicht weiß, warum. Infarkte, tödliches Stechen in der Brust ...«

»Wie Trabal ...«

»Lassen wir Trabal erst mal beiseite. Gleich wollen wir seiner gedenken, um ihn in unserer Runde zu haben. Was weißt du über Neyra?«

Das Lachen eines Monsters, Gift-Atem aus seinem Maul. Ich befinde mich tief im Labyrinth, und der Minotaurus ist blind. Und lacht.

»Wer?«

»Stell dich nicht dumm. José Felipe Neyra.«

Dumm? Was ich von José Felipe Neyra weiß, lässt sich mit einem Wort sagen: alles. Aber so selbstsicher will ich mich nicht geben, denn das wäre nicht gut für meine eigenen Interessen, die meine einzige Chance sind, denn dieses »Händedruck und tschüss« ist der Prankenhieb eines Bären. Draußen lässt das Unwetter nach. Ich bemerke, dass ich es vermeide, Trueta anzusehen, während ich antworte:

»Was weiß ich, das, was alle wissen. Irgend so ein Playboy halt.

Ein Zwischenhändler? So was in der Art? Um ehrlich zu sein, ich lese nicht viel Zeitung …«

»Ist auch nicht nötig. In den Zeitungen steht nicht viel mehr über Neyra … Eine steile und faszinierende Karriere, glänzender Abschluss an der Handelsakademie, obwohl seine Eltern Emigranten waren, die in den Vierzigern nach Barcelona gekommen sind. Ein ehrgeiziges Bürschchen, das bereits in die Finanzkreise der siebziger Jahre Eingang fand, eine Verbindung, die immer gehalten hat, auch wenn wir ihn in den Achtzigern aus den Augen verloren und als Betreiber ziemlich undurchsichtiger Geschäfte wiedergefunden haben, als Zwischenhändler, der in Costa Rica, in Paraguay ein Vermögen gewonnen und verloren hat, vage Hinweise, dass er sich in der Irangate-Affäre im Dunstkreis der europäischen Mittelsmänner bewegt hat … Seine Kontakte zu den Diktatoren und Ministern all dieser Länder …« Trueta macht eine Pause und sieht mich verärgert an. Ihm entgeht nicht, dass der Whisky meine Angst und meine Aufmerksamkeit wegspült.

»Ja, ja, ich folge dir, die Diktatoren und ihre Minister, alle diese Herren, die sich kleiden wie Hoteliers …«

»Diese Kontakte verhalfen ihm zu hervorragenden Beziehungen zu Schweizer Bankiers, später dann zu Leuten, die alles andere als Schweizer Bankiers sind. Und diese Nicht-Schweizer-Bankiers sind offenbar ein sehr gemischtes, eigenes Völkchen, aber untereinander verschworen.«

»Entschuldigung, Javier, aber ich weiß nicht, wie du von der Schweizer Bank auf meine bescheidene Wenigkeit kommst.«

»Im Sturzflug, anders wohl kaum … Und hör zu, wenn ich mit dir rede. Und pass auf, was die Nicht-Schweizer-Bankiers sind. Einige von ihnen verstecken Neyras Machenschaften hinter einem dieser Nichtangriffspakte, die so typisch für diese Stadt sind. Wo man hinsieht, in der Politik, den Medien, der Wirtschaft, der Ehe. Mit anderen Worten heißt das, viele dieser Hornochsen …«

»Ich weiß, was du sagen willst …«

»Schnell begriffen, so gefällst du mir, aber da ist noch was … Wir haben da noch diese schrägen Gestalten, die nur auf der Suche nach Sensationsmeldungen aus ihren Löchern kriechen, viele von ihnen haben, was soll's, abenteuerliche und schillernde Biographien, ähnlich denen, über die wir gesprochen haben. Oder das Ende vom Märchen, sagenhafte Abstürze, geradezu typisch für unsere Zeit. Verlorene Söhne großer Intellektueller, im Puff endende Prinzessinnen … Neyras Spur zieht Kreise um diese Stadt. Eine Spirale …«

»Aha.«

»Allmählich erkennst du, wie wichtig du für die Sache bist, nicht wahr? Dann Galeristen, die von jedem Geld annehmen, Ex-Pornofilmproduzenten, die mit äußerst merkwürdigen Geschichten zu bestimmten Stellen gehen und im Gegenzug Steuerimmunität fordern, Leute aus der Kultur, die durchdrehen … Aber konzentrieren wir uns auf Neyra und fünf grundlegende Punkte. Punkt eins: José Felipe Neyra und seine Freunde verfolgen, neben anderen Dingen, viele dunkle Interessen in der Stadt. Punkt zwei: Die Figur José Felipe Neyra, oder ein enthüllender Blick auf seine Machenschaften, muss mit einem hübschen Skandälchen geschmückt und so der Öffentlichkeit präsentiert werden. Punkt drei: David Trabal hat bei der Suche nach weiß der Himmel was etwas über Neyra herausgebracht, ich vermute, wie du sicher auch, dass das die Dinge beschleunigt hat, du weißt ja … Punkt vier: Wenn Neyra ans Licht der Öffentlichkeit tritt, wird er zu irgendeiner Erpressung greifen, und was von dieser Erpressung ans Licht kommt, wird, auch wenn es gelogen ist, Sprengstoff enthalten. Punkt fünf: Die Folgen dieser Erpressung werden weiter an der nationalen Stabilität rütteln. Der Staatsterrorismus dürfte ziemlich heftige Formen annehmen, so falsch die Gründe auch sein mögen. Es zählt nämlich nichts anderes als das Ausmaß der Lügen und was die von den Medien heiß gemachten Menschen bereit sind zu glauben …«

»Ist das nicht vielleicht alles Zufall? Ich meine, das mit Trabal. Ich dachte, es war eine Liebesgeschichte …«, lüge ich.

»Bei jemandem wie Trabal würde mich das wundern. Sohn eines Aktenwälzers, wie Neyra, auf einer Karrierestufe wie diese Typen, über die du und ich die ganze Zeit spekulieren. Auf seinem Gebiet, in dieser Stadt, war Trabal der Boss. In der Partei war er eine Zeit lang sehr beliebt. Er hatte verwandtschaftliche Beziehungen, etwas merkwürdiger Art, aber immerhin, zu einem der wichtigen Leute von Ferraz, du kennst ihn … Trabal war außerdem einer der seltenen Katalanen, die Madrid kennen wie ihre Westentasche. Er kannte die

Franzosen, die Deutschen, Italiener, Japaner … Ergo: Trabal hatte eine Zeit lang beste Chancen, Kulturminister zu werden. Oder wenigstens eine ähnliche wichtige Aufgabe zu übernehmen … Oder, wer weiß, vielleicht auch etwas Ernstes …«

»Kann ich mir gut vorstellen.«

»Und weißt du, warum aus alldem nichts wurde?«

»Keine Ahnung«, lüge ich.

»Ist auch egal. Jedenfalls hat die Suche, meinetwegen die romantische Suche nach David Trabal, diese exzentrischen Unterbrechungen in Fernsehprogrammen und Radiosendungen, in irgendeinem System Großalarm ausgelöst. Nach seinem plötzlichen und unerwarteten Verschwinden beim ›Fall Amparito‹, wozu länger drum herumreden, hat es für einige Verwunderung gesorgt, dass sich unter seinen Papieren keine der Informationen befand, mit denen er so sehr prahlte. Nur ein Taschenkalender, der Auskunft über ein paar Reisen gab und ein wiederholtes ›Atienza anrufen‹. Wer ist Atienza? haben wir uns gefragt. Und ich sage dir nicht, wie unsere Antwort ausgefallen ist, denn wie ich sehe, bist du empfindlich. Wir wissen, dass du vorerst nicht mehr weißt als wir, aber du hast Spuren und kannst ziemlich viel herausbekommen, wenn du ihnen folgst. Jemand hat mir gesagt: ›Nimm ihn doch einfach in die Mangel und quetsch alles aus ihm raus, was er weiß.‹ Worauf ich gesagt habe: ›Kommt nicht in Frage. Dann würden wir genauso handeln wie diejenigen, die wir kritisieren.‹ Und außerdem, obwohl wir ein paar Hinweise haben, einen Plan, würden wir es nie so gut machen wie du. Und wie gesagt, ich finde dich sympathisch. Ich muss dazu sagen, dass ich selbst einen Sohn habe, der so seine Probleme mit diesem beschissenen Koks hat, ich weiß also mehr oder weniger, was das bedeutet …«

Feierliche Stille, erst mal die Perlenschnur an Lügen verdauen, die er mir gerade aufgetischt hat. Ich weiß alles, und seine einzige Mission besteht darin, herauszufinden, ob ich tatsächlich alles weiß. Um nichts anderes geht es zwischen uns.

»Arbeitet er?« frage ich.

»Wer?«

»Dein Sohn …« Meine Unschuldsmiene, die gespielte tiefe Betroffenheit des Drogenabhängigen über die nicht existierenden Probleme dieses scheiß Sohns, der vielleicht genauso wenig existiert, hat zur Folge, dass dem einzigen Zuschauer des sich vor ihm abspielenden Dramas die Tränen in die Augen treten: mir selbst.

»Er studiert, irgendeinen Krampf ... Er ist blitzgescheit, aber bei den Freunden, diesen ganzen After-hours ... Na ja, ich rede lieber nicht darüber.«

Natürlich nicht ... Wir erwarten, dass er seine fiese bürokratische Tour wieder gemäß der Gebrauchsanweisung aufnimmt und unsere Gesichter sehr betroffen aussehen.

»Wenn die Vorhersagen über die aufeinander folgenden Skandale mehr oder weniger zutreffen, brauchen wir uns bis September keine Sorgen zu machen. Ich gebe dir genug Zeit für deine Nachforschungen. Ich will einen Bericht über alles, was du über José Felipe Neyra herausfinden kannst. Seine Herkunft, die kurze Zeit, genannt Jugend, die wir nicht im Griff haben ... Wie soll ich sagen: Ich will wissen, wie seine geheime Identität entstanden ist. Und, du weißt schon, sein Lebensstil, wenn er hier ist, Beziehungen, Material über die Personen, die Umgang mit ihm haben, und eine aussagekräftige Zusammenfassung seiner dunklen Wege. Und vor allem, welche seiner Aktionen David Trabal aufgedeckt haben könnte, dass der Gläubiger gleich einen Herzkasperl bekommen hat.«

»Wie viele Seiten?«

»Das ist kein Schulaufsatz, Fernando. So viele, wie du brauchst. Der Inhalt ist entscheidend. Dass wir den, sagen wir mal, Barceloneser Aspekt dieses Schweins Neyra aufdecken. Sei sehr vorsichtig. Oberstes Gebot: höchste Diskretion. Wenig fragen, umso mehr beobachten. Geh in die Zeitungsarchive. Nur du kannst in einer einzigen, in ein paar banalen Zeilen wertvolle Bezüge finden. Die Nachrichten mit dem meisten Informationswert sind in der Regel die, die keine Fortsetzung haben. Die an einem Tag auftauchen und von den zwei, drei Idioten, die sie lesen, sofort vergessen werden. Das sind entweder unbedeutende Nachrichten oder solche, bei denen jemand beschlossen hat, dass sie unbedeutend sind. Derzeit wird viel über den Journalismus Ende der Siebziger geredet, als man noch, so wird's behauptet, Risiken auf sich nahm und in die Tiefe ging. Wenn du wüsstest, wie viele Nachrichten zu einer Kurzmeldung links unten eingedampft wurden oder nur in verstümmelter Form erschienen … Und eine Nachricht ist keine wirkliche Nachricht, ehe sie nicht allen eingehämmert wird, ehe nicht alle anderen Medien auf der Welle mitschwimmen, die Leute darüber reden und sie verdauen. Aber wie gesagt: Manchmal verrät dir zum Beispiel ein Artikel im Sportteil mehr über einen Mann aus der Wirtschaft als das, was in den Wirtschaftsseiten über ihn steht. Und umgekehrt. Was dich erst mal nicht zu interessieren braucht … Red mit früheren Angestellten, mit solchen, die den guten Neyra in schlechter Erinnerung haben. Aber nicht mit den Geschäftspartnern, mit seinesgleichen, sondern mit den Chauffeuren, Boten, Assistenten, Kellnern … Der unscheinbarste Informant kann eine Goldmine sein.«

»Wie ich.«

»Wie du, ja. Mit dem Unterschied, dass wir dich erst ermuntern mussten, während diese anderen uns ihre Kenntnisse von sich aus zuspielen. Deshalb gebe ich dir einen so großen zeitlichen Rahmen. Wenn Neyra wieder in den Zeitungen auftaucht, wird es mit der Gefolgschaft schnell vorbei sein. Die gehen dann dorthin, wo das Geld ist. Zu Revolverblättern wie Interviú, oder zum Radio, zum Fernsehen … Du musst zwischen zwei Phasen balancieren. Wenn du zu früh anfängst, Fragen zu stellen, werden die Leute den vielleicht grundlegenden, aber für sie banal klingenden Fakten keine Bedeutung beimessen. Wenn du zu spät damit anfängst, kostet es dich Millionen herauszubekommen, welche Zigarettenmarke Neyra raucht. Was du nicht hast, strecke ich dir vor. Du musst dich in dem Augenblick einschalten, wenn der entsprechende Schwachkopf Namen hört oder liest, die ihm bekannt vorkommen, und sich sagt: ›Verdammt, wenn der mit meinem Chef zu dem geht und der andere …‹ Wenn er ganz von sich aus den Wunsch hat, großzügig Auskunft zu geben. Heute hat man dir etwas auf dein Konto überwiesen. Damit du in Ruhe arbeiten kannst und die Geschichte bei deinen, sagen wir, üppigen Ausgaben nicht vor dir herschiebst. Wenn wir allerdings feststellen müssen, dass du nichts machst – und das erfahren wir sofort –, stellen wir die Zahlung ein, das versteht sich wohl von selbst, und wir werden böse. Es handelt sich um eine ordentliche Summe, trotzdem kommen wir mit dir billiger weg als mit den Kroll-Leuten und den anderen. Allerdings stimmt es, dass die Drohung, die Angelegenheit Neyra ans Licht zu bringen, nicht ganz so sicher einschlägt wie die anderen Korruptionsskandale der letzten Zeit.«

Mich verlässt der Mut.

»Eine Sache würde ich gerne wissen. Hat Neyra für euch gearbeitet?«

Er tut, als würde er nachdenken. Allerdings weiß ich nicht, ob er über den Charakter dieses »euch« nachdenkt oder mit welcher Vernebelungstaktik er meiner Vernebelungstaktik eins draufsetzen soll.

»Ja«, bestätigt er mir in seiner unendlichen Doofheit. Und fügt hinzu: »Aber mehr kann ich dir dazu nicht sagen. Das ist in der Tat nicht ganz unwichtig, aber deine Arbeit berührt das nicht. Gehen wir?«

Wir stehen auf, und kaum haben wir den Gastraum verlassen, machen sich ein paar Kellner dezent daran, das Büfett abzubauen. Von den Hostessen keine Spur mehr. Leute gehen in den Vergnügungspark. Es hat aufgehört zu regnen, die Musikbeschallung setzt wieder ein, und einige Wunderwerke der Mechanik sind schon wieder in Betrieb; Schienenkreischen, Glockenbimmeln, die kriechende Kälte der Vorahnung.

»Gut, Fernando. Wahrscheinlich werden wir uns nicht mehr sehen. Irgendwann demnächst, kurz vor oder nach dem Sommer, wird jemand mit dir Kontakt aufnehmen, damit du ihm den Bericht ablieferst. Mach's gut. Leg beim Leser ein gutes Wort für mich ein.«

»Bei welchem Leser?«

»Es gibt immer einen Leser. Und dieser Leser ist eine wichtige Person, die, als in einer der Sitzungen dein Name fiel, großes Interesse signalisiert hat, dass du der Verfasser bist. Guten Tag …«

Mit dem schleppenden Schritt eines Menschen, der nicht viel schläft, geht Javier Trueta, kämpft mit den Ärmeln eines Mantels, der seinen schlechten Kleidergeschmack kaschiert, und entschwindet hinter den Türen der Seilbahn: Gleich wird er zwischen den Lichtungen dieses dunklen Walds verschwimmen. Es ist sehr gut möglich, dass er weder Javier Trueta heißt noch für den Staat arbeitet. Wenn diese trivialen Informationen echt sind, die Kostümträgerinnen und Kellner, die seichten Klatschgeschichten, dann nehmen die staatlichen Interessen eine Entwicklung, die sich ins Unendliche verselbständigt, die Orientierung und feste Vorstellungen unmöglich macht, sich in immer neuen, Wirrnis stiftenden Knoten fortsetzt, in eine Vielzahl einzelner Interessen zerfällt. Und ich werde den Gedanken nicht los, dass das immer so gewesen ist. Und just da stoße ich auf eine übergeordnete Methode, die Grundachse meines Lebens, die diese Leute nicht kennen. Oder vielleicht doch. Vielleicht hat mich ein riesiges und furchteinflößendes Auge die ganze Zeit beobachtet, während ich mich wie in einem abgeschlossenen Raum durch die Labyrinthe jenes 15. Augusts bewegte, eines stürmischen, aber lichterfüllten Tags. Und in den Kellern. Und in den großen Hotels, den Schauplätzen politischer Maskeraden, den dunklen Gesetzen einer Zeit, die ihre offensichtliche Entwicklung genommen hat. Und in den Straßen, die erfüllt waren von Musik und Junkies, unregierbaren Monstern. Unzählige Erlebnisse, auf die ich noch zu sprechen komme, wie Victorias Handtücher, die durchgeknallten Paranoiker, Geizhälse und Streber, der Alte, der mir seine Sehnsucht nach den giftmordenden Renaissancefürsten erzählt und mir die Insekten der Illusionsmaler zeigt, das Foto des Seelenhirten, eine Seite der Wahrheit auf den Lippen eines schlaffen Geists. Und drüber fliegen die Hubschrauber und drehen Spiralen, und die Münder reden und drehen Spiralen, und die Dinge geschehen und drehen Spiralen.

In dem Augenblick, als der mögliche Javier Trueta hinter den Türen der Seilbahn verschwindet, kommt eine kleine junge Frau heraus, nicht sehr attraktiv, Stoppelkopf, Hornbrille, Zwiebellook aus Wollschichten mit der Farbskala von Dunkellila bis Violett. Sie raucht und wartet, wirft die Kippe auf den Boden und tritt sie mit klobigen Bergstiefeln aus. Unsere Blicke sind sich ein paar Mal begegnet. Auch eine hässliche Frau kann einem zum Verhängnis werden. Ich zögere, ob ich in die Kirche oder den Vergnügungspark gehen soll. Schließlich gehe ich zu einem der Schalter und kaufe eine Eintrittskarte. Für alle Attraktionen, versteht sich. Ich will Rummel. Der Park ist menschenleer, und die Aufseher, vermummt mit Schals und Anoraks wie Terroristen in den Pyrenäen, krepieren fast vor Kälte. Ich gehe Treppen hinunter, laufe durch Gänge, stelle fest, dass die meisten Attraktionen einen aufgeblähten Namen haben, ähnlich wie die Firmen Ernesto del Pistachos, ein Markenzeichen. Ich bin gerührt von meinen Zerrbildern im Spiegelkabinett. Ich komme aus einem Labyrinth heraus, und das violette Mädchen kauft gerade Popkorn. Ich steige in eine Art Luftschiff, das über der Stadt schwebt, habe stocksteife Beine vor Schwindel und wünsche mir bloß, dass die Folter ein Ende hat. Der Aufpasser lacht, als ich fast auf allen vieren herauskrieche. Das Mädchen in Violett schlägt im Spielsalon einen Punchingball. Ich segle unter der Flagge Panamas in einem ferngesteuerten Schiff, und auf der anderen Seite des Teichs verhindert das Mädchen in Violett unter einem luftigen Pavillon mein Entern. Just da, auf der obersten Ebene des Parks, finde ich ihn. »Den Wächter der Grenze«.

Auf den Paneelen, die die Attraktion einschließen, wohlvertraute Figuren: Elsita, Watman, Matwan, die Truppe Shingalín … Namen, die fast jeder spanische Jugendliche kennt. Bei dem Spiel setzt man sich in einen beweglichen Korb mit Armaturenbrett, dann fegt man in einem Zwischending aus Autoskooter und wildem Tanz über eine Stahlpiste. Die Körbe sind ständig in Bewegung, sodass wir in einem fort aneinanderrempeln. Tanz und Gewalt. Schon sitze ich am Steuer meines Schiffs. Alles wird dunkel, ein Paneel leuchtet auf, Watmans Bild erscheint, der Wächter der Grenze, und teilt mir mit: »Durch die schwarzen Löcher der Galaxie kontrollieren wir Shingalines die Geschehnisse in parallelen Welten. Zerstöre die falschen Wächter und denke daran, dass der Tänzer immer recht hat.« Auf einmal ertönt der Hit von Los Bravos, »Black is black«, und ich fange an, mich zu drehen, und schwebe hoch und runter, und das Stroboskoplicht blinkt rot, blau und gelb … Ich stoße mit einer japanischen Familie zusammen, mit einer osteuropäischen mit Glasnost-Gesichtern, mit einem Jungen, der auf Katalanisch herumkrakeelt, neben einem Vater, der in derselben Sprache flucht, und mit dem Mädchen in Violett, das mit der einen Hand das Gleichgewicht und mit der anderen die Brille hält. Alle drehen wir uns, schlingern, stoßen zusammen, bewegen uns hoch und runter, und trotzdem denke ich noch immer an meine tägliche Aufgabe und zukünftige Arbeit. Ich habe heute gesehen, wie jemand, der nicht ist, wer er sagt zu sein, Waisenkindern, die keine Waisenkinder sind, Geschenke überreicht hat, die vielleicht keine waren. Danach hat mir jemand, der auch nicht war, wer er behauptet hat zu sein, eröffnet, er würde wer weiß wen vertreten. Dieser Mann hat mir einen Bericht aufgetragen, über eine Person, die nicht existiert, damit ein so genannter Leser bewertet, welche wichtigen Tatsachen ein Idiot wie ich herausfindet, die auf keinen Fall, niemals, jemand erfahren darf. Die Aufgabe besteht darin zu beweisen, dass diese Welt nicht nur bitter, sondern die Hölle sein kann und dennoch nicht ernst zu nehmen ist.

Chor: Vielfält'ge Gestalt weist das Göttliche auf,
Und viel – unverhofft – bringen Götter zustand.
Und was man gewünscht, das ward nicht vollbracht,
Unerwartetem schuf seinen Weg ein Gott.
So vollzog sich auch dieses Geschehen.

EURIPIDES, *Die Bakchen*

1

Der 15. August 1971 ist der wichtigste Tag meines Lebens. Der Tag des Watussi. Der Bogen, der sich von dem frühen Morgen spannt, an dem Pepito und ich, unter einer blauen Plastiktüte vor dem Regen geschützt, auf einer maroden Mole angeln, bis zum ebenfalls regnerischen Morgen des nächsten Tags, an dem er seinen glanzlosen Endpunkt findet. Die Ereignisse haben uns an denselben Ort zurückgebracht. Dort unten, nur ein Wiegen, schaukelt im ewigen Auf und Ab ein Körper.

Ich komme zurück zum vorherigen Morgen, zu den Jungen, die sich vorgenommen haben zu angeln. Pepito, genannt Yeyé, meckert über den Köder, ein trauriges Würmlein in einer Konservendose, in der noch eine benommene Fliege kreiselt. Er hört für einen Moment auf zu maulen, blickt verloren auf den nicht existierenden Horizont und philosophiert in einem Tonfall, den er von fremden Unterhaltungen aufgeschnappt und auf seinen eigenen Zigeunerslang draufgesetzt hat:

»Pass auf, man setzt dich an einen Knopf und sagt: Wenn du drückst, stirbt ein Haufen Chinesen. Aber dafür kriegst du eine viertel Million. Na, was tust du?«

Keine Antwort. Auf solche Gedankenspiele Pepitos lasse ich mich nicht ein.

»Aber, pass auf, so einfach ist es nicht. Weil den paar Chinesen, die überleben, sagt man, dass du den Knopf gedrückt hast.«

Immer noch keine Antwort.

»Schon mal einen Chinesen gesehen? Einen echten Chinesen? Natürlich nicht. Wie denn auch …! Ich ja auch nicht. Sie wissen, wer du bist, aber du weißt nicht, wer sie sind.«

Das war der Anfang.

Und das hier ist das Ende. Vierundzwanzig Stunden sind vergangen. Noch immer versuchen wir zu angeln. Dicht aneinandergekauert hocken wir da und hören, wie der Regen unablässig auf das Plastik prasselt. Pepito lässt seinen Blick schweifen, zieht kräftig den Rotz hoch, sieht mich an und fängt wieder an zu philosophieren:

»Du stirbst. Wirst unter die Erde gebracht. Dort, wo du liegst, wächst ein Baum. Also, ein Apfelbaum. Wenn du einen Apfel isst, isst du ein Teil von dem Toten. Wirst du dann so, wie er war?«

»Wenn ich tot bin, kann ich doch keine Äpfel mehr pflücken.«

»Meine Güte. Dann ist der Tote eben ein anderer. Verhältst du dich also wie der Typ mit dem Apfel oder nicht?«

»Kann schon sein.«

Vorhin habe ich gesagt, dass ich mich auf solche Gedankenspiele nicht einlasse, aber an diesem Morgen steht unser Gespräch noch unter dem Eindruck der beunruhigenden Ereignisse.

Pepito schnalzt mit der Zunge, fügt sich der Vagheit. Wieder blickt er in die trübe Suppe. Sagt:

»Heute haben wir wenigstens einen guten Köder.«

Und dort unten, wie ein Meerestier, das Auf und Ab eines Körpers. Sie haben ihn kahl geschoren, ihm Schuhe und Hosen ausgezogen, die Lederjacke haben sie ihm gelassen, mit dem Schriftzug »Watussi '65« und einem aufgenähten W auf dem Rücken.

2

An jenem Tag sah ich zum ersten Mal einen Toten (oder sogar zwei Tote). Es war nicht nur der Tag meiner Initiation, allerdings weniger sexuell als hinsichtlich des Staunens darüber, sondern auch der, an dem die Wucht der Gefühle, wie ich mich zu erinnern glaube, mir den Boden unter den Füßen wegriss. So war's. In jener Nacht, in der ich wegen des unaufhörlichen Klagens meiner Mutter kaum ein Auge zutat, wusste ich endgültig, dass ich die Gewalt kennengelernt hatte; nicht einfach Hammer auf Amboss, sondern die hinter den Drohungen und Vorzeichen verborgene düstere Kraft. Dieser Tag, mein Leser dürfte es langsam mitbekommen haben, war ereignisreich, aber noch bis vor kurzem wusste ich nicht, welche Bedeutung er eigentlich für mich damals hatte und bis heute hat. Es geht nicht um die offenkundige Tragödie, nicht das Aufscheinen unbekannter Welten, nicht die Offenbarung; ich begriff die Erfüllung, die Leuchtkraft dieses Tages, lange bevor meine Gedanken reiften. Er machte mich noch nicht zu dem, der ich geworden bin; aber er warf mich ins Leben, und weder ich noch die Welt, die ich vor Augen hatte, wussten, was wir miteinander anfangen sollten.

Ich muss an meinen Leser denken, der nun sicher fragt: »Und was geht mich das an?« Noch habe ich nicht ganz den Verstand verloren, mein Leser. Ich weiß, ich muss einen vertraulichen Bericht über eine bestimmte Person schreiben, über ihre Gewohnheiten, ihre Schwächen, ihren tatsächlichen Einfluss … weiß ich doch alles. Spuren, Verabredungen, Zeugnisse, sexuelle Aktivitäten hinter Gardinen … Aber bei der Bedeutung, die diese Person, oder sagen wir, »die Entwicklung ihrer Identität«, für mein Leben gehabt hat und umgekehrt, und angesichts dieser einmaligen Chance, die Geschichte zu erzählen, muss ich die Sache genau nehmen. Zum ersten Mal. Denn eigentlich ist das nicht meine Stärke, und es könnte passieren, dass Sie meine Genauigkeit manchmal für Unvorsichtigkeit halten.

Mein Bericht reicht zurück an den Anfang der neuen Zeit, heutzutage völlig überbewertet, eine Zeit, in der dank der Technikbegeisterung die spektakulärste Farce in der Geschichte der Menschheit möglich wurde. Wenn mein Leser gereizt auf das Wort Farce reagiert, sage ich »Illusion«: moralisches Alibi der ketzerischen Priester seit dem alten Ägypten, der Hexen im Mittelalter, der hehren Männer und klugen Offiziere; es ist die Illusion, den Zorn der Götter besänftigen zu können, sie sich vertraut zu machen und ihnen Namen zu geben. Und die Priester sagten uns, dass die Menschheit wieder zum Himmel zeigte, weil wieder jemand am Himmel hoch- und runterfuhr. Man brauchte eine neue Jugend. Die Menschheit schien ihrer selbst müde geworden zu sein und belog sich selbst, wie jemand, der meint, er könne mit ein bisschen Möbelrücken und ein paar Retuschen im Alltagstrott dem Joch der Langeweile entkommen. Diesem Selbstbetrug unterlag die ganze Welt; aber in unserem Land setzte man aufgrund der Umstände erst recht alles auf die Jugend. Eine Epoche rasanter Dekadenz schien zu Ende zu gehen, doch bis zum Einsetzen des neuen Aufschwungs fehlte noch der letzte Schritt, der oft schmerzhaft und immer ein Opfer auf dem Altar des Fortschritts ist. Zunächst herrscht nur Angst, Pläne werden geschmiedet und Fragen aufgeschoben. Später grassiert der Hochmut. Schließlich sieht man überall nur noch Gespenster, Projektionen von Angst und Hochmut. Gespenster. Und wenn von klappernden Knochen und grinsenden Totenköpfen keiner mehr spricht, dann nur deshalb, weil wir durch unseren Überdruss an der besten aller bekannten Welten so taub und blind geworden sind, dass wir nur noch Irrlichter in der Dunkelheit sehen.

In der Anfangszeit, als das Bangen vor der Zukunft langsam abflaute, erlebte das Vergessen eine wahre Konjunktur. Niemand schämte sich seiner Amnesie, denn im Unterschied zu jenen, die sehr wohl etwas zu vergessen hatten, gab es viele, die, aufgrund ihres Alters oder weil Gedächtnisschwäche schon Teil ihres genetischen Programms geworden war, das Vergessen als Wohlfühlfaktor entdeckten und um des Vergessens willen vergaßen. Vergessen wurde eine neue Disziplin, ein körperliches und seelisches Bedürfnis, sich allem Neuen zu verschreiben, der Tod als letzte Neuigkeit, als letzte Ahnung. Das Höchstmaß an Frivolität war erreicht. Man starb für ein Lied, eine Nacht auf der Piste oder einen inneren Rhythmus, für den niemand Worte finden konnte. Man feierte bis zum Umfallen, lachte sich tot. Eine Zeit lang stand die Verehrung der jugendlichen Unbeschwertheit über dem Sarkasmus der Kleingeister; später stellte sich heraus, dass die Unbeschwertheit in ihrer Oberflächlichkeit sehr rentabel war und unecht. Kommerz, Werbung und Politik machten sie frivol, und so verkam die Unbeschwertheit auf Umwegen wieder einmal zur Dummheit. Während sich also bei der offiziellen Staatsmacht Hell- mit Dunkelgrau abwechselte und man sich für seine koloniale Untätigkeit gegenseitig auf die Schulter klopfte und sich zum Gespött der Leute machte, hielt sich die Mehrheit des Volks lieber an so solide Werte wie Sport, prominente Paare und Haushaltsführung als gesellschaftliche Orientierung und feststehendes Tabellenwerk. Die Intellektuellen hielten zusammen wie Schülerbanden oder droschen mit Kasperlepritschen aufeinander ein. Die Leute glaubten sich gut informiert. Die reinste aller Simulationen war die Pornographie.

In Apuleius' *Goldenem Esel* reibt sich der Held Lucius mit einer Zaubersalbe ein, die ihn in einen Vogel verwandeln soll, aber am Ende ist er nur ein Esel. Das ist die Geschichte meines Lebens. Aber Apuleius legt Lucius auch in den Mund: »... du darfst staunen, mein Leser, über eine Reihe von Vorfällen und Menschen, deren Gestalt und Lebensbedingung sich wandeln, bevor sie, entsprechend ihren Wünschen, ihr ursprüngliches Erscheinungsbild zurückgewinnen.« Solche Männer und Frauen habe ich kennengelernt, solche Straßen und Häuser, und das Wichtigste ist, dass ich noch immer die Lücken zwischen den Häusern und die Leere erkenne, die Abwesenheit und Veränderung hinterlassen. Alles ist Magie und Metamorphose, oder Täuschung und Metamorphose. Hinter den Trick der Simulierer zu kommen und in dem ganzen Sumpf vielleicht ein Wunder zu entdecken beansprucht in diesem Bericht viele Zeilen. Der Zauberstab wechselt hin und wieder von einer Hand in die andere, am Ende werden mir Fragen gestellt, und ich werde bezahlt. Wenn meine Arbeit etwas taugen soll, muss ich diesen Wandel erklären und jedes einzelne Mal dokumentieren, da ich erzählt habe, was ich nun noch einmal erzähle. Mein Leser bekommt seine Information und ich mein Geld.

Ich habe die Geschichte an vielen Tresen erzählt (ich bin ein

Stammgast), auf einer Parkbank, während die Mädchen die Juniabende vergoldeten und so entschlossen vorbeirauschten, als läge ihnen das »Zisch ab …!« schon auf der Zunge. Wie ich ihnen hinterhersah, machte mich meine Erzählung zu einem antiken stolzen Helden, bis ich schließlich etwas verloren herumstand in diesem stummen Zeitalter mit seinen albernen Göttern. Mein Zuhörer zuckte die Schulter, eine Zigarette nahm er aber gerne an und bemühte sich gar sehr, seine Plastiktüte mit den Kleidern, den Wein und seine Verwahrlosung zu verbergen. Ich habe diese Geschichte in fremden Betten erzählt, bei einer feierlichen Zigarette, die in einer denkwürdigen Nacht die Pause einleitete, während ich zwischen einem effizienten Fluchtplan schwankte und der schnellen Erfindung feuriger Argumente, um noch eine gute Weile in diesem und den angrenzenden Räumen bleiben zu können. Ich habe mich der Geschichte bruchstückhaft, Schicht für Schicht in kleinen Gedächtnisexplosionen genähert, während deren ich die Lust einer fast musikalischen Vibration spürte … Irgendwann war ich es leid, die Geschichte auf tausenderlei Arten zu erzählen. Aber unabhängig davon, wie die Versionen jeweils ausfielen, sie blieben immer treu, wenn nicht der Wahrheit, so doch ihrer Bestimmung. Und damit will ich sagen, dass ich an meinen Bericht glaube, auch wenn nicht jedes Ereignis darin aufgeführt oder manches ein bisschen beschönigt ist. Ein Hinweis: Die taktischen Lügen, die notwendig sind, um meine Herkunft zu verbergen, werten einen der Hauptbeteiligten des Geschehens (mich) zu einer blassen Figur ab, die nur zufällig in die Dinge hineingeraten zu sein scheint. Was meine Herkunft angeht, habe ich gelogen, was das Zeug hält: Meinen Lebenslauf abzuwandeln war wirklich harte Arbeit.

Jetzt will ich die Hauptperson sein, jetzt will ich versuchen, hinter die Wahrheit zu kommen. Das ist lediglich eine Frage von Aufmerksamkeit und Geduld. Trotz der schwerwiegenden Fakten fehlt es der Geschichte nicht an Esprit, sie ist so vergnüglich wie die eines beleidigten Clowns. Irgendwer sprach einmal von den Fluren und Palästen des Gedächtnisses. Im Gedächtnis der Kloaken, aus denen sie mich gefischt haben, gibt es finstere Gänge, aber auch Paläste aus Jade. Und diese Paläste der dunkelsten Erinnerung führe ich zu meiner Verteidigung an, in der Hoffnung auf die Gunst meines Lesers.

3

Am frühen Morgen des 15. August 1971 regnete es, ich war dreizehn, und mein einziger Stolz auf Erden waren die Angelrute meines Vaters (die mir ihn absurderweise plastisch in Erinnerung rief), eine Halskette mit dem Kopf eines Indianerhäuptlings, angeberisch gepaffte Zigaretten und das Handbuch *Zu Geld kommen mit Köpfchen*. Eine beachtliche Geschicklichkeit im Knacken von Autos und selbige unbemerkt ins Verkehrschaos zu schleusen war meine heimliche Gabe. Der ganze Rest war nachrangig, der Detektorempfänger, das Fernglas, sogar meine Mutter und das Elitebewusstsein, das sie mir einflößte, es war so selbstverständlich, dass ihm jedes Geheimnis abging.

Beim ersten zaghaften Morgenlicht beschlossen Pepito und ich, das Angeln, besser gesagt, das Nichts-Angeln sein zu lassen. Die Hafenlichter an den Wellenbrechern und am Leuchtturm erloschen nach und nach, als hole eine riesige Hand einen Fächer Spielkarten ein. In der Ferne im Dunst der majestätische, graue Umriss eines amerikanischen Kriegsschiffs, das gerade auslief. Den ganzen Monat schon gingen wir jeden Tag zum Hafenkran hinunter und glaubten nicht im Entferntesten daran, dass einer anbiss. Uns kam es darauf an, darin waren wir uns stillschweigend einig, dass da so was wie ein Fenster war. Aber mein Leser soll jetzt nicht irrtümlicherweise an zwei Lausbuben denken, die sich die Stupsnasen an der Scheibe platt drücken, hinter der die große weite Welt lockt: Besser denke er an zwei Narren, die auf diese

Scheibe hauchen, bis sie so beschlagen ist, dass man nichts mehr sieht. Wahrscheinlich kann ich nur für mich sprechen, aber jener 15. August bedeutete das Ende des Alters, in dem man begeistert die bunten Steinchen am Strand sammelt, ohne zu wissen, dass sie abgeschliffene Flaschenscherben sind. Wenn ich richtig Kind gewesen bin, dann erst später und nur ausnahmsweise. Ohne Köder und ohne Hoffnung zu angeln war eine besondere Ausdrucksform des Trotzes; wir dachten uns nicht auf die andere Seite des Fensters, sondern gefielen uns bewusst in der Aussichtslosigkeit: eine viel höhere Form des Träumens.

Seit ein paar Jahren lud mich der Sommer ebenso vehement zur Lüge ein, wie andere Jahreszeiten mir Disziplin auferlegten. Ich belog mich selbst, wenn ich mich mit naiver Gutgläubigkeit in dieser Gegend voller Staub und Gefahren sicher wähnte, und ich belog meine viel beschäftigte Mutter. Ich sehe sie noch vor mir, wie sie schwitzend mit hochgekrempelten Ärmeln wie eine Galeerensklavin schuftete und mich anschrie: »Lern!«, und bei dem didaktischen Imperativ blieb jeder Einspruch aussichtslos, dazu seufzte sie expressiv und rannte auf klappernden Pantoletten in unserem beengten Heim hin und her. Ich durfte mit niemandem aus dem Viertel Umgang haben, nicht mit den Kindern der »Häuser« und erst recht nicht mit denen aus den Baracken, dem kläglichen Rest Zivilisation auf dem Berg, wüste Blicke und verwegene Spiele bis zum Alter von zehn, dann machte man einen Sprung zu weniger harmlosen Dingen, wie in das nächste Kästchen von Himmel und Hölle, und entdeckte die Illegalität in allen ihren Formen.

Wenn ich heute in Gedanken durch diese Eternitwelt im Dachpappenzeitalter streife, höre ich noch immer das synkopische Schlagen, wenn die Mädchen sich einander gegenüber aufstellten und die Hände klatschten, immer schneller, mit unerhörter, höchster Koordination, die mich heutzutage stolz macht: »Bonnie und Clyde, diese hübschen zwei, so frech und adrett, und dabei so fies …« Zu den Drehungen des Hüpfseils sehe ich die Röcke fliegen und weiter drüben einen verlassenen Anhänger mit ein paar Jungen drauf. Einer davon bin ich. Wir spielen »Wechselt eure

Plätze«, robben wie Reptilien von der einen Seite auf die andere, lauern darauf, den nächsten Platz zu besetzen; beim Rennen biegt sich der Boden, der Anhänger wankt. Oft bin ich es, der aussetzen muss. Weil ich nicht so schnell bin und mich auf dem wackligen Untergrund unsicher fühle. Ein Mädchen ohne Höschen und ohne Alter will unbedingt mitspielen. Sie hockt hartnäckig auf einer der Ecken, und sie sagen blöde Kuh zu ihr. Die Schmuddelkinder knien sich hin, langen sich an den Kopf und glotzen, glotzen sie mit ihrem zahnlosen Lachen an, kratzen sich mit einer Hand am Kopf, mit der anderen fuchteln sie in der Luft herum. Zufrieden über meine soeben eroberte Ecke, schöpfe ich Atem und wundere mich, dass das Spiel im Lachen untergegangen ist. Also glotze ich die da auch an, rachitisch, unbefleckt, der Schlitz ein bisschen größer als der meiner Sparbüchse, mangelhaft bedeckt von dem schmutzigen Röckchen, das die schmutzigen Hände glatt streichen. Ein Mann mit einem Sack kommt vorbei. Hinter ihm her läuft ein Hund, die Schnauze dicht an dem Bündel. Der Mann ruft in übelster Laune das Mädchen, das verlässt den Anhänger und folgt ihm in die Stadt; der Hund springt um sie herum, macht mit seinen Tatzen den Rock noch dreckiger und schnüffelt wie benommen vor Glück.

Die unleugbare Nähe der Stadt, der Industrie, des Freihafens, die Tatsache, dass es auf dem Berg Parkanlagen und Baudenkmäler gab, die nichts mit dem Leben zu tun hatten, das sich dort abspielte, und die auf das nur noch vage in der Erinnerung haftende Ereignis der Weltausstellung zurückgingen, als der Berg sich mit Palästen füllte, die alsbald dem Verfall überlassen wurden, das alles regte an zu weiteren Spielen. Verlassene Behausungen mitten im Wald, ein verfallenes Olympisches Stadion im Mondschein, in das man über Gatter und Mauern hinweggelangte, wo Sandpisten glänzten, Stufen in die Dunkelheit hinabführten, als wäre dieser Ort eine Stätte aus der fernen Antike oder Stoff einer Zukunftsutopie, ein Schattenrest, erträumt von einem Stadtstreicher-Platon. Die Statuen üben eine ungeheure verführerische Kraft auf Jungen aus, die gerade den Märchenwundern entwachsen sind und erste Gewinne berechnen, und dabei sind sie von klein auf daran gewöhnt, auf Schritt und Tritt dem Irrealen zu begegnen: eine Böschung hochzugehen und eine Siedlung aus Zelten zu entdecken, aus Markisen, die von irgendwelchen Bars aus der Stadt entwendet wurden, deren zerschnipselte Schriftzüge eine unmögliche Sprache bildeten, oder eine Zigarette zu rauchen und Sonnenblumenkernschalen auf Minervas und Apollos aus Zement zu spucken, ohne damit ihre Schönheit oder ihren Wert zu schmähen. Aufmerksam gemacht von der Nachricht, neben dem Stadion befinde sich eine Lagerhalle mit Statuen, die die Stadtverwaltung als besonders wertvoll ansehe, forderte einer dieser Jungen die Dunkelheit der Nacht heraus. Am nächsten Tag fand man seine Leiche, aufgespießt auf den Spitzen eines Gitters. Die Statuen steckten kopfüber im Sack des Diebs, so war es ihnen nicht vergönnt, die klassische Todesart zu bestaunen. Die Nachricht von dem Geschehen verbreitete sich in den Baracken wie ein Lauffeuer, und mit derselben Geschwindigkeit geriet sie auch wieder in Vergessenheit. Die Jungen sprangen weiter über die Gitter ins Stadion und auf die Anhänger fahrender Lastwagen, von denen mir nichts, dir nichts Gemüse, Limonadekästen und Schachteln mit Eis in den Straßengraben verschwanden, und sie sprachen weiter von diesen Ruinen und deren exotischem Geheimnis, als sprächen sie von dem viel prosaischeren Geheimnis der Tierra Negra, dem letzten Bollwerk billiger Nutten, oder den Höhlen Ali Babas, einer alten Mine, die als Versteck für Verbrecher dient.

Ich streife weiter und stecke den Kopf durch die improvisierte Fassade eines verlassenen Tanzlokals. Ein Laden nach dem anderen hatte aufgegeben, erst eins, dann alle, bis die Zeilen zur völligen Ruine verkommen waren, durch die ich jetzt streife. Ein Grüppchen schlägt pelzige Tennisbälle gegen eine Wand, diese prallen ab, Regeln werden aufgestellt, die sich am Recht des Stärkeren orientieren. Weiter hinten ein Grüppchen, Rücken an Rücken auf dem Boden sitzend, bearbeitet einträchtig das, was meine Mutter bis vor kurzem nur das Pipimännchen nannte und jetzt ein Tabu ist. Abwesend stieren sie nach oben, dorthin, wo früher

Dachfenster waren, später zerbrochene Scheiben und jetzt der blanke Himmel ist. Ich lehne mit den Armen hinterm Rücken verschränkt an einer Säule, verfolge das Spiel in der Hoffnung, noch nicht so bald rauszufliegen. Einer von ihnen ruft mich und befiehlt mir, zuzugucken, mich runterzubeugen, aber ich beuge mich nur ein Stückchen runter, weil die hin und her scheuernde Hand und diese graue Olive, die immer wieder mit ihrem einen Auge rausschaut, mir Angst machen. Dieses Etwas spuckt mir auf die Wange, und ich höre die zahnlosen Münder im Chor lachen und dann im Chor stöhnen. Von weiter weg ruft jemand einen Namen. Aus und vorbei. Der Schmutzfink lässt die Waffe in der Hose verschwinden, zieht sich die Socken hoch und springt, die Hose halb zu, zum Fenster raus, dann hört man nur noch das Knattern eines Mopeds, das in Richtung Stadt fährt. Am nächsten Tag wurde bekannt, dass sie nicht zurückkamen. Aber wen kümmerte das? Auf der Brache wird weiter wie eh und je über versteinerten Pfützen Fußball gespielt, und sobald irgendwas ansteht, werden die Spieler von kreischenden Stimmen herbeigerufen. So wie ich damals, dem man ins Gesicht brüllte: »Lern!« Ich spielte wenig mit ihnen, und das erleichterte es mir, meinen Zustand der Unschuld ein wenig hinauszuzögern; aus meinen Einblicken zog ich keine Schlüsse, aber auch keinen Vorteil. Ich fühlte mich anders, weil ich es nun mal war. Ich hatte stoppelkurze blonde Haare, und schon bald, eigentlich viel eher, als ich es vermutet hatte, gingen wir von dort weg. Doch bis dahin Sommer und Lügen. Fast die ganze Zeit war ich mit Pepito unterwegs, dem Yeyé, einem Zigeuner aus den Baracken, der das zweifelhafte Privileg hatte, ein echter Paria zu sein.

In einer Welt der Krüppel und Zahnlosen war es unerhört, dass jemand mit einem längeren und einem kürzeren Bein geboren worden war und noch dazu so etwas wie orthopädische Schuhe besaß. Ob jemand wie bei ihm eine verkümmerte Gliedmaße, ob jemand keine Hände hatte und sich beim Kartenspielen mit dem zahnlückigen Mund behelfen musste oder ob jemand wie ein altmodischer Held mit den Händen auf den Beinstummeln grimmig an der Haustür saß, egal was, Versehrtheiten waren wie ein mühsam im Leben verdienter Preis, eine Prämierung, die mit Bescheidenheit zu tragen war. Darum nahmen sie es Pepito krumm, dass er sein angeborenes Hinken mit jedem Schritt zur Schau stellte, auf dem Weg von den Baracken hoch zu den »Häusern« und zurück, fast immer allein, der Wuschelkopf mit dem unverwechselbaren Yeyé-Grinsen. Ein zu kleines Hemd mit umso größeren Blumen und eine fleckige Schlaghose kündigten den Krüppel aus einem Kilometer Entfernung an, sodass sich die anderen schon die Hände über den bevorstehenden Spaß rieben. Wenn Pepito vorbeiging, ließ ein Rotzbengel eine fiese Bemerkung los, die Schlag auf Schlag mit einem schmutzigen Wort quittiert wurde, ruck, zuck machte sich der Rotzbengel auf die Jagd nach der Beute. Pepito machte verzweifelte Hopser und humpelte wie ein verwundetes Tier, dann hatten sie ihn und prügelten gnadenlos auf ihn ein, während der Pöbel zuschaute und lachte. Ich verfolgte die elende Aktion aus sicherer Entfernung mit meiner Indianerhäuptlingsmedaille im Mund und sah zu meinem Erstaunen, wie Pepito schließlich ohne eine einzige Träne auf mich zukam, eine lose Zigarette aus der Hemdtasche zog, den Rauch ausstieß zusammen mit einem weiteren Schimpfwort, dann zog er den Rotz hoch, beziehungsweise schleuderte ihn mit dem Handrücken fort, und zeigte auf seinen orthopädischen Schuh mit den Worten:

»Hier, mein Junge, echt *Cuervo und Neffe*.«

Daraufhin streckte er mir den Schuh ins Gesicht, und ich konnte auf der Sohle die Marke *Cuervo und Neffe* lesen, in Leder geprägt, ein bisschen abgenutzt und aufgefüllt mit diesem hysterischen Staub. Unter dem Schriftzug auf der Sohle die heraldische Arroganz zweier gekreuzter orthopädischer Schuhe.

»Pass auf … *Cuervo und Neffe*. Damit du's weißt.«

So war Pepito. Und meine Mutter verdrehte die Augen, wenn sie mich mit ihm sah, davon überzeugt, dass der kleine Zigeuner einfach ein harmloser Spinner war.

4

An jenem Morgen des Watussi passte ich mich Pepitos Schritt an, während wir aus dem Schatten des Krans heraustraten, ein rostiges Eisenskelett am Rand des Hafens. Zwischen Masten, Schienen und Tauen ließen wir allmählich den Geruch nach Salpeter und Kantinenkaffee hinter uns und begegneten Hafenarbeitern, umhüllt von Gähnen und Qualm. Wir fragten uns nicht, warum sie am Feiertag arbeiteten: An so einem fraglosen Ort waren Verdächtigungen fehl am Platz. Über das Kreischen der tief fliegenden, im Nieselregen aufgescheuchten Möwen legte sich der Lärm der Autos, die am Friedhof entlangfuhren. Wir überquerten die Straße des Freihafens, nahmen Abkürzungen, kletterten steile Abhänge empor, sprangen über Zäune und durchquerten öffentliche Parks, wo wir hinter jedem Busch, der sich uns in den Weg stellte, Gefahr witterten. Jetzt weiß ich wieder, warum wir in diesem Sommer so gerne angeln gingen; ich brauche mich bloß in uns Jungen auf den schlammigen Pfaden zu versetzen, schon wird mir schlecht. Denn in meinem Gedächtnis treffe ich nicht etwa auf den regennassen Duft von Linden, Ahornbäumen und exotischen Pflanzen, sondern auf einen kräftigen, ordinären Müllgestank, der einen wie die Umarmung eines Bären erstickte. Jeden Abend luden die Lastwagen ihre Ladung auf der Müllkippe mitten auf dem Berg ab, wo die Abfälle vor sich hin faulten, sodass sich eine Art unsichtbarer Nebel auf unsere Gegend senkte, der schwindelerregende städtische Abfall, unter dem wir, die wir in der Stadt keinen Platz hatten, am besten alle erstickt wären. Dieser so oft erwähnte und offenbar allmächtige Jemand trieb alle zur Eile, die in diesem Sommer gehen wollten, und vor allem jenen, die noch zögerten und sich in dem Elend häuslich eingerichtet hatten, machte er Beine. Die Ehrgeizigen waren schon Jahre zuvor weggegangen, aber es kamen immer neue; jetzt schien es nur eine Richtung zu geben, die Flucht: Jeden Morgen fuhren klapprige, mit Möbeln vollgeladene Karren den Berg hinunter, am Straßenrand standen weinerliche Kinder und rheumatische alte Weiber, die Unglück prophezeiten, während der Lieferwagen eines Freundes schon vor der Tür wartete. An den Haustüren sprach man vom »Siedlungsplan«, der »Wohnung«, dem »Block«, verhaspelte sich beim Aussprechen der Orte, in die bereits alle Ersparnisse geflossen waren, den Rest des Guthabens, sagten sie, wollten sie anlegen, sobald sie sich auf den Ort festgelegt hätten, an den sie ziehen würden, um zu leben und zu sterben, dann würden sie klarer sehen, würden lernen, den schwierigen Namen des Orts auszusprechen, an den man sie umgesiedelt hatte, viel Platz zum richtig Spielen, Häuser mit zehn oder mehr Stockwerken wie im Fernsehen, hier braucht keiner mehr ins Gebüsch zu scheißen. »Sträucher, Johannisbrotbäume, und das war's«, bemerkte eine der Vorreiterinnen über das Gelobte Land, als sie nur zu Besuch zurückkam. Entmutigung und Panik machten sich breit, bei den Feiglingen, den diskutierenden Grüppchen, als durch die Löcher der Baracken sickerte, dass im nächsten Jahr alles abgerissen werden sollte: Wer bis dahin keine Wohnung habe, und die Wohnungen wurden schon knapp, dem bliebe nur die nackte Not. Die Diskussionen über die Wohnraumbeschaffungsprogramme waren beschämend. Der oberste Pächter der Wahrheit, belehrt von dem Funktionär, zu dem er ein lohnendes Vasallenverhältnis unterhielt, die Achselhöhle schwitzte Eifer, mit seinem Kauapparat füllte er das Ambiente des Lasters mit weisem Salbader, zog hinter dem Ohr einen Bleistiftstummel hervor und machte sich daran, Nummern zu vergeben, fest davon überzeugt, dass er mit seiner Kabbala jeden, der unbequeme Fragen stellen würde, schon einschüchtern könne. Dann wurde einer nach dem anderen am Kragen gepackt, Bleistifte wurden angesetzt, Papiere flatterten ins Haus, den Leuten stand das Wasser bis zum Hals, man würde wieder ganz von vorne anfangen. Das Entscheidende, Traurige daran, dass niemand einzog in diese Fassaden, die nun nebenan hochgezogen wurden, sodass Pepito und ich jeden Tag in der Ferne die Fortschritte eines halb fertigen Wolkenkratzers gegenüber dem Hafen mitverfolgten, das Labyrinth kühler Kalkulation, von dem aus die Funktionäre Fotografien der sonntäglichen Prachtstraßen aufs Land und in die Dörfer schickten, damit sich die, die dort geblieben waren und Schafe zählten oder unter einer gnadenlosen Sonne den Schichtwechsel auf dem Feld herbeisehnten, schwarz ärgerten. Die Vertriebenen sollten sehr viel weiter ziehen, in ein anderes Dorf, wo sie mitnichten endlich das Geld verdienten, das sie in ihren Jahren als schlecht eingliederbare urbane Elemente schon nicht verdient hatten, womit dann eines dieser Paradoxe seinen Lauf nahm, von einem armen Dorf in ein noch ärmeres Dorf zu kommen oder gleich in der Dorfwirtschaft zu enden, um die Sorgen im Alkohol zu ertränken. Unerreichbare Stadtlandschaft, gewürfelte Fläche zwischen den Bergen mit ihren Vergnügungsparks, herausragende Finanzdenkmäler aus Glas, Statuen und eklektische Türme wie Patschhände, das alles erstreckte sich von unseren Füßen bis zum Horizont, sodass Pepito jeden Tag vor dem Anblick der Stadt die Arme ausbreiten und feierlich verkünden konnte:

»Die da unten lassen's krachen, und ich hier oben!«

Meine Mutter pflegte vor diesem Panorama mit derselben erhabenen Miene ergriffen in den unendlichen Himmel zu blicken und zu mahnen:

»Was für eine furchtbar gefährliche Stadt ist Barcelona!«

Wie auch immer, die Feierlichkeit des Moments war dieselbe. Und auf die historischen Aussprüche folgte die andächtige Betrachtung des Amphitheaters. Die rituelle Ruhe ermöglichte es, dass wir an diesem 15. August die gellenden Schreie hörten, die aus El Molino kamen.

5

El Molino war eine Bauruine. Pepito sagte, die Leute hatten sie so genannt wie das Kabarett in der Stadt, weil alle dorthin zum Ficken gingen. Pepito war mein Informant und zuverlässiger Lehrer der Nomenklatur, zu der mir der Zugang verwehrt war, und dieses »Ficken« ging mir eine Zeit lang nicht mehr aus dem Kopf. Pepito und ich kletterten auf allen vieren einen lehmigen Abhang hoch. Auf halber Höhe blieben wir abrupt stehen und sahen uns erschrocken an. Vor allem ich war erschrocken, denn über Pepitos Kopf war als Krönung seines extravaganten Aufzugs der Eimer gestülpt, den wir für die leider ausgebliebene Angelbeute vorgesehen hatten. Während wir uns ansahen, hörten wir, wie die Stimmen leiser wurden, als würden wir uns entfernen, anstatt näher zu kommen. Doch als wir oben ankamen, wurde uns klar, dass der hektische Flug der Möwen nicht nur mit dem sommerlichen Regenguss zu tun hatte.

Das Erste, an das ich mich erinnere oder zu erinnern glaube, sind zwei Alte, die sich wie so viele andere über diese Zahlungen unterhielten, sich schwarz anzogen und beteten. Neben ihnen plagt sich ein Kind mit einem viel zu großen schwarzen Regenschirm ab, nass bis auf die Haut und bibbernd. Ich erinnere mich an sein blaues Sweatshirt mit einem weißen Streifen quer über der Brust; und ich erinnere mich an dieses Kind, als wäre ich es selbst gewesen, die verschwommene Identität eines Traums, die ganze Szene beinahe wie ein Teil von mir. Die unterschiedlichsten Gestalten kommen und sehen sich um, als könnten sie unter den Anwesenden den noch unerkannten Täter entdecken oder mit ihrem Spürsinn seine Fährte aufnehmen. Ein Auto schrammt an der Böschung vorbei, es ist Emilianos 2CV, der mit quietschenden Reifen vorfährt. Die hintere Tür springt auf, zwei Männer rennen zu der verlassenen Baustelle. An der Beifahrerseite steigt ein weiterer Mann aus und nimmt sich einen Zeugen nach dem anderen vor. Schaut sie scharf an und führt den Zeigefinger an den Mund.

Auf einmal taucht vor mir ein vierter Mann auf, eine Handbreit vor meinem Gesicht hält er mir den Finger an den Mund, dann dreht er sich weg, und an mein Ohr dringt ein fast unhörbares »Pass auf …«. Neue Gestalten, die sich neugierig nähern, erstarren schon in der Ferne zur Salzsäule und verschwinden wieder, sobald sie den Rücken Emilianos erkennen, der an der offenen Wagentür lehnt. Ich sehe Emilianos Gesicht noch genau vor mir und erinnere mich an die Furcht, die es mir einflößte. Zur Maske erstarrt. Die zusammengekniffenen Augen fixierten den Eingang von El Molino, starr, als blickten sie durch alles hindurch. Emiliano löste sich nur schwer von der Wagentür, ließ sie offen, setzte sich langsam in Bewegung. Dann wandelte sich sein Ausdruck, Besorgnis trat auf sein Gesicht, er lenkte seine Schritte in eine andere Richtung. Er ging auf die Ruine zu, ohne den Körper anzusehen, den seine Männer zum Auto trugen. Das Gerücht machte die Runde, dass er es war, der das Opfer gefunden hatte. Eine seiner Pflichten bestand darin, auf dieses Leben aufzupassen, und jetzt wollte er nicht wahrhaben, dass er gescheitert war.

Sie hatten sie auf eine der zerfetzten Sprungfedermatratzen gelegt, die überall in dem Rohbau herumlagen, und dabei nicht bemerkt, dass ihr die Bluse bis zum Nacken hochgerutscht war und die Sprungfedern sich in ihr nacktes Fleisch drückten, rombengemusterter Rücken. Gelbe Bluse und gelber Minirock, ein Fuß nackt, der andere mit einer weißen Sandale bekleidet, ein Riemen um die Fessel geschlungen. Als sie sie vorbeitrugen, knieten die Alten nieder und bekreuzigten sich still. Eine Greisin konnte einen Schrei nicht unterdrücken, doch ein Blick Emilianos genügte, und sie verstummte. Der Junge in dem blauen Sweatshirt mit dem weißen Streifen stellte den Regenschirm weg und zog sich unter eine Pappel zurück. Anscheinend stellte er sich vor dem Regen unter, aber dann entdeckte er einen Lichtblick. Eine Rauchsäule stieg von einer winzigen Hütte auf, und die Spannung fiel von den Schultern des Jungen.

»Ach du Scheiße. Das ist die Julia«, setzte Pepito mich in Kenntnis.

Dass die Tote Julia war, wusste ich bereits. Celsos Julia. Ich fragte mich, warum das hatte geschehen müssen. Dieser Vorfall würde nicht vergessen werden wie die anderen. Er würde für eine vergiftete Atmosphäre, für Bedrohung sorgen, ganz sicher. Aus heutiger Sicht frage ich mich, was passiert wäre, wenn wir nicht angeln gegangen wären, oder wenn es nicht geregnet hätte und wir noch ein bisschen länger auf dem Dock geblieben wären oder wenn wir die Stimmen nicht gehört hätten. Und hinsichtlich meines eigenen Lebens frage ich mich, was gewesen wäre, wenn wir es dabei hätten bewenden lassen, wenn ich mich nicht von dem Kerl neben mir hätte mitziehen lassen, der immer wieder sagte:

»Das ist die Julia, he, schau doch, die Julia, Schweine, die Julia, dieses Arschloch, das sich an der Julia vergriffen hat, Mann!« Es war, als würde Pepito schreien, wo er doch in Wirklichkeit flüsterte.

Dann beförderten sie Julias Körper in den 2CV. Die blonden, bräunlich verklebten Haare hingen der Toten in das runde Gesicht, das blutbefleckt war. Die Stupsnase, der leicht geöffnete Mund, aus dem kein Atem kam. Julia sah aus, als schliefe sie. Ich erinnerte mich an ihre Brüste, die ein wenig größer als Apfelsinen waren, eng beisammen drückten sie sich durch das Trägerhemdchen. Julia, ihre kurzen, etwas wackeligen Schritte auf den Plateauschuhen, wie sie hochnäsig an mir vorbeistakste, ohne mich eines Blicks zu würdigen, ihr Atem, ihr Geruch. Und du hast dich aus Angst nicht nach ihr umgedreht. Und aus Angst hast du dir nicht einen runtergeholt und dir dabei Julia vorgestellt.

Noch bevor ich das »Ihr da! Kommt her!« hören konnte, packten mich irgendwelche Finger wie eine Zange am Ohr. Mich und Pepito. Wie eine Riesenlanguste hatte uns Emiliano im Griff, und schweigend, die Lippen aufeinandergepresst, sah er uns abwechselnd an. Pepito jaulte, und ich spürte etwas, das sich wie Blut anfühlte und mir übers Gesicht rann. In meiner damaligen Unbeflecktheit war mein Gefahreninstinkt noch schwach ausgeprägt, und ich antwortete nicht sofort.

»Was habt ihr gesehen?« fragte Emiliano.

»Nichts …«, antwortete Pepito.

»Wie nichts? Und du?« – »du«, das war ich.

»Nichts, gar nichts …«

»Ihr seid von dort hinten gekommen. Seit wann wart ihr dort? Ihr habt es gesehen, und ihr werdet es mir sagen, sonst schlag ich euch zu Brei.«

Alles Beschauliche war in weite Ferne gerückt, und japsend wanden sich Pepito und ich in den Klauen des Riesen, den schwieligen Händen, die daran gewöhnt waren, mit einem Hieb einen Baum entzweizuschlagen, dort, von wo er kam. Wir erklärten: das Angeln, der Hafen … vergebens. Wir zappelten und zappelten, mit gedemütigtem Blick, Pepitos orthopädischer Schuh schlitterte durch den weißen Lehm und meine Knie über den Boden; die eine schmutzige Hand umkrallte die Angelrute, die andere griff neben meinem Ohr in die Luft, doch an die Hand des Angreifers kam sie leider nicht heran. In diesem Augenblick hörte ich die rettende Stimme, schneidend, barsch und fast klanglos, ein verwundetes Weibchen, das während unserer jahrelangen Zwangsgemeinschaft meistens mir zuliebe nachgab, und es mussten Jahre vergehen, bis ich ihr dafür dankte. Schon lange bedaure ich, nicht erkannt zu haben, dass ihr übertriebenes Pochen auf Disziplin in gewisser Weise ein Akt der Großzügigkeit war. Das ist meine Sicht. Sie beschützte mich einfach aus Instinkt, und sobald sie ihre Furcht in mir gespiegelt sah, konnte sie nicht anders, als zum Angriff überzugehen.

»He! Lass meinen Sohn los!«

Vorsichtig blickte ich mit meinen verweinten Augen auf. Flora Picazo, meine Mutter, ein Weib von dreißig Jahren, kam auf uns zugestürzt. Ihre Hände rafften den Rock »zum Arbeiten«, auf ihrem Anmarsch hüpfte sie im Rösselsprung über Pfützen, eilte durch Regen und Schlamm herbei, um ihren Sprössling zu verteidigen.

»Lass meinen Sohn los!« wiederholte sie.

Ich blickte hoch und sah von unten, wie der Riese sich wegdrehte wie jemand, der nicht hört, und diese Bewegung kombinierte er mit einem fürchterlichen Kniff, den seine Krallen unseren Ohren zum Abschied schenkten.

»Bohnenstange! Tomate! Herkommen …!« schrie er zweien seiner Männer zu, während ich vorsichtig seinen Beinen hinterhersah.

Das ist alles, was ich damals sah. Danach blickte ich nur noch dem davonhumpelnden Pepito hinterher, und umso unmittelbarer fühlte ich eine allzu bekannte Hand, die mir ins Gesicht schlug.

»Jetzt reicht's aber!«, meine Mutter: »Kaum dreh ich mich um, baust du Mist. Mensch, Fernando, Junge, was tust du mir da an?«

Während Flora den Ausruf formulierte, den ungerechtfertigten Vorwurf, meinen Namen und die inquisitorische Frage, verfolgte ich mit, wie sich der tragische Tumult am Eingang von El Molino auflöste, die Stimmen und Schatten auseinanderhuschten. »Geh doch zum Hafen und zu den Pavillons, da siehst du das Elend der Verlierer: Armut ist hart.« Hier ist nichts passiert. Der 2CV fährt weg. Der Junge in dem blauen Sweatshirt rennt zwischen den Reifenspuren im Schlamm hinterher, er hält die verlorene Sandale Julias in der Hand, als zöge er einen Drachen hinter sich her, winkt mit ihr. Meine Mutter zieht mich ins Haus und bedient sich dabei meines halbwegs intakten Ohrs, während Pepito sich aus der Ferne kurz umdreht, die Zeigefinger einander zukehrt, als würden sie sich begrüßen oder die Knöpfe eines Flipperautomaten drücken. Das war das Zeichen. Sobald meine Mutter zur Arbeit gegangen wäre, würden wir uns im La Parra treffen.

6

Vor dem Haus, an der Haustür, zu Hause. Auf dem Weg, in den Büschen und an den Masten Papierfetzen, Lumpen und zertretene Dosen. Wir überqueren die nasse Straße und erschrecken mal wieder die Autofahrer auf ihrem Weg zur Burg, als wir wie feindliche Primaten aus dem Gestrüpp auftauchen. Wir schlagen einen Pfad zwischen zwei kahlen Erdbuckeln ein und erreichen die »Häuser«. Eine der Anwohnerinnen hat gleich nach dem Aufstehen von dem grässlichen Vorfall gehört, noch bevor sie bemerkt hat, dass die Wäsche auf der Leine nass geworden ist. Jetzt tuscheln die Frauen, hinter den tropfnassen Kleidern versteckt, und nachdem sie kurz den Kopf über die Schnur gereckt haben, tauchen sie wieder hinter der bunten Reihe unter, um sich zu fragen, was die Worte dieser Frau, die ihren Bengel hinter sich herschleift, nur bedeuten sollen:

»Auf der Stelle ins Jugendgefängnis mit dir! Man müsste dich mit DDT einsprühen, in einen Eimer stecken und zusehen, wie dich die Ratten fressen!«

Kein Grund zur Besorgnis. Mein hypothetisches Zuchthaus für schwer Erziehbare war seit meiner zartesten Kindheit ein vertrauter Ort. Außerdem war ich bestens über die Sitten der »Jugendstrafvollzugsanstalt« informiert, sodass mich die dantesken Visionen meiner Mutter nicht weiter erschrecken konnten. Ihr Schelten hatte unsere Nachbarn Juana und Juan aufgescheucht, die sogleich aus ihrem kleinen Garten kamen und Flora beipflichteten, während sie ohne große Überzeugung ein gutes Wort für mich einlegten. Flora bugsierte mich in unser bescheidenes Heim und brüllte mir hinterher:

»Lern! Nimm das Buch und lern! Faulpelz!«

Auch Juana und Juan gingen ins Haus.

»Mensch, lass ihn doch«, beknieten die beiden meine Mutter.

Ich setzte mich an den Tisch und tat so, als würde ich lernen. Bei uns zu Hause gab es bis auf die Stühle, drei, und die Fotografien und Teller, je zwei, nur Einzelstücke: ein Tisch, eine Pfanne, eine Angelrute, ein Sonntagsanzug, eine Blumenvase, ein Waschbecken und, wenn man der Ausdrucksweise meiner Mutter folgte, das Buch. Sie sagte immer »das Buch«, als meinte sie die Bibel. Ich nahm also irgendein Buch und spitzte die Ohren, um ihrem Gespräch zu lauschen:

»Sie haben die Julia vom Celso umgebracht«, meine Mutter.

»Stellt euch vor. Emiliano hat sie gefunden. Er war losgezogen, sie zu suchen, weil sie zum Schlafen nicht heimgekommen ist. Anscheinend hat sie ›Watussi‹ gesagt. Dann ist sie gestorben, die Kleine ...«, Juana, mit trübseliger Stimme.

Woher wusste sie das? Wie hatte sich das so schnell herumgesprochen?

»O mein Gott!«, wieder meine Mutter.

»Hier ist man doch vor nichts sicher«, Juana, stammelnd.

Eine Zeit lang glaubte ich, dass Juans Gang und seine Art zu reden irgendeine Behinderung waren, vielleicht auch eine Mode oder Masche. Erst später fand ich heraus, dass er von frühmorgens an betrunken war, was ich bei jemandem, der mir so nah stand und mir so vertraut war, nicht für möglich gehalten hätte.

»Und ihr sagt mir nicht, dass Emiliano ihn mitten in dem Schlamassel bei den Ohren gepackt hat!«, meine Mutter.

»Ganz ruhig, setz dich«, Juana.

»Das ist die Schwüle. Kaum regnet es, wird es schwül. Und dann ... Dieser Gestank! Und dieses Früchtchen!«, wieder meine Mutter.

»Setz dich«, Juana. Sie schiebt meiner Mutter einen der drei Stühle hin.

»Scheiße, scheiße, der Watussi ...«, Juan.

»Los, ab nach Hause«, Juana zu Juan.

»Der Watussi war's?«, ich.

»Lern!«, Flora, meine Mutter.

Der Watussi. Hätte ich mir denken können. Ich hatte nur Pepito einmal sagen hören: »Wenn der Watussi kommt ...« Aber ich hatte nicht weiter gefragt. In jenem Sommer ging ich mit Pepito zum Angeln, ich sah mit ihm zusammen zu, wie im La Parra Millionen verspielt wurden, weiter reichte unser Radius nicht. Nichts sonst machte mich an, nicht die Berichte, wie die anderen sich in den Zoo einschlichen, wie sie die braven Jungen beim Rausgehen aus den Spielzeugläden überfielen oder sich auf dem Markt im Schutz der schattigen Durchgänge mit reifen Tomaten voll stopften, auch ihre Streifzüge in die Stadt auf der Suche nach Kupfer, Blei und anderen Materialien auf den vielen privaten und öffentlichen Baustellen in diesem Sommer ließen mich kalt. Es war nicht meine Bildung von der staatlichen Schule – mit der war es nicht weit her –, der Motor war vielmehr: meine *blendende Zukunft*. Meine unglaubliche blendende Zukunft. Die feste Überzeugung, dass ich alles, was sie mir bringen würde, perfekt meistern würde, Sehnsuchtsbonbons, die ich in dümmlichem Eifer auswickelte. Diese blendende Zukunft, die dafür verantwortlich war, dass ich die Gesellschaft von anderen oft nur als lose Glieder der goldenen Kette gesehen habe. Und von meiner blendenden Zukunft hatte ich damals eine feste, unglaublich snobistische Vorstellung: ein Foto in einer alten Zeitschrift oder ein im Fernseher einer Bar erhaschte Szene genügte. Ich würde so einen Wagen fahren wie die Männer, die Aufsehen erregen, würde unwiderstehlich machende Aftershaves benutzen und tadellose Mokassins tragen, die mich wie im Flug die Festungen der Werbewelt erstürmen ließen. Ich wäre irgendein Chef. In einer anderen Stadt, wo die Luft trockener wäre, würde ich nach Sonnenuntergang in meinem Sportwagen auf die reiche Erbin warten, würde lässig einen Blick auf meine Omega Speedmaster werfen und nachsichtig über die Verspätung der Schönen lächeln, denn ich wäre ein ausgeglichener Mann, die Hauptperson in meinem Leben. Mit siebzehn, achtzehn Jahren hätte ich alles erreicht, es müsste ja nicht gleich übermorgen sein. Es war das Ideal einer wohlgeordneten Welt, in der für die enervierende und anarchische Phantasie eines Yeyé kein Platz war, der Sporn meiner abenteuerlichen Seite, die ich als unmöglich und unnütz ablehnte.

Ein paar Beispiele für Pepitos sprühende Phantasie.

In der Stadt gibt es Straßen, die auf dem Stadtplan weit voneinander entfernt liegen, sie waren jedoch über geheime Durchgänge in Garagen verbunden; das Verkehrszeichen, auf dem die Silhouette eines Erwachsenen mit einer Silhouette eines Kinds an der Hand abgebildet ist, besagte in Wirklichkeit, dass in der Nähe ein Bordell für Bosse war; die Markierungen an einigen Häusern waren Zeichen von Einbrechern, mit denen sie anzeigten, ob eine Wohnung bereits ausgeraubt worden war, ob die Bewohner zu Hause waren oder ob in der Nähe Gefahr lauerte; diese ganze Mondlandung, alles Lüge, war in Wirklichkeit ein Film der Amerikaner; die Beatles waren Galicier, denn einer aus der Stadt-ohne-Gesetz versicherte, aus demselben Dorf wie John Lennon zu stammen. So ging das in einer Tour. Seine Behauptungen waren natürlich mit Vorsicht zu genießen, und das galt auch, wenn er wieder mal irgendwen, der ihn gerade verprügelte, anzischte, er solle ihn bloß nicht anrühren, sonst könne er was erleben, wenn der Watussi käme.

»Pass auf, weißt du, wer der Watussi ist?«

»Nein.« Ich war mit meinen Gedanken bei meiner Zukunft: eine Yacht, bei Vollmond in meinem Sportwagen unterwegs, Klasseweiber ...

»Also ich schon, Mann. Und zwar ziemlich gut.«

7

Das ist alles, was ich über den Watussi wusste. Wenn er eines Tages käme, würde dem üblen Hund, der seinen großartigen Freund Pepito verprügelte, Hören und Sehen vergehen. Aber er kam nicht. Über die Tote, Celsos Julia, wusste man ein bisschen mehr. Sie war eine verbotene Frucht seit dem »Hey, Blonder, wenn du noch einmal die Kleine anschaust, murks ich dich ab«, und das aus dem gefräßig lachenden Maul eines Jüngers Celsos, womit die Idee, sie zur Muse meiner häufigen schlüpfrigen Intermezzi zu ernennen, gestorben war. Trotzdem hatte Julia kurz darauf einen glänzenden kleinen Auftritt, der mit schuld war an meinen übereilten Schlüssen über den Tag des Watussi, denn besondere Naturschauspiele bleiben bei mir haften.

An einem Wintermorgen machte ich zum ersten Mal die sagenhafte und doch ganz normale Erfahrung, dass Mutter Natur eine Ordnung hatte und sie mir enthüllte. Der Kosmos tritt in Kontakt mit dem sensiblen Jungen, auf dass er dem Club der Harmonie auf Erden beitrete und seiner Neigung entsprechend entweder Pantheist oder Mönch werde. Anlass war nicht die klassische Besteigung eines Bergs mit dem obligatorischen wohligen Schauder angesichts der Miniaturwelt zu Füßen (ich war es leid, immer wieder diesen selben Berg hochzugehen und den Blick über Gestrüpp schweifen zu lassen); der Anlass war auch keine ganzheitliche Bewusstseinserweiterung, sich aufgehoben zu fühlen im schweren Schatten eines Baums, umgeben von Nachtigallengesang und dem Duft nach frischem Heu. Seit jenem Morgen hat Mutter Natur immer einmal wieder den Hörer abgenommen und meine Nummer gewählt, was mich jedes Mal heftig in Wallung brachte; aber bei diesem ersten Mal, das so anders war, schwand die Ungetrübtheit meines Blicks, und von da an sah ich die Welt und ihre Geschehnisse mit anderen Augen.

Gut ein Jahr vor dem Tag des Watussi, ich ging gerade im Pfützenslalom zur Schule, hatte ich Julia in ihrer nostalgischen Verkleidung aus dem Haus gehen sehen. Sie war bitterböse, und ich wusste auch, warum.

Ein paar Tage zuvor hatte es Krach gegeben zwischen Julia und Dora, der Tochter von Tomás, dem Hehler, Freund und Angestellten Celsos (das eine bedeutet nicht zwangsläufig das andere), ein Mann mit großem schwarzem Schnauzbart und kleinen Schweinsäuglein. Ein Jahr zuvor hatte Tomás mich sehr beeindruckt, damals drängelten wir uns zusammen mit einer Horde Menschen in der Bar des Viertels, Juana, Juan, meine Mutter und ich, und während uns schwindelig wurde vor Hitze und Mief, sahen wir die erste Mondlandung im Fernsehen. Es war eine große Ausnahme, dass an diesem langen Abend die braven Frauen und Kinder aufbleiben und die Tabuzone der verqualmten Bar betreten durften. Als Armstrong die Mondoberfläche betrat und sagte: »Das ist ein kleiner Schritt für einen Menschen, aber ein großer Schritt für die Menschheit« und niemand dem ein Wort hinzufügte, weil die Kehlen von der Bewegtheit des Moments zugeschnürt waren, verließ der Hehler die Bar, nahm sich die Zigarette aus dem Mund und sagte von der Tür aus in die schweigende Menge: »Dann ist er also keine Pappscheibe. Da bin ich aber beruhigt. Jetzt kann ich schlafen gehen. Macht nicht so einen Krach mit den Trommeln.« Einem anderen hätten sie für den Spruch die Fresse poliert. Der Inhalt seiner Worte war gar nicht das Problem: Die Provokation lag im Ton, der Ton war die Kompassnadel, an der sich diese Wilden orientierten, um sich in ihrem Dschungel von Respekt und Respektlosigkeit zurechtzufinden. Kaum einer sah ihn an, um ja keine emotionale Regung erkennen zu lassen. Die Tochter des Hehlers, Dora, hatte dieses messerscharfe Gespür für Arroganz von ihrem Vater geerbt. Schon als sie noch fast ein Kind war, wiegte sie sich auf ihrem Weg durchs Viertel zu den schwingenden Säumen ihrer leichten Kleidchen, und niemand hat ihr je nachgepfiffen. Wie im Fall des Hehlers und seiner frechen Mondbemerkung schwang Angst mit; aber bei ihr kam noch hinzu, dass sie instinktiv die richtigen Signale aussendete. In dieser Konstellation bleibt das witternde Raubtier auf Distanz, denn es spürt, dass dieses Fleisch nicht zum Nehmen da ist, sondern einen nimmt. Keine Aussicht auf Schmachten oder Unterwerfung, auf Anfälle von Lust, niemals. Die Dreckskerle springen auf die Sorte Frauen an, die »Ich trau mich nicht« sagt. Dora war das Gegenteil. Viele hoffen, dass sich solche Unerschrockenheit in einem bestimmten Alter legt. Doch das ist jetzt nicht so wichtig, merken wir uns einfach, dass die Tochter des Hehlers die beste Freundin von Celsos Tochter war. Julia und Dora unzertrennlich, die perfekte Ergänzung; Julia blondiert, Dora eine rassige Dunkle mit blauen Augen. Sie trieben sich außerhalb des Viertels herum, immer zu einem koketten Lachen aufgelegt, da ihnen ihre Überlegenheit gegenüber ihren schlurigen und schmuddeligen Nachbarinnen allzu bewusst war.

Der Grund des Streits war *Vom Winde verweht*.

Julia setzte große Hoffnungen in den bevorstehenden Radiowettbewerb, bei dem in der Vorentscheidung für die neue Scarlett O'Hara die Provinzsiegerin gewählt werden sollte. Vielleicht sollte ein zweiter Teil gedreht und dafür ein neues Gesicht entdeckt werden. Auch später gab es solche Wettbewerbe, mit derselben aufgeladenen Atmosphäre, die nach Betrug roch. Der Sieg in mehreren aufeinanderfolgenden Ausscheidungen konnte Julia ins spanische und europäische Finale oder sogar in die Vereinigten Staaten bringen. Und unterwegs würde vielleicht irgendein Filmproduzent auf ihr Talent aufmerksam. Julia wandte sich an Dora und ihre Familie, die mit Waren aller Art handelten, vom Pelzmantel bis hin zum Schulbedarf, und, wie meine Mutter hinter vorgehaltener Hand raunte, »mit Dingen, von denen wir gar nichts wissen wollen …« Julia hatte mit Hilfe des Stoffs und des Modeschmucks, den Dora von ihrem Vater erbeten hatte, aus sich eine perfekte Scarlett O'Hara gemacht. Es ist wohl an der Zeit, darauf hinzuweisen, dass Julia nicht die entfernteste Ähnlichkeit mit Vivien Leigh besaß. Egal. Dora nahm an ihrer Freundin Maß und besprach das Ergebnis mit ihr vor einem Spiegel, an dem die aus zweiter Hand erworbenen Fotos der englischen Schauspielerin sich nun in der guten Gesellschaft von Raffael und Alain Delon befanden; sie arbeiteten sich in die damalige Art, sich zu schminken, ein, benutzten für die Lippen ein besonderes Rot, schnürten sich die Taille, setzten Perücken auf, gingen die Bestimmungen des Wettbewerbs durch, lachten, während Julia Perlen, Unterröcke und Krinolinen in stickigen, heißen Zimmern an- und auszog, umgeben vom erregenden Knistern des Stoffs (so jedenfalls ist die Vorstellung des lüsternen Erwachsenen von heute). Sie gingen Dutzende Male ins Kino und diskutierten lang und breit Julias plötzliche Berufung zur Schauspielerei. Der Wettbewerb war in aller Munde, und Julia fühlte sich, womit sie gar nicht gerechnet hatte, angespornt durch ihr Viertel, alle waren stolz.

Darum war Julia auch so bestürzt, als sie wenige Tage vor der Wahl der neuen Scarlett in ihrem Südstaatenkostüm die Straße überquerte und nichts ahnend Doras Haus betrat, um das kritische Urteil ihrer Freundin einzuholen. Zu ihrer Überraschung traf sie dort eine Dora, die letzte Hand an eine mindestens so hoch getürmte Pharaonenfrisur wie die ihre legte, doch mit mehr Pfiff. Auch das Scarlett-Kleid, das von einem Kinoausstatter ausgeliehen war, übertraf das ihre bei weitem. Als Dora sah, dass ihre Freundin kreidebleich wurde, machte sie eine ebenso karge wie aussagekräftige Geste, die höchste Ausdrucksform generationenlanger weiblicher Indirektheit: ein angedeutetes Schulterzucken, eine zur Hälfte hochgezogene Augenbraue, zusammengepresste Lippen, durchdringender Blick … Der Satz »Sag jetzt bloß nicht, das hättest du nicht gedacht« lag unausgesprochen im Raum. Ein Nähkästchen flog durch die Luft, und heraus fielen Garnspulen in allen Farben, und Julia und Dora gingen aufeinander los.

Kratzer, Ohrfeigen und Bisse, ein Knäuel rabiat gewordener Katzen unter einer Staubwolke. Niemand wagte sich in die Nähe. Niemand feuerte den Kampf an, sosehr sich die Menge auch daran ergötzte. Dass Julia für ein paar Tage das Idol des Viertels gewesen war, begeisterte die Leute, aber dass sie nun Hohn und Spott erntete, noch viel mehr: Hauptsache, nichts verpassen und ein bisschen geifern. Darum wagte es keiner, der den Kampf sah, schlichtend einzugreifen: Jeder wusste, dass jede Art von Handlung fehlinterpretiert würde. Die Zeugen beschlossen, sich zu verkrümeln, während die beiden Lokalgrazien mit ihrem ganzen jugendlichen Furor aufeinander eindroschen. Ein barmherziger Mensch, bestimmt derselbe, der später die ganze Geschichte verbreitete, holte jemanden mit der nötigen Autorität, um die Rauferei zu beenden. Keine Ahnung, wer das war, ich war nicht dabei. Von Juana, Juan oder meiner Mutter (ihre gedämpften Gespräche waren meine Hauptinformationsquelle) wusste ich, dass in den wenigen bis zum Wettbewerb verbleibenden Tagen ein Eilkommando organisiert wurde, um die von der Balgerei ziemlich in Mitleidenschaft gezogenen Kleider und Schönheiten wieder herzurichten. Die eine lehnte sich aus dem Fenster und erwischte die andere dabei, wie sie das Vorankommen ihrer Kontrahentin ausspionierte. Dann verschwanden die beiden Köpfe wieder, und sie heulten weiter ihren Familien etwas vor, als fände der Wettbewerb nur zwischen ihnen statt. Celso und der Hehler sollen in diesen beiden Tagen mit allem Einsatz versucht haben, sich gegenseitig zu überzeugen, dass der Vorfall nicht die geringste Bedeutung hätte. Meine Informanten hatten da so ihre Zweifel, und zu meiner Verwunderung war ich offenbar der Einzige, der die ganze Angelegenheit wirklich für nichts anderes als eine Kinderei hielt. Die anderen, Juan, Juana, meine Mutter, ließen sich gehässig über die Verehrung dieser beiden Männer für ihre Töchter aus und über die diplomatischen Verstimmungen, zu denen dieser Streit geführt hatte. Es war eine Staatsaffäre.

Also schön, Monate bevor die Nachricht die Runde machte, der Watussi habe Julia zu Tode geprügelt und anschließend vergewaltigt, sah ich sie schon einmal im Zentrum der Aufmerksamkeit. Der Tag des Wettbewerbs kam, und ich ging zufällig an ihrem Haus vorbei, als sie aus der Tür trat, in Begleitung eines Emiliano, der so tat, als ginge ihn das alles nichts an, und sich gezwungen sah zu erklären, dass keines der Autos verfügbar sei, um das Mädchen zu dem Radiosender zu fahren. Während des Fußmarsches in die Stadt hielt Julia, wie eine Geisha trippelnd, den Saum ihres ziemlich mitgenommenen, aber immer noch umwerfenden fuchsiafarbenen Kleids mit den Fingerspitzen hoch. Ihr Gesicht sah aus wie ein Flickenteppich. Nicht weniger bemitleidenswert war der Zustand der anderen Scarlett, Dora, der Tochter des Hehlers, deren Hämatome im Gesicht mit dem malvenblauen Kleid harmonierten. Weil sie ein selbständiges Mädchen war, oder weil ihre Familie die Konkurrenz zu Celsos Tochter nicht noch mehr schüren wollte, wo doch die ganze Sache mittlerweile als Mädchenkram belächelt wurde, ging Dora allein hinunter, ohne mit der Rivalin einen Blick, geschweige denn ein Wort zu wechseln, im Übrigen hielt auch sie ihr Kleid hoch und stolperte voran, ihr Schritt perfekt austariert zwischen Straßenbelag und Situation. Bis die neunzehn Stufen des Parks dem Irrsinn endlich Einhalt geboten, veranstalteten die beiden ein halsbrecherisches Kopf-an-Kopf-Rennen, sobald die eine den Schritt beschleunigte, zog die andere nach und reckte manchmal den Kopf in nicht sehr damenhafter Manier vor: Beide wollten um jeden Preis die Erste sein, als würde die Wahl nach der Reihenfolge des Eintreffens im Radiosender entschieden. Ich wäre dem Konvoi nicht über die Kreuzung hinaus gefolgt, an der mein Weg zur Schule abbog, wenn nicht just an der Stelle eine dritte Scarlett, in Flaschengrün und mit einer omahaft aussehenden Begleiterin, die die Schleppe des tadellosen Gewands hielt, aus einer Haustür getreten wäre, um den Weg des Ruhms zu beschreiten. Kein Grüßen, kein Wort. Auch nicht, als kurz vor der Avenida del Paralelo, wo der Hang in der Zivilisation mündet, plötzlich sechs weitere Scarletts auftauchten, die sich wie ein Farbfeuerwerk über eine schwarz-weiße Stadt streuten und sie aus dem Schlaf rissen. Am Paralelo standen beschämt Horden nostalgischer Damen an den Bushaltestellen, die Kostümierung mal mehr, mal weniger gelungen. Die Kommentare irgendwelcher Spaßvögel aus ihren Last- oder Lieferwagen waren lauter als die Motoren. In einigen Fällen verfolgten die Spötteleien sie sogar bis zum Eingang des Radiosenders, und es sollte sie noch viel Schlimmeres erwarten, als sich die Verliererinnen nach Bekanntgabe der Entscheidung mit hängendem Kopf auf den Heimweg machten. Allerdings galt die Schüchternheit nicht für alle; eine von ihnen trug ihre straff sitzenden weißen Strümpfe und ein breites Lächeln spazieren, als bewege sie sich ganz selbstverständlich durch die Salons von Tara. Eine dieser vor Selbstsicherheit strotzenden Scarletts war der Funke im Pulverfass. Sie ging an Dora vorbei und sah sie mitleidig an. Ich sah, wie sich ihre Lippen bewegten, ob aus eigener Initiative oder um auf eine Bemerkung der Tochter des Hehlers zu antworten, weiß ich nicht. Jedenfalls war zu sehen, wie Dora ihr Kleid losließ und mit den Händen, die bis dahin den zerfetzten Atlas getragen hatten, den Hals der antwortenden Scarlett packte. Wer einen aus der Sippe beleidigt, zahlt. In diesem Augenblick glitt mein Blick hinüber zu Julia, die, schon kurios, auf der Stelle auf die Kämpfenden zeigte und Emiliano zum Eingreifen aufforderte. Emiliano schüttelte den Kopf und verschränkte demonstrativ die Arme. Fehlanzeige, und vielleicht hatte Julia auch mit einem kurzen Blick erfasst, dass mindestens zwanzig viel bessere Scarletts die Straße entlangkamen, also stürzte sie sich in das Gerangel, um die eben noch gemeine Verräterin zu verteidigen. Gemeinsam vereitelten sie dem präpotenten Mädchen jede Möglichkeit, irgendwie bei dem Wettbewerb anzutreten. Ich schämte mich schon fast für die Rabiatheit der Mädchen meines Viertels, als ein plötzliches Hupen meinen Blick woandershin lenkte und ich zu meiner Überraschung feststellte, dass die spontane K.-o.-Ausscheidung auf der Straße, angefangen von Julia und Dora, Schule machte und auch die anderen Teilnehmerinnen noch vor dem Eintreffen im Radio ihr Talent erprobten.

Die Tankwarte und ein paar Fußgänger fingen an zu lachen und zwinkerten sich gegenseitig zu; aber kurz darauf kippte dieses offenherzige Lachen in angespannte Nervosität um, als Reaktion auf die Hysterie, die in der Luft knisterte. Ich war nicht nervös. Ich war glücklich. Nicht weil diese dreißig oder vierzig Mädchen sich gegenseitig die Augen auskratzten, so weit dachte ich nicht, ich fand einfach die Furcht und den Schrecken, die sie verbreiteten, köstlich. Wenn es mehr ein Tornado als eine Theaterszene war, tut es mir leid, dafür kann ich nichts. Aufgrund der Umstände meines Lebens fühle ich mich im Chaos stehender Autos glücklich, bei Prügeleien im Tunnel der Zeit, und obwohl das bestimmt dem gesunden Menschenverstand zuwiderläuft, leitet diese Suche nach Löchern in der Galaxie der Routine über Jahre hinweg mein Verhalten. Einmal wieder diese plötzliche, allumfassende Stille zu vernehmen, als hätte jemand das Hintergrundrauschen ausgeknipst. Mitten im Stoßverkehr, wenn die meisten Stadtbewohner auf dem Weg zur Arbeit sind, erfüllen die Luft nur noch sauber voneinander getrennte, reine Geräusche, die Szene ist in sich geschlossen, vollkommen. Das Klack-Klack der Blinker und umschaltenden Ampeln, ohne dass irgendwer die Straße überquert, das Horn eines weit entfernten Schiffs, das Dahingleiten des Planeten. Die Figuren auf den Kino- und Theaterplakaten sind in Starrheit vereint mit den Fußgängern und den aus den Fenstern gelehnten Schaulustigen, mit allem, das nicht an der entbrannten Schlacht teilnimmt. »Entbrannt«, das traf es. Es war ein prachtvoller Brand, der in göttlicher Stummheit nach Neros Lyra verlangte. Die billigen Stoffe knisterten wie Fackeln, die über die breite Straße verteilt waren, so weit das Auge reichte. Ein Brand aus Rot und Gelb und anderen Farben, die einen an das Entweichen leicht entflammbarer Gase denken ließen. Das pure Chaos, untermalt von präorgiastischem Schlachtgrunzen. Das Leben war wunderbar. Ein Wagen kam von oben zwischen den schwarzen Bauten der monumentalen Plaza de España herunter, wich dem zum Stehen gekommenen Verkehr aus, und es dauerte kurz, bis der Fahrer kapierte. Erst auf die furchtsamen Blicke hin bremste er behutsam am Straßenrand. »Das ist die Unterwerfung vor dem Außergewöhnlichen«, muss ich damals gedacht haben. Falsch gedacht. Der Wagen hatte am Straßenrand angehalten, um die Polizei durchzulassen. Emiliano, der Profi, reagierte sofort, als er das Blaulicht sah. Noch bevor irgendein anderer die Sirenen hörte, wie das Wimmern eines in der Nacht heulenden kranken Kindes, noch bevor wir auf den Boden der Tatsachen zurückgeholt wurden und in unserer Benommenheit noch dachten, wir müssten dieses wimmernde Kind trösten, riss Emiliano die wild um sich schlagende Julia hoch, Kleid und Gesicht vom Blut ihrer Gegnerin verschmiert, und machte sich mit ihr auf den Heimweg. Sobald Dora die Lage begriff, stand sie rasch auf und nahm Julia am Arm. Dora blickte nicht mehr zurück, um das Ende der Veranstaltung zu sehen. Julia schon. Sie hatte zwei Perücken in der Hand; ihre und die des Mädchens, das jetzt auf dem Boden lag und verwirrt die erstbeste Hand ergriff, die es hochzog. Aber Julia sah nicht zu dem Mädchen. Sie bewunderte ihr Werk und lächelte. Es war ein wunderschöner Zwischenfall gewesen, auch wenn die Zeitungen diese Meinung nicht teilten. Am nächsten Tag beugten sich Juana, Juan und meine Mutter so dicht gedrängt über ein Stück Zeitung, das wie ein geheimes Pamphlet im Viertel kursierte, dass ich kaum den Kopf zwischen ihren Schultern hindurchstecken konnte, um zu lesen:

Die bildhübsche María Milagros Rodríguez Martínez, gebürtig aus Cádiz und wohnhaft in Castelldefels, ist mit ihren zarten siebzehn Jahren durchaus skeptisch: »Ich glaube nicht, dass ich weiterkomme«, erklärte sie, nachdem sie aus einem Heer von jungen Barceloneserinnen auserwählt wurde, um unsere Stadt beim nationalen Wettbewerb »Die neue Scarlett« zu vertreten, den eine bekannte amerikanische Produktionsfirma (ja, ja, Hollywood) und eine weltweit operierende Kosmetikfirma (ja, ja, die große weite Welt) organisieren. Die weltweite Gewinnerin wird gemeinsam mit einem berühmten Star (es werden die Namen Alain Delon, Steve McQueen und Elvis Presley gehandelt!) die Hauptdarstellerin des zweiten Teils von Vom Winde verweht sein. Die vielen sympathischen jungen Frauen, die in nostalgischen Gewändern und dekorativem Schmuck die Stadt erfreuten, gaben wieder einmal ein glänzendes Beispiel für den spanischen Erfindergeist, mit wenigen Mitteln viel zu erschaffen. Fragen Sie Don Santiago Ramón y Cajal. Der verstorbene Nobelpreisträger hätte sicherlich gerne an der Jury teilgenommen, die sich aus Mario Cabré, José Guardiola, Peret, Mr. Cosmo Harris (Vertreter von Metro Goldwyn Mayer) und Doña Geraldine Chinarro (von Proust Kosmetik) zusammensetzte. Die Auswahl fand in lockerer Atmosphäre statt, und unsere jungen Schauspielerinnen trugen amerikanische Lebensart und viel heimatliche Grazie zur Schau. Auf die Frage nach ihrer vielversprechenden Zukunft in der Schauspielerei erklärte die Siegerin: »Sterben müssen wir alle.« Was für ein launiger Kommentar der jungen Dame aus Cádiz. Ganz ohne Zweifel stand die strahlende Siegerin noch unter dem Eindruck des Aufruhrs, den eine Wettbewerberin einige Stunden vor der Ausscheidung auf offener Straße angezettelt hatte. Diese Minderheit junger Damen, um sie irgendwie zu nennen, diese Mitläuferinnen der so genannten Hippymode, waren sich nicht zu schade, in abstoßender Weise vorzuführen, wer von ihnen am schlechtesten erzogen ist. Unter der Annahme, dass diese weiblichen Vertreter unserer Spezies Eltern haben, die vielleicht auch die Buchstaben des Alphabets entziffern können, sei ihnen in aller Schärfe gesagt, dass unser Land trotz dieses reizenden Wettbewerbs noch lange nicht Kalifornien ist. Wir haben ein Gesetz zu Landfriedensbruch und Erregung öffentlichen Ärgernisses, das derartige Ausschreitungen regelt, das sei in aller Deutlichkeit an die Adresse derjenigen gerichtet, die die feierliche Atmosphäre torpedierten. Herzlichen Glückwunsch, Frau Milagros!

ARISTÓFANES

Im Viertel sprach man nicht wieder von dem Wettbewerb und seinem Ergebnis.

8

Am Morgen des Tags des Watussi ging bei mir zu Hause die Diskussion weiter.

»Und Celso ist nicht da«, Juan.

»Halt du die Klappe«, Juana.

»Gestern hab ich sie noch runtergehen sehen«, meine Mutter.

»Kommt an und sieht, dass sie seiner Tochter den Schädel eingeschlagen haben …«, Juan.

»Wenn's nur das wäre …«, meine Mutter.

»Den Schlag hat man ihr gar nicht so angesehen«, ich.

»Lern!«, raten Sie mal.

»Lass den Jungen …«, Juana.

»Was heißt hier, lass ihn? Und wenn sie glauben, dass er was gesehen hat? Und wenn sie Celso holen? Wo wir doch heute die Versicherung machen müssen …«

Damit meinte meine Mutter, dass sie, Juana und noch irgendeine Putzfrau die Zentralverwaltung einer Versicherungsgesellschaft von hinten bis vorne durchputzen mussten. Nicht nur verdächtige Stauer und Kriminelle gingen am Feiertag arbeiten.

»Ich hab nichts gesehen …«, beruhigte ich sie.

»Lern endlich!«

Während ich mich auf die »Terrasse« verzog, wie die mit Blumentöpfen vollgestellte Schräge beschönigend genannt wurde, die zum Wassertank führte, musste ich mir zu meiner Beunruhigung eingestehen, dass ich die Möglichkeit noch gar nicht in Betracht gezogen hatte, dass Celso es auf uns abgesehen haben könnte. Warum nicht? Sein oberster Jünger hatte uns bereits genüsslich in die Mangel genommen, allerdings ohne Ergebnis. Aber man konnte nie wissen. »Man weiß nie.« »Und was wir nicht wissen …!« Mein ziemlich großer Wissensdurst war verhängnisvoll, wenn er an der strengen Praxis des Viertels rüttelte. Was hieß eigentlich »was wir nicht wissen«? Oder »lass die nur machen«? Oder dieses »Licht aus und Tür zu«, sobald man ein ungewohntes Geräusch in der Nähe hörte? Weder mir, meiner Mutter noch unseren Nachbarn hatte Celso jemals etwas zuleide getan, und überhaupt, sein Ruf, gefährlich zu sein, sorgte dafür, dass wir keine Probleme bekamen. »Schön die Spielregeln befolgen, und du brauchst dir keine Sorgen zu machen …«, hatte Juan einmal zu mir gesagt, und diesen Rat eines Ersatzvaters hatte er so feierlich, wie es seine ständige Alkoholfahne zuließ, verkündet. Juan war zwar nicht unbedingt ein Vorbild in Sachen Spielregeln, aber darauf kam es nicht an; man brauchte auch nicht wie ich tadellose Manieren zu haben und gleich strammzustehen, sobald Celsos Gestalt am Horizont auftauchte. Die »Spielregeln«, das sagte mir mein Gefühl, waren eine

Reihe ungeschriebener Gesetze, die sich jederzeit ändern konnten, wenn dem Stärksten danach war. Und das machte Angst.

Wie bei uns allen durchdrang das Bäuerliche jede von Celsos Bewegungen, ganz im Gegensatz zu den Stadtbewohnern zu unseren Füßen. Er hatte strohige weiße Haare voller Wirbel und die Manie, sich im Bemühen um eine Frisur, die diesen Namen verdiente, andauernd mit der Hand über den Kopf zu fahren. Sein plumper Gang ließ auf jemanden schließen, der einmal schlank gewesen war und noch nicht bemerkt hatte, dass er sechzig Kilo Übergewicht mit sich herumtrug; die raue Stimme drang aus einem Quadratschädel, bei dem die Äuglein nicht weiter auffielen, mehr schon die darunter anschließenden dunklen Säcke, die genauso schlaff herunterhingen wie seine Wangen, die Schultern und der Bauch. Der perfekte Dackel. Diese persönlichen Merkmale minderten etwas seinen Ruf als Oberboss, wie auch seine grenzenlose Verehrung für seine Tochter und seine Schwester; das war ein offenes Geheimnis, untergrub aber nicht seine Autorität, denn gesehen hatte nie jemand etwas, und das kleine Verbrechen war so alltäglich, dass kein Hahn mehr danach krähte. Vielleicht war dieses Nicht-Wissen das, was uns am meisten beunruhigte. Und so waren wir auch jetzt nervös, weil wir etwas wussten und doch nichts wussten. Wir wussten, dass er Jünger um sich scharte, die alles stehen und liegen ließen, sobald ein Befehl aus seinem Mund kam, ein Pack, das, ohne mit der Wimper zu zucken, von Apathie auf Gewalt umschalten konnte. Wir wussten, dass man das Mädchen umgebracht hatte, das er wie seinen Augapfel gehütet hatte. Wir wussten, dass er es vielleicht noch nicht wusste. Wir wussten nicht, was er tun würde, wenn er es erfuhr, was uns alles Schreckliches bevorstand.

Nicht weniger Angst als meine Wahnvorstellungen machte mir das noch immer aus dem Haus dringende Getuschel der Frauen, die trotz allem arbeiten gehen mussten. »Was sagst du dazu, dass wir sogar an Mariä Himmelfahrt schuften müssen?« Die Sonne war zurückgekehrt, im Schlepptau die unerträgliche Schwüle und den Müllgestank, der seit einer Weile wieder in der Luft hing.

Nicht mehr lange, und die Geräusche des Vergnügungsparks, das Hupen des Riesenrads und der Autoskooter, würden den Verlauf der Zeit anzeigen, eine sonderbare Entlastung der Kirchenglocken. Aus der kleinen Nische auf der »Terrasse«, wo ich meine Besitztümer hortete (ein Fernglas, das Buch *Zu Geld kommen mit Köpfchen*, aus Zeitschriften ausgeschnittene Fotos von Bond-Girls, Luxusschlitten und Formel-1-Wagen), nahm ich meinen Detektorempfänger und schloss ihn an.

Zwischen allen möglichen Störwellen informierte mich eine Stimme, dass der Mensch zum ersten Mal den Mond im Automobil erkundet hatte. Die Astronauten Scott und Irving waren, nachdem sie die Fahne der Vereinigten Staaten aufgestellt und artig gewinkt hatten, mit einem Spezialfahrzeug herumgekurvt. Sie erklärten, dass sie hochzufrieden seien. »Hier oben gibt's keine Verkehrsprobleme«, versicherten sie. In Bengalen drohte noch vor Ablauf des Jahres der Krieg auszubrechen. Seine Exzellenz, der Staatschef, hatte in Santiago de Compostela den ersten nationalen Viehmarkt eröffnet. Das Wetter. Vorhersage für heute. Unbeständig, gegen Abend Regenschauer möglich. Drehender Wind aus südlichen Richtungen. Hohe Temperaturen. Schwüle. Ruhiger Seegang. Eine Stimme gurrte: »Schick Rosen an Sandra, sie geht aus der Stadt, schick Rosen an Sandra, ich wünschte, sie kehrt zurück.« Ich sah nicht gleich den eigentlich vorhersehbaren Menschenauflauf vor Celsos Tür. Celsos Haus mit den beiden kleinen Anbauten, ein paar Häuser Marke Eigenbau davor, dahinter und am Ende des immer steiler werdenden Abhangs unser kleines Häuschen fast wie aus Schokolade, daneben die Hälfte von Juana und Juan, das zusammen bildete den Kern der »Häuser«, zu denen noch eine Reihe Lagerhallen gehörten, die für unschuldige Augen leer aussahen, und ein verfallener Tanzschuppen. Eine in jeder Hinsicht anormale Gruppe Menschen in einer Senke, an deren Rand Pinien und Plakate zu Freizeitvergnügungen und Vandalismus einluden. Weiter oben beherrschten den versteppten Hang Wellblech und Ziegel und Abrissdrohungen. Diese Reihe an Eigenbauhäusern zwischen unserem Haus und dem von Celso, sprich die armselige Nachbarschaft, versperrte mir die Sicht. Und die belaubten Zweige einer Ulme neben einem Brunnen, dessen Schatten ein paar Alte für sich gepachtet hatten, um über das verlorene Land zu reden und die starken Kurven und Prachtärsche der Wasser holenden Frauen. Ich fläzte mich der Länge nach hin, sodass ich mein Ziel gut im Auge hatte. Dann nahm ich mein Fernglas und schaute mich um. Die Optik des Fernglases war ziemlich primitiv und verursachte mir meist einen stechenden Kopfschmerz zwischen den Augen. Das war das schmerzliche Ergebnis meiner selbstgebastelten Ausrüstung, die ich, genauso wie den Detektorempfänger, im Gebüsch nach den Anleitungen einer Doppelseite in *Best of Reader's Digest* gebaut hatte: »Bau dir deinen eigenen antisowjetischen Spionageposten«. Spionieren fand ich überhaupt das Größte. Jetzt hingegen, mein Leser, da ich es tun muss, ist mir die Lust daran vergangen. Durch das Glas entdeckte ich, dass die entspannte Ruhe vor dem Haus dort drüben trog. Der Fettwanst von Emiliano, halb in den Türrahmen gequetscht, war damit beschäftigt, einen Besucher mit klagend hochgerissenen Armen in den Eingangsflur zu drücken. Andere mit nicht weniger betrübten Gesichtern schickte er mit unmissverständlicher Handbewegung fort. In Gegenwart von Emilianos erhobener Hand kam niemand auf die Idee, die Auswahlkriterien in Frage zu stellen. Soweit ich es beobachten konnte, wagte es nur eine Alte, die halb blind und halb verrückt sein musste, sich mit einem Korb voller Pfirsiche zu nähern. Emiliano ließ sie näher kommen. Die Alte hielt ihm den Korb mit anbietender Geste hin, und nach einem blitzschnellen Hieb segelte die Alte durch die Luft. Das Obst blieb auf dem Boden verstreut liegen.

Dann kam die Überraschung. Eines dieser namenlosen Wesen, die ich vorhin Jünger genannt habe, schleppte niemand anderen als Pepito heran, der wild zappelte und strampelte, als führe er in der Luft Fahrrad. Pepito fühlte sich unwohl in seiner Lage, so viel war klar. Ein weiterer Jünger sammelte die Pfirsiche ein. Der Zug trat ins Haus, und Emiliano, aus dem Schatten herausgetreten, sah die Straße hinunter.

»Jesusmariaherrgottnochmal. Darf man wissen, was du hier auf dem Boden herumliegst? Geh auf der Stelle rein und lern. Und kratz dir den Dreck von den Turnschuhen! Schau deine Knie an! Schau dich doch an, wie du aussiehst!«

Ich erhob mich und stand nun vor meiner Mutter, deren Körper den meinen nicht mehr um viel überragte und den Eingang in den Wohnraum versperrte. Ich wusste nur zu gut, was sie dort machte, warum sie stumm dastand und mich so ansah. Ich markierte eine Rechtsbewegung, und mit dem ganzen Einsatz meiner Vortäuschungskraft vollführte meine wunderbare Taille einen Schwung nach links, und ich schlüpfte ins Haus. Keine Chance: Die Faust meiner Mutter landete mit einem wonnigen Knall mitten auf meinem Kopf. Rasch verzog ich mich in die Ecke des Zimmers, möglicherweise ein neutrales Terrain, weil doch dort die Fotografien meines verstorbenen Vaters und meiner Erstkommunion hingen, und während ich abwartete, wie es weiterging, nutzte ich die Waffenpause, um mir den Kopf zu reiben und die beiden Fotos bestmöglich nachzustellen. Nicht zum ersten Mal griff ich zu dieser Maßnahme, seit ich eines Nachmittags entdeckt hatte, was für einen ungeheuerlichen Eindruck diese gestelzte Pose auf meine Mutter machte. Sie schnappte ihre Handtasche und setzte mich über die Tagesordnung in Kenntnis:

»Wenn du einen Mucks machst, bring ich dich um. Wenn du den Eintopf nicht isst, bring ich dich um. Wenn jemand klopft und du machst auf, bring ich dich um. Wer reinwill, soll selbst die Tür aufmachen. Juan ist da, drüben im Garten ...« – diesen »Garten« müsste mein Leser sehen – »... falls du was brauchst. Wehe du brauchst was, denn wenn du was brauchst, bring ich dich um. Und jetzt setzt du dich auf der Stelle hin und lernst.«

Ich nickte geknickt und insgeheim grinsend, da meine Mutter wissen musste, dass ich aus dieser Tür herausschlüpfen würde, sobald sich Juan hingelegt haben würde, um seinen Rausch auszuschlafen. Vor acht Uhr abends, Mariä Himmelfahrt hin oder her, kam sie nicht heim, wenn Celso also etwas von mir wollte, zum Beispiel mich platt machen wie eine Flunder, würde sie nicht zusehen müssen. Allerdings wusste ich, dass meine Mutter mich nur allein zu Hause ließ, weil sie davon ausging, dass ich nicht in Gefahr war. Emilianos rabiates Interesse an mir war ein kurzer Zwischenfall gewesen. Die Sache war für sie erledigt. Sie musste einfach so denken, was hätte sie sonst auch tun sollen? Trotzdem hatte ich gerade Pepito gesehen, wie er Luftfahrrad fuhr, und war etwas durch den Wind. Doch vor allem war ich von einem überwältigenden, plötzlichen Gefühl der Freiheit ergriffen und dem nicht ganz unvernünftigen Wunsch, meine Mutter aus der ganzen Angelegenheit herauszuhalten. Unsere Beziehung war eine gegenseitige geworden, aber ungleich, stark, aber unmöglich, unbegreiflich, so sehr und verzweifelt wir, fast immer allein, nach Erklärungen suchten.

9

Weiter schwatzend machten sich meine Mutter und Juana auf den Weg nach unten; nach und nach verschlang die Silhouette der Stadt ihre Gestalten. Ich ging auf die »Terrasse«, kletterte aufs Dach und beugte mich hinüber zu Juans »Garten«: ein dürrer Apfelbaum, drei gepfählte Tomatenpflanzen im Endstadium, die Wäscheleine und Juan, der den zackigen Song »Black is Black« hörte. Juan war damit beschäftigt, abwechselnd ein paar Wäscheteile aufzuhängen und in kurzen Abständen lange Schlucke aus einer Anisflasche zu nehmen, die irgendwo zwischen den Gemüsegräbern aufgetaucht war. Auch Juan kostete seine Freiheit aus. Allerdings auf ziemlich erbärmliche Art und Weise.

»Ein unvergesslicher Moment«, sagte der Sprecher mitten in das Lied rein, »dass Spanier in England die Nummer eins sind. ›Black is Black!‹ Los Bravos!«

»Viva España!« brüllte Juan. Er ließ seine Arbeit ruhen. Drehte das Radio auf und machte heftige Zuckbewegungen zum Rhythmus des Lieds, während er lauthals den Refrain mitgrölte und damit die Trauer im Viertel schwer missachtete. So lief er den Garten hoch und runter, dann und wann nahm er einen Schluck, bis er schließlich gegen einen Ast des Apfelbaums rannte. Nachdem er sich auf der Suche nach dem Aggressor ein paar Mal ebenso wütend wie wankend im Kreis gedreht hatte, landete er schließlich auf dem Hosenboden, die Anisflasche in Reichweite. Ob er sich an sie erinnerte oder nicht, jedenfalls war er über den Fund hocherfreut.

»Sieh nur, Juan …«, sagte Juana immer, wenn sie mit meiner Mutter darüber sprach, dass sie ins Dorf zurückkehren wollten, sobald sie irgendeine mysteriöse Unterstützung bekommen haben würden.

»Ihr habt wenigstens noch ein Zuhause.«

»Ja, meine Liebe, und Vater und Mutter und fünf Geschwister.«

Die Tatsache, dass Juana und Juan weggehen wollten, spornte meine Mutter erst recht an, diese Gefilde ein für alle Mal zu verlassen. Sie war um so wutgeladener, als sie erfuhr, dass es bis zu unserem Wegzug noch lange Zeit dauern würde, je nachdem, wie die Stadtverwaltung mit unserer Umsiedlung vorankam, und diese Frist müssten wir ohne unsere Nachbarn durchstehen. Sie waren unsere Freunde, seit ich denken kann. Und zwar die »Freunde«, in Anführungszeichen, wie der »Garten« und die »Terrasse«, Einzelstücke wie alles andere auch. Eine Episode zwischen meiner Mutter, Juana und Juan hatte mir ein Gespür dafür gegeben, wo die Freundschaft zwischen Erwachsenen an ihre Grenzen stößt. Es ist schon unbegreiflich, wie tief jemand sinken kann.

Es war ein ganz normaler Morgen, meine Mutter hängte in unserem »Garten« Wäsche auf. Es muss lange nach dem Tod meines Vaters gewesen sein, denn ich erinnere mich genau an die Szene, wohingegen der Tod meines Vaters in mir keine andere Erinnerung auslöst als herzzerreißendes Heulen und viele riesige Augen, die mich mitleidig und gespannt ansehen. Angestrengt tue ich so, als verstünde ich nicht, was ich, bei Licht betrachtet, wirklich nicht verstand. Manchmal drängte sich das verschwommene Bild meines Vaters in mein Gedächtnis: die Umarmung eines Mannes, so kräftig wie ein Baumstamm?, das Spüren der schmirgelrauen und schmutzigen Hände?, der ständige Geruch nach Zement und der Staub, der mir in den Augen beißt, als er sich beim Nachhausekommen abklopft? Was soll's. Wenn ich ehrlich bin, hat er mir nie etwas bedeutet, und an seinem Verlust habe ich nur bedauert, dass meine Mutter während einiger entscheidender Jahre aus den Sorgen nicht herauskam. Mein Vater bin ich; der Mann auf dem Foto dort in der Ecke mit dem abgetragenen Anzug und der straff sitzenden Krawatte war ich selbst, später mal, als Erwachsener. Lassen wir das. An jenem Morgen ist Flora, meine Mutter, damit beschäftigt, Wäsche aufzuhängen, während ich im Flur sitze und an Autos denke. Ein paar Tage zuvor hat Juan mich zum Formel-1-Rennen mitgenommen, das jedes Jahr in den Bergen stattfindet. Juan hebt mich über die Köpfe hinweg hoch und spricht geheimnisvolle Namen aus: Ferrari, Alfa Romeo, Lotus … Es riecht nach Tabak, Frittiertem und verbranntem Reifengummi, während die knallbunten Autos wie Blitze an uns vorbeisausen und röhren wie das Publikum hinter den Strohballen. Irgendwelche Jungs springen über die Hindernisse und wedeln wie Toreros mit einem Leintuch, wenn die Rennautos vorbeikommen, sie bewerfen die Fahrer mit Eiern, sorgen für allgemeinen Aufruhr. Jemand hat die Polizei geholt. Es kommt zur Schlägerei. Jeder zeigt auf jeden, während die Flitzer eine Berufung in mir wecken. Also schön, ich denke an nichts anderes als an Autos, während meine Mutter an diesem idyllischen Morgen Wäsche aufhängt. Und ich denke nicht nur an Autos, zum Leidwesen meiner Mutter rede ich auch seit dem Rennen von nichts anderem mehr, so auch am Morgen dieses denkwürdigen Tags. An diesem Tag erzähle ich ihr von den Rowdies, die vor den Rennautos den Torero machten. Meine Mutter, die damals vor meiner Logorrhö schon kapituliert hatte, vor meiner endlosen Fragerei und dem Nachbohren in der Tiefe ihres Wissens, beachtet mich nicht weiter, aber angeregt von einer

Assoziation fängt sie an, mit einer Wäscheklammer im Mund auf einmal eine Tonfolge zu summen, die Hüften in Schwung zu bringen, während sie weiter Wäsche aufhängt und ich weiter meine Geschichte erzähle, voller Inbrunst, für niemanden. So stehen die Dinge, als Juana mit einem Waschzuber unterm Arm und demselben Vorhaben wie meine Mutter zum Wäscheaufhängen aus dem Haus kommt. Da sich Juana und meine Mutter ständig über den Weg laufen, haben sie es sich abgewöhnt zu grüßen. Nachdem Juana ein paar Unterhosen aufgehängt hat, hält sie inne und lauscht, was meine Mutter da trällert, immer inbrünstiger, während ich vor Scham versinke. Auf einmal lächelt Juana, passt einen günstigen Moment in der Melodie aus dem mit Wäscheklammern bestückten Mund meiner Mutter ab und stimmt ein:

»Torero mit deinem Bart, verwegen wie ein Bandit, du machst uns doch nichts vor …«

Dann wendet meine Mutter sich ihr zu und singt:

»Du willst nichts lernen, das ist alles.«

Dann beide im Chor:

»Paso doble ist kein Gemahl für Cha-Cha-Cha …«

Dann geht die eine Cha-Cha-Cha tanzend (ganz genau) auf die andere zu, als wollte eine Figur mit ihrem Spiegelbild verschmelzen, in symmetrischer Bewegung ihrer Hüften und Schultern. Sie nehmen einen Zipfel ihrer Schürze, als Kontrapunkt zu ihrem Gewippe, dann plärren sie im Duo:

»Torero …!«

Und sie wiederholen die einzige Strophe, die sie können, machen dazu ganz schön obszöne Bewegungen, und das nicht zu knapp, wie ich finde, wo sie das nur gelernt haben? Juan, der keine Gelegenheit zur Zerstreuung auslässt, steckt seit einer Weile sein leicht gerötetes Gesicht zur Tür hinaus, sieht den Tänzerinnen zu und grinst breit. Plötzlich hören meine Mutter und Juana auf:

»Wie geht's weiter?« fragt meine Mutter und trällert, während sie im Himmel nach dem verlorenen Liedtext sucht. Dann kratzen sie sich beide grübelnd am Kopf.

»Renato Carosone«, sagt meine Mutter, der ich gar nicht zugetraut hätte, dass sie so ähnlich klingende Wörter wie »Ferrari« oder »Alfa Romeo« kennt.

»Ja, ich hab's. ›Torero, Torero, olé …‹«, und Juana macht einen Hüpfer, ohne ihre Pose tiefer Versunkenheit aufzugeben.

»Seid ihr blöd …«, sagt Juan und macht eine rätselhafte Handbewegung, woraufhin Juana und meine Mutter ihn ansehen. Und als Juans Rätselhaftigkeit verblasst und die Frauen fast das Interesse an ihm verloren haben, eröffnet er: »Ich habe die Platte.«

»Ach ja, Schlaumeier? Und wie willst du sie abspielen? Ich will ja nichts sagen …«

Juan ist im Haus verschwunden und kommt mit einem orangefarbenen Kasten mit durchlöcherten Seiten zurück, dann verkündet er triumphierend:

»Mit dem Plattenspieler!«

Als handele es sich um die Pointe eines Zaubertricks, erscheint in der anderen Hand die Plattenhülle mit dem Foto eines grottenhässlichen Mannes am Klavier.

Juana schüttelt den Kopf:

»Aber der geht doch nicht!«

»Wenn du Batterien reintust, schon.«

»Er geht nicht … Außerdem haben wir keine Batterien, und ich weiß auch nicht, wie wir welche herzaubern sollen.«

»Wart mal ab …«

Wieder geht Juan ins Haus, und als er nach fünf Minuten zurückkehrt, haben Juana und meine Mutter den ganzen Unsinn vergessen und hängen weiter Wäsche auf, und nur irgendein stockendes Summen verrät, dass sie noch immer in dem musikalischen Mysterium herumstochern. Juan kniet sich in den »Garten« und zieht ein paar Batterien aus der Tasche. Ohne ihre Arbeit zu unterbrechen, sieht Juana ihn an: »Darf man erfahren, was du da tust?«

»Ihr Frauen seid immer Gott weiß wo, ihr passt überhaupt nicht auf« – Juan fummelt nervös am Deckel des Batteriefachs herum. Als er es endlich aufhat, fällt ihm die Zigarettenasche rein. Juan pustet sie weg, doch dabei übersieht er, dass er die Zigarette im Mund hat und nun die Funken des Glimmstengels in die Löcher des Plattenspielers dringen. Jetzt stochert Juan auch noch mit einem Schlüssel in dem Plastik herum. Er holt ein Taschentuch aus der Wanne, um über sein Werk der Zerstörung zu wischen, und Juana reißt es ihm aus der Hand: »Was machst du denn da?« stellt sie ihn zur Rede.

»Was soll ich schon machen … Ich mache sauber …« Dann wirft Juana das Taschentuch wieder in den Korb. Nach kurzem Zweifeln entschließt sie sich nachzugeben. Lässt ihren Mann machen, sieht meine Mutter an, zuckt die Schultern und hängt weiter Wäsche auf. Keiner der beiden ist mehr nach Summen, während Juan den Plattenspieler in allen Ecken untersucht, um sich zu vergewissern, dass er auch schön sauber ist, und eine der Batterien an den Polen hochhält. Dann wendet er sich belehrend an Juana: »Siehst du diese Löcher, mein Herz?« Er dreht die Batterie zwischen seinen Fingern: »Eine Batterie, die leer ist, wirft man nicht weg, ha … Man pikst einfach ein paar Löcher rein und legt sie in Salzwasser. Die sind aus dem Radio.« – Juan schlägt nun einen leicht vorwurfsvollen Ton an: »Ich habe sie aus dem Abfall gefischt. Jetzt schau her …«

Juana dreht stolz und skeptisch den Kopf in Richtung Wäscheleine. Das Klappern der Wäscheklammern in der Wanne. Währenddessen legt Juan die Batterien ein und klappt erwartungsvoll den Deckel zu. Er holt die Platte aus der Hülle und legt sie auf den Plattenspieler. Dann stellt er den Apparat auf den Boden, drückt einen Knopf und wartet. Nach einigen Sekunden hört man die Einleitung eines Paso doble, dann ein Klavier, Lachen und Händeklatschen von Juan und eine Stimme mit italienischem Akzent: »Torero …!« Dann hört man nichts mehr. Die Stille dauert an, bis die nächste Klammer in die Wanne fällt, und noch eine, eine Oktave höher, als übertrüge sich Juanas Spott irgendwie auf die Art, wie sie die Klammern wirft. Juana holt einen Haufen Wäscheklammern aus einem Stoffbeutel, hängt die Wäsche auf, und die übrige Wäscheklammer – es bleibt immer eine übrig – landet in der Metallwanne, der sie bedeutungsvolle Klänge entlockt. In der Zwischenzeit schüttelt Juan den Plattenspieler und haut etwas hilflos drauf.

»Es sind nicht die Batterien. Wenn es die Batterien wären, würde man gar nichts hören.«

»Da haben wir unseren Techniker …«, sagt Juana, und eine weitere Wäscheklammer plumpst in die Wanne.

Der Plattenspieler erwischt Juana am Bein. Juans Augen funkeln, als sie sich wütend umdreht.

»Los, Besserwisserin, mach du. Dumme Nuss!«

»Wie, mach du? Willst du sehen, was ich mit deinem scheiß Schrott mache, der doch nie funktioniert, noch nie für irgendwas gut war …? Keinen Schritt weiter! Schau, wie ich hinke …«

Er lässt ihr keine Zeit, den Satz zu beenden. Juan hat ihr eine schallende Ohrfeige quer übers Gesicht gezogen.

»Geh rein«, sagt meine Mutter zu mir und zeigt dabei auf unser Haus. Und im Anschluss, in beschwichtigendem Ton: »Juana, Juan …«

Sie beachten sie nicht. Die wütende Juana packt den Plattenspieler, schleudert ihn über den Grenzwall aus Eternit, hinweg über die Blumentöpfe aus extra großen, weiß bepinselten Olivendosen. Der Plattenspieler landet irgendwo im Gestrüpp, aber das interessiert keinen mehr, denn nun nimmt Juan den Waschzuber, wirft ihn auf Juana und trifft sie nicht. Juana rennt daraufhin auf unser Haus zu, aber Juan fängt sie ab und drischt auf sie ein. Ich sehe zu meiner Mutter. Was macht er da mit ihr? Aber meine Mutter bugsiert mich ins Haus, während Juan dasselbe mit Juana macht. Unsere Tür wird sachte zugezogen, ihre fliegt mit einem Knall zu. Ich höre die Wörter, »Sau« und »Dummkopf« und »Nutte«, bin mir aber nicht ganz sicher, weil meine Mutter mich auf einen Stuhl gesetzt hat, mir die Ohren zuhält, vor mir kniet und die Arme um mich geschlungen hält. Auch aus ihrem Mund kommen Wörter, die ich nicht verstehe. Ich spüre das Beben im Haus von Juana und Juan, stelle mir vor, was dort alles zu Bruch geht (und sie besitzen auch nicht übermäßig viel). Die Umarmung meiner Mutter erstickt mich, beschämt mich. Ich will mich aus dem peinlichen Körperkontakt lösen, ihrem Herzschlag, der verwirrenden Berührung ihrer Brust, dem Geruch nach Zwiebeln und Seife. Für alles, was passierte, schob sie mir grundsätzlich die Schuld zu, und ich glaube, das ist mit der Grund für meine Neigung, mich für alles verantwortlich zu fühlen. Ich gebe mir ganz von selbst die Schuld, immerhin habe ich ihr von den Auto-Toreros auf der Rennstrecke erzählt, woraufhin sie gar nicht anders konnte, als dieses Lied zu singen, und Juana zum Tanzen angestiftet hat, und das Tanzen hatte zur Folge, dass Juan an dem Plattenspieler rumgepfuscht hat, woraufhin sie aufeinander losgegangen sind. Ich nehme die Hände meiner Mutter, weil ich fast ersticke. Schreie »Lass mich!«. Sie weicht zurück, sieht mich an und umarmt mich wieder, diesmal sanfter. In der kurzen Verschnaufpause höre ich die Fortsetzung der Schlägerei, verzweifelte Klagelaute und draußen jemanden wispern, denn im Viertel hört man die Schritte und das Wispern und die Leute, die neugierig stehen bleiben, so deutlich, wie ich in diesem Augenblick meine Mutter sagen höre: »Denk an gerade eben, mein Junge. Denk an gerade eben.«

Vor lauter Schluchzen kriegt sie Schluckauf, redet trotzdem weiter, stottert und sagt: »Denk an … gerade eben.« Ich versuche also, sie zu trösten, während sie keinen geraden Satz mehr herausbringt und nur noch sagt: »Kind … vorhin. Kind, vorhin. Kind. Vorhin. Kind. Vorhin …«

Das ist im Großen und Ganzen die Geschichte. Dass ich sie erzählt habe, hat nichts mit sentimentalem Exhibitionismus zu tun. Falls Sie auf authentischen Gefühlskitsch stehen, würde ich sagen, es war mir ein Bedürfnis, vielleicht, weil später noch viel mehr Tränen geflossen sind und dies eines der wenigen Male war, dass meine Mutter mich umarmt hat. Aber vor allem will ich professionell sein und habe den Exkurs gemacht, weil der Ausgang der Geschichte exemplarisch ist für fast alle Episoden dieses Berichts. Mein Leser soll sich mit dem Mechanismus des Hohns, nach dem mein Leben immer funktioniert hat, vertraut machen. Als ich am nächsten Morgen aufwachte, sah ich meine Mutter am Fenster lehnen. Sie versperrte mir die Sicht nach draußen und sah weiter aus dem Fenster. Ich spähte ihr über die Schulter. Emiliano redete am Brunnen mit Juan. Juan nickte zu allem. Auf einmal drehte ich mich um, drehten sich Emiliano und Juan, und auch meine Mutter, wir alle drehten uns um, denn es erscholl: »Torero … mit deinem Bart, verwegen wie ein Bandit!«

Ich öffnete die Tür einen Spalt. Ungefähr zehn Meter vor dem Haus standen ein paar Zigeuner um den voll aufgedrehten Plattenspieler und grölten und klatschten. Das Lied lief immer weiter. Aus Juans Haus kam das Geräusch von im Topf brodelndem Wasser, und auf der Leine hing keine Wäsche. Ich war mir sicher, dass wir zu Juana gehen und mit ihr reden würden, aber meine Mutter schloss mit einer solchen Wucht die Tür, dass sie fast meinen Kopf erwischte.

Jetzt ist die Geschichte wirklich aus.

Jahre danach, am Morgen des Tages des Watussi, baute sich Juan nach dem Schlag und ein paar Schlucken schwankend vor dem Apfelbaum auf, der ihm, davon war Juan fest überzeugt, den Hieb versetzt hatte und somit schuld war, dass er hingefallen war. Wankend stand er vor dem Baum und schrie ihn an: »Den Watussi machst du mir? Willst mich verwatussen, was? Na warte … komm her, wenn du ein Mann bist. Mörder! So ein Maul, aber nichts dahinter. Eine Null bist du!«

Mit schwankenden Schritten näherte sich Juan immer weiter dem Apfelbaum. Dann schnauzte er ihn an: »Schau, was dort oben am Himmel geschrieben steht, Schaumschläger! Du bist tot!«

Ganz gebannt von seiner trickreichen Drohtaktik schien Juan sich tatsächlich einzubilden, der Apfelbaum-Watussi schaue zum Himmel, denn nun verpasste er ihm mit aller Kraft einen Fußtritt. Bedauerlicherweise verfehlte der Tritt sein Ziel, und Juan purzelte nach hinten. Wieder auf dem Boden, lallte Juan unverständliche Wörter. Dann fing er an zu schnarchen.

10

Sofort sprang ich in Juans Garten, stellte das Radio aus und versteckte die Flasche im Gestrüpp. Es war so was wie eine Komplizenschaft: Sobald Juan aus seinem Dämmerzustand erwachte, würde er mir für die Gefälligkeit dankbar sein. Von weitem hörte man ein von Pfeifen begleitetes Trommeln auf Kochtöpfe. Die Alarmglocken. Juan murmelte »Na wartet …« und verfiel augenblicklich wieder in seliges Schnarchen. Wie der Blitz rannte ich ins La Parra, denn ich machte mir Sorgen um den Yeyé.

Der Gebrauch von Losungen war eine der wenigen Erfindungen von Pepitos übersprudelndem Hirn, die mir wirklich gefielen. Die Finger so bewegen, als drückte man Knöpfe am Flipper – seine Geste von eben im El Molino –, hieß, dass wir uns im La Parra treffen würden: einer einfachen Bar mit Tischen unter einem Strohdach und einem funkelnden Flipper; dort verbummelten wir die ruhigeren Stunden unserer langsamen Tage, wir ignorierten die Rausschmissdrohungen des Typen am Tresen und warteten darauf, dass ein gelangweilter Spieler (viele waren es nicht) uns eine Partie schenkte. Eine andere Losung: Wie ein Riesenrad den Kopf im Kreis drehen hieß, sich am Eingang des Vergnügungsparks zu treffen und dort zu warten, bis ein schusseliger Tourist seinen Autoschlüssel stecken ließ, und Pepito und ich waren sofort zur Stelle und konnten eine kleine Spritztour unternehmen. Im Zoo beim Loch im Zaun auf eine Bodenplatte den Umriss eines Tiers zeichnen bedeutete, an dessen Gehege aufeinander zu warten. Die Sache mit den Losungen hatte einen Hauch von Geheimnis und einen Haken: Niemand konnte unsere Meisterschaft würdigen, und, was noch schlimmer war, wir brauchten gar keine Losungen. Bis zu diesem Morgen hatten wir noch nie ein Treffen im La Parra ausgemacht, wir hatten noch nie auf Kommando ein Auto geklaut und uns noch nie zusammen in den Zoo geschlichen. Der Yeyé setzte sich einfach jeden Tag frühmorgens in die Nähe meines Hauses, um mit mir zum Angeln zu gehen. Ich brauchte nur den

Kopf aus dem Fenster zu strecken und sah, wie er sich das Warten mit Steinchenschmeißen verkürzte; er warf ein Steinchen in die Luft, sah seinem Aufstieg nach und ließ dabei seinen Gesichtsausdruck von neugierig in vorgespielte Panik übergehen, und wenn das Steinchen schließlich hinunterfiel, riss er die Arme vors Gesicht und hechtete zur Seite wie das Opfer eines Anschlags.

Am Morgen des Tags des Watussi waren unsere Fingercodes zum ersten Mal zum Einsatz gekommen. Während ich über eine im letzten Winter von Baracken gesäuberte Brache hinunterging und die Straße vor dem Eingang des Vergnügungsparks überquerte, war meine einzige Sorge, ob die Codes auch funktionieren würden und ob Pepito es geschafft hätte, sich aus den Händen seiner Häscher zu befreien. Emilianos 2CV, ohne Emiliano, aber mit einer Reihe seiner Jünger, rauschte wie ein durchgegangenes Pferd an mir vorbei. Offenbar waren sie nach irgendwas oder irgendwem auf der Suche. Der Park war noch geschlossen, aber ein paar Besucher schlichen bereits vor dem Schalter umher, vor die Nase ein Taschentuch gedrückt, da sie an den Müllgestank nicht gewöhnt waren; andere studierten ein Plakat (»Pedro Vargas, zum ersten Mal in Barcelona«), die Kabinen der Seilbahn fuhren leer hoch und runter, die Taschendiebe sahen sich nach möglichen Opfern um, und aus den Lautsprechern dröhnte der derzeitige Hit:

> Am Hang liegst du, mein Dorf,
> gekauert wie ein Alter im Sterben,
> dir bleibt nur Schmerz, Verlassenheit,
> freudlos zieh ich fort.

José Feliciano. »Qué será«. Ein Top-Hit. Pepito und ich hatten uns schon ein paar Mal über das bemerkenswerte Paradox unterhalten, das das Lied aufwarf. Wenn das Dorf so ätzend war, warum verließ José Feliciano es dann »freudlos«? Das Normale wäre gewesen, er wäre die Straße entlanggehüpft vor Freude .... Ich hüpfte nicht und war auch nicht besonders froh, aber dank meines strammen Schritts war ich bereits an den Treppen des Weltausstellungsparks angelangt, einem Pflanzenlabyrinth, das einen immer mit den unangenehmsten Überraschungen empfing. Beim Hinuntergehen ließ ich den tränenumflorten, ängstlichen Blick des Wesens hinter mir, von dem der Satz »Rede nie mit Fremden« stammte, sowie die Rufe von ein paar unbekannten Zigeunern, die kurz ihre Rumbafassung von »Qué será?« unterbrachen:

Was wird, was wird, was wird,
was wird aus meinem Leben,
ob ich viel weiß oder nichts
morgen werd ich schon seh'n.
»He, du, haste mal 'n Duro
für den Autoskooter?«

»Los, komm her«, schrien sie mir zu und fassten sich an die Taschen. Ich nahm die Beine unter die Arme und rannte zum La Parra. Völlig außer Atem, kam ich an. Schweißüberströmt flüchtete ich mich in den knirschenden Schatten, unter meinen Füßen Bierdeckel und Kies. Unruhig sah ich über die leeren Tische, bis mir das vertraute Klingeling des Flippers Hoffnung machte. Ganz hinten versteckt war Pepito. Als ich wieder zu Atem gekommen und bei ihm war, fiel mir auf, dass mein Freund seine ganze gerade einsetzende Männlichkeit aufbot, um krampfhaft seine Tränen zurückzuhalten. Sein Gesicht war dunkelviolett.

»Na, dann los«, sagte ich.

Er rückte zur Seite, und wir spielten gemeinsam. Fürs Erste schwieg ich. Während ich jetzt meine damalige Zurückhaltung beschreibe, bin ich selbst überrascht. Zu der Zeit war ich eher abwartend und gehorchte einer gesunden Vorsicht, da ich meinem unterentwickelten Instinkt nicht traute. Redliche Weisheit am Ende eines Menschenalters. Denn der kluge Junge ist der Vater des dummen Jugendlichen, der ausgefuchste Halbwüchsige bringt den leichtsinnigen jungen Mann auf den Weg, und der scharfsinnige junge Mann betreut den Hallodri in mittleren Jahren. Mein jetziges Stadium ist dies: ein ausgelaugter, korrupter Dummkopf, der sich bemüht, seine Jugend abzulegen, denn so viel Jungsein bringt einen um. Vielleicht ist das mit ein Grund, warum ich den Auftrag zu diesem Bericht angenommen habe. Genug der Küchenphilosophie.

»Schweine …«, grummelte Pepito, während er seine rasende Wut an der Metallkugel ausließ und eine Träne über seine Wange kullerte, die eine Furche durch den Grind von vorgestern zog.

»Ich habe dich von zu Hause aus gesehen«, beichtete ich, während die Metallkugel vor meinen Augen hin und her flitzte.

»Emiliano, dieses Schwein. Hat mir Bohnenstange und Tomate auf den Hals gehetzt.«

»Warum?«

»Wenn ich das wüsste. Pass auf, ich seh sie, versuch mich sofort dünn zu machen. Da rennen die auf mich zu, du weißt ja«, er stampfte mit dem orthopädischen Schuh auf, um an seine körperliche Behinderung zu erinnern, »schon hatten sie mich, zogen mir zwei Schläge über und fragten, warum ich abhaue. Wer abhaut, weiß was. Und wer was weiß, soll singen.«

Ich werde von dieser Seite des Tunnels aus weitererzählen, auch wenn ich mir nicht sicher bin, ob ich den Slang aus der Barackenstadt von damals noch hinbekomme. Um eine Vorführung der Mackersprache geht's auch nicht, dafür ist immer noch Zeit. Also:

Emilianos Jünger sind hinter Pepito her. Pepito, dem das Ohr noch immer glüht, rennt, was das Zeug hält, damit sie ihn nicht kriegen. Er weiß viel mehr als ich über die Gesetze des Irrationalen.

Wenn irgend so eine Bestie dir an die Eier wollte, war es unmöglich, überlegen zu bleiben und in der kurzen Vorrede, die sie einem normalerweise gönnten, eine Lösung auszuhandeln. Du musstest da durch und warst abhängig vom Nervensystem eines Psychopathen an einem Werktag. Am besten, man haute sofort ab.

Sie schnappten ihn, und natürlich hielten sie stur an dem fest, was man ihnen von Anfang an als einzige Wahrheit eingetrichtert hatte. »Der Yeyé hängt in der Sache mit drin.« Sie schleiften Pepito an Emiliano vorbei bis zu Celsos Tür, dann durch eine andere Tür. Eine Treppe führte hinab ins Unbekannte. Die Männer befahlen Pepito barsch, runterzugehen.

»Glaub mir, ich schwör's dir bei meiner Mutter.« Damit begann die grelle Beschreibung Pepitos, was er in Celsos Haus erlebt hatte. »Zahnlose Raben« zogen angeblich aus Mehl- und Kichererbsensäcken, aus Kaffeedosen und Zuckerpackungen Pistolen, Messer und Munition.

»Sogar eine dreiläufige Knarre von hier bis Lima. Mit den alten Weibern war echt nicht gut Kirschen essen.«

»Dreiläufige Gewehre gibt's gar nicht.«

»Elender Klugscheißer. Dann eben zwei oder vier. Lass mich weitererzählen ...«

Eine Alte betete vor einer Altarnische eine Figur der Heiligen Jungfrau an, deren an jenem Tag gedacht wurde. Die Alte kniete sich hin, bekreuzigte sich, verteilte ruppige Befehle an ihre krummrückigen Artgenossinnen. Als Pepito gerade von der letzten Stufe hüpft, mustert ihn die am nächsten bei ihm stehende Alte langsam von oben bis unten und ... »Ich red keinen Müll, streckt die Hexe mich doch glatt zu Boden ...«

»Weißt du, wer ich bin?« fragt die Alte, während Pepito wieder aufsteht.

»Die Schwester von Señor Celso, Doña Pilar«, antwortet Pepito eingeschüchtert und reibt sich die pochende Wange.

»Genau.«

»Sie sehen Ihrer Nichte sehr ähnlich«, schmeichelt der Yeyé und zeigt damit, dass sein Überlebensinstinkt auf Hochtouren läuft, die Wunderwirkung der schönen Worte, Zigeunerspezialität.

Doña Pilar deutet ein Lächeln an und richtet sich, ganz Dame, den Dutt, und dann »auf den Boden, und wieder voll auf die Visage, auf die Seite, die noch nicht dran war«.

Nachdem Pepito erneut aufgestanden ist, versucht er, das strenge Gesicht mit seinem Doppelblick zu fixieren.

»Was bildest du dir ein, dass du mir mit Arschkriechereien kommst?« fragt Doña Pilar.

Pepito, der sich dem Verhör wohl oder übel beugen muss, sieht die tiefen Falten und ein noch immer irgendwie feuriges Augenpaar. »Das ist die schmutzigste Sache, die ich je erlebt habe, das sag ich dir.« Pepito erinnert sich, dass er eine möglichst unverfängliche Antwort sucht, und zuckt die Schultern.

»Emiliano hat mir erzählt, dass du alles gesehen hast. Du und noch einer.«

Ich bekenne ohne Scham, dass ich fast einen epileptischen Anfall bekam, als Pepito an diesem Punkt seiner Schilderung angekommen war.

»Ich schwöre es Ihnen, Doña Pilar, ich schwöre es bei meiner Mutter, das ist nicht wahr.«

»Zum Teufel mit deiner Mutter. Allmählich geht mir ein Licht auf. Ihr wart alle drei dort, und dazu das arme Mädchen …«

Ab hier wird es unklar, zwei Versionen stelle ich vor. Die eine stammt, glaube ich, von Pepito: hochmütig vorgerecktes Kinn, um ebenso beleidigt wie tollkühn alles abzustreiten; vielleicht wandern gekreuzter Daumen und Zeigefinger zum Mund, und ein wiederholter Schwur. Die zweite und wahrscheinlichere Version ist die, die mir seitdem immer im Kopf herumgegangen ist: Pepito fällt auf die Knie, fasst Doña Pilars Rock und fleht um Erbarmen. Zu beiden Varianten passt derselbe Dialog:

»Ich hab nichts gesehen. Ich schwör's noch mal.«

»Dieser Dreckskerl Watussi war schon seit einer ganzen Weile hinter der Kleinen her. Und der hat vor niemandem Angst außer vor meinem Bruder. Und kaum ist der fort, macht er sich an mein Mädchen ran. Er war die ganze Nacht auf der Piste, war nicht mehr ganz klar im Kopf, und da hat er sein wahres Gesicht gezeigt. Er ist ein Monstrum, und du weißt das. Alle wissen es. Und du hast's gesehen.«

»Ich hab nichts gesehen.«

Zum dritten Mal landet Pepito auf dem Boden.

»Weißt du, was dir blüht, wenn du nicht augenblicklich die Wahrheit sagst? Wir gehen jetzt hoch, du sagst allen, dass du den Watussi gesehen hast, dass er es war, dann kannst du nach Hause.«

Obwohl Pepito auf seinem Nein beharrt, befiehlt ihm Doña Pilar, die Treppe hochzugehen. Sie hinterher, zusehends ungeduldig über das langsame Gehinke des kleinen Zigeuners. Von oben befiehlt Doña Pilar den Alten:

»Ab in den Hof!«

Pepito wird unsanft ins Wohnzimmer geschubst. Dieses Wohnzimmer ist das einzige im Umkreis von einem Kilometer, das diese Bezeichnung verdient. Als sie vor der Tür angekommen sind, lassen sie Pepito den Vortritt, als würde er das improvisierte Totenzimmer freiwillig aufsuchen. Julias Leichnam ist in einer Ecke des Zimmers auf einem Tisch aufgebahrt, umrahmt von Kerzenständern unter einem riesigen und ziemlich wertvollen Silberrelief des Letzten Abendmahls, wie Pepito mit fachmännischem Blick sofort erkennt. Sie haben Julia schwarze Kleider angezogen und ihr eine blaue Kappe auf den Kopf gesetzt, um die Schädelverletzung zu verbergen. »Aber man merkte immer noch, dass da was fehlt.«

»Scheiße, und am Ende sagen die Leute immer, sie sehen aus, als würden sie schlafen, wie Engelchen. Völliger Quark! Wenn sie ganz frisch sind, vielleicht, die Julia sieht jedenfalls eher aus wie eine zerlumpte Stoffpuppe, oh Mann, so eklig, dass es dir kalt den Rücken runterläuft. Und der Sohn von Emilianos Schlampe ist der Einzige, der sich vom Fleck rührt und zu Lunares sagt: ›Sag irgendwem, er soll jemanden holen, nicht dass das noch zu stinken anfängt.‹ Und ich mittendrin, ich sag es dir …«

Vor Julia wie in einem Wartesaal eine Reihe Stühle entlang der Wand, darauf reglose, geduckte Gestalten. Alle halten Gläser mit Anisschnaps, von dem sie keinen Schluck zu nehmen wagen, hin und wieder ein schielender Blick zu einem Teller mit Gebäckkringeln. In einer Ecke Tomás, der Hehler, der trotz seiner Zurückhaltung die Hauptperson zu sein scheint. Neben ihm weint seine Frau, die stumm ist (zu dieser Eigenschaft wurde der Hehler nicht selten beglückwünscht), und seine Tochter Dora, mit der es bei dem Wettbewerb den Zoff gegeben hat, Julias beste Freundin.

»Weißt du, wer sie ist?« fragt Doña Pilar Pepito und zeigt auf Dora.

»Dora …«, antwortet Pepito schlicht und ergreifend.

»Du …«, spricht Doña Pilar Dora an: »Frag den da, wer's war. Frag ihn, wer das Mädchen umgebracht hat, er hätte dich doch genauso umbringen können. Na los, frag schon …«

Dora schüttelt energisch den Kopf.

Im selben Augenblick, als Pepito die Trauertracht der schmerzerfüllten Dora betrachtet (»warte, nur die Ruhe, ich erzähl's dir schon noch«), spürt er eine vertraute Hitze, einen stechenden Schmerz: Wieder zwickt ihn Emiliano ins Ohr, lässt es los, schiebt ihn zu Julias Leiche.

»Und jetzt frage ich dieses lahme Arschloch, wer es gewesen ist. Dich und den anderen.« Der »andere« ist bereits mächtig in Sorge, was für Bemerkungen noch fallen würden. »Ich hab euch ertappt. Und ihr haut ab. Wohin so eilig, du kleiner Scheißer?«

»Nach Hause …«

»Aber du hast doch gar kein Zuhause!«

Emiliano drückt Pepitos Kopf an den der Toten. »Gestunken hat sie nicht gerade, aber na ja, was soll ich sagen …« Emilianos Pranke drückt seinen Hals noch fester zu, steckt seine Nase in ihr Dekolleté … »He! Lass los, he, lass los …«

»Schau sie dir an, schau sie dir gut an … Los, ihr ins Gesicht, wer war es? Den werden wir nämlich umbringen. Und wer weiß, vielleicht ist er nicht der Einzige. Vielleicht kapierst du jetzt, Scheißerchen.«

Als Pepito im La Parra erneut das Geschehene heraufbeschwor, kämpfte er auf einmal wieder mit den Tränen. Ich hörte schweigend zu, voller Anspannung, wann es wieder um mich gehen würde. »Wenn erst mal raus ist, was ich die ganze Zeit schon vermute, wirst du schon sehen, was für ein übler Hund der Emiliano ist.«

»Einem Scheißer ist es egal, wenn jemand umgebracht wird.« Emiliano lässt nicht locker: »Wer war es? Der Watussi war's, das weißt du genauso gut wie ich.«

»Also, die Kleine hat ›Watussi‹ gesagt, dann ist sie gestorben, das arme Kind«, informiert Pilar die Anwesenden. »Dieses Monstrum, das hinter ihr her war und nur gewartet hat, bis mein Bruder weg ist. Stimmt doch, bei dem traut er sich nichts.«

»Der Watussi war's, und du hast gesehen, wohin er abgehauen ist«, beharrt Emiliano und drückt ihm immer weiter den Hals zu.

»Wenn ich nein sage.«

»Wer war es dann?«

»Weiß ich nicht.«

»Wo ist er?«

»Wer?«

»Der Watussi.«

»Weiß ich doch nicht.«

»Was hat das Mädchen gesagt? Warum hat sie es dir wohl gesagt. Sie hat es dir genauso klar und deutlich gesagt wie mir. Das war das Einzige, was sie gesagt hat. Was hat sie zu dir gesagt?«

»Weiß ich nicht.«

»Wie, du weißt es nicht? Was weißt du nicht, Krüppel? Was hat sie gesagt?«

»Nichts.«

»Nichts? Woher weißt du, dass sie nichts gesagt hat? Dann warst du also doch dabei?«

»Aber nein …«

»Und in dem Moment drückt er mein Gesicht noch näher an das von Julia heran, sodass ich sie berühre. Scheiße, das wirkt! Ich denke bloß: Lass dich nicht unterkriegen, Pepe, der Watussi macht das schon. Los, sing, sonst bringt dich das Schwein von Emiliano noch vor aller Augen um.«

»War's also doch der Watussi?«

»Ja.«

»Hast du es gesehen?«

»Ja.«

»Jetzt habt ihr es alle gehört.« Emiliano lässt Pepito los, dreht sich zu Doña Pilar und dann zu den Übrigen um: »Er hat klipp und klar gesagt, was wir alle wissen. Der Watussi war's.«

Die Stille öffnet sich zu einem Raunen. Die Anwesenden nutzen das Zwischenspiel, um den Anis zu kippen. Die Flammen der Kerzen zittern nervös, als wollten sie der Atmosphäre entfliehen. Der Hehler lässt seine weinende Frau und Tochter zu Füßen der Leiche stehen und verlässt mit Bohnenstange und Tomate den Raum, sie gehorchen dem nicht ausgesprochenen Befehl. Auf der Straße ertönen Pfiffe, die heimliche Losungen sind, heftiges Trommeln auf einen Topf ist die Antwort, der 2CV fährt an. Dieselben Töne, die ich hörte, als ich das Haus verließ. Beim Erzählen dieses harten Verhörs hatte sich Pepito immer weiter reingesteigert. Jetzt heulte er Rotz und Wasser und packte sein rechtes Handgelenk mit der linken Faust, grub sich die Nägel in die Hand. Seine Zähne knirschten, während er immer wieder vor sich hin sagte: »Wer war's? Der Watussi. Was hat sie gesagt? Watussi. Wo ist er? Das weiß ich nicht. Wer war's? Der Watussi.«

»Schweine. Und hinterher haben sie mich mit einem Fußtritt vor die Tür befördert. Nachdem sie mich zum Singen gebracht haben. Aber die werden sich noch umschauen …«

Dann erzählte mir Pepito, blind in seiner ohnmächtigen Wut, noch einmal dieselbe Geschichte. In der neuen Version zückt Emiliano eine Pistole und steckt sie ihm in den Mund. »Das habe ich dir vorhin nur nicht erzählt, ist nicht so wichtig.« Ich beschloss, seinen Bericht zu unterbrechen, bevor er in seiner nächsten Version mit noch schwererer Artillerie auffahren würde.

»Schweine …« Ich zeigte auf den Flipper: »Wirf einen Duro rein, wenn du einen hast.«

»Woher denn … Die Partie von vorhin hat mir ein Tourist überlassen, der sich bei meinem Anblick sofort verkrümelt hat. Und vor lauter Wut habe ich sofort einen Riesenbatzen gewonnen … Diese Schweine werden sich noch umschauen, das sag ich dir.«

»Und wenn's wirklich der Watussi war? Die behaupten, sie hat Watussi gesagt. Bei Celso wussten das alle.«

»Wieso soll es der Watussi gewesen sein, Mann? Dora war's. Erinnerst du dich, als die andere gesagt hat, Dora soll mich fragen, wer's war? Hab genau aufgepasst. Dieses Auge …« Pepito zeigte, ich weiß nicht recht, warum, auf sein linkes Auge: »Ihre Sandalen waren voller Zement. An der Tür von El Molino sind überall Zementpfützen.«

Ich schaute nach unten und sah den getrockneten Zement, der den Stoff meiner Schuhe versteifte und an den Knien meiner Hose klebte. Da erinnerte ich mich an das Gebrüll meiner Mutter: »Kratz dir die Scheiße von den Turnschuhen!«

»Hab ich auch dran.«

»Und ich erst.« Pepitos orthopädischer Schuh war ein einziger Klumpen: »Du und ich, wir sind ja auch dort gewesen. Und wir haben gesehen, wie sie die Julia rausgeholt und weggetragen haben. Aber hast du die Dora gesehen? Wetten, dass nein? Also der Fall liegt klar.«

»Wie, der Fall liegt klar?«

»Was willst du? Soll ich's dir buchstabieren? Pass auf, die Dora ist neidisch auf die Julia und bringt sie um.«

»Wegen wem?«

»Du bist aber auch … Wegen wem schon? Wegen dem Watussi. Vielleicht hatte es die Julia sogar auf ihn abgesehen. Und die Dora sagt ›Ich hab die Faxen dicke‹ und schreitet zur Tat. Hast du nicht mitbekommen, wie sie sich schon mal in die Haare gekriegt haben, als sie bei einer Miss España oder so was mitmachen wollten? Ist auch egal. Du weißt nicht, was eine Frau für die Liebe alles tut. Und der Watussi verdreht ihnen allen den Kopf. Verdreht ihnen den Kopf und lässt sie dann sitzen. Vielleicht hat er ja die Dora sitzengelassen und was mit der Julia angefangen, die nicht widerstehen konnte, beste Freundin hin oder her, und die Dora lockt sie ins El Molino, und zack …«

Da Pepito keine weiteren handfesten Argumente hatte, glotzte er auf das Feld des Flippers. Es war einer der vielen Augenblicke in diesem Sommer, in denen wir Löcher in die Luft guckten. Aber heute lag in dieser Luft Gefahr. Ich rieb mir die Hände bei der Vorstellung, dass sie den Watussi schnappen und ihm die gebührende Abreibung erteilen würden, bevor alles zu dieser schlechten Kopie von Normalität zurückkehren würde, die dieses Leben vermutlich war. Plötzlich brach Pepito wieder in Tränen aus, und ein Wortschwall ergoss sich aus ihm: »Scheiße, verdammt, wenn die mich in die Mangel nehmen und mir befehlen, vor allen zu sagen, dass ich die Julia gesehen habe und dass sie ›Watussi‹ gesagt hat, dann heißt das doch nichts anderes, als dass es der Watussi nicht gewesen ist. Sie schieben ihm den schwarzen Peter zu. Für irgendwas wollen sie ihm den schwarzen Peter zuschieben. Scheiße, scheiße, scheiße ...«

Er hatte recht. Auch wenn die Möglichkeit bestand, dass sie aus irgendeinem Grund einfach einen weiteren Zeugen brauchten. Aber warum Pepito? Warum nicht ich oder sonst einer, der sich in der Nähe von El Molino rumgetrieben hatte? Ich wurde in meinen Gedanken unterbrochen, als ich Schritte auf dem Kies hörte. Pepitos Rede – »Außerdem haben sie vor mir Angst, denn sie wissen, mit wem sie es zu tun haben ...« – riss ebenfalls ab, und er sagte, in eine Richtung zeigend, wütend:

»Sieh sie dir an ...« Dieses »Sieh sie dir an« sprach Pepito aus, als wüchsen ihm in diesem Augenblick Reißzähne und zehn Zentimeter lange scharfe Krallen: »Da hast du sie, da hast du sie ...« Immer noch derselbe Ton, die Krallen wuchsen weiter.

11

Zwei Männer hatten das La Parra betreten. Einer, schon etwas älter, wischte sich mit einem zusammengefalteten Taschentuch den Schweiß von der Glatze und wandte sich mit einer gewissen Überlegenheit an seinen Begleiter. Der beugte sich dem Machtverhältnis mit unterwürfig hängenden Schultern und nickte stumm in die Pausen hinein. Sie trugen verräterische Jacken, an einem Tag, an dem man nur vom Hinsehen schon Schweißausbrüche bekam. Pepito, der sich hinter dem Flipper und mir verschanzt hatte, verfolgte ihre Bewegungen mit vor Zorn rasendem Blick. Seine nervöse Hand versteckte Daumen, Ring- und Mittelfinger und wehrte mit gestrecktem Zeigefinger und kleinem Finger und »Weg hier! Weg hier!« zischend die Bullen ab. Der Abwehrzauber wurde von dem plötzlichen Ruf »Chef! Zwei Bier!« unterbrochen.

Nach dieser lautstarken Bestellung schwenkte der Blick des Älteren der beiden langsam zu uns herüber.

»Bulle, elender Bulle …«, Pepito war das Zischen vergangen. Kein Zweifel, der Ältere der beiden hatte Pepitos Litanei gehört. Was ihn nicht zu beeindrucken schien, denn er nahm mit dem Gesicht zur Tür und dem Rücken zu uns neben seinem Kollegen Platz und führte seine selbstverliebte Rede fort:

»Du kannst sagen, was du willst, aber glaub mir, ich habe recht. Sie zeigen dir die Musterwohnung, und alles ist einfach großartig! Nur dass keiner den Eintritt bezahlen will, könnte ja sein, dass du auf deine Zigaretten verzichten musst. Und dann, zack, ab zur Miete im Außenbezirk. ›Wohngebiet‹ nennen sie das. Wohngebiet heißt, dass es am Arsch der Welt liegt. Es ist schon nicht einfach. Man muss Glück haben und braucht Jahre, um sesshaft zu werden. Du bist noch zu jung …«

Dann senkte er die Stimme und rückte dicht an den Kopf seines Kollegen, der in vollständiger Einigkeit mit den belehrenden Behauptungen des alten Hasen immer weiter artig auf und ab ging. Die Aneinanderreihung unverrückbarer Wahrheiten ging im vertraulichen Ton weiter:

»Er sagt ihm gerade, dass es hier zum Glück nichts für sie zu tun gibt.« Pepitos Stimme flog mit schneidender Deutlichkeit über die Terrasse.

Abrupt drehten sich die beiden Männer um.

»Und jetzt sagt der andere gleich« – er machte mit der Stimme einen Einfaltspinsel nach: »›Scheiße, aber das haben sie mir nicht gesagt‹. Und dann spielt der Schlaue den Allerschlausten und sagt …« – jetzt musste er die Stimme von einem eingebildeten Fatzke nachmachen, was ihm ganz gut gelang: »Ach was. Du weißt, wer sie sind. Sie wissen, wer du bist. Das ist alles. Sehen, hören, Klappe halten.«

»He, Bürschlein, gleich steh ich auf, dann wirst du …« Der Ältere, leicht erregbar, wie es sich für einen Bullen gehörte, machte Anstalten aufzustehen, unter der Jacke schaute der Pistolengriff heraus.

Ich machte einen Schritt, um schleunigst von hier wegzukommen, aber Pepito packte mich am Arm und hinkte auf die fremden Gäste zu, die selbst ich als Gesetzeshüter erkannte. Der Yeyé, yeyéischer denn je, fing an, mit Händen und Füßen zu zappeln, und zeigte auf die beiden Polizisten; es hätte nur noch gefehlt, dass auf die Länge seines Körpers Glöckchen angebracht und seine Augen weiß gewesen wären, damit noch der Letzte mitbekommen hätte, was er zu meinem Entsetzen nun sagte:

»Heute haben sie die Julia umgebracht. Die Julia vom Celso«, gurrte er und stützte sich dabei auf die bekannte Melodie von »Du erwischst mich nicht«.

»Halt den Mund!« schrie der ältere Polizist. Und ich war kurz davor, es ihm nachzutun. Der Typ am Tresen, der mit zwei Bier aus dem Lokal kam, verzog sich, Neutralität signalisierend, sofort wieder nach drinnen, nicht ohne vorher in mein keusches Ohr gezischt zu haben: »Wenn ihr hier noch einmal auftaucht, schneid ich euch die … ab.« Ich signalisierte ihm, dass ich verstanden hatte, und machte Pepito Zeichen, aber der war immer noch mit seiner Pantomime beschäftigt.

»Der Watussi war's! Das sagen alle! Und jetzt wollen sie ihn umbringen! Aber vorher wird's mords was geben! Riesenrandale!« Er machte eine Handbewegung, als finge er einen Strandball: »So riesig!«

Mein rasender Puls überschlug sich fast bei dem absurden Befehl, den der ältere Polizist seinem Kollegen nun erteilte:

»Halt dir die Ohren zu! Schnell!«

Der Nachwuchspolizist, mit dem ich mich insgeheim verbrüdert hatte, hörte mit dem gehorsamen Nicken auf, breitete die Arme aus, streckte die geöffneten Hände zum Himmel und zuckte die Schultern, eine harmonische Figurenfolge ratloser Gesten.

»Ich hör schon die Schüsse! Weiß schon, wem sie die Schuld zuschieben werden, nichts gemacht zu haben!« Das war Pepito.

»Du sollst dir die Ohren zuhalten!« Da der ältere Polizist seine bereits abgedichtet hatte, fiel es ihm schwer, die Stärke seiner Stimme richtig zu dosieren, und so klangen seine Befehle mehr wie ein verzweifeltes Flehen: »Und du, halt den Mund!«

Endlich hatte der glatzköpfige Kloß von Polizist seinen Kollegen überzeugt, nicht aber Pepito.

»Es war mit einem Stein gegen den Kopf. Krock, krock, krock ...«

»Den Mund halten sollst du!« Der ältere Polizist tastete nach seiner Pistole; allerdings schien sich seine Hand auf halbem Weg daran zu erinnern, dass sie eine andere Aufgabe zu erfüllen hatte, und kehrte zurück ans Ohr.

Ich rannte davon. Was sollte ich tun? An der Tür des La Parra tat ich auf einmal, warum weiß ich auch nicht, kleine Sprünge und blickte mich um. Kurz darauf kam Pepito, von einer wütenden Stimme hinauskatapultiert:

»Du hast nichts gehört!« Dass der ältere Polizist wieder dermaßen laut schrie, erlaubte den Schluss, dass er sich noch immer die Ohren zuhielt.

Pepito sah mich an, schnaubte, lachte los, setzte eine grimmige Miene auf und streckte erneut seinen Kopf auf die Terrasse.

»Hosenscheißer!« schrie er und rannte los.

Als wir uns in einiger Entfernung befanden, tauchte mitten auf der Straße dieser vorsätzliche Taube auf, nichts mehr mit Diplomatie. Eine zitternde Pistole ragte hoch und zielte in den Himmel. Wir ergriffen die Flucht. Kaum hatte der Polizist die Waffe zurückgesteckt, bekam die Glatze neuen Glanz, und der Anzug schlackerte, als hätte er gerade eine Begegnung mit dem Tod gehabt, und so sahen wir ihn erneut das La Parra betreten. Der Yeyé hielt mich fest und sagte:

»Komm, wir gehen hin. Wollen wir mal sehen, ob ...«

Ich passte mich seinem Schritt an, und dann kauerten wir uns hinter die Strohmatten, die die Terrasse abschirmten; wieder der säuerliche Geruch Pepitos neben mir, gebannter Blick zwischen den Ritzen hindurch. Der ältere Polizist gab eine völlig aus dem

Lot gebrachte Erscheinung ab, nicht mehr Ungezwungenheit und *Laissez-faire*, grimmig starrte er auf den Eingang, während er nach seiner Waffe im Halfter tastete, wahrscheinlich weil er fürchtete, Pepito habe ihm mit einer Methode, die über seinen beschränkten Verstand ging, die Pistole entwendet, mit der gleichen Mühelosigkeit, wie er ihm seine Arroganz abspenstig gemacht hatte. Er war völlig aus der Bahn geworfen, dafür sprach auch, dass er sein erstes Bier in einem Zug hinunterstürzte und gleich darauf wie ein Marktschreier ein zweites bestellte. Der Neuling, der offenbar vom Dumm-Herumstehen genug hatte, beschloss, behutsam aus der Witzfigur neben ihm wieder den Polizeiveteranen zu machen, der er eben noch gewesen war.

»Wer ist der Watussi?« fragte er.

»Also, wenn dieses kleine Stück Scheiße die Wahrheit gesagt hat, irgendwer, der sehr bald sterben wird. Um genauer zu sein, heute. Und möglicherweise kriegt er vorher noch einen Wutanfall und schlägt um sich, dass dir Hören und Sehen vergeht.«

»Red du nur«, knurrte Pepito. Ich hob den Zeigefinger an die Lippen, um ihn zur Ruhe zu ermahnen. Sogleich hob Pepito als Antwort einen Finger an die Schläfe, um mit einer Bohrbewegung die schwere Verwirrung des Polizisten anzuzeigen.

»Und?« So fragen nur Neulinge.

»Und? Nichts. Zu deiner Information, dort oben hat ein bestimmter Celso das Sagen. Auch wenn dir das alles wie ein Misthaufen vorkommt und diese Leute wie die Ratten leben, dieser Celso dreht seine Dinger. Ich kenne nicht das genaue Ausmaß, aber es ist nicht zu knapp. Der Typ hat überall seine Finger drin. Und wenn man ihn lässt ...« Der Alte machte eine Pause, seufzte, nahm das Bier aus der Hand des Manns hinterm Tresen, während er unverändert auf den Fluchtpunkt seines Glücks am Horizont blickte. Er nahm einen tiefen Schluck und redete weiter: »Dieser Celso tut auch dem einen oder anderen mal einen Gefallen und protegiert solche Figuren wie den Watussi. Und jetzt hat der Watussi seine Tochter auf dem Gewissen. Das ist der Dank ... Ein Kandidat, dieser Watussi! Das ist einer von den Namen, die du nicht vergisst. Überall hörst du: ›Watussi hier, Watussi dort‹. Scheiße! Am Anfang dachte ich, der ist irgendein Neger mit Lanze, der im Lendenschurz herumläuft und sich aufführt. Wie aus dem Bilderbuch. Aber nein, nichts macht er, die Schweinebacke. Ich hab einmal eine Akte von Interpol gesehen und mich vergewissert, dass er erstens kein Neger ist und zweitens nichts tut, womit wir ihn drankriegen könnten.«

»Wie sieht er aus?«

»Ich weiß es nicht. Die Akte war ohne Fotos, und ich hab ihn noch nie gesehen. Du fragst mich nicht, was er macht? Er ist der Mann für die Botschaften.«

»Botschaften?«

»Doofmann …«, schimpfte Pepito, ich weiß nicht, ob er den Neuling oder mich meinte, der ich mir im Stillen dieselbe Frage gestellt hatte.

»Ja«, woraufhin der Veteran mit den Fingern knackte, dass es ein Geräusch machte wie ein Katzenhals, den jemand genüsslich bricht: »Jemand, der kurzen Prozess macht … Wahrscheinlich Marseille-Connection. Aber gib nicht zu viel auf das, was ich sage, denn in diesen Dingen … Wahrscheinlich war es eine Einzelaktion, ansonsten tut er hier nichts. Außer zu den Nutten zu gehen. Habe ich gehört. Einmal hat ein V-Mann mir gesagt, er hätte den Watussi hier in Aktion gesehen, aber darauf kannst du nichts geben. Er soll sich einen Typen vorgeknöpft haben, der einem Kellner von der Barceloneta irgendwas getan hat. Geld geschuldet oder so, wie du mir, so ich dir. Irgend so eine Geschichte … Offenbar treibt sich der Watussi dort herum. Der Watussi kriegt Wind. Der Watussi geht zu dem Typen, ein gewisser Augusto mit 'ner Menge Dreck am Stecken, bei dem heißt es aufpassen. Der Watussi, den sie immer als kalten Hund hinstellen, sagt, der Kellner sei sein Freund. Punkt, aus, darum bringt er ihn jetzt um. Der Augusto nimmt ihn zuerst nicht ernst, aber er sieht, wie der Kerl, böse, durch und durch böse, in aller Seelenruhe sein Messer zieht und auf ihn zukommt, und bei dem Ruf, den er hat, beginnt er es allmählich zu glauben: ›Warte, Watussi, he, lass uns reden, es war doch gar nichts, ich war doch immer korrekt zu dir‹, sagt der Augusto. ›Wie, es war doch nichts?‹ fragt der Watussi und geht immer weiter auf ihn zu. ›Watussi, he, ich könnte dein Vater sein‹, redet der Augusto auf ihn ein, der schon so weit rückwärts gegangen ist, dass er mit dem Rücken an der Wand steht. ›Du sagst, du bist mein Vater? Na so was, dann haben wir zwei Fliegen mit einer Klappe.‹ Und er dreht ihm den Hals um, dass Augustos Hals knackt wie ein Sardinenrückgrat.«

Der Neuling stürzte die Bierflasche über dem Glas aus, dass es überlief, und machte ein Gesicht wie jemand, der eine Lösung hat, aber nicht die dazu passende Frage. Mit wiederhergestelltem Respekt sah er seinen Kollegen an, dann artikulierte er sehr langsam einen Satz:

»Tanos Mutter ...«

»Warte ... Das hat mir alles dieser Spitzel erzählt, davon glaube ich kein Wort. Ich weiß, dass es überhaupt keinen Sinn hat, hier herumzufragen, denn es ist, als würden sie den Watussi nicht kennen. Niemand weiß etwas. Und nach einer Woche ist der Spitzel tot.«

»Tanos Mutter ...«

»Willst du mir endlich Tanos Mutter in Frieden lassen? So einfach ist das nicht. Diesen Spitzel konnte er auf den Tod nicht ausstehen. Außerdem war er ein richtiges Schwein. Wie alle. Du kannst nicht darauf vertrauen, was sie sagen. ›Willst du den Watussi einlochen? Willst du eine Geschichte vom Watussi? Sollst du haben.‹«

»Man muss schon ganz schön blöd sein, um ihn für einen Spitzel zu halten«, Kommentar Pepito. Der Veteran redete weiter:

»Was willst du tun? Was suchst du? Was weißt du? Wenn du danach gehst, was die Leute reden, dann hat der Watussi einen Haufen Leute umgebracht. Aber im Grunde weiß ich nur, dass er mehr oder weniger auf einen gewissen Celso hört, der ihn von klein auf kennt, dem vertraut er, und an den kann er die Aufträge aus Frankreich weiterleiten. Und jetzt heißt es auf einmal, er hätte dessen Tochter abgemurkst. Hat er das einfach so gemacht, weil er schlecht drauf ist oder weil die aus Marseille es ihm befohlen haben, oder war's eine Art Warnung? Weiß der Henker. Komm, wir gehen ins Kino, ein paar Stricher aufscheuchen, und dann nehme ich dich mit in ein Kabarett. Da sind Puppen, da wirst du Augen machen. Sollen die erst mal ihre Sache regeln, morgen sehen wir weiter.«

Der Veteran hatte seinen hedonistischen Vorschlag noch nicht beendet, da betrat Tomate das La Parra, ging an den Polizisten vorbei, kein Gruß, keine Geste, und machte sich daran, den Flipper zu beackern, als hätte er an diesem Tag sonst nichts zu tun.

»Komm …«, sagten Pepito und der ältere Polizist gleichzeitig. Der Neuling und ich nahmen uns nichts an Verblüffung und Naivität und erkannten uns im jeweils anderen wieder, zuerst in unserer Tatenlosigkeit, dann in unserer völligen Erlahmung, verloren im Reich des Bösen und total verwirrt.

12

»Ich geh nach Hause«, sagte ich noch einmal.

»Bitte, dann hängen sie dich eben an den Füßen auf, dass dir das Blut in den Kopf schießt«, kam als Antwort auf meinen Entschluss: »Tomate ist nicht ins La Parra gekommen, um zu flippern. Entweder wegen uns oder wegen der Bullen, die wegen uns da sind.«

»Aber was haben wir denn getan?«

»Wen interessiert das? Geht nur uns was an. Kein Wort …«

»Wieso kein Wort? Was haben wir denn getan, außer zu warten, dass das Beil fällt?«

In der Ferne war bereits das Kreischen und Quietschen aus dem Vergnügungspark zu hören. Der Morgen wuchs, und die Sonne schien launig und unentschlossen, während der Himmel erneut mit Regen drohte. Pepito lehnte wütend jede Spekulation über das Thema des Tages ab, alles Gerede über den vermutlichen Täter und Freund. Ich saß auf der Lehne einer Parkbank und beobachtete seine dynamische Empörung in höchster Alarmstufe. Wir versteckten uns vor Celsos Zorn, vor den beiden Polizisten und vor dem Müllgestank. Der Yeyé rauchte nervös eine Zigarette nach der anderen, und als ihm auf einmal einfiel, dass es für seinen Endlos-Monolog einen Zuhörer gab, nämlich mich, reichte er mir den Glimmstängel mit der angesabberten Spitze. Die wenigen Passanten, die an jenem wechselhaften Morgen über die Sandwege schlichen, blieben kurz stehen, wenn sie an uns vorbeikamen, um den rasenden Kobold anzusehen. Mein Leser dieses Berichts erfährt jetzt auch gleich, warum:

»Der faselt, dass ihm der Mund fusslig wird. Bla, bla, bla … und nochmal bla«, Nachahmung arroganter Selbstsicherheit: »He, da ist einer, der sagt, dass der Watussi sich den Augusto von der Barceloneta vorgenommen hat. Bitte. Und den Trampas aus Torre Baró und den Fantomas aus Badalona und den Huelva und den Córdoba, auch aus Badalona, wird behauptet. Und drei am Campo de la Bota an so einem Nachmittag, der dich fertigmacht. Bitte. Bitte schön, aber alles gelogen … Der Watussi hat noch nie einen abgemurkst. Kann der gar nicht. Der Typ will nämlich Spaß. Und weißt du, warum? Weil der Typ viel über die Toten weiß. Viel. Mehr als alle anderen. Der Typ war im Kongo und in Amerika. Kopfwäsche, Krieg, he, arme Soldatensau. Und weißt du, was er eines Tages zu mir gesagt hat? ›Pass auf, José‹ – bei mir benimmt er sich nämlich und nennt mich José, wie es sich gehört, auch wenn ich Pepito oder Yeyé heiße, soll er nur, er macht, was er will. Sagt der doch im Ernst zu mir: ›Wenn ein Toter dir in die Augen sieht, sehen dich alle Toten der Welt an.‹ Der Typ quasselt dich einfach nieder …« Pepito verstellt die Stimme: »›Und wenn dich alle Toten der Welt angeblickt haben, bist du ein anderer, bist du von Grund auf ein anderer. Besser, du denkst an das Fest, José, an das wilde Fest, genauso wild wie diese Toten. Blut ist unvermeidlich, denn die Sehnsucht übt auf dich eine Kraft aus wie ein Magnet auf ein

Stück Eisen. Besoffen und heiß von einem und von allem. Wild. Und wild sein ist nicht gleich Tier sein. Ein ganz bestimmtes Tier. Das Tier, das den Tod sieht.«

Pepito bohrte sich immer tiefer in seine Primitivphantasie, wie es seine Art war, wenn man ihn länger als eine Minute reden ließ. Ich hatte an diesem Morgen eine Tote gesehen (er auch), und am allerwenigsten war mir in diesem Moment (und ihm auch) nach Vergnügung. Vermutlich würde es nicht mehr lange dauern, und Pepito würde mir erzählen, dass der Watussi durch miteinander verbundene Garagen von einem Ende der Stadt ans andere schleicht oder dass er mit Hilfe eines Umhangs fliegt, weil er die Finger in Australien in eine Steckdose gesteckt hat, oder irgendeine andere blödsinnige Erfindung, denn mit diesem Unsinn am Stück hielt er die Angst von sich fern. Ich glaubte inzwischen überhaupt nichts mehr, und die hartnäckige Lüge, die frei flottierende Phantasie, trübte und ermattete meine Gedanken wie schlechte Verdauung. Am liebsten hätte ich zu Pepito gesagt: Mich wickelst du nicht ein, ich kenne dich doch gar nicht. Er fuhr fort:

»… Aber diese Geschichte von dem Mörder und dem Mann der Botschaften und dem Killer von was weiß ich wem, das ist genau der gleiche Quatsch wie die Geschichte mit der Julia. He, Mann, das Augenzwinkern und die Bande von Celso und Emiliano funktionieren genau so. Das Pack seift dich ein und lügt mehr, als es redet. Der Watussi lebt für die langen Nächte. Die langen, langen Nächte. Lange Nächte für alle. Weißt du, warum sie ihn Watussi nennen?«

Ich und Etymologie …

»Der Watussi ist ein Tanz. Also, ein Tanzstil. Ein Tanz aus Amerika, und wenn du ihn schlecht tanzt, machst du eine jämmerliche Figur. Aber der Watussi hat nichts von einem Jammerlappen. Und beim Tanzen, Mann, beim Tanzen hat ihn noch nie jemand übertroffen. Der Watussi hat schon einen Gang, als würde er tanzen. Allein schon wie er atmet, wie er raucht, ich schwör's dir, der atmet und raucht wie nach einem Rhythmus, als würde er in irgendeinem Schuppen gerade ein irrsinniges Lied hören. Und wenn er tanzt, dann ist es, als würde ihn auf einmal eine Glasscheibe von allen anderen trennen. Der Typ tanzt weich, aber mit Rhythmus. Tritt auf wie ein Tiger. Und kann alles. Die Rückwärtsdrehung wie Carmen Amaya oder ein Hackenschlag wie Moira, aber in Mann. Weil, der Typ ist total männlich. Der Krieg … Aber sein Tanzen ist geschmeidig, knapp, ich meine, er braucht nur ganz wenig Platz. Mir hat er mal erklärt, dass der Rhythmus daher kommt, wie du selber bist. So wie du bist, ist auch der Rhythmus. Etwas, das noch vor dem Takt kommt. Weil manche Leute verwechseln Rhythmus mit Takt, aber das ist nicht dasselbe. Also … ich kenn da so ein paar Kandidaten, die tanzen immer brav im Takt. Aber das ist nicht dasselbe … Der Watussi hat Rhythmus, Rhythmus. Habe ich dir schon gesagt, dass der Watussi ein Tanz ist?«

»Sag mal«, schaltete ich mich ein, bevor der Pepito noch überschnappte: »Und wie heißt der Watussi wirklich?«

Pepito schwankte einen Augenblick. Bestimmt erfindet er gerade was, dachte ich. Der Sack erzählt mir hier was von Rhythmus und Takt, nur weil ihm der Arsch auf Grundeis geht. Jetzt sagt er mir gleich irgendeinen Namen und macht weiter in seiner Lügengeschichte.

»Also, das weiß ich nicht …«, antwortete der Yeyé zu meiner Überraschung: »Er will Watussi genannt werden. Von mir zumindest. Überhaupt nicht mag er es, wenn man ihn ›arme Soldatensau‹ nennt. Bloß nicht. Oder ›arme Sau‹, ohne was. Aber gut, mag ja keiner. Hör zu. Der Watussi ist ein Tanz aus New York, Mann. Ein Modetanz, als der Watussi dort war. Echt, von den Hispanos in Harlem. Der Watussi hat mir erzählt, dass alles, die Tänze, die Orte, sag ich mal, riesengroß sind, Menschen über Menschen. Und er hat mir erzählt, dass die Musiker es so hinkriegen, dass das Lied eine ganze Nacht und einen ganzen Tag und nochmal eine Nacht dauert … Es gibt eine Regel: Wenn du einmal anfängst, kannst du nicht mehr aufhören. Die Leute essen, ficken und trinken, ohne aufzuhören zu tanzen. Pass auf, und am Anfang traust du dich nicht anzufangen, weil, klar, dann musst du da durch. Aber dann, zack, drückst du die Kippe aus, oder pong, eine süße Puppe legt dir ein Lächeln hin, und schon machst du den ersten Schritt und kannst nicht mehr aufhören. ›Du gehst an die Grenze‹, wie er's nennt. ›Die Grenze, Mann.‹ Und du trinkst und isst und fickst und tanzt und überhaupt alles ... Aber während um dich rum die Zeit vergeht, kommst du dir vor wie in einer Blase der Lust, und du fängst an, vor Lust zu schreien, total außer dir. Du drehst dich und drehst dich. Du hast kein Blut mehr, nur noch Rhythmus. Total verrückt ...«

Und ich, der ich mich in diesem Moment vielleicht im Visier höherer Mächte mit grimmigen Absichten befand, hatte vor mir diesen bekloppten Hinkenden, der tanzte, als hätte er nichts Besseres zu tun. Er klatschte und schnalzte im Rhythmus (oder im Takt) mit der Zunge. Der Yeyé, total versunken in seiner Geschichte, war mitten im Tanzflächengewimmel des hispanischen Harlem, schwang das schlimme Bein und reckte dazu die Arme mit demselben angeborenen Geschick, mit dem die Zigeuner schacherten, Schrott verscheuerten oder Wetten abschlossen, eine Eigenart, mit der es einige zu Glanznummern der leichten Muse oder zur Idolfigur gebracht hatten. Pepito strahlte, drehte sich um sich selbst, einmal und noch einmal, im Bann eines vagen Glücks, alle Gedanken im Hier und Jetzt, ein ähnliches Erlebnis, das meine Mutter gehabt haben musste, als sie und Juana »Torero« tanzten, das Fest ein göttliches Melodram.

»Der beste Einzeltanz ...«, bemerkte Pepito beiläufig und klatschte wieder in die Hände, damit das ganze Viertel auch mitbekam, wo wir waren, nicht mehr lange, und sie würden hier sein und uns das Fell über die Ohren ziehen:

»Er hat's mir nur kurz gezeigt, schon hatte ich den Dreh raus. Er hat ein Aufnahmegerät, das hatte er in New York dabei und brachte es mit in eine Bar auf der Barceloneta. Ich war gerade dort unterwegs ...« – Pepito machte zu seinem gerade kreierten Rhythmus einen beschwingten Schlendergang – »... und nichts wie rein. Die übelsten Typen hörten dem Lied zu. Und ich rede nicht von einer Hand voll Pfeifen. Echt harte Kerle. Kein Wort gegen die, Kleiner, die Brüder verstehen auch noch was von Musik.

Kein schlechtes Ohr, der Club. Wenn sie ganz bei der Sache sind, sind sie nicht mehr die, die sie waren, sie sind« – flink von der Metaphysik zur Mystik wechselnd, ließ Pepito einen gellenden Schrei los, dass die Vögel aufflogen, und endlich lieferte er die Tonspur zu seiner Rhythmusnummer.

Dieses Lied hatte ich noch nie im Leben gehört, und Pepito sang in einer Sprache, die natürlich eine unmögliche Sprache war. Dieselbe Sprache, die die Leute im Viertel an den Hütten lesen konnten, die aus Baldachinen und Blechschildern von Bars zusammengenagelt waren. Diese Sprache hat mich mein ganzes Leben begleitet. An jenem Tag zeigte sie sich mir zum ersten Mal, während der andere vor sich hin spann:

»Denen blieb der Mund offen, wie schnell ich lernte und wie gut ich das hinbekam und was für Gesten und Figuren ich schon machte. Alle sagten: ›Ein vielversprechender Knabe.‹ Und dann erklärte mir der Watussi eine Variante, also, eine Verbesserung, erklärte mir: ›Pass auf deine Hände auf. Sie sollen erklären, dass du nach innen tanzt. Es ist nämlich besser, nach innen zu tanzen als nach außen. Wer nach innen tanzt, findet viel leichter, was er sucht.‹ Und dann nahm er mich mit zu den Nutten. Gezahlt hat er, logisch.«

Pepito machte eine Pause. Zum Verschnaufen. Er beugte sich vor und stützte sich mit den Händen auf die Knie. Dann hob er keuchend den Kopf und grinste mich an:

»Jetzt weißt du, warum sie ihn Watussi nennen.«

Er setzte sich neben mich und sagte erst mal gar nichts. Es fing wieder an zu nieseln. Pepito brummelte unverständliche Phrasen aus dem mysteriösen Lied, das der Person des Tages seinen Namen gegeben hatte. Zweifellos nutzte er die Stille, um seine Lügen zu vervollkommnen. Der Yeyé, wie er in New York irgendwelchen Lackaffen das Tanzen beibrachte, mit dem Watussi zu den Nutten ging … Ich begriff sehr wohl, das war ein ähnliches Ritual, wie an die Mole runterzugehen, um das Angeln zu versuchen; die Welt mit dem eigenen Atem zu behauchen, damit die beschlagene Scheibe sie verdeckt. Oder um zu vergessen, dass dieser sympathische Verbrecher im Dienst eines Marseiller Clans, von Interpol gesucht, ein Mädchen, das wir beide gekannt hatten, vergewaltigt und getötet hatte. Vielleicht war es auch etwas anderes. Eine Stunde zuvor hatte eine mächtige Maschinerie ihn wie ein Stück Scheiße behandelt, so lange, bis er gesagt hatte, etwas gesehen zu haben, was er gar nicht gesehen hatte; und jetzt tanzte das Stück Scheiße, erzählte irgendwelches Zeug und sagte ihnen gehörig die Meinung. Oder aber, das sagten die Leute und meine Mutter lauter und deutlicher als alle anderen, ihm war wirklich nicht zu helfen.

»Das hast du doch alles erfunden«, sagte ich abschließend.

»Ich schwör dir …«

»Also schwör. Ohne die Finger zu kreuzen. Zeig mir die Hände.«

»Was denkst denn du«, abergläubisch war er, der Yeyé.

»Alles gelogen.«

»Na gut, ganz am Ende, die Geschichte mit den Nutten, da ist's ein bisschen mit mir durchgegangen. Aber alles andere ist wahr. Ich schwör's dir …« Er hob die Hände, um die Feierlichkeit des Akts zu unterstreichen: »Ich schwör's dir, so wie du und ich uns jetzt gleich ein Auto schnappen, den Watussi suchen, weiß der Geier, wo, und ihm sagen, was Sache ist. Das ist die einzige Möglichkeit, wie wir uns retten können. Dass der Typ redet. Wenn er redet, beruhigt er die Leute, denn wenn er will, ist er seelenruhig, und dann sagt er ihnen, dass wir, deine Mutter, keiner aus deiner Familie und auch keiner von deinen Nachbarn irgendwas damit zu tun haben. Und pass auf, kommt deine Mutter heute nicht erst spät? Wir haben Zeit ohne Ende.«

Fest entschlossen stand ich auf und ging los. Mühsam holte Pepito mich ein:

»Wohin so eilig?«

»Nach Hause …«

»Warte, warte doch …« Ich blieb stehen. Pepito war schon wieder außer Atem. »Jetzt bleib mal hübsch stehen und denk an die Ratten, die die Laster in der Kurve am Hafen platt walzen. Los, denk nach, ich warte solange. So eine Ratte, flach wie ein Teppich …«

Das Bild gefiel mir nicht. Pepito setzte zum endgültigen Angriff an:

»Pass mal auf, viel Indianerhäuptlingskette, die da rumhängt, und viel Wissen, wie man Autos klaut, aber eigentlich bist du ein Jammerlappen. Schau dich an. Okay, wenn du dich jetzt anschaust, denkst du nur an eine flachgewalzte Ratte … Weißt du noch, der Laster, der fast umgekippt ist, und dann sind die Käfige mit den Küken runtergefallen, und die Küken hüpften und trappelten über die Straße, und die Autos rollten drüber, und die Stoßstangen köpften sie, und sie trappelten weiter auf der Straße hin und her, und der Kopf hing, so, nach unten? Weißt du noch?«

13

Seit ich mit diesem wenig orthodoxen Bericht beauftragt worden bin, treibt mich der Gedanke um, dass mein Leser mich aus einer mehr oder weniger weit zurückliegenden Vergangenheit schon kennt. Anderenfalls würde es wenig Sinn haben, dass ausgerechnet ich den Auftrag bekommen habe, wo mir gewisse Manöver doch so fern sind. Kennen Sie mich bereits, mein Leser? Sollten Sie mich vor langer Zeit kennengelernt haben, wären Sie überrascht gewesen, wie geschickt ich in meinem zarten Alter schon jede Art von Autos steuern konnte. Sollten Sie mich später kennengelernt haben, hätten Sie gestaunt, wie gut ich fahren konnte. Sollten Sie mich nicht kennen, sage ich es Ihnen jetzt: Ich bin ein Ass am Steuer. Wer an jenem Morgen des Watussi allerdings ernsthafte Zweifel an meinem Talent hatte, war Pepito. Es gibt zwanghafte Lügner von rührender Unschuld; aber es gibt auch andere, die sich im Wissen um ihre Schwäche hinter zwanghaftem Misstrauen verstecken. Ich hatte Pepito gesagt, dass er wie ein Henker fuhr. Und ich hatte ihm gesagt, dass meine Fähigkeiten nicht nur, was das Autofahren betraf, den seinen überlegen waren: Das galt auch für das Stehlen von Autos. Stehlen hieß Sehen und Nicht-gesehen-Werden. Eine hohe Kunst.

Schuld war das Kino. Aber nicht, wie mein Leser meint.

Einmal im Jahr ging meine Mutter mit mir ins Kino. Ob das glückliche Ereignis mit meinem oder mit ihrem Geburtstag zusammenfiel, weiß ich nicht mehr. Jedenfalls war es ein großer Tag. Der Vorabend wurde dafür investiert, das ganze Viertel nach einer Zeitung mit dem Kinoprogramm abzusuchen. Ich wählte zwischen den sechs nächstgelegenen Kinos und legte mit der majestätischen Geste eines Kronprinzen den Zeigefinger auf den auserkorenen Saal, keine Diskussion. Es war immer »das Kino«, nicht »der Film« … aber es ist bereits zu viel über Doublefeatures, über die Magie oder Anzüglichkeit der Dunkelheit und Kinder geschrieben worden, die mit offenem Mund die Plakate mit den Filmankündigungen der kommenden Woche betrachten. Tupfen wir uns die Tränen ab. Und letztlich wusste ich zu gut, dass für mich nicht die nächste Woche, sondern das nächste Jahr ausschlaggebend war.

Es stimmt. Das Kino war schuld, dass ich zum Dieb wurde, allerdings nicht direkt. Denn als ich wieder einmal auf der Suche nach einer Zeitung mit dem begehrten Kinoprogramm war, stieß ich auf einer anderen Seite auf einen Artikel, der meine Aufmerksamkeit erregte. Dort war die Rede von dem alarmierenden Anstieg von Pkw-Diebstählen in der Stadt und den wirksamen Maßnahmen, mit denen die Ordnungskräfte dagegen vorgingen. In der ausführlichen Reportage wurde im Sinne präventiver Aufklärung erklärt, wie diese Diebe die Wagen knackten und die Zündung überbrückten. Diese ausführliche und aufs Beste verständliche Anweisung zusammen mit einem Autohandbuch (das zusammen mit *Zu Geld kommen mit Köpfchen* und einem Leitfaden über die Optimierung der Gewinnchancen im Lotto die von meinem Vater geerbte Bibliothek bildete) lieferten mir alle notwendigen Informationen, und es juckte mich in den Fingern, das Gelernte sofort anzuwenden. Im vorigen Sommer war es geradezu zu einer Manie von mir geworden, in dem Gedränge vor dem Vergnügungspark ein Auto zu knacken und aus Spaß an der Freude ein paar Meter weiter wieder abzustellen. Im Winter dann, als es früh dunkel wurde, vermehrten sich diese Meter auf wundersame Weise, und ich wagte mich zwischen immer gleiche Häuser, in immer gleiche Straßen mit halb fertigen Gebäuden, die alle gleich aussahen, zwischen immer schwarze Schornsteine und Straßenlaternen von so fahlem Weiß wie eine Zukunft, die alles andere als blendend war. Wenn ich nach dem Anfall von Wahnsinn, denn nichts anderes waren diese Diebstähle, wieder zu mir kam, stellte ich das Auto so nah wie möglich am Berg ab und ließ mich von einer leicht melancholischen Traurigkeit tragen, stapfte mit meinem Rucksack durch die schmutzigen Straßen hoch, wo in den nach Katzenpisse stinkenden Eingängen die Pärchen knutschten und der Kohl dampfte. Genau der gleiche Gemütszustand wie nach dem Masturbieren: Zu Dora (diese Mörderin), dem Mädchen von dem Anhänger, dem matten Rascheln alter, abgegriffener Zeitschriften, und sogar Juana. Habe ich schon gesagt, dass mir unsere Nachbarin Juana gefiel? Also nicht mit ernsten Absichten, einfach so. Es kann auch sein, dass ich mir das selbst gar nicht so recht eingestand, sondern mich in dem fiebrigen Augenblick einfach treiben ließ, und …

Wo bin ich, mein Leser?

Ich war ein Autodieb und Masturbierer.

Und mitten an jenem Vormittag des Watussi hatte sich auf einmal ein senfgelber Seat 600 in den Hafen geschlichen. »Wie echt die Palmen heute aussehen«, dachte ich als Erstes, um an nichts anderes zu denken, während ich den Schleier durchriss, der den letzten Abschnitt des Berghangs von der Hauptverkehrsstraße trennte, die am Denkmal des Entdeckers vorbei parallel zum Hafen verlief. Hätte man meiner Mutter jedes Mal, wenn sie gefragt wurde, warum Kolumbus in die entgegengesetzte Richtung von Amerika schaute, ein Scheinchen zugesteckt, wäre sie schon viel früher reich geworden. Aber zurück zu den Palmen, dem unwirklichen Grün in dieser staubigen Stadt, und dieses Grün trennte an diesem verregneten und drückenden Sommermorgen, an dem der

Autoverkehr das einzige Leben war, einen Block von Verwaltungsgebäuden, die fast ausschließlich militärischen Zwecken dienten, von dem trägen Treiben am Hafen. Schwarz die eine Seite, die Kommandantur, die Militärregierung, bleigrau die andere, also das Mittelmeer und die Seilbahnstütze jenseits des Zauns, Schuppen, Lager und die Tentakelbewegung der Kräne. Auf der schwarzen Seite gähnten Soldaten in Eingängen und Kontrollhäuschen; auf der bleiernen zogen Hafenarbeiter in Regenmänteln die Taue zurecht und schoben Wagen mit seltsamen Ladungen vor der Lücke vorbei, wo kurz zuvor noch das amerikanische Kriegsschiff gelegen hatte, das in seiner Unsichtbarkeit spürbar war. Mahnende Unsichtbarkeit. Aber was machte eigentlich Pepito, während ich meine Gedanken schweifen und die Landschaft auf mich wirken ließ, die ich gerade vor Ihnen, mein Leser, habe erstehen lassen? Der Yeyé war, nachdem er auf der Fußmatte und dem Armaturenbrett jeweils einen Duro gefunden und über die todhässlichen Gesichter im Bilderrahmen mit der Aufschrift »Papa, nicht so schnell« hergezogen hatte, auf der Rückbank abgetaucht. Er schüttete mich weiter mit Watussis Weisheiten zu:

»… pass auf, und dann hat er gesagt: ›Scheide das Licht von der Dunkelheit, den Tod vom Leben, die fließenden Wasser von den stillen. Großartig. Und jetzt schrei.‹ Hat der mich zum Schreien gebracht, der Typ. Da! Noch ein Duro! Der Dödel wirft mit dem Geld um sich. Juhu!«

»Duck dich und halt die Klappe«, befahl ich ihm, während ich mich weiter mit dem Ellenbogen aus dem offenen Fenster lehnte. Das war die sicherste Methode, mein Gesicht vor unerwünschten Blicken zu verbergen; des Weiteren durfte ich nicht mit Macht die Spur wechseln oder unerwartet die Geschwindigkeit verringern, und vor allem hieß es, nicht die Nerven zu verlieren, bei meiner eigenen Courage und dem nicht abreißenden Vortrag in meinem Nacken über die Lebensphilosophie dieses Kerls, den wir suchen wollten:

»Der redet nie über den Kongo und so was. Er redet vom Tanzen. So, ganz im Allgemeinen. Mir hat er gesagt, dass ich trotz dem da, du weißt schon ...« – neben meinem Ohr tauchte der orthopädische Schuh auf – »... locker bin. Tanzen kann. Und wenn du tanzt, blickst du dem Leben ins Gesicht. Das redete er sich wahrscheinlich ein, wenn er wieder mal einem Toten in die leeren Augen starrte. Da wurde ihm sicher ganz anders. Und dann hat er mir noch gesagt, wenn du lange tanzt, kommst du an einen Punkt, wo du auf das Leben blickst, und du tanzt und willst das Leben ficken. Dort lang, fahr da rein, verdammt nochmal ... ja genau ...« Das waren jetzt keine Watussi'schen Weisheiten, sondern Fahranweisungen. »Und dann hat der Watussi mir gesagt: ›Und du balancierst durch die Luft, mit Bravour und in sicheren Bahnen, wie wenn die Füße ihre eigenen Spuren suchen, einmal, noch einmal, tam, tam, rata tam ...« – der Rhythmus (oder der Takt) dröhnte durch den Seat 600, um alle Verkehrsteilnehmer und Polizisten aufmerksam zu machen – »... und du jagst im Tanz das Leben, wie wenn du's in einem Netz einfängst. Und dann ist die Lust viel größer als alles Leid der Welt. Und auf einmal ist das Leid ein kleines Mädchen mit grünen Augen und flatterndem Rock, denn in dieser oder in der nächsten Nacht, wenn wir aufhören zu tanzen, fühlen wir uns, als würden wir sagen, das ganze Leben für eine Nacht. Für sie oder für ihre Freundin.‹ Ich schwör dir, das hat der Typ gesagt: ›Sie oder ihre Freundin.‹ Alle beide, Mann! Und dann hat er zu mir gesagt: ›Sie, ihre Freundin und das ganze Leben.‹«

»Sag mal, hast du das, was er dir da gesagt hat, eigentlich kapiert, oder hast du es auswendig gelernt?«

»Pass auf, du Indianerhäuptling, wenn du mir nicht glaubst, gehen wir auf der Stelle zum Superman und fragen den. Du kannst gleich irgendwo parken.«

»Wer ist Superman?« Ich wusste, dass früher oder später eine Figur dieser Art auftauchen würde.

»Park und halt die Klappe ... da siehst du, wie leicht es ist, ›Halt die Klappe‹ zu sagen.«

»Halt schon die Klappe.«

14

Ein Auto »auszuleihen« ist erst dann eine runde Sache, wenn man es hinterher in einer diskreten Gegend abstellt, wo man vor den Blicken der immer und überall lauernden Zeugen sicher ist. Da ich mir damals meines Alters und meines Aussehens wohl bewusst war, war es klar, dass die einzige Möglichkeit, unerkannt zu bleiben, in der vollkommenen Unsichtbarkeit bestand. Und bis zu dieser Stunde glaubte ich, über die Unsichtbarkeit alles zu wissen.

»Steig aus und warte hier auf mich«, befahl ich meinem durchgeknallten Kumpel.

Pepito war der gegenteiligen Ansicht, dass es keine bessere Tarnung gab, als sich offen zu zeigen. Nachdem er aus dem Fahrzeug gestiegen war, lehnte er sich an ein Verkehrsschild, zündete sich eine Zigarette an und begann, das abenteuerliche Leben des Watussi in einer Art erfundenen Sprache herumzuposaunen. Er spuckte in hohen Bögen, trampelte mit den Absätzen den Rhythmus (oder Takt), dass der Boden unter dem orthopädischen Schuh bebte, und rief den Frauen, die unter ihren bunten Regenschirmen vorbeigingen, Anzüglichkeiten hinterher. Tierischer Instinkt: Da er sich auf fremdem Territorium befand, musste er vor dem potenziellen Feind unbedingt herauskehren, dass er keine Angst kannte. Darum das Bellen und Heulen, und es war ein Wunder, dass er nicht an einen Baum pinkelte. Wahrscheinlich war ich da schon weitergefahren.

Ich stellte das Auto an einem Baustellenzaun ab, und da es wieder zu regnen anfing, packte ich Pepito und kam so irgendwelchen Ordnungshütern zuvor. Dann machten wir uns, Anweisung von Yeyé, auf den Weg zum Schwimmbad. Motiv?

»Der Superman hängt überall drin. Gefällt ihm so. Was der schon für Gefahren überstanden hat. Eigentlich ist er aus dem Viertel, lässt sich dort aber kaum blicken. Wie der Watussi. Der Superman wickelt die Tussis ein, und dann entführt er sie mit

Hilfe von Celsos Typen. Und dann verlangen Celsos Typen Lösegeld …«

»Und auch mal rangelassen werden …«

»Pass auf … der Anmacher ist er. Er macht die Tussis an, basta. Alle kennen ihn, denken, er ist ein stinknormaler Schwimmbadhengst. Aber wenn er erst mal hinter einem Häschen her ist, zieht er's durch. Wie ein Wolf, ich sag's dir … Aber er jagt nicht jede, nein. Sucht sich immer eine Tussi aus, die verheiratet ist und mit ihrem Mann da ist. Irgendwann hat er sie so weit, und sie gibt ihrem Mann den Laufpass, um mit dem Superman loszuziehen, schon verschissen. Der spaziert mit ihr zu dem Ort, wo er sie ficken soll. Tauchen ein paar Typen vom Celso auf, tun so, als würden sie den Superman zusammenschlagen, und schleppen sie mit. Und weißt du, was das Tollste ist? Mit der Tour wandern sie nie in den Knast. Die Tussi schämt sich nämlich, es ihrem Mann zu erzählen, am Ende wird sie von ihm auch noch versohlt, logisch …«

»Aber heute regnet es …«

»Glaub mir, er ist da. Wenn er die Sache mit der Julia noch nicht mitgekriegt hat, ist er da. Und wenn er nicht da ist, heißt das, dass er sie mitgekriegt hat … Heute heißt es verschwinden. Wenn es echten Stress gibt, löst sich der ganze Trupp in Luft auf …«

Ich war von unserer Mission noch immer nicht recht überzeugt. Außerdem war das alles schon wieder nicht ganz sauber. Mit Ausnahme der zwei Duros, die Pepito in dem Seat 600 gefunden hatte, verfügten wir nicht über das nötige Kleingeld, um wie anständige Leute durch den Eingang ins Schwimmbad zu gehen. Das war wahrscheinlich der Grund, warum Pepito mich nötigte, in der Nähe des Strandes unter einem Zaun durchzukriechen, wo keine Menschenseele war, dafür umso mehr Müll aller Art, der sich in feinen, parallel laufenden Kordilleren bis zum Meer erstreckte.

Auf der verbotenen Seite standen wir auf einmal in einem Labyrinth von endlosen Reihen blauer Häuschen. Keine Menschenseele. Die Stille war absolut, bis auf den Regen und irgendeine ferne Musik. Die endlose Zeile gleicher Türen und die Feuchtigkeit, die uns aus diesen leeren Kühlschränken entgegenkam, weckten düstere Phantasien. Vielleicht war das der Grund, warum Pepito und ich zur selben Zeit und ohne uns abgesprochen zu haben, in eine Art Laufschritt übergingen. Als eine weitere Doppelreihe von Häuschen, diesmal mit grünen Türen, an uns vorbeizog, drang ein Megaphon an unsere Ohren: »Schick Rosen an Sandra, sie geht aus der Stadt, schick Rosen an Sandra, ich wünschte, sie kehrte zurück«. Da rannten wir schon.

»Diese Sandra ist anscheinend der Sommerhit«, meinte ich, kurzatmig vom Rennen.

»Warte doch, warte … Und was sagst du zu ›Un rayo de sol‹? Und ›Qué será?‹? José Feliciano schlägt genauso ein. He, wenn du so weiterrennst, flieg ich auf die Fresse …«

Zum ersten Mal blickte ich mich um. Pepitos schlimmes Bein folgte uns wie ein dritter Mann.

»Ich krieg langsam Hunger«, meinte ich. Mit meinen Kommentaren wollte ich bloß meine Angst überspielen, dass uns in diesem Labyrinth der Superman mit einem Jünger oder der Teufel persönlich begegnen könnte.

»Wundert mich nicht, dass du Hunger hast, so wie du losrennst, Mann. Pass auf, langsam, ist doch egal, wenn uns jemand sieht …«

Ich schaute nach vorne und entdeckte endlich einen offenen Platz. Eine große Coppertone-Werbung auf einer schrundigen Wand versperrte den Horizont. Von der ramponierten Werbung war nur noch der Kopf eines blonden Mädchens und das Maul eines Hundes übrig, der an einem Badeanzug zerrte; der Rest waren nur noch pastellfarbene Kleckse, rosa und hellblau, zwischen Stockflecken und aufgetürmten Klappliegen, die das ruinierte Fresko verdeckten. Wir standen vor einem großen Schwimmbecken mit Sprungbrett. Ein paar enttäuschte Badegäste packten ihre Taschen und Handtücher und zogen unter zähneknirschendem Fluchen ab … Weiter hinten bei den Kinderbecken schoss Eisenfröschen Wasser aus den Mäulern in irgendwelche Planschbecken, die wie dampfende Kessel aussahen. An der Bar unter einem gewellten Betondach fochten der Bademeister und der Kassierer, ohne sich für die Badegäste zu interessieren, irgendeinen Streit aus. Ich folgte Pepitos Blick und sah, wie verbissene Schwimmer im großen Becken eine Bahn nach der anderen zogen, als hätten sie es sich zum Ziel gesetzt, jeden einzelnen der konzentrischen Kreise, die der Regen auf der Wasseroberfläche bildete, zu zerstören. Drei Mitteleuropäerinnen schlugen einen Strandball hin und her und lachten viel; so viel, dass ich am liebsten bei ihnen geblieben wäre und mitgelacht hätte:

»Der Superman ist nicht da«, verkündete Pepito.

»Ich seh's.«

»Kennst ihn doch gar nicht! Warte, da kommen …«

Wir umrundeten das Schwimmbecken auf einem gefliesten Weg und gingen eine Treppe hinunter. Vor uns öffnete sich ein grünlicher Tunnel. Auf der linken Seite zeigte eine Reihe Bullaugen auf das durchscheinende und sich zugleich allen Berührungen entziehende Bild wie das Ende eines Traums, die Unterwasseransicht der in dem Becken ballspielenden Touristinnen. Ihre Beine und Rücken, so lang, bildeten mit Bläschen übersäte Säulen, die sich mit wunderbaren Bewegungen im Wasser hielten. Das lebhafte Orange, Lila und geblümte Blau ihrer Bikinis blendete. Diese Körper sind von meiner Erinnerung an diesen grauen Tag nicht zu trennen, denn er schrie geradezu nach einer freudigen Rebellion der Farben. In diesem Augenblick, da ich von düsteren Vorahnungen bedrängt war, schwor ich mir, dass irgendwann einmal in meiner blendenden Zukunft ein Mädchen, sagen wir, das schönste Mädchen der Welt, in diesem Becken baden sollte, damit ich die geschmeidigen, im Wasser zerfließenden, klaren Bewegungen bewundern könnte.

»He, hör mit dem Gesabber auf. Dort ist der Superman.«

Dort, wo der Tunnel in einer Kurve um das Schwimmbecken herumführte, lungerten ein paar gackernde Hühner. Vor ihnen stand, Toupet wie ein Vordach, der mutmaßliche Superman und stellte protzig von hinten, von der Seite, wild gestikulierend das Ergebnis seiner häufigen Besuche in Krafträumen zur Schau. Die zirkusreifen Muskeln waren ein klares Signal für Gefahr, und ein auf den Rücken tätowierter Drache machte wahrlich Eindruck. Sich den Bund seines Tigertangas zurechtschiebend, schwang Superman eine offenbar ziemlich zusammengestöpselte Rede, um nach der Reaktion der Ausländerinnen zu urteilen, und meine Vermutung, dass er ein Vollidiot war, bestätigte sich dann auch, als wir uns in seine Nähe begaben:

»Ganz nah. Gleich hier ume Ecke. In the maunten. Biutiful pleis. Latin lovers ohne Ende. Very tipical und veri fetzig. Mit Flamenco, taca-tá-raca-tá, ganze Nacht. Besser als die Beatles. Jeder auf seine Weise, understanmi. Ar yu marriet? Wills nur wissen … Is jur hasbänd hier? Alles klar … Boh, was fürn Lutschmund!«

Ohne die Arie des Gockels zu beachten, lachte der Chor der Nordlichter über was anderes.

»Erst Schmeicheleien, dann schleppt er sie ab ins Viertel und entführt sie«, flüsterte Pepito immer aufgeregter, je näher wir kamen: »Er kidnappt sie, Mann, er kidnappt sie …«

»Ist ja gut, ist ja gut …«, redete ich auf ihn ein, damit Pepito endlich mal den Mund hielt.

»Was gibt's, Superman?« fragte Yeyé schließlich und klopfte dem Koloss auf den tätowierten Rücken.

Entweder stand Pepitos Hand unter starker Spannung, oder der Typ war etwas schreckhaft veranlagt, denn er fuhr zusammen. Als er sich umdrehte und sah, wen er vor sich hatte, verwandelte sich sein erschrockener Ausdruck auf einmal in Wut.

Es trat eine Stille ein, an der ich entschlossen mitwirkte, denn das Kauderwelsch dieser Ausländerinnen reichte mir bereits. Ich tat so, als hätte ich nichts mit Pepito zu tun, und widmete mich der Beobachtung der Frauen. Eines der Mädchen erregte meine Aufmerksamkeit.

Bislang habe ich es nicht für nötig gehalten, in meinem Bericht bis in die unschuldigen Jahre meiner frühen Kindheit zurückzugehen. Doch jetzt tue ich es. Meine Stillzeit dauerte, meine Mutter klagt bis heute gerne darüber, über fünf Jahre. Dieser Rekord veranlasste einen Reporter, zu uns nach Hause hochzukommen, denn er wollte die stolze Nährmutter für die Zeitungsrubrik »Aus dem wirklichen Leben« fotografieren. Meine Mutter, die damals den Ruhm noch nicht gekostet hatte, weigerte sich, irgendwelche Auskünfte zu geben, und Juan bekam die einmalige Gelegenheit, einen Mann von den Medien den Berg hinunterzukatapultieren. An diese endlose Zeit dachte ich nun im Tunnel unter dem Schwimmbecken, angeregt von den körperlichen Merkmalen einer der rosigen und halb nackten Ausländerinnen. Sie lächelte mir mütterlich zu, als sie den Grund meines verschlingenden Blicks begriff. Als einzige Geste der Scham schob sie einen Bikiniträger hoch. Dann redete sie weiter. Warum ich das erzähle? Ich erzähle es, um die Leere dieser fürchterlichen, metallenen Stille mit einer liebenswürdigen Erinnerung zu füllen. Aber früher oder später musste der Superman etwas sagen. Und er würde den Yeyé fragen:

»Darf man erfahren, wer du, verdammt nochmal, bist?«

»Kennst du mich nicht mehr? Ich bin ein Freund vom Watussi.«

Da klemmte uns der Superman wie Bälle unter den Arm und schleppte uns zu einer langen Treppe, ein Stück von den Ausländerinnen entfernt. Mit je einer Hand an unseren Hälsen schlug der Superman unsere Köpfe gegen die Wand, die ein schon etwas lückenhaftes Mosaik zierte. Es zeigte Neptun, einen Kraken und die Worte »San Sebastián«. Aber das musste man erraten. Weniger schwer zu erschließen waren hingegen die Motive vom Superman, uns von den Ausländerinnen zu separieren. Die Hand am Hals drückte einem die Luft ab:

»Einfach herkommen und vom Watussi reden ist nicht. Nicht über den Watussi, nicht über sonst wen, kapiert. Mir ist nicht zum Lachen, überhaupt nicht zum Lachen …«

»Also, wir sollen was ausrichten …«, rechtfertigte sich Pepito mit Piepsstimme: »Wir wissen nicht, wo er ist. Und wo du doch alles kontrollierst …«

»Aha …« Supermans Gesicht nahm einen Ausdruck an, der einem das Blut in den Adern gefrieren ließ: »Ich seh schon, wie der Hase läuft … Ich soll wissen, wo der Watussi ist … Ich soll alles kontrollieren …«

Supermans linke Hand ließ meinen Hals los, stattete Pepitos

Stirn einen kurzen Besuch ab, und der Yeyé donnerte mit dem Hinterkopf gegen das Mosaik. Nach dem fachmännischen Schlag kehrte Supermans Linke wieder an ihren Ausgangsort zurück, meine Kehle:

»Ich habe den Watussi seit Jahren nicht mehr gesehen, weiß jeder … Ihr seid gekommen, weil ihr irgendwas von mir wollt. Und du? Wer bist du?«

Der Superman meinte mich.

»Fernando, der Apache …«, stellte mich Pepito vor, mit einem schiefen Grinsen zu der Indianermedaille, die an meinem Hals hing und jetzt von Supermans Hand verdeckt war. Damals dachte ich nicht darüber nach, aber »Apache« ist durchaus schmeichelnd als Namenszusatz. »Und ich bin der Yeyé. Aber, na ja, wenn du nichts weißt, gehen wir halt wieder …«

Seinem verdienten Spitznamen alle Ehre machend, ließ sich Superman für jedweden Gedanken übermenschlich viel Zeit; das zumindest legte sein Stirnrunzeln nahe. Endlich ließ er unsere Hälse los, doch in seinem Gesichtsausdruck war nicht das geringste Anzeichen dafür, dass wir gehen konnten. Weiße Ellipsen wellten sich auf unseren Körpern und erinnerten an das Wasser, das uns umgab. Während ich also in Angststarre verharrte, verfolgte ich durch das Bullauge die Beine der Schwedinnen im Schwimmbad, wie jemand, der auf das unmittelbar vor ihm liegende Paradies blickt, ich verdrängte Supermans körperliche Präsenz, die mich, anders als seine vorhersehbaren und seichten Worte, beunruhigte. Der Superman hatte sich zwischen Pepito und mich gesetzt, er raufte sich die Haare, das nicht mehr ordentliche Toupet, und sah mit leerem Blick zu Boden. Die herumhängenden Ausländerinnen wurden schon ungeduldig, doch er signalisierte ihnen, dass sie warten sollten. Endlich ließ er uns an seinen Gedanken teilhaben:

»Mir ist nicht zum Lachen. Null, versteht ihr, absolut null, mir geht's dreckig … wenn der Sommer langsam durch ist, heißt's, Holzauge sei wachsam, die Bullen können jeden Moment da sein, aus und vorbei, das war's dann mit dem Zaster …. Und dann bin ich übel dran. Echt übel, ich sag's euch. Raus mit der Sprache! Ich sag's in aller Höflichkeit … Wer schickt euch her? Was ist passiert?«

»Gar nichts …«, antworteten Pepito und ich wie aus einem Mund.

»Scheißdreck, und … warum fragt ihr mich dann nach dem Watussi …? Egal, wer euch geschickt hat, du sagst ihm … Und dann schicken sie mir auch noch zwei so Sandflöhe, ha ha … is 'n schlechter Witz. Der, der euch geschickt hat, weiß doch selbst am besten, dass der Watussi unsichtbar ist. Und wenn einer weiß, wo er zu finden ist, dann er.«

Er sah uns an. Versuchte, unsere Verblüffung einzuschätzen. Dann drückte er sich nochmal klarer aus:

»Der, der dich geschickt hat, weiß, was ich meine. Und wenn ich sage, dass der Watussi unsichtbar ist, will ich sagen, dass ihn niemand sieht. Und um unsichtbar zu sein, brauchst du Zaster.« Superman schlug sich mit der Faust in die Hand: »Der Watussi hat nämlich Zaster. Anders als ich, setze mein Leben aufs Spiel und kriege nur, was abfällt. Denken wahrscheinlich, ich lebe in Saus und Braus, jeden Tag ficken, na ja … Und wenn der Sommer langsam durch ist, will ich nur noch schlafen, verfickt nochmal. Und wehe, die wollen mich verarschen, hoffentlich schicken die mich nicht zu dem, den ich vorhin gemeint habe … Ich bin nämlich nicht unsichtbar. Ich kann nur ordentlich meine Sachen machen. Das könnt ihr dem, der euch geschickt hat, ruhig erzählen. Wenn sie mich suchen, bitte, hier bin ich … Klar, das ist eine Falle. Könnt ihr dem, der euch geschickt hat, ruhig sagen, dass ich alles weiß … Aber dass ich nichts getan habe. Dass ich mit dem Geld nichts zu tun habe. Aber dass sie mich nicht wie Dreck behandeln sollen, schicken die mir die beiden Milchgesichter, dass ich nicht so ein W am Haus haben will. Dass mir nicht zum Lachen ist und ich am Arsch bin … Wenn ich doch nichts Böses getan habe, bei meiner Mutter.«

Diesem Superman ging es offenbar nicht so gut. Die Badenden spielten unermüdlich weiter hinter der Scheibe, die mich von der Glückseligkeit trennte. Die herumfläzenden Ausländerinnen stopften irgendwelche Zettel in eine Plastiktüte und sahen lachend zum Superman herüber. Bleckten ihn an.

»Nichts sagen, dass ihr mich so gesehen habt … Und wenn der Watussi sich blicken lässt, sagt ihm, er soll sich daran erinnern, dass Superman sein Freund war. Dass auch er an dem Abend damals am Strand war, beim Großen Zoff. Und dass Superman dichtgehalten hat, wie wir alle. Und dass er nachher weiter sein Freund gewesen ist. Dass er sich an alles erinnert, was er ihm aus dem Kongo erzählt hat. Dass er sich jeden Tag daran erinnert, davon träumt. Und dass er einmal das W gesehen hat, bei der Sache mit dem Trampas, dass ihm niemand geglaubt hat, bis … Sag ihm das, dass ich mich erinnere. Dass ich im Knast Sachen gesehen habe, die glaubt keiner. Und dass ich wegen ihnen gesessen habe, wegen denen, die euch geschickt haben. Und dass es mein gutes Recht ist, zu erzählen, was ich gesehen habe, auch wenn die Dinge, die man dort gesehen hat, sind, als hätte man sie nicht gesehen.«

Superman bog eine Schulter nach vorne und zeigte uns den Drachen, der auf seinen Rücken tätowiert war, als unwiderlegbaren Beweis für seinen Aufenthalt in der Strafanstalt. Dann redete er, unterbrochen von Schluchzern, weiter vor sich hin:

»Und erst, was er mir erzählt hat … Ich träume jede Nacht davon, es will mir einfach nicht aus dem Kopf, und vor allem erinnere ich mich an diese Berge von Köpfen im Urwald, von denen er mir erzählt hat. Stelle mir den Rauchgestank vor. Die Männer, die aus Lust töten. Die kreischenden Affen in den Bäumen und die schwarzen Frauen neben den Bergen aus Köpfen. Und wie die Soldaten mit dem Maschinengewehr rumfuchtelten, in die Bäume schießen und dann die Kanone auf die schwarzen Frauen richten. Und die Affen und Schwarzen kreischen nicht mehr … Und dann gehen sie und … Du sagst ihm, dass ich mich an das, was er mir erzählt hat, erinnere. Dass jemand, der das gesehen hat und zurück nach Hause kommt, entweder nie wieder das Haus verlässt oder zur ungesicherten Mordwaffe wird. Verrückt werden tust du so oder so. Und dass du nur wählen musst zwischen dem Verrücktsein in deinen vier Wänden oder dem Verrücktsein nach Töten. Und er hat seine Wahl getroffen. Und was für eine …«

Der Superman brach in langes Schluchzen aus. Er vergrub den Kopf zwischen den Knien und verbarg sein Zucken mit den Armen. Pepito schickte mir eine stumme Botschaft, und wir erhoben uns sehr langsam:

»Na dann, also wir geben das so weiter …«, erklärte sich Pepito verantwortlich.

»Nicht vergessen«, sagte der Superman.

In dem Augenblick hob er den Kopf mit dem in die Stirn gerutschten Toupet, das ihm ein Auge verdeckte. Blieb ihm noch das andere Auge, um zu sehen, wie Pepito die Treppe runterging und noch im Staub-Abklopfen die ersten Schritte Richtung Ausgang unternahm. Dem Superman ging irgendein Licht auf.

»Ich fress'n Besen … Du bist doch der Krüppel. Der von der Coupé. Niemand hat dich geschickt, Arschloch …«

»Stimmt nicht …«

Pepito vergaß, dass ich auf einmal schutzlos war, ich allein, dort, neben dem Superman, und rannte los.

»Mir ist nicht zum Lachen! Wollt mich wohl verarschen. Sehr lustig, was?«

Ich schloss die Augen und wartete auf das Unvermeidliche. Doch dann hörte ich, wie jemand lief; schleppende Schritte, die von schnellen, unbeschuhten Füßen verfolgt wurden und sich unter der Echokuppel eines wiederholten Satzes entfernten: »Die Missgeburt von der Coupé!«

Ich blieb unversehrt.

Als ich die Augen öffnete, waren Superman und Pepito verschwunden. Die herumfläzenden Ausländerinnen packten eilig ihre Taschen. Auch die wunderbaren, im Wasser schwebenden Beine verschwanden. Da sah ich durch das Bullauge Pepito zwischen einem Heer von Blasen in den Tiefen des Schwimmbeckens, das Gesicht panisch, die Pausbacken aufgeblasen, die beachtliche

Kraft des Köpfers. Ehe Pepito auftauchte, machte ich wieder die Augen zu, oder vielleicht trugen mich meine Beine auch sehr schnell. Wenige Sekunden später befand ich mich auf der Straße und in Sicherheit.

15

»Irgendwie habe ich keine Lust mehr, den Watussi zu suchen«, war meine feste Überzeugung, als ich das Schwimmbad hinter mir gelassen hatte und den Heimweg antrat. Ein ganz legaler Heimweg, ohne Autodiebstahl oder andere Aufregungen. Hinter mir blieben Pepitos fatale Phantastereien und die blinde Gewalt. Gewalt, die plötzlich ausbricht, ohne dass man etwas versteht, ist wie eine Welle; sie kommt und geht, bricht über einen herein, in ihrem Wesen immer gleich …

Aus dem erhofften Strandvormittag wurde nichts, denn kurz vor Mittag flüchteten die Städter vor dem Regen im Laufschritt unter Hauseingänge und Markisen. Enttäuschte Strandbesucher warteten mit ihren Handtüchern über dem Kopf auf den Bus. An den Eingängen der Bars, die mit Sägespänen und Garnelenschalen übersät waren und wo noch die leeren Gläser auf dem Tresen standen, blickten Kellner traurig die Straße hinunter. Die breite Prachtstraße, fast ohne Verkehr, lief auf eine erstarrte Stadt zu, die wie ein Zauberwald unter Nebel lag. Für wen hatte uns Superman gehalten? Er hatte etwas ganz Übles getan, war total verrückt und hatte uns mit Boten von irgendwem verwechselt. Was waren diese Ws? Was war der Große Zoff am Strand? Was waren diese Horrorgeschichten aus dem Kongo? Warum hatte er irgendwas über eine Coupé gesagt und Pepito ins Schwimmbecken geworfen, in dem Moment, als er ihn erkannt hatte? Warum ließen sie mich nicht die Beine, die Titten und die Rücken der Ausländerinnen anschauen?

Etwas anderes wollte ich doch gar nicht. Und das tat auch keinem weh.

»Wenn dir das passiert, ist es am besten, du trennst dich nie wieder.«

Wer hatte das gesagt? Es war eine Männerstimme. Und ein älterer Herr mit weißem Hut und Anzug sah mich aus einem Café heraus an, während er eine Zeitung umblätterte. Vor ihm kniete ein Typ in schwarzem Hemd und polierte ihm die Schuhe. Und schon waren sie weg; denn ich ging weiter die Straße entlang, ließ meine Gedanken kreisen, drehte mich um, um die Person zu suchen, die mich angesprochen hatte.

»Es ging nicht. Wegen des Gewitters ...«

Jetzt war es eine Frauenstimme, und ich spürte so etwas wie Fieber. Eingebildetes Fieber.

Ich suchte in den Schuppen, zwischen den in der Dunkelheit von Planen und Schiffsteer halb verborgenen Figuren. Mädchen lehnten sich über Balkonbrüstungen, lüfteten den Ausschnitt und sahen zum Himmel auf, um sich von der tropischen Schwüle zu erfrischen, bevor sie jemanden im Innern der Wohnung riefen. Ein Optimist ging in den Restaurants ein und aus, spielte sein Akkordeon für niemanden. Sein schlaftrunkener Klang vermengte sich mit dem der Musicbox und verflüchtigte sich, als ich weiterging. Da wusste ich ...

Die nackte, lange Straße, der glänzende Asphalt, das stählerne Meer. Die Yachten schaukelten, ihre Masten schlugen gegeneinander. Die verschwommene Stadt, kaum mehr monumental, ein Mysterium. Ich ging weiter, nass bis auf die Haut, und auf einmal wusste ich.

Es war die Stadt, die sich in einen Wald verwandelte. Das Fieber. Die Geschichte meiner Mutter.

Ich habe bereits erwähnt, dass unsere wirtschaftliche Lage und die mit ihr einhergehende Sorgenlast daran schuld waren, dass die Zärtlichkeiten meiner Mutter sehr sparsam ausfielen. Unsere Nachbarin Juana umarmte mich viel häufiger und küsste mich, und sie ließ zu, dass ich sie drückte und an ihr roch ... In diesem ersten Teil des Berichts lasse ich mich gerne vom »Thema Juana« ablenken. Auch wenn das gar nicht hierhergehört. Ich möchte nur noch hinzufügen, dass ein Kuss nicht einfach ein Kuss ist, und das Fehlen körperlicher Zuwendung konnte meine Mutter trotz der langen Stillzeit nicht wiedergutmachen; die weibliche Umarmung entfachte in mir bereits andere Regungen. Aber auch das ist nicht wichtig. Wichtig ist schon eher, dass meine Mutter zwar durchaus viel redete, aber kaum etwas erzählte. Nie hat sie ihre Familie oder die meines Vaters erwähnt, nie kam von ihr eine sentimentale oder abrechnende Bemerkung ... »Oma und Opa sind tot.« Punkt.

Bis auf ein einziges Mal.

Ich weiß noch, ich lag krank im Bett. Mein Vater war bereits tot. Meine Mutter ließ mich in ihr Bett, das größer war, als wäre diese Verlegung ein Krankheitsprivileg. Vielleicht sah sie mir an, dass ich über das Fieber, über mein elendes Befinden erschrocken war. Oder sie selbst war in Unruhe, nicht dass sie noch allein auf der Welt zurückbleiben würde. Jedenfalls erzählte sie mir, um mich und sich selbst zu beruhigen, wie sie selbst Fieber gehabt hatte. Sie erzählte mir von einem Dorf, umgeben von einer weiten Ebene. Getreidefelder. Unbefestigte Straßen. Im Hof des Hauses war ein Brunnen, so wie unsere Zisterne. »Das war schon viel.« Das Geräusch des gegen die Brunnenwände schlagenden vollen Eimers und das Wasser, das wieder in das schwarze Wasser zurückschwappte, während der Strick über der Rolle stöhnte, das konnte, je nachdem, ob jemand fröhlich oder bedrückt war, wie himmlische Musik in den Ohren klingen oder wie Höllengeschrei. Im Juni begannen die Feste in den Dörfern. Die Mädchen führten ihre neuen Kleider vor, die sie in Wirklichkeit ein ganzes Jahr lang ausgebessert und geändert hatten. Man stieg auf den Glockenturm der Kirche und sah, wie der Wind dunkle Schlieren in das reife Getreide zeichnete. Auf der Straße fuhr, umgeben von einer Staubwolke, der Lieferwagen der Musikanten. Kaum lag das Volksfest in der Luft, wurde meine Mutter Flora ihrem Schicksal getreu krank. »Ich wusste, dass im Nachbardorf ein Fest war, und obwohl ich mich kaum auf den Beinen halten konnte, sah ich es überhaupt nicht ein, das Bett zu hüten. Ich stand auf und betete zum heiligen Pedro, der von Haus zu Haus ging und in dieser Woche bei uns war. Und als es Nacht war und alle schliefen, stand ich wieder trotz des Schwindelgefühls auf und probierte das Kleid an. Ich konnte mich nicht im Spiegel sehen, weil es dunkel war. Aber ich stellte mich trotzdem davor, ohne etwas zu sehen. Mich mir vorzustellen war besser.«

Im Nachbardorf war also ein Fest, und meine Mutter war krank und hörte in der Straße die jungen Leute, die in freudiger Erwartung alles Mögliche miteinander zu besprechen hatten. »Meine Freundinnen kamen, um sich zu verabschieden, und ich kochte innerlich vor Wut und sagte zu ihnen nur, schon gut, viel Spaß. Aber ich hatte einen Plan. Und als alle im Dorf schliefen, schlüpfte ich in mein Kleid, nahm meine Strickjacke und verließ über den Hof das Haus. Auf der Straße war es endlos weit bis ins nächste Dorf, aber wenn ich die Abkürzung über die Felder nahm, konnte ich in ein paar Stunden dort sein und wenigstens, wenn auch nur von weitem, dem Tanz zusehen. Und ich mit diesem Fieber. Und dazu die Erschöpfung und die Gliederschmerzen.«

Sie machte einen Bogen um die Leute, die in der Abendkühle vor ihren Häusern saßen. Machte sich auf den Weg, und »so was passiert auch nur mir« (und mit der Zeit dann auch ihrem Sohn), denn als sie etwa eine Stunde unterwegs und der völligen Erschöpfung nahe war, fing es an zu regnen. »Damit es in diesen gottverlassenen Dörfern im Juni regnete, musste ein Wunder geschehen, und mich verfolgte von Geburt an das Pech. Aber es regnete, und ich mit dem Fieber, Kind, war ich erschöpft!«

Sie hatte Glück im Unglück. Denn sie fand einen Unterstand. »Allerdings gab es nichts außer einer Schäferhöhle und den Pinos del Duque, der einzigen Baumgruppe weit und breit. Zwei, drei Pinien, nicht dass du denkst, es war wie hier.« In den Unterständen der Schäfer konnte man natürlich auf einen sich unterstellenden Schäfer treffen, also beschloss sie, noch ein bisschen weiter zu den Pinien zu gehen.

»Als ich bei den Pinien ankam, war ich halb tot. Aber die Pinien standen sehr dicht beisammen, und der Regen war so fein, dass man nur das Prasseln in den Bäumen spürte, hin und wieder einen Nadelstich und den feuchten Boden. Und von dort hörte man das Orchester. Ich konnte nicht mehr. Ich würde nicht die Lichter sehen, nicht die Paare, aber ich hörte die Musik. Dort blieb ich also die ganze Zeit und hörte die Musik, während es regnete. Ich schwöre dir, ich erinnere mich an jedes Lied, eines nach dem anderen, an das gesamte Repertoire. Und an den Sänger, der die Menge begrüßte und zwischen den Liedern Widmungen verkündete. Nachdem die Musik aufgehört hatte, stand ich auf und kehrte zurück ins Dorf. Es regnete immer noch. Es regnete und regnete, ich schwör's dir, Fernandito, so wie ich dir schwöre, dass derselbe, der mich mit so viel Unglück überschüttet hat, mir die Duldsamkeit gegeben hat, das alles zu ertragen. Als ich dann zu Hause war, versteckte ich das nasse Kleid und legte mich ins Bett. Am nächsten Morgen ging es mir miserabel. Ein paar Tage lang ... Der Arzt kam, und meine Freundinnen besuchten mich. Ich hatte den Eindruck, sie wollten mir, die ich krank war, lieber nichts von dem Fest erzählen. Dachte ich. Aber als es mir nach ein paar Tagen besserging und ich allein mit meiner allerbesten Freundin war, erzählte ich ihr, was geschehen war. Und wie ich es ihr erzähle, starrt sie mich auf einmal völlig entgeistert an. Ich fragte sie, was los sei, warum sie mich so anschaute. Und sie antwortete: ›Dir muss es echt sehr schlecht gegangen sein, Florita. Das Fest hat gar nicht stattgefunden. Sie haben es wegen dem Regen abgeblasen. Es gab kein Fest. Es ging nicht, wegen dem Gewitter ...‹ Meine Freundin sah mich mit einem so sonderbaren Blick an, und ich war so erschrocken, dass ich lieber gar nichts mehr sagte. ›Vergiss das am besten, Dummerlein, die erklären dich sonst noch für verrückt.‹ Und als ich wieder gesund war, glaubte ich selbst schon nicht mehr, dass ich das alles gehört hatte. Dann kam unser Dorffest. Es kam dasselbe Orchester wie in allen anderen Dörfern. Und der Tanz begann. Ich schwöre dir, Fernando, es waren dieselben Lieder, die ich bei den Pinos del Duque gehört hatte, eines nach dem anderen, in derselben Reihenfolge. Auf einmal kam ein ziemlich hübscher

Junge, genauso hübsch wie du, und forderte mich zum Tanzen auf. Während wir tanzten, nannte ich ihm immer das Lied, das das Orchester als Nächstes spielen würde, und es stimmte immer. Der Junge war richtig erschrocken, sage ich dir. Erschrocken ist gut ... Er hat mir gesagt, man soll sich von einer Hexe wie mir am besten gar nicht mehr trennen. Wenn dir so was passiert, ist es am besten, du trennst dich nie mehr.«

»War es Papa?« fragte ich, in die Bettdecke gemummelt. Die Geschichte hatte mich bewegt. Und die Geschichten waren, wie gesagt, nicht gerade häufig. Aber die Antwort auf meine Frage kam überzeugend.

»Wehe, du Nichtsnutz, du fragst mich so was noch ein einziges Mal, dann dreh ich dir mit diesen Händen den Hals um!«, und sie zeigte mir die Hände. »Denn Schuld an allem hatte diese Nacht, und der Scheißregen und das Scheißfieber. So, und jetzt schlaf, morgen wird früh aufgestanden und gebüffelt.«

Jetzt sagen Sie mal, mein Leser: Würden Sie diese Geschichte einem Kind erzählen? Taugte diese Pädagogik? Und die Moral von der Geschichte, was habe ich gelernt? Dass ich schleunigst gesund werden musste. Dass sie darunter litt. Und dass ich mich nicht von ihrem Leiden beeindrucken lassen durfte. Also bemühte ich mich, die Geschichte vom Fieber zu vergessen. Aber die Geschichte kehrte wieder, wie die Geschichten immer wiederkehren, und sie lehrte mich Auflehnung und die Tücke des Fabulierens, auf meinem Weg in der Nähe des Hafens, an jenem Morgen von Watussis Tag. Darum wusste ich auf einmal.

Ich wusste, dass ich Pepito allein gelassen hatte. Er hatte eine Mission. Die er mit mir geteilt hatte. Ich ließ mich im Regen treiben. Er wagte sich in eine Welt der Zerstörung. Ich wollte nicht. Er traute sich. Ich habe mich nie getraut.

Nie habe ich mich getraut, mein Leser.

Das vorherrschende Gefühl in meinem Leben war immer Teilnahmslosigkeit, sie hat mich immer rechtzeitig in Sicherheit und auf Abstand zu den anderen gebracht. Immer war es so. Bis auf stürmische Einschnitte von Lust und Schmerz, die einen

Teil meiner Biographie prägen, war mein ständiger Begleiter die Gleichgültigkeit. Ich hatte keine Lust. Ich nahm nie Anteil. Ich war ein Niemand. Oder besser, ich war alles und nichts. Im Nachhinein bin ich berührt, schon, aber als man mich brauchte, waren mir die anderen gleichgültig. Jetzt, während ich das hier schreibe, ziehen alle an mir vorüber, umstellen mich und sprechen zu mir: »Du hast uns nicht genug geliebt.« »Du hast uns nicht mit aller Inbrunst gehasst.« »Du hast zugelassen, dass wir sterben.« »Du warst, und du warst nicht.« Mein Leser, eigentlich ist das eine Erzählung in dritter Person, in der niemand, in der keiner spricht. Ich war niemand, und an jenem fernen Mittag begab ich mich auf die Suche nach meinem anderen Niemand. Der tötete und tanzte. Der die Mädchen umbrachte, sie in die Brust biss und verwundete. Der Berge von Köpfen sah. Der unermüdlich tanzte und fickte und aß, bis zur Entrückung. Der erschreckte. Der die Leute um den Verstand brachte. Alle, die an mir vorbeizogen, machten sich die Mühe, mir zu sagen: »Wo ist er? Was macht er? Er ist deine Rettung.« Sie sagten mir, ich solle an ihn denken, er sein, mich trauen.

Ich wollte mich im Wald hinlegen, in den Regen. Und mich so an die Lieder erinnern, eins nach dem anderen. Und keine Angst haben … Lassen wir das mit der Angst. Es gibt noch genug Gelegenheiten, um über die Angst zu reden.

Während ich mich dem Fluss meiner Gedanken hingab, verwandelte sich die Landschaft, als wäre die Sonne herausgekommen, und das Glitzern des Wassers auf dem Metall, dem Schwarz, verwirrte mich noch mehr. Und alle strömten hinaus auf die Straße, redeten auf mich ein, rempelten mich an, zerrten an mir. Hinter meinem Rücken lernten die Leute zu lachen. Wieder sprachen sie zu mir:

»Feigling!«

Diesmal erkannte ich die Stimme. Ich drehte mich um, stand auf einmal vor einer Boje voller Algen, Yeyés Zotteln. Er war klatschnass, und bei jedem Schritt schwappte aus seinem orthopädischen Schuh das Wasser. Das Lachen kam von den Passanten, die wieder auf den Straßen Einzug gehalten hatten und für die der lahme Zigeuner den Anblick eines äußerst komischen Gnoms bot. Schüchtern zeigte sich die Sonne.

»Pass auf, Feigling. Am Ende konnte ich mit dem Superman doch noch von Mann zu Mann reden. Er kennt mich, hat die Nummer nur abgezogen, weil er mitbekommen hat, dass sie ihn beobachten, und ihm ist nicht zum Lachen. Er ist daran gewöhnt, solche Nummern abzuziehen, von seinen Raubzügen. Hast du sein Raubgut gesehen? Und er ist nicht der Einzige. Der Rasputín aus Pueblo Seco hängt auch mit drin. Und die Bande von Blasrohr, die von irgendwo hier sind und die letzten Ärsche. Kannst du mir ruhig glauben … Was gibt's zu lachen?«

»Du bist nass bis auf die Haut …«

»Na und … Wenn es regnet, wird man nass.«

Da hatte er recht. Nur dass bei ihm der Regen viel nasser war als bei mir. Er konnte nicht wissen, dass ich ihn durch das Bullauge im Wasser gesehen hatte. Wenn ich ihn danach fragen würde, würde seine Antwort bestimmt lauten, dass er in dem Augenblick Lust gehabt hatte zu tauchen. Er war in Redelaune. Ich ließ ihn:

»Der Superman hat mir erzählt, dass der Watussi sich hier im Viertel rumtreibt. Er isst hier irgendwo und streunt dann am Nachmittag durch die Bars.«

»Ich hab Hunger …«

»Also pass auf … Wir bleiben hier, essen was und machen uns dann auf die Suche. Schauen uns in den Bars in der Nähe vom Strand um. Aber nicht rumfragen. Nicht, dass du mich nochmal in Schwierigkeiten bringst. Den Superman kenne ich immerhin, aber die anderen … keine Ahnung … jetzt heißt's aufpassen …«

Mein Leser kennt das bestimmt, wenn jemand herumdruckst, um sich eine Lüge zurechtzulegen. Wie Pepito, der zum Himmel schaute, mich darüber in Kenntnis setzte, dass es zu regnen aufgehört hatte, und sagte:

»Die Galera-Passage …«

»Was soll das sein?«

Pepito flüsterte mir ins Ohr: »Sone kleine Gasse, wo der Watussi wohnt …«

Ich war es satt.

»Rück einen Duro raus, ich geh nach Hause.«

»Ich hab keinen mehr. Ich hab den Superman eingeladen, weißt schon ...«

»Jetzt hör mal gut zu, ich will nicht den Watussi treffen. Ich will nicht, dass du mich weiter da reinziehst. Ich hab's satt. Und ich muss nach Hause. Für dich ist das alles ein Spiel ... Sie haben heute Morgen mit dir geredet, haben dich freigelassen, fertig ...«

»Wie fertig? Sie sind drauf und dran, ein Unrecht zu begehen. Eine Schweinerei.«

»Und was geht mich das an?«

»Machst groß einen auf Indianerhäuptling, aber nichts dahinter ...«

»Und du, he? Los, was soll das mit diesen Ws?«

»Erzähl ich dir später.«

»Papperlapapp. Wer ist diese Coupé? Eine Nutte?«

Ich fuhr einen Faustschlag ein, der genauso schwach war wie seine Wahrheiten. Und die Entdeckung meiner Überlegenheit an diesem wunden Punkt ermunterte mich zu weiteren Handgreiflichkeiten.

»Hör auf, den kleinen Krüppel zu schlagen«, sagte jemand im Vorbeigehen.

»Der hat doch angefangen. Er ist ein Zigeuner«, war zu hören.

»Wer ist die Coupé? Warum suchst du den Watussi?« fragte ich ihn, völlig außer mir.

Er rollte sich auf dem Boden ein, ohne sich zu rühren, ohne ein Jaulen von sich zu geben. Der ist erledigt, dachte ich und trat den Heimweg an. Die Straße hatte sich mit Menschen gefüllt, die zu mir herüberschauten. Was sahen sie im Gesicht des dreizehnjährigen Jungen? Das Gesicht der toten Julia und ihren blutverkrusteten Schädel, eine Schlafende? Sie hatten überhaupt kein Anrecht darauf, sie jetzt in mir zu sehen, nur weil ich sie gesehen hatte. Ich bemühte mich, die Szene auszuradieren, die Stimmen, die dieser Depp von Yeyé gezeichnet und koloriert, mit Gesten, Ereignissen und Lügen garniert hatte, mit meiner mangelnden Vorstellungskraft war ich sowieso schon ein Nutznießer seiner Phantasie. Mindestens genauso penetrant stiegen mir die Schwaden der Mülldeponie und des Überdrusses in die Nase, dass mir der Brechreiz kam. Und ich hörte das gehetzte Klappern von Absätzen. Und eine andere Stimme:

»He, du hier!« rief Pepito.

Er war unbesiegbar.

»Ich hab Hunger. Und um sieben bin ich zu Hause«, gab ich von mir.

»Was weißt du schon von Hunger, du Pflaume …«

Ich hob eine Hand.

»Nenn mich noch ein Mal Pflaume, und du kannst was erleben. Und lass meine Medaille in Ruhe.«

»Ich krieg Angst, Barabbas. Willst du was essen? Los, gehen wir was essen. Lass mich nur machen. Habe ich dich schon mal angelogen? Pass auf, hier …«

Pepito zeigte in eine Straße, die sich gerade wieder mit Leben füllte. Am Ende ein Platz. Die Hausbewohner erschienen auf ihren Balkonen, prüften, ob es noch regnete. Ein Kellner wischte die Metallstühle auf einer großen Terrasse ab. Ich hatte eine Vermutung. Fragte:

»Müssen wir stehlen?«

»Klar. Aber nur 'n bisschen. Viel leichter als Autos. Für dich ein Klacks.«

Nachdem ich eine theoretische Einführung in die Strategie erhalten hatte, bekam ich weiche Knie angesichts der Umsetzung in die Praxis. Zuerst taten wir einen Erkundungsgang über das Gelände, auf dem wir tätig werden wollten. Eine Straße voller Restaurants jeder Preisklasse. Bei vielen Läden standen Hampelmänner mit Hemd und weißer Schürze an der Tür, sie sollten die Vorbeigehenden ermuntern einzukehren. Vor sich hin grillende Hähnchen, Aquarien mit halb krepierten Krustentieren, zufriedene und dralle Gesichter der frühen, verfressenen Mittagsgäste, die die Türsteher-Kellner-Witzfigur grüßten und Komplimente an die Küche ausrichteten. Durch die Öffnungen der Belüftungsvorrichtungen drangen die Küchendünste nach draußen, zusammen mit den Routineanweisungen der Köche. In einem der Lokale, nahe an der Straße parallel zum Strand, lobte ein gut genährter Schnurrbartträger die Paella über den grünen Klee; neben ihm auf einem Tischchen, ein Bild ist hymnischen Worten immer vorzuziehen, die frisch zubereitete Paella und eine Flasche Wein zur Förderung von Genuss und Verdauung. Na dann. Über die linke Flanke an dem gastronomischen Animateur vorbei und schnell wie ein Wirbelwind schoss ich mit einem Sprung nach vorne, schnappte mir den Wein neben der Paella und verschwand in dem Gassenlabyrinth. Schnaubend vor Wut und sich selbst an Stimmgewalt übertreffend, jagte der Kellner ein ganzes Stück hinter mir her und war zudem viel schneller, als ich ihm zugetraut hätte. Noch dazu musste ich ein paar Passanten ausweichen, die unbedingt Zivilcourage zeigen und einem armen Jungen mit einer Flasche Wein ein Bein stellen wollten; die Arschlöcher lechzten schon danach, dass mich eine der Hyänen fertigmachte. Als die Hetzparole »Fangt den Dieb!« und andere Ausrufe der Empörung langsam verstummten, hatte ich den verabredeten Wellenbrecher schon fast erreicht. Pepito, der die Paella mit einem Zeitungsblatt zugedeckt hatte, humpelte zwischen den Steinquadern herum und war zu gleichen Teilen darum bemüht, das Gleichgewicht zu halten und zu verhindern, dass der Wind das Zeitungsblatt wegwehte, das unsere Mahlzeit schützte. Ich ging sofort zu ihm:

»Scheiße, hast du aber lange gebraucht … Und dabei hatte ich's viel schwieriger, weißt du das eigentlich … ich musste in dem Sekundenbruchteil zugreifen, als der Typ hinter dir herschoss und bevor die Pinguine von drinnen rausstürzten. Der, der hinter dir her war, war wenigstens dick, meine rannten, dass du kaum hinterhersehen konntest. Bin gerannt, was das Zeug hält, und bin dabei sogar trocken geworden.« Stimmte. »Pass auf, ein Glück, dass ich mich unsichtbar machen kann, wenn ich will. Ich gehöre zu denen, die das können. Wenn ich will, bin ich unsichtbar und schnell wie der Wind. Nicht wie der Superman, dieser Klapperkasten, der schon einknickt, wenn du ihm nur auf den Rücken klopfst.«

Neben uns die Wellen, eine wie die andere.

16

»Das mit den Eisstielen war eine gute Idee. Musst du doch zugeben. Okay, sie sind gebraucht, aber du kannst verdammt nochmal nicht erwarten, dass ich dir Silberbesteck bringe. Du bist einfach …«

Wir aßen. Der mit Schweiß verdiente Reis besänftigte die Gier der leeren Mägen, und der Wein, an den ich nicht gewöhnt war, dämpfte das Gefühl, in Gefahr zu sein. Ohne ein Wort zu wechseln, wussten wir voneinander, dass jeder von uns an den Schock dachte, an diesen Tag, von dem wir nicht wussten, was er noch bringen würde. Immer wieder sah ich vor mir das Bild von Julia mit den Abdrücken der Matratzenfedern auf dem Rücken. Sie war das Opfer. Wir würden sie nie wiedersehen. Und ich dachte an die Verdächtigen. An den unsichtbaren Watussi und an Dora, ihre Freundin, die so still gewesen war bei der Totenwache, ihr Schmerz war unübersehbar, und die verräterischen Zementflecken an den Sandalen. Wie sehr gefiel mir dieses grausame Mädchen! Und darum, gemäß den Gesetzen und der Diplomatie des Viertels, war der Watussi der Hauptverdächtige. Und ob es einen oder zwei Verdächtige oder sogar mehrere Mörder gab, es gab nur eine Tote. Nie wieder würde Julia auf wackligen Beinen herumstolzieren, und nie wieder würde sie diesen Lockduft verströmen, wenn sie hochnäsig an einem vorbeiging und unbeholfen, da ihr die Fülle des neuen Körpers noch ungewohnt war.

»Pass auf, du bist ein Wurm und kriegst mit, dass in der Nähe einer begraben wird, was fühlst du?« fragte mich Pepito in seiner unverbesserlichen Art und rührte an dem Thema, das wir doch eigentlich für uns behalten wollten.

»Was meinst du mit ›in der Nähe‹?« fragte ich.

»Pass auf … Du hörst den Spaten, also von innen, und, juhu, lecker Fressen für mindestens, ich sag mal, zwanzig Jahre, oder solange du eben lebst als Wurm. Das ist doch wie ein Sechser im Lotto.«

Ich nahm den letzten Schluck aus der Flasche und warf sie ins Meer. Interessiert verfolgte ich, wie sie unterging, zuerst das Schaukeln im Wasser, dann der unerbittliche Sog in die Tiefe.

»Wann, glaubst du, werden sie sie beerdigen?« fragte ich.

»Wenn der Celso kommt. Morgen vielleicht. Oder übermorgen. Und dann hängt es davon ab, wen sie noch beerdigen müssen. Die Julia bleibt doch nicht die Einzige, wenn sie dem, du weißt schon, an die Gurgel gehen. Und die Erklärungen … nicht so einfach.«

Die Flasche war in den Meereswellen verschwunden. Welle über Welle, eine wie die andere.

»Kannst du dir vorstellen, wie es ist, nie wieder zu sehen?« fragte ich mit vollem Mund.

»Weiß schon, was du sagen willst …«

»Und nie wieder zu essen. Hier, greif zu … Eines Tages, mein Vater arbeitete auf der Baustelle, ist er gestolpert, runtergefallen, und tschüss! Ich erinnere mich gar nicht mehr an ihn. An sein Gesicht schon, aber sonst …«

»So isses …«

»Zu Hause haben wir ein Foto von ihm. Aber wie er war, seine Bewegungen, daran erinnere ich mich überhaupt nicht mehr. Der Tag, an dem er zur Arbeit ging und ich ihn umarmte, als würde ich einen Baum umarmen, oder eine Angelrute, das stelle ich mir manchmal vor. Aber vielleicht war es gar nicht der Tag, an dem er zur Arbeit ging und starb, sondern ein anderer. Oder es war gar nicht mein Vater, vielleicht war es wirklich ein Baum oder eine Angelrute … Und meine Mutter spricht auch nicht über ihn …«

Jetzt hatte die Redseligkeit von mir Besitz ergriffen. Das war dieser Wein … »Na schön, einmal hat sie geweint … Richtig geweint, nicht geheult wie sonst, diese Heulsuse. Die wegen allem heult. Einmal hat sie wirklich geweint, ohne einen Anlass. Irgendwoher hatte sie so einen Dosenöffner in Schlüsselform. Kennst du doch, oder? Sie hielt mir den Dosenöffner unter die Nase und sagte auf einmal zu mir: ›Weißt du, er hat so gerne Anchovis gegessen, dass er sich irgendwann sogar diesen kleinen Öffner gekauft hat …‹ Jetzt muss ich auch schon weinen …«

»Die kleinen Dinge, die machen's.« Pepito stocherte verbissen in dem Reis: »He! Eine Garnele!«

Während unsere Unterhaltung stockte, rangelten wir uns schubsend und drängelnd um das Krustentier.

»Das ist meine!« protestierte ich: »Tut dir denn gar nicht leid, was ich dir erzähle?«

»Kann die Tränen kaum zurückhalten.« Wie sarkastisch Pepito sein konnte. »Wo hast du die scheiß Garnele versteckt? Hast die ganze Zeit hier gesessen und nichts gesagt und so ganz nebenbei vier davon verdrückt. Und es waren sechs …«

»Jetzt mach mal halblang!«

»He, schrei nicht so …« Pepito, jetzt mit dem Eisstiel an den Lippen, flüsterte und sah sich um.

»Schrei ich denn?« fragte ich und sah mich auch um.

»Von dem Wein, der dir in die Birne gestiegen ist.« Pepito, die Garnele im Mund, zog mit seinem Blick einen weiten Kreis: »Dieser Ort …«

»Was ist mit diesem Ort?«

Pepito, der den Stiel bedenkenlos für alles Mögliche benutzte, zog mit der Detailliebe eines Analphabeten ein Viereck in den Sand.

»Von hier …«, er zeigte auf die Kante links unten, »… kommen ungefähr wir: Casa Valero, Casa Antúnez, Stadt-ohne-Gesetz, die ›Häuser‹, brauch ich dir nicht zu sagen … Wir sind der Schreck aller Leute. Allein von unserem Anblick macht sich das Volk in die Hose und sucht das Weite …«

Er sah mich an, als hätten wir an diesem Morgen mehrmals die Bestätigung für dieses unverrückbare Axiom erhalten.

»Weißt du, dass sie auf den Watussi eingeredet haben, Chef von der Stadt-ohne-Gesetz zu werden? Zuerst von der Bande der Kleinen und später von den Großen. Kein Wort darüber, Kumpel … Aber er wollte nicht, basta. Er hat immer sein eigenes Ding gemacht.«

»Und warum bist du in keiner von diesen Banden?«

»Weil ich auch mein eigenes Ding mache. Ich bin ein Einzelgänger. Ich bin ›der Außenseiter‹.«

Ich fürchtete, Pepito wusste nicht genau, was das Wort »Außenseiter« bedeutete; jetzt auf einmal hörte ich in der Ferne einen Pfiff und das Wiehern eines treuen Pferdes. Und sofort leitete ich ab, dass das treue Pferd ich war. Ein Einzelgänger. Ein Außenseiter. Doch, er hatte recht: Besser hätte man Pepitos Beziehung zum Rest der Gesellschaft wohl nicht beschreiben können.

»Du bist also ein Einzelgänger, trotzdem willst du, dass ich dich begleite. Bin ich denn dein Pferd?«

»Pferd? Wie kommst du denn auf Pferd? Pass auf … ich weiß, was mit dir los ist, du bist besoffen.«

»Ach was, ach was …«, widersprach ich den beiden siamesischen Pepitos, die sich beide zur Seite neigten und sich gleich darauf wieder zu der verschwommenen Gestalt eines einzigen, einzelgängerischen und außenseiterischen Pepitos zurückbildeten.

»Hörst du mir überhaupt zu?«

Pepito fing an, mit seinem Eisstiel Kreuze in die Landkarte, die dieses Viereck sein sollte, zu ritzen.

»Pass auf, in der Stadt gibt es noch andere Banden. Königin Amalia und Fleming, im Chino …«, Kreuz, »… die vom Botas und vom Surti, in Pueblo Seco …«, Kreuz, Kreuz, »… da ist nichts, nur arme Schweine …« Und er zog im Zentrum des Vierecks einen Kreis: »Dann die vom Carmelo und Torre Baró …«, Kreuz oben rechts, »… übles Volk, wenn du sie in einem schlechten Moment erwischst. Die vom Campo de la Bota sind die Schlimmsten: spucken, hauen zu wegen nichts und essen Tauben. Immerhin braten sie sie vorher.«

»Wohl bekomm's …«

»Aber hier …«, Kreuze über Kreuze, die Pepito mit wilder Geste wie die Karikatur eines Fechtmeisters in die untere Hälfte des Rechtecks kritzelte, »… ist nur die Bande von Blasrohr, der ist ein besonderes Arschloch.«

Eine plötzlich einsetzende Dämmerung beendete Pepitos Betrachtungen und verwunderte uns beide. Grund war nicht eine Beschleunigung des Tagesverlaufs, sondern fünf Schatten. Ein paar Steinquader weiter oben schoben sich die Herren, die unser Gelage überschatteten, bedächtig die Hände in die Taschen. Einer von ihnen, lange Matte, schwarzer Balken als Augenbrauen und Hemd und Hose in Farben, die man in der freien Wildbahn noch nicht gesehen hatte, stand mit einem Satz vor uns. Er setzte ein Bein vor auf die paar Quadratzentimeter zwischen Pepito und mir, verlagerte sein gesamtes Körpergewicht nach da und schüttelte sich die Mähne nach hinten, während sich sein hasenschartiger Mund zu einer höhnischen Grimasse verzog. Er sah meinen Kumpel an, während ich der Szene dank des Weins noch immer eine gewisse Komik abgewinnen konnte.

»Weißt du, wer ich bin?« fragte die Maske.

»Keine Ahnung«, entgegnete ein mutiger Pepito.

»Jeff. Jeff, sonst nichts«, informierte ihn das Monster.

»Also gut …«, hielt Pepito stand, auch wenn sein Gesicht die maßlose Beunruhigung nur noch schlecht leugnen konnte.

»Irgendein Arschloch läuft hier rum und nennt mich irgendwie anders. Im Schwimmbad, und legt sich mit uns an. Schnappt mir die Beute weg. Aber ein Zwitschervöglein hat mir erzählt, dass er heute gehen musste, weil zwei kleine Scheißer da waren und ihm was erzählt haben. Und ein anderes Zwitschervöglein hat mir gesagt, dass die beiden Scheißer immer noch da sind und Stress machen. Und noch ein Zwitschervöglein hat mir gesagt, sie haben sich in meinem Viertel eine Paella stibitzt, allerhand. Und noch ein Zwitschervöglein hat mir ins Ohr gesagt«, er zeigte auf die Stelle der Matte, unter der sich eine völlig verdreckte Hörmuschel verbarg, »… dass sie es sich bei den ›Würfeln‹ gemütlich gemacht haben und über mich herziehen, böse, böse. Die Zwitschervöglein sind gute, gute Freunde von Jeff …«

Ich hörte hinter mir Gelächter. Drehte mich um und lachte zurück. Warum nicht? Es war Sommer! Als Antwort auf die imaginäre Hand, die ich ihnen ausstreckte, klappten sie alle gleichzeitig den Mund zu, und ihre Augen versprühten Funken des Hasses. Was für Kandidaten … Aber so schnell waren weder ich noch der Wein in meinem Körper wegzufegen.

»Und wie nennen sie dich?« fragte ich.

Ich sah gerade noch die Panik in Pepitos Gesicht, der sich zu mir umdrehte, und gleich darauf das Donnerwetter. Im Nachhinein führe ich meine chronische Nackenverspannung auf diese gewaltige Ohrfeige zurück, die meine damals noch weiche Wirbelsäule allzu hart traf. Blauer Himmel und Verwirrung. So wie Jeff mich hingestreckt hatte, konnte ich mich gar nicht dankbar zeigen, dass Pepito wie der Blitz aufsprang, den Zeigefinger vorstreckte und sich beschwerte:

»Pass auf, wir sind aus der Stadt-ohne-Gesetz.«

Keine Sekunde später lag Pepito neben mir auf dem Sandboden, das neue Opfer von Jeffs mächtiger Schlaghand. Einen Moment lang hingen seine Beine noch in der Luft, und als sie dann herabfielen, brach allgemeines Gelächter los. Der Mob schmiedete eifrig Pläne. Wir waren wohl eine willkommene Abwechslung. Als sie uns dann über den Wellenbrecher schleiften, dämmerte mir, dass das niemand anderes sein konnte als die Bande von Blasrohr, und dieser Jeff, der war Blasrohr persönlich. Unsere Schächer brüllten alle wie aus einem Mund:

»Los, wir rammen ihnen«, an dieser Stelle Pause, »ein Eisen in den Arsch.«

Und die Wellen, immer gleich, eine nach der anderen. Es fing wieder an zu regnen.

17

Mit Fußtritten, Kniffen und Kopfnüssen wurden wir zu einem Schuppen im alten Hafen befördert, eine endlose Strecke für den, der diese Folterbehandlung erleiden muss. An Kommunikation zwischen Pepito und mir war nicht mehr zu denken, da es uns voll in Anspruch nahm, den Anschlägen dieses Stammes von Wilden, Blasrohrs Leuten, auszuweichen.

Ein metallenes Kreischen, der Rollladen ging zu, und auf einen Schlag war das Leben hinter uns ausgeschlossen, und in dem Licht der nackten Birne, die nun anging, offenbarte sich ein gespenstisches maritimes Ambiente. Halb reparierte Boote, Angelzubehör, Farbeimer, Netze und ein wimmernder Tourist, der geknebelt an einen Mast gefesselt war, traten aus dem Karussell der Schatten, schweren Schnaufer und üblen Geruchschwaden hervor. Ich hatte sofort eine Vermutung: Die Besitzer des Schuppens waren in den Ferien, und so lange benützte ihn die Bande von Blasrohr für ihre Schurkereien. Ich fühlte mich ausgeliefert und erschrak zutiefst, als sie Pepito und mich mit einem Kabel Bauch an Bauch zusammenbanden. Der Ausländer sah uns um Hilfe flehend an, aber was sollten wir machen? Pepito, dessen an Kloake erinnernder Körpergeruch nun an mir klebte, flüsterte mir ein »Siehst du?« zu. Blasrohr war ein Menschenräuber. Es stimmte also. Aber was hatte ich davon, dass er recht hatte, wo mich dieser »Jeff« doch gerade filzte. Aus meinen Taschen fischte er zehn Céntimos, einen Angelhaken, einen Flummi und ein Abziehbildchen von Alfonseda, Spieler beim FC Barcelona.

»Die aus der Stadt-ohne-Gesetz …«, käute er.

Mit einem Ruck riss er mir meine Indianerhäuptlingskette runter.

»Oho, ein Indianerhäuptling«, grölte der Räuber meines Schmuckstücks, das mir das Liebste auf der Welt war. »Ein Chef für Jeff.«

Damals waren wir alle Kinder.

Blasrohr sah mich an und zeigte mir durch die offene Seite seines missgebildeten Mundes hindurch die Zähne:

»Kannst sie dir morgen abholen kommen.«

Alle lachten. Wir waren Kinder, aber einer von uns missraten.

»Bin ich nicht witzig?« fragte mich Blasrohr.

»Sehr«, antwortete ich, und Blasrohrs Mob fand meine Bewertung lustig.

»Bring das Eisen«, sagte Jeff, dessen Hände jetzt Pepitos Hose begrabschten.

»Soll ich es im Ofen heiß machen?« fragte eine gleichgültige Stimme, die ich nicht identifizieren konnte, weil uns Pepitos nervöses Gezappel und sein fehlendes Gleichgewicht zwangen, uns Angesicht zu Angesicht pausenlos um die eigene Achse zu drehen. In diesem Augenblick durfte ich die feuchte, salpeterzerfressene Wand angucken, Regale voller Farbeimer und Schatten, immer die Schatten, die tanzten. Und nach der nächsten Drehung die Figuren im Lichtschein, irre Augen und nervöse Hände, die auf Schenkel schlugen. Eine etikettlose Flasche mit einer durchsichtigen Flüssigkeit wanderte vom Licht in die Dunkelheit, von der Hand zum Mund und in eine nächste Hand. Sie rülpsten nach jedem Schluck, und … wieder durfte ich die Regale und die langgezogenen Schatten anschauen.

In unserer Notlage konnte Pepito, wie befürchtet, nicht lange den Mund halten:

»He, Jeff, pass auf … ich kenn den Watussi.«

»Den wen?«

»Den Watussi.«

Blasrohrs Schlaghand war unersättlich; obwohl diesmal Pepito das alleinige Privileg auf die Zuwendungen des Hafenhäuptlings hatte.

Auf einmal hörte ich, und aus Pepitos Zittern zu schließen, er auch, wie ein Eisenbarren mit einem kreischenden Geräusch über einen unebenen Boden gezogen wurde, begleitet von dem litaneihaften »Scheiße, scheiße, scheiße« meines Kumpels. Bei einer unserer Drehungen fing ich den entsetzten Blick des gefangenen

Touristen auf und schloss daraus, dass er mich bemitleidete. Jemand machte sich daran, mir die Hosen aufzuknöpfen. Um uns herum noch immer das schaurige Gelächter.

Pepito, der immer allen zeigen musste, dass kein Schmerz und keine Beleidigung ihn und seine Phantasie unterkriegen konnten, stimmte leise den Watussi-Song an, um sich angesichts der bevorstehenden Qualen Mut zu machen. Die Musik trug ihn von dem Schrecken fort, an einen unbekannten Ort. Die Äußerungen aus seinem Mund spritzten mir auf die Wange.

»He, Jeff, warte, warte doch …«, warf auf einmal eine Stimme ein.

»Was 'n los?«

»Das ist der Watussi-Song. Mein Bruder kennt ihn.«

Der Bruder der Stimme, die sich mit der nächsten Drehung in einen schmächtigen und narbenübersäten Raucher verwandelte, schien auch kein Kind von Unschuld zu sein, denn ein meterdicker Fettsack fragte:

»Dein Bruder?«

»Als der Scheißer hier damit angefangen hat, er kennt den Watussi, hab ich nichts gesagt, was heißt schon kennen. Kann ja jeder kommen und behaupten, er kennt einen, der schon mal im Film mitgespielt hat. Aber wenn er das Lied kennt … Das ist was anderes. Das Lied ist wie ein Geheimcode. Das kennen nur die, die den Watussi wirklich kennen. Hundertpro. Und mein Bruder singt es, also, hat es gesungen, ständig. Denn jetzt singt er gar nichts mehr, rückt keinen Pups mehr raus. Der Watussi hat mit ihm gemeinsame Sache gemacht, bis zum Großen Zoff am Strand. Der Watussi war's, der bei dem Zoff alles zum Stoppen gebracht hat. Mehr wusste mein Bruder auch nicht vom Watussi. Okay, dass er nach dem Zoff abgehauen ist. Und dann ist er wiedergekommen und wieder abgehauen, nach Amerika oder so, und jetzt ist er anscheinend wieder da.«

Wieder flüsterte Pepito mir zu: »Siehst du?«

»Nie hat ihn jemand gekriegt. Nicht die Bullen, niemand. Anders als meinen Bruder, rein in den Knast, raus aus dem Knast und wieder rein, einmal sogar wegen Landfriedensbruch, und nochmal und nochmal, arme Sau, mehr tot als lebendig. Und vom Watussi kriegen sie nicht mal eine Spur. Er tanzt wie ein Brummkreisel und tötet fidel weiter. Ein Rumtreiber.«

»Nein, jetzt ist er …«, log Blasrohr, der das Eisen wie einen Säbel in der Hand hielt und offenbar gekränkt war, dass es irgendwo irgendwen gab, der mehr Aufmerksamkeit erregte als er mit seinen sadistischen Anwandlungen. Er sah uns alle schmaläugig an. Mich auch. Pepito biss die Zähne zusammen, um den Schmerz auszuhalten, und sagte schon wieder: »Siehst du?«

Der aus dem Nichts aufgetauchte Erzähler stieß nach einem tiefen Schluck das obligatorische Röhren aus und fuhr mit seiner Geschichte fort:

»Nach dem Zoff sahen sie sich nicht wieder. Dort am Strand ist es für jeden von ihnen anders ausgegangen, und jeden hat es woandershin verschlagen, kommt vor. Aber davor haben sie ein paar gemeinsame Dinger gedreht. Geschäfte mit Matrosen. Aber egal, was der Watussi am Tag des Großen Zoffs getan hat, mein Bruder hat weiter zu ihm gehalten. Er hat mir immer gesagt, dass das, was er beim Zoff gemacht hat, eigentlich nicht Watussis Art war. Wenn sie zusammen waren, hat er mir gesagt, war er ein anderer Mensch. Keiner, der sich drückt oder kneift, wenn's Ärger gibt, aber angefangen hat er nie. Wenn er die Wahl hatte, die Englein singen zu hören oder selbst auszuteilen, hat er sich für die zweite Möglichkeit entschieden. Wenn's ihm zu bunt wurde, tanzte er. Der Typ tanzte für sein Leben gern. Er redete krauses Zeug, und mein Bruder hat mir gesagt, dass du oft nicht durchgestiegen bist, aber er immer munter weiter. Faselte viel vom Wasser und von irgendwelchen Dingen, die von einem Kopf zum nächsten wandern und die Leute gleich machen, aber verschieden. Solches Zeug, zugekifftes Gefasel … Aber, das hat mein Bruder ganz klar gesagt, wenn Handeln angesagt war, handelte der Watussi. Da war auf ihn Verlass. Als mein Bruder ihn kennenlernte, hieß der Watussi schon Watussi und sang ihm das Lied vor. Und mein Bruder sang es mir vor. Daher kenne ich es. Der Watussi hat es von einem amerikanischen Matrosen, der Spanisch sprach. Wollt ihr wissen, was sie gemacht haben?«

Die Stille war eine zustimmende Antwort. In seiner Enttäuschung, nicht im Zentrum der Aufmerksamkeit zu stehen, ließ Blasrohr trotzig das Eisen fallen (kalter Schauer von Pepito) und zündete sich eine Zigarette an. In seinem Gesicht stand, dass er sich den Chronisten noch persönlich vorknöpfen würde. Vorerst, wusste er, wäre es nicht diplomatisch, die Wissbegierde seiner Gefolgsmannen zu durchkreuzen.

»Die Typen hatten auf die Besatzung der amerikanischen Schiffe gewartet. Früher hatten die ankommenden Besatzungen entweder schon einen in der Krone oder eh keinen Durchblick und sind auf die Schnauze gefallen, das weiß man. Nicht wie heutzutage, wie die gestern zum Beispiel, die mit ihren MPs und unseren Polypen ankommen und uns die ganze Zeit überwachen. Damals gingen mein Bruder, der Watussi und noch wer, ich glaube, der Cate war noch dabei, einfach zu denen und quatschten sie an, von wegen gute und billige Mädchen. Es kam sogar vor, dass sie mit ihnen Wein tranken und ihnen Stoff besorgten, und nachher, wenn sie dicht waren, schleppten sie sie in einen dunklen Winkel und schlugen sie zusammen. Und es ist ihnen nie was passiert, weil immer ein Bulle da war, der sie deckte. Ein oder zwei Scheinchen waren für den Inspektor, und die Amerikaner konnten wieder zurück, von wo sie gekommen waren. Aber, logisch, du kannst den Bullen nie trauen, die können dich genauso gut reinlegen, verpfeifen dich, um nicht selbst reingeritten zu werden. Und Vorsicht, wenn du über so eine Geschichte geplaudert hast. Nimm meinen Bruder, der einem ins Gesicht gesagt hat, dass sie auch nichts Besseres sind, weil sie doch dasselbe tun. Das hat er gesagt! Kaum war er draußen, der Arme, nahmen sie ihn sich vor, und wenn sie ihm nur eins zwischen die Rippen gaben … Nach dem Großen Zoff war's vorbei mit den netten Geschichten.«

»Und was hat dein Papussi jetzt schon wieder ausgefressen? Gestern noch war ich mit ein paar Seeleuten unterwegs.« Der Schleier der Vergangenheit drängte Blasrohrs Ruhm in den Schatten. Man sah ihm den Neid an.

»Mit dir ist das doch was anderes. Du …« Pickelgesicht sah zu Jeff, dem Blasrohr, und lenkte den Faden seiner Erzählung umsichtig in eine andere Richtung: »Sie haben den Seeleuten nichts getan. Überfallen, Geld her und weiter. Eine Ausnahme gab's, und hier kommt die Geschichte vom Watussi ins Spiel, denn die Typen sprachen Spanisch und sie fanden sie nett, dann gingen sie weiter mit ihnen aus, manchmal sogar zu den Nutten. Nicht dorthin, wo die ganze Meute hintrabt, sondern zu besseren Adressen. Und dafür schenkten die anderen ihnen Platten, Feuerzeuge, Zigaretten, Jeans … einfach alles … Und sie zeigten ihnen, was dort drüben gerade Mode war, die Tänze … Deshalb tanzt man hier in der Stadt so, und dir kann's passieren, dass ein Neger kommt und sagt: ›He, irre, ihr tanzt wie wir!‹ Und lange bevor mein Bruder mit ins Spiel kommt, lange davor, hat eben einer von diesen Seeleuten dem Watussi den Watussi-Song beigebracht, und auf einmal nannten ihn alle Watussi. Darum nahm mein Bruder den Watussi in Schutz, weil er von ihm so viel gelernt hat, der konnte dir alles Mögliche beibringen, dir was vom Pferd erzählen und sich so reinsteigern, dass du dachtest, er hätte das alles erlebt. Nicht auf den Kopf gefallen, der Gute, und fröhlich war er. Er konnte alle Songs auswendig. Die wandelnde Musicbox. Bis zum Großen Zoff. Niemand weiß, was beim Großen Zoff mit ihm passiert ist. Ab da war alles anders. Die meisten haben sie geschnappt. Andere sind abgehauen. Wie der Watussi. Dann kam er wieder. Und ging wieder. Jetzt, sagen sie, ist er wieder hier. Scheiße …«

Der Bruder desjenigen, der den Watussi im Goldenen Zeitalter gekannt hatte, war mit seinem Vortrag und der Flasche zu Ende. Sein Fluch war eindeutig: Wir alle begriffen, dass sein Bruder weder über eine hohe Moral noch über einen allzu guten sozialen Status verfügte. Dann holte Pickelgesicht nach hinten aus und warf die Flasche nach dem Ausländer. Sie zerschellte an dem Mast. Der Ausländer wimmerte.

»Ruhe da hinten!« befahl Blasrohr seinem Opfer: »Und? Wozu, verdammt nochmal, erzählst du mir den Quatsch?«

»Weil, wenn der Watussi hier irgendwo ist und die sagen, dass sie ihn kennen, und ich glaube, sie kennen ihn … Wart's nur ab …«

»Du glaubst also den Quatsch, den dein Bruder erzählt? Dein Bruder hat doch nichts auf die Reihe gekriegt, außer Hühner und ein paar Geldbörsen klauen! In den Knast wandert in diesen Zeiten jeder, da reicht es, wenn du die verkehrte Nase hast! Aber was wollte er überhaupt beim Zoff am Strand, bei dem Großen Zoff, dieser Winzling?«

In diesem Augenblick ging der Rollladen hoch. Von der plötzlichen Helligkeit geblendet, fuhren wir alle zusammen. Blasrohrs Bande ging in Verteidigungshaltung, eine Hand an der Stirn als Visier, während die andere nach Messern und anderen zur Verteidigung tauglichen Gegenständen tastete. Da endlich nahm die schemenhafte Gestalt draußen die deutlichen Konturen eines bärtigen Zwergs an.

»Was bildest du dir ein, Winzling zu mir zu sagen? Ich bin nicht sehr groß, und ich war beim Großen Zoff dabei.«

Pepito und ich, mittlerweile hatten wir die Koordination als siamesische Zwillinge raus, machten ein paar Drehungen, um uns über die Identität des Zwergs Gewissheit zu verschaffen. Vor lauter Drehen rutschten uns die Hosen runter, und seitdem träume ich davon, dass ich so auf die Straße gehe. Pepito, immer auf dem Laufenden, wusste gleich: »Nicht zu fassen, die Wühlmaus«, und was das für uns hieß: »Wir sind gerettet!«

Besagter rauchte und ging in aller Ruhe vor dem Eingang des Schuppens hin und her. Dann wandte er sich an Pickelgesicht, der uns so schön erzählt hatte, warum der Watussi Watussi heißt:

»So wie du aussiehst, muss dein Bruder Backpflaume sein.«

»Große Backpflaume. Ich bin Kleine Backpflaume.«

»Also, weil ich deinen Bruder in guter Erinnerung habe, kannst du die Fliege machen, ab mit dir.«

Die Worte von Wühlmaus sorgten bei Blasrohrs Rotte für Verblüffung, und sie sahen ihren Chef erwartungsvoll an, dass er das

Zeichen zum Angriff gäbe. Währenddessen ging Wühlmaus auf den zu, der die Geschichte erzählt hatte und auf Kleine Backpflaume hörte:

»Hau ab!« schrie er ihn eine Handbreit vor seinem Gesicht an.

Der bis eben noch begnadete Erzähler überlegte nicht lange und stürzte davon. Stille trat ein, in die nur das anhaltende Wimmern des Ausländers drang, während der Rest sich forschend anblickte. Außerdem hörte man deutlich, wie vor dem Schuppen Kleine Backpflaume seine Beine auf Hochleistung brachte. Der war auf und davon.

»Na schön …« Blasrohr ging zum Angriff über, was die verunsicherten Blicke seiner Männer schon die ganze Zeit gefordert hatten: »Wollen wir uns von diesem Zwerg vergackeiern lassen?«

Mehr sagte Blasrohr nicht. Schläge, Schreie, Schaumsprudeln, entgleiste Pupillen, Flehen und Flucht, und dazu die Kommentare eines stolz aufgeblasenen Pepito:

»Man merkt, woher er kommt. Wühlmaus, ich sag's dir …« Und weiter: »Was will er nur mit dem Haken da?« Ein Jaulen war zu vernehmen. »Ah! Kapiere. Gut gedacht … Himmel! Muss das wehtun!« Dann: »Los! Stich ihm das Auge aus!«

»He …« Da ich die Wand betrachten durfte und einen Zahn, ein Messer, ein Ruder und meine Indianerhäuptlingskette, die dank der Zentrifugalkraft aus dem Epizentrum der Schlägerei hinausgeschleudert worden waren, kam mir der Gedanke: Was macht der eigentlich hier?

»Der muss uns gefolgt sein. Sonnenklar …«

»Wenn schon, du siehst, wofür's gut ist …«

Pepito drehte sich wieder, für eine Art Antwort, und rückte das Panorama in mein Blickfeld. Blasrohrs Bande war aus dem Schuppen rausgedrängt worden, nur der eine oder andere Blutspritzer auf einem der Bootskiele und ein zerfetztes Hemd gaben Zeugnis von ihrer Existenz.

Wühlmaus, der noch immer keuchte, band uns los, während der Tourist Hoffnungsseufzer von sich gab und Pepito sich aufspielte:

»Eigentlich war's gar nicht nötig, dass du gekommen bist, Wühlmaus …«

»Wenn du mich noch einmal Wühlmaus nennst, reiß ich dir den Kopf ab.«

»Schon gut … Aber du musst doch zugeben, wir hatten die Situation unter Kontrolle. Blöder Zufall, dass sie uns gekriegt haben.«

»Halt die Klappe und zieh dir die Hosen hoch, Cassius Clay. He, eine Flasche …« Wühlmaus hatte eine etikettlose Flasche entdeckt. Er ignorierte den ihn weiter zuquatschenden Pepito, ging zu dem Rollladen, ließ ihn runter und setzte sich auf eine Art Bänkchen. Ein langgezogener Seufzer kündete von seiner Müdigkeit: »Was für ein Tag! Und ihr könnt euch jetzt schon bei mir bedanken, Blasrohr soll ein ganz übler Hund sein. Wie gut, dass ein Zwitschervögelchen mir gesagt hat, dass ihm ein anderes Zwitschervögelchen erzählt hat, dass sie hinter den Küken her sind, die mit dem Superman geredet haben. Und noch ein anderes Zwitschervögelchen hat mir erzählt, was Blasrohrs Leute normalerweise machen, wenn sie sich langweilen. Mann, ihr seht aus wie Spatzen in der Mauser …«

Langsam konnte ich eine Abhandlung über Ornithologie schreiben.

18

»Warum hab ich euch losgebunden, frag ich mich. Am besten hätte ich euch, so wie ihr wart, zu Doña Pilar gebracht.«

Pepito und ich sahen uns an. Pepito konnte nicht an sich halten: »Du bist uns gefolgt, oder?«

Ich wunderte mich, dass er auf die Worte des Killerzwergs überhaupt nicht einging. Mir wurde angst und bange bei Pepitos Ablenkungsmanövern, vor allem bei der labilen Gemütslage, in der er sich befand. Ich setzte mich auf den Boden und sah mich nach meiner Indianerhäuptlingskette um. Und fand sie. Ich nannte den Indianerkopf Sierracharriba, wegen eines Films, den ich gesehen hatte. Ist das wichtig? Nein. Mit zitternden Händen hängte ich mir Sierracharriba um den Hals.

»Sag deinem Freund, er soll endlich die Fresse halten, das Zähneklappern verdirbt mir die Laune«, befahl Wühlmaus Pepito. Ich gehorchte. Wühlmaus kam zurück auf die Frage: »Wieso, verdammte Scheiße, soll ich euch gefolgt sein? Ihr selbst baut doch eine Scheiße nach der anderen.«

Wühlmaus nahm einen tiefen Schluck, und während er ausspuckte und meinte, die Flüssigkeit schmecke nach Benzin, sah er uns an:

»Was baut ihr da eigentlich für Mist?«

»Mann, du bist 'ne Wucht …«, lobte ihn Pepito vorwitzig, um abzulenken. Ich sah den Schlag schon kommen und hielt mir schützend die Arme vors Gesicht, mal wieder erwartete ich das Schlimmste. Doch außer Lachen kam nichts. Wühlmaus lachte und trank. Ein ausgelassener Pepito wälzte sich am Boden.

»Dein Freund, der ist 'ne Wucht«, sagte Wühlmaus, während er mich mit zusammengekniffenen Augen forschend ansah. Der Wald seines Barts tat sich hier und dort zu Lichtungen auf, Schneisen und Flecken, die Spuren alter Narben waren: »Dich, Krüppel, kenn ich, aber den da … wo hast du den her?«

»Das ist der Apache«, stellte mich der Yeyé vor. »Gar nicht so dumm, wie er aussieht. Hat was auf'm Kasten. Er nimmt nur die Hübschesten, um sich einen runterzuholen. Und pass auf, wie er redet. Wie ein braver Junge. Sag mal was zu dem Herrn …«

»Guten Tag«, grüßte ich.

Was gibt es Schöneres als Anfälle von Frohsinn! Das Leben, das sind die Jungen im Sommer, die zwischen den Booten hocken, während draußen, auf der silbrigen Mole, manchmal der Regen fällt und manchmal nicht.

»Ist der 'ne Wucht, Krüppel!«

»Krieg dich ein. Und wenn du mich nochmal Krüppel nennst, reiß ich dir den Kopf ab …«

Und Pepito lachte, damit kein Zweifel über den spielerischen Charakter seiner Drohung aufkam, und dann lachte der andere und ich auch: »Und wie soll ich dich nennen?«

»Yeyé!«

Und sie lachten und lachten, während Wühlmaus auf mich zeigte: »Der soll pfiffig sein?«

Wühlmaus, das Gesicht rot vor Lachen, tropfte Alkohol oder Sabber aus dem Mund. »Der und pfiffig, dass ich nicht lache. Und du auch nicht, Krüppel. Woher kennt ihr eigentlich den Superman? Kapiert ihr nicht, dass mit dem Typen nicht zu spaßen ist? Er schnappt sich die Puppen und teilt sich die Knete mit dem, von dem ich dir erzählt habe, der versteckt die Püppchen, und wenn's Ärger gibt, auch ihn. Verdammt, das ist ein heikles Geschäft, weil er immer an denselben Orten arbeitet …«

Ich sah Pepito an, der Wühlmaus aufmerksam wie ein braver Schüler zuhörte. Er drehte sich nur kurz zu mir um, um mit einem abfälligen Kopfnicken zu sagen: »Siehst du?«

»Superman ist zu dem Haus hochgegangen …« Wühlmaus sagte bloß »zu dem Haus«, aber wir wussten, welches Haus er meinte: »Er hat gesagt, zwei so Wichte waren im Schwimmbad und haben nach dem Watussi gefragt. Der Krüppel von der Coupé und noch einer. Superman hat so lange gebohrt, bis sie ihm erzählt haben, was passiert ist: das mit dem Watussi, der Julia, die ganze Geschichte … Wie leichtsinnig von ihnen, wie leichtsinnig … Angeblich hat Doña Pilar gesagt, es fehlt nur noch, dass eine tote Ratte wie der Krüppel den Watussi vor uns findet, denn vom Watussi gibt's noch immer keine Spur, also hat mich Emiliano runtergeschickt, damit ich euch suche …«

»Das hat sie gesagt? Tote Ratte?« fragte der Yeyé nach, der, was seinen Ruf anging, überhaupt keinen Spaß verstand.

»Das hab ich jetzt gesagt. Aber die Pilar hat dich nicht gerade auf Händen getragen, wenn du das meinst. Dort oben ist heute schlechte Stimmung. Bestimmt nicht nur heute. Sind alle aus dem

Häuschen, wollen rauskriegen, wo sich der Watussi versteckt, wo der Celso ist, wann er zurückkommt. Und wenn der Watussi verschwindet, dann holen wir uns die, die ihn haben entwischen lassen, diesen Watussi, der die Länder durchquert, wie andere Leute die Straßenseite wechseln, abgehauen ist er, weil sie ihn gesehen haben, hier, dort. Aber dann fragst du nach, und plötzlich ist sich keiner mehr sicher, ob er ihn gesehen hat. Ich habe den Auftrag, euch zu suchen. Hier seid ihr. Aber wir lassen uns Zeit, immer mit der Ruhe. Je später wir hochgehen, desto später haben sie euch. Ich hau mich jetzt erst mal aufs Ohr. Gestern war Samstag, wir sind elend lang rumgezogen.«

»Wo seid ihr denn rumgezogen?« fragte der Yeyé mit offenbar ehrlicher Neugierde. Darum also war er immer so gut informiert.

»Geht dich einen Scheißdreck an …«

Wühlmaus nahm schon wieder einen Schluck. Das Gebräu wanderte aus der Flasche in seinen Magen, wo es eine fatale Wirkung auf seine kräftige, aber kleinwüchsige Konstitution entfaltete. Volltrunkenes Lallen setzte seiner Aussprache so zu, dass er für die Wörter mehrere Anläufe brauchte:

»Ich, ich weiß nicht, was, was sie mit euch machen werden. Nein … Seid ihr denn verrückt? Also, also dich …«, er zeigte auf Pepito, »kann ich noch verstehen. Gerade so, wenn du, wenn du wirklich so hirnamputiert bist, wie alle sagen. Aber, aber du … Was mischst du dich eigentlich ein? Du weißt nicht, auf was du dich einlässt. Du, du bist unbedarft. Das ist nicht in Ordnung.«

Ich zitterte noch mehr.

»Pass auf, rück wenigstens 'ne Kippe rüber, Kumpel, bevor du uns ablieferst …«, bettelte Pepito flötend. Und log: »Weil sie mir meine doch weggenommen haben …«

»Ach? Hab ich's euch nicht gesagt? Zum Henker mit Blasrohr!« Wühlmaus trank immer weiter, geriet ins Taumeln, schielte bedenklich …

»Mann, nenn ihn doch nicht Blasrohr. Er will, dass man ›Jeff‹ zu ihm sagt«, sagte Pepito höhnisch und lachte. Und Wühlmaus lachte auch und fügte hinzu: »Dieser Oberschwachkopf!« Und ich fiel in das Gelächter ein, während ich darüber nachdachte, was Pepito wohl ausheckte.

Wühlmaus leerte die Flasche und trug Pepito auf, noch eine zu besorgen. Aber dann überlegte er es sich anders: »Ne, lass …« Die leere Flasche landete auf dem winselnden Touristen. Diesmal traf er ins Schwarze, und der Ausländer, Ecce-Homo, wurde ohnmächtig. Wühlmaus stand auf, machte ein paar schwankende Schritte und zog aus einem Gewirr aus Ködern und Korken eine neue Flasche. Pepito zwinkerte mir zu. Wühlmaus setzte sich wieder, ächzte und verlor fast das Gleichgewicht. Die ganze Zeit ließ Wühlmaus uns nicht aus den Augen, während Pepito und ich scheinheilig das Werk der Spinnen an der dunklen Decke studierten.

»Bevor ich zu euch rein bin, hab ich noch gehört, was der Bruder von Backpflaume erzählt hat. Backpflaume … Noch so ein Kandidat.«

»Und dieser Große Zoff? Warst du auch dabei? Was war das eigentlich genau?« Pepito gab noch immer den idealen Zuhörer von Heldenepen ab.

»Ich hab keine Ahnung, wie es angefangen hat. Der Ausgang war schon vorher klar. Aber wie so was anfängt, weiß der Geier. Im Pinar wird einer verprügelt oder übel beschimpft, oder jemand fasst seine Schwester an …«

»Das Pinar ist so ein Schuppen. Ein Tanzschuppen …«, verriet mir Pepito und nickte kurz.

»… und dann prügelt einer los, auf die anderen, und die schnappen sich einen von uns, und dann holt einer von einer anderen Bande Hilfe, und irgendwann machen alle mit, um den anderen zu zeigen, wer der Tollste ist und wer am meisten in der Hose hat. Na ja … und vor ein paar Jahren, da gab's noch … Klar, die gibt's immer noch, aber im Vergleich zu früher sind doch alle Waschlappen, große Klappe und nichts dahinter. Damals ging man aufs Ganze. Die Bulletten haben eh weggesehen. Haben wahrscheinlich gedacht: ›Sollen die sich nur untereinander fertigmachen.‹

Und an dem Abend damals, da war am Strand auf einmal ein riesiger Pulk. Das hättet ihr sehen sollen, wie wir losgezogen sind. Mann … Wir haben die Mannschaft an den Haustüren abgeholt, und die Männer haben sich der Jungfrau empfohlen, als würden sie in den Krieg ziehen. Und auf einem Platz haben sich uns noch drei oder vier angeschlossen, die sahen uns, warfen ihre Kippen weg und drückten sie mit der Schuhspitze aus, mit einem Blick, der sagte ›los geht's‹. Im Bus und in der Straßenbahn – um nicht so aufzufallen, haben wir uns aufgeteilt – sind wir hier zum Berg. Und auf einem anderen Platz sind wir dann auf noch eine Bande gestoßen, und auf geht's, Gruß und Handschlag und ›pass schön auf, nicht schwach werden, hast schon vier Straßen geschafft, immer schön freundlich und Handschlag‹, und ›gib mir 'ne Kippe, Mann, und immer schön ruhig‹. Vorerst war alles ruhig, aber wir wurden langsam heiß. Und dann kamen wir zum Strand.«

Wühlmaus blickte zu der nackten Glühbirne, als führte ihn der Glühfaden in die Vergangenheit. Dann sah er nach unten und blickte schließlich auf eine unbestimmte Stelle zwischen Pepito und mir wie auf einen hundert Meter entfernten Punkt.

»Es war gleich nach dem Essen. Ein Samstag. Es war Winter, und niemand hatte was geraucht. Am Ende war der ganze Berg am Strand, alle, inklusive Pueblo Seco, gegen uns und die vom Campo de la Bota. Wir waren als Erste da, mehr als fünfzig Mann, ich schwör's dir. Wir haben uns gesagt, sollen die anderen nur kommen, die können was erleben. Wir tranken fröhlich weiter und warteten und kickten in den Sand. Und dann kamen sie, verdammt, und wie viele. Der ganze Strand war voll. Du hast ihnen direkt in die Augen gesehen, den Atem von deinem Nebenmann gehört, da verging dir die Lust. Und anstatt wie der Blitz heimzurennen, musstest du dich reinstürzen. Würdest dir eins in die Eier geben lassen, um nicht als Arschloch dazustehen. Keine Chance. Und keiner von denen auf der anderen Seite hat deine Schwester gevögelt, keiner hat deinen Vater umgebracht, nein, nichts … Es ist einfach so gekommen. Und du merkst, wie alle zittern. Und die gegenseitigen Beleidigungen. Und wieder schweigen alle. Und die

Leute fangen an, Flaschen ins Meer zu werfen, oder sie werfen sie auf die anderen, um sie ein bisschen zu provozieren. Und dann rückten wir gegenseitig näher. Während ich vorwärts ging und mein Leben verfluchte, sah ich noch, wie aus den Häusern und Hütten hinterm Strand die Leute rauskamen. Sie verzogen sich gleich wieder, als sie merkten, was für eine Randale sich da zusammenbraute. Ein paar alte Frauen schrien und hoben die Arme. Und als die Alten wieder still waren, war das wie der Startpfiff. Ein Schuss knallte. Er kam von ihnen. Und Schönling, der Arme, der schön nah bei mir stand, am Boden. Winselt, lange, eine ganze Weile, und du willst nicht wahrhaben, dass gleich darauf nur noch Stille ist, die Stille, die dort liegen bleibt. Nichts, Mann. Silentium. Und dann knallte noch ein Schuss, und wer bei diesem Schuss fiel, weiß ich schon nicht mehr. Aber in dem Augenblick stürzten sich die von uns wie die Verrückten auf sie. Keine Sekunde, und alle ein einziges Knäuel. Und dann die Schläge, mit Fäusten, Ketten, die Bisse, Messerstiche und Ohrfeigen, da war kein Durchkommen mehr. Irgendwelche Erklärungen machen, keine Chance, Blut schlucken, Sand fressen und aufpassen, dass sie dich nicht voll erwischen. Einer greift dich an? Los, auf ihn. Ein anderer geht auf dich los? Volle Kraft voraus! Und, scheiße, irgendwo schoss jemand munter weiter. Und auch noch einer aus deiner Bande, Arschloch. Ein Schwachmatiker mit Pistole, wo er die bloß herhat. Ich hielt mich fast bis zum Schluss auf den Beinen. Ein Arschloch haute mir voll in die Glocken, mir wurde ganz anders. Aber sehen konnte ich noch. Und da sah ich eine Hand voll Typen, die sich auf und davon machten, drei oder vier, die das Weite suchten, zwei versuchten es sogar mit Schwimmen, als ob dort eine Insel wäre, keine Ahnung … Und ich sah die Alten in Schwarz, die hinterm Strand gestanden hatten, und es kamen immer mehr Alte, die schrien wie die Verrückten. Und auf einmal seh ich, dass der Watussi als Einziger noch steht, mit seiner Jacke mit dem Namen drauf, die er schon damals trug, und dem abgewetzten Schriftzug. Ich wäre nie auf die Idee gekommen, dass der Watussi derjenige war, der geschossen hat, und dachte nur: ›Verdammt, was macht der hier?‹ Denn der Watussi machte immer seinen eigenen Stiefel, und sein Ding waren mehr die Mädels und die Tanzerei. Und dann siehst du ihn dort, Mann, ich schwör's dir, keine Verletzung, kein Kratzer. Der Typ war ein toller Hecht, ja, aber dort hatten wir alle eingesteckt, und Massenveranstaltungen waren nicht sein Ding. Der Typ spazierte also zwischen den herumliegenden Leuten, mit einer Ruhe, die, ich weiß nicht, merkwürdig war, sehr merkwürdig … wie nicht von dieser Welt. Und er sah sich suchend zwischen den am Boden liegenden Leuten um, zwischen den ganzen ›Auas‹ und ›Ich sterbe‹, denn bei einigen saß Messerstich an Messerstich, die hatte es übel erwischt, meistens die, die in den Zoff so reingeraten waren, wollten nur mal schauen, was da los ist, gar nicht mal selber prügeln. Der Watussi suchte also was, und schließlich fand er, was er suchte. Das Arschloch mit der Pistole. Er war nicht weiter von mir weg als du jetzt. Den mit der Pistole hatte an der Visage ein Messer erwischt, an der Seite, und er glotzte in den Himmel. Eine Hand lag in einer roten Pfütze am Bauch. Und die andere hält, du fasst es nicht, die Knarre. Der Watussi, mit diesem gewissen Etwas in seinen Bewegungen, pirscht sich an, reißt sie ihm aus der Hand, zielt, und, pamm, eins, und wartet, pamm, zwei. In beide Augen. Und dann nimmt er die Pistole und schmeißt sie ins Meer. Und ich denke, der Typ tickt nicht ganz richtig. Es gibt ja Leute, von denen denkst du was ganz anderes. Es gibt Leute, die sind zu allem fähig. Zu allem, Mann. Und wenn der Watussi damals zu allem fähig war, dann stell dir mal vor, wie es jetzt um ihn steht, bei dem, was er durchgemacht hat, was er so treibt, wie die Leute sagen. Und daran denke ich jetzt bei der Sache mit der Julia. Ein Durchgeknallter bildet sich irgendwas ein und zieht's durch, kein Pardon mit niemandem. Irgendwie erinnert mich das an die letzte Phase vom Großen Zoff, als wir uns alle vorsichtig umsahen, wie wir uns schleunigst vom Acker machen konnten. Denn die Alten, die unter großem Gezeter und mit offenen Armen auf uns zukamen, als wollten sie uns alle, die wir herumlagen, umarmen, erstarrten in dem Augenblick, als sie die Schüsse hörten. Wie versteinert, Mann. Ich sag's dir. Und der

Watussi, total abgedreht, Mann, streckt den Arm aus und macht so und so irgendwelche Striche in die Luft, als hätte er eine Wand vor sich und würde was malen … Und danach macht er sich auf den Rückzug ins Viertel, geht in aller Seelenruhe am Ufer lang. Mit seinem Gang, der schon fast ein Tanz ist.«

»Das war das W!« rief Pepito im Eifer: »Das erste W! Er machte es in die Luft!«

»Ja, kann sein, später hab ich noch viele gesehen …«, antwortete Wühlmaus: »Aber heute Morgen hat er vergessen, es zu malen. Denn heute gab's kein W, o weh. Und du, Krüppel, achte drauf, dass man dir nicht so anmerkt, zu welcher Mannschaft du gehörst, mit denen da oben ist heute nicht gut Kirschen essen … Wie damals beim Großen Zoff, alles war aus, und wir mussten Celso einen Besuch abstatten. Und Emiliano und die anderen Großen von damals sagten uns, was anlag. Eine ganze Reihe musste sich stellen … Und mit den übrigen konnte der Celso machen, was er wollte. Und der Watussi zur Fremdenlegion, oder in den Kongo, oder wo auch immer sie ihn hingeschickt haben. Und als er später zurückkam, redete er direkt mit Celso oder mit Emiliano, und du bekamst ihn überhaupt nicht zu Gesicht, und damals, und heute auch, habe ich ihn, wenn überhaupt, nur von weitem und hinten gesehen, und ich habe ihn an diesem albernen Buchstaben erkannt, den er sich auf den Rücken genäht hat. Und wenn du rufst, dreht er sich noch nicht mal um, das Riesenarschloch. Reist wie ein Marquis, von Bett zu Bett, und auf einmal steckt er im Dreck. Denn hier kommt er nicht mehr raus …«

Wühlmaus, schwer betrunken, schwieg, dann fing er an zu lachen wie jemand, der nach langem Nachdenken zu dem Schluss kommt, dass das Leben nichts weiter als ein schlechter Witz ist. Er sah uns nacheinander an und lachte wieder:

»Die Fremdenlegion … Euch werden sie auch noch dahin schicken. Dort oben braut sich was zusammen, ich sag's euch. Was passiert ist, dazu die Hitze und der Müll, die setzen glatt darauf, dass wir uns die Adern aufsäbeln und endgültig überschnappen, und dann können sie mit uns machen, was sie wollen … Aber da hat sich der gute Celso oder wer auch immer gründlich verrechnet … Bis hierhin ist alles schön und gut.« Wühlmaus zog eine Linie auf Höhe der Augen: »Aber wenn du dann siehst, dass sie den Körper der Kleinen hin und her tragen, vor ihr heulen und streiten, und man den Eindruck hat, es ist ihnen egal, und wenn sie dann auch noch sagen, dass sie einen Arzt bestellt haben, der feststellen soll, dass die Kleine an einer Krankheit gestorben ist, und dabei hat die Kleine ein faustgroßes Loch im Kopf, wenn du so einen Pfusch siehst …«

Obwohl Wühlmaus aus anderem Holz geschnitzt war, schienen bei ihm die Nerven genauso blank zu liegen wie bei Superman.

»Pass auf …« Pepito stand auf: »Ich besorg dir jetzt noch 'ne Flasche, und dafür rückst du mir gefälligst eine Kippe raus, hast du nämlich immer noch nicht gemacht, und pass auf, wir wollen ernsthaft was rauskriegen, sonst schnappen die sich noch den Watussi, du bist fein raus, und dass es uns auch noch gibt, vergessen sie bei dem ganzen Wirbel.«

»Und was machen wir mit dem da?« Wühlmaus zeigte auf den Touristen: »Nicht dass er uns noch abkratzt. Diese Arschlöcher von Blasrohr & Co finden schon wieder einen neuen.«

»Sind wir so nett und schenken ihm das Leben?«

»Gut …« Wühlmaus war einverstanden: »Geht uns eh nichts an. Trotzdem, Jungs, das mit den Kippen könnt ihr knicken, hab selbst nur noch zwei.«

Pepito befreite den Touristen, der gar nicht wusste, wie er sich bedanken sollte. Aus seinem Verhalten und dem von Blasrohr konnte man schließen, dass der Ausländer in einer peinlichen Situation erwischt worden war und nichts sagen würde. Pepito schob den Rollladen hoch und ließ ihn wieder runter, aber nicht ganz. Draußen hatte es aufgeklart, und wer mit unschuldigen Augen sehen konnte, für den musste es ein herrlicher Abend sein. Wühlmaus folgte jeder seiner Bewegungen und nickte stumm. Pepito schnüffelte herum.

»Scheiße, bei der Prügelei sind mindestens zwei von diesen Flaschen draufgegangen. Mal sehen, ob da …«

Er führte etwas im Schilde. Ich versuchte, mit ihm einen Blick zu wechseln, vergeblich. Ich glaubte nicht einen Moment, dass er von der Suche nach dem Watussi Abstand genommen hatte. Man brauchte nur sein Gesicht zu sehen, wenn die Rede auf ihn und seine Heldentaten kam. Die Art, wie er den Kopf schüttelte, wenn ihm etwas nicht gefiel, als wollte er sagen »Unmöglich. Das kann nicht sein«, oder wie seine Augen leuchteten, wenn eine Kleinigkeit oder Begebenheit berichtet wurde, die in das Bild seines Helden passte. Dann schien er zu denken, »das ist mein Watussi«. Sein Watussi. Der Watussi, wie er ihn sich vorstellte. Wühlmaus versuchte, sich eine Zigarette anzuzünden. Sein Schielen wurde immer schlimmer, und sein kräftiger Körper schwankte mächtig.

»Wird das noch was mit der Flasche?« fragte Wühlmaus nicht sehr freundlich. Dann sah er mich an: »Bist du aus dem Viertel?«

»Von den ›Häusern‹. Ich wohne in der Nähe vom Celso.« Eine Antwort als eine Art Selbstverteidigung.

»Gegenüber?«

»Nein, ein Stück weiter hinten. In den einzelnen Häusern.« Häuser nannten die Nachbarn die etwas stabileren Behausungen Marke Eigenbau, in denen wir wohnten.

»Bei Juan Glasvoll?«

»Glasvoll?«

»Na ja, wenn er dicht ist, was immer der Fall ist, hämmert er in den Bars auf den Tresen und brüllt: ›Glas voll, Glas voll.‹ Zum Glück tut Emiliano Juans Frau hin und wieder einen Gefallen, wenn nicht, hätten sie ihm längst schon eins übergebraten, dem Großmaul.«

Was man so nebenbei mitbekommt.

»Dann bist du also der Sohn von der Witwe, stimmt's?«

Ich wollte gerade ja sagen, schon allein, um mir zu dem Thema nichts mehr anhören zu müssen, als auf einmal Wühlmaus eine Flasche ins Gesicht flog und ihn ausknockte. Kurz bevor es ihm gelang, sich wieder aufzurichten, schrie Pepito mir zu:

»Das Eisen! Neben dir!«

Und ich griff nach dem Eisen und schlug es Wühlmaus über

den Schädel. Über diesen Schädel mit seinen unsäglichen Geheimnissen. Vielleicht war es also nicht nur nachbarschaftliche Höflichkeit, warum sich meine Mutter und Juana von Emiliano nicht belästigt fühlten. Dieser verstörende Gedanke trieb mich dazu, erneut zuzuschlagen.

»He, hör auf …«, wies mich Pepito an und schlüpfte durch den Spalt, den er in weiser Voraussicht zwischen Rollladen und Boden offen gelassen hatte.

Als ich hinter dem Yeyé in den Sommerabend hinaustrat, war von meinem Kumpel weit und breit keine Spur. Entlang der Mole, auf dem Deck eines Schiffs versuchte ich, seine Gestalt auszumachen, als mich das Geräusch eines sich durch das Tor des Schuppens quetschenden Körpers warnte, dass ein zornesblinder Wühlmaus wieder auf den Beinen war. Der Rollladen ging hoch, und ich stolperte irgendwie und so schnell meine Beine mich trugen davon. Ein Lastwagen fuhr an mir vorbei. Auf dem Anhänger fuchtelte Pepito, ganz einer aus dem Viertel, mit den Armen und ahmte einen Elefanten nach. Das war die Losung. Wir würden uns im Zoo sehen. Aber vorher musste ich meinen Verfolger, die wild gewordene Wühlmaus, abschütteln. Ich kam auch an dem befreiten Touristen vorbei, der blutend und benommen auf der Suche nach Hilfe herumtorkelte, aber für einen Gruß hatte ich leider keine Zeit. Ich musste rennen.

19

Um zum Zoo zu gelangen, schleuste ich mich durch das Gassengewirr des Hafenviertels. Ich rannte durch Pfützen und fegte über Plätze, überall spähenden Augen ausgesetzt; unheimliche Schatten huschten über das Pflaster, über meinem Kopf Möwen wie kreuz und quer abgeschossene Pfeile; ich floh schon gar nicht mehr vor Wühlmaus, sondern vor dem fernen Echo klatschender Hände und einer Gitarre. Verstört hielt ich an einer Kreuzung an:

»Dieser bärtige Zwerg ist ein Dreckskerl, ich werd aus dem nicht schlau … Habe die ganze Zeit gedacht, der ist von der Bullerei. Immerhin kennt er den Bruder von Backpflaume, diesen Spitzel, und so gut, wie die sich alle jetzt tarnen …«

Als ich entdecke, dass diese schweren Anschuldigungen von niemandem anderen als von Jeff, dem Blasrohr, kommen, der lässig an einer Hauswand lehnt und seine Bande mit falschen Informationen füttert, ist es schon zu spät, und ich bin zum Hasen dieser Meute von Jagdhunden geworden.

Mit Volldampf durch die holprigen Gassen, und auf einmal höre ich, wie ein paar meiner Verfolger sich in eine Seitengasse schlagen, um mir den Weg abzuschneiden. Sie schwärmen fächerförmig aus, schnauben, keuchen. Ich bin nicht Körper, ich bin Geschwindigkeit, die abwechselnd Sonne und Schatten durchschneidet. Ich täusche nach links an, Hüftschwung, biege nach rechts ab, beschleunige. Sehe ein Schild vor einem überdachten Durchgang, »Galera-Passage«, und kriege einen Schreck, und was für einen Schreck, denn das ist der Ort, an dem nach Pepitos Worten, dessen Lügen immer einen wahren Kern zu haben scheinen, der Watussi wohnt. Und zum Takt meiner Schritte höre ich den Rhythmus der Rumba, die vorhin Echo war und jetzt echten Informationsgehalt bekommt:

Kann mir mal einer sagen,
was der Watussi hat,
piesackt die Leute
auf der Suche nach Beute,
und zieht er das Messer,
rammt er's dir rein,
haut ab nach Marokko,
und tanzt zum Schirokko.

Ein Schreck. Was bin ich erschrocken. Andronikos von Rhodos unterscheidet drei Arten von Furcht. Ich bekomme, ohne groß nachzudenken, mehr zusammen: die Furcht vor der Freiheit, die Furcht davor, ein anderer zu sein, die Furcht davor, zu sehr man selbst und leer zu sein, die Furcht vor der Verrücktheit der anderen, die Furcht vor der eigenen Verrücktheit, die Furcht vor dem Fleisch, die Furcht vor der Paranoia, die Furcht vor der Furcht, die Furcht vor dem Fehlen von Furcht (schlechtes Omen), die Furcht vor der Furcht der anderen, die Furcht vor fremdem Schmerz, der auf einen übergreift, die Furcht, dass das Leben keine Ähnlichkeit mit etwas anderem hat (weil es allumfassend und daher mit allem identisch ist), die Angst zu sein, die Angst, nicht mehr zu sein, die Furcht vor der erschöpften Vergangenheit, und die noch größere Furcht vor der unerschöpflichen Vergangenheit, vor den Familiengeheimnissen, vor den eigenen Geheimnissen, vor dem, was eines Tages herauskommen könnte. Das sind sechzehn. Und im Laufen, den Anlass weiß ich längst nicht mehr, und vergessen sind all die Male, die ich die Geschichte von Watussis Tag zum Besten gegeben habe, sammle ich alle diese Ängste, in diesem Lauf, kein Blick zurück, gesunde Jungenbeine, hervorragende Atmung, das Ziel vor Augen, durch diese Straßen. Hier muss er sein: »Dann sagen die Augen der anderen nur eins: Ich töte dich.« Oder dort. Der winzige Teil des Ganzen, vorbei an den schwergewichtigen Alten, die vor ihren Türen die Meeresluft schnuppern; vergessene Elefantenärsche, die die Korbstühle zum Ächzen bringen. Dramatische Stimmen wispern »Watussi, Watussi …«, während faltige Hände die Trauer aus der Schürze schütteln und das hornhautkrumme Auge den Gewaltaufmarsch der jungen Leute tadelt: »Elende Brut …!« Mitleid gibt es nicht, nur Hass. »He du, … wohin so eilig?« grölen Sonntagssäufer aus schmuddeligen Bars. Das metallene Klappern des Tischfußballs verstummt.

Fernando Atienza im Laufen, mitten auf der Straße.

Weder als ich lange Zeit später das ersehnte und schon selbstverständlich gewordene Cabrio auf peinliche Weise verlor und auf dem Rückweg in die Stadt durchs Zugfenster die Vororte mit ihren

Ws vorbeigleiten sah und mich fragte, was eigentlich aus mir werden sollte, und vor allem, was aus mir geworden war, noch als ich Elsa vor einem Eingang liegen ließ und in den dämmrigen Gassen meinen Schritt beschleunigte, noch als ich zwischen Marmorsteinen vor ihren Angehörigen floh und in meiner tiefen Trauer rein aus Reflex überschlug, wie viel die prominenten Familien für ihre ewige Ruhe bezahlten. Noch nicht einmal auf der Achterbahn der Heimlichkeiten, die mein Leben war, nicht an der Ecke, wo ich Egoist war, nicht in den Bars, wo ich mich lächerlich gemacht habe, nicht auf den Prachtstraßen, die mich mit Widerwillen erfüllt und wo die sechzehn Arten der Furcht ihren Namen gefunden haben, nicht auf den Dachterrassen, wo ich mir etwas vorgemacht und mich erhaben gefühlt habe, und auch jetzt nicht, wo mir die Worte »Du oder ich. Also, du. Ich zerstückle dich und fresse dich mit Haut und Haaren« in Erinnerung kommen. Niemals finde ich einen treffenderen Ausdruck als »die Angst, eine neue Dimension«, um einen Eindruck davon zu geben, was hier vor sich ging, mit mir vor sich ging. Angst. Ein einfacher Lauf, nichts Besonderes. Und dennoch machte mich dieser Lauf, machten mich alle Läufe unverwundbar, aber zum Wrack. Eine brachiale Initiation. Eine niemals sich schließende, schwärende Wunde begleitet dich durch die Jahre auf dem Weg ins Nirgendwo, wie mich bei diesem Lauf durchs Hafenviertel, gelockt von Pepito und seinem Irrsinn. Der Lauf lässt dich nie wieder los, raubt dir die Sicherheit, bringt dich um. Um im Leben seinen Platz zu finden, muss man nur wie Apeleius' Esel die Rose fressen, die jedoch, nachdem sie ein Jahrtausend in dem ägyptischen Sarkophag unangetastet war, bei der ersten Berührung zerfällt, ein trügerisches Bild, das nur gefühlt oder aber unter einem klinischen Blick seine entsetzliche Wahrheit preisgibt. Aber nein. Es weckt eine falsche Hoffnung, die jedoch Balsam ist. Doch die Diagnose lautet, mein Leser, Mutter, geliebte Elsa, Victoria, Elena, und meinetwegen Gracia, Francis, Fernanda, und noch einmal du, Mutter, dass der brennende Stolz nichts anderes als entzündeter Stolz ist: eine Krebsgeschwulst. Wenn der Krebs wieder ausbricht, beginnt Fernando Atienza, kundiger

Führer durch die Geographie des Schreckens, wieder seine Flucht, seinen irrsinnigen Lauf von der Angst weg hin zu neuer Angst.

Meine Verfolger gaben einer nach dem anderen auf, bewarfen sich mit Vorwürfen und Todesschwüren, bis ich irgendwann, verloren in dem Labyrinth, nur noch meine eigenen Schritte hörte. Um mich zu orientieren, drehte ich mich einmal ringsherum, und da stand, wie in einem dieser Träume, in denen wir das Bett verlassen, irgendwelche seltsamen Bewegungen ausführen und schließlich unter der Decke aufwachen: »Galera-Passage«. Ein Eisengitter verriet, dass nachts abgeschlossen wurde, zumindest früher einmal: Die Angeln und die Kette, die traurig von einem Riegel herabhing, waren total verrostet. Ich fand, dass es Zeit war, die Sache in die Hand zu nehmen. Gerade hatte ich Wühlmaus ein Eisen über den Schädel gezogen. Wenn ich vor ein paar Stunden noch eine Chance angesichts der Ereignisse gehabt hatte, steckte ich jetzt mittendrin. Allerdings hatte mir Wühlmaus das von Juana erzählt, und zu meiner Mutter kam er wahrscheinlich nur deshalb nicht mehr, weil der Yeyé rechtzeitig dazwischengefunkt hatte. Ich konnte auf eigene Faust den Watussi suchen und ihm meinen Fall erklären. Oder ich konnte diejenigen suchen, die hinter ihm her waren, und versuchen, mich mit einer Entschuldigung zu retten, aber das wäre schäbig gewesen. Ich schlüpfte durch den schattigen Gang und gelangte zu einem leeren Grundstück. Ein perfektes Quadrat verriet, dass hier einmal Wohnungen gewesen waren, das Unkraut wuchs fleißig, der Wind wehte Sand herbei, der sich auf das Gestrüpp legte, und auch die Anwohner hatten das Ihre dazu beigetragen und das Gelände mit Unrat und spiralförmigen Häufchen verziert. Die angrenzende Häuserwand ein Schachbrett, in einem Feld Tapete, in einem anderen eine runtergerissene Wandbespannung, einzige Botschaft: Ruine. Eine andere, von den Lagerfeuern verkokelte Wand teilte in aller Deutlichkeit mit:

FATUSI SIE SUCHN DIR.

Und daneben, mit Tropfnasen frischer Farbe, zwei riesige Ws. Ein schwarzes und ein rotes. Das berühmte W. Mitten auf dem Grundstück grillte ein Penner in Pantoffeln und zerschlissenem Karo-Mantel im hochsommerlichen August auf einem Benzinkanister Sardinen. Die Fische holte er aus einem Eimer und drapierte sie mit aller Sorgfalt auf ein paar Drähte, die ihm als Rost dienten. Als er mich bemerkte, winkte er mich zu sich. Ich dachte nicht daran, ihm zu gehorchen. Da zeigte er mir seinen zahnlosen Mund, zeigte auf die Ws und nickte, und malte dabei geheimnisvolle Ws in die Luft und hielt die Hand hoch, als Zeichen, dass jemand sehr groß Gewachsenes sie dorthin gepinselt und das Weite gesucht hatte. Ich rannte weiter in Richtung Zoo.

Vorsichtig machte ich mich auf den Weg zum Stadtpark, in dem der Zoologische Garten lag. Die dort flanierenden Herrschaften waren bestürzt über meinen verwahrlosten Aufzug. Ich drückte mich an Schaltern und Drehtüren herum, beobachtete die Beobachter und ging noch einmal Pepitos Anleitungen durch, wie man am besten hineinschlüpfte. Als ich den Augenblick für gekommen hielt, nahm ich meine Indianerhäuptlingskette in den Mund, das Startzeichen, und umrundete die Büsche, zuerst auf Zehenspitzen, dann auf allen vieren, und als ich schließlich robbte, bemerkte ich, dass der Morast aus mir einen wandernden Wischmob gemacht hatte. Ein Ast ratschte mir über die Wange und erreichte, was die Mächte des Bösen den ganzen Tag lang nicht geschafft hatten: Aus der halbkreisförmigen Schramme tropfte Blut. Ich hielt die Hand drauf, bis ich endlich das Loch in dem Maschendrahtzaun gefunden hatte. Wie bereits erwähnt, war es eines unserer Spiele, uns auf das Zeichen »Rüsselschwenken« hin im Zoo zu treffen, und ich habe auch erzählt, dass wir diese Kriegslist bislang nie in die Tat umgesetzt hatten. Dieser Tag war die Stunde der Wahrheit, jetzt wurde das, was wir den ganzen Sommer über ausgeheckt hatten, auf die Probe gestellt. Bedrängt von stacheligen Büschen, suchte ich gemäß der Anweisung meines quirligen Anführers die verabredete Bodenplatte mit der Zeichnung des Tieres, bei dessen Käfig, Graben,

Aquarium oder Terrarium wir uns treffen würden. Endlich fand ich sie.

Offenbar war die Idee mit der Zeichnung nicht neu. Entweder der Yeyé tauschte seine Losungen auch mit anderen aus, oder, was wahrscheinlicher war, seine stets gespitzten Ohren hatten die Praxis irgendwo aufgeschnappt. Jedenfalls war der Boden mit Löwen, Rhinozerossen, Giraffen (mit ihrer charakteristischen Form besonders leicht zu zeichnen) vollgekritzelt. Nachdem mich diese gestalterische Vielfalt kurz in Verwirrung gestürzt hatte, fand ich heraus, dass der Empfänger, sobald er die Losung entgegengenommen hatte, diese durchstreichen musste, um künftigen Missverständnissen vorzubeugen. Daraus wiederum schloss ich, dass das einzige Kritzelkratzel ohne Durchstreichungen das Werk von Yeyés flinkem Handgelenk sein musste: eine Ballung von Kreisen, immerhin waren einige größer und andere kleiner. Mit etwas gutem Willen ergaben sie eine schemenhafte Darstellung der Idee »Tier«, aber als abstrakte Kunst wäre es auch durchgegangen. Sicher, an der Grenze zwischen Abstraktion und Abbildung entsteht Magie, bezaubert war ich trotzdem nicht, sondern einfach nur verwirrt. »Das ist ein Eisbär«, beschloss ich feierlich und suchte einen Stein, um das erbärmliche Gekrakel durchzustreichen, denn ich wollte endlich durch das Loch schlüpfen und hinein. Vorsichtig, fast als würde ich sie umarmen, umrundete ich eine Getränkebude, die den geheimen Eingang zu den Gehegen verdeckte. Außer mir selbst war niemand Verdächtiges weit und breit.

Als ich auf dem Weg durch die nachgebildeten natürlichen Lebensräume zu den Polarbären kam, die sich einsam und allein um ihre im Koma liegenden Artgenossen kümmerten, und ich weit und breit niemanden sah, folgte ich dem Kriegsgeschrei der subtropischen Arten, die bei der infernalischen Hitze an diesem Tag die Sehnsucht nach einem verlorenen Urwald überkam, und ich litt mit den Pinguinen, die in Selbstmordabsichten verzweifelt aufeinander losgingen. Ich verfluchte Pepito, während ich grübelte, wie die Botschaft seiner Hieroglyphen lauten sollte.

Die Schlangen konnte ich ausschließen, so mein messerscharfer Gedanke, denn ihr Körperbau war der Kreisform denkbar fern (der Uroboro kommt erst bei der Redaktion dieses Berichts ins Spiel). Ich dachte, jemand wie der Yeyé, für den Verstecke etwas ganz Natürliches waren, würde nicht ausgerechnet einen für alle sichtbaren Ort auswählen, sondern ein stilles Eckchen, in dem er neue Kraft schöpfen, die Akkus seiner Phantasie laden und sich das Warten mit dem Ersinnen neuer Gefahren versüßen konnte. Erneut dachte ich mit einen unguten Gefühl daran, dass ich nicht ungeschützt ins Viertel zurückgehen und mich dem Zorn der geprügelten Wühlmaus aussetzen durfte, und dem seiner Anführer auch nicht. Mit köstlichen Details verfeinerte ich die Lüge, die ich meiner Mutter aufzutischen hatte, wenn wir nach der Ohrfeige, die mich erwartete, vorsichtig aufeinander zugehen würden. Ich plante ein hastiges und nervöses: »Er hat uns verschleppt, überfallen, uns angegriffen, und er ist ein Penner und ein Säufer. Wühlmaus! Wühlmaus! Der! Der von denen!« Wieder dachte ich an Wühlmaus' Worte (die eigentlich gar nicht seine Worte waren) und verbannte jeden Gedanken an meine Mutter, an meine blendende Zukunft, an die Gehegefrage. Während ich mich in meinen Gedanken verlor, kam ich an einer metallenen Tür vorbei und sah, dass sie einen Spalt offen stand. Auf einem Schild war zu lesen: »Nachtvögel«. Ich schob die Tür auf. Niemand. Ich wollte schon wieder gehen, da hörte ich, wie jemand mir von drinnen etwas zuflüsterte. Ich schlüpfte hinein, sagte der sonnigen Welt adiós und schloss die Tür. Ich flüsterte etwas zurück. Niemand antwortete. Der Gang, an beiden Seiten Glaskäfige, führte von lilastichiger Düsternis in tiefes Schwarz. Uhus, Eulen und andere vor sich hin dämmernde Vögel saßen wie erstarrt in den künstlichen Höhlen, riefen von Kunststoffästen zwischen kläglichem Blattwerk aus Nylon. Mit jedem meiner Schritte versanken ihre Umrisse tiefer in der Dunkelheit und einer immer dichteren und unwirklicheren Kälte. Auf einmal war von den durchsichtigen Käfigen, den mutmaßlichen Tieren nichts mehr übrig außer zwei durchdringend starrenden kohlschwarzen Punkten. Meine Angst hatte sich erschöpft, dennoch drehte ich auf dem Absatz um. Da hörte ich: »Hier bin ich, Blödmann.«

Die Stimme kam vom Boden, ein Umstand, der nicht unbedingt beruhigend war. Ich ging auf das Ende des Gangs zu:

»Hock dich her.«

Ich gehorchte. Kauerte mich neben Pepito an die Wand.

»Ich hab mich an dem blöden Ast blutig geschrammt. Außerdem ist es hier schrecklich kalt«, teilte ich ihm mit, während ich mich setzte.

»Du hast Sorgen. Schlägst der Wühlmaus den Schädel ein, und dann regst du dich über die Kälte auf und über so ein Zweiglein, das dir das Gesicht gestreichelt hat.«

»Ich war in der Galera-Passage. Bin rein ... und habe mit dem Watussi geredet«, log ich.

Pepito stockte der Atem.

»Er hat mir gesagt, wir sollen uns keine Sorgen machen, er geht gleich hoch ins Viertel und regelt alles. Ich soll dir viele Grüße bestellen.«

»Und du sagst, ich wäre ein Lügner. In der Galera-Passage ist gar niemand. Du hast den Watussi gar nicht gesehen.«

»Warum hast du mir dann gesagt, dass er dort wohnt?«

»Weil, wenn ich dir sage, wo er ist, und das weiß ich jetzt, würdest du mich niemals begleiten. Hab gedacht, wir würden ihn in irgendeiner Bar aufgabeln. Aber mit Blasrohr hab ich nicht gerechnet. Mit Wühlmaus erst recht nicht ...«

»Ich war wirklich in der Galera-Passage. Und ich habe wirklich solche gemalten Ws gesehen. Ein schwarzes und ein rotes. Und ein Penner hat mir wirklich mit Zeichen verständlich gemacht, dass ein ziemlich großer Typ sie gemalt hat.«

»Die Warnung. Damit warnt er sie, dass man ihn sucht.«

»Das bedeuten die Ws?«

»Nein, nicht ganz. Das schwarze W bedeutet, dass du gewarnt bist«, und wie von einer fremden Stimme besessen zitierte der Yeyé aus dem Gedächtnis: »›Und dann sagen die Augen der anderen nur eines, dass sie dich töten.‹ Das rote W bedeutet, dass der

Tag gekommen ist: ›Du oder ich. Also, du. Ich zerstückle dich und fresse dich mit Haut und Haaren.‹«

Die Julia hatten sie nicht zerstückelt, aber die Bisswunde in der Brust konnte nichts anderes bedeuten, als dass der Watussi versucht hatte, sie mit Haut und Haaren zu fressen. Jetzt stockte mir der Atem.

»Wolltest du nicht wissen, was die Ws bedeuten? Jetzt weißt du's … Der Watussi hat sie gemalt. Und ist jetzt erst mal abgetaucht. Trotzdem, wir müssen ihn finden und ihm erklären, dass er uns retten muss. Denn nach der Sache mit der Wühlmaus sind wir anders nicht zu retten. Ich nicht, du nicht, und unsere Familien auch nicht …«

Daraufhin fragte ich ihn in einem dieser Gedankenblitze, die ich hatte, wenn ich in Panik war:

»Von deiner Familie hast du mir nie erzählt.«

»Du hast mich auch nie danach gefragt.«

Das stimmte.

»Frag mich lieber, wo der Watussi ist.« Der Yeyé bekam es wieder mit der Angst zu tun.

»Wo ist er also?«

»In einem Puff. Und da gehen wir jetzt hin. Das ist unsere einzige Chance. Er ist fast immer in dem Puff, in den er mich damals mitgenommen hat, an dem Tag, als er mir gezeigt hat, wie man tanzt.«

»Moment mal, Moment mal … Vorhin hast du mir gesagt, dass das gelogen war. Dass du nie mit ihm in einem Puff gewesen bist.«

»Pass auf, ich sag immer die Wahrheit. Aber du glaubst mir ja nichts. Und wenn ich dir gesagt habe, dass es gelogen war, dann nur, weil ich dich rumkriegen wollte, mich zu begleiten. Ich hab dir auch gesagt, dass der Watussi niemanden getötet hat. Hat er natürlich schon. Davon lebt er. Aber wenn ich dir das oben schon gesagt hätte, wär dir der Arsch auf Grundeis gegangen, und weg wärst du gewesen … Darum hab ich dir gesagt, dass das mit den Nutten gelogen war. Es war einfach das, was am übertriebensten gewirkt hat. Aber es ist die Wahrheit. Weißt du, was er auf dem Weg dorthin zu mir gesagt hat? An dem Abend war er mit seinem Schicksal versöhnt, das merkte man ihm an. Und er hatte seine Sachen zusammengepackt. Und ich war da, er war doch so gerne mit mir zusammen. Und er hat zu mir gesagt: ›Yeyé, ich will dir was sagen, was ich nie einfach so jemandem sagen würde. Wenn du weggehst, irgendwohin, dann geh ich auch, das hier ist doch eine einzige Scheiße. Wenn du weggehst, Yeyé, nimm keine Fotos mit, keine Erinnerungen, kein weiß der Teufel was. Nimm den Geruch von einer Tussi mit. Du nimmst den Geruch von einer Tussi mit und suchst dir überall, wo du hinkommst, Tussis, die genauso riechen. Also: keine Fotos, keinen Krempel. Auch nicht das Gesicht von der Tussi oder ihren Namen. Nichts in der Richtung. Den Geruch von einer Tussi. Den Geruch! Wenn du ihn mitnimmst, wirst du ihn wiederfinden. Ein Genuss, ihn zu finden. So bist du immer zu Hause.‹« Pepito seufzte. »Und das hat er einfach so gesagt, in aller Ruhe. Einfach so im Gehen, ist doch verrückt. Dann waren wir da, und Apache Fernando, du glaubst nicht, was du dort siehst. Dichter Rauch und Musik und umwerfende Weiber und amerikanische Matrosen, die uns Platz machten, echt, so einen Respekt hatten die. Und sie lachten über uns, aber nett gemeint, wie zur Begrüßung, nochmal Glück gehabt, ich brauch dir wohl nicht zu erzählen, was es sonst für einen Zoff gegeben hätte, da wäre der Holzboden in tausend Splitter gekracht. Hast du Wühlmaus gesehen? Also, der ist nichts gegen den Watussi, wenn der mal losgeht. Darum hat ihn bei dem Großen Zoff auch keiner angerührt. Den Watussi rühren nur die Tussis an. An dem Tag, als wir zu den Nutten sind, hab ich gesehen, wie sie beim Watussi angeschlichen kamen, klar, sie kannten ihn, und dann haben sie ihm das ganze Gesicht abgeknutscht. Und die amerikanischen Matrosen sahen die Jacke mit dem ›Watussi '65‹ und fragten ihn, ob er der echte Watussi sei, der von dem Lied. Er beachtete sie gar nicht. Sagte ihnen nur freundlich ins Gesicht: ›He, weg da, mach Platz‹, aber auf Amerikanisch. Und dann schaute er sich die Tussis an und sagte zu mir: ›Die ist für mich und die für dich.‹ Ran.«

»Und der Geruch?«

»Was für'n Geruch?«

»Du hast doch irgendeinen Geruch mitgenommen.«

»Ach na ja. Und jetzt pass auf, auch wenn du's mir nicht glaubst, du Esel, aber ich habe den Verdacht, der Watussi hat schon längst geschnallt, dass wir ihn suchen. Deshalb hat er sich auch verkrümelt, und jetzt gehen wir auf der Stelle zu ihm und holen ihn ab.«

»Dann bin ich eben ein Esel, bitte schön. Für heute reicht's mir jedenfalls. Ich hol jetzt meine Mutter von der Arbeit ab und erzähl ihr alles.«

»Mach nur, mach nur. Und was sagst du ihr? Als Erstes setzt es links und rechts was, das bleibt dir nicht erspart …«, antwortete er mir. »Und wenn du siehst, dass Wühlmaus vor der Tür auf dich wartet, tja, was sagst du dann? Und er wird sich sehr für deine Mutter interessieren, Wühlmaus. Und eurem Nachbarn, dem Säufer, wird er schon gründlich den Hals umgedreht haben. Und wenn ihm danach ist, wird er das Haus abfackeln. Und … Na ja, du weißt, ich sage immer die Wahrheit. Denn ich täusche mich nie.«

20

»Siehst du? Genau dieselben, die wir auf den Boden im Zoo gemacht haben, nur in Groß.«

Ich sah sie. Neben einer Eingangstür irgendwelche Hieroglyphen, die Pepito zu entziffern versuchte. Seine Mission vergaß er keinen Augenblick, aber für einen didaktischen Exkurs war immer Zeit.

»Pass auf, das bedeutet, dass da leere Wohnungen sind …« Pepito zeigte auf eine Zwei neben einer anderen Zwei. Eine Vier neben einer weiteren Zwei, durchgestrichen. Und eine Drei mit einer Drei. »Das heißt, dass die Wohnungsbesitzer, also, im Urlaub sind. Und durchgestrichen, dass irgendein Langfinger schon am Werk gewesen ist.«

Beeindruckend, dieser Service der Profis. Pepitos Hand wanderte über die grobe graue Fassade, bis sie auf eine vage Form zeigte, aus der eine rege kindliche Phantasie vielleicht einen »Hund« gemacht hätte: »Siehst du den Hund? Pass auf, das heißt, dass es in dieser Wohnung einen Hund gibt. Die Wohnungsbesitzer können also sonst wo sein, wenn du da reingehst, springt dir der Scheißköter an die Kehle. Und diese Mütze …« – das sollte eine Mütze sein? – »… dass hier ein Polizist wohnt oder einer von der Guardia Civil oder ein Feuerwehrmann, weiß der Henker, jedenfalls einer, der dich auf direktem Weg ins Kittchen befördert … Und hier, noch was. Dieses Viertel gibt übrigens nicht so viel her … Die Reichenviertel müsstest du sehen, da sehen die Türen aus wie Comicheftchen. Pass auf, wir gehen jetzt hier rein …«

Wir schlichen die Rampe einer Tiefgarage hinunter. So fängt man an, muss ich damals gedacht haben, wenn man nicht schon als Verbrecher geboren wurde. Irgendwann kriegst du die Wut. Entdeckst, dass die Wahrheiten Lügen sind, was dich ernüchtert und die Grundfesten deiner Überzeugung erschüttert, und du entdeckst auch, dass manche Lügen, ohne dass sie deswegen aufhören, Lügen zu sein, kleine Körnchen Wahrheit in sich tragen. Diese Enthüllung ist so erregend, dass sie die Körnchen in Gold verwandelt. Und dich ins Verderben führt.

Was hatte ich an diesem Morgen gesehen?

Hysterische Polizisten, die am liebsten nichts gewusst hätten. Recht und Gesetz. Vielleicht haben sie, als wir schon weg waren, von Tomate Anweisungen erhalten, was sie mit dem Verbrecher machen sollten, mit dem mutmaßlichen Mörder, oder mit uns. Und ich hatte an diesem Morgen einen depressiven Schwimmbadcasanova gesehen, der uns zunächst für Todesboten und hinterher für Deppen hielt. Fast wäre ich Opfer einer Bande geworden, mit einem Anführer, der als Strichjunge gut in eine klinische Studie gepasst hätte, und hinterher hatte uns ein Killerzwerg befreit, der wie ein amtsmüder Beamter über die schlechte Organisation und schwachsinnigen Entscheidungen der Führungsebene klagte und sich im Ringen um irgendeine peinliche Philosophie vor großem Publikum im Schlamm einer heldenhaften Vergangenheit suhlte. Und dieser Killer, dessen kriminelle Phantasie schwindelerregende Bilder der Gewalt hervorbrachte, hatte mich aufgerüttelt, meinen Überlebenswillen geweckt, bis hierher und nicht weiter. Er hatte nichts gesagt, aber ich hatte meine Mutter im Verdacht. Und wenn meine Mutter, wie Juana, das tat, um sich zu verteidigen, warum tat ich dann nicht, wozu ich Lust hatte? Dieser Killer, Wühlmaus, hatte leise, aber beharrlich meine Wut entfesselt, diesen bestimmten Zorn, unter dem alle leiden. Und jetzt suchten sie uns. Suchten mich.

FERNANDO SIE SUCHN DIR

Brauche ich eine Tiefgarage und den von ihr ausgehenden Grusel zu beschreiben? Gänge, Motorenbrummen, rote Linien auf frei stehenden, von der Feuchtigkeit zerfressenen Wänden; Kanalisationsgeruch an einem Regentag und zwischen zwei Reifen eine ungeduldige Ratte. Geduckt schlichen wir an dem Wächterhäuschen und an den Autoreihen vorbei. Die fiebrige Unruhe eines Diebs gefiel mir nicht. Denn ich war ein Dieb. Irgendwann ist es so weit. Auch ich war so eine Wahrheit innerhalb der Lüge. Und von diesem Tag an musste ich das Modell meiner blendenden Zukunft überdenken, es in mein neues Leben einfügen. Vielleicht würde es eben kein Rasierwässerchen für Männer geben, das eine Spur hinterließ, würde ich eben nicht auf dem Ledersitz meines Cabrios auf Frauen warten, die außen kalt und innen heiß waren, was kümmerte mich die Zeit, die sie zum Aussteigen brauchten, um Erotik zu verströmen (mir zuliebe), elegant (meiner Eitelkeit zuliebe). Dann würde ich eben kein Spion, kein Finanzhai, kein Schiffskapitän, kein Architekt werden, nichts von dem, was ich mir erträumt hatte. Ich wäre einfach ein weiterer Bewohner in der Welt des Verbrechens. Natürlich konnte ich aus mir keinen korrupten Polizisten, gestressten Schwimmbadhengst oder jammernden Killer machen. Was für mich zur Wahl stand, war ein bewegtes Leben, auch wenn die traurige Wahrheit einfach nur die war – wie es sich dann auch bestätigen sollte –, dass es mir aus den Händen geglitten war. Ich konnte wie der Watussi werden. Offenbar hatte er nicht aufgegeben. Das würde ich auch nicht tun. Ich hatte Mumm in den Knochen, Ziele vor Augen, und eines schönen Tages würde sich mein Leben ändern. Mir würde nichts anderes übrigbleiben, als mich zur Fremdenlegion zu melden und als ausgewachsener Mörder wiederzukommen. Denn ich war gerissener als sie. Mit den Jahren könnte ich so gerissen, so unsichtbar werden wie der Watussi.

Fernando, der Apache, der ist so was von helle,
kein Bulle kriegt ihn vors Gesicht,
die andren wandern in die Zelle,
der Häuptling aber ist entwischt.
Der Häuptling ist ein Grandseigneur,
der Häuptling ist ein Boss,
verführt die Frauen wie kein zweiter
und tanzt die ganze Nacht noch weiter.

Refrain:
Häuptling, zum Angriff!
Häuptling, bringt euch um
und sagt nicht, warum.

Besonders originell war das Modell meiner blendenden Zukunft nicht. Der Tänzer, leichtfüßig, der fliegen kann, den alle Vögel warnen, damit man ihn nicht schnappt und er weiterziehen kann. Nein, nicht der Ungeduldige, nicht der angeheuerte Schläger, nein, ich bin einer, der springt, tanzt, betört und lacht. Der mit dem Tod droht. Was wäre mein W? Ein F? Würde ich Stunden damit zubringen, einen Indianerkopf auf eine Mauer zu pinseln, mitsamt Federschmuck und einem würdevollen Profil mit Adlernase? Ein Selbstporträt?

Was war wahr an den Beschreibungen des Watussi?

Wir gingen die Rampe hoch und standen auf der Straße.

»Pass auf, da ist gleich ein Bordell. Aber nicht das, in das wir wollen …« Pepito zeigte mir ein Verkehrsschild, auf dem ein Strichmännchen ein Kind an der Hand führte, und etwas weiter hinten ein rotes Licht und ein Schild, auf dem »Zimmer« stand. »Und pass auf, wir haben mindestens fünf Stadtviertel gespart. Tiefgaragen sind *die* Abkürzung, ich sag's dir … Und wenn wir jetzt noch die hier nehmen, sind wir einmal unter der Stadt durch.«

Es dauerte eine Weile, bis ich erkannte, wo wir waren, und ich lachte. Natürlich waren wir nur eine Straße weiter, aber ich hatte ihm zunächst geglaubt. Pepito wollte einfach nur unsere Verfolger abschütteln. Da ich viel zu beschäftigt damit war, meine neue zukünftige Persönlichkeit zu entwerfen, hatte ich ihm einfach recht gegeben und mich höchstens gewundert, dass seine Spinnereien in diesem Sommer doch gar nicht so aberwitzig waren. Blieb nur noch die Frage, was dieser Umstand für unsere Suche nach dem Watussi bedeutete, dachte ich, während wir an einem weiteren Wächterhäuschen vorbeischlichen. Wie dieser wohl reagieren würde, wenn unsere Suche erfolgreich sein sollte.

Yeyés Worte gewannen an Glaubwürdigkeit, und ich musste anerkennen, dass er die verschlungenen Wege des Watussi besser kannte als jeder andere. Die ganze Kanaille, mit der wir den Tag über zu schaffen gehabt hatten, war nur noch blasse Erinnerung, unterlegt von einer vagen Angst oder Nostalgie. Für sie war der Watussi nichts weiter als eine Übertreibung ihrer eigenen Taten. Pepito hingegen kannte sich wirklich aus. Mag sein, dass sich hinter seinem Fanatismus ein schmerzliches Geheimnis verbarg, das schuld war an seiner Rätselhaftigkeit, aber auch an seiner Echtheit.

»Pass auf, noch ein Zeichen … Diesmal das richtige.« Wieder ein schwarzer Erwachsener mit einem Kind. Die Spannung stieg: »Pass auf, vielleicht kapierst du jetzt, wo es langgeht. Unten die

Tanzfläche, ein einziges Gedränge. Und im Stock drüber der Puff. Unten läuft die Anmache, und dann nichts wie hoch, also nicht hoch ins Viertel, wo du die ganze Zeit hinwillst, sondern direkt obendrüber. Gleich siehst du es, es ist hier um die Ecke. Das Gedränge geht bis auf die Straße.«

Wir gingen um die Ecke, bogen in die Straße ein. Sie war menschenleer. Aber das brachte den Yeyé nicht in Verlegenheit.

»Keine Ahnung, wo die Leute stecken. Ich schwör's dir, keine Ahnung ...«

»Und wo ist jetzt der Schuppen?«

»Moment. So können wir nicht rein. Ich meine, so wie wir aussehen ...«, erklärte Pepito.

Wir sahen wirklich aus, als hätte man uns aus der Mülltonne gefischt.

»Wir sehen unmöglich aus. Und du, nichts für ungut, stinkst schlimmer als unser Viertel.«

»Ach was, darum geht's nicht, Dummkopf. Pass auf, wir müssen uns nur ein bisschen herrichten. Ein letzter Schliff. Moment, ich besorg ein paar Zigaretten.«

Pepito war ganz geschäftig. Klapperte eine nach der anderen die Rotlichtbars ab, wo in den Türen rote Frauen standen, manchmal auch grüne und blaue auf hohen Hacken. Blicke, die erst verführten und gleich darauf in Enttäuschung abglitten, sobald sie entdeckten, dass der einzige Mann auf der Straße ich war ... Ich war verzückt von dem Absatzklappern der Frauen, die gelangweilt von einem Etablissement zum nächsten patrouillierten, mit langsamen, eitlen Schritten, fast martialisch. Wenn ich mal ein stolzer Mörder bin, gehe ich auch zu den Nutten. Versprochen. Würde mich auch nicht mehr abstoßen wie jetzt. Ich hatte für sie Verständnis, aber das musste sich ändern. Pepito kam aus einer Bar raus und bot mir eine Zigarette an. Er hatte Abdrücke von Fingern im Gesicht. Das machte eine Aufklärung über das Geschehene überflüssig, und er sagte nur:

»Steck dir die Kippe in den Mund, schnell.«

Ich gehorchte.

»Mehr zur Seite. In den Mundwinkel.«

Tat ich.

»Klapp den Kragen von deinem Polohemd hoch.«

Schon gemacht.

»Du siehst aus wie ein beschränkter Klein-Dracula. Los, mach mal ein hartes Gesicht …«

Ich bemühte mich.

»Hilfe. Jetzt siehst du aus, als hättest du die Scheißerei. Härter.«

Ich machte auf hart.

»Und jetzt, als wärst du hundemüde. Weiß nicht … Pass auf, sag mal: ›Was ist …‹ Ungefähr so, mackermäßig.«

Ich sagte es.

»Gut … seien wir mit dem zufrieden, was wir haben« – Yeyé in seinem gesunden Stoizimus, während wir uns die Zigaretten anzündeten. Er schlug sich ebenfalls den Kragen hoch. Der Schnitt des Hemds, Wunder der Mode, machte seine Schultern zu einer Werbetafel. Dazu kniff der Yeyé die Augen zusammen, sah sich um, als hätte die Welt was gegen ihn, Ärmel hochkrempeln, einen Hemdenknopf offen lassen, perfekt … Er zeigte dieselben Symptome wie einer kurz vorm Herzinfarkt, allerdings sollten die in diesem Augenblick nichts anderes signalisieren, als dass er ein knallharter Typ war.

Irgendwer verpasste ihm im Vorübergehen einen Nasenstüber. Yeyé, der Bulldozer, tat, als ob nichts gewesen wäre.

»Komm, wir gehen rein. Pass auf, du gehst hinter mir her und sagst kein Wort, null. Gar nichts sollst du machen. Nicht schauen, nichts anfassen, nicht reden. Nichts.«

Wir gaben uns wie Männer von Welt und gelangten unter dem Schild »Boston's« in einen großen Vorraum. Ein langer Gang, der für diesen Tag schon Symbolcharakter hatte, in ebenso symbolisches rotes Licht getaucht, während kleine Lämpchen die Schwarzweißfotos der Stars, der »Künstlerinnen« des Etablissements, anleuchteten; Ethel Cristal etwa zeigte Achsel, eine lange Mähne und einen runden Schenkel, Mund leicht geöffnet, Paillettenbänder ergossen sich im Zickzack über ihre Figur und verdeckten gewisse Körperpartien. Nicht anders bei Raquel Miller. Und bei Sandra Loren. Und bei Lorena Sanders, die nicht nur das Anagramm, sondern die kleine Schwester ihrer Kollegin zu sein schien. Weiter hinten, an ein Pult gelehnt, das nächste Hindernis: ein Subjekt alten Schlags, dessen Gesichtsbehaarung in einem großen Schnauzbart zusammenlief und das in einer Sportzeitung blätterte. Bei seinem gelangweilten Blick brauchte er eine Weile, bis er uns entdeckte, und erst nach einer weiteren Weile kam die Information in seinem Hirn an. Eine Braue übersprang die Stirn bis zur Glatze, und er verfolgte perplex unseren entschlossenen Gang, bis wir auf seiner Höhe angekommen waren. Pepito hob mit routinierter Gleichgültigkeit und ohne ihn anzusehen die Hand und murmelte:

»Wie isses …«

Und ich, Pepito nachahmend:

»Was is …«

Der Türsteher packte uns an den hochgestellten Kragen, hob uns hoch und verfrachtete uns vor das Pult, der symbolischen Grenze zwischen Straße und Vergnügen.

»Darf man wissen, wohin ihr wollt?«

»Na ja, rein … ’ne Muschi, Mann …« Der Ton gab zu verstehen, dass sich eine weitere Erklärung erübrigte.

»Wie bitte? Muschimann?« fragte der Türsteher offenbar interessiert nach.

Ich warf Pepito einen Blick zu, den ich früher nicht hinbekommen hätte, erst jetzt, als furchtloser Verbrecher, gehörte er zu meinem Repertoire. Pepito signalisierte seinerseits dem Türsteher, er solle seinen Kopf zu ihm stecken, damit er ihm ein Geheimnis zuflüstern könne. Also beugte der Mann seinen glänzenden Dickschädel vor und lieferte dazu einen Blick, der besagte, dass er keine Freunde auf der Welt hatte und das auch nicht sehr bedauerte. Die Unnachgiebigkeit des schnauzbärtigen Gesichts verwandelte sich in Erstaunen. Warum fürchtete ich schon wieder das Schlimmste?

Der Türsteher sah Pepito scharf an.

»Ganz sicher?«

»So sicher, wie Generalísimo Franco Spanien führt.«

»Und zwar noch lange. Rein mit euch, aber ein bisschen plötzlich.«

»Was hast du ihm gesagt?« fragte ich.

»Was ich ihm sagen musste. Pass auf, jetzt bloß nicht rennen, ja …?«

Ich schlich hinter Pepito her. Diesmal ausnahmsweise nicht aus Furcht, sondern weil ich den Weg nicht kannte.

Wir schoben einen schweren Vorhang zur Seite. Auf derselben Tanzfläche, auf der der Yeyé dröhnende Musik vermutet hatte, einen lachenden Watussi, eine Schwadron von Matrosen und ihren Geliebten, alle die Raqueles, Iris, Etheles und Lorenas, Miniröcke und kolossale Kurven, regierte die Ödnis. Unsere Schritte schlugen auf dem knarzenden Holz auf, und der Hall verlor sich auf der Bretterbühne ohne Orchester und in dunklen, trostlosen Ecken. Die Hitze, kein Lüftchen, schwitzte den vorabendlichen Absturz aus, Alkohol und kalter Rauch, der Spuk des Lasters bedrängte den Geruchssinn.

»Und die Matrosen?« fragte ich.

»Die sind wohl im Krieg … Hast du heute Morgen nicht gesehen, wie das Schiff ausgelaufen ist? Hier ist es sonst voll mit amerikanischer Marinebesatzung. Du glaubst doch wohl nicht, dass sie hier um die Ecke wohnen.«

Am Ende einer langen Theke, schlierig vom nachlässigen Wischen, trocknete eine grell geschminkte Dicke im schummrigen Licht Gläser ab. Sie begrüßte uns:

»Maul halten, alle verkatert!«

21

Als ich die schroffen Worte der Fetten hörte, sah ich zu Pepito, der die Umgebung inspizierte, als versuchte er, sich an einen Weg zu erinnern. Schließlich zeigte er entschlossen in eine Richtung. Wir überquerten die Tanzfläche, gingen um die Bühne herum, und dort leitete uns ein weiterer Vorhang zu einer weiteren, mit bunten Glühbirnen eingefassten Tür, wie sich der ungeduldige Adressat dieses Berichts denken kann. Mit Sicherheit beruhte Yeyés Wahl nicht auf einem Zufall. Er war schon einmal hier gewesen. Aber das hieß noch gar nichts. Bevor Pepito die Tür aufdrücken und die nächste Kopflosigkeit begehen würde, packte ich ihn am Arm:

»Warte, warte doch …«, ermahnte ich ihn, was die Barfrau gleich wieder aus der Haut fahren ließ. »Ich geh da nicht rein, solange du mir nicht verrätst, was du dem Türsteher gesagt hast. Ich hab's satt, immer nur dumm zu gucken.«

»Reg dich ab, die Rolle passt hervorragend zu dir …«, sagte er nur. Und weiter: »Wenn du abhauen willst, hau ab … Mir doch egal.«

Ich guckte dumm. Dafür würde er bezahlen. Als Pepito sah, dass ich durch den soundsovielten düsteren Gang hinter ihm hertrabte, verzichtete er auf seine übliche Art, einen zu umgarnen oder verblüffen zu wollen, und teilte mir trocken zum Rhythmus (oder Takt) seines energischen Hinkens mit:

»Was meinst du, habe ich dem Türsteher gesagt? Dass wir zum Watussi gehen, was sonst. Du hast's ja gesehen. Er hat uns fast den Teppich ausgerollt.«

»Fast …«, meine Anwesenheit war ihm lästig. Pepito hatte gefunden, was er suchte, und brauchte mich nicht mehr. Aber die Frage musste ich noch loswerden: »Ist er hier?«

»Was meinst du?« Er blieb stehen. »Pass auf … Entweder bleibst du, oder du haust ab …«

Der Yeyé war ein anderer, während ich nach meiner kurzen

Eskapade als angehender Verbrecher das alte, unbedarfte Muttersöhnchen blieb.

»Ich bleibe«, sagte ich, und während Pepito weitere Türen aufstieß, tüftelte ich an einer fürchterlichen Rache, falls dort wieder kein Watussi, sondern irgendein weiteres Exemplar der menschlichen Gesellschaft hervortrat, von der wir an diesem Tag ein ziemlich buntes Bild bekommen hatten.

Als es mit Türen und Vorhängen ein Ende hatte, gelangten wir in einen überdachten Hof. Es roch nach kalter Asche und vergossenem Alkohol. Eine Frau im blauen Kittel, Berufsgenossin meiner Mutter, wischte mit einem Lappen über die gesamte hier versammelte Ausstattung: Eismaschinen, Kühlschränke und ein sonderbarer Schreibtisch, an dem wahrscheinlich zu Stoßzeiten ein Aufseher saß. Wir gingen an der Frau vorbei, ohne etwas zu sagen, und das Einzige, was sie mir in ihrer Ähnlichkeit zu meiner Mutter vermittelte, war ein schlechtes Gewissen, die mahnende Erinnerung, wo ich war und wo ich hätte sein sollen. Wir stiegen eine Treppe hoch: wieder Glühbirnen, diesmal ausgeschaltet, in Form eines Pfeils, der uns den Weg zum Watussi wies, denn vielleicht war hier sein Zuhause, eines von vielen und mit seinem Lieblingsgeruch getränkt.

Der Watussi. Vielleicht liegt er im Bett, völlig den Ereignissen des Tages enthoben, oder er hört eine Platte und tanzt, wartet darauf, dass einer dieser Schlägertypen, einer seiner guten Freunde bis zum Großen Zoff, kommt und ihn herausfordert, oder er hält eine blonde Mieze im Arm, die ihn vergöttert, oder aber er bereitet für den Anbruch der Nacht eine brutale Offensive vor. In der Audienz, die er uns gibt, hört er uns sehr ruhig zu, »mit dieser merkwürdigen Ruhe«, wie es Wühlmaus ausgedrückt hatte. Er weiß alles, möchte aber herausbekommen, was wir denken, welchen Reim wir uns auf unsere Begegnungen dieses Tages machen. Er ignoriert die Liebkosungen der Gazelle, und auf sein Gesicht, das ich noch nicht kenne, tritt sehr langsam Zustimmung. Der Yeyé liefert ihm die Beweise, dass Dora die Täterin ist, und der Watussi denkt darüber nach zu handeln. Ich stoße Pepito mit dem Ellenbogen an, damit er nicht vergisst, seinen Helden darum zu bitten, dass er sich für uns einsetzt, für meine Familie und für seine, wenn er eine hat. Der Watussi küsst die Katze mit dem kurvigen Körper, schlüpft in seine Lederjacke, und jeder von uns wendet sich wieder seinen Dingen zu. Ich sage Pepito, dass er mich aus seinem Leben streichen soll. Vor meiner Mutter verwandle ich mich in einen Engel. Alles geht weiter wie gewohnt. Schlecht.

Wir öffneten eine weitere Tür, und wieder wechselte das Szenario. An den Wänden nackte Frauengestalten, Hunde, Cherubinen und ein Mann mit dem Kopf eines Hirschs tanzten auf einem Wandgemälde.

Jahre später erwarb ich etwas Kunstverstand; nicht viel und auch nur nebenbei, er wurde sozusagen mit in die Ehe gebracht. Meine Freundin war Galeristin, und in ihrem Büro stapelten sich Bildbände und Ausstellungskataloge, in denen ich an den trägen Nachmittagen stundenlang und mit neugieriger Ungeduld blätterte, während ich in dieser höchsten Lähmung, genannt Glück, auf sie wartete, in einem Vitra-Ledersessel vor einem Tisch von Protis und umgeben von den Werken eines Hollein, Starck, Belero, Mendini, Saalburg, Wettstein und Dalisi. Überall, im Mobiliar, in den Katalogfotos, in den Bildern, schlug sich diese andere Welt nieder, ein unbekanntes Land, das wir ein paar Jahre zuvor zornig für uns beansprucht hatten, bevor es andere mit adrettem Schwung einnahmen. Hatte das eine Bedeutung? Als ich aus einem Stapel Zeitschriften zufällig die erste Nummer von *The Magazine of Franco Maria Ricci* herauszog, musste ich schlucken. Es war nicht mein erster Zufallstreffer, aber für phantastische Spekulationen war ich zu träge. Auf dem Titelblatt umarmten sich zwei Blondinen mit Korkenzieherlocken und kleinen Brüsten. *Diana und Aktäon* von Parmigianino. Soweit ich den englischen Text verstand, handelte es sich um die Geschichte eines gewissen Aktäon, der in einer Jagdpause auf der Suche nach Erfrischung im Tal zu einem Bächlein geht, wo er in einer Grotte die nackte Diana erblickt. Sie ist dabei, sich zu baden, und die ihr dienenden Nymphen begießen sie mit Wasser und waschen sie. Die keusche Diana, die ich allerdings anders sehe, ist erzürnt darüber, dass ein Sterblicher, Mensch und Jäger wie sie, sie nackt sieht. Also verwandelt sie ihn in einen Hirsch. Als der arme Aktäon in der spiegelnden Wasseroberfläche eines Flusses sein neues Antlitz entdeckt, sagt er etwas, das mir nahegeht: »Ich Ärmster!« Der Ärmste. Seine Hundemeute, in der jeder einzelne Hund auf einen Namen hört, frisst ihn. »Sie fallen von allen Seiten über ihn her und hauen ihre Zähne in sein Fleisch, zerfetzen unter der falschen Gestalt eines Hirschs ihren eigenen Herrn.« Währenddessen rufen Aktäons Jagdgefährten nach ihm, auf dass er den genussreichen Jagdhöhepunkt nicht versäume, und dabei ist ihnen der Gedanke völlig fern, dass der Hirsch und der Gerufene eins sind. Und weiter, »sie sagen, dass Dianas Zorn erst befriedigt ist, wenn die vielen Wunden Aktäons Leben ausgelöscht haben«. Parmigianino, der wie ich Diana der lesbischen Neigung verdächtigte, malte auf die Decken und Friese in Fontanellato eine sehr erhabene Version des Mythos. In diesem Büro am Schreibtisch, die Zigarettenasche fiel auf mein Hemd von Paul Smith und meine Anzughose von Hugo Boss (und ein Rest auch noch auf die Schuhe von Fratelli Rosetti), kam mir der Gedanke, dass der frühere Besitzer der Immobilie, die in späteren Jahren das Boston's und das Bordell beherbergte, ein libertinärer Bürger gewesen sein musste, der auf einer Italienreise Parmigianinos Fresken bewundert und eine Kopie für die intimsten Orte seines Aufenthalts in Auftrag gegeben hatte, allerdings unterlag er einem biedermännischen Irrtum, als er den Inhalt des Werks erotisch auslegte. Der gierige Blick des Sammlers ändert sich nie. Oder doch, mein Leser? Dieses Haus des lüsternen Bürgers ähnelte jedenfalls sehr einem anderen, das nicht weit von dort lag und in dem der Urgroßvater meiner Frau zu Beginn des Jahrhunderts wie ein Sklaventreiber gewaltet hatte. Jetzt drang aus dem anschwellenden Gemurmel der Vernissage das Lachen seiner Urenkelin in das einsame Büro. Feierlaune und Zeigelaune, moderiert von einer bebenden Mikrofonstimme, die gleich mit einem horrenden Knacken zusammenbrach. Ein Pfeil Dianas, von den Musen und dem seltsamen Fund heimlich gelenkt, traf mich. Auf das weiße

Papier eines Bergamo-Hefts hätte ich mit einem silbernen Faber-Castell-Bleistift schreiben können:

»Was ist der Markenname der gelebten Freiheit?«

Aber ich hatte keine Lust.

Meine Freundin öffnete im Gewand einer Sybille die Tür und lächelte mich an. Sie betrog mich nicht, sie liebte mich, sie wollte bald ein Kind:

»Sie wollen dich kennenlernen.«

Hinter ihrer diskreten Schamhaftigkeit war eine Perfektion, die ich irgendwie verabscheute.

Das soll zur Veranschaulichung des Wandgemäldes genügen, nun zurück zu Pepito und mir. Wir marschierten weiter, als ginge es darum, wer die längsten Schritte machen könne. Rechts aus einem Bogenfenster der Spätnachmittag auf den Dachterrassen, die Möwen, die ihre unergründlichen Kreise durch die Luft zogen, und Leuchtreklamen von hinten, das Skelett der Lichter. Vor dieser Dächerlandschaft eine Dame in einem Sessel und eine zweite, jüngere, an einem Ende des langen schnurgeraden Sofas, wo sie Luft schöpften unter einem Ventilator, dessen Flügel so groß waren wie die Schraube des Schiffs, das die amerikanischen Lüstlinge brachte und wieder mitnahm. Die Jüngere unterbrach die Maniküre, mit der sie die Zeit totschlug, schenkte sich Limonade aus einem Krug ein und stellte den Krug zurück auf den Tisch. Als sie das Glas ansetzte, sah sie uns und brach in Gelächter aus, das gleich darauf, während sie sich in einem knisternden Augenblick der Stille über die Lippen leckte, zu einem Lächeln wurde; die Schöpfung hatte sie nicht umsonst mit einer so lukrativen Mimik ausgestattet, die Herren der Schöpfung sollten auch etwas davon haben. Ihre listigen Augen, die während unseres Näherkommens auf uns gerichtet waren, strahlten weit weniger Zerbrechlichkeit aus als ihr Körper, den lediglich weiße Bänder bedeckten. Die Ältere streckte uns schamlos ihre langen, übergeschlagenen Beine entgegen, die ich nun, um dem Ganzen einen eleganten Anstrich zu geben, mit den Beinen pensionierter Ballerinen assoziiere. Bereits damals argwöhnte ich, dass diese schamlose Schau, dieses Zündeln, dazu gedacht war, um die Aufmerksamkeit des Kunden von den weniger anreizenden Körperpartien abzulenken. In diesem speziellen Fall von einem Antlitz, das mit den Narben einer Kinderkrankheit übersät war. Die ältliche Ballerina mit dem Mondkratergesicht sah uns, führte als sittsame Geste der Überraschung eine Hand an den Mund und rief:

»Sapperlot!«

Während die Jüngere schallend lachte. Um uns zu erniedrigen.

Wir stellten uns vor sie. Diese beiden Frauen signalisierten uns unverhohlen, dass alles, was wir täten, sie entweder kaltlassen oder zum Lachen bringen würde. Nichts weiter. Doch so viel Körpersprache wäre nicht nötig gewesen, ich zumindest war mir bewusst, dass wir zwei Jungen waren, die wie aus der Kloake gezogen aussahen.

»Pass auf …«, befahl mir Pepito, ohne die Nutten zu begrüßen: »Setz dich hier hin und rühr dich nicht vom Fleck …«

Pepito zeigte auf das Sofa, auf dem die junge Nutte ihre ganze Arroganz aufbot, um meine Verlegenheit zu verfolgen.

»Verzeihung …«, sprach ich die ältere Nutte an, deren formidable Beine mir im Weg waren. Berufskrank hob sie sie mit kalkulierter Verzögerung, zeigte mir, was sie zwischen ihnen aufbewahrte, und niemand hörte mein heimliches »Heilige Jungfrau Maria …«.

»O là là … was für eine Erziehung«, rief meine Sofagespielin verwundert aus, während mein strenger Geruch sie ans äußerste Ende des Sitzmöbels trieb. Ich verkroch mich ans andere Ende, damit ich sie nicht belästigte und der Ruf meiner guten Erziehung unbeschädigt blieb. Mein Auftreten beschämte mich zutiefst, und ich suchte verzweifelt nach Ausflüchten, um sie nicht anzugaffen, anzuheizen, anzuhimmeln. Sie war fast noch ein Kind. Wie ich. Aber so mochte ich die Frauen.

Die Ältere gab zu bedenken:

»Wenn ihr außen schon so ausseht, wie dann erst der Lutscher … Und mit Schmutzfinken mache ich …«

Als Antwort auf die Bemerkung über unsere Hygiene beugte sich Pepito zu ihr und sagte ihr etwas ins Ohr, während sie bei ihrer

Überzeugung blieb und weiter eine angewiderte Miene machte. Als Teil der Routine trat nun Überraschung auf ihr Gesicht, und sie fragte:

»Echt?«

»Ja, aber du weißt ja …«, sagte Pepito mahnend und reckte das Kinn in meine Richtung.

»Für dich, Rotzlöffel, immer noch Sie … etwas mehr Respekt …«, antwortete die Nutte dem Yeyé. Doch dabei sah sie mich an. Um ihrem Blick auszuweichen, nahm ich meinen ganzen Mut zusammen und betrachtete meine junge Sofagespielin, meine neue Liebe, die so plötzlich aufgetaucht war in dieser wüsten und zermürbenden Schlacht, von der ich nichts verstand. Die junge Nutte sah mich ihrerseits an, Lippen aufeinandergepresst, die Augen das funkelnde Vorspiel eines Lachanfalls. Wie ihre Kollegin verstand auch sie sich darauf, mit den Beinen zu wippen. Nur schneller.

Die hässliche Nutte mit den schönen Beinen stand auf und sagte:

»Warte. Ich sag Bescheid. Es sei denn …«

»Ja, ja …«, beschwichtigte Pepito fachmännisch.

»Von wegen …«, warf die Junge ein, die nicht mehr gehört hatte als ich und trotzdem bestens über die Situation im Bilde schien. »Hängt in der Vier rum.«

Pepito zeigte mir eine schmutzige Handfläche, der Befehl an mich, sitzen zu bleiben. Er würde sich kundig machen. Dann verschwand er in Begleitung der älteren Nutte, das untrügerische Klappern von Damenabsätzen und einem orthopädischen Schuh entfernte sich im Gang.

»Kommst du oft her?« Die Kleine schmiss sich ganz schön ran. Ich sah wieder auf ihre Beine, die sehr schlank und hübsch waren, und ihre langen und festen Schenkel, die noch nicht voll entwickelt und nur knapp von einem äußerst kurzen Röckchen bedeckt waren, dieses schob sich in diesem Augenblick zwei Zentimeter nach oben und enthüllte Fleisch und Verbot.

Verlegen kratzte ich mich an der Wange. In der Verwirrung

hatte die Wunde wieder angefangen zu brennen. Irgendwo waren weibliche Schreie und sogar eine Ohrfeige zu hören. Ich tat so, als hielte ich die heftigen Geräusche an einem solchen Ort für normal, und neigte den Kopf meiner Gespielin zu, was weltmännisch wirken sollte.

»Du schnallst gar nichts, stimmt's?«

»Wie, gar nichts?«

»Von dem, was hier vor sich geht.«

»Was soll schon vor sich gehen?«

»Ich habe den Eindruck, der Zigeuner führt dich sauber an der Nase rum. Sieht doch jeder.«

Offenbar, aber jetzt hieß es, souverän bleiben.

»Wir sind hier, um den Watussi zu suchen.«

Was für eine Überraschung!

»Den Watussi? Hier?«

Was für ein Gelächter!

Und gleich drauf die sonderbar nüchternen Worte über meinen Zustand:

»Dein Gesicht ist total zerkratzt …«

Sie befühlte vorsichtig die Wunde an meiner Wange und strich im Aufstehen sehr langsam ihren Nicht-Rock glatt. Ich dachte an das Mädchen auf dem Anhänger, über das wir herfielen, als wir ihre Fotze sahen. Mädchen, die sich den Rock glatt streichen, machen mich schwach. Und sehr hübsche Mädchen, die näseln. Und Mädchen, die Bücher einbinden. Verschiedene Spielarten der Zartheit. Die junge Nutte gesellte sich nun zu dem dummen Jungen, der endlich aufgehört hatte, wie bescheuert auf das Blut an seinen Fingerkuppen zu starren, und nun wie bescheuert woandershin starrte. Gab es ein Leben jenseits des Dekolletés? Gab es …

»Lass sehen, was du da hast.«

Wir betraten ein Zimmer mit einem Bett, einem Bild zweier Liebenden im Mondschein, einem Bidet (das mich in meiner damaligen Unwissenheit in Ratlosigkeit versetzte) und einem kleinen Waschbecken. Während ich mit den Mysterien des Lebens Bekanntschaft machte und maßlos neugierig meine Umgebung studierte, zog sie eine Schublade des Nachttischchens auf und holte ein Fläschchen Alkohol und Watte heraus. Ihre Arme reckten sich zu einem V, die Achseln makellos weiß.

»Ich habe alles!« Sie hatte alles. Dann wies sie mir das Bett: »Komm, setz dich.«

Ich setzte mich auf die Bettkante. Sie tränkte die Watte, beugte sich über mich, sandte mir einen unverhohlenen Blick zu. Für die Erregung ob der funkelnden Augen konnte meine lange Stillzeit nun nicht mehr herhalten. Wie mein Leser schon vermutet haben dürfte, und erst recht, wenn mein Leser eine Leserin ist und findet, dass ich mich etwas lang bei dieser Szene aufhalte, hatte die Kleine bald heraus, wie sie mit wenig Mühe das japsende Hündchen aus mir machte, das ich eigentlich war.

»Du bist rot geworden …«, sagte sie mir erfreut.

Ich zeigte ihr das Schulterzucken der großen Momente.

»Beweg dich nicht, und vor allem, dreh das Gesicht nicht weg.«

Ich fror meine Gesichtszüge ein.

»Hübsche Kette hast du da. Ein Indianer!« Das sollte mich ablenken.

»Ein Häuptling«, bestätigte ich, ohne sie anzusehen, damit sie weiter in meiner Wunde pulen konnte. Als es wieder brannte, ging ich fast an die Decke.

»Lehn dich ein bisschen zurück. Soll ich Jod drauftun?«

»Nein!«

»Jetzt sei mal kurz ein Indianer …«

Sie lachte über ihren Geistesblitz und pirschte sich an, die weißen Zähne zwischen wulstigen, gewellten Lippen, als wär's eine Unterwasserszene, sie der Hai und ich die Beute.

»Wie heißt du?« tat ich unschuldig. Unter dem Vorwand, mich möglichst gut zu verarzten, hatte das Mädchen ein Knie zwischen meine geöffneten Beine geschoben, was ganz unabsichtlich wirkte und auch war. Der 96-prozentige Alkohol roch wie ein betörendes Parfüm.

»Ich heiße Samanta, und du?«

»Jeff.« Wo wir schon am Lügen waren …

»Jeff?«

»Ich bin im Ausland geboren, weißt du.«

»Ach so … Hierher kommen viele Ausländer. Vor allem Amerikaner …«

»Und der Watussi kommt nicht her?«

Samanta zog ihre Hand und ihr Knie zurück, ihren ganzen Körper und ihre doppelte Absicht. Sie verweigerte mir eine Antwort.

»Zeig nochmal … Lass sehen, die Wunde …«

Ich gehorchte.

»Du hast einen Ständer.«

Ich nickte.

»Hast du auch Geld?«

Ich schüttelte den Kopf.

»Ja dann …«

Ich fügte mich.

Wieder leckte sie sich mit der Zunge über die Lippen. Sie dachte nach.

»Vielleicht die Medaille … Der Indianer …«

Ich blickte meinen kostbaren Besitz an. Nickte.

»Erzähl mir doch nebenbei, warum du den Watussi suchst«, sagte sie, während sie sich vor mich kniete und mir die Hosen runterzog: »Wenn du die Beine nicht so zusammenpresst und mir die Ohren einquetschst, verstehe ich dich besser.«

So, mein Leser, habe ich es herausgefunden. Manche Mädchen gehorchen, stürzen sich mit Begeisterung in die süße Hingabe, sobald man »Leck mich« zu ihnen sagt, was ich bis zu dieser Stunde einfach für einen deftigen, aber wirkungslosen Verweis gehalten hatte; derselbe übertragene Sinn wie bei der Blasphemie, ein leichtes Mitschwingen des Abstrakten. Da lag ich gründlich falsch. Hier, hier, HIER! in dieser Paarung von Abstraktem und Darstellendem entsteht die Magie, nicht auf den Bodenplatten im Tierpark oder sonstwo. Unter Stöhnen, das von vertrauten und zugleich nie da gewesenen oralen Angriffen verursacht wurde, von ihrem Atem auf meiner Vorhaut, den Lockungen der feuchten Zunge, ihrer umfassenden Kenntnis dieses Minenfelds und dem Sachverstand, wie langsam, aber sicher die Explosion herbeizuführen war, legte ich einen apokryphen und fragmentarischen Bericht über den Tag ab. Fragmentarisch, weil ich stotterte und noch nicht wusste, wie das alles enden würde; apokryph, da ich mich in meiner geschwollenen Männlichkeit, mit den Händen ins Laken und das Haar und Fleisch Samantas gekrallt, die diese immer wieder wie etwas Lästiges abschüttelte, zum Anführer und Helden der Suche nach dem Watussi aufschwang. Aus dem Mord war, um die begehrten Lippen nicht zum Einhalten zu bringen, ein leichteres Verbrechen geworden. Samanta war noch zu jung, so etwas war noch nichts für ihre Ohren. Der Rest der Geschichte lief unverändert ab, mit einer kleinen Abweichung: Ich war es, der die Fahndung durch Schwimmbäder und Bars anführte, der die Schläge austeilte und anschließend in Geheimtüren und tiefsten Tiefen enger Gassen verschwand. Der Ruhm gehörte mir.

Nach einem Seufzer, ähnlich denen, die ich hin und wieder an abgeschiedenen Orten auf dem Berg ausstieß, vielleicht etwas schüchterner, sackte ich aufs Bett.

»Lass jetzt endlich meine Haare los«, zischte Samanta mich an und versuchte, ihre verhedderte Mähne aus meinen Todesklauen zu zerren, dann stand sie auf, ging zu dem Nachttischchen, aus dem sie ein Fläschchen herausholte, und trat damit ans Waschbecken, wo sie eine sorgfältige Mundspülung vornahm. Ich richtete mich auf und überblickte matt mein untergehendes Reich. »Kleiner, deine Kette …« Samantas lackierte Krallen zappelten vor meinen Augen.

In aller Würde, als unterzeichnete ich eine Waffenniederlage, händigte ich ihr meinen Indianerhäuptling aus. Gleich darauf baumelte von ihrem langen Hals mein Maskottchen, sie zog sich die Lippen vor dem Spiegel nach, drehte sich um und ließ auffordernd den Absatz knallen.

»Na, du Weiberheld …«, und geschäftstüchtig: »Was schaust du mich so an? Hat es dir gefallen?«

Ich nickte, während ich mir die Hose zuknöpfte.

»Also wenn du willst, kratz dein Geld zusammen, du weißt ja, wo du mich findest. Am besten an so einem Tag wie heute. Nach einer Ladung Amerikaner ist immer tote Hose. Ich bin den ganzen Abend allein. Denk dran.«

Dann nannte sie mir einen Betrag.

Die Zahl interessierte mich nicht. Meine plötzliche körperliche Erschlaffung und der Verlust meines Indianerhäuptlings deprimierten mich, machten mir den hohen Preis für das flüchtige Vergnügen bewusst, auch wenn's das erste Mal war. Nachdem Samanta einen Blick auf den Flur geworfen hatte, verzog sich ihr Mund ungläubig, dann kehrte sie zu ihrem gut ausgerüsteten Tischchen zurück, legte den Lippenstift an seinen Platz, nahm ein Päckchen Zigaretten heraus und bot mir eine an.

»Wir können hierbleiben, bis wir draußen Lärm hören. Ich will nicht der Viruelas begegnen. Wenn du Pech hast, belagert sie dich mit ihrem Gejammer, dann kannst du den Tag abhaken. Sie ist ihren Müll losgeworden, und du fühlst dich wie ein Fußabstreifer. Und dabei habe ich schon genug mit so ein paar Kandidaten, die auch nur zum Beichten kommen …«

Wir zündeten unsere Zigaretten an und legten uns aufs Bett. Samanta betrachtete die Decke und ich Samanta.

»Seltsam, was du mir da erzählt hast! Ist das ein Viertel! Ich lebe friedlich mit meinen Schwestern und einem Schwager. Ganz ohne Stress ….«

»Und hast du was vom Watussi gehört?«

»Klar …«, sagte sie und rauchte wieder und sah zur Decke, als wollte sie kein Wort hinzufügen. Nachdem sie aber meinen Blick aufgefangen hatte, schob sie vorsorglich meine Hand weg und tat so, als hätte sie Erbarmen mit mir, das eitle Püppchen, dabei reizte sie nur ihre Macht aus, die sie über mich hatte. Damals glaubte ich, sie fand mich sympathisch: »Du hast keine Ahnung, was man hier alles zu hören und zu sehen bekommt. Alle möglichen Leute. Vor kurzem hat ein Stadtrat oder so was Ähnliches mit der Penacho geredet. Die Penacho hat mich gerufen, und nachdem der Typ mich angeschaut und mir eiskalt den Rücken zugedreht hat, sagte er, ich sei zu alt. Und zog ab …«

Die Anekdote interessierte mich überhaupt nicht.

»Das nur, damit du dir eine Vorstellung machst. Nichts, was es hier nicht zu sehen oder zu hören gäbe ... Und wenn du an die Viruelas gerätst, die mit dem Erzählen nicht mehr aufhört, dann kriegst du noch viel mehr zu hören. Wenn du sie beim Rausgehen siehst, achte auf ihre Schulter. Man sieht nicht viel, weil sie sie immer verdeckt. Aber wenn du genau hinschaust, erkennst du eine Narbe. Weißt du, wie Hautverbrennungen aussehen? Also, sie hat ein Mal auf der Schulter, so groß wie meine Hand ...« Sie zeigte mir ihre Hand, es konnte kein sehr großes Mal sein: »Aber es ist keine Verbrennung, es ist ein Biss vom Watussi. Vom Watussi selbst, oder von einem, der mit dem Watussi zusammen war. Immer passiert etwas, wenn dieses Schwein mit von der Partie ist. Hierher kommt er nicht. Und sollte er kommen, dann bitte schön nachts, wenn ich nicht da bin. Aber nein, ich glaub's nicht. Er ist einer von La Alameda ...«

»La Alameda?« Ich bemühte mich, dass meine Stimme nicht zitterte. Jetzt bekam ich die Information, die ich brauchte. Yeyé, der Depp, hatte mich schon wieder an den falschen Ort geführt. Bevor ich endlich den Heimweg antreten würde, würde ich diesem Großmaul, das mich vorhin beleidigt hatte, gehörig die Meinung sagen. Und ihm den Rat geben, doch mal in La Alameda nachzuschauen.

»Sagt zumindest die Penacho. Sie und noch andere, die hin und wieder dorthin gehen. Die Penacho lässt nur die besten hoch. La Alameda ist auf dem Berg. Nicht auf deinem, auf dem anderen.« Sie meinte den Berg der Reichen, und ich wunderte mich, dass es dort eine Adresse geben sollte, die Gestalten wie dem Watussi Zugang gewährten. »Als die Viruelas hochging, muss es so ein Tag wie heute gewesen sein, nichts los. Wahrscheinlich haben sie ihr Gesicht gesehen und ihr als Erstes eine Ohrfeige gegeben. Eine Ohrfeige und einen Arschtritt. Also, hübsch genug wäre ich, das ist nicht der Grund, warum ich nicht hingehe, sondern weil ich klipp und klar gesagt habe, dass ich nur nachmittags und abends arbeite ... Wie man so hört, zieht sich der Watussi zeitweise dorthin zurück. Dicke Luft, vermute ich … Er versteckt sich dort. Aber es gehen auch Leute mit sauberer Weste hin. Wie dieser Stadtrat. Und Hippies, habe ich mir sagen lassen. Reiche, richtige Reiche. Du siehst, La Alameda ist die Hölle, und ich will keinen Stress … Darum habe ich der Penacho gesagt, dass ich für Vollpinkeln und solche Sachen nicht zu haben bin, soll sie selbst den Mund aufmachen.«

»Wer ist die Penacho?«

Samanta lachte mir ins Gesicht. Sie schob ihren störrischen Rock hoch, und meine Hand arbeitete sich wieder zu den verbotenen Zonen vor. Mich leitete das wohlige Erschaudern vor der klaren und kundigen Handbewegung, die mich zurückweisen würde, allerdings hatte ich nicht mit einer auf meinem Handrücken ausgedrückten Zigarette gerechnet.

»Das ist schon das zweite Mal. Beim zweiten Mal ist das Maß voll«, war die Erklärung, die ich auf meinen Aufschrei bekam.

»Schon das dritte Mal … Jetzt reicht's aber wirklich.« Mir quollen die Tränen hervor.

»Wenn du ein zweites Mal willst, bitte. Aber ohne Geld läuft nichts. Wenn du willst, reden wir, aber wenn du weiter gehst, hol ich den Türsteher, und dann fängst du eine. Entschuldigung, aber du verstehst anscheinend keine andere Sprache.«

Ich schüttelte ungeduldig die Hand:

»Jetzt sag schon, wer die Penacho ist …«

»Dein Kumpel, der Krüppel, ist wegen der Penacho hier. Er ist schon öfters da gewesen, und die Penacho drückt ihm je nach Laune ein bisschen Geld in die Hand oder wirft ihn gleich wieder raus. Und wenn ich mir überlege, was du da alles erzählt hast, abzüglich dem, was ich dir alles nicht glaube, dann geht dem Krüppel der Arsch auf Grundeis, und er ist darum zu ihr gekommen.

Ich begriff noch immer nichts:

»Warum?«

»Weil sie eine Tante von ihm ist oder so … eine Verwandte … War es wirklich dein Vorschlag, hierher zu gehen, du Schwindler?«

Sie sah mich an. Meine Verblüffung war unübersehbar. Diesmal wurden nicht nur die Bewegungen ihres Körpers, sondern ihr Lachen immer geladener.

»Meine Schwestern sagen es mir auch immer … Auf die Männer ist kein Verlass. Und dabei hast du so ein Musterknabengesicht … Langes Musterknabengesicht … Und du bist ein Musterknabe. Das Geschäft macht der Celso, von dem du erzählt hast, der Watussi habe seinem Lieblingsverwandten die Briefmarkensammlung gestohlen. Wenn du mich fragst, dein Freund sagt bestimmt der Penacho, also seiner Tante, dass sie was tun soll, ihn rausholen aus dem Kreuzfeuer, in das du ihn mit deinem Geschnüffel nach dem Watussi gebracht hast. Wenn das nicht auch eine Lüge ist. Wenn das nämlich auch gelogen war, Bürschlein, und es auf seine Kappe geht, dass euch dein ganzes Viertel wegen dieser Dummheit auf den Fersen ist, dann bist du der Weltmeister im Sich-verarschen-Lassen.«

»Nein, nein, ich kenne den Watussi sehr gut …«

»Dann ist ja gut. Also, dein Freund ist wegen seiner Tante hergekommen, und die Penacho hat ihm erst mal eine saftige Ohrfeige verpasst. Hast du das nicht gehört?«

Klar hatte ich das gehört, es aber für die Abgründe der fleischlichen Liebe gehalten.

»Was für ein Gesichtchen …«, sagte Samanta, nachdem sie mir einen Gratiskuss gegeben hatte: »Nichts von dem, was du mir erzählt hast, ist die Wahrheit.«

»Und wo ist La Alameda?«

»Komm, geh doch nach Hause. Siehst du nicht, dass er dich die ganze Zeit übers Ohr haut? Wegen irgendetwas betrügt er dich. Außerdem bin ich nur noch zwei Tage hier, ich will einfach nicht mehr, dass diese miesen Schweine mit mir machen, was sie wollen.«

»Da hast du recht. Du bist viel zu schade dafür … Komm schon, sag mir, wo La Alameda ist …«

Warum habe ich damals noch nicht gewusst, dass ein Kompliment, egal wie plump und unvermittelt ausgesprochen, immer wirkungsvoll ist? Samanta räkelte sich mit einem Verzücken, dass es an Selbstsucht grenzte.

»Ach, Kleiner, ich weiß nicht. Eine gute Adresse. Ich weiß nicht. Ich hab's dir schon gesagt, du gehst den Berg hoch, und wie der Name schon sagt, stehen dort irgendwelche Pappeln …«

»Und wie sehen die Pappeln aus? Steht La Alameda dran? Ist da ein Schild?«

»Meinst du, etwa nicht? Hör doch …«

Draußen waren Schritte und Stimmen zu hören. Wir gingen hinaus. Pepito, die Hand auf der Klinke zum Ausgang, hatte ein blaugeschlagenes Gesicht, aber, welch Wunder, er war ordentlich gekämmt und fast sauber und trug ein frisches Hemd, das ihm ebenso zu groß war wie das vorherige zu klein, und wie er so dastand, gab er mir mit Zeichen zu verstehen, dass ich mich beeilen sollte. Die Frau neben ihm, eine nicht mehr ganz junge Dame mit sehr langen schwarzen Haaren, sah Samanta grimmig an. Diese angebliche Verwandte vom Yeyé sah in einer Art transparentem Badeanzug wie verkleidet aus. Ein seltsames Schauspiel.

»Ich habe ihn verarztet«, entschuldigte sich Samanta. Und eilte zu einem anderen Zimmer. »Also, ich zieh mich an, ich gehe …«

Pepitos Verwandte sah mich an und sagte:

»Mach, dass du fortkommst!«

Pepito war schon nicht mehr da.

Als ich die Treppe hinunterging, bemerkte ich, dass Pepitos Schritte innehielten, als er mich hörte. Ich beugte mich über das Treppengeländer:

»He, was ist La Alameda?« fragte ich mit besonderem Nachdruck in der Stimme.

Auf einmal war er verschwunden. Man hörte, wie zur gleichen Zeit zwei Türen schlugen. Eine oben und eine unten. Unten sah ich nur Dunkelheit. Oben hörte ich Penacho schreien: »Samanta …!«

22

»Hau ab!« erwiderte der Türsteher vor dem Boston's auf meine Frage nach dem Verbleiben Yeyés, und »Raus hier!« befahl mir ein Kellner in einem von älteren Herrschaften frequentierten Straßencafé, der mein Umherschleichen zwischen den vollbesetzten Tischen, von wo aus ich einen hervorragenden Blick auf die vollbesetzten Ramblas hatte, irrtümlicherweise für Betteln oder Schlimmeres hielt. Ich ging über die Straße und mitten auf den Boulevard, wo ich zum Angriffsziel von Rempeleien und mitleidig angewiderten Blicken wurde.

Die Ramblas, die hauptstädtische Flaniermeile schlechthin, erfuhren nach dem sommerlichen Guss einen Ansturm von Menschen jeglicher Couleur, die verschieden schnell in alle Richtungen gingen. Der farbenfreudige Tourismus kehrte zurück, der Taschendieb rempelte einen arglos aussehenden Kandidaten an und entschuldigte sich in überfließender Freundlichkeit, während Brieftasche oder Fotoapparat bereits in den Tiefen seiner Tasche verschwunden waren. An Hauswänden oder in Seiteneingängen, an den Türen von Kinos, Spielhöllen und Kabaretts boten sich die Nutten an, und auf dem glänzenden Mitteltrottoir verkauften die Kioske ihre Zeitungen, im Angebot waren aber auch Wellensittiche, Affen, Kanarienvögel, Papageien, Schildkröten und Reptilien, während die Floristen daneben erwartungsvoll und mit professionellem Geschick tropfende Blumensträuße banden für alle diese vielbeschäftigten Menschen, die einer Frau namens María an ihrem Namenstag eine kleine Aufmerksamkeit widmen wollten.

Die Ramblas haben eine lange Tradition im Handel mit Blumen und Pflanzen. Damals gab es über dreißig Verkaufsstände. Der roten Rose als unbestrittenem Verkaufsschlager räumen die Floristen in ihren duftenden Pavillons einen privilegierten Platz ein und frischen ihren Bestand täglich auf, aber auch andersfarbige Rosen gehen gut, Nelken in allen Schattierungen, Gladiolen,

Lilien, Tulpen und selbst Bauernblumen, außerdem Zimmerpflanzen wie Palmen, Drachenbäume, Pfeilwurz, Gummibaum und Aronstab.

Woher ich das alles weiß?

Weil ich einige Jahre dort in der Nähe gewohnt und mich viel gelangweilt habe.

Ist es von Belang?

Ja, weil zwischen einem dieser Blumenstände und einer Souvenirbude plötzlich Pepito wie ein Gibraltaraffe auf der Flucht vorschoss und für Aufruhr sorgte, weil Flora und Fauna durcheinanderflogen und die gutbesuchte Meile in ein buntes Chaos verwandelten. Der Yeyé stürmte ohne einen Gruß an mir vorbei und wäre fast von einem Auto erfasst worden, als er die eine Fahrspur, ohne vorher zu schauen, überquerte. Unerreicht von allem Hupen und Rufen, schlüpfte er in das Gängelabyrinth des nahen Markts, an diesem Tag ein stummer Schlund. Mit einem schnellen Blick erfasste ich, dass niemand Geringeres als Superman und Wühlmaus hinter dem Krüppel her waren, ihnen war deutlich anzusehen, dass auch sie aus dem Haus kamen, wo einem zuerst eins übergebraten und dann geholfen wurde: reichlich Mullbinde und miserable Laune. Zum Glück war die Entdeckung nicht gegenseitig. Vor meinen Augen ereignete sich nun eine weitere Verfolgungsjagd, die mit der ersten zu tun hatte, aber in einem anderen Zusammenhang stand: Samanta, die Stöckelschuhe in der Hand, wie angekündigt, ohne sich umgezogen zu haben, rannte unter den Ovationen der männlichen Bevölkerung die Ramblas entlang, allerdings ohne sich mit Grüßen aufzuhalten, denn ihr auf den Fersen war, ebenfalls mit hochhackigen Schuhen in der Hand und angefeuert von einem Zahnlosen mit dem Spruch »Ein altes Huhn gibt eine gute Suppe«, die Penacho, die Verwandte vom Yeyé, die ihr laut fluchend und mit einem Tempo, das für jemanden ihres Alters und Lebenswegs erstaunlich war, hinterherjagte. Das Spektakel, ich sagte es schon, wurde von den Unbedarften beklatscht, den anderen war's eine Warnung. Langsam aber sicher entvölkerte sich der Mittelteil des Boulevards, nur die Bettler waren noch da und klaubten die Blumen und Pflanzen auf, die auf dem Boden verstreut lagen, und nahmen sich der befreiten Affen, Papageien, Wellensittiche, Reptilien und Schildkröten an, die, ihren Käfigen entkommen, nun auf dem Schwarzmarkt oder im Schmortopf Aufnahme finden würden. Ich, von Fortuna geküsst, hob die Indianerhäuptlingskette auf, die Samanta im Laufen verloren hatte, hängte sie mir wieder um den Hals und machte mich auf den Weg zu der Versicherungsgesellschaft, wo meine Mutter ihren beschwerlichen Arbeitstag bald beendet haben würde. Das Gebäude lag an einem zentralen Platz, nur wenige Meter entfernt von diesem kunterbunten Durcheinander, dieser Konzentration von Vorfällen.

Kein Mensch. Nirgends Licht, kein Anzeichen von Leben. Das ausgestorbene Hexaeder sagte mir, dass meine Mutter bereits zu Hause war und sich die Haare raufte, wenn es nicht ein anderer tat. Ich stellte mir auch vor, wie Pepito, der in der Zwischenzeit unsere Schuld zugegeben hatte, an einer Straßenlaterne baumelte. Ich hatte nur eine Chance, und die ergriff ich. Ein sympathischer Rundbauch, der gerade Blumensträuße und andere nicht näher erkennbare Objekte (bei ihm zu Hause musste eine ganze Horde von Marías sitzen) auf den Rücksitz seines Autos deponierte, machte Anstalten, sich vor dem Heimweg noch so eine Wurst im Brötchen zu kaufen, die einen deutschen Namen hatte und damals in Mode kam. Die Bestürzung auf seinem gutmütigen Gesicht will ich mir gar nicht vorstellen, als er zu seinem Auto zurückkehrte und nur noch die Lücke fand.

Mein Leser bedenke die Schwierigkeit meiner Aufgabe zu diesem Zeitpunkt. Natürlich hielt ich mich an die Regeln des professionellen Autodiebs, als ich mich in den Verkehr einfädelte: gemäßigtes, aber keinesfalls langsames Fahrtempo, nicht mit drängelnden Verkehrsteilnehmern konkurrieren, sondern sich in deren Fahrwasser treiben lassen, nicht auf den letzten Drücker über die Ampel fahren oder ungeduldig Vollgas geben, sobald Grün ist. Aber ich entdeckte, dass ich nicht allein war: Aus der Duftwolke der Rosen auf der Rückbank kamen plötzlich Stimmen, sodass mir für einen

Augenblick das Herz stillstand; eine wiederholte immer wieder: »Schick Rosen an Sandra«, und die andere, die ähnlich klang: »Sie geht aus der Stadt!« Es waren zwei dressierte Papageien, die publikumswirksam für einen Blumenpavillon oder Tier- oder sonst einen Verkaufsstand warben. Sie hätten dem beleibten Autobesitzer sicher viel Freude gemacht; vielleicht dachte er – phlegmatische Persönlichkeiten haben gerne solche Einfälle –, das niedliche Duo würde mit dem Sommer-Hit sein Heim und seine Marías fröhlich stimmen. Das Dritte, was meine Aufmerksamkeit beanspruchte, war die Verletzung am Handrücken, die mir Samanta mit ihrer Zigarette zugefügt hatte und die jetzt richtig wehtat, ein Mal, so groß wie eine dicke Bohne.

Blieb noch etwas Viertes, das meine Gedanken bis in die letzte Windung des Gehirns in Anspruch nahm.

Wo war La Alameda? Würde der Watussi dort sein?

Fürs Erste rief ich mir die Worte der Liebeskünstlerin Samanta in Erinnerung und peilte den in meiner Geographie als Berg der Reichen gespeicherten Ort an. Ein, das sei dazu gesagt, ziemlich großer Berg voller Häuser, Villen, Palästchen und Paläste: einige der Anwesen an der Hauptstraße, andere am Ende waldiger Pfade oder hinter uneinnehmbaren Wällen. »Ist da ein Schild?«, hatte ich Samanta gefragt. »Meinst du, etwa nicht …?«, war ihre Antwort gewesen. Aber diesen Satz hatte sie mit kalkulierter Langeweile gesagt, um klarzustellen, dass La Alameda und die dortigen Orgien sie nicht im Geringsten interessierten.

Orgien. Ich dachte an Körper. Aber ich muss zugeben, dass ich nicht wusste, wie ich diese Körper zusammenbringen sollte. Ich dachte an lachende Menschen. Aber ich wusste nicht, worüber sie lachten. Ich dachte an Bisse, aber ich wusste nicht, warum sie sich bissen. Ich besann mich lieber wieder darauf, meine eigene Haut zu retten.

Superman und Wühlmaus suchten Pepito (»und dich …!«). Sie waren zu dem Schluss gekommen, dass wir auf der Stelle traten. Mit Sicherheit waren sie, nachdem sie das entdeckt hatten, zum Boston's geeilt. Und wohin war Pepito unterwegs? Zu La Alameda.

Als ich ihn auf den Ort angesprochen hatte, war mir klar geworden, dass das das wirkliche Versteck des Watussi sein musste. Vielleicht ging er auch nicht zu La Alameda. Meine Stimme hatte ihn wieder daran erinnert, dass er mich loswerden wollte, und er war losgehumpelt.

An den Sonntagen im August herrschte wenig Verkehr, der einem als Tarnung hätte dienen können, aber die Überwachung war ebenso sparsam. Ich fuhr eine nicht enden wollende Straße hinauf, wie jemand, der den Sommerabend von oben betrachten will. Das Auto war erfüllt von Blumenduft und Anspannung. Der Papagei sagte hinter mir: »Schick Rosen an Sandra!« Und der andere: »Sie geht aus der Stadt!« Der Himmel zog sich wieder zu. Die Wetteraussichten waren genauso ungewiss und beunruhigend wie mein Schicksal. Oder der Zufall.

Theorie Nummer eins: Pepito ist in ihren Fängen. Und Pepito weiß nichts.

Ich entwickelte Theorie Nummer eins: Pepito hatte mir gesagt, er wollte den Watussi suchen, allerdings nannte er einen Ort, den der Celso offenbar unter seiner Kontrolle hatte und der somit als Zufluchtsort für den Watussi denkbar ungeeignet war. In Wirklichkeit hatte Pepito also vermutlich längst von der Suche nach dem Watussi Abstand genommen. Nach dem ganzen Stress, den wir uns aufgehalst hatten, hatte er mir einfach eines seiner Märchen erzählt und die Penacho, seine Verwandte, um Hilfe gebeten. Die Penacho hatte ihm eine heftige Ohrfeige verpasst, sich dann aber seiner erbarmt und ihn neu eingekleidet. Ob sie ihn überzeugt hatte, sich zu stellen? Nein. Denn Pepito floh vor den Personen, denen er sich hätte stellen sollen. Oder er wollte sich nur dem stellen, der genügend Macht hatte und ihn nicht auch noch unnötig foltern würde. Als ich Pepito auf der Treppe des Boston's nach dem genauen Ort von La Alameda gefragt hatte, war er nicht nur davongerannt, sondern die Penacho hatte »Samanta« geschrien und eine spaßige Verfolgungsjagd über die Ramblas ausgelöst. Womit ich bei Theorie Nummer zwei wäre.

Theorie Nummer zwei. Pepito war in ihren Fängen. Pepito war

zu dem Schluss gekommen, dass der Watussi sich in La Alameda versteckt hielt.

Da meine Verfolger wussten, wo La Alameda war, würden sie mich bei meiner Ankunft dort bereits erwarten beziehungsweise waren schon dabei, den Watussi kaltzumachen. Aber es bestand die Möglichkeit, dass sie den genauen Ort nicht kannten. Dass La Alameda dem Celso und seinen Jüngern unbekannt war. In diesem Fall würde ich niemanden anderen antreffen als den Watussi, denn Pepito hing ja an einer Laterne und blieb dabei, dass er La Alameda nicht kenne. Womit er log oder die Wahrheit sagte. Und die anderen würden sich ihren eigenen Reim drauf machen müssen.

Theorie Nummer drei war klar wie Wasser.

Wenn ich ins Viertel zurückfuhr, war ich ein toter Mann. Wenn ich zum La Alameda fuhr, auch. Aber im Unbekannten gab es einen schmalen Raum der Ungewissheit. Und alle Theorien konnten in sich zusammenfallen, nur weil in diesem Augenblick eine Orgie gefeiert wurde (wie passten die Körper zusammen?) oder aufgrund von Gewalt (über diese Art des Aneinandergeratens wusste ich mehr). Oder aus Zufall.

Ein Zufall wie dieser. Kaum kam ich an den Ausläufern des Bergs der Reichen an, raste ein Seat 850 Sport (welche Farbe? Rot!) an mir vorbei, und ich erkannte einen Autodieb, der sich an keine der Regeln des perfekten Profis hielt. Was für ein Zufall, dass dieser Dieb kein anderer als Pepito im Geschwindigkeitsrausch war, dass der Yeyé wider aller Annahme Auto fahren konnte, dass ein Papagei »Schicke Rosen an Sandra« krächzte und ein anderer »Sie geht aus der Stadt« erwiderte, dass ich mich an die Stoßstange des Wagens heftete, den mein früherer Freund erstaunlich geschickt lenkte, und dass ich, Experte im Autodiebstahl, in der ersten Gasse auf erbärmliche Weise von diesem Neuling, dem Yeyé, lächerlich gemacht wurde. Das alles zusammen war, für einen Dummen zumindest, Zufall.

Niemand sonst folgte ihm. Was die Grundlage lieferte für den vierten Pfeiler meines Theoriegebäudes.

Pepito war nicht in ihre Fänge geraten. Niemand wusste irgendwas von La Alameda. Pepito fuhr wild entschlossen dorthin, überzeugt, wie ich auch, dass das der ultimative Rückzugsort vom Watussi und unsere einzige Chance auf Rettung war.

Aber ich hatte die Fährte verloren und kurvte Hunderte Male über den Berg, suchte nach dem Hinweisschild, Pepitos Auto und der Art und Weise, wie bei einer Orgie die Körper zueinanderfanden. Ich stellte mir Huren aller Art vor, die sich nackt im Wald suhlten. Hinter ihnen war ein unsichtbarer Mann, er lief, biss, tötete wie in einem Tanz, der Nächte und Tage und noch eine Nacht dauerte und bei dem sich die Jacke mit dem »Watussi '65« bauschte. Darum sah ich mich in dem Gestrüpp um, entdeckte einen roten Punkt neben einem Weg und bog ein.

Die schiefe, altersschwache Holztafel verkündete: »Pappelquelle«. Mitten auf dem schlammigen Weg zwischen einer Baumgruppe, die ich für Pappeln hielt, stand der verlassene 850 Sport. Ich hielt an, lud Flora und Fauna aus und hatte den abstrusen Gedanken, dass man willkommen ist, wenn man sich vorstellt mit: »Ich bringe ein Geschenk für den Watussi.« Ansonsten dachte ich mir nichts.

Ganz in der Nähe trällerte ein Behaarter in Rindslederkluft eine Melodie, aus der einzelne Verse hervorblubberten und hin und wieder ein Stöhnen: »Ich bin eine Grille!« Er amüsierte sich köstlich, aß rötlichen Matsch und kroch im Gebüsch herum. Auf dem Weg verkündete ein altes Schild »Französische Klinik«; ein noch älterer, in einen Findling geritzter Hinweis lautete »La Alameda«.

La Alameda war ein halb verfallener kleiner Palast, der an diesem Nachmittag viele Gemütszustände symbolisierte. Hohe Gitter umschlossen das Gebäude, und als zusätzlicher Sichtschutz Bäume, die vielleicht Pappeln waren, und ein paar Zypressen. Kein Mensch war zu sehen. Ich wartete ab und betrachtete einen Teich mit grünlichem Wasser und den toten Blättern mehrerer Herbste; weiter hinten, am Ende eines Wegs, der von noch mehr Zypressen und zerbrochenen Gefäßen gesäumt war, sah ich den Zementboden eines alten Tennisplatzes. Die Türen des Hauses, knallgrün gestrichen, was seinen morbiden Charme etwas störte, quietschten auf einmal, und heraus trat ein Hippie-Pärchen. Sie kniffen die Augen zusammen und stöhnten nervös. Ich wollte ihnen sagen, dass einer ihrer Mitbewohner sich hier herumtrieb und sang »I'm the gipsy, the acid queen … Pay before wie start! I'm the gipsy, the acid queen. I'll tear your soul apart …«, und dass er außerdem behauptete, eine Grille in vollkommener Verschmelzung mit Mutter Natur zu sein, aber wozu. Man neigt manchmal zu der völlig grundlosen Annahme, zwei Fremde seien nur für uns fremd und untereinander vertraut, auch wenn sie sich in Wirklichkeit überhaupt nicht kennen. Dass sie sich gegenseitig nach dem Verbleib eines gewissen Maurici fragten, brachte mich nicht von meiner soziologischen Entdeckung ab. Dass sie die Bäume anschrien, auch nicht. Das Gittertor, das ich abgeschlossen geglaubt hatte, war es nicht. Das Mädchen sah gebannt die Papageien an, und offenbar verzückte sie das blau schillernde Gefieder des einen. Es war der, der immer »Sie geht aus der Stadt!« krächzte. Ich schenkte ihn ihr. Dann betrat ich das Haus. Auf dem matschigen Weg waren unter anderem die Spuren einer Sohle mit zwei gekreuzten orthopädischen Schuhen zu erkennen. Aus dem Abstand zwischen den Abdrücken leitete ich ab, dass Pepito in großen Sätzen ins Haus gestürzt war.

Auf mein Klingeln hin öffnete mir eine Dame mit Schürze. Ich reichte ihr einen Strauß Rosen, und einen weiteren gab ich einem Schlägertypen, der ihn freundlich entgegennahm und mich fragte:

»Suchst du die Französin?«

Ich nickte, und ein riesiges Vestibül mit einer Treppe nahm mich in Empfang. Ungefähr zehn Reinemachfrauen beseitigten jede Spur von einer Orgie; einige standen, andere knieten auf dem mit krakeligen Linien durchzogenen Boden neben einem Eimer, wischten den Marmor und die Treppe blank, polierten die Handläufe. Die Frau, die mir aufgemacht hatte, runzelte die Stirn. Ich ging die Treppe hinauf und gelangte an einen Absatz, wo Säulen aufgerollter Teppiche standen. Ich fragte ein Mädchen im Minirock nach der Französin, und als es diffus irgendwohin zeigte, reichte ich ihr zur Belohnung einen weiteren Strauß Rosen. Sie erbrach über den Blumen, und eine Mischung aus Blütenblättern und Kotze verteilte sich auf dem Boden. Ohne ein Murren eilte eine der Reinemachfrauen zu der Pfütze und kniete sich vor das Mädchen, das nun auch auf dem Boden lag, übersah anders als ich ihre langen Beine und diesen höschenlosen Hintern, geschwungen und sonnenbraun, das besondere Merkmal eines Lebens, das von Gymnastik und Glück geprägt war. Sobald jede Spur der gefallenen Vestalin bis auf sie selbst beseitigt war, verschwand die Putzfrau, und ich trat in einen Gang. Hinter einer Flügeltür fand ich einen Saal mit modernistischen Glasfenstern, die wie im Boston's rosige erotische Szenen darstellten, die das weiche Nachmittagslicht auf den Boden warf. Ich stellte mir einen windigen Tag vor, an dem die Pappeln im Garten schwanken und ihre Schatten mit den obszönen Figuren verschmelzen würden. Alle möglichen Stellungen, andersartiger Reiz, imaginierter Tanz: das war die Orgie. Im selben Saal saß, ungefähr vor dem 14523. Gang dieses Tags, in dem über einer Reihe Türen rote Lichter angebracht waren, die entweder leuchteten oder nicht – ein altmodisches Detail eines zynischen Pragmatismus –, eine Mittsechzigerin, umgeben von Geldkassetten, auf dem Boden, an einem Tisch mit Telefon und Kaffeetasse, und zählte Geld. Sie trug einen roten Hosenanzug, auf dessen Blazer eine lange pechschwarze Mähne fiel. Sie sah mich. Lächelte. Machte mir ein Zeichen, näher zu treten, und als ich vor ihr stand, sagte sie mit starkem französischen Akzent:

»Ist das alles für mich?«

Ich bejahte eifrig, und sie nahm die Geschenke entgegen, als wäre sie die Siegerin eines Schönheitswettbewerbs. Dann neckte sie den Papagei, der befehlerisch darauf beharrte, dass es notwendig war, Sandra Rosen zu schicken, auch wenn ihm niemand mehr antworten konnte, dass Sandra aus der Stadt ging.

Die noch nicht ganz alte Dame, die trotz ihres französischen Akzents leicht exotische Züge hatte, bot mir an, mich ihr gegenüber an den Tisch zu setzen, der mit Geldnoten aller Länder und Beträge bedeckt war, und als sie meine Hand sah, rief sie mit falschem Entsetzen aus:

»Mein Gott! Wie fürchterlich! Du willst, dass ich das behandle, nicht wahr?«

Ich versteckte die Hand unter dem Tisch und schüttelte den Kopf. Mittlerweile wusste ich, wie diese Behandlungen aussahen, mit mir war nichts mehr los, und mit der Alten erst recht nicht.

Die vermeintliche Französin lachte und sagte, während sie weiter Geld zählte:

»Du magst vielleicht denken, ich würde ihn dir *souffler* wie das kleine Ding im Boston's ... Aber hast du deine Indianerkette nicht schon ihr gegeben? Hat sie es dir gratis besorgt? Nein? Na ja. Was gibst du mir, wenn ich dir was erzähle?«

Als sie meine Verblüffung bemerkte, lachte sie wieder. Natürlich ohne aufzuhören, das Geld zu zählen, zu stapeln, Gummiringe drüberzustreifen, eine Ziffer zu notieren und eine andere in ein Heft zu malen.

»Wen suchst du?« fragte sie mich auf einmal. Jetzt wurde es ernst: »Eine Verwandte? Den Krüppel? Oder den Watussi?«

23

»Du weißt nicht, wen du suchst. Du bist hierhergekommen, weil du irgendetwas suchst, aber jetzt weißt du nicht mehr, was. Stimmt's? Also gut. Ich sage dir, wonach du suchst. Dass alles wieder so ist wie vorher. Dass dieser Tag heute nicht stattgefunden hat, dass dir nichts geschieht. Stimmt's? Aber das geht nicht. Die Tage kann man nicht ungeschehen machen ...! Es gibt Tage, an denen nichts geschieht, und an anderen geschehen viele Dinge. Aber geschehen ist geschehen ... Du würdest am liebsten die Zeit zurückdrehen. Einverstanden? Also gut. Hör zu. Dieser Stuhl hier, auf dem ich sitze, ist ein weiser Stuhl. Ich verbringe hier Stunde um Stunde und bekomme alles mit. Einverstanden? Ich weiß nicht, wann für dich dieser Tag begonnen hat, für mich jedenfalls … Ich kann die Stunden noch nicht einmal mehr zählen …«

Ein weiß lackierter Fingernagel klopfte an eine einfache blecherne Kaffeekanne. Danach wanderte derselbe Finger zu einer Tasse aus chinesischem Porzellan. Die Französin sah hinein und runzelte die Stirn; bestimmt sah sie nichts: weder Kaffee noch die Zukunft. »… Cinq, six, sept, huit, neuf, dix«, zählte sie weiter das Geld. Auf einmal, sie verzurrte gerade ein Bündel, fiel ihr wieder meine zerlumpte Gestalt auf, und als hätte sie mich vorher gar nicht gesehen, fragte sie mich in einem Ton, als müsste sie ein Formular ausfüllen:

»Wie heißt du?«

Ich zögerte. Ich wusste nicht, ob ich meinen wirklichen Namen nennen sollte. Wenn die Französin lachte, kamen strahlend weiße Zähne und ein verführerischer Gesichtsausdruck zum Vorschein. Sie musste eine sehr hübsche Frau gewesen sein und hatte dies von Anfang an auszunutzen gewusst. Hinter einer oder mehreren Türen hörte man Geschrei und Gelächter. Die Französin achtete nicht darauf, und ich zwang mich, es ihr gleichzutun.

»Gut, Fernando, anscheinend weißt du nicht mehr, wie du heißt. Wahrscheinlich hast du auch vergessen, dass du auf dem anderen Berg wohnst und deine Mutter seit zehn Jahren Witwe ist. Und bestimmt hast du noch viel mehr vergessen … Einverstanden?«

Ich fühlte mich unangenehm ertappt. Für einen Moment achtete sie nicht mehr auf mich und zählte weiter ihr Geld. Auf dem Tisch stapelten sich die Scheine aller möglichen Länder, aber das meiste waren Peseten, Francs und Dollars. Für jede ausländische Währung hatte die Französin eine eigene Umrechnung, und manchmal kritzelte sie eine rasche Rechnung an den Rand des Hefts, bevor sie den Betrag eintrug, das Bündel rollte, einen Gummi drüberschob und es in eine Metallkassette legte. Schließlich sagte sie zu mir:

»Hör zu, ich glaube, wir haben genügend Zeit, um ein kleines Spiel zu machen. Hier bekomme ich alles mit, aber ich langweile mich entsetzlich. Jetzt werde ich dir Dinge eröffnen, die ich mitbekommen habe, und du unterhältst mich mit deinem verdutzten Gesicht. Sobald dein Freund mit seiner vermutlichen Begleitung aus dem Zimmer kommt, ist das Spiel aus. Fangen wir an?«

Ich antwortete nicht. Für sie war es offensichtlich, dass ich gar nicht alles so genau wissen wollte.

»Wenn du nicht spielen willst, hast du noch Zeit, durch diese Tür zu verschwinden. Und ich habe noch Zeit, dieses Telefon abzuheben und zu sagen, dass du auf dem Weg in dein Viertel bist. Weißt du, dass ich noch nie in deinem Viertel war? Ich stelle es mir widerlich vor. Denn auch wenn ich nie da war, bin ich dort zu Hause. Spielen wir?«

Ich nickte.

»Die erste Geschichte, die du noch nicht kennst, handelt von einer armen Frau, die Witwe wird und in ihrer Not mit einem anderen Mann ins Bett steigt. Das interessiert dich doch?«

Ich schüttelte energisch den Kopf.

»Es interessiert dich. Ich erzähl's dir. Vor vielen Jahren, in einem Krieg gegen die Marokkaner, hat man hier in Spanien, wie sagt man …? Ausgehoben? Also, man hat Leute ausgehoben. Arme kleine Soldaten. Viele lebten in den Bergen und hatten von der Welt noch nichts gesehen. Nur Ziegen und Berge. Kühe, Pflüge, Felsen. Sie aßen Kartoffeln. Also gut. Einer von ihnen kam nach Afrika und musste gegen die Marokkaner kämpfen. Er kam aus einer Gegend, die nichts mit dem Ort, wo er kämpfen sollte, gemein hatte, und er sprach anders als die Spanier und Marokkaner und Franzosen und alle anderen … Er wusste damals noch nicht einmal, dass es andere Sprachen gab. Sondern ging davon aus, dass auf der ganzen Welt seine Sprache gesprochen wurde. Das vorneweg. Damit du einen Einblick bekommst. Also gut. Er kam nach Marokko, wohin sie ihn geschickt hatten, und musste Nachtwache schieben. Was die armen kleinen Soldaten eben so machen müssen. Ich weiß nicht, ob er so verschreckt war wie du gerade, immerhin kommst du auch von einem Berg und hast vom Leben noch nichts gesehen, vielleicht dachte er auch nach oder träumte, oder er dachte gar nichts. Das weiß ich natürlich nicht. Einverstanden? Also gut. Er stand stundenlang auf seinem Posten, als am Himmel auf einmal seltsame Vögel auftauchten. Sehr große. Die größten Vögel, die er jemals gesehen hatte. Der Junge wusste nicht, was er tun sollte. Er traute seinen Augen nicht. Die Vögel kamen näher und wurden immer größer. Sollte er jemandem Bescheid sagen? Würden ihn diese Vögel fressen? Er hatte sehr große Angst. Seine Angst war so groß, dass er sich nicht beherrschen konnte. Er warf das Gewehr weg. Warf die Patronen weg. Warf alles weg, was ihn am Rennen hinderte, und rannte davon. Um sich vor den Vögeln zu retten. Verstehst du?«

Ich nickte. Ich konnte mit dem, was die Alte da erzählte, nicht viel anfangen, aber immerhin redete sie nicht von mir oder von meinen Befürchtungen. Und solange ich hier wartete, worauf, wusste ich nicht, sollte sie nur weitererzählen.

»Na ja. Du hast schon begriffen, dass ich nicht von dir rede. Also gut. Der arme kleine Soldat rennt und rennt, bis er zu einem Schiff kommt, das ihn mit nach Frankreich nimmt. Wie nennt man das?«

»Sich einschiffen.«

»Nein, Dummkopf, das vorher. Nicht mehr ein armer kleiner Soldat sein wollen und wegrennen, und wenn sie dich kriegen, bringen sie dich um.«

»Desertieren.«

»Genau. Also gut. Desertieren. Als er auf dem Schiff von den riesigen Vögeln erzählte, die er gesehen hatte, wobei er nichts davon sagte, dass er Soldat war, brachen seine Zuhörer in Gelächter aus. Sie erklärten ihm, was ein Flugzeug ist. Dass Flugzeuge wie Vögel fliegen können. Da wurde der arme kleine Soldat sehr traurig, denn er wusste, wenn er ins Truppenlager zurückkehrte, würde er mit pengpeng empfangen, und wenn er nach Hause zurückkehrte, würden sie ihn dort suchen, und dann auch pengpeng … Man hat es nicht leicht im Leben, wenn man nicht weiß, was ein Flugzeug ist. Was ein Flugzeug ist, muss man wissen. Einverstanden? Also gut. Der arme kleine Soldat kommt nach Paris. In die Großstadt. Ich war nie dort, aber ich kenne es in- und auswendig. In Paris hat der arme kleine Soldat natürlich Probleme. Er kann die Sprache nicht, außerdem hat er nichts anderes gelernt, als einer Kuh zu sagen, dass sie weitergehen soll. Leider keine sehr qualifizierte Ausbildung, einverstanden? Und in Paris nicht sehr gefragt, einverstanden? Aber der arme kleine Soldat lernt. Er lernt, wie das geht in der Stadt. Arbeitet als Aushilfe in einem Lager. Als Aushilfe in einer Bar. Und als Aushilfe in einem beliebten Café. Einmal Aushilfe, immer Aushilfe. Bis er in einem Kabarett aushilft. Und dort die Leute tanzen sieht. Und feststellt, dass er tanzen kann. Dass er sich sehr gut anstellt. Damals war Tanzen sehr in Mode, und es gab viele Tanzlokale. Das Café de Paris, Das Casino, Le Boeuf sur le Toit, Tango, Castle Walk, Grizzly Bear, Maxixe, Lame Duck, Half-in, Half-out, und es gab natürlich das Steppen. Der arme kleine Soldat, immer nur Aushilfe, stellt fest, dass er tanzen kann, besser als alle anderen. Einverstanden? Also fängt er an zu steppen …«

Die Französin schlug mit viel Rhythmus oder Takt die Absätze auf den Boden und trällerte dazu ein Lied, ohne mit dem Geldzählen aufzuhören. Aus den verschlossenen Türen drangen immer noch abwechselnd Stöhnen, Flüstern, Lust und Leid hervor. Ein säuerlich scharfer Geruch kam und ging. Ich glaubte, sogar das Bellen und Jaulen von Hunden zu hören.

»Ob du es glaubst oder nicht, schon nach kurzer Zeit war der Junge aus den Bergen als ›Le Roi du Claqué‹ bekannt. Der Steppkönig. Und er war in ganz Paris berühmt. Er verdiente Geld und schlief mit allen schönen Mädchen. In Frankreich ist es nicht wie hier. Mit hier meine ich nicht La Alameda. Hier vögelt jeder nach Lust und Laune. Sondern ich meine dieses Land. Einverstanden? Also gut. Wo treibt sich der arme kleine Soldat herum? In Paris. Berühmt. Ein sehr berühmter Dichter schrieb sogar ein Gedicht über ihn, ›Le Roi du Claqué‹, ich übersetze es dir, damit du was verstehst: ›Der Stepptanz, hurra, meine Seele soll sein wie das Herz, das im Takt der Absätze schlägt, Telegramm des Lebenden an die, die sterben.‹ Hübsch, einverstanden? Aber der Roi du Claqué wollte zurück nach Spanien. Obwohl er damals, vor dem Krieg, gegen seinen Willen aus seinem Dorf gezerrt worden war und eine andere Sprache sprechen musste, und obwohl er die Vögel, die Flugzeuge waren, und vieles andere Schreckliche gesehen hatte, obwohl Spanien ihn also in den Krieg geschickt hatte, fühlte er sich sehr spanisch. Also ging er nach Madrid. Nannte sich ›el Rey del Claqué‹ und tauschte seinen wirklichen gegen einen erfundenen Namen, damit niemand jemals herausfinden würde, dass der ›Rey del Claqué‹ der arme kleine Soldat war. Er gründete eine Zeitschrift: ›Aufgepasst, jetzt wird gesteppt‹. Also gut. Doch dann musste er wieder den Namen wechseln, nicht den selbst erfundenen, sondern den Künstlernamen, denn die Republik war gekommen und jeder ein Republikaner, und keiner wollte von Königen aller Art etwas wissen. In Frankreich war das egal. Das war eine Republik, und jeder konnte sich König nennen, aber im damaligen Spanien nannte man sich besser anders. Also nannte sich der arme kleine Soldat eine Zeit lang ›Der Stepppräsident‹. Er hatte nicht so viel Erfolg wie in Frankreich, aber er lebte gut. Fand Zugang zu den Kreisen des Adels und der Künstler … Aber weil er wusste, was er war, ein armer kleiner Soldat, und weil er wie viele von uns wusste, dass er im Grunde seines Herzens nie sein Dorf verlassen hatte, nahm er sich eine arme kleine Aushilfe zur Frau. Natürlich war sie sehr hübsch. Und dann kam der Krieg, ein neuer, und er musste sich ›Camarada Claqué‹ nennen. Als Steppkamerad zog er von Schlacht zu Schlacht und steppte für die Soldaten. Das nützte nicht viel, denn die Kameraden von Camarada Claqué verloren den Krieg, und er musste zurück nach Frankreich. Seine Frau war schwanger. Camarada Claqué nahm es einigermaßen gelassen, schließlich kannte er Frankreich, außerdem hatte ein Kinoregisseur, ein sehr wichtiger Mann, mit ihm einen Film gedreht, hier in Spanien im Krieg, und er dachte, dieser Mann könne ihm helfen, Arbeit zu finden. Aber es war nicht leicht, bis nach Paris zu kommen, wenn man aus Spanien kam, mit einer Frau, die kurz vor der Entbindung stand. Camarada Claqué musste ein paar Monate in Südfrankreich bleiben, da kam wieder ein Krieg. Ein Krieg, zwei Kriege, drei Kriege. Nicht übel, einverstanden? Also gut. Aus den Monaten wurden Jahre, und Camarada Claqué war immer noch in Südfrankreich. Eines Morgens, er befand sich gerade in dem kleinen Hotel, wo er mit seiner Frau und seinem kleinen Kind lebte, hörte er Sirenen und noch einen anderen Lärm. Es war der Lärm der Vögel. Er kannte ihn sehr gut. Da dachte Camarada Claqué, das erfinde ich jetzt nicht, das weiß ich: ›Diese Vögel haben mir in Marokko schon einmal das Leben gerettet und es in neue Bahnen gelenkt, also sollen diese Vögel mein Schicksal noch einmal wenden, und mein Sohn, meine Frau und ich erleben wieder glückliche Momente.‹ Also wickelte er seinen Sohn in eine kleine Kinderdecke und ging mit ihm hinaus, um die Vögel zu sehen. Frag mich nicht, was seine Frau gemacht hat. Das weiß ich nicht. Ich weiß auch nicht, warum sie ihn raus auf die Straße gelassen haben, denn die Sirenen waren natürlich nichts anderes als Bombenalarm, und es herrschte große Gefahr. Camarada Claqué ging also auf die Straße, sah zum Himmel und sagte zu seinem Sohn, der noch zu klein war, um etwas zu verstehen, dass er auch zum Himmel sehen sollte, wo die großen Vögel waren. In den Straßen war kein Mensch. Alle hatten sich versteckt. Alle außer Camarada Claqué, der mit seinem Sohn den Flugzeugen entgegenlief. Also gut. Von einem Wachturm oder von einem anderen Ort aus, denn auch die Deutschen versteckten sich, wenn sie sich nicht sicher waren, ob die Flugzeuge ihre eigenen waren, sah ein deutscher Soldat einen Mann, der mit etwas im Arm durch die Straße rannte. Und er hielt ihn für einen vom Maquis, von der Résistance, mit einer Waffe oder Bombe. Der Idiot verwechselte das Kind mit einer Bombe. Gut. Er schoss. Gut. Camarada Claqué und sein kleiner Sohn blieben mitten auf der Straße liegen. Tot. Das ist der Anfang der Geschichte.«

Ich wusste nicht, was ich hier sollte. Mir war immer noch nicht klar geworden, wovon diese Alte redete, während sie in den Pausen ihres Berichts immer wieder »cinc, six, sept, huit, neuf« – ein Seufzer – »dix« – wieder ein Seufzer – wiederholte. Am Anfang dachte ich, die Geschichte hätte irgendwas mit mir zu tun. Dann dachte ich an den Watussi, wegen des Tanzens. Jetzt dachte ich gar nichts mehr.

»... huit, neuf, ach, dix, ach ... Also gut. Das ist der Anfang der Geschichte, auch wenn es das Ende zu sein scheint. Bleibt uns noch die Mutter. Die Mutter ist Spanierin. Die Mutter war Spanierin, konnte kein Französisch, wusste nicht, was sie in dem fremden Land anfangen sollte, und dann nahm man ihr auch noch Mann und Kind. Sie hatte ein wenig Geld. Mit diesem Geld konnte sie abwarten. Aber es war Krieg, und diese Frau hatte nichts gesehen von der Welt. Sie war eine bildhübsche, arme kleine Aushilfe, die einen Tänzer geheiratet hatte. Ich weiß nicht, ob sie Verwandte oder Freunde hatte. Aber wer weiß, ob die ihr in diesen schweren Zeiten geholfen hätten. Wenn sie blieb, konnte sie ins Gefängnis kommen. Wenn sie nach Spanien zurückging, auch. Eine Frau, allein. Du begreifst doch, oder? Sie beschloss, ihr Geld für die Rückkehr nach Spanien zu verwenden. Sie kam in diese Stadt. Eines Tages, sie ging auf der Straße, traf sie einen Mann. Eines Nachts traf sie einen Mann. Wie auch immer. Jedenfalls wurde sie wieder schwanger. Eine verwitwete Frau, schwanger, allein, Republikanerin in diesen schlimmen Zeiten. Sie versteckte sich in den Bergen. Bekam einen Sohn. Der Sohn wuchs bei ihr auf, vielleicht gab es noch ein paar Verwandte, die auf der Suche nach Arbeit in die Stadt gekommen waren. Sie log. Sagte allen, der Sohn sei von ihrem verstorbenen Ehemann. Dass das Kind gerettet worden sei. Dem Jungen sagte sie, er sei der Sohn des Steppkönigs, und erzog ihn wie einen Prinzen. Gut. Beziehungsweise nicht gut. Man darf in dieser Welt einem Kind nicht sagen, es sei ein Prinz, sonst bekommt es einen Knacks. Es bekommt einen Knacks und hält sich für jemanden, der es gar nicht ist. Und eines Tages findet es zufällig heraus, dass es nicht der ist, der es geglaubt hat zu sein. So ist es dem Watussi ergangen. Als er heranwuchs, ein ganz normaler junger Mann aus dieser Gegend, erzählte er seine Geschichte und wie er wie durch ein Wunder gerettet worden sei. Unter den Zuhörern aber war ein Mann, der in der Zeit, als der Vater tödlich getroffen wurde, in dem französischen Dorf gewesen war. Und dieser Mann sagte ihm, er sei ein Lügner, er selbst habe das Kind gesehen und das

Kind lebte nicht mehr, mehr sagte der Mann nicht. Der Watussi ging auf ihn los und schleuderte ihn zu Boden und drosch mit einer Flasche auf ihn ein, bis ihn jemand von hinten packte und wegriss. Damals konnte man ihn noch wegreißen. Also gut. Er hat sich verändert. Der Watussi hat sich sehr verändert. Er hat angefangen, sich mit allen und jedem zu prügeln. In seinem Viertel, außerhalb seines Viertels, bis der Celso ihn zu sich gerufen hat. Ich kenne den Celso von klein auf. Und ich bin die Einzige, die laut sagen darf, dass er ein Arschloch ist. Na ja. Ich darf das sagen. Und noch vier oder fünf sehr wichtige Männer in dieser und einer anderen Stadt. Sonst niemand. Einverstanden? Kennst du den Celso?«

Ich nickte.

»Kanntest du seine Tochter?«

»Vom Sehen.«

»Gut. Uns fehlen noch ein paar Dinge, bis wir zu seiner Tochter kommen. Das eine oder andere, was noch geschehen ist. Gut. Wir stellten uns darauf ein, dass der Watussi sich verändert hatte. Also gut. Celso rief ihn zu sich und sagte ihm, dass er vom rechten Weg abgekommen sei. Das sagen sie immer als Erstes. Auch die Pfarrer sagen das. Wenn jemand zu dir sagt, dass du vom rechten Weg abgekommen bist, und gleich hinterherschiebt, dass er dir helfen will, dann Vorsicht. Wenn er dir bloß sagt, dass du vom rechten Weg abgekommen bist, und wieder geht, kein Grund zur Sorge. Aber der Celso sagte ihm, er sei vom rechten Weg abgekommen, und er werde ihm helfen. Er sagte ihm auch, er wisse, dass eine Bandenprügelei bevorstehe. Angelegenheiten von Jungs. Nur dass eine der gegnerischen Banden den Befehl habe, einen vom Berg, der für ihn arbeitete, zu töten. Und die Bande würde den Kampf mit Fäusten und Messern ausnutzen, um ihn zu erschießen. Allerdings sagte der Celso ihm nicht, wer es vom Berg war, den sie töten wollten. Er sagte ihm auch nicht, was hinter alldem stand. Geschäfte, wenn du mich fragst. Rechnungen, die beglichen werden sollten. Grisbi … Ich weiß es nicht. Also gut. Er hat ihm nur gesagt, er solle den, der schießen würde, umbringen.

Ihn umbringen und gleich zurück ins Viertel. Er selbst würde sich danach darum kümmern, dass ihm nichts passiere. Wenn er auf Celsos Seite wäre, würde ihm nie etwas passieren. Er müsse nur gehorchen.«

»Die Geschichte habe ich heute gehört. Die von dem Kampf. Dem Großen Zoff am Strand.«

»Kaum jemand weiß, was wirklich passiert ist. Vier oder fünf Leute in dieser Stadt. Vier oder fünf Leute in einer anderen Stadt. Sonst niemand.«

»Und warum erzählst du mir das?«

»Weil du dafür sorgen musst, dass dieser Tag heute nicht dein Untergang wird. Einverstanden? Und weil ich Lust habe, dir die Geschichte zu erzählen. Also gut. Wenn du die Geschichte heute schon mal gehört hast, weißt du, dass der Watussi abgehauen ist und später wiedergekommen und nochmal abgehauen und jetzt wieder da ist. Und heute Morgen hat er Celsos Tochter umgebracht.«

»Ist er es denn gewesen?«

»Nur vier oder fünf Leute können sagen, dass er es nicht gewesen ist. Ich gehöre nicht dazu. Ich kann den Celso ein Arschloch nennen, mehr aber nicht. Ich kann den Celso beschuldigen, dass er aus diesem Jungen ein Monster gemacht hat. Seine Mutter hat angefangen, einverstanden? Aber seine Mutter hatte immerhin ein Motiv, böse war sie nicht. Der Celso ist böse. Der Celso hat den Watussi zum Mörder gemacht. Und die anderen haben ihm diesen seltsamen Ruf verpasst. Sicher hast du schon viele Geschichten über den Watussi gehört, stimmt's? Die Leute reden, ohne etwas zu wissen. Die Leute erzählen gerne, erzählen, was sie gehört haben, und erfinden was dazu, dann fühlen sie sich wichtig. Der Watussi sieht umwerfend aus. Der Watussi ist böse. Der Watussi kann sehr gut tanzen. Der Watussi tötet, tötet, tötet. Ich weiß nur eine Geschichte über den Watussi. Abgesehen natürlich von der, die ich dir erzählt habe, und dass niemand ihn sieht. Nur vier oder fünf Leute können sagen, dass sie den Watussi gesehen haben, und ich gehöre nicht zu ihnen. Ich kann nur Celso ein Arschloch nennen. Ich kann auch den Watussi ein Arschloch nennen. Aber gesehen, gesehen habe ich ihn nicht. Ich habe ihn nicht gesehen. Frag mich nicht, ob ich ihn gesehen habe, denn ich habe ihn nicht gesehen …«

Ich war perplex. Blickte in den Gang. Vermutlich war dort Pepito. Ich war mir sicher, dass er dort gerade dem Watussi seine Probleme erzählte. Und dass sie früher oder später aus einer dieser Türen herauskommen würden. Da unterbrachen mich die lauten Gedanken der Französin:

»Ein Monster bringt ein Monster hervor. Und ein zweites und ein drittes. Hast du vergessen, dass ich dir eine Geschichte schulde? Ein Mädchen lernt auf einer Insel einen Jungen kennen. Das Mädchen kehrt mit dem Jungen zurück, und der Junge verschwindet. Niemand hat den Jungen mehr gesehen. Niemand sieht ihn, da überhaupt nur fünf oder sechs Menschen den Jungen kennen. Also gut. Das Mädchen nimmt schlechten Stoff. Wenn man wenig nimmt, gut. Wenn man viel nimmt, schlecht. Einverstanden? Weil der Stoff sehr teuer ist, geht das Mädchen auf den Strich. Alle ficken sie. Und sie nimmt schlechten Stoff, um zu vergessen, dass sie alle ficken. Sie lebt in ihrer Welt. Hört zu. Wir haben hier drei Sorten. Himmlisch, wenn du wenig nimmst, höllisch, wenn du viel nimmst. Zum Essen, zum Rauchen und zum Spritzen. Wir haben hier ein Zimmer für die, die sich was in die Armvene drücken. Dort drüben. Das Zimmer war weiß, bis ein Schmutzfink beim Rausziehen der Nadel die Wand mit Blut vollgespritzt hat. Und genauso der nächste. Und noch einer. Da hab ich den Mädchen gesagt: ›Macht die Flecken nicht weg, sie sollen ruhig sehen, wie schrecklich das ist. Nicht dass sie es sich hier noch bequem machen.‹ Um sie zu erschrecken. Aber sie erschrecken nicht. Nicht mehr. Kannst du das glauben? Also gut. Nach kurzer Zeit ist das ganze Zimmer, die Wände, die Decke, alles voll mit Blutspritzern. Und das Mädchen, das Mädchen von der Insel, das den Jungen suchte und sich von allen ficken ließ, kam hin und wieder noch aus dem Zimmer raus und sagte mir, wie die Blutflecken aussahen. Sie war so zu mit Drogen, dass für sie der eine Fleck ein Delphin war, der Rauch von einem Schuss, ihr Papi, eine Susie Q, und ein anderer Fleck war der Herbst, eine Insel mit einer Palme, ein Schwan, im Ernst, und eine Mauer mit einem Geheimnis dahinter. Sie betrachtete die Flecken wie ein anderer die Wolken. Sie fand nichts dabei. Und eines Tages brachte sie eine einäugige Katze mit zu ihrer Arbeit. Und an einem anderen Tag einen Welpen, der geprügelt worden war. Und irgendwann brachte sie ein Kind mit ... Und umsorgte es. Aber die Arme war nach dem ganzen schlechten Stoff nur noch ein Häufchen Elend, und so kümmerte sich das Kind um sie. Dann haben sie sie rausgeworfen. Sie redete nur von dem schlechten Mann, den niemand sah. Und wollte ihn sehen. Sie brauchte den schlechten Mann, wie sie den schlechten Stoff brauchte. Und das Kind umsorgte sie. Und heute hat der schlechte Mann das nächste Mädchen gefickt und umgebracht. Sie hat nichts davon mitbekommen, einverstanden? Aber heute Morgen hat sie es erfahren. Heute hat sie es erfahren. Und seitdem geschehen sehr seltsame Dinge. Also ... Wehe du erzählst was, das brauche ich dir wohl nicht zu sagen, dann sind die nächsten Blutflecken deine, einverstanden?«

Sie zählte weiter die Geldstapel. Die schienen kein Ende zu nehmen. Wollte sie mir Zeit geben, damit ich etwas begriff? Aber in diesem Augenblick hätte es mir gereicht, dahinterzukommen, was diese sich in Lügen auflösenden Geschichten mit mir und meiner Situation zu tun haben sollten. Die Französin hatte zum soundsovielten Mal einen Zehnerstapel Geldscheine gezählt. Den soundsovielten Seufzer getan. Sie sah mich an. Mit beiden Händen schob sie mir einen riesigen Haufen Geldscheine zu, während sie mich beobachtete.

»Du hast doch lange genug zugesehen, wie ich das mache, einverstanden? Also gut. Jetzt zählst du die Scheine laut ...«

»Auf Französisch?«

Sie musste lachen. Allmählich wurde ich der Frau sympathisch.

»Nein, du Dummkopf, in der Sprache, die du kannst. Hauptsache laut. Und hör nie auf zu zählen. Wenn du mit einem Stapel fertig bist, gibst du ihn mir, und ich zähle nach. Wenn du richtig gezählt hast, wenn du es gut gemacht hast, dann verrate ich dir was. Wenn du gut mit dem umgehst, was ich dir verrate, wird dir nichts passieren. Dir nicht und deiner Mutter auch nicht. Vielleicht wird sogar alles gut für euch. Man weiß nie. Wie geht nochmal der Witz? Im trüben Wasser fängt man die dicksten Fische. Du gehst doch fischen, stimmt's?«

Ich zuckte die Schultern. Mit der Zeit lernte ich: Noch nicht einmal Maurice Chevalier war so begnadet im Schulterzucken wie ich. Meine Geste musste der Französin die Erinnerung an eine andere Zeit heranwehen, denn sie deutete ein Lächeln an; doch sofort gewann wieder die Jetztzeit die Oberhand, und sie befahl mir:

»Fang an zu zählen.«

Also fing ich an, laut zu zählen, unterdessen die Französin den Telefonhörer abnahm und eine Nummer wählte. Der Sinn des Ganzen war, dass ich nicht hören sollte, was sie redete, und da ich mich aufs Rechnen konzentrieren musste, waren ihre Worte für mich zusammenhanglos. Und so konnte ich den Beginn des Gesprächs schon mal nicht hören, weil meine eigene Stimme die der Französin überdeckte. Außerdem sprach sie sehr leise, wenn auch spanisch. Auf einmal jedoch hatte ich den Dreh raus, mein Zählen und ihren Dialogpart simultan zu verfolgen. »Niemand. Hier ist niemand«, sagte sie. Und dann: »Das ist doch ausweglos. Lieber machen und nicht viel reden, einverstanden? Du kannst ganz ruhig sein, Mädchen. Du kennst mich. Du weißt doch, irgendein Ausweg findet sich schon … ausweglos. Genau das, was du gemacht hast. Du hast es gut gemacht, aber wer wird das schon erfahren? Einverstanden? Außerdem sind deine Leute dumm. Dieses Monstrum kennt keine Gnade, aber das geht mich nichts an. Das ist eure Sache …«

Sie legte auf.

Dann nuschelte die Französin etwas auf Französisch zu mir, während ich weiter mit lauter Stimme einen Geldschein nach dem anderen zählte. Ich riss die Augen auf, so weit ich konnte, um ihr zu verstehen zu geben, dass ich sie nicht verstand. Und falls die Französin irgendeinen »schlechten Stoff« genommen hatte, zeigte er jetzt Wirkung. Die Französin machte ein mildes Gesicht, setzte die kokette Miene auf, mit der sie es in diesen Palast und an diesen Tisch voller Geld geschafft hatte, und sprach wieder französisch zu mir. Diesmal langsamer. Dann hob sie den Telefonhörer ab und wählte eine andere Nummer. Da endlich begriff ich: Sie verschaffte sich Gewissheit, dass ich ihre Sprache nicht konnte. Diese Frau durchdachte alles. Sie begann ihr Gespräch auf Französisch, und da sie kein Amt verlangte, begriff ich, dass sie mit jemandem in der Stadt sprach, und aufgrund ihres Tons begriff ich, dass sie mit jemand Wichtigem sprach, mit einer der fünf oder sechs Personen, die jeden ein Arschloch nennen konnten. Mehr begriff ich nicht.

Sie legte wieder auf.

»Gut. Wie viel ist es?«

»Kommt drauf an, ob Sie es in Peseten oder in Anzahl an Scheinen wissen wollen.«

Wieder musste sie lachen.

»Wie viele Scheine, natürlich.«

»Vierundachtzig.«

»Nicht viel. Hast du Angst vor mir, Fernando?«

»Dafür bin ich zu erschöpft ...«

»Dafür ist man nie zu erschöpft, mein Kleiner. Lass dir das gesagt sein.«

Sie zählte die Scheine nach. Es waren vierundachtzig. Die Französin musste wieder lachen.

»Du kannst mir noch eine Frage stellen, bevor ich die dort rauswerfe«, sagte sie, während sie eine einzelne Ziffer wählte, woraufhin in einem der Zimmer ein Telefon klingelte.

»Woher stammen Sie eigentlich?«

Wie freute sich diese Frau über mich!

»Mein kleiner dummer Junge, wenn ich nicht zurück nach Frankreich müsste, würde ich jeden Nachmittag mit dir verbringen. Ich bin aus Guadalupe. Eine Insel. Jetzt frag mich nicht, was mein Beruf ist, darauf muss ich dir antworten, dass ich Nutte war. Ich habe mit allen und jedem gefickt. Sieh, die Tür geht auf. Vielleicht weißt du jetzt, wer der Watussi ist. Vielleicht frisst er dich bei lebendigem Leib.

Das unregelmäßige Aufschlagen von Yeyés orthopädischem Schuh war zu hören. Dann erschien sein Schatten, er selbst und das Huschen eines anderen Schattens. Pepito sah mich an und schien überrascht zu sein, nicht so sehr über meine Vertrautheit mit der Französin oder über meine Anwesenheit an und für sich, als darüber, dass ich nicht auf die Gestalt, die er neben sich vermutete, reagierte. Erst da blickte er sich um, entdeckte, dass niemand da war, vergaß uns, die Welt, und machte eine hastige Handbewegung, dazu ein fast unhörbares »Gehen wir …«. Kein Geräusch kündigte das Auftauchen dieser Gestalt an, als wäre auch sie unsichtbar, als bestünde sie aus Luft oder aus diesem betörenden Geruch, der aus einem der Zimmer entwich.

Sie war nicht sehr groß, hatte ausgezehrte Züge, und ihre Wangen waren eingefallen. Dass weiße Haut immer noch blasser aussehen kann … Sie trug das Hemd, das Pepito beim Hinausgehen aus dem Boston's angehabt hatte, und der Yeyé seinen gewohnten Fetzen. Daraus schloss ich, dass er beim Hinausgehen aus dem Boston's ein Hemd über dem anderen getragen hatte. Das Wesen an seiner Seite hatte lange blonde Haare, vielleicht sogar hellblond, aber so schmutzig, dass sie stumpf wie trübes Wasser waren, mit zerzausten, abstehenden Strähnen. Ihre Augen blickten nicht, und die Sinne schienen in einem letzten Seufzer zu entweichen, sich in einem schwachen Lächeln zu verflüchtigen, zu dem sich ihre rissigen Lippen auftaten, in einem Gesicht voller violetter Spuren, die Prellungen in verschiedenen Stadien waren, eine über der anderen, traurig einander überlappend wie die Pappelblätter auf dem Teich. Die Gestalt war barfuß, die ebenfalls kleinen Füße wohlproportioniert zu ihrem Körpermaß. Sie war genauso groß wie der Yeyé. Mir kamen alle Füße und Schritte und Fluchten dieses Tages in den Kopf, liefen jetzt in diesen kleinen schmutzigen Füßen, so glaubte ich, zusammen. Ich irrte mich.

Die Französin studierte meine Reaktionen und sah dem Paar nach, das, ohne stehen zu bleiben, weiterging, über das letzte Zucken der Figuren des Glasfensters auf dem Boden, bestehend nur noch aus geometrischen Mustern und Regen. Wir bedeuteten einander nichts mehr.

»Sag den Mädchen unten, sie sollen dir Schlappen und einen Regenschirm geben. Es regnet schon wieder, oder? Und lasst in einer Stunde die Hunde raus«, befahl die Französin Pepito.

Das erklärte das Bellen, aber nicht das Gestöhne, nicht das Gewispere, fast nichts also.

Pepito nickte, öffnete die Tür und nahm die Weggetretene an der Hand.

»Der kleine Krüppel kümmert sich rührend um sie«, informierte mich die Französin und zeigte zu der Tür, die sich schon wieder schloss: »Als sie hier ankam, hatte sie eine lange glänzende Mähne und einen Volkswagen Coupé. Ich kann nicht Auto fahren, trotzdem kenne ich mich mit Autos aus. Jetzt sucht die Coupé nur zwei Dinge. Und keins davon ist gut, einverstanden? Sie ist den ganzen Tag nach ihm auf der Suche. Sie hat ihn auf einer Insel kennengelernt. Hab ich dir doch erzählt, oder? Er hochgewachsen. Sie klein. Sie tanzten. Bewegten die Arme, als hielten sie in jeder Hand eine Bürste, und rieben sich aneinander. Sie macht es häufig nach. Und noch andere Dinge. Aber sie macht es eben nur nach.«

Mein einziger Gedanke war, dass Pepito mich getäuscht hatte. Ich wollte unbedingt glauben, dass er einen guten Grund hatte. Seine Kälte war nicht zynisch, auch sein skeptischer Blick nicht. Ich war ihm einfach egal. Es war ihm egal, was aus mir wurde. Noch einmal versuchte ich mir einzureden, dass dieses lächelnde und zweifelhafte Gespenst an seiner Seite ein guter Grund war, um mein Leben und das meiner Mutter aufs Spiel zu setzen.

»Ich gehe mit ihnen«, sagte ich.

»Ich habe den Eindruck, darauf legen sie keinen Wert. Komm her.«

Die Französin wollte mir etwas ins Ohr sagen.

»Wenn Pilar, Celsos Schwester, euch zu sich ruft, dann sag ihr, dass die Französin gesagt hat, du und deine Mutter, ihr seid Wasser aus dem Fluss. Hast du mich genau verstanden, Kleiner? Wasser aus dem Fluss.« Ich wollte gehen, aber sie hielt mich am Arm fest: »Aber das sagst du erst, wenn dir kein anderer Ausweg bleibt. Je mehr du hörst und siehst, desto klarer ist ihnen, dass du etwas weißt, dann haben sie mehr Respekt vor dir, und du kannst einen Vorteil aus der Situation ziehen. Du musst eine schlechte Situation in eine gute verwandeln, einverstanden?«

»Einverstanden.«

»Und noch was, gib mir die Indianermedaille. Ich hoffe nicht, dass wir sie eines Tages deiner Mutter zeigen müssen, wenn du zu viel redest.«

Mit zitternden Händen gab ich ihr die Medaille.

»Los, geh. Hier nimm, fürs Taxi.« Sie gab mir einen Schein.

An der Flügeltür, zu der ich nach zwei Sätzen über den Marmorboden, auf dem sich nun nichts mehr spiegelte, gelangt war, hörte ich noch, wie die Französin die Melodie trällerte, die sie mir eben vorgesungen hatte, ein Lied von damals, als Camarada Claqué noch der Roi du Claqué war und in Paris lebte, und ich hörte den Papagei, der vergaß, Sandra Rosen zu schicken, und stattdessen in astreinem Französisch *Les oiseaux de Paris* nachkrächzte. In dieser Stadt hatte er gelebt, die die Französin wahrscheinlich nie kennengelernt hatte, und in der auch ich nie gewesen bin, auch wenn wir beide in Gedanken sonnigen und beschaulichen Caféterrassen nachhingen, und Tauben, die über perlgraue Baudenkmäler flogen, und rotlippigen Frauen, die sich in den Schaufenstern spiegelten, breiten Avenuen, auf denen Automodelle vorbeifuhren, die wir kannten wie unsere eigene Westentasche. Die Tricolore. Les Deux Magots, Le Boeuf sur le Toit. Die beiden Affen. So hieß das doch …? Der Ochse auf dem Dach. Das waren vielleicht Namen. Wie gesagt, ich war nie dort. Und trotzdem hat dieses leere Gefühl, diese Linien ohne Sinn viel mit der Geschichte zu tun. Und mit dir, mein Leser. Ein Delphin, Susie Q, der Rauch eines Schusses und ihr Papi. Der Herbst, eine Insel mit Palme, ein Schwan und die Mauer, die ein Geheimnis umgibt. Straßen, Stadtviertel, Städte, Baudenkmäler, so viele Wie und Warum, die wir kannten oder nicht kannten wie unsere eigene Westentasche.

24

Immer schon hat es mich erschreckt, wie jemand so waghalsig sein kann, wider besseres Wissen Chaos zu stiften und dem Zufall das Feld zu überlassen. Das hat mich damals, als ich noch die Unschuld in Person war, sehr bestürzt und tut es bis heute, wie meinem Leser sicher nicht entgangen ist. Ich saß vor einer Verknotung loser Zufälle und einer Entwirrungsmethode, die nichts taugte. Wie es einem so ergeht, wenn man eine mehr oder weniger bedeutende Situation durchschauen will. Man weiß nicht, ob die Information, über die man verfügt, schwerwiegend oder bedeutungslos ist, und man muss sich vor denen hüten, die einem einreden, man wüsste alles, und mit einem spielen. Oder sie spielen nicht einmal selbst, sondern haben beschlossen, dass »gespielt wird«. Natürlich übernimmt der Demiurg einen Teil des Risikos, aber nur einen kleinen. Und die anderen wundern sich nur über die Paradoxien und laben sich an den bösen Überraschungen, dem Nachgeschmack der Leere, der beim Entdecken eines Betrugs zurückbleibt. Ein entdeckter Betrug setzt einen Mechanismus in Gang, der früher oder später die Gesichtszüge zeichnet.

Ja, es gibt gute Strategen, wie es gute Regierende und gute Politiker gibt. Und es gibt die »politische Spezies« an sich, die Schmuggler von Geheimnissen, und die verstehen sich nur auf ein Hilfsmittel, das Chaos, aber davon verstehen sie etwas und fühlen sich wie ein Fisch im Wasser. »Es findet sich ein Ausweg … ausweglos«, hatte die Französin am Telefon gesagt, während ich wie ein

Dorftrottel laut die Geldscheine zählte. Dieser Ausweg, der keiner ist, genau das meine ich. Jemand führt eine Operation durch, aber nicht, um etwas zu lösen, sondern um Verwirrung zu stiften. Ich war kurz davor, den Weg der Erkenntnis einzuschlagen. Jetzt muss ich erklären, warum ich das nicht tat. Dieser Schritt hätte mich das Leben gekostet. Auch wenn ich das erst viel später erfuhr.

Wenn ich von jemandem spreche, der Chaos stiftet, meine ich natürlich nicht Pepito, klar.

Ich ging die Stufen von La Alameda hinab und verabschiedete mich wortlos von dem Zerberus, der das Etablissement bewachte. »Es regnet«, sagte die Frau mit einem Lächeln, vor dem jede Theorie der Verfremdung verblasste. Als ob diese seltsame Diskrepanz zwischen Verhalten und Fassade nicht genug wäre, waren die Blumen, die ich ihr geschenkt hatte, sehr schön in einer Keramikvase neben dem Eingang arrangiert. Es regnete, und wie, und sobald ich vor die Haustür trat, wurde ich nass, von den Pflanzen und Gebäudetrümmern um mich herum tropfte es, und nirgendwo war ein Mensch. Ein Donner war zu hören. Ein Spatz auf einem Fenstersims schüttelte sich die Tropfen von den Flügeln. Durch Wasservorhänge ging ich zu den geklauten Autos, in der Faust hielt ich fest umschlossen den Tausenderschein, den mir die Französin »fürs Taxi« gegeben hatte. Ich wollte ihn meiner Mutter als Entschädigung für den aufreibenden Tag mitbringen, an dem ich einer Folge von Betrügereien erlegen war und einem virtuosen Lügner, der alles andere als vernünftig und umso geschickter im Fintenlegen war.

Und diesmal meine ich Pepito. Das dürfte wohl klar sein.

Wenn man das Verhalten eines miesen Betrügers analysieren will, eines Lügners, der nicht, wie ich ursprünglich vom Yeyé geglaubt hatte, impulsiv lügt, sondern systematisch, und dafür die Stationen eines Meisters der Flucht und Virtuosen des letzten Auswegs zurückverfolgt, sollte man nicht von vornherein nur das Schlimmste sehen, sich der Verachtung oder einem kranken Masochismus hingeben, wie es einem einige Filme über die kriminellen Elemente der Gesellschaft suggerieren, die *Crook Story*,

Ammenmärchen … Der geschulte Blick sollte sich eine Art hypothetische Sympathie bewahren, so lange, bis es möglich ist, das Warum jedes Manövers aufzudecken, und der glaubhafte Anteil der Hochstapeleien und Winkelzüge, der Fallen und Ausflüchte erkennbar wird. Erst dann sollte man sich auf seine kritische Haltung besinnen und auf den Intrigenschmied so lange einschlagen, bis sein Gesicht zu Brei geworden ist und weder seine Mutter noch seine falsche Mutter es wiedererkennt. Gut, ganz ruhig, Fernando, ganz ruhig, mein Leser, nur die Ruhe … Wenn ein Durchgeknallter eine Meinung äußert oder Situationen herbeiführt, die man trotz ihrer Absurdität für bare Münze gehalten hat, sollte man nicht erst prüfen, ob alles seine Richtigkeit hat oder eine Logik ergibt, wie ich es den ganzen Tag lang versucht hatte, sondern man sollte herausfinden, wie dieser Anschein von Wahrheit überhaupt entstanden ist.

Die gestohlenen Autos waren fort. Dafür würde ich dem Krüppel in die Eier treten. Der Papagei mit dem blau und orange leuchtenden Gefieder (tatsächlich ein Ara), den ich dem Hippie-Mädchen geschenkt hatte und der unentwegt über Sandra »Sie geht aus der Stadt« geplappert hatte, hüpfte und flatterte jetzt auf dem schlammigen Boden mit seiner psychedelischen Zeichnung, Achten, Achtziger, Achtundachtziger, die die Reifen beim Wenden im Erdboden hinterlassen hatten. Der Papagei sagte »Watussi, Watussi, Watussi …«. Und dann stimmte er unsicher »I'm singing in the rain« an. Ich spinne nicht, selbst die Melodien des Papageis hatten ein Motiv.

Am Morgen nach der Entdeckung von Julias Leiche hatten sie sich Pepito aus einem ganz konkreten Grund vorgeknöpft: Alle außer mir wussten, dass er Verbindungen zum Watussi hatte. Er war eine Art Pflegekind-Tutor einer abgehalfterten Nutte, nur noch Haut und Knochen aus Tierra Negra, Endstation eines Flittchens. Eine Drogensüchtige (eine Pionierin), die den Watussi auf einer Insel (Ibiza?) kennengelernt hatte, hatte sich hoffnungslos in ihn verliebt, war ihm gefolgt, verrückt geworden und hatte offenbar eine erbärmliche Beziehung mit dem Tänzer, der zum Mörder geworden war. Sie war es nämlich, die sich auf die Suche nach dem Watussi gemacht hatte. Der Yeyé, kaum hatte er Julias Leiche im El Molino gesehen, stürmte los, um nachzusehen, was seine falsche Mutter machte. Er fand sie nicht, und da bereits das ganze Viertel »Watussi, Watussi, Watussi …« schrie, stürzte er sich in die Suche nach ihr. Durch einen Zufall (war es Zufall? Für ihn war es natürlich ein Zufall) hatte Celsos Schwester ihn herbeizitiert, damit er vor allen aussagte, etwas gesehen zu haben, was er nicht gesehen hatte. Da er sich der Gefahr bewusst war, in der sich seine Adoptivmutter befand, machte er sich nach ihr auf die Suche, allerdings hatte er keine Ahnung, wo er sie finden konnte, da er sich immer nur an dem orientierte, was er aufschnappte und was seine übersprudelnde Phantasie ihm eingab. Aber er hatte Angst. Angst, die man ihm bei dem Verhör in Celsos Haus eingeflößt hatte. Wie auch immer, die Angst wich der Verzweiflung, als er den idealen Begleiter fand, mich, Fernando Atienza.

Pepito hatte meine Neugierde ausgenutzt, die ich doch eigentlich gar nicht im Übermaß besaß. Wie sah mich der Yeyé damals eigentlich? Er hielt mich für einen dummen Jungen, der darauf brannte, dass man ihm Geschichten von der anderen Seite erzählte. Ich, das unersättliche und nervende Kind, er, der Erwachsene, der es bereute, den Anfang einer spannenden Geschichte erzählt zu haben. Das hatte seiner Dreistigkeit Flügel verliehen. Damit ich ihn nicht allein ließ, ließ er eine Landkarte erstehen, die nach meinem Geschmack war. Gemeinsam hatten wir die Angst, und mehr brauchte er nicht, damit ich ihn bei der Rettung der unglücklichen Coupé begleitete. Dafür konnte man natürlich ohne Bedenken die Sicherheit meiner eigenen Mutter aufs Spiel setzen.

Kaum hatte Pepito den Kumpel, mich, auf seiner Seite und die Angst betäubt, zog er los, den Superman zu suchen. Er hatte von irgendeiner Verbindung zwischen dem Superman und dem Watussi gehört. Und der Superman kannte die Geschichte, denn es war aus ihm nur so herausgesprudelt, als er entdeckte, dass Pepito »der abgetriebene Bastard der Coupé« war, wie er sich ausdrückte. Und als der Superman mit der Nachricht ins Viertel ging, mussten alle Emilianos und Pilars feststellen, dass der Krüppel offenbar nicht genug Angst vor ihnen hatte: Der Junge war hinter seiner Beschützerin her, und die hinter dem Watussi. Da kommt Wühlmaus ins Spiel, entdeckt uns, wir ziehen ihm eins über die Rübe, er verfolgt uns, und Pepito sieht keine andere Möglichkeit, als zur Penacho zu rennen. Hin und wieder gibt ihm die Frau Kleidung oder Essen oder Geld; heute konnte sie ihm Unterschlupf oder eine Information geben. Zu dem Zeitpunkt bin ich schon zu nichts mehr nütze, aber falls er scheitert, kann er mich immer noch als Ausrede gebrauchen. Gut. Er ist gescheitert. Und wieder hatte der Zufall seine Hand im Spiel, und ich gab das Stichwort La Alameda, worüber auch er schon Geschichten gehört hatte. Samanta und die Penacho rennen über die Ramblas, weil Samanta so indiskret war. Superman und Wühlmaus sind hinter Pepito her, um ihm zu entlocken, was er herausbekommen hat. Der Superman muss *ihn* aus dem Weg räumen (die dritte Person Singular ist Balsam), weil ihm herausgerutscht ist, dass er von dem Gewinn aus seinen Untaten Geld abzweigt; die Wühlmaus sinnt wegen des Schlags mit der Flasche auf Rache und gehorcht trotz der harschen Ernüchterung bereitwillig den Befehlen. In La Alameda trifft Pepito die Coupé, die den letztmöglichen Zufluchtsort des Watussi erreicht hat, jedoch, als sie ihn dort nicht fand, den Drogen verfiel; jetzt weiß ich es wieder, damals hielt ich ihre Entrücktheit für eine Art Geisteskrankheit. Ich kannte die Abhängigkeit nicht, das Angewiesensein auf die regelmäßige Wiederholung des Rituals. Damals wusste ich über Drogen nicht mehr, als dass sie als »Bonbons« verteilt wurden. Und dass man diese Bonbons nicht aufheben durfte, wenn man sie auf der Straße fand. Ich wusste nicht, welche Wirkungen sie hatten, ich wusste nichts von Spritzen, Dealern oder Dosierungen. In La Alameda gab es alles, und niemand würde mir später glauben, wenn ich erzählte, dass es in jenen grauen Jahren bereits einen Tempel für diesen modernen Scheißdreck gab, mitten im Wald, zwischen einem leeren Tennisplatz und einer wenig befahrenen Straße, im Regen. Und eine Mulattin mit französischem Akzent mimte die Märchenhexe und erzählte dir was von übernatürlichen und bösen Kräften, und von ungleichen, von vornherein verlorenen Kämpfen und der Fähigkeit, jenseits des Erreichbaren Lösungen und Abhilfe zu finden. Heute weiß ich mehr, als ich wissen sollte. Und doch. Bedeutung und Unheil sind relative Größen, wie mein Leser sehr gut weiß.

Blieb noch der Watussi.

Denn, Pepitos Phantasien beiseite, in der Galera-Passage hatte mir ein Penner angedeutet, dass jemand sehr Großes die Ws gemalt hatte. Und ich hatte die Lieder gehört: »Und zieht er das Messer, rammt er's dir rein, haut ab nach Marokko und tanzt zum Schirokko.« Wenn sie ihn geschnappt hätten oder wenn etwas passiert wäre, hätte es mir die Französin gesagt. Und wenn die Französin mir schon eine Losung verriet, »Wir sind Wasser aus dem Fluss«, dann doch, um mich zu retten. Und was, wenn es ihr darum ging, eine Information weiterzuleiten? Und wenn die Losung nicht dazu diente, mich zu retten, sondern jemand anderes? Und wenn …?

Sicher war nur, dass ich mitten im Wald im strömenden Regen stand und kaum etwas sah.

Meine Hosen hatten so viel Wasser aufgesogen, dass sie mir fast runterrutschten. Ich ging in Richtung Straße, während ich mich nach einem Unterstand umsah und keinen fand. Ich erreichte den Asphalt, und während ich noch dabei war, mich zu orientieren, stolperte ich schon bergab. Zuerst musste man weit hinunter- und dann wieder weit hinaufgehen. Ich war vielleicht hundert Meter gegangen, und zwei oder drei Autos hatten mich überholt und mir das Licht ihrer Nebelscheinwerfer, ihre Verachtung und eine Spritzwasserdusche gesandt, als ich fast mit Pepito und der Coupé zusammenstieß. Die Coupé tanzte und sang »Watussi, Watussi, Watussi …« und verquickte die Melodie in einem fröhlichen Potpourri mit »I'm singing in the rain«, womit mir über den Papagei alles klar wurde, und dazu spielte sie mit dem Regenschirm, der sie erst bedeckte und dann wieder nicht, bis er ihr wie ein Seifenstück aus der Hand glitt, Räder über den Asphalt schlug, die Straße hinab, und nach einem scheuen Flug über einen Abhang vor Yeyés verzweifelten Augen verschwand. In ihrer Glückseligkeit tanzte die Frau weiter. Ich kam bei ihnen an. Mit einem Faustschlag landete Pepito am Boden.

»Hoho, wenn der Watussi kommt. Dann kannst du was erleben … Und zwing mich nicht, etwas zu sagen, was ich später bereue«, warnte mich die Coupé in unverständlichem Genuschel. Sie hatte einen leicht ausländischen Akzent. Ich hätte nicht sagen können, woher genau sie kam, ihre Betonung beim Sprechen, die Sätze, die zwischen begeisterten Ausrufen und phonetisch verkorkstem Genuschel hin und her fielen, wie sich ihr Kopf hin und her wiegte, das alles zusammen verwischte jede Spur ihrer Herkunft und verwies umso deutlicher auf ihr unweigerliches Ende.

Pepito stand auf, ohne mich anzusehen, ohne einen Vorwurf, ohne eine Drohung. Er zeigte mit dem Finger auf seine Begleiterin und sagte:

»Ein bisschen mehr Respekt vor ihr, sie ist eine Diplomatentochter …« Dann wandte er sich an die ehrwürdige Dame und warnte sie: »Wehe, du machst mit den Schläppchen dasselbe wie mit dem Regenschirm. Hast du verstanden?« Seine Verärgerung war aufgesetzt oder zu schwach. Später, über uns wieder der Regen und unter uns die ganze Verdorbenheit der Welt, befahl er mir: »Pass auf, Schlaumeier, wir gehen irgendwohin, wo es Autos gibt, du schnappst dir eins, und wir fahren ins Viertel zurück.«

»Und was ist mit denen, die dort oben geparkt standen?«

»Die haben die Hippies genommen. Los, komm … Außerdem, ich hab doch keine Ahnung, wie …«

»Ich hab dich vorhin gesehen, Arschloch.«

»Aber wenn die Bulletten mich fahren sehen, ist's vorbei. Du fällst nicht so auf. Außerdem, wer am Steuer sitzt, sitzt am längeren Hebel. Und was ich hinter mir habe …«

Wieder landete er mit einem Schlag im Straßengraben. Er stand wieder auf.

»Hoho, wenn der Watussi kommt … Und zwing mich nicht, etwas zu sagen, was ich später bereue.« Mit der Coupé vermisste keiner mehr die Papageien.

Wir gingen auf der Straße weiter, einem einzigen Sturzbach, und gelangten schließlich an eine Kreuzung und ein Stück weiter an drei identische leere Häuser mit geschlossenen Fensterläden.

»Wir könnten hierbleiben und einziehen«, schlug die Coupé munter vor. »Die Häuser sind genau gleich, ein Vater hat sie für seine drei Töchter gebaut. Das hat er mir erzählt.«

Dieses »er« bezog sich sicher auf den Yeyé, dachte ich, und damit verlor die Information sofort an Wert. Und wen interessierte das überhaupt. Der Yeyé zog die Coupé zu dem Holzzaun, damit sie drübersprang und sich unter dem Vordach des ersten der Drillingshäuser unterstellte. Wie ich vorhin im Wald, sah er sich nach etwas um, womit wir uns abtrocknen oder zudecken konnten.

»Du wirst noch krank«, sagte er zur Coupé. Und sah sich weiterhin um: »Scheiße, ist das ein geiziges Pack hier. Schmeißen nichts weg, die Arschgeigen. Im Viertel hätten wir schon längst was gefunden …«

Es wurde Nacht über dem bergigen Panorama. Hinter einem Hügel lösten sich die Profile einiger größerer Gebäude auf. In der Weite der Abenddämmerung lag die Stadt wie geduckt unter den Wassermassen. Nachdem Pepito das Häuschen umrundet hatte, kam er mit einem Lappen und einem sorgengezeichneten Gesicht zurück. Seit er mit der Coupé zusammen war, hatte er auf einmal ernste Züge und ein Verhalten, als sei er wie durch Zauberhand gealtert und als würden ihn die Zeit, die Umstände und deren Spuren (Hämatome und eine aufgesprungene, geschwollene Lippe) erledigen. Er reifte, in dem er sich aufrieb. In der Folge zitterte seine Stimme beim Reden:

»Dreh dich um«, befahl er mir.

»Warum?«

»Du sollst sie nicht sehen … Ich will sie abtrocknen. Danach kannst du dich abtrocknen, wenn du willst.«

Ich drehte mich um.

»Und versteck dich ein bisschen, verdammt. Wenn sie uns hier an der Tür sehen, kommen sie sofort, und bestimmt nicht, um uns auf ein Gläschen einzuladen.«

Mit dem Gesicht zur Wand stellte ich mich hinter eine der Säulen des Vordachs. Ich überlegte, ob Pepito mit seiner Warnung vielleicht irgendwelche reichen Nachbarn meinte oder ob sie uns immer noch suchten.

»À la première, à la seconde, à la troisième, à la quatrième …«, sagte die Coupé vor sich hin. Ich sah sie aus dem Augenwinkel. Ihre kleinen Brüste waren schon etwas hinuntergesackt, aber damals wusste ich noch nicht, wie ich diese Einzelheit bewerten sollte. Pepito rubbelte energisch den nackten Rücken der Coupé, während sie verloren in den Regen blickte und ihren Beschützer bei der Arbeit störte, indem sie Ballettfiguren aneinanderreihte, Arme und Beine beugte und streckte, und von diesen Bewegungen losgelöst, fiel der Kopf hin und her, als schliefe seine Besitzerin und träumte: »À la première, à la seconde …«

»Jetzt schlägt's *troisième*! Willst du jetzt endlich mal stillhalten!« Diesmal war die Verärgerung echt.

»Ich werde ihm sagen, dass ich wieder tanze. Aber ich werde tanzen, wie ich es will. Wie ich es gelernt habe. Ich werde ihm sagen, dass ich genau die gleiche Ausstrahlung besitze wie er. Wenn ich in einer Straße auftauche, gehört die Straße mir, und ob. Und ich kann sehr wohl klare von trüben Wassern unterscheiden. Und ich tanze besser nach innen als er. Er soll bloß nicht noch einmal zu mir sagen, mein Stil sei blass. Das stimmt nicht. Er soll mich bloß nicht mehr damit runtermachen, dass ich aussehe, als würde ich auf Kuhscheiße tanzen. Er will doch nur sagen, dass ich schlecht ficke. Dabei ficke ich einfach wenig …!«

»Pss …«, zischte Pepito und sah aus dem Augenwinkel zu mir. Ich drehte den Kopf weg, bevor er bemerkte, dass ich zuschaute.

»Zwing mich nicht, etwas zu sagen, was ich später bereue … Los, dreh dich um, ich zieh dir das Hemd an. Und wehe, du schiebst die Ärmel hoch …«

»Hast du ihn gesehen, Yeyé?«

»Nein …«

»Bestimmt nicht? Ich habe den ganzen Tag gesucht. Bis ich zu der Französin gekommen bin, und …«

»Sag nicht, was du jetzt sagen wirst …«

»Niemand kann ihn sehen … Es ist schon zu lange, dass er nicht gesehen werden will. *Première, seconde, troisième* … Ich suche ihn und …«

Ich sah nur die Schatten der Tanzbewegungen, Winkel, die entstanden, sich verwandelten, wieder auflösten. Verwischte Schatten, Stimmen, die sich entfernten … Sich entfernten? Ich hörte Schritte auf der Fahrbahn und wusste, dass sie wieder auf die Straße gegangen waren. Und ich, immer noch mit dem Gesicht zur Wand. Pepito hatte mit dem Lappen der Coupé die Haare zusammengebunden, inspiriert durch die Kopfbedeckung von Julias Leiche, mit der ihre Schädelverletzung kaschiert worden war, wie er mir gesagt hatte.

»He, der Typ hält mich fest. Sag ihm, er soll mich loslassen. Dass ich heute nicht arbeite. Wenn er es noch nicht mitbekommen hat …«

»Lass sie los.«

»Nichts da …«, verneinte ich, der ich sie auf der Straße eingeholt hatte und nun den Zahnstocherarm der zarten Coupé festhielt, eine seltsame Buckelpiste unter dem nassen Stoff ihres Hemdsärmels, der bis zum Handgelenk reichte. Den ganzen Tag lang hatte Pepito alle möglichen Tricks eingesetzt, um nicht allein zu sein. Jetzt war ich es, der Begleitung forderte, vielleicht weniger raffiniert, dafür aber umso wütender: »Wenn wir ein Auto sehen, gehst du und holst es … Ich warte solange mit ihr. Du holst es, und dann fahren wir zurück ins Viertel.«

»Wer ist dieser Idiot? Er tut mir weh … Wenn er kommt, bringt er dich um … Schreibt das W in dein Gesicht …« Die Zerbrechlichkeit des Mädchens, dieser magere und zerstochene Arm, den ich fest umklammert hielt, konnten nicht über den schlechten Charakter dieser Coupé hinwegtäuschen.

»Drück wenigstens nicht so fest …«, lenkte Pepito ein, beschleunigte seinen Humpelgang und hielt vor einem Haus. Mit der Hand machte er uns ein Zeichen, dass wir stehen bleiben sollten. Er sah uns fest an und verlieh seiner Geste Nachdruck, dann kletterte er einen Abhang hoch. Ohne ihn zu beachten, zerrte ich die zeternde Diplomatentochter hinter mir her, um dem Yeyé auf seinen Erkundungen zu folgen und unangenehmen Überraschungen vorzubeugen.

»Du bist der letzte Idiot. Und ein dummer Junge! Ein Nichts bist du! Na, wo hängen deine Eier? Zeig schon …«

Mit Hüftkreisen vereitelte ich der Coupé ihre Suche nach meinen Genitalien und beobachtete gleichzeitig, wie Pepito sich einem Einfamilienhaus, wie man das heute nennt, näherte. Innen gedämpftes Licht, als hätte man dem elektrischen Licht abgeschworen und sich auf die flackernde Weichheit des Kerzenscheins zurückbesonnen. Das brachte einen auf den Gedanken, dass die Schatten deshalb über die Decken huschten und die Köpfe deshalb vom Fenster aus den Regen betrachteten und nicht den neben der Tür parkenden Gordini, weil es einen Stromausfall gegeben hatte. Ihre melancholische Betrachtung des Sommergewitters würde bald ein Ende haben, wenn vom Berg hinab die Wassermassen und von der Straße der Krüppel angeschossen kämen, den allerdings sahen sie nicht, denn er duckte sich und schlich – das schlimme Bein zog bei jedem Vorwärtsruck einen seltsamen Halbkreis – zu der Fahrertür des silbernen Autos.

»Er ist von Cuervo und Neffe …«, informierte mich die Coupé und zeigte auf den orthopädischen Schuh, den dieser flinke Körper ruckweise hinter sich herschleifte. Und auf einmal zeigte sie in einem seltsamen, koketten Stolz auf sich selbst: »Ein Geschenk …«

Als Pepito endlich an der Tür war, zog er sich den Gürtel aus – mit einer Flinkheit und einem Geschick, die zugegebenermaßen meine Fähigkeit übertrafen – und entfernte den Dorn, um damit das Schloss zu knacken. Die Köpfe im Fenster konnten nicht sehen, wie der Yeyé flugs ins Auto stieg, denn sie wurden von der extravaganten Coupé abgelenkt und in den Bann gezogen, von ihrer Stimme, die sich auf der Melodiewelle von »I'm singing in the rain« tragen ließ, während sie mit den Absätzen dazu ein rhythmisches »tick, tack, rakatack, tack, tack« vortrug. Als guter Kenner wusste ich, dass Pepito vorne im Wagen hockte und die Handbremse gelöst hatte, damit das Auto gleich ansprang, sobald er die Zündung überbrückt haben würde; aber Pepito hatte Probleme, und das Gefälle und die Kraft des Wassers bewirkten, dass das Fahrzeug ins Schlittern kam und langsam, aber sicher abdriftete. Das sorgte schließlich dafür, dass die Blicke aus dem Hausinnern von der Coupé abließen, der nur noch eine Laterne fehlte, nicht um ihren Beruf auszuüben, sondern um Gene Kelly und seine Stimme in »Dignity, dignity, always dignity« nachzuahmen. Jetzt verfolgten die Hausbewohner nicht minder verblüfft die Bewegungen des von Geisterhand gesteuerten Autos. Zwei Leute kamen aus dem Haus und rannten zu beiden Seiten neben dem Automobil her, das seinem Namen alle Ehre machte. Ihre Kleidung, richtige Hausmäntel, brachten ihren Wohlstand erst richtig zur Geltung. Als einer von ihnen an der Tür zerrte, spotzte der Wagen, über dem Lenkrad tauchte Yeyés Kopf auf, und der Mann nahm Kontakt mit den Zuschauern am Fenster auf und machte mit der Hand neben dem Ohr eine Kurbelbewegung. Jemand sollte die Polizei anrufen. Währenddessen schleifte ich eine zeternde Coupé auf die Straße. Pepito hatte das Auto in Richtung Berg gewendet. Einer der Männer rannte hinter dem Auto her. Ich riss eine Tür auf und sprang hinein.

»Ladies first!« hörte ich den Fahrer sagen, während wir eine völlig weggetretene Coupé ins Wageninnere zerrten, die sich wie bei einer Entführung fühlen musste, da sie die ganze Zeit über aus vollem Hals schrie.

»So eine Scheiße, dann hau doch ab …«, entgegnete ich.

Während das Auto unserem Ziel entgegengesetzt den Berg hochfuhr, sah Pepito in den Rückspiegel und ich durch die Heckscheibe. Der Mann, der auf die Straße gerannt war, lief nun zurück zum Haus. Da sagte der Yeyé auf einmal »Festhalten …«, und ohne uns viel Zeit zum Ausführen des Befehls zu geben, riss er erneut die Handbremse hoch. Der Wagen schleuderte einmal um seine Achse, erfolgversprechende Methode eines lebensmüden Autodiebs. Das hinderte Pepito nicht, die Operation wegen des

Regens noch zweimal zu wiederholen, und fast hätte sich der Wagen überschlagen. Wie auch immer, dieses Roulette gewannen wir und rollten schließlich den Hang hinab. Zum ersten Mal fuhr Pepito mustergültig in eine Kurve ein. In dem Spiegel, über den wir unsere gegenseitigen Grobheiten austauschten, erblickte ich in seinem malträtierten Gesicht eine Emotion.

»Fährt nicht übel«, merkte er an.

»Trotzdem müssen wir ihn stehen lassen«, wandte ich ein. »Sie sind dabei, die Bullen zu rufen.«

»Zwing mich nicht, etwas zu sagen, was ich später bereue, aber die ›Bullen‹, wie dieser Hosenscheißer sie nennt, mag er gar nicht …« Dieser freundliche Hinweis kam von der Coupé.

»Pass auf, bei der Pisse setzt keiner von der Polente einen Fuß vor die Tür, solange es kein Gold regnet … Kannst du mir glauben. Vor dem Viertel lassen wir ihn stehen. Und jeder von uns geht seines Weges. Deine Mutter macht sich bestimmt schon Sorgen.«

»Wehe, du schlägst ihn, dann kratz ich dir die Augen aus …«, warnte mich die Coupé, nachdem ich Pepito für seine zynische Bemerkung über meine Mutter voller Wut einen Schlag auf den Hinterkopf versetzt hatte.

Die Leistung des Scheibenwischers reichte nicht, um den Regen zu beseitigen. Als ich Jahre später in den Tunnel einer Waschanlage einfuhr, hatte ich eine Katharsis, leider keine befreiende. Noch einmal kehrte dieser Tag, diese Stunde zurück, und mit ihr alle Sehnsucht und alle Niedertracht, dieses »andere Ich«, das man so oft vergeblich sucht und auf einmal in einer banalen Situation findet. Und bitte, jetzt lache niemand über meine heiligen Orte.

25

»Zwing mich nicht, etwas zu sagen, was ich später bereue …«
»Halt die Klappe.«

»Wegen dir bin ich in Schwierigkeiten. Ihn bringt das nicht aus der Ruhe, aber wegen dir suchen sie ihn.«

»Halt endlich die Klappe.«

»Ich denk nicht dran.«

»Pass auf, alle sagen, dass er die Julia auf dem Gewissen hat, sie würden ihn also sowieso suchen, oder nicht ….? Und jetzt sag nichts mehr, denn der da hört alles und denkt alles nochmal und nochmal durch wie ein Wiederkäuer, und dann sagt er seltsame Dinge.«

»Der da«, das war ich. Die Sprechenden, Pepito und die Coupé. Was hinter dem verschwommenen Ende des Autos herunterkam, die Sintflut.

»Seid ihr nicht Freunde?« fragte mich die Coupé. Und nach einer Pause: »Ein Idiotengesicht hast du ja …«

»*Ich* bin sein Freund. Und ich habe genauso den ganzen Tag lang den Watussi gesucht. Mit ihm. Damit er auch mein Freund ist.«

»Hättest du wohl gern. Mit dir fängt der Watussi gar nicht erst an …«

»Ruhe, ihr beiden …«

Ich beachtete Pepito nicht. Dass er der Coupé den Mund verbieten wollte, ließ auf allerhand verborgene Lügen schließen.

»Ich heiße Fernando …«

»Und warum gibst du mir die Hand? Scheiße, mir ist schon wieder kalt. Gib mir eine Pille, Yeyé … Die Französin hat dir vor meinen Augen zwei Palfiums gegeben. Ich hab's gesehen.«

Der Yeyé schnalzte mit der Zunge, nahm die Hand vom Steuerknüppel und schob sie in die Hosentasche. Der Wagen schlingerte, gefolgt von den entsprechenden Flüchen, dann erst fanden die Pillen ihre Bestimmung in der zitternd aufgehaltenen Hand seines Schützlings.

»Und kein Wort mehr …«, mahnte Pepito.

»Ich rede, wenn es mir passt …« Die Coupé schluckte die Tabletten. »Aber Vorsicht, zwing mich nachher nicht, etwas zu sagen, was ich später bereue …« Sie sah mich an: »Du bist doch nicht von der Polente, oder? Für die Polente bist du zu jung. Und sei nicht so brutal. Vorhin, als du mir in den Arm gekniffen hast. Das hat richtig wehgetan.«

»Das war keine Absicht … Wie heißt der Watussi wirklich?«

»Das geht dich einen Scheißdreck an …!« Pepito widmete seine Konzentration zu gleichen Teilen meiner geschickten Psychofolter und einer einspurigen Straße, die zwischen Schulen und Wohnsiedlungen hindurchführte und sich bald in eine Avenida verwandelte.

»Der da vorn weiß ihn nicht …«, teilte ich der Coupé mit: »Schon merkwürdig …«

»Merkwürdig? Ich kenne ihn und weiß seinen Namen auch nicht …«

Musik in meinen Ohren. Mein wütender Blick traf sich mit dem vom Yeyé im Rückspiegel. Dieser Hochstapler. Pepito kannte den Watussi gar nicht. Aber Moment mal … warum nicht sich vergewissern und einen quälenden Tropfen, pling, nach dem anderen, plöng, auf seinen Kopf fallen lassen?

»Erzähl mir mehr vom Watussi, Coupé. Wir haben ihn den ganzen Tag lang gesucht, und er hat mir nichts über ihn erzählt. Ich weiß nur, dass er gut im Prügeln ist …«

Der Yeyé sagte eine ganze Weile nichts mehr, das »Steig aus« kam erst später.

»Er prügelt sich, stimmt, aber er will gar nicht. Er will viel lieber tanzen. Und vögeln. Und verschwinden … Verschwinden ist seine Lieblingsbeschäftigung. Er hat mich links liegen lassen, das hat mir zugesetzt. Aber glaub bloß nicht, was die Leute sagen. Er hat nichts von dem gemacht, was die Leute sagen. Er ist nicht blöd. Und wenn er es doch gewesen ist, wird die Julia ihm schon einen Grund gegeben haben … Er tanzt sehr gut. Weißt du was, Francisco?«

»Fernando …«

»Fernando, weißt du was? Als ich ihn auf Ibiza tanzen sah, hat er dieselben Bewegungen gemacht wie ich. Nach einer Weile ist mir natürlich klar geworden, dass er mich gesehen und meine Bewegungen nachgeahmt hat. Aber am Anfang dachte ich, die Übereinstimmung ist zufällig. Und dass wir beide den Hitch-hike machten …« Sie bemerkte, dass ich nicht wusste, wovon sie sprach, oder sie war es schon gewöhnt, an dieser Stelle ihrer Erzählung eine Erklärung einzuflechten: »Der Hitch-hike ist ein Tanz. Und weil wir ihn beide gleich tanzten, und nur wir, fühlten wir uns aufregender und großartiger als alle anderen. Je besser du ihn draufhast, desto einfacher und simpler sieht er für die aus, die sich nicht auskennen. Aber das Leichte ist gerade das Schwere. Und ich habe gesehen, wie bei ihm das Schwere leicht wird, wie von allein, mühelos. Ich habe einen Trick angewendet …« Sie nahm mich am Arm: »Du musst dir einfach vorstellen, dass du zwei Bürsten reibst, eine gegen die andere … Gut, lassen wir das …« Sie ließ mich los, und es schien sie nicht zu kümmern, dass sie mir vielleicht zu nahe getreten war: »Die einen taugen etwas und die anderen nicht. Die einen taugen etwas und haben Takt. Und dann gibt es welche, die taugen etwas und haben Rhythmus. Es ist nicht dasselbe, ob jemand Rhythmus oder Takt hat. Das hat er mir gesagt, aber ich wusste es schon. Er hat Rhythmus. Und der Yeyé auch. Ich habe nur Takt. Und ich bin auch nicht mehr gut …«

Pepitos und mein Blick trafen sich wieder im Rückspiegel. Das ging noch ein paar Mal so, bevor das »Steig aus« kam. Die Coupé redete weiter:

»Er versucht es mir die ganze Zeit zu erklären. Aber er will einfach nicht begreifen, dass wir nicht das haben, was er hat. Er hat alles, einfach alles. Alles, außer der Wahrheit. Und was ist die Wahrheit wert, bitte? Wer legt Wert auf sie?«

Sie schwieg für einen Moment. In der Ferne hörte man Sirenen. Sie blickte nach draußen, die veränderte Straße, die Gebäude:

»Das ist die Feuerwehr. Und Rettungswagen. Die meinen nicht uns … Wozu also ist die Wahrheit gut … Weißt du was, Federici?«

Die Information war zu wertvoll, als dass ich es gewagt hätte, sie zu verbessern: »Der heutige Tag erinnert mich an eine Geschichte, die mir der Watussi erzählt hat. Er wiederum hatte sie von einem Schwarzen. Irgendwie hat dieser Saftsack alles von den Schwarzen. Diese Geschichte auch. Und den Namen hat er auch von einem Schwarzen. Und alles geht vorbei. Und beginnt wieder von vorne. Und ich muss morgen wieder hoch ins La Alameda, aber vorher lutsch ich dem … Die Penacho lässt mich nicht mehr bei sich arbeiten … Celso, dieses Arschloch, hat ihr das sicher gesagt. Dieses Arschloch von Celso hat es ihr gesagt, weil ich die Frau vom Watussi bin, weil ich seine wirkliche Frau bin, auch wenn ich ihn nicht mehr gesehen habe, seit er unsichtbar geworden ist. Seit er für sich beschlossen hat zu verschwinden. Das ist wie in der Geschichte von dem Schwarzen.«

»Erzählst du sie mir?«

»Wozu? Du verstehst sie doch nicht …« Die Coupé reckte den Hals und schloss die Augen. Sie zog sich den Lumpen vom Kopf und sah angewidert ihre Zotteln an. Wahrscheinlich war sie gerade einmal zwanzig. Als sie mit dem Begutachten ihrer Haare fertig war, sah sie mich an. Offenbar fand sie mich nicht ganz so eklig wie ihren Pelz, denn sie schlug nun einen etwas freundlicheren Ton an: »Soll ich dir eine Geschichte erzählen?«

»Eine Geschichte?« fragte ich in vorgespielter Überraschtheit: »Wenn du willst …«

Wütender Blick von Pepito im Rückspiegel.

»Es ist eine Geschichte, die man ihm einmal erzählt hat. Ein Schwarzer hat sie ihm erzählt. Da ist noch eine Geschichte. Ein Mädchen geht zu einem Tänzer mit nach Hause und sieht weißes Zeug, das auf dem Boden verstreut liegt. Erst dann entdeckt sie, dass es Knochen von Männern und Frauen sind … Aber die Geschichte erzähle ich dir nicht, Schrecken hatten wir schon genug heute. Ich erzähle dir eine andere. Die Gründung des Hundetempels. Der Hundetempel ist an einem Strand, auf irgendeiner Insel auf der anderen Seite der Welt. Vor vielen Jahren erlitt ein Fischkutter in einem Unwetter Schiffbruch. Alle Fischer, die auf dem Schiff gewesen waren, stürzten ins Meer, und am nächsten Tag fanden die Bewohner der Insel am Strand lauter Menschenleichen in allen möglichen Verrenkungen. Ich mag mir das gar nicht vorstellen … Die Inselbewohner beschlossen, die Fischer alle zusammen zu beerdigen. Sie hoben ein großes Loch aus und legten sie hinein. Doch da sprang der Hund von einem von ihnen mit ins Loch und wollte nicht mehr herauskommen. Also begruben sie ihn mit. Lebendig. Seitdem wird auf der Insel der Hund als Gott der Treue verehrt, in einem Tempel, den man für ihn am Strand errichtet hat. Die Primitivlinge von der Insel glauben nun, die Treue sei eine besondere Tugend von ihnen, und sie beten im Hundetempel und bringen dort Blumen und Geschenke und sogar Gold dar. Der Schwarze, der dem Watussi die Geschichte erzählt hatte, kannte den Hundetempel, und als er dorthin ging, und er ging in gutem Glauben hin, sah er Nutten und Mörder und Bonzen mit dicken Limousinen … Der Schwarze betete im Hundetempel um Schutz für sich, für seine Frau und seine Kinder. Doch zurück in Marseille brachten sie ihn um, direkt nachdem er dem Watussi die Geschichte erzählt hatte. In Wirklichkeit hatte er sie dem Watussi erzählt, damit dieser ihn nicht umbrächte, aber es nützte nichts. Dem Watussi blieb die Geschichte, und einmal hat er mir gesagt, wenn er verschwinden würde, solle ich ihn auf der Insel mit dem Hundetempel suchen, denn dorthin wolle er gehen, um für alle, die er auf dem Gewissen hatte, zu beten, und für den Vater, den er nicht gehabt hat. Vielleicht ist er dort. Aber ich weiß nicht, wo die Insel ist. Wenn ich sterbe, wird man einen Hundetempel für mich allein errichten. Weil ich der Hund dieses Schweins bin. Die Nutte und der Hund in einem …

Und der Yeyé ist der Hund des Hundes vom Watussi«, sagte sie mir. Die Coupé hatte keine Zeit mehr, mir noch etwas zu sagen, denn nachdem sie sich ein paar Mal aufgebäumt hatte, erbrach sie sich auf ihre eigene Hose und suchte die Pfütze sogleich nach einer Pille ab.

Übel riechendes Schweigen, umtost von Martinshörnern, Donnern und Regen, bis die Coupé einen Rest der Pille rettete und Pepito sagte:

»Steig aus.«

Dankbar sog ich die frische Luft ein. Ich flüchtete mich in einen Eingang, um über mein Leben jenseits aller Hundetempel nachzudenken. Die Feuerwehrautos zerrissen die Avenida, und bevor ich den Hafen erreichte, rasten die roten Krachmacher den Berg hoch. Diese verfluchte Farbe verfolgte mich. Sie belauerte mich, um mich bei der geringsten Unachtsamkeit von den Veranstaltungsplakaten aus anzuspringen, von der Kleidung der Passanten, die rannten oder sich dicht an den Häuserwänden entlangdrückten. Genau an diesem Ort hatte ich das Duell der Scarletts erlebt und Julias boshaftes Lächeln bewundert, ihre Raubtierfratze, ihre blitzweißen, leicht auseinanderstehenden Zähne, die gefletschten Lippen. Und ihre Freundin Dora, die sie vielleicht heute Morgen aus Eifersucht umgebracht hatte, oder aus einer unbekannten Wut. Es war besser, allein zu sein. Allein zu denken und allein bergan zu gehen.

Das Unwetter trieb die Nacht voran. Geheimnisschwere Dunkelheit, elektrische Antiklimax, Stromausfall und tote Laternen. Ich trat den Aufstieg an, ohne mich vor den beiläufigen Blicken aus gelblich erhellten Bars zu schützen, vor den vorbeihuschenden Umrissen, vor den Köpfen, die auf ausladenden, überdachten Balkonen zusammensteckten, vor den Leuten, die unter Stöhnen das Wasser aus Eingängen und Tiefgaragen schöpften. Als ich über die desolaten Stufen die Zivilisation verließ, stellte ich mir vor, wie weit die Gerüchte an diesem Tag wohl unter den Nachbarn gediehen waren, die Übertreibungen, durch die das Lauffeuer noch mehr loderte.

»Sie haben die Julia vergewaltigt, und obwohl man sie hinterher verhört hat, geben sie die Schuld weiter dem Watussi. Zwei sehr gefährliche Jungen.«

»Sie haben fast die Wühlmaus umgebracht …«

»Und einer hat die Samanta gevögelt.«

»Mir haben sie erzählt, kaum hätte sie ihn gesehen, habe sie sich schon auf ihn gestürzt, um ihm einen zu blasen.«

»Er ist eben Wasser aus dem Fluss …«

»›Wasser aus dem Fluss‹? Was du nicht sagst … Sieht aber aus wie ein braver Junge.«

»Der Eindruck täuscht …«

»Ich mag ihn. Ich hab ihn immer gemocht.«

»Der Superman hat sofort den Schwanz eingezogen, als er ihn gesehen hat. Der Superman. Und er hat ihm alles erklärt …«

»Und der Watussi?«

»Welcher Watussi?«

»Vom Watussi will keiner mehr was wissen. Der Watussi ist ein toter Mann.«

»Ein toter Mann.«

»Er ist tot.«

»Irgendwann sterben wir alle …«

Auf halber Höhe war der Strom wieder da, ich hörte auf, vor mich hin zu träumen, und mir zitterten die Beine. Ich beschloss, in eine Bar neben dem Vergnügungspark zu gehen. Das ziemlich gemischte Publikum unter einer Wolke aus Rauch und Gesprächsfetzen redete nicht über die Festnahme vom Watussi, wie ich gehofft hatte, sondern über das Ausfallen der Abendvorstellung, und dass womöglich auch der Auftritt von Pedro Vargas, dem mexikanischen Sänger, abgesagt würde, denn ein Besoffener am ersten Tisch neben dem Eingang erzählte, ohne dass ihm jemand Beachtung schenkte, der berühmte Sänger habe eine Erleuchtung gehabt. Als er einen Stein auf dem Weg sah, habe er als seine Bestimmung erkannt, zu rollen und immer weiter zu rollen …«

»Rollen und immer weiter rollen!« Er war sich sein eigener Chor und lachte.

Endlich fand ich in dem Gedränge ein Durchkommen. Ich zog den Tausend-Peseta-Schein aus der Tasche und schwenkte ihn wie ein Fähnchen, um die Aufmerksamkeit des Kellners auf mich zu ziehen.

»Einen Kognak …«, bestellte ich.

»Erst wenn du deine Erstkommunion hinter dir hast …«, schoss er zurück.

Er wusste nicht, wer ich war, und betrieb auch keinen Aufwand, um das herauszufinden, und noch bevor ich den Grad seiner Verachtung einschätzen konnte, riss mir jemand mit einem in unserem Viertel nicht seltenen Geschick den Schein aus der Hand, um ihn in seiner eigenen verschwinden zu lassen. Ich sah hoch und entdeckte die übel zugerichtete Wühlmaus. Schlecht.

»He, Schwachkopf, der Kognak ist für mich …«, sagte er zu dem Barkeeper und hielt mich mit seinem starken Arm fest.

Der Barkeeper erging sich in Entschuldigungen und erkundigte sich noch nach unseren Blutsbanden.

»Er ist der Neffe von einer Schwägerin von mir«, sagte Wühlmaus: »Nicht wichtig … Gib mir noch einen für den Parche.«

Ich versuchte, Wühlmaus' Handzeichen zu entziffern, die er hinter meinem Rücken machte. Dann näherte sich aus der Menge ein Subjekt mit dem Gesicht eines Geiers, darunter ein übergroßes Hemd, auf dem »Harvard University« prangte, und als persönliche Note saß auf der Stirn eine Missbildung, die sich mit jedem Atemzug aufblähte und wieder zurückzog, ein Loch im Knochen unter der Haut, die sehr weiß und fast durchscheinend war. Schlicht gesagt, er sah zum Fürchten aus. Übertraf alles, was am Kriminellen-Kolleg so rumlief. Sowohl auf den ersten als auch auf den zweiten als auf jeden anderen Blick.

»Was ist los?«

»Er ist einer von den Lümmeln …«

»Du Scheiße …«, rief der Parche und stieß mich gegen den Tresen. Es gab kein Entkommen, aber schließlich war ich darauf eingestellt, dass so was früher oder später kommen würde. Jetzt kam es nur darauf an, durchzukommen. Ich musste Wasser aus dem Fluss sein.

»Schau mal, was er hat …« Wühlmaus zeigte dem Parche den Tausender, bevor er ihn dem Typ am Tresen gab: »Woher hast du den?«

»Gefunden.«

»Du ganz allein …« Er trank den Kognak in einem Zug. Bevor der Barkeeper den Schein nahm, bestellte er noch einen und sagte zu Parche: »Was für eine Zerstörung überall …«

»Wenn man den Krempel sieht, …«

»… den es den Graben am Friedhof runtergespült hat.« Er sprach von den Hütten, die fröhlich über das Gemeinschaftsgrab des Friedhofs ragten. Bei ihnen bekannt unter »das Zuhause«, für alle anderen die Stadt-ohne-Gesetz. »Da kamen Sachen runter wie in dem Winter mit dem Schnee, nur ohne Schnee. Die reine Scheiße.«

»Und Küken und Hühner und ein Schwein und tausend Ratten, hat man mir jedenfalls gesagt. Und Scheiße.«

»Viel Scheiße.«

»Und Kondensmilchdosen und Orangenkisten und Kanister mit Teer und Eternitplatten und Dächer und glatzköpfige Puppen … und Scheiße.«

»Viel Scheiße, ja …«

Sie tranken, zogen sich in ihre Gedanken zurück, sahen mich aus den Augenwinkeln an und vergaßen mich sogleich wieder:

»Und die werden nichts mehr wieder aufbauen. Sie werden sie umsiedeln … Was weiß ich …«

»Ist doch gut, wenn sie sie umsiedeln.«

»Von mir aus …« Wühlmaus zuckte die Schultern und betrachtete mit seiner gewohnten leichten Abwesenheit das leere Glas: »Trinken wir noch einen?«

»Wenn wir mit dem Tausender halbe-halbe machen …«, handelte der Parche.

»Würde ich schon machen, aber ich möchte das Geld lieber meiner Cousine geben. Sie hat in so einer eingestürzten Hütte gewohnt, die arme Antonia …«

»Aber hast du nicht gesagt, dass dir das Unglück egal ist?«

»Wie soll es mir egal sein, wo ich dort aufgewachsen bin, war noch ein Kind, als wir vom Dorf kamen, und ich wie ein Wiesel die ganze Zeit am Hoch- und Runterrennen, wie soll es mir da egal sein? Und jetzt hat die arme Antonia kein Haus mehr …« Wühlmaus fing fast an zu heulen.

»Habt ihr das mitgekriegt?« fragte eine dritte Stimme: »Das verdammte Gewitter hat die Stadt-ohne-Gesetz komplett ersäuft … Wollten wohl alle den Toten Gesellschaft leisten …«

»Komplett?«

»Jetzt gibt's großes Geschrei bei denen, die kein Haus mehr haben, und bei denen, auf deren Haus ein anderes draufgefallen ist. Und dazu die Scheiße, die rangespült wurde, es ist zum ... Hunde, Katzen, sogar eine Ziege ... Und der da?« Der Neuankömmling mit dem herben, aber nicht sehr gefährlichen Gesicht zeigte auf mich.

»Der Neffe von einer Cousine ...«

Der Übermittler der finsteren Nachricht setzte ein schwaches Lächeln auf und ging. Bei bestimmten Personen empfahl sich immer ein Gruß und ein kurzer diplomatischer Wortwechsel, im rechten Maß natürlich, nicht dass der Verbrecher noch auf den Gedanken käme, man wolle ihn ausfragen oder zu viel wissen. Ein plötzlicher Fausthieb aus blindem Misstrauen war keine Seltenheit. Der Typ tat gut daran zu gehen. Ich verstand ihn. Sich rechtzeitig zurückziehen war eine Lektion, die allzu selten erhört wurde.

»Ein Neffe deiner Cousine also ...« Der Parche war noch immer argwöhnisch gegenüber Wühlmaus' Gleichgültigkeit. Es ging noch immer um mich. Mich ließ das kalt: »Deine Verwandtschaft da, gefällt mir überhaupt nicht. Los, gehen wir ...«

»Wollen wir nicht noch einen trinken?«

Der Parche gab zu verstehen, dass er es eilig hatte, worauf Wühlmaus einwand:

»Jetzt komm aber. Die haben uns den ganzen Tag nach ihnen suchen lassen, und wenn wir ihnen den da jetzt bringen, heißt es doch sowieso nur wieder Warten, Fragen und eins auf die Mütze. Weiß der Henker, wann ich mal wieder in Ruhe einen trinken kann. Und eins schwör ich dir, wenn der Motor nicht schnell Benzin kriegt, war's das. Nicht geschlafen haben und dann der Sturz ...« Wühlmaus zeigte auf seine Verbände, während er mich in den Arm kniff, damit ich nichts Falsches sagte. »Ich mach das nicht mehr mit. Und keiner hat mich gewarnt ...«

»Vor was hätten sie dich denn warnen sollen?« Der Parche improvisierte eine Art Aufruf: »Alle aufgepasst, morgen holt sich der Watussi die Julia, und dann heißt es, ihn suchen gehen ...«

Wühlmaus schwankte.

»Stimmt schon … Hast ja recht! … Jetzt warten wir erst mal, bis es aufhört zu regnen. Wie lange wird das dauern? Halbe Stunde? Und du rührst dich nicht vom Fleck …«

»Habt ihr das mitbekommen?« fragte eine neue Stimme. Ich wollte mich umdrehen, aber jemand drückte mich mit dem Gesicht gegen den Tresen. Der Mann hinter der Bar sah mich gleichgültig an und wandte sich wieder dem anderen zu: »Der arme Jesús ist tot gefunden worden. Ertrunken … Anscheinend hatte er sich genau an der Stelle, wo die Mure runterkam, zum Schlafen hingelegt …«

»Er hat schon immer gern mit den Toten geredet. Der Arme …«, Parche.

»Der Arme. Da hast du es, eines Tages sind wir dran«, Wühlmaus.

»Und jetzt fressen ihn die Ratten …«, der Vor-Ort-Berichterstatter.

»Aber Ratten sind doch wasserscheu. Sie hauen ab …«, der Parche.

»Ach ja? Und wo verstecken sie sich, wenn es regnet?« Wühlmaus.

»In einem Loch …«, der Parche.

»Genau, sie fliegen … Schauen bei ihrer Mutter vorbei. Verkriechen sich in eine Bar und rauchen eine …«, Wühlmaus.

»Wie alt war Jesús eigentlich?«, der Parche.

»Vom Aussehen nach eher alt …«, der Berichterstatter. »Und der hier?«

Der hier war ich.

»Ein Neffe meines Schwiegervaters …«

»Du bist verheiratet, Wühlmaus?«

»Du fragst aber viel … Und wenn du mich noch einmal Wühlmaus nennst, reiß ich dir den Kopf ab.«

»Sie öffnen die Schalter!« verkündete der Mann hinterm Tresen: »Sie öffnen die Schalter!« wiederholte er. »Die Vorstellung findet statt, meine Herren … Und es gibt Musik …«

26

Während unseres Aufstiegs zu den »Häusern« unterbrachen einige Leute ihre Pumparbeit, um der Wühlmaus und dem Parche etwas zuzuwispern. Mit neuen Informationen versorgt, gingen wir über Umwege durch den Matsch zum El Molino, das Schmatzen des Schlamms, die stillen Kinder, die in der Hocke Frösche quälten, und ein müdes Ausschauhalten von jemandem, der weniger mit uns als damit beschäftigt war, auf der anderen Seite der Segelstoffwände Kerzen und Windlichter anzuzünden. Während meines Aufstiegs hatten mich die Schlägertypen und der sich in der reinen Luft ausbreitende Müllgestank fest im Griff. Wie ich mehrmals im Lauf meines Lebens festgestellt habe, herrscht in der Tiefe der Angst ein ungewöhnlicher Frieden, ein Meeresfriedhof, wo das Wasser in umgestürzten Schiffsrümpfen wohnt, aus deren Bullaugen Totenköpfe blicken. In dieser Gegend, in der die Luft stillsteht, ist das Denken anstrengend. Darum verwendete ich während unseres Aufstiegs, bei dem ich die kaltblütigen Killer immer im Blick behielt, meine ganze Denkkraft darauf, wenigstens im rechten Moment den Satz »Ich bin Wasser aus dem Fluss« auszusprechen und geschickt ins Gespräch einzuflechten.

Ich sah kaum etwas in dem flackernden Schein der Lichter, die in der scheinbar unermesslichen Leere verteilt waren. Stimmen verstummten, sobald wir auftauchten, während das Klappern irgendwelcher Pantoffeln anwuchs und nacheinander aus dem schwachen Lichtschein zuerst meine Mutter kam und gleich hinterher die große Ohrfeige, dann kleinere Ohrfeigen und ein abschließender Fußtritt als körpersprachliche Synthese. Vom Boden her hörte ich das fast schon komische »Scheiße, scheiße …« eines Wühlmaus, der von Floras zupackender Art sichtlich beeindruckt war. Jetzt half sie mir vom Boden auf, weinte und umarmte mich.

»Ich bin Wasser aus dem Fluss! Ich bin Wasser aus dem Fluss!«

schrie ich den zitternden Gestalten und Schatten zu, die ich hinter dem Arm meiner Mutter zu erkennen glaubte.

»Halt die Klappe«, befahl mir Wühlmaus.

»Halt lieber du die Klappe, du hast mir den Jungen verrückt gemacht«, meine Mutter.

»Bei deinen Backpfeifen ist es kein Wunder, dass er blöd ist.« Wühlmaus, der einen Alkoholdunst verströmte, mit dem man ein ganzes Dorf hätte betäuben können, hatte keine Lust, die Klappe zu halten. In einer anderen Situation hätte mir diese Respektlosigkeit sehr zu denken gegeben. In einer anderen Situation.

»Wühlmaus und dieser andere Mistkerl, was weiß ich, wie ihr ihn nennt! Zieht ab!« schrie eine weibliche Befehlstimme. Meine Mutter nutzte diese Intervention, um mich ein gutes Stück von dem Gorilladuo wegzuschaffen, das mich in diese Ruine verschleppt hatte. Je weiter ich mich entfernte, desto deutlicher sah ich Wühlmaus' verwirrtes und erschrockenes Gesicht.

»Ich habe nichts gesagt, Doña Pilar … und der andere …« Wühlmaus schien in der Luft herumzuschnuppern, um die anderen Anwesenden zu identifizieren: »Es war echt ein schlimmer Tag, was für ein Tag … Oje, echt schlimm!«

»Verpiss dich endlich!« Diesmal erkannte ich Emilianos Stimme: »Und such Tomate, der hat eine Nachricht für dich …«

»Ich bin Wasser aus dem Fluss! Ich bin Wasser aus dem Fluss!« schrie ich. Mein Leser wird schon bemerkt haben, dass ich den Rat, diesen Satz im rechten Moment einzusetzen, nicht ganz beherzigte.

»Du, halt die Klappe!« Emiliano, kurz davor, die Geduld zu verlieren.

Allmählich gewöhnte ich mich an das Gewispere, an die Dunkelheit, die Anwesenheit der anderen, an den Rauch, der von den gleichmäßig aufgestellten Blechdosen emporkräuselte, und an die alten Frauen, die sich unentbehrlich fühlten und unentwegt von Blechdose zu Blechdose gingen, um den Flammen Luft zuzufächeln. So wie es schien, würde man bei der Eröffnung des Tribunals auf einen Großteil der Hauptpersonen verzichten müssen. Im Augenblick konnte ich Doña Pilar ausmachen, Emiliano, die beiden Polizisten, die ich am Morgen gesehen hatte, und sonst … sonst niemanden. Es war sehr dunkel, und das Flackern der Flammen verwirrte einen. Floras Hände quetschten mir bis zur Schmerzgrenze die Schultern, und aus ihrem Mund kam »Heilige Maria, stinkst du aber …« und dass ich nichts sagen sollte, solange man mich nicht fragte. Wühlmaus' Protestbrummen entfernte sich, während er mit dem Parche in Richtung Viertel verschwand.

»Bring ihn her, Flora …«, befahl Doña Pilar. Es war dieselbe Stimme, die Wühlmaus zum Schweigen gebracht hatte, trocken, befehlend.

»Um Himmels willen, tu ihm nichts, er ist doch ein Kind«, die vorbeugende Maßnahme meiner Mutter.

»Aber was denken Sie denn, meine Dame? Wir sind Polizisten …«, sagte der ältere Polizist, der mich offenbar sofort erkannte, wohl aber beschlossen hatte, erst mal nichts über unsere morgendliche Begegnung zu sagen und mich auch nicht zu fragen, was es mit diesem Motto »Ich bin Wasser aus dem Fluss« auf sich hatte. Es war zu befürchten, dass noch nicht mal dieses verdammte Wasser aus dem Fluss irgendeine Hilfe war.

Meine Mutter und ich, auf lächerliche Weise Hand in Hand, blieben in einem zittrigen Lichtschein stehen. Doña Pilar ging zwischen den Schatten umher, auf der Suche nach einer Stelle, wo ihre Stimme nicht hallte. Ihr Herumschleichen war der Grund, warum ich auf einmal auf alle Bewegungen achtete, auf ihre Beine und Füße, den Schweiß … Aus dem Dunkeln drangen Geräusche heran, sodass ich mich umsah, ob jemand Neues dazugestoßen war, und bei dieser Musterung, der ich alle unterzog, fiel es mir auf einmal wie Schuppen von den Augen: An allen Schuhen klebte jetzt Zement; an den Mokassins der Polizisten, an den Füßen meiner Mutter und dem Gummi ihrer Pantoletten, an den Trauerschlappen von Doña Pilar, den Stiefeln Emilianos, mit denen er mit einem Fußtritt ganze Bauwerke umhauen konnte, überall war Zement. Yeyés Beweis, mit dem er ein einziges Mal etwas Nützliches beigetragen und eine Person des Verbrechens an

Julia schwer belastet hatte, hatte sich aufgelöst wie der Rauch, der aus den Blechdosen aufstieg. Auch wenn weder Pepito noch der Watussi, die Coupé oder die zornige Dora vor dieser Menschenversammlung standen, sondern nur meine Mutter und ich. Dann sagte Doña Pilar:

»Gut, meine Herren Polizisten … Sie müssen wissen, dass das hier uns gehört, meinem Bruder, er ist verreist. Heute Morgen, sehr zeitig, als ich den Regen und den Donner hörte und ich es wie immer mit der Angst bekam vor diesen Augustgewittern, fiel mir siedend heiß ein, dass das hier immer noch im Rohbau ist, weil die Stadtregierung meinem Bruder keine Genehmigung gegeben und uns bis heute nicht erklärt hat, warum …«

»Schon gut … Fahren Sie fort …«, befahl der ältere Polizist.

»Heute Morgen also kam mir der Gedanke, dass mit dem Regen bestimmt etwas weggeschwemmt worden ist. Schauen Sie sich doch das Dach an …«

»Ich sehe gar nichts.« Der ältere Polizist war das Sprachrohr der beiden.

»Na schön, eines Tages … haben wir hier unsere Gerätschaften hineingestellt, denn wie Sie sicher wissen, kaufen und verkaufen wir solche Sachen, und hier habe ich auch …«, das Schnalzen eines Gummis, der sich von einer Mappe löste, war zu hören, »… hier habe ich sämtliche Papiere …«

»Nicht nötig, nicht nötig …«

Offenbar bemerkte meine Mutter die Anspannung in meinem Körper, denn sie drückte meine Schulter wieder fester. Sie redeten nicht über das, worüber sie eigentlich hätten reden müssen. Alle, die wir hier waren, wussten, was geschehen war, und trotzdem redete man, ohne jeden Hass oder Zorn, von etwas ganz anderem …

»Also, wir hatten …«, versuchte Doña Pilar Bilanz zu ziehen: »Was hatten wir eigentlich, Emiliano?«

»Also, Nähmaschinen, ein paar Schiffsschrauben, Kisten mit Ersatzteilen, diverse Seefahrtsutensilien, eine Wasserpumpe und ganz neue Waagen, diese großen für Vieh. Alles rechtmäßig.«

»Alles rechtmäßig …«, unterstrich Doña Pilar.

»Die Pumpe wurde gestern verkauft …« Hinter einem Kanister eine Stimme und ein Gesicht, das undeutlich aufschien. Es war der Hehler Tomás. Neben ihm stand Dora, den Kopf an die Schulter ihres Vaters gelehnt. Sie war die Einzige, deren Gesicht unverhohlen Wut ausdrückte. »Ich hab sie jemandem aus Sabadell verkauft, der hat sie auch gleich abgeholt, bar auf die Kralle. Das Geld habe ich zu Hause.«

»Jetzt nochmal langsam. So weit ist alles in Ordnung. Aber, worauf wollen Sie hinaus …?«

»Können Sie sich das nicht denken?« fragte Doña Pilar.

»Natürlich kann ich es mir denken, aber Sie müssen es sagen. Das ist eine Anzeige, kein Ratespiel. Und wenn Sie noch mehr Formalitäten wollen, gehen wir alle aufs Kommissariat.«

»Schon gut. Was wollen Sie? Dass wir Anzeige erstatten? Also gut. Heute Morgen habe ich Emiliano losgeschickt, ihn hier, diesen Herren, damit er nach dem Rechten sieht …«

»Doña Pilar! Doña Pilar!«, eine bekannte Stimme hallte über das ganze Gelände.

Doña Pilar drehte sich erbost zu der Stimme um, die ihre detaillierte Erklärung unterbrochen hatte, und fragte: »Wer ist der Depp?«

»Superman …«, murmelte Emiliano, direkt gefolgt von dem Ruf: »Komm rein!«

Supermans gewaltige Gestalt bewegte sich auf den Kreis zu, der sich im Schein der Lichter zusammengefunden hatte. Das Flattern des offenen Hemds als Vorbote seines kantigen, zerschlagenen und verwirrten Gesichts, das untröstliche Verzweiflung ausdrückte. Er erkannte die Anwesenden, senkte, ohne ein Wort zu sagen, den Blick zu Boden und drückte das Kinn an die Brust.

»Ich hab überall nachgeschaut, rumgefragt … Hier und dort … Nichts.«

»Wissen Sie, wir haben ihn losgeschickt, den anderen Jungen zu suchen. Den Krüppel …« Doña Pilar gab das den Gesetzeshütern zu Protokoll und zog die Aufmerksamkeit auf sich, während ich meine Augen wandern ließ und auf die sich kreuzenden Blicke Emilianos und des Hehlers traf, der erneut aus der Dunkelheit heraustrat. Dora kaute Fingernägel. Der Hehler Tomás zog an seiner Zigarette, und sein Gesicht bewegte sich unmerklich von oben nach unten.

Währenddessen gab der ältere Polizist eifrig Anweisungen:

»Machen Sie sich keine Sorgen. Der Blonde reicht uns völlig. Komm schon …« Der junge Polizist war gemeint. »Nimm die Taschenlampe und mach uns Licht.«

»Du kannst gehen, wir reden später … Geh zu Tomate, der hat eine Nachricht für dich«, sagte Emiliano zu Superman, und das war, glaube ich, einer der Momente, in denen er eines seiner zwei Lächeln verbrauchte, die das Leben ihm zur Verfügung gestellt hatte. Das andere benutzte er sicher, wenn er einen Hund mit seinem 2CV erwischte.

Superman machte wie ein Roboter kehrt und verschwand, was mir zu denken gab. Vielleicht hatte man aufgedeckt, dass er beim Verschleppen der Ausländerinnen in die eigene Tasche arbeitete, oder aber er war so zart fühlend, dass er nicht mit ansehen wollte, was mit uns geschehen würde.

Eine Taschenlampe in der Hand des jungen Polizisten schien auf das Notizbüchlein des älteren Polizisten. Der ältere Polizist notierte sich etwas, sah auf und rechtfertigte sein Tun mit einem schiefen Lächeln:

»Ich weiß, sich etwas aufschreiben ist unfair, aber so bekommt der Augenblick etwas Bleibendes …«

»Schreiben Sie auf, was Sie wollen … Kann ich weitermachen?« Doña Pilar räusperte sich, bevor sie mit ihrer Aussage fortfuhr: »Emiliano ist heute Morgen hierhergekommen und hat nichts gesehen … Womit ich sagen will, dass hier jemand abgeräumt hat. Irgendwelche Missgeburten haben alles geklaut. Besser gesagt, eine Missgeburt.«

»Wollen Sie mir weismachen, dass eine einzige Person den kompletten Maschinenpark mitgenommen hat?«

»Das zumindest haben die Kinder gesehen. Emiliano hat sie gesehen, und sie haben ihm alles erzählt. Der Blonde hier und der Krüppel … Jedenfalls haben wir das alles hier bewacht für einen, der Watussi genannt wird. Ihm zuliebe, der Arme, um ihm einen Gefallen zu tun …«

»Den kenn ich … Und ob ich den kenne …« Die beiden Polizisten legten die Köpfe zur Seite, als hätten sie mit diesem Watussi zusammen die Schulbank gedrückt, dann sahen sie mich an.

»Du weißt nicht, was deine Mutter wegen dir gelitten hat … Deine arme, verwitwete Mutter, wie rücksichtslos von dir …«, sagte der ältere Polizist zu mir: »Wo hast du dich rumgetrieben?«

»Am Fluss. Ich habe dem Wasser im Fluss zugesehen.«

Da grub mir meine Mutter die Fingernägel in die Schulter und sagte:

»Fernando, mein Kind … Sag diesen Herren, was passiert ist. Der Raub …«

»Ich bin Wasser aus dem Fluss.«

»Du und das Wasser, Kleiner, Scheißdreck …« Emiliano stampfte auf, Doña Pilar sah meine Mutter an, der Hehler kam Stück für Stück auf die Gruppe zu. Es kann sein, dass Dora mich ansah und weinte, aber ich weiß es nicht sicher. Ihr Gesicht glänzte vom Schweiß. Ich lenkte einen hastigen, neugierigen Blick zu ihren Pantoffeln, und da war der getrocknete Zement, wie allerdings an den Füßen und dem Schuhwerk von allen hier.

Meine Mutter hörte nicht auf:

»Hast du mir nicht erzählt, dass es heute Morgen geregnet hat, sodass du und dieser kleine Spinner aufgehört habt zu angeln und ihr den Watussi gesehen habt, wie er die ganzen Geräte geklaut hat?«

»Wann kam ich nochmal vom Angeln rauf?« Bei der Absurdität der ganzen Szene hielt ich es nicht für notwendig, besondere Intelligenz zu zeigen.

»Angeln ist im Hafen verboten, falls ihr das nicht wisst …«, sagte der Polizist noch zu mir.

»Sie tun doch nichts, Herr Polizist …«, sagte Doña Pilar ungeduldig: »Und Angeln kann man das auch nicht nennen … Vergessen Sie das …«

Dann kehrte die Stille zurück und das Knistern der Flammen in den Blechdosen. Alle starrten mich an, außer Pilar, die ihren Blick fest auf meine Mutter gerichtet hielt. Ich begriff, dass alles gesagt war und dass ich sie schützen musste …

Dann sagte Doña Pilar sehr langsam, wie um mir einen letzten Hinweis zu geben:

»Offenbar sind die beiden den Hang hinter dem Gebäude hochgekommen und haben gesehen, wie der Watussi den ganzen Laster vollgeladen hat …«

Wieder die Stille. Ich hörte sogar, wie der Hehler den Rauch ausstieß. Ich fasste mir ein Herz:

»Pfeifend kam er heraus, der Knilch … Ich hab's gesehen, so klar wie das Wasser aus dem Fluss.«

»Das reicht«, sagte der Polizist, krakelte etwas in sein Büchlein und klappte es zu.

Zuerst hörte ich meine Mutter seufzen. Dann schrak ich wie alle Anwesenden zusammen, als auf einmal die Wände von El Molino wackelten, als käme ein Riese auf uns zu:

»Was ist das?« fragte Doña Pilar leicht erschrocken.

»Die Musik aus dem Vergnügungspark, er hat wieder geöffnet«, erklärte der Hehler: »Aber ich höre auch ein Auto … Und eine Tür, die zufällt …«

»Was du dir schon wieder einbildest, Tomás«, wiegelte Doña Pilar ab. »Das ist ein Sänger …«

»Pedro Vargas, der Star aus Mexiko, der König …«, erläuterte der Polizist: »Gut, ich glaube, wir sind fertig … Wir suchen den Watussi und …«

»Wo ist er?« fragte auf einmal eine schneidende Stimme an der Tür von El Molino.

Mit seiner Taschenlampe versuchte der junge Polizist, den Eingang zu beleuchten. Während sein Kollege noch damit beschäftigt war, zur Fahndung nach dem Schreihals den Lichtkegel nach unten zu lenken, erkannte ich in Bruchstücken die schwankende, tobende Gestalt. Der Koloss lauerte in der Dunkelheit, doch dann fiel das nervöse Licht auf sein Gesicht und die verstörten, blutunterlaufenen Augen. Der Celso verlor das Gleichgewicht, und der Aufprall seiner Unmengen an Kilos übertönte den furiosen Schluss eines Orchesterstücks. Aus der Ferne hörte man Applaus. Emiliano und der Hehler eilten zu ihm, um ihm aufzuhelfen. Dora, die nun allein dastand, näherte sich niedergeschlagen und scheu der Gruppe. Währenddessen ließen die Hände meiner Mutter, die sich im Verlauf des Verhörs entspannt hatten, ihre Nervosität wieder an meinen Schultern aus. Doña Pilar machte den Mund auf, und vor Verblüffung und Zweifel brachte sie zuerst kein Wort hervor. Vermutlich, so mein Gedanke, wollte sie sich erst Gewissheit darüber verschaffen, ob der Celso in Begleitung gekommen war. Nie hatte ich den Celso ohne einen seiner Männer gesehen. Bei keiner Gelegenheit. Bis auf dieses eine Mal.

»Es war nichts, Celso! Nichts!«

Das sagte Pilar, während Emiliano und der Hehler versuchten, unseren Chef, den Vater der Toten, zu besänftigen, ehe sie ihm aufhalfen. Oder vielleicht wollten sie ihn auf den Stand der Dinge bringen. Der Gedanke war nicht ganz auszuschließen, dass der Celso gerade erst von Julias Tod erfahren hatte. Oder dass er in dieser nicht so ganz durchschaubaren Farce eine Rolle spielte, denn alle hier wussten, was geschehen war, auch wenn jeder sich seine eigenen Gedanken darüber machte, wer das alles angestiftet hatte. Der Gedanke lag nahe, aber ich nahm ihn nicht auf: Ich starrte in die Düsternis und hörte nur neue Lügen.

»Ach, der arme …«, bedauerte Doña Pilar: »Er wird langsam alt. Es gibt nichts Schlimmeres, als mit ansehen zu müssen, wie einer, der einmal ein ganzer Mann war, zugrunde geht … Nicht wahr, Herr Polizist?«

»Wie recht Sie haben …«, antwortete der Polizist mit leicht von Zweifel getrübter Stimme. Ich habe nie erfahren, was für Gespräche dieser manipulierten Szene vorausgegangen waren, aber ich bin mir sicher, dass Celsos unerwartetes Auftauchen sie aus dem Konzept gebracht hatte.

»Wissen Sie, warum er weint? Ich kann's mir vorstellen … Schlimme Gegend hier, jeder kümmert sich nur um sich selbst …«, widersprach sich die solidarische Doña Pilar. »Heute Nachmittag, als es so geschüttet hat, stellen Sie sich vor, machte hier plötzlich die Nachricht die Runde, dass in der Stadt-ohne-Gesetz eine Gerölllawine runtergekommen ist …«

»In diesem Land dringt das Gesetz in jeden Winkel …«, bemerkte der Gesetzeshüter.

»Ja, das stimmt. Und dass es eine Gerölllawine gegeben hat, die ein paar der Baracken ins Gemeinschaftsgrab gerissen hat …«

»In diesem Land gibt es keine Baracken …«

Doña Pilar sah den älteren Polizisten mit einem Hauch von Sarkasmus an und sagte:

»Heute Nachmittag hat mir jemand erzählt, dass ein Mann, der am Flussufer geschlafen hat, in dem herabstürzenden Wasser und dem Müll ersoffen ist, und dann haben ihn die Ratten gefressen. Denn sein ganzes Gesicht … Hast du das auch gehört, Flora? Und du, Dorita?«

Als sie ihren Namen hörte, schreckte meine Mutter auf und gab zu verstehen, dass sie alles, was Doña Pilar sagte, ohne Wenn und Aber unterschrieb. Dora sah die ganze Zeit nur gebannt zu, was ihr Vater beim Celso machte.

»Sehen Sie? Und als wir schon für das arme Schwein einen Rosenkranz beten wollen, lehne ich mich zufällig aus dem Fenster und sehe, wie er putzmunter am Brunnen sitzt und die Flasche ansetzt … Celso! Wie geht's dir?«

Emiliano und der Hehler waren dabei, den Celso hochzuhieven. Schließlich führten sie ihn auf wackligen Beinen zu uns.

»Er trinkt …«, beichtete Pilar und spielte gleichzeitig eine unendliche Traurigkeit vor, die, wer konnte das damals schon wissen, vielleicht gar nicht so vorgespielt war: »Er trinkt, weil er es nicht erträgt, dass er alt wird, er, der immer ein ganzer Mann gewesen ist, geht zugrunde, und er trinkt und geht noch mehr zugrunde. Er schafft es nicht, es wie ein Mann zu tragen.«

»Was sagst du da, du Schlampe? Was sagst du?« Zu dem gewohnt schneidenden Ton kam das gewaltige Lallen des Säufers. Aber da er irgendwie zeigen musste, dass er Angst und Respekt einflößte, schüttelte er nun mächtig die Schultern, um die Männer abzuschütteln, und dabei schöpfte er aus dem alten Brunnen der Entschlusskraft und des Zorns eine derartige Kraft, dass er zwar nicht nüchtern, aber zumindest gefährlich wirkte. Dann fing er an, um uns herumzuschleichen, den Blechdosen Fußtritte zu geben und die alten Frauen zu beleidigen. Doña Pilar sah meine Mutter an, dann mich. Bevor Celso, nach einer Salve der Schmähungen und wirren Worte, seine Rede vom Stapel ließ, beugte sich Doña Pilar zu mir hinunter, dass ihr Atem mein Ohr streifte:

»Wer hat dir das ›Wasser aus dem Fluss‹ gesagt? Ich hab's durch dich erfahren.«

»Die Französin …« Ihr Name und das Erlebnis waren mir noch frisch im Gedächtnis, trotzdem war ich kurz unsicher.

Während Doña Pilar sich wieder von mir abkehrte und »Celso, beruhige dich doch …« rief, blickte sie nach etwas hinter unseren Rücken. Ich drehte den Kopf nach hinten, und Emiliano und der Hehler ließen davon ab, mich vor eine vielleicht entscheidende Prüfung zu stellen.

Mein Leser wird festgestellt haben, dass mein Bericht über den Tag des Watussi kein Detail auslässt. Ich nehme an, er hat hin und wieder so seine Zweifel gehabt, ob jedes Wort genau so gefallen ist, ob jede Geste und jede Bewegung genau so die feuchte Luft dieser von Empfindungslosigkeit umgebenen Enklave in diesen Stunden, an diesem Tag durchdrungen hat. Ich gebe zu, dass ich bei einigen Auslegungen den, sagen wir, bifokalen Blick stehen ließ und den Ereignissen meist nur ungern vorgreifen wollte. Aber ich habe nicht nur nicht gelogen, sondern ich habe mich absolut treu an mein gutes Gedächtnis gehalten, das die Wirklichkeit eins zu eins abbildet, da ich jahrelang die Wahrheit in den Tatsachen gesucht habe, und die Tatsachen trüben sich ein. So musste ich hin und wieder die Wirklichkeit aufpolieren, um sie zu beschreiben. Alles, mein Leser, habe ich so erzählt, wie es sich zugetragen hat. Alles bis auf die Worte, die Celsos Lippen nun formten. Angst und

Zweifel hatten mich im Griff, sodass ich nicht einmal mehr die Verknüpfungen zwischen den Wörtern verstand, die Bedeutung der Sätze, ihren Zusammenhang. Jetzt frage ich mich: »Was konnte Celso gesagt haben?«

Ich weiß, dass er sehr oft »Maschinen« gesagt hat. Wahrscheinlich hatte ihm jemand eingeschärft, sich an die kollektive Lüge zu halten, und darum sagte er zwischen den flackernden Blechdosen immer wieder »Maschinen«, während wir anderen ihm mit dem Blick folgten. Celso wiederholte hundertmal das Wort »Watussi« und brachte es mit »Maschinen« in Verbindung. Er sagte »kurz und klein schlagen« und »mit Haut und Haaren fressen«. Er erteilte Befehle über Befehle. Noch mit einem Bein im Grab, würde er alle herumkommandieren, so war er, er schrie seine Leute an, dass sie noch einmal die ganze Stadt nach ihm durchsuchen, seine Spur aufnehmen sollten, von dem, der den Wahnsinn über sie gebracht hatte. Und wenn sie ihn geschnappt hätten, sollten sie ihn zu seinem Haus bringen. Er habe ihm alles gegeben und alles ertragen, seinen Hippieaufzug und seinen Hochmut. Und er habe ihn versteckt, und zum Dank holte er sich jetzt seine ... Maschinen. Schließlich verschwand der Celso in der Dunkelheit, und zu unserer Beruhigung redeten wir uns ein, dass er wahrscheinlich den Verlust seiner Maschinen beweinte, denn wir hörten die unsichtbaren Schluchzer und wie sein Körper zwischen dem Widerhall der Musik und der geschändeten Erde zerrieben wurde.

Nachdem die Polizisten intensive Ermittlungen versprochen hatten, verabschiedeten sie sich, sodass meine Mutter und ich nun ohne diese leise Hoffnung auf Schutz dastanden. In dem Moment befahl Doña Pilar Emiliano und dem Hehler: »Bleibt bei ihm und bringt ihn heim«, und den Weibern, dass sie die Dosen auspusten sollten, aber nicht die Glut, damit der Müllgestank nicht reinkam. Dann packte sie Dora am Arm und sagte zu meiner Mutter: »Du und ich, wir müssen reden.« Also gingen die drei Frauen in Richtung Ausgang, und ich trottete im Sicherheitsabstand hinterher. Die Nachtluft hatte mich wieder, und mein Kopf nahm seine Tätigkeit wieder auf. Ein Gedanke blitzte zusammen mit dem Zirpen einer Grille und der schwach und dampfend leuchtenden Stadt auf, während ich weiter dem Flüstern nachging und auf jede Reaktion meiner Mutter gefasst war. Warum hatten sie diese Farce gespielt, wenn doch alle Anwesenden die Wahrheit wussten? Welche Absicht stand hinter alldem? Damals fiel mir nichts anderes ein, und diese mentale Entscheidung, mein Leser, sollte mir fast mein ganzes Leben lang bleiben: mich einfach mit der Erklärung zu begnügen, dass das ihre Art war, wie sie die Dinge regelten, mit Schauspielerei und großen Worten so lange auf etwas zu beharren, bis der Dümmste und der Mutigste es kapierten. Wahrheit hin oder her, seitdem wurde die Sache immer wieder so erzählt, und alle würden wir, in eigenem Interesse, immer einverstanden sein.

27

»Danke, dass du mitgekommen bist, meine Liebe. Endlich können wir mal reden. Was für ein Tag! Aber du und ich, wir haben noch mehr zu bereden, du weißt. Komm morgen, dann beten wir zusammen den Rosenkranz. Und dich, Rotzlöffel, will ich nicht mehr sehen …«

Würde sie auch nicht mehr.

Während meine Mutter und Doña Pilar vor Celsos Haus stehen geblieben waren, um zu reden, klappten unauffällig einige Fensterläden zu, und Dora ging langsam und schluchzend nach Hause, ohne dass jemand sie beachtete. Doña Pilar trat in ein Haus, das im Dunkeln lag, da waren kein Tod und keine Totenwache, kein Verlust und kein Schmerz. Es war nichts passiert. Ihre Schritte gingen sofort im Summen des Orchesters unter, das in die Dunkelheit einfiel, ohne sie aufzuheitern, weitergetragen von Wänden und Winkeln. Nichts passierte.

»Ist das düster hier. Komm, wir gehen …«, sagte meine Mutter zu mir.

Wir gingen. Sie sagte nichts. Offenbar wollte sie nichts wissen.

»Ich hatte tausend Peseten …«, sagte ich. »Aber sie haben sie mir weggenommen …«

Meine Mutter blieb stehen. Tausend Peseten waren damals, ich weiß nicht, ob ich das schon gesagt habe, ein ordentlicher Batzen. Ich vergrub das Gesicht in den Armen. Ich bemerkte, dass sie den Kopf sinken ließ, mehr nicht …

»Hör auf …« Ihre Stimme zitterte wie ein dünnes Blech: »Ich will nichts mehr hören. Du erzählst mir nichts … und ich erzähle dir nichts. Das war's. Sie geben uns eine Portierswohnung. Dort unten« – mit »unten« war die Stadt gemeint. »Sie wollen nichts wissen … Sie wollen nicht, dass wir etwas wissen. Und sie wollen auch nicht, dass du dich weiter hier rumtreibst. Als ich von der Arbeit kam, wollten sie dich … Aber das ist jetzt vorbei. Ich weiß, ich weiß doch … uns tun sie nichts. Und wir gehen dort runter« – sie fing an zu weinen: »Sie haben viele Freunde …«

»Hast du etwas verstanden? Was da vorgeht?« Ich zeigte zu El Molino, aber ich hörte nur das Pfeifen meines durch die Luft sausenden Arms. Als ich ihn fallen ließ, berührte ich mit meiner Hand aus Versehen ihre Füße, die Zementkrusten, die kaputten, aufgeweichten Zehennägel. »Weißt du, was passiert ist?«

»Hast du den Eintopf gegessen? Du musst dich jetzt erst mal stärken. Sicher bist du müde vom Herumstromern. Zeig, die Wunde in deinem Gesicht. Ach nichts, nichts …« Sie kam auf ein anderes Thema, ein anderes Leben.

Sie ging weiter, und ich folgte ihr. Nichts wissen. Von nun an würde ich nicht mehr darüber nachdenken, was zwischen meiner Mutter und Emiliano passiert sein könnte. Sie wusste noch nicht einmal, dass ich etwas ahnte. Sie wusste nicht, dass unsere Würde, wenn wir eine hatten, angekratzt war. Sie wusste nicht, was ich an diesem Tag erlebt hatte: Raub, Schwimmbad, Verfolgungsjagden, Folter, Sex, Delirium. Das hätte sie so oder so nie erfahren. Nie erfahren wollen. Sie schritt durch eine Unwägbarkeit, die greifbar war, die kaputten Zehennägel, die zum letzten Mal in den elenden Matsch einsanken. Das war das Mädchen, das im Fieberwahn an einem Regentag wie diesem ein Gespensterorchester gehört hatte, wie jetzt. Und sie war nicht sie. Auch nicht jetzt, mit dem anderen Orchester. Sie wollte dem Mysterium keinen Platz einräumen. Nichts bedeutete etwas. Nur die Portierswohnung …

»Erinnerst du dich, als du mir die Geschichte mit dem Orchester erzählt hast? Als du allein auf dem Berg warst?«

»Was für ein Orchester? Was redest du da? Los, geh schneller.«

Tatsache, sie spürte den Schatten noch eher als ich.

Ich sah mich in der Dunkelheit nach allen Richtungen um. Besser kann ich es zunächst nicht erklären. Mein Leser muss sich vorerst damit zufriedengeben.

Ein naher Schatten zwischen Schatten, die in der Finsternis kaum zu erkennen waren, Schatten, projiziert von weit entfernten Lichtpunkten, deren Schein auf die Kante einer Baracke, auf einen Ast oder den Wegesrand traf. Das Orchester drang in die Drahtspiralen, die eine kräftige Sängerstimme in die schwüle Luft zeichnete, hinein und wieder hinaus. Meine Mutter beschleunigte den Schritt noch mehr, ich hinter ihr her, und der Schatten hinter uns her, als plötzlich der Applaus wie das schmutzige Wasser einer Mure über uns hereinbrach. Und dann begann eine neue Nummer im Vergnügungspark.

Das Klacken der Absätze, nun schon näher, würde uns frühestens in fünfzehn Sekunden erreichen.

Die Schritte trafen auf den Klang der Nacht, als würden sie zu allem die zweite Stimme spielen. Es antworteten diese zwielichtigen Umrisse. Und so waren der Doppelschlag jedes Tritts, seine Erwiderung, die Dopplung der Erwiderung, Schlag und Gegenschlag der Absätze zuerst hinter uns und auf einmal links neben uns, und wieder hinter uns und dann rechts. Es war uns unmöglich, den Kopf hierhin und dorthin zu wenden, um den Ursprung des Geräuschs auszumachen, und gleichzeitig einigermaßen rasch zu gehen. Als am Ende der Zielgeraden unser Haus auftauchte, rannte sie los und rief: »Juana! Juan!« Einige Kerzen wurden hier und dort umgestellt oder verschwanden ganz.

»Juana! Juan!«

Neue Lichtpunkte leuchteten aus Juanas und Juans Haus, meine Mutter blieb kurz stehen und machte ein paar Schritte zur Seite wie ein erschrockenes Wild, doch dann vergewisserte sie sich, dass die Hände, die die Kerzen hielten, und die Stimmen tatsächlich unseren Nachbarn gehörten.

»Ist der Junge bei dir? Geht's ihm gut? Ist dir was passiert? Was ist passiert? Wo warst du?«

Ich erinnere mich nicht mehr, welche Frage zu welchem Partner gehörte. Ich weiß nur noch, dass dort Juan, sternhagelvoll, stand, und verheerend aussah, und seine Frau, deren Aufgabe es war, gelegentlich Emilianos schlechte Laune zu besänftigen. Juana und Juan stiegen über das Eternitmäuerchen, das unsere »Gärten« voneinander abgrenzte, und leuchteten uns den Weg zu unserer Tür.

»Geht's dir gut? Sollen wir reinkommen? Soll ich dir von der Suppe bringen, die ich gekocht habe? Braucht ihr was? Sollen wir bei euch schlafen? Sollen wir eine Decke auf den Boden legen? Wo warst du, Weltmeister?«

»Braucht ihr nicht, wirklich nicht, nein …«

Meine Mutter, die bereits im Eingang stand, ließ sie hereinkommen und lieferte einen knappen Bericht:

»Und was ist mit der Julia?« Die Stimme wurde leiser, gleichzeitig der Ton angespannter: »Haben sie den Watussi geschnappt? Weiß man was?«

»Nein, nichts … Dieses Viertel ist, ach … eine einzige Lüge. So wie es aussieht, ist die Julia abgehauen. Hatte offenbar die Nase voll … Was weiß ich … Fest steht nur, dass der Watussi irgendwelche Maschinen weggenommen hat. Geraubt hat … Maschinen … Das haben sie ausgesagt. Vor der Polizei, die da war. Alles andere ist Gerede der Leute und der Kinder. Los, Fernando, sag ihnen die Wahrheit.«

»Ja …« war alles, was ich zu der Angelegenheit zu sagen hatte.

»Seht ihr?«

Juana und Juana blickten ungläubig, bemühten sich aber sehr, dem, was sie hörten, ein wenig Glauben zu schenken. Zu wissen, dass man nichts wissen will. Ich trat ans Fenster, während sie weiter und immer leiser über nichts redeten. Auf einmal, zwischen den unsteten Schatten vor unserem Haus, die ich in allen ihren Einzelheiten und erdenklichen Abwandlungen kannte, sah ich, wie der Rücken über eine Lichtung huschte, und dann, für den Bruchteil einer Sekunde, den fast schon vertrauten Schatten. Vielleicht war es der brennende Wunsch, etwas zu sehen, vielleicht hielt ich in diesem Augenblick die Ereignisse des Tages für verlorene Zeit und musste sie irgendwie vor mir rechtfertigen. Darum blitzte hier auf meiner Netzhaut für einen winzigen Moment das W auf, auf einer Jacke, auf einem geschmeidigen Körper. In jener Nacht.

Da ich nichts zu Abend essen wollte, schickte mich meine Mutter ins Bett. Dann packte sie einen der beiden Stühle und stellte ihn vors Fenster, durch das ich die Initiale und den Schatten erblickt hatte. Blieb dort und wachte, die ganze Nacht. Jene Nacht.

28

Der Schrei eines Menschen. Der gellende Schrei in jener Nacht. Nicht endend. Ich öffne die Augen und sehe am Himmel den Widerschein der Stadt wie weißlichen Rauch. Es regnet und hört wieder auf zu regnen. Auch das Licht kommt und geht. Es stinkt nach Müll. Es ist heiß. Schreie und Flehen erfüllen die Nacht. In einem Winkel des Hauses weint meine Mutter. Dass sie so leicht die Nerven verliert, regt mich auf, denn ich bin genauso verunsichert über das, was passiert ist, wie sie. Wenn Doña Pilar die Wahrheit gesagt hat, wenn wir wirklich fortgehen, werde ich nie wieder in der Nacht seinen unentschlossenen Blick auffangen, der nach dem Haus eines Nachbarjungen späht, um mit Pepito durch unbekannte Gegenden wie durch die eigene Siedlung zu streifen und hinterher Zuflucht, Orientierung und Hilfe zu suchen, werde ich nie wieder den Kinderspielen zusehen, nie wieder nach der am wenigsten schlechten Ausrede suchen, werde ich mich nie wieder plötzlichen Zwangslagen und Schlägen und gebrochenen Säuferseelen ausgesetzt sehen, dem langsamen Trommeln auf Nachttöpfen, den unterschwelligen Tönen. Nie wieder, dachte ich damals, werde ich Jungen ohne Väter sehen, die Männer ohne Väter suchen. Jungen ohne Väter, denke ich jetzt, die Eurydike aus dem Hundetempel zerren, Jungen ohne Väter, die Dionysos zu Dithyramben anstacheln, Jungen ohne Väter, die trügerischen Sand über entfesselte Bacchantinnen schütten, Jungen ohne Väter, die in einer wüsten Stadt in einer feindseligen Zeit zweifeln, ohne aufzubegehren, denn alle wissen von der beschwichtigenden Macht der Sommerferien. Eine Zeit, die begraben ist im Lauf der Zeit, in der Gewalt, eine Zeit auf dem Tiefpunkt aller Zeiten, geschichtslos.

Die Nacht erfüllen jetzt Lichtpunkte und weiße Laternen und Stille. Aber dieses Licht bewirkt nichts. Was etwas bewirkt, ist der gellende Schrei, das Gespenst. Das Gespenst ist da, um zu beschwichtigen und das eigentliche Gespenst der Nacht zu verbergen. An Gespenster glauben nur die, die die Nacht nicht sehen wollen, die, die sie auf ein Bild des Schreckens reduzieren, sie damit besetzen und von ihr ablenken, sie halten das Hin und Her der ewigen Wiederkehr auf. Man kennt das Motiv des Mordes nicht. Man kennt nicht den Mörder. Ich habe die Initiale und den Schatten gesehen. Ich habe den gellenden Schrei gehört.

Die Nacht hört auf, dunkel zu sein, einen Namen zu haben. Die Fotografie meines Vaters, meiner Erstkommunion, der Topf mit der Suppe von gestern unberührt auf der Anrichte, der Tisch, ein aufgeschlagenes Buch, noch ein Stuhl. Meine Mutter, die auf diesem Stuhl sitzt, schläft mit dem Gesicht am Fenster. Die Nacht ist Tag. Ich kleide mich an und blicke vorsichtig, über die Schulter meiner Mutter hinweg, nach draußen. Auf einem Stein sitzt der

Yeyé, neben ihm ein blauer Eimer, er wirft etwas in die Luft, sieht ihm nach, und als der unsichtbare Gegenstand hinabfällt, reißt er die Arme vor den Kopf. Ich stelle mir eine Explosion vor. Ich suche die Angelrute.

29

Der Yeyé sagt, er habe den Schrei nicht gehört. Der Yeyé antwortet nicht, als ich ihn frage, wo er die Nacht verbracht hat, und auch nicht, als ich ihn frage, ob er denn keine Angst hat, und auch nicht, als ich ihn frage, wozu dieser Kübel, dieser Pinsel, diese Farbdose gut sind. Der Yeyé sagt gar nichts, während wir durch das leere El Molino hinuntergehen, noch nicht einmal, als ich ihm sage, dass meine Mutter und ich vielleicht eines Tages von hier weggehen werden. Der Yeyé klagt über den Müllgestank zwischen den regennassen exotischen Pflanzen, auf den Pfaden, die gestern Bedrohung gewesen sind. Der Yeyé bleibt vor einer Schutzmauer stehen. Er nimmt den Pinsel, taucht ihn in die Farbe. Er bittet mich, dass ich ihn auf die Schulter nehme. Ich höre den Pinsel über die Wand schrabben. Höre ihn das Lied des Watussi singen, den orthopädischen Schuh, mit dem er auf meiner Schulter im Rhythmus wippt, lächerlich und rein, schlau und hoffnungslos. Ich wanke, weil der Yeyé um sich blickt und sich bewegt. Schwarze Farbtropfen fallen zu Boden, noch einer und noch einer … Der Pinsel und der Kübel fallen … Der Yeyé hört auf zu singen, weist mich an, ihn runterzulassen, was ich auch tue. Jetzt verstehe ich.

Der Yeyé hebt den Pinsel auf, vollendet sein Werk: ein riesiges W, das die Seeleute sehen sollen, wenn sie auf die Gärten blicken, auf den Friedhof, auf das übrig gebliebene Leben rings um die Müllkippe, auf den Berg, wenn sie rauchen und ihren Gedanken nachhängen, bevor das Schiff die Stadt erreicht. Jetzt verstehe ich.

Ein letztes Mal überqueren wir die Straße. Wenn ich mich am nächsten Tag aus dem Fenster lehne, wird Pepito, der Yeyé, nicht auf dem Stein sitzen und Bombenattentat spielen. Der nächste Tag wird der erste meiner blendenden Zukunft sein. Ich werde kein gefahrvolles Leben haben, nur eine gefährliche Überzeugung. Vielleicht hat er sich töten lassen, um uns aus diesem Leben zu retten. Vielleicht ist er für uns gestorben. Vielleicht wies uns seine Unsichtbarkeit gestern den Weg und würde es unser ganzes Leben lang tun. Er war in Pepitos lahmem und tanzendem Bein, im leeren Platz am Hafen, den das amerikanische Schiff zurückgelassen hatte, im kalten Atem der Geldkassetten und im wirren Lauf der Zeit, als ich mich mit meiner Mutter im Wald verirrte, er war in den Wellen an der Promenade, im bitteren Mund der geschichtenerzählenden Wühlmaus, in der Narbe an meiner Wange, in den Augen der in die Dunkelheit starrenden Käuzchen, im geschlossenen Mund aller Nutten, in der Verbrennung auf meinem Handrücken, in einem Zimmer in La Alameda, in meinem Indianerhäuptling, den die Faust der Französin für immer umschloss, unter dem Regen, in den Flammen der Blechbüchsen in El Molino, in der Lüge, er springt vor meinem Haus. Jetzt verstehe ich.

Auf der Mole herrscht die Umtriebigkeit eines neuen Arbeitstags. Wir gehen, über uns Gewitterwolken, um uns herum Stauer und Vorarbeiter, ihr Husten, ihr angestrengtes Stöhnen, ihre Flüche. Wir gelangen zu einem einsamen Gelände, zu dem abgebrochenen Damm, dem Kran. Wir machen die Angel fertig, gehen an das Wasser heran, strecken den Kopf vor, sehen uns an. Sehen.

Er sieht aus wie ein weiß-blaues Tier, ohne Glanzlichter, bleich. Die Baseballjacke mit dem W, mit dem Schriftzug Watussi '65. Er schaukelt. Es fängt wieder an zu regnen.

Wir beide zusammengekauert, dicht aneinander. Wir versuchen, weiter zu angeln. Wir lauschen dem Prasseln des Wassers auf der Tüte, die den Regen von uns abhält. Der Yeyé sieht sich in alle Richtungen um, hebt die Tüte an, um sich zu vergewissern, dass sein gemaltes W noch immer auf dem Berg ist, zieht kräftig den Rotz hoch, sieht mich an und philosophiert:

»Du stirbst. Wirst unter die Erde gebracht. Dort, wo du liegst, wächst ein Baum. Also, ein Apfelbaum. Wenn du den Apfel isst, hast du ein Teil von dem Toten gegessen, logisch. Wirst du dann so, wie er war, oder nicht?«

»Wenn ich tot bin, kann ich doch gar nicht mehr den Apfel pflücken.«

»Meine Güte. Dann ist der Tote eben ein anderer. Verhältst du dich also wie der Typ von dem Apfel oder nicht?«

»Kann schon sein.«

Der Yeyé schnalzt mit der Zunge, fügt sich der Vagheit. Dann blickt er wieder in das trübe Wasser. Sagt:

»Heute haben wir wenigstens einen guten Köder.«

Das Schaukeln des Körpers. Sie haben ihm den Schädel geschoren, Schuhe und Hosen ausgezogen, nur die Jacke haben sie ihm gelassen, auf dem Rücken aufgenäht die Initiale und das Motto Watussi '65.

Wind und Juwelen

1995

»Nicht für alles im Leben gibt es keine Lösung«, sagt sie mit einem Seufzer, und ich erkläre nüchtern: »Wir unterscheiden uns nur in der Art zu lieben.«

»Lieben?«

»Das Leben.«

»Du bist schon seltsam …«

»Ja.«

Hier bin ich und rede über das Leben in einem rund um die Uhr geöffneten Snifflokal, die Party um mich herum ist so ernst und seltsam wie ich. Sollte mein Leser neugierig geworden sein, muss ich ihn warnen, dass an diesen Orten die Kleinkriminellen in der Überzahl sind. Dort sie. Hier ich. Während miserable Musik gespielt wird, suche ich etwas, das ich an jedem anderen Tag, nur nicht an diesem, sicher gefunden hätte: eine tiefe, bohrende, vertraute Verzweiflung. An der Bar sowie im Labyrinth der unnahbaren, über niedrige Tische gebeugten Köpfe wird viel und für sich allein geredet, man sitzt dumpf vor einem Glas und bezahlt mit Kleingeld, um nicht sein Vermögen offenlegen zu müssen. Unerschöpfliches Rumoren erfüllt den Raum, bis auf einmal die Stille wie eine Axt fällt und die Stadt dort draußen von bösartigem Licht, genannt »Tag«, überflutet wird. Die Stille ebnet merkwürdigen Seelenzuständen den Weg, originellen Introspektionen, die man hinter einer hastig entworfenen, wahren oder falschen Biographie verbirgt, warum und für wen, weiß man nicht. Sie weiß nicht, wer ich bin, und es macht ihr nichts aus. Ich weiß weder, wer sie ist, noch so genau, wer ich bin. Aber es war meine Absicht, nicht ich selbst zu sein, was ich jetzt bei Tagesanbruch aufgeben muss. Wahrscheinlich. Sie sitzt dort. Ich hier. Sie fängt wieder an zu reden.

»In Wirklichkeit heiße ich nicht Sandra.« Der Blick der falschen

Sandra gleitet zur Toilettentür, vor der die jungen Sniffer anstehen, sie wissen noch nicht, dass man in dieser Höhle seine Sucht überall befriedigen kann. Sie klimpert mit den Wimpern, schlägt die Augen auf, als betrachte sie einen Sonnenuntergang in einem blühenden Tal, und öffnet ihren ruinösen Mund: »Ich heiße Vanessa …«

Ich bin versucht zu sagen, diese Enthüllung gebe der Weltgeschichte eine neue Wendung; aber wie mein Leser weiß, habe ich schon früh gelernt, dass Reden töten kann. Ich verkneife mir eine sarkastische Bemerkung, auch wenn mir das nicht leichtfällt. Anteilnehmend wende ich mich dieser verlorenen Frau zu. Wer sie auch sein mag, ob Sandra oder Vanessa, sie ist die ideale Zuhörerin, wie sie sich Redselige und Einsame – meist eine unselige Verquickung – wünschen.

»Kennst du, Vanessa mit dem abgebrochenen Schneidezahn, den gelehrten Ursprung deines Namens? Jonathan Swift, ein irischer Schriftsteller aus dem achtzehnten Jahrhundert – zugegeben, ihm haftete etwas von einem anglikanischen Priester an –, hatte zwei Schützlinge. Eines der Mädchen nannte er Stella. Das andere hieß mit bürgerlichem Namen Esther Vanhomrigh. Swift bildete ein Anagramm aus der ersten Silbe ihres Nachnamens, ›Van‹, und der ersten Silbe ihres Vornamens, ›Es‹, daran hängte er das bei englischen Frauennamen weit verbreitete Suffix ›ssa‹. Wie Melissa, die aus *The Little House*. Er nannte sie also Vanessa. Schon seltsam, und ich glaube – das sagen mir bestimmte Vorkommnisse in meinem Leben – sehr bedeutsam, dass unter der halben Million Vanessas ausgerechnet du mir geduldig zuhörst und dir die Schläfe reibst und lieber Sandra heißen würdest wie die Hauptfigur in dem vergessenen Lied ›Schicke Rosen an Sandra‹, das in dem Sommer in Mode war, als der Watussi endgültig beseitigt wurde und mein Leben ein neues Zuhause (und eine neue Ordnung) bekam. Du hast mir dein Unglück erzählt, Vanessa, und vielleicht leistest du mir Gesellschaft, solange noch Stoff da ist, und wartest womöglich auf den Antrag, den ich dir nicht machen werde. Vanessa, glaub mir, die Namen, der Blick auf die Dinge, eine Furcht und die Wörter wachsen und sterben wie wir; sie können lange oder kurz bestehen, und wenn sie sterben, sind sie manchmal unkenntlich oder grässlich trivial geworden, Vanessa, wie die vielen Leute, denen wir begegnen. Jeder von uns kreiert seinen eigenen Kult, eine für ihn typische Handbewegung, einen Witz und eine Mode. In allen unseren Gedanken, Gesichtern, Körpern, Tugenden und vor allem in unseren Lastern scheint diese Handbewegung, dieser Witz oder diese Mode auf, und in dem fragmentarischen Aufblitzen steht die Suche nach dem Ganzen, nach dem Ursprung. Wir haben es verloren, Vanessa. Kein Gedächtnis kann es uns zurückbringen. Dieser Wahn ist *mein* Gefängnis, Vanessa. Ich sehe nur noch, was ich nicht sehe. Ich bereue nicht, ein Leben geliebt, besessen, verloren, nicht ertragen zu haben, das einfach zu unglücklich war, bis der Anruf gestern Abend kam. Schrecklich, dachte ich, diese Willkür, während um mich herum Blut und Schlamm und Tränen flossen. Und jetzt möchte ich den Schmerz herauslassen, und ich weiß nicht, wie man das macht.«

»Du bist sehr seltsam …«

»Ja, Vanessa. Du hast es sehr treffend gesagt, wir begegnen zu vielen Menschen im Leben. Obwohl ich nur ein paar wenige kennengelernt habe, kenne ich schon zu viele. Sie schwirren durch die lastergetränkte Luft, während ich nun weiß, dass ich mich geirrt habe, ich habe nur auf eine Art geliebt.«

»Wen?«

»Das Leben, Vanessa. Sag, du bist doch so viel herumgekommen, kennst du nicht einen gewissen Neyra?«

Ich brauche die Frage nur auszusprechen, da blickt mich Vanessa-Sandra misstrauisch an, entweder hat sich meine Faszinationskraft erschöpft, oder sie hält mich für einen Polizisten, jedenfalls steht sie auf, und nachdem sie mit ihrem schwankenden Elefantenhintern ins Billardzimmer vorgestoßen ist, macht sie zu dem finsteren Chor der Nuschelnden eine Bemerkung. Die synchron aufblitzende Fiesheit erledigt mich. Um der kollektiven Musterung standzuhalten, ziehe ich ein Waisenknabengesicht und konzentriere mich auf das Wesentliche. Ich mache mich komplett lächerlich, wenn ich das sage, aber die Gedanken auf das Wesentliche zu konzentrieren ist das Beste, um sich die Provokationen dieses Packs, das aus der Koks-Höhle eine Räuberhöhle macht, vom Leibe zu halten. Von hinten höre ich das Wort »Neyra«. Irgendwo wird es wiederholt. Die Schlange vor den Toiletten ist so lang, dass es aussichtslos ist, aufs Klo zu gehen. Ich sehe, wie spät es ist. Mir graust es. Ich gehe aus dem Lokal, nicht ohne vorher in der spiegelnden Tür den Blick eines Tätowierten aufgefangen zu haben, der eilig die Rechnung bestellt. Vielleicht hat mein Verfolger nur das Ziel, mich zu überfallen. Ich gehe den Bürgersteig entlang. Die Sonne verfolgt mich, der Tätowierte verfolgt mich, das Bild eines Schlägers, der mit kaputter Stimme »Neyra« raunzt, und der Blick der Passanten an diesem Sommermorgen.

An der nächsten Straßenecke verhalte ich mich klassisch und drehe mich abrupt um. Der Tätowierte bleibt stehen und raucht, sieht mich gleichgültig an. Er folgt mir nur. Er will mich nicht überfallen. Gut. Ich gehe weiter zur Bushaltestelle.

Ich bin im Bus. Nassgeschwitzt. Mein geduldiger Leser fragt sich sicher zum x-ten Mal: »Und was geht mich das an?«

Deine Aufgabe ist es zuzuhören, mein Leser. Nichts anderes. Die ganze Zeit schon, seit du mich mit diesem Bericht beauftragt hast, lässt du mich verfolgen, übst diskrete Kontrolle, aber die Freakfrau in dem Lokal hat versagt, weil sie sich zum ersten Mal in ihrem Leben begehrt gefühlt hat. Nach der Freakfrau kam ein alter Cristo-Rey-Guerillero, den ich früher hin und wieder abends auf den Ramblas gesehen habe. Der Zinnsoldat, der ihn ersetzte, hielt sich so lange wie ein italienischer Disco-Schlager, was die Schweine ihm reichlich spät steckten. Jetzt ist der Tätowierte dran. Spürhunde, Katzen und Mäuse, ein ganzes Überwachungssystem, dessen Mitteilungen über mich offenbar günstig ausfallen, denn sie überweisen mir jeden Monat Geld, das ich gut gebrauchen kann, während es mit der offiziellen Welt der Politiker und ihrer Vasallen polternd bergab geht, wie es der, der angeblich Trueta heißt, vorhergesagt hat. Die Leute regen sich auf, weil sie nicht gewusst haben, dass es in den ganzen letzten Jahren einen verborgenen Handlungsstrang gab, eine Parallelwelt zu der fast idyllischen Nation, auf die wir alle stolz waren. Und jetzt sorgt diese Nebenhandlung für böses Erwachen. Und manch einer muss die Staatsräson fürchten, eine ätzende, aber immerhin eine Räson: Schläge, Mord, Erpressung, Gangstermethoden, die man bislang nur ein paar präpotenten und fettbäuchigen Bankiers zugetraut hat. Werden die dunklen Geschäfte herauskommen? Werden die Leute an ein verborgenes Handlungsmotiv glauben? Warum nicht, diesen Figuren haben sie auch geglaubt. Der notorische Hochstapler, der fast Minister geworden wäre, hat erpresst und ausgebeutet, dann stellte er sich ausgerechnet in Laos, wohin er auf Anraten eines anderen Ex-Playboys geflohen war, der in den exotischen Gefilden ein Vermögen gemacht hat, noch so eine Zeichentrickfigur wie Neyra. Noch mehr kuriose Gestalten: Der frühere Abteilungschef für Spezialermittlungen des vermutlichen spanischen Geheimdienstes, der sich auf den Flohmarkt stellte und Geheimnisse verkaufte. Der in Thailand im Gefängnis sitzende Spitzel-Dealer, der behauptet, von der Terroristenorganisation GAL zu sein und über alles und jeden Bescheid zu wissen, damit sie ihn aus den berüchtigten orientalischen Gefängnissen holen. Überall sprießen Spione aus dem Boden, zeigen Erpresser auf Erpresser. Die einzigen Beamten, die an diesen Sommertagen arbeiten, sind die im Justizministerium. Die Spanier sind bereit, *alles* zu glauben, die ganzen Verschwörungen, und werden noch Zyniker. Was nicht so schlimm wäre. Aber erst mal muss man wissen, was dieses *alles* ist. Darum, mein Leser, ist es deine höchste Aufgabe zuzuhören.

Ich sitze in meinem klatschnassen Hemd im Bus, schäme mich zu Tode und denke, dass mich alle ansehen, nicht nur der Tätowierte. Die Paranoia des Kokains, der Müdigkeit. Wie das Land: vielleicht. Möglich ist auch, dass während der Busfahrt in die höher gelegenen Viertel zwischen den verfallenen Mauern einer alten Villa ein W aufblitzt. Möglich. Und die Möwe, die auf einem unter hundert anderen begrabenen Plakaten auf einer Werbetafel hervorschaut? Vielleicht. Während ich auf den Bus wartete und mit dem bekloppten Tätowierten fast ins Gespräch gekommen wäre, pfiff ein Jugendlicher »Das schwierige Lied«. Oder war das gestern? Warum fahre ich immer noch mit dem Bus, wenn ich genug Geld habe, um mir ein kleines Auto zu kaufen? Warum lege ich mein ganzes Geld auf die hohe Kante? Ich fahre Bus, weil ich den Gedanken nicht ertrage, im Rückspiegel das Stirnrunzeln eines über mein Wesen spekulierenden Taxifahrers sehen zu müssen, weil ich nicht mehr reden kann, wenn es hell wird, weil ich keine Werbung für Saubermänner hören und nicht schreien will. Ich fahre Bus, um nicht schreien zu müssen, durch Straßen, wo die Häusereingänge und Gärten hinter Hecken verschanzt liegen, vorbei an Kindergärten und Kliniken; tiefe Behaglichkeit und alte Abzählreime dröhnen mir wie ein schlechter Song oder eine Kinderkrankheit im Kopf.

Nichts ist mehr schön. Die Welt ist zu wirklich, und ich bin zu wirklich. Mein ganzer Körper riecht nach Ammoniak, im Licht, das so zittrig ist wie die Blicke der Leute beim Ruckeln des Busses. Und beide Wirklichkeiten, meine eigene und die andere, werden immer greller, driften auseinander. Ich möchte einen Schmerz spüren, der anders als diese Wirklichkeit, die mich umgibt, natürlich ist. Es ist nicht das erste Mal, dass sich die Welt wund anfühlt, gerötet, lächerlich. Das sollte mir nicht passieren, wenn ich bei ihr bin. Ich muss in meinem Schmerz aufrichtig sein. Hoffentlich regnet es. Ich muss mich waschen. Ich habe Angst.

Um mich herum die sanfte Anstrengung des Bürgertums. Anzeichen von Fülle und Neurose in labyrinthischen Gebäuden, die selbstbewusste Menschen errichtet haben, um das Finanzamt in die Irre zu führen. Die Terrassen spucken Vegetation aus, und auf den Flachdächern, den Taubenständen, glitzern die Alarmanlagen in der Sonne. Die Ruhe, die das Geld braucht, um der Welt ein zufriedenstellendes Männer- und Frauenbild zu präsentieren; Gemächlichkeit an Swimmingpools und Bartresen, und Mösen, die nach blondem Tabak schmecken. Der Mythos der »besseren Leute« wird zum Zerrspiegel, zu einem lächerlichen Sozialneid, den ich eigentlich nicht verspüre und auch nicht will, weil ich mir zu meinen vielen Lastern nicht noch eines zulegen will. Dünkel und schlecht verdautes Klassenbewusstsein beeinflussen jede deiner Handlungen wie Drogen, und die Art, wie du über sie denkst. Ich fahre die Straßen hoch, hinter mir bleiben Tote, die nichts, und Tote, die Gold vermacht haben, glänzende Fahrbahnen, gelöschte Hypotheken, geteilte Vermögen, vertuschte Betrügereien, neu bewertete Grundstücke, ferne Spekulation und das Schweigen der Lebenden und Toten. Und wir rollen über Tote, die nur Schwefelgeruch oder einen Parfümschwaden hinterlassen haben. Fernando Atienza wird einen Geruch nach Ammoniak hinterlassen. Ich muss mich waschen.

Ich rieche nach Ammoniak. Sie verfolgen mich. Sie blicken mich an. Ich sehe, ich sehe, ich sehe. Ich habe Angst. Ich weiß, dass nicht alles in dieser sengend gelben Welt wahr ist.

Ich bin aus dem Bus gestiegen, der Tätowierte hinterher. Es scheint ihn nicht zu stören, dass ich seine dreiste Verfolgungsabsicht durchschaue. Ich muss ihn abhängen. Mich waschen. Ich muss einen anderen aus mir machen. Einen komplett anderen. Ich gehe in eine Bar, alle sehen mich an. Ich bestelle einen harten Drink und gehe aufs Klo, um mich frisch zu machen. Dem Gesicht im Spiegel weiche ich aus, weil ich einen kleinen Jungen sehe und weil ich diesen Anfall von Selbstmitleid, der noch nicht einmal aufgesetzt ist, widerlich finde. Ich bin siebenunddreißig Jahre alt und habe immer noch dasselbe brave Bubengesicht. Drogensüchtige und Deppen altern nicht. Bei mir kommt beides zusammen. Zeitweise. Ich bin ein Kindskopf mit grauen Haaren. Manchmal ist das von Vorteil, dann wieder eine fürchterliche Behinderung. Ich trinke den Whisky aus, bin äußerst in Sorge. Wünsche mich weit fort von den bohrenden Blicken der Gäste. »Das bildest du dir alles nur ein«, sage ich mir immer wieder, und in dem Fernseher, den niemand beachtet, sehe ich eine Werbung mit dem W. Jemand pfeift »Das schwierige Lied«. Diesen Sommer ist die Melodie wieder in, weil irgendwelche Opportunisten, die sich nicht darüber im Klaren sind, was Metamorphosen alles anrichten können, ein Merengue-Arrangement oder so etwas daraus gemacht haben. Die Spirale windet sich nach links. Ich bezahle, ohne ein Wort herauszubringen. Ich bringe noch immer kein Wort heraus. Kaum schlüpfe ich wieder hinaus in die Feuchtigkeit der Straßen, ist der Tätowierte wieder da. Ich gehe schneller. Renne um die Ecke. Halte Ausschau nach einer Uhr. Viertel nach zehn. Ich komme noch zu spät. Dennoch, ich muss in halbwegs anständigem Aufzug erscheinen und ohne den Tätowierten. Auf einmal habe ich eine Idee, die vielleicht gut ist. »Mach ein Jungengesicht, Fernando, das beste Jungengesicht, das du kannst.«

Ich muss klingeln und lächeln, endlich öffnet sich die Glastür. Die Verkäuferin hat gezögert, mir aufzumachen. Schweißüberströmt stehe ich vor ihr und sehe ihr unwillkürlich in den Ausschnitt, während ich wegen der Klimaanlage und dem Radio schon wieder schreien muss. Ich verstehe mein eigenes Wort nicht, aber ich glaube, dass dieses Mädchen nun wirklich erschrocken ist. Ich rede deutlich und wiederhole, dass ich ein Lacoste-Polohemd in XXL möchte, Farbe egal. In irgendeinem verstaubten Amtsstübchen meines Hirns öffnet sich das Schalterfenster und verbietet mir, »in der Farbe Ihrer Augen, mein Fräulein« zu sagen. Ob ich es probieren wolle? Nicht nur das, ich will es gleich anbehalten.

Das nassgeschwitzte Hemd landet in der Scott-Style-Plastiktüte und dann im erstbesten Papierkorb. Back to the 70's. Ich sehe den Tätowierten weiter vorne die Straße überqueren. Etwas, das einen bestimmten Sinn ergab (mich vorzeigbar zu machen, und sei es als grüner Papagei), erfüllt nun einen anderen Zweck (den Tätowierten von der Fährte abzubringen). Gut so, zwischen stolzen, in sich ruhenden Anwesen gehe ich weiter nach oben und sehe auf einem Terrassentischchen die Watussi-Gläser. Lachende Menschen, die sie in der Hand halten. Ich höre einen Platscher in einen Swimmingpool, und mein neues Polohemd ist schon wieder schweißnass. Ich rieche nach Ammoniak, aber nicht mehr so stark. Ich habe vergessen zu erzählen, dass ich in der Boutique noch ein Marken-Eau-de-Toilette gekauft, mich von oben bis unten damit eingesprüht und es anschließend der Verkäuferin »für ihren Freund« geschenkt habe. Und ich habe vergessen, den spitzen Schrei des armen Mädchens zu erwähnen, ihren panischen Blick in alle Richtungen, als ich zum Bezahlen das Bündel Geldscheine aus der Tasche zog. Und ich habe nicht erwähnt, dass das Mädchen, sobald ich draußen war, zum Telefon gerannt ist. Und ich verzichte darauf, den Leuten auf der Terrasse durch die Zypressenwand zuzurufen, dass es nicht nur Designer-Gläser gibt, die Watussis heißen – eine wunderliche Vermarktung –, sondern noch viel mehr. In einem Zimmer trällert ein Hausmädchen »Das schwierige Lied« in der neuen, populären Fassung. Ich ersticke fast im Bügeleisendampf. Paranoia. Und schon rieche ich den Duft des frisch gemähten Rasens im Garten der Klinik, als mir auf einmal eine Duftnote in die Nase zieht, die mit dem Eau de Toilette Scott nur wenig gemeinsam hat.

Draußen der Garten, pfirsichhäutige Nymphen tanzen nackt zu den Tönen einer Flöte, ohne Spuren im Gras zu hinterlassen. Drinnen die bleichen Räume, in denen Ärzte Fragen ausweichen. »Sie sieht schlecht aus, sie ist sehr blass, aber du weißt, wie sie ist. Sie jammert nicht. Sie musste noch unbedingt vor dem Urlaub eine Markteinführung fertig machen, das war einfach zu viel. Sie fiel in Ohnmacht und … Wir haben schon mit dem Schlimmsten gerechnet, Fernando, aber das war …« Im Sommer sterben, im Winter sterben, sterben. Er öffnet die Tür und schweigt.

An der Anmeldung habe ich Carmelo getroffen, mit hängendem

Kopf. Er hat nur »Alles paletti?« gesagt, als hätten wir uns gestern zum letzten Mal gesehen. Er hat noch nicht einmal zu mir gesagt »Ich bin kurz rausgegangen, um Luft zu schnappen«. Er hat noch nicht einmal »Du bist schuld« zu mir gesagt. Aufgrund meiner seltsamen und trotzdem unbestrittenen Privilegstellung, sie am längsten zu kennen, nehme ich es mir heraus, ihn nicht zu trösten, nicht nach ihrem Befinden zu fragen, nach den Hoffnungen, ich sage überhaupt nichts zu ihm … Er hält mich eh für einen Nichtsnutz, außerdem wird er alt, und was mich angeht, war er noch nie sehr gesprächig. Und dennoch ist der gute Carmelo, der nun leise von einem Sofa aufsteht, um mich zu ihr zu führen und so dem Klinikpersonal meinen jämmerlichen Aufzug zu ersparen, immer noch derselbe wie damals, als ich zum ersten Mal sein »Alles paletti?« hörte. Wir huschen einen frisch gewachsten und zugigen Gang entlang, was nichts daran ändert, dass mir der Schweiß herunterrinnt. Aus den Zimmern und Sälen, deren Türschilder mit beleidigenden Euphemismen den Schmerz verleugnen, in diesem Heilung heuchelnden Ambiente, treffen mich neue Blicke in einer vollkommen aseptischen Umgebung, deren Keimfreiheit genauso kalkuliert ist wie der reservierte Ton zwischen Carmelo und mir. In dieser Musterfamilie redet normalerweise nur Gracia mit mir, natürlich nicht im Ton zärtlicher Bewunderung für die Jahre und die Erfahrung, die ich ihr voraushabe. Ich habe das Gefühl, ich mag sie mehr als sie mich, auch wenn das nicht klug ist. Gedanken eines heruntergekommenen Lebemanns. Zu viel der Liebesmüh für einen Rumhänger. Gracia war es auch, die mich anrief. Sie sagte es mir in ihrem näselnden, von auserwählten Freunden erlernten Ton. Nachdem sie mir gesagt hatte, dass ein Unglück geschehen sei, befahl sie mir – irgendwer hatte ihr offenbar beigebracht, dass man mit Fernando nur im Befehlston spricht –, dass ich sofort kommen solle. Und wehe, ich würde es vergessen. Diabetes. »Bitte, Fernando, wir haben ihr gesagt, dass sie Diabetes hat.« In ihrer jugendlichen Dummheit weiß Gracia nicht, dass es vor ihrer Geburt auch Licht und Morgen und Nächte gab, und ich an der Hand ihrer Mutter durch die Dunkelheit lief, damals, als wir das Schlagen von Absätzen hörten und ein Geheimnis auf uns luden.

Durch die Tür des Krankenzimmers sehe ich eine Ansammlung

unbekannter Menschen. Akkurat geschnittene Schöpfe in Aschblond, Kupferrot, auf die fünfzig zugehende Mittvierzigerinnen ziehen eigenartige Mienen, die Betroffenheit, Trauer und Mitgefühl ausdrücken sollen. Vielleicht haben sie ihren Strandurlaub unterbrochen oder fürchten, dass es doch nicht so schnell zu Ende geht und sie ihre Pläne ändern müssen, sie sind doch gekommen, um ihr Beistand zu leisten oder zum Beispiel meine Mutter mit einem Kopfkissen zu ersticken. Modezeitschriften unterm Arm, klimpernde Armbänder, ärmellose Blusen, lebhafte Farben blicken mich an, Paranoia.

Die seltsame Ruckartigkeit der Bewegungen meiner Schwester Gracia kenne ich schon. Als würde sie einen mit vorgereckten Armen anspringen. Sie ist hübsch, aber so mager, dass man trotz ihrer Verkleidung als adrette junge Dame nur ihre Anspannung sieht. Ich verkneife mir den schmutzigen Gedanken, was dem Püppchenkörper meiner Schwester fehlt, während ihr rascher Blick, mit dem sie mich von oben bis unten taxiert, in Ekel umschlägt. Wortlos gibt sie mir zu verstehen, dass sie meinen Zustand keines Kommentars für würdig hält. Das möchte sie mir ersparen. Wo ich mir einen Gedanken verkneife, verkneift sie sich eine Bemerkung. Braves Mädchen.

»Denk dran, Fernando, bitte. Diabetes. Mach dir keine Sorgen. Sie ist ruhiggestellt, ganz ruhig …«

Sie nimmt mich am Arm und führt mich zur Tür. Verzichtet darauf, mich mit irgendwem bekannt zu machen. Ich bin ihr zutiefst dankbar, trotzdem denke ich, dass sie dadurch, dass sie jeden Kontakt zwischen den Menschen und mir armer Kreatur von vorneherein verhindert, meinen schlechten Ruf nur noch zementiert. Gracia zeigt den übrigen Besuchern ihr schneeweißes Gebiss, die Sonnengebräunten tuscheln. Ich habe Lust, auch zu tuscheln und meiner Schwester zu sagen, dass diese gut situierten Hexen alle aus derselben Mikrowelle kommen. Aber ich fürchte, Gracia fehlt der Sinn für Humor, anders als der Sinn für Situationen, den sie im Übermaß besitzt.

Endlich trete ich durch die weiße Tür, drinnen treffen mich fremde Blicke. Ich kann nicht anders, als mich ihnen einem nach dem anderen zu stellen. Der Arzt wendet sich durch seine auf die Nase gerutschte Brille wieder anderen Dingen zu. Mein Bruder Francis, der in seinen kurzen Sommerhosen, mit seinen langen Haaren und in jugendlicher Abwesenheit mit Ohrstöpseln auf dem Sofa sitzt, spielt auf irgendeiner elektronischen Kiste herum und hat mich, glaube ich, noch nicht einmal erkannt. Ein Herr mit Schnauzbart, auf dem Sprung. Meine Schwester Marta, von Geburt an schwarz, hat mich immer schon zu viel angeblickt, schreckhaft, als wäre ich der eigentliche Sonderling der Familie. Ihr Blick ist so unbedarft und rein, dass ich mich weigere, die Angst in ihm zu sehen. Marta nimmt ihre Hand. Da endlich sehe ich *sie*. Ich nutze die Menschenmenge und tue so, als sähe ich sie nicht, verstecke mich hinter dem Arzt, der mich nun mit beruflichem Interesse mustert. Die Welt, das Draußen wirft ein Licht herein, das ebenso rein wie unpassend ist, und trotz der Stille verleihen die herein- und herauswandelnden Besucher dem Raum etwas Festliches. Von einem Fest zum nächsten. Ich sehe hierhin und dorthin und nehme nur schöne Blumen und mitleidige Blicke wahr. Die mir gelten. Der Arzt geht, genervt, dass ich mich hinter seinem Rücken verschanze.

»Ich habe dir keine Blumen gebracht, Flora«, sage ich und halte mir gleich darauf die Hände vor den Mund. Meine Mutter ist schrecklich blass, sie wedelt aus ihrer Wolke heraus mit den Händen. Ich weiß nicht, mit was sie sie vollgepumpt haben, aber sie ist vollkommen ruhiggestellt. Gracia scheint Floras Zeichen zu verstehen und zerrt Francis hinaus auf den Gang. Der Arzt ist schon weg. Meine Schwester Marta gafft mich weiter an, als käme ich von einem anderen Stern, sie legt behutsam Mutters blasse Hand auf das Laken zurück und geht ebenfalls in Richtung Tür. Bei Gelegenheit werde ich ihr erzählen, dass man früher, als die arme Kreatur vom anderen Stern, als ihr Bruder Fernando klein war, mit dem Finger auf die Neger zeigte, die keine Matrosen waren. Weil sie so fremd waren. Und auf die Chinesen. »Hast du schon mal einen Chinesen gesehen? Einen echten Chinesen? Natürlich nicht. Wie auch! Ich doch auch nicht. Was soll's. Sie wissen, wer du bist, aber du weißt nicht, wer sie sind.« So haben wir damals geredet. »Jemand zeigt dir einen Knopf und sagt: Wenn du draufdrückst, sterben ein Haufen Chinesen, aber wir geben dir hunderttausend Duros. Na, was machst du?« Wenn mir jetzt jemand so einen Knopf zeigte, ich würde, auch wenn dabei ganz China unterginge, hundertmal draufdrücken, nur damit sie nicht mehr dieses Gesicht macht.

»Mach nicht so ein Gesicht …« Das ist jetzt sie. Und sie meint mich. Sagt es mit hauchdünner Stimme. Wir sind nun allein im Zimmer, jemand hat die Tür zugemacht.

»Setz dich …«

Ich setze mich auf die Bettkante zwischen Sonden und seltsame Apparate. Eine der Lügen, mit denen ich Flora über die Jahre hinweg schonte, lautete, dass ich in Südamerika als Koordinator von Computernetzwerken in Krankenhäusern arbeite. Einmal habe ich ihr erzählt, dass ich eine spanische Plattenfirma in New York vertrete. Und dass ich Kulturattaché in Lissabon sei. Oder Drehbuchautor einer Serie über die iberische Tierwelt für einen französischen Fernsehsender. Oder Galerist (was nur halb gelogen war). Dass ich einigermaßen glücklich sei, auch wenn ich mich nicht damit zufriedengäbe, eine einzige Karriere, eine einzige Idee von Glück zu verfolgen.

»Wenigstens hast du genug, um dir was zum Anziehen zu kaufen …« Überflüssig zu sagen, dass sie mir nie auch nur ein Wort geglaubt hat.

Ich lächle sanft wie ein gestandener Herr auf dem Gipfel des Erfolgs, der von seiner Mutter liebevoll veräppelt wird. Ich taste nach ihrer Hand. Sie schiebt mich zurück. Zeigt auf ihre Brille, die ich ihr reichen soll. Der Anblick der Brille auf dem Nachttisch zwischen einem Necessaire und einem Parfümflakon ist wie eine plötzliche Vision. Auf einmal fühle ich echten Schmerz und bin sogar fast froh. Ich will sie ihr aufsetzen, sie reißt sie mir unerwartet aus der Hand. Sieht mich eingehend an.

»Du hast dir das Polohemd gerade erst gekauft, bevor du hierhergekommen bist. Du kommst direkt aus einer deiner Drogenhöhlen, hast dich auf dem Weg mit billigem Eau de Toilette eingenebelt, dir ein Polohemd gekauft und gesagt ›Dann schaun wir mal, wie's meiner Mutter geht …‹.«

»Flora, ich bitte dich …«

»Das Etikett hängt noch dran, Idiot.«

Ja, mein Leser, ein nicht ganz kleines Etikett mit einem grünen Krokodil baumelt am Kragen. Ich versuche, es abzureißen. Die ganze Zeit spüre ich ihren Blick und weiß nicht, wohin ich meinen richten soll. Als ich das Klappern der Brille höre, die auf das Nachttischchen fällt, und zu ihr hinsehe, hat sie die Augen geschlossen.

»Ist etwas? Soll ich jemanden rufen?«

Sie schüttelt den Kopf, und ohne die Augen zu öffnen, sagt sie:

»Es ist von dem Zeug, das sie mir geben. Es steigt mir in den Kopf … Aber es ist immer noch besser, als wenn der Grr kommt. Was glaubst du, wie der beißt, mein Junge.«

Der Grr? Wir lassen die Stille über uns ergehen. Jetzt sucht sie meine Hand.

»Sie haben mir gesagt, ich hätte Diabetes. Dass sie mich behandeln, dann wird alles gut … Aber ich glaube ihnen nicht. Sag du es mir.«

»Mir haben sie dasselbe gesagt. Ich weiß nicht … Ich nehme schon an, dass sie mir die Wahrheit sagen. Wenn es etwas anderes wäre, würden sie es doch …«

Sie blickt mich an. Lächelt.

»Sicher liegt es daran, dass ich dich so lange nicht gesehen habe, aber für mich bist du immer noch ein Junge … Ihr kommt alle nach mir. Gut, Gracia nicht. Ich sage ihrem Vater nichts, er himmelt sie so an. Aber sie kommt zu sehr nach ihm, findest du nicht …?«

»Dafür kann sie nichts. Und sie ist sehr verantwortungsbewusst.«

»Aber sie kann etwas dafür, dass sie keinen Freund hat. Null, nichts. Dabei ist sie doch jetzt in dem Alter, wo man genießt … Das beste Alter. Und du … Mit vierzig und noch was so dumm wie am ersten Tag. Kommst auf keinen grünen Zweig. Ich weiß nicht, mein Junge … Offenbar setzt man immer auf die falschen …«

»Das denkt man immer, das ist ganz normal.«

»Ich weiß sehr genau, was normal ist und was nicht.« Sie macht eine Pause, atmet schwer: »Du bist zum Beispiel nicht normal …«

Sie wird müde. Ich beuge mich zu ihr, drücke ihre Hand, hebe den Zeigefinger an die Lippen.

»Du sei ruhig«, erwidert sie flüsternd: »Und rück ein Stück weg, du stinkst … Nach was stinkst du? Nach Chlor …!«

»Also, ich …«

»Nein, nein, nicht schon wieder so eine Geschichte. Lass es. Diabetes ja oder nein, mir ist nicht nach Ratespielen.« Auf einmal bekommt sie fröhliche Augen: »Oder doch, komm, wir spielen …«

Wieder erwacht mein Interesse, was sie ihr für eine Substanz verabreicht haben. Ich gebe ihr einen Kuss. Versuche mitzumachen. Ich kann es nicht.

»Das Spiel habe ich dir nur vorgeschlagen«, sagt sie zu mir, »damit du aufhörst zu heulen.«

Ich habe vergessen zu sagen, dass ich schon seit einer ganzen Weile weine. Meine Mutter zieht ein zusammengefaltetes Taschentuch aus dem Ärmel ihres Nachthemds und flüstert: »Hier, nimm.«

»Am Anfang haben mich diese Hexen damit drangsaliert, dass ich das Taschentuch nicht hier reinstecken darf. Wie kleinlich! Wäre ihnen wohl lieber gewesen, ich hätte mir das süße kleine Taschentuch in die Ritze gesteckt.«

»Beruhige dich, Flora … Was wollen wir spielen?«

»Undankbare Drecksweiber sind das, allesamt. Unmöglich …«

»Mama …«

»Soso, er sagt ›Mama‹ zu mir …«

Ich beschließe zu schweigen, bis ihre schlechte Laune sich verzogen hat.

»Du erzählst mir eine Wahrheit, und dann ich.«

»Ich heiße Fernando.«

»Gut … Oder nein, etwas, das ich nicht weiß … Ach, weißt du … Mir ist die Lust vergangen …«

Welche Lust?

»Willst du, dass ich die Krankenschwester rufe?«

»Richte mir das Kopfkissen, Fernando, mein Junge.«

Ich stehe auf, rücke ihr das Kopfkissen zurecht, decke sie zu. Flora schließt die Augen. Ich glaube, sie ist eingeschlafen, ich will noch eine Minute warten, bevor ich aufstehe. Die Szene erinnert mich an frühere Szenen, aber halt: Es gab keine früheren Szenen. Ich nehme mir vor, sie jeden Tag zu besuchen. Und sobald wie möglich, morgen, will ich die Nacht auf diesem Stuhl neben ihrem Bett verbringen. Ich muss mit Carmelo und Gracia reden. Ich werde ihr Beistand leisten. Morgen. In meinem jetzigen Zustand bin ich eine Zumutung für sie. Ich stehe auf.

»Wo gehst du hin?« Ich setze mich wieder. »Ich muss dem Arzt sagen, er soll mir ein Schlafmittel geben. Das hier dämpft den Schmerz, aber … Ich stelle mir zwanghaft alles Mögliche vor. Als würde ich träumen, aber ich träume nicht. Es ist wie Fieber. Soll ich dir etwas erzählen? Eine Geschichte, die ich erlebt habe, bevor ich hergekommen bin? Auch wenn du es nicht glaubst, es ist die Wahrheit. Ich erzähle dir diese Wahrheit, danach erzählst du mir eine.«

Und unterbrochen von Stammeln, Pausen und kaum verhohlenen Schmerzkrämpfen fängt sie an zu erzählen, dass sie vor sehr langer Zeit ein junges Mädchen war. Kälte und Hunger, untrennbar verbunden mit den Menschen, von denen sie nie erzählt hat und nie wieder erzählen wird. Es bleiben nur Spuren der Mauleselkarren im Staub, der Staub legt sich auf die scheuen Lippen, der Staub begleitet die Schritte ausgeblichener Pantoffeln zum Brunnen, begleitet das Echo des gegen die Brunnenwand schlagenden Eimers, dazu das Schlagen der Begräbnisglocken und müde Peitschenhiebe über die Breite des Rückens. Es ist nicht gern gesehen, wenn jemand nicht täglich den Rosenkranz betet, und vor dem Dorf an einem Tümpel schlagen manchmal Zigeuner ihr Lager auf. Anfang Juli die Mahd. Im September die Weinlese. Im Februar ... Die Nierenschmerzen waren ihr dritter Schmerz. Der erste Schmerz waren die Ohrfeigen ihrer Mutter. Der zweite die verächtlichen Blicke eines Mannes und die widerlichen Blicke anderer Männer. Der dritte Schmerz krümmte ihr den Rücken unter einer richtenden Sonne, sie brach in den Feldfurchen zusammen. »Florita, was ist los?« Ihre einzige Freude war das Sommerfest, das sie auch noch wegen eines schlecht auskurierten Katarrhs versäumte. Doch obwohl sie mit Fieber im Bett lag, stand es für sie außer Frage, dass sie das gebrauchte Kleid ausführen würde, das man dank den Almosenbitten ihrer Mutter für sie gespendet hatte. »Sie bekam abgelegte Sachen von den Madrazo-Töchtern, den Duques, sogar von den Töchtern des Hausmeisters der Duques, die in Madrid studierten. Sie waren wie aus einer anderen Welt.« Nachts, wenn niemand sie hörte, trocknete sie sich den ganzen Körper vom Schweiß, nahm auf Zehenspitzen das fast neue Kleid und probierte es vor dem einzigen Spiegel im Haus. »Ich sah nichts. Ich spürte nur das Rascheln des Stoffs. Schon ging es mir besser.« Als der Tag des Fests im Nachbardorf kam und alle im Bett waren, stand sie auf, zog sich das Kleid und eine blaue Strickjacke an und ging über den Hof nach draußen. Sie nahm eine Abkürzung über den Weideweg und ging immer weiter.

Als sie glaubte, schon die Musik zu hören, weil in der Ferne schon die Lichter des Nachbardorfs funkelten, fing es an zu regnen. Zuerst ein Tropfen, dann noch einer, plitsch, platsch, plitsch-platsch, plitsch-platsch-platsch … Sie glaubte, das Plätschern des Regens sei schuld, dass sie die Musik nicht mehr hörte. Sie konnte nicht mehr. War klatschnass. Sie beschloss, sich bei den Pinos del Duque unterzustellen. »Vier, fünf Bäume, nicht dass du glaubst, das wäre ein Wald gewesen.« Sie legte sich auf den weichen Boden, streckte die Arme aus, und im Fieber wurde sie von den spitzen Nadeln der trockenen Pinien und der Tropfen gestochen, die ganz langsam fielen. »Dann hörte ich auf einmal die Musik, weit weg, und ich glaube, ich schlief ein, während ich weiter die Musik hörte. Es war, als bliebe ich wach. Dann kamen zwei Knaben vom Himmel herab, und aus ihren Mündern wich wie bunter Rauch die Musik, die ich aus der Ferne hörte.«

Ja, ich bin verwirrt, aber die Geschichte geht weiter. Die beiden Engel hoben meine Mutter vom Boden auf in die Luft, trugen sie über die Pinien und über die Wolken, aus denen der Regen kam, und sie konnte die Sterne sehen. Sie reisten zwischen den Wolken und den Sternen, bis es wieder hell wurde. Da sah meine Mutter eine Stadt, und in dieser Stadt sah sie sich, wie sie einem Baby die Brust gab, und sie sah sich noch einmal, wie sie einem Baby die Brust gab. Und sie sah sich mit einem schönen Mann und einem Kind, das noch schöner war, spazieren gehen. Und kurz darauf sah sie ihren Ehemann mit einem schon älteren Jungen, sie machten Fotos auf einer Insel im Abendlicht, umringt von lächelnden Touristen. Und dann sah sie ein kleines Mädchen, das auf sie zuging. Und noch einen Jungen. Und sie nahm ein schwarzes Mädchen in die Arme, das sie mit großen Augen ansah. Sie sah eine Frau in einem Büro hinter einem Schreibtisch, die von Raten und Zahlungen sprach und am Telefon »ich umarme dich« zu ihr sagte. Und sie sah einen saftiggrünen Rasen und die Julisonne, die durch ein Fenster hereinschien, während sie jemandem die Geschichte erzählte. Dann blickte sie direkt in die zum Fenster hereinscheinende Sonne und fing an zu tanzen, allein in der Sonne.

Am Tag darauf, nachdem sie die Musik gehört und ihre Zukunft gesehen hatte, fand sie sich im Bett wieder, umringt von besorgten

Gesichtern. Es ging ihr miserabel. Sie brauchte fast ein Jahr, bis sie wieder ganz gesund war. Auf dem Fest im Jahr darauf erzählte sie dem ersten Jungen, der sie zum Tanzen aufforderte, was ihr geschehen war. Der Junge rannte weg. Kurz darauf erzählte sie es dem zweiten Jungen, der sie zum Tanzen aufforderte. Der zweite Junge meinte, dass sie vielleicht ihre Zukunft gesehen habe, aber dass er nicht wissen könne, wer die Frau in dem Büro sei und wo sich dieser Garten befinde, oder wo dieses grausame Licht herkomme, das durchs Fenster hereinschien. Darüber sprechen sie auf ihrem ersten Spaziergang um den Dorfplatz, während die Kinder hinter dem Paar hergingen und anspielungsreiche Lieder sangen. An den Sommerabenden gingen sie Hand in Hand bis zu den Pinos del Duque. Abends fuhr er mit dem Moped zurück in sein Dorf, und das verbeulte, fast abfallende Nummernschild glänzte im Schein einer Laterne.

Langes Schweigen.

»Kannst du den Vorhang zuziehen?«

Ich gehorche und setze mich wieder in eine unwirkliche Schattenwelt. Ich bin bereit, so viele Tage wie nötig hierherzukommen. Um für sie da zu sein und zu bitten. Um an diesem Fenster zu sitzen, von dem aus man Erdgeschosse mit Blumen und einen saftigen Rasen sieht. Ich werde den langen Rest dieses Berichts schreiben, so gut es geht. Ja, mein Leser, die Zeit drängt, und du lässt keine Entschuldigung gelten. Ich mache es. Einen zweiten und einen dritten Teil. Ich werde aufrichtig sein. Als hätte ich nichts damit zu tun, als ob mein Leben, unser Leben, das eines anderen wäre.

»Jetzt bist du dran«, sagt sie zu mir. »Erzähl die Wahrheit.«

Schweigen.

»Mir fällt nichts ein, Flora.«

»Mir schon … Macht ihr mir etwas vor?«

»Nein …«

Wenn ich etwas verneine, dann deshalb, weil etwas,
das ich zuvor bejaht habe, Verneinungen nach sich zieht,
die meine Position letztlich erst definieren.

TORCUATO FERNÁNDEZ MIRANDA

Die Parteienfinanzierung ist ein Mysterium,
aber ein Mysterium von Menschen, die selbst
nicht mysteriös, sondern sehr klar sind
und dennoch immer ein Mysterium bleiben.

JORDI PUJOL

Übergangslos wurde das Mögliche wahrscheinlich
und schließlich unvermeidlich.

NATHANAEL WEST

1

Der Tag des Watussi war am 15. August 1971. Noch im selben Monat bezogen wir die Hausmeisterwohnung, wo meine Mutter arbeiten sollte, ein Souterrain in der Nähe des großen Sakralbaus, der ein ganzes nach ihm benanntes Stadtviertel in seinen Schatten stellte. Nicht nur die Familien der Händler und Gewerbetreibenden, die sich von dem neuen architektonischen Anziehungspunkt eine Belebung ihrer Geschäfte versprachen, fieberten der Fertigstellung entgegen, die ganze Stadt übte sich in übertriebener Anteilnahme an dem wahnwitzigen Projekt. Es gab Kollekten über Kollekten, um den Irrsinn immer weiter in die Höhe zu treiben. »Wir haben schon fünf Türme! Wir haben schon sechs!« verkündete man mit Begeisterung. Sonntags fassten sich die Menschen an den Händen und hüpften im Reigen vor dem Portal, zum Heulen des Windes und dem Flügelschlagen der vor dem Trubel auffliegenden Tauben. Das unfertige Projekt, ein Beispiel für die Anfälligkeit komplexbeladener Gemeinschaften für Größenwahnsinnige, bekam immer mehr von einem Ungetüm, das wie ein Vampir den umliegenden Gebäuden die Substanz aussog: Fabriken mit halb eingesunkenen Giebeldächern, modernistischen Portalen ohne einen unverziert gebliebenen Winkel, die mysteriös auf mich wirkten, Wohnhäuser vom Anfang des letzten Jahrhunderts, deren Fassaden alle dasselbe stumpfe Grau trugen. In so einem Gebäude wohnten wir ein paar Jahre. Man ging unter dem Schild »Portier« durch und stieg eine düstere Wendeltreppe hinab, schon befand man sich in einem Wohnraum, der mit Hilfe von verwaschenen blauen Vorhängen unterteilt war. Dahinter befanden sich eine Küchenzeile, Betten und ein winziges Waschbecken. Als wir zum ersten Mal in diese Gruft hinabstiegen, entdeckten wir zu unserem Erstaunen an der Wand zwei Gegenstände, die frühere Bewohner zurückgelassen hatten, ein makabres Erbe, das anscheinend von einem Mieter auf den nächsten überging: ein Plastiktablett mit dem Vers »Wer Granada nicht geseh'n, der muss blind von dannen geh'n« und ein geradezu furchterregendes Bildnis des Heiligen Herzens. Die Blasphemie der Zeit hatte das Antlitz des Herrn so gewellt, dass die vorgewölbten Augen und der versunkene Mund ihm einen sehr beunruhigenden Ausdruck verliehen. In ihrem Aberglauben wälzte meine Mutter es auf mich ab, das Blechbild in einem hohlen Baumstamm zu versenken. Auf dem Heimweg sah ich mich nach allen Seiten um.

Das verbeulte Jesus-Gesicht war nicht der einzige Schönheitsfehler des Kellers. Das Souterrain war so tief gelegen, dass wir weder fernsehen noch Radio hören konnten; Feuchtigkeitsflecken an der Wand bildeten eine komplette Weltkarte, und tausend Farbschichten reichten nicht aus, um die hartnäckige Kartographie zu übertünchen.

Während der ganzen Jahre, die wir in dem Viertel wohnten, kamen mir dieses Sakralbau-Ungetüm, die Häuser, unser Keller wie ein einziger Riesenscherz aus Pappe vor, und dort zu wohnen lenkte mein Leben auf eine unglückliche Bahn, diese trostlose Vorhölle war wie ein böses Omen. Doch das erkannte ich damals nicht, dafür war ich viel zu beschäftigt. Meine Gedanken kreisten um jenen fünfzehnten August, drehten sich darum, was geschehen sein konnte, was geschehen war; mein Verlangen nach Aufklärung ließ mich nicht in Ruhe, und das, was ich gesehen hatte, hatte mich paradoxerweise noch mehr verwirrt, und mir erging es wie jemandem, der in ein Mysterium eindringt und bei seiner Rückkehr ins normale Leben nicht sagen kann, was er gesehen hat, ihm fehlen die Worte, aber auch Gelegenheiten, um über seine Entdeckung zu sprechen. In all den Jahren war ich nicht mehr in das alte Viertel auf dem Berg zurückgekehrt, ich hatte auch nichts mehr von Pepito oder irgendeinem anderen von dort gehört. Im

Großen und Ganzen jedenfalls. Immerhin waren Juana und Juan gekommen, um sich von uns zu verabschieden, kurz nachdem wir mit unserer Sammlung von Einzelstücken – der Tisch, das Bild, die Lampe – hier eingezogen waren. Mit ihnen schwelgten wir an einem kühlen Septemberabend in Erinnerungen, und zumindest in meiner Gegenwart sprach niemand über das Geschehene, über den Tag des Watussi, sondern nur über glückliche Wendungen. Das war der Preis des Schweigens, dafür, dass sie vor Betrug und Bedrohung die Augen verschlossen hatten. »Ihr habt echt Glück«, sagten Juana und Juan zu uns. Jetzt, da in der Nähe ihres Dorfs eine Fabrik entstanden war, meinte es das Schicksal auch mit ihnen gut.

»Ach, ich glaube noch nicht, dass es wahr ist.«

»Ach, was für ein Glück.«

»Mehr Glück, als wir jemals haben werden.«

»Ach, meine Liebe, ohne Glück …«

»Auf Gesundheit und Glück!«

»Stoßen wir auf das Glück an!« Das war Juan.

»Warte doch, bis man dir was anbietet, Gierschlund.« Das war jetzt Juana.

»Ach, stimmt, wie dumm von mir, dass ich nicht reagiert habe. Ich habe Moscatel und vorzügliche Kekse vom Konditor.« Das nun war meine Mutter, die sich das Adjektiv »vor-züg-lich« Silbe für Silbe auf der Zunge zergehen ließ.

Nachdem sie Fortuna unerhört oft angerufen hatten, betonten sie die Vorzüglichkeit von jedem einzelnen Keks und taten sehr vornehm, wozu Juans ständige Blicke auf die sich leerende Flasche nicht recht passten, ebenso wenig Juanas Starren auf das beige Kleid und die dazu passenden Schuhe, die sich meine von Grund auf verwandelte Mutter in einem Anfall von Verschwendungssucht gekauft hatte.

»Oh, Mandelkonfekt! Wie köstlich.« Das war Juana, nachdem sie einen winzigen Bissen getan und die Beine in perfekter Nachahmung einer Fernsehserien-Baronin übergeschlagen hatte.

»Du machst dir keine Vorstellung, was sie kosten.« Meine Mutter: »Aber was sage ich da. Geht dich auch gar nichts an, was sie kosten …«

»Ach, sag's mir lieber nicht, meine Liebe, meine Güte … Und was kosten sie? Nein, sag's mir nicht. Egal, was du sagst, ich glaub's dir.« Wieder Juana.

»Und so hübsch verpackt!« Das war Juan: »Wie das Papier glänzt. Smaragdgrün.«

»Ja, und wie deine Augen glänzen.« Juana, die eine Klammer in ihrer Vornehmheit auf- und gleich wieder zumachte. »Willst du kein Konfekt, Fernandito?«

»Ich habe schon eins gegessen.« Das war ich, der ich mit gesenktem Kopf zu Juana sah, Kinn auf der Brust, Augen auf ihren Slip gerichtet.

»Allerdings sind die Konfekts so gut eingewickelt« – meine Mutter –, »dass man sie kaum rausbekommt.«

Überzeugt davon, dass das Konfekt sich nicht auswickeln ließ, weil es sich genierte, verließ ich die Runde und stieg wie an vielen Abenden auf die Dachterrasse. Von dort aus konnte ich umrisshaft die Festung auf meinem Montjuïc erkennen. Mein Fernrohr war so schlecht, dass das alles war. Immerhin sah ich mit bloßem Auge, dass für die Menschen in der Stadt genau dort die Sonne unterging. Ein wunderschönes Farbenspiel aus Orangetönen, für den, der nicht wusste, dass ausgerechnet die Müllhalde und die Lichtreflexe der Abfallhaufen den Sonnenuntergang so infernalisch zum Glühen brachten und einen so blendeten. Das nutzlose Fernrohr landete unter meinem Bett und würde beim nächsten Umzug ausrangiert werden, wie andere Gegenstände auch, die meiner Kindheit etwas Zukunftsweisendes gegeben hatten. Nur mein Detektorempfänger überlebte noch eine Weile. Der melancholische Fernando saß Nachmittage lang auf der Dachterrasse, und ohne die Nachbarinnen zu grüßen, die zum Wäscheaufhängen heraufkamen, hörte er dem unverständlichen Rauschen der Radiosender zu und blickte auf den Montjuïc, durchdrungen von der Empfindung, in irgendeiner geheimen Verbindung zu ihm zu stehen, dass die Zeit stehen geblieben wäre, dass alle Tage seit dem

15. August 1971 lose Anhängsel wären. Ich durchlebte jenen Tag immer wieder mit demselben Gefühl; ich glaubte, und nicht ohne Grund, dass es nie wieder einen Moment wie jenen geben würde. Ich fühlte mich verpflichtet nachzuforschen, warum der Watussi inmitten jener korrupten, der Simulation verfallenen Ansammlung von Blinden gestorben war, wenn er denn gestorben war, was ich geneigt war zu glauben, allein schon, um mich aus dieser Geschichte zu retten, und doch hätte ich bei einer gegenteiligen Enthüllung nicht gewusst, wie ich reagieren würde. Abgesehen davon war es ganz und gar unmöglich, die Reihe an Hypothesen zu überprüfen, die mich zur Annahme seines Tods führten, und insgeheim wusste ich, dass die schlichte Suche nach dem »Warum« gefährlich war. Hinzu kam, dass ich mich dem wirklichen Leben verweigerte, dass ich nicht wie andere Jungen in meinem Alter spielte, Mann zu sein, stattdessen entwarf ich mich als den möglichen Freund meines Helden: Ich sah das Leben auf der Straße und den Schatten des Sakralbaus, einen Schatten wie riesige Hände, und ich sah den Körper im Wasser und hörte Pepito das Lied trällern, während er das W malte. Das war genug.

Fiebrig drehte ich immer wieder an der primitiven Skala auf der vergeblichen Suche nach dem Lied des Watussi und hörte nur sich überlagernde Stimmen und maghrebinische Musik. Ich brauchte ein Motiv zum Tanzen, ein Lied, an das ich denken konnte, auch wenn diese Gedanken sich im Kreis meiner Dummheit drehten. Denn die Lichtblicke verschwanden im kräuselnden Rauch, in trauriger Leidenschaft, für die ich keinen Namen fand, und in der Stimme, die mich aufforderte, ein Junge wie alle anderen zu sein. Und an dem Nachmittag, als ich mich von dem Paar, das jahrelang Tür an Tür mit uns gewohnt hatte, verabschieden sollte, unter dem drückenden Eindruck des Kellers, eines vertrauten Stichs im Magen und des sich neigenden Herbsttags, der mir schmerzlich die Lungen weitete, umkreiste ich wieder einmal das Leitmotiv meines Denkens, an das ich mich immer wieder zwanghaft klammerte. Doch dann überkam mich der Zweifel, und ich setzte mich mit dem Rücken zur Mauer auf den Terrassenboden und dachte schamlos bis zur lustvollen Explosion und dem unmittelbar darauffolgenden Elend an Juana, die an diesem Nachmittag so ordinär ausgesehen hatte mit ihren übergeschlagenen, stämmigen Beinen.

2

Noch vor Beginn des neuen Schuljahrs rannte ich in eine Stadtbibliothek, um mich über die jüngere Geschichte zu informieren und einen vagen Zusammenhang zwischen den vielen Marokkokriegen, Bürgerkriegen, Weltkriegen und Bandenkriegen zu begreifen. Mit leuchtenden Augen und einem Heft in der Hand saß ich stundenlang unter sengenden Lichtquellen, dem Ersticken nahe wegen der strengen Körperausdünstungen der Gelehrten, die ebenso lange Stunden dort ausharrten. Angesichts meines Eifers ließ meine Mutter nun von ihrem Befehl »Lern!« ab, mit dem sie so vielen familiären Szenen ein Ende gesetzt hatte. In den ersten Tagen, die sie mich den Weg der Bildung einschlagen sah, ohne dass mir jemand die Pistole auf die Brust setzte, sagte sie gar nichts. Verwundert hob sich eine Braue, während ihre Hände das Wringen des Wischlappens unterbrachen, eine untrügliche Warnung, was meinem Hals drohte, falls ich sie anlog. Doch irgendwie begriff sie, dass ich das nicht tat. »Mama: Der Knabe lebt nicht von der Masturbation allein«, hätte ich ihr sagen können. Später, in Zeiten, als meine Lebenseinstellung laxer wurde, sollte sie manchmal meinen damaligen Anfällen von Lernbegierde nachtrauern. In ihrer Gutgläubigkeit hatte diese Frau geglaubt, auch ihr Sohn würde in dem neuen Viertel ein neues Leben beginnen.

Auf meinen Wegen in die Bibliothek suchte ich in dem armseligen Angebot der umliegenden Geschäfte eine Schallplatte mit dem Titel »Der Watussi« und legte dabei denselben Eifer an den

Tag, mit dem ich in Büchern nach Anhaltspunkten und in Radiosendern mit schlechtem Empfang das Lied suchte. »Niemand hat das Lied aufgenommen«, sagte ich mir. Und dennoch, eines Tages stieß ich in einem Buch auf Folgendes:

> Die rote Horde, die zwar zahlenmäßig überlegen ist und über mehr Kriegsgerät verfügt, ist unrettbar den negroiden Tänzen verfallen. Das macht es Tizona, Cids Schwert, allzu leicht, wieder ins Vaterland zurückzukehren, wie auch den Insignien des Heiligen Vaters und seines Apostels Santiago, Werte, die von der schamlosen internationalen Verschwörung mit Füßen getreten werden.
>
> Illustration: »Tanzender Roter«
> (aus dem Film *Camarade Claqué*, André Malraux, 1938).

Diese Sätze, deren Aussage sich mir keineswegs erschloss, waren der Untertitel zu einem undeutlichen, kleinen Foto: eine Gestalt mit Melone und Blaumann, klein und fröhlich, die über einem Parkettboden schwebt und von begeisterten Milizen umringt ist. Dies in einem Buch zu lesen machte uns alle, mich, den Watussi, Pepito alias Yeyé, die Coupé, die Französin, meine Obsessionen, die wirkliche Welt, zu etwas Aufgeschriebenem, Klassifiziertem, als ob wir nichts gewesen wären bis zu dem Moment, da wir dürftige Worte und ein undeutliches Bild geworden waren.

Die Tatsache, dass ich in einem vergessenen Buch, in irgendeinem Lexikon aus den Fünfzigerjahren über den Bürgerkrieg, dieses kleine Foto fand, das einen bestimmten Moment weit vor meiner Geburt und dem Tag des Watussi festhielt, gab allen, die mit diesem Tag etwas zu tun hatten, einen Platz in der Geschichte. In einer Geschichte, die ich in ihrer ganzen Komplexität damals zu begreifen begann. Meine Schlussfolgerungen:

»In Spanien wurde viel gekämpft. Die spanischen Kämpfer gewannen alle Schlachten (und später den Krieg), doch irgendwann verloren sie die eine oder andere Schlacht. Und mit der Zeit verloren sie mehr, als sie gewannen, bis sie fast nur noch verloren. Das war nicht gut, und das bemerkten die Menschen. Zumindest die Städter, die Landbewohner bemerkten nichts. Sie wussten noch nicht einmal, dass es Flugzeuge gab. Die Städter legten Bomben, um ihren Protest auszudrücken, und töteten die Pfarrer. Mit denen konnten sie es aufnehmen. Den König wollten sie stürzen. Der König, das war Alfonso XIII. Alfonso XIII. kam zu dem Schluss, dass es das Beste sei, mit jemandem zu kämpfen, mit dem er es aufnehmen konnte. Ihm fielen die Marokkaner ein, denn die verloren immer. Das Mittelalter ist der Beweis. Aber irgendetwas ging schief. Die Städter wollten nicht gegen die Marokkaner in den Kampf ziehen und auch nicht gewinnen. Also mussten es die Leute vom Land tun. Die Leute vom Land flohen (einer nach Paris, wo er Tänzer wurde), und der Marokkokrieg nahm kein Ende. Als die Marokkaner besiegt waren, bekriegte man die Roten, denn die legten Bomben in den Städten und brachten die Pfarrer um. Man ging auch in die Dörfer und nutzte die Unwissenheit der Leute. Der König war gestürzt und die Republik ausgerufen worden. Die Roten waren in kürzerer Zeit besiegt als die Marokkaner. Sie feierten einfach zu gerne. Als der Befreiungskrieg oder Bürgerkrieg zu Ende war, kam der Frieden nach Spanien. Ein langer Frieden. Gleichzeitig stürzte sich die ganze Welt, dem Beispiel Spaniens folgend, in den Kampf. Den gewannen die Amerikaner und die Engländer. In den amerikanischen Kriegsfilmen kommen keine Spanier vor. Dabei gab es welche. In diesem und in nachfolgenden Kriegen. Die Spanier, die in amerikanischen Kriegsfilmen vorkommen, sind alle dumm oder sehr eitel. Man könnte schreien. Seit diesen ganzen Kriegen herrscht in Spanien Frieden bis heute. Franco ist der oberste General, und er regiert (vor allem) mit ein paar anderen in weißen Uniformen oder Anzügen (sehr gute Studenten). Kämpfen tun nur die Banden und irgendwelche Arschlöcher, aber das hat praktische Gründe.«

Habe ich schon über meine Bildung gesprochen? Trotz meiner vielen Stunden in der Bibliothek (die ich unterm Strich mehr mit Blättern und Bilderanschauen als mit eigentlichem Lesen verbrachte) kann ich nicht behaupten, dass ich mein Wissen über die jüngste Geschichte damals vertieft hätte, geschweige denn, dass ich kompetenter über selbige gesprochen hätte. Sätze wie »Sie feierten einfach zu gerne«, die nicht unbedingt die Gründe der republikanischen Niederlage erfassen, belegen dennoch meinen Respekt vor dem gedruckten Wort: Noch vor ein paar Monaten hatte ich mir von einer fünfzehnjährigen Nutte in einem Bordell an den Ramblas einen blasen lassen, und kaum hatte ich einen Kugelschreiber in die Hand genommen, wandelte ich mich zum lustfeindlichsten aller Puritaner. Nun zu den Hintergründen. Die ganzen dreizehn Jahre, die ich in den Baracken auf dem Montjuïc gewohnt hatte, hatte ich nie etwas von Politik oder der jüngeren Geschichte gehört. Wenn man bedenkt, dass ich trotz meiner völligen Unbelecktheit ein wandelnder Radarschirm war, kann das nur heißen, dass niemand auch nur eine Silbe darüber verlor. Ich begriff schnell, dass das Elend das Vergessen befördert und umgekehrt. Nur die, die auf irgendeine Weise den Schmerz überwinden und das Elend hinter sich lassen, haben die Kraft, Protest anzumelden, eine Meinung zu haben, eine Erinnerung, und paradoxerweise stehen sie am Ende oft schlechter da als die Schweigenden. Das Gebot des Schweigens macht Gehenkte und Henker gleich. Ich begriff noch nicht einmal, dass hinter der hartnäckigen Stummheit derer, die vom »Land« oder vom »Dorf« kamen, kein besonderes Unglück oder Geheimnis stand, dass sie einfach gekommen waren, um sich bemerkbar zu machen, mit einem vagen »besser leben«, »nicht mehr übergangen werden« im Kopf. Über die Vergangenheit meiner Familie, über mein eigenes »Dorf« wusste ich nichts außer der Geschichte von den Pinien und dem in der Ferne erklingenden Orchester, die meine Mutter mir erzählt hatte. Eine trockene Ebene, der Wind, der graue Schlieren ins reife Getreide zeichnet. Eine Landstraße ohne Kurven. Ein Eimer voll Wasser, der gegen die Brunnenwände schlägt. Sonst nichts. Ich hatte keine Großeltern. Meine Großeltern waren tot. Landarbeiter. Sonst nichts. Ich hatte mir auferlegt, nicht danach zu fragen: Ich wollte Mutter nicht traurig sehen. Wenn sie nichts erzählte, war es gut so. Es gab keine Geschichte. Meine Familie, das waren meine Mutter und ich, und erst mit dem 15. August 1971 wurden wir Teil der Geschichte.

3

Während ich mich in wirren Spekulationen über unsere Herkunft verlor, baute meine Mutter Flora an unserer Zukunft. Jene großartige Blendende Zukunft, die sie mir immer hochtrabend versprochen hatte, rückte damals, in der Zeit der Portierswohnung, in Riesenschritten vor, Tag für Tag, Woche für Woche. Mutter wurde von einem Aktivismus gepackt, der weniger hysterisch ausfiel als früher, dafür umso ehrgeiziger. Ihre Versessenheit auf Geld, um nicht nur einkaufen, sondern glänzen zu können, war nicht mehr von der Scham der Armut überdeckt, auch wenn die Entbehrungen nach wie vor grausam waren; es galt, sich ein Sprungbrett zu rosigen Zeiten zu bauen. Es wurde laut gerechnet, und jede Pesete umzudrehen war nicht mehr bitter, sondern aufblitzendes Glück. Ihr Glück. Angeblich tat sie alles für mich (und falls ich das noch nicht restlos begriffen hatte, wiederholte sie es vorsichtshalber ungefähr fünfzigmal am Tag), aber ich sah bloß einen Menschen, der nicht wiederzuerkennen war, der entschlossen Rache an harten Zeiten übte, die für mich gar nicht so hart gewesen waren. Die Fürsorge für ihren Sohn, für sein Aussehen, für seine Bildung, für seine Freundschaften, die seiner würdig und nach ihrem Geschmack sein sollten, konnte da schon mal ins Hintertreffen geraten, doch angesichts der langen Liste an Plänen fühlte ich mich deswegen nicht gleich vernachlässigt. Für sie, nicht für mich, waren es Jahre des Wandels. Während ich die Portierswohnung voller Feuchtigkeitsflecken mit dieser Frau teilte, verging kein Tag ohne ihre notorische Aufgeregtheit, ohne dass sie in der Kellerwohnung hin und her rannte, tief seufzte, mich mit seltsam leuchtenden Augen ansah und zur Begrüßung der anderen Hausbewohner die Treppen hochspurtete, bis wir nach ein paar Jahren fortzogen, um abermals zu vergessen, was wir gewesen waren (diesmal eine verwitwete Portiersfrau und ihr seltsamer Sohn), alle noch so wichtigen Pläne, angestrebten Verbesserungen wurden von der Liste gestrichen, allerdings, nehme ich an, denn so ist es immer, mit einem flauen Gefühl, einem zaghaften Widerwillen.

Am Anfang waren die Fingernägel.

Die kaputten Fingernägel meiner Mutter, gesplittert, sauber, aber vergilbt, angegriffen vom Putzmittel und dem unermüdlichen Scheuern der Treppe, wurden nun mit größter Sorgfalt repariert, jede Rille, jede Kerbe täglich akribisch untersucht. Sobald sie konnte (woran anfangs nicht zu denken war), ging sie zur Nagelpflegerin. Die Maniküre-Dame aus dem dritten Stock, zweite Tür, konnte noch so umsichtig und leise durch die Eingangstür hereinschlüpfen (sie hatte keine Chance: Meine Mutter hätte ihre Absätze unter Tausenden herausgehört), jedes Mal wurde sie von meiner Mutter abgefangen und um Rat gefragt, bis die Gute endlich nachgab und ihr einen kostenlosen Kurs in Handpflege anbot. Nach dem Abendessen und bis zu dem Moment, da ihr vor Müdigkeit der Kopf auf die Brust sank, hielt sich meine Mutter die gestreckten, gespreizten Hände vors Gesicht und untersuchte diese absurden Hornplatten, anschließend hielt sie sie so weit weg, wie ihre Armlänge erlaubte, schloss behutsam die Hände, und die Nägel rückten in einer genau einstudierten Bewegung wieder an das Gesicht heran, worauf die Einzeluntersuchung begann. Sie nahm sich Finger für Finger vor, hin und wieder fuhr die Feile mal mehr, mal weniger rabiat dazwischen. Sobald die Revision der Krallen an den oberen Extremitäten abgeschlossen war, streifte meine Mutter sich die Pantoffeln ab, zog sich einen Schemel heran und stellte die Füße darauf. Als würde sie mit ihnen Zwiesprache halten, bewegte meine Mutter die Zehen wie kleine redefreudige Gesichter und redete in gedämpfter Stimme zu ihnen, was sie einmal gewesen und nun nicht mehr waren, diese Füße, diese Knie, diese Schenkel. Zaghaft, als fürchtete sie, krummbeinig geworden zu sein, hob sie ihren Rock, und während sie sehr langsam ihre Beine von der einen Seite zur anderen schwenkte, beobachtete sie die Knöchel, die Waden, die Kurven, neigte still den Kopf und überzeugte sich, dass sie durchaus etwas vorzuweisen hatte. Mit dieser Idee im Kopf sah sie die Wand an, sah sie mich an (der allmählich lernte, sich zu verstellen), schließlich nickte sie zufrieden, bis am nächsten Tag alles von vorne losging. Das war eine weitere Eigenart von ihr: Kaum hatte meine Mutter irgendetwas dreimal gemacht, schon war es fester Bestandteil der täglichen Routine; oft reichte auch zweimal. Nach Beendigung der Prozedur griff sie zum Nagellack (der in wenigen Jahren eine entschiedene Steigerung erfuhr, vom braven »Malvenrosa« zu gewagten Akzenten wie »Bordeauxrot«, »Tiefrot« oder zu guter Letzt »Signalrot«!), und damit begann der artistische Akt des Lackierens. Nach kurzer Zeit stank der Keller schwindelerregend nach Aceton.

Preisreduzierte Kleidung mit kleinen Fehlern war ein weiterer Tick von ihr.

Wenn am Samstagnachmittag die Hausmeisterarbeit getan war und die zappelige Flora grünes Licht zum Ausgehen hatte, zerrte sie mich mit zu ihren Einkaufsrunden. Diese Langstreckenläufe durch eine Stadt, die auf mich erstarrt wirkte, waren alles andere als ein ausgelassenes Schlendern vor den Auslagen der Geschäfte, es war ein atemloses Gehetze durch das Straßennetz auf der Suche nach geheimen Verkaufsorten, wo sich unter grellem Licht Kleidungsstücke türmten.

»Schau, Fernandito, man merkt es gar nicht. Und schau, die Marke! Ein echtes Gilles Deleuze! Komm, probier mal ... Du siehst aus wie ein Marquis. Da kommt dein edles Blut zur Geltung ...«, quasselte meine Mutter und zeigte auf eine offene Naht unter der Achsel eines schrillfarbenen Polohemds, und ich verfluchte das verfluchte edle Blut, das schuld daran war, dass ich wie ein Golf spielender Kronprinz aussehen musste.

Und als solcher musste ich unendliche Jahre lang herumlaufen.

Unbeschreibliche Jacken, Hemden wie für einen bulgarischen Zuhälter, Karo-Hosen, die niemals in Mode kommen würden, Polohemden, die es vor zehn Jahren gewesen waren und es vielleicht in weiteren zehn wieder sein würden, damals zumindest sahen sie nicht nur daneben, sondern schlicht wie ein Clownskostüm aus. Meine Mitschüler hielten mich für einen Ausländer. Nie, noch nicht einmal in den Zeiten schlimmster Unsicherheit auf den Straßen, die auf uns zukommen sollten, wagte es jemand, mich zu überfallen. Ich nahm meine Kostümierung hin, denn damals, allerdings nicht mehr lange, war mir der Geist wichtiger als der Körper, außer wenn wieder einmal eine Nachbarin mit offenkundigem Hohn auf meine violette Garbardinehose zeigte und Flora fragte, wo sie dieses Schmuckstück denn herhabe.

»Tja, das ist eine echte Lancaster & York ...«

Nach diesen Worten strich sie mir stolz über den Kopf, während das Miststück von Nachbarin auf die Straße verschwand. Kaum hatte sie das Haus verlassen, brach sie in schallendes Gelächter aus, und sämtliche Passanten lieferten die Begleitung dazu. In der Zwischenzeit stimmte meine Mutter unerreicht von allem Spott ihr Geträller an, mit dem sie für einige Jahre das graue Leben dieser Menschen erheiterte, und nachdem sie das Schild »Ich putze die Treppe für Sie« aufgehängt hatte, ein kalligraphisches Kunstwerk dank der ruhigen Hand ihres talentierten Sprösslings in der Gabardinehose, machte sie sich mit ihren Fußballerknieschonern, die sie vor einer Schleimbeutelentzündung bewahren sollten, ans Werk, und dachte dabei an das Geschenk zu meinem Namenstag, zu meinem Geburtstag, an das Geschenk, das sie mir geben würde, damit ich es ihr an irgendeinem ihrer Namenstage oder Geburtstage schenken könne, sie dachte an die tausend festlichen Anlässe, die mit allem erdenklichen Pomp begangen werden würden, an den mittlerweile schon Brauch gewordenen Sonntagskuchen, an die Notwendigkeit, die Tage, die Jahreszeiten, die Jahre bewusst zu erleben, an den Segen der Normalität, der uns fortan und für immer zustehen sollte.

Kosmetikparty gab es nur eine, die war dafür denkwürdig.

Durch die konsequente Lektüre alter Zeitschriftennummern wurde Flora in kurzer Zeit eine Spezialistin auf dem Gebiet und glaubte, sich etwas dazuverdienen zu können, wenn sie nur etwas Zeit, Sympathie und ihre Überzeugungskünste in den häuslichen Verkauf von Produkten der Marke Proust investieren würde. Die Wundercrèmes und Wässerchen konnte man ausschließlich auf von redegewandten Hausfrauen organisierten Partys kennenlernen und erwerben. Nachdem meine Mutter zwei- oder dreimal irgendwo hingegangen war, was sie mir auch gesagt, ich aber nicht wahrgenommen hatte, zeigte sie mir eines Abends einen Ausweis, der sie als »Fachverkäuferin für das Schönheitsprogramm Proust« autorisierte, und eine Schachtel mit dem Schriftzug Proust auf dem Deckel, aus der heraus mich die farbenfrohen Verpackungen der Produktpalette ansprangen, doch nach wenigen Sekunden klappte sie brüsk den Deckel wieder zu und drohte mir mit dem Tod, falls ich es wagen sollte, auch nur eines der Gefäße anzurühren.

Sie klapperte alle Nachbarinnen ab, fragte nach, redete auf sie ein, was ihnen entgehen würde, wenn sie nicht auf die nächste Party kämen, putzte mehrmals den Keller, setzte Proben an und eine Generalprobe (die Proust-Produkte auf dem Tisch aufgereiht wie in einem festlich geschmückten Schaufenster, vor dem meine Mutter ihren Monolog führte), blätterte das Heft mit den Bestelllisten bis zum Gehtnichtmehr durch und wiederholte tausendundeinmal ein glückbringendes Mantra, und endlich lud sie an einem kalten und ungemütlichen Winternachmittag zur Party ein. Als ich aus der Schule kam, ging ich hinunter, um mir meine Brotzeit abzuholen und ruck, zuck wieder zu verschwinden, wie es mir meine Mutter eingebläut hatte, und ich sah drei Frauen rings um die Tiegelchen und Töpfchen, ebenso viele Kaffeetassen und ein Tablett mit einem einzelnen Kuchen und vielen Krümeln, und geplaudert wurde über alles Mögliche, nur nicht über die Produkte von Proust. Meine Mutter, die ich bei dem Trio nicht mitgerechnet habe, präsidierte dem Tisch, wobei sie einen Tiegel der Aufbaucreme Charlus immer wieder auf- und zumachte und sich zu einem Gesicht zwang, dessen ursprüngliche Fröhlichkeit zu aufgesetzter Höflichkeit verkümmert war. Die anderen drei, die Hausmeisterinnen aus der 100, 102 und 104, dachten wie gesagt überhaupt nicht daran, über diese Schönheitsprodukte zu reden, sie unterhielten sich auch nicht über Schönheit, von der meine Mutter nur träumen konnte und sie noch nicht mal das, denn die drei Matronen in grüner (100), schwarzer (102) und roter Strickjacke (104) waren vulgär und kugelrund. Sie schwatzten und ereiferten sich über die Neuigkeiten des Tages, bekreuzigten sich und blickten zum Himmel, der so weit weg von diesem Keller war. Carrero Blanco, ein Admiral, der, wenn er nicht von vorneherein mehr zu sagen hatte als Franco, als stellvertretender Regierungschef sein Unwesen trieb und von dem ich bis zu jenem Nachmittag noch nie etwas gehört hatte, war in hohem Bogen samt seines in Stücke zerfetzten Autos über eine ziemlich hohe Befestigungsmauer geflogen, die Reste waren verkohlt, das Metall geschmolzen, das Fleisch verbrannt. Und, logische Folge, er war gestorben. Das konnte der Grund dafür sein – so die Mutmaßungen des Damenkränzchens –, dass ein unter dem strengen Gesetz der Hausmeisterin aus der 100 lebendes Paar den ganzen Tag lang nicht das Haus verlassen hatte, das war ein wichtiger Hinweis, denn der Mann der beiden arbeitete angeblich bei der Stadt. Und anlässlich des tragischen Geschehens hatte auch ein anderes Paar dem Ehemann der Hausmeisterin aus der 104 aufgetragen, am besten gleich je fünfzig Liter Olivenöl und Zucker zu besorgen, damit, so erläuterte die Hausmeisterin, niemand das Haus verlassen müsse, bis das Blut auf den Straßen getrocknet sei.

»Wie im Krieg!« sagt die 104.

»Wenn Franco stirbt, wird's noch schlimmer. Nicht auszudenken!« sagt die 102.

»Und mein Sohn in Frankreich …!« sagt die 100.

»Aber ist er nicht nur zur Weinlese drüben?« die 104.

»Ja, aber er ist noch zur Nachlese dort geblieben«, die 100.

»Ach so …«, die 102 und die 104 unisono.

»Oh, schon so spät …«, die 100 und geht fast ohne sich zu verabschieden weg.

»Die denkt, wir sind doof«, sagt die 102, als das Adiós der 100 noch in der Luft liegt: »Dieser Kerl, der von sich sagt, er arbeitet bei der Stadt, arbeitet doch überhaupt nicht, weder bei der Stadt noch sonst wo. Er ist Kommunist, alle wissen das. Sogar die Polizei, die ihn ständig mitnimmt, ich denunziere ihn doch dauernd und sage, im Haus ist es ein einziges Kommen und Gehen von Roten und Künstlern, irgendwann werfen sie ihn schon noch aus der Wohnung. Und der Sohn ist in Frankreich im Gefängnis …«

»Auch wegen Politik?« Meine Mutter, aus ihrer Welt heraus.

»Wegen Diebstahl …!« Die 102, nicht mehr zu bremsen.

»Immer schon, meine Liebe. Mir hat er vor Jahren ein Bügelbrett gestohlen. Und er hat sich keinen Deut gebessert.« Die 104.

»Außerdem ist er Kommunist oder Sozialist oder von der ETA, die sind doch alle gleich und wollen uns das Leben schwermachen …« Die 102, die ihr Aufbrausen unterbricht, um zu rufen: »Oh, wie die Zeit rennt …!«

Schon waren sie weg, nicht ohne vorher noch kurz die inzwischen zu reiner Förmlichkeit erstarrte Gastgeberin zu loben. Man hörte die schleppenden Schritte der beiden Walrosse auf der Treppe und, während die Tür auf- und wieder zuging, ein vereinzeltes Hupen und das Hintergrundgeräusch der Straße. Wie an jedem Abend drang der Geruch gekochten Gemüses bis hinunter in unsere Katakomben, der sehr ferne Klang von Tonleitern auf einem Klavier und Kindergeschrei, das sich anhörte, als wäre jemand einer Katze auf den Schwanz getreten. Ich schloss die Tür, und es wurde still. Im Raum hing noch die Spannung einer zu Ende gegangenen Versammlung. Ich ertappte mich dabei, wie ich rätselte, was ein Dieb mit einem Bügelbrett anstellen wollte. Meine Mutter saß immer noch da und öffnete und schloss den Tiegel mit der Aufbaucreme. Auf dem Tisch das Kosmetiksortiment und das Heft mit den Bestelllisten, unangetastet. Sie stand auf und fing an aufzuräumen. Ich wollte sie nicht ansehen, hatte das Bügelbrett inzwischen vergessen und dachte jetzt, wie ähnlich doch die Worte waren und wie unterschiedlich die Angst, die frühere Angst, die Angst am Tag des Watussi. Der Unterschied zwischen den furchterfüllten Augen, die sich in konkreter Bedrohung immer umsehen, und der simplen Überraschung über eine Nachricht, die niemand erwartet hat und die zu viele Menschen betrifft, als dass man sich Sorgen zu machen bräuchte. Alles ging weiter wie bisher, das war die Hauptsache. So gesehen bestand für meine Mutter und mich kein Anlass zur Beunruhigung. Ich schob meine Gedanken über die labile gesellschaftliche Lage beiseite und wandte mich dem zu, was sich vor meinen Augen zutrug: Keine Mieterin hatte zu der Party der Hausmeisterinnen kommen wollen, niemand hatte irgendetwas gekauft. Das Schlimme war nicht der Misserfolg, ich hielt die ganze Sache sowieso nicht für gewinnträchtig, sondern die Zerstörung einer Illusion. Und die war allzu offensichtlich und demütigend. Meine Mutter kam aus der Küche und fragte mich, wie es in der Schule gewesen sei. Ich zuckte die Schultern. Dann, wider die goldene Regel, sich in nichts einzumischen, zu dem man nicht gerufen wird, hielt ich es für angemessen, meiner Mutter nach einem ihrer langgezogenen Seufzer zu sagen:

»Mach dir keine Sorgen.«

Ihre Reaktion hatte ich nicht erwartet. Sie stand vom Stuhl auf und schrie mir ins Gesicht:

»Über was bitte schön soll ich mir Sorgen machen? Los, sag schon, du kleiner Scheißer, sag schon.«

Ich zeigte auf die Proust-Produkte.

»Darüber …«

»Darüber, Dummerchen? Darüber soll ich mir Sorgen machen?« Sie packte mich an den Haaren und schüttelte meinen Kopf hin und her: »Glaubst du etwa, dieser Blödsinn ist mir wichtig?«

Ihre Augen sprühten Funken. Noch nie hatte ich sie so wütend gesehen. Sie war eine andere. Oder vielleicht war dieser andere ich. Der andere, den man braucht, um sich Luft zu machen.

»Weißt du, worüber ich mir Sorgen mache, Dummkopf? Weißt du es?« Sie riss mir fast die Haare aus: »Ich mache mir Sorgen, dass etwas passiert und wir das alles hier verlieren. Siehst du nicht, was da draußen los ist? Wann wirst du einmal etwas mitbekommen, du Hans Guckindieluft?«

An den Haaren zog sie mich vom Stuhl hoch und stellte mich in Position, damit ich mir alles, was wir verlieren würden, ansah. »Einen ätzenden Keller«, dachte ich. Und ich dachte auch: »Wir haben davor doch keine Angst, das weißt du ganz genau. Du hast dich lächerlich gemacht, das wurmt dich, und du lässt es an mir aus. Es wurmt dich, und du lässt es an mir aus.«

Und mit diesem Gedanken wappnete ich mich gegen weitere Hysterieattacken. Mit einem Ruck machte ich mich los und hob unmissverständlich die Hand.

»Du hast dich lächerlich gemacht, und das wurmt dich«, sagte ich zu ihr.

»Schlag mich nur, wenn du dich traust.« Auch sie hielt die Hand erhoben. Wir sahen uns an. Als würden wir für ein Gemälde mit einem klassischen Thema posieren.

»Das alles kümmert dich doch überhaupt nicht. Du willst an mir auslassen, dass du dich lächerlich gemacht hast. Dich bekümmert, dass du dich so lächerlich gemacht hast.«

»Schlag mich, wenn du dich traust.«

»Schlag du mich, wenn du dich traust.«

Und so verharrten wir beide mit erhobenen Händen, bis wir müde wurden. In Wirklichkeit bedrückte meine Mutter ihre quälende Einsamkeit. Aber das würde keiner von uns ansprechen.

4

1971, 1972, 1973, 1974, 1975, zurück zu 1971, zwanghafte Rückkehr zum 15. August 1971, während die Jahre wie in einem alten Gangsterfilm nacheinander auf dem Bildschirm eingeblendet werden. In der Welt, im Leben der anderen, vergeht die Zeit auf spektakuläre

Weise, es geschieht etwas, erinnerungswürdige Momente, Zwischenfälle unterschiedlichen Ausgangs, Entscheidung bringende Nachrichten. Bei mir geschieht nichts. In meinem imaginierten Film schnellen die Ziffern vom Fluchtpunkt in den Vordergrund wie eine zuschlagende Faust, aber bei der Filmsequenz, die ich gerade beschreibe, handelt es sich nicht um abgerissene Blätter eines Wandkalenders (siebzehn, achtzehn, Oktober, dreißig, Januar, eins, fünf), es blinken auch keine Leuchtreklamen an extravaganten Orten, wo luxuriöse Musik spielt, es schießt auch kein Champagnerkorken durch die Luft, und überall sind nur noch Blasen, prickelnder Schaum und lachende Münder. Noch einmal: Bei mir geschieht nichts. Gut, 1975 gab es sprudelnden Sekt und lachende Münder (fast alle in bemitleidenswertem Zustand): Meine Mutter heiratete wieder. Und zwar einen anständigen Mann mit Namen Carmelo Portonovo Oirán. Und wurde prompt schwanger. Und brachte ein zauberhaftes, rundes, runzliges, wunderschönes Baby zur Welt (Gracia Patricia), nicht anders als alle anderen Babys. Und im darauffolgenden Jahr beschenkte sie die Welt noch einmal (Francisco José). Bis dahin war genügend Zeit für einen weiteren Umzug gewesen, zweiter Stock, Erstbezug, Vierzimmerwohnung mit zwei Bädern und einem kilometerlangen Balkon, von dem aus man nicht meinen Montjuïc sah, dafür den Autostrom, der unter ohrenbetäubendem Tosen in die Stadt flutete. Wegen dieser nicht bedachten Lärmbelästigung sah sich der Heimwerker Carmelo gezwungen, Doppelfenster einzubauen, damit weder meine Neurose noch die Hysterie einer Spätgebärenden auswuchsen. Aber alles der Reihe nach.

Die Notlösung gegen die Einsamkeit meiner Mutter hieß Berta; für mich – so wurde es mir beigebracht, und so sprach ich sie auch an, wenn sie zu Besuch kam – *Señora* Berta. Eine Mittvierzigerin, die ein mütterliches Dekolleté mit einem Zwillingspaar Halbkugeln vor sich hertrug, die so groß wie mein Kopf und steinhart waren; lange Beine – nicht so lang wie die Juanas, dafür schlug sie sie weitaus vorteilhafter übereinander –, die in lebensgefährlichen Stöckeln ausliefen; krönender Abschluss des Monuments war ein leicht aufgedunsenes, erschlafftes Katzengesicht, ein schwacher Abklatsch von Simone Signoret, die blondierten Haare straff zu einem hohen Dutt gekämmt, grüne Augen und volle Lippen, über die gerne der eigentümliche Satz »Der genaue Zeitpunkt, an dem ich lernte …« trat, mit dem sie jede ihrer instruktiven Reden einleitete: »Ja, meine Gute, der genaue Zeitpunkt, an dem ich lernte, dass man die Pfanne besser mit dem Ärmel anfasst. Das gilt für Männer, für alles. Betrügen sie dich etwa nicht? Leidest du nicht unter ihnen? Und trotzdem schuftest du dich für sie zu Tode, rennst dir den ganzen Tag die Hacken ab? Nicht mehr mit mir, meine Gute, das ist meine späte Einsicht. Solange du ein schüchternes Mäuschen bist, hältst du die Welt für übermächtig. Und dabei steckt die Welt mindestens so in der Scheiße wie du. Stimmt, du hast den Kleinen, aber der Kleine ist schon ganz schön groß und weiß, was Scheiße ist. Der Kleine da weiß mehr, als du denkst.« Ebendiese Señora Berta, die Mamas »Was ist, Fernando, willst du nicht Señora Berta begrüßen?« und das darauffolgende resignierte Schulterzucken mit einem Lächeln quittierte, bei dem Zähne vorblitzten, die einem die grüßende Hand hätten abbeißen können, wurde nun auf der Dachterrasse geehrt, wohin ich in meinem Begehren eilte.

Señora Berta war ebenfalls Witwe und arbeitete in einem Büro im Erdgeschoss der 115 als Rezeptionistin. Damit hatte sie Anrecht auf eine Wohnung im selben Gebäude, direkt neben dem Firmeneingang. Wenn ein Gläubiger, Besucher oder Vertreter irgendeine Auskunft wollte, hauchte Señora Berta dem Eindringling ihren ewigen Mentholatem ins Gesicht und sandte genau die richtige Botschaft aus, um bei dem Mann die Drüsenaktivität in Gang zu setzen. Im entscheidenden Moment zwinkert Señora Berta und bittet den Gezähmten – in meinen feuchten Träumen natürlich mich – in ihr Schlafgemach, ohne Worte, denn sie weiß, dass er ihren langsamen, lasziven Schritten folgen wird, dem Wiegen ihrer Arschbacken im Format zweier Strandbälle, denen der Besucher gedankenverloren hinterherlechzt. Señora Berta dreht langsam den Kopf, bis ihr Profil mit den geschürzten Lippen sichtbar wird, streicht sich mit der Hand über die Taille, gibt sich einen leichten Klaps und sagt: »Noch genauso wie vor zwanzig Jahren.« In diesem Augenblick springt die Maschinerie des Aufzugsmotors an, und ich halte ein heroisches Stöhnen auf der Dachterrasse zurück. Ein paar Tauben sehen mich gleichgültig an. Andere fliegen auf. Ich habe schmutzige Hände.

Abgesehen von dem Gerede der Leute war es ein Rätsel, wie die lustige Witwe Berta bei ihrer Respektlosigkeit ihre Arbeit behielt, jedenfalls steht fest, dass sie meine Mutter zum Aufbegehren anstachelte und ohne große Mühe die letzten Verteidigungsmauern ihrer Resignation niederriss. Dieses Weib gefährdete meine Mutter und meine Gesundheit und verschwand dann für immer. Diese Abenteurerin nahm meine Mutter mit zum Tanzen.

Hektische Sonntagnachmittage, Flora spült hastig Geschirr und beklagt sich in einem fort, wie missraten ich sei, wenn ich ihr nur ein wenig Hausarbeit abnähme, müsste sie sich jetzt nicht damit aufhalten. Und, heilige Maria, ich schaff den Zigeunerarm-Kuchen nicht, ich platze gleich, iss du ihn auf, ich will nicht mehr, iss doch endlich mal was, wenn du mich fragst, isst du nur deshalb nichts, weil dir das Kauen zu anstrengend ist, du Faulpelz, und während ihrer tadelnden Worte verströmt der zugezogene Vorhang, dessen greller Blumendruck das schwindende Blau der frühen Abendstunden ersetzt, alle erdenklichen Arten von Düften, eine Komposition aus Neroli, Limone und betörenden orientalischen Hölzern, bis endlich meine Mutter herauskommt, mit einem Gesicht, das nicht das ihre ist (nie da gewesene Linien und Schönheitsflecken, Schminke und Pigmente), seufzend steckt sie sich einen Ohrring an, und ich betrachte sie, woraufhin sie mich argwöhnisch ansieht und »Was guckst du mich so an, Kleiner?« fragt, Gott habe sie selig, mit einer verführerischen Stimme, die sie auf dem Ball zum Einsatz bringen wird, wo es nur so wimmelt von Gaffern, die mit der Hand in der Tasche und einem einzigen Gedanken im Kopf herumlungern, kenn ich doch alles. Ich will ihr schon antworten, dass ich einen der umzingelten Helden sehe, die die Truppen General Custers niedermachen. Ja, Mama, du siehst aus wie ein Indianer. Ich sehe einen Apachen mit Kriegsbemalung. Von der ersten Stufe der Treppe, die ins Verderben führt, erreicht mich der Auftrag, falls irgendein Mieter etwas brauche, solle ich es aufschreiben, am besten ginge ich nicht weg, und wenn doch, müsse ich bis zehn wieder zu Hause sein. Und dass ich bloß nichts anstellen solle, sie kenne mich.

Stille und Langeweile warten auf mich. Wie soll ich rausgehen, wenn ich kein Geld habe? Mit wem soll ich weggehen, wenn ich keine Freunde habe? Also gehe ich auf die Dachterrasse und schlüpfe zwischen Wänden aus weißen, Waschmittelduft verströmenden Laken hindurch, die steif sind in der winterlichen Kälte. Von der Brüstung aus sehe ich den Montjuïc, in der Ferne, starr wie die aufgehängte Wäsche, wie der Sonntag. Dieser Berg ist kaum mehr konkrete Erinnerung, mehr eine Idee. Von jenem Berg aus, auf der purpurnen Seite meines Lebens, habe ich auf die Türme des Sakralbaus geblickt, die für mich jetzt zum Greifen nahe sind. Damals waren sie für mich Klauen; jetzt sind sie zu nah, um bedrohlich zu sein, jetzt sind sie nur noch abstoßend, aus naher Sicht gleichen sie eher einer wahnwitzigen Ostertorte. Doch nun – als würden sie sich über mich ärgern und wollten nach einem perversen Plan schwefligen Rauch aus fernen Zeiten herüberwehen, Teufel und Hexerei, einsame Wälder – kommt von den Türmen auf einmal ein Dröhnen. Erst ein anschwellendes Grollen, dann ein einstimmiger Chor, der sehr bald in Johlen und Hupen untergeht. Ich weiß schon, was es ist. Als ich zum ersten Mal diesen Krawall hörte, ich war neu in der Gegend, dachte ich, es handele sich um einen Brauch, Sardanatanz oder eine Kapelle. So etwas hatte ich noch nie gehört. Und ich sage gehört, denn vom Keller aus konnte man nur hören. Der Lärm kam näher, schwoll an, veränderte sich, spaltete sich auf in eine Anzahl trennscharfer Geräusche, entfernte sich wie ein Zug und verstummte. Meine Mutter seufzte dann immer verärgert: »O mein Gott, jetzt sind sie schon wieder hier«, legte ihre Näharbeit zur Seite und ging nach oben, um das Eingangsportal abzuschließen. Nach jedem Schrei, jedem Schlag machte sie ein besorgtes Gesicht, zuckte zusammen.

Schließlich, als ich endlich einmal eines dieser seltsamen Geschehnisse zu Gesicht bekam, brachten mich die Schüsse und wegrennenden Menschen zu dem Schluss, dass diese Veranstaltung nicht allen gefiel. An diesem Sonntagnachmittag stieg ich also auf die Terrasse und lehnte mich an einer Ecke so weit vor, bis ich einem Wasserspeier glich und eine hervorragende Aussicht auf eine dieser Auseinandersetzungen zwischen Polizei und dieser so besonderen Bande von Studenten hatte. Diese Studenten waren keine Studenten, wie ich vielleicht einmal einer werden würde, sondern Gemeingefährliche, Illegale, Feinde des Friedens, der Eingangstüren und der Kneipengänger. Ich erspähte, wie ein Grüppchen Langhaariger, die noch nicht mal ihr eigener Vater wiedererkannt hätte, Flugblätter verteilte, und kaum fühlten sich diese Wilden unbeobachtet, beklebten sie die Wände mit Plakaten voller Abkürzungen und sangen verbotene Lieder, und ein rechtschaffener Mensch konnte nur zu dem Urteil kommen: Die Studenten tun immer so arrogant, doch eigentlich ist nicht viel dahinter. Aus dem, was man in dem ganzen Chaos zu hören und zu sehen bekam, konnte man nur den Schluss ziehen, dass die Studenten einer Sippe angehörten, die nichts Rechtes mit ihrer vielen Freizeit anzufangen wusste und in ihrem Übermut den Mund mit Parolen vollnahm, für die es nur eine Erklärung gab: die ganz normale Faszination der Jugend für das Verbrechen.

Die Studenten tauchten vor meinem Falkenblick auf. Einige trugen, zu einer Herde zusammengeschlossen, Transparente und skandierten einen Spruch, den ich von hier oben aus nicht verstehen konnte. Andere schwärmten wie Wespen immer wieder aus ihrer Gruppe aus, in flottem Schritt, aufmerksam und mit einer Zeitung unterm Arm, sie belästigten die Passanten und spähten um die Ecken, ohne jedoch zu sehen, was sich meinen Augen zeigte: Mehrere Polizeieinsatzwagen hielten an einer Kreuzung zu meiner Linken und begannen, in Formation bis zu der Straße vorzurücken, die die Studenten in Bälde erreichen würden, die Armen, die immer weiter riefen, jetzt verstand ich es, »Franco, Mörder!«, obwohl sie genau wussten, dass das nicht gerne gesehen war. Die Stimmen überschlugen sich, und über ihnen hing eine aufwühlende Tristesse, es war eine Sonntagnachmittagsdemonstration; nicht wie andere, die ich gesehen hatte, bei denen die Studenten, die Hände zum Schalltrichter formend, beim ersten Sichten der Polizei reflexartig losgrölten: »Herkommen! Herkommen!« Und noch lauter: »Sie kommen! Sie kommen! Sch-Sch. Sie steigen aus! Sch-sch. Und holen die Knarren! Sch-Sch.« Und auf einmal das laute Jaulen: »Nicht schlagen: Wir tun doch gar nichts!« Vorher hatten sie sich vor einem Metroeingang zusammengestellt und ihn verdeckt; als nun die Polizei zu Pferd heranstürmte, stoben sie in alle Richtungen auseinander und warfen Murmeln auf den Boden. Die Pferde und ihre Reiter kamen ins Stolpern und rumpelten die Metrotreppe hinunter, wo sie den Mann am Fahrkartenschalter kurz in Erstaunen versetzten. Zugegeben, solche Streiche haben ihren Reiz. Aber an diesem Sonntagnachmittag lastete Blei auf diesem Aufruhr, und die Bullen kamen näher, immer näher, stiegen aus den Wagen und zogen die Knarren, doch die Masse rief nur mit einer Stimme »Franco, Mörder!«

Das Feuer war brutal.

Die wegrennenden Menschen, die Schreie veranlassten die Leute, die zu dem sonntäglichen Unterhaltungsprogramm auf ihre Balkone getreten waren, sich beim ersten Schuss wieder in ihren Wohnungen zu verschanzen. Es gab zu viele Geschichten über verirrte Gummigeschosse. Als kein Fenster mehr unverriegelt war und die Studenten panisch wegliefen, in Bars, aus denen sie kurz darauf wieder herausflogen, um Ecken und in Eingangstore, fiel mir meine Pflicht wieder ein. Wie ein Pfeil stürzte ich in den Keller, nahm den Haustürschlüssel und sperrte ab. Draußen vereinzelt Weglaufende. Ich wollte gerade den Schlüssel zurückbringen, da hörte ich in der Dunkelheit jemanden keuchen. Am liebsten hätte ich mich im Keller eingesperrt, da wurde mir bewusst, dass es meine Aufgabe war, für Ordnung im Haus zu sorgen. Ich machte Licht im Hausflur. Ein Typ mit einem Pagenkopf wie ein Spielkartenbube, klein, dick und verschwitzt, lächelte mich an. »Ein falsches Lächeln«, dachte ich sofort. Das Lächeln des Verschwörers. Dämonische Schatten, die durch die Gassen huschen, Regierungen stürzen, bei Vollmondorgien Kinder fressen, in Tanger, Tripolis oder Moskau untertauchen, wie Schlafwandler ihre Schlächtereien begehen, und sobald sie gefasst werden, schlucken sie eine Zyanidpille oder gleich das gebastelte Ding, das sie zünden wollten, oder sie fragen einen mit schuldbewusst verschwitztem Gesicht:

»Wie steht's für Barça?«

Kurz dachte ich, das sei eine Losung. Doch der fette Kerl runzelte mit aufrichtigem Interesse die Stirn.

»Immer noch unentschieden«, sagte ich in einem Ton, als würde ich tatsächlich auf eine geheime Losung antworten. Meine Antwort schien ihn nicht sehr zu befriedigen. Während er mich ankeuchte und anschwieg, fügte ich hinzu:

»Der Aufenthalt hier ist nicht erlaubt.«

Der Student führte sehr langsam die Handflächen wie zum Gebet zusammen und lächelte mich wieder an. So blieben wir eine Weile. Jeder, der rein- oder rausgehen würde, könnte sich wenigstens davon überzeugen, dass ich den Eindringling in Gewahrsam hielt.

»Kannst du mir ein Glas Wasser geben?«

Das war unverschämt, und ich dachte nicht daran zu antworten. Auf einmal war ein Poltern an der Haustür zu hören, als ob mehrere Körper gleichzeitig dagegenschlugen, dazu Stöhnen, Schreie, Flehen und Flüche. Das Licht ging an, und mehrere Köpfe beugten sich übers Treppengeländer herunter.

»Es ist zu. Keine Sorge. Alles unter Kontrolle ...«, berichtete ich den Hausbewohnern mit großer Überzeugung und die Arme fuchtelnd.

Der Student ging vor mir hinunter. Ich wollte ihn nicht im Rücken haben. Als wir im Keller waren, zeigte ich ihm einen Stuhl. Ich füllte ein Wasserglas, ohne ihn aus den Augen zu lassen. Dann stellte ich mich vor diesen wenig durchtrainierten, noch immer keuchenden Tropf und reichte ihm das Glas, während er auf die Treppe starrte, trank, seine Lider zitterten, wenn neue Schläge auf der Straße zu hören waren, und er wich meinem bohrenden Blick aus. Er tat mir leid. Ich beschloss, irgendetwas zu sagen, um das Eis zu brechen. Dann müsste der Student nicht mehr denken, er sei bei einem etwas seltsamen Jungen gelandet.

»Welche Meinung vertreten Sie über die Ölkrise?« fragte ich ihn in vollem Ernst.

Er verschluckte sich fast. Nach dem ersten Schock zuckte er die Schultern. Ich hätte ihm sagen können, dass ich ein Meister im Schulterzucken war, aber ich hielt mich zurück und ließ ihn sein Wasser austrinken. Er gab mir das Glas zurück, und ich stellte es auf den Tisch, ohne auch nur für eine Sekunde dieses unentschlossene Gesicht aus den Augen zu lassen. Ich setzte mich vor ihn, während sein Interesse sich wieder auf die Treppe richtete, die nach oben zu den Laufschritten und Schmerzensschreien führte. Ich betrachtete sein Hemd. Wenn man über die siebziger Jahre spricht, ist immer von extremer Kleidermode die Rede; niemand erinnert sich an diese hellblauen oder karierten, vollkommen nichtssagenden Hemden, die meist zu einer braunen Cordhose getragen wurden. Diese Mode unterstrich den Nullachtfünfzehn-Typ; wie bei dem Studenten, der über meine genaue Prüfung allmählich unruhig wurde. Er verschränkte die Arme und schlug mit dem Fuß den Rhythmus einer nicht existierenden Musik. Ich tat dasselbe. Er schaute weg. Ich lenkte meinen Blick ebenfalls dorthin. Er zuckte die Schultern. »Das kann ich auch, sogar viel besser«, wollte ich ihm sagen, als er sehr anmutig die Schlüsselbeine hob.

»Warum machst du mich nach?« fragte er.

»Beschämt es Sie nicht, was Sie tun?« stellte ich ihn meinerseits zur Rede.

Keine Antwort. Er ließ den Blick durch den Keller schweifen.

»Wer ist dieser Herr? Ein Verwandter?« fragte er wieder und zeigte auf das Foto meines Vaters, vielleicht in seiner Furcht, jemand könnte jeden Moment hereinkommen und ihn mit einem Fußtritt auf die Straße befördern.

»Das ist mein Vater. Er ist tot. Er ist von einem Baugerüst gefallen und wurde plattgedrückt. Nein, nicht gleich blass werden. Ist lange her. Ich erinnere mich kaum noch an ihn. Na schön, ich erinnere mich, wie meine Mutter so, ›Ach! Ach!‹ machte.« – Ich riss den Mund auf und tat so, als würde ich mir das Gesicht zerkratzen. – »Kann auch sein, dass ich mich gar nicht daran erinnere, sondern es mir nur einbilde. Manchmal ist das so, man glaubt, sich an etwas zu erinnern, und dabei bildet man es sich nur ein. Ein Beispiel, ich habe am fünfzehnten August einundsiebzig eine Menge erlebt. Ich schwöre, dass ich es wirklich erlebt habe. Sicher verstehen Sie das. Sie sind doch ein Aufrührer. An diesem Tag habe ich zwei Tote gesehen. Keiner hat etwas mit dem Foto, mit meinem Vater zu tun. Zuerst ein nettes Mädchen, gleich am Fünfzehnten morgens, dann einen Berufsmörder, am Morgen darauf. Das sind die Toten. Und an dem Tag habe ich auch Leute getroffen, die kaum sehen, ich sag's Ihnen, die kaum sehen, dass die Bullerei hinter ihnen her ist, und schon scheißen sie sich in die Hose. Und die Polizei hat sich auch in die Hose geschissen. Wollten von nichts etwas wissen, die Herren Polizisten. Und an dem Tag hab ich's mit einer Nutte gemacht. War eine kleine Nutte, sag ich ehrlicherweise dazu. Sie hat mir einen geblasen. Ich hab auch Autos geklaut, hab mich an seltsamen Orten rumgetrieben … Also das alles schwöre ich beim Grab meines Vaters …« – ich zeigte auf das Foto –, »und wie ich Ihnen das erzähle, glaube selbst ich, dass ich es nicht erlebt habe, dass ich mir das alles nur einbilde. Das heißt also, es ist mehr als eine einfache Erinnerung, es läuft auch nicht wie ein Film in meinem Kopf ab, sondern es ist genau wie diese Hand oder dieser Arm ein Teil von mir. Und manchmal fühle ich mich wie in einem Lichtkegel, der nur mir gehört. Dass ich etwas weiß, das die anderen nicht wissen. Ich rede keinen Mist, das ist so. Und ich kann nicht aufhören zu tanzen. Es ist, als tanzte ein Magnet mit mir. Ein Magnet, der von einer unsichtbaren Hand gehalten wird. Und wenn ich diesen Tanz tanze, fühle ich mich, als wäre ich allein auf der Welt. Es ist, als wären ich und einer der beiden Toten, die ich gesehen habe, um genau zu sein, der Berufsmörder, ein und dieselbe Person. Ergeht es Ihnen auch so?«

Er ging.

Er ging, obwohl in den Straßen immer noch Leute rannten und die Gefahr keineswegs gebannt war. Ich schloss ihm die Eingangstür auf und streckte den Kopf raus, denn ich hätte mich gerne noch von ihm verabschiedet. Aber der Student sah sich nicht um. Er rannte erneut wie eine verrückt gewordene Gans, rannte immer weiter, bis ihn an einer Ecke ein Polizist abfing, am Hemd packte und ihn gegen einen metallenen Rollladen schleuderte. Als ich zurück im Keller war, beseitigte ich die Spuren seines Besuchs, legte mich ins Bett und beruhigte mich mit der Lektüre meines Kopfkissenbuchs *Zu Geld kommen mit Köpfchen*: »Die Träume werden Wirklichkeit, wenn Sie Ihre Wünsche in konkretes Handeln umsetzen. Fordern Sie vom Leben eine reiche Bescherung und ermuntern Sie das Leben, sie Ihnen zu geben.« Ich klappte das Buch zu, blickte zur Decke und, ganz der Träumer, forderte vom Leben reiche Bescherung. Die Sonntagstristesse verwandelte sich in Schatten, dazwischen das Flattern zerschlissener Erinnerungsfetzen. Die Brüste der toten Julia, die wogten, als würde sie atmen, Julias Körper, ihr nackter Rücken, in den sich die Federn der Matratze bohrten, auf der sie transportiert wurde. Julias Mund. Der Hüftknochen. Die Schenkel. Julias Geruch, wenn sie hochmütig an einem vorbeiging. Julias Titten. Die Lippen.

Die reiche Bescherung hat sich in einen belanglosen Fleck im Taschentuch des Tages verwandelt. Ich übe mich in Selbstmitleid. Lausche, wie es Nacht wird.

Anders als an früheren Abenden ist an diesem Sonntag kein Gegacker an der Eingangstür zu hören, vielmehr tauschen sich Florita und Bertita bedrückt und nervös über die schlimmen Ereignisse aus. Ich höre meine Mutter noch nicht mal die Treppe herunterpoltern (Bertita muss einen Typen aufgerissen haben), ich sehe Mutters müde Erscheinung vor mir, wie Schlüssel und Handtasche auf den Tisch fallen, wie sie in ihre Pantoffeln schlüpft, was mit dem neuen Kleid zum Schreien aussieht. »Entschuldige, ich muss mich kurz hinlegen.« Als Señora Berta ihre dämonische Mission erfüllt hatte, kam sie nicht mehr zu Besuch, redete nicht mehr auf meine Mutter ein, sie solle nicht auf die Nachbarinnen hören, Frauen mit einer ganz normalen Familie, die sich mit ihrem »ich würde ja, wenn ich könnte« nur selbst im Wege stünden, man ist im Leben entweder Maultier oder man führt die Zügel, ganz einfach. An diesem letzten Sonntag höre ich solche Flüstereien nicht, dafür ein »Fernando, ich komme …« von meiner Mutter, in einem Ton wie Kaiserin Sissi. Am letzten Tanzsonntag rauscht meine Mutter nach ihrem Geträller von »Freude bei Hof« die Treppe hinunter und konversiert angeregt über das Tagesgeschehen. Sie will mich darauf vorbereiten, dass sie nicht allein ist.

»Ach, vielen Dank, dass du mich begleitet hast. Aber Herrgott nochmal, was ist das für ein Krawall?«

»Gestern haben sie so einen Provokateur hingerichtet, der einen Polizisten umgebracht hat. Heute Morgen wurde er, glaube ich, beerdigt, und den ganzen Tag geht das jetzt schon so: Fang mich doch, wenn … Bäh!«

»Aber, aber, das ist keine Entschuldigung … Ich hoffe doch, dass du zum Abendessen bleibst, enttäusch mich nicht … Fernando …!«

Schon sind sie in Sichtweite. Meine Mutter in Begleitung eines gezwungen lächelnden unscheinbaren Vierzigjährigen, Brille und weiße Haare, schüchternes Gesicht, der sich trotz seines sichtlichen Unbehagens große Mühe gibt, liebenswürdig auszusehen, arme kleine Brillenschlange (so hätte man in meinem guten alten Viertel zu ihm gesagt), mustert die neue Umgebung und mich, die Kreuzung aus Kellerassel und Dachterrassenfalke.

»Das ist mein Fernando. Das hier ist Herr Carmelo.«

»Alles paletti?« Herr Carmelo streckt mir halb tot vor Angst die Hand hin.

Viele Jahre sind vergangen, und ich schwöre, diese gute Seele, Carmelo Portonovo, hat mich seither ausschließlich mit der vermeintlich überall anwendbaren Floskel »Alles paletti?« angesprochen.

Ich tauche wieder in den Keller und die Zeit von damals ein.

Meine Mutter sieht sich überall um, während sich Carmelo setzt und die Geographie der Feuchtigkeit an der Wand studiert, mit dem Zeigefinger daran klopft, überlegt. Ich sehe meine Mutter an, die mich schließlich auch ansieht. Sie sieht sich suchend nach dem Foto meines Vaters um, das ich vorsorglich versteckt habe. Sie weiß nicht, was sie davon halten soll. Soll sie das ganze Abendessen lang leiden, das wir mit dem edlen Carmelo teilen wollen und bei dem ich als Herr des Hauses darüber informiert werde, dass Carmelo Junggeselle ist, bei einer Bank arbeitet und – natürlich, habe ich gleich gesehen – dass er kein Mitgiftjäger ist, wie ich es für mich anstrebe. Wenig beeindruckt gehe ich schlafen, nachdem ich ihnen meinen stillen Segen gegeben habe. Vom Bett aus höre ich von der anderen Seite des Vorhangs:

»Mein Sohn …« Ich stelle mir meine Mutter vor, die mit dem ausgestreckten kleinen Finger den Kaffee umrührt.

»Hast du es mit Sperrgrund versucht?«

»Wie?« Meine Mutter stutzt. Ich auch.

»Wenn die Wand so schwer beschädigt ist, bringt normale Farbe nichts. Die Wand saugt alles auf, und du kriegst immer diese Flecken …«

Meiner Mutter steht in dem Moment überhaupt nicht der Sinn nach einem Beratungsgespräch über deckkräftige Materialien; sie hat keine Zeit zu verlieren und lenkt mit geschickten Manövern das Gespräch sofort auf einen gewagteren Kurs. Nie hatte sie begriffen, welchem Geheimnis Berta auf der Spur war, wenn sie die Männer wie Zigaretten und Cuba Libre konsumierte; sie, Flora, war anders, gehörte nicht zu dieser Sorte Leute; sie, Flora, hatte übermenschlich gekämpft, in einem Umfeld, an das sie mit Schaudern zurückdachte; aber bei alldem blieb Flora, während ihr Sohn heranwuchs, immer aufrecht und verlor nie ihr Ziel aus den Augen, da rauszukommen, weiterzukommen. Ein halbes Leben hatte sie das gekostet, aber jetzt konnte sie den Kopf hoch tragen, denn sie gehörte nicht zu denen, die nur in die Stadt gezogen waren, um dort unterzutauchen. Und ihr Sohn war sehr gut geraten, anständig, jawohl … »Und er ist riesig!« rief Carmelo aus, als redete er über den Kirchenbau, den wir vor der Tür hatten. Riesig sei er, ja, wie ihr Mann, er ruhe in Frieden, aber in einem sehr gefährlichen Alter. Wenn Carmelo wüsste, was er ihr alles angetan habe … Es wird still. Mir gelingt ein ziemlich glaubwürdiges Schnarchen. Sie entspannen sich. Sie, Flora, hat gelernt, was Leiden ist, und wirft nicht gleich alles über Bord wie die arme Berta. Zugegeben, sie habe Bertas Gesellschaft gesucht, um auszugehen, sich zu öffnen, und weil sie sie nett fand, aufmunternd für die kleinen Dinge. Aber Berta verkaufe sich unter Wert. Berta sei genau das Gegenteil von ihr. Mit Berta könne man lachen. Sie, Flora, habe viel mit Berta gelacht. Wenn sie Berta gehört habe, die dort saß, wo er jetzt saß, und sie irgendwelches Zeug erzählte, das sie, Flora, gar nicht so erzählen könne, weil sie nicht sie sei und sich zu Tode schämen würde, zum Beispiel, dass sie, Berta, als Ehefrau ganz brav gewesen sei, gekleidet wie eine Nonne, immer in der Küche, immer für ihren Mann da, bis sie eines Tages einen Anruf bekommen und man ihr gesagt habe, dass ihr Mann tot sei, und in ihrer ganzen Traurigkeit sei sie zu allen und jedem gegangen und habe gefragt, wie ihr Mann denn gestorben sei, und sie erfuhr, dass dieser Mann, den sie immer für die Ernsthaftigkeit in Person gehalten hatte, der Briefmarken und Münzen gesammelt und das Leben mit der Lupe am Auge verbracht hatte, der noch im Bett so ernsthaft war, als würde er ein Formular ausfüllen, was sie duldsam ertragen hatte, dass dieser Mann sich am Deckel einer Whiskyflasche verschluckt hatte, in so einem Haus, und zu der Stunde, als man das der guten Berta im Leichenschauhaus möglichst schonend beibringt, begreift sie sofort, warum ihr Mann nackt war, und ihr fällt als Erstes die Uhr auf, die auf Punkt sechs steht, und da bricht sie in Gelächter aus, und wenn sie das erzählt, lacht sie jedes Mal wieder, und seitdem hat sie nicht mehr aufgehört zu lachen, und sie wird lachen, die gute Berta, bis, ach, sie, Flora, wolle gar nicht daran denken … Berta führe kein Leben nach den Regeln des Anstands. Sie bemerke nicht, dass sie es etwas zu weit treibe, und es mache ihr, Flora, nichts aus, dass sie nicht mehr mit ihr rede. Das Leben ist mehr als Lachen. Vor allem, wenn man Außenseiter war, möchte man, nun ja, einen gewissen Wohlstand erreichen … Vor allem in diesen so seltsamen Zeiten, in denen die Menschen sich trennen und zusammenkommen und jeden Tag irgendetwas passiert, und wenn man einen Sohn aufziehen muss, ganz auf sich gestellt, wie es bei ihr, Flora, der Fall ist.

»Riesig ist er!« wiederholt Carmelo: »Ich meine, dafür, wie jung du bist.«

»Jung war ich, als ich ihn bekommen habe.«

Dann wird es still. Sie werden doch nicht knutschen? Oder macht meine Mutter vielleicht Carmelo Zeichen, dass ich alles hören kann?

»Was machst du eigentlich so?« meine Mutter, glasklar.

»Wann?«

»Na ja, jeden Tag. In der Bank …«

»Ich kümmere mich um die Mitglieder des Verwaltungsrats.«

Erneute Verblüffung bei mir im Bett. Ich sehe mich an Bord einer Yacht. Als Erbe. Ich sehe mich den armen Carmelo vergiften.

»Wenn in irgendeiner Bank Verwaltungsratssitzung ist, muss ich hin. Ich bringe Zigarren und verteile sie. Die Zigarren werden in besonderen Kisten der Bank von Spanien aufbewahrt, wo ich auch arbeite. Ich bin für sie zuständig, befeuchte sie, was ebenso ansteht, und wenn es so weit ist, verteile ich sie …«

Ich sehe mich Carmelo ohne mit der Wimper zu zucken vergiften.

»Dann kennst du ja sehr wichtige Leute.« Aus dem Ton schließe ich, dass meine Mutter meine Ernüchterung teilt.

»Fassade. Alles Fassade …«

Meine Mutter seufzt.

»Also dann, ich gehe mal …«, sagt daraufhin Carmelo, mehr an mich gerichtet als an die willige und kluge Flora.

»Du bist jederzeit willkommen.«

»Ja dann.«

Ja dann. Nachdem meine Mutter die vergnügungssüchtige Berta abgeschrieben hatte und nie wieder mit ihr sprach, blieb sie ihrem Grundsatz treu, unter allen Umständen die Oberhand zu behalten. Diesem Mann, der sich sehr bald als ein Ausbund an Tugend herausstellen sollte, waren die Bedingungen für eine zukünftige Verbindung auf subtile Weise unterbreitet worden. Er würde eine junge Frau bekommen, nicht mehr ganz jung, aber dafür führte sie die Zügel, war geschickt, zupackend und unternehmungslustig. Und Madame hatte einen Sohn. Im Angebot stand das ganze Paket. Entweder er war einverstanden, oder er bräuchte nicht wiederzukommen. Am nächsten Samstag stand Carmelo mit zwei Eimern Sperrgrund, dem schüchternen Lächeln und seinem »Alles paletti?« vor der Tür.

5

Nach weniger als einem Jahr heirateten meine Mutter und Carmelo in einer bescheidenen Kapelle auf dem Land. Ein Sonntag mit Paella und Grillfleisch, Fußballpartien zwischen Junggesellen und Verheirateten und Werbetafeln an den Kreuzungen: »Erwerben Sie jetzt Ihr Anwesen in Luxusausstattung«, »Genießen Sie ein Paradies in den Bergen«. Die Ortsansässigen beäugen skeptisch die Horde Städter und öffnen per Tastendruck die Registrierkasse. Moskitos fahren ihre Stachel aus und summen in unbeschwerter Heiterkeit. Die Kinder prügeln sich unter einer Pinie, und die Alten brechen sich die Hüften. In diesem »Paradies in den Bergen« hatte Carmelo mit seinen bescheidenen Ersparnissen ein, wie er es geheimnistuerisch nannte, Grundstück gekauft, und als er uns eines Tages in seinem 850 Seat Sport dorthin mitnahm, entdeckte ich, dass das, was dieser Mann »das Grundstück« nannte, tatsächlich nicht mehr und nicht weniger war als ein Stück Grund: eine rechteckige, mit Pflöcken begrenzte Brache, und, wie er bitter zugab, »als ich mich dazu entschloss, habe ich keins mit Baumbestand bekommen«. Nicht weiter schlimm: Meine Mutter und Carmelo breiteten ihr Picknick auf einer karierten Decke aus und redeten über das Grundstück mit einer Begeisterung, als stünde auf ihm eine prächtige mediterrane Villa, als seien wir die Bediensteten, zu deren Ehren man ein Fest gegeben hätte, als seien wir arm, aber glücklich und als würde Manet uns malen. Nicht wie die Großfamilie auf dem Grundstück rechter Hand, die sich mit Schreien verständigte und uns schreiend nach einem Korkenzieher fragte; nicht wie die linker Hand, deren Gelage üppig wie bei den Tuaregs war (wenn sie noch einmal den Ball rüberschießen, behalte ich ihn). Nach der kleinen Mahlzeit gingen wir in ein Schwimmbad-Lokal Kaffee trinken, wo meine Mutter und Carmelo ein geheimnisvolles Gespräch mit dem Wirt führten. Und als wir wieder zu Hause waren, die Wangen rot vom sonnigen Tag auf dem Land, sprach Flora in ihrem ganzen Ernst zu mir:

»Fernando, setz dich. Carmelo konnte nicht bleiben und …«

»Ich finde das sehr gut.«

»Was findest du sehr gut? Dass Carmelo gehen musste?«

»Nein, dass ihr heiratet.«

»Und wer hat dir gesagt, dass wir heiraten?« Meine Mutter fasste sich vor Schreck an die Brust, ihre Armbänder klimperten: »Ach, mein Kind, wie soll ich nur … Ich weiß doch, du erinnerst dich viel an deinen Vater, aber denk doch einmal nach …«

»Ich erinnere mich überhaupt nicht an meinen Vater.«

»Fernando, mach es nicht noch schwieriger. Ich weiß, es wird für dich nicht einfach werden, umzuziehen, mit noch jemandem zu wohnen.«

»Scheiße, ist ja super.«

»Keine Schimpfwörter! In diesem Haus werden keine Schimpfwörter gebraucht.«

»Scheiße, natürlich nicht.«

Wenn Flora Raucherin gewesen wäre, wäre das der Augenblick gewesen, sich eine Zigarette anzuzünden, sich Zeit zu nehmen und die passenden Worte zu suchen, in dem Qualm und mit einem Wortschatz, der, wie es dem geduldigen Leser dieses Berichts sicher aufgefallen ist, von Tag zu Tag reicher wurde.

»Überleg doch, wir müssen vorwärtskommen, und Carmelo ist ein guter Mensch, und er mag uns.«

»Wenn du meinst ...«

»Schon gut, es ist ganz normal, dass du eifersüchtig bist. Das geht vorüber. Außerdem bist du schon ein Mann.«

»Aber wenn ich doch gar nicht eifersüchtig bin ...«

»Denk, was du willst. Ich heirate jedenfalls, der Entschluss ist gefasst.«

Meine Mutter gab sich nicht die Ehre, irgendeinen ihrer Bekannten aus den sechzehn Jahren und mehreren Monaten, die sie in der Stadt lebte, zu ihrer Hochzeit einzuladen, außer ihrem Sohn, und, daran führte kein Weg vorbei, Carmelo. Der Bräutigam brachte an die dreißig lärmende Bauern und ein paar Arbeitskollegen mit. Während der Zeremonie und des Festmahls verfolgte mich der Gedanke, dass mich alle ansahen und über mich tuschelten, und gleichzeitig musste ich selbst unentwegt meine Mutter ansehen. Sie strahlte. Nach und nach hatte sie zu körperlichem Selbstbewusstsein gefunden. Doch es ging nun nicht mehr um Abnehmen oder sich vor dem Altern zu schützen, sie war einfach im Glück der in Erfüllung gegangenen Hoffnung erblüht. Geschmeidige Handbewegungen rundeten die Natürlichkeit ab, mit der sie sich in ihrem cremefarbenen Kleid bewegte, und der Glanz ihrer Augen verhieß Sieg, restlose Zufriedenheit. Darum beglückwünschten und küssten die Gäste sie, und sie küssten und beglückwünschten Carmelo und tanzten durch den Speisesaal, in dessen Spiegeln sie sich vervielfältigten, sie bestellten bei den Musikern galicische Lieder, stellten sich die Klänge einer galicischen Gaita-Flöte vor, trampelten wie Wanderer in den Bergen, zerschnitten die Krawatte des Bräutigams, raubten, nicht ohne Gegenwehr, das Strumpfband der Braut, der Sänger der Kapelle erkannte in einem der Geladenen den *Großkotz aus Redondela*, versicherte ihm, selbst der *Raubauz* zu sein, und schon gaben sie im Gedenken an ihre weit zurückliegende Feindschaft unter tosendem Beifall eine Kostprobe im Catchen. Alles drängte sich um sie herum, außer der schüchterne Carmelo, der auf die Terrasse und von dort in den Garten ging, in die kühle Stille der Nacht, wohin er vor der Stickigkeit floh, dem Leichtmut und der schweren Zunge, die den Refrain der Conga nur ungefähr hinbekam, und ihn blendete das letzte Aufblitzen eines Glases im Gras, während er schwankend neben das Schwimmbecken pinkelte. Dann tauchte er wieder in der Menge unter, suchte mich, um mich pummligen Mädchen mit Oberlippenbart vorzustellen. Aber ich bin nicht im Festsaal, denn ich bin der Besitzer des Glases im Grün. Ich sitze unter einem Baum und betrachte unterhalb des Abhangs, der in die sonntägliche Ebene führt, das Röcheln des Tages vor rauchenden Fabrikschloten, Eltern, die Kinder ermahnen, weil sie zwischen den umgestürzten Liegestühlen herumtollen, und ich überlege mir, ob diese Landschaft zur Abendstunde, dieser Johannisbrotbaum und diese hinter einer von Maulwürfen zerlöcherten Ebene untergehende Sonne für diese Kinder einmal ein verlorenes Paradies sein wird. Schließlich überdenke ich meine eigene Lage, der Eiter der offenen Wunden, die Schuljahre, das Abitur. Lehrer, die mit den Schülern um die Wette gähnen. Es geht um die Frage, wer beim Aussprechen von Tananarive, Calatañazor, Kandinsky weiter den Mund aufsperrt. Die Inkompetenz des Lehrkörpers ist im Grunde eine wirkliche Vorbereitung auf die zukünftige Unwirklichkeit, aber das weiß ich noch nicht. Ich frage mich, wann das hier aus ist. Ich kann mich nicht mit diesen seichten jungen Leuten anfreunden, die nicht wissen, wie ergreifend die Stunde der Wahrheit ist, die keine Scham kennen, kein Aufbegehren dagegen, nicht die Endlosigkeit eines Augusttags. Für sie bist du ein komischer Kauz, noch dazu ein uninteressanter, und entsprechend behandeln sie dich, nämlich wie Luft. Du ziehst dich daraufhin noch mehr in dich zurück, wirst noch einsamer und denkst nur noch daran wegzugehen, damit das alles einmal ein Ende hat, du vergisst, lässt dieses Pack Pack sein; an irgendeinem Ort des Planeten. Bald, sagt Mama, werde ich in die Breite gehen; und bald, sage ich, werde ich Geld verdienen. Ich will endlich arbeiten. Arbeit gibt einem Würde. Ich will arbeiten, Mutter. Sieh, wie gut ich spreche! Sieh, wie gut ich Schreibmaschine schreibe! Sieh meine Fortschritte seit der Zeit, über die wir kein Wort mehr verlieren! Ich werde nicht der kleine Prinz sein, den du dir immer gewünscht hast, tut mir leid, ich bin nicht so verrückt wie du, oder vielleicht noch viel verrückter. Ich muss, ich muss, ich muss endlich aufhören, in Spiralen zu denken. Das unschuldige und das erfahrene Fleisch sollen beben; den fetten Knöchel küssen, den festen Hintern, den gierigen Mund, die Zähne lecken, diese Zunge verschlingen, eindringen, wie es heißt, dabei dringt man gar nicht ein, sondern zieht ihn schon wieder raus, und wieder rein, halb raus, halb rein. Ich muss mit dem Gewichse aufhören, aber nicht heute, nicht jetzt, es ist Nacht geworden, und nur schwach gelangt die Musik hierher, die Stimmen und der Glanz und die Schatten, die sich immer weiter drehen und drehen, und ich mache weiter, immer weiter, gib's ihr, schlage, dringe ein und gehe raus, wie man angeblich eindringt und wieder rausgeht. Ich suche, grabe immer tiefer in meinem Gedächtnis, geben Sie's zu, meine Dame, so was haben Sie noch nicht erlebt, und dabei mache ich einen so schüchternen Eindruck, anders als die Freunde ihres Mannes, die jungen Staatsangestellten, Minister. Ich lecke, und sie leckt, weiter, immer weiter. Sie ist dunkelhaarig und blond und groß und klein, ruhig, verrückt, sie ist. Und ist nicht mehr.

»Alles war vorbei, und ich sank vergessen zwischen die Lilien.«

Am nächsten Tag fuhren wir zu dritt in die Flitterwochen. Ausgerechnet auf dem Schiff, das uns nach Mallorca bringen sollte, wo meine Mutter und Carmelo das Leben in vollen Zügen genießen wollten, erblickte ich erneut das W.

Auf der Reise, für die ich lächerlicherweise die Rolle des Fremdenführers übernehmen sollte, freundete ich mich mit dem Gedanken an, dass wir unser Kellerloch gegen eine Wohnung eintauschen würden, die uns Carmelo in seinem unerschöpflichen Planungsgeist besorgt hatte, überhaupt freute ich mich über alles, was ich an jenen Tagen Neues erlebte. Zum ersten Mal kam ich aus der Stadt heraus, und schlagartig wurde mir bewusst, dass man diese Stadt tatsächlich verlassen konnte, wenn man es sich nur vornahm: Man brauchte nur eine gewisse Leichtigkeit, durfte eventuelle Entbehrungen nicht zu schwernehmen. Ich war weltfremd und staunte über die riesige Summe Taschengeld, die Carmelo mir zusteckte. Ich war reich, ich reiste, und es fehlte nicht an fröhlichen Zerstreuungen für einen sechzehnjährigen Kapitän: Ich sang am Bug des Schiffs mit der Mähne im Wind, wieder an Land, pfiff ich hinterm Steuer eines Cabrios und tätschelte einer Dogge mit heraushängender Zunge und fröhlichen Augen, die unbemerkt in den Tagtraum geschlüpft war, zärtlich den Kopf. In diesem Rausch an Abwechslungen zeigte ich mich umso besonnener, geduldiger angesichts der keineswegs gezähmten Nervosität meiner Mutter, ich war Kofferträger, Wegweiser zu Molen und Schiffen, zu Fahrplänen und Ticket-Schaltern, Führer des glücklichen Paars durch die Abschied nehmenden Menschenmengen, bis wir uns an der Rampe im Schein der Hafenlichter bei den Wartenden einreihten. Als wir das Schiff bestiegen, fiel mein Blick auf die blaue Mütze eines Matrosen, der mit einem Schrubber mit Teleskopstange eifrig zu Werke ging. Dieser Archetypus der maritimen Welt bemühte sich, ein W wegzuschrubben, das ein Lausejunge an den Schiffsrumpf gepinselt hatte. Die ganze Überfahrt blieb ich stumm und ließ mich auch nicht von der seekranken Flora zum Reden bringen, die kreidebleich und mit einem feuchten Taschentuch auf der Stirn über der Reling hing und sich von meiner Fröhlichkeit partout nicht anstecken lassen wollte, weil sie verstimmt war, was *er* nicht bemerkte, ich schon, weil Carmelo nur das Geld für eine Überfahrt in der Nebensaison auf Deck lockergemacht hatte, durch die schwarze und feuchte Nacht, beim gewalttätigen Dröhnen des Motors, das die Poesie des zunehmenden Viertelmonds in den Klauen der Wolkenfetzen zunichtemachte.

Von unserem Hotel aus, wo ich sie natürlich allein ließ und zwischen bunten, vom Wind umgeworfenen Sonnenschirmen am leeren Pool die Zeit totschlug, führten mich meine Eltern an geschichtsträchtige und anekdotenreiche Orte, an Orte, die weder geschichtsträchtig noch anekdotenreich, aber dafür von einzigartiger Schönheit waren, und in Gegenden, in denen es nichts

Schönes, keine Geschichte und keine Menschenseele im Umkreis von mehreren Kilometern gab, dafür eine Anekdote: Wir hatten mit unserem Mietauto einen Platten. Meine Mutter, die sich in der freien Natur die verschränkten Arme reibt und dem geduldigen, auf der Erde knienden Carmelo zusieht. Während ich, wie schon die ganzen Tage, mit meinen Gedanken bei dem W bin. Ich sah den Schatten, sah den Watussi auf dem Meer treiben, sah Pepito seine erste symbolische Initiale auf die rote Stützmauer pinseln. Ich fühlte mich als eine Art Verräter und fragte mich, was aus dem Yeyé geworden sein mochte, nach all diesen Jahren, die von ebenso rauer Ewigkeit waren wie der Landstrich, wo wir den Platten hatten. Ich war davon überzeugt, dass das kein Zufall war, sondern dass mich jemand von einem unbekannten Ort aus beobachtete und mir Zeichen sendete. Mir sagte: »Ich weiß, wo du bist.« Vielleicht hatte gar nicht Pepito dieses W gemalt, vielleicht war es nicht der Watussi gewesen, den ich an jenem Morgen auf dem Wasser treiben gesehen hatte. Oder er war es doch, und der Schatten aus dem Jenseits verfolgte mich, hatte mich auserwählt, er war nicht umsonst für mich gestorben. Beunruhigende Gedanken, die ich mit in mein Hotelzimmer nahm und die in die Ewigkeit fortzogen, als ich das Fenster öffnete, mich auf die einsame Straße beugte und jemand, eine huschende Gestalt, hinter der Ecke verschwand.

An einem Nachmittag wollten Flora und Carmelo auf den Zuckerschnecken-Markt gehen, und etwas an der Art, wie sie mich anlächelten und mir zuzwinkerten, verriet mir, dass sie ohne mich gehen wollten. Ich sagte ihnen, dass ich, wenn es ihnen nichts ausmachte, lieber alleine eine Runde drehen wollte. Flora schärfte mir ein, dass ich nichts anstellen solle, sie kenne mich. Sie kannte mich in der Tat, denn an diesem Nachmittag wollte ich um jeden Preis etwas erleben.

Ich verabschiedete mich von ihnen am Eingang des Hotels, und während ich nach außen hin die Ruhe selbst war, dachte ich nur an die sagenhafte Summe, von der ich noch nicht einen Céntimo ausgegeben hatte. Ich trank einen Whisky im Salon Valdemosa, wo der Pianist die Atmosphäre mit dem Liebesthema aus *Der Pate* berieselte und zwei Ex-Hofdamen der Königin Victoria Eugenia sich die Teetassen zitternd vors Dekolleté führten. Beim Hinausgehen blendete mich die Nachmittagssonne, und während ich die Gold- und Rosatöne oben an den Gebäuden betrachtete, schlenderte ich zum Hafen. Ich wusste, dass ich das tun musste. Als ich an der Mole ankam, wo die Schiffe aus Barcelona anlegten, spürte ich, dass mir die Dinge etwas sagen wollten. Ich setzte mich auf einen Poller. Eine Überdosis Meeresbrise reizte meine Nasenschleimhaut, und ich formte unsinnige Sätze: »Grüß noch einmal die, die nicht mehr unter uns sind«, »Der Stein der Brandung spricht mit den Möwen«, »Mach es wie die Zwergpinie und rühr dich nicht«. Ich sah den Fernando Atienza vor mir, der vor Jahren auf der anderen Seite des Meers aussichtslos beim Angeln gesessen und noch nicht gewusst hatte, dass er für eine Mission bestimmt war. Jetzt lief die *Ciudad de Badajoz* ein, langsam, majestätisch, mit einem W am Bug, und alles bewahrheitete sich. Dann die *S. S. Amsterdam* nach kurzem Zwischenstopp in Barcelona, der ausgereicht hatte, damit jemand nicht nur eins, sondern gleich mehrere Ws pinseln konnte, was ein weiterer Beweis für das Offensichtliche war. Ich stand auf, um die Mole entlangzuspazieren, und sah Matrosen aller Nationalitäten die Decks mit Eimern spülen, das über die Ränder schwappende Seifenwasser, das an noch mehr Ws leckte, am Bug der *Mersey Flower* (Liverpool), der *Stanganah* (Panama City) und der *Oggigornia* (Monrovia). Die Vorstellung der Alten hatte gewonnen: In den Dingen wohnt Leben, man muss nur mutig genug sein, es aufzuspüren. Wer mir nicht glaubt, soll Señora Berta fragen, die mich in diesem Augenblick von einem Touristenfernrohr aus ansah und mir zulächelte, und ich erschrak, hielt den Schritt an. Schnell flüchtete ich mich hinter eine Bude, wo es nach gebranntem Zucker roch, um ein Bier und einen Aussichtsposten zu ergattern. Señora Berta stolzierte mit schwingenden Hüften eine kurze Strecke zwischen der Mole und einer Strandpromenade mit Palmen hin und her. Ich machte mich wieder auf den Weg, den Blick fest auf ihre prominente Brust gerichtet. Es war nicht Señora Berta, aber für mich war sie es, sie war das, was Señora Berta für mich bis dahin verkörperte. In meiner Erregung bemerkte ich nicht, dass ich kaum verhüllt Señora Bertas Auf und Ab nachahmte, und der gesamte Uferweg, fiese Kerle hinten auf den Terrassen und Taxifahrer im Wartestand hatten angefangen, Wetten abzuschließen. Endlich blieb meine Muse stehen, und ich dachte, ich sterbe. Señora Berta hatte die Situation im Griff, kam auf den Mast zu und warf mir ein verächtliches »Suchst du eine Freundin oder machst du dich über mich lustig?« zu. Ich fuhr in die Tasche und zeigte ihr das Geld. Sie lobte mich für meine Ehrenhaftigkeit.

Im Laufe der Jahre habe ich Zehntausende Initiationsgeschichten gelesen, alle ähneln sich, alle haben einen dumpfen Ton; Schutzlosigkeit und Regen vor dem Fenster, das Knittern schmutziger Laken in der mit Heimlichkeit aufgeladenen, stickigen Luft. Eine Jalousie gähnt kratzig, und die unerbittliche Morgendämmerung legt die Lächerlichkeit bloß. Na los. Auf zu »L'Origine du monde«! Als ich in Señora Berta eindrang, war ich mir vollkommen sicher, dass ich schon einmal dort gewesen war. Das war mein Ort, mein Zuhause, und wie gut, dass ich den Whisky und das Bier getrunken hatte, denn ansonsten wäre es mir wie einem blöden Vieh nach einer Sekunde gekommen. Ich bekam es mit der Angst zu tun, als Señora Berta auf einmal so tat, als würde sie vor Lust sterben, und mir stöhnend und mit schleppenden Silben sagte, dass ich ihr Bürschlein sei und ihr Matrose an Land. Und als sie zu jaulen anfing, rutschte ich fast raus. Und ich: Was ist los? Und sie: Nichts, mein Hübscher, los jetzt. Und später sagte sie mir, dass ich wiederkommen könne, wann immer ich wolle, und verabschiedete sich von mir mit einer Geste, die nicht frei von Sarkasmus war, mit einem liebevollen Klaps auf den Po.

Ich betrat den Salon Valdemosa, und in einer der hinteren Ecken unter einer grünen Kugel, deren helles Licht die alten Fregatten allzu sehr ins Rampenlicht setzte, hörten Flora und Carmelo mit ihrem lauten Lachen auf wie zwei kleine Kinder, als sie mich erblickten. Ich hatte mir über die mögliche aphrodisierende oder erheiternde Wirkung von Zuckerschnecken keine Gedanken gemacht, denn dieses Gebäck hatte das ausgelassene Paar auf dem Markt, zu dem es hatte gehen wollen, sicher massenhaft verdrückt, und als sie mich jetzt sahen, wie ich in geschmeidigem, aber vorsichtigem Slalom zwischen Tischen und Rattanstühlen auf sie zukam, schien ihr durchdringender Blick auf meiner Stirn zu lesen: »Ich komme vom Vögeln, Mama!« Ja, ihre Augen, die Feigen- und Gummibäume, die hinter den Scheiben den Wind grüßten, die alten Damen, die Ex-Hoffräulein, der Pianist, seine halb gelöste Fliege, die steifen Kellner, jede Note aus »Knüpf ein Band an die alte Eiche« schienen es zu wissen. Ich setzte mich hin und zuckte die Schultern. Sie lachten. Zweifel.

»Alles paletti?« begrüßte mich Carmelo.

»Woher kommst du?« fragte mich Flora.

»Wo geht alles Geld hin? Zu den Nutten und in die Bars!« würde mir bald jemand beibringen. Das hätte ich in rauer Vorahnung antworten können, aber ich sagte:

»Ich bin ein bisschen rumgelaufen.«

»Wir haben dich gesehen, aber wir haben nichts gesagt. Du wirst ja rot. Schämst du dich? Du hättest dich sehen sollen …« Hier machte meine Mutter eine Pause, während ich den Sessel hinunterrutschte und am liebsten im Erdboden versunken wäre, und meine Mutter nippte an ihrem mit Schirmchen und bunten Bändern dekorierten San Francisco: »Was hast du gesagt?«

Ich haderte ein paar Sekunden lang mit den Phonemen, stammelte mehrmals ein W, bevor ich das »Wer, wem?« herausbrachte.

»Na du. Dem Meer. Du hast die Arme gehoben und sahst aus, als würdest du sprechen. Als würdest du die Schiffe begrüßen. Du sahst aus wie ein Dichter. Sieh …«

Um das Bild des einsamen und weltfremden Hausmeistersprösslings nicht zu zerstören, habe ich bislang verschwiegen, dass ich mir im Rausch unseres steilen sozialen Aufstiegs von Zeit zu Zeit etwas gönnte, das eigentlich unsere Kaufkraft überstieg. Ich sagte mir, dass ich mir bald jeden Luxus leisten könnte, wenn ich endlich aufgestiegen wäre, egoistisch, schmierig, verräterisch, intrigant, interessiert, ein auf der ganzen Linie erfolgreicher Mann, dem die Welt offenstünde. Ein Wunsch, der aus meiner Vorstellung rührte, Fotografen würden ein aufregendes Leben führen, seien unentwegt von schönen Frauen, Prominenten und wilden Tieren umgeben (auf Safari), war der Fotoapparat, den ich zu dieser historischen Stunde im Salon Valdemosa verwirrt auspackte. Ich spielte unendliche Dankbarkeit vor, meine Berufung zum Fotografen war nämlich schon wieder abgeflaut und meine emotionale Kraft an diesem Tag erschöpft. Ich würde mein Dasein auf Erden wohl oder übel der Fotografie widmen müssen – Fotos für Führerscheine, Reisepässe, Erinnerungsansichten unseres Viertels, Fotos bei Hochzeiten und Taufen –, nicht anders als die schnauzbärtige Jammergestalt im nahe gelegenen Fotostudio. Vor allen möglichen Hintergründen rückte ich kleine Mädchen in Position, die unschuldig und eifrig mitmachten. (Für weitere Informationen wenden Sie sich an die Hausmeisterin aus der 104.)

Ich porträtierte Hochzeitspaare, Wange an Wange, die Optik verfremdete sie, rückte sie für immer fort von mir, von dem, der jetzt hastig den Selbstauslöser drückt und sich zwischen die beiden frisch vermählten Gesichter quetscht und die Zunge einer Kamera entgegenstreckt, die, wäre sie stets griffbereit, immer wieder das unschuldige, schlafende Gesicht der neugeborenen Gracia fokussieren würde, Gracia, wie sie blöd ins Objektiv schaut und Breiartiges auf die Knie ihrer schwangeren Mutter sabbert, bis diese ihr drohend einen weiteren Löffel in den Mund schiebt; dann die Fundamente des Hauses, die erste Woche auf dem Bau, das fertige Haus, auf einem Grundstück, das ich nie wiedersehen sollte; dann das greinende Gesicht Francisco Josés, den alle nur Francis nannten und der vom ersten Eindruck der Welt so enttäuscht gewesen war; dann mein Aufbruch zu meinem ersten Arbeitstag, aufgenommen vom häuslichen Balkon (ich, der ich in falscher Bescheidenheit von der Straße aus hochwinke und sage: »Lasst nur …«); dann die Reisen, die Autos und die feierlichen Geschenküberreichungen an den Meilensteinen des Lebens, bei denen ich nicht zugegen war, sondern woanders, an einem Ort, den ich nie preisgeben werde, wo ich die Große Lüge errichtete und nach und nach vergaß, was ich an diesem Abend in meinem Zimmer, als ich am Fenster rauchte, allmählich zu begreifen glaubte. Dumm und eitel, wie ich damals war, glaubte ich, etwas gewonnen zu haben, während ich in Wirklichkeit nur etwas losgeworden war, von dem sich zu viel in mir angestaut hatte. Ich dachte, ich sei ein anderer, nur wegen einer Nummer für tausend Peseten (das war der Preis damals).

6

Es ist an der Zeit, etwas näher zu erläutern, wie ich von einem Keller in einen nächstgrößeren gelangte: das Surren der alles beobachtenden Neonröhren, huschende Schatten von Drückebergern, Verrückten und Verliebten, knisternde Aktenmappen zum Rascheln von kleinem Getier; und ich muss von dem Paradox erzählen, wie ich mich einerseits freigestrampelt und Floras kleinbürgerliche Welt hinter mir gelassen hatte, und wie mich andererseits der Tag des Watussi immer stärker einholte. Ich diente nun Leuten, die das Gesetz und die Macht auf ihrer Seite hatten, was mich und meine Vorstellungen verdarb, obwohl ich nach wie vor davon überzeugt war, dass ich meine Träume verwirklichte, dass mein verrücktes Leben sich einfach dem verrückten Schritt der Zeit anpasste.

Zu Beginn des Herbstes 1975 trat ich in die erwerbstätige Bevölkerung ein. Nach Hochzeit und Reise, Geschenken und Wohnungswechsel fiel meine Mutter in nervöse Erschöpfung, die vielleicht auch eine Folge ihres allzu großen Ehrgeizes war, der blinden Glücksexzesse, der unmittelbaren Schwangerschaft und deren Wirkungen auf den Gefühlshaushalt, der allgemeinen wirtschaftlichen Unsicherheit und einigen finanziellen Belastungen, Krediten, Fristen, Briefen, die meiner Mutter, die mit den Urformen des einfachen Tauschhandels groß geworden war, Zukunftsangst einflößten. Doch diese Furcht war weniger echte Angst als eine von Flora geschickt eingesetzte Waffe, die sie nicht gebrauchte, damit Carmelo sie tröstete und ihr bis zum Erbrechen die Mechanismen der Gewinnmaximierung erklärte, sondern mit der sie erreichte, dass er ihr immer wieder von neuem versicherte, er würde ihre Erwartungen an ihn erfüllen: der Versorger der Familie und tragende Pfeiler ihrer Ehe zu sein. Da ich auch noch unentwegt davon sprach, dass ich endlich arbeiten wolle, hörte sich Carmelo bei seinen Freunden um und erfuhr, dass die *Bürgerliche Handelsbank*, ein kleines, aber seriöses Geldinstitut, das für sein gutes Arbeitsklima bekannt war, drei Lehrlinge suchte, aufgeweckte, engagierte und höfliche junge Männer. Das Familienoberhaupt entschied, dass ich das Anforderungsprofil erfüllte, knüpfte wirkungsvoll Fäden – eine Zeit lang erniedrigte sich Carmelo in Vorzimmern –, bis ich eines Oktobermorgens in die luxuröse Bankzentrale aufbrach, die ihren Kunden »geschäftlichen Fortschritt, traditionelle Werte und europäische Ziele« versprach. Bei meinem Abschied musste ich es über mich ergehen lassen, dass meine Mutter vom Balkon aus diesen Moment mit dem neuen Fotoapparat festhielt, nachdem ich ihr im Hausflur mit meiner ersten Stulle unterm Arm hatte schwören müssen, dass ich, sobald ich es zum Sachbearbeiter gebracht hätte, mein Studium wieder aufnehmen würde.

In der Eingangshalle, umgeben von Marmor, Edelhölzern und Begräbnisstille, traf ich die anderen beiden Lehrlinge. Mein erster Eindruck war, dass sie tatsächlich dem Profil des tatkräftigen und agilen jungen Mannes entsprachen: Sie sahen gut aus, waren nicht wie ein australischer Komiker angezogen und hatten gelernt, wie man sich in diesen Kreisen bewegte; endlich war die lang ersehnte Stunde gekommen. Sie begrüßten die Angestellten, drückten mit beiden Händen die Hand, die man ihnen entgegenstreckte. Ich blieb mitten in der Eingangshalle neben einem alten Herrn, der über seiner aufgeschlagenen Zeitung schlief, sitzen. Endlich sah sich ein Angestellter gezwungen, die Stimme zu heben und die weihevolle Stille des Geldes mit dem Satz zu durchbrechen: »Wo, verdammt nochmal, ist der dritte Lehrling?«

Wir gingen hinauf in die Personalabteilung, wo das Klappern der Schreibmaschinen kurz unterbrochen wurde für verhohlene spöttische Blicke und den Kommentar: »Schau, jetzt wollen sie hier einen Kindergarten aufmachen.« In einem Büro empfingen uns der Abteilungsleiter und der stellvertretende Chef mit einem Überschwang, als hinge der Erfolg der Bank nur an uns. Meine beiden Mitstreiter, die immer noch kein Wort an mich gerichtet hatten, bestellten Grüße von verschiedenen Autoritäten und bekamen den Auftrag, freundlich zurückzugrüßen. Der Chef und sein direkter Untergebener, der zu jedem Punkt seines Vortrags wie ein Automat nickte, erklärten uns, dass wir stolz auf unseren Eintritt in die Bürgerliche Handelsbank sein könnten, nun hätten wir einen sicheren Arbeitsplatz, denn niemand, der einmal der großen glücklichen Familie angehört habe, wolle diese je wieder verlassen. Was für ein spontanes Glück trat auf die Gesichter der anderen beiden Lehrlinge, welche Freude! Wie tat ich es ihnen gleich!, obwohl vielleicht mit ein bisschen Verzögerung. Als die kleine Zeremonie beendet war, forderte der stellvertretende Personalchef die anderen auf, sich mit Nachnamen vorzustellen, und mir sagte man, ich solle draußen warten, wo ich von den mitleidigen Blicken sämtlicher Angestellter der Abteilung eingehend gemustert wurde. Als einer von ihnen, Spiegelglatze, Anzug und Krawatte, mir doch tatsächlich den Rat erteilte, mein Gehaltskonto bei einem anderen Unternehmen zu eröffnen, weil das Schiff sinke, und als er daraufhin mein verwirrtes Schweigen ausnutzte, um mit einem Gummiring auf einen Alten mit Hornbrille und struppigem weißen Haar zu schießen, war mir ein für alle Mal klar, dass die Zeit der unbeschwerten Jugend vorüber war und ich mich nun dem Chaos der Welt stellen musste, da konnte der glatzköpfige Angestellte noch so sehr bekräftigen, er habe sich nur einen Spaß erlaubt.

Aus dem Spaß wurde das Generalarchiv, ein lang gestrecktes Gewölbe, wo lange Reihen wurmstichiger Regale einsame Gassen bildeten, manche ohne Ausgang, was äußerst tückisch war. Neben dem Eingang gaben eine Reihe Packmaschinen und eine elektrische Guillotine eine einsame Vorstellung vom technischen Aufschwung. In den Ecken, verborgen hinter Türen und Zwischenwänden, häuften sich Lieferscheine in zerfallenden Aktendeckeln, Stapel irgendwelcher Zahlungsformulare und Hefte. In der entlegensten Ecke stand ein fürstlicher Tisch, der schon bessere Zeiten gesehen hatte und dessen linker Fuß durch einen Ziegelstein ersetzt worden war. Hier, umgeben von anhaltender Stille, der Trostlosigkeit des kalten, künstlichen Lichts, den nicht endenden Stunden, sollte ich also arbeiten. Von irgendwoher hörte man ein trauriges Stöhnen. Es kam aus dem Mund des Angestellten, den ich ablösen sollte.

Der junge Mann konnte die Nachricht nicht glauben. Er versicherte mir, dass er zwanzig Jahre alt sei, doch er sah aus wie fünfzig: schütteres Haar, gebeugter Rücken, eingesunkene Brust, Hände, die so schlaff waren, dass sie fast von den Handgelenken fielen, eine unhörbare, farblose Stimme: Sobald sich irgendwo etwas regte, vergrub er das Gesicht in den Händen, und sobald er spürte, dass jemand zu einer Frage ansetzte, schüttelte er nervös den Kopf. Er war ein Gespenst und wusste es. Unter großen Schwierigkeiten wies er mich in die Arbeit ein, die sich als nicht sehr kompliziert herausstellte, und als ich ihm zum x-ten Mal versicherte, dass das mit der Ablösung kein Spaß sei, nahm er meinen Kopf in seine Hände, drückte seine glibbrigen Lippen auf meine Stirn und rannte mit erhobenen Armen davon, und dazu sang er ein Lied, das in dem Sommer, in dem man ihn hierher verbannt hatte, Mode gewesen war.

Kaum war sein Gesang verklungen, wurde mir bewusst, dass mein Debüt nicht sehr glanzvoll gewesen war. Das war alles andere als der ideale Posten, um Leute kennenzulernen und Eintritt in die Gesellschaft zu finden; aber wie die großen einsamen Reisenden setzte ich mir ein ehrgeiziges Ziel, ich wollte mehr leisten, als die Pflicht von mir verlangte, auch wenn mein scheidender Kollege mir versichert hatte, dass keiner irgendwelche Leistungen von mir verlangen würde. Ich würde mich nicht vom Stumpfsinn besiegen lassen: Mit täglichem Arbeitseinsatz wollte ich dieses Gewölbe in ein Musterbeispiel eines Bankarchivs verwandeln.

Am nächsten Tag – die eintönige Routine fraß mich auf, und ein Angesteller, der hier unten irgendwelche Unterlagen suchte, warnte mich, auch nur eine einzige Akte zu verlegen, dann würde er mich erwürgen, ohne dass irgendwer es mitbekäme – ließ ich meine hehren Pläne auch schon fallen und vertrödelte den Arbeitstag, ich erstellte Listen über meinen Aufstieg auf der Karriereleiter (in zwei Jahren Sachbearbeiter, in acht stellvertretender Direktor, in vierzehn Generaldirektor) und widmete mich der Beobachtung sonderbarer Vertreter der menschlichen Spezies, die aus den unterschiedlichsten Gründen ins Archiv kamen.

In dem Jahr, in dem ich wie ein Gouverneur über meine Insel waltete, lernte ich die ganze Skala der so genannten sozialen Randerscheinungen kennen. Die relative Freiheit hier unten und meine Gleichgültigkeit bewirkten, dass die Besucher des Kellers sich endlich ungezwungen verhalten, endlich aus ihrem Leben erzählen konnten, von ihrer Vorstellung von der Welt und von der mangelnden Verbindung zwischen beidem, Klatschgeschichten aus der Firma, ihre Stellung in der Hierarchie und das Verhältnis der Direktoren zueinander. Der Tod General Francos und das neue politische Bewusstsein, das gleichermaßen von Extrovertiertheit wie von Ahnungslosigkeit gekennzeichnet war, machte diese sonderbare Revue noch aberwitziger.

Jeden Morgen kamen zum Beispiel zwei Angestellte zu einer kleinen Schachpartie herunter, auf die sie eine ganze Weile lang höchste Konzentration verwandten, doch sobald sie von der Philidor-Verteidigung auf den kürzlich verstorbenen Generalísimo zu sprechen kamen, stellten sie in verbittertem Ton fest, dass niemand ihre historische Sicht teilte. Sie kamen nie wieder ins Archiv, und kurze Zeit später erfuhr ich, dass einer von ihnen vor Gram gestorben und der andere einen Antrag auf Frühpensionierung gestellt hatte; trotzdem schaute Letzterer noch häufig im Archiv vorbei und spielte eine Partie Blindschach, danach verabschiedete er sich höflich. Die neue politische Freiheit brachte nur Unheil. Ein anderer Angestellter mit einem riesigen Schnauzbart und gesunden roten Wangen verzierte seit Beginn des Jahres 1976 sein nur knapp über den glücklichen runden Bauch reichendes Polohemd mit den Insignien der verschiedenen politischen Gruppierungen, die nach und nach aus dem Boden sprossen. Ich glaube sogar, dass diese Zierde mehr ästhetisch als ideologisch motiviert war, dennoch musste es oberirdisch kontroverse Diskussionen geben, denn der Mann hatte den Ehrgeiz, die Vorstellungen der Parteien, die an seinem Kragen prangten, so unterschiedlich diese auch sein mochten, zu verteidigen. Noch im Archiv führte er seine hitzigen Diskussionen fort, allerdings ohne ein Gegenüber, und seine stimmgewaltigen Monologe und energischen Gesten – auf den Boden und gegen die Wand geschleuderte Kisten, Tritte gegen Regale, in der gespannten Stille explodierende Neonröhren –, die die Unvereinbarkeit der Positionen illustrierten, führten nicht etwa zur Herausbildung einer Streitkultur, sondern zu einem schockierenden Nihilismus. Diese Entwicklung forderte einige Opfer. Eines davon war der erste nichtstaatliche Gewerkschafter der Bürgerlichen Handelsbank, wie er sich nannte, der dem Generaldirektor Tomás del Protzo mit viel Mut mit der neuen Entschlossenheit der Gewerkschaften drohte, doch bevor überhaupt ein Gespräch zustande kam, von Don Tomás mit Fußtritten hinausbefördert wurde. »Und hören Sie auf, sich wie ein Gärtner anzuziehen, Sie Hippie!« soll Don Tomás ihm nachgerufen haben. Als hätte es ihm nicht gereicht, die Auslegware einer der höchsten Etagen des Unternehmens geküsst zu haben, sann dieser große Kämpfer auf Revanche, die vielleicht keine inhaltliche, wohl aber eine symbolische Bedeutung hatte, doch er erfuhr eine ähnliche Behandlung wie bei seiner ersten Bekanntschaft mit der Führungsriege, und schließlich beschloss er, einen starken Betriebsrat zu gründen. Ihm war kein Erfolg beschieden. Alle Angestellten waren offenbar mit ihren Arbeitszeiten, Gehältern, Sondervergütungen und dem Arbeitsklima im Großen und Ganzen zufrieden; und wenn sie es nicht waren, behielten sie es angesichts der angespannten Wirtschaftslage für sich. Niemand in der Bank sprach mehr mit ihm, und so blieb dem ersten nichtstaatlichen Gewerkschafter nichts anderes übrig, als im Archiv Zuflucht zu suchen, wo er unter der Verfolgung des Mannes mit den wechselnden Insignien zu leiden hatte, der ihn wie eine Kasperlefigur verdrosch, des Weiteren unter einem bekannten Faschisten, der hin und wieder ins Archiv kam, um sich als Guardia Civil zu verkleiden. Wenn diese beiden Sonderlinge ihre Kräfte vereinten und den ersten nichtstaatlichen Gewerkschafter in die Enge trieben, kam es unausweichlich zur Prügelei, bei der jeder japsend und mit Tränen in den Augen eine unterschiedliche Hymne sang.

Es gab noch mehr: leidenschaftliche Fußballstreits; einen Rothaarigen, der sich beim Bedienen der Packmaschine aufspielte, als kommandierte er ein Raumschiff, und der mir tatsächlich erklärte, er habe die Zukunft der Galaxie in der Hand; ein Junge und ein Mädchen kamen jeden Tag kurz vor Feierabend mit einer Kassette, um zwischen den Regalen ihre Tanznummer für ein Disco-Turnier in der Kategorie »Rock für Paare« einzustudieren, und irgendwann ging der gleichmäßige Rhythmus im Uhrzeigersinn und das Quietschen der Sohlen, das Flattern eines Glockenrocks in ein erregtes Keuchen über, das sich in das »Rock, Rock, Rock« einfügte; ein langsamer und verhuschter Sechzigjähriger stieß unentwegt Klagelaute wie Sigismund in seinem Turm aus, Achs und Wehs, wie schlecht es ihm gehe, und das von früh bis spät. Dieser Mann, von dem ich nie etwas anderes sah als seinen riesenhaften Schatten, verdiente wahrhaftig den Titel *Das Archivgespenst*.

Und so ging es jeden Tag. In der Reihenfolge abnehmender Verrücktheit kamen irgendwann einige Angestellte zum zweiten Frühstück herunter, und ohne ihr energisches Kauen zu unterbrechen, dessen Geräusch in dem Gewölbe anschwoll, ließen sie sich über Lebensmittel-, Benzin- und Quadratmeterpreise aus, um mich hinterher zu fragen, ob ich es richtig fände, dass uns die weltweite Krise mit ins Verderben reiße, gefolgt von dem Spruch, dass ich sowieso nichts verstünde, solange ich keine Kinder hätte.

Diese Besucher sprachen von den Direktoren der Bank, als hätten sie mit ihnen an einer Schulbank gesessen, und während sie ihrer unterdrückten Exzentrizität freien Lauf ließen, fragte ich mich, ob ich nicht auch meine Schrullen mehr zeigen sollte. Von nun an zwinkerte ich heftig und schob Herzrasen vor, wenn sich ihre Monologe allzu sehr in die Länge zogen. Doch immerhin weckten die Frühstücksbesucher in mir das Interesse für die hierarchische Ordnung, für die jüngere Geschichte und unumstößliche Solidität dieser Bank.

7

Seit Ende des Bürgerkriegs lag die Präsidentschaft der Bank bei Don Pompeyo Llansá von Tramontana und Ampurias, Marquis von Tramontana. Als Falangist der ersten Stunde war der hochdekorierte Don Pompeyo mit unter den Besetzern, die die Stadt an jenem sechsundzwanzigsten Januar 1939 einnahmen. Obwohl er äußerst sentimental veranlagt war und der Wind ihm in den Augen brannte bei dem heroischen Einzug zwischen rot-gelb-roten Fahnen und einer müden und hungerleidenden Menge, die jedem Sieger zugewunken hätte, trat ihm in diesem großen Moment keine einzige Träne in die Augen. In Wirklichkeit hatte man Pompeyo nicht viel Zeit gelassen, um rührselig zu werden; nachdem er sich während des gesamten Krieges hinter einer doppelten Wand, die in aller Eile in dem ehemaligen Salon hochgezogen worden war, verborgen gehalten hatte, hatte er erst vor einem Monat heimlich die Stadt verlassen. Bedingt durch die Kriegsereignisse, musste der Vierzigjährige auf seiner Flucht die feindliche Grenze überschreiten, um auf die feindliche Seite überzuwechseln und als Freund zurückzukehren. Auch Pompeyo, mein Leser, begriff das von ihm erwartete Manöver nicht gleich. Ein früherer Koch, der aus seltsamen Gründen Einfluss auf diesen seltsamen Kerl hatte, sollte ihn nach Frankreich schleusen; von dort aus sollte er nach Spanien zurückkehren, diesmal aber, Vorsicht, Pompeyo, auf die Seite der Nationalen, also auf die andere Seite. In Windeseile und mit einigen gut eingesetzten Juwelen, damals dem einzigen verlässlichen Wert, würde er schadlos die Front passieren; und dank weiterer Kleinode, die wie aus Versehen in die Tasche eines hohen Tieres der Falange gelangten, kehrte er wohlbehalten wieder zurück in die Stadt. Dort war er mit folgender Mission beauftragt: Empfehlungen und Pfründen aufzutun, damit die Familienunternehmen, die während des Krieges von sodomistischen Gaunern enteignet worden waren, baldmöglichst wieder ihren rechtmäßigen Besitzern zugeführt werden konnten. Sei es aufgrund seiner Bereitwilligkeit, bei der lückenlosen Überprüfung von politisch Verdächtigen als Zeuge auszusagen, sei es aufgrund seiner Beziehungen zu den Industriellen der Stadt (die nur auf seiner lokalen Zugehörigkeit beruhten: Im Allgemeinen hielten die Industriellen nicht viel von Pompeyo), wie dem auch sei, er wurde zum Generaldirektor der Bürgerlichen Handelsbank (früher *Werhat Derhat*) ernannt, Tochterunternehmen einer größeren, in Madrid ansässigen Bank. Dieses kleine, aber feine Geldinstitut hatte als Präsident ein aus dem neunzehnten Jahrhundert übrig gebliebenes Fossil mit rein ornamentaler Funktion, das hier nicht weiter von Interesse ist und von niemandem im Gespräch oder schriftlich erwähnt wurde, erst wieder, als seine Todesanzeige in der Zeitung erschien. Lassen wir ihn beiseite, dieser vergessene Herr tut bei Don Pompeyos Erfolg nichts zur Sache.

Weder die großbürgerlichen Industriellen noch die im Schwarzhandel reich Gewordenen, noch sonst jemand aus dem breiten Fächer möglicher Investoren zeigte das geringste Interesse, mit Don Pompeyo Llansá (Pompi Tramontana in erlesenen Kreisen) ins Geschäft zu kommen. Pompis Rache war kolossal. Mit vermutlich erpresserischen Methoden überzeugte er den Verwaltungsrat davon, dass noch der letzte Lehrling der Bürgerlichen Handelsbank mehr verdienen sollte als ein Minister. Hinter diesen verschlungenen Gedanken Pompis verbarg sich die Idee, sein eigenes Gehalt ins

Exorbitante zu steigern, was angesichts des drohenden Scheiterns eines privaten Geschäfts, bei dem er sich übernommen hatte, seine Rettung gewesen wäre. Pompi wusste nicht, dass es einfacher gewesen wäre, kommentarlos sein Gehalt hochzusetzen, als diesen seltsamen Umweg mit wohltätigem Anstrich zu gehen, noch dazu in Jahren der allgemeinen Geldnot. »Ein Schildbürgerstreich«, urteilte ein Mitglied des Konsortiums. Wirklich überrascht waren die Finanzkreise, als sich im einfachen und nicht ganz so einfachen Volk diese großzügige Geste herumsprach und als Symbol des Wohlstands und der Solidität ausgelegt wurde; zwei Güter, die die damalige Oligarchie aus Angst vor Neid und weiteren Erschießungen verbargen. Das einfache und nicht ganz so einfache Volk gab sein Geld und sein Vertrauen der Bürgerlichen Handelsbank, und die Garantien des Geldinstituts zogen bedeutendere Anleger an. Da entsann sich das Mutterunternehmen der Bürgerlichen Handelsbank plötzlich seines Eigentums und beschloss einzugreifen, damit dieser Pompi, der sich für einen Finanzmagier hielt, in seinem Eifer den Karren nicht an die Wand fuhr. Man beschloss, ihm den Posten des Präsidenten zu geben, der seit dem Tod des Fossils unbesetzt war, und ihm ein Büro auszubauen, das zur Hollywood-Kulisse getaugt hätte. Auf diese Weise band die Geschäftsführung unter großem Beifall dieser Lachfigur eines Aristokraten die Hände, dessen Inkompetenz seit Anfang der sechziger Jahre ein ausschweifendes Nachtleben ergänzte.

Als Generaldirektor folgte ihm *Don Carlos del Cravall y de la Lanza*. Del Cravall y de la Lanza stammte aus einem Landstrich, den die Einwohner der Stadt, in der sich die zukünftig von ihm geleitete Bank befand, mit wegwerfender Handbewegung »Kastilien …« nennen. Über ihn, der die als schön und elegant geltende Tochter eines Ex-Ministers des Heeres geheiratet hatte, hieß es, sein Familienzweig sei – anders als der seiner Cousins Coque und Quinque Lanza – unbemittelt. Del Cravall y de la Lanza hatte sich in der prosperierenden, aber politisch kaum bedeutenden Stadt niedergelassen, um vor den bösen Zungen der parasitären Hauptstädter zu fliehen. Bereits in den fünfziger Jahren hatte er seine Tätigkeit als

Staatsanwalt gegen die des Firmenanwalts der BHB eingetauscht. Nach Jahren geduldiger Kontaktpflege schaffte es Don Carlos, wenn auch nicht die zentrale, so doch eine unumgängliche Bezugsperson für den kläglichen Rest des Großbürgertums der Stadt zu werden, der sich etwas zurückgesetzt fühlte von den diversen nationalistisch-religiösen Gruppen, mal eher religiös als nationalistisch, mal sehr religiös und mehr oder weniger nationalistisch, mal nicht nationalistisch und eher laizistisch und dafür alteingesessen (und mit zu vielen Verpflichtungen, die über Verheiratungen entstanden waren), sie alle hätten niemals ein gutes Geschäft zurückgewiesen, aber in den Versammlungspausen hinter den Gardinen, bei den Einstandsfeiern, an der Theaterbar in der Oper und in der Umkleide der Sportclubs fanden sie immer ein Eckchen, wo sie unbemerkt gegen den Neuling schießen konnten.

Del Cravall y de la Lanza hatte ein Lächeln, als hätte er selbst das Lächeln erfunden. Er war ein Verführer der Frauen, der Männer, Kinder, Tiere. Gutaussehend, anglophil, sympathisch und notfalls diskret, besaß er ausreichend Taktgefühl, um nur vor jemandem zu prahlen, der sich auch auf sein Spiel einlassen würde, ihm war nämlich wohl bewusst, dass er in einer Gesellschaft lebte, in der man seinen Reichtum besser verbarg, als zur Schau zu stellen, auch wenn man sich dafür wie eine Vogelscheuche kleiden musste. Del Cravall y de la Lanza wusste, was man wissen musste, und er vergaß nicht, dass es mehr zählte, einen eigenen oder fremden Fauxpas elegant zu umschiffen, als nackte und drängende Wahrheiten auszusprechen. Mit allen seinen unleugbaren sozialen Tugenden wäre Del Cravall y de la Lanza der beste Fremdenführer der Welt gewesen, aber das Schicksal wollte es anders und machte ihn mit Unterstützung eines Gönners in der Konzernleitung zum Generaldirektor eines Geldinstituts, das täglich an Bedeutung gewann.

Del Cravall y de la Lanza besaß weniger Antrieb als sein Vorgänger und überließ die Dinge ihrem Lauf. Er tat nichts, täuschte aber große Aktivität in Prospekten mit gewagtem Design vor, die ich mit großem Vergnügen stundenlang durchblätterte. Des Weiteren verschaffte er sich mit regelmäßigen Inverviews über seine Nicht-

Aktivität in unterschiedlichen Nachrichtenmedien, die in jenen Jahren sehr wenig Diskussionsstoff boten, eine gewisse Präsenz in der Öffentlichkeit.

Wie sein Vorgänger war Del Cravall y de la Lanza leidenschaftlicher Reiter, was ihm allerdings zum Verhängnis wurde. Die folgende Geschichte ist schier unglaublich; doch die Besucher im Archiv erzählten sie immer wieder. Manche vollkommen ernst.

Alles begann auf der Reitbahn des Poloclubs, wo Del Cravall, wie er in einem Interview zugab, »genüssliche, aber auch produktive Stunden zubrachte. Die wichtigsten Entscheidungen meines Lebens traf ich, man könnte fast sagen, ›sie trafen mich‹, während ich im Galopp eine Hürde nahm«. Folgende Anekdote bestätigt dies.

Del Cravall trainierte gerade seinen Vollblutaraber, den ruhigen, aber kompetenten *Nelson* (nach dem Admiral benannt, nicht nach dem Bankier Nelson Rockefeller und auch nicht nach Nelson Net, einem zwergenwüchsigen Sänger, der damals populär war), und er schien zufrieden zu sein, denn die Stallburschen erinnern sich, dass der Reiter genauso lächelte wie an jedem anderen Tag.

Der Poloclub war für Del Cravall eine Oase. Obwohl er in einer Gegend lag, die für ihre rasche städtebauliche Entwicklung und das hysterische Anwachsen des Verkehrs bekannt war, brauchte man nur dem Traben und Wiehern der Pferde zu lauschen, den Duft des frisch gemähten Grases zu riechen, der Hecken, des nahen Pinienwäldchens und den aparten Duft der Boxen, und mit ein bisschen Einbildung fühlte man sich wie auf einem englischen Landsitz, der Nebel riss auf, der Weltenlärm war weit weg. Doch auf einmal bremste auf der neben dem Poloclub vorbeiführenden Straße unter großem Getöse ein Bus, und die Blase mit den Tagträumen des Generaldirektors zerplatzte. Etwas verärgert drehte er den Kopf, doch was er zwischen den Zypressen erblickte, gefiel ihm. Auf der ihm zugekehrten Seite des Busses prangte die damals sehr bekannte Werbung für einen Cognac. Das Bild zeigte eine Blondine, die mit nichts als einer weißen Bluse bekleidet auf einem Pferd den Strand entlangspazierte, und es hatte mit der Referenz, besagtem Cognac, nicht das Geringste zu tun; doch das störte die Herren der Schöpfung nicht im Geringsten, auch Del Cravall nicht. Dieser war dank seiner hohen Position besser informiert als das Fußvolk und wusste, dass die Amazone in der Stadt lebte, also nicht unerreichbar war, und er hatte schon des Öfteren mit dem Gedanken gespielt, sie sich bei geeignetem Anlass vorführen zu lassen. Er gab Nelson die Sporen und ritt an den Zaun, um sich für ein paar Sekunden am Anblick der blonden Schönheit zu weiden. Diese endlos langen, perfekt geformten Beine, das fatale Zusammentreffen von Eleganz und Sinnlichkeit betörte Del Cravall. Del Cravall biss sich auf die Lippe und dachte: »Dieses Weib gehört an die Seite einer Führungspersönlichkeit.« Der Bus fuhr an, die zukünftige Eroberung Del Cravalls entfernte sich, und der Bankier setzte zu einem Seufzer an. Doch es sollte ihm nicht gelingen, dieses ausholende Atmen zu vollenden, denn Nelson, der auch kein Herz aus Stein hatte, hatte sich im selben Moment Hals über Kopf in die Stute verliebt, die mit ihren ebenfalls langen, eleganten und fein gezeichneten Läufen mit verführerischer Grazie den Strand entlangtrabte. Der stets friedliche Nelson übersprang mit seinem Herrn auf dem Rücken das Hindernis, das ihn von seiner Angebeteten trennte, sauberer als je zuvor, und jagte in straffem Galopp hinter dem öffentlichen Verkehrsmittel her. Del Cravall war, wie später loyale Stimmen bekräftigten, ein erfahrener Reiter, aber durch den Schreck verlor er ein paar wertvolle Sekunden; er rutschte aus den Steigbügeln, verlor die Zügel, klammerte sich an den Hals des Rappen und rief unablässig seinen englischen Namen, immer lauter, in einem verzweifelten und flehenden Ton, den man von ihm bis dahin nicht kannte. Alles Bitten war nutzlos. Bei dem verrückten Ritt Richtung Stadtzentrum, vorbei an Luxusvillen und prachtvollen Gebäuden, die nicht mit von ihm gewährten Krediten errichtet worden waren, vorbei an öffentlichen Baustellen, die dem Reiter trotz Nelsons funkenschlagenden Hufen nie Gewinn einbrächten, hindurch zwischen rauchenden Fabriken, in die seine Bank nicht einen Duro investiert hatte, vorbei an den aus ihrer Trägheit hochgeschreckten Beamten, die den Bankier, dem sie noch nie Vertrauen geschenkt hatten, durch die Fenster der Amtsgebäude erkannten, kam niemand Del Cravall zu Hilfe. Immerhin klatschten die Passanten Beifall. Der Busfahrer, dessen Fahrzeug an den Flanken das doppelte Objekt der Begierde trug, bemerkte sehr wohl, dass ihn ein Pferd mit Schaum vor dem Maul und einem Jockey drauf verfolgte, aber dass es die beiden auf ihn abgesehen hatten, konnte er nicht wissen, sodass er Gas gab, da er einem Unfall vorbeugen wollte und ohnehin das leere Fahrzeug ins Depot fuhr.

Um den Weg abzukürzen, sprang Nelson über geparkte Autos und Baustellengräben, vor den Augen der verblüfften Passanten, denen angesichts des vorbeirasenden Tierbauchs die Zigarette aus dem offenen Mund fiel. Nelsons Anstrengungen waren fruchtlos: Der Bus entschwand über die zentrale Prachtstraße der Stadt, dem Inbegriff des bürgerlichen Boulevards, an dem zu aller Peinlichkeit auch die Zentrale unserer Bank lag. Nach dem Ritt hatte Nelson großen Durst. Also bremste er abrupt vor einem prächtigen Brunnen und machte sich genüsslich ans Trinken, während Del Cravall in Folge des plötzlichen Rucks durch die Luft segelte. Sein Körper vollzog eine makellose Parabel, die den Passanten ein anhaltendes »Oh!« entlockte. Der Flug fand sein glückliches Ende auf dem Vordach eines berühmten Restaurants; allerdings war das Holzdach so schwach und der Aufprall so wuchtig, dass Del Cravall durch das Dach brach und zu Füßen eines hohen Managers der Konkurrenz landete, der gerade mit einer Freundin seiner Tochter, mit der er offenbar große Pläne hatte, zu Mittag aß.

Don Carlos del Cravall y de la Lanza war fortan gelähmt, was ihm den verdienten Aufstieg zum Bankpräsidenten einbrachte. Da der Posten bereits von Don Pompeyo Llansá de Tramontana y de Ampurias besetzt war, der in jenen Tagen die völlige Flaute in dem Unternehmen dazu nutzte, Berichte zu verfassen, in denen er prophezeite, dass sich die Zukunft der Weltwirtschaft auf der vernünftigen Lenkung des kindlichen Sparens gründen würde, entschied sich die Geschäftsleitung für eine Co-Präsidentschaft. Sofort kam es zu Streitereien, die aus konträren Auffassungen über die protokollarischen Fragen entstanden: Welcher Name sollte zuoberst auf Visitenkarten, Briefköpfen, Grußkarten stehen? Wer würde der *Miss Barcelona mit Brille* die Schärpe umlegen, ein Privileg des Präsidenten der Bürgerlichen Handelsbank? Die Geschäftsleitung entschied, dass beide Präsidenten gemeinsam bei den Festakten auftreten sollten: Don Pompeyo würde, um Einigkeit zu demonstrieren, wie Don Carlos im Rollstuhl kommen. Betreuer mit identischen Körpermaßen würden sie synchron schieben.

Don Carlos del Cravall erkannte schließlich die gefährliche Nähe zur Groteske und beschloss, sich in Würde von der Präsidentschaft und Finanzwelt zurückzuziehen, nicht ohne im Einvernehmen mit dem Mutterunternehmen einen Mann seines Vertrauens im Direktorium untergebracht zu haben. Dann gründete er eine Anwaltskanzlei, widmete sich der Pflege seines Einflusses und wartete darauf, dass diejenigen, denen er einst unter die Arme gegriffen hatte, selbiges nun bei ihm täten.

Neuer Generaldirektor sollte Don Tomás del Protzo y del Castillo Grande werden.

Don Tomás del Protzo war Staatsanwalt wie Don Carlos und ebenfalls verheiratet; aber im Unterschied zu Don Carlos, der nur einen männlichen Nachkommen hatte, war Don Tomás an der Entstehung von acht Töchtern beteiligt, »nicht von schlechten Eltern, ich hab sie gesehen«, wie mir ein Wurstbrötchen verschlingender Kassierer bezeugte, einer meiner eifrigsten Berichterstatter. Del Protzo war nach dem Krieg als Hauptmann der Fremdenlegion (»Das Regiment Grüne Pfeile!« hörte man ihn hin und wieder ausrufen) in die Stadt gekommen, und wie viele der tapferen Krieger, deren Herkunft oder Beruf niemandem in der Stadt bekannt waren, beschloss er, seinen Familiennamen aufzupolieren und die Tochter einer alten, ortsansässigen Familie zu ehelichen. Solche Hochzeiten waren in jenen Jahren sehr häufig; anscheinend verschacherten betuchte Familien, die ihren allzu republikanischen oder allzu nationalistischen Ruf loswerden wollten, ihre Töchter an diese potenten Kerle, und dafür, dass diese ihnen einen gewissen Schutz gaben und ihre Namen reinigten, waren sie sogar geneigt, die Lügen hinsichtlich ihrer Stammbäume zu glauben. Dank der Anziehungskraft, die Sieger auf die Schönen ausüben, willigte das Mädchen prompt ein. Nachdem Don Tomás del Protzo an verschiedenen Stellen der öffentlichen Verwaltung verzweifelt nach einer raschen Aufstiegsmöglichkeit gesucht hatte, vertraute er seinen Kummer einem einflussreichen Pfarrer an, der ihm riet, öffentliches und privates Wirkungsfeld zu kombinieren. Del Protzo hörte auf seinen geistlichen Ratgeber, und als er Don Carlos del Cravall kennenlernte (der jünger war, aber mehr Lebenserfahrung und Beziehungen besaß), nahm er sich an ihm ein Beispiel und wurde Firmenanwalt der Bank. Und auch sonst kopierte er ihn: Er ging zu denselben Schneidern und in dieselben Restaurants, wurde Mitglied derselben Clubs, unterstrich seine Worte mit denselben Gesten und gebrauchte mit derselben Unangebrachtheit wie Don Carlos einen »in the english manner« verseuchten Wortschatz. Zu dieser durchgepausten Persönlichkeit kam noch der religiöse Einfluss, die anfängliche Unterstützung, die er in irgendeiner Form zurückzahlen musste. Im Unterschied zu Don Carlos ging Don Tomás täglich in die Kirche, war in fast asketischem Ausmaß streng und urteilte über bestimmte Moden sehr hart. Eine der am häufigsten erzählten Geschichten: Einmal zwang er seine Tochter Panene (sic!), einen ganzen Tag lang den Putzfrauen der Bank bei der Arbeit zuzusehen. Der Grund: Panene (sic!) hatte das Gesetz Gottes und ihres Vaters durch das Tragen eines Minirocks missachtet.

Die fromme Ader schwächte schließlich Don Carlos' Einfluss auf Don Tomás, und auf seinem hohen Posten verwandelte sich Don Tomás del Protzo allmählich in einen düsteren, zu Jähzorn neigenden Menschen. Sein schwarzer Anzug wurde sprichwörtlich, genau wie seine mürrische Miene und der strenge Haarschnitt, dessen Vorzüge er, ebenso wie die des Kaltduschens, seinen gehorsamen Untergebenen unterbreitete. Außerdem hieß es, er würde einzelne Mitarbeiter protegieren.

Don Tomás' größtes Glück war natürlich Don Carlos' Unfall.

Jener hatte ihn persönlich zum Generaldirektor vorgeschlagen, und auch die übrige Geschäftsführung war der Ansicht, dass der vorgeschlagene Kandidat in den schweren Zeiten, die auf den Wirtschaftsboom der sechziger Jahre folgten, mit seinem Auftreten und seiner Sprache (mittlerweile ohne Barbarismen und Fluchworte) die Ziele der Bank am besten repräsentieren würde. Und es gab nur wenige kritische Stimmen, die meinten, Don Tomás del Protzo sei genauso inkompetent und unqualifiziert wie seine Vorgänger.

Seine Rede zum Amtsantritt begann mit einem »Immer, Carlos, war ich bemüht, deinem bürgerlichen Furor zu folgen ...«, darauf folgten nur noch zwei kleine Ausführungen, nach denen sich Don Tomás wie ein Handkuss verteilender Filou verdrückte. Dieser »bürgerliche Furor« sorgte dafür, dass der neue Generaldirektor in den Ruf rätselhafter, mehrdeutiger Aussagen kam. Als erste Maßnahme ließ er eine gewaltige Francobüste nach oben bringen, die seit Jahren im Archiv verstaubt war, und stellte sie für jedermann sichtbar in seinem Büro auf. Erklärung von Don Tomás: »Anfang und Ende sind die niedersten Momente an einem Krieg.« Dieser Ausspruch, der eines Clausewitz würdig gewesen wäre, wurde in dem kaufmännischen Umfeld reichlich kommentiert und gewürdigt. Don Tomás' Ansehen wuchs, und seine einstigen Gegner verstummten und schämten sich sogar für ihre frühere Meinung, als ihnen zu Gehör kam, Don Tomás sei am Ende seiner ersten Arbeitswoche durch die Abteilungen gegangen und habe mit Legionärsstimme gebrüllt: »Bankiers müssen die Geschäfte der Bank in die Hand nehmen, wer hat das bisher getan, wer hatte bislang die Geschäfte in der Hand?« Damit sprach Don Tomás unverblümt aus, dass die Entscheidungen, die bisher getroffen worden waren, entweder zu zaghaft (Don Pompeyo) oder ohne Wirkung (Don Carlos) geblieben waren. Das dürfte er wohl gemeint haben. Einer der selbsternannten Biographen Del Protzos, ein besonders kritischer Mann, der Blutwürste und grüne Bohnen als Frühstück von zu Hause mitnahm und immer wieder resigniert von sich behauptete, einmal große Pläne gehabt zu haben, spielte mir die Information zu, Don Tomás sei zu Zeiten, als er seine Karriere geplant und nach einem Leitspruch gesucht habe, in einem Ratgeber für Unternehmensführung auf den Satz gestoßen: »Ein Bankier muss die Geschäfte in die Hand nehmen, wer hatte in diesem Haus die Geschäfte der Bank in der Hand?«, den der amerikanische Millionär J. P. Morgan in einer ähnlichen Situation gesagt haben soll. Mein frustrierter Berichterstatter ließ kein gutes Haar an Del Protzo, er behauptete, Del Protzo tue nach seinem anfänglichen Komödiantenauftritt nichts anderes, als die Politik seiner Vorgänger fortzuführen. Mit anderen Worten, er tat nicht viel. Anders als in Zeiten des Aufschwungs jedoch, als es Don Carlos del Cravall versäumt hatte, Kapital anzuziehen und der Bürgerlichen Handelsbank dadurch zu Wachstum zu verhelfen, war in diesen schwierigen Zeiten Nichtstun das Beste, was man tun konnte. Tomás del Protzo beschränkte sich darauf, Ausgaben zu kürzen (Anwandlungen von Luxus, die unter Don Carlos eingerissen waren), des Weiteren entließ er einige Angestellte vorsintflutlicher Prägung und umgab sich mit jungen Männern, die dasselbe Totengräberaussehen annahmen wie ihr führender Kopf, dieselbe jesuitische Doppelgesichtigkeit zur Schau trugen und erheblich weniger verdienten als ihre Vorgänger. Die Auswirkungen von Del Protzos Führung waren weder gut noch schlecht, das sagten alle, und er schien sogar eine Art Vertrauen schaffenden Gemeinsinn zu wecken.

Zugegeben, ich gab nicht allzu viel auf die harsche Kritik am Führungsstil unserer Direktoren und Präsidenten, viel mehr faszinierte mich das flüchtige Aufscheinen phantastischer Welten wie »Sieger in einem Krieg«, »Reiter im Poloclub«, »Mögliche Bekanntschaft mit einer Blondine aus der Werbung«, »Ohne Schüchternheit rätselhafte Sätze sagen, die alle Welt zum Nachdenken bringen«. Hinter der Mittelmäßigkeit der Klatschmäuler, ihrer gierigen Gemeinheit und ihrer aus allen Poren tretenden Dünkelhaftigkeit tat sich, wenn auch in weiter Ferne, die große Welt von Führertum und Ansehen auf. Ein Rundbrief, den Don Tomás del Protzo an die Subdirektoren und Abteilungsleiter schickte und den ich zwischen irgendwelchen Aktenstapeln fand, steigerte meine Bewunderung noch mehr, wurde mein Anhaltspunkt und Leitfaden.

KONTINUITÄT ALS GRUNDSATZ

Zwei Jahre nach meiner Ernennung zum Generaldirektor dieses Unternehmens, nachdem die ersten Stürme überstanden und die Bilanzen tadellos sind, möchte ich mich bei Ihnen für Ihre treue Zusammenarbeit, Ihren Einsatz und Ihren Fleiß bedanken. Dank Ihrer Mithilfe haben wir unsere Erwartungen bei weitem übertroffen, und die Türen zu einer großartigen Zukunft stehen uns offen.

Als die Präsidenten der Bürgerlichen Handelsbank mir vor zwei Jahren dieses Amt anboten, hatte ich große Bedenken. »Ich bin ein Paragraphen-Mensch«, so dachte ich, denn damals war die Bank für mich noch »das Geheimnis mit sieben Siegeln«, obwohl ich in der Rechtsabteilung dieses Hauses, deren Verantwortlicher ich damals war, eine ungeheure Aufgabe übernommen hatte, bei der ich immer mit der moralischen Unterstützung und Anerkennung meiner Vorgesetzten rechnen konnte. »Don Pompeyo und Don Carlos oder umgekehrt«, wie sie sich gerne von mir ansprechen ließen, ermutigten mich, versprachen, beteuerten mir mit all ihrer Erfahrung, dass es keinen Grund zu zweifeln gäbe: Das Entscheidende sei, dass man auf operativer wie auf direktiver Ebene Fachleute gewinne, die ehrlich, großzügig und effizient seien. Jetzt weiß ich, dass das »Geheimnis mit sieben Siegeln« darin besteht, billig Geld zu kaufen und teuer zu verkaufen, ein Erwerbszweig, über dessen Rohstoff – erlauben Sie mir an dieser Stelle einen kleinen Scherz – wir uns keine Sorgen machen müssen, da seine Nachfrage kaum sinken wird.

Dennoch meine ich in letzter Zeit, die für die Wirtschaft unseres Landes gewiss nicht einfach ist und auf allen Sektoren zu Entmutigung führt, bei den Weisungsbefugten und ihren Mitarbeitern eine gewisse Nachlässigkeit beobachten zu können, als ob fehlender Enthusiasmus eine ansteckende Krankheit wäre. Das ist gut verständlich, doch ich würde mich versündigen, wenn ich dies durchgehen ließe. Ich habe einige Überlegungen über die derzeitige Lage angestellt und hoffe, jeder von Ihnen wird in einer stillen Stunde darüber nachdenken.

Erster Gedanke: Eine Errungenschaft unserer Zeit ist der Wettbewerb; vorbei sind die Zeiten, in denen Abstammung oder Geld die einzige Qualifizierung für Führungskräfte darstellten. Das sollten Sie immer bedenken.

Zweiter Gedanke: Der Angestellte der Bürgerlichen Handelsbank muss selbstbewusst und mit sich im Reinen sein, denn nur im Glauben an sich selbst kann man sich der von der Geschäftsleitung vermittelten Realität stellen.

Dritter Gedanke: Der Angestellte der Bürgerlichen Handelsbank soll seine Persönlichkeit voll entfalten können, die leitenden Positionen sollen von Menschen besetzt werden, die in ihrer Arbeit glücklich sind, die ihrer Berufung folgen.

Vierter Gedanke: Der Angestellte der Bürgerlichen Handelsbank muss zum Dienen bereit sein: Orientierung an den anderen, nicht an sich selbst. Ein durch und durch europäischer Gedanke.

Und fünfter Gedanke: Der Angestellte der Bürgerlichen Handelsbank muss Maß halten, er darf sich nicht von Ehrgeiz oder Genussstreben zu irrationalem Handeln verleiten lassen.

»Der Mensch kommt niemals vorwärts, es sei denn, er weiß nicht, wohin er geht.«

Tomás del Protzo y del Castillo Grande

GENERALDIREKTOR

Vom Inhalt des Schreibens verstand ich gerade einmal die verschleierten Drohungen, die für mich ein glänzendes Beispiel rhetorischer Eleganz waren, und die Würze des abschließenden

Paradoxons. »Der Mensch kommt niemals vorwärts, es sei denn, er weiß nicht, wohin er geht.« In diesen Worten lag die Geschichte meines Lebens, in dem es vorzugsweise dann Fortschritt, Bereicherung und Lichtblicke gab, wenn ich nicht wusste, wo es langging. In den Katakomben des Archivs, in der Einsamkeit der Stunden, die sinnlos dahinschlichen und für immer verloren waren, hatte Don Tomás del Protzo y del Castillo Grande einen glühenden Verehrer.

Schon bald durfte ich ihn kennenlernen.

Es war im Januar des Jahres sechsundsiebzig, als ein Mann, der nicht wie ein Angestellter der Bank und für damalige Zeiten außergewöhnlich elegant aussah – kurzes braunes Haar, leicht altmodischer perlgrauer Anzug, geschwungener Schnauzbart, fleischige, feminin geschwungene Lippen, ausdrucksstarke braune Augen und eine Hakennase –, auf einmal mit den Daumen in den Sakkotaschen im Archiv stand. Nachdem er sich überrascht in dem großen Gewölbe umgesehen hatte, fragte er: »Ist jemand hier?« Ich gab ein Lebenszeichen von mir, und der Mann befahl mir:

»Schnapp dir einen Sackkarren und komm mit.«

Der Mann, der wie jemand aussah, der in den zwanziger Jahren in einem Land mit endlosen Sommerabenden im Schatten einer hundertjährigen Eiche einer Partie Damentennis zusieht, sah mich im Lastenaufzug mit bedrückter Miene an:

»Wir gehen zum Generaldirektor. Du gehst rein, holst die Franco-Büste, die bei ihm im Büro steht, und bringst sie ins Archiv. Herr del Protzo wird in seinem Büro sein, oder vielleicht auch nicht. Der Moment wird für ihn sehr schmerzhaft sein, oder vielleicht auch nicht. Darum wird er nichts zu dir sagen, und du wirst auch nichts zu ihm sagen. Oder vielleicht wird er etwas zu dir sagen, um sich als Unternehmensvater zu beweisen, und du wirst ihm in angemessener Form antworten, damit er sieht, dass dein Herz für das Unternehmen schlägt und du beeindruckt bist, vor diesem großen Mann zu stehen. Dann wirst du vor allem diese Büste gut verstecken, aber nicht so gut, dass wir sie nicht wiederfinden, falls wir sie doch noch einmal brauchen. Du wirst zu niemandem darüber ein Wort verlieren. Solltest du das tun, sind deine Tage in diesem Haus gezählt. Darauf kannst du dich verlassen. Genauso wie darauf, dass wir alle eines Tages in der Tinte sitzen.«

Diesem rätselhaften Mann konnte die Verwirrung in meinem Gesicht nicht entgangen sein. Aber er fügte nichts mehr hinzu, und als wir an unserem Ziel ankamen, in einem von edlen Düften durchströmten Saal im obersten Stockwerk, verschwand er hinter einem Wandschirm.

Eine sehr alte Sekretärin, sehr geschminkt und sehr mit Perlen behängt, öffnete mir die Tür zu Don Tomás' Büro und schloss diese hinter meinem Rücken mit großer Behutsamkeit, während ich den Sackkarren, der auf dem flauschigen Teppich nicht rollen wollte, hinter mir herschleifte. Auf meinem Zickzack-Weg zu der Francobüste, die mich über Don Tomás' Schultern hinweg ansah, betrachtete ich überwältigt das Stadtpanorama durch die Fensterfront, den Konferenztisch, die Sofas, die Hausbar und die zwei Türen, hinter denen sich mit Sicherheit eine kleine Küche und eine Dusche befanden, von denen mir meine Vertrauensleute erzählt hatten. Von allen Orten, die ich je gesehen hatte, hätte ich an diesem am liebsten gewohnt. Don Tomás del Protzo saß hinter seinem kilometerlangen Tisch und las durch seine Goldrandbrille irgendwelche Papiere, unter die er anschließend mit einem ins Mark gehenden Kratzen einer versilberten Feder seine Unterschrift setzte. Man soll bösen Zungen nie glauben, sagte ich mir, während ich zu ihm hinübersah und zu hören meinte, wie er zufrieden eine fröhliche Tonfolge pfiff. Sein graues, stark gewelltes Haar trug er zurückgekämmt und bläulich gefärbt; der Anzug war schwarz, aber nicht streng, er stand für eine Art von Luxus, die ich damals nur bei Diplomaten vermutet hätte; die Krawatte hatte eine leuchtende Farbe; und mehr konnte ich auch nicht sehen, denn ich stand bereits vor der Büste, und der kürzlich verstorbene Diktator Francisco Franco sah mich mit zusammengepressten Lippen an, als wollte er mir die Schuld für sein Ableben geben. Don Tomás sah mich weder an, noch gab er mir für irgendetwas die Schuld, er schien meine Gegenwart noch nicht einmal zu bemerken.

Ich versuchte, die Statue hochzuheben, aber das Ding wog Tonnen. Unter großer, erbleichender Anstrengung konnte ich schließlich Francos Kopf in die Arme nehmen, aber der Caudillo war so gewichtig, dass ich nur mit kleinen Schritten, um mein Gleichgewicht ringend, nach hinten wegtreten konnte, und als ich meinen Rücken aufrichten wollte, konnte ich nicht anders, als vorwärts zu gehen, und dieses unfreiwillige Manöver wiederholte ich immerfort, Trippellauf rückwärts, Trippellauf vorwärts, und während mein Gesicht zunehmend rot wurde, musste ich aussehen, als hätte ich gerade das *perpetuum mobile* entdeckt.

In diesem Augenblick sah Don Tomás zu mir hinunter, und sein Gesicht begann vor vergnüglichem Erstaunen zu leuchten. Er sagte noch immer nichts, nahm langsam die Brille ab und richtete seinen glasklaren Blick nicht ohne Bewunderung auf meine originelle Vor- und Rückwärtsbewegung, und vielleicht wartete er darauf, dass sich in irgendeinem Moment eine Staubmotte auf mir oder der Büste niederlassen und das sensible Gleichgewicht zerstören würde, und fiele ich nach hinten, würde sie mir das Brustbein eindrücken, und fiele ich nach vorn, würde ich mir die Zähne einschlagen. Er erhob sich sehr langsam, in erwartungsvoller Anspannung, als wollte er ein fliegendes Insekt jagen, wartete, bis ich den Rückwärtsgang einlegte, breitete die Arme aus und setzte der Farce ein Ende, indem er die Büste entgegennahm und dabei den zarten Duft eines Aftershaves verströmte, das ich noch nie in meinem Leben gerochen hatte und, davon war ich überzeugt, lange nicht mehr riechen würde.

»Aber, mein Junge, du schuftest dich ja zu Tode.«

Der Generaldirektor trug den Toten zur Sackkarre, als plötzlich eine Eingebung in seinen Augen aufblitzte und er begann, die Büste wie ein Gewichtheber hoch- und runterzustemmen.

»Man muss sich in Form halten, junger Mann. Schauen Sie mich an. Einundsechzig, und sehen Sie, was ich mache.«

Endlich stellte er die Büste auf den Sackkarren. Während er sich mit einem Taschentuch die Stirn abwischte, fragte er mich:

»Was haben eine Banane, ein Stier und die Familie gemeinsam?«

Zugegeben, die Frage verwirrte mich ein wenig. Ich lächelte, zuckte die Schultern:

»Sie wissen es nicht? Die Banane und der Stier gar nichts.«

Es wurde still in dem Büro. Durfte ich ihn fragen? Er lächelte abwartend. Ich fragte:

»Und die Familie?«

»Danke, der geht es gut, und Ihrer?« sagte er und streckte mir die Hand hin. Er erwartete, dass ich lachte, aber ich war zu erschrocken. Dann setzte er sich die Brille wieder auf und ging zu seinem Tisch zurück. »Sind Sie mit Ihrer Arbeit zufrieden?«

Ich fürchtete, dass das wieder ein Witz sein sollte. Darum antwortete ich mit einem breiten Lächeln:

»Ja, mein Herr.«

Don Tomás' Gesicht war vollkommen ernst.

»Nun sagen Sie schon.«

Es war kein Witz. Es war ein Befehl. Im Hinausgehen war ich davon überzeugt, dass Don Tomás del Protzo der einzige wirklich ernst zu nehmende, charismatische Mensch war, den ich in meinem kurzen Arbeitsleben kennengelernt hatte.

Meine Zuversicht hatte nicht lange Bestand. Die giftigen, neidvollen Berichte, die Tuscheleien und Verleumdungen, die Unzahl Galle spuckender Angestellten, die es viel besser hatten als alle Menschen, die ich kannte, und dennoch unentwegt unglücklich und unzufrieden waren – oder verrückt –, ließen mich über die durchschlagende Kraft der menschlichen Dummheit staunen. Meine Vorstellung von Geschichte geriet ins Wanken. Die Geschichte wird von den Siegern geschrieben? Gut, aber welche Geschichte schreiben dann die Verlierer, die nur über die faulen Kompromisse und Idiotie der Mächtigen tuscheln? Und was war überhaupt ein Verlierer? Jemand, der sich als ein solcher fühlte? Jemand, den die anderen zum Verlierer erklärten? Jemand, der draußen stand? War ich ein Verlierer? War ich überhaupt jemand? Was hatte dieses Leben, das für mich vorgesehen war, mit mir zu tun? War es vorherbestimmt?

Ach was, ich war einfach ein etwas verwirrter und gelangweilter lästiger Frager. Was ich nicht einsehen wollte.

Die Tatsache, dass ich jeden Tag nach der Arbeit das friedliche Treiben in der Eingangshalle der Bank sah, die Ruhe normaler, erzogener Menschen, die tagsüber mustergültige Angestellte waren, entmutigte mich vollends, es würde Jahre dauern, bis ich selbst so eine farblose Gestalt geworden sein würde. Alles hatte sich gegen mich verschworen, meine Gedanken über mein Leben drifteten ab, und ich geriet auf Abwege.

Wie würde Don Tomás del Protzo sagen: »Der Mensch kommt niemals vorwärts, es sei denn, er weiß nicht, wohin er geht.«

8

Wenn ich nach Hause kam, empfing mich das Bild meiner schwangeren Mutter, die vor dem Fernseher saß und schluchzte. Carmelo, der immer früher kam als ich, reparierte Stühle, band meine alten Fibeln ein, studierte die Mechanik altersschwacher Apparate und unterlegte sein »Alles paletti?« mit einem stillen Ausdruck der Resignation. Flora hörte auch nicht auf zu weinen, wenn ich sie küsste, das ging ein ganzes Jahr so, entweder weinte sie, weil im Fernsehen eine Menschenmenge Francos Sarg das letzte Geleit gab, ob aus Schmerz oder aus Freude, sei dahingestellt, oder sie weinte, weil sie nach dem Tod meines Vaters und dem vielen Leid eine zweite Jugend erlebte und gleichzeitig merkte, dass sie nicht mehr jung war. Beides zusammen, meine heulende Mutter vor dem Fernseher und mein trostloser Alltag in dem Archiv, machten mich so wütend, dass ich in meine alte Gewohnheit des

Autoklauens zurückfiel. Das war meine Lösung, mein Vorwärtskommen, ohne zu wissen, wo ich hingehen sollte.

Meine alte Gewohnheit und meine Verzweiflung trieben mich zum U-Bahn-Eingang, ich fuhr bis zu irgendeiner Station und wurde von dem besten, sich in der unbekannten Straße bietenden Wagen magisch angezogen. Von Fahrzeugen mit witzigen Aufklebern, grüßenden mechanischen Hunden oder sonstigen leichten Unterscheidungsmerkmalen ließ ich die Finger. Ich sah mich um, als suchte ich eine Adresse, öffnete das Auto im alten Stil, überbrückte souverän die Zündung und stürzte mich fröhlich in den Verkehr. Wahrscheinlich lag es an meinem dümmlichen, aber nicht mehr jungenhaften Gesicht, dass ich bei meinen Rückfällen in die Bubenstreiche keinen Verdacht erregte. Darauf konnte ich damals auch keine Gedanken verschwenden.

Denn ich suchte den Tag des Watussi. Vergeblich.

Ich gondelte durch die Straßen und sah eine Stadt, die sich seit meinem kindlichen Herumstolpern nicht allzu sehr verändert hatte; aber ich wusste, dass ich mich irrte, dass mir in meinem Rausch so manches entging. Eine Mischung aus Angst und Befreiung lag in der Luft: Überall lauerte die Emotion, an den englischsprachigen Leuchtreklamen der Bars, bei Gruppen von Jugendlichen, die angespannt lachten und rauften oder in einem gutbürgerlichen Viertel auf einem Platz den Dicken jagten, bei knatternden Mopeds, die auf einer Brache zwischen baufälligen Häusern herumkurvten, ohne etwas von den glühenden Farben des großartigen Sonnenuntergangs zu ahnen, vor dem ihre Umrisse so unbedeutend aussahen. Die Emotion steckte in einer von der Polizei verfolgten Gruppe, in der Polizei selbst, die hastig liegengebliebene Patronenhülsen und Spruchbanner in einer ausgestorbenen Straße aufsammelte; in den Flugblättern, die wie Schmetterlinge zwischen den Autos flatterten, bis sie auf einer Windschutzscheibe starben; in den an einem Kiosk anstehenden Männern, die die erste freie, offizielle Titte auf Hochglanzpapier in einer Zeitschrift sehen wollten; in der einmütigen, plötzlichen und erschrockenen Kopfwendung der Passanten, dem kollektiven Erschaudern, wenn ein Autoreifen platzte und die Kinder die Beine ihrer Mütter umklammerten, weil das die Bombe war, vor der sich alle fürchteten und die das Ende der Normalität bedeutet hätte.

Auf meinen Spazierfahrten beklagte ich die Hässlichkeit um mich herum, die grauen Fassaden, gesichtslose Geschäfte neben ranzigen, mit Fässern bestückten Weinpinten; und während ich mich nach einer alten Zeit sehnte, die ich nicht erlebt hatte, und dachte, nur mir ginge es so, erblickte ich beim Abbiegen im schwachen Licht der Schaufenster auf einmal eine dieser ziellos herumstreunenden Gestalten, die sämtliche Stadtviertel, ob arm oder fein, mit ihren Schmierereien überzogen, und in meiner Dummheit fühlte ich mich von den von Tag zu Tag dreister werdenden Parolen angezogen: Freiheit, Freiheit Huertas, die Welt geht unter, also ficken wir, Freiheit, Metallerstreik, Mörder, Mörder, Seat Wiedereinstellung, PCE-I, es lebe die Republik, fick mich, es lebe die Scheidung, es lebe die Abtreibung, Streik, Streik, Enthaltung, PSAN-P, Fraga Schwein, PTE, POUM, ich weiß, wo du wohnst, CNT-FAI, Freiheit für alle Gefangenen, Neuzulassungen jetzt, Mörder, sexuelle Freiheit, totale Freiheit, Freiheit, Amnestie, Autonomiestatus, ich bin auch eine alleinerziehende Mutter, Streik, Tod dem König, nieder mit den Faschos, es lebe Jesus Christus, Menchu, ich liebe dich, 20–11 Madrid, neue Kraft.

Diese Parolen und Symbole waren zwar allgegenwärtig, trugen aber keineswegs zur Erhellung der Streitgespräche und Monologe bei, die ich im Bankarchiv hörte, auch nicht der seltsamen Sätze meiner Mutter vor dem Fernseher: »Sie haben uns betrogen«, »Da bekommt man Lust, dass die Kommunisten zurückkommen und mit ihnen abrechnen«, »Schau, sie haben schon wieder einen belastet«, »Dieselben Hunde mit anderen Halsbändern«. Ich wollte diese lang ersehnte oder gefürchtete Wende verstehen; aber dieses Wende vollzog sich gleichzeitig mit meiner eigenen Veränderung, die mir in ihrer Ausprägung so wenig gefiel, dass ich trotzig den Kopf in den Sand steckte. Das Einzige, was ich von den ganzen spontanen dekorativen Protestbekundungen sehen wollte, war ein W auf einer Wand, wie das, das ich auf den

Schiffen gesehen hatte. Darum beschloss ich, mein altes Viertel zu besuchen. Für meine Wallfahrt wählte ich einen Seat 1500: ein unauffälliges, gediegenes Modell. Schließlich wollte ich nicht wie ein Penner auf dem Montjuïc aufkreuzen. Aus dem Bilderrahmen mit der Unterschrift »Papa, nicht so schnell« schenkten mir drei bildhübsche Mädchen ein ungetrübtes Lächeln.

Während der ganzen Fahrt hatte ich einen Knoten im Hals, und das lag natürlich nicht an der Angst, dass man mich mit einem Auto erwischte, das nicht meins war. Ich wollte niemandem begegnen, noch nicht einmal Pepito. Was hatten wir uns zu sagen? Ich wollte das Viertel nur sehen, aber nicht an die Tage erinnert werden, die wir dort verbracht hatten, an die Gewohnheiten und die Menschen der Barackensiedlung. Ich wollte nur noch einmal einen Tag nachvollziehen, und die dazugehörige Nacht, ihr Knistern. Darum wartete ich, dass es dunkel wurde, um wie im Kino durch das Schwarz hindurchzusehen. Sehen.

Aber es gab nichts zu sehen.

Fast nichts. Denn kaum warf ich einen Blick durch den Zaun des Vergnügungsparks, sah ich den Hehler Tomás, Doras Vater. Er kam in einem verschmierten Monteursanzug aus dem Park, mit einem Werkzeugkasten in der Hand und einer Zigarette unter dem Schnauzbart. Er grüßte die anderen Arbeiter, die ihn in der Bar am Eingang zu einem Bier überreden wollten, doch er lehnte in matter Freundlichkeit ab, ging stur an meinem Auto vorbei, müde, mit hängendem Kopf, der borstige Bart schon weiß, die Brille auf die Mitte der Nase gerutscht. Dieser Mann war nicht nur der Vater von Dora, Julias Freundin, die am Tag des Watussi mit ihren verheulten Augen und dem hasserfüllten Blick noch schöner ausgesehen hatte. Dieser Mann war einmal niemand Geringeres als der Hehler gewesen. Eine Respektsperson. Derjenige, der uns für dumm erklärt hatte, als wir am Abend der ersten Mondlandung vergnügt in der Kneipe vor dem Fernseher gesessen hatten. Der Mann, von dem es hieß, er zähle alles Geld, das im Umlauf war. »Und was wir nicht wissen …« Ich hörte noch meine Mutter, wie sie das wispernd sagte. Jetzt sah er selbst aus wie der Mann im

Mond. Er konnte noch nicht alt sein, aber er nahm die Treppen, die in die Dunkelheit hinabführten, so kraftlos und langsam wie jemand, der nicht dorthin gehen will, wo er hingeht, der nicht dorthin zurückkehren will, wo er herkommt.

Noch immer hatte ich den Knoten im Hals.

Die verlöschenden Lichter des Vergnügungsparks und der intensive und kalte Geruch, der aus den Gärten kam, schnürten den Knoten noch enger. Ich erinnerte mich kurz an den Müllgestank, der meine letzten Wochen in diesem Viertel begleitet hatte, und begann fast zu weinen, als ich in einen neuen Sandweg einbog, der in die Senke mit meinem Haus führte, denn ich ließ mich zu dem Gedanken hinreißen, er sei meinem Besuch zu Ehren angelegt worden. Nicht viel später musste ich erfahren, dass dieser Weg als Baggerzufahrt diente.

Nichts war von meinem Haus übrig und auch nichts von Juanas und Juans Haus oder von dem verlassenen Tanzschuppen, und auch nichts, was am meisten verwunderlich war, von Celsos Haus. Nur eine große Brache, die zu dieser frühen Abendstunde voller Autos war. Ich fuhr zwischen ihnen durch, fürchtete das Knirschen des Rollsplitts unter den Reifen, auf der Suche nach dem Schein der offenen Feuer, die im Winter aus den Baracken heraus einzelne Leuchtpunkte auf den Berg geworfen hatten. Nichts. Ich sah dorthin, wo einmal die Bar gewesen war, die nackte, von Motten umkreiste Glühbirne, die einen Lichtkreis auf die getünchte Wand geworfen hatte. Keine Spur. Ich suchte die gespenstische Silhouette von El Molino, der Bauruine, wo Julias Leiche gefunden worden war; doch ich sah vor dem Lichtschein der Stadt nur schwarzes Gestrüpp. Und dann kamen auch noch unentwegt Autos. Zwischen den bereits parkenden Autos sah man hier und dort eine Nutte, die sich eine Hand abschirmend vors Gesicht hielt, sobald bei einem Wendemanöver ein Scheinwerfer sie anstrahlte; das Licht glitt so lange über die Blechkarosserien, bis sein Kegel eine nicht immer vorteilhaft beleuchtete weibliche Figur erfasste. Zwischen den Autos knutschende Schattengestalten, schwarze Kolbenbewegung. Dieser Parkplatz, dieser Auflauf von liederlichem Gesindel befand sich vor meiner früheren Haustür, und jetzt richteten sich die warnenden Hupen gegen mich!, verlangten, dass ich! Platz machte, weil ich den Verkehr behinderte. Und zu aller Schande erschien auf einmal das Blaulicht der Polizei, und alles strömte auseinander, während eine Megaphonstimme die Anwesenden anhielt, Ruhe zu bewahren; aber ich war schon nicht mehr da, sondern saß keuchend in den Büschen, und bei diesem Lauf durch die Dunkelheit erkannten meine Füße auf einmal die Pfade wieder, und in der mich umschließenden Dunkelheit genoss ich jede Abweichung des Weges, im exakt vermessenen Ort des Gedächtnisses tat ich meine Schritte, nahm meine Fußspuren auf, brachte ich mich blind vorwärts, während der Tumult der Razzia vor mir floh, und nicht umgekehrt. Noch einmal durchquerte ich dunkle Parks im klassischen Stil, stolperte über Blumenbeete und hetzte atemlos die herrschaftlichen, von verstümmelten Statuen gesäumten Treppen hinunter; noch einmal umging ich Grüppchen, die klatschten und Flamenco sangen in der Fremdartigkeit eines französischen Gartens mit einem verstummten Springbrunnen.

Rasch erreichte ich die Stadt. Freiheit für Ehebrecher, MPAIAC, Conchi ist eine Nutte, Amnestie, Amnestie, und mir fiel ein, dass der Halter des Tausendfünfhundert, den ich mir ausgeliehen hatte, viel würde erklären müssen, wenn seine Frau und seine drei liebreizenden Töchter erfuhren, wo der Wagen gefunden worden sei. Ähnlich wirre Erklärungen, wie ich sie auf die Frage gab, was aus den ganzen Leuten geworden sein mochte, wo Pepito war, warum und wann er die Ws auf die Schiffe gemalt hatte.

Der Tankstellenverkäufer sah mich sehr streng an, als ich die schwarze Spraydose kaufte.

Die Farbe brauchte ich, um überall in der Stadt Ws zu malen. Das war mein dümmlicher Hilfeschrei. Auch wenn Verzweiflung anfangs gar nicht mein Handlungsmotiv gewesen war. Ich besorgte mir ein Auto, nahm meinen Mut zusammen und bemalte Wände, wobei ich vorsichtshalber makellose Wände vermied und nur bereits vollgekritzelte Mauern mit meinem Beitrag bereicherte, in der Erwartung, dass er irgendwem auffiel. Wem? Wozu? Das wusste ich selbst nicht so genau.

Ich begann am Stadtrand. Auf den Pfeilern von Autobahnbrücken, auf Fabrikwänden, wo mein W in einem Wirrwarr von Streikaufrufen unterging; in einsamen Straßen jagte ich mit Fernlicht und zockelndem Motor Propagandisten in die Flucht, die bis zur Minute im Akkord Pamphlete geleimt hatten. Sobald diese Kreaturen nur noch Punkte in der Ferne waren, die Angst des Heimlichen verflogen war, zog ich mein W über gezeichnete Kapitalisten mit Schweinegesichtern, wie jemand, der etwas ausstreicht oder unterschreibt. Sollten sie entscheiden. Diese unheimlichen, von Laternen gesäumten Wege in Industriegeländen und an Schienenstrecken, die meist auf verlassenen Geländen begannen und im Morast oder auf Schrottplätzen endeten, wo nur das Heulen der Wachhunde wohnte, waren ein paar Nächte lang mein Territorium, bis ich auf eine neue Idee kam. Ich stellte meinen Wagen vor irgendeinem weltvergessenen Bahnhof ab. Dann schlenderte ich pfeifend und prüfend durch den Wartesaal mit Sanitäranlagenbeleuchtung, als würde ich jemanden suchen. In vorgespielter Nervosität ging ich auf dem Bahnsteig auf und ab und arbeitete mich langsam, aber sicher zu seinem düsteren Ende vor, und sobald der Zug hielt, platzierte ich mein Kürzel auf den letzten Waggon, damit der Zug das großartige W in die Welt hinaustragen würde. Manchmal entdeckte mich der Stationsvorsteher, und ich musste rennen, allerdings nicht weit, denn der Wagen stand mit laufendem Motor vor dem Bahnhof, in Fluchtrichtung geparkt.

Rasch war es um den letzten Rest an Vernunft geschehen. Straßen und Boulevards, öffentliche Gebäude, die Fassade meiner eigenen Bank lernten das legendäre W kennen. Ich dachte sogar über eine Aktion auf dem Flughafen nach, wo ich ein Flugzeug mit meinem W markieren und damit Pepito, den Yeyé, wo steckte er bloß, übertreffen wollte, seine Ws auf den nach Mallorca fahrenden Schiffen. Sich in den Flughafen zu schleusen war jedoch keine leichte Aufgabe, und außerdem überraschte mich an einem dieser Abende ein mir bekannt vorkommender Polizist, der sehr entschlossen auf mich zukam. Mir blieb nichts anderes übrig, als aus dem Auto zu steigen, zwischen den anderen geparkten Autos hindurchzurobben und schändlicherweise ein Taxi zu nehmen, das mich eine Stange Geld kostete. Einmal ärgerte ich eine ganze Woche lang diesen altmodischen Angeber, der ins Archiv gekommen war, um mir aufzutragen, dass ich die Francobüste herunterholte (Guillermo Catapulta hieß er). Auf einem meiner Streifzüge hatte ich nämlich zufällig gesehen, wie er in einen Pub, eine Gaststätte in der Oberstadt, ging, das *Les Feuilles Mortes*. Auf einer Wand neben der Tür blieb das W zurück. Am nächsten Abend war das W gelöscht; aber als besagter Catapulta Anstalten machte, das Lokal zu betreten, war es wieder da, und mein seltsamer Vorgesetzter, denn niemand wusste genau, was für eine Aufgabe er in der Bank hatte, blieb einen Augenblick stehen und sah sich verwirrt um. Unverzüglich beseitigte ein Kellner die Verunstaltung. Am dritten Tag war das W in noch frischer Farbe wieder an seinem Platz, Catapulta stolperte verdutzt in das Lokal, und kurz darauf kamen sämtliche Angestellte und zwei sehr hübsche weibliche Gäste heraus, um sich auf der Straße umzusehen. Am vierten Tag ging ich nicht hin, und am fünften sah ich Catapulta sorglos das Lokal betreten, allerdings in Begleitung zweier, für einen Experten sofort als Polizisten erkennbarer Herren. Kurz darauf kamen die beiden Polizisten wieder heraus und bezogen in der gegenüberliegenden Bar ihren Posten. Ich folgte ihnen. Kaum hatten sie sich auf den Hocker gesetzt, erblickten sie den Grund ihres Hierseins und glaubten ihren Augen nicht: das W. Sie stürmten aus der Bar, ich hinterdrein, und als sie sich nach rechts und links umsahen, tat ich es ihnen nach und schnappte mir rasch ein Fahrzeug und brauste davon, im Kopf nur den einen Gedanken, auf allen Wänden der Stadt meine selbstgewählte Initiale zu hinterlassen.

In einer anderen Woche war ich der Gelackmeierte. Als ich eines Morgens das Haus verließ, erblickte ich auf der anderen Straßenseite ein riesiges und gewelltes W auf dem Rollladen des Krämerladens. Es stammte nicht von mir, logisch. Ich war noch nicht völlig verrückt. Den ganzen Arbeitstag im Archiv zitterte ich. »Der Watussi ist nicht tot«, dachte ich, und Pepito, das Schwein, hat ihm gesagt, wo ich wohne. Aber nein, ich habe ihn doch auf dem Wasser treiben sehen. Schluss damit, es war Pepito, der Yeyé, der mich entdeckt und sich einen Spaß erlaubt hatte. Es konnte nur er sein. Oder irgendein anderer Witzbold. Aber sosehr ich auch beschwichtigend auf mich einredete, das Zittern hörte den ganzen Tag nicht auf. Als ich zu Hause die Suppe aß, zitterte ich noch immer und wandte den Blick nicht eine Sekunde von dem Krämerladen ab, während meine Mutter mich fragte, ob ich nicht weggehen wolle (ich hatte der Armen gesagt, dass ich in die Bibliothek wolle, »um nicht auf der Strecke zu bleiben«). Ich antwortete ihr, dass ich keine Lust mehr hätte, und beobachtete, wie der Sohn des Ladenbesitzers unter den strengen Augen seines lästigen und etwas furchtsamen Vaters das W wegschrubbte, das mein künftiger Mörder dort hinterlassen hatte. Ich blieb auf meinem Beobachtungsposten, als alle zu Bett gingen, als meine neugeborene Schwester kurz schrie und als die Kopfleiste von Floras und Carmelos Bett nicht ganz so kurz heftig ruckelte. Sie holten nach, was ihnen während der jammervollen Schwangerschaft entgangen war, und ich hörte meine Mutter flüstern: »Ach, ich weiß, Liebling, aber den anderen hab ich fünf Jahre lang gestillt«, woraufhin sie auf ein Wunder wirkendes, busenstraffendes Mittel zu sprechen kam, bis man Carmelo schnarchen hörte. Endlich, gegen zwei Uhr morgens, sah ich, wie sich der Sohn des Ladenbesitzers, der erst vor ein paar Stunden das W weggeschrubbt hatte, zu dem Rollladen schlich und einen neuen Buchstaben hinmalte. Ich ließ ein paar Minuten verstreichen, dann ging ich auf die Straße hinaus und unterschrieb mit dem gewissermaßen echten W, um dem Jungen zu zeigen, dass er mit dem Feuer spielte und aufhören sollte, seinen Vater zu erschrecken. Nachdem ich die Lektion erteilt hatte, warf ich die Spraydose in einen Papierkorb. Damit war es gut. Meine Touren gingen zu Ende.

Aber das war noch nicht das Ende. Von dem Moment an wurde die gesamte Stadt mit Ws überzogen, die von einer anderen Hand

als der meinen stammten. Nicht eine Wand in der ganzen Stadt, mein Leser wird sich erinnern, blieb von der verdammten Initiale verschont. Es wurde eine Mode, es wurde zum Geheimcode des allgemeinen Aufbegehrens. Zum Beispiel:
Freiheit! Amnestie! W!

Dieses W stand für die vielen seltsamen Forderungen des Jahres sechsundsiebzig, in dem ich brav jeden Abend nach Hause kam, Carmelo dabei zusah, wie er Fensterrahmen strich, Lampen anschraubte, Steckdosen montierte, mit krankhaftem Vergnügen in einer Tonne voller Kabel wühlte. Jeden Tag küsste ich brav meine weinerliche Mutter vor dem Fernseher, während sie über die Ereignisse in der Politik in Panik geriet und meine Schwester Gracia liebkoste, zwischen der und mir zu viele Jahre und ein langes Kapitel im Leben meiner Mutter lagen, die schon wieder schwanger war und in diesem Augenblick, einem Augenblick wie vielen, die gerade in ihrer Wiederholbarkeit zum zärtlichen Anhaltspunkt des Gedächtnisses werden, sich vom Fernseher loseiste, sich die Tränen trocknete und mich fragte:

»Warum bleibst du immer so lange weg? Siehst du nicht, was da draußen los ist?«

Ich zuckte die Schultern.

»Du bist doch nicht etwa eifersüchtig auf die Kleine?«

»Wie bitte? Ich bin auf niemanden eifersüchtig.«

»Ich dachte schon. Eifersüchtig wie ein Pekinese. Ich habe dich einfach zu sehr verwöhnt. Das wird es sein.«

Und ich setze mich zum Abendessen, und die Zeit wird die Ws jenes Jahres sechsundsiebzig wegwischen oder barocke, vielfarbige Signaturen aus ihnen machen, die ebenso leichtfüßige Jungen wie ich hervorbringen werden, mit künstlerischer Berufung, Basecaps, weiten Hosen und aerodynamischen Schuhen.

9

Nüchtern gesehen ist das einzige Rückgrat dieser Geschichte meine Fähigkeit zur sturen Wiederholung. Ich werde Ihnen also nicht zum letzten Mal aus meiner Clownsverkleidung heraus sagen, dass ein Mann durch den Keller meines tristen Arbeitsalltags spukte, der die Bezeichnung Archivgespenst viel mehr verdiente als ich. Dieser enorm große und behäbige Herr, der sich nach der Mode von vor zwanzig Jahren kleidete, Hängebacken voller weißer Pickel und eine Säufernase hatte, bemerkte mich nach etwas mehr als einem Jahr, das wir friedlich nebeneinanderher existiert hatten. Während der ganzen Zeit, die er mich ignorierte, stöhnte er unaufhörlich, klagte seine Familie an, ihn mit Rohypnol ruhiggestellt zu haben, schleppte die Füße über den Gang, als schleifte er Eisenkugeln mit sich, der Kopf traurig, der Rest gebrochen, dazu die Achs und Warums seiner im Deckengewölbe verhallenden Eunuchenstimme. Seit er mich entdeckt hatte, starrte er mich jeden Tag schon von weitem an, dann schlurfte er auf mich zu und sagte mir zwei präzise Merksprüche: »Man soll über Alte nicht lachen« und »Corruptio optimi pessima est«. Was auch immer ich damit anfangen sollte. Sobald ein Angestellter herunterkam, um irgendein Papier zu holen oder zu frühstücken, verschwand er wieder zwischen den Regalen, nicht ohne mir vorher eingebläut zu haben: »Und vergessen Sie nicht, junger Mann: ›Corruptio optimi pessima est‹.«

»Corruptio optimi pessima est.« Die Korruption der Besten ist das Schlimmste. So ein Moralapostel, wird mein Leser sagen, aber wenn man bedenkt, was auf die Bank zukam, hätte man vielleicht auf ihn hören sollen. Aber der Alte dachte weder an die Moral meines Lesers (von der ich, so gut, wie er mich bezahlt, eine hohe Meinung habe) noch an die Austreibung meiner (unverzeihlichen) Sünden. Es war einfach ein Zitat. Dieser lateinische Spruch, den ich damals nicht verstand, begleitete meine Ängste wie Totengeläut, und die Vormittage wurden mir zu Pein. Dieser

Alte dachte mit seinem Rest an Hirnsubstanz laut über sich nach, doch gleichzeitig war mir von keineswegs unschuldigen Stimmen ein Gerücht zu Ohren gekommen: »Offenbar hat einer der Lehrlinge einen schweren Fehler begangen.« Für mich gab es nur einen Verdächtigen, einen Kandidaten für die Entlassung: mich. Die Ws meiner Stadtsafaris, die den guten Guillermo Catapulta zur Verzweiflung gebracht hatten, hatten eine Polizeifahndung in Gang gebracht, und eines Morgens würden sie kommen und mir Handschellen anlegen, meine Mutter würde weinen, und ein stupides Leben wäre durch eine Dummheit zerstört. Sie schlugen nur nicht gleich zu, weil sie mich nervös machen wollten, dachte ich zwanghaft in meiner Paranoia, damit ich bei meiner Festnahme sofort gestehen würde.

Es kam nur Guillermo Catapulta, ohne irgendwelche Polizisten. Und er sang. Er trällerte die simple Melodie zu »Rede, Volk, rede«, damit ich mich schon mal auf meine Exekution einstellen könnte.

In jenen Tagen war in ganz Spanien eine Volksbefragung durchgeführt worden, für die ersten freien Wahlen, wie man uns erzählte. Gegen diese verrückten Zeiten hatte ich nichts, gegen meine Zeitgenossen aber schon, weshalb ich damals, wäre ich im Wahlalter gewesen, auch nicht meine Stimme abgegeben hätte. Dieses »Rede, Volk, rede« war ein absurdes Werbelied, das die Archivbesucher sich in jenem Dezember allmorgendlich selbst vorsangen, das die Busfahrer pfiffen und trällerten, der Milchmann, der Briefträger und der Guardia-Civil-Beamte, Mama vor dem Fernseher, der Fernseher selbst alle fünf Minuten und Carmelo in falschen Tönen, sobald der Fernseher ihn dazu aufforderte. Für mich klang diese Musik nicht nach freien Wahlen, sondern nach Denunziation: Jemand hatte mich gesehen, wie ich das W auf die Fassade der Bank geschmiert hatte, auf die Tür des Pubs, in dem Catapulta verkehrte, jemand hatte mich an irgendeinem meiner tausend Tatorte gesehen und verpfiffen. »Rede, Volk, rede.« Alle hatten mich gesehen. Alle würden reden. Alle verstellten sich, summten vor sich hin, lachten über mich. Daher meine damalige Abneigung gegen die Wahlurnen. Später hatte ich andere Gründe.

Catapulta erschien in der Tür des Archivs in demselben Gatsby-Anzug wie beim ersten Mal. Was ihn für mich nicht gerade seriöser machte. Bereits in einiger Entfernung hörte er auf zu singen, streckte den Arm vor, ließ den Zeigefinger vorschnellen und krümmte ihn in der tückischen Absicht, mich zu ihm zu locken. Ich erwog, so zu tun, als sähe ich ihn nicht, immerhin lagen etliche Meter zwischen uns. Ich beschloss, dass nicht jedermann diese Geste verstehen musste.

»Bist du ein Esel?« fragte er mich, als er vor mir stand. In meiner Gedankenversunkenheit hatte ich sein Herankommen nicht bemerkt.

»Nein«, antwortete ich.

»Das sagen alle Esel. Hör dich nur mal um. Kannst du Auto fahren?«

»Ja …« Sie haben jemanden mit einem Auto gesehen. Sie wissen, dass der mit den Ws ein Auto hat, ging es mir durch den Kopf.

»Los, steh auf. Hast du auch Anziehsachen, die weniger … nach Harlekin aussehen?«

»Ich weiß nicht.«

Was interessierte ihn meine Kleidung? Die schrillen Sonderangebote hatten mich auf allen meinen Abenteuern begleitet. Sie waren natürlich erstklassige Beweisstücke: Niemand in der Stadt lief so herum wie ich, außer im Sommer, wenn die Nordlichter ihre besten Stücke zur Schau trugen.

»Schon gut. Fangen wir nochmal von vorne an. Bist du ein Esel?«

»Wenn Sie mich fragen, ich finde meine Kleidung nicht schlecht.« Das war vielleicht ein bisschen vorwitzig für einen Verdächtigen, dachte ich und fügte hinzu: »Na ja, natürlich auch nicht gut.«

»Weder gut noch schlecht, weder hü noch hott. Ich kann es mir aussuchen, nicht wahr? Und du kannst Auto fahren.«

Was ging hier vor sich? Sollte ich selbst das Auto lenken, das mich in den Knast brachte? Und die Kleider? Musste ich die Beichte im Smoking ablegen? Der Mann, der zweifellos eine elegantere Erscheinung war als ich, dafür umso grausamer, musterte mich ausgiebig von oben bis unten.

»Du kannst fahren, du kannst gehorchen. Über die Kleider sehen wir mal hinweg, es wird dich sowieso niemand sehen. Und wenn dich doch jemand sieht, denkt er wahrscheinlich, das soll ein Witz sein, aber ich meine es ernst. Hast du den Führerschein dabei? Ja? Dann komm.«

In dem Augenblick, als ich dem zügigen Schritt Catapultas folgte, ohne etwas zu verstehen, begann das Archivgespenst zu rufen »Corruptio optimi pessima est!« Bei jedem Schritt, der mich von diesem Gewölbe, das ich nie wieder betreten sollte, fortbrachte: »Corruptio optimi pessima est! Corruptio optimi pessima est!« Ich sah mich um, und die Knochen seiner hochgereckten Arme leuchteten fahl.

»Die alte Schwuchtel hat recht. Corruptio optimi pessima est! Die Korruption der Besten ist das Schlimmste. Er ist schwul, er will es sich nur nicht eingestehen.« Catapulta sprintete die Treppen wie ein Athlet hoch und zwinkerte mir zu: »Der Alte war im Priesterseminar, dort haben sie ihn mit kleinen Jungen erwischt, den Schmutzfink. Beinahe wäre er Vizepräsident bei Del Cravall y de la Lanza geworden, doch daraus wurde nichts, weil der Schwachkopf von Del Cravall diese Lachnummer mit dem Pferd gebracht hat. Er ist sozusagen mit seinem Chef vom Pferd gestürzt. Da kann man schon Selbstzweifel bekommen. Ist das nicht ein sonderbares Zusammentreffen? Warum trifft es ausgerechnet mich? Solche fixen Ideen lassen einen dann nicht mehr los. Und man geht den anderen damit auf die Nerven. Siehst du, wie fatal es ist, wenn man sich nicht so akzeptiert, wie man ist? Wenn man ein Arschloch ist, ist man eben ein Arschloch. Wenn man ein Dummkopf ist, ist man eben einer und steht dazu. Und wenn man eine Schwuchtel ist, ist man eine Schwuchtel. Ich weiß nicht, warum sie unbedingt heiraten und normal sein wollen und verzweifeln. Du hättest Schwuchtel zu ihm sagen sollen. Jedes Mal, das man

Schwuchtel zu ihm sagt, kostet ihn zehntausend beim Psychiater. Du siehst aus, als bekämst du gleich einen Herzinfarkt. Wir hätten doch den Lastenaufzug nehmen sollen.«

Wir betraten die stille Eingangshalle, und während wir zwischen den würdigen Säulen hindurchgingen, stellte ich fest, dass die Leute Catapulta tatsächlich seltsam ansahen. Meine Informanten im Archiv hatten also nicht gelogen, wenn sie über diesen Menschen sprachen, und das machte unseren Weg noch mysteriöser und meine Zukunft noch ungewisser. Es war bekannt, dass Don Tomás del Protzo eine Gruppe von Vertrauten um sich scharte, Catapulta war jedenfalls keiner von ihnen. Es war auch bekannt, dass Señora Conchi, die seit über zwanzig Jahren seine Sekretärin war, all ihre Perlen für Don Tomás gegeben hätte, sodass in ihrer Gegenwart kein kritisches Wort über ihren Chef fiel: Sie würde es garantiert falsch interpretieren. Nur von dem *Dandy* war nichts bekannt, außer dass er seit ein paar Jahren in der Bank war und ein düsterer Schatten über ihm schwebte. Vielleicht wusste ich mehr als alle anderen: Er frequentierte das Les Feuilles Mortes, einen Pub, in dem Polizisten und scharfe Frauen aus und ein gingen. Aber dieses Wissen konnte gefährlich werden.

»Los, wir gehen in die Tiefgarage«, sagte der seltsame Typ zu mir, als wir auf der Straße waren, und ich hatte noch immer Angst. »Niemand konnte sich mehr an dich erinnern. Bis einer aus der Personalabteilung irgendwann sagte: ›Aber hatten wir nicht drei eingestellt?‹ Es ging um die Lehrlinge. So weit hast du es mitbekommen, oder? Vielleicht auch nicht, schließlich hat keiner was mitbekommen. Aber weil das Archiv schlimmer ist als der KGB, oder?, wird schon irgendeine Lüge zu dir vorgedrungen sein. Glaub diesen Aktenwälzern nie etwas. Die Lehrlinge werden gefeuert. Und zwar zum ersten Januar: Die Gutmütigkeit unseres Generaldirektors Tomás del Protzo hat bei diesen Burschen ein Ende, und dabei machten sie einen so aufgeweckten Eindruck. Corruptio optimi pessima est!« Catapulta blieb am Eingang der Tiefgarage stehen und schüttete sich über seinen eigenen Witz vor Lachen aus. »Und dabei hätte das ein Leben lang so gehen können, bei den Idioten, die hier rumsitzen. Es gab schon schlimmere Fälle. Weißt du, wer ihnen auf die Schliche gekommen ist? Ich selbst, jawohl.«

Catapultas Blick zu mir hatte die eindeutige Absicht, mir einzuschärfen, dass ich bloß niemals versuchen sollte, ihn zu hintergehen. Dann sah er zu dem greisen Parkhauswächter, der aus seinem Glashäuschen herausgeschossen kam und mit der Hand an der Schläfe parierte:

»Niemals ohne Mütze grüßen, Buckel.« Das war der Respekt, den Catapulta für das Alter übrig hatte: »Wo hast du ihn abgestellt? Weiter weg ging es nicht? Wir begannen sofort mit unseren Nachforschungen. Das ganze Jahr schon hatte es Ungereimtheiten in der Bilanz der Auslandswährungen gegeben. Immer wieder hatte man sich den Kopf zerbrochen, aber nie etwas gefunden. Und die aus der Abteilung der Auslandswährung sagten logischerweise auch nichts. Normalerweise wäre die Bilanz ohne Probleme bei den Chefs und Subdirektoren durchgegangen. Aber Don Tomás, der immer schon penibel war, kam irgendetwas seltsam vor. Er schob mir die Bilanz der Auslandswährung hin und fragte mich: ›Fällt dir auch was auf?‹ Und ich, der ich zwar keine Ahnung von Buchhaltung habe, aber nicht doof bin, erwiderte: ›In der Spalte Falschgeld steht nichts. Jedenfalls sehr wenig. Das müsste mehr sein.‹ Falsche Scheine müssen in der Bilanz aufgeführt werden, und wenn noch nicht einmal Buenos Aires mit seiner Horde argentinischer Arschlöcher versucht hat, falsche Dollars einer popligen Bank wie der unseren unterzujubeln, will ich August heißen. Schön und gut, irgendwer hat sich die falschen Scheine unter den Nagel gerissen. Scharf geschlossen. Wenn der Generaldirektor das erfahren würde, würde er durchdrehen. Der Chef, diese Pflaume, hatte tatsächlich nicht bemerkt, dass jemand falsche Scheine in die Bank geschmuggelt hatte. ›Es werden dauernd falsche Scheine eingeschmuggelt‹, sagte einer. Sie werden auch entdeckt, aber nicht in die Bilanz aufgenommen. Und wer bringt die falschen Scheine von der Kasse zur Zählstelle? Weißt du es?«

»Ich bin aus dem Archiv nie herausgekommen und habe keine Ahnung.«

»Ich weiß nicht, ob du dich rausreden oder mich ein für alle Mal davon überzeugen willst, dass du dumm bist. Die falschen Scheine landen natürlich bei den Lehrlingen. Bei welchem Lehrling? Bei einem der beiden Lehrlinge eben, denn du kommst nicht in Frage, an dich hat sich kaum mehr jemand erinnert. Also knöpfte ich mir den einen der beiden Lehrlinge vor und sagte ihm: ›Mal herhören, wir verfügen über ausreichend Beweise, leugnen bringt dir nichts. Das Beste ist, du sagst, was du weißt.‹ Der Knilch fing an zu heulen, hat aber nichts gesagt. Ich schüttelte ihn, brüllte ihn an: ›Weißt du etwa nicht, warum ich dich herzitiert habe?‹ Und was, glaubst du, hat er mir geantwortet?«

»Wenn ich etwas sage, denken Sie doch bloß wieder, dass ich dumm bin.«

»Also, er antwortet mir, schluchzend: ›Wegen der Rezepte.‹ Wegen der Rezepte! Und ich frage ihn, vollkommen ahnungslos: ›Was für Rezepte?‹ Und er antwortet mir: ›Weiß ich auch nicht. Rezepte eben, um mir was kaufen zu können. Tabletten und so.‹ Tabletten und so, na prima. Also frage ich ihn noch einmal: ›Hat der andere was damit zu tun?‹ Und wie ein guter Soldat vor einem feindlichen Befehl reckt er in aller Dreistigkeit den Kopf und sagt: ›Ja.‹ Der Typ hat es sich nicht zweimal überlegt. Nur sehr wenige überlegen zweimal, dreimal sowieso niemand. Also schicke ich den Lehrling weg, zitiere den anderen her. Ich hätte ihn gleich zur Rede stellen können, mit einem Satz wie ›Dein Kollege hat uns alles erzählt und beschuldigt dich usw.‹, aber ich habe Stil. Außerdem bin ich ein wenig sadistisch, und wenn ich so zu ihm rede, entgeht mir der beste Teil, das langsame Einknicken. Kurz und gut, ich frage ihn ebenfalls, ob er weiß, warum ich ihn herzitiert habe. Und er antwortet mir, er nehme an, dass er wegen der Benzingutscheine hier sei. Verstehst du?«

»Ja.«

»Verstehst du, was das bedeutet? Sie hatten ein Imperium errichtet! Sie waren kleine Al Capones! Sie handelten mit Drogen, mit falschen Dollars und mit Benzingutscheinen. Ein ganzes Jahr lang. Und niemand hat etwas bemerkt: weder der medizinische

Dienst noch die internationale Abteilung, noch die Bargeldabteilung, einfach niemand. Kurz und gut, bald ist Weihnachten, wir sind verzweifelt, und wer einen Chauffeur hat, will ihn nicht herausrücken. Es heißt, das sei keine Firmenangelegenheit, darum müsse sich jeder selber kümmern. Wie zynisch! Keine Firmenangelegenheit. Wenn es nach ihnen ginge, wäre es auch keine Firmenangelegenheit, dass die beiden Burschen aufgeflogen sind. Also gut, wir waren verzweifelt, bis auf einmal jemand sagte: ›Aber haben wir nicht drei Lehrlinge eingestellt?‹ Wir fragten die anderen beiden Lehrlinge, ob du da auch mitmischen würdest, und entweder erinnerten sie sich nicht mehr an dich, oder sie dachten, das sei eine Falle und es müsse noch jemanden anderen, keinen Lehrling, geben, der Gewinn aus der Sache schlug, jedenfalls sagten sie nichts. Du siehst also, mein Junge, bis vor kurzem warst du ein Unbekannter. Du hättest zu Hause bleiben und lediglich dein Gehalt abholen können.«

Catapulta blieb vor dem achten Weltwunder stehen.

»Was sagst du jetzt?«

»Ein Mercedes 450 SEL 6.9. Fährt locker zweihundert«, sagte ich und wollte noch hinzufügen, dass ich so einen noch nicht gefahren hätte, denn ich sei zwar auch ein kleiner Al Capone, aber mit so einem Wagen käme ich keine zwei Kreuzungen weit. Aber ich sagte nichts, denn mir stand der Mund offen.

»Da haben wir ja einen Experten. Wehe, du fährst über fünfzig, dann hockst du auf der Straße.« Er öffnete den Kofferraum, nahm zwei Aktenkoffer heraus, warf mir den Schlüssel zu: »Kennst du die Stadt? Schieb die Kassette rein, dreh die Heizung auf und leg einen gemächlichen Gang ein. Wir haben zu tun, aber wir haben es nicht eilig.«

Nicht nur, dass ich zum ersten Mal in meinem Leben einen Mercedes fuhr, noch dazu war es die Jungfernfahrt. Der Wagen roch neu und teuer, wie das Büro Don Tomás del Protzos, wie sein Zistrosen-Neroli-Aftershave, wie die Silhouetten, die ich auf meinen Ausflügen in die Reichenviertel jenseits der unüberwindbaren Hecken in großen Fenstern erhascht hatte, wie jene Vestalinnen, die mit schwerelosen Tüten aus einer Boutique kamen und gerade den richtigen Bruchteil einer Sekunde in der Tür stehen blieben, damit eine ganze Straße erstarrte und sich nach ihnen umdrehte, während sie so taten, als bemerkten sie nichts, und ein Taxi anhielten. Dieser Wagen roch, warum soll ich es nicht sagen, nach Zukunft. Meiner Zukunft.

Ich fuhr die Rampe hoch, in einem tadellosen Fahrstil, den mir das Lenkrad eingab. Während der Fahrt nach oben war ich in mich gegangen, um ein paar Dinge zu ergründen. Hatte ich wirklich so viel Glück? Blieben meine Vergehen ungesühnt, und profitierte ich von den Vergehen der anderen? Alles deutete darauf hin, aber der gemeine, an meinem Selbstbewusstsein nagende Kobold redete mir ein, dass ich niemals sicher sein könne.

Auf der Straße angekommen, beachtete ich die Vorfahrt, rollte nach vorne, erblickte eine Blondine, die mir aus ihren blauen Augen einen interessierten Blick sandte, bis sie Catapulta auf der Rückbank entdeckte, woraufhin sie aufgeregt mit ihren endlos langen Wimpern klimperte. Ich beachtete sie nicht weiter.

»Fahr nach rechts. Ich möchte eine neue Route ausprobieren. Wie heißt du?«

»Fernando Atienza Picazo.«

»Sehr erfreut«, antwortete Catapulta belustigt: »Ich habe gesagt, du sollst Musik einschalten.«

Ich schob die Kassette ein, die Violinen erklangen, Catapulta gab mir eine Richtung an, und unsere rätselhafte Tour begann. Durch den Rückspiegel beobachtete ich Catapultas Aktivitäten auf der Rückbank: Er sortierte Päckchen, aus denen eine Visitenkarte hervorschaute, und machte Kreuze auf eine Liste. Hin und wieder verzog er angewidert das Gesicht und strich etwas aus, und an seiner Kopfbewegung erkannte ich, dass er gerade jemandem den Todesstoß versetzt hatte. Jedes Mal verzog er die Lippen zu einem aufgesetzten Lächeln, das perfekt zu seiner ranschmeißerischen Art passte. Sein Schnauzbart schob sich vor und zurück, sodass die Möwe zum Flug anzusetzen schien. In dieser Pose setzte er immer wieder zu »Süßer die Glocken nie klingen« an, woraus ich schloss, dass wir Geschenke verteilen sollten. Währenddessen spielte die Kassette immer wieder dasselbe träge, genäselte Chanson, sodass ich keinen Zweifel mehr daran hatte, dass der Dandy ernsthaft verrückt war.

»Das ist immer dasselbe Lied!« sagte ich, vorsichtshalber im Tonfall freudiger Überraschung.

»Dass dir das auch schon aufgefallen ist! Das ist immer dasselbe Lied, das sind immer dieselben Geschenke für immer dieselben Leute, verteilt von den immer selben Hanswursten. Fällt dir noch was dazu ein?«

Mir fiel nichts ein. Wir hielten vor Luxus-Wohnanlagen, Villen, modernen Gebäuden und hundsnormalen Zeitungsredaktionen. Catapulta führte jedes Mal dieselben Arbeitsschritte durch: Er strich einen Namen aus der Liste, steckte sie in die Tasche und stieg aus. Während ich auf ihn wartete, überlegte ich, ob ich die Musik abdrehen sollte, aber ich wollte lieber keinen Rüffel des wankelmütigen Catapulta riskieren. Jedes Mal wenn er eines dieser rätselhaften Präsente abgeliefert hatte, bedachte er den Bescherten mit einem besonderen Lob:

»Suffkopf.« Das kam häufig.

»Wenn dein Vater dich jetzt sehen würde, Strolch …« Auch das kam häufig.

»Ich weiß nicht, wie manche Leute das Gesicht wahren. Ein Arschloch ist ein Arschloch. Wer dumm ist, gibt sich Mühe. Wer sich verkauft hat, nimmt das Geld und kein Wort mehr, und wer tut, als wäre er was Besseres, soll zur Feldarbeit geschickt werden. Dort kann er sich auf die Tugenden des Landlebens besinnen, darauf stehen die Maoisten doch.« Diese Überlegung folgte meistens auf unsere Besuche bei Zeitungs- und Zeitschriftenredaktionen.

Am nächsten Tag schien er besserer Laune zu sein. Anders als ich: Mich auf die Unberechenbarkeiten dieses Mannes und gleichzeitig auf den Verkehr zu konzentrieren, der vor Weihnachten immer hektischer wurde, zerrte an meinen Nerven.

»He, Fernando. Guck nicht so grimmig. Komm, ich heitere dich ein bisschen auf. Pass auf. Diese Liste hat etwas Witziges.« Catapulta wedelte mir mit dem Papier im Nacken: »Witzig ist das falsche Wort. Die Liste hat einen Liebreiz, einen lyrischen Liebreiz. Leichtigkeit. Sie ist geradezu ein Gedicht.«

Er las mir ein paar Vornamen, Nachnamen, Berufe vor. Sie stammten von Mitgliedern des Verwaltungsrats, von Anwälten, Industriellen, Kunden mit großen Bankkonten, Konsuln, Journalisten, Mitgliedern der Handelskammer, der Börse und verschiedenen Konsortien. Es waren die Namen, die ich in meinen langweiligen Stunden im Archiv seufzend gelesen hatte, und sie umwehte tatsächlich ein Hauch Poesie. Allerdings hatten die Redenschwinger des Archivs sie einer dermaßen kruden Entmystifizierung unterzogen, dass die Rose gewelkt war. Nicht so bei Catapulta, er lächelte.

»Reiche Leute«, urteilte ich und hatte diesmal keine Angst, etwas Falsches zu sagen.

»Ja, reiche Leute.« Auf einmal war sein Sarkasmus verflogen, er blickte elektrisiert auf das Blatt Papier:

Ein paar Guinjoans,
Protestler,
mit zwei marxistischen Söhnen:
der eine drangsalierter Lehrer
und der jüngere Beamter.
Der Vater ist Chirurg,
und die Mutter
weint bei ihrer Schwester,
Inés Bofarull.
Verheiratet mit dem Meister
der Verwaltungsräte:
Wasser, Gas, Bau,
und sieben Söhne, verbunden
mit den Guarchs, Papier,
den Pis, Textil, den Aristas, sehr faschistisch,
die bei der Kohlernte in Utiel
Geschäftspartner wurden

der Schwiegersöhne der Porcioles
(der Bürgermeister korrupt,
hat sich als Faulpelz entpuppt).
Mehr Bofarulles.
Das Eheweib eines Trias de Massanes
unterschrieb Proteste gegen Franco
und hat einen Sohn, der ist Architekt
und schon tot.
Er bebaute die gesamte Küste
und nahm sich als Partner die Fabras,
die Díaz-Formenteras
und die Cabeza-de-Cabras,
harte Patrioten, die mit Murcianas
vögelten, die sind keck,
und zwar im Bett.
Aber das sind Ausnahmen,
die Vernünftigen schliefen
mit den Frauen der Manlleus (Motoren)
und der Sinfreus (andere Sektoren)
und mit Marquis alten Geschlechts,
wie den Giralt de Abreu,
den Solans de Malavella
und den Guell de Solivella.
Zu den Nutten gingen sie freitags
mit ihren Vettern Guinjoan
(denen vom Anfang),
die noch nicht im Untergrund waren
vor einigen Jahren.
Der Lehrer und der Beamte
gingen auf Debütantinnenfeste,
dachten über Wechselkurse nach,
das schlechte Gewissen,
und die Rendite
der Erbschaften
der Guinjoanes, Bofarulles,

Aristas, Díaz-Formentera
und Trias de Massanes.

»Wenn Hochzeit ist, kann das Freudenhaus erst mal dichtmachen«, kommentierte ich, in meiner Rolle als Chauffeur aufgehend.

Ich hörte von hinten Catapultas Lachen.

»Du hast einen eigenen Humor, aber er sitzt. Vielleicht bist du doch nicht so dumm. Halt dort an.«

Wo er hinzeigte, stand gar kein Gebäude. Vielleicht kam mein »eigener Humor« doch nicht so gut an, und Catapulta würde mir nach dem Anhalten einen Strick um den Hals legen.

»Dort soll ich halten?«

»Ja. Und warten.«

Den Grund des Zwischenstopps begriff ich, als ich zwei oder drei Blöcke weiter auf dem gegenüberliegenden Gehweg eine Gruppe Leute sah, die offenkundig keine Bewohner dieser vornehmen Gegend waren. Sie hielten Transparente hoch, skandierten Parolen und bauten sich vor einem wutschnaubenden Hausmeister auf. Der rasende Uniformierte richtete seine Aufmerksamkeit und Kraft zu gleichen Teilen darauf, den Vorstoß der Arbeiterschaft aufzuhalten und seine Mütze wiederzubekommen, die sie ihm genommen hatten.

»Steig aus und lies, was auf den Transparenten steht«, trug mir Catapulta auf.

Ich ging die Straße hinunter, erwiderte schulterzuckend den Blick eines stämmigen Krawallmachers (»Manlleu, Raffzahn, zahl uns den Lohn«). Sie machten sich daran, über die Gartenzäune zu springen, zwischen den Zypressen abzutauchen und die Laternen von ihren Marmorsockeln zu schlagen, ein Vorrücken auf mehreren Fronten also, das der Klassenverräter, dieser ohnmächtige Lakai, den sie an der Gurgel und den goldenen Troddeln seines Schulterbesatzes gepackt hatten, nicht mehr verhindern konnte.

»Die Polizei ist schon unterwegs«, brachte der Hausmeister weinerlich an. »Sie muss gleich da sein. Nein, nicht die Wände. Nicht vollschmieren.«

»Manlleu, weg, deine Tochter sitzt sonst im Dreck«, brüllten sie. »Bultesa Motorräder im Kampf«, schrieben sie in der Enthemmtheit der Massen auf die Wände. Noch bevor ich wieder beim Mercedes war, hatte die Horde den Hausflur eingenommen.

»Bultesa Motorräder«, informierte ich: »Manlleu.«

»Dann ist ja gut, betrifft uns nicht. Nimm …« Catapulta drückte mir ein Päckchen in die Hand: »Fahr rauf ins Dachgeschoss, frag nach Herrn Jordi und gib es ihm. Aber nur ihm persönlich. Lern mal was.«

Elender Feigling, dachte ich im Weggehen.

»He …« Catapulta streckte den akkurat rasierten Schädel aus dem Fenster: »Denk dran, ihm zu sagen, dass es eine Rolex ist. Nicht dass er denkt, es ist irgendeine Warenprobe, und es wegwirft. Und dass es eine kleine Aufmerksamkeit der Bürgerlichen Handelsbank sei für seine jahrelange Treue als Großkunde.«

Der Hausmeister sah nicht, wie ich den Aufzug anhielt, er hatte schließlich alle Hände voll damit zu tun, ein paar Proletarier davon abzuhalten, die Weihnachtskörbe hinter der Rezeption zu plündern, was ihm nicht gelang. »Bitte, bitte! Ich verliere doch meine Arbeit!« rief er, während ich den Knopf drückte.

Nachdem ich eingestiegen war, wollte ich die Tür sofort hinter mir schließen, aber einer der Arbeiter zerrte mich raus, packte mich rabiat am Hemdkragen und fragte mich: »Und wer bist du?«

»Niemand, niemand …« – das stimmte sogar –, »… der Lehrling der Handelsbank, der Lehrling, der Lehrling.«

Ich betete, dass die Bestie über die Nichtigkeit eines Lehrlings Bescheid wusste.

»Ha, einer aus der Bank!« Er packte mich wie eine Katze am Schlafittchen und schleifte mich zur Tür, wo ein Herr im Hausmantel, mit Augenringen und ziemlich schlechter Laune, hinter dessen Rücken sich ein weiterer Herr in Anzug und Krawatte verschanzte, mit einem Alten stritt, der schwarzen Tabak rauchte und etwas Verschlagenes hatte.

»Nichts, nichts, nichts …«, sagte der im Hausmantel. »Jetzt liegt alles in den Händen der Verwaltung.« Er wandte sich an den im Anzug: »He, was machen Sie hier hinten? Sind Sie nicht mein Anwalt? Verteidigen Sie mich.«

»Ich bin Ihr Anwalt … nicht Ihr Bodyguard.« Der im Anzug war sehr erschrocken.

»Also, bis keine Regelung getroffen ist, kassiert hier niemand etwas. Und Ihnen« – der im Hausmantel wandte sich wieder an den Veteranen, der für die Arbeiter sprach –, »hat man Ihnen nicht erklärt, was es mit dem Lohnausfall auf sich hat? Wie der Name sagt, es wird nicht gezahlt. Ich bin pleite. Am Ende. Mir geht es dreckiger als Ihnen. Und auch in meiner Familie ist Weihnachten, verdammt nochmal! Und pusten Sie mir nicht den Rauch ins Gesicht!«

»Schon gut. Und wer hat heute Nacht die Maschinen abgeholt? Der hat Ihnen doch bestimmt eine Stange Geld dafür dagelassen.« Der Sprecher der Arbeiter, der den Rauch ins Gesicht des Patrons blies, hinter ihm der Chor: »Genau, genau …«

»Und woher wissen Sie das? Sie werden doch nicht ein Privatgebäude betreten haben? Das ist ein Delikt. Hausfriedensbruch. Und Sie, junger Mann, was wollen Sie?«

»Der ist aus der Bank, der ist aus der Bank«, stimmte der Chor an.

»Ist Herr Jordi zu sprechen?« fragte ich und deutete auf das Päckchen.

Herr Jordi Manlleu blickte zu seinem Anwalt, der schnell nach dem Päckchen griff und sich bei mir bedankte. Der Titan, der mich im Griff hatte, kam ihm allerdings zuvor.

»Was ist das?« sagte ein Arbeiter.

»Der Lohn«, sagte ein anderer.

»Was wird es schon sein …«, fügte ein Nörgler hinzu.

»Sie dürfen das Päckchen nicht öffnen, das ist ein Delikt. Sie dürfen es auch nicht an sich reißen, das ist ein Delikt«, warnte der Anwalt, wenn auch sehr leise: »Händigen Sie es mir sofort aus, sonst ist das ein Delikt.«

Ich fühlte mich sehr müde und wollte die Sache rasch zu Ende bringen. Ich brachte meine ganze Naivität auf und sagte, als betete ich eine Litanei herunter:

»Es ist eine Rolex als kleine Aufmerksamkeit für Ihr jahrelanges Vertrauen als Großkunde.«

Das schlug ein wie eine Bombe. Bevor ich über die Arbeitermenge flog, beobachtete ich, wie Herrn Manlleus Hand sich wie eine Schlange aus der Tasche des Hausmantels wand und dem Gorilla, der mich gepackt hielt, das Päckchen entriss, dann stieß er den Anwalt in die Wohnung und schlug die Tür zu. Alle trampelten, das Sondereinsatzkommando kam die Treppe hoch, alle grölten. In dem Moment flog ich über die Menge, schloss die Augen, schrie:

»Ich bin der Lehrling! Ich bin der Lehrling!«

Sie schüttelten mich, traten mich, schlugen mich, stellten mich inmitten des Tohuwabohus zur Rede:

»Ich bin der Lehrling! Ich bin der Lehrling!«

Als der Druck allmählich nachließ, hörte ich auf, Treppen zu zählen, machte die Augen auf und sah zwei Putzfrauen, die sich von Dienstbotentür zu Dienstbotentür die Hand gaben und zum Ort des Aufruhrs schielten. Ich rannte schneller.

»Ich bin der Lehrling! Ich bin der Lehrling«, rief ich, ohne stehen zu bleiben, den Polizisten zu, die vor ihren Einsatzwagen vor der Tür des Anwesens warteten, als mich der eisige Morgen wiederhatte.

Catapultas Lachsalven stießen mir übel auf.

»Los, mach dich ein bisschen zurecht, du siehst aus, als hätte man dich aus der Waschmaschine gezogen«, sagte er, dann wurde er nachdenklich: »Sieh dir Manlleu an. Sieh dir an, wozu so viele Schwager, Onkel und Cousins gut sind. Wenn es drauf ankommt, lassen sie dich im Stich. Aber keine Sorge, bald wird sich Manlleu mit einem seiner Gläubiger zusammentun und eine neue Fabrik mit einer Hand voll schlecht bezahlter Schlucker aufmachen, während diese armen Schweine den Cognac aus der Flasche trinken und ihre Frauen schlagen.«

»Ich hatte nicht den Eindruck, dass dieser Manlleu viel Hilfe braucht«, sagte ich und wurde etwas schärfer: »Sie haben ihn ja nicht selbst gesehen.«

Wieder lachte Catapulta.

»Ich habe schon schlimmere Abreibungen bekommen, glaub mir. Und ich habe nicht gejammert.«

»Wann denn, bitte?« Das sollte mir der feine Pinkel erst mal erzählen.

»Das geht dich überhaupt nichts an.« Er lachte nun nicht mehr: »Hör mal, an deiner Stelle würde ich mich nicht so viel beklagen, morgen habe ich nämlich eine Belohnung für dich, aber nur, wenn du brav bist.«

10

Catapultas Belohnung war genau das Richtige für einen jungen Mann: Sie lieferte Stoff zum Nachdenken. Ich dachte also viel nach, während ich an einem kalten und klammen Morgen die leeren Zuschauerränge eines Revuetheaters durchquerte, vorbei an alten Musikern, die ihre Instrumente stimmten, auf die leere, aber erleuchtete Bühne zuging, immer den Frauenstimmen nach, die aus dem Himmel zu kommen schienen. Während um ihn herum geredet und intrigiert wurde, dachte ich nach über das unumstößliche Gesetz dieser Welt, das nur eine Botschaft übermittelt: »Die Bösen gewinnen immer.« Auf der einen Seite sind die Starken, die auf dem Golfplatz eine Bemerkung fallenlassen, um den Lügenpflock zu sichern, auf den sie den Kopf ihrer Konkurrenten (oder eines ganzen Volkes) legen, bevor die Axt fällt; und auf der anderen Seite sind die Schwachen mit ihren unsauberen Rechnungen, mit denen sie sich rausreden, sich eine Macht erfinden, die sie niemals haben werden, sich einreden, die Guten zu sein, sich ihre Geschichte zurechtbiegen, die sie in ihrem Pseudokampf gegen die Welt lebendig halten soll. Gänge und Galle,

Höfe und Höllenangst. Mutmaßungen wie Aale, die in einem überbevölkerten Becken ersticken, bis in schlechten Zeiten die Wand wegbricht. Zu mir war alles mögliche Gerede über Don Tomás del Protzo gedrungen, aus den kauenden Mündern dieser Archivasseln, die sich das Frühstück nicht in irgendeiner Bar leisten konnten oder wollten und nur Trost auf Kosten der anderen fanden, über die sie alle möglichen Grobheiten verbreiteten, ihnen eine privilegierte Herkunft unterstellten, eine Verräterkarriere, ein abstoßendes Laster, zwanghafte Schmeichelei, Grausamkeit, Ränke, Fallen. Aber diese ganzen Wurstbrotfresser haben in Wirklichkeit gar nichts durchschaut, anders als ich, der ich mir das Kommen und Gehen der letzten Tage genau angesehen habe, und die von Catapulta an die blauen Päckchen gesteckten Kärtchen. Das erste (persönliche) Kärtchen war von Don Tomás del Protzo, auf dem anderen stand »Henry Beyle – Bijoux« neben einer Adresse in »Genève, Suisse«.

Und mein Nachdenken darüber brachte mich zu einem äußerst zwiespältigen Schluss: Catapulta schenkte mir so viel Vertrauen, dass er mich voll einspannte – es waren noch viele Päckchen im Auto. Das hieß, dass ich entweder in den seltsamen Kreis aufgenommen worden oder vollkommen außen vor war. Aber vielleicht machte ich, der unsichere Sohn einer Hausmeisterin, mir schon wieder zu viele Gedanken.

Durch einen roten Vorhang gelangte ich in einen dunklen Gang und fragte eine rundliche Dame mit weißen Haaren und blauem Morgenrock nach Iris Carroll. In diesem Augenblick zog ein Schwarm Chormädchen, glänzend, mit Büscheln goldener Federn, an mir vorbei, sie trippelten mit Gazellenbeinen und waren so nackt wie die Bühne, weshalb sie über die Kälte jammerten und aufgekratzt lachten.

»Der da fragt nach Iris«, sagte die Alte in dem blauen Morgenmantel und zeigte auf mich, um die Aufmerksamkeit der Chormädchen auf mich zu lenken: »Wer bist du? Ihr Enkel?«

Das Gekicher zog weiter. Die Saxophone setzten ein. Man hörte Klatschen und die Stimme eines Bühnenanweisers.

»Nein, nein …« Und ich sah, dass eine Dame noch immer lachte. Da sie mir nicht weiterhalf, wagte ich es, nachzufragen. Der Name stimmte: Iris Carroll.

»Sagen Sie, wissen Sie, ob sie Spanisch spricht?«

»Oh, sehr gut sogar. Los, kommen Sie, sie zieht sich gerade um, und sie hat es sehr gerne, wenn jemand kommt, während sie sich umzieht. Die zweite Tür.«

Ich klopfte an der zweiten Tür, und niemand antwortete. Draußen sang jemand »Danke, Ihr seid wundervoll, wir sagen nur, danke, dass Ihr gekommen seid«, die Töne treffsicher wie auf einer feuchtfröhlichen Party. Ich klopfte noch einmal, und ein Mundwerk, das darauf getrimmt war, möglichst viele Wörter in kürzester Zeit auszusprechen, verfluchte mich. Iris Carrol beherrschte das Spanische wirklich ausgezeichnet; ihr leichter Akzent, wenn sie den Namen eines zweischaligen Weichtiers aussprach und dessen empfindliche Hygiene, verriet ihre Herkunft aus der Exremadura und erinnerte mich daran, wie meine Mutter in Barackenzeiten in intimen Momenten gesäuselt hatte. Und wie bei meiner Mutter war Iris' Akzent verschwunden, sobald sie sich in ihrem göttlichen Kleid in der Tür zeigte, ihre umwerfende Gestalt nur unwesentlich kleiner als die außen angebrachte Drei-Meter-Figur von ihr, die auf den Schriftzug »Es lebe der Paralelo!« zeigte. Ich reichte ihr das Päckchen, sie las die Karte und bewegte dabei ihre knallrot geschminkten Lippen, war gerührt, bedankte sich überschwänglich, bedankte sich erzogen, bedankte sich einfach so. Dem verlegenen, korrekten, unterwürfigen Boten schenkte sie ein Foto mit Widmung, küsste ihn auf die Wange und schloss die Tür. Ich brauchte eine Weile, bis ich mich wieder rühren konnte.

Zurück im Mercedes, befahl mir Catapulta, der gerade in ein französisches Buch vertieft war (*Malgré le blasphème*, falls es meinen Leser interessiert), dass ich mir den Sabber und das Lippenrot von der Wange wischen sollte. Als er mir eine neue Adresse nannte, wurde mir bewusst, wie entwürdigend die Geschenkübergabe für ihn gewesen wäre. Für mich war es eine Belohnung, ich war um eine Erfahrung reicher.

An diesem und dem nächsten Vormittag, dem Weihnachtstag, entstand vor mir ein großartiges Tableau aller möglichen Menschen, die sich darauf verstanden, die Hand aufzuhalten. Darunter eine vornehme Dame, die ein leuchtendes Gesicht bekam, als sie den Namen »Tomás« und ihren, »Ana«, hörte, doch das Leuchten erlosch sogleich, als sich herausstellte, dass der Nachname »Canals« nicht ihr, sondern ihrer Tochter gehörte. Die Dame verschwand. Ich spürte förmlich die Stille, die sich irgendwo in der Dachwohnung spannte, als zöge jemand das Gummiband der Eifersucht; schließlich tauchte ein kess aussehendes Mädchen in meinem Alter auf, nahm ohne mir in die Augen zu sehen das Päckchen und knallte die Tür zu. »Es ist das Jahr der Überschreibungen auf die jungen Leute«, lautete einer der wenigen Kommentare Catapultas, als ich zurück im Mercedes war. Catapulta schien die Bescherung der jungen Frauen zu langweilen. Die meisten schämten sich, von mir das Päckchen entgegenzunehmen, und zierten sich, weil sie für ihre kleinen Dienste nicht gerne bezahlt wurden. Doch nicht eine kam auf die Idee, mir ein Trinkgeld zu geben, stattdessen schoben sie mit dem Fuß die Tür zu, weil sie die Hände zum Aufschnüren des Päckchens brauchten, legten sich irgendeine Beschönigung der Wahrheit zurecht oder schätzten den zu erzielenden Preis auf dem Schwarzmarkt. Blonde, Dunkle, Große und winzig Kleine, weiße Haut, voller Sommersprossen oder ohne, kakaobraun. Don Tomás' einzige Vorliebe bei Frauen war ihre Jugend. Die drei letzten Geschenke waren besonderer Art; das zweite Kärtchen war ein anderes, anstelle des Genfer Juweliers war *Mirana* zu lesen, so hieß ein in unserer Stadt ansässiges Autohaus. Das erste Präsent dieser Art gehörte einer Mitarbeiterin einer Modezeitschrift, die, als sie Don Tomás hörte und bemerkte, dass seine Erwähnung die Blicke ihrer Kolleginnen von den Fotografien und Katalogen ablenkte und auf sie zogen, behauptete, dass es sich um einen Irrtum handeln müsse. Ich sagte ihr, sie solle das Päckchen aufmachen. Das hatte mir Catapulta empfohlen, falls jemand Anstalten machte, das Präsent abzulehnen. Die Redakteurin wickelte ein Schächtelchen aus und entnahm das springende Ferrari-Ross und einen Schlüssel.

Ich konnte die auf die junge Frau gerichteten bohrenden Blicke im Nacken spüren. »Ich werde das mit ihm klären«, verkündete die Journalistin mit ihren sicheren Umgangsformen und einem verwirrten Lächeln.

Die Wohnung der zweiten Bescherung wurde von einem Herren geöffnet, der noch jung war, einen schon weißgesprenkelten Dreitagebart trug, einen Whisky und ein ätzendes Lächeln, das offenbar meinem Auftreten galt und bis zu dem Moment als höflich hätte gelten können. Ich wusste nicht, was ich tun sollte, und anstatt einen Frauennamen zu nennen, wandte ich mich unter mehrmaligen Entschuldigungen zum Gehen. Doch auf einmal schien dem Mann mit dem heraushängenden Hemd aus den Tiefen seines Wattehirns eine Eingebung zu kommen, das Lächeln verschwand aus seinem Gesicht, und ein Zähne zeigendes Maul pfiff mich an: »Ist das von dem Arschloch von der Bank?« Ich sagte nein und dass ich mich wohl geirrt habe, nicht nur in der Wohnung oder in der Tür, sondern in der Straße, in der Zeit, im Beruf. »Sag ihm, dass er ein Arschloch ist, kapiert?«

Ich hatte kapiert und gab die Botschaft an Catapulta weiter. Catapulta befahl mir, noch einmal hochzugehen und dem Mann das Geschenk zu geben. Ich zögerte, und Catapulta sah kurz von dem neuen Buch auf, das er las *(Le bleu du ciel)*, und warf mir einen vernichtenden Blick zu. Er sagte: »In mageren Zeiten, sagst du ihm und blickst ihm dabei in die Augen, hätte er auch nicht so viele Skrupel gehabt und seine Frau wie eine Nutte aufgetakelt zur Bank geschickt, um die Hypothek zu bekommen. Was stehst du noch hier? Geh endlich hoch, trau dich.« Ich ging hoch. Klingelte. Der Mann riss wutschnaubend die Tür auf. Er nahm das Päckchen und sagte: »Weißt du, was ich damit mache?« Ich überlegte, ob ich seine Frau und die Hypothek ansprechen sollte, aber ich fürchtete um meine körperliche Unversehrtheit, außerdem begriff ich: Bei einer Mission wie dieser war es das Beste, gelassen zu bleiben und dem anderen die Sicherheit zu geben, dass er einem unbedeutenden Boten gegenüberstand, während man sich selbst wieder einmal der Unabänderlichkeit des menschlichen Elends bestätigt sah.

Das alles, ohne die Kampfstellung aufzugeben. Als der Schlüssel auftauchte, verwandelte sich die Zornesröte in Blässe.

»Weißt du, wo das Autohaus Mirana ist?«

»Steht auf dem Kärtchen«, informierte ich ihn, dann spürte ich in mir die Kraft des Sieges.

Als ich wieder im Wagen saß, fuhr ich ohne ein Wort los.

»Musstest du die Hypothek erwähnen?«

»Nein.«

»Besser so, es war auch nicht ganz die Wahrheit.« Ohne dass ein Anflug von schlechtem Gewissen in seinem Gesicht zu erkennen gewesen wäre, kramte Catapulta weiter in seinen Zetteln. »Unser bescheuerter Chef hat ein Auto zu viel gekauft. Das muss ... Wir haben ein Päckchen übrig. Verstehst du das? Ich nicht. Los, fahren wir zur letzten Adresse. Dort lernst du die Favoritin des nächsten Jahres kennen. Die anderen Geschenke, so mein Eindruck, sind langgedehnte Abschiedsküsse. Er will es ganz auf die feine Art machen und reitet sich damit nur noch weiter rein. Was soll's. Nachher rufe ich den Chef an und kläre das mit dem übrig gebliebenen Auto, und dann lade ich dich ein. Weil Weihnachten ist. Damit du siehst, dass auch ich ein Mann mit Manieren bin.«

Während wir die vornehme Gegend der Stadt von einem Ende zum anderen durchquerten, beobachtete Catapulta mich die ganze Zeit im Rückspiegel:

»Du fährst gut. Nicht zu langsam, nicht zu schnell. Keine scharfe Bremsung, kein Ruckeln. Dabei kannst du noch gar nicht lange den Führerschein haben.«

»Es liegt mir eben«, meinte ich vorsichtig.

»Ganz dumm kannst du nicht sein, du sagst zu allem ja, noch jedenfalls, und du fährst gut. Was denkst du über diesen Mann, den vom letzten Geschenk?«

»Tja.«

»Tja?«

»Ich denke lieber nichts.«

»Fernando, du wirst viel Glück im Leben haben.«

Wir mussten durch den dichten Verkehr eines alten Viertels,

das die immer weiter wachsende Stadt sich einverleibt hatte. Da Catapulta gerade erst meinen exzellenten Fahrstil gelobt hatte, war es ratsam, ihn nicht durch irgendein heftiges Manöver zu verstimmen, das ihn aus seinen Gedanken gerissen hätte. Ich wusste, dass auf der Rückbank meine Zukunft verhandelt wurde. Da sagte der Wundertäter meiner zukünftigen Tage:

»Zwei Männer gehen auf der Straße, der Mittlere stirbt.«

»Wie bitte?«

»Was ist ein Snob? Jemand, der sich weigert, im selben Auto zu sitzen wie sein Chauffeur.«

Vielleicht waren das französische Bücher.

»Mal verliert man, mal gewinnen die anderen.«

Ich blickte in den Rückspiegel und sah nichts. Als der Verkehr es zuließ, drehte ich mich kurz um. Vielleicht reagierte Catapulta auf die Anspannung dieser Bescherung mit kurzzeitigen Anfällen von Verrücktheit und küsste den Boden des Wagens, vergaß kurz die Verwicklungen der Finanzwelt, den Ort, wo er sich befand, und den Tag. Doch nichts dergleichen: Aus der Ecke heraus sah er mich fest an und sagte:

»Nach vorne gucken, mein Freund.« Und als ich den Kopf wieder umgedreht hatte: »Als ich geboren wurde, war ich noch jung.«

Stille.

»Aber, Fernando, du enttäuschst mich. Findest du das, was ich sage, nicht lustig?«

»Sicher doch.«

»›Sicher doch.‹ Wenn man etwas lustig findet, lacht man. So lautet die Kommunikationsregel. Und wenn jemand sehr witzig ist, vielleicht das witzigste Wesen des Universums, sollte der andere entsprechend lachen, Witz beruht auf Gegenseitigkeit, kaputtlachen sollte er sich. Kapiert?«

»Halbwegs.«

»Dann los, trainiere dein Zwerchfell.«

Mehr Stille.

»Komm, Fernando, stell dich nicht so an. Ich tue das alles nur zu deinem Besten. Und nicht, damit du über meine Witze lachst. Ich weiß selber, dass ich witzig bin, das braucht mir niemand vorzugackern. Es geht mir um Tomás del Protzo, unseren Chef, unseren Leitstern, der drei Luxuskarossen verschenken will und vier kauft. Das ist seine Art von Humor, und man muss ihm den Gefallen tun und lachen. Alle. Keiner kommt drum herum. Auch wenn du dir manchmal nicht sicher bist, dass er gerade einen Witz gemacht hat. Er macht eine charakteristische Bewegung. Er fasst sich an die Brust und nimmt die Krawatte in die Hand; wenn er das tut, weißt du, dass er gerade einen Witz erzählt hat. Am Telefon ist es schwieriger, aber du wirst nie mit ihm telefonieren, das braucht dich also nicht zu kümmern. Wir versuchen es mal. Geht ein Mann ins Restaurant und bestellt Ministerbraten. Als er die Überraschtheit des Kellners bemerkt, verbessert er sich: ›Ich wollte sagen, Schweinebraten.‹«

Ich erinnerte mich an die Szene in Don Tomás' Büro, an seinen schlechten Witz, die typische Geste und dass ich nicht gelacht hatte. Schuldbewusst biss ich mir auf die Lippe. Ich musste mich bessern. Ich wartete, bis Catapulta die Hand an die Brust hob, dann führte ich mein Repertoire an falschem Lachen vor, beginnend mit einer trockenen Donnersalve, die in einem nachklappenden »ha« erstarrte.

»So wirkt es, als wolltest du ihn verspotten. Man durchschaut dich. Es muss ein Lachen sein, das mit deinem Status im Einklang ist. Servil, bescheiden, es muss so wirken, als würdest du dich sehr schämen zu lachen, aber weil Don Tomás so furchtbar witzig ist, kannst du nicht anders. Na und, dann feuert man dich eben, du lachst einfach, dein Leben lang! So weit zum Lachen. Wenn er dich ansieht und sagt ›Du bist mitgekommen, ja?‹, lachst du noch ein wenig weiter, bis du sichergehen kannst, dass er dich nicht mehr beachtet. Aber vor allem denk daran, niemals plötzlich deinen Gesichtsausdruck zu ändern, denn dann merkt er vielleicht, dass du ihn unerträglich findest, und damit machst du dir deine ganze Arbeit zunichte. Ich empfehle dir, das Lachen allmählich auslaufen zu lassen, mit immer wieder neuen Auflachern, als würdest du den Witz nochmal im Geiste wiederholen, und schließlich setzt du einen abschließenden Seufzer, der etwas in der Art vermittelt wie ›Mein Gott … werde ich noch einmal so glücklich sein wie in diesem göttlichen Augenblick? Schaun wir mal.‹« Catapulta verfiel in absolute Ernsthaftigkeit, als unterwürfe er mich einem heiligen Initiationsritus, dann trug er vor: »Was ist der Unterschied zwischen einer Modelleisenbahn und dem weiblichen Busen? Beide sind für Kinder gedacht, aber die Männer spielen damit!«

Ich hörte nicht auf zu lachen, bis wir bei einem Häuserblock ankamen, auf dem »Apartments Pluto« stand.

»Halt an, hier ist es. Und hör auf zu lachen, sonst glaube ich noch, der Witz ist wirklich lustig«, sagte Catapulta leicht genervt.

»Es ist nicht der Witz. Es ist die Art, wie Sie ihn erzählt haben.«

»Dich möchte ich mal sehen!«

In einem der »Apartments Pluto« empfing mich die Frau, die Catapulta »Favoritin des nächsten Jahres« nannte, als wäre ich der Mann, auf den sie ihr ganzes Leben lang gewartet hatte. Ihr kindliches Gesicht war fast versteckt in einem Dschungel aus Haarlocken, platinblond, spektakulär: Sie trug eine weiße Tunika mit orientalischen Bordüren. Sie sah das Geschenk, bat mich herein und schloss die Tür. Ich ging ihr nach, folgte ihren anmutigen nackten Füßen und schön geformten Kurven durch einen Flur, der so weiß war wie die Tunika meiner Führerin und mit Fotos von ihr vollhing (Tina Alarcón war ihr klingender Name), die sie in allen vorstellbaren Posen und ähnlichem Fotografenstil zeigten. Diese Art Werbefotografien für Uhren, Strümpfe, Champagner und Joghurt bedeckten auch die Wände des Wohnzimmers, das noch um einiges weißer war, mit weißen Ledersofas, einem weißen Tisch, weißen Lampen und einem weißen Fernseher. Tina Alarcón sprach in ein weißes Telefon, während sie das Päckchen öffnete und ich meine Ekstase beim Betrachten ihrer Werbebilder überspielte, auf einigen Aufnahmen war sie sinnlich, fast immer engelhaft. Tina Alarcón beherrschte genauso wie der Revuestar Iris und meine Mutter ein astreines ländliches Kastilisch:

»Ach, Mama, sag mir das doch nicht. Wie gerne würde ich heute Abend bei euch sein, Hühnchen, Mandelkonfekt. Was? Graubarsch? Und das …? Nein, nein, nein … Bitte bedank dich doch nicht dafür, ist doch eine Kleinigkeit. Mir geht es wunderbar.« Tina hatte das Päckchen nun ganz ausgepackt. In diesem Fall gab es kein springendes Pferd, sondern eine sprungbereite Raubkatze. Tina Alarcón zwinkerte mir zu und deutete mir an, dass ich mich in einen der weißen Sessel setzen sollte, ihre Aufforderung unterstrich sie mit einem weißen Lächeln. »Mir? Großartig. Grüße an Papa, an die Küken und an Onkel Abraham. Und was machen seine Augen, der Star? Nichts Neues? Was machen wir nur mit ihm … Ich habe schon gesagt, ich komme an den Feiertagen, wenn ich kann. Vielleicht nehme ich mir einen Wagen, aber ich kann nichts versprechen.«

Tina Alarcón legte auf. Sie reichte mir ein weißes Zigarettenetui mit weißen englischen Zigaretten und fragte mich in normalem Spanisch, ob ich einen Kaffee wolle. Nein zu sagen kostete mich übermenschliche Kraft, und sie wusste das. Während sie mich zur Tür begleitete, sagte sie mir etwas, das mir naheging.

»Und? Sie ist der Typ versautes Schulmädchen, oder?« fragte mich Catapulta.

Ich legte das falscheste Lachen auf, das ich draufhatte, bis Catapulta mir die Adresse vom Les Feuilles Mortes nannte, dem Pub, den ich mit meinen glorreichen Ws verschönert hatte. Ich tat so, als würde ich die Adresse nicht kennen, während Catapulta mir mit fristloser Kündigung drohte, wenn ich nicht auf der Stelle aufhören würde zu lachen.

»Du bist aus dem Haus rausgekommen, als hätten die Glocken bei dir geläutet. Sei vorsichtig.«

»Sie hat mir gesagt, kein Geschenk der Welt könne einen dafür entschädigen, an Weihnachten allein zu essen.«

»So ein durchtriebenes Stück! Das sind die Gefährlichsten. Probiert an dir aus, was sie Del Protzo oder irgendeinem anderen Trottel, der mit ihr ins Bett steigt, sagen wird. Irgendeiner wird schon anbeißen. Und du kannst sicher sein, am nächsten Arbeitstag steht sie noch vor Ladenöffnung vor der Tür des Autohauses Mirana. Aber weinen, weil sie an Weihnachten allein zu Abend gegessen hat. Kannst du dir vorstellen, wie sie sich dort alle drei treffen? Mirana, der vom Autohaus, wird ganz schön herumlavieren müssen, wenn er sie alle mit dem Schlüssel wedeln sieht. Wie gut, dass eine von ihnen« – Catapulta zeigte auf die Schachtel ohne Namen – »ihn erst später bekommt.«

Wir parkten vor dem Les Feuilles Mortes. Neben der Tür verschandelte ein neues W die Fassade, von anderer Hand, groteske Manierismen, die mit meiner klassischen Handschrift, meinem festen Strich nichts zu tun hatten. Als Catapulta es sah, schnaubte er.

Das Les Feuilles Mortes bestand aus einem Salon mit grünen Sesseln, von dem aus sich verwinkelte Gänge in dunklen Séparées verloren. An den Wänden hingen beleuchtete Plakate von Toulouse-Lautrec und Fotos von Sängerinnen in dramatischer Pose. Zwei Kellner im Frack beklagten sich über die wenige Kundschaft an diesem Weihnachtsabend.

»Und die Ws?« fragte Catapulta.

»Jeden Tag das Gleiche. Wir nehmen es inzwischen mit Humor.«

»Geschlagen gegeben habt ihr euch. Los, gib mir das Telefon und mach eine Flasche Mumm auf, wir haben was zu feiern. Und du, Wichtel? Setz dich und trink ein Gläschen, während ich den Chef anrufe.«

Catapulta zog sich in einen Winkel der glänzenden Bar zurück, während ich den Kellnern zusah, die die Flasche öffneten und Gläser vollschenkten. Nicht mehr lange, und auch bei mir zu Hause würde Heiligabend sein: meine schwangere Mutter, Carmelo, die kleine Gracia und ein verwitweter Freund Carmelos. Ich dachte, dass sie mich schon nicht vermissen würden, wenn ich ein Jahr einmal nicht mit ihnen dieses nichtssagende Fest feiern konnte. Ich spielte einen Anfall von schlechtem Gewissen durch, wurde aber gleich wieder unterbrochen. Catapulta hatte aufgelegt und kam mit verdattertem Gesicht auf mich zu, gleichzeitig stopfte er sich das Päckchen ohne Namen in die Tasche. Ohne etwas zu sagen, erhob er das Glas. Wir stießen an.

»Alles geklärt?« fragte ich und zeigte auf Catapultas Tasche. Ich hatte nur den einen Instinkt, die Stille zu brechen, der Catapulta uns unterworfen hatte.

»Ja«, antwortete Catapulta. »Nun ja, von nun an wirst du mit mir zusammenarbeiten. Nach den Feiertagen kaufst du dir zuerst einen anständigen Anzug. Aber nicht den eines Untertans, sondern den eines Herrn. Du gehst zu Lovest, fragst nach Silvia, sagst ihr, dass du ein Eton-Musterknabe werden willst und dass alles auf Rechnung von Don Tomás geht.«

Unweigerlich sah ich mich, wie ich das meiner Mutter erzählte und ihr erklärte, dass das in gewissem Sinn mein Weihnachtsgeschenk sei. Mit einer Prise Arroganz weihe ich sie in meine neue Arbeit ein, meine neue Aufgabe, und habe endlich ihre Fesseln der Maßregelung abgestreift, ich erkläre ihr, dass ich auch nicht wisse, was ein Eton-Musterknabe sei, und darum auch wachsam sein wolle. Aber ich bin zu etwas fähig, Mama, zu etwas, das du nie gedacht hättest.

Ich begriff, dass ich es niemandem erzählen durfte.

Und ich begriff, dass das namenlose Auto für Catapulta war. Dass ich und der Mercedes das Weihnachtsgeschenk waren, das Don Tomás Del Protzo für ihn bestimmt hatte.

11

»Hast du ein Lieblingslied, Fernando?«

»Soll das wieder ein schlechter Witz sein?«

»Nicht direkt.«

»Soll ich jetzt lachen?«

»Nein, du sollst mir antworten: Hast du ein Lieblingslied?«

»Ja, ich habe ein Lieblingslied.«

»Welches?«

»Ich schäme mich, es zu sagen.«

»Du hast also keins. Aber ich. Das, das wir hören.«

»Dachte ich mir. Wenn das so weitergeht, wird es auch mein Lied.«

»Fernando, Fernando, Fernando … Verstehst du Französisch, Fernando? Nein, weiß ich doch. Du musst Sprachen lernen, Fernando. Und du musst dich verlieben. Das Leben ist kurz, ein Monat. Wenn du viel Glück hast, ein Jahr. Oder zwei Stunden. Wenn ich weiter so viel übers Leben rede, mache ich mich komplett zum Idioten. Wohin fahren wir eigentlich?«

»Zur Börse.«

»Dreh lauter.«

Ich drehte lauter. Das immergleiche Lied beschwingte unsere Fahrt. Ich hatte mich an diese Absonderlichkeit gewöhnt wie an alle Routinen, die den Ablauf meiner neuen Tätigkeit bestimmten: im Auto warten, bis Catapulta in den nobelsten Palästen oder bescheidensten Büros seinen Auftrag erledigt hatte, und die Beleidigungen ertragen, die er gegen alle möglichen Rassen, sozialen Klassen, Berufe, Handelssitten, öffentliches oder privates Benehmen pausenlos aus seinem sicheren Versteck hinter dem Wagenfenster von sich gab. Ebenso musste ich klaglos seine Sarkasmen, Drohungen, Verdächtigungen, Mutmaßungen und Lektionen über das Leben hinnehmen, die meine Würde als Zielscheibe hatten. Und die großen Sprüche. Ein Beispiel? »Wenn du eine Perle besitzt und sie jemandem verkaufst, der sie will, ist das kein Geschäft; aber wenn du eine Perle nicht besitzt und sie jemandem verkaufst, der sie nicht will, schon.« Nie eine Bemerkung über seine Handlungen, nie eine genaue Information. Nur Andeutungen und Philosophien. Ich wusste weder, wo er wohnte, noch, ob er eine Familie hatte. Jeden Morgen erwarteten mich er und sein Mercedes vor der Tür der Bank, glänzend, mächtig, und wir besuchten, nun ohne Geschenke, die Niederlassung der Bank von Spanien, das Grundbuchamt, Immobilienfirmen, das Französische

Konsulat, das Schweizer Konsulat, die Handelskammer und überbrachten Don Tomás del Protzo, wo auch immer er sich aufhielt, vertrauliche Informationen. Nach getaner Arbeit gingen wir auf ein Gläschen ins Les Feuilles Mortes, wo ich eine halbe Stunde lang, den Ellenbogen auf das Edelholz gestützt, seinem Schweigen Gesellschaft leistete. Wenn das zweite Glas bestellt war und die Uhr sagte, dass nun »die Stunde der Haifische« begann, wie er sich ausdrückte, zog er vielsagend die Augenbrauen hoch, woraufhin ich ihm in stillem Einverständnis und artig wie ein Musterschüler die Schlüssel gab und mich auf den Heimweg machte.

Es war ungefähr Mitte Januar, als Catapulta in seiner Plauderei über Gott und die Welt, mit der er gleichzeitig seinen tiefen Frust und die Zeit vertrieb und verhinderte, dass das Gespräch auf seine Betätigung, Vergangenheit oder Sehnsüchte kam, mich nach meinem Lieblingslied fragte und ich nicht »Der Watussi« antworten wollte. Ich gab vor, mich zu schämen, doch eigentlich fürchtete ich, dass das W und meine Naivität, ein Lieblingslied zu haben, das ich nur aus dem Mund eines enervierenden Zigeuners gehört hatte, mich bloßstellen würden und ich wieder einmal mit Sarkasmus oder Schlimmerem überschüttet werden würde. Außerdem zweifelte ich, ob mein Lieblingslied überhaupt existierte. Aber ich war bester Dinge, denn das Leben, das Catapulta so gerne definierte, um sich hinterher dafür zu hassen, riss mich mit, war endlich so rasant, wie ich es mir gewünscht hatte. Darum sagte ich »ich schäme mich« und betrachtete weiter unbeschwert die Stadt, die sich mir von einer ganz neuen Seite zeigte, und drehte die Musik auf; darum machte es mir nichts aus, das von mir erwartete »Ja« von mir zu geben, als Catapulta, der sich träge aufgerichtet hatte, mich fragte:

»Soll ich dir sagen, von was das Lied erzählt?«

»Ja.«

Catapulta steckte sich eine Zigarette an, wartete, bis das Lied zu Ende war und wieder von vorne begann. Schwärmerisch kündigte er an:

»Mit der Zeit. Es singt: Léo Ferré.«

Er blies den Rauch aus. Dieser Ferré fing noch einmal mit dem Lied an, das ich bis dahin für einen Trauergesang gehalten hatte. Was es dann auch tatsächlich war. So wichtig war Sprachen lernen also doch nicht. Über der französischen Stimme trug Catapulta vor:

»Mit der Zeit geht, vergeht alles. Man vergisst das Gesicht und man vergisst die Stimme. Wenn das Herz nicht mehr schlägt, lohnt es nicht mehr, nach ihm in der Ferne zu suchen. Man muss es geschehen lassen, und das ist gut. Mit der Zeit geht, vergeht alles. Der andere, den man verehrte, den man im Regen suchte … Der andere, den man bei jedem Blick ahnte, zwischen den Worten, zwischen den Zeilen und unter der Tünche eines Liebesschwurs, der sich in der Nacht verliert. Mit der Zeit verrinnt alles. Mit der Zeit geht, vergeht alles. Mit der Zeit. Mit der Zeit geht, vergeht alles, und die schönsten Erinnerungen schmecken schal, in der Galerie rieche ich an den Regalen den Tod. Am Samstagabend, wenn sich die Zärtlichkeit ganz leise davonmacht. Mit der Zeit. Mit der Zeit geht, vergeht alles. Der andere, dem man Wind und Juwelen schenkte, dem man seine Seele verkauft hätte. Dem man folgte wie ein Hund. Mit der Zeit, die vergeht, wird alles gut. Mit der Zeit geht, vergeht alles. Man vergisst die Leidenschaften und man vergisst die Stimmen, die einem ängstlich jene Sätze einfacher Leute zuflüsterten: Komm nicht zu spät heim. Und vor allem erkälte dich nicht. Mit der Zeit geht, vergeht alles, man fühlt sich grau wie ein erschöpfter Gaul. Man fühlt sich eisig in einem zufälligen Bett. Man fühlt sich einsam, vielleicht, aber ruhig. Und man fühlt sich betrogen von all den verlorenen Jahren. Wirklich, mit der Zeit liebt man nicht mehr.«

Wir schwiegen. Wir schwiegen immer noch, als wir in einen Stau gerieten, dessen Ende nicht abzusehen war. Das Schweigen dauerte noch an, als das Lied wieder von vorne begann.

»Mach es aus«, sagte Catapulta.

Ich gehorchte. Blickte in den Rückspiegel. Catapulta fing fast an zu weinen. Damals hatte ich noch viel zu lernen, ich wusste noch nichts über die Stimmungsschwankungen sentimentaler Charaktere: grausam, und im nächsten Moment zu Tränen gerührt. Catapulta hatte mir einiges voraus, darum hasste ich ihn, wenn er sich über mich lustig machte; darum bewunderte ich ihn, wenn er sein reiches Wissen vor mir ausbreitete; darum hatte ich fast immer Angst vor ihm, und auf der Fahrt zur Börse wunderte ich mich, ihn einer Erinnerung oder einem Schmerz oder was auch immer so ausgeliefert zu sehen. Wir kamen ans Ziel. Er stieg mit seinem Köfferchen aus dem Wagen, das genauso aussah wie die Köfferchen der anderen Geschäftsleute, die in dem neoklassizistischen Gebäude ein und aus gingen. Er verschwand mit seiner persönlichen Last und seinen Abwehrmechanismen, die ihn so sehr von den anderen unterschieden. Ich sah mich um. Und stellte fest, dass es immer mehr Bettler gab, dass die Bettler immer rabiater wurden. Eines der Gesichter kam mir bekannt vor, ein Gesicht aus einem früheren Leben. Einer der Bettler kam näher, und ich hätte schwören können, dass ich ihn in einer weniger jammervollen Zeit seines bergab gehenden Lebens schon einmal gesehen hatte, mit rasselnder Stimme philosophierend, die Kehle ein Steingeröll, in einer dunklen Kneipenecke oder neben einem Coca-Cola-Schild an der Hauswand, einen Fuß an der Mauer abgestützt, Zigarette in der Hand, wie er den Frauen hinterhersah und Zoff suchte. Als das knollige Gesicht in nächster Nähe war, kurbelte ich die Scheibe hoch und sah weg, ich erblickte eine tote Taube, zerfleddert, blutverkrustet, in einen Rinnstein gequetscht. Auch dieser Vogel kam mir vertraut vor, er hatte mir unzählige einsame Nachmittage auf der Dachterrasse, die ich nie wieder betreten sollte, Gesellschaft geleistet. Ihr Anblick zwang mich, wieder wegzublicken. Nach fünf Minuten kam Catapulta. Eine rassige Frauengestalt, scharf zum Wahnsinnigwerden, die beim Überwechseln von einer sonnigen in eine schattige Gasse auftauchte, bannte schließlich meinen herumirrenden Blick und ließ mich die Ergüsse meines Chefs vergessen.

»Zum Teufel!« sagte er beim Einsteigen. »Nein, fahr nicht los …« Wütender Seufzer. »Such dein Lied, Fernando. Wenn du es hast, wenn du glaubst, dass es deins ist und du auf der sicheren

Seite bist, dann brauchst du dir nur noch ein glühendes Motto zu suchen, eine vor Sarkasmus sprühende Anspielung, einen sanften und feinen Vorwurf, dann brauchst du nur noch zu begreifen, wie man logische Verwicklungen auseinandersortiert, dann brauchst du nur noch schnell zu sein wie der Blitz, unsichtbar zu werden, perfekt auf der großen Klaviatur des Schweigens zu spielen und, natürlich, sehr charmant heimtückische Verleumdungen zu säuseln, dann brauchst du nur noch …«

Wer erinnert sich schon nach so langer Zeit an den genauen Wortlaut? Niemand. Du bezahlst mich gut, mein Leser. Ich werde in den nächsten Jahren beschaulich leben (wenn ich mein Schweigen bewahre, wenn ich nicht meinen Lebenswandel ändere). Du verlangst Genauigkeit, mein Leser. Keine Sorge. Während Catapulta mir diese Ratschläge erteilte, die übrigens die übelsten Gemeinplätze enthielten, rollte ihm eine dicke Träne über die Wange, die an der Spitze seines Schnauzbarts hängenblieb. Er schob den Kopf vor, sodass sein Mund fast mein Ohr berührte:

»Hör zu, Fernando, wenn irgendwer erfährt, ich meine nicht heute oder morgen, ich meine, wenn irgendwer in tausend Jahren erfährt, was du gerade gesehen hast, dann komme ich und bringe dich um. Verstanden?«

»Verstanden.«

»Sehr gut. Heute habe ich vor, dein Schweigen zu kaufen.«

Er lud mich in ein Luxusrestaurant ein, zu dem ich ihn schon einige Male gefahren hatte, wenn er sich mit Don Tomás beraten musste, der dort regelmäßig zu Mittag aß. Catapulta grüßte lässig die Kellner. Er riet mir, wenig zu essen und viel zu trinken. Er redete über den Wein, den man uns servierte, und sagte mir, dass es das letzte Mal sei, dass ich ihn über Wein würde reden hören, weil nur Flaschen über Wein redeten. Er bohrte seinen wütenden Blick in die Rücken wichtiger Männer, die er erkannte, und kaute Wörter ohne Sinn. Bestechung? Die Bombe geht los, nur wo, wer soll das wissen? Er sagte mir, ausgerechnet als der Rehrücken kam, dass nichts übers Jagen gehe. Er seufzte. »Aber mit der Zeit geht alles dahin.« Wieder fing er damit an, dass ich mich verlieben sollte:

»Verlieb dich«, sagte er zu mir. »Leg endlich deine Jungfräulichkeit ab. Man kann nicht als Jungfrau durch die Welt gehen.«

»Ich bitte Sie, ich bin keine Jungfrau. Also …«

»Ist gut … Heute darfst du mich duzen. Heute bin ich nicht dein Chef. Du hast keinen Chef, ich habe keinen Chef. Heute bist du einfach mein Blindenführer, der mich aus Barmherzigkeit begleitet und weil ich dir etwas zeigen werde, das du nie mehr vergessen wirst. Heute krieg ich sie. Und du hilfst mir dabei. Nach dem heutigen Tag wirst du losrennen und dich verlieben. Und von der Liebe wieder enttäuscht werden. Und dann musst du aufpassen, dass du nicht ein in Selbstmitleid ersaufender Jammerlappen wirst; aber wenn du drüber hinwegkommst, wirst du stärker denn je sein. Stärker als ich es jemals sein kann.«

»Warum?«

»Weil ich mich nie verliebt habe. Weil ich nie das getan habe, was ich hätte tun sollen, was alle tun. Kannst du dir das erklären? Natürlich nicht.«

»Ich dachte, das Lied würde dich an so was wie eine Liebe erinnern.«

»Das Lied erzählt von der Zeit. Mir gefällt es gar nicht besonders. Aber es ist mein Lied. Nicht aufgrund dessen, was es erzählt, sondern für was es steht.«

»Jetzt versteh ich gar nichts mehr.«

»Da gibt's nichts zu verstehen. Los, auf zu den Nutten. In den Puff, wo wir schon wie zu Hause sind!«

Alle im Restaurant drehten sich nach uns um.

Ehe ich mich's versah, betraten wir in der Oberstadt mit aller Selbstverständlichkeit ein geräumiges Etablissement mit vielen Nischen und brasilianischer Musik. Catapulta stellte mich einer Blondine mit Stupsnase, breiter Stirn und Schmollmund vor, sie nannte sich Claudia, und er zahlte. Als der offensichtlich Unterlegene trottete ich Claudias neckischem Absatzklappern hinterher hinaus auf die Straße, während wir rasch für den anderen unser Leben erfanden. Als Kennerin fragte sie mich, ob es das erste Mal sei, was ich nach kurzem Zögern verneinte. »Na dann«, sagte sie und fügte hinzu, dass sie Studentin sei. Ich dachte über das Überleben mit verschiedenen Jobs nach, während Claudia in dem Hotel gegenüber der Bar das Zimmer bezahlte. Mit ihrem Zauber konnte Claudia einem alles vorspielen, nur das spöttische Funkeln in ihren Augen gelang ihr nicht auszuschalten. Wieder vögelte ich mit einem imaginären weiblichen Wesen, einer spontanen Synthese aller Frauen, die mir in meinem Leben begegnet waren. Während Claudia wohldosiert stöhnte und ich mit der Hand ihren voluminösen Hintern drückte, wetzte, rieb, kam und hinterher eine unverständliche Antwort auf ihre Frage nuschelte, fragte ich mich, ob es immer so sein würde, und wie ich es lernen könnte, ganz bei der Sache zu sein. Wie auch immer, das mechanische Funktionieren meines Körpers konnte nicht darüber hinwegtäuschen, dass eine wesentliche Sehnsucht unerfüllt geblieben war. Mit einem Lächeln auf den Lippen brachte mich Claudia zu meinem Chef zurück. Catapulta unterhielt sich mit zwei ebenso blonden wie albernen Damen, wechselte von Sofa zu Sofa, die Krawatte und das Lachen locker, goss Champagner in sich hinein, spielte den Kosaken. Als er mich kommen sah, bedankte er sich, zog sich die Hose hoch, verteilte Scheine, begrüßte einen Fußballer, einen Senator und einen komischen Alten, der seinen Gruß nicht erwidern wollte. Er diskutierte ein bisschen mit den Redefreudigen, ereiferte sich mit den Begeisterten, blies Trübsal mit den Melancholikern und handelte Informationen und Meinungen mit den Unterrichteten. Der Demokratie blieben noch zwei Tage, dem Ministerpräsidenten einundeinhalb, die Hauptstadt war in Gefahr, und die Basken waren allesamt Arschlöcher, machen wir uns nichts vor. Und warte, noch was, es wimmelt überall von Kommunisten. Bomben! Bomben! Explosion, grelles Licht. Die Straße war noch an ihrem Platz. Er nannte mir die Adresse einer Bar. Es handelte sich um ein altes Ausflugslokal, dessen Edelpatina es erlaubte, die Preise hochzutreiben, nicht weit entfernt von La Alameda, jenem Etablissement, in dem mir, als ich noch ein anderer gewesen war, die Augen geöffnet worden waren. Auf dem Weg, Kurve für Kurve die Straße hoch, sah ich weder die Abzweigung noch sonst ein

Anzeichen, dass das La Alameda jemals existiert hatte. Catapulta, der immer besoffener wurde, redete und redete:

»Irgendwann musst du das mal machen, dir von zwei Tussis auf einmal einen blasen lassen. Schneller Sex auf dem Boden. Ich wäre nicht gerne der Kellner, der einem Typen den Champagner bringen muss, der es sich von zwei Tussis besorgen lässt. Aber wer, verdammt nochmal, wird schon Kellner? Vergiss, was ich dir gesagt habe. Sich verlieben bringt gar nichts. Eine mittelalterliche Tändelei für Schwuchteln. Die Laute ist nicht lasziv, sondern albern. Groschenromane. Dummerweise lesen die Weiber diesen Schund, glauben, es ist die Wahrheit, und überschütten den Ersten, der ihnen über den Weg läuft, mit einem Haufen Unsinn. Und wenn der Typ langsam dahinterkommt, hat er eine ganze Rugby-Mannschaft Kinder, alle Früchte der Liebe, und man darf raten, wer sich beklagt, wer abhaut, wer protestiert. Die Familie ist die Zerstörung der Freiheit. Zuerst sie, dann er, dann die Kinder, denen das Übel gleich mit eingepflanzt wurde, dann diese scheiß Filme, die Lieder, die Romane. Die Poesie! Diese Scheiße von der Jugend, alles Schrott. Wie sagte ein weiser Kopf: Viele würden sich nicht verlieben, wenn sie nie von der Liebe gehört hätten. Vor Jahren in Frankreich, als ich noch jung war, haben wir die edelsten Freudenhäuser von Toulouse für uns gemietet, was noch nicht viel heißt, aber immerhin. Ich und noch andere. Fernando, ich war mal ein Bandit. In einem früheren Leben war ich François Villon. Weißt du, wer François Villon ist?« Und peinlicherweise fing er an zu rezitieren: *»Vous nous voyez, ci attachés, cinq, six: Quant à la chair, que trop avons nourrie, Elle est piéçà dévorée et pourrie, Et nous, les os, devenons cendre et poudre. De notre mal personne ne s'en rie; Mais priez Dieu que tous nous veuille absoudre!«*

»Sehr hübsch.«

»Schwachkopf! So wie ich hier stehe, ich war ein Bandit, ein Dichter, ich bin gewalttätig, ich bin hochmütig und ein übler Kuppler. Besser erhängt. Wenn du Glück hast, erweisen sie dir posthum die Ehre.«

Catapulta warf im Aufstehen ein paar Scheine auf den Tisch.

»Was bedeuten die Verse?«

Er war so betrunken, dass er mir nicht zuhörte. Oder er war so nüchtern wie immer und hatte nur keine Lust zuzuhören:

»Gehen wir dort rüber. Wie gut, dass Don Tomás heute in Sagunto ist – (in Sagunto?), da können wir richtig die Sau rauslassen. Das hier ist das Florenz des Renascimento.«

Eine Discothek in Blau und Silber. Die Kellner empfingen Catapulta wie einen neuen Messias: grüßende Münder, klatschende Hände, auch wenn sie ihn insgeheim vielleicht am liebsten ans Kreuz genagelt hätten. Catapulta begrüßte die Stammgäste. Er stellte mich Leuten vor, ließ mich bei ihnen stehen, und ich wusste nicht, was ich sagen sollte. Während ich mich an der Tanzfläche vorbeidrückte, hörte ich ihn wieder brüllen, dass er ein Bandit sei. Im Flackerlicht plumpe Schritte und Pirouetten, er hob den Mädchen (Damen für mich) den Rock hoch, fummelte an den Trägern ihrer Kleider, und sie lächelten ihn an, ließen ihn gewähren. Ein Typ um die vierzig, Polohemd mit Wappenreptil, der mir bei der Vorstellung schon gefährlich vorgekommen war, sah lächelnd zu Catapulta. Er sprach mich an:

»Bist du ein Verwandter von Guillermo?«

»Von wem?«

»Von Catapulta … Es ist doch Catapulta, oder?«

»Ich bin sein Chauffeur.«

Der Typ brach in Gelächter aus. Das war kein falsches Lachen.

»So vor einem Jahr war ich mit ihm mal unterwegs. Irgendwelche Demonstranten verteilten Flugblätter, irgendwas Politisches. Guillermo nimmt so einen Wisch und liest. Auf dem Blatt steht doch glatt, dass die Polizei sie festgenommen hat. Will heißen, die Demonstranten wollen die Polizei so lange provozieren, bis sie sie festnehmen, und darum haben sie es schon mal hingeschrieben. Krawalllaune, Machtprobe als Kitzel. Das gefällt Guillermo überhaupt nicht, und er fängt an, Schläge auszuteilen, sagt ihnen, er wird sie umbringen, noch bevor die Polizei kommt. Dass sie alle schwule Arschlöcher seien, und wenn sie schon schmutzige Spielchen treiben wollen, sollen sie in die entsprechenden Etablissements gehen. Prügelt der wild um sich, du glaubst es nicht. Du hast Guillermo noch nicht schlagen sehen. Die ganze Zeit geistern Guerilleros von Cristo Rey herum und warten auf ihren Auftritt, und wie sie sehen, dass ihnen jemand zuvor gekommen ist, kommen sie Guillermo zu Hilfe, um die Zotteligen zu Brei zu schlagen. Guillermo sieht die Faschos, und was glaubst du, macht er? Er schlägt auch noch auf sie ein. Legt sich mit allen bis aufs Blut an. Wenn es mit ihm durchgeht, ist es ihm egal, wen er vor sich hat.«

»Und wie ist die Sache ausgegangen?«

»Das soll er dir selbst erzählen.«

Es gab nichts zu erzählen. Ich ließ meine Phantasie zu einem imaginären Platz wandern, übersät mit Flugblättern, auf denen wunderbar aberwitzig die Fäuste flogen.

Gleich darauf kam Catapulta, er schwankte, blickte aggressiv. Er sabberte mir ins Ohr, dass ich wie der Blitz zum Mercedes laufen und damit vor die Tür kommen solle, damit er wie ein Fürst abfahren könne. Ich weiß nicht, ob Fürsten so großzügig mit dem Trinkgeld sind wie Catapulta, der die Scheine wie Konfetti regnen ließ, und so kam es, dass vor der derangierten Gestalt des spendablen Klienten ein liebreizendes Verbeugungsballett aufgeführt wurde.

»Ich spüre, wie da was pocht. Dort unten pocht etwas, das mein Lied zerstören will. Du brauchst ein Lied, Fernando, such dir eins, eine Melodie, die dich leitet, die dir niemand wegnimmt … Pass in der Kurve auf, sie bringt den Unglücklichen den Tod.« Im Licht der Scheinwerfer leuchteten Bruchstücke von Wald und Luxus auf, anästhesierte Säuleneingänge, alter Glanz, das kälteverzerrte Gesicht eines Motorradfahrers, das Funkeln der Stadt. – »Wenn unser Chef, das Arschloch, aus Sagunto zurückkommt, dann vögle ich die ganzen Weiber, die er sich hält, vor seinen Augen. Impotenter Onkel, ist doch wahr. Und hirnlos. Kauft sich alles. Die Erde wird ihn verschlucken, und ich werde ihn nicht begleiten, nein. Mir reicht's. Ich gehe. Ihr könnt ja bei der Ratte bleiben. Die Ratte! In der Kaserne haben sie mich mal in die Küche abbestellt.

In dem Abflussrohr, wo wir das Öl reinkippten, hauste eine riesige Ratte. Man hat sie durch das Sieb gesehen, ruhig, friedlich, pochend. Eine ölige Ratte mit zu Spitzen verklebten Haaren. Spitze an Spitze. Die Ratte rührte sich nicht. Die große Ratte. Sie trank das Öl in Massen und wurde fetter und fetter. Sie war wie ein haariger Ballon. Anhalten! Anhalten!«

Wir hatten die Stadt erreicht und fädelten uns in eine der großen Straßen ein. Ich wusste, dass es irgendwann so weit war und Catapulta mir völlig unvorhergesehen befehlen würde anzuhalten, dann würde er mich an Ort und Stelle stehenlassen und sich auf den Weg zu seinem unbekannten Domizil machen. Allerdings hatte ich nicht damit gerechnet, dass es so weit von meinem Zuhause weg sein würde, und das ärgerte mich.

»Steig aus.«

Ich tat, wie mir befohlen, und er machte es mir nach. Der Mercedes blieb mitten auf der Straße stehen, das Licht brannte, die Türen waren offen.

»Geh über die Straße. Und bleib dort stehen, neben dem ersten geparkten Auto.«

Ich gehorchte. Catapulta tat dasselbe auf der gegenüberliegenden Straßenseite. Die Straße vor uns führte in ein diffuses Halbdunkel hinab. Catapulta schrie:

»Weißt du, was eine ausgewählte Straße ist?«

Ich schüttelte den Kopf. Bei diesem ohrenbetäubenden Geschrei gingen hier und da Lichter in den Häusern an.

»In Frankreich war ich der König der ausgewählten Straßen. Siehst du die Ecke dort?«

Ich nickte. Einige Anwohner standen bereits auf ihren Balkonen.

»Es geht so, bis zur Ecke rennen, wer als Erster da ist. Aber halt! Brav zurück an deinen Platz, Freundchen!«

Ich war bereits die Straße abwärts losgerannt, damit der Unsinn möglichst schnell ein Ende erreichen würde, aber als ich seine empörte Stimme vernahm, blieb ich stehen.

»Falsche Strecke! Hier lang!«

Catapulta zeigte mir den gewellten Weg übers Blech, geradewegs über die hintereinander geparkten Autos.

»So!«

Ich sah, wie er von der ersten Motorhaube aufs Dach sprang, strauchelte, sich wieder fing, mit einem Satz auf dem zweiten Auto landete. Ich tat dasselbe auf meiner Reihe. Ich überholte ihn, während ich das Schimpfen der Anwohner hörte und daraus den Schluss zog, dass meine einzige Rettung darin bestünde, möglichst schnell die Ecke zu erreichen. Catapulta stolperte, fiel auf die Straße, kletterte wieder auf die Autos, hüpfte von Dach zu Dach. Das Geräusch des sich verbeulenden Blechs orchestrierte eine vollkommen durchgedrehte Arie. Catapulta heulte: »Wind und Juwelen! Wind und Juwelen!« Ich betete inbrünstig, während ich immer mehr an Tempo zulegte, von einem der Häuser einen Eimer Wasser kassierte und überlegte, mit welchem Manöver ich meinen Wettstreiter möglichst unauffällig besiegen könnte. Endlich kam ich ans Ziel. Catapulta lag mit ausgebreiteten Armen auf dem Boden. Ich ging über die Straße, um ihm aufzuhelfen. Verschwommen wie in einem Traum hörte ich eine Polizeisirene.

»Lass mich in Frieden! Weg mit dir! Hau ab! Lauf!« Er raffte sich auf, wollte mir einen Tritt verpassen, scheiterte und stürzte erneut. Ich ging wieder zu ihm, und wieder sprang er auf, riss einen Rückspiegel ab, schleuderte ihn mir zu: »Du trampelst auf dem Lied herum! Hau ab! Flieh vor der Ratte! Geh uns aus den Augen! Lauf, kleines Arschloch! Lauf!«

Ich rannte los, irgendwohin, während der Polizeiwagen bei Catapulta ankam, der sie zur Begrüßung mit einem weiteren Rückspiegel bewarf. Ich rannte weiter, sah mich nicht mehr um, dachte, was nun aus mir werden sollte und warum die Prophezeiung sich erfüllte, dass seltsamen Menschen seltsame Dinge passierten.

Der Morgen kam. Unerträgliche Kopfschmerzen begleiteten mich zur Handelsbank. Vor der Tür begrüßten mich, taufrisch, Catapulta und der Mercedes. Ohne komplizenhaftes Lächeln, ohne Vorwurf, ohne eine Bemerkung. Damals lernte ich, dass es einen Lebensstil gibt, dessen Grundsatz es ist, keine Erklärungen zu fordern, keine zu geben und keine zu suchen. Das Wissen um einen neuen Morgen und einen vollen Terminkalender, um die Sonne und einen Feind ist genug. Im Abfluss, wo das Öl sich staut, zuckt die Ratte.

12

Eineinhalb Jahre nach meinem Eintritt in die Bürgerliche Handelsbank hatte ich es erneut mit dem schmierigen Angestellten zu tun, der mir damals zur Begrüßung den Rat gegeben hatte, mein Gehaltskonto bei einem anderen Unternehmen zu eröffnen. Damals hatte er die Brille seinen verbauten Nasenrücken hinunterrutschen lassen und mit einem gerade so als schalkhaft zu erkennenden Grinsen zu verstehen gegeben, dass das ein Scherz gewesen sei; andere hatten sich grinsend und wispernd dazugesellt und wie eine Rabenschar über meiner Unwissenheit geflattert. An diesem Tag Ende Januar siebenundsiebzig kam er mit einem Brief des Generaldirektors in der zitternden linken Hand und war nicht zum Spaßen aufgelegt. In diesen eineinhalb Jahren war Fernando Atienza Picazo vom Lehrling zum offiziellen ersten Assistenten der Geschäftsführung aufgestiegen. Anzug, Haarschnitt, die manikürten Hände, mein Wissen, wie man sich zwischen all den Witzfiguren bewegte, all das machte die Kluft zwischen einem wie ihm und mir deutlich. Die höflichen Grüße, das vertrauliche Du, die Zuvorkommenheit, mit der mich der Personalchef am Arm zu den für den Papierkram zuständigen Schreiberlingen führte, die imaginären Rosenblütenblätter, die er auf meinen untadeligen Weg streute, all das erfüllte die Luft mit einer stillen Ovation. Allein dafür, dass ich lediglich der Chauffeur des Dandys war, wie alle wussten, verdiente ich schon einen gemeinen Spitznamen, aber derlei war mir nicht bekannt, und genauso wenig waren mir irgendwelche mich betreffenden, obszönen Anekdoten zu Ohren gekommen. Es war auch egal. Diese machtlosen Gesichter sagten alles: Sie bemühten sich, um ein Wort des Glückwunschs über die Lippen zu bringen oder einen Geiferfaden oder vielleicht ein letztes Röcheln. Ich war ein weiteres Beispiel der himmelschreienden Ungerechtigkeit, eine weitere Schaufel Erde auf ihr Grab, noch einer, der sich zu einem viel höheren Preis verkauft hatte, als es ihnen gelungen war. Sie, die anderen, waren an diesem Tag natürlich von der stückweisen Ersetzung der Rechenschieber durch moderne Errungenschaften der Technik in Anspruch genommen. Offenbar waren nicht alle in den Genuss des Fortschritts gekommen: Funkelnde Blicke waren die Vorboten harter Diskussionen. Gibt es etwas Erbärmlicheres als eine Personalabteilung? Auf dem Papier, das man mir aushändigte, sah ich mein neues Gehalt, meinen Anspruch auf Diäten und sogar einen kleinen Posten für Repräsentationskosten. Ich begriff nicht ganz, war aber sehr zufrieden und verabschiedete mich so herzlich und ausgelassen, als würde ich diese Bürodiener seit Ewigkeiten kennen, wie ein Welpe, der von ihnen vor dem Ertrinken gerettet worden war. Ich verließ die Personaletage unter Hochrufen und kam zurück in die Irrealität, zu den gewohnten Schritten in der Leere.

Der Tatsache, dass ich weder eine Vergangenheit noch Konkurrenz hatte, verdankte ich ein weiteres Sonderrecht, nämlich dass ich bei der »Stunde der Haifische« im Les Feuilles Mortes neuerdings als stummer Zuschauer dabei sein durfte. Ich brauchte nicht mehr nach Hause zu gehen, wenn Catapulta ein zweites Glas bestellte, ich war jetzt sogar verpflichtet, sitzen zu bleiben, allerdings ohne etwas zu tun oder zu sagen, und so hatte ich viel Zeit nachzudenken, was diese Leute eigentlich von mir wollten. Jedes Mal wenn Catapulta die neue Bestellung aufgab, krakelte er etwas auf ein Rezept und trug mir auf, eine Apotheke aufzusuchen. Ich musste jeden Tag in eine andere Apotheke fahren, den Mercedes für den Apotheker sichtbar auf dem Gehweg parken und ihm sagen, falls er mich fragte, dass die Medikamente nicht für mich, sondern für meinen Chef seien. Das alles brachte mich zu dem Schluss, dass die Rezepte den gefeuerten Lehrlingen gehört hatten. Doch das war nicht mein Problem. Wenn ich zum Les Feuilles Mortes zurückkam, erkannte ich an Don Tomás' und Don Carlos' Chauffeuren, die vor der Tür standen und über das Geheimnis der Ws ratlos die Köpfe schüttelten, dass die »Stunde der Haifische« begonnen hatte. Die Chauffeure sorgten dafür, dass sich keine Fremden Zutritt verschaffen würden und mitbekämen, was hier gekocht wurde. Drinnen redete Catapulta mit zwei oder drei sündhaften Mädchen, deren Umgangsformen alle hier zu der Aussage bewog, sie »wüssten sich zu benehmen«. Und sich zu benehmen wissen hieß einfach Schweigen, Lächeln und notfalls souverän vornehm zu näseln, mit einer Stimme, die zwar nicht glockenrein zu sein brauchte, doch keinesfalls eine allzu eifrige Zusprache zu harten Getränken verraten sollte. Des Weiteren brauchte man nur noch ein paar einfache Regeln des städtischen Zusammenlebens zu beachten: Körperhygiene, nicht mit den Händen essen, nicht fluchen, wenn man viel getrunken hat und die hohen Absätze einen zwingen, sich beim Gehen am Mobiliar festzuhalten, und geschickt den Grad an Aufreizung zu wählen, der gerade noch garantiert, dass nicht irgendein Passant einen mitten auf der Straße nach dem Preis fragt. Wallende Mähnen, die je nach Bedarf ein atemberaubendes Dekolleté verbergen oder enthüllen; und geschmeidige, frische, feste anatomische Fülle, die beim Betreten des Lokals unter einem Pelzmantel lauert, einem Geschenk irgendeines Don Tomás, den man sich in einem Haifischbecken wie diesem geangelt hatte; transparente Blusen, verspielte Röcke mit aufreizenden Schlitzen; pfeildünne Absätze, weiße geblümte Kleider, rote Lippen, allzeit zum Lächeln für den Mächtigen bereit, verführerische Blicke und jener laszive Gang zum ewigen Feuer der fleischlichen Sünde. Ich könnte die Liste endlos weiterführen. Mir, der ich nie mehr als zwei oder drei Worte mit einem gleichaltrigen Mädchen gewechselt hatte, gefielen diese verdorbenen Frauen, und bei unserem täglichen Wiedersehen im Les Feuilles Mortes hoffte ich, dass wir eines Tages einen so natürlichen Umgang miteinander pflegen würden wie Catapulta. Fürs Erste war ich mit meinem Status eines Unsichtbaren nicht nur einverstanden, ich war sogar dankbar: Da ich mich nicht selbst behaupten musste, konnte ich mich aufs genaue Beobachten konzentrieren. Und der Gegenstand meiner Beobachtung gesellte sich im hinteren Teil des Lokals um einen niedrigen Tisch herum. Don Tomás del Protzo auf einem plüschigen Sofa und Don Carlos del Cravall in seinem polierten Rollstuhl, beide waren identisch gekleidet, gestikulierten identisch, wisperten zur gleichen Zeit, lachten in Einigkeit, schwiegen unisono, während wir an der Bar versuchten, ihre Worte aufzuschnappen.

Eines Tages, als »die Stunde der Haifische« ihrem Ende zuging, kamen noch mehr Mädchen. Es waren die, welche die Sportwagen zu Weihnachten geschenkt bekommen hatten. Küsschen verteilend setzten sie sich zu den Magnaten. Kaum war diese zweite Schicht eingetroffen, begannen die Mädchen am Tresen, als folgten sie dem Libretto eines gut einstudierten Theaterstücks, sich höflich von den Neuen zu verabschieden, dann schlüpften sie in ihre Nerze und machten sich sang- und klanglos davon. An den Abenden, an denen die intimen Freundinnen nicht rechtzeitig kamen, schob Don Tomás den Rollstuhl seines Freundes an die Bar, der Barmann eilte sich, den Chauffeuren Bescheid zu geben, ein weiterer Kellner stürzte zum Telefon, um einen Tisch in einem Nobelrestaurant zu reservieren, und der Generaldirektor, getreu der Karikatur, die Catapulta mir skizziert hatte, hob die Hand an die Brust, erzählte einen schlechten Witz, und wir alle lachten wie unter Drogen.

»Zwei Freunde treffen sich. Warte, warte …« Don Tomás fing an zu lachen: »Sie treffen sich, und einer zieht ein langes Gesicht. Fragt der andere: ›Was ist mit dir los, alter Knabe?‹ – ›Ach nichts, da ist etwas, das mir keine Ruhe lässt.‹ Das sagt jetzt der andere, der mit dem langen Gesicht. Warte, warte …« Und er lachte wieder, auch von uns lachten einige, andere nickten erwartungsvoll mit offenem Mund. »›Also, ich mache so ein langes Gesicht, weil mir neuerdings alle Frauen gefallen, nur nicht meine eigene.‹ – ›Ach! Sonst nichts? Mach dir keine Sorgen!‹ sagt der andere zu ihm. ›Mir geht's genauso: Mir gefallen alle Frauen, nur nicht deine.‹«

Und während Don Tomás immer wieder »nur nicht deine!, na?, kapiert?, deine, na?« wiederholte und sich wie ein Infarktkandidat an die Brust fasste und wir es ihm nachmachten, hatte ich Zeit, aus dem Augenwinkel Catapulta zu beobachten, der zu meinem Erstaunen nicht seine eigenen Ratschläge, wie man auf Don Tomás' humorige Ergüsse zu reagieren hatte, befolgte: Er zuckte gleichgültig die Schultern, klopfte sich die Asche von der Hose, drehte sich auf seinem Barhocker um und tat so, als betrachtete er das Funkeln der Likörflaschen im Regal. Don Tomás zeigte sich darüber nicht verstimmt, sondern klopfte ihm kumpelhaft auf die Schulter, bevor er sich verabschiedete. Die dicken Fische gingen mit den Mädchen, und diese rissen sich albern und in einem Anfall von Wohltätigkeit darum, Don Carlos' Rollstuhl zu schieben, wohingegen ich mich fragte, was dieser Behinderte mit ihnen schon anfangen konnte, aber auch das war nicht mein Problem.

Catapulta nötigte mich jedes Mal zu einem dritten Glas, bei dem wir den nächsten Tag planten. Tag für Tag fiel mir auf, wie Catapultas Hoffnungsballon Luft ließ, sich wieder aufblähte, sobald unsere Botengänge erfüllt waren, und Don Tomás hinten im Les Feuilles Mortes große Töne spuckte, doch danach fiel der Ballon vollends zusammen. Catapulta wurde von Tag zu Tag ungeduldiger, und vielleicht war der unkontrollierte, orgiastische Wutanfall, den ich vor einiger Zeit bei ihm erlebt hatte, Ausdruck seiner fortschreitenden Unzufriedenheit. Catapultas Laune hellte sich auch nicht auf, als wir im Verlauf dieses letzten Glases kuriosen Besuch bekamen. Zum Beispiel von den beiden Polizisten, die ich vor einem Jahr an der Nase herumgeführt hatte, als ich hinter ihrem Rücken mein W auf die Wand gemalt und ihnen damit vorgeführt hatte, dass es keine neuen Erkenntnisse über den Verursacher der Schmierereien gab.

An einem anderen Abend schaute Mirana, der Geschäftsführer des Luxus-Autohauses, auf ein Glas herein. Offenbar hatten er und Catapulta eine kleine Abmachung getroffen. Don Tomás hatte, so Mirana, vier Wagen als Weihnachtsgeschenke erworben. Davon hatte Mirana nur zwei zurückkaufen können. Catapulta, so Mirana, hatte ihm aber versprochen, dass die Mädchen alle Autos wieder verkaufen würden, und aus dieser Vorhersage hatte er eine stattliche Provision geschlagen. Mirana, so Catapulta, war ein Geier und sollte sich zufriedengeben mit dem Gewinn, den er gemacht hatte, indem er zwei nagelneue Luxuswagen zu einem Spottpreis zurückgekauft hatte. Catapulta fügte hinzu, dass von den beiden nicht zurückgekauften Wagen einer ihm gehöre, der andere Tina Alarcón; und wenn das arme Ding glaubte, genügend Klasse zu besitzen, um mit einem Jaguar durch die Gegend zu flitzen, konnte Catapulta gegen diese Schwachsinnsidee nicht viel ausrichten. Hier, so Catapultas Ausführung, hatten alle gewonnen. Das und nichts anderes war kaufmännischer Geist; und Mirana sollte nicht so habgierig sein, sondern lieber seinen Goldesel verwöhnen.

»Du bist dumm, Mirana«, war Catapultas Fazit, woraufhin Mirana abzog.

Ich blieb, fand Geschmack an dem Chivas und redete mir ein, das alles sei in der Geschäftswelt normal. Doch in meinem tiefsten Innern wusste ich, dass Catapulta mir an dem Tag seines sentimentalen und maßlosen Besäufnisses sein Herz gezeigt hatte. Während ich an einem dieser Tage am Steuer saß und wieder einmal seine ätzende Laune zu ertragen hatte, mit der er bloß die üblen Launen von Tomás del Protzo, unter denen er litt, an mich weitergab, beschwichtigte mich der Gedanke, dass er wusste, dass ich wusste, und irgendwie wollte ich ihm zu verstehen geben, dass er auf mich zählen könne. Schließlich war Catapulta meine größte Hoffnung. Doch mein Gebot hieß schweigen, so lange, bis die Distanz zwischen uns aufgehoben wäre, wie es an dem Zechabend geschehen war. Bis dahin sollte er nur reden, ich sog alles, was er in seinen Quasselanfällen von sich gab, begierig auf. Vor allem wünschte ich mir Anhaltspunkte zu grundsätzlichen Fragen: Wie man keine Angst hat, oder die Angst in Wut umwandelt, oder eine andere Angst empfindet, die abstrakter und darum leichter zu ertragen wäre. Dieses Gefühl, am Rande des Abgrunds zu stehen, war etwas vollkommen anderes als alle erbärmlichen, banalen und dennoch wie Lanzenstiche verwundenden Ängste, die mich bis dahin beherrscht hatten, vor und nach dem Augusttag 1971, aus dem ich nichts gelernt hatte, außer wie man sich seine eigene Wirklichkeit erfand. Das hier war etwas Neues. Jetzt hieß es, die Lungen zu füllen, zu sagen »Hier bin ich«, die Perle zu verkaufen, die man nicht besaß und die niemand wollte. Und dafür galt es, das Vertrauen Catapultas zu gewinnen.

Als wir wieder einmal zum Les Feuilles Mortes fuhren, glaubte ich den rechten Moment gekommen:

»Was ist, Hans Guckindieluft, parkst du nun oder wartest du auf ein Zeichen des Himmels?«

»Nein, sieh, die beiden dort.«

Vor dem Les Feuilles Mortes trieben sich zwei Gestalten herum. Einer war spindeldürr und als gediegener Bürger verkleidet, wodurch seine Fratze nur noch mehr den Hühnerdieb durchblicken ließ. Er schlich sich mit einer Hand in der Tasche an ein parkendes Auto heran und machte sich mit gleichgültiger Miene am Türschloss zu schaffen. Der zweite, ein schwitzender Fettkloß, halb glatzköpfig und mit buschigem Schnauzbart, streifte mit den Augen meinen Blick, warnte seinen Komplizen mit einem Pfiff und verschwand in der Bar.

»Sie warten ab, was wir tun«, sagte ich zu Catapulta.

»Willst mir wohl Lektionen erteilen, Hosenscheißer«, war die freundliche Antwort.

Die Überzeugung der beiden Spitzbuben, dass sie sich nur einen Secondhandanzug überzuziehen und eine Krawatte aus dem Sonderangebot um den Hals zu hängen brauchten, um nicht aufzufallen, rührte mich sogar ein wenig. Der Glaube in ihr schauspielerisches Talent erwies sich als heroisch, die Armen, er war sogar noch ungebrochen, als man ihnen schon die Handschellen anlegte. Ich kannte sie nicht, aber sie hätten jeder der hartgesottenen Kerle sein können, die meine Kindheit kurzweilig gemacht hatten; ich hegte für sie brüderliche Gefühle in meiner Erinnerung an einen weit zurückliegenden Tag. Die spindeldürre Nummer eins warf einen Blick in die Bar und kam wieder heraus, spähte rasch in alle Richtungen, blickte dann ins Leere, auf die Fahrbahn und den Verkehr, und schließlich auf den Mercedes.

»Guck ihn bloß nicht an«, sagte Catapulta, und in dem Augenblick sah ich seine Augen im Rückspiegel raubkätzisch aufblitzen. »Warte hier. Und mach keinen Unsinn, solange ich weg bin.«

Catapulta stieg aus. Mit der Hand wedelnd forderte er mich auf, zu parken und im Auto zu warten. Ich beachtete ihn nicht.

An diesem Abend erlebte ich zum ersten Mal, dass mein Leben auf wenige Minuten zusammenschmolz. »Die Zeit steht still, und auf einmal verfliegt sie: Handeln ist angesagt«, sollte Catapulta mir Wochen später sagen. Die drei Mal, die dieser Abend zu einem denkwürdigen Moment zu werden versprach, hätte ich Catapulta antworten können: »Alles vergeht sehr langsam, bis es auf einmal noch langsamer vergeht: Handeln ist also doch nicht so angesagt.« Verbrecher Nummer eins trat wieder auf die Straße hinaus. Er warf seine Kippe in den Rinnstein und blies den Rauch in den bleigrauen Abendhimmel. Er betrat das Etablissement, woraufhin augenblicklich Nummer zwei auftauchte, in seiner persönlichen Rangordnung vielleicht die Nummer eins, sich vor die Tür stellte, von einem großen Bier trank, erneut meinen Blick fixierte. Dann warnte er seinen Komplizen und tastete seine Hosentasche ab. Sie kamen auf mich zu, doch zu ihrem Unglück kamen in einiger Entfernung bereits die beiden Polizisten die Straße entlang, die sonst immer Catapulta mitteilten, dass es im Fall des rätselhaften Ws keine neuen Erkenntnisse gab. Der fette Verbrecher, der bereits auf mich zuging, spürte die Gesetzeshüter mit seinem sechsten Sinn und verdrückte sich wieder in das Lokal, wobei seine Verstellungskünste ähnlich überzeugend waren wie sein Aufzug. Ein aus der Gegenrichtung kommendes Polizeiauto hielt vor dem Lokal an. Während Catapulta, ebenfalls mit einem Glas in der Hand, mir von der Tür des Les Feuilles Mortes aus signalisierte, dass ich parken sollte, nun aber wirklich, krochen die beiden Herrschaften bereits mit Handschellen und unter Protest in das Polizeiauto, dem Mercedes warfen sie einen geradezu sehnsüchtigen und schmerzerfüllten Blick nach.

»Du hast ein gutes Auge«, sagte Catapulta zu mir, als ich hereinkam. Und zum Kellner: »Unser Kleiner hat sie bemerkt. Diese Arschlöcher probieren es auch bei jedem.«

Die Polizisten kamen, als ich gerade vom Lob der Stammgäste errötete. Die Hand des Gesetzes bestellte harte Getränke und trank sie auf ex. Mit den sprudelnden Worten von jemandem, der mehr weiß, als er sagt, herausgespuckte Halbsätze mit zwischengeschobenem Zungenschnalzen, wurde die Lage der Nation analysiert; hier sprachen nicht die, die sich ohnmächtig fühlten, sondern urteilsfreudige Köpfe, die angesichts der nicht abreißenden Folge von Morden, Attentaten, Streiks mit Ausschreitungen, Überfällen und Krawallen, zu denen es in diesen Tagen im ganzen Land kam, die Ärmel hochkrempelten: Ihr Bemühen, als gute Demokraten aufzutreten, konnte nicht über ihre Lücken hinwegtäuschen. Die ultrarechten Terroristen, die in Madrid in der Calle de Atocha auf die Arbeiteranwälte schossen, waren für sie genauso Provokateure wie die, die Guardias Civiles ermordeten.

»Und die aus der ersten Reihe drücken sich. Zum Kotzen.«

»Na ja, wenigstens haben wir den Franzosen gekriegt.«

»Welchen Franzosen?« fragte Catapulta.

»Der mit den Ws. Haben wir Ihnen das nicht gesagt?«

»Nicht dass ich wüsste. Also, welcher Franzose?« Catapulta schien gierig, etwas zu erfahren.

»Jean Pierre Moreau. Ein internationaler Terrorist. Ein zweiter Carlos. Sie kennen ihn bestimmt.«

»Ich kenne niemanden«, sagte Catapulta sehr ernst. »Außerdem glaube ich nicht, dass ein internationaler Terrorist sich damit aufhält, Wände zu bepinseln. Und die Ws sind immer noch da.«

»Kann ja sein, dass er gar nicht so terroristisch war, wie er gerne gewesen wäre.«

»Genau das wollte ich auch sagen.«

»Und die Ws?« wollte Catapulta wissen.

»Kommt aus dem Französischen, das haben unsere Ermittlungen gestern ergeben. Er hat eine autonome Gruppe von hiesigen Anarchisten gegründet. Ganz ruhig …«

»Ich bin ganz ruhig.« Seiner Stimme nach zu urteilen war Catapulta nicht ruhig, sondern er raste. Ich war bass erstaunt.

»Wie heißen sie noch?« fragte der eine Polizist den anderen.

»Irgendwas mit Watte, keine Ahnung.«

»Angeblich ein Gedicht. Auf Französisch. Die halten sich wohl für sonst was.«

»Le Bateau Ivre?« fragte Catapulta mit geschliffener Aussprache.

»Genau! Daher kommt das W. Schau, hier hab ich's aufgeschrieben. Von dem Franzosen höchstpersönlich.«

Der Polizist faltete ein Blatt auf. Catapulta sagte:

»Hier steht ›Watteau Ivre‹. Watteau besoffen. Watteau ist ein Maler. Bateau geht mit B wie Butter. Und bedeutet Schiff. Und dieses W hat eine andere Hand über das B geschrieben.«

»Dann wusste der Franzose also selbst nicht, was er sagte. Vielleicht ist das W die Form des Schiffs. Sieh doch, wenn du ein Papierschiffchen machst … Irgendwie musste er das W ja erklären.«

»Die Sache ist die: Wir haben bereits vier Arschlöcher von diesem autonomen Kommando gekriegt. Tun sich vier Würstchen zusammen und sagen: ›Wir zeigen's euch!‹«

»Was für ein Zufall …!« spottete Catapulta.

»Der Franzose hat gesungen. Das meiste war unverständlich, aber im Kern ist die Sache klar geworden. Und vor allem hat er unterschrieben.«

»Er hat gestanden und verpfiffen. Daraufhin haben wir in so einer Spelunke im Chino-Viertel die anderen sechs geschnappt. Es sind nämlich sechs, die Arschlöcher, nicht vier. Vier sagt man so. Und nach einer halben Stunde Verhör haben wir sie alle. Nichts mehr mit Bahn frei.«

»Ich kann's mir vorstellen …«, sagte Catapulta.

Das konnte sogar ich mir vorstellen, obwohl ich noch immer wie ein Schiffbrüchiger im Ozean meines Erstaunens trieb.

»Verflucht nur, dass einer von den sechs der Sohn von Vendrell ist.«

»Dem Professor?« fragte Catapulta.

»Genau, von dem Profi im Geldscheffeln. Er hat Fabriken.«

»Dann ist es sein Bruder.«

»Ja, und der Terrorist der Sohn des Bruders. Die Familie fängt schon an zu nerven. Glaub mir, in vier Tagen ist der wieder frei. Wenn ich vier Tage sage, meine ich nicht exakt vier Tage, ich will sagen …«

»Weiß schon, weiß schon …« Bald würde Catapulta der Geduldsfaden reißen.

»Aber die anderen sperren wir ein. Außerdem hat man sie mitten im Gefecht erwischt.«

»Und dieses W war einfach eine Flause von ihnen«, stichelte Catapulta, während er mit dem Finger auf das Glas seiner Armbanduhr klopfte.

Die Polizisten kippten ein zweites Glas, während ich mich allmählich mit der Logik der Erwachsenengesellschaft vertraut machte. Wenn ich recht verstanden hatte, waren meine Ws schuld daran, dass sie einen armen Franzosen festgenommen hatten; der Junge hatte, angestachelt von den Aufmunterungen seiner Verhörer, eine Art Terroristengruppe erfunden. Sofort waren bei einer hochkochenden Straßenschlacht weitere Mitglieder der eben erst erfundenen Vereinigung aufgetaucht. Und wir saßen hier und redeten über die Angelegenheit wie über Fußball, wenige Minuten, nachdem zwei andere Verbrecher wegen uns in den Knast gewandert waren, wo man sie höchstwahrscheinlich als Mafia-Bosse identifizieren würde. Und unser Geschäft war die Bank. Catapulta erwähnte »die Stunde der Haifische«. Die Polizisten verstanden, und wir waren wieder allein. Mein Moment war gekommen. Auch ich war im An-den-Haaren-Herbeiziehen nicht faul:

»Guillermo …«

Seit der berühmten Nacht durfte ich Catapulta duzen, der in diesem Augenblick mit ernster Miene über das, was man ihm gerade erzählt hatte, nachdachte:

»Was ist?«

Ich wusste nicht, wie ich anfangen sollte.

»Ich habe viel Freizeit …«

»Glückwunsch. Mach Sport. Du siehst aus wie ein Spargel.«

Catapulta wandte sich wieder seinen Gedanken zu.

»Ich will sagen, dass in Anbetracht der Besorgnis über diese Schmierereien, und dass ich, na schön, ich habe einen Kontakt …«

Catapulta explodierte vor Lachen, als hätte Don Tomás del Protzo gerade eine seiner humorigen Einlagen zum Besten gegeben.

»Erzähl nur weiter …«

»Das W. Ich weiß, was es bedeutet.«

Catapultas Gesicht wandelte sich:

»Das klingt wie Violinen in meinem Ohr, Junge. Diesen beiden Jammergestalten darf ich nichts sagen, aber du weißt ganz genau, Fernando … Scher dich um deinen Kram!«

Die Kellner verzogen sich mit Glas und Lappen ans andere Ende des Tresens.

»Das weiß ich doch. Ich bin in einem Viertel groß geworden …«

»Ich weiß, in welchem Viertel du groß geworden bist. Wo du danach gewohnt hast und wo du heute wohnst. Wer dein Stiefvater und deine Mutter sind. Übrigens, überbringe ihr meine Glückwünsche für ihre letzte Niederkunft und für ihre neue Schwangerschaft, sie muss schon im achten oder neunten Monat sein. Ich hatte ganz vergessen, dir das zu sagen.«

Die nun eintretende Stille verwirrte mich, zum zweiten Mal an diesem Abend blieb die Zeit stehen. Ich bat um Erlaubnis, aufs Klo zu gehen. Als ich zurückkam, lachte Catapulta.

»He, nicht erschrecken. Das steht alles in deiner Personalakte. In der Bank. Die Verhandlungen, die dein Stiefvater geführt hat und so weiter. Aber die Art, wie ich es dir gesagt habe, war nicht nett. Entschuldige. Wir sind mit dir sehr zufrieden, aber über Vertrauensleute muss man eben Nachforschungen anstellen. Das ist normal. Also, du bist aus einem Viertel … Erzähl mir mehr.«

Ich räusperte mich. Catapulta sah mich trotz des spöttischen Zugs um seinen Mund konzentriert an.

»In meinem Viertel war dieser Buchstabe überall. Es war wie ein Spiel. Ursprünglich war damit ein bestimmter Typ gemeint, der sich in der Gegend herumtrieb …«

»Wie hieß er?«

»Das weiß ich nicht mehr. Ich war damals ein Kind. Aber wenn sich jemand langweilte, malte er auf die Wände diesen Buchstaben, es war eine Art Mode. Und jetzt ist die Mode wiedergekommen, aber ganz groß. Es ist wie mit dem Jojo, ein Jahr lang in Mode, dann verschwindet es und kommt auf einmal wieder. Gegenüber von meinem Haus haben sie auch ein W gekritzelt. Ach, und an der Ecke. Manchmal sieht man auch Eisenbahnwagen mit einem W. Du brauchst dich nur umzusehen, die ganze Stadt ist damit voll. Ich habe es Lausejungen malen sehen, die wirkten nicht wie Anarchisten oder Terroristen. Ich erkläre es mir so, die Mode ist zurückgekommen, doch nach dem allen in der Politik jetzt noch viel stärker. Es ist noch mehr in Mode als früher. Und das auf der Wand hier stammt von irgendeinem Witzbold. Weiter nichts.«

»Ist mir noch gar nicht aufgefallen …« Catapulta wunderte sich, dass ihm etwas entgangen sein sollte. »Ist euch aufgefallen, dass alles voller Ws ist?«

Die Kellner, die am anderen Ende des Tresens Gläser polierten, schüttelten den Kopf. Vielleicht wussten sie sogar davon, aber das Spiel gefiel ihnen. Catapulta ließ eine Hand auf meine Schulter sacken.

»Trotzdem bringt uns das jetzt nicht weiter, dieser Witzbold wird so lange weitermachen, bis wir ihn haben. Aber wenn ich diese beiden Schwachköpfe zu packen kriege, haben wir ein Wörtchen über Kompetenz und Loyalität zu reden. Sie wissen nicht, wie sie es anstellen sollen, damit ich denke, ich schulde ihnen einen Gefallen. Als wären in dem Umschlag, den ich ihnen gebe, Laubblätter.«

Catapulta versank wieder in Gedanken. Von Zeit zu Zeit sah

er zu mir auf, und ich schaute nach unten. Ich wusste nicht, ob er mich abschätzte oder ob er es bereute, dass er mir mehr gesagt hatte als nötig, als er den Umschlag erwähnte. Vielleicht war er beeindruckt. Vielleicht dachte er auch, ich hätte versagt. Es hat mich oft überrascht, wie schnell scharfe Beobachter ihr Beobachtungsobjekt fallenlassen, sobald für sie nichts mehr rauszuschlagen ist. Mein Chef betrachtete den ganzen Tag lang aus dem Wagenfenster hindurch die Straße, während ich ihn durch die Gegend kutschierte. Er sah sich um und zog seine Schlüsse. Aber er sah sich nicht die Wände an. Wozu auch?

Nach einer halben Stunde trat mit den Mädchen von Don Tomás und Don Carlos, darunter Tina Alarcón, und dem fluchtartigen, küsschenreichen Aufbruch der anderen Mädchen der dritte Moment an diesem Abend ein, an dem die Zeit stehenblieb und ich mich glücklich und noch unschuldiger als sonst fühlte.

Als Don Tomás, Don Carlos und Tina die Versammlung aufhoben und sich zu uns gesellten, sagte Don Tomás zu Tina:

»Gib dem Jungen die Schlüssel.«

Er überschüttete seine Zuhörerschaft mit einer Lachsalve, die eines neapolitanischen Tenors würdig gewesen wäre, und der zu erwartende Witz ließ alle zusammenfahren. Don Tomás sagte:

»Die Tochter eines Kommunisten, einer von denen, die weg waren und jetzt wiederkommen, ein Exilant, die Tochter eines Exilanten geht eine Runde spazieren. Als sie nach Hause kommt, grinst sie übers ganze Gesicht, und die anderen fragen sie: ›Und? Wie war's? Was hast du alles gesehen?‹ ›Ach, wunderbar‹, antwortet das Mädchen. ›Man hat mit Gummigeschossen auf mich gezielt, mich zu Boden geschleudert und vergewaltigt.‹« Don Tomás del Protzo führte die Hand an die Brust, kniff in seine Krawatte, und seine Lachsalve war der Startschuss für uns, wir pumpten uns auf, bis uns der Brustkasten barst, und krümmten unser Rückgrat, um noch die letzte Lachträne aus unserem Körper herauszupressen. Wie immer blickte ich aus dem Augenwinkel zu Catapulta, um zu sehen, wie angeekelt er war. Aber er strahlte. Gerade kreuzte sein Blick den von Don Tomás, und Don Tomás, der mit seinem vor Lachen glühenden Gesicht ziemlich beschränkt aussah, nickte. Mit meinem über die Jahre geschulten unschuldigen Blick sah ich mich um und erblickte die beiden Chauffeure, die den Rollstuhl hochhoben, der schwankte und pompös war wie eine sevillanische Madonna, ich sah die beiden Kellner lachen, während ein anderer außerhalb des Blickfelds angewidert einen Tisch für drei vorbestellte; und auch Tina Alarcón lachte, aber sie sah mich dabei an, mich!, und streckte ihre langen Finger mit den roten Krallen aus, an denen der Schlüssel baumelte, den ich ihr vor einiger Zeit geschenkt hatte, und ihr roter Mund sagte: »Kannst du den Wagen holen? Er steht in der Garage an der Ecke.« Ihr Blick gab mir zu verstehen, dass sie verstand, dass ich verstanden hatte, auch wenn ich mir nicht so sicher war, ob ich überhaupt etwas verstanden hatte. Aber es war mir gleich, Hauptsache, ich würde das Auto fahren.

Als ich aus der Tiefgarage auftauchte, durfte ich dank der segensreichen Einbahnstraßenregelung eine Runde drehen, bevor ich wie ein Playboy vor dem Les Feuilles Mortes vorfuhr. Ich beschloss, jeden aus dem fahrenden Wagen heraus zu grüßen. Vor allem die Damen. Ich hörte, wie ihnen bei meinem Vorbeifahren die Strapse rissen und die Strümpfe rutschten; ich sah, wie Familienväter mit Alltagssorgen, deren Blick an den Schuhspitzen haftete, aus der freiertypischen Mattigkeit erwachten und meinen Gruß erwiderten. Man zog den Hut vor mir, nickte anerkennend, die Verkäuferinnen der Edelboutiquen und deren Geschäftsführerinnen, sobald sie das Verhalten ihrer Verkäuferinnen sahen, hielten in ihrer aufreizenden Pose beim Herunterlassen des Rollladens inne, lächelten dem Herrn in dem Sportwagen zu und hoben ihren Rock ein paar Zentimeter. Was so ein gelber Jaguar ausmachte! Auf dieser kleinen Runde, umgeben von Neid, Bewunderung, platzenden Blasen und kapitalen Fehlern in diesem düsteren Winter siebenundsiebzig, sah ich auf einmal den braungebrannten Straßenjungen, der ich früher gewesen war, wie er zusammen mit einem Zigeunerjungen auf einen umgekippten Anhänger sprang und in einem gestohlenen Seat Sechshundert im Augustregen auf einem breiten Boulevard fuhr. Ich kurbelte das Fenster hoch und rollte mit aller Sanftheit aus der Welt heraus vor die Tür des Les Feuilles Mortes. Don Carlos war schon weg, sein Chauffeur und der Chauffeur von Don Tomás auch. Ich schloss daraus, dass Catapulta mit Don Tomás und seiner Geliebten essen gehen würde. Die Hierarchieoberen übergehend, reichte ich den Schlüssel des Flitzers meiner Dame. Don Tomás del Protzo riss ihn an sich, sah mich an und sagte sehr ernst:

»Was sagst du dazu, Kleiner?« Er meinte den Jaguar.

»Ein Jaguar Typ E Serie 3. Vielleicht kann er mit einem Ferrari oder einem Aston Martin seiner Kategorie nicht mithalten, aber er ist tausendmal schöner. Es war eine gute Entscheidung, das Lenkrad links zu montieren. Also, Wind und Juwelen …«, meinte ich, um zu zeigen, dass ich auf der Höhe der Zeit war. Ich sah Catapulta nicht an, hörte aber ein peitschenscharfes Zungenschnalzen, das er mir vor allen Leuten zukommen ließ.

»Machen wir es also.« Jetzt blickte Don Tomás zu Tina Alarcón, die mich anlächelte und nickte.

»Guillermo …«, sagte Don Tomás: »Es macht dir doch nichts aus, oder? Ist auch nicht jeden Tag.«

Catapulta stimmte resigniert zu.

»Natürlich nicht«, sagte er.

»Genug geredet. Fernando, du sollst diesem Wunderwerk von Frau beibringen, wie man dieses Wunderwerk von Auto fährt. Sie sagt dir, wo ihr euch morgen trefft«, sagte Don Tomás, und ich war überrascht, dass er sich an meinen Namen erinnerte.

»Warte, ich schreib dir die Adresse auf«, sagte Tina zu mir.

Ich wollte sagen, dass ich die Adresse auswendig wusste, aber mir fiel ein, dass meine Arbeit, wenn überhaupt in etwas, dann darin bestand, nichts zu wissen und als neutraler Beobachter diese leichtmütige Farce mitzuverfolgen. Das riefen mir Catapultas und Don Tomás' Blicke noch einmal in Erinnerung.

»Du bist größer geworden, stimmt's, Fernando? Immer noch genauso schlank, aber kräftiger«, sagte Don Tomás auf einmal und ahmte einen Gewichtheber nach, um mir seine Kraftdemonstration mit der Franco-Büste in Erinnerung zu rufen, und beiläufig, dass er nichts vergaß. Und als ob ich Letzteres nicht von allein folgern würde, hob er den Zeigefinger an die Schläfe.

Tina Alarcón gab mir ein Kärtchen.

»Ich erwarte dich morgen um elf.«

»Sehr gut«, sagte Don Tomás. »Und jetzt, schnell nach Hause.«

Das sagte er zu mir, während ich mich Catapulta zuwandte, falls der mir noch Instruktionen für den nächsten Tag geben wollte, und um ihm mit dem Blick zu verstehen zu geben, wie schmerzhaft es für mich war, ihn ein paar Tage lang nicht zu sehen. Er gab mir keine Zeit zu irgendetwas.

»Hat er nicht schnell gesagt?« fragte das Miststück von Catapulta und klatschte zweimal die Hände.

Da rannte ich hinaus, während sie lachten, und meine Gedanken überschlugen sich. Ich rannte immer noch, als ihr Gelächter mich im Jaguar einholte. Ich weiß nicht, ob sich das, was ich hier erzähle, alles an einem Abend zugetragen hat oder in Wirklichkeit auf mehrere Tage verteilt war. Aber das Gedächtnis fasst die Geschehnisse nach einer erbarmungslosen Schematik zusammen, es verfolgt die Linien zurück, die auf meine Erinnerungen an einen einzigen Tag zulaufen. Alles geschah sehr langsam, bis auf einmal alles sehr schnell und gleichzeitig sehr langsam ging. Handeln war angesagt: jetzt oder nie.

13

In meiner Eton-Musterknaben-Verkleidung kam ich zu der Apartmentanlage Pluto, es war ein denkwürdig ungemütlicher Morgen: Aufziehender Regen, Vogelgekreische in den Bäumen, Blicke, noch grauer als die Luft, richteten sich in die Ferne, wo der Spitzel-Hubschrauber eine Demonstration überwachte, von der Hupen und Parolen herandrangen. Ich drückte die Klingel in der Überzeugung, dass das Edelfräulein schon bereitstünde, ein letztes Mal ihren Unterrock prüfte, ihre Strümpfe glattstrich, sehnsüchtig das Klingeln erwartete. Fehlanzeige. Tina erschien nach einer halben Stunde mit frischem Sommersprossengesicht und im Aufzug einer Bankräuberin aus den zwanziger Jahren: Schiebermütze, aus der überall Lockengestrüpp herausstand, Pulli, Kostüm mit schmalem, knapp sitzendem Rock und Pumps mit Fesselriemen. Wirklich die ideale Kleidung zum Autofahren, wenn man gerade eine Bank überfallen hat, jedenfalls in der Welt des Kinos. Ein paar Lehrbücher über Marketing, Werbung, Englisch und Öffentlichkeitsarbeit, die sie unter dem Arm trug, gaben ihrem Auftritt etwas spielerisch Studentisches. Nichts war sehr natürlich, aber das war in Ordnung. Mit ihrem unwiderstehlichen Lächeln wollte sie ihre Verspätung entschuldigen, die bereits entschuldigt war. Sie hob im Jammerton zu einem »meine Haare wachsen einfach so langsam …« an und reichte mir die Schlüssel, damit ich das Auto aus der Garage holte. Als ich mit dem Fahrzeug vor der Tür hielt, sollte die ganze Welt sehen, wie ihr beim Einsteigen der enge Rock hochrutschte, und ihre Bewegung, als sie Bücher und Tasche auf die Rückbank lud, hatte nichts mit ihrem lasziven Räkeln im Les Feuilles Mortes gemein, sondern zeigte die Unbedarftheit eines schlecht erzogenen Mädchens, das soeben sein Zuspätkommen eingestanden hat und sich den Reizen ihres Körpers in keiner Weise bewusst ist. Ich schlug ihr vor, für die Fahrstunden auf den Montjuïc, den Berg meiner Kindheit, zu fahren. Dort könnte ich ihr die Grundlagen des Fahrens beibringen, ohne dass wir andere Verkehrsteilnehmer gefährden würden. Außerdem befand sich dort ganz in der Nähe der Probeparcours, wo sie die Prüfung würde ablegen müssen. Tina gestand mir, dass sie gar nicht zur Fahrprüfung antreten würde: Ein Freund habe ihr in Gibraltar einen Führerschein besorgt; trotzdem, Fahren lernen müsse sie, und das mit dem Berg fand sie keine schlechte Idee. Tina setzte ihre Lesebrille auf, bat mich, darauf zu achten, dass nicht irgendein Raser dem Wagen einen Kratzer zufügte, und vertiefte sich in ihre Lehrbücher. Endlich erreichten wir den Montjuïc, nachdem wir weiträumig einen Stau umfahren hatten, Demonstrationen von streikenden Arbeitern und Bürgerinitiativen, Kommunisten und der P. N. N., die so einen Luxusschlitten in Stücke geschlagen hätten. Tina studierte eines ihrer Bücher und jammerte mir unentwegt die Ohren voll, wie sehr sie das frühe Aufstehen (am späten Vormittag!) hasse, und zur Abwechslung legte sie nachdenklich die Stirn in Falten, um sich anschließend über die Zitate der großen Männer aufzuregen, die in ihrem Marketing-Buch abgedruckt waren:

»›Handle nur für deinen eigenen Gewinn. Ansonsten halte dich zurück.‹ Wie findest du das? Das sagt ein Chinese mit Namen Sun Tsu, bestimmt so ein Buddha, den nichts aus der Ruhe bringt. Als ob die Chinesen so lange auf die Nase gefallen sind, bis so ein Sun Tsu kommt und sagt ›Handle nur für deinen eigenen Gewinn! Handle nur für deinen eigenen Gewinn!‹. Hohles Geschwätz, aber wenn du nur lang genug darüber nachdenkst, findest du garantiert einen Sinn. Manchmal zum Beispiel handelt man nur, um jemanden zu ärgern, so sind die Menschen. Wie du jetzt, guckst die ganze Zeit auf meine Beine, achte mal drauf, und gleich donnern wir in den Laster dort.«

Bei mir hielt es Tina natürlich nicht für nötig, »gutes Benehmen« zu zeigen.

»›Handle nur für deinen eigenen Gewinn!‹« sagte sie noch einmal mit schauderlicher Stimme und drückte mir einen Kuss auf die Wange: »Du wirst ja rot. Nicht nötig. Und schau nach vorne, du weißt, wie schnell es gehen kann.«

Wir kamen auf dem Montjuïc an. Wir suchten uns eine freie Fläche zwischen eingezäunten Fußballplätzen, wo noch weitere angehende Autofahrer in schepprigen Karren mit einem Schild auf dem Dach übten. Tinas Gleichgültigkeit zeigte mir, dass man den Neid der anderen nicht noch schüren sollte. Hoch konzentriert und mit einem Ruckeln der Hüften und Schultern stellte sich Tina den Fahrersitz ein, und ein unvergessliches Abenteuer begann. Mit einem Knopfdruck öffnete sie das Verdeck des Jaguars, während ich fürchtete, dass die wütend zu uns hersehenden Leute uns jeden Augenblick steinigen würden.

»Das Verdeck hoch- und runterklappen habe ich mir zu Hause beigebracht. Viel besser so, oder? Jetzt kannst du mir, wenn du willst, auf die Beine schauen, aber nur, wenn du mir sagst, was ich mit ihnen machen soll.«

Ich zog ein Blatt Papier aus der Tasche, auf dem ich, der erfahrene Didaktiker, am Abend zuvor alle Schritte detailliert aufgeschrieben hatte.

»Er hat sich's notiert. Wie süß …«, hörte ich neben mir.

Ich warnte sie, dass diese Maschine ein Jaguar war, sehr stark und zugleich hochsensibel. Sie musste zu ihm zärtlich sein wie zu einem kleinen Kätzchen, aber im Wissen, dass in ihm ein Löwe mit scharfen Krallen steckte. Jede Unvorsichtigkeit konnte fatale Folgen haben.

»Willst du damit sagen, dass das kein Auto für mich ist? Mirana, der von dem Geschäft, ruft mich dauernd an, um mir dasselbe zu sagen und mich zu überreden, es ihm zu verkaufen. Er sagt, das sei ein Höllengerät. Genau wie du.«

»Ich meine mehr, wenn du das Gaspedal um ein Haar zu viel drückst, drückt dich nichts mehr.«

»Ih, wie doof! Das ist ja wie ein Witz von Tomás. Ich weiß doch, was du meinst. Fangen wir an.«

An diesem ersten Tag brachte ich ihr die Grundlagen des Autofahrens bei, ich klärte sie über die Besonderheiten ihres Schlittens auf, und schließlich ließ ich sie sogar eine Runde um das Gelände drehen. Für sie, um es mit ihren Worten zu sagen, der bewegendste Moment ihres Lebens.

»Zündung, Gas, Kupplung, Gang, Kupplung langsam lösen und etwas Gas, nicht viel, denn wenn ich um ein Haar zu viel durchdrücke, drückt mich nichts mehr.« Sie sah mich nicht an, natürlich, sie biss sich auf die Lippen und reckte den Kopf weit vor, als würde sie mit ihrem Ruckeln die Beschleunigung verstärken können oder als wäre ihre Brille zu schwach, um die ganze Welt zu überblicken, die sie mit ihrem Schlitten zu erobern gedachte. Ich wollte ihre

Haltung nicht korrigieren, die Dame war empfindlich, und dafür war noch Zeit; außerdem muss ich zugeben, dass sie mich rührte. Als das Auto sich bewegte, lächelte sie und gab ein genüssliches »Ah …!« von sich, und nach dem ersten zurückgelegten Meter versank sie auf umwerfende Weise wieder in Schweigen und Ernst.

Nach der Runde erklärte meine Schülerin die Fahrstunde für beendet und schlug eine Spazierfahrt mit offenem Verdeck vor. Anschließend sollte ich sie an ihrer Angeberakademie absetzen und das Auto zurück in die Garage fahren. Ich machte das Radio an, es lief eine Schnulze:

»Mensch, der heißt wie du. Das Lied handelt von einen Typen, der Fernando heißt.«

»Und woher weißt du das?«

Angespannte Stille neben mir. Ich sah hinüber zu meiner Schülerin. Sie biss sich auf die Lippen.

»›There was something in the air that night, the stars were bright, Fernando.‹« Ich bekam einen Schlag mit dem Buch, ihrem Englischbuch: »Kehr bloß nicht den Macker raus«, sagte sie und zielte auf meine selbstsichere Pose, in der ich sie durch die mir vertraute Gegend fuhr, während sie ihre Brille durch eine Sonnenbrille ersetzte, die ebenso überdimensioniert wie überflüssig war, und sich ein geblümtes Tuch um den Hals schlang. Die Stimme im Radio sagte an, dass wir gerade den Song »Fernando« von Abba gehört hätten. Ich beschloss, nicht mehr den Macker zu markieren, und Tina sagte:

»Du kennst dich hier sehr gut aus.«

»Ich bin hier aufgewachsen.«

»Hier? Im Ernst? Wo?« Ihre Stimme klang mitleidig.

»In einem Viertel, das es nicht mehr gibt.«

Sie schien zu verstehen. Nach einer Weile des Schweigens, während an uns Pflanzengestrüpp, verlassene Paläste und Museen und die scheelen Blicke von verwegenen Zigeunern, Athleten, Pädophilen, Radfahrern und verlorenen Alten vorbeizogen, nahm Tina die Brille ab und hielt sich die Uhr einen Zentimeter vor die ausdrucksstarken, kurzsichtigen Augen:

»Ich habe noch Zeit. Wenn du willst, gehen wir hier irgendwo was trinken. Wir müssen uns kennenlernen. Wir sind Schülerin und Lehrer. Aber fahr mit mir nicht zur Festung und auch nicht in ein Schickimicki-Café. Ich will niemanden treffen. Fahren wir irgendwohin, wo man dich kennt und du den echten Macker rauskehren kannst. Aber bitte keine Pennerkneipe!«

Ihre strengen Anweisungen hatten mich etwas verwirrt. Mir fiel nichts anderes ein, als mit ihr ins La Parra zu fahren, wo Pepito und ich vor Jahren die Zeit totgeschlagen und den Leuten beim Flippern zugesehen hatten und auf deren mit Stroh umspannter Terrasse am Tag des Watussi zwei Polizisten nichts von den Geschehnissen hatten wissen wollen. Als Pepito sich damals mit den Bullen angelegt hatte, hatte uns der Wirt gewarnt, dass er uns nie wieder hier sehen wolle. Ich war gespannt, ob er jetzt etwas zu mir sagen würde.

Ich fuhr mit dem Wagen direkt auf die Terrasse. Das Lokal war wie erwartet menschenleer und sah noch genauso aus wie früher, vielleicht war es sogar noch ein wenig gammliger als in meiner beschönigenden Erinnerung. Im Kies waren keine Schuhabdrücke, was darauf hinwies, dass hier nicht viel los war. Der Wirt, der alt geworden war, kam, als er das Auto auf der Terrasse hörte, wütend herausgeschossen. Doch als er sich nach dem ersten Schreck davon überzeugt hatte, dass das, was er vor seinen Augen sah, keine auf übermäßigen Cognac-Konsum zurückgehende Einbildung war, war er sofort milde gestimmt. Der unterwürfige Blick des Wirts galt ausschließlich Tina, mich bemerkte er überhaupt nicht. Auch nicht, als wir uns setzten, und auch nicht, als er wie der Blitz die Getränke brachte und fragte:

»Drehen Sie einen Film hier?«

Tina lachte. Sie bejahte weder, noch verneinte sie, sie lachte: Sollte doch jeder glauben, was er wollte, das war die erste Lektion aus dem großen Wissen dieses Mädchens. Ich lachte auch, aber das interessierte niemanden. Der Wirt vom La Parra zog sich in sein düsteres Kabuff zurück.

»Weißt du, dass ich gerne Schauspielerin geworden wäre? Leider ist das sehr schwierig. Und dann, sieh dir an, was in den Kinos läuft: nacktes Fleisch und Schweinereien. Dass du nur eine Rolle kriegst und bekannt wirst, wenn du mit den entsprechenden Herrn ins Bett hüpfst, weiß man ja. Aber dass du das, was du zwischen den Beinen hast, der ganzen Welt zeigen sollst, kann ja wohl nicht angehen.«

Die heilige Teresa von Ávila hätte mir diese Ansicht nicht besser vermitteln und mich nicht rascher überzeugen können.

»Du hast meine Wohnung gesehen. Ich arbeite als Werbemodel und verdiene nicht schlecht. Irgendwann will ich richtig ins Geschäft einsteigen. Nicht als hübsches Gesicht, sondern als echte Werbefachfrau. Ich habe jetzt erst mal aufgehört zu arbeiten, um zu studieren. Ich bin fleißig. Du wirst sehen, es dauert nicht mehr lange, und die Werbung und die Versicherungen kommen ganz groß raus. Hat mir jemand gesteckt.«

Sie kämpfte gegen mein vielsagendes Schweigen. Nicht auszudenken, wer, wie und wo man ihr diese brandheiße Information zugeraunt hatte. Nach einem Räuspern sagte ich:

»Gefällt es dir hier? Du siehst, es ist nicht gerade …«

»Ich finde es wirklich toll hier. Und …« – sie nahm mich am Arm und schmiegte vertraulich ihren Kopf an meinen: »… dieser Mann dort drinnen hat dich erkannt.«

»Meinst du?«

»Aber sicher. Er wird es überall erzählen.«

»Ich glaube nicht, dass dort drinnen außer ihm noch jemand ist.«

»Er wird es überall erzählen, da kannst du dir sicher sein …«, sagte sie wissend und tätschelte mir den Schenkel.

Ich begriff, dass sie mir damit schmeicheln wollte, und das genoss ich. Darauf, dass der Wirt vom La Parra mich erkannt haben sollte, war ich hingegen weniger scharf. Ich hatte fast Angst davor.

»Wo war denn dein Viertel?«

»Ungefähr dort.« Ich zeigte lässig den Hang hoch. »Hinter dem Vergnügungspark.«

»Ich freue mich, dass für dich alles gut ausgegangen ist … Du bist jetzt mit den Besten zusammen. Tomás, Carlos, Guillermo … Schon seltsame Leute. Aber weißt du, nachdem ich einiges von der Welt gesehen habe, kommt mir fast die ganze Welt seltsam vor. Und vor die Wahl gestellt …«

»Du wirst es nicht glauben … Manchmal vermisse ich mein Viertel. Ich würde nicht mehr hier leben wollen, das nicht gerade. Es existiert ja auch gar nicht mehr. Das juckt mich auch nicht. Ich vermisse mich selbst, wie ich mir vorstellte wegzugehen, als ich noch nicht weggegangen war.«

Wenn ich überhaupt wusste, was ich sagen wollte, machte ich es nicht verständlich. Wir schwiegen. Tranken langsam. Sie seufzte, streckte die Beine aus, öffnete die Arme, gähnte, sah mich an, lächelte mich mit ihren ein wenig auseinanderstehenden Zähnen an, biss sich auf die ungeschminkten Lippen, sah in den Himmel. Der Himmel war noch immer bewölkt, die Vögel saßen gleichgültig und stumm irgendwo versteckt auf einem Ast. Die Aussicht war ein einziges Elend: die Ruine eines Hauses am Hang, eine herumliegende Sprungfedermatratze, ein Benzinkanister zwischen den Steinen, ein zerbrochener Balkon mit einer traurigen Geranie, die im Wind schaukelte. Trotz meines leichten Schnupfens glaubte ich festzustellen, dass es nicht mehr nach Müll stank, denn als ich hier gewohnt hatte, hatte es im Sommer immer nach Müll gestunken, und die Erinnerung bekam man monatelang nicht aus dem Kopf. Trotzdem, die Stille, die Sanftheit, mit der die Minuten dahinglitten, sagte mir, dass ich gerade einen denkwürdigen Moment erlebte. Nicht unbedingt so gewichtig wie ein weichenstellendes Ereignis, es war eher eine unmerkliche Wandlung. Ein behaglicher Moment. Ja, das wäre der Satz gewesen: »Der behaglichste Moment meines Lebens.«

»Willst du eine Neuigkeit hören?« fragte mich Tina und gähnte fast.

»Was denn?«

»Was Tomás und Guillermo gestern Abend besprochen haben.«

Der Moment war schon nicht mehr so behaglich.

»Ich weiß nicht, ob mich das überhaupt interessiert.«

»Sollte es dich aber. Hör zu, wir schließen einen Pakt. Wenn du nichts von dem erzählst, worüber wir reden, erzähle ich auch nichts. Okay?«

»Nein, gar nicht okay. Ich will nichts wissen, und ich will dir auch nichts sagen.«

»Aber lieber Fernando, nicht gleich in die Luft gehen. Ich will doch nur etwas wiedergutmachen, echt. Du bringst mir Autofahren bei … Sieh doch, wenn du willst, machen wir einen anderen Pakt: Ich erzähle. Du brauchst nichts zu sagen.«

»Und warum?«

»Ich finde dich einfach sympathisch, und unsere Chefs sind seltsame Menschen. Du und ich, wir verstehen uns. Wir stehen auf der schwachen Seite. Wenn ich etwas mitkriege, sag ich dir zumindest Bescheid, du kannst dann selbst entscheiden, was du damit machst.«

Die Edelnutte machte mir langsam Angst. Außerdem war ich nicht schwach.

»Komm, mach nicht so ein Gesicht. Es ist gut … was ich dir zu erzählen habe. Es ist gut für dich. Ich sage doch, dass diese Leute sehr seltsam sind. Aber vielleicht sind sie gar nicht so seltsam und tun nur, was sie tun müssen. Sie sind Bankdirektoren. Diese Leute müssen auf alles gefasst sein. Und sie sind reich. Was soll ich mir Besseres wünschen. Wer nicht reich wird, ist selber schuld. Wie sagt dieser Chinese, handeln, um Gewinn daraus zu schlagen.«

»Willst du mir nicht endlich sagen, worauf du hinauswillst?« Unter den Verrenkungen meiner Schülerin verlor die Situation alles Behagliche. Und ich wurde wieder der unruhige Junge von früher.

»Heute ist Guillermo in Madrid. Sich umhören. Sie wollen in die Politik einsteigen. Carlos, Tomás und Guillermo.«

»Aber wozu? Sie sind Bankiers.«

»Ja, und reich und gutaussehend. Mit ihrem Geld würde ich

auch nicht auf die Idee kommen, in die Politik zu gehen. Ich würde mich den ganzen Tag an den Swimmingpool legen. Aber heutzutage steigen alle in die Politik ein. Vielleicht tun sie es nur, um nicht abgehängt zu werden … als Erster da sein … Noch mehr befehlen, noch mehr Geld verdienen, noch besser aussehen.«

»Schön, und was habe ich damit zu tun?«

»Sehr viel. Carlos ist seit einiger Zeit, und ist es doch wieder nicht, wie es bei ihm immer ist, Mitglied einer dieser politischen Vereinigungen. Jetzt will er an die Öffentlichkeit, eine Partei gründen, was weiß ich. Wie gesagt, Carlos ist es, der an die Öffentlichkeit gehen wird, Tomás wird die Geldfragen regeln, und Guillermo liefert den Inhalt und schnüffelt in den Gängen herum und so. ›Nicht mehr als drei Seiten.‹« – Tina ahmte Tomás del Protzos Stimme mit rührender Ungelenkheit nach: »Das hat Tomás gestern Abend gesagt. Wenn der das mit den drei Blättern anbringt, heißt es, dass er es ernst meint. Daraufhin, und jetzt kommst du ins Spiel, fragte er Guillermo, ob er nicht einen Assistenten brauche, wenn ja, solle er sich jetzt jemanden suchen, denn die Zeit dränge. Und Guillermo antwortete ihm, er habe schon einen. ›Für alles, was ich brauche, habe ich doch den Jungen.‹ Und warte, ich bin noch nicht fertig. Tomás hatte verstanden, oder er tat so, er ist nämlich viel gerissener, als er aussieht, glaub mir, seine Witze zum Beispiel sind eine Art Geheimsprache mit Guillermo. Tomás weiß nämlich, dass Guillermo es ihm übelnimmt, dass er dich als Fahrlehrer abgezogen hat. Guillermo will dich nämlich für etwas ganz anderes einsetzen. Für das, was sie stemmen wollen, brauchen sie vor allem jemanden, dem man vertrauen kann, jung, unverbraucht, positiv eingestellt, der über seine Zeit frei verfügt und willens ist. Ihn stört es nicht, dass du mir Fahren beibringst, solange du noch Zeit für ihn hast. Ihm kommt es darauf an, dass du mutig und lernbereit bist. Guillermo erzählte Tomás, was du ganz allein über das W herausgefunden hast, ihm zuliebe, weil du gesehen hast, dass es ihn beschäftigt hat. ›Ich setze sehr viel auf ihn.‹« Unklar, ob sie Catapulta oder Del Protzo nachgeahmt hatte. Jedenfalls setzten sie viel auf mich: »Jetzt weißt du Bescheid. Bring mich zur Akademie, park den Wagen und stell dich schon mal drauf ein, dass du bis zu den Wahlen nicht mehr schlafen wirst, wenn es denn Wahlen gibt und wir nicht alle, du weißt schon wo, landen.«

Für den Rest der Fahrt schwiegen wir. Ich fühlte mich voller Elan und gleichzeitig durcheinander. Tina begriff offenbar meine Verwirrung und ließ mich schweigen.

»Ich werde mich schon an deine Zeiten anpassen. Na ja, und du dich an meine. Keine Sorge, alles wird klappen. Guillermo will keinen anderen Assistenten, und ich will keinen anderen Lehrer. Ach, und sag dem Garagenwärter, er soll schön auf das Auto aufpassen. Der Typ ist ein Grobian.«

Und sie verschwand in der Menschenmenge, die zu dieser Uhrzeit in dem Glasbau ein und aus ging. Sie war anders als die anderen Mädchen der Akademie und zog entsprechend die Aufmerksamkeit der Männer auf sich, die sie im Vorbeigehen aus dem Augenwinkel ansahen und so taten, als wären sie weiter in ihre interessante Unterhaltung vertieft. Bevor der dunkle Gang hinter der lichten Eingangshalle ihre Gestalt verschluckte, sah ich, wie sie einen Hinweis auf dem Schwarzen Brett las und sich etwas notierte, und während ich fürchtete, sie könne sich umdrehen und mich entdecken, fragte ich mich, wie alt sie wohl war. Sie war älter als ich, aber wie viel? Und ich fragte mich, wie sie es schaffte, dass ich mich so elend fühlte, obwohl ich einen freien Nachmittag vor mir hatte. Ich brachte den Wagen in die Garage, schärfte dem Wächter seine Aufsichtspflicht ein, und der Wächter nickte und sah mich an, als sagte er sich: »Noch so ein Dummer …« Ja, noch ein Dummer, aber ein Dummer der Spitzenklasse, in die ich im Begriff war aufzusteigen. Und vielleicht würde ich mich in die Liga der falschen Dummen hocharbeiten, die nur in den Augen eines miesepetrigen Wächters dumm sind, denn meine Karriere war bereits ausgemachte Sache. Man trug mich auf Händen, ich würde eine Art politischer Referent mit Rückendeckung der Bank werden, vielleicht sogar ein Angestellter. Ich konnte es kaum glauben. Noch immer sah ich Catapulta vor mir, wie er im Archiv auf mich zukam, und noch immer wachte ich schweißgebadet auf, wenn ich davon träumte.

Euphorisch ging ich durch die Viertel der Oberstadt, ohne vor diesem neuen Gefühl der Arroganz zu erschrecken. Das gehörte nun mal dazu. Ich erreichte das Stadtzentrum, und mir wurde bewusst, dass ich für den Rest des Nachmittags keine Verpflichtung hatte. Da sah mich auf einmal eine Frau an, und ich folgte ihr. Plötzliches Hupen und Schreien, sich umdrehende Köpfe kündigten eine neue Demonstration an, und ich ging rasch hinter ihr her in eine Kneipe. Ich hatte das zweite Glas noch nicht geleert, da kam ich schon mit der Dame ins Gespräch, sie war jung, frisch getrennt. Die Angestellten waren sichtlich erleichtert, dass sie sich endlich mir zuwandte und sie sich nicht länger ihren Vortrag über Frauenrechte anhören mussten. Meine Gesprächspartnerin riss einen nicht vom Hocker, außer dass sie jedes Mal, wenn sie sich vorbeugte und nach ihrem Glas griff, die Geheimnisse ihres Dekolletés allzu bereitwillig lüftete. Überhaupt ließ sie keinen Zweifel daran, dass sie mit mir ins Bett steigen oder einfach nur einen Körper umarmen wollte. Sie selbst war klein, hatte, wenn sie nicht wegen irgendetwas stutzte, ein fröhliches Gesicht und wollte die ganze Zeit ihre knochige Schulter entblößen. Ich für meinem Teil wollte ihr beweisen, dass ich noch verdorbener war als sie. Die Demonstration kam durch die Straße, Rollläden wurden heruntergelassen, und wir tranken weiter und warteten. Wir nippten an unseren Gläsern, und die Frustfrau und ich fällten vage Urteile über das »Arschloch Mario«, den ich überhaupt nicht kannte. Als der Alltag wieder auf der Straße Einzug hielt, wurde es möglich, mit Elisenda, der jungen, frisch getrennten Frau, in ihre Wohnung zu gehen. Das taten wir schließlich, sie äußerte das Versprechen, mich zu entjungfern, und ich schwor mir absolute Überlegenheit. Wir betraten die Wohnung, stolperten über alles mögliche Spielzeug und kickten es weg, doch auf einmal war Elisenda irgendwo verschwunden, und ich fand sie in einem Kinderzimmer auf dem Boden, weinend und mit einem Plüschteddy im Arm. Sie schrie mich an, ich solle sie allein lassen, nannte mich Schwein und Vergewaltiger.

Ich taumelte durch die lärmenden Straßen nach Hause, sexuell unbefriedigt und frustriert, was dasselbe war wie sexuell befriedigt und frustriert, nur anders, und sehnte mich, in einer Gasse den Chinesen zu treffen, der den Satz gesagt hatte: »Handle nur, wenn du damit Gewinn machst, ansonsten halte dich zurück.«

Als ich nach Hause kam, empfing mich das Quietschen eines Gummielefanten, auf den jemand getreten war. Der Anblick des Spielzeugs in dem düsteren Eingangsflur gab mir das unbehagliche Gefühl, an denselben Ort zurückzukommen, den ich gerade eben verlassen hatte.

»Alles paletti?« begrüßte mich Carmelo im Gang, der so damit beschäftigt war, mit seiner so genannten Werkstatt umzuziehen, dass er keine Vermutungen über mein langes Fortbleiben anstellte. Seine so genannte Werkstatt würde bald das Kinderzimmer werden. Carmelo und meine Mutter tanzten noch immer walzerselig durch die Salons des Lebens. Da streckte mein Stiefvater noch einmal seinen Kopf in den Gang und gab mir einen unmissverständlichen Deut mit dem Daumen in Richtung Wohnzimmer: Flora, meine Mutter, wolle mit mir sprechen.

Ich betrat das Wohnzimmer in der Erwartung, meine Mutter allein dort anzutreffen, hochschwanger und erzürnt über die täglich beunruhigenderen Meldungen in den Fernsehnachrichten, die sie zwischen den Bildern erkannte, wie andere Menschen zwischen den Zeilen lasen, in jedem Unfall sah sie eine Katastrophe, ein Attentat, und der grüßende Papst war der letzte seiner Art, und das Erstaunliche war, dass sie trotz ihres Schwarzsehens immer wieder noch ein Kind in die Welt setzte. Doch was mich im Wohnzimmer empfing, war eine gleißende Helligkeit und breit lächelnde, unter Schminke erstarrte Matronengesichter (eines von ihnen, das neben meiner Mutter, war nicht matronenhaft), die um meine Mutter herumsaßen. Wenn diese Damen aus eher bescheidenem Hause meine peinliche Berührung bemerkten, zeigten sie es nicht. Meine Mutter, die sich selbst zum Versuchskaninchen bereiterklärt hatte, schmierte sich irgendwas ins Gesicht und hielt eine salbungsvolle Rede über die Eigenschaften der Kosmetikserie

Flaubert, schärfte ihresgleichen ein, dass das Lächeln von heute die Falte von morgen sei. Und von dort zum Ende aller Tage sei es nur noch ein Schritt, wenn der Mann einem nicht sowieso schon mit einer anderen weggelaufen sei.

»Und sie laufen wirklich davon …«, bestätigte ich, von meiner jüngsten Erfahrung profitierend. Woraufhin alle lachten, außer der, die immer noch neben meiner Mutter saß und mich endlich erkannte und nun in ihrem Watschelgang auf mich zukam. Es war meine Schwester Gracia, die in ihrem ersten Lebensjahr meiner Mutter und Carmelo überallhin nachrobbte.

»Warte in der Küche auf mich, mein Lieber«, sagte meine Mutter, nachdem sie herausgefunden hatte, dass ich betrunken war, und dozierte weiter über das Feuchtigkeitskonzept, das auf Pflege tags wie nachts basierte: Das war der Wahlspruch, den sich die moderne Frau auf ihr Schild zu schreiben hatte.

»Du hast getrunken«, sagte meine Mutter in der Küche zu mir, mit dem Gesicht voller Creme, dem Bauch kurz vorm Platzen und geballten Fäusten.

»Zur Feier des Tages …«, war alles, was ich sagen konnte.

»Du hast mir schon einmal ein Treffen kaputtgemacht, das wirst du nicht noch einmal tun.«

Und sie ging.

Ich sperrte mich in mein Zimmer ein, in dem ich mich so fremd fühlte wie in einer Pension. An den Wänden hingen bunte Wimpel irgendwelcher Sportvereine, die meine Mutter für potenzielle Besucher aufgehängt hatte: Die entsetzliche nackte Tapete (die sie ausgesucht hatte) würde den Erwartungen nicht entsprechen, die man von einem fröhlichen, ehrgeizigen jungen Mann hatte, der einen kometenhaften Aufstieg bei der Bank machte (dabei hatte ich sie weder über mein Gehalt noch über den Inhalt meiner Arbeit näher informiert). Ich warf mich aufs Bett. Gedämpft drangen die Stimmen des kosmetischen Geschnatters weiter zu mir. Meine Mutter hatte mir gesagt, dass ich ihr schon einmal ein Treffen kaputtgemacht habe, ich sah es eher so, dass ich für ihre damalige Hilflosigkeit, für ihre Blamage und Einsamkeit den Kopf hatte hinhalten müssen. Die Proust-Produkte, so fern und so nah. Meine Mutter, die kein anderes Gesprächsthema als Geld kannte, war noch immer dieselbe, aber in letzter Zeit, fand ich, war aus der Not schäbiger Geiz geworden; wie auch mir hatten sich ihr neue soziale Horizonte erschlossen, und ihre Nöte waren auch meine Nöte, aber im Unterschied zu mir pflegte sie weiter ihre Verzweiflung. Verzweiflung war ihre Grundhaltung, nicht Glücklichsein, Geselligkeit, Entspanntsein. Das Elend unseres früheren Lebens hatte sich ihr so tief eingegraben, dass sie das Steuer nicht mehr herumreißen konnte. Genau wie ich, aber anders: Sie wollte nur deshalb drei Kinder haben, weil das ihren Status hob, sie sparte nur deshalb für das Wochenendhäuschen und die neue Wohnung, weil sie ohne diese Perspektive nicht leben konnte, sie kommentierte die Fernsehnachrichten, weil alle sich davon überzeugen sollten, dass ihre Meinungen gleich viel wert waren wie die der anderen. Ich hatte ihr bewusst nicht erzählt, wie hoch ich in Wirklichkeit aufgestiegen war, wie viel ich verdiente, denn ich wusste, dass sie das nur ausnutzen würde, denn ich gehörte ihr, war ihr Eigentum, ihre Plage. Wenn ich versagte, war sie bloßgestellt. Und ihr eigenes Versagen schob sie mir zu, das hatte ich gerade gesehen. Ich war der Barackenjunge, sie nicht, sie war nur das, was sie eines Tages sein würde, in unserer blendenden Zukunft, die immer Zukunft blieb. Die Kosmetik-Klatschtanten kamen näher, sie verabschiedeten sich von meiner Mutter, die ihren süßlichsten Ton anschlug. Die Wohnungstür fiel ins Schloss. Die Tür zu meinem Zimmer ging auf. Carmelo hielt meine Mutter an den Schultern und ermahnte sie, sich zu beruhigen. Gracia trappelte herbei, spürte die Betrübnis und weinte.

»Sie haben dich angerufen, Elender, weißt du das? Weißt du, dass sie gesagt haben, du sollst morgen ganz zeitig in der Bank sein? Und wo warst du? Hast dich irgendwo besoffen. Es könnte uns so gut gehen, wenn du nicht alles zertrampeln würdest. Wie dein Vater, der Idiot.« Carmelo nahm das Mädchen hoch und trug es ins Wohnzimmer. »Kaum hast du eine Chance, etwas zu werden, säufst du dir die Hucke voll. Früher bist du wenigstens in die Bibliothek gegangen … und jetzt nur noch Zeitschriften über Luxusautos und Saufen. Was glaubst du eigentlich, du Wicht?«

Sie warf mir eine Visitenkarte hin: »Guillermo Catapulta Catapulta. Bürgerliche Handelsbank.«

Sie sank auf die Knie und umarmte mich, so gut sie konnte, während ich auf dem Bett lag.

»Ich will dich nicht am Rockzipfel hängen haben, Fernando. Geh und such dir ein nettes Mädchen. Das täte dir gut. Eine Nette fürs erste Mal. Aber stell nichts an. Tu mir das bitte nicht an.«

Sie war damals, jetzt ist mir das klar, erst sechsundreißig und war wie ich in der Vergangenheit gefangen. Jedes Aufblitzen eines neuen Lebens, des prallen Lebens und seines Schillerns machte der auf dem Wasser treibende Tote, machte der Watussi zunichte. Beide waren wir in diesem Tag verhaftet und darum in Hassliebe einander verbunden. Ich, indem ich die Erinnerung zu erfundenem Leben umformte. Sie, indem sie das Vergessen mit erfundenem Leben auffüllte. Kürzlich hatte sie mir ein Familiengeheimnis eröffnet. Mein Vater war im Suff vom Baugerüst gestürzt, aber das hatte mich nicht mehr erreicht, ich hatte mich schon zu gut in meinem Wunschleben eingerichtet. An diesem Morgen hatte eine Nutte mein Begehren geweckt, und tiefer als das Begehren war meine Neugierde, und ich wünschte mir um alles in der Welt, was ich nie auszusprechen gewagt hätte, dass sie nicht wirklich eine Nutte gewesen wäre, dass ich in meiner Verblendung hätte glauben können, dass die Geschenke, die sie annahm, nichts weiter als Freundesgesten waren.

Meine Mutter weinte noch immer und umschloss mich mit ihren Armen. Sie roch nach Kosmetikpröbchen, die ihr irgendwann, in ihrem dritten oder vierten Leben, in ihrer blendenden Zukunft, die immer kurz bevorstand und dann doch wieder nur Täuschung und Zukunft war, Geld und Ansehen und Status und Auftreten einbringen würden. Sie kniete noch immer auf dem Boden, so gut es mit ihrem ungeheuerlichen schwangeren Bauch ging. Carmelo klopfte vorsichtig an, und sie stammelte ein theatralisches, geheimnistuerisches »Ich gehe jetzt …«. Bevor ich einschlief, hatte ich mich eine Weile schlafend gestellt. Ich hatte die Augen zugemacht, um die bunten Wimpel an der Wand nicht mit ehrlichem Hass und ehrlicher Liebe ansehen zu müssen, die so ungeheuerlich und fremd waren wie der Bauch meiner Mutter.

14

Was muss man machen, um in die Politik zu gehen?

In eine Partei eintreten oder eine gründen.

Wie gründet man eine Partei, wie überzeugt man Bürger, wie profiliert man sich und gewinnt?

Sich mit den besten Freunden zusammenzutun ist kein schlechter Ansatz, aber etwas anderes ist noch wichtiger: Eine Partei braucht Mitglieder, die bereit sind, viel Arbeit zu investieren, Enthusiasten, die auf dem Weg zur Macht unermüdlich ihrem eigenen Schatten nachjagen und sich in der höchsten aller Disziplinen schulen: niemals aufgeben, niemals nachlassen.

Ungefähr zu dem Zeitpunkt, als wir in die Politik gingen, unterrichtete mich Catapulta über die Situation des Landes und sagte, dass die Dinge sehr langsam vorangehen würden, bis auf einmal alles sehr schnell gehe und Handeln angesagt sei. Er gab mir ein Beispiel.

Auf seinem Italienfeldzug beschloss Napoleon, nachdem er in die Lombardei einmarschiert war, im Palast von Serbelloni eine Ruhepause einzulegen. Er legte sich aufs Bett und stellte fest, dass es zu groß für ihn war. Alle Betten waren für den Zwerg Napoleon zu groß; aber Bonaparte, der ein Führer war, machte dafür nicht seinen kleinen Wuchs verantwortlich. Wo war nur Joséphine? In seiner Schlaflosigkeit wurde Napoleon misstrauisch. Am nächsten Tag schrieb er einen flammenden Brief an seine Geliebte, sie möge sich sofort zu ihm gesellen, und einen anderen an Carnot, er möge vorsichtig nach den Gründen forschen (vor allem, ob der Grund ein junger Leutnant sei), die Joséphine haben könnte, um nicht zu dem hitzigen Feldherrn zu eilen.

»Und das alles an einem Tag, nachdem er die Lombardei erobert hat, obwohl er eigentlich ausruhen wollte und die Nacht zuvor aus Liebeskummer kaum geschlafen hatte«, erzählte mir Catapulta: »Er verfasste diese beiden Briefe, dann kümmerte er sich mit Augenringen und übernächtigt ein wenig um das Tagesgeschäft. Soll ich dir erzählen, was Napoleon an seinem Ruhetag noch alles gemacht hat? Was er unter ›sich ein wenig um das Tagesgeschäft kümmern‹ verstand?«

Und er erzählte weiter. An diesem einen Ruhetag, an dem die Leidenschaft ihn quälte, diktierte Napoleon einen Befehl an Berthier, er solle Alexandria besetzen, eine Notiz an das Direktorium zur Truppenverstärkung, die er dringend benötige, ein Ultimatum an die Regierung von Genf, ein Empfehlungsschreiben an Murat, den Befehl, die Kanonen, die sich noch immer an der Riviera befanden, zu verkaufen, einen Befehl an Massera, sich im Arsenal von Venedig mit Munition zu versorgen, einen Befehl an Lannes, seinen Vormarsch anzuhalten, einen Befehl, die verdächtigten Gefangenen nach Tortona zu schicken, eine Mahnung an Kellerman, dass Geld und Truppen bereits unterwegs seien …

»Und in der Biographie, die ich gelesen habe, heißt es noch: ›neben anderen Schreiben‹. Verstehst du, was ich damit sagen will, Fernando? Für Napoleon hieß Tagesgeschäft nichts Geringeres als über den Kopf Europas hinweg die Macht an sich zu reißen. Während andere noch über Angemessenheit und Verantwortung nachdenken und ihre Bleistifte spitzen!«

Ich verstand natürlich gar nichts. Zeitmangel auf der einen und sich elend ziehende Zeit auf der anderen Seite brachten mich zu der Einsicht, dass man das bevorstehende Handeln weder zu verstehen noch zu kritisieren hatte, am Handeln zweifelte man nicht, man handelte einfach. Im Februar siebenundsiebzig wurden erstmals politische Parteien zugelassen, und ich trug dazu bei, dass die Bürgerliche Liberale Partei (BLP für die Geschichtsschreiber) im Innenministerium eingeschrieben wurde und ihre Statuten gut und präzise formuliert hatte. Ich zog allein in eine Wohnung, ich unterschied nicht mehr zwischen Tag und Nacht, und Morgengrauen und Abenddämmerung verschwammen. Ich lernte, was ein Schatzmeister und ein Spitzenkandidat und ein Verbündeter und ein Pakt sind und dass Pakte und Eier dazu da sind, früher oder später zerschlagen zu werden. Ich lernte, was Lächerlichkeit ist, wenn man den Ruhm geschmeckt hat und das letzte Treppchen nicht mehr erklimmen kann, und was für ein guter Schutzschild ein falsches Selbstbild ist. Ich wartete wie ein vor sich hin dösender Nachtwächter in Empfangshallen großer Hotels, dass das Händeschütteln ein Ende nahm, dass Verabredungen getroffen, dass versteckte Drohungen hinter vorgehaltener Hand ausgesprochen wurden, während Bedienstete und Journalisten gähnten und jenseits der Markise der Regen das Treiben irgendeiner Stadt mit Glanz überzog und schnelle Schritte und tropfende Regenschirme den protzigen Auftritt mäßigten. Ich eignete mir das gesamte denkbare Register falschen Lachens an. Ich machte mein Bücklingsdiplom. Ich bemühte mich, einer Frau, die sich aushalten ließ, das Autofahren beizubringen, und auch sie brachte mir etwas bei, nachdem ich mich getraut hatte, auf ihre Frage »Was kann ich für dich tun?« zu antworten. Ich verfiel Alkohol und Amphetamin, wodurch Tag und Nacht noch mehr verschwammen. Bei den großen Abendbanketten, vor und nach den Umtrunken, lernte ich, dass das exquisite Gericht auf meinem Teller nichts anderes war als toter Fisch, und manchmal wollte ich schreien. Wie ein Windhund auf der Rennbahn, der mit heraushängender Zunge vergeblich dem Sieg nachjagt, hechelte ich hinter einem Konzept her, doch bei dem Arbeitspensum kam ich nicht zum Nachdenken, sondern spulte Gedankenreflexe ab, was etwas komplett anderes ist. Die Zeit zwischen zwei Terminen war für mich anregender als der Termin selbst, Warten und Erstarrung, aufgelöst im darauffolgenden Trinkgelage, Bekenntnisse und Masken, hinter denen neue Masken zum Vorschein kamen.

Die Aktivitäten überstürzten sich im Februar siebenundsiebzig.

Es war Februar, es wurde März, es wurde April, und der nebulöse Tag der ersten Wahlen hätte näher kommen können, doch er rückte immer weiter in die Ferne, weil man im Dunkeln stocherte und die rechte Hand nicht wusste, was die linke tat. Es wurde gelogen, was das Zeug hielt. Die Stummen redeten geschliffen, und eine Stunde Worte bedeutete nichts. Die Klauen der Windhunde spalteten mir den Kopf, heraus baumelte die Zunge. Die Windhunde waren hinter der öligen Ratte her, von der mir Catapulta einmal erzählt hatte.

Am selben Tag, vielleicht war es auch ein ganz anderer Tag oder auch schon Nacht, als mir Catapulta die Notwendigkeit zu handeln angekündigt hatte, gab er mir noch ein Beispiel. Diesmal von den Marx Brothers:

»Groucho sagt zu Chico: ›Los, schneller.‹ Stell dir vor, sie fahren im Auto. Daraufhin Chico zu Groucho: ›Und warum so eilig, Chef? Wir wollen doch nirgendwohin.‹ Weißt du, was Groucho ihm antwortet? Groucho antwortet: ›Dann rasen wir eben gegen die Wand und machen dem allen hier ein Ende.‹«

Aber wie gründet man eine politische Partei?

Alle redeten von einem Ort auf der vom Wind gekämmten Meseta, wo sich dieser Tage eine Gruppe erlesener Herrn versammelt hatte. Während sie über die schlimmen Vorkommnisse Bilanz zogen, die ganz Spanien noch immer erschütterten, dachten die Männer viel nach, diskutierten, wie der neue Staat organisiert werden könne, wie es irgendwie erreicht werden könne, dass das Land wieder im Konzert der westlichen Nationen mitspielte … Man würde sich damit zufriedengeben, die zweite Geige zu spielen, man würde sich mit der kleinen Trommel oder Triangel begnügen, man würde der kleinsten Weisung des Taktstocks gehorchen, aber es war notwendiger denn je, Freunde zu gewinnen. Ausgeschlossen aus dem Kreis der Auserwählten blieben die großen und erst noch groß werdenden Köpfe, die wegen familiärer Belastung oder verschrobenen Denkens zu der Klasse gehörten, die mit der Idee heranwuchs, dem Rest der Menschheit überlegen zu sein. Das hätte noch vor wenigen Monaten niemand in Frage gestellt. Bis vor wenigen Monaten; seitdem war viel passiert. In dieser kurzen Zeitspanne – Anfang und Ende konnte man nicht exakt feststecken – hatte der Ministerpräsident, denn niemand anderes war der Leiter des Hohen Rats, als Jonglierer artistisches Geschick bewiesen, wofür ihm seine einzige wirklich ausgeprägte Fähigkeit zugutekam: niemals offen gegen etwas zu sein.

Und wie bei einem Kind, das ein neues Brettspiel bekommt und die Steinchen an seine Spielkameraden verteilt und sich des Glanzes in ihren Augen versichert, verliest der Ministerpräsident die Regeln, die uneinsehbar unten in der Schachtel liegen und die niemand auf Anhieb versteht:

- Erreichung von Unabhängigkeit und Einheit der Rechtsprechung
- Unverzügliche Überarbeitung des Strafgesetzes
- Gewährleistung der öffentlichen Ordnung
- Endgültiger Beschluss der Amnestie
- Garantierung der Zivilrechte
- Abschaffung der Zensur von Presse und Film und demokratische Kontrolle von Fernsehen und Radio
- Rückgabe der Autonomierechte an die Regionen
- Regulierung der Beziehung Kirche–Staat
- Freie Gewerkschaften
- Koordination öffentlicher und privater Aktivitäten im Bereich des nationalen Gesundheitswesens
- Schaffung eines aufgeschlossenen Klimas auf allen Ebenen
- Eingliederung Spaniens in das Europäische Bündnis
- Mit höchster Dringlichkeit Verfassung eines Wahlgesetzes
- Zulassung aller politischer Parteien

Dort also, in dem Haus auf dem Lande, in dem der Hohe Rat tagte, setzten sich die erlauchten Herrn an den Spieltisch und interpretierten die Regeln. Im vollen Bewusstsein, das wusste der Chef, denn da kannte er sich aus, dass die zarte Manipulation dieser Regeln das Spiel nur vergnüglicher machen würde. Von einem

Gesetz zum nächsten Gesetz, gesetzlich garantiert. Von einem Feld zum nächsten Feld, ich schlag dich, wenn ich kann. Das Spiel würde umso köstlicher, je geschickter man manipulierte, je brillanter der Vorwand wäre, je riskanter der Augenblick. Bürokraten bis ins Mark von einer Mittelmäßigkeit, die in den Behördengängen fest montiert war wie der Feuerlöscher, stimmten alle darin überein, dass es nur darum ging, die alte Bürokratie durch eine neue, aktuellere zu ersetzen. Man musste so etwas wie ein Parlament gründen, und dazu musste man Wahlen abhalten. Und sie gewinnen. Und dann? »Dann sehen wir weiter, dann sehen wir weiter ...« Das war sein Lieblingssatz.

Gut und schön, die Spielregeln kamen bei den neuen Machern der politischen Parteien an, und die Ewiggestrigen wussten über deren flexible Anwendung Bescheid. Catapulta, der mir das auf gewohnte Weise erklärt hatte, versuchte nach seiner Rückkehr aus Madrid, uns seine persönliche Auslegung der Regeln aufzudrücken. Dazu versammelte man sich in einem Nobelrestaurant, denn die Stunde der Haifische im Les Feuilles Mortes war zu unserer großen Betrübnis aus Gründen der Schicklichkeit bis auf weiteres abgesagt worden.

»Was soll das alles heißen?« Don Tomás meinte die von Catapulta zerpflückten Spielregeln. Mit Inbrunst in Versammlungen über sie herzuziehen, hatte er gesagt, entspräche dem Bild des modernen Politikers.

»Das ist es im Großen und Ganzen. Und es wäre günstig, nicht jeden Gedanken offen auszusprechen. In diesen Zeiten gilt man schnell als reaktionär. Und Reaktionäre sind, schlicht gesagt, nicht gern gesehen. Revolutionäre auch nicht, aber in der Hinsicht besteht, glaube ich, keine Gefahr.«

»Aber das ist doch kompletter Unsinn ...«

Nach diesem Statement ging Tomás del Protzo aufs Klo, begleitet von dem Bodyguard, den Carlos del Cravall angestellt hatte, um sich als wichtig, als gefährdet darzustellen, um, wie er selbst sagte, seinem politischen Auftreten einen europäischen Anstrich zu geben. Die Kellner erledigten in dem Bewusstsein, dass niemand in ihrer Anwesenheit reden würde, rasch ihre Arbeit, kosteten den Wein und verließen das Kabinett. Del Protzo forderte weitere Erklärungen:

»Ich möchte dich richtig verstehen, Guillermo. Du hast doch gerade denselben Quark von dir gegeben, den ich überall an den Wänden lese. Überall nur Amnestie, Autonomie und W.«

»Er sagt es, und was bedeutet das W?« fragte Del Cravall mit vollem Mund.

Del Protzo und Catapulta sahen sich an.

»Watteau.« Catapulta zwinkerte mir zu, als er das sagte.

»Und weiter?« Del Protzo, dem das Zwinkern nicht entgangen war, schien anzunehmen, dass Catapulta ihn mit seinem Kommentar verspotten wollte, im Übrigen ließ er selbst nicht die kleinste Gelegenheit aus, um Del Cravall lächerlich zu machen.

»Watteau ist ein Franzose«, erklärte Catapulta.

»Ein Reaktionärer? Ein Revolutionär?« wollte Del Cravall wissen.

»Weder noch, soweit ich weiß.«

»Gehörte er denn einer politischen Partei an?« Carlos del Cravalls Beharrlichkeit machte die anderen Tafelnden ungeduldig.

»Das weiß ich nicht genau …«, konnte Catapulta, der fast einen Lachanfall bekam, noch herausbringen.

»Dem muss nachgegangen werden, Guillermo, dem muss nachgegangen werden.« Tomás del Protzo tupfte sich mit einer Serviette den Mund ab und wurde wieder ernst. »Guillermo, aber du wirst uns wenigstens sagen können, ob ich und meine Familie, und vor allem Carlos, der unser führender Kopf ist – ob wir uns nicht lächerlich machen, wenn wir hier einfach nachplappern, was auf den Hauswänden steht.«

»Nein, nein, alle werden weiter das Gleiche denken.«

»Und was denken sie?« fragte Del Cravall.

»Nur das Beste, glaube ich«, meinte Catapulta.

»Auch die netten roten Katalanen? Alle, die aus ihren Höhlen gekrochen sind?« Del Cravall schlug auf die Armlehnen seines Rollstuhls, und die Farbe seines Gesichts verriet, dass ihn das Thema mächtig aufbrachte. Er fuhr in seiner flammenden Schwarzmalerei fort und rammte dazu verschiedene Besteckteile in den Tisch:

»Wir verlieren an spezifischem Gewicht, meine Freunde. Und das kratzt am Selbstbewusstsein. Seit ich meiner politischen Berufung folge, sehen mich irgendwelche Spinner schief an, die bis vor kurzem in Tanger Baumwolle gewaschen und mich um Gefallen gebeten haben.« Hinterher erklärte mir Catapulta, dass in Tanger Baumwolle waschen ein anderer Ausdruck für Geldwäsche war. »Und in dieser Stadt, in der ich mein ganzes Leben lang gelebt habe, in der ich meine Tatkraft gelassen habe, in der gute Freunde gerade wichtiger Positionen enthoben werden, wird unter dem Vorwand der Demokratie ein Attentat auf die Würde, das Heilige verübt. In Madrid dagegen hat man vor mir Respekt. Dort hört man mir zu. Ich …«

»Du bist ein Politiker, Carlos!« fiel ihm Del Protzo ins Wort und hob das Glas.

»Ja, genau, in dem Ton.« Wieder zwinkerte Guillermo mir zu.

Ich bemerkte Carlos del Cravalls Blick und ertappte mich dabei, wie ich »sehr gut« sagte.

»Wenn alles korrekt läuft«, behauptete Catapulta, »kehrt alles in seine gewohnten Bahnen zurück und geht weiter wie bisher.«

»›Es ist notwendig, dasselbe zu tun, damit alles weitergeht wie zuvor‹«, zitierte Don Carlos del Cravall im Brustton der Überzeugung.

»Darum muss man dasselbe tun wie sie, aber ohne dasselbe zu tun«, schaltete Catapulta sich souverän ein: »Ich rede von dem, was auf den Wänden steht. Es ist dasselbe und doch nicht dasselbe.«

»Guillermo will uns sagen …« Carlos del Cravall musste etwas erklären, das er offenbar selbst nicht richtig verstanden hatte. Dabei hatte er die Hoffnung, die anderen würden seine Zweifel ausräumen: »… dass man irgendwas sagen muss, um im Gespräch zu bleiben.«

»Sehr gut, sehr gut, das ist uns jetzt klar.« Tomás del Protzos Stimme klang ernst: »Aber gesetzt den Fall, ihr gründet eine Partei, die sich für Amnestie und Autonomie ausspricht, und dann kommen die anderen zurück, was sagt ihr dann?«

Als guter Bankier wollte Don Tomás sich nicht festlegen.

»Wenn das eintritt, was ich nicht glaube, beweisen wir ihnen, dass wir in jedem Augenblick gute Spanier gewesen sind«, brachte Catapulta sehr überzeugt vor.

»Ich war in jedem Augenblick ein guter Spanier!« Carlos del Cravall wich zurück, als habe er eine Erscheinung der Katholischen Könige.

»Seht ihr? Unser ruhiges Gewissen ist der beste Beweis für unseren Patriotismus«, sagte Catapulta seelenruhig und trank einen Schluck Wein. »Aber jetzt gilt das als reaktionär. Macht euch keine Sorgen, niemand kann es einem zum Vorwurf machen, wenn man mit der katalanischen Versammlung redet. Jeder hat Freunde, Kollegen ... Was ist schon dabei, wenn sich ein Ex-Bankier mit einem anderen trifft, oder zwei Anwälte?«

»Gut, sehr gut, Guillermo.« Don Tomás blieb ernst: »Aber wie wollt ihr die politische Partei gründen?«

Er wollte sich immer noch nicht festlegen lassen. Catapulta sah mich an. Auch Del Protzo und Del Cravall sahen mich an.

»Darum kümmern wir uns schon. Ihr braucht nur ein Minimalprogramm abzusegnen, das wir dann vorlegen«, erläuterte mein direkter Vorgesetzter.

Tomás del Protzo und Carlos del Cravall sahen mich an. Ich wusste nicht, auf wen ich mehr eingehen, wem ich meine bescheidene Aufmerksamkeit zuwenden sollte. Ich entschied mich für das Kalbsfilet.

»Fernando ...« – das war Del Cravall. Ich musste ihn ansehen: »Ich wüsste gerne, was du dazu meinst ... Deine aufrichtige Meinung, verstehst du?«

Ich nickte.

»Was hältst du davon, dass ein Behinderter wie ich in die Politik geht?«

Ich sah zu Catapulta. Catapulta deutete ein Nicken an. Ich tat, als dächte ich nach:

»Herr Del Cravall, ich sehe Sie schon vor mir, wie Sie die Truppenparade abnehmen.« Pause. Lächeln. Ich tat weiter so, als dächte ich nach: »Franklin Delano Roosevelt saß auch im Rollstuhl. Das ist meine Meinung.«

Del Cravalls Mund öffnete sich zu einem zufriedenen Lächeln. Er sah zu Catapulta und del Protzo. Catapulta hatte vorausgesehen, was Del Cravall mich fragen würde; vielleicht, weil der zukünftige Politiker diese Frage allen seinen Leuten stellte. Catapulta hatte mir auch mitgeteilt, dass das Pferd von Don Carlos' Sohn Franklin hieß, zu Ehren des amerikanischen Politikers.

»Weißt du, Fernando, dass mein Sohn, er wird etwa in deinem Alter sein, ein Pferd hat, das Franklin heißt? Franklin wird irgendwann elend sterben, allein, im Pferdestall, weil mein dummer Sohn …«

Carlos del Cravall verbot sich weiterzureden, er wollte an die Enttäuschung über seinen Sohn nicht erinnert werden. Das nutzte ich aus:

»Das wusste ich nicht …«, sagte ich.

»Diesen Roosevelt bewundere ich schrecklich, ich sag's euch. Und Julius Caesar, die Schwuchtel, stimmt doch. Und Churchill, den Suffkopf.«

Nach diesen mit Eifer vorgetragenen Vorlieben unseres Chefs erhob sich Catapulta, forderte mich mit seinem Blick auf, ebenfalls aufzustehen, und so ließen wir die Patrizier unter sich, die sich bereits mit gedämpften Stimmen einem anderen Thema zuwandten. Bei meinem ersten halb politischen Essen ließ ich meinen Teller halb voll zurück.

Als wir auf der Straße waren, sagte Catapulta zu mir:

»Gut gemacht, Junior, ich weiß nicht, ob du es mitbekommen hast, aber damit bist du drin.«

An den Bäumen sprossen die ersten Blätter. Ich blickte in den grauen Himmel, als hätte ich ihn soeben erobert. Ich war im politischen Leben und wusste noch nicht, wie die Partei gegründet werden sollte, in die ich eingetreten war.

15

Am nächsten Tag mieteten Catapulta und ich ein Ladenlokal in der Oberstadt, wir kauften protzige Möbel für den Warteraum und die Büros. Während ich auf der Straße auf den Umzugswagen wartete, auf den Menschen, der das Telefon anschließen sollte, und auf den Elektriker, entwarf Catapulta, die Schläfe an die Scheibe eines nahen Cafés gedrückt, mit nachdenklicher Miene, das Logo der Partei und seine esoterische Symbolik. Das war das Ergebnis:

W
BLP

Das W, wie eine Möwe im Flug, wie der Schnauzbart Catapultas, war aufgrund seiner Allgegenwärtigkeit gewählt worden: »Die Leute kennen das W schon von den Wänden. Das ist ein Vorteil für uns. Ein Vogel, der seine Schwingen zur Freiheit erhebt, durch die reinen Lüfte, der Zukunft entgegen. Je höher er steigt, desto kleiner erscheint er denen, die nicht fliegen können. Hast du Nietzsche gelesen, Grünschnabel? Dann wirst du ohne ihn auskommen müssen, in nächster Zeit hast du jedenfalls dazu keine Zeit.« Schnelldenker Catapulta hatte auch schon einen Slogan: »Du gehörst zu uns!«

Am frühen Nachmittag standen die Telefonapparate betriebsbereit auf dem Schreibtisch, die Leitung war freigeschaltet, und Catapulta gab Aufträge an eine Druckerei durch, an eine Schilderfirma und an einen Laden für Schreibmaschinen, er sprach mit einem Professor des öffentlichen Rechts der Universität von Deusto, mit dem persönlichen Berater von Don Carlos del Cravall, mit der Polizei, mit einem Journalisten (der auflegte), mit einem anderen Journalisten (dem er einen von Don Tomás del Protzos Witzen erzählte, um ihn ein Weilchen bei der Stange zu halten) und mit dem Generalsekretär der Provinzverwaltung. Ich rief meine Mutter an, um ihr zu sagen, dass ich später käme, woraufhin sie mir antwortete, dass sie mich erwürgen würde, wenn ich mich in einer Kneipe besaufen würde. Catapulta bemerkte meine Beunruhigung und sagte, dass es für die Probleme mit meiner Mutter eine einfache Lösung gebe, ich solle mir keine Gedanken machen: Er würde das schon in die Hand nehmen. Woraufhin ich mir nur noch mehr Sorgen machte und mir Catapulta vorstellte, wie er meine Mutter erwürgte. Zu passender Uhrzeit wählte ich Tina Alarcóns Nummer, um ihr mitzuteilen, dass ich an diesem Tag meinen didaktischen Pflichten nicht nachkommen könne. Niemand ging ran. Catapulta sah auf die Uhr und sagte: »Leg auf, sicher hat sie gerade zu tun. Sie wird es schon merken.« Am Abend zeigten die Anrufe erste Ergebnisse: An der Tür wurde ein dezentes Schild montiert (Bürgerliche Liberale Partei), der persönliche Berater von Don Carlos brachte ein Ölbild seines Herren mit der Bulldogge Winston im Arm, ein Lehrling holte das Logo ab und kehrte drei Stunden später mit Visitenkarten für Don Carlos (Generalsekretär), für einen Onkel von Don Carlos, der 1912 Tennismeister gewesen war (Präsident), für Guillermo Catapulta (Geschäftsführer) und für mich (Assistent des Geschäftsführers) zurück. Ich füllte auf der nagelneuen Schreibmaschine die ersten Parteibücher aus, während Catapulta im Namen von Don Carlos mit einem Journalisten sprach, der gleichzeitig für die Zeitschriften *Treue Infanterie*, *Krankenhäuser in Spanien*, *Mitteilungsblatt der Bürgerlichen Handelsbank* und *Der Feinschmecker* arbeitete.

Für *Treue Infanterie* lieferte Don Carlos, Leutnant, Ex-Bankier und Ex-Sportler, Antworten wie ein Anwalt auf scharfe Fragen für die Doppelseite »Bürgerporträts«, er unterstrich immer wieder die sakrosankte Bewunderung, die er für das unbesiegte Spanische Heer hege, und erzählte vertraulich von einer alten Leidenschaft, militärische Gelöbnisse, denen er immer, wenn es seine vielfältigen Aufgaben erlaubten, beiwohne.

»Schreiben Sie … ›Wenn ich mir einen kleinen Scherz erlauben darf: Ich habe den Fahneneid sozusagen alle naselang abgelegt.‹«

Der unaufmerksame Don Carlos trat bei den heroischen Waffenträgern nur ins Fettnäpfchen; er mahnte eine allumfassende Modernisierung an: technisch, menschlich, nominal (der Namen), natürlich ohne den männlichen Geist, die Reinheit der Abstammung, die Dekorierung, die aktuelle Personalausstattung anzugreifen. Das wolle Don Carlos, wenn er die Gelegenheit bekomme, in Angriff nehmen, ohne sich gleichzeitig in sumpfige Gefilde der Politik zu begeben. »Der Fortschritt der Armee ist der Fortschritt des Landes.« So sein Wahlspruch.

Krankenhäuser in Spanien stellte Don Carlos' Aussagen in die Rubrik »Berühmte Kranke«. »Wir steuern auf den Abgrund zu, und ich sage nicht, seit wann«, war sein abschließendes Statement. Das *Mitteilungsblatt der Bürgerlichen Handelsbank* schließlich druckte ein bereits 1974 veröffentlichtes Interview mit Don Carlos noch einmal ab.

»Du weißt ja …«, diktierte Catapulta: »Investitionen fördern«, »Vertrauen in die Börse«, »Stimulierung der Initiative der Unternehmen«, »Ein Licht am Ende des Tunnels der Krise«, »Nicht dramatisieren«, »Die Schlüssel sind hier, wir brauchen nur noch die geeigneten Leute, die sie benützen«, usw. usw. usw …

»Für *Der Feinschmecker* zeigte sich der Verwandlungskünstler Don Carlos als der frühere passionierte Reiter, der es bedauerte, seiner Leidenschaft nie wieder nachgehen zu können. Er würde, wenn es in seiner Hand läge, was vielleicht sehr bald der Fall sein würde, pro hunderttausend Einwohner eine Reitrennbahn bauen lassen, um diesen Sektor zu beleben.«

»Schreiben Sie … ›Wir brauchen mehr Rennställe, mehr Wettkampfteilnehmer, einen europäischen Anstrich …‹ Was ist eine bessere Werbung für unser Land, als wenn ein spanisches Pferd in Ascot gewinnt? Warum gibt es in einem Land mit so vielen kleinen Menschen keine konkurrenzfähigen Jockeys? Das muss sich ändern. Und es wird sich ändern.«

Der Journalist ging mit einem Umschlag weg. Ein Angestellter der Zivilregierung kam mit einem anderen. Der Referent des Zivilverwalters begrüßte die durchdachten und moderaten Ansichten, erwartete sehnsüchtig die Statuten der neuen Gruppierung und wollte zu einem geeigneten Zeitpunkt einen Empfang organisieren, damit der Zivilverwalter die Mandanten der neu gegründeten politischen Vereinigung begrüßen könne. Der Angestellte der Zivilregierung verließ die Zentrale ebenfalls mit einem Umschlag. Ein Polizist kam mit einem weiteren, dessen Inhalt vor mir verborgen wurde. Der Polizist ging mit einem kleineren Umschlag. Er rief den Professor aus Deusto an. Catapulta machte sich ein paar Notizen und diktierte mir anschließend einen Brief an verschiedene Unternehmer, die sich offenbar innerhalb der Linken durch eine gewisse politische Umtriebigkeit hervortaten. Er sagte noch, und ich dachte, er würde noch weiterdiktieren, dass die jeden für rot hielten, die für ihn Fußballer waren. Dann sagte mir Catapulta, ich solle nach Hause gehen, er gab mir eine Kopie der Schlüssel und befahl mir, am nächsten Morgen pünktlich um acht zu erscheinen, woraufhin ich mich unterwürfig vor ihm verbeugte. Als ich gegangen war, wandte sich Catapulta wieder dem Telefon zu.

Als ich am nächsten Tag zum Parteisitz kam, traf ich einen Angestellten der Druckerei an, der mir eine Rolle Plakate unserer Partei mit dem Slogan »Du gehörst zu uns!« in die Hand drückte, des Weiteren übergab er mir eine Schachtel Aufkleber und eine weitere mit Kugelschreibern, Aschenbechern und Feuerzeugen mit aufgedrucktem Logo. Mehrere Angestellte eines Möbelhauses trugen einen gewaltigen runden Tisch herein, Stühle, ein Bett, ein Nachttischchen und einen Schreibtisch, während ich ihnen die jeweilige Stelle zuwies. Ab Viertel nach acht trudelten ausgesprochen gespenstig aussehende Gestalten in das Büro:

»Ist Herr Catapulta da, wegen der Unterschriften für die vorübergehende Freilassung?«

Ich ließ sie vor der Tür warten, bis Catapulta mit einem Paket linierter Blätter unter dem Arm kam und die auf Bewährung freigelassenen Verbrecher instruierte: Jeder von ihnen habe zwölf Stunden Zeit, um hundert Unterschriften zu sammeln, mit vollständigem Namen und Personalausweisnummer, wenn sie ein gutes Zeugnis für den Richter wollten, von dem ihre ersehnte Freiheit abhänge.

»Haltet die Leute auf der Straße an und fragt sie, ob sie gegen die Unsicherheit in der Stadt unterschreiben wollen. Gegen die Unsicherheit. Nicht durcheinanderkommen. Wenn euch ein Polizist Fragen stellt, sagt ihm, er soll Kommissar Porreras anrufen, der wisse Bescheid. Um halb neun will ich euch alle wieder hier sehen. Und jetzt, raus mit euch, und dass ich keinen Namen doppelt sehe, mit meinem Assistenten hier« – er zeigte auf mich – »ist nicht zu spaßen, lasst euch das gesagt sein.«

Catapulta erklärte mir, wie ich die Möbel aufzustellen hatte, und schloss sich in sein Büro ein. Wenig später kam er wieder heraus.

»Geh nach Hause und rede mit deiner Mutter. Ruh dich ein wenig aus. Du hast noch die ganze Nacht Zeit, um die Namen und Ausweisnummern in die Formulare zu übertragen. Wenn du fertig bist, geh schlafen, und danach fährst du zu der Schlampe. Am Nachmittag haben wir zu tun.«

Als ich nach Hause kam und die Vase voller Blumen sah, kam meine Mutter weinend, mit offenen Armen und ihrem gewaltigen Bauch auf mich zu. Sie, noch vor kurzem eine Hausmeisterin, hatte mit dem Spitzenanwalt gesprochen, dem prunksüchtigen Ex-Bankier, dem einst furchtlosen Reiter. Der Mann, der sehr bald auf den Titelseiten der Zeitungen und Zeitschriften prangen würde, hatte sie gefragt, ob sie die Mutter seiner rechten Hand sei.

»Don Carlos, mein Junge, Don Carlos del Cravall. Ich habe ein Foto von seiner Frau in der *¡Hola!* gesehen. Was für eine hochelegante Dame … wie elegant! Er hat mir gleich erzählt, dass er einen Sohn in deinem Alter hat und dass er ihn ohne zu zögern gegen dich eintauschen würde. Und dass du eine ungeheuer wichtige Aufgabe übernommen hast.« Meine Mutter zitierte: »›… die dich ein paar Wochen in Anspruch nehmen kann.‹ Ich habe es dir doch immer gesagt, Fernando, mein Sohn, es geht nichts über eine gute Erziehung.«

»Sie sind anders als wir«, war das Einzige, womit ich gegen den Wirbelsturm der Begeisterung ankam. Sie waren dabei, mich zu entführen, und meine Mutter brach darüber in Jubel aus. Der

Blumenduft, der ihre Euphorie und meine Verwirrung umhüllte, zeigte mir, wie leicht Bestechung funktionierte.

»Dann klingelt es an der Tür, und was sehe ich?« Sie drehte sich schwungvoll um, um mich zur Verzückung über die Blumen anzustiften. »Eine Schachtel Schweizer Bonbons aus einer ›Confiserie‹« – Flora! Das Wort ›Confiserie‹ in deinem Mund!, dachte ich: »Und ein liebenswürdiger Brief, in dem steht, dass um sieben ein Wagen kommt, um deine Sachen abzuholen. Ich habe schon alles gepackt, gewaschen und gebügelt. Willst du die Wimpel mitnehmen?«

Um acht half mir Don Carlos del Cravalls Chauffeur mit rätselhaftem Gesicht und finsterem Blick, die Wimpel in meiner zukünftigen Behausung aufzuhängen, deren Intimität von einem Schloss, das Catapulta hatte anbringen lassen, gewahrt bliebe. Meine Abnabelung hatte ich mir schon auf verschiedende Weise vorgestellt, aber dass mein erster Junggesellenwohnsitz eine Parteizentrale sein würde, darauf war ich nicht gekommen. Während ich gerade darüber nachdachte, klopfte es an der Tür. Die auf Bewährung freigelassenen Häftlinge übergaben mir die Unterschriften, zusammen mit Grüßen an Herrn Kommissar Porreras, den Herrn Richter und Herrn Catapulta. Als ich mich gerade an die Arbeit machen wollte, entdeckte ich etwas Neues. Auf meinem Tisch lehnte eine Karte mit dem Satz »Damit du dich nicht zu sehr langweilst« an einem modernen japanischen Radio. Na dann, viel Spaß. Ich warf eine Benzedrine ein und stellte mich auf eine lange Nacht beim Ausfüllen der Formulare ein.

Ich machte das Radio an, und wie in alten, einsamen Zeiten auf der Dachterrasse suchte ich einen Sender, der mich, ohne meine Konzentration zu stören, beflügeln würde. Leichte Orchestermelodien aus den vierziger Jahren, moderiert von einer Stimme in einer unbekannten Sprache, führten mich mitten in einen Tanzsalon. Währenddessen hackte ich in der wirklichen Welt, unterstützt von der Wirkung der Aufputschpille, Namen über Namen in die Tasten: Ein Heer unfreiwilliger Verbündeter der Partei marschierte auf die Listen, die wir dem Notar vorlegen würden.

Offenkundig beteiligte ich mich an einem Unternehmen, das einzig dazu diente, einem Dummkopf zu schmeicheln: Don Carlos del Cravall y de la Lanza. Derselbe, der mich dank einer verstörenden optischen Täuschung von seinem Porträt aus mit einem verklemmten Lächeln anblickte, während ich auf der Schreibmaschine einem politischen Projekt Mitglieder zufügte; aber er blickte mich auch dann an, wenn ich mich davonstehlen wollte und mich dem großen Tisch zuwandte, um Register für die größtenteils verschlossenen Karteikästen anzulegen; wohin ich auch ging, ich wurde diesen Blick nicht los. Ich erinnerte mich an jenen Kollegen im Archiv, der mir nicht ohne Brillanz dargelegt hatte, Carlos del Cravall habe das Zeug zum besten Fremdenführer der Welt, aber nicht zum Bankdirektor. Der Angestellte kannte ihn nicht persönlich und hatte die Qualitäten des früheren Bankiers überwertet und sich zunutze gemacht, dass die Untergebenen, die noch nicht vollkommen verbittert oder verschroben waren, den guten Ruf ihrer Chefs kräftig unterstützten, um selbst nicht gar so unbedeutend dazustehen. Denn entweder spielte Don Carlos den Dummen wie Don Tomás und Catapulta vor ihm, oder er war wirklich sehr dumm. In diesem Fall war es mir, dem mit Amphetaminen vollgepumpten Mann an der Schreibmaschine, schleierhaft, dass Menschen wie Guillermo Catapulta oder Don Tomás, die schließlich eine Bank führten, wenn sie nicht gerade Besuch von jungen, sich zu benehmen wissenden Kurtisanen hatten, offenbar begeistert einem so zweifelhaften Führer folgten. Auf jeden Fall schien es ihnen keine übertriebenen Bauschmerzen zu bereiten, einen Menschen von solch himmelschreiender Unfähigkeit für sich zu instrumentalisieren.

Selbstverständlich lief etwas, von dem ich nichts wusste.

Nein, viel schlimmer. Vor meinen eigenen Augen liefen viele Dinge, die ich nicht wahrhaben wollte. Je weiter ich aufstieg, umso kuhäugiger wurde mein Blick, wie der, der mich noch immer in Öl auf Leinwand anstarrte. Die Bulldogge auf seinem Arm wirkte wesentlich wacher als er, und das alles vor einem Hintergrund, den ich mit meiner bescheidenen kunsthistorischen Bildung als Kopie der *Landschaft von Hampsted Heath* des englischen Landschaftsmalers John Constable erkannte. Die Intensität, mit der ich dieses Bild in jenen Tagen im Jahr '77 sah, führte dazu, dass ich aufschrie, als ich die Landschaft später in einem Katalog sah, natürlich ohne Don Carlos del Cravall und seine Bulldogge.

Selbst in der Porträtkunst lebte man vom Betrug. Meine jugendliche Logik, die für alles Erklärungen fand, aber nirgendwo Verlässliches, konnte nur zu einem Schluss kommen: Die Mächtigen leben vom Betrug. Der Betrug besteht darin, den anderen weiszumachen, sie seien viel gefährlicher, stärker, verwegener und intelligenter, als sie in Wirklichkeit sind. Meine erste Erfahrung mit einem Mächtigen, dem Gaunerkönig Celso, der in der kruden Welt meiner Kindheit so gefürchtet gewesen war, hatte mich mit einem alten, von seiner Schwester dominierten Kauz konfrontiert. In dieser anderen Welt unterstand ich einem Erzähler schlechter Witze mit einer leicht verfehlten Vorstellung über die Dauer jugendlicher Glut (Don Tomás), einem gefügig gemachten Irren (Catapulta) und einem Dummkopf (Don Carlos). An Letzterem waren nur seine Behinderung und seine zweifelhaften Ansichten über die Ehrenhaftigkeit gewisser Kreise glaubhaft.

Ich war – wie übrigens jetzt auch – in einem Alter, in dem man alles zu verstehen glaubt, alle Steinchen passen zusammen, aber es fehlt das Selbstbewusstsein. Und so quälte es mich, dass ich nichts oder nicht allzu viel verstand. Im ganzen letzten Monat waren abgesehen von den Damen nur Menschen an mir vorbeigezogen, die die Vorteile eines normalen Lebens nicht kannten und so taten, als wisperten sie eine Geheimsprache, hinterhältige Anspielungen auf undurchschaubare Vorteile, Zwinkern, Losungen. Zum Beispiel der Verkäufer für Luxuskarossen oder die Polizisten. Sie alle waren finster und umständlich, auch wenn viele Väter über diesen Umgang ihres Sohnes erfreut gewesen wären. Dann dieses W, das meine Wenigkeit zu gut lanciert hatte. Es zeigte, dass ich genauso finster sein konnte wie sie. Denn während das Amphetamin mich Formular um Formular ausfüllen ließ und es aus dem Radio »Chatanooga-Choo-Choo« trällerte, sah ich meine Mutter, die überzeugt und glücklich war, und mich selbst, der ich dort angekommen war, wo ich immer hatte hinwollen, aber nicht so. Aus dem W, das mir persönlich etwas bedeutete, das man nicht benennen konnte, das Geheimnis an sich, war die lächerliche Möwe einer Hanswurst-Partei geworden. Das alles machte mir nichts aus. Ich war mittendrin, Punkt, ein für alle Mal, das war meine blendende Zukunft. Ich nahm eine zweite Tablette, spülte die Kehle mit einem Schluck aus einer Armagnac-Flasche, die ich in einer Schublade des großen Tisches gefunden hatte, und brachte die Schwindelei zu Ende. Draußen wurde es Tag. Besessen von einer verzweifelten Ahnung drehte ich mit brennender Ungeduld an den Sendern. Ich versuchte, zwischen dem Knistern das Lied des Watussi zu hören, mein Lied, das Lied, das ich aus dem Mund eines humpelnden Zigeunerjungen gehört hatte, das einzige, das mir eine Wahrheit gezeigt hatte, um eine Lüge zu verteidigen, das mir gesagt hatte »Scheide das Licht von der Dunkelheit, die Toten von den Lebenden, das grüne vom klaren Wasser«. Und ich war in der Dunkelheit, im grünen Wasser. Immer wieder kehre ich zu meinem damaligen Alter zurück: Wahrscheinlich würde ich mein Leben lang dort steckenbleiben, mit etwas Glück ein feinsinniger Tor werden. Das war der Grund, neben der explosiven Mischung von Amphetaminen und Alkohol, warum ich auf einmal zu allen Liedern tanzte, mir einredete, dass sie alle das Lied des Watussi wären. Denn ich war nicht auf schwülstige Liedtexte und triftige Gründe für Selbstmitleid angewiesen wie Catapulta mit seinem Wind-und-Juwelen-Lied. Eine einfallsreiche Melodie und ein Rhythmus entführten mich aus meiner desolaten Nachtwache in einen Traum, und was ich dank des Radios träumte, drehte sich so lange, bis das Malvenrosa und die Schatten dieses ranzigen Büros Figuren und gelbes Licht wurden und ich, im Rausch der Überdosis Benzedrine, auf die Straße ging.

Das Schlimmste war, dass ich alles auf der Stelle meiner Fahrschülerin erzählte.

16

Ich erzählte Tina nichts von dem, was unter Betriebsgeheimnis stand, nur gerade so viel, um meine Kühle, meinen Anflug von Nostalgie und meine Cognacfahne zu rechtfertigen. Während ich mich durch die letzten und quälendsten Meter meiner Vergiftung schleppte, gestand ich meiner Schülerin, dass ich auf der fieberhaften Suche nach einem Leitmotiv auf das Lied »Der Watussi« gekommen sei. Sie sagte, ich spinne; aber vermutlich deutete sie die Tatsache, dass ich die Tür des Vertrauens einen Spalt geöffnet hatte – und sei der Anlass noch so absurd –, als guten Anfang: Ich würde ihr schon noch Interessanteres anvertrauen. An diesem zweiten Tag erklärte ich Tina die Verkehrszeichen. Und sie brachte mir bei, dass man sich die Vergangenheit erfindet; und gemeinsam kamen wir zu dem Schluss, dass das weit weniger anstrengend war als dieses Bauen an Gegenwart und Zukunft, das um uns herum stattfand. Noch waren unsere Fahrstunden nicht zu Ende, noch fragte sie mich nicht: »Was kann ich für dich tun?« Wir verabredeten uns für den nächsten Tag, um unser didaktisches Rendezvous zu wiederholen. Ich verschiebe meine Schilderung der Fahrstunden mit Tina und deren Ausgang auf später: Ich stellte den Jaguar wieder in die Garage und ließ erneut das sarkastische Zwinkern des Wächters über mich ergehen sowie den Kommentar über mein zerzaustes Aussehen, den ein ungeduldiger Catapulta, vor der Tür unserer Firma an die Motorhaube des Mercedes gelehnt, abließ.

»Richte dir mal schnell die Frisur, sonst richte ich dich zu, dass dir Hören und Sehen vergeht.«

Schweigend nahm ich wieder meine Rolle als Chauffeur an. In diesen Tagen setzte Catapulta sich neben mich, was eher praktische als solidarische Gründe hatte. Das Endloslied war abgestellt, durch die jüngsten Ereignisse war Catapultas Melancholie offenbar verflogen. An diesem Nachmittag steuerten wir eines der besseren Hotels an, in dessen Halle uns ein bärtiger Mann der Subspezies Journalist erwartete. Wir gingen in die Cafeteria, und er und mein Chef begannen ein vertrauliches Gespräch. In fortschrittlichen Kreisen, und zwar im weitesten Sinn (darunter würde auch eine Kumbaya singende Dorfschullehrerin fallen), hatte man die bereits im Alten Byzanz verbreitete Sitte wiederentdeckt, durch das Tragen eines Barts seine Männlichkeit zu unterstreichen, und wer nicht genug Gesichtsbehaarung aufzuweisen hatte, war schon verdächtig. Journalisten, Neuigkeitsjäger in einer Zeit, in der die Sensationen wie Pilze so aus dem Boden schossen, waren echte Männer und trugen einen Bart. Zumindest alle, die ich kennengelernt habe. Die Journalisten wiesen sich durch eine ständige körperliche wie geistige (nicht moralische) Müdigkeit aus, Folge ihres unglaublichen Arbeitspensums, des Alkoholkonsums und der Autopsie, der sie die Vergangenheit unterzogen. Vom Rest der Menschheit unterschied sie des Weiteren der Besitz tiefer Gewissheiten, die mitunter skandalös waren, und das Wissen, diese an die Öffentlichkeit bringen zu können, wann immer sie wollten.

»Ich bin im Wirtschaftsressort, Guillermo. Und du erzählst mir gar nichts über euren Verwaltungsrat oder wie tüchtig dein Chef ist. Stattdessen redest du von einer politischen Partei.«

»Wo liegt denn der Unterschied?«

»Der Unterschied liegt nicht nur im Ressort. Politische Informationen fasst man mit spitzen Fingern an. Verdammt!« Nachdem er den Fluch losgeworden war, zeigte Journalist X auf die Straße, als wäre sie der schlagende Beweis für die heikle politische Situation.

»Na, na … Hör zu, X«, Journalist X bekleidet mittlerweile eine wichtige Position bei einem Fernsehsender und spielt in diesem Bericht eine zu nebensächliche Rolle, um die Unhöflichkeit zu begehen, seinen Namen zu nennen; darum ist er weiter X: »Hier ist die Meldung. Lies sie, du wirst schon sehen. Ich finde sie in keiner Weise kompromittierend.« Catapulta reichte X einen Umschlag: »Und an der Art, wie die Nachricht geschrieben ist, ist auch nichts auszusetzen.«

Journalist X leerte seinen Whisky. Und bestellte noch einen. Ich schloss mich seiner Bestellung an, und Catapulta wies mich darauf hin – er drehte sich mit seinem Hocker zu mir um und kehrte seinem armen Gesprächspartner den Rücken –, dass es sich nicht schicke, die Bestellung eines anderen zum Anlass für eine eigene Bestellung zu nehmen. Es gehörte nicht viel dazu zu erraten, dass diese unvermittelte Lektion nichts anderes als ein Vorwand war, um dem Journalisten X die nötige Intimität zu gewähren, damit er sich ungestört ein ordentliches Bündel Geldscheine in die Tasche seines englischen Wollsakkos schieben konnte. Wohl oder übel ließ ich zu, dass Catapulta mich weiter maßregelte:

»Wenn jemand ›einen Whisky, bitte‹ sagt, kannst du nicht hingehen und ›für mich auch einen‹ sagen. Und schon gar nicht, wenn du die Person überhaupt nicht kennst.«

»Aber du hast ihn mir doch vorgestellt.«

Catapulta sprach noch leiser, während Journalist X sich der Lektüre des Blatts zuwandte, das ebenfalls in dem magischen Umschlag steckte:

»Nein, ich habe ihn dir nicht vorgestellt. Du wirst ihn nur kennenlernen, wenn ich das will. Und bis der gute Mann fertiggelesen hat, kennst du ihn nicht. Dann, beim Verabschieden, wirst du ihn ein bisschen kennenlernen. Anschließend wird es für dich sein, als hättest du ihn nie gekannt, es sei denn, ich gebe dir eine anderslautende Anweisung.«

Journalist X hatte den vorformulierten Artikel zu Ende gelesen und zerriss den Umschlag; dann ließ er das Blatt in einer anderen Tasche seines Wollsakkos verschwinden, das er bald gegen eines aus echtem Tweed eintauschen würde.

»Ich werde sehen, was ich machen kann«, sagte Journalist X: »Hier und da muss etwas nachpoliert werden, auf jeden Fall …«

»Ich kann es kaum erwarten, den Artikel zu lesen. Könntest du ihn nächsten Dienstag rausbringen?«

»So genau kann ich das nicht sagen. Ich kann dir nichts versprechen.«

»Ich wäre dir sehr verbunden.«

Journalist X gab Catapulta die Hand, mit der anderen grüßte er vorsichtig in meine Richtung. Catapulta sah zur Drehtür des Hotels, scheinbar in Gedanken versunken:

»Es gibt ja Leute, die investieren in Zeitungen. Wozu? Auch wenn es unter der Hand läuft, am Ende weiß es doch die ganze Welt. Das hier ist viel einfacher. Und sagt mir mehr zu.«

Als wir wieder im Mercedes saßen und durch die Stadt fuhren, erklärte mir Catapulta, dass diese Untergattung innerhalb der Subspezies Journalist als »Umschlagnehmer« bekannt war, so die neue Wortschöpfung:

»Dieses am Hungertuch nagende Klatschmaul wird schön brav in den sauren Apfel beißen. Lass den Wagen an der Ecke stehen«, befahl mir der Oberphilologe Catapulta: »Jetzt wollen wir einen ›Umschlagnehmer‹ aus der Taufe heben. Vorher, Fernando, eine Frage: Hast du dich gefragt, warum ich dich zu diesen Verhandlungen mitnehme? Ich will eine Antwort.«

»Zum Lernen und als Zeuge, damit die Kerle merken, dass sie durchschaut werden.«

»Nicht schlecht. Dieser Mann, den wir jetzt treffen, wird uns vielleicht mit irgendwelchen Unsinnigkeiten provozieren. Das Geheimnis der Unsinnigkeiten nimmst du mit ins Grab, Fernando. Und ich hoffe, erst in vielen Jahren. Wenn das Geheimnis früher stirbt, nimmt es dich mit ins Grab, und das wäre schade. Hast du mich verstanden?«

»Ja.«

Geruch von kaltem Rauch in dem Halbgeschoss mit durchgesessenen Sofas für heimliche Paare, die um diese frühe Abendstunde noch nicht eingetroffen waren. Im Halbdunkel, in dem von der Treppe entferntesten Winkel, wartete Journalist Y auf uns. Journalist Y starrte uns an, als wollte er uns mit telepathischen Kräften fernhalten und aus sicherer Entfernung unsere Körper explodieren sehen. Wirklich … sehr witzig! An dem Tag, an dem ich diese Seiten schreibe, ist Journalist Y ein Vorgesetzter von Journalist X im selben Medienkonzern. Im Februar 1977 hatte Journalist Y nichts mit dem Wirtschaftsexperten gemeinsam, den wir mit vollen Taschen zurückgelassen hatten. Ein rauschender Bart betonte mehr Realitätsnähe als der Stutzbart von X. Y hatte einen struppigen Apostelbart, den Bart eines Erleuchteten, was sein

Blick unterstrich: Abgesehen von den Augenringen, die man unter Redaktionsmüdigkeit verbuchen konnte, schoss sein Blick auf sein Ziel zu wie eine Rakete. Die grauen Haare brachten einen zu dem Schluss, dass der ständige Umgang mit der schrecklichen Gegenwart von Leuten wie uns Journalist Y mit derselben Raketen-Geschwindigkeit altern ließ, mit der sein kritischer Blick politische Hintergründe erfasste. Wir nahmen ihm gegenüber Platz.

»Ich habe von dem Stress erfahren«, kündigte Catapulta an. »Du weißt nicht, wie leid mir das tut.«

»Du musst vor Gram vergehen.« Journalist Y schien dieselbe Sprache zu sprechen wie mein Chef. »Wir haben Beweise vorgelegt, aber der Richter ist nicht besonders eifrig.«

»Oder die journalistische Quelle ist versiegt ...«

»Ich wusste, dass du ein Arschloch bist, Boris. Aber du übertriffst jegliche Erwartungen.«

Boris? Dieser Bärtige hatte meinen Chef Boris genannt.

»Bitte, nenn mich doch nicht so«, erklärte Catapulta, als würde es ihm in Wirklichkeit nicht viel ausmachen, Boris genannt zu werden. »Unter alten Hasen können wir uns bei unseren richtigen Namen nennen.«

»Wer ist das?« fragte Journalist Y und schleuderte seinen Bartzipfel verächtlich in meine Richtung.

»Fernando Atienza, mein Assistent.«

Der Gesichtsausdruck von Journalist Y wurde weicher. Der Redakteur einer angesehenen Zeitschrift, die in der Hauptsache Skandale aufdeckte, ob frisch oder aus der informationspolitischen Düsternis der soeben zu Ende gegangenen Epoche, wiegte jetzt mit seiner sympathischen skeptischen Art, einen anzusehen, den Kopf, als sagte er »das kann ich nicht glauben«, und aus einem von dichten Borsten umstandenen Loch lugten Schneidezähne, was auf ein Lächeln hindeutete.

»So, der Austausch von Förmlichkeiten ist beendet, Y. Ich bin gekommen, um dir zu sagen, dass ich deinen Weg verfolge und bewundere. Der Erfolg der Zeitschrift hat sicher den Verlag selbst überrascht, ich staune jedenfalls. Schade, dass so viel Gelingen sich bislang nicht in Dividenden auszahlt. Die Waisenkinder der alten Faschisten haben nur leider immer noch nicht ihren Vergil, der ihnen ihre Äneis schreibt, immerhin haben sie jetzt dich, der sie an die Erschießungen erinnert. Pass bloß auf, mit ihrem geerbten Reichtum stehen sie jeden Verleumdungsprozess durch und können ihre mächtigen Freunde schmieren, dann kannst du deine Karriere vergessen.«

»Ich rieche den Schwefelhauch«, sagte Journalist Y.

Catapulta schubste einen Umschlag über den Tisch. »Wir haben nicht alle Zeit der Welt, kommen wir also zur Sache.«

Journalist Y blickte angewidert auf den Umschlag und von dort wütend zu Catapulta. Ohne ein Wort zu sagen, stand er auf, lud den halben Altwarenhandel um sich herum auf, Taschen, Mappen, Bücher und Taschen, und ging. Der Umschlag lag noch immer auf dem Tisch. Als Journalist Y fast an der Treppe war, ging Catapulta ihm nach und baute sich vor ihm auf:

»Ich bitte dich, Y. Gestern hast du mich am Telefon abgewürgt. Heute stehst du einfach auf und gehst. Dabei weißt du doch gar nicht, was ich dir zu sagen habe! Wo ist deine Neugierde geblieben? Du bist kein Stümper. Du hast Talent, dir winkt eine große Zukunft. Das weiß ich doch, jeder weiß das. Was glaubst du eigentlich von mir, ich käme nie auf die Idee, dich zu beleidigen. Komm, setz dich.«

Journalist Y kehrte zurück an den Tisch, ließ seine Bündel fallen und setzte sich, und dabei sah er mich mit seiner berühmten Neugierde an. Catapulta vergaß jede Benimmregel und bestellte noch von der Treppe aus mit Donnerstimme neue Getränke.

»Kennst du ihn schon lange?« fragte mich Journalist Y.

Nicht zum ersten Mal richtete jemand an mich diese Frage. Bei der Sauftour letztens hatte mir dieser Typ in der Disco dieselbe Frage gestellt. Diesmal antwortete ich natürlich nicht. Journalist Y schien auch keine Antwort erwartet zu haben, gereizt verfolgte er, wie Catapulta den Umschlag wieder vom Tisch nahm, und sah dem achtzigjährigen Kellner zu, der tattrig die Gläser brachte. Wortlos zog Catapulta etwas aus der Tasche, was ich sofort als

Visitenkarte erkannte. Zwei Stück. Er hielt sie Journalist Y hin. Journalist Y las sie. Journalist Y verschluckte sich beim Trinken. Als er wieder Luft bekam, brach er in schallendes Gelächter aus und fragte:

»Liberal?«

»Bürgerlich liberal«, ergänzte Catapulta vollkommen ernst.

Das Kopfnicken von Journalist Y wurde rascher. Seine gelben Schneidezähne kamen bei dem regelmäßigen Neigen des Schädels immer wieder zum Vorschein. Entgegen jeder Erwartung seufzte Journalist Y:

»Als ich ein Junge war«, holte Journalist Y aus, »habe ich das Stück *Glanz der Boheme* gelesen. Hast du es auch gelesen?«

Catapulta nickte. Auch er lächelte.

»In *Glanz der Boheme* gibt es eine Szene, in der die Hauptfigur Max Estrella, der arme und besoffene Max Estrella, auf seinem nächtlichen Kreuzweg einen Minister besucht. Es stellt sich heraus, dass Max Estrella und der Minister Jugendfreunde sind. Der Lauf des Lebens, so das Theaterstück, hat aus dem einen einen abgerissenen Bohemien und aus dem anderen einen Minister gemacht. Weißt du, was ich dachte, als ich das las?«

Während Catapulta unbeobachtet vom scharfen Blick des Journalisten seine Hand in die Jackentasche gleiten ließ, in der er zuvor den Umschlag aufbewahrt hatte, nickte er bedächtig.

»Als ich das las, dachte ich: Unmöglich, niemand, der so lebt wie er, kennt einen Minister. Begreifst du? Unter Franco sind wir unter Bedingungen aufgewachsen, in denen alles unveränderlich war. Jemand, der Minister wurde, war schon von klein auf zum Minister bestimmt. Wir hatten nichts außer dieser verkrusteten Staatsordnung, nur nicht über den Tellerrand schauen. Gut, irgendwann hast du mitbekommen, dass dort draußen die Dinge anders laufen. Aber hier, hier« – Journalist Y zeigte auf den roten Teppichboden voller Brandlöcher – »wäre es unmöglich gewesen, dass ein Minister eine Boheme-Vergangenheit hat. Minister sein ist etwas, was du in dir trägst, was zu deinem Wesen gehört, unabhängig von der Qualifikation. Und jetzt sehe ich auf einmal alles Mögliche, sogar« – Journalist Y machte hier eine Betonung: »›Guillermo Catapulta. Bürgerliche Liberale Partei. Geschäftsführer.‹ Und ich sehe, wen du hier führst und wie liberal du bist, und ich sehe die Flugzeuge der Faschisten, die unter neuer Flagge auf irgendeinem demokratischen Flugzeugträger landen, und ich sehe die alte Leibgarde, die den Aufgalopp der Wahlen eskortiert, und ich sehe sie alle, die schon immer Demokraten gewesen sind und niemals jemanden an die Mauer gestellt haben, sich niemals am Hunger der anderen bereichert haben, niemals jemanden, der versucht hat aufzuklären, fertiggemacht haben, ich sehe das alles.«

»Du bist ein Visionär, Y! Was für eine Brillanz! Deinen nächsten Artikel muss ich lesen. Ich bin wirklich beeindruckt.«

Schweigen. Journalist Y sah Catapulta an, der sich in aller Ruhe eine Zigarette anzündete. Journalist Y fragte sich bestimmt das Gleiche wie ich: Was hatte Catapulta vor? Durch den Qualm hindurch sahen Catapulta und Journalist Y sich an, lächelten, brachen in Gelächter aus. Auch ich lachte ein wenig. Wieder trat Schweigen ein, und ich fühlte mich noch immer verwirrt wie jemand, der ein dunkles Kino betritt, in dem der Film schon angefangen hat.

»Willst du mich denn nicht fragen, wozu wir gekommen sind?«

Journalist Y lehnte sich im Sessel zurück, und aus der pelzigen Grotte seines Mundes drang ein langgedehntes Brummen. Dann sagte er:

»Wenn du denkst, es bestünde nur die entfernteste Möglichkeit, dass ich etwas schreibe über die angeblichen Guttaten dieses Behinderten…«, er las noch einmal mit angewidertem Ausdruck die Visitenkarte, »… del Cravall, dieser Lackaffe, der unfähigste Bankier der sechziger Jahre, reden wir nicht von deinen vielen Fehlern, Boris, aber wenn du das denkst, hast du dich gründlich getäuscht. Offenbar hast du noch nicht mitbekommen, dass es in unserem Metier darum geht, die Wahrheit zu sagen, abgesehen davon, dass sich niemand Hohn und Spott aussetzen wird, nur um mit einer Hand voll Durchgeknallten gut auszukommen. Da irrst du dich gewaltig.«

»Du wirst also nichts schreiben?« fragte Catapulta daraufhin.

»Nichts.«

Catapulta zog den Umschlag aus der Tasche, und es gelang ihm, ihn mit Hilfe einer entschiedenen, aber nicht ruppigen Bewegung so über den Tisch zu schleudern, dass er wenige Zentimeter vor Journalist Y liegenblieb. Bevor Journalist Y reagieren konnte, stand Catapulta auf und forderte mich mit einer hastigen Handbewegung auf, das Gleiche zu tun. Trotzig sagte er:

»Dann schreibst du eben nichts, Y.«

Wir ließen Journalist Y in seiner Ecke sitzen, der inmitten seiner Ausrüstung auf den Umschlag starrte.

»Was für ein Job!« rief Catapulta aus, als er die Tür des Mercedes zuschlug.

Da ich nicht wusste, auf welchen Job sich das bezog, auf seinen oder den des Journalisten, sagte ich nichts und wartete auf die Anweisung, wohin wir nun fuhren.

»Die Sache ist schon sehr seltsam. Sie werden ihm glauben und damit mehr Schaden anrichten, als wir denken.« Catapulta drehte den Kopf zu mir: »Was denkst du?«

»Ich? Nichts.«

»Nein, im Ernst. Sind unsere Chefs es wert, dass wir den Kopf für sie hinhalten? Der Kerl gerade ist nichts anderes als ein aufgeblasener feiner Pinkel, aber man glaubt ihm. Man glaubt ihm alles. Wenn er nicht diese Verleumdungsklage am Hals hätte, hätte er uns rausgeworfen. Und man kann doch nicht Millionen über Millionen ausgeben, nur um Münder zu verschließen. Die gemütlichen Zeiten sind vorbei, man muss alles im Blick behalten. Und unsere Chefs sind viel zu unbeweglich. Fahr endlich los …«

»Wohin fahren wir?«

»Schriftsteller, Journalisten, Moralisten wollen sie sein und gleichzeitig alles und jeden kontrollieren. Verrecken sollen sie!« Die Beschleunigung des Wagens war Rechtfertigung genug, dass ich meinen Chef reden ließ. Er hatte das Thema gewechselt: »Wir sind eine ehrgeizige Generation. Wir haben zu wenig gevögelt. Gut, im Vergleich zu ihnen … Und wir haben zu viel gebetet. Che-Bildchen, Jungfrau-Maria-Bildchen. Wo ist der Unterschied? Und wir waren keine guten Leser. Hast du sein Gesicht gesehen, als er uns von *Glanz der Boheme* erzählt hat? Was habe ich denn damit zu tun? Wenn irgendein Arschloch dich verhöhnen will, kommst du doch nicht auf die Idee, ihm *Glanz der Boheme* zu erzählen, also wirklich! Du gehst und Punkt! ›Es gibt vieles, was ich nicht wissen will. Die Weisheit setzt dem Wissen Grenzen.‹ Warum sage ich das? Wohin fahren wir?«

»Das sollst du mir sagen …«

»Weißt du was, bring mich zum Flughafen. Wenn ich noch heute Abend in Madrid bin, kann ich gleich morgen früh zu dem Schneider, zu dem angeblich auch der König geht, und Maß nehmen lassen. Von Eleganz versteht man hier nichts.«

Ich fahre Catapulta zum Flughafen. Catapulta teilt mir mit, dass wir nach seiner Rückkehr zusammen mit den Haifischen essen gehen werden. Er setzt mich darüber in Kenntnis, dass das Essen köstlich werden wird, gespickt mit Drahtseilakten und Geheimnistuerei. Er rät mir, nicht noch einmal so zerknittert und übermüdet wie an diesem Tag zu erscheinen. Ich solle den Mercedes in die Firmengarage bringen und keine Spritztour mit ihm machen, nur weil er nicht da sei (als er das sagte, sah er auf den Tacho). Ich solle ein Valium nehmen. Und mich ausruhen.

Catapulta wird ein paar Tage in Madrid bleiben, nicht nur, um seine Garderobe zu erneuern. Er wird wieder zurück sein, wenn die ersten Artikel der Journalisten X und Y erscheinen, und sofort sehen, woher der Wind weht. Dann werden wir mit unserem politischen Vorhaben an die Öffentlichkeit gehen und uns mit ernstzunehmenden Leuten zusammentun, für die Politik nicht nur Studentengeplänkel ist. Er rät mir, die Fahrstunden mit der kleinen Nutte zu Ende zu bringen. Er bedauert, dass ich sie nicht flachgelegt habe, dann hätte sie als Informantin dienen können. Er schließt sofort an, dass das ein Witz sei, was ich mir sicher schon gedacht habe. Catapulta klärt mich nicht auf, ob der Witz sich auf die Informationen bezieht oder auf die Tatsache, dass ich sie nicht flachgelegt habe. Dann steigt Catapulta aus und grüßt einige Polizisten, von denen ich mich in der Zeit, als ich vom Fieber der Ws erfasst war, so verfolgt gefühlt habe. Catapulta geht pfeifend und mit den Händen in den Taschen zum Terminal, wie einer, der in den Puff geht, mit ruhigem Gewissen.

17

Niemand an dem Tisch rührte die Bouillabaisse an.

DIE BÜRGERLICHE LIBERALE PARTEI
STEUERT AUF DEN KLEINEN MANN ZU

Mit dem schnörkellosen Motto »Du gehörst zu uns« bereichert die Bürgerliche Liberale Partei (BLP) in diesen Tagen das Soufflé der Abkürzungen mit ihrem Namen, die Buchstabensuppe, in der die spanische Gesellschaft schwimmt, um nicht zu ersaufen. Die neue Gruppierung unter der Führung von Carlos del Cravall wird in nächster Zukunft ihre Gründung kundtun. Don Carlos ist Ex-Präsident der Bürgerlichen Handelsbank, erfolgreicher Anwalt mit Kanzlei vor Ort und Vorstandssprecher des Königlichen Poloclubs. Außerdem gilt er als ein verbindendes Glied zwischen den demokratischen Kräften, die die jüngste Geschichte bestimmen. Nun wird er den einen oder anderen Tätigkeitsbereich ruhen lassen, um sich ganz der Politik zu widmen. Die Resonanz war wie erwartet: Namentlich nicht bekannte Verfechter der bequemen politischen Mitte haben dieses Vorhaben von Anfang an unterstützt. Man hat nicht den Eindruck, diese Gründung sei aus einer Laune des Augenblicks geboren. Die Partei wendet sich an den einfachen Mann, an den redlichen Bürger, der unter der Wirtschaftskrise leidet und sich weder mit der Vergangenheit noch mit irgendeiner ihrer Richtungen verbunden fühlt. Diese Gruppierung dürfte keine Eintagsfliege im endlosen Kommen und Gehen der Abkürzungen, Richtungen und Ankündigungen sein. Carlos del Cravall, aktives Mitglied der Lúpulo-Gruppe, verkörpert seit Jahren das Bild des gutaussehenden, dialogbereiten und sozial engagierten Mannes. Er ist ein Pragmatiker, der sich nicht mit dem Proklamieren zweier unvereinbarer Lager aufhalten wird. Vielmehr ist er ein Brückenbauer, der die gemäßigten Flügel der beiden Spanien verbinden möchte, die Menschen, die bereit sind, unsere Gesellschaft voran- und endlich Europa näherzubringen. Damit ist er nicht gerade ein Populist und wird auf Anhieb kaum den einfachen Mann erreichen, gleichwohl alle, die von den patriotischen Fanfarenklängen der Jahre des Triumphs nichts mehr hören wollen, von den Hymnen und Hallelujas der radikalen Nationalisten und anderer Extremisten. Wem das Demokratiegeflüster der Christlichen Demokraten allzu schüchtern ist, wird diese Partei wahrscheinlich ebenfalls willkommen heißen. Es spricht nichts dagegen, dass jemand, der auf anderen Gebieten seine Professionalität bewiesen hat, eine Partei gründet. Er kann eine gute Partei gründen, kann gute Arbeit leisten. Nur ein Missklang begleitet das fröhliche Taufgeläut: Bedürfte diese neue Partei nicht einer weiteren Persönlichkeit mit Charisma, als Gegengewicht zu dem zweifellos vorhandenen Swing ihres derzeitigen Führers, als internen Kräfteausgleich? Ungeachtet der im Titel verwendeten Seefahrtsterminologie: Eine Partei ist kein Schiff und benötigt mehr als einen Kapitän. Eine anerkannte, vertrauenswürdige Persönlichkeit würde dazu beitragen, dass aus einer guten Idee eine hervorragende wird.

JOURNALIST X.

Niemand an dem Tisch rührte das Essen an. Guillermo Catapulta blickte erwartungsvoll. Carlos del Cravall, dem die Brille auf der Nasenspitze gerutscht war, starrte ausdruckslos ins Leere. Um einen Zeitungsartikel zu verarbeiten, brauchte er Stunden. Das faltige und leidende Gesicht Tomás del Protzos schien ganz woanders zu sein. Wahrscheinlich bei irgendeiner Schweinerei. Alter Lüstling. Carlos del Cravall las weiter:

SCHUSTER, BLEIB BEI DEINEN LEISTEN

Es hat etwas Gutmütiges, etwas von einem Sancho Panza, wenn man mit einem volkstümlichen Sprichwort beginnt. Und das ist nicht der Ton der Stunde. Geistreicher erschiene es, wenn man »Die Hunde bellen, die Karawane zieht weiter« als Fanfahrenstoß an den Anfang stellte. Aber geistreich will in der derzeit herrschenden Aufregung jeder sein. Weise hingegen erschiene es, den alten Tuareg zu erwähnen, der auf den Horizont blickt und weiß, dass die Wüste voller Sand ist. Die politische Wüste ist trostlos, wohin man blickt, nichts als Sand und Staub: Staub liegt auf den Männern der ersten Stunde, Staub auf dem Marmor der Denkmäler für die Gefallenen und den Diktator. Und noch mehr Staub: der Goldstaub derer, die sich ohne Pardon in den Jahren der Diktatur bereichert haben, und der Staub des Schießpulvers. Ja, man könnte gutmütig sein, geistreich oder weise, aber eher ist man geneigt, quijotesk zu sein, ein melancholischer Visionär, über den gesagt wird, er verwechsle Windmühlen mit Riesen, wo doch in Wirklichkeit die Riesen mäusegesichtige Schwuchteln sind, die viel Wind machen. Mein Schatten und ich, wir haben uns darauf geeinigt, Visionäre zu sein. Wir sehen dieselben Stukas, die Guernica bombardiert haben, nun auf demokratischen Flugzeugträgern landen. Wir sehen die marokkanische Leibwache, die den bevorstehenden Aufgalopp der Wahlen begleiten wird. Sind das die rechten Zeiten für Quijoterien? fragt mich mein Schatten. Warum nicht. Wir haben eine Demokratie in Windeln vor uns, sagt mir mein Schatten. Und wir müssen das demokratische Spiel lernen. Und das geht so: Man muss lernen, unterschiedlicher Meinung zu sein, ohne das Dynamitpäckchen aus der Gürteltasche zu ziehen oder den Gegner gleich umzumähen. Endlich! Endlich sind in diesem Land neue und frische Stimmen der Freiheit zu vernehmen. Aber wir müssen uns auch daran gewöhnen (als ob wir das nicht schon getan hätten! sagt mein Schatten), nicht so ganz neue Stimmen zu hören, die heiseren Stimmen der Ewiggestrigen. Eine neue politische Partei ist gegründet worden. Keine geringere als die Bürgerliche Liberale Partei. Ihr Führer ist Don Carlos del Cravall y de la Lanza (dieser prahlerische Bandwurmname gefällt mir). Vertreten ihre Mitglieder die Hauptstadt, die langjährige Macht? Heben sie die sauberen und säuberlich manikürten Hände zum Friedenszeichen, werden sie auf Indianisch ›Jau‹ sagen oder dem langjährigen römischen Brauch folgen? An Wölfe im Wolfspelz sind wir gewöhnt, müssen wir uns da dankbar zeigen für ihre Wolf-im-Schafspelz-Höflichkeit? Gelegenheit, in den besten Schulen zu lernen und sich gutes Benehmen anzueignen, hatten sie genug. Also schön ... Reichen wir ihnen die Hand, damit sie uns ihre geben können, die sie zum Franco-Gruß erhoben oder aber aufgehalten haben, damit wir ihnen unser sauer verdientes Geld gaben. Willkommen. Lassen wir das Volk sprechen. Und respektieren wir endlich seinen Willen.

JOURNALIST Y.

Niemand wagte es, die Bouillabaisse anzurühren, während Don Carlos langsam von dem Blatt aufsah. Als wir draußen waren, fragte ich Catapulta, ob der Umschlag für Journalist Y nicht zum Ziel gehabt habe, ihm den Mund zu versiegeln.

»Aber er hat doch nichts gesagt!« erwiderte Catapulta vergnügt: »Es ist ein Volltreffer. Wenn Journalist Y sich aufstellen lassen würde, wäre er unser Spitzenkandidat. Die ideale Besetzung für einen Ministerposten. Außerdem sind die beiden Artikel gleichzeitig erschienen, wir haben genügend Zeit, ein wenig gegenzusteuern. Das haben die Jungs von der Presse anständig gemacht. Der brave und der aus *Glanz der Boheme*.«

Catapulta lachte über seinen eigenen Witz. Vorhin beim Essen jedoch, als niemand die Bouillabaisse anrührte und sich alle aufmerksam beobachteten, hatte man das nicht so leicht genommen:

»Niederträchtigkeit!« brüllte Carlos del Cravall und ließ die Faust auf den Tisch krachen, woraufhin mehrere Kellner herbeisprangen. Als Tomás del Protzo, der eigentlich der Hitzköpfigere der beiden war, sah, dass Don Carlos' Wutanfall anhielt, scheuchte er die Dienerschar fort. »Wie kann es dieser haarige Primitivling, wie kann es dieser Landrú wagen, so etwas über mich zu schreiben? Ich habe Familie! Und er nennt mich eine Schwuchtel! Und er unterstellt mir, ein Mörder zu sein! Und dabei bin ich nie bei der marokkanischen Leibwache gewesen! Gott bewahre!« Mitten in seinem Anfall nahm Carlos del Cravall den Artikel von Journalist X. »Und dieser hier? Was heißt hier, wir brauchen noch jemanden?« Carlos del Cravall warf die Zeitungsausschnitte mit theatralischer Geste auf den Tisch. »Das hast du also erreicht, Guillermo?«

»Mal langsam ...« Catapulta fasste unter dem wütenden Blick von Don Carlos seine Worte: »Sie, Don Carlos, haben eine politische Partei gegründet, die zu Großem berufen ist. Doch bevor diese Partei Erfolg hat, muss sie sich situieren. Einen Platz finden, von dem aus sie agiert. Nach meinem bescheidenen Verständnis glaube ich, dass diese beiden Artikel das Beste sind, was Ihnen passieren konnte. Das ist das Spiel der Politik. Und in der Politik erscheinen

Lobeshymnen manchmal als Angriffe und umgekehrt. Wir müssen anfangen, die Dinge anders zu sehen, und dieses andere Sehen funktioniert so, dass man von allem die gute Seite sieht, und nicht die schlechte.« – Catapulta nahm vor einem verwirrten Don Carlos die Zeitungsausschnitte und tat so, als würde er sie noch einmal aufmerksam durchsehen: »Man braucht nicht zwischen den Zeilen zu lesen, um zu begreifen, dass wir sowohl bei der Mitte als auch bei den Radikalen gut ankommen. Beide erkennen auf ihre Weise an, dass wir eine notwendige politische Kraft sind, dass wir in den politischen Kreisen etwas zu sagen haben. Und das gibt uns einen Platz. In diesem Moment wird man sich in den Parteibüros der anderen politischen Parteien sagen: ›Don Carlos und seine Leute gehen zum Angriff über. Sie erregen Aufmerksamkeit. Was wollen sie?‹ Und das müssen wir ihnen jetzt begreiflich machen: Was wollen wir? Was haben wir vor? Werden sie sich zu uns an den Tisch setzen und mit uns reden? Wir haben erreicht, was man ein gutes Image nennt. Die Mitte verehrt uns. Die Linksradikalen verabscheuen uns. Endlich haben wir unseren Platz, Don Carlos. Es wäre etwas anderes, wenn diese Artikel in einem oder zwei Monaten erscheinen würden. Aber ich habe es so kalkuliert, dass die Lobeshymnen erst mit der Zeit erscheinen. Wenn wir von wenig zu mehr kommen, vermitteln wir, dass wir immer stärker werden. Das Gebot der Stunde lautet weiterkämpfen.«

»Und essen …«, ergänzte Tomás del Protzo. »Heute Nachmittag ist Verwaltungsrat.«

»Aber, Guillermo …« Don Carlos kam noch einmal aufs Thema: »In Ordnung, einverstanden. Ich muss mich daran gewöhnen, Prügel einzustecken. Aber dass dieser Wurm, der doch angeblich auf unserer Seite ist, sich die Frechheit erlaubt zu behaupten, wir bräuchten eine ›bekannte Persönlichkeit‹ …«

»Hier steht …« Catapulta klopfte mit dem Zeigefinger auf den Zeitungsausschnitt: »›Eine weitere Persönlichkeit mit Charisma‹. Bei Ihnen, Don Carlos, vermutet man sowieso, dass Sie Charisma, dass Sie Mut haben. Was heißt hier vermuten. Daran besteht gar kein Zweifel.« – Catapulta ließ seine Augen rasch zu dem Rollstuhl gleiten: »Ich fände eine Figur, die uns nicht zu sehr festlegt, nicht schlecht.«

»Wie, nicht schlecht?«

»Ich denke an einen Jaime de Vilabrafim, zum Beispiel.«

»Vilabrafim? Aber der ist ein Dummkopf und Säufer! Und noch dazu ein Schwein!«

»Ist ja gut …« Catapulta ließ die Auslassungspunkte wirken. Ich dachte an den verschrumpelten, schlaffen, auf Tina ächzenden Körper Tomás del Protzos. Catapulta fuhr fort: »Wir brauchen eine Strategie. Vilabrafim hat in den Medien einen guten Ruf. Er gilt als etwas sonderbar, hat aber einen guten Ruf. Er bekommt überall Auftritte. Und er ist oft im Fernsehen zu sehen. Das Fernsehen ist von nun an sehr wichtig. Später, wenn sich die Koalitionen bilden – denn ohne Koalitionen werden wir in dieser Stadt untergebuttert –, sehen wir weiter. Falls er nicht schon vorher von selbst wieder abspringt. Vilabrafim ist ein Stümper, das dürfen wir nicht vergessen.«

»Der auch?« fragte Don Carlos empört.

Catapulta überhörte das und fuhr fort:

»Ich will mich nicht selbst beweihräuchern, aber ich glaube, meine Sondierungsgespräche in der Hauptstadt waren nicht umsonst. Wir müssen dort jetzt nur ein bisschen die Trommel für uns rühren, damit die Provinzler hier beleidigt sind und uns als Spanischnationale beschimpfen. Wir werden uns mit Händen und Füßen gegen die Vorwürfe wehren müssen, die auf uns einhageln, aber unsere zukünftigen Koalitionspartner werden dankbar sein, dass wir für sie ein bisschen als *punching ball* fungiert haben, dass wir uns zwischen sie und etwas, von dem sie nichts verstehen, gestellt haben. Das wird tatsächlich unsere stärkste Waffe sein. Ich glaube, wir müssen uns möglichst bald in Madrid vorstellen. Bei einem offiziellen Akt, etwas Festlichem, und Sie, Don Carlos, und Vilabrafim, falls er sich uns anschließt, werden im *Club Unter Null* einen Vortrag halten, der unseren Standpunkt intellektuell aufpoliert. Ortega, Unamuno, Marañon, die bekannten Namen eben … Sie werden den Zeitpunkt bestimmen, aber es muss sehr bald sein.«

»Wann immer du willst, Guillermo«, sagte Tomás del Protzo, der Lüstling. »Du bist für die Organisation zuständig.«

»Er ist Geschäftsführer«, betonte Don Carlos del Cravall, und niemand wusste, ob er damit Catapulta kleiner oder größer machen wollte.

Schließlich schlürften wir die exquisite Bouillabaisse mit allen Aromen des Meeres, wie der *maître* es ausgedrückt hatte. Alle ließen es sich schmecken, bis auf einen: Ein zappliger Don Carlos del Cravall suchte in allen seinen Taschen nach einem Zettel. Zu unserem Leidwesen fand er ihn:

»In den letzten Tagen habe ich über ein paar Dinge nachgedacht … also, es geht um die Partei. Mein lieber Guillermo, bitte glaube jetzt nicht, ich will dir reinreden, aber wie gesagt, ich muss das Gesicht hinhalten, und nun, es ist wie vor Gericht. Bei einem Prozess vor Gericht ist es wichtig, dass man sich mit seinen Mitarbeitern über den Fall berät; aber noch wichtiger ist es, dass man sich wohl in seiner Haut fühlt, damit man mit Verve seine Verteidigung formulieren kann.«

Alle wussten, dass Don Carlos del Cravall seit den fünfziger Jahren kein Gericht mehr betreten hatte; darum versuchte er, in der Runde bestätigende Blicke zu erheischen. Vergeblich: Wir schauten alle auf unsere Teller und aßen begeistert. Als Don Carlos spürte, wie ihm die Gedanken, die er sich zurechtgelegt hatte, im Mund zerflossen, blickte Catapulta Tomás del Protzo an, damit kein Missverständnis mehr darüber bestünde, wer der Herr dieser Tafelrunde war. Ein Hauch Aufmerksamkeit blitzte in Tomás del Protzo auf. Dann sagte Tomás del Protzo:

»Bitte, Carlos, du hast das Wort …«

»Danke.« Carlos del Cravall faltete feierlich das Blatt auseinander, auf dem er seine Gedanken festgehalten hatte. Er warf einen Blick auf das Blatt. Fing an zu reden: »Punkt eins, der Slogan ›Du gehörst zu uns‹ gefällt mir nicht. Ich glaube, diese Leute, von denen du, Guillermo, sagst, dass sie zu uns gehören, fühlen sich nicht so. Sie wollen das gar nicht.«

»Es ist eine einfache Art auszudrücken«, erklärte Catapulta,

»dass wir, wenn wir den Sprung in die Regierung geschafft haben, an sie denken werden.«

»Wollen wir nicht etwas wie ›Alle sind das Volk‹ verwenden?«

»So was ist nicht mehr gebräuchlich«, sagte Catapulta schlicht.

»Und was sollen wir stattdessen sagen?«

»Du gehörst zu uns.«

»Ich weigere mich.«

»Was schlägst du vor, Carlos?« sagte Tomás del Protzo, als spräche er mit einem Kind.

»Mir fallen verschiedene Dinge ein. Zum Beispiel, wie findet ihr … ›Du glaubst an mich, dann wähle mich‹.«

Stille. Catapulta verbog mit unterdrücktem Zorn einen Silberlöffel, ohne dass Don Carlos es mitbekam. Diese unbeabsichtigte Kraftprobe war ein wichtiger Hinweis für mich, denn ich war fast so weit zu glauben, Don Carlos sei nun auch unter die Humoristen gegangen und würde erwarten, dass ich eine Kostprobe aus meinem Repertoire in falschem Lachen gäbe. Vorsichtshalber nickte ich nur.

»Dem Jungen gefällt er«, sagte Don Carlos, still verzweifelt wie ein junger Künstler, der für eine sorgfältig einstudierte Vorstellung nicht den erwarteten Applaus bekommt.

»Der Kleine da hat nichts zu melden«, verkündete Catapulta und bog den Löffel unter dem Tisch wieder gerade. »Don Carlos, Sie haben es ganz richtig gesagt, der Slogan ist leicht verständlich, aber, wie soll ich es erklären … Er ist zu direkt, er setzt zu sehr unter Druck. Ich würde ihn aufheben, um ihn später einmal einzusetzen, und das sage ich nicht nur so dahin, wenn unsere Position in der politischen Landschaft gefestigt ist.«

»Schon gut, schon gut … Und der hier?« Don Carlos del Cravall öffnete die Arme wie der Dirigent eines Orchesters bei einem Pianissimo, deutete ein seliges Lächeln an und hauchte: »Es weht ein frischer Wind.«

»Fühlst du dich schlecht?« fragte daraufhin Tomás del Protzo, der aus seinen pornographischen Gedanken heraushüpfte wie ein Kuckuck aus der Uhr.

»Nein, nein, das ist der Slogan.« Don Carlos del Cravall y de la Lanza breitete erneut bedächtig wie ein Yogalehrer die Arme aus und sagte noch einmal: »Es weht ein frischer Wind.«

Da ich nichts zu melden hatte und mich auch nicht genötigt sah, ein logisches Argument gegen einen hochkarätigen Blödsinn anführen zu müssen, nickte ich einfach fröhlich weiter.

Auf der anderen Seite des Tischs sahen sich Tomás und Catapulta in einer verzwickten Lage:

»Darüber kann man nachdenken«, sagte Don Tomás schließlich.

»Nein, wirklich, wir werden ernsthaft darüber nachdenken«, ergänzte Guillermo duldsam wie jemand, der sein Magengeschwür hätschelt.

»Gut …«, sagte der zufriedene Don Carlos: »Noch eins, dann bin ich fertig. Erinnerst du dich, Guillermo, an diese Punkte, die nach deinen Worten für das Funktionieren einer Demokratie unerlässlich sind? Die du uns kürzlich aufgeführt hast …«

»Die müssen wir uns gut merken. Sie sind wichtig. Das war nicht einfach dahergeredet. Niemand darf sie auch nur für einen Moment aus dem Auge verlieren.«

»Das habe ich auch gar nicht …« Don Carlos wirkte genervt: »… aber ich glaube, dass es unserem Programm nicht schlecht zu Gesicht stünde, wenn wir sie etwas weicher formulieren, mit europäischer Prägung, und weniger, wie soll ich sagen … ›bolschewistisch‹. Ich habe es mir so gedacht. Hör zu.«

»Sag schon.«

»Erster Punkt: Freiheit, aber nicht Freizügigkeit«, deklamierte Don Carlos.

»Wunderbar«, so Catapultas Kommentar.

»Gleichheit, aber ohne Rache. Das war der zweite Punkt.«

»Angenommen.«

»Dritter Punkt: Brüderlichkeit, aber es weht ein frischer Wind. Daher kommt die Idee für den Slogan.«

»Kapiert.«

»Vierter Punkt: Alles unter einer Ordnung.«

»Perfekt.«

»Fünfter Punkt: Provozierende Akteure, nein.«

»Scharfsinnig.«

»Sechster Punkt: Wache Wirtschaftspolitik.«

»Sehr gut zusammengefasst.«

»Siebter Punkt: Gerechtigkeit für alle.«

»Ausgezeichnet.«

»Achter Punkt: Förderung von Industrie und Schönen Künsten.«

»Zwei äußerst wichtige Pfründen von Reichtum. Weiter, bitte ...«

»Neunter Punkt: Erneuerung, aber ohne sanfte Erschütterung.«

Stille. Zufrieden faltete Don Carlos das Blatt zusammen. Reichte es Catapulta. Catapulta verwahrte es in der Brusttasche seines Sakkos, als handelte es sich um ein Dokument von unschätzbarem Wert, fragte:

»Gibt es keinen zehnten Punkt?«

»Würde sich das besser machen?«

»Dann wäre es eine runde Sache.«

Don Carlos überlegte kurz, dann begann sein Gesicht zu leuchten:

»Was hältst du von ›mit europäischem Stempel‹?«

»Das Sahnehäubchen. Jetzt können wir mit dem Ergebnis unserer Sitzung wirklich zufrieden sein.«

Don Tomás del Protzo erhob sich: »Ich muss euch jetzt allein lassen. Hör zu, Guillermo. Heute Nachmittag habe ich Verwaltungsratssitzung. Morgen fahre ich nach Sagunto. Dann ist Wochenende, ich werde bis Montag wegbleiben. Wenn ich zurückkomme, Guillermo, fahren wir nach Madrid. Ich will, dass bis dahin alles organisiert ist. Einverstanden, Carlos?«

»Einverstanden, wird gemacht.«

Guillermo stand ebenfalls auf:

»Die Auftritte werden organisiert, die Einladungen verschickt, die Reden geschrieben und das Protokoll ausgearbeitet. Soll ich Vilabrafim anrufen? Soll ich versuchen, ihn zu überreden?«

»Wenn's unbedingt nötig ist …«, sagte Don Carlos, dem ein Soloauftritt lieber gewesen wäre.

»Lasst mich nur machen.«

»Wir werden von uns reden machen. Ich spür's.« Don Carlos schloss die Fäuste, schüttelte die Schultern.

Ich war nahe daran, die Arme hochzureißen, um Don Carlos in seiner Begeisterung nicht allein zu lassen.

Kaum hatten wir die Tür des Parteibüros durchschritten, schleuderte Catapulta die zu einem Papierbällchen zerknüllten Gedanken Don Carlos del Cravalls mit großer Zielsicherheit in den Papierkorb. Die Ballistik gehorchte dem Wunsch des Werfers, und das Programm unseres Führers gelangte sauber ins Ziel. Ohne mir und sich eine Verschnaufpause zu gönnen, zeigte mir Catapulta eine Liste mit Namen und Adressen aus der Hauptstadt. Er trug mir auf, die Einladungen zu schreiben und in die Druckerei zu bringen, und riet mir, so viel wie möglich im Parteibüro zu sein, falls es Neuigkeiten gäbe. Falls zufällig jemand anrufen sollte, um in die Partei einzutreten, sollte ich ihn auf nächsten Monat vertrösten.

»Sei zu jedem sehr höflich. Notiere dir Namen und Telefonnummer. Dann vergleiche sie mit dieser anderen Liste, der mit den Veröffentlichungen. Könnte ja sein, dass irgendein Journalist uns eine Falle stellen will. Wenn irgendwer offiziell von einer Zeitung oder einem Magazin anruft, sagst du, wir sind in … Washington.«

Er sagte mir auch, dass ich ihn nicht zum Flughafen zu bringen brauche, weil er vorher noch Vilabrafim treffen wolle. Er verriet mir, dass er ihn bei seinem Aufenthalt in Madrid bereits gesehen habe und Vilabrafim hochbegeistert sei von der Aussicht, uns auf unserem Abenteuer zu begleiten. Anschließend müsste er noch Journalist X anrufen, um ihm noch ein paar Änderungen an dem Artikel, für den er ihn bezahlte, in Auftrag zu geben.

»Einfach genial. Und dieser Vilabrafim ist ein professioneller Clown in diesem Zirkus, er wird den anderen Clown auf dessen ersten Schritten sicher begleiten. Ich gehe jetzt. Versuch gar nicht erst, mich zu erreichen. Ich werde an Hunderten Orten gleichzeitig sein und will nicht, dass irgendwer meine Spur verfolgt. Ich ruf dich schon an.«

Ich bemühte mich, mein Frohlocken zu verbergen, und sagte auf alles nur »oh!« und »sehr gut«. Die Aussicht, dass Tomás del Protzo für ein paar Tage in das mysteriöse Sagunto verschwand und Catapulta in die nicht minder mysteriöse Hauptstadt, war Musik in meinen jugendlichen Ohren. Mein Leser wird gleich sehen, warum, wenn er es sich nicht schon denken kann.

18

Kaum war das Taxi mit Catapulta an Bord am Horizont verschwunden, machte ich mich auf die Suche nach Tina. Während der Fahrt überlegte ich mir allerlei plumpe Ausreden. Mein Herz sagte mir, dass sie nicht da sein würde, dann wieder hämmerte es mir mit seinem Pochen ein, dass sie doch da sein würde, oder nicht, oder doch. Sie war nicht da. Besser so. Es wäre weder für mich noch für Tina angenehm gewesen, wenn der andere uns zusammen gesehen hätte. Oder irgendein anderer anderer ihrer vielen heimlichen anderen. Diese Kurtisane liebte Drahtseilakte und wusste, dass sie mit einem Lächeln und laszivem Räkeln alles entschuldigen konnte. Die Erwartung, Tina allein anzutreffen, war geradezu lächerlich: Ihr in Leder gebundener Taschenkalender quoll vor Verabredungen über. In meinem Begehren würde ich mich dieser Manipuliererin mit offenem Hemd und flammendem Herzen aussetzen, ich atemlos, sie leidenschaftslos, und dabei hatte ich mir doch geschworen, dieses Katz-und-Maus-Spiel nicht länger mitzumachen. Aber sie war sowieso nicht da, und der Kichererbsenfresser, der mit zusammengekniffenen Augen das Auto bewachte, raunte mir in seinem gewohnten gehässigen Ton zu, dass die junge Dame für ein paar Tage verreist sei. Ich drückte ihm einen Schein in die Hand, und als er mir als Gegenleistung mitteilen wollte, mit wem sie weggefahren war, machte ich mich davon, um ihm meine Verachtung zu zeigen. Ich hatte lediglich sein Schweigen über meinen Besuch gekauft.

Ich kehrte zurück zu meinem Partei-Wohnsitz und traf dort Don Carlos del Cravall unter seinem eigenen Porträt mit Bulldogge und abgekupferter Landidylle an. Er war in die Lektüre von *Der Fürst* vertieft (neben ihm eine Ausgabe von *Der kleine Prinz*; Fehler eines Autodidakten), während ich davon ausgegangen war, er sei in Washington, also nicht da. Es dauerte eine Weile, bis er mich bemerkte. Die Ideen Niccolò Machiavellis wurden in fliegendem Gekritzel aus dem Buch in ein Notizheft übertragen; zwischendurch hob er nachdenklich den Blick zur Decke. In einer Schreibpause entdeckte er mich. Weltmännisch herrschte er mich an zu verschwinden. Ich wollte ihm noch sagen, dass er nicht ans Telefon gehen solle, da sah ich, dass er den Hörer neben die Gabel gelegt hatte. Vielleicht wollte er einfach bei seinem Jahrhunderte überspannenden Zwiegespräch mit Machiavelli nicht gestört werden; vielleicht war er schlauer, als ich dachte, und das besetzte Telefon sollte möglichen Anrufern suggerieren, dass es in unserer Organisation Tag und Nacht rundging. Die erste Vermutung schien mir die wahrscheinlichere. Ich rief mir in Erinnerung, dass Don Carlos Parteichef und also weisungsbefugt war, und verzog mich auf mein Zimmer, wo unzählige Fläschchen mit Beruhigungs- und Aufputschmitteln auf mich warteten: Ich hatte entdeckt, wie pervers gut es kam, sie zu mischen. Als ich mich wieder auf den Weg machte, traf ich an der Tür Don Carlos' übellaunigen Chauffeur, der politische Magazine und einen chronischen Hass auf mich mit sich herumtrug. Dann ging ich auf die Straße hinaus und mischte mich wieder unter Leute.

Einige Tage später trafen Tina und ich uns wieder zur Fahrstunde. Ich trank ein paar Gläschen an der Theke eines großen Caféhauses mit geflickten Billardtischen, Kunstledersofas und stillstehenden Ventilatoren über dem Qualm der Literaten- und Politikerzirkel, dann machte ich mich auf den Weg zu den letzten

Lektionen und langsamen Fahrten über meinen früheren Berg. Ausgedehnte Aperitifs auf sonnigen Panoramaterrassen zu ungewöhnlicher Stunde waren uns in diesem Winter zur Gewohnheit geworden. Während wir friedlich tranken, hörte ich geduldig ihren Rekonstruktionen der Vergangenheit zu und wagte es, ihr von Zeit zu Zeit in den Ausschnitt zu schielen.

In den stufig am Hang liegenden Häusern, die ohne eine Spur architektonischen Ehrgeizes erbaut worden waren, aßen die Leute zu Mittag. Durch geöffnete Fenster zwinkerte das Licht der Fernsehnachrichten, pfiff ein Kanarienvogel, schaute ein Alter im Pyjama, und am Himmel krochen Wolken über einer friedhofsstillen Stadt. Der gelbe Sportplatz, wie ein stiller Wächter, war nah. Außer uns war niemand da. Tina eröffnete mir ein paar Episoden aus ihrem wechselvollen Leben, ich hörte ihr zu, war da, ganz da. Niemand, der sie kenne, erzählte sie mir, könne sagen, dass sie eine Nutte sei. Die Männer würden nach ihr lechzen, weil sie sich treu bleibe. Erst nach einer gewissen Zeit würde sie dann auf deren besondere Wünsche eingehen, und das sehr gut. »Auch in der Werbung ist es das Wichtigste, jeden Tag ein anderes Publikum überzeugen zu können, und darin bin ich gut«, fügte sie hinzu. Sie war von weit her in die Stadt gekommen, um das zu tun, was sie jetzt tat. So unwahrscheinlich es klingen mag, mein Leser, um etwas zu studieren, das viel Zukunft hatte und ihr noch dazu Spaß machte. Zwei Tugenden kamen ihr dabei zugute: eine Aura von Hingabe zu verströmen und sich darauf zu verstehen, »nicht alles zu sagen«. Wenn sie ihrer Familie von ihrem Leben in der Stadt erzählte, sagte sie ihnen einfach, dass sie einigermaßen über die Runden komme, obwohl es ihr in Wirklichkeit blendend ging.

Neun Jahre in der Stadt. »Als ich kam, war ich noch ein kleines Mädchen. Und ganz allein.« Ein paar Anstellungen in einfachen Restaurants mit sabbernden Wirten. Sie las Stadtführer, lief durch die ganze Stadt und bestaunte die hohen Fenster der vornehmen Residenzen. In einer Vorahnung beantwortete sie eine Anzeige, in der eine Pflegerin für einen Blinden mit Villa und Swimmingpool gesucht wurde. Der Blinde, ein schrulliger Vierzigjähriger, so meine Schlussfolgerung, auch wenn Tina ihn mir als durch und durch ritterlich schilderte, wusste ihre fröhliche Stimme, ihr ansteckendes Lachen zu schätzen. Er hatte sie angestellt, damit sie ihm vorlas und Schallplatten kaufte. Zusätzlich sollte sie für ihn das undurchsichtige Treiben seiner Haushälterin und Köchin ausspionieren, was zwischen ihm und ihr eine spielerische Verschworenheit schuf. Tina schlüpfte in die Rolle des braven Mädchens, das sie auch war, und weckte sehr bald zärtliche Gefühle bei dem Herrn, der bei einem Unfall sein Augenlicht verloren hatte. Bei einem Abendessen an der Costa Brava war es passiert. Er schlug die freundliche Einladung seiner Gastgeber, doch angesichts seines trunkenen Zustands über Nacht zu bleiben, aus. Prompt übersah er in einer berüchtigten Kurve einen entgegenkommenden Wagen, und alle Insassen, eine Familie, starben bei dem Zusammenprall. In schweren Stunden beklagte der Mann seine Blindheit und machte dafür die Geister der Opfer verantwortlich. Der Geruch nach Pinien und verbranntem Benzin und eine sich weiterdrehende Radkappe hatten die letzten Klagerufe dieser Menschen begleitet, bevor sie für immer verstummten. Der Anblick ihrer verstümmelten Reste in den Lichtkegeln der Scheinwerfer war der Grund, warum er nie wieder sehen wollte. Seine Blindheit ausgelöst hatte natürlich nicht dieses prägende Bild, sondern eine Gehirnverletzung. An den Tagen, an denen der Blinde mit Tina zusammen war, suchte er die frische Brise des Augenblicks vor der Kurve und dem Zusammenprall. Der Blinde sagte zu Tina, ihr Lachen bringe ihn zu diesem Augenblick zurück.

Aus den Lesestunden wurden Turteleien und Spaziergänge durch die Stadt. Tina erzählte ihm, was sie in den Auslagen sah, und der Blinde schulte sie in der Kunst, solche Kleidungsstücke zu beschreiben, über die an und für sich nicht offen gesprochen wurde: Während manche Wörter keinerlei Charme besaßen (Unterhose), klangen andere wunderbar verrucht (zum Beispiel *négligé*).

»Nein, du Idiot, er hat mich nicht nur zu Korsettmachern geführt«, wies Tina mich zurecht. »Na ja, am Anfang. Es war eine

Manie von ihm. Es hat ihn aufgegeilt. Ich musste die Kleidung so nennen, wie es ihm gefiel.«

Sie trieben das Schaufensterspiel weiter, und der Blinde musste nach ihrer Beschreibung die Marken erraten (er stammte aus einer Juwelierfamilie). Als er sich an die Spiegelbilder im Schaufenster erinnerte, bat er Tina, ihn anzustupsen, wenn sie seiner Haltung etwas Lüsternes anmerken sollte. Er hatte das Bedürfnis, sich als ein ritterlicher Mann zu zeigen, der sich seiner Leidenschaft stellte. Er kleidete Tina in den besten Boutiquen ein, doch auf den Taxifahrten in schicke Restaurants, wenn er den Motor hörte und vibrieren spürte, zitterte er, und in diesen Momenten glaubte der Blinde nicht, dass er je würde vergessen können.

Eine damals berühmte Discothek organisierte Reisen für die High Society, und der begeisterungsfähige Blinde und seine neue Begleiterin räumten nur Komplimente ab bei diesen Begegnungen von Architekten, Publizisten und Privatiers alter Familien. In ihren Kreisen war jeder unterhaltsame Mensch willkommen. Ein Nachfahre eines Phönizierhändlers, ein Sklaven-Model zweifelhafter Herkunft oder ein adeliger Verrückter, der in Marrakesch in einem Garten mit Lowenkäfigen aufgewachsen war. Tina fiel auf, dass alle diese Vergnügungssuchenden eine makellose Haut hatten, immer über alles auf dem Laufenden waren und von jedem Gastgeber aufgenommen wurden, als kennte man sich schon ein Leben lang. Am Strand entledigten sich diese Menschen mit unauffälliger Eleganz des klebrigen Sandes, und nach einer Taucheinlage auf hoher See kletterten sie wieder unbeschadet auf die Yacht zurück. Quallen hielten vor dieser Sorte Menschen respektvoll Abstand, anders als vor Tina, die es in ihrem Stolz auf ihren Yves-Saint-Laurent-Bikini kaum hatte erwarten können, wieder aufs Schiff zu steigen. Alle umringten mit beunruhigten Gesichtern die auf dem Deck liegende Schöne, die von dem Reiseleiter verarztet wurde, während der Blinde nervös in einer Ecke saß und sie vor Scham verging und sich die ganze Zeit stammelnd für die Zuwendung bedankte. Wie auch immer, alle hegten Sympathie für diese junge Frau, die nur die edelsten

Fummel trug und in ihrer Unbeholfenheit unbedingt elegant sein wollte, die Arme. Aber wenn der Blinde im Flugzeug oder auf dem Rücksitz der Mietautos zitterte, nahm sie ihn am Arm, sie half ihm mit einer gemeinsamen Geheimsprache beim Essen und lenkte mit kleinen Armberührungen seine Bewegungen. Italien, Ibiza, London, New York. Tina schrieb eine Postkarte nach der anderen an ihre Familie, doch am Ende schickte sie alle an sich selbst. Ihre Familie dächte doch nur das eine. Und sie wusste nicht, wie sie es ihnen hätte erklären sollen.

Die gesellschaftlichen Netze, die für sie anders als für den Blinden unsichtbar waren, sorgten dafür, dass der Skandal bald seine Familie erreicht hatte. Bald wussten alle, dass die Vorleserin mit dem Behinderten zusammenlebte, dass sie mit ihm reiste, und, das Schlimmste, dass sie der Grund für den Aderlass seines Barkontos war. Und das war allerhand, denn der Behinderte lebte von der Großzügigkeit seiner Geschwister und der grenzenlosen finanziellen Zuwendung seiner Frau und seines Sohns, die es immerhin noch gab. Die Familie fand sein Verhalten abscheulich, und die Getrennte (»eine blonde Vogelscheuche mit mehr Klunkern als Liz Taylor«) fühlte sich als Opfer dieses sich öffentlich lächerlich machenden Neurotikers. Der Blinde fügte sich dem familiären Druck, er zitterte nicht mehr nur in Verkehrsmitteln, sondern von früh bis spät.

»Er holte sich noch nicht mal mehr einen runter«, erklärte mir Tina, »ich weiß auch nicht genau, warum.«

Er fiel zurück in die Depression, und eines Morgens, Tina war zum Einkaufen gegangen, kletterte er durch eine Dachluke aufs Dach und sprang kopfüber hinunter. Doch unter ihm war kein fester Boden, sondern der Swimmingpool. Aus dem tödlichen Schlag wurde ein harter Schlag: Eine schwere Rückenverletzung lähmte den Blinden, die Familie drehte durch, und Tina war aus dem Spiel. Die Familie zwang Tina, das Haus zu verlassen und in die Gosse zurückzukehren, aus der sie gekommen war. Doch der Gestürzte ließ ihr weiter Geld zukommen und konnte seine Genesung kaum erwarten. Und in der Rehabilitationsklinik hatte sie diesen unglücklichen Menschen bis vor etwas mehr als einem Jahr regelmäßig besucht. Der Zufall wollte es, dass Don Carlos del Cravall nach seiner x-ten Nachoperation, die ihm angeblich seine Motorik zurückgeben würde, in ebendiese Klinik verlegt wurde. Und während die alten Freunde, Ex-Juwelier und Ex-Bankier, über ihre Hoffnungen, die sie in die Chirurgie setzten, sprachen, saß Tina still daneben. Irgendwann begann die Schöne im Chanel-Kostüm, Don Carlos zu duzen, und diesen anderen Bonzen, Don Tomás del Protzo, der ab und an seinen Freund besuchte und mit ihm ein gemeinsames Geschäft besprach. Don Tomás' verstohlener Blick und ihr offenherziges Lächeln trafen sich hin und wieder.

»Vor der Nase des Blinden«, dachte ich.

Tina hatte nie erfahren, wie Don Tomás ihre Adresse herausbekam. Ein Dandy mit feinem Schnauzbart, der aussah, als hätte er wenige Freunde, brachte ihr eines Tages eine Uhr mit einem Kärtchen von »Henri Beyle–Genf–Schweiz«, darauf der Name des Generaldirektors der Bürgerlichen Handelsbank. Am nächsten Tag kamen Blumen. Nach zwei Tagen der Telefonanruf. Einige Zeit später begegnete die blonde Vogelscheuche, »diese falsche Schlange«, die sich von dem Blinden getrennt hatte, aber seine Entwicklungen aufmerksam verfolgte, Tina in der Klinik. Als echte Dame vermied sie einen Skandal. Sie drohte ihr mit einer Anzeige. Der Blinde hüllte sich in Schweigen, und eine Wolke trübte auf einmal sein Gedächtnis.

Aus Tinas Worten war leicht zu schließen, dass Don Tomás del Protzo, dieser »andere«, nicht der Einzige war. Zumindest am Anfang. Während der langen Genesungszeit des Blinden, in der sie in einer neuen Wohnung lebte, unterbrachen frühere Reisegefährten aus London, Rom und New York gerne für ein paar Stunden ihre Mittelmeerkreuzfahrt, ließen für einen Nachmittag die Damen mit der makellosen Haut allein und trösteten dieses so reizende, sympathische Mädchen, die Ärmste. Der eine lud sie zum Abendessen ein, der andere brachte ihr Blumen, und wieder ein anderer schenkte ihr ein geselliges Zusammensein mit seinen arabischen Geschäftspartnern, die in einem von Papas Hotels abgestiegen waren. Einer redete ihr ein, sie solle doch als Werbemodel arbeiten. Die Erfahrung hatte Tina gelehrt, dass man dabeibleiben soll, wenn man einmal eine Berufung gefunden hat; aber natürlich musste man auch flexibel bleiben.

Warum bestand Tina darauf, mir zu erzählen, dass es noch andere Del Protzos gegeben hatte? Weil sie sich sicher war, dass sie früher oder später mein Schweigen mit ihrem Fleisch kaufen würde und dass ich so dumm war. Schließlich wussten es alle außer Tomás del Protzo. Oder vielleicht wusste er es auch. Ich musste Tina schwören, dass ich niemals etwas erzählen würde, sonst wäre sie verloren. Ich wollte Einsamkeit bei ihr aufspüren, denn darin fühlte ich mich als Experte. Vielleicht wollte ich von ihr auch die Bestätigung, dass Don Tomás del Protzo sie kaltließ, dass auch sie durchschaute, dass sich hinter seiner politischen Aktivität etwas anderes verbarg, nämlich ganz normale Sehnsucht. Ich sagte ihr, dass Don Tomás del Protzo auch andere Frauen habe, da wurde sie hellhörig, und diesen Zustand reizte ich aus wie jemand, der immer weiter an einem Gummiband zieht, bis es reißt.

»Andere? Bitte, soll er sich langweilen. Sie sind alle langweilig.« Tina schien sich einer anderen Klasse zuzurechnen.

Während sich Catapulta in der Hauptstadt aufhielt, verfolgte ich sehr aufmerksam die Presse, um die spöttelnden Artikel von Journalist X und Journalist Y nicht zu verpassen. Der gefällige Artikel von Y sollte eine Woche nach Übergabe des Gelds in seiner Zeitschrift erscheinen. Wenn es nach Catapulta gegangen wäre, wäre der Artikel von Journalist X am selben Tag erschienen, aber X wollte nichts versprechen. Ich kaufte also jeden Morgen mit klopfendem Herzen die Zeitung, in der Hoffnung, dass der Artikel noch nicht erschienen sei und somit Catapulta seinen Aufenthalt in der Hauptstadt verlängern würde. Jetzt brauchte nur noch Tina freizuhaben. Und das hatte sie, jeden Tag bis acht Uhr abends. In dieser Woche verbrachte ich acht Stunden täglich mit Tina. Sie erzählte mir ihr Leben. Sie fragte mich hundertmal nach diesem mysteriösen Lied, das ich in einer schwachen Stunde als mein Lied erwähnt hatte, ohne es je gehört zu haben. Sieben Tage lang lag sie mir damit in den Ohren, während ich am liebsten vor Scham im Boden versunken wäre und ihr jede weitere Auskunft verweigerte. Irgendwann hörte sie auf. Wir fuhren zum Fischessen an die Küste, um uns nach dem trockenen Unterricht etwas zu gönnen. Die eine Hälfte der Strecke fuhr ich, die andere Hälfte fuhr Tina unter meiner strengen Aufsicht. In Sichtweite des Meeres und der aufgereihten Angelrouten der gelangweilten Fischer, der blauen und grünen Boote, der Farben, die nach dem Genuss des Weißweins noch leuchtender waren, erklärte mir Tina, dass der Blinde ihr beigebracht habe, niemals Meeresfrüchte in der Öffentlichkeit zu essen: Das sei spießig und neureich. Allein schon dieses steinzeitliche Hantieren beim Spalten der Schale, dieses Stochern, Saugen und Knabbern. Ich sah mich um, und alles war voll von blaublütigen Steinzeitmenschen, die grunzend schlangen. Tina und ich lachten und bestellten noch eine Flasche Wein. Am nächsten Tag fuhren wir wieder an die Küste, um uns Don Tomás del Protzos Yacht heimlich anzusehen, die *Green Arrow,* Grüner Pfeil, genauso hatte das Regiment der Fremdenlegion geheißen, mit dem Del Protzo in die Stadt gekommen war.

»*Green* heißt grün, oder?« Wir standen auf einer kleinen Mole des Yachtclubs. Tina hielt sich begeistert die Hand als Schirm vor die Augen: »Er hätte es auch *Blue* nennen können. Das Schiff ist doch blau. Es hat dieselbe Farbe wie Tomás' Augen.«

Ihre Bemerkung überraschte mich, und mir rutschte heraus:

»Gefällt dir Del Protzo etwa?«

Tina, deren Blick über den Kiel des Schiffs glitt, sah mich auf meine Frage hin einen Moment lang wie ein Marsmännchen an, dann nahm sie das bunte, im Wind flatternde Taschentuch in die Hand und antwortete:

»Klar …«

Ich fühlte mich lächerlich, aber Tinas Beruf bestand darin, solche Situationen mit einem Lächeln zu überspielen. Das machte sie sehr gut:

»Ältere Männer haben mir schon immer gefallen.«

Wir betrachteten weiter das Schiff. Wieder hob sie die Hand als

Schirm an die Stirn. Nach einer Weile sagte sie in einem Ton, als kommentierte sie eine Besonderheit des Schiffs:

»Nicht nur die älteren, um die Wahrheit zu sagen.«

Ganz in der Nähe des Yachthafens lag der Zweit- oder Drittwohnsitz von Don Tomás. Eine seiner acht Töchter kam aus der Tür, am Arm eines stark behaarten Mannes, der genauso außer Atem wirkte wie sie. Tina und ich versteckten uns hinter den Büschen und mussten sehr lachen.

Das Paar stieg in einen klapprigen weißen Seat 850, und Tina zwinkerte, während sie auf ihren Jaguar zuging.

»Mal sehen, ob du dich traust, ihnen zu folgen.«

Die Idee gefiel mir nicht. Erstens ist ein gelber Jaguar zur Tarnung nicht optimal; außerdem konnte in diesen unsicheren Zeiten, in denen es ständig Entführungen gab, eine Bankierstochter, die sich verfolgt fühlte, durchaus auf Ermittlungen drängen, und die in der unmittelbaren Umgebung Del Protzos suchende Polizei würde früher oder später nachforschen: »Ein gelber Jaguar, ein gelber Jaguar … Herr del Protzo, kennen Sie jemanden, der einen gelben Jaguar fährt? Und kennen Sie ein Paar, das sich in sicherer Entfernung von Ihrem Zugriff vergnügt?« Nicht auszudenken. Ich schützte extreme Vorsicht an den Kreuzungen vor, gleichzeitig erkannte ich im Gesicht meiner Dame einen Zug der Enttäuschung. Als das Verfolgungsobjekt allmählich auf der Landstraße in Richtung Frankreich entschwand und ich Tinas Kurzsichtigkeit ausnutzte und so tat, als bemerkte ich es nicht, setzte sie sich die Brille auf, steckte sich eine Zigarette an und sagte in zutiefst vorwurfsvollem Ton:

»Spionage gehört nicht zu deinen Stärken …«

Ja, mein Leser, dieses Wort gebrauchte sie: »Spionage«. Ein Substantiv mit esoterischem Echohall, den nur ich vernehme. Wenn es in meiner Gegenwart ausgesprochen wird, könnte ich aufkreischen. Schön. Ich setzte also das Gesicht eines Abenteurers auf und gab Gas, schlängelte mich zwischen den anderen Verkehrsteilnehmern durch und brauste vor ihren Flüchen und neidischen Gesichtern davon und vor meiner panischen Angst, gleich von der

Guardia Civil angehalten oder aus der Kurve getragen zu werden. Tina schien nachzudenken und sagte nichts, ich sah ihr die bohrende Neugierde an, die einen überfällt, wenn ein uns sehr naher Mensch einen Aspekt seines Lebens vor einem verschließt und man die ganze Zeit hofft, dieses wohlgehütete Geheimnis doch noch ein Stückchen lüften zu können. Ich erinnere mich noch heute an das Bild, an den kräftigen Wind, an die Straße, die dem Verlauf der Bahnlinie folgt, an die Küste, an verlassene Liegestühle, über den Strand rennende Hunde, geschlossene Ferienhäuser und Campingplätze, salzzerfressene Einfahrten von Autowerkstätten, an eine zunehmend leere Gegend, je weiter wir uns von der Stadt entfernten, an die Lethargie der Nebensaison und an Tina, die wie ein hungriger Wolf geiferte, während ihr Halstuch wütend flatterte.

Unbemerkt holte ich zu dem Seat 850 mit Del Protzos Tochter und ihrem mutmaßlichen Freund auf, sie waren noch immer in einiger Entfernung. Als wir schließlich irgendeinen Küstenort erreichten, Kreuzungen und Abzweigung, konnte ich dank meines flotten Gefährts so weit aufholen, dass zwischen ihnen und uns nur noch ein Auto war. Der Spaß dauerte fast eine Stunde. Ein Kilometer vor Bagur setzte der Seat 850 den Blinker und bog in einen asphaltierten Weg ein, der in einen Pinienhain führte. Ich sah zu Tina. Tina machte noch immer ein neugieriges Gesicht.

Je weiter wir in das schattige Wäldchen vordrangen, desto vornehmer wurden die Anwesen. So etwas hatte ich noch nicht gesehen. Es waren nicht etwa alte Villen, die eine altehrwürdige Partnerschaft von Geld und Natur verrieten, sondern nüchterne Errichtungen, deren Qualität sich nach ihrer Modernität, Nähe zum Meer und Größe zu richten schien. Laubblätter bedeckten geflieste Wege, leere Swimmingpools, Tennisplätze und die eine oder andere Gartenskulptur. Die Kettenhunde, die eigentlichen Hauptpersonen des Winters an der Küste, bellten sich heiser. Eine eiserne Schranke versperrte den Weg. Daneben ein leeres Kontrollhäuschen. Etwas weiter weg der weiß leuchtende Seat 850, der Tinas Auge leider nicht verborgen blieb.

»Klar, Ziegen werfen sich ins Gras …«, sagte mir Tina mit einem Lächeln, mit dem ich in dem Moment nichts anfangen konnte, da mich das Spionieren voll in Anspruch nahm. »Los, mach das Radio an. Zur Tarnung.«

Mein Leser mag es glauben oder nicht, aber als ich das Gerät einschaltete, ertönte: »There was something in the air that night, the stars were stright, Fernando.« Tina lachte, bis das Geräusch eines weiteren Autos sie hochschrecken ließ. Tina und ich drehten gleichzeitig den Kopf um. Aus einem silbernen Gordini, voll besetzt mit Langhaarigen, dröhnten neueste Hits. Jetzt hupten die Störenfriede auch noch wie die Irren, und gleich darauf riefen die Insassen die Namen Carlangas (sic!) und Panene (sic!). Der junge Mann, der Del Protzos Tocher begleitete, lange Mähne, schlank, mit einem in die Koteletten übergehenden Schnauzbart und einem Lächeln, das nicht eigentlich dumm war, sondern eher eifrigen Konsum von dumm machenden Substanzen verriet, winkte von der anderen Seite der Schranke mit einer Flasche Gin, suchte etwas unter einem Stein neben dem Kontrollhäuschen und öffnete das Schloss, dabei antwortete er mit rituellen Schreien auf die Lautformungen seiner Freunde. Erst dann bemerkte er uns, und offen gesagt, wir waren ihm schnurzegal. Der Gordini fuhr trötend weiter, hochgiftige Gase und Partygejodel hinterlassend, während furchterregende Arme aus den Wagenfenstern fuchtelten und dem mutmaßlichen Gastgeber die Flasche entrissen. Der individualistische Hippie krümmte sich eine ganze Weile vor Lachen, verschloss die Schranke wieder und verabschiedete sich sehr nett und wohlerzogen mit dem Siegeszeichen von uns.

So verging die Woche, zwischen Wäldchen, Brunnen, ausgestorbenen Stränden, Straßen am Meer, malerischen Orten, die Tina bereits besucht hatte und mir jetzt mit demselben weltläufigen Gestus zeigte, mit dem man sie ihr einst vorgeführt hatte. Der siebte Tag, wir waren wieder zurück in der Stadt, drohte mein Schicksalstag zu werden. Tina würde zum ersten Mal allein fahren. Ich brachte sie zu einem Kreisverkehr. Dann erklärte ich ihr, wo sie langfahren solle, und sagte ihr, dass ich an dieser Ecke auf sie warten würde. Doch als ich sie mit draufgängerischem Blick den Anlasser betätigen sah, wie sie den Motor fast abwürgte, woraufhin der Jaguar wie ein Floh loshüpfte und wie durch ein Wunder einem Lieferwagen auswich, dessen Insassen den Platz mit Pfiffen und Obszönitäten beschallten, da hatte ich die Gewissheit, dass ich sie nie wiedersehen würde. Am Abend zuvor hatte ich überschlagen (und festgehalten, was ein Angebot von den Lippen der Schönen mir wert sei), dass der Jaguar bei maßvoller Geschwindigkeit zwanzig Minuten für die Strecke bräuchte. Nach einer halben Stunde war Tina noch nicht zurück, und ich rauchte Kette. Nach einer Stunde begann ich mit den Händen in den Taschen und gesundem Fatalismus, die Straße in Richtung Hafen hinabzugehen. Wenn ich bis zur Mole käme, würde ich mich ins Wasser stürzen. Nach einer Stunde und fünf Minuten vollzog ein Jaguar, verfolgt von einem Hupkonzert, neben mir eine Vollbremsung. Eine stolze Tina wedelte mit drei Strafzetteln in der Hand, als wären es Siegerfähnchen. Mit einer raschen, grazilen Bewegung beförderte Tina ihr formvollendetes Hinterteil auf den Beifahrersitz und lud mich ein, mich ans Steuer zu setzen. Um nicht von der Menge gelyncht zu werden, brachte ich den Wagen an einer Ecke in Sicherheit. Tina lachte an einem Stück.

»Ich bin wie eine Verrückte herumgedüst. Aber jetzt hab ich's raus, glaube ich.«

»Sicher?«

»Klar, mir fehlt nur noch ein bisschen Praxis.«

»Und die Strafzettel?«

»Ach so, die Strafzettel ... Um die mach dir keine Gedanken.« Die Knöllchen wanderten ins Handschuhfach, das einer Pröbchenschublade der Parfümerie glich. »Ich geb sie einem Freund, der jubelt sie irgendwem unter.«

Ich ließ den Kopf sinken. Eine warme Hand hob mein Kinn und zwang mich, in zwei riesige Gläser einer Sonnenbrille zu sehen.

»Sag mal, Dummerchen. Was kann ich für dich tun?«

»Wie meinst du das?«

»So wie ich es gesagt habe. Sag mir, was ich für dich tun

kann.« Woraufhin sie ihre riesige Brille abnahm und die laszive Wärme ihrer Augen jeden Zweifel ausräumte.

Ziellos streifte ich durch die Straßen, wo der nahende Abend die Autos vertrieb. Der Alkohol verdoppelte die Lichter der Straßenlaternen und Ladenschilder, die flackernd erloschen; dieses letzte Zucken löste sich in der Verwirrung auf, jedes Mal, wenn ein metallener Rollladen herunterrasselte, zuckte ich in meinem Drogenrausch hysterisch zusammen. Zum Rhythmus meiner Schritte sagte ich immer wieder zu mir, »und sie ist doch eine Nutte. Eine Nutte ist sie. Eine elende noch dazu, die sich rarmacht«. Nach dem Verstummen des Hintergrundlärms hörte man den schleppenden Rhythmus meines Gangs. Ich öffnete eine Tür, stieg eine schwindelerregende Treppe hinab und gelangte in ein mit moderner Musik beschalltes Szenelokal, das gesteckt voll mit Langhaarigen aus gutem Hause war. Die privilegierte Stellung ihrer Papas hinderte sie nicht daran – Macht der Gewohnheit –, mit spöttischen Blicken meine Kleidung zu begutachten: Anzug und klassisch geschnittene Krawatte, Catapultas Kleidergeschmack eben, der Schlaghosen und breite Revers ebenso hasste wie die Leute, die sie trugen. Dass meine Krawatte nicht an ihrem Platz war, mein Hemd und Jackett voller Flecken, meine Augen schwarze Funkelsteine, deren Gier den Barmann zu Tode erschrecken musste, machte mich auch nicht unbedingt sympathischer. Sie hingegen waren mir egal, und wenn sie es darauf anlegten, mich in Verlegenheit zu bringen, konnten sie lange warten, denn ich war Spott über meinen Aufzug gewöhnt. Als ich einen Whisky getrunken, vor aller Augen eine Benzedrine eingeworfen und einen weiteren Whisky getrunken hatte, weiß Gott, wo der erste hinversickert war, gelang es mir endlich, die zwanghaften Gedanken zu verscheuchen, die nur dröge Variationen ein und desselben Themas waren: »Eine Nutte ist sie und verrät es nicht. Obernutte. Falscher als diese falschen Hunde, und ich bin der Depp. Oberarschnutte.« Ich lächelte bei dem Gedanken, dass ich sie auf ihre Frage »Was kann ich für dich tun?« ein bisschen hatte abblitzen lassen. Darauf komme ich gleich noch zurück.

Tina kannte in der Oberstadt eine ganze Reihe Orte, die nur Eingeweihten zugänglich sind. An so einem wundersamen Ort waren wir nun, umgeben von dem sich im Wasser brechenden Licht, weißen Flecken, die sich auf dem Mosaik wellten. Halb nackt zog ich fröstelnd den Bademantel zusammen und betrachtete sie. Tina war im Wasser, sie tauchte steil nach oben und reckte hin und wieder den Kopf heraus, holte Luft und tauchte wieder unter, bewegte sich auf mich zu, der ich für sie in ihrer Kurzsichtigkeit eine verschwommene Gestalt hinter der Scheibe sein musste. Sie grüßte, zog mit präzisen Beinschlägen fort ins Blau, und ihr Badeanzug und ihre Haut schimmerten in den Lichtreflexen wie eine Erscheinung. Sie war eine andere, ein Ideal, schön und vollkommen unter Wasser.

Ich wusste natürlich, was sie gemeint hatte, als sie mich fragte: »Was kann ich für dich tun?«, aber ich wusste auch, dass ich es nicht machen durfte wie die anderen, dass ich nicht dazugehörte zu dieser Herde grunzender Bisons, die bei Tina aus und ein gingen wie in ihren Luxuswohnungen. Sie nachzuahmen, würde mich nur unter Druck setzen. Seit dem Tag des Watussi, als Pepito und ich uns in die strandnahe Badeanstalt schlichen, wo der Superman an uns seine Wut ausließ, war ich von diesem Unterwasserschauspiel fasziniert. Diese Frauenkörper hinter der Glaswand des Schwimmbeckens, ihre weichen, von Blasenkonstellationen umgebenen Bewegungen, das war für mich das Leben, Sex jenseits des Sex, ein Bild, das mich immer begleitete. Ich hatte den Wunsch, Tina durch die Glaswand beim Baden zu sehen, das war es, was sie für mich tun konnte.

»Aber diese Bäder sind doch voller Aufreißer und Transen, Fernando. Außerdem haben sie zu dieser Jahreszeit sicher geschlossen.«

Ich war überrascht, dass sie gar nicht überrascht war. Offenbar war sie daran gewöhnt, dass die Herren extravagante Wünsche an sie richteten. Ohne mit der Wimper zu zucken, stellte sie ihren Körper dem jeweiligen Idioten zur Verfügung.

»Ich will dir dabei zusehen.« Auch ich wusste meine Rolle zu spielen.

Wir gingen bei ihr zu Hause vorbei, sie warf einen Blick in

ihren Terminkalender, machte einen Anruf und lieh mir die Badehose irgendeines vergesslichen Tarzans, der auf tropische Explosionen stand. Jetzt bot sie sich mir dar, unter Wasser, machte an niemanden gerichtete Zeichen: Sie wollte mir ankündigen, dass sie nun aus dem Becken steigen werde. Ich ließ das verwischte Echo des über die Ecken schwappenden Wassers und den Liegestuhl mit dem dösenden Bademeister hinter mir und gelangte in eine leere Ruhezone, wo Tina mit in die Hüften gestemmten Armen und zusammengekniffenen Augen nach mir Ausschau hielt. Als ich nah genug war, sah sie mich an, ohne ein Wort zu sagen, ihr Blick hatte etwas Mysteriöses und gleichzeitig etwas Sarkastisches. Das Wasser hatte ihre Wuschellocken geglättet, ihr Gesicht wirkte viel kindlicher, und ihr nach der Anstrengung sanft wogender Prachtbusen kam unter dem weißen Badeanzug herrlich zur Geltung.

»Das war's?« Ihr Sarkasmus würde gleich in offenen Spott ausbrechen.

»Das war's.«

»Gern geschehen.« Leicht die Hüfte schwingend, kam sie auf mich zu und stand nun vor mir.

Wortlos gingen wir zur Umkleide. Das Klicken der Lichtschalter und die hinter unseren Rücken erlöschenden Lampen unterstrichen die Stille. Jetzt war nur noch das lächerliche Klatschen unserer Latschen zu hören. Als wir zur Damenumkleide kamen, wollte ich Tina fragen, wo wir uns treffen sollten und wie ich ihr die geliehenen Badesachen zurückgeben sollte. Für mich war jeder soziale Umgang schwierig und peinlich, aber als ich sah, dass auch Tina verlegen war, fasste ich Mut und fand das konstante Gefühl der Lächerlichkeit sogar vergnüglich. Allerdings kam ich überhaupt nicht dazu, einen Satz zu beginnen oder gestisch zum Sprechen anzuheben, da Tinas warme Hand schon die meine genommen hatte und mich in die Umkleide einzog.

Vollkommene Leere im Labyrinth der Kabinen. Keine Dusche rauschte, kein frisch aufgetragenes Parfüm lag in der Luft, nur Weiße und die peinliche Sauberkeit eines Operationssaals. Staunen. Leichtes Zittern in den Knien. Ich wusste, was kommen würde, ich wusste es. Unbehagen bereitete mir der Gedanke an das Versagen des Fleischs; brennendes Verlangen entzündete der Gedanke an das Unvermeidliche. Strahlend schließlich fühlte ich mich angesichts des Glanzes der weißen Kacheln und furchtbar schüchtern.

Sie führte mich in eine dämmrige Ecke. Dort setzte sie mich hin. Sie verschwand hinter einer Kabinenreihe, kam ohne Badeanzug auf Zehenspitzen hervor, nur der rote Lack ihrer zwanzig Nägel. Sie hatte schwach ausgeprägte Hüften, kleine und runde Brüste, noch einen Mädchenkörper; ein Muttermal in der Leistenbeuge und ein weiteres über dem Nabel, eine Narbe am Knie, das Schamhaar zu einem Dreieck rasiert. Sie hatte das wache Gebaren einer Katze. Sie hatte … Soll ich weitermachen? Nein. Ich könnte über jede Bewegung ihrer einzelnen Körperteile phantasieren, aber bleiben wir bei der Wahrheit: Als Tina nackt vor mir auftauchte, sah ich verschämt auf den Boden. Darum besteht die Szene nur aus Schrittgeräuschen, dem dummen ablenkenden Gedanken, wie klein Füße sein können, das Knarzen von Holzlatten, ihrem über das Holz huschenden Schatten, kurz bevor eine ihrer Hände sich auf meinem Kopf niederlässt und die andere, scharfe Krallen, in der Badehose nach dem Beweis meiner Schüchternheit sucht, doch der hat sich unter ihrer Berührung bereits zur besinnungslosen Waffe gestrafft.

Sie setzte sich beherzt, aber keinesfalls grob auf meine Stange. Als ich das erste Mal in eine Möse eindrang, wusste ich sofort, dass ich schon einmal dort gewesen war; später nicht mehr. Auf die Gefahr hin, dass ich langatmig werde: Beim ersten Mal war man dort schon vorher, bei allen übrigen ersten Malen noch nie dort gewesen. Mösen so verschieden wie Gesichter, und so überraschend. Ihre Rückstöße fing ich mit dem Kopf ab, den ich noch immer geneigt hielt, und als ich hochblickte, sah ich ihren mit Muttermalen übersäten, hoch- und runtergleitenden Rücken, die zum Ausgleich gegenläufig wippenden Locken, ihre zusammengekrallten, rücksichtslos meine Schenkel zerkratzenden Hände.

»Halt mich fest, ich falle gleich runter.«

Also hielt ich sie fest, umarmte sie in dem Wissen, dass meine Schamhaftigkeit nicht unbedingt zur Vollkommenheit der Choreographie beitrug. Ich gönnte es mir überhaupt nicht, sie anzufassen, ihre sonst so vorwitzigen und jetzt so schüchternen Brüste bei ihrem Auf- und Abwippen zu unterstützen. Ich konnte mich einfach nicht gehenlassen, aber ich hörte Tina seufzen, als sie den ungezähmten Stoß meiner Ejakulation in sich aufnahm. Kommentarlos zog ich mich wie ein sich selbsttätig ausziehender Handschuh aus ihr heraus, spürte die rasierte Zone ihrer Scham kratzen. Tina verschwand hinter den Kabinen, während ich mir die brennenden Schenkel rieb und den Glibberfaden an dieser Olive sah, wofür ich als Kind die Schwanzspitze gehalten hatte.

»Jetzt kannst du nicht mehr sagen, dass du es nie gemacht hast«, räumte ich alle Unklarheiten aus, und sie sagte: »Warte auf der Straße auf mich ...« – während Blechtüren zitternd auf- und zuschlugen: »Gib einfach nur den Bademantel und die Latschen am Eingang ab. Ich zahle schon. Mir geben sie Rabatt.«

Während ich auf der Straße auf und ab ging, dachte ich daran, zu verschwinden. Sie hatte doch nur erreicht, was sie wollte: mich lächerlich zu machen. Technisch gesehen hatten wir gevögelt, aber eigentlich hatte sie mir den Mund versiegelt. So einfach und so lächerlich. Aber ich glaubte noch an meinen Stolz und würde die Angelegenheit schon irgendwie vor mir zurechtbiegen können. Während ich so nachdachte, fiel mir überhaupt nicht auf, dass Tina, die mit raschem Absatzklappern, zusammengepressten Lippen und entschlossener, unter der überflüssigen Sonnenbrille halb versteckter Miene aus dem chlorgetränkten Refugium herausgekommen war, mich in das gegenüberliegende Hotel schleppte.

Sie machte nicht lange herum. Mit ein paar geschickten Handgriffen hatte sie mich wieder so weit. Tina für ihren Teil tat, was alle von ihr erwarteten, was ich selbst die vielen Male, die ich an die Angelegenheit gedacht hatte, von ihr erwartet hatte. Und darum vögelte ich sie ohne saubere Gefühle und sogar mit ein bisschen Hass; und in dieser Stichflamme der erotischen Gewalt hörte ich auf einmal ihr Jaulen, ihr Stöhnen, das so klingen sollte, als könnte sie nicht anders. Damals gab ich mich der Illusion hin, meine ausdauernde Manneskraft, meine heftigen Stöße hätten dieses Wunder, die Hingabe dieses Körpers an das Ur-Zucken, möglich gemacht. Und unglücklicherweise waren meine Phantasien jahrelang auf dieses Hotel fixiert, auf Tina in diesem Bett, nur Tina, nur dieser Ort, nur dieser Gedanke. Als ich schließlich aus Tina hinausglitt und sie mir den Rücken zudrehte, damit ich ihre Augen nicht sähe, damit ich, jetzt weiß ich es, den fehlenden Glanz in ihren Augen nicht sähe, begriff ich und akzeptierte ich allmählich, dass Tina genau das war, was ich vermutet hatte. Jetzt würde ich über alles reden, was sie von mir wollte, würde bellen, sabbern. Wie alle. Wahrscheinlich taten das alle, ihr während der Zigarette danach ihre Geschichte erzählen. Ich setzte ein vollkommen weltmännisches Gesicht auf, denn neben mir vernahm ich:

»Jetzt mach dir bloß keinen Kopf, ja? Ganz ruhig, Fernando, es ist nicht nötig, die Sache kompliziert zu machen, ich glaube, das ist nicht gut für dich.«

Ach so. Ich sagte nichts. Auch ohne dass ich viel im Kino gewesen wäre, auch ohne viel mit Gleichaltrigen zusammen gewesen zu sein, wusste ich, wie man schwieg.

Es dauerte eine Weile, aber dann redete sie weiter.

»Das im Schwimmbad hat mir echt gefallen.«

Ich hülle mich weiter in Schweigen. Manchmal gefällt es einem Mann, wie ein Mann zu sein.

»Erklärst du es mir?«

»Was soll ich dir erklären?«

»Das mit dem Schwimmbad.«

Manchmal macht sich ein Mann vor lauter Mann-sein-Wollen auch zum Deppen.

Ich hätte ihr sagen sollen, dass es für mich zu schmerzhaft sei, alles aufzuzählen, was mich als Kind verletzt hatte. Doch stattdessen erzählte ich alles. Es war das erste Mal, dass ich das tat. Alles. Jeden Augenblick. Angefangen bei jenem Morgen des 15. Augusts, als der Zigeunerjunge Pepito, genannt der Yeyé, und ich stolzer

Gockel hier an der Mole angelten, bis zum darauffolgenden Morgen, an dem wir wieder dorthin zum Angeln zurückkehrten und dort unten ein Körper voller Rätsel schaukelte.

Zwischen den Laken erzählte ich in aller Härte die Abenteuer, die das Ende meiner Kindheit markierten. Die Geschehnisse wurden wieder das, was sie sein durften: ein vergewaltigtes und ermordertes Mädchen und ein Krimineller, der an einem drückenden Regentag auf dem Montjuïc um die Ecke gebracht worden war. Erst die Schande, dann der Abschied vom materiellen Elend, und schließlich das fröhliche Wiedersehen mit dem moralischen Elend. Der Lebenseinschnitt, den die vertuschte Tragöde für mich bedeutete, das Schweigen zwischen meiner Mutter und mir, das sich wie ein großes weißes Laken fortan über diesen Tag breitete. Momente der Härte, vor denen ich immer geflohen war und die mich immer wieder einholten, als würde ich sie rufen. Das Unfassbare und Schockierende, die Zeichen am Himmel, die Ws an den Wänden, ein Zigeuner bei dem Versuch, eine Art Mutter zu retten, seine endlosen und verzweifelten Verrenkungen, immer erfindend, sich selbst erfindend, und Dinge behauptend, die über meinen Verstand gingen. Ein hinkender, quirliger Zigeunerjunge. Die Schwedinnen im Schwimmbad. Die fünfzehnjährige Nutte, die mir im Tausch gegen meine Kette mit dem Indianerhäuptlingsanhänger einen blies. Und sie alle hatten ihre Geschichte (mindestens eine) über den großen Unbekannten zu erzählen, der schließlich auf dem Wasser schaukelte, der seinen Namen einem Lied verdankte, von dem ich nicht wusste, dass es mein Lied war, bis Guillermo Catapulta, dieser verrückte Vogel, mir gesagt hatte, dass jeder sein Lied habe. Ein Lied, das ich nie gehört hatte. Während ich erzählte und auf der Suche nach Streichhölzern in dem von Badezimmerdampf und Zigarettenrauch erfüllten Zimmer auf und ab ging, straffte ich die Folge der Ereignisse, indem ich ein paar weniger rühmliche Details unterschlug. Indem ich meine Geschichte erzählte, öffnete ich die Tür einen Spalt, um Tina erklären zu können, warum ich sie gebeten hatte, hinter einem gläsernen Schirm vor mir zu tauchen. Das Entscheidende jedoch vergaß ich, ich erzählte ihr nichts von den Worten, die der Watussi angeblich gesagt hatte und wegen derer für mich das Mysterium Watussi eigentlich fortbestand.

Tina sah immer wieder verstohlen auf die Uhr, während ich unverdrossen salpeterzerfressene Schauplätze heraufbeschwor, Schlachten am Strand, die verblassende Erinnerung an alte Krüppel, die Pepito verhöhnten, die Spur des Watussi, und dass ich, Ehrenwort, seinen Schatten gesehen hatte. Als meine Worte in die Stille sickerten und ich über die Unmöglichkeit dieses Mannes nachdachte, sagte Tina, was jeder mit ein bisschen Taktgefühl gesagt hätte. Trotzdem wäre ich dankbar gewesen, wenn sie nicht gesagt hätte:

»Wenn man dich so sieht, käme man nicht darauf, was du alles durchgemacht hast.«

»Und was meinst du? Warum haben sie den Watussi gesucht? Warum haben sie nachher getan, als wäre nichts passiert? Warum haben sie uns laufen lassen?«

»Ach, Fernando, wenn man nochmal mit heiler Haut davongekommen ist, denkt man nicht weiter drüber nach. Was übrigens auch fast so gilt, wenn was schiefgelaufen ist. So zu leben ist unmöglich.«

»Strahlend«, traute ich mich noch zu sagen, um ihr die Möglichkeit geben, etwas zu verstehen, was für mich unmöglich war zu erklären.

»Was?«

»Strahlend. Das war Watussis Lieblingswort. Jetzt verstehe ich, was er damit meinte.«

Tina, ihre Eile gekonnt überspielend, küsste mich auf die Lippen, und da begriff ich, dass sie verstand, was diese Geschichte, ein Überbleibsel der Kindheit, die Elegie einer Erinnerung, für mich bedeutete: die Überwindung meiner Zeit in der Baracke. Sie war meine Grunderfahrung. Und das war nicht alles. Ich begriff, dass ich es ihr einfacher machen musste, von meinem Sockel der Feierlichkeit heruntersteigen und diesen Nachmittag beenden sollte. Unseren Pakt besiegeln würden wir ein anderes Mal.

»Morgen ist ein Essen«, sagte ich nüchtern, während ich aufstand, um mich anzukleiden.

»Weiß schon.« Sie stand ebenfalls auf, ging ins Bad, um sich dort anzuziehen. »Warte unten auf der Straße auf mich. Ich muss noch jemanden anrufen. Und nicht, dass du bezahlst. Hier kennen sie mich.«

Nun stand ich wieder vor dem Fitnessclub, vor dem Hotel. Nach dem, was ich alles gesagt hatte, vermutete ich, dies sei das unausgesprochene Schlusswort zwischen Tina und mir gewesen. Daran dachte ich, als wir uns mit einem langen Kuss verabschiedeten und sie sagte:

»Fernando, bei deiner Mutter. Von alledem kein Wort.«

Kurz darauf rauschte der Jaguar mit ihr am Steuer aus der Garage und entfernte sich, während ich meinen kleinen Absturz hatte, wie jedes Mal, wenn ich mich gehenließ. An diesem Abend streifte ich ziellos herum, und am nächsten Tag hörte ich mir artig den Schwachsinn meiner Vorgesetzten an, die sich bei einer Bouillabaisse über die Artikel der gekauften Journalisten ausließen, ich betrachtete gefasst das abwesende Gesicht des Mannes, der Tina für Geld vögelte, auf das sie eigentlich scharf war. Und nach dem Essen, nachdem ich von zukünftigen Machtkämpfen in der Hauptstadt erfahren hatte, die mir herzlich egal waren, kehrte ich zu meinen Erinnerungen an die harten Momente meiner Barackenvergangenheit zurück und landete schließlich an dem szenigen Traumort voller Langhaariger aus guten Familien. Ich schimpfte in einem fort vor mich hin, nannte Tina eine Nutte. Ein Kellner, genauso langhaarig wie seine Gäste, genauso scheeläugig und falsch in seinem Gebaren, forderte mich schließlich höflich auf, das Etablissement zu verlassen. Ich warf ihm ein Bündel Scheine hin. Jemand packte mich am Revers, und ein anderer, vielleicht ich selbst, schrie, dass keiner dieser Arschlöcher einen Toten gesehen habe wie ich, dass keiner gevögelt habe wie ich.

Hinausgeworfen in die stockfinstere und raue Nacht, glaubte ich noch immer an die dunkle Wollust des zerstörten Gefüges, der schmutzigen Hemden und des zerwühlten Haars. Noch war der Konflikt eine dunkle Ahnung, und mich erleichternd kotzte ich in einen tiefen Garten, der nach frisch geschnittenem Gras roch. Ich bemühte mich, von einem anderen Leben zu träumen, und der Traum erbrach sich als schlecht verdaute Speisereste über meine Schuhe.

19

Dort steht mein Nebenbuhler Don Tomás mit einer Reisetasche zwischen den Beinen, er ist der Einzige in der Flughafencafeteria. Um sich uns zu erkennen zu geben, hebt er den Arm mit dem übergehängten Trenchcoat. Was nicht nötig ist: Der halbe Liter Eau Sauvage, den er sich über seine Haare mit neuen kupfernen Glanzlichtern gekippt hat, stinkt einem aus einem Kilometer Entfernung entgegen. Mit der um die Augen heller werdenden Bräunung hat er etwas von einer Fledermaus.

»Carlos hat sie nicht alle, er will heute Morgen mit seinem Trupp mit dem Auto fahren. Er sagt, der Gedanke, der Rollstuhl könnte in der Kontrolle piepsen, macht ihn nervös. Wenn er seine Gorillas auch bis an die Zähne bewaffnen muss. Er hat jetzt nämlich nicht mehr nur einen Bodyguard, sondern zwei. Ich weiß nicht, warum er verdammt nochmal wie ein Gangster aussehen will … Und wenn die GRAPO-Terroristen, und wenn weiß der Geier … Er wartet im Lhardy auf uns.«

Wir bestiegen den gewölbten Rumpf, und auf der Treppe übertrumpften sich Del Protzo, Vilabrafim und Catapulta gegenseitig, mit welchen Verkehrsbehinderungen sie auf der Fahrt zum Flughafen hatten kämpfen müssen. Catapulta, mit Maßanzug und pomadisiertem Haar, unterbrach den Disput und wies mich an:

»Fernando, du sitzt in der Touristenklasse.«

Das Flugzeug kam mit rührender Verspätung in der Hauptstadt

an. Nachdem wir gelandet waren, raste ich gleich los, um das bestmögliche Auto zu mieten, sie holten in der Zwischenzeit Taschen und Aktenkoffer. Ich wollte mich von der ersten Minute an wichtig fühlen. Aber als ich mit dem Auto ankam, musste ich meine Unerfahrenheit mit dem hauptstädtischen Verkehrschaos eingestehen und das Steuer Catapulta überlassen. Vilabrafim saß auf dem Rücksitz neben Del Protzo, der auf einmal in die Abwesenheit der letzten Wochen zurückgekehrt zu sein schien. Vielleicht tat er nur so, denn Vilabrafim war schier unerträglich. Gerade machte er weitere Ausführungen zu einem verworrenen Vortrag, den er wahrscheinlich im Flugzeug begonnen hatte:

»King Kong ist die Lösung. Das soll kein Slogan sein, Quatsch, auch wenn's so klingt, und auch wenn ich durchaus finde, es könnte einer sein, allein schon, weil er mir mit derselben Spontaneität gekommen ist, mit der die anderen großen Entdeckungen der Menschheit gemacht wurden. Archimedes' Badewanne, Newtons Apfel. Die Frage, ob wir Ikonen der Popkultur in unsere Botschaft einfügen sollen, um die Jugend anzusprechen, ist ein Thema, mit dem sich der erste Parteikongress befassen könnte. Oder war der schon?«

»Ich habe dir doch erklärt …«, sagte Catapulta mit einem Blick in den Rückspiegel, »dass wir in dieser Partei vorerst nicht viele Kongresse abhalten werden.«

»Ach, schade. So ein Plauderkränzchen stelle ich mir recht nett vor. Nun, wenn's keinen Kongress gibt, setze ich mich eben jetzt dafür ein; ›King Kong ist die Lösung‹ ist Kampfparole unserer kleinen Kampagne in dieser Beamten- und Hutmacherinnenstadt. Ihr müsst wissen, mein Vater hatte hier eine Geliebte, die war Hutmacherin und ein keckes Weib. Aber das hat nichts mit King Kong zu tun, auf den wollte ich eigentlich hinaus.«

»Von wem redest du die ganze Zeit, Vilabrafim?« Tomás del Protzo öffnete für seine Frage kaum die Augen.

»Von dem Affen aus dem Film. Dem unsterblichen King Kong. King Kong, Mann.« Vilabrafim trommelte sich mit beiden Fäusten auf die Brust, hustete kurz und redete weiter: »Das letzte Mal habe ich geweint, als ich King Kong sah, ob ihr's glaubt oder nicht. ›Das Erkennen, nicht der Schmerz, zieht durch die dunklen und gefährlichen Straßen.‹ Diese Erkenntnis war's, die mich zum Weinen brachte.«

»Mir kommen auch gleich die Tränen«, gab Catapulta viel zu zaghaft als Kommentar ab.

»Das ist die Luftverschmutzung«, beschloss Vilabrafim, um das letzte Wort zu haben. Der neue Partner schleppte noch den Restalkohol vom vorherigen Tag mit sich herum, eine Benebelung, langlebig und lästig wie eine Neunzigjährige, auf deren Erbe es alle abgesehen haben und die stinkend und schwer allen auf der Tasche liegt. »Zum letzten Mal habe ich geweint, als ich King Kong sah. Seitdem habe ich nicht vergessen, dass die Welt zu ihrem Wohlergehen Monster braucht. Und wir sind eine Art Monster, und die guten alten Progressiven werden uns killen und sich gleichzeitig wünschen, dass es uns weiter gibt. Sie haben Horror vor King Kong. Aber die Zivilisation kann ohne das Monster nicht leben, es schafft Reichtum. Die Bestie, die die Welt vor noch größeren Bestien bewahrt und sich hin und wieder in eine blonde Frau verliebt. King Kong bewegt mich ungeheuer, ungeheuer. Er erregt mich sogar. Ein Schlückchen, Tomás?«

»Zu früh.«

Vilabrafims Rachen verschlang den gesamten Inhalt des Flachmanns, und während er ihn in die Innentasche seines marineblauen Jacketts mit Silberknöpfen zurückschob, fuhr er fort:

»Sie werden uns fragen, warum wir in die Politik gehen. Wir antworten einfach: ›Weil wir King Kong lieben.‹ Oh, der Wagen ist ins Schleudern geraten …«

Es war kein Schleudern, es war Catapultas Zähneknirschen, während die breiten Straßen uns über Plätze mit Statuen führten; Luft, die die Lungen weitete, und der Schwung einer Stadt in Bewegung. Polizeiwagen und graue Uniformen an allen Ecken. Zunächst war ich mir unsicher, ob sie mir nur so auffielen, weil ich neu in einer Stadt war, denn auch in meiner Stadt besetzten sie das gesamte Zentrum, und ich hatte mich so daran gewöhnt, dass ich sie nicht mehr sah; oder es gab doch mehr, und also auch mehr Gefahr. Jedenfalls standen sie überall herum, bewaffnet, zogen über die Statuen hinweg unsichtbare Diagonalen. Die absurde Furcht, einer dieser Polizisten könnte den Unsinn Vilabrafims hören und die Luxuskarosse unter Beschuss nehmen, begleitete mich auf unserer Fahrt an dem sonnigen Morgen durch den dichten Verkehr.

»Wir lieben King Kong. Und das müssen wir diesen Aktenwälzern, diesen Schulmeistern, diesen Denkerhirnen mit Zahnstocher im Mund erklären. Wir müssen ihnen sagen, dass wir King Kong lieben, irgendwer muss den Grundanspruch auf Gerechtigkeit verteidigen, aber mit Geschichtsverständnis … Warum mische ich mich in die Politik, Tomás?«

»Weil ich dir ein gutes Angebot gemacht habe.« Die heitere Laune Don Tomás del Protzos, die auf seiner sexuellen Entspannung gründete und den Künsten der berühmten Hetäre zu verdanken war, begann sich zu trüben, und es sprach wieder der Bankier, der immer mit dem Schlimmsten rechnete.

»Darum geht es doch gar nicht … Geld habe ich genug. Ich bin intelligent, sympathisch … Ich glaube, ich habe alle Vorteile, wie King Kong sie hinter den riesigen Toren findet, die er in dem Film durchbricht. King Kong fasziniert mich, ich weiß nicht, ob ich das schon gesagt habe. Jeden Morgen stehe ich auf und sage: ›Was für ein Glück hast du, Jaime, du siehst toll aus und bist reich‹. Genau wie King Kong.«

»Bist du dir sicher, dass wir denselben Film gesehen haben?« fragte Del Protzo. Jetzt, da ich ihn allmählich kannte, wusste ich nicht, ob sich Don Tomás wirklich auf den Film *King Kong* bezog oder auf die großartige ökonomische Lage, mit der Vilabrafim sich brüstete.

»Ist es noch weit, Guillermo?« fragte Don Tomás und seufzte ungeduldig.

»Nein, es liegt am Verkehr, nichts zu machen.«

»Wir müssen dem armen Carlos diese Idee nahebringen. Wenn wir Privilegierten uns mit einem auskennen, dann mit Privilegien.

Wir dürfen das Volk nicht betrügen und wir dürfen ihm nicht unsere Geheimnisse preisgeben, und wenn sie uns dafür schlachten. Das Volk ist die Schöne. Wir sind King Kong.«

»Wir sind da!« verkündete Catapulta auffallend fröhlich.

Ein Parkwächter, der sich für die Weltmeisterschaft im Untertänigsein hätte bewerben können, nahm sich unseres Wagens an, für ein Trinkgeld, das ihm für mehrere Monate ein Leben in Saus und Braus versprach und eine Entschädigung für die Würdelosigkeit seiner Tätigkeit war. Ungeachtet der Pöbeleien einiger Langhaariger, die die öffentlichen Straßen belagerten und nichts als Unsinn im Kopf hatten, zog unsere Gruppe feierlich in eine Konfiserie des neunzehnten Jahrhunderts ein. Die Gäste setzten sich aus vornehmen älteren Herrschaften, hohen Beamten und anderen Müßiggängern zusammen, man stützte sich auf dem Marmor ab und wiegte lächelnd den Kopf zwischen dem Aufblitzen eines abgedroschenen Satzes oder einer Reihe höflicher, inhaltsleerer Floskeln. Gespräche wie eine Militärparade.

Don Carlos' um das Lokal streichende Bodyguards waren ein sicheres Zeichen, dass er bald eintreffen würde. Jetzt stand er hinten im Lokal, umringt von einer Kohorte Bewunderer, denen er, wenn mich nicht alles täuschte, eine politische Lektion erteilte:

»Das ist ganz normal, meine Freunde, wir, die wir das Leben im Großen begreifen, verachten Zahlen und Daten. Geschichtsunterricht hätte mir weitaus mehr Spaß gemacht, wenn es um Märchen gegangen wäre. Ich hätte gerne gesagt: Es war einmal ein kleiner Prinz, der lebte auf einem Planeten, der kaum größer war als er selbst, und er brauchte einen Freund … Für die, die das Leben richtig verstehen, würde das viel glaubwürdiger klingen.«

»Sie verblüffen uns, Carlos«, sagte einer der Bewunderer.

»Man erkennt die doppelte, nein, die dreifache Absicht«, sagte ein anderer.

»Der von Moncloa hat für Mysterien dieser Art nichts übrig. Er ist nicht sehr gebildet. Sie müssen ein klares Wörtchen mit ihm reden. Dafür sind Sie doch gekommen, oder nicht?«

»Wissen Sie, was Napoleon in das Buch, aus dem ich das habe, notiert hat? ›Kluge Gedanken, sind eine Überlegung wert‹.«

»Scheiße, er verwechselt Machiavellis *Il Principe* mit *Der kleine Prinz*«, flüsterte Catapulta mir zu und machte Don Tomás ein Zeichen, ihn doch zu unterbrechen: »Hast du ihm diese Bücher gegeben?«

»Ich habe von ihnen noch nie was gehört«, log ich.

»Erkundige dich mal, in welchem Salon wir sind, ruf die Gorillas, und dann bugsieren wir ihn hoch. Ich bin gespannt, wann López y López kommt.«

Don Tomás del Protzo gesellte sich zu der Gruppe, wo Don Carlos im prinzenhaften Mittelpunkt stand, und erzählte zur Ablenkung den Witz über Suárez und das Kotelett aus Ávila. Alle lachten, und ihr Lachen wirkte so künstlich wie ihre Anzüge, ihre Krawattennadeln, ihre Manschettenknöpfe, ihre gestreiften Hemden. Trotzdem war es ein sorgfältig einstudiertes falsches Lachen, fast spontan, davon konnte man sich ein Scheibchen abschneiden.

»Tomás, alter Halunke«, sagte einer. Und weiter: »Was führt dich hierher?«

»Ich bin hier vorbeigekommen und habe diese Freunde getroffen«, antwortete Don Tomás und kehrte dem Neugierigen schnell den Rücken.

Da entdeckte Catapulta López y López, unseren Gast, der in der Menschenmenge der Konfiserie versteckt war und bei den verschiedenen Grüppchen ein Raunen erregte. López y López glänzte mit einer runden, von einem Haarkranz eingefassten Glatze. Als die Vorstellungsrunde begann, in dessen Verlauf die geflüsterten Spekulationen rings um die sich schüttelnden Hände anwuchsen, warfen sich Del Cravall, Del Protzo und Vilabrafim überaus skeptische Blicke zu. Sie würden Tisch und Mahlzeit mit einem Publikumsmagneten teilen müssen.

»Gehen wir hoch?« fragte Del Protzo mit gequältem Gesichtsausdruck, als müssten sie zum Erreichen des im ersten Stock gelegenen Salons ein Baugerüst hochklettern.

Catapulta flüsterte Del Protzo etwas ins Ohr. Del Protzo nickte, fasste López y López am Arm und sprach auf ihn ein:

»Ich habe so viel Gutes über Sie gehört, López. Ein Mann, der sich alles allein aufgebaut hat, das imponiert mir.«

»Na ja, mein Vater hat in Jaén ein paar Olivenbäume, dank deren konnte ich in Harvard studieren«, entschuldigte sich López, ohne dass es nötig gewesen wäre.

»Oh! Harvard! Da müssen Sie den *cocido* aber vermisst haben!« sagte del Protzo, als wäre nichts gewesen. »Hier gibt es den besten Eintopf von ganz Madrid. Sie werden schon sehen. Und dann werden Sie natürlich sehen, wie gut wir uns verstehen. Kommst du mit hoch, Jaime?«

Vilabrafim war mit einem alternden Professor in eine kleinliche Diskussion über ein sevillanisches Werk von Velázquez verstrickt. Der Professor verteidigte die Ansicht, das Werk sei weder sevillanisch noch von Velázquez, und überhaupt wisse er nicht, wer er überhaupt sei. Er solle ihn in Frieden lassen und ihm nicht den Atem ins Gesicht blasen. Offensichtlich sah der Professor kein Fernsehen.

Als wir endlich im Salon Alfonso XII. waren, ringsum roter Samt und vergoldete Gesimse, wurde viel und mit großer Geste geredet. Allerdings verstand ich, der ich zum ersten Mal als »gute Seele der Organisation« vorgestellt wurde, kaum etwas.

Mir wurde nur schwindlig:

VORSPEISE:

Vilabrafim (hebt eine Hand): »Wenn Sie erlauben, ich bestelle den Wein!«

Del Protzo (zu López y López): »Und auf was haben Sie sich in Harvard spezialisiert?«

López y López: »Politische Ökonomie und Organisationsstrukturen.«

Catapulta (zu López y López): »Haben Sie Garth kennengelernt?«

López y López: »Den Organisator der Wahlkampagnen?«

Catapulta: »Ja, den Strategen.«

Del Protzo: »Catapulta und er sind ein Herz und eine Seele.«

Catapulta: »Wir wollen nicht übertreiben, Don Tomás, wir wollen nicht übertreiben.«

Del Protzo setzt sich. Catapulta blickt mit Horror zu Del Cravall, der etwas in der Innenseite seines Sakkos sucht.

Vilabrafim (der Sommelier, gurrt): »Holen Sie einen 58er Mouton Rothschild aus dem Keller.«

Ich (zu Vilabrafim, Del Protzo nachahmend): »Ha! Wie ich!«

Vilabrafim (zu mir): »Was, wie du?«

Ich: »Der Wein ist so alt wie ich.«

Vilabrafim: »Dann reden Sie wieder mit mir, wenn Sie das Alter eines 47er Châteaux Margaux erreicht haben.«

Del Cravall holte aus seinem Jackett nicht, wie wir alle befürchtet hatten, irgendeinen Zettel, sondern ein Walkie-Talkie. Er sprach hinein. Sofort standen die Bodyguards oben an der Treppe, traten in den Salon und stemmten Del Cravall hoch. Unser Führer schlug ans Glas, um unsere Aufmerksamkeit zu gewinnen. Wir alle blickten ihn mit begründeter Beunruhigung an, außer López y López, der sich einer Faszination für den Stil dieses Manns hingab.

Del Cravall: »Bevor wir zum Fleisch übergehen, möchte ich gerne ein paar Worte zur Begrüßung sagen und zu Ehren unseres Gasts … Herrn López y López. Wie Sie wissen, sind wir, die wir hier versammelt sind, die wichtigsten Mitglieder des Gründungskomitees der Bürgerlichen Liberalen Partei. Unser Präsident, Don Carlos Waterloo-Chinarro y Del Cravall, kann aus Gründen höherer Gewalt heute nicht bei uns sein. Er ist letzte Woche gestorben. Der tiefe Schmerz darüber hat mich, seinen unwürdigen Nachfolger, nicht daran gehindert, den fleißigen Einsatz der hier Versammelten mit dem unserer anderen aktiven Mitglieder und unserer Basis zu koordinieren. Politik ist in unserem Land heutzutage allgegenwärtig, sie hat sämtliche Gesellschaftsschichten wie ein Erdbeben erschüttert, das ist notwendig, aber auch ein wenig lästig. Auf die Gefahr hin, Sie zu langweilen, kann ich Ihnen sagen, dass in unserer Stadt, meiner Wahlheimat – ich bin hier mehr zu

Hause als Pepe Blanco –, jeder, vom bescheidenen Handwerker bis zum Aristokraten, bei unserer frisch aus der Taufe gehobenen Vereinigung dabei sein möchte, denn wir sind in kürzester Zeit in Mode gekommen. Was ein zweischneidiges Schwert ist. Wir wollen nicht den Fehler machen, elitär sein zu wollen, doch genauso wenig dürfen wir dem Populismus verfallen, welcher ein nicht anzuhaltender Quell plumpester Demagogik ist. Wir wollen keine Mode sein, denn Mode, so sage ich, ist vergänglich. *Verba volant, scripta manent*, so der Lateiner. Der Bürgerlichen Liberalen Partei geht es einzig um die friedliche demokratische Entwicklung unseres Landes, darum sind wir hierhergekommen. Darum, und um mit möglichen Gleichgesinnten zu sprechen. Und wer sind unsere Gleichgesinnten?«

Der Engel der Rhetorik schwebte über eine zwischenzeitliche Stille. Nur das Gurgeln des Weins in Vilabrafims Mund milderte die Spannung.

Del Cravall: »Ich wiederhole. Wer sind also die uns Gleichgesinnten? Das muss sich noch zeigen, würde ich sagen. Wir wollen nicht die typischen herumtingelnden Katalanen sein, über die man sich lustig macht, und wir wollen unser hervorragendes politisches Potenzial auch nicht wie Marktschreier für ein halbherziges Versprechen des Hofs verkaufen.« (Und zu den Bodyguards): »Ihr könnt mich wieder absetzen.«

Man versuchte zu applaudieren, was nicht gelang. Was an die Ohren der Kellner drang, die tatsächlich in Massen herbeieilten, klang mehr nach Flamencoklatschen als nach Applaus.

Vilabrafim: »Niemand hat etwas über diesen Jabugo-Schinken gesagt …«

DIE SUPPE:

Nicht die strengste Erziehung konnte verhindern, dass das Suppeschlürfen zu hören war, so still war es. Don Carlos del Cravall y de la Lanza hatte die Arbeit der letzten Wochen zunichtegemacht, in derselben Zeit, in der Vilabrafim im Alleingang eine Flasche 58er Mouton Rothschild leerte. Die Zufriedenheit, die Don Carlos ausstrahlte, nachdem er, der früher so dagegen gewesen war, seinen gequirlten Schwachsinn abgespult hatte, verriet mir etwas, das den anderen, die ihn vielleicht weniger gut kannten oder seiner Mätzchen überdrüssig waren, mit Sicherheit entging: Don Carlos glaubte von Tag zu Tag mehr an seine Rolle. Jetzt sah er zur einen, dann zur anderen Seite. Er dachte, seine Rede habe seine Tischgefährten verstummen lassen, doch sogar ich erkannte, dass er mit seinen Worten ganz im Gegenteil erreicht hatte, dass die Sitzung zu Ende war, bevor sie angefangen hatte. Plötzlich gelangte ich zu der Gewissheit, dass dieses Grüppchen López y López nur das bieten konnte, was es von Beginn an allen geboten hatte: Geld. Dafür waren wir in die Hauptstadt gekommen: um Geldgeschenke zu machen. Aber wozu? Um wessen Laune zu heben? Um uns wen vom Leibe zu halten? Ich blickte zu Del Protzo. Die ins Auge stechende Abwesenheit seines Gesichts war so vertraut, dass sie einem nichts mehr sagte: Es war unmöglich herauszulesen, ob er mit den Gedanken bei der Sache war, ob er darüber nachdachte, wie man aus der Bredouille kommen könnte, oder ob er nur die wippenden Titten junger Mädchen im Kopf hatte. Catapultas beweglicher Schnauzbart, die fliegende Möwe, suchte in aller Hektik nach einer Möglichkeit, würdevoll die Fliege zu machen: Er würde sich nicht geschlagen geben. López y López sagte nichts und hatte bestimmt auch nichts zu sagen. Vilabrafim, das ruhige Gemüt, pflegte mit gurgelnder Stimme weiter sein Stelldichein mit dem Sommelier.

Sommelier (den ersten Schluck aus einer soeben entkorkten Flasche einschenkend): »Gefällt er Ihnen?«

Vilabrafim: »Vorzüglich. Ein leidenschaftliches Bouquet. Aber eine Sache, Matías, musst du diesen Jungs vom Service sagen. Sie dürfen es sich aussuchen: Entweder kommen sie öfter an den Tisch, oder sie bringen mir ein größeres Glas, oder sie lassen endlich die Flasche bei mir stehen. Letzteres wäre mir am liebsten.«

Catapulta sah unterdessen zu Del Protzo. Ihre Blicke kreuzten sich, ansonsten verhielten sie sich still. Catapulta beobachtete López y López beim Suppeschlürfen, und wenn er ausnahmsweise nicht auf den Teller mit der immer weniger werdenden Flüssigkeit starrte, betrachtete er ein Bild eines Palmerischen Meisters, das er auf der gegenüberliegenden Wand entdeckt hatte. Catapulta räusperte sich:

Catapulta (zu López y López): »Kennen Sie die Geschichte von Achilles und der Schildkröte?«

López y López: »Ja, natürlich.«

Catapulta: »Garth redet viel von dieser Theorie. Er hat darüber etwas in der *Washington Post* geschrieben. Auch wenn er sich natürlich auf das Zweiparteiensystem konzentriert. Hier aber gilt, ›Der Achilles-Effekt‹, wie Garth es nennt, ist von mir, und nur von mir. Ich beziehe mich auf die Geschichte von Achilles und der Schildkröte, wende sie innerhalb des kapitalistischen Systems auf eine Politik der Mitte und der Beständigkeit an.«

López y López: »Sie machen mich neugierig …«

Catapulta: Wir gehen von einem Axiom aus. Unter uns befindet sich kein revolutionärer Linksradikaler.«

Vilabrafim: »Guillermo, ich habe dir noch nicht von meinen wilden Jugendjahren erzählt.«

Catapulta: »Ein andermal, Vilabrafim. Hör zu: Die Linke auf der Straße scheint sehr stark zu sein. Vor allem in diesen Tagen, wo sie allerhand Vorwände zum Randalieren hat. Sie ist nicht zu übersehen. Vielleicht ist sie sogar zahlenmäßig überlegen. Und die Demokratie ist nichts anderes als Zahlen, Statistiken und reines Zählen, vergessen wir das nicht. Entgegen der Prämisse von einer natürlichen Mehrheit der Rechten, den Anhängern einer *pax hispana*, um es irgendwie zu nennen, gibt es eine Rechte in dieser Form meiner Meinung gar nicht, denn wenn ich hin und wieder durch die Straßen gehe und mich umhöre und umsehe, habe ich den Eindruck, die große Mehrheit würde, sobald der Faktor Angst verschwunden ist, links wählen. Die Linke ist darum sehr stark und wiederholt endlos die marxistische Vorstellung von Geschichte, nach der sie in ihrer Pepetuierung immer ihre eigene Farce ist. Die Modernisierung Spaniens gerät in die Hände von Leuten, die, sagen wir, eine andere Sprache sprechen. Darauf kommt es an, wie lange es dauern wird, bis sich diese Sprache abgenutzt hat.

Erst dann müssen sie sich wohl oder übel politische Praxis aneignen und das Spiel ernst nehmen. Achilles ist die Linke, kraftstrotzend, von ihm geht die jugendliche Faszination für das Neue und diese Sprache aus, die ›Wunderworte‹ formt.«

López y López: »Und die Schildkröte?«

Catapulta: »Die Sachzwänge. Die von jetzt an Einfluss nehmenden Gruppierungen, die Gewerkschaften, terroristischen Zellen, die um sich greifende Zermürbung. Wir reden unter Erwachsenen, denke ich. Wir reden von Realpolitik.«

López y López: »Stimmt. Und?«

Catapulta: »Wie die Geschichte erzählt, hat die Schildkröte einen Startvorsprung, der stetig abnimmt, aber immer messbar bleibt. Achilles wird die Schildkröte nie einholen. Dieser Abstand, so klein er auch sein mag, bringt selbst das schärfste Auge an seine Grenzen. Im besonders grotesken Fall ist dieser Raum von einer neuen, einflussreichen Gruppierung besetzt. Das Paradox ist nun, dass dieser immer kleiner werdende Raum, den wir uns denken, der aber immer weiter existiert, das Zentrum ist. Das Zentrum kann verschiedene Gestalten annehmen. Je nach Epoche kann es fortschrittlich oder konservativ sein, aber es ist immer das Zentrum.«

López y López: »Und wie erklären Sie das Phänomen Fernsehen? Ich will nicht das hohe Diskussionsniveau senken. Ich rede noch immer von Realpolitik. Garth hätte Ihnen wahrscheinlich dieselbe Frage gestellt.«

Catapulta: »Stimmt, hat er auch. Ein Zusammenschluss von Parteien, die für die gemäßigte Mitte stehen, ist genau das, was die Menschen wollen, und nicht Maschinengewehre in den Straßen oder irgendwelche Hampelmänner, die in zwei Tagen alle Probleme lösen. Ausgenommen natürlich die extreme Rechte, Fraga, die Taxifahrer und« – Catapulta senkte die Stimme – »die protzsüchtigen Militärs. Auf lange Sicht wird es so kommen, wie ich sage. Vielleicht dauert es auch weniger lang, als wir denken. Wenn man einen innovativen Ton braucht, zaubert man eben eine innovative Strömung aus dem Hut, man wird schon eine

Partei dafür finden. Wenn man eine reaktionäre Stimme braucht, auch da bietet sich immer was. Das Ganze mit einem bestimmten Maß an Dynamik versehen, das ist dann echte Demokratie. Wir müssen aufpassen, dass wir jetzt nicht in ein Pingpong Cánovas-Sagasta geraten. Jeder weiß, wohin das führt. Zu einer Farce, wenn nicht schlimmer.«

López y López: »Und Sie alle?«

Catapulta: »Wir? Sehen Sie! Dort kommt der *cocido*!«

COCIDO:

Die Ankunft des neuen Menügangs fiel mit einem Zwinkern Del Protzos zu Catapulta zusammen. Jedem wurde das Geld auf unterschiedliche Weise ausgehändigt, darin war Catapulta unübertroffen. Er hatte auf seine fragende Geste keine Antwort bekommen, denn die einzige denkbare Antwort wäre »wir zahlen, steigen in den Zug und verlieren kein Wort mehr darüber« gewesen.

»Und nebenbei machst du Werbung für dich«, dachte ich, der ich jeden Tag klarer im Kopf wurde. Das waren die Pillen, sie stimulierten alles, außer den Appetit. Ich dachte, während ich die anderen essen sah, wie man dieses »wir zahlen, steigen in den Zug und verlieren kein Wort mehr darüber« angemessen ausdrücken könnte. Um mich herum kauten alle, taten so, als würden sie dem mehr als ausführlichen Vortrag Vilabrafims zuhören. Er sprach über seine erste Begegnung mit dem Vater des Königs, der in seinen Augen noch immer der legitime Monarch war, solange nichts Gegenteiliges verlautbart wurde. Wie ihn die Worte dieses großen Mannes vor seiner jugendlichen Dummheit gerettet hatten, einer Revolutionsleidenschaft, die ihn im Knast fast das Leben gekostet hätte. Vilabrafim betonte jedoch, dass er im Nachhinein eine verbrachte Haft fast als eine Garantie für einen Abgeordnetenposten bewertete, wenn man sich nur ein bisschen anstrengte. Mit der Entschuldigung, aufs Klo zu müssen, ging ich hinaus und wählte Tinas Nummer. Sie ging nicht ran. In der Abwesenheit ihres Gönners nützte sie wahrscheinlich die Tage, um Zuschussliebschaften zu pflegen. Ich kehrte zurück in den Salon Alfonso XII. und bemerkte, dass keiner sich für eine Nachspeise erwärmen konnte. Alle waren bereits bei …

KAFFEE, DIGESTIF UND ZIGARRE:

Die Konversation geriet unter der Führung von Carlos del Cravall y de la Lanza auf gefährlichen Kurs.

Del Cravall: »Hört gut zu, wie scharfsinnig, da heißt es: ›Ein Fürst muss zwei Dinge fürchten: erstens, von innen einen Aufstand seiner Untertanten; zweitens, von außen den Angriff einer benachbarten Macht.‹«

Catapulta: »Für diese Weisheit und eine Pesete kriegst du an jeder Ecke einen Kaugummi.«

Del Protzo (Del Cravall auf die Schulter klopfend und damit beiläufig Catapultas Sarkasmus abmildernd): »Du hattest schon immer ein Elefantengedächtnis.«

Vilabrafim: »Vorsicht, wer in meiner Gegenwart von Fürsten und Königen redet. Und noch dazu im Salon Alfonso XII.! Du weißt, Carlos, seit meiner kleinen Begegnung mit Don Juan, meinem verehrten König, bin ich Monarchist bis ins Mark. Und bestimmte Bemerkungen kann ich nicht durchgehen lassen.«

López y López, der dank des beißenden Humors Catapultas sein Karnickelgekicher von sich gab, hatte inzwischen herausgefunden, wer etwas zu sagen hatte und wer nicht.

López y López (in die Runde): »Eine Frage haben Sie mir noch nicht beantwortet. Es besteht das Bestreben, mehr oder weniger ähnliche Parteien unter einen Hut zu bringen. Was ist eigentlich Ihre Rolle dabei?«

Del Protzo: »Irgendwer muss doch der Hut sein, oder?«

López y López: »Wie bitte?«

Del Protzo: »Na, der Hut …« (an dieser Stelle eine bezeichnende, aber nicht eindeutige Geste, als würden Daumen und Zeigefinger einen Seidenstoff befühlen), »… aus dem wir die Karnickel ziehen wollen. Und versteh mich nicht falsch. Diese Karnickel sind immer zum Wohl der Allgemeinheit. Ich bin kein Politiker und werde auch nie einer sein. Ich verstehe nichts von Politik. Ich bin ein Mann, der seiner Zeit verpflichtet ist, meine Aufgabe ist es zu helfen, dieses Geschöpf, das wir gemeinsam auf die Welt gebracht haben, wachsen und gedeihen zu sehen.«

Catapulta: »Zu erwähnen wäre natürlich noch die verworrene politische Situation in unserer Stadt, in der viele der antretenden Parteien von soliden Geldinstituten und etwas hysterischen Industriellen gestützt werden, und hier können sich Don Carlos del Cravall und Don Jaime de Vilabrafim, die schon seit langem der Zivilgesellschaft unter die Arme greifen, sehr nützlich machen.«

López y López: »Verzeihen Sie. Ich muss mal eben telefonieren.«

Del Cravall redete in López' y López' Abwesenheit weiter, aber niemand hörte ihm zu. Del Protzo und Catapulta sahen sich an, besorgt und schweigend. López y López kehrte zurück.

López y López: »Meine Herrn, ich weiß nicht, was Sie jetzt noch vorhaben, aber Herr Pérez y Pérez wäre hocherfreut, Sie auf ein Glas im *Palace Hotel* zu treffen. Es müsste nur jetzt gleich sein. Heute wird nämlich ein Buch von Hipérbolo, einem hochrangigen Schriftsteller, vorgestellt, und Don Quintiliano würde sich um nichts in der Welt eine Buchpräsentation von Hipérbolo entgehen lassen.«

Der Salon Alfonso XII. wurde augenblicklich geräumt. Bevor ich hinausging, sah ich Tomás del Protzo telefonieren. Nachdem er aufgelegt hatte, spiegelte sich in seinem enttäuschten Gesicht, welche Beschwernis ihm die Vorstellung machte, raus in die Kälte zu müssen, dem Verkehr ausgesetzt, den Pöbeleien der Langhaarigen, den grimmigen Gesichtern der omnipräsenten Polizisten.

20

»Carlitos ...!«

»Tanín ...!«

Überraschung! Don Carlos kannte Pérez y Pérez und hatte niemandem etwas davon gesagt. Ich vermutete, in der dunklen Nacht seiner Seele war sich Don Carlos seiner Unfähigkeit bewusst, und in seiner Erfahrung mit hohen Posten hatte er ein Gespür entwickelt, wie man brenzlige und undurchschaubare Situationen gut überstand. Das war sein Talent, dem er seinen kometenhaften Aufstieg verdankte. Wenn diese Vermutung stimmte, dann stimmte wahrscheinlich auch die Vermutung, dass Don Carlos sich für einen Politiker hielt. Warum nicht? fragte ich mich. Ja, warum eigentlich nicht.

Während ich in diese Überlegungen vertieft war, wusste ich nicht, wo ich in dieser Luxusbar des Palace Hotels meine zitternden Hände lassen sollte. Trotz der blendenden Pracht der Marmorsäulen und des neoklassizistischen Interieurs konnte ich beobachten, wie Don Carlos sich von seinen Bodyguards aus dem Stuhl heben ließ, um Pérez y Pérez' freundschaftliche Begrüßung erwidern zu können. Don Quintiliano Pérez y Pérez schlug Don Carlos zum Auftakt mit der flachen Hand auf die Schulter, als würde er mit großer Begeisterung eine Trommel bedienen. Der Hieb rief die Sicherheitsmänner sofort auf den Plan; doch schließlich befanden die beiden Totschläger, dass das Vernünftigste sei, nicht einzugreifen, und verschwanden in Richtung Tür. Don Tomás und Catapulta hingegen schienen wenig beeindruckt, sie hatten für die überschwängliche Begrüßung nur ein Schulterzucken übrig.

Don Carlos und Don Quintiliano trennten sich voneinander. Und blickten sich in die Augen. Signale der Sympathie huschten über die furchigen Gesichter. Als Tanín Pérez y Pérez sich wieder gefasst hatte, forderte er uns auf, an seinem Tisch Platz zu nehmen, und streckte Don Tomás del Protzo beide Hände entgegen, lächelte Catapulta an und beachtete mich nicht, worin sich sein

Talent, Hierarchien zu durchschauen, zeigte. Trotz Taníns Unhöflichkeit mir gegenüber tat ich es wie die anderen und setzte mich, während die Übrigen in dem weitläufigen Salon auf den Sofas nach dem abkömmlichen Vilabrafim suchten.

Sei es aus Eifersucht auf die verheimlichte Freundschaft zwischen Carlos und Tanín, sei es aufgrund seiner Natur eines Alphatiers, jedenfalls stolzierte Vilabrafim wie ein Torero, der die Arena umkreist, durch das prunkvolle Revier und schüttelte den übrigen, sich um diese unpassende Stunde hier aufhaltenden Reichen und Schönen die Hand. Alle schienen Vilabrafim zu kennen und konterten auf seine Schmeicheleien mit einer Gegenoffensive an Komplimenten und Grüßen an Frau, Kinder und Kindeskinder. Nur eine Gruppe ließ er aus: Herren mit auffallenden Anzügen, südamerikanischem Akzent, Indioblut und großen Schnauzbärten. Eine sympathische Runde, die aussah, als würde sie gerade den Sturz einer Bananenrepublik-Regierung vorbereiten. An meinem Tisch, wo man zu dem Schluss kam, dass Vilabrafim schon noch nachkäme und dass die Gruppe, die er nicht gegrüßt hatte, eine venezuelanische Handelsdelegation von *Standard Oil* war, wurde das wichtige Treffen eröffnet:

»Mein guter alter Leutnant …«, witzelte Pérez y Pérez und tätschelte seinem Kriegskameraden das Bein.

»Selber Leutnant, Bohnensuppe.«

»Mich hat schon lange niemand mehr Bohnensuppe genannt. Aber das darfst auch nur du, jeder andere bekäme dafür eine aufs Maul«, gestand Pérez y Pérez und wandte sich im Anschluss an die Runde: »Sie müssen entschuldigen, aber Carlos und ich haben uns seit … Immerhin, deine Frau habe ich in einer Zeitschrift gesehen. Die ist noch immer eine Wucht, mein Junge. Aber du und ich, wie lange haben wir uns nicht gesehen?«

»Das letzte Mal bei Álvaros Beerdigung.«

»Álvaro?«

»Álvaro Fontecilla.«

»Der Major der Truppe Brückenkopf?«

»Nein, Mann, der vom Mittelpfeiler.«

»Richtig, richtig … Ach, Carlos, du hättest nie aus Madrid weggehen sollen.«

»So schlecht sehe ich aus?«

»Um Himmels willen, nein, das wollte ich nicht sagen. Nach deinem Weggang ist es dir glänzend ergangen, aber … was hat man dir in dieser Stadt getan?«

»Vergrault hat man mich, Quintiliano, man hat mich regelrecht vergrault …« Don Carlos, der es sich wohl vorgenommen hatte, nichts Konkretes anzusprechen, tätschelte Pérez y Pérez' Linke, die noch immer auf seinem behinderten Bein lag, und wiederholte anschließend die Bewegung noch einmal mit größerer Wucht auf der Metallflanke seines Rollstuhls.

»Willst du etwas trinken? Komm, Diego …« Pérez y Pérez kehrte seine hierarchische Überlegenheit gegenüber López y López heraus und wechselte in vollendeter Höflichkeit das Thema: »Dieguito, hol uns einen Kellner. Man möge mich bewirten, und die von diesen Herrschaften gewünschten Getränke sollen in Bächen fließen.«

»Aber die kleinen Walzen dürfen sie schön allein einäschern«, brummte Del Cravall.

»Raucherscharen …«, gab Pérez y Pérez zurück und zeigte in den Himmel.

Was haben wir gelacht!

»Erinnerst du dich noch an das *Riscal*? Und ans *Abra*? Und ans *Chicote*? Gibt's das Chicote noch?«

»Wahrscheinlich nicht mehr lange, aber es gibt es noch … Das *Pasapoga* auch noch. Aber es ist natürlich nicht mehr wie früher. Natürlich nicht, wir ja auch nicht, mein Junge, wir gehören auch schon zum alten Eisen.«

Pérez y Pérez zeigte auch ein an sein Revers geheftetes goldenes Abzeichen, um seine These vom Ende der guten Zeiten zu stützen. Gleichzeitig ließ unser Tischgenosse seinen Blick schweifen, um sich zu vergewissern, dass wir alle lauthals lachten. »Sie wollen nicht zum Kern der Sache kommen«, dachte ich, während ich mich vor Lachen bog und fast meinen Whisky über López y

López geschüttet hätte, der sich soeben neben mir niedergelassen hatte. Entgegen meinen Vorurteilen, die ich gegen solche Leute entwickelt hatte, lächelte López y López mich an, und nicht nur das, er klopfte mir auf die Schulter. Auch mir klopfte man auf die Schulter! Waren wir nicht alle wunderbar!

»Mit denen, die sich immer im Pasapoga getroffen haben, habe ich nie wieder geredet … Mit dir auch nicht, Tomás.«

Tomás del Protzo blieb wie gewohnt stumm und zwinkerte. Dabei verwandelte sich der Mörderblick seiner blauen Augen in einen Heuchlerblick. Er setzte mit mäßigem Erfolg ein Lächeln auf. Dann stand er unvermittelt auf und sagte:

»Sie entschuldigen mich …« – und ging aus dem Salon mit der Kuppeldecke. Die anderen übergingen den Abschied des Bankiers und schwelgten weiter in ihren Erinnerungen.

»Die Hintertür des Pasapoga …«

»Erzähl, Carlos, du kannst doch so schön erzählen. Hör zu, Diego«, forderte Pérez y Pérez López y López auf. Und dann zu Catapulta und zu mir: »Hört zu.«

»Das ist doch eine dumme kleine Geschichte …« Don Carlos wedelte mit der Hand, als wollte er eine unsichtbare Tafel abwischen: »Die Animiermädchen …«

»Die und animieren …«

»Sie haben ihre Sache gut gemacht … Man muss an die Jugend glauben, Quintiliano. Sie haben mehr drauf, als man zunächst denkt … Nun lass mich erzählen. Also, die Animiermädchen hatten eine Taktik. Sie haben jeden Abend einen dummen Hirsch mit Geld umgarnt …«

»Hirsch? Es waren sogar Abgeordnete darunter!«

»Abgeordnete Hirsche. Provinzabgeordnete, Quintiliano. Die Mädchen leierten dem Hirsch mit Getränken das ganze Geld aus der Tasche. Und dann, wenn das Pasapoga zumachte, haben sie den Typen im Vertrauen gelassen, er hätte sie rumgekriegt. Sie sagten: ›Warte hier auf mich, mein Süßer, ich zieh mich nur um und bin gleich wieder da.‹ Und dann ist die Schlampe durch die Hintertür raus, und der gute Onkel, der den gesamten Inhalt seiner Brieftasche dagelassen hatte, wunderte sich, warum es so lange dauerte, und wenn er schon ungeduldig wurde, kam ein Kellner und warf ihn raus. Er konnte sich aufregen, so viel er wollte, am Ende saß er auf der Straße ohne Mädchen.«

»Weil das Mädchen durch die Hintertür raus ist«, ergänzte der eben zurückgekehrte Don Tomás del Protzo, während er wieder Platz nahm. Entweder kannte er die Geschichte, oder er war selbst so ein Opfer gewesen, jedenfalls hatten die beiden altersschwachen Leutnante, die mir gegenübersaßen, offenbar nicht das Exklusivrecht auf die »Anekdote mit der Hintertür«. Mir tat schon der Kiefer weh vor lauter vorgespielter Heiterkeit. Pérez y Pérez sah Del Protzo mit einer gewissen Bewunderung an; der Bankier hatte die Sympathie dieses angeblich hohen Beamten gewonnen, in dem er eine verwandte Seele gefunden hatte. Dennoch passte die finstere Färbung, die auf Don Tomás' Gesicht trat, nicht recht zu der neugeborenen Freundschaft; etwas war geschehen, während er draußen war, wahrscheinlich hatte er versucht zu telefonieren. Tina, unsere Animierdame, war durch die Hintertür raus und hatte uns beiden eins ausgewischt. Aber Del Protzo traf es schlimmer. Er zahlte. Er war alt. Und dumm noch dazu. Er hatte doch noch die ganzen anderen, für die er ebenfalls ein Vermögen ausgegeben hatte. Warum musste er sich auch auf die eine versteifen, die noch dazu meine war. »Zu viele Tabletten, Fernando, komm auf den Teppich«, redete mein eigenes Gewissen auf mich ein.

»Aufhören, genug gejammert, lasst mich die Geschichte zu Ende erzählen«, rief Carlos del Cravall, obwohl gar niemand gejammert hatte. »Was geschehen ist, ist geschehen, Schwamm drüber. Tanín und ich haben, wenn wir ins Pasapoga gegangen sind, Folgendes gemacht. Wir hatten einen scharfen Blick dafür, welche Mädchen einem was vorspielten und welche nicht. Oder anders gesagt, vorgespielt haben sie einem alle was, klar, aber die einen haben den Kunden zum Zug kommen lassen, und die anderen sind durch die Hintertür raus. Wir haben uns alles gemerkt. Und wir haben einem Kellner, den wir kannten, ein Trinkgeld gegeben, damit er uns die Namen der Mädchen nennt, die durch die Hintertür rausgingen. Und dann, wenn der Laden zumachte, warteten wir an einem strategisch günstigen Platz in einem Sportwagen …«

»Was du nicht sagst, Carlitos, der hat einem Onkel von dir gehört. Einem von den reichen de la Lanzas …«, bemerkte Pérez y Pérez höhnisch.

»Ja, spotte du nur … und dann fragst du mich, warum ich aus Madrid weggegangen bin. Also gut, irgendwann kamen die Mädchen raus. Wir riefen ihre Namen. Woraufhin die Mädchen zwei schicke und stramme junge Männer und den teuren Flitzer sahen. In ihrer Ahnungslosigkeit dachten sie natürlich, wir hätten Geld. Was nicht der Fall war. Sie hatten trotzdem ihren Spaß, und obwohl es sich unter ihnen herumsprach, dass wir zwei arme Schlucker waren, haben sich ein paar besonders Vergnügungssüchtige mit uns eingelassen. Besser wir als ein Dickwanst aus Palencia …«

»Gegen wen stichelst du? Wer ist aus Palencia? Wer ist dick?« fragte Vilabrafim leicht gereizt, während seine mickrige Statur plötzlich hinter einer der Säulen hervorsprang. Er war in Begleitung eines Bärtigen mit Brille und eines Fotografen.

»Carlos. Ich stelle dir Eutimio Pumares von der Zeitschrift *Hier und Jetzt* vor. Ich habe ihm ein bisschen was erklärt, und er möchte ein Interview und Fotos machen.«

»Er soll ein andermal kommen …«, sagte Don Carlos del Cravall, der vor lauter Schwelgen in Erinnerungen den Verstand verloren zu haben schien und offenbar glaubte, er säße noch immer selig in der Gasse vor der Hintertür des Pasapoga.

»Keine Sorge, Carlos, lass mich nur machen …« Vilabrafim machte in seinem Kampf um die Führung Punkte.

Catapulta hustete. Del Protzo schien abwesend zu sein. Catapulta hustete noch einmal. Schließlich blieb ihm nichts anderes übrig, als zu sagen:

»Am besten machen wir ein Foto von den beiden.« Ohne weiteren Kommentar stand er auf, packte die Griffe von Don Carlos' Rollstuhl und stieß ihn in die Mitte des Raums, wo er neben einem runden Blumenarrangement zum Stehen kam. Vilabrafim, der Fotograf und der Reporter kamen nach.

»Oh, schon so spät. Du erlaubst, Quintiliano … Don Tomás, es war mir ein Vergnügen. Fernando, hocherfreut.«

Ich hielt López y López die Hand hin und fühlte mich wichtig. Aber nur kurz:

»Fernando, es wäre besser, wenn du als Koordinator den Verlauf des Interviews überwachen würdest«, sagte mir Del Protzo in eiskaltem Ton.

Ich stand wie der Blitz auf, bevor man mich noch unsanft dazu auffordern würde. Mir schwirrte der Kopf, ich fühlte mich verloren in der für mich undurchschaubaren Situation. Ich stand etwas abseits von dem Trubel bei den Blumen. López y López verabschiedete sich von Don Carlos und Catapulta. Er wollte sich auch von Vilabrafim verabschieden; aber Vilabrafim begrüßte entweder gerade einen berühmten Tenor oder einen italienischen Filmstar oder irgendwelche Japaner, die in ihm eine wichtige Persönlichkeit vermuteten und als Souvenir ein Foto von ihm machen wollten. Er erlaubte es ihnen:

»I'm a very important politician of the new Spanish democracy. Monarchist, handsome, rich, but progressist. I love King Kong. I love women. Cheese …«

Blitz!

Während die Journalisten über die Exklusivvorstellung, die Vilabrafim den japanischen Touristen gewährte, verzweifelten, beobachtete ich aus dem Augenwinkel, wie Catapulta ebenfalls aus dem Augenwinkel mitbekam, dass Don Tomás del Protzo und Don Quintiliano Pérez y Pérez endlich das Gespräch führten, das der eigentliche Grund unseres Hierseins war. Mit meinem Normalmaß an Verstand gelang es mir gerade so, die verschlungenen Syllogismen über Politik und Finanzmanagement zu entwirren, was lediglich zur Folge hatte, dass die Paranoia dieser Menschen auf mich übersprang. War das alles nur inszeniert worden, damit die beiden hohen Tiere in Ruhe reden konnten? Tomás und Tanín, die überhaupt nicht entspannt wirkten, standen sich mit vorgeneigter Stirn gegenüber, und es sah so aus, als würden sie jeden Moment aufeinander losgehen, dabei kritzelten sie grummelnd irgendwelche Notizen auf die Untersetzer. Währenddessen war Vilabrafim der Anweisung des Fotografen gefolgt und hatte sich hinter Don Carlos' Rollstuhl gestellt, ohne sich die heikle Bemerkung »Aber so hält mich doch jeder für eine Krankenschwester« verkneifen zu können. Als Vilbrafim endlich an gewünschter Stelle stand, stemmte er sich, um größer zu wirken, auf die Griffe von Don Carlos' Stuhl, der daraufhin Übergewicht bekam und samt Don Carlos hochschoss wie ein sich aufbäumendes Motorrad.

Blitz!

Entsprechend waren die Porträts von Don Carlos und Don Jaime: wie kurz vor dem Sprung, mit panischem Gesicht und aufgerissenem Mund. Catapulta verlangte von dem Fotografen auf der Stelle die Filmkapsel, der berief sich jedoch auf das Recht der Bilderfreiheit. Lange Diskussionen. Pérez y Pérez kam, um sich von seinem ehemaligen Kameraden und Gefährten nächtlicher Eskapaden zu verabschieden. Ohne es zu wollen, bekam er mit, wie der sich Luft machte:

»Dieser Vilabrafim ist ein Schwachkopf. Dieser Trottel bringt uns doch überhaupt nichts ...«

»Geduld, Carlitos, Geduld ... Ich muss jetzt gehen. Auf bald.«

»Aber kommst du denn nicht heute zu dem Abendessen?«

»Mal sehen ...«

»Aber der Graf wird doch dabei sein. Er hat zugesagt ... Er wird uns vorstellen.«

Pérez y Pérez setzte ein schiefes Lächeln auf, mit dem er das tatsächliche Gewicht dieses Aristokraten und dessen Rolle in der aktuellen Politik zu entlarven schien. Dann sagte er:

»Ich tue, was ich kann, Carlos. Mal sehen, wenn ich nicht kommen kann, rufe ich dich an. Bald, ganz bald ...«

Wieder einmal wäre Don Carlos gerne schlagfertiger gewesen, während Pérez y Pérez den Salon verließ und hin und wieder grüßend die Hand hob. Catapulta trat leise an mich heran und flüsterte mir ins Ohr:

»Folge Pérez y Pérez. Dann erzählst du Don Tomás, was passiert ist. Er wird hier auf dich warten.«

So leicht wurde man zum Spion ernannt. Auf was man nicht alles gefasst sein musste, wenn man keine feste Aufgabe hatte! Ich folgte Pérez y Pérez durch die Hotelhalle. Die Übersee-Delegation von *Standard Oil* verabschiedete sich gerade mit gemeißeltem, zufriedenem Lächeln über einen Vertragsabschluss, der allen Vorteile brachte. An der Rezeption stand Don Tomás, der, diesmal war ich mir sicher, Tinas Nummer wählte. Ausgerechnet sie hatte mir gesagt, dass ich zum Spionieren nicht taugte. Und da stand ich jetzt, verdammt. Pérez y Pérez und Del Protzo taten so, als sähen sie sich nicht. Don Tomás machte mir, während er vergeblich auf die Verbindung wartete, ein Zeichen mit den Augenbrauen. Ich begriff. Ich machte, dass ich wegkam.

Mein Verfolgungsabenteuer sollte zwar kurz, dafür aber umso komplizierter werden.

Pérez y Pérez verließ das Hotel, ich hinterher, er ging einen Boulevard hinunter wie jemand, der vollkommen immun gegen die Hektik des Spätnachmittagsverkehrs ist. Zwischen Pérez y Pérez und den Statuen der brüllenden Löwen, die fast hinter einem Bataillon bewaffneter Bullen verschwanden, rollte zäh eine Blechlawine voran; Hupkonzerte, vorpreschende Mopeds, sich von Auto zu Auto anschreiende Leute. Dieses Chaos konnte dem strammen Schritt von Pérez y Pérez nichts anhaben, der, am Ende des Prachtboulevards angekommen, in einen noch prachtvolleren Prachtboulevard einbog. Ein Brunnen in der Mitte der Gloriette mit dem Meeresgott, der seinen vertrauten Gefilden genauso weit entfernt war wie ich. Pérez y Pérez blieb endlich stehen, vor dem Neptun, vor einer Szene, die die soeben erlebte an Bizarrheit noch übertraf. Ich erzähle kurz den Vorfall. Don Quintiliano hatte übersehen, dass sich in der Nähe solche langhaarigen Jugendlichen aufhielten, die nichts anderes im Sinn haben, als seriös aussehende Personen zu verspotten. Ein angetrunkenes Pärchen, das gerade einer vorbeigehenden älteren Nonne ein »Ich scheiß auf Gott!« nachgerufen hatte, woraufhin diese fast tot umgefallen wäre, mokierte sich nun über die strengen, unnahbaren Gesichtszüge Quintilianos, der sie noch immer nicht beachtete. In dem Augenblick schossen wie ein Blitz gleichzeitig ein grauer Polizist und zwei Zivilbullen mit pomadisiertem Haar, Lederjacken und schwarzen Lederhandschuhen hervor und stürmten direkt auf die Langhaarigen zu. Als der Polizist bemerkte, dass die beiden Lederjackenträger dieselbe Absicht verfolgten wie er, verschwand er. Wahrscheinlich wollte er nicht mit ansehen, wie sie das Gesindel abschleppten und im nächstbesten Eingangsportal zusammenschlugen. Der eine oder andere Passant blieb stehen; vor allem, als die ersten Schreie ertönten. Nicht so Pérez y Perez, der mit der Unbeirrbarkeit einer abgeschossenen Kugel auf sein Ziel zusteuerte. Ende des Vorfalls.

An der Ecke befand sich ein Taxistand, aber Don Quintiliano zündete sich eine Zigarre an und schien von dem auffordernden Leuchten der grünen Lichter unbeeindruckt. Er blickte auf die Uhr und sah sich um. Gleich würde Pérez y Pérez mich bei seiner minutiösen Untersuchung der Umgebung erblicken, doch einer raschen Eingebung folgend schlüpfte ich in ein Sportartikelgeschäft. Von dort drinnen konnte ich Don Quintiliano weiter beobachten, während ich so tat, als würde ich mich für diverse Bestandteile einer Bergsteigerausrüstung interessieren. Es dauerte nicht lange, und ein lächelnder Verkäufer kam auf mich zu. Nachdem er mir einen guten Abend gewünscht hatte, nannte er mir die besonderen Vorteile des Bergschuhs, den ich in der Hand hatte. Vor meinen erstaunten Augen fragte er mich:

»Sind Sie Bergsteiger?«

»Nein, leider, nur Treppensteiger«, erwiderte ich, und ich bewundere mich noch heute für meine Chuzpe.

»Ist das nicht das Gleiche?« – leichte Ungeduld bei dem Verkäufer, der sich einem verrückten Kunden gegenübersah.

»Passen Sie auf«, gab ich zu. »Ich will mich nur kurz bei Ihnen aufhalten, verstanden?«

Jenseits der Scheibe und dem Chaos der Stadt stand Don Quintiliano mit seiner Zigarre im Mund und sah sich weiter um. Der Verkäufer wurde jetzt erst recht ungeduldig:

»Hören Sie mal, junger Mann, wenn Sie sich ausruhen wollen, gehen Sie doch in den Retiro-Park. Nur drei Schritte.«

Rasch, während ich den Schuh an seinen Platz zurückstellte, überflog ich die Straßenecke, ob sich mir nicht ein anderer Unterschlupf böte. Eine Boutique für Damenwäsche war ein denkbar schlechtes Versteck. In zwei Hauseingängen, auch ohne irgendwelche Langhaarigen, die dort zusammengeschlagen wurden, hätte ich keine Zukunft. Sonst gab es nichts. Der Verkäufer hielt mich unerbittlich im Blick, während Pérez y Pérez gestikulierend Selbstgespräche führte. Und Don Tomás, dessen gute Laune von heute Morgen sich nach dem Verrat der Schlampe verflüchtigt hatte, wartete auf mich. »Dafür, dass du in Momenten wie diesen die richtige Entscheidung triffst, bezahlen wir dich, Fernando«, sagte ich mir, als würde Catapulta zu mir reden. »Dafür, dass du weißt, was du jetzt, hier auf der Stelle, tun musst, darfst du unser Essen und unsere Geheimnisse mit uns teilen.« Doch dann traf ich die Entscheidung, die mich eine Antwort schuldig machen sollte. Auf die einzige vernünftige Frage, die ich an dem Tag hörte:

»Darf man erfahren, warum zum Teufel du hier mit einem Paar Ski ankommst, du Schwachkopf?«

Diese wütende Frage Del Protzos, die er mir nach meinem hochgefährlichen Einsatz wie eine Ohrfeige ins Gesicht knallte, brachte mich fast zum Heulen.

»Er stand an der Straßenecke und bewegte sich nicht weg …«

Del Protzos Hände schienen Fliegen zu verscheuchen, während er zu mir sagte:

»Los, los … gib das auf der Stelle an der Rezeption ab. Merkst du nicht, wie man uns ansieht? Merkst du nicht, wie lächerlich wir uns machen?«

Nachdem ich unter ebenso unglaublichen wie ausführlichen Erklärungen die Ski dem Rezeptionisten übergeben hatte, hinter dessen absolut ernster Miene unerträglicher Spott zu spüren war, kehrte ich in die Bar zurück. Hinter Don Tomás' Strenge war kein Humor zu entdecken.

»Manchmal könnte man meinen, du wärst dumm.«

»Ja.«

»Willst du dich nicht vielleicht setzen? Steh hier nicht so rum wie eine Vogelscheuche … Also wirklich, das ist …«

»Ich habe die Ski gekauft, weil er auf dem Platz stehen blieb und ich keine andere Chance hatte, als in einen Laden zu gehen …«

»Ja, ja … du kannst mir viel erzählen. Los, was hat er gemacht?, wo ist er hingegangen?, mit wem hat er geredet?«

Ich setzte zu meinem Bericht an.

»Ich weiß es nicht.«

Ende des Berichts.

»Wie bitte, du weißt es nicht? Bist du ein Vollidiot, oder was ist los?«

»Hör zu, hör doch zu, Don Tomás. Ich konnte ihm nicht folgen, es war unmöglich.«

Er wand sich in seinem Sessel, jaulte, schaute durch mich hindurch.

»Es wäre besser, du würdest eine Erklärung abgeben. Überleg dir gut, was du sagst, sonst schick ich dich auf der Stelle zurück nach Hause.«

Schlecht.

»Perez y Pérez ist zur Ecke vorgegangen. Dort unten …« Ich machte den vergeblichen Versuch, mit einer Armbewegung diese mich durchbohrenden Augen von mir abzulenken.

»Weiter …«

»Und dann ist er einfach stehen geblieben und hat gewartet. Es gab Taxis und so weiter, aber er hat keines genommen. Darum habe ich den Schluss gezogen, dass er auf irgendwen wartete. Und darum bin ich in das Geschäft gegangen. Damit er mich nicht sieht. Und in dem Geschäft, einem Sportgeschäft …«

»Weiter, verdammt …«

»Gut, ich fasse mich kurz, nach einer Weile fuhr ein schwarzer Wagen vor, für mich sah er offiziell aus. Mit einem Fähnchen. Und mit diesem Nummernschild PMM, von dem ich noch nie wusste, was es …«

»Wer saß drinnen?«

»Also, vorne ein Chauffeur und hinten ein Herr.«

»Was du nicht sagst. Hältst du mich hier zum Narren?« Der Alte zappelte ein bisschen. Dann redete er wie zu sich selbst: »Solche Dinge muss einfach Catapulta machen, nicht du. Aber der hält sich ja jetzt für einen Herrn …«

Ich versuchte, die Situation zu retten. Nicht dass diese Aufgaben wieder an Catapulta zurückfallen und sie mich auf die Straße setzen würden.

»Es war ein Ministerauto. Wahrscheinlich von irgendeinem Minister. Aber ich weiß nicht … Und, na ja, mit der ganzen Polizei dort, und so seltsam, wie die Leute heutzutage sind, und mit diesen Terroristen überall, da nehme ich doch nicht einfach ein Taxi und sage dem Fahrer, er soll dem Ministerauto oder was nachfahren … Und noch dazu mit einem Paar Ski! Wahrscheinlich habe ich das schlecht gemacht …«

Als ich den Kopf hob, denn während ich meine Erklärung ablieferte, hielt ich ihn gesenkt, als wartete ich auf meinen Henker, sah ich Del Protzo lächeln:

»Ach was. Du hast es sehr gut gemacht. Die Sache läuft. Catapulta hatte recht. Zuerst López y López. Danach Pérez y Pérez. Catapulta ist ein Luchs. Die Bürgerliche Liberale Partei ist eine starke Truppe. Schade, dass ich nicht dabei bin!«

Mein Leser macht sich keine Vorstellung, wie gerne ich das hörte.

»Dich zerreißt es noch, wenn du weiter so lachst, Fernandito.« Del Protzo sah auf die Uhr. Dann wurde er auf einmal ernst, als geriete er ins Zweifeln. Er sah mich an: »Willst du was trinken? Begleite mich doch …«

Das fehlte noch. Sirenengeheul drang von der Straße herein, wurde immer lauter, bis man in der Bar sein eigenes Wort nicht mehr verstand. Der Kellner, der uns den Whisky serviert hatte, fühlte sich bemüßigt zu sagen:

»Da scheint's Krach zu geben. Gleich hier vorne gab's eine Schlägerei zwischen denen von Christo Rey und …«

Ich legte den Kopf schief, um diese Version in Frage zu stellen, als mein neuer Duzfreund, Don Tomás del Protzo, mir zuvorkam und zu dem Kellner sagte:

»Habe ich Sie etwas gefragt?«

»Nichts. Verzeihung, der Herr.«

In meiner Überraschung entglitten mir die Gesichtszüge. Tomás del Protzo bemerkte das und stieß einen Lacher aus. Dann gab er vor:

»Was kümmert es mich, was irgendwelche Leute machen! Mich friedliebenden Menschen …!« Del Protzo nahm einen ersten Schluck von seinem Whisky, stellte ihn auf das Tischchen und begann, Anweisungen zu geben, worin er in seinem Element war:

»Wenn wir jetzt aufbrechen, gehst du zum Ritz. Catapulta wird dort bereits Vorbereitungen treffen. Du sagst ihm, dass um neun Versammlung ist, damit er Bescheid weiß. Früher geht es nicht. Und du sagst ihm, dass ich nicht zu dem Abendessen gehe. Sag ihm auch das mit dem Ministerauto. Und dass wir uns hinterher im D'Alessandro sehen. Aber sag das nur ihm, keiner soll mithören. Du weißt schon …« Del Protzo zwinkerte mir zu, nahm einen weiteren Schluck aus dem breiten Glas. Meine Vermutung ging dahin, dass der Bankier sich wieder einmal absetzen wollte, ein Geheimnis darum machte, welches Ziel er in Wirklichkeit verfolgte: »Komm doch auch ins D'Alessandro. Wenn Catapulta meckert, sag ihm, ich hätte dich eingeladen. Damit du es kennenlernst. Das ist es wert.« Del Protzo küsste die Fingerspitzen seiner linken Hand. Er nahm einen weiteren Schluck Whisky. Er hatte es eilig: »Und wenn's irgendwie geht, schüttelt diesen Vilabrafim ab. Der mag einen großen Ruf als Playboy und was weiß ich noch haben, aber bei dem, was er alles in sich reinkippt, kann der um die Uhrzeit nur noch Straßenlaternen umarmen und rumlallen.«

»Pass nur auf dich selbst auf«, dachte ich, während Del Protzo seinen Whisky austrank. Also leerte auch ich meinen, um ihn zur Tür begleiten zu können, als er auf einmal anfing zu lachen:

»Kennst du den Witz von dem fickenden Katerchen?«

Ich brach in ein Gelächter aus, als hätte er den Witz bereits erzählt, und schüttelte den Kopf. Eine weitere harte Prüfung stand mir bevor.

»Ein paar streunende Kater, ziemlich struppig, kommen an einem kleinen Kater vorbei und fragen ihn: ›Kommst du mit ficken?‹ Der kleine Kater antwortet: ›Was ist denn ficken?‹ Da sehen sich die Kater an, lachen und sagen: ›Komm mit auf den Platz dort vorne, und du wirst sehen, wie toll es ist.‹ Der kleine Kater schließt sich ihnen an. Sie kommen an den Platz, und die Kater fangen an zu maunzen. Der kleine Kater maunzt auch. Und während sie fröhlich maunzen, schießt auf einmal ein riesiger Köter auf sie zu … Eine Bestie. Die Kater rennen los, der Köter hinterher. Der kleine Kater natürlich mit ihnen. Und er rennt um den Platz herum, einmal, zweimal, der Köter einen Meter hinter ihm. Und rennt um den Platz herum … Gut, irgendwann legt der kleine Kater einen Zahn zu, holt zu einem der großen Kater auf und sagt: ›Ich glaub, ein paar Runden fick ich noch mit, dann geh ich nach Hause.‹«

Die erlesenen Gäste des Lokals verstummten vor meinem meisterhaften Lachanfall. Was für ein Riesenschwachsinn! Aber ich lernte dazu. Als die letzten Japser vorbei waren, die bis an den Rand der Erschöpfung gehende Heiterkeit, wollte Don Tomás einen Schluck von seinem Whisky nehmen und merkte, dass er leer war. Er verzog das Gesicht und zeigte dem Kellner mit strenger Miene unsere Gläser. Der Kellner machte eine leichte Verbeugung und stellte uns kommentarlos zwei neue Whiskys hin. Dieser Moment begann mir lang zu werden, denn ein lächelnder Don Tomás ließ mich nicht aus den Augen. Als er endlich von seinem Lebenselixier kosten konnte, sagte er zu mir:

»Wir beide haben uns noch so gut wie nie unterhalten, Fernando … vor lauter Wirbel, nicht? Aber ich habe den Eindruck, dass es dir Spaß macht …«

»Und wie.«

»Und mir erst. Erinnerst du dich an den Tag, als wir uns zum ersten Mal begegnet sind? Kamst du nicht in mein Büro, um irgendeine Kiste zu holen oder so?«

Ich spürte in der Frage eine gewisse Listigkeit auf. Ich sollte nichts anderes als die Franco-Büste holen, aber das sagte ich lieber nicht, schließlich waren wir gerade Vorkämpfer der Demokratie geworden. Aber es war auch nicht ratsam vorzugeben, ich hätte irgendetwas anderes geholt. Also nickte ich einfach.

»Und zwar die Büste des Generalísimo.« Jetzt sah Del Protzo mich starr an. Das gefiel mir überhaupt nicht. Wieder nickte ich, während der Chef mich fragte: »Und wie laufen die Fahrstunden mit unserem Fräulein Alarcón?«

»Mit wem?«

»Mit Tina.«

Plötzlich war der heißeste aller Sommer ausgebrochen. Die Farben wurden lebhaft. Von einem Augenblick auf den anderen fing alles an sich zu drehen. Dieses Schwein wollte mich aushorchen. Nein, dieses Schwindelgefühl und diese Mutmaßungen kamen nicht von den Tabletten. »Nimm dich zusammen, Fernando, jetzt musst du improvisieren«, sagte ich mir. Aber ich sagte mir auch: »Warum habe ich Angst? Ich war Tinas Fahrlehrer.« Und ich sagte mir auch: »Warum fragt er mich? Soll sie es ihm sagen.«

»Wir sind schon fertig. Ihr fehlt nur noch ein bisschen Praxis«, war meine Anwort.

»Und? Ist sie nicht nett?«

Bei diesen letzten Fragen hatte er nicht mehr gelächelt. Ich war wie gelähmt. Mein Leben als Erwachsener begann. Zu wissen, wie ich schadlos aus so einem Verhör herauskam. Manchmal denke ich, mein Leben als Erwachsener begann mehrmals, vielleicht, weil es so viele Verzweigungen hat, und jeder dieser denkwürdigen Momente entspricht dem schmerzhaften Durchbruch eines Asts. Und einer dieser Durchbrüche, vielleicht der wichtigste, ist die Erkenntnis, dass man gegen alle Widrigkeiten überleben kann, sich über Gut und Böse hinweg um sein Wohlergehen kümmern kann, den Eingang seiner Höhle mit dem Knüppel in der Hand verteidigen kann. Mein Knüppel an diesem Abend und angesichts dieses Angriffs war es, ein überraschtes Gesicht aufzusetzen, den Kopf vorzurecken und zu fragen:

»Wie?«

Ein anderer Aspekt des Erwachsenseins besteht darin, sich der eigenen Position bewusst zu werden und entsprechend zu handeln. Was war meine Position? Ich war der letzte Dreck, weil ich es jeden Augenblick wieder werden konnte. So sah es aus. Es gab eine geheime Sprache der Verehrung. Ich wollte Del Protzo, dem Mächtigen, vermitteln, dass ich ihn verehrte.

Del Protzo inhalierte den Whisky. Er machte den Kellner ausfindig und zeigte auf sein Glas. Diesmal nur auf seins.

Del Protzo neigte den Kopf zu mir hin und deutete mir an, dass ich näher kommen sollte:

»In der Zeit, als du ihr Fahrstunden gegeben hast … Du hast doch jemanden gesehen. Einen Mann. Du verstehst schon …«

»Ich würde Ihnen gerne etwas sagen können. Ich meine … Meine Antwort ist nein. Ich habe niemanden gesehen.«

»Es muss dir gar nicht besonders aufgefallen sein. Einfach irgendein Typ.«

»Ich habe sie abgeholt, wir haben unsere Stunde gemacht, und dann habe ich sie an der Akademie abgesetzt und den Jaguar zurück in die Garage gefahren. Das war alles …«, log ich das Blaue vom Himmel hinunter.

»Keine Automarken, bitte. Sei nicht so geschmacklos. Und was du da erzählst, war das jeden Tag so?«

Ich hatte ein richtiges Schwein vor mir.

»Manchmal sollte ich sie irgendwo absetzen, weil sie noch irgendwas einkaufen wollte. Aber ich brachte sie fast immer zur Akademie … Anschließend fuhr ich den Wagen zu ihr nach Hause.«

»Verstehe.«

Del Protzo sah mich noch immer an. Dann griff er zum zigsten Mal zu seinem Whisky. Er sah auf die Uhr und stöberte weiter in seinen Gedanken. Jetzt sah er zu Boden. Ich zitterte. Aber wenn man mit neunzehn in Panik gerät, heißt das noch nicht, dass man seine Schuld eingesteht.

»Vielleicht triffst du dich nach unserer Rückkehr nochmal mit ihr. Ich sage ihr einfach, dass mich ihr Fahren noch nicht überzeugt. Was auch stimmt, verdammt, sie fährt katastrophal ... Ich weiß ja nicht, was ihr die ganze Zeit gemacht habt ...«

An seinem Tonfall erkannte ich, dass die Gefahr vorüber war.

»Ihr fehlt einfach die Praxis. Frauen ...«

»Gut, hör zu. Ich sage ihr, dass ihr noch ein paar Fahrstunden machen sollt. Und nach den Stunden verfolgst du sie, wie du Pérez y Pérez verfolgt hast. Sie wird schließlich nicht in irgendeinem offiziellen Wagen verschwinden.«

»Warum eigentlich nicht?« sagte ich mir in meinem neu erworbenen und bereits fest verankerten Zynismus. »Sobald sie jemanden Besseren als dich trifft, bist du abgesagt, Don Tomás. Wie der Blinde. Der Blinde und der Alte. Ich weiß nicht, was dieses Mädchen mit dir machen wird. Ich weiß nicht, wie weit sie gehen kann. ›Für jeden Kunden ein eigener Stil‹, scheint ihr Leitfaden zu sein. Weil deine Sensoren vor lauter Macht schon verkümmert sind, Don Tomás, und du nur noch auf das achtest, was du in Profit umwandeln, was du kaufen kannst, hast du noch nicht bemerkt, dass dieses Mädchen wie die Luft ist. Für alle da. Wind und Juwelen. Du hast vieles in der Hand, Don Tomás, aber sie nicht. Sieh dich an. Sieh dich an, wie du dich verändert hast. Du hast dich verändert, als sich schon niemand mehr verändert hat. Hast dich so daran gewöhnt, mit dem Strom zu schwimmen, dass du nicht bemerkt hast, dass du ohne Ziel vor dich hin treibst. Sieh deinen Anzug an, sieh deine Haare an. Du willst nicht einsehen, dass du nicht mehr der glühende junge Mann bist, sondern ein düsterer Tattergreis, der alles dafür geben würde, sich noch einmal von diesem Mädchen verwöhnen zu lassen. Nur noch ein einziges Mal. Und du hast nicht gelernt zu sagen, jetzt ist Schluss. Du hast noch nie gesagt, jetzt ist Schluss. Du rührst mich«, das hätte ich ihm in meiner extremen Hellsicht am liebsten gesagt, und ich nahm es mir vor. Aber stattdessen sagte ich zu ihm:

»Ich folge ihr. Geht in Ordnung.«

»Und kein Wort darüber. Weder zu Catapulta noch zu sonst wem. Ich finde, ich war bislang sehr gut zu dir. Dafür kannst du dich jetzt erkenntlich zeigen. Übrigens sind Catapulta und ich sehr zufrieden mit deiner Arbeit.« Er stand auf, was ihm Mühe bereitete. Ich stand auf. »Ich gehe jetzt zu diesem großartigen Treffen. Richte das bitte Catapulta aus. Und danach ins D'Alessandro.«

Wir standen beide. Er tätschelte mir die Wange.

»Guter Junge. Setz dich. Trink in Ruhe aus.«

Er will allein rausgehen, schloss ich daraus. Ich setzte mich. Von Zeit zu Zeit warf ich einen Blick in die Eingangshalle. Del Protzo an der Rezeption, beim Telefonieren. Del Protzo an der Tür, während ein glatzköpfiges, bärtiges Subjekt ihn ansieht. Del Protzo, der Anstalten macht, zur Rezeption zurückzukehren, dann doch stehen bleibt, sich umdreht und rausgeht.

Sobald Del Protzo zur Tür raus war, rief ich Tina an. Ich warf eine Aufputschtablette ein, trank den Whisky aus und betete. Von dem mit einer Markise überdachten Eingang des Hotels aus schaute ich scheinbar ziellos in der Gegend herum, dann überquerte ich ein paar Straßen, um sicherzugehen, dass mir niemand folgte. Wenn sie mich einsetzten, irgendwelchen Leuten zu folgen, konnten sie mich doch genauso gut verfolgen lassen, oder? Ich suchte mehrere Telefonzellen auf. Bei allen war der Hörer kaputt. In einer war noch nicht mal mehr ein Hörer da. Kurz dachte ich an eine Verschwörung. Das abgerissene Kabel schien mich anzublicken, mich warnen zu wollen. Sie wollten nicht, dass ich anrief. Dann ging ich zurück ins Hotel. Ich fragte den Rezeptionisten, ob ich telefonieren dürfe:

»Ein Gespräch nach draußen?«

Ich nickte.

»Nur Gäste des Hotels dürfen das Telefon für Gespräche nach außerhalb benutzen.«

»Bin ich denn kein Hotelgast?« Vor lauter Wirbel war ich den ganzen Tag lang nicht dazu gekommen zu fragen, wo ich schlafen sollte. Ich ging zu dem Rezeptionisten und flüsterte ihm zu: »Ich heiße Fernando Atienza.«

Während der Rezeptionist in einem Buch nachschlug, strich der bärtige Glatzkopf, der eben noch Don Tomás bei seinen zögerlichen Bewegungen beobachtet hatte, um mich herum. Über seiner Schulter hing eine Strohtasche.

»Nein, mein Herr, Sie stehen nicht hier drin, aber wenn Sie nicht unter Gedächtnisschwund leiden, müssten Sie das eigentlich wissen. Es ist auch nichts auf Ihren Namen reserviert. Ach ja, und falls Sie wirklich unter Gedächtnisschwund leiden, ich hätte da noch ein Paar Ski für Sie.«

»Sie gehören Don Tomás del Protzo. Ist Don Tomás del Protzo eingeschrieben?«

»Herr Del Protzo ist ein guter Kunde von uns, aber diesmal nicht.«

Während ich mich aufmachte, meine Verpflichtungen gegenüber Catapulta zu erfüllen, und gleichzeitig versuchte, Tina anzurufen und herauszubekommen, wo ich die Nacht verbringen sollte, sprach mich der Bärtige, der mein Gespräch mit dem Rezeptionisten schamlos mit angehört hatte, an:

»Ich bin Santos Toledo. *La Nación*.«

»Schon recht, Herr Toledo La Nación. Ich hab's eilig.«

»Ich heiße Santos Toledo. *La Nación* ist die Zeitung, von der ich komme. Wären Sie so freundlich und würden mir sagen, wer Sie sind, und mir erzählen, welche Verbindungen zwischen der *Großgeschäftsbank* beziehungsweise zwischen ihrem Tochterunternehmen, der *Bürgerlichen Handelsbank*, und der Union des demokratischen Zentrums bestehen, die bei den nahenden Wahlen antreten wird, und erzählen Sie mir doch auch etwas über die Finanzierung der politischen Parteien, über die offene Unterstützung durch gewisse Institutionen und über die Ausgleichszahlungen, die später zu leisten sein werden?«

»Das ist eine sehr lange Frage, Herr La Nacion«, stellte ich mich doof, um diesen Herrn auf meinem Weg zur Tür endlich loszuwerden. Ich entschied mich zu einer überdrehten Nummer: »Und überhaupt, mein Herr, haben Sie eine Glatze, einen ungepflegten Bart und eine Strohtasche, und Sie haben sich in der Adresse geirrt. Ich bin Spion, und was für einer, ich gehöre dem Geheimdienst eines mittelamerikanischen Staates an, in dem in unmittelbarer Zukunft, heute oder morgen, eine militärische Intervention stattfinden wird, um das Volk vom Joch des Kommunismus zu befreien.«

Der Reporter brüllte: »Jippie!« Auf seiner schwitzigen Breitwandstirn spiegelten sich die Lampen der Hotelhalle.

»Stimmt das, ohne Wenn und Aber?«

»Ohne Wenn und Aber«, sagte ich und rannte los.

Blitz!

Schoss jemand ein Foto von mir? Nein, nicht von mir, von einer berühmten Sopranistin, die den Fotografen mit einem Schlag zu Boden streckte. Genau das sollte ich auch mit diesem glatzköpfigen Reporter machen, der mich auf meinem Weg vom Palace zum Ritz verfolgte. Nachdem ich alle möglichen Vorsichtsmaßnahmen getroffen hatte, um ja nicht verfolgt zu werden, hatte ich am Ende nichts anderes erreicht, als dass man mich verfolgte. Großartig.

Blitz!

Schoss jemand ein Foto von mir? Nein, nicht von mir, von der weiblichen Hälfte des Langhaarigen-Paars, das gerade von den Altfaschisten zusammengeschlagen worden war. Der Junge wurde von einem Krankenwagen weggeschafft, während das Mädchen sich die Hand auf ihre Schläfenverletzung hielt und ein paar Journalisten Auskunft über den Hergang gab, und nebenbei flocht sie irgendwelche freiheitlichen Parolen ein und beklagte sich, dass die Agressoren ihren Ausweis mitgenommen hatten. Sie wussten also, wo sie wohnte, und sie war ihnen ausgeliefert. Die Journalisten bemitleideten sie und äußerten dem Mädchen gegenüber ihr Bedauern, dass sie ihre Schilderung des Vorfalls nicht in die Zeitung bringen konnten. Der glatzköpfige Journalist grüßte seine Kollegen herablassend wie jemand, der etwas Besseres vorhat, und folgte weiter unverhohlen meinen Schritten. Ich beschloss, ihn in die Irre zu führen, denn das Ritz war nur ein paar Schritte entfernt.

Blitz!

Schoss jemand ein Foto von mir? Nein, nicht von mir, sondern von einem Sternchen, das sich zur Vollendung seiner Pose die Bluse aufknöpfte und die Titten in die Kamera hielt. Der neue Brassaï verwies auf das besondere Licht, das aus einem Café herausschien und das diesen öffentlichen Skandal zu einem Kunstereignis machen würde. Ein Polizist rannte hin, um für Ordnung zu sorgen. Der glatzköpfige Polizist musste sich denken, dass einem so eine Brust nicht täglich geboten wurde. Er blieb kurz stehen, um zu schauen, und das wurde ihm zum Verhängnis. Ich hingegen hatte mich hinter die parkenden Autos geduckt, ein Taxi angehalten und nannte dem Fahrer unser Ziel:

»Aber das Ritz ist doch gleich dort drüben.«

»Umso besser für Sie.«

Blitz!

Vor der Drehtür des Hotels, in dem das Essen zur Vorstellung der Bürgerlichen Liberalen Partei stattfinden sollte, fotografierte man nicht mich, sondern meine Chefs. Ein anderer Paparazzo verewigte Del Cravall und Vilabrafim, während ein paar Reporter, die darauf warteten, endlich ihre Fragen stellen zu dürfen, irgendetwas über die Gestalten grummelten, aus denen sich die Führungsspitze dieser Partei zusammensetzte.

»Es sind ja nicht sehr viele von euch gekommen, verdammt … Cheese …«

Blitz!

Vilabrafim hatte sich über die mangelnde Presse beklagt, bevor er das Wort, das das richtige Lächeln garantierte, aussprechen konnte. Die Journalisten zuckten nur die Schultern, machten angeödete Gesichter und mauschelten über die erneuten Handgreiflichkeiten dieser Gewalttätigen von Cristo Rey. Von der Bürgerlichen Liberalen Partei wollte niemand etwas wissen.

Ich traf Catapulta am Telefon an der Rezeption. Ich blieb vor ihm stehen und wartete, aber er drehte sich weg und beachtete mich nicht. Als er endlich auflegte, gab er mir keine Zeit für irgendeine Erklärung und wandte sich an die Angestellten des Hotels, das mindestens so nobel war wie das vorherige, nur in der Halle herrschte dasselbe Drunter und Drüber. Ich fragte den Rezeptionisten, wo ich telefonieren könne. Gönnerisch deutete er mit der Stirn auf ein Telefon, nicht ohne mich darauf hinzuweisen, dass ein Gespräch nach draußen nur möglich sei, wenn ich Gast des Hotels sei. War ich in dem Hotel eingeschrieben? Nein. Waren es der Herr del Cravall, der Herr Vilabrafim und der Herr Del Protzo? Ja. Über meine Sorge, wo ich die Nacht verbringen sollte, gerieten meine Vorsätze gegenüber Tina ins Hintertreffen. Ich könnte sie später immer noch warnen.

»Was stehst du hier rum? Geh in den Garten und sag dem Barkeeper, er soll *einen* Cocktail machen, nicht dauernd einzelne Gläser servieren. Sag ihm: ›Machen Sie uns einen Punsch.‹«

Zum ersten Mal sah ich, wie Catapulta über einen Preis verhandelte. Ich durchquerte die Halle und ein paar Salons, vorbei an hinuntergesackten, erschlafften Gesichtern auf Sofas aus kastanienbraunem Samt. Aus ihren Mündern bauschten sich gemeine Gleichgültigkeiten. Figuren der feinen Gesellschaft in Cocktailkleidung, auch ohne zu einem Cocktail geladen zu sein, betrachteten das Treiben und sprachen das so scharfsinnige Urteil, dass nichts mehr so war wie früher, dass es so weit hatte kommen müssen. Ich bestellte den Punsch bei einem *maître*, in dessen Augen bei meinem Anblick ebenfalls ein O tempora, o mores aufblitzte. Der *maître*, der am Fuße eines Treppchens stand, zeigte in den mit Sonnenschirmen bestückten und von Zypressen umgebenen Garten, wo sich eine Menge Leute herumtrieben. Mit einer leichten Verzweiflung in der Stimme bat mich der *maître*, ich solle die Schreiner doch in den Salon führen, wo das Bankett stattfinden würde. Es sei gut möglich, meinte der *maître*, dass sie die Anweisungen von Herrn Catapulta nicht richtig verstanden hätten. Ich traute meinen Augen nicht: Dort unten im Garten schleppten ein paar Männer ein dreidimensionales, blaues W aus Holz von mindestens zweiundeinhalb Meter Höhe auf dem Rücken. Sie bahnten sich mit ihrer Last den Weg durch die Menschen mit der Warnung »Vorsicht, frisch gestrichen …«. Dann fragten sie einen verantwortlich Aussehenden, wo sie ihr Werk abstellen sollten. Der Befragte warf sichtlich beleidigt den Kopf in den Nacken. Ich hob die Hand. Das W wankte auf mich zu.

21

Ein Geräuschteppich sich kreuzender, überlagernder, zornig aufbrausender und ersterbender Monologe. Gelächter über Gelächter … Trotz des gestörten Empfangs will das Ohr Stimmen herausfiltern und stößt nur auf Onomatopöien von Erstaunen, Mitleid, Skepsis oder Genuss: »Ach, ach, ach, Ginés, hör auf, es reicht, das verkrafte ich nicht. Wirklich? Sie haben es in einem Kleiderschrank gemacht?« Und jetzt ein Flüstern: »Bankrott, bankrott, wenn ich's dir sage … Armer Pablo. Hat alles in die Firma gesteckt.« Und jetzt ein Bekenntnis: »Ich bin Salonanarchist.« Wind und Juwelen. Gold und Lack. Perlen und Maniküre. Einige Anwärter für subalterne Staatssekretärsposten üben sich tüchtig im Verbeugen. Bürokratengymnastik contra Seidenschals der Wochenend-Boheme. Der Möchtegern-Dandys.

»Wenn Hipérbolo ein Yankee wäre, hieße er Hemingway.«

»Wenn Hipérbolo ein Yankee wäre, hieße er *Hiperbolation*.«

Gelächter über Gelächter. Störendes Stühlerücken. Besteckklappern. Gesichter in den besten Jahren, aufgedunsen, feierlich, feist, kauend. Gesichter, so berühmt und eingebildet, dass sie die auf sie gerichteten Blicke gönnerhaft erdulden, hier zwei lauschende und wispernde Beobachter, dort an der Ecke zwei Neider und dort drüben noch jemand … Der einzige Makel dieser von Fortuna geküssten Wesen: dass sie nicht gottgleich übers Wasser gehen können. Die Sehnsucht, den Spiegel zu küssen. Die schönen Gesichter der Schönen, die gebräunten Gesichter der Müßiggänger, das genusssüchtige, rote Gesicht des Gourmets. Energische Gesichter, die mit gestoßenem Atem lange, Silbe auf Silbe türmende Sätze absondern: Ökonomenjargon, Juristensprache, Psychoanalytikerslang, Emporkömmlingsquaken. Gesichter mit Brille, gleichgültige Gesichter. Alte Gesichter mit hinuntergesackten Wangen, gerissenem, verletzlichem Blick; alterslose Gesichter, die sich ruckartig wie die Köpfe mancher Raubvögel bewegen, nach vorne blicken, zur Seite, zur anderen Seite, zum Tischvorsitzenden, auf die Uhr, auf die knackige Tussi gegenüber, und hinter vorgehaltener Hand haarsträubende Analysen der gegenwärtigen Lage abgeben, die Schlaf und Alkohol wieder vergessen machen würden. Verführende, schmeichelnde, anmachende, boshafte, ruhelose Blicke. Selbstzufriedene Masken, die Zufriedenheit, in der Gesellschaft gefragt zu sein, genüssliches Schmarotzertum.

In dem Saal des Luxushotels mufft es, und die Prachtbeleuchtung für den feierlichen Anlass legt den Verfall bloß. Die grindige Decke, die blätternde Farbe, der sich wellende rote Teppich, das schwärzlich angelaufene Silber, die Spinnen und ihre erstklassige Arbeit zwischen den Armen der Kristalllüster. Ein unter einem speckigen Stoff verborgener Flügel ist eine traurige Metapher der rundum fehlenden Harmonie. In der U-Anordnung, jeder gegen jeden, zeigt sich die Bedeutung des Banketts. Wenn es ein Zentrum der Welt gibt, wenn es einen Motor gibt, der die neuen Zeiten voranbringt, dann hier, in diesem Hufeisen. Der Skeptiker lehrt zum dritten Mal sein Weinglas; der Rausch macht die einen fröhlich, die anderen rührselig, vertieft die Züge des Menschenfeinds dort in der Ecke. Es ist der *maître*.

Umherhuschende Diener mit Tabletts, hinter mir plötzlich ein Kellner in Livrée. Das unangetastete Consommée wird abgetragen, Gambas landen im Müll, weil jemand die Kunst, sie mit Messer und Gabel zu zerteilen, nicht beherrscht. Der zerstückelte Wolfsbarsch bietet sich mir dar, totes Tier. Ich atme tief durch. Ungeachtet der Verwirrung, der schlechten Vorzeichen und übereilten Schritte läuft alles nach Plan. Vielleicht geht alles gut. Der Herr und die Dame, die links und rechts von mir sitzen, kommen über meinen Kopf hinweg ins Gespräch. Ihre Unterhaltung fasziniert mich, nicht weil sie so dumm oder intelligent wäre, sondern weil sie so banal ist. Ich mache Bekanntschaft mit der Perversion des Banalen, mit der Lust zu reden. Blablablök und Blablabla fühlen sich so schlau …

»Ich sehe es schon kommen, hier wird dasselbe passieren wie in Chile. Wenn nicht rechtzeitig … Zuerst laugt man sie politisch aus, dann ökonomisch, und dann ist es aus …«, plappert Blablabla.

»Was ist denn in Chile passiert? Klar, zeitweilig …«, sagt Blablablök dahin.

»Eigentlich ist es überall so. Zuerst wird Chaos verbreitet. Dann präsentiert man sich als der Retter aus dem Chaos«, verallgemeinert Blablabla.

»Wissen Sie, ich habe eigentlich mit Politik nichts am Hut, auch wenn ich das hier nicht sagen sollte. Ich bin nur wegen Hipérbolo da. Obwohl er wahrscheinlich gar nicht reden wird. Denn wenn Hipérbolo redet, redet er diese Weicheier hier mit drei Sätzen an die Wand.« Blablablök zeigt auf den Tischvorsitzenden, und während er den Kopf hinter meinen Rücken zur Seite reckt, sagt er mit gedämpfter Stimme: »Was man so sieht, ist er mit diesem Vilabrafim befreundet.« – Blablablök setzt sich wieder normal vor seinen Teller: »Wie gesagt. Ich hab mit Politik nichts am Hut. Wie schmeckt dir der Fisch?«

»Gut, müsste Seehecht sein«, spekuliert Blablabla.

Es war Wolfsbarsch, aber was soll's. Blablablök war auch nicht der Soziologieprofesser, der er behauptete zu sein, sondern Geheimagent. Ein echter. Hatte mir Catapulta gesagt. Was die energische Blablabla, die jetzt weiterredete, nicht wusste:

»Was Sie nicht sagen, ich bin auch wegen Hipérbolo da. Doch nicht wegen dieser Leute hier …«, sagte Blablabla großspurig und zeigte mit der Gabel auf die Gäste des Banketts. Dann fuhr sie fort: »Ich habe auch nicht viel für Politik übrig, für die aktive Politik, will ich sagen, aber man muss auf dem Laufenden bleiben. Die draußen informieren sich auch. Nicht mit übertriebenem Eifer, aber sie informieren sich und stellen ihre Forderungen. Man braucht ihnen nur zu sagen, dass jetzt die Demokratie da ist, schwupp, alle sind froh und zufrieden. Dabei haben sie vor kurzem noch auf der Plaza de Oriente dem Großen Arschloch zugejubelt.«

»So wie morgen dem, der den Putsch machen wird«, sagte Blablablök voraus, ohne sein hoffnungsvolles Frohlocken zu verbergen.

»Was reden Sie da, diese armen Leute in Lateinamerika sind noch schlimmer dran. Die Panzer fahren durch die Straßen, und der Präsident ist bereits zurückgetreten«, tat die mitteilungsbeflissene Blablabla ihr Mitleid kund.

»Die Yankees, immer die Yankees …«, seufzte Blablablök, der Zyniker, fatalistisch.

Bei ihrer Unterhaltung übergingen mich Blablabla und Blablablök. Als wir uns vorgestellt hatten, hatte ich ihnen gesagt, dass ich der Assistent der Geschäftsführung der Partei sei, die das Abendessen gab, und das hieß für sie offenbar, dass sie mich getrost ignorieren konnten. Nur ein letzter Rest Höflichkeit oder das Wissen, dass scharfe Augen sie beobachteten, hatten sie daran gehindert, mich von meinem Platz zu vertreiben, damit sie sich unterm Tisch betatschen und sich ungestört über den Putsch in einem nicht näher bekannten Land Mittelamerikas plaudern könnten, der doch eigentlich eine Erfindung von mir gewesen war. Das Gerücht schien sich wie ein Lauffeuer in der Hauptstadt ausgebreitet zu haben. Die Sachlichkeit ihres Gesprächs konnte nicht darüber hinwegtäuschen, dass zwischen ihnen eine Leidenschaft entfacht war. Blablabla arbeitete als Korrespondentin für einen europäischen Fernsehsender und erläuterte nach zwei Wermuts ihre berufliche Stellung mit folgendem sentenziösen Selbstporträt:

»Sie hacken ständig auf mir herum, nur weil ich intelligent bin, weil ich gut bin und weil ich die Frau von …« – hier einige diskrete Auslassungspunkte, obwohl man von … nie mehr etwas gehört hat (Blablabla hingegen wurde in den Achtzigern sehr bekannt): »Aber ich zeig ihnen nur die kalte Schulter.«

»Es laufen einfach zu viele Arschlöcher rum«, meinte Blablablök: »Sie sollten zurückkommen, meine Gute. Jetzt passieren viele wichtige Dinge in Spanien. Sie haben hier noch nicht dasselbe Leben, aber …«

»Ja, hier …« Das Messer unterstrich eine bezeichnende Geste Blablablas. Wenigstens kaute sie fertig, bevor sie die Mitteilung machte: »Ich reise schon morgen ab. Nach dem Staatsstreich in Costa Rica …«

»Nein, es ist doch in Guatemala …«

»Also ich habe gerade eben den Botschafter von Costa Rica auf die Terrasse gehen sehen ... Aber wie Sie meinen ... Ist auch egal, wo genau es ist. Irgendwie bringt man diese Länder doch dauernd durcheinander. Guerilla, Contra, was weiß ich. Was ich sagen will, so ein Staatstreich ist ein Exempel, und eine Rechtfertigung für weitere Staatsstreiche. Letztlich sind wir auch eine Bananenrepublik, da können wir uns alles Mögliche einreden. Lassen Sie es sich gesagt sein. Heute in Costa Rica, morgen hier. Aber da bin ich schon im Flugzeug, da können Sie sicher sein.« Blablabla schien alles im Griff zu haben.

»Sie haben ja recht ...«, seufzte Blablablök: »Die Sache in Guatemala wird für diese Militärs ein wunderbarer Vorwand sein.«

»Ich glaube nicht, dass es in Mittelamerika einen Staatsstreich gibt. Ich habe den Eindruck, das ist nur ein Gerücht«, meinte ich und nutzte es aus, dass Blablablök und Blablabla sich verzückt ansahen.

Ich fürchtete, den Zauber des Augenblicks zerrissen zu haben. Blablabla war wenigstens so freundlich zu lächeln. Ihr Lächeln verdeckte nicht ihre Verachtung, aber immerhin ... Blablablök fühlte sich bemüßigt, mir zu sagen:

»Siehst du das?« Er nahm meine unbenützte Serviette: »Nimm das und renn damit zu deiner Omi, sie soll dir den Rotz abputzen.«

Blablabla verzichtete darauf, mir offen ins Gesicht zu lachen, stattdessen lehnte sie sich zurück, sah zu Blablablök und warf ihm hinter meinem Rücken einen scharfen Blick zu, als wollte sie ihm sagen: »Du bist aber böse ...« Er machte ein Gesicht, als kennte er sich auf allen Gebieten brillant aus, während ich mein Glas, in dem sich die Szene spiegelte, mit einem Schluck austrank. In diesem Augenblick klirrte eine Gabel gegen ein Glas.

»Gehen jetzt schon die Predigten los?« Blablablök war aufgestachelt: »Sie lassen ihren Quatsch vor den Digestifs ab, damit niemand abhaut. Sie vertrauen noch nicht einmal den Gleichgesinnten.«

»Angst geht um, das sieht man in ihren Gesichtern. Hören Sie doch, die Stille … Es wird nicht lange dauern, bis sie das Hemd wieder wechseln müssen.« So die Prophezeihung Blablablas.

Ich hörte natürlich keine Stille; ich hörte nur Blablablök und Blablabla, die ihr Lachen und ihr gegenseitiges Begehren zurückhielten. Bevor die Predigt losging, wie Blablablök sich ausdrückte, gestatte mir mein Leser zu erzählen, wie es zu der Ente über den Staatsstreich gekommen war. Ich fasse mich kurz, wie es in diesem Augenblick auch der fortschrittlich-konservative Graf von sich sagte, der als Schirmherr der Veranstaltung zwischen Vilabrafim und Del Cravall die Aufmerksamkeit auf sich zog und nun, da er aufgestanden war, das riesige W teilweise verdeckte. Dieses W war für mich der wahre Vorsitzende der Veranstaltung, Symbol für diese Ballung von Absurdem. Nun aber zu der Geschichte über den Putsch.

Wie der Leser meines Berichts weiß, hatte mich der glatzköpfe Reporter mit der Strohtasche, zu dem ich im Delirium irgendwas von einem Militärputsch in Mittelamerika gefaselt hatte, seit meinem Verlassen des Hotels verfolgt, allerdings ohne Glück. Mein Abschüttelungsmanöver durch die Straßen erhöhte nur noch den Verdacht, dass ich ein gefährliches Subjekt war. Er rief das internationale Ressort seiner Zeitung an. Dort sagte man ihm, dass *La Nación* keine Gerüchte veröffentliche und dass es keine Meldung gebe, weder von einer Agentur noch von einem Korrespondenten, die diese gewagte Information stützen würde. Während der glatzköpfige Journalist noch über die gleichgültige Aufnahme seines Scoops verwirrt war, sah er auf einmal Blitzlichter an der Tür des Ritz und taperte hin. Während Vilabrafim und Del Cravall mit scharfsinnigen Thesen die Fragen der Presse beantworteten, dachte sich der glatzköpfige Journalist, dass er im Hotel vielleicht an einem Buffet etwas abgreifen könnte. Er durchquerte ungehindert die Halle, und auf der Terrasse traf er niemand Geringeren als den berühmten Schriftsteller und Kolumnisten, der an diesem Nachmittag sein Buch vorgestellt hatte. Bei dieser Veranstaltung war auch Vilabrafim gewesen, der wiederum ein guter Freund des Schriftstellers war, und hatte eine Reihe von Persönlichkeiten mitgebracht, die bei keiner Veranstaltung von Rang fehlen durften. Leute wie Blablablök und Blablabla, damit mein Leser sich eine Vorstellung macht. Zum ersten Mal öffnete das Ritz seine Pforten für ein demokratisches Event, das keine Galaveranstaltung war. Dieses historische Ereignis durfte man sich nicht entgehen lassen. Und so drängten sich nun die Scharen auf der Hotelterrasse und warteten, dass das Abendessen begann. Die Schnorrer soffen fässerweise Chivas, was die Organisatoren ernsthaft in Verlegenheit brachte, und Catapulta lief sich die Hacken ab. Als ich sah, wie sich der glatzköpfige Journalist verzweifelt nach jemandem umsah, der ihm Gehör schenken würde, ging ich hinter einer Hecke in Deckung, von wo aus ich den weiteren Verlauf des Geschehens beobachten konnte. Der glatzköpfige Journalist arbeitete in demselben Presseorgan wie der berühmte Kolumnist. Als er den Meinungsmacher im Kreis seiner Untertanen entdeckte, hatte er endlich einen gefunden, an den er seine brandheiße Information loswerden konnte. Er nahm ihn zur Seite und unterbreitete ihm die Nachricht.

»Karacho ...«, war die Antwort des berühmten Kolumnisten.

Da es mit dem Essen noch dauerte, weil die Verlegung in einen anderen Speisesaal notwendig geworden war, hatte der Kolumnist mehr Zeit als genug, um sich zu einem Stelldichein mit sich selbst einzufinden und seine Kolumne für den nächsten Tag zu beginnen, seine kurzsichtigen Augen einen Zentimeter vor den unsterblichen Worten: »Amerika, elendes Amerika, noch den Namen haben dir diese schamlosen Gringos geraubt, wie jene Schweinehirten dir einst das Gold geraubt haben. Heute möchte ich Mestize sein, Mulatte, Guaraní-Indianer, chouí, chouí ...« Die Zeit reicht auch noch, dass das Gerücht sich verbreiten konnte. Damit ein Gerücht sich verbreitet, ist gar keine Telefonkonferenz nötig, ein Ortsgespräch genügt. Während man also in einem Speisesaal im ersten Stock Tischdecken ausbreitete und Geschirr zurechtschob und sich auf der Terrasse das bunte Völkchen der wartenden Tischgenossen drängte, wurde unten in der Halle telefoniert. Es dauerte nicht lange, und Gesandte der Botschaften von Honduras, El Salvador,

Guatemala, Nicaragua, Costa Rica und Panamá trafen ein. Kurz darauf kamen die Vertreter Argentiniens und Chiles, die sich wie immer als Fußballspieler ausgaben. Und gleich darauf waren auch die Vertreter von Kolumbien, Ecuador, Uruguay und Bolivien zur Stelle … bis jeder ein Glas Punsch in der Hand hielt, über dessen miserable Qualität ausführlich geklagt wurde, bis alle ihre jeweilige Privatversion der brandaktuellen Nachricht vorgetragen hatten. Dann schlenderte lässig Bob herein, Kulturattaché der Botschaft der Vereinigten Staaten. »Der aus dem siebten«, sagten die Insider, die wussten, dass in diesem Stockwerk des Diplomatenbaus der Geheimdienst untergebracht war. Jedermann beteuerte, den Yankee-Spion zu hassen. Doch der sympathische Attaché verschenkte erstklassige Havanna-Zigarren und ließ, so wurde es behauptet, in seinem permamenten Marihuana-Rausch oft brisante Neuigkeiten fallen. Aus diesem Grund gingen fast alle freundlich grüßend auf ihn zu. Sie wollten von ihm nähere Angaben über das zu erwartende Verhalten des US-amerikanischen Militärs, aber der CIA-Agent wies alle Vermutungen von sich und sagte, das sei alles Unsinn. Die aufregenden Zeiten der Stippvisiten im Schatten des Weltgeschehens seien vorbei.

»Das hat er auch gesagt, als Argentinien dran war.«

»Das spukt noch immer in den Köpfen.«

»Und er hat die Zigarren zu Hause gelassen.«

Die Ungewissheit wuchs noch an, als Catapulta und ich wie zwei Schäferhunde die Herde in den Speisesaal mit langen, in Hufeisenform aufgestellten Tischen führten, wo an der Wand das W war, einem auffliegenden Vogel gleich, das Emblem unserer Partei. Es verstörte mich, dass das W, der überdimensionierte Buchstabe, von einer Stützmauer des Montjuïc in einen Speisesaal des Ritz verlegt worden war. Die Schreiner hatten sich beschwert, dass die Arbeit sehr diffizil gewesen sei, dass Catapulta ihnen viel zu wenig Zeit für ihr Kunstwerk gegeben hatte:

»Außerdem sind alle Wände voll mit solchen Ws. Wir haben geglaubt …«

»Egal, ist egal …«, sagte Catapulta, der eigentlich gar nicht so verzweifelt war, wie es schien. Der Grund seiner insgeheimen Zufriedenheit war, dass Quintiliano Pérez y Pérez nicht nur zu dem Essen gekommen war, sondern auch noch Del Cravall mit einem kumpelhaften Schulterklopfen begrüßt und den Neuling Vilabrafim unter den Intellektuellen des Landes hervorgehoben hatte. Die Sache lief.

»Die Sache läuft, Fernando«, hatte mir Catapulta gesagt: »Dumm ist nur dieser Staatsstreich in Venezuela. Haben wir nicht die Männer von *Standard Oil* vorhin gesehen? Sie sahen ganz gelöst aus. Die Chefredakteure der Zeitungen müssen in den Redaktionen bleiben und neue Meldungen abwarten. Ein guter Vorwand, um sich zu drücken. Das mit dem Putsch in einer Bananenrepublik hat sich doch sicher irgendein Idiot ausgedacht, der uns hier die Stimmung vermiesen will.«

Ich verschwieg, was ich wusste, und gab einfach nur die Anweisungen Don Tomás del Protzos weiter. Sein Treffen und die Verabredung im D'Alessandro, wohin ich auf ausdrücklichen Wunsch des Chefs ebenfalls kommen sollte. Ein Kopfnicken, und es war abgemachte Sache. Es war der Augenblick gekommen zu fragen:

»Wo soll ich schlafen?«

»Mensch, bei allem, was ich um die Ohren habe, willst du auch noch von mir …«

Und er verschwand.

Kurz vor Beginn der Reden, als der fortschrittliche Graf schon zu seinen Worten ansetzen wollte, flüsterte er dann Del Cravall etwas ins Ohr. Catapultas Flüsterworte erregten Widerspruch bei unserem Führer Del Cravall, was sich zu einem hitzigen gestischen Streit auswuchs. Als Catapulta die Verständigung mit Del Cravall aufgegeben hatte und mit großen Schritten den Saal verließ, hatte der Graf bereits zu sprechen begonnen:

»Ich fasse mich kurz«, hob er an.

»Eine Witzfigur«, meinte Blablablök.

»Aber wie elegant …«, seufzte Blablabla.

Blablablök sah auf. Blablablök wusste, dass die Frauen bei Eleganz schwach werden. Ach, wenn die heißblütige Blablabla Blablablök nur in seiner Uniform sehen könnte!

»Liebe Freunde, einen wunderschönen guten Abend. Bevor ich auf das Thema komme, das uns hier zusammengeführt hat, ein intimes Abendessen …« – Lächeln –, »… würde ich gerne meine persönliche Meinung zum Ausdruck bringen. Und ich bin überzeugt, dass Sie alle sie teilen werden. Das spanische Volk ist reif genug, um die sektierererischsten seiner Sektoren, wenn Sie mir das Wortspiel erlauben, die agressivsten Elemente unserer Gesellschaft zu übergehen, so wie sie auch von der internationalen Politik immer übergangen wurden, und von der Internationalen als solcher …« – gedämpfte »Ohs« der Bewunderung von der geübten Zuhörerschaft: »Für Spanien ist nur die Demokratie wichtig. Und dass auf der ganzen Welt friedlich um sie gekämpft wird, so wie man hier um sie kämpft.«

Zuerst applaudierten die, die ihn verstanden hatten, dann die, die in jeder Pause applaudieren. Kurz darauf applaudierten alle, während der Graf einen Schluck Wasser nahm:

»Und nun« – der Graf zog ein Blatt mit Notizen aus der Tasche – »habe ich das große Vergnügen, Ihnen meine politischen Rivalen vorzustellen … Rivalen und trotzdem gute Freunde, eingefleischte Demokraten, die mich in ihrer unübertrefflichen Großmut gebeten haben, ein paar Worte zu sagen, die ihre Art zu denken erfasst. Ich sage Ihnen, nun … Ich habe mir die grundlegenden Ideen der Bürgerlichen Liberalen Partei angesehen. Die Gruppierung vertritt klare Absichten der Versöhnung und Bündelung der Kräfte in ihrer Heimatstadt, wo sie großes Ansehen genießt. Von Tag zu Tag wird deutlicher, dass wir uns in ganz Spanien für einen Zusammenschluss auf breiter Basis einsetzen müssen, um an ähnliche, europaweite Tendenzen anknüpfen zu können. Ein solcher Zusammenschluss setzt die Überwindung von Ideologien voraus: Während die Grundsätze der Meinungsfreiheit und des Rechtsstaats sich am Liberalismus orientieren, dürfte man sich in ökonomischen und sozialen Fragen mehr an die Sozialdemokratie halten. Diese neue politische Richtung könnte in den bevorstehenden Wahlen alle christdemokratischen Parteien unter ein Dach bringen. Um mit der Beunruhigung umgehen zu lernen, von der Ortega in seiner Schrift *Mirabeau und der Politiker* gesprochen hat, müssen wir alle gemeinsam ein modernes Empfinden für Kontinuität und maßvolles Vorgehen entwickeln. Ich fordere also von meiner Position aus die Bürgerliche Liberale Partei auf, diese Herausforderung anzunehmen und die Möglichkeit zu prüfen, wie wir unsere Kräfte bei der bevorstehenden Wahl vereinen können.«

Applaus. Bemerkungen. Flüstern. Gesichter, die andere Gesichter ansehen. Köpfe, die sich über andere Köpfe beugen.

»Klar wie Kloßbrühe«, sagte Blablablök.

»Diese Wahlen, von denen sie die ganze Zeit reden, sollen erst einmal kommen.« Blablabla zerrte ihre Corsage zurecht. »Sie schweben doch über den Wolken. Siehst du das nicht?«

Kann sein, dass Blablablök, der an ihre aberwitzigen Voraussagen schon gewöhnt war, diese Wolke nicht sah; ich hingegen, der ich mich an solche verstörenden Thesen nicht gewöhnen konnte, sah die Wolke direkt vor mir. Ein weißer Bausch, zu dem sich die Alkoholausdünstungen Vilabrafims verdichtet hatten, die dreiste Unverantwortlichkeit, in die Del Cravall sich hüllte, und die verdächtigen Vagheiten, hinter denen sich der konservative, aber fortschrittliche Graf die ganze Zeit versteckte. Zufrieden über seine Worte, setzte sich der Graf wieder und faltete das Blatt, auf dem selbige standen, wieder zusammen. Er wollte es gerade in der Innentasche seines Jacketts verschwinden lassen, als Vilabrafim es ihm mit der Geschicklichkeit eines Taschendiebs entwand und einfach aufstand. Vilabrafim schlug mit einer Gabel an sein Glas. Niemand beachtete ihn. Vilabrafim gab sich nicht geschlagen und hob einen synkopischen Beebop-Rhythmus an, bis alle seine Begabung bewunderten und es in dem Saal endlich still wurde:

»Ich liebe Jazz«, gab Vilabrafim zu. »Am liebsten würde ich Ihnen stundenlang von meiner Berufung zum Schlagzeuger erzählen, von den Jam-Sessions im Jamboree, von den Platten Charlie

Parkers, dem ›Vogel‹. Vielleicht ganz kurz?« fragte er die übrigen Vorsitzenden und blickte nach links und rechts, doch der Blick in die verblüfften Gesichter brachte ihn zu der Vermutung: »Wie ich sehe, haben wir keine Zeit. Weder, um Ihnen hierüber etwas zu erzählen, noch über alle anderen Dinge, über die ich Ihnen so viel zu sagen hätte. Wenn Sie mich aus dem Fernsehen kennen, was Sie natürlich alle tun, wissen Sie, dass ich ein Renaissancemensch bin. Ich bin in jeder Disziplin ein bisschen bewandert. ›Das Erkennen, nicht der Schmerz, zieht durch tausend einsame und gefährliche Straßen.‹ Ich weiß nicht, warum ich das hier sage, aber ich liebe Zitate. Glauben Sie mir, ich liebe Zitate. Und da ich Zitate so liebe, möchte ich Ihnen hier die Worte des Grafen zitieren, zu Ehren der Bürgerlichen Liberalen Partei …«

In seiner ungeheuerlichen Schamlosigkeit las Vilabrafim die Rede des Grafen noch einmal ab. Während ich in meiner Bestürzung darauf wartete, dass die Anwesenden alle möglichen Gegenstände auf Vilabrafim schleuderten, brach der Applaus los. Hier und dort ein Kommentar. Ein Flüstern. Gesichter, die sich anderen Gesichtern zeigten. Köpfe, die sich über andere Köpfe beugten. Niemand schien an der dreisten Farce Anstoß zu nehmen. Die Reaktion war von der Aufnahme der vorherigen Rede nicht zu unterschieden.

»Der war besser …«, meinte Blablablök.

»Die Katalanen sind diskreter, in jedem Sinn, aber sie besitzen eine angeborene Eleganz. Sie sind fast Franzosen. Man braucht sie nur anzusehen.« Blablabla vergaß in ihrem Rausch der Bewunderung für einen Moment den nationalen Skandal, den sie hier heraufbeschwor.

Ich blickte zu del Cravall. Er war zornesrot. Als Vilabrafim dem Grafen nonchalant das Papier mit der Rede zurückgab, schnippte Del Cravall mit den Fingern, und einer der Bodyguards, die ihn sonst immer hochheben sollten, gehorchte ihm blind und riss dem Aristokraten ohne eine Spur von Respekt das begehrte Blatt aus der Hand, um es seinem Herrn zu geben. Daraufhin hoben der Muskelprotz und sein Kollege Del Cravall hoch, während der Ex-

Bankier hysterisch gegen das Glas schlug, dass es fast in Stücke sprang. Die Anwesenden staunten:

»Meine Damen und Herrn ... Nur ein paar Kleinigkeiten. Vor allzu langen Jahren, als ich noch gehen konnte, war ich größer als so mancher. Jetzt tröste ich mich damit, mehr als nur einen Angestellten zu haben« – in diesem Augenblick zeigte Del Cravall auf seinen Partner Vilabrafim: »Gestern erst, als wir in meinem Büro saßen, die Stimmung war ausgelassen, sagte ich ihm: ›Hör zu, Jaimito ...‹«

Und dann las Del Cravall dieselbe Rede wie der Graf, dieselbe Rede wie Vilabrafim. Der Applaus hatte bereits eingesetzt, als Del Cravall die Hand hob, um um Ruhe zu bitten:

»Jaime de Vilabrafim, dieser Mann ...« Wieder zeigte er auf ihn, als wollte er ihm seinen Bekanntheitsgrad absprechen: »... hat nicht erwähnt, dass der Graf, unser Gastgeber hier in der Hauptstadt, uns ...« – Del Cravall hatte Schwierigkeiten, das rechte Verb zu finden –, »... uns ermuntert hat. Er konnte es nicht erwähnen, weil niemand es ihm mitgeteilt hatte. Das tue ich jetzt. Und ich sage Ihnen, ja, mein Graf, Sie können mit uns rechnen. Und zum Abschluss dieser Versammlung, die historisch werden wird, das sehe ich voraus, habe ich für Sie eine kleine Überraschung vorbereitet. Sie können applaudieren.«

Und man applaudierte, während Del Cravall den Graf aufforderte aufzustehen und ihn fast nötigen musste, mit ihm die Hand in Eintracht hochzuhalten und sich umarmen zu lassen. Die übrigen Anwesenden applaudierten noch immer, es wurde kommentiert, geflüstert, man sah sich an und steckte die Köpfe zusammen. Keine Gegenstimmen, so schien es.

»Dieser Del Cravall hat Mut«, meinte Blablablök.

»Er ist ein Cousin von Quique und Coque Lanza«, informierte Blablabla.

»Die von der Handelsbank?« fragte Blablablök überrascht.

»Die von der Handelsbank, die Besitzer von halb Guadalajara und was weiß ich noch ...«, ging Blablabla ins Detail. »Wenn ich mich nicht irre, hat er auch einmal bei einer Bank gearbeitet, aber er hat seinen Posten geräumt, um abzutauchen. Er bewegt sich in der High Society, aber trotzdem. Angeblich hat er die Lähmung gar nicht von einem Unfall. Er ist das schwarze Schaf der Familie.«

Der biographische Abriss, den Blablabla von Don Carlos del Cravall abgeliefert hatte, war so großartig, und die Ahnungslosigkeit des Geheimdienstagenten Blablablök über seine Aufgaben war so herzerfrischend, überhaupt war alles so grotesk, so wundervoll, dass ich die Hand gar nicht bemerkte, die in diesem Moment auf meine Schulter sackte.

»Na, Dummkopf.«

Als ich Catapultas Stimme hörte, drehte ich mich um und erzählte ihm lachend die irrwitzigen Informationen, die ich soeben aufgeschnappt hatte. Aus derlei Gerüchten errichtete Catapulta ganze Lügenkathedralen. Doch Catapultas Verärgerung, die in Form einer Ohrfeige bei mir ankam, bewog mich, meinen Bericht zu verschieben. Er drückte mir einen Stapel Papier in die Hand:

»Verteil das. Jedem eins.«

»Jetzt?«

»Ja, jetzt, steh auf und verteil das.«

Ich ließ Blablablök und Blablabla mit ihrem spöttischen Lächeln im Gesicht allein und tat, wie mir befohlen. Anderen Bediensteten ausweichend, die Kaffee, Digestif und Zigarre servierten, gab ich jedem Gast ein Blatt. Es waren Verse. Catapulta war natürlich verschwunden, durch dieselbe Tür, durch die nun Musiker mit Instrumenten und Kinder in türkisfarbenen Tuniken und roten Lockenperücken hereinströmten. Ein Kellner befreite den Flügel von dem zerschlissenen Überzug, und andere fragten den Pianisten, wo sie die Notenständer hinstellen sollten. Der Pianist ordnete die Aufstellung an, streckte die Finger, ließ sie knacken, öffnete den Klavierdeckel, sah sich um. Alle saßen auf ihren Plätzen.

An der Tafel waren die Reaktionen auf das ausgeteilte Blatt nicht sehr originell. Flüstern, Hinüberbeugen, Blicke … Als die Kellner sich zurückzogen und ich an meinen Platz zurückkehren wollte, saß Blablablök, den Whisky in der Hand, schon neben Blablabla. Besser so. Wenn ich weiter das Netz zwischen ihrem amourösen

Pingpong hätte machen müssen, hätte sich mir früher oder später die Zunge gelöst.

»Es macht dir doch nichts aus …«, sagte Blablablök verächtlich zu mir, fast ohne den Kopf umzudrehen. Blablablas Knie zu streicheln, forderte seine ganze Aufmerksamkeit.

»Überhaupt nicht …«, antwortete ich, riss ihm das Whiskyglas aus der Hand und warf unauffällig ein starkes Aufputschmittel und ein weniger starkes Schlafmittel ein. Wieder hoben die Bodyguards Del Cravall hoch. Diesmal war es der Graf, der mit seiner etwas zurückhaltenderen Gestik das Publikum zur Aufmerksamkeit forderte. Aus Scheu vor einem möglichen Tumult hütete er sich, etwas zu sagen.

»Meine Damen und Herrn …« Die Worte Del Cravalls klangen wie die Begrüßung eines Zirkusdirektors: »… zum Abschluss dieser Veranstaltung, die morgen Abend um sieben Uhr im Club Unter Null fortgesetzt wird, lade ich Sie ein, sich an der Hymne unserer Partei zu erfreuen, die ich selbst komponiert habe, denn auch ich bin ein Renaissancemensch, auch wenn ich es nicht wie andere herausposaune. Sie hören den Chor des Waisenhauses der Infantin Berroqueña, begleitet von hochkarätigen Musikern. Ich darf bitten, Maestro.«

Don Carlos del Cravall y de la Lanza hatte es erreicht: Die Anwesenden waren wie vom Donner gerührt, wollten ihren Augen nicht trauen. Vor mir lag das Blatt, das ich selbst verteilt hatte. Am Tischende, rechts des Grafen, saß ein quietschvergnügter Don Carlos, der sich den Mund befeuchtete und räusperte. Die Musik begann, die Kinder fingen an zu singen:

Liberal, liberal, liberal …

Diese glockenhellen, perfekt gedrillten Stimmchen mit ihrem unerträglichen Timbre hätten gereicht. Aber nein. Don Carlos sang auch:

Liberal, liberal, liberal …

Während Don Carlos voller Inbrunst grölte, was sein Organ hergab, sah er mich an, sah Vilabrafim an, den Grafen, seine Bodyguards. Don Carlos forderte uns auf mitzusingen. Die um die Tische sitzenden Menschen, die mit vielem rechneten und nicht leicht zu bewegen waren, staunten, wie man sich so lächerlich machen konnte:

Liberal, liberal, liberal
Rein soll die Luft, soll die Freundschaft sein
Sein Nest soll bauen das Vögelein,
Auf der Pfeife blasen das Kindelein
Der Alte in Friede und Freiheit kehrt heim.

Von den über hundert Gästen fielen nur Carlos del Cravall, ein letztlich hochprofessioneller Vilabrafim, der mit allem Ernst seine Brille wie eine Lupe hielt und den Text mit grummelnder Stimme ablas, die Bodyguards, die sich hinter ihren dunklen Brillen versteckten, und der Obersängerknabe, ich, in die schallende Hymne ein:

Bürger, Bürger, Bürger
Reich deinem Nachbarn die Hand
Und wirke mit am neuen Spanien
Das in Freiheit lebt wie nie.

Applaus war zu hören. Doch die Applaudierenden hatten sich geirrt. Sie hatten in die Pause vor der großen Apotheose geklatscht. Die Musiker und die Kinder kamen zum Höhepunkt. Del Cravall, der den nicht existierenden Kollektivtaumel dirigierte, fuchtelte wie ein Geistesgestörter mit den Armen.

Jetzt, jetzt, jetzt, jetzt, jetzt,
endlich kommt die Stunde,
da die Klage ein Ende hat,

die Lokomotive Demokratie
bahnt sich den Weg
durchs liberale Europa.

Tschingdaressabum. Applaus, Flüstern, Blicke, vorgebeugte Köpfe, Gesichter über Geschichter. Nicht ein einziger Lacher.

22

»Ich konnte ihn nicht daran hindern. Du hast unsere Diskussion doch gehört. Es war nichts zu machen, er wollte seine Hymne, seine Überraschung und seine Show. Del Cravall ist vor Publikum eine Gefahr. Das wissen wir. Aber wir müssen ihm seine Nummer auch lassen. Der Graf hat alles mitbekommen. Pérez y Pérez auch. Aber das ist nicht so schlimm, sie kennen sich. Glaubst du, Pérez y Pérez weiß nicht sowieso schon, dass sein Freund dumm ist? Aber er hat auch mit del Protzo geredet, und sie sind sich einig geworden. Das ist das Entscheidende. Manchmal müssen wir unseren Stolz hintanstellen, Vilabrafim …«

»Rede mit mir nicht wie mit einem kleinen Jungen, ich könnte dein Vater sein.«

»Bei deinem Ruhm …«

Catapulta hatte erreicht, dass Vilabrafims müdes Gesicht lächelte. Nicht viel. Er mochte müde sein, und sein Mund mochte sich nur zögerlich zu einem Lachen öffnen, doch seine Augen funkelten wie besessen. Alle Versuche, ihn daran zu hindern, mit ins D'Alessandro zu kommen, schlugen fehl. Er hatte es sich in den Kopf gesetzt, in dem Aufreißerlokal Tomás del Protzo seine Beschwerdeliste vorzulegen. Kaum hatten wir das berühmte D'Alessandro betreten, empfing ein Chor nicht sehr jungfräulicher Stimmen Catapulta: »Guten Abend, Don Guillermo.« Das gab

Vilabrafims Eitelkeit den Rest. Während Vilabrafim nun also wie ein Rohrspatz schimpfte, schüttelte er immer wieder den Kopf, fasste sich ans Hirn, brummte, regte sich auf; zur Abwechslung nahm er einen Schluck und ließ seinen Blick zu den sich räkelnden Amüsierdamen schweifen, die sich ihrer herausragenden Stellung innerhalb ihrer Branche bewusst waren und gelassen das Ende dieses und noch weiterer Streitgespräche abwarteten. Eine Gruppe ausländischer Geschäftsleute auf Durchreise und Lebemänner, die ihr Vermögen durchbrachten, saßen hier und dort verteilt in dem Lokal. Die jungen Damen deckten die ganze Skala ab, vom schnurrenden Kätzchen zum unersättlichen Pantherweibchen, und boten sich vor der schrillen Kulisse einer schottischen Kneipeneinrichtung mit tropischer Musik dar. Das besaß Klasse.

»Du hattest mir etwas anderes versprochen, Guillermo. Du hast mir Del Cravall als vernünftigen Menschen dargestellt.«

»Ich habe dir gar nichts versprochen. Außerdem kanntest du Del Cravall doch.«

»Ich werfe das Handtuch, Guillermo.«

»Das bringst du doch nicht.«

»Du hast recht.« Vilabrafim sah vom Boden auf: »Dafür bin ich zu stolz, stimmt's?«

Jetzt hatte Vilabrafim Catapulta zum Lachen gebracht.

»Ich habe mich lächerlich gemacht, Guillermo. Und das passt mir nicht.«

»›Das Lächerliche, nicht der Schmerz, zieht durch tausend dunkle und gefährliche Straßen.‹« Catapulta parodierte Vilabrafim, aber das wütende Rumpelstilzchen merkte es nicht. Catapultas Grausamkeit überwog sein Bedürfnis, den Gesichtsverlust seiner Vorgesetzten wieder wettzumachen. Darum fragte er: »Habt ihr auch schön mitgesungen?«

Vilabrafim antwortete nicht. Ich nickte.

»Kind«, sagte Vilabrafim zu mir, »petzen tut man nicht. Warum schaust du mich eigentlich die ganze Zeit an?«

»Herr Del Protzo hat mir gesagt, ich soll mich während seiner Abwesenheit an Sie halten.«

»Siehst du, wie du petzt?« Weil niemand Besseres da war, ließ Vilabrafim seine Wut an mir aus. »Und Del Protzo? Wo ist denn der tolle Herr Del Protzo?«

Catapulta seufzte:

»Wahrscheinlich konnte er nicht kommen. Jetzt kommt er jedenfalls nicht mehr. Vielleicht hat das Treffen länger gedauert, oder er ist mit den Verhandlungspartnern noch einen trinken gegangen. Oder er hat sich schlafen gelegt. Machen Sie eine gute Miene, wie Del Cravall. Uns, Jaime, geht das nichts an.«

Catapulta meinte die Verhandlungen mit den führenden Köpfen der Großgeschäftsbank, unserem Mutterunternehmen. Von Del Protzos Treffen mit ihnen hing letztendlich, so vermutete ich, der Erfolg des ganzen politischen Unternehmens ab. Der glatzköpfige Journalist, der seinen Informationshunger mit dem mittelamerikanischen Staatsstreich gestillt hatte, hatte in die Welt gesetzt, dass die Großgeschäftsbank uns über den Weg der Bürgerlichen Handelsbank finanziell unter die Arme greifen wollte. Das hatte ich sehr wohl begriffen. Darum war ich auch ein bisschen indigniert, als Vilabrafim sagte:

»Schon gut, Catapulta. Verwechsle mich nicht mit dem Chauffeur« – und dabei schleuderte er seine Rübe in meine Richtung.

»Na, na. Kommen Sie, wir amüsieren uns ein bisschen …«

»Als ob ich Lust hätte, mich zu amüsieren. Guillermo, du gibst den großen Strategen, und hast überhaupt keine Ahnung. Wahrscheinlich bist du der Einzige, der denkt … Hast du denn nicht bemerkt, dass dieser Graf nichts zu melden hat? Auf dem Kongress seiner Partei hat man ihn zum Vizepräsidenten abgestuft und ihm die Narrenkappe aufgesetzt. Jetzt weiß ich gar nicht mehr, wer hier der Narr ist … Es sind so viele! Sie nutzen das Prestige des Grafen aus, um Partner zu finden, damit man ihnen nicht ihre schnöde Geilheit auf den Sieg ansieht, der Narr macht schon die Drecksarbeit, und wenn alle Arbeit getan ist, kommt Suárez und stellt sich an die Spitze. Die Popularität zählt, und das nützen sie aus. Und nebenbei nützen sie die anderen aus. Auch uns. Damit der Herr Staatsmann dann wie ein Star das Treppchen runterkommen kann. Und dabei ist er doch eher ein Schuldiener. Und der Graf ist mein Freund, und ich habe immer noch dieselben Vorstellungen wie früher. Weil ich ein Mann mit Überzeugungen bin, Guillermo. Bis heute. Ich bin ein Ehrenmann, verdammt, auch wenn ich manchmal eine andere Rolle spielen muss. Nicht wie diese Großmäuler. Nicht wie ihr, die ihr wegseht.«

»Suárez' Art ist bekannt, Vilabrafim ...« Catapulta wollte mit dem verzweifelten Vilabrafim immer noch wie mit einem Kind reden: »Aber man muss die Form wahren ... Wir haben mit Pérez y Pérez gesprochen, und du weißt, wie er die Leute empfängt, heute ja, morgen wieder nein.«

»Nein, das weiß ich nicht. Und ich will es auch gar nicht wissen. Ich weiß nur, dass ich mich geirrt habe ...«

»Da kommst du ja schnell drauf ...«

»Reiz mich nicht. Sieh ... Sieh dir das Ergebnis deiner schlaflosen Nächte an. Sieh, was passiert, wenn man sich mit jemandem einlässt, den man auf niemanden loslassen darf. Die Politik lässt sich auf seltsame Amouren ein, ja ... Aber, Scheiße, das ist doch, als ginge man mit siamesischen Zwillingen ins Bett ...«

Vilabrafim, der, wenn er mit Catapulta sprach, ein anderer war, als wenn er vor großem Publikum seine Nummer mit dem gebildeten Lebemann abzog, knallte mit der Entschlossenheit eines Kartenspielers, der mit einem Ass ein Gewinnerblatt zunichtemacht, ein Papier auf die Theke.

»Lies das, Guillermito. Es ist Hipérbolos Kolumne. Sie erscheint morgen. Er hat mir eine Kopie gegeben. Er hat sie nach der Hymne auf dem Klo geschrieben und hinterher im Hotel abgetippt.«

Catapulta las. Ich war überzeugt, dass Hipérbolos Kolumne von dem nicht stattgefunden habenden Staatsstreich in der Bananenrepublik handelte. Aber offenbar war die Lokalpolitik doch interessanter und gab mehr her als der nicht bestätigte Aufruhr in Übersee. Catapulta war mit Lesen fertig und drückte mir das Blatt in die Hand, was mir sehr schmeichelte. Er sagte:

»Ach, auf diese großspurigen Worte sollte man nichts geben.

Komm, Vilabrafim, wir wollen uns jetzt etwas entspannen und uns ein paar Mädchen besorgen.«

Während ich aus den näher kommenden Schritten schloss, dass die Damen Guillermo den Wunsch von den Lippen abgelesen hatten, las ich die Kolumne mit dem Titel: »Kantate«.

»Besser wäre es, wenn die Drosseln sängen, wenn Luis Pastor, der Troubadur aus Vallecas, wieder zurückkäme und selbst wenn Raphael – mit ph – wieder sänge. Aber von Hymnen haben wir fürs Erste genug, Schluss mit den Gesängen und Fanfaren, die unseren Aufbruch in die Demokratie, das Erwachen unseres Volkes bejubeln. Von uns wird man nicht solche Misstöne hören wie gestern von einer Gruppe Liberaler, die so manchen falschen Ton angeschlagen haben ….« Ich hörte auf zu lesen, weil plötzlich eine Hand mit rosa Fingernägeln die meine ergriff. Bevor ich den Kopf hob, um mir die Besitzerin dieser scharfen Krallen anzusehen, überlegte ich noch, was Catapulta über diese Zeilen denken würde. Dieser Artikel war die beste Waffe, um Del Cravall seine eigenmächtigen Handlungen zu verbieten.

Die leichten Damen stellten sich vor. Zwei sehr blonde Blondinen und eine Mulattin. Sie verteilten sich locker um uns herum, um uns die Auswahl zu überlassen. Catapulta bestellte Champagner und lobte die Reize der drei Grazien mit einer Höflichkeit, die er für ehrenhafte Damen in der Regel nicht übrig hatte. Vilabrafim fasste gierig die Mulattin um die Taille und zog sie an seinen Barhocker heran, um ihr zwischen die Beine zu greifen. Die Mulattin war doppelt so groß wie Vilabrafim, was von Vorteil war, denn ihre voluminöse Gestalt verdeckte den unerträglichen politischen Partner. Bis auf ein Paar schmächtiger Knie und schneller Hände, die so viel Frau unmöglich zu fassen bekamen, verschwand der Renaissancemann komplett hinter dem Prachtweib. Catapulta nutzte es aus, dass Vilabrafim abgemeldet war, und stopfte Hipérbolos Geschreibsel in die Tasche, dann zwinkerte er mir zu, doch mit der blonden Carol vorliebzunehmen. Carol war unter jedem Gesichtspunkt eine Traumfrau, was mich eher entmutigte. Ich bemühte mich nach allen Kräften, locker zu sein, mich der

Atmosphäre hinzugeben, die man durchaus als angenehm empfinden konnte, wenn man ausblendete, dass es hier um Kommerz ging, dass das Gesetz von Angebot und Nachfrage herrschte und jene verschiedenfarbigen Walküren uns mit teuren Getränken in den Ruin trieben. Natürlich war es Vilabrafim, der sein Köpfchen hinter dem stattlichen Mulattinnenkörper vorreckte und sagte:

»He, Catapulta, ich zahl keinen Duro … Mir hat Tomás gesagt …«

Catapulta winkte ab. Die Botschaft lautete »stör nicht«. Dann säuselte er Amanda, der anderen Blondine, weiter Komplimente ins Ohr. Amanda lachte viel. Um ihm nicht nachzustehen, näherte ich mich Carols Duft verströmendem Hals und flüsterte ihr ins Ohr:

»Tu so, als hätte ich dir etwas sehr Witziges erzählt …«

Carol brach in ein Gelächter aus, von dem ich nicht wusste, ob es echt oder gespielt war. Dann strich sie mir mütterlich über den Kopf und schmiegte sich an mich, sodass ihre Körperhitze auf mich überging, und sie sagte:

»Echt scharf.«

Doch da musste Vilabrafims Kopf abermals auftauchen:

»Du, Guillermo, die Kleine da weint.«

Die Mulattin schluchzte unaufhaltsam, und ihre Wimperntusche, schwarz auf Schokobraun, rann ihr über die Hände, mit denen sie die Tränen zurückdrängen wollte.

»In ihrem Land muss es heute einen Staatsstreich gegeben haben. Ein Kunde, der auf dem Laufenden war, hat es ihr gesagt. Und die Arme macht sich große Sorgen um ihre Familie«, vertraute Carol mir flüsternd an. Bevor ich sagen konnte, dass das alles ein Gerücht sei, tröstete der vortreffliche Kavalier Vilabrafim die beunruhigte Mulattin mit dem Vorschlag:

»Komm, geh, und schick mir eine wie dich, aber aus einem anderen Land.«

Mit offenem Mund starrte ich zu Vilabrafim, der nach einer kurzen Zwiesprache mit seinem Whiskyglas meinen Blick auffing:

»Was glotzt du so? He, Guillermo, was findet ihr eigentlich an dem Jungen? Sehr fix wirkt er ja nicht. Außerdem hat er überhaupt keine Erfahrung. Ein dummes Kind. Mag ja sein, dass Carlos dadurch schlauer wirken soll …« Vilabrafim wollte in seinem Alkoholdelirium einfach nur reden, Zuhörer haben, am laufenden Meter Hohlheiten verbreiten. Niemand beachtete ihn.

»Hör mal, Guillermo …«

»Was?« Catapulta, der sich lieber seiner Dame widmen wollte, war genervt.

»Hat Del Protzo dir den Witz von dem fickenden Katerchen erzählt?« fragte er Catapulta und deutete mit seiner Rübe wieder mal in meine Richtung.

»Im Flugzeug. Einmal beim Start und einmal bei der Landung. Heute Morgen erst. Ich erinnere mich«, war die telegrammartige Anwort meines Chefs.

»Del Protzo ist ein grober Klotz, aber manchmal ist es nicht schlecht, was er bringt; er kann einen mit Bemerkungen überraschen, die man ihm gar nicht zutraut …« Da Catapulta ihn nicht beachtete und ich ihm meinen Hass auf ihn nicht begreiflich machen konnte, ließ er sich nun an mir aus:

»Du hast dich im Weg geirrt, Knabe. Du solltest Zen machen …« Vilabrafim öffnete den Mund, womit er mich nachäffen und Carol, die er die ganze Zeit schon mit dem Blick abtastete, zeigen wollte, dass er mir überlegen war. Carol, die sich sicher auf sumpfigem Gelände zu bewegen wusste, rückte ein Stückchen von mir ab, nahm ihr Champagnerglas und eine erwartungsvolle Haltung ein: »Weißt du, was Zen ist?«

»Irgendwas Buddhistisches.«

»Ja, was Buddhistisches. Besser gesagt, sehr buddhistisch …« Vilabrafims Ton war schwefelsäurig.

»Vilabrafim …«, sagte Catapulta, um die Seelen zu beschwichtigen.

»Total buddhistisch. Wie das Klatschen mit einer Hand. Das Klatschen von zwei Händen kann jeder hören, aber nur wenige können das Klatschen einer einzigen Hand hören, die Meister des Zen. Weißt du, wovon ich spreche?«

»Nein …«

»Pass auf, gleich hörst du das Klatschen einer Hand.«

Tatsächlich, ich sollte es hören.

Vilabrafim gab mir einen Schlag auf den Hinterkopf, dass ich vom Hocker kippte. Ich lag noch am Boden und wollte gerade zu Catapulta hochblicken, um ihn um Verzeihung zu bitten, als ich eine andere Hand sah, die sich Vilabrafim näherte. Jedenfalls glaubte ich sie zu sehen, denn für jeden der hier Anwesenden war Vilabrafim einfach zusammengeklappt, war eines seiner überlebenswichtigen Organe kollabiert. Die Mädchen waren verschwunden. Ein paar Leute gingen hinaus. Andere kamen herein. Männer wie Kleiderschränke näherten sich.

»Geh hinter mir in Deckung«, befahl mir Catapulta, und ich sah in seinen Augen dasselbe Blitzen wie damals, als er vor dem Les Feuilles Mortes die beiden Diebe festnehmen ließ. Es war ein aggressiver Glanz, ein aufgeladener Glanz, dem jeder intuitiv aus dem Weg gehen würde, aber nur wenige Experten verstanden ihn zu deuten und aus ihm herauszulesen, wozu dieser Mensch fähig war. Zum Beispiel die Türsteher. Sie bremsten ihren Sturmschritt und versuchten, aus sicherem Abstand die Lage zu überblicken. »Es passiert nichts«, sagte Catapulta und gab dabei diesen Gorillas zu verstehen, dass er das äußerst bedauerte.

Vilabrafim stand wieder auf. Seine Lesebrille war aus der Jackentasche gerutscht, eines der Gläser war kaputt. Verwirrt steckte Vilabrafim die Brille in die Tasche zurück und versuchte, seine versprengten Gedanken zu sammeln. »Wer bin ich, und wenn ja, wie viele …«, sprach es aus seinen kurzsichtigen Augen.

»Du wirst bemerkt haben, dass ihm der Witz mit dem Klatschen nicht gefallen hat«, erläuterte Catapulta.

Die Gorillas versperrten der Kundschaft den Blick. Völlig überraschend baute Vilabrafim sich vor Catapulta auf. Er war es nicht gewöhnt einzustecken, und ein letzter Rest feudalen Stolzes der von allen irdischen und himmlischen Mächten geschützten Vilabrafims lehnte sich gegen die Kränkung auf. Der einzige Schönheitsfehler an seiner aristokratischen Reaktion war die wirre Logik seiner Rede:

»Ich weiß doch alles über dich, Boris.« Dieses rätselhafte Boris spuckte er verächtlich aus. »Ich weiß doch, woher du kommst, dass du ein Mörder bist. Lass die Maske fallen. Das Spiel ist aus. Da ist zu viel Dynamit im Lager. Zu viel Lager in diesem Boot. Ich bin ein Ehrenmann und habe bis jetzt den Mund gehalten. Wenn ich ...«

»Wenn du schon so genau weißt, dass ich ein Mörder bin, dann wirst du morgen dort sein, wohin wir dich bestellen.« Catapulta zog ein Bündel Geldscheine heraus. »Amüsier dich noch ein bisschen. Und denk dran, morgen sind wir alle ganz zahm und zufrieden. Wenn nicht, bring ich dich wirklich um. Komm, Fernando, wir gehen.«

23

»Boris, ein Mörder. Dass ich nicht lache. Dass dieser Kotzbrocken sich an anderen hochziehen muss. Boris, ein Mörder. Und er weiß überhaupt nicht, wovon er redet. Ein Kind, das bis zu seinem zwölften Lebensjahr nicht wusste, dass es keinen Vater hat. Erst dann wurde ihm klar, dass es nie einen Vater haben würde. Bis dahin hat es seinen Großvater für seinen Vater und seine Mutter für seine Schwester gehalten. Väter sind Großväter, und Schwestern sind Mütter. Hirngespinste sind Hirngespinste. Suffnächte sind Suffnächte. Mörder, Mörder. He, Sie, seien Sie so gut und schicken Sie die Animierdamen dort in die Ecke zu dem Dicken dort. Er ist so allein.« Die Kellnerin war sichtlich überrascht, doch sie gehorchte. Ihr Zwangslachen schwankte zwischen Unterwerfung und Verachtung, als sie uns an der Ecke der Bar vor dem einsamen Dicken wiedersah. »Fernando, man muss die Nutten wie Damen und die Damen wie Nutten behandeln. Die Damen sind Nutten, und die Nutten Damen. Nur manchmal muss man eine Ausnahme machen.«

Ein anderes Lokal, dem D'Alessandro sehr ähnlich. Beschreibung gefällig? Dekolletés. Beine. Hüften. Einladende Unterleiber. Schummerlicht. Endlich würde ich erfahren, warum sie ihn Boris, warum sie ihn Mörder nannten. Auch wenn Catapulta von Boris wie von einer anderen Person redete und ich nicht die Hälfte von dem verstand, was er erzählte, sehnte ich mich danach, mich mit ihm zu identifizieren, zu sein wie er.

»Hörst du mir zu oder nicht? Du sollst es erfahren, bevor irgendein Arschloch mir zuvorkommt. So wie dieses Arschloch, das Boris ins Gesicht gesagt hat, dass er keinen Vater habe, dass sein Vater niemand anderes als sein Großvater sei. Nichts, Fernando, bleibt ohne Folgen. Darum spucken einem die Versager ins Gesicht, wenn sie nicht mehr weiterwissen und begriffen haben, dass sie unterlegen sind. Wie auf dem Schulhof, wo die Rotzlöffel einen wegen einer körperlichen Behinderung, einer Familienbesonderheit hänseln, diese feigen kleinen Arschlöcher in Schuluniform. Neben in Pfützen treten ist das das Einzige, was sie in diesem von Rechthaberei dominierten Scheißleben zu sagen haben. Boris. Mörder. Er, der Schnee gegessen hat, um nicht husten zu müssen, soll ein Mörder sein. Er, der sich die Zunge abgebissen hätte, um sein Schweigen zu bewahren, soll ein scheiß Mörder sein. Boris wuchs in einem Internat voller Popen in einer Stadt voller Soldaten auf. In den Ferien besuchte er seinen Vater und seine Schwester. Sie sprachen Französisch, lebten in den Bergen und fuhren mit ihm in saubere Städtchen. Boris bemerkte, dass er Comics und Zeitschriften in dieser Sprache lesen konnte, die ihm seine allerliebste Schwester gegeben hatte. In dieser Sprache ließen sich Sätze sagen wie ›*Tous les garçons et les filles*‹, ›*Je vais mettre en chanson la tristesse du vent*‹, ›*Je veux dormir au fond des bois, pour que le vent fasse parfois frémir le feuillage mouvant*‹, ›*Au fond de l'Inconnu pour trouver du nouveau*‹, ›*Souvenir, souvenir, que me veux-tu?*‹.«

Hat mein Leser schon einmal versucht, jemandem aus der Nähe ins Gesicht zu sehen, der singt und Gitarre spielt, und dessen gefühlsbeladenes Zwinkern mit einem leichten Nicken zu erwidern?

Gut, das war die Scham, die ich fühlte. Das Verkünden hatte ein Ende. Catapulta stieß ins Chaos vor:

»Boris, der Sentimentale, der Idiot. Der Junge, der sich fragte, warum von allen Verrückten, die sich vor und nach Napoléon für Napoléon hielten, nur einer Napoléon war, der Sonderling von niedrigem Wuchs, der nichts anderes im Kopf hatte als Allmacht, ein absolut Wahnsinniger. Warum, fragte er, war von allen diesen Männern, die sich die Hand an die Brust halten, nur einer Napoléon. Und sie lachten über ihn. Und als er las, dass beim Tod des verhassten Nero das Gerücht umging, er sei nicht tot, und überall die ersten Neros auftauchten und behaupteten, der wiederauferstandene Nero zu sein, wie es später wiederauferstandene Napoléons gab, fragte er sich, warum sie alle wie er sein wollten, wenn er doch so schrecklich gewesen war. Da lachte man über ihn. Und warum wird eigentlich von allen Verrückten, die das Jüngste Gericht angekündigt haben, nur einer verehrt, und warum wird unsere Zeit, jedes Jahr unserer Zeit, nach ihm gezählt, wo er doch seinen Jüngern vorgeführt hat, dass er außerhalb der Zeit steht? Und warum glauben wir, dass der, der das Ende der Welt angekündigt hat, gestorben und wiederauferstanden ist, und Nero nicht? Warum ist der verrückt, der sagt, dass Gott zu ihm spricht, und der nicht, der sagt, dass er mit Gott spricht? Warum ist Napoléon auf dieser Seite des Gebirges so schlimm und auf der anderen Seite so gut? Und selbst, wenn Boris etwas ganz Banales fragte, etwas, auf das jeder hätte kommen können und das ihm auf der französischen Seite des Gebirges kam, als er sah, wie der Wind die Tannen wiegte, wie ein Fuchs über eine Wiese lief und die Wolken schneller waren als die Füchsin, wenn er einfach nur fragte, warum wir in allen Dingen seien und dass dort auch die Toten seien und dass diese Toten Gott seien, der zu uns sprach: ›Ich vertreibe mir die Zeit mit euch‹, selbst dann lachten sie über ihn.«

»Mir ist was Ähnliches in Mallorca passiert. Und vorher, vorher auch schon …«

»Als du den Weibern hinterhergeschaut hast, was? Interessiert dich überhaupt, was ich dir erzähle? Oder bist du einer von ihnen? Wirst du Boris auch einen Mörder nennen?«

Ich schüttelte den Kopf.

»Es interessiert mich sehr. Aber, ich traue mich ja kaum zu fragen … Bist du Boris?«

»Boris ist tot. Ich bin Guillermo Catapulta. Weißt du das nicht?«

Ich nickte deutlich.

»Boris beschließt, dass auf der anderen Seite des Gebirges das wirkliche Leben stattfindet. Aber er weiß bereits, dass seine Schwester seine Mutter ist, dass sein Großvater nicht sein Vater ist. Boris verschwindet. Boris ist kurz davor, die Linie zu überqueren, und nicht nur die Landesgrenze, die echte Linie, und das nur, weil er Verse aufsagt. Die Linie. Jenseits dieser Linie gelten die Gesetze der anderen Seite des Spiegels. Was links ist, siehst du fälschlicherweise als rechts und irrst dich daher in der Richtung, die du nimmst. Es geht auch gar nicht mehr darum, sich nicht zu irren, man bekommt jetzt ganz andere Fähigkeiten. Niemand gelangt auf dem gleichen Weg zu der Linie.« – Ich war wie elektrisiert; ich wollte ihm zu verstehen geben, dass ich glaubte, was er da sagte, dass wir über dieselbe Person redeten. Ich hatte meinen Watussi. Auch jemand, der keinen Vater hatte, auch einer, der hinsichtlich seiner Herkunft betrogen worden war. Catapulta hatte seinen Boris. Ich war nicht der Watussi. Aber Catapulta war sehr wohl Boris.

»Was sagst du?« Catapulta sah mich überrascht an.

»Geschichten, die sich wiederholen.«

»Willst du mir sagen, du hast eine bessere Geschichte?«

»Nein, ich habe meine Geschichte. Aber deine möchte ich unbedingt erfahren.«

»Immer mit der Ruhe, Fernando. Wenn du dich an mich hältst, wird aus dir noch der jüngste General Europas. Du bist auf dem richtigen Weg. Jetzt musst du nur noch lernen, dich nicht von deinem inneren Feuer leiten zu lassen, falls du die Linie zu übertreten wagst, oder von deiner Dummheit, falls du sie nicht übertrittst. Aber hör auf mich. Übertrete sie nicht. Übertrete sie nie. Nicht, wenn du dich in eine Suffnacht stürzt. Nicht, wenn du Verse zitierst. Und natürlich auch nicht im Hass auf diesen Idioten Vilabrafim. Er hat es nicht verdient, dass man sein Feind ist. Wir benützen ihn einfach. Morgen schenken wir ihm eine neue Brille und sagen ihm, dass es uns leidtut. Was sind wir für Heuchler. Wie Besoffene am nächsten Morgen. *La pluie nous a ébués et lavés et le soleil desséchés et noircis. Pies, courbeaux nous ont les yeux cavé et arraché la barbe et les sourcils.*«

Saß mein Leser schon einmal an der Theke einer einigermaßen gepflegten Bar neben jemandem, der lautstark rezitiert? Alles ist möglich, nicht wahr? Falls Sie sich schon mal in so einer Lage befunden haben, werden Sie sich mühelos vorstellen können, welche Scham man dabei für den anderen empfindet. Verwunderte Blicke richteten sich auf uns. Catapulta war vertieft, er saß mit geöffneten Händen und Armen da, der Blick erhoben zum Carrier-Ventilator über den Flaschenregalen:

»Jamais nul temps nous ne sommes assis; Puis çà, puis lá, comme le vent varie, A son plaisir sans cesser nous charrie, Plus becquetés d'oiseaux que des à coudre. Ne soyez donc de notre confrérie, Mais priez Dieu que tous nous veuille absoudre!«

Hier und dort hörte man Applaus. Catapulta beachtete ihn nicht.

»Habe ich dir schon mal von François Villon erzählt? Ach, ja …« Catapulta bedrohte mich mit dem Zeigefinger wie mit einem Gewehr: »Erinnerst du dich? Echt? Schade!«

»Aber du kannst es mir erklären …«

»… du verstehst den Text nicht. Willst du das sagen? Gut … Das Gedicht handelt von Erhängten, die Erhängten sprechen selbst, sie klagen.« Peinlicherweise hob er wieder die Arme: *»Der Regen wusch uns, hat uns abgespült, Die Sonne trocknete uns schwarz und hart, Elstern, Raben haben uns die Augen ausgepickt, Und weggerissen uns Brauen und Bart. Niemals werden wir Ruhe finden, Hierin, dorthin wie der Wind gerade weht, zerpikst wie ein Fingerhut von den Vögeln. Vor unserer Brüderschaft müsst ihr euch hüten, doch bittet Gott, dass er verzeih uns allen.«*

»Dort, dort …!« rief eine weibliche Stimme aus.

»Hast du es jetzt verstanden, Fernando? Ja, oder? Das waren Boris' Lieblingsverse. Boris lebte in Toulouse, er hat in einer Druckerei gearbeitet. Boris hätte gerne einen stattlicheren Lebenslauf gehabt, in krimineller Hinsicht. Na ja, in jeder Hinsicht. Aber die letzten Kriege waren schon seit einiger Zeit vorbei, und bis es neue Kriege gibt, dauerte es noch ein bisschen. Boris ist ein Idiot, er ist sentimental, er gehört nirgendwo richtig hin, ist ein bisschen der Depp zwischen den ganzen Jammergestalten mit festen Arbeitszeiten. Aber Boris mochte den Geruch der französischen Tinte, denn er wusste, das war der Geruch von Paris. Boris wusste von Paris, aber er kam nie dorthin. Er hatte kein Geld. Es gibt keine größere Strafe, als ein Junge vom Land zu sein und sich zu verlieren, weil man alles wissen will. Alles. Boris wollte für alle Laute und Rhythmen, die er dort drinnen hörte, die Begriffe wissen, er scheute weder Tod noch Teufel. Boris schrieb Briefe an Leute, die er bewunderte. Boris schrieb Briefe, wenn er schon zu betrunken war, in den Bordellen, die sein Zuhause waren. Aber niemand antwortete ihm. Nur einer, der es nicht hätte tun sollen. Ein Korrespondent aus Paris schrieb ihm in einem Brief, er wolle ihn mit einem *anarquiste catalan* in Kontakt bringen, der sich in Toulouse versteckt hält, er sei ihm sehr ähnlich, und sie sollen sich an einer bestimmten Adresse treffen. Nennen wir den Spanier Juan. Juan will, dass Boris irgendwelche Pamphlete druckt. Das tut Boris. Sie beschließen, locker in Kontakt zu bleiben, doch Juan wird in Toulouse ins Gefängnis gesteckt. Jemand in Spanien weiß von Boris' Existenz. Er lernt mehr Leute kennen. Nennen wir sie Pedro, Tomás, Santiago … Boris stellt einen Plan auf, um Juan aus dem Gefängnis zu holen, und der Plan geht auf. Juan beschließt, dass Boris einer von ihnen ist. Juan erzählt sein Leben, und Boris bewundert ihn und erkennt, was für einen kurzen Weg er bisher zurückgelegt hat. An und für sich weiß Boris mehr als diese Bande, die für ihn Vandalen wie aus dem Bilderbuch sind, die einzigen, die er kennt, aber er weiß nicht, was in Spanien los ist, in diesem Katalonien, in diesem Barcelona, das später seine Stadt werden wird. Sie erklären es ihm und auch, was sie vorhaben. Boris fühlt sich bei diesen verrufenen Leuten zu Hause. Willst du die Geschichte von diesem Juan hören? Willst du wissen, was Juan darstellte? Weißt du, warum sie Boris einen Mörder nennen? Weil Boris lügt, weil Boris seinen neuen Freunden nicht die ganze Wahrheit sagt. Und Lügen heißt nicht nichts sagen, die reden alle nicht viel. Sie tun gerne so, als würden sie sich nicht kennen. Boris möchte als einer von ihnen anerkannt werden. Er sagt nicht, dass er auf der anderen Seite der Grenze studiert hat. Er sagt es nicht, weil er sich dafür schämt, weil er beschlossen hat, für immer Boris Montcorbier zu sein. Montcorbier war Villons wirklicher Nachname. Und dazu kamen Scham und seine Komplexe, der Arme.«

»Was ist mit Juan?«

»Wieso Juan?«

»Du hast eben über einen Juan gesprochen.«

»Ah, der Name ist erfunden. Er hieß nicht Juan. Ich sage dir nicht, wie er hieß. Wozu auch. Damals wusste ich es auch nicht, und du wirst auch so groß und ein Mann. Als Boris Juan kennenlernte, hatten sie Juan schon mehrmals festgenommen. Er war einer von denen, die bei Massenaufläufen immer festgenommen werden. Manche Leute haben dieses seltsame Privileg. Juan war so ein Sturkopf, dass er es sich mit allen Gruppierungen verscherzte, mit Kommunisten, Maoisten, Anarchisten und deren Mischformen, er hätte seine eigene Gruppierung aufmachen müssen. Juan hatte das Glück, nach Frankreich fliehen zu müssen, denn bei der Planung eines Streiks in einer Eisfabrik steuerte er die glänzende Idee bei, auf seinem Moped hinzufahren. Er wollte den Korb auf dem Vorderrad mit Molotow-Cocktails füllen und diese gegen sämtliche Kühlbaracken schleudern. Als er gesehen wurde, warf er das Moped hin und stieg in den erstbesten Zug. Die Polizei fand das Fahrzeug mit einigen Molotow-Cocktails. Es war auf Juans Namen angemeldet. Die Aktion war eine Schnapsidee und ein Meisterwerk.«

Catapulta lächelte. Nostalgie in Reinform. Tiefgefrorener Hass. Eine Suffnacht.

»Ein Künstler kann irgendwann in seinem Leben ein Meisterwerk hervorbringen. Auch jemand, der in seinem Beruf großes Können erworben hat, kann, wenn er nur dranbleibt, etwas erschaffen, das an ein Meisterwerk nahe herankommt. Aber was ein Genie davon unterscheidet, ist die Erleuchtung, die ihn wie unbeabsichtigt ein Meisterwerk erschaffen lässt, als ob sie nichts dafürkönnten. Ein Genie kann es nicht vermeiden, ein Genie zu sein. Sein ganzes Leben, alle Zufälle, zielen darauf, aus ihm das zu machen, was er geworden ist, und er selbst bemerkt gar nicht, dass er einem viel höheren Ziel dient … viel höher … In Toulouse kam Juan ins Gefängnis, weil er im Auto eine Waffe und Propagandaflugblätter hatte. Es stand im Parkverbot vor einer *boîte*. Die Gendarmen erblickten etwas Verdächtiges in dem Auto und öffneten es. Er war währenddessen in der *boîte*, schäkerte mit den Nutten und sang ihnen ›La cançó del rossinyol‹ vor. Er bekam ein Jahr Kerker. Das Problem war, dass er in der Stadt ein ganzes Arsenal hatte, das niemand bewachte. Ein paar alte Bomben aus dem letzten Krieg und irgendwelche Flinten, die ihm alte Anarchisten gespendet hatten, aber immerhin. Da saß Juan also in seiner Zelle, ›El rossinyol‹ singend, und das Arsenal, das uns das neue Leben bringen sollte, wartete irgendwo an einem versteckten Ort. Eine Woche, bevor er freikommen sollte, erfuhren seine Freunde, dass es in einem Haus in der Stadt eine Explosion gegeben hatte. Das Arsenal, klar. Er entwirft einen Fluchtplan, und die Gendarmen schnappen ihn erneut. ›Da kam die Bullerei und schleppte mich wieder ab‹, heißt es in dem Lied. Dabei war das Arsenal gar nicht explodiert, sondern ein Laden mit Feuerwerkskörpern. Der erleuchtete Juan bekommt noch ein Jahr drauf. Diesmal hilft ihm Boris zu fliehen. Er schafft ihn über die Grenze. Boris kennt die Gegend, seit er Kind ist, jeden Felsen, jedes Zeichen, die Geheimnisse des Gebirges. Juan überquert mit Boris die Grenze. Sie überqueren die Berge, der Wind wiegt die Büsche, Kälte herrscht, das Tiergebrüll in der Dunkelheit, das Bellen. Laternenäxte, die in der Ferne die Dunkelheit durchhauen, bringen den Schnee zum Funkeln, das eigentliche Licht der Nacht. Das Hundegebell. Sie überqueren die Grenze wie der Fuchs, den Boris gesehen hat, sehen sich überall um, langsamer als die Wolken. Juan stellt Boris der Gruppe vor. Die Gruppe hat sich das Ziel gesetzt, den Arbeitern das zurückzugeben, was das kapitalistische System ihnen weggenommen hat: den Mehrwert. Kommt dir das bekannt vor?«

»Nein.«

»Wie sollte es auch? Du bist aus der Mittelschicht. Sie hatten vor, anzugreifen und dem Arbeiter den Mehrwert zurückzugeben. Robin Hood eben. Niemand, noch nicht einmal Boris, der darin eine höchste Form der Poesie sieht, erkennt, dass Angreifen zwar leicht ist, aber dass gerecht zu sein, methodisch vorzugehen und dem symbolischen Arbeiter mit der männlich geschulterten Spitzhacke den Mehrwert zurückzugeben, doch recht kompliziert ist. Aber die Tat wird aus dem Abenteuer geboren, und eine unumstößliche Regel heißt, dass beim Handeln nicht gezögert wird, man handelt einfach. Alles geschieht sehr langsam, bis auf einmal alles sehr schnell geht: Handeln ist angesagt. Das Kommando, die Zelle, oder wie du's nennen willst, will handeln. Man sammelt Informationen. Einige überfallen ein Leihhaus, in dem die Tante eines ehemaligen Kameraden regiert, ein Kamerad aus einem der kommunistisch, chinesisch, anarchisch angehauchten Gruppe, von der man sich abgespalten hat. Ein einziges Chaos. Sie sitzen in der Scheiße, schön in der Scheiße. Schön deshalb, weil die Alte und ihre nicht weniger alte Kollegin das Überfallkommando mit Stockschlägen fast umbringen. Sie haben nicht eine einzige Pesete ergattert. Es folgt ein neuer Plan. Sie beobachten die Wege eines Bankangestellten, der einen rätselhaften Koffer mit sich herumträgt. Sie überfallen ihn. In dem Koffer ist nur eine Stulle. Dann überfallen sie, diesmal mit Erfolg, in einem Dorf eine Bankfiliale. Einziges Problem: Es ist Juans Dorf. Er wird erkannt. Muss fliehen. Wieder in Toulouse, stehlen sie die Linotypes in der Druckerei, wo Boris arbeitet. Nach zwei Tagen hat man sie geschnappt. Boris entkommt wie durch ein Wunder. Juan und, sagen wir, Andrés, kommen ins Gefängnis. Boris kehrt zurück in die Stadt, in unsere Stadt. Bei seiner Ankunft wird ihm mitgeteilt, dass die Überfälle das erhoffte Ergebnis hatten. Hat jemand »Langfinger, zurück ins Kittchen!« gefordert? Nein. Die Nachricht verbreitet sich, wird sogar in Francos Zeitungen gedruckt, eine hochgefährliche Organisation operiere im Land. Vielleicht wird sie von Hammer und Sichel, von der allmächtigen Mafia gesteuert.«

»Ich glaube, ich komm nicht ganz mit.«

»Keine Sorge. Du kriegst die Fäden schon wieder zusammen. Boris lernt mit den anderen, den Polizeifunk abzuhören. Boris rüstet sich wie die anderen mit Waffen. Boris beteiligt sich an ihren grandiosen Überfällen. Boris verschickt mit den anderen ein Bekennerschreiben: ›Diese Enteignung hat zum Ziel, sich dem Kampf des Proletariats gegen das Bürgertum und den kapitalistischen Staat anzuschließen. Für ihren Kampf holen sich die Revolutionäre das Geld zurück, das die Kapitalisten der Arbeiterklasse gestohlen haben. Der tägliche Kampf des Proletariats gegen die Ausbeutung verpflichtet die revolutionären Kampfzellen dazu, die notwendigen Handlungen durchzuführen, damit der Kampf seine revolutionären Ziele erreicht. Solange die Kapitalisten die Arbeiterklasse unterdrücken, werden die Revolutionäre weiter landauf, landab das Kapital und seine Lakaien angreifen.‹ Sherwood Forest gehört uns.«

»Stimmt das alles?«

»›Das ist ein anderer Fehler, dem viele erlegen sind, sie glauben nicht, dass es solche Ritter auf der Welt gegeben hat.‹ Hast du den Quijote gelesen? Wenigstens den Quijote?«

»Ich würde dir gerne eine Geschichte erzählen, die mir passiert ist und die auch niemand glaubt.«

»Wenn ein Mann aus dir geworden ist. Was der Mörder Boris nie werden konnte.«

»Ist das Märchen schon aus?«

»Vilabrafim hat recht. Du bist ein bisschen aufsässig. Ein freches Bürschchen. Früher warst du nicht so frech. Hat es einen Mord gegeben? Ohne Mord gibt es keinen Mörder. Und Boris ist ein Mörder. Oder hast du das schon vergessen?«

Ich machte große Augen wie ein Junge, der darauf wartet, dass sein Opa die Geschichte weitererzählt. Der Opa räusperte sich, bestellte noch einen Whisky, lächelte die Kellnerin an, zu der er vorhin so unfreundlich gewesen war.

»Gibt es Ritter?«

»Heutzutage kaum noch.«

Die Nutte sah Catapulta weise an, als spürte sie, dass sie gegen diesen Mann nicht ankam, doch sie wollte ihren Stolz behalten. Catapulta zahlte. Er ließ ein beachtliches Trinkgeld da. Dann blickte er auf die Uhr. Er überlegte.

»Es ist noch früh. Oder schon zu spät. Für das, wofür wir in diese monumentale Stadt gekommen sind, ist es natürlich schon zu spät …«

»Und ich weiß immer noch nicht, wo ich schlafen soll.«

»Alles zu seiner Zeit. Du musst noch Boris' Geschichte fertighören. Bestell dir, was du willst, und zahl es aus deiner Tasche, dafür kriegst du das Märchen vom armen Waisenjungen gratis. Das D'Alessandro macht früher zu als das Lokal hier. Hier ist immer sehr lange geöffnet.« Catapulta sprach leiser: »Der Schuppen gehört einem Kommandanten der Guardia Civil … Hier kommen auch Mädchen her, die sind kurz vor Schluss dann sehr billig. Wie Fisch. Vielleicht lässt dich eine bei sich übernachten …«

»Erst mal höre ich mir Boris' Geschichte an.«

»Das ist der brave Fernando, der seine Tigerkrallen erst ausfährt, wenn seine Stunde gekommen ist. Nicht wie Juan, nicht wie Boris, nicht wie die anderen. Boris überfiel am Abend vor dem Dreikönigstag eine Bank. Sie zogen zu dritt los, als Heilige Drei Könige verkleidet. Das war gar nicht so einfach, die Bankangestellten davon zu überzeugen, dass sie wirklich Bankräuber waren! Obwohl sie keine Verse aufsagten. Es war natürlich Juans Idee gewesen. Aber Juan konnte sie nicht ausführen. Also machte es Boris, zusammen mit Pedro, mit Andrés, mit Santiago, mit Tomás. Was bedeuten schon Namen? Sie vertrauten Boris nicht besonders, weil sie, nebenbei gesagt, auch Juan nicht sehr vertrauten. Als durchschnittliche Menschen kuschten sie nur vor seinem Charisma. Merkwürdig? Ach, na ja … Boris kannte sie auch nicht. Überhaupt durchschaute Boris diese ganzen Verflechtungen nicht. Wenn irgendwas scheitert, sind alle ganz schnell weg. Wenn dann mal was klappt, fangen alle an, gegenseitig misstrauisch zu werden. So läuft es in den besten Familien. In den besten Firmen. Das ist die kapitalistische Gesellschaft, Fernando. Eigentum ist Diebstahl, aber Eitelkeit ist Eitelkeit, und Angst einfach nur Angst. Kurz darauf machen sie den nächsten Überfall. Diesmal sind sie nicht vermummt. Sie haben sich gerade mal einen Bart angeklebt. Die Phantasie hat sie im Stich gelassen. Boris kommt mit dem Maschinengewehr rein und sieht die erschrockenen Gesichter. Boris spricht möglichst streng zu dem Kassierer. Sie haben ihn als Wortführer gewählt, wegen seines französischen Akzents, wegen dieses französischen Akzents, den er nicht hat, aber er tut die ganze Zeit so, damit man ihn für einen Franzosen hält, was er immer hat sein wollen. Der Kassierer muss erkennen, dass der Mann mit dem französischen Akzent seine Drohung wahrmachen wird. Wenn der Kassierer nervös wird, muss Boris ihn auch töten. Wenn er seinen Mut zusammennimmt, muss Boris ihn töten. Boris' Komplizen springen vor und tänzeln um ihn herum. Boris darf keinen Blick fixieren, weil das die entsprechende Person sehr nervös machen, eine kollektive Hysterie auslösen könnte, und dann müsste Boris schießen. Er darf nicht auf die mit blauen Krampfadern überzogenen Beine der Dicken starren, die sich den Rock hochhält, mit den schwarzen, rutschenden Strümpfen und dem schmutzigen Unterrock. Er darf nicht nach unten sehen, er darf den Kopf nicht zu schnell bewegen. Er muss sie überzeugen. Es ist wie vor Publikum reden, denkt Boris und lacht fast. Es ist wie beim Examen in diesem spanischen Internat in dieser Popenstadt. Es wird doch nicht jemand die Polizei gerufen haben? Auf der Straße ist ein Hupen zu hören. Das Hupen hört überhaupt nicht mehr auf. Wie die Bilder, die Boris durch den Kopf gehen, während er das Hupen hört und die Schatten um ihn herumtanzen. Nein, sie sind nicht verpfiffen worden, sie sind nicht von dem Auto, das wartet und aufpasst, verpfiffen worden. Da ist ein tauber und verrückter Alter, der mitten auf der Fahrbahn stehen geblieben ist und den Verkehr aufhält.

Boris glaubt nicht, dass sie verpfiffen worden sind, er kann nicht so viel Pech haben. Eine Freundin von ihnen hat am Tag zuvor Schmiere gestanden und irgendwas Verdächtiges gesehen. Sie haben sie für paranoid erklärt. Wer kann etwas erfahren haben? Wer konnte uns verpfiffen haben? Ist unter uns ein Verräter? Boris kann es nicht sein. Boris steht da mit dem Maschinengewehr in der Hand und erinnert sich nicht, auf dem Polizeisender etwas gehört zu haben. Was hat das zu bedeuten? Erst, als er bereits mit dem Sack Geld in der Hand dasteht und ›Halt! Polizei!‹ hört, begreift er, dass sie wirklich verpfiffen worden sind. Er steht an der Hintertür, lässt den Geldsack fallen. Er hört Schüsse. Und rennt zu dem Auto, in dem Pedro sitzt, und der hupt jetzt wirklich, bis sie auf einmal Schüsse hören, und dann ist es still. Eine bleierne, schmerzende Stille. Schau, dort kommt deine Freundin …«

Über der Tür war ein Licht angegangen, während Catapulta delirierte und ich nicht wusste, wie verrückt mein Chef wirklich war, wie fremd oder wie nah ich mich ihm fühlen sollte, denn auch ich trug so eine Geschichte mit mir herum, die seiner in nichts nachstand, und hatte endlich jemanden gefunden, der mich verstehen würde. Von der Straße riefen irgendwelche Leute herein, woraufhin der müde Türsteher Licht anmachte und an das Sichtfenster trat. Herein kam niemand anderes als die blonde Carol, die wir im D'Alessandro kennengelernt hatten, zusammen mit einer Kollegin, die mich mit ihrer blondierten Lockenmähne an Tina erinnerte. Dieses Mädchen sollte meine Tina sein, wenn Catapulta und ich wieder vom Leben jener Männer, die es wirklich gegeben haben soll, abgekommen sein würden. Auch wenn Catapulta Boris war und ich nicht der Watussi. Er sprach schon wieder weiter, während ich mit meinen Gedanken noch bei Tina und den Zufällen dieser Welt war.

»… keiner vertraute keinem. Hörst du mir eigentlich zu? Nach den nächsten Überfällen wurde es für sie immer brenzliger. Schließlich mussten sie im tiefsten Winter die Grenze überqueren, sie versanken bis zu den Knien im Schnee. Boris hatte eine Bronchitis, und in dieser anderen Stille, einer silbrigen Stille, klar wie die Stille nach einer vollkommenen Melodie, wusste er sich nicht anders zu helfen, als zum Husten den Kopf in den Schnee zu stecken, um sich nicht zu verraten. Und als er wieder mal seinen Kopf in den Schnee hielt, hörte er durch den Schnee hindurch die Schritte von Gendarmen oder der Guardias Civiles, deren Stiefel in den Schnee eindrangen, ihn versehrten. Er bemühte sich krampfhaft, jedes Geräusch zu unterdrücken, damit die Hunde ihn nicht hörten, deren Hecheln kilometerweit, Jahre voraus zu hören war. In Toulouse trafen sie sich. Es herrschte Angst. Selbstkritik wurde laut. Die Theoretiker nennen die Angst Selbstkritik. Es war ihnen unerträglich, mit verrohten Menschen in Verbindung gebracht zu werden. Denn Bankräuber verrohen, Fernando. Ach, diese Theoretiker! Gut, sie bezahlten sie, damit sie ihre Zeitschriften machten und darin erklärten, welches Geld sie den Arbeitern geben wollten. Als wären sie tatsächlich Könige aus dem Morgenland. Einer dieser Theoretiker soll sogar zum Psychologen gegangen sein, um ihm die Anspannung eines Lebens im Untergrund darzulegen. Andere gingen zur Beichte. Und die meisten soffen die Nächte durch. Heiliger Himmel! Die Revolution! Und dabei waren einige, unter ihnen auch Boris Montcorbier, schon längst dabei, dem Proletariat den Mehrwert zurückzugeben, und zwar auf originellem Wege: indem sie ihr ganzes Geld, das sie nicht in neue Überfälle reinvestierten, im Bordell ließen, und auf diese Weise kam ein vergnüglicher *Circulus vitiosus* in Gang. Bestimmt hatten die Mädchen arme Verwandte mit zerschundenen Händen, und dank der häufigen Besuche der begeisterten, glühenden, die Kapitalisten enteignenden Jugend war die Versorgung der Familie mit Brot, Beaujolais und Camembert nun gesichert. Andere dieser anarchistischen Jugendlichen fingen an, zum Zeitvertreib Comics zu zeichnen. Kacke, Arsch, Furz, Pisse, mit Polizisten als Hauptfiguren. Ihre künstlerischen Ergüsse schickten sie den Zielpersonen ihres Spotts, die unsere Verfolger waren. Die sollten nur vor Wut kochen. Und mit der Zeit bemerkte Boris, dass diese Comics sich über das Gesetz lustig machten und dass es ihnen im Grunde um nichts anderes ging. Wer waren sie eigentlich? Und wer von ihnen war eigentlich zum Judas geworden? Sie überquerten wieder die Grenze, und obwohl sie Experten in Überfällen waren, war die Polizei immer über ihre Bewegungen auf dem Laufenden. Nach der Selbstkritik kommt die Selbstauflösung. Sie tauchten unter. Juan, der seinen eigenen Weg ging, kam aus dem Gefängnis und überfiel eine Bank. Ein Solo für Juan. Juan kam aus dem Gefängnis, überfiel eine Bank, und wer war der Kassier? Ein früherer Klassenkamerad, der ihn sofort erkannte. Juan wird noch in die Geschichte eingehen, unser Juan wird unsterblich werden wie der unerkannte Mozart oder der launenhafte Picasso, erhaben über die kleinen Tragödien der anderen. Juan wanderte von einem Gefängnis ins nächste, bis vor einem Jahr. Da kam es zu einem Massen-Ausbruch. Einige schnappten sie, andere nicht. Als sie einen festnahmen, gab ein Guardia Civil einen Schuss ab. Er traf. Weißt du wen?«

»Juan?«

»Genau. In die Brust. Letztes Jahr. Als das alles schon Ewigkeiten her zu sein schien. Andererseits war es, als wäre es erst gestern gewesen. Als Juan festgenommen wird, bauschen die Zeitungen die Nachricht mächtig auf. Boris ist noch jung. Boris weiß nicht, dass Judas' Herren die Messer wetzen. Von internationalen Banden ist die Rede. Es ist die Rede von einer realen Gefahr für die Sicherheit des Staats, obwohl man weiß, dass man es mit einer Hand voll Bengeln zu tun hat, obwohl man bestens informiert ist. Boris versteht so viel, dass man sie sehr bald schnappen und ihnen ihre gewetzten Messer an die Kehle halten wird. Man wird ihnen die Kehle durchschneiden, für das, was sie getan, und das, was sie nicht getan haben. Jetzt bekommt Boris Angst. Er sagt, dass er geht. Aber er sagt nicht, dass er sie die ganze Zeit wegen einer lächerlichen Sache betrogen hat. Er wollte nur Franzose sein. Er spricht perfekt Spanisch. Er hat ihnen auch nicht gesagt, dass er älter ist, als er aussieht. Er wollte einfach wie sie sein und hat sich nicht getraut, jemandem zu sagen, dass er erst geboren wurde, als er erfuhr, dass seine Schwester seine Mutter war. Kurzum … Boris verschwindet. Die anderen werden bald festgenommen. Bei einer der Festnahmen sagen sie, Pedro, der sehr bald nicht mehr

Pedro sein wird, habe einen Polizisten getötet. Die Angelegenheit ist sehr ernst. Man macht ihm den Prozess. Er wird zum Tod verurteilt. Das sagt sich so leicht. Sie machen ihm den Prozess. Er wird zum Tod verurteilt. Die Ratte unterschreibt das Urteil. Die Ratte will nicht begnadigen. Ein Verrückter macht einen anderen Verrückten zum Märtyrer. In der Hölle muss es wimmeln vor Hampelmännern. Einen Rat, Fernando, versuche zu verhindern, dass Del Protzo dir irgendwann mal den Witz von dem Professor aus Lepe erzählt.«

»Ich werd's versuchen. Aber es könnte schwierig werden. Kannst du dich noch an diese Demonstration erinnern, als sie diesen Exekutierten beerdigt haben? Stell dir vor, ich habe einen der Demonstranten versteckt, und ich wollte ihm die Geschichte erzählen, die ich dir auch die ganze Zeit schon erzählen will, und der Typ ...«

Catapulta hörte mir nicht zu. Ein nachdenklicher Catapulta. Ein Catapulta, der Carol und ihre Freundin mit einem leichten Handzeichen grüßt, die endlosen Beine, die aus den Tiefen eines grünen Sofas überkreuzt herauswachsen, ein friedliches Warten. Mit seinem Handzeichen gab Catapulta ihnen zu verstehen, dass er später vielleicht zu ihnen rüberkommen würde, aber nicht jetzt. Ich hörte, wie Carol ihrer Freundin erzählte, wie es im D'Alessandro mit diesem Vilabrafim weitergegangen war. An ihrer Stelle wäre ich vor Angst gestorben. Ich zitterte, aber das kam von der nachlassenden Wirkung der Tabletten, von dieser unheimlichen Geschichte. Ich nahm ein Valium, was Catapulta in seiner Abwesenheit nicht mitbekam. Ich bestellte ihm noch ein Glas. Ganz ein Herr, ließ ich Carol und ihrer Freundin eine Flasche Champagner bringen. Ich musste mich korrekt benehmen, wenn ich meine Geschichte erzählen wollte, und wusste auch schon, wie ich sie erzählen wollte. Währenddessen grummelte Catapulta: »Berühre meine Wunden, nein, nein, berühre mein zermalmtes Genick. Wie wird man Märtyrer? Weil man Jünger hat? Neeiiin! Weil man Interessen hat. Ohne eine Religion, die sich einer anderen Religion entgegenstellt, gibt es keine Märtyrer. Ohne eine aufstrebende Macht, die sich einer Macht entgegenstellt. Bei dem Essen heute Abend war alles vertreten. Alles. Wer damals auf die Straße gegangen ist, und wer nicht, wer diese Exekution damals richtig gefunden hat oder gar nichts gesagt hat. Und die, die damals auf die Straße gegangen sind, fassen sich jetzt an den Kopf, befürchten, dass es neue Banküberfälle geben wird. Banküberfälle gibt es immer. Aber die Märtyrer sind längst andere. Die Proteste auch. Jemand, der Pedros Gang zu dem Hinrichtungsstuhl mitverfolgte, hörte den zu Jesus gewordenen Pedro einen Satz ausspucken, in dieser besonderen Stille, die auf dem Märtyrer lastet, die feindliche Stille, die Träume und Trug entlarvt, die großartige Stille, die nichts ist außer Stille, wenn das Licht im Osten aufsteigt und man fortschreiten muss: ›Sie müssen dich gut bezahlt haben, he?‹ sagte er. ›Sie müssen dich gut bezahlt haben.‹ Das sagte er natürlich zu Judas. Aber wer war Judas? Noch der letzte Dummkopf kann sich denken, dass Judas die Schuld einem anderen zuschieben würde. Warst du es, Andrés? Warst du es, Santiago? Warst du es, Boris? Boris war nie richtig dabei. Boris ist immer entwischt. Vielleicht hat Boris uns die ganze Zeit betrogen. Vielleicht auch nicht. Vielleicht, vielleicht … Weil er von Popen erzogen wurde. Vielleicht, weil man ihm gesagt hat, seine Schwester sei seine Mutter. Vielleicht, weil er ein armer, komplexbeladener Wurm war, weil er schlauer war als alle zusammen, weil Boris seine Rolle zu spielen wusste, sich zurückzog, wenn ein Spiel ihm zu brenzlig wurde. Er war aus einem anderen Holz geschnitzt, Boris, der in seiner Unschuld keinen Grund sah, seine harmlose Lüge zurückzunehmen, die Lüge von dem armen Kind, er war der Erste, der in die unüberblickbare Gruppe lebendiger Toter aufgenommen wurde. Aus all diesen Gründen war Boris verdächtig.

In der Stadt war Boris längst gestorben. Und man ließ ihn unter anderem deshalb am Leben, weil er für sie schon längst gestorben war, weil es sich ausgespielt hatte. Unter den Comics stand nun nicht mehr ›Fortsetzung folgt‹. Ja, Fernando, und dieser bärtige Journalist, der unseren Chef in seinem schwachsinnigen Artikel einen Fascho nennt, wird nicht etwa von uns bezahlt, weil wir dachten, er würde wunderbare Dinge über dieses scheiß Boot berichten, in dem wir alle sitzen. Wir bezahlen ihn, damit Boris nicht wiederaufersteht. Damit Boris schön brav in seinem Grab bleibt. Denn wenn Boris ins Leben zurückkehrt, setzt er meinem ein Ende. Darum erzähle ich dir das alles. Damit sie dir nicht ihre Wahrheit aufschwatzen. Damit sie dir nicht sagen, Boris sei Judas, ein Mörder. Damit sie dir nicht sagen, ich sei Boris. Denn diese ganzen Arschlöcher, die ihr Leben lang keinen Finger gekrümmt haben, konstruieren die Geschichte. Und mich haben sie in die Abwasserkanäle verbannt. Jeder Baum hat seinen Schatten, werden sie sagen, wie dieser Catapulta alias Boris. Catapulta in der Kanalisation. Blinde Köter in der Kanalisation. Kleine und große Ratten in der Kanalisation. Schmusetiere, die wir, wenn sie zu sehr gewachsen sind und keinen Spaß mehr machen, den Abfluss runterspülen. Fernando, niemand wird jemals die Wahrheit erfahren. Wir sind hier, um Leichen zu begraben. Denn auch unsere Chefs sind Tote. Sie waren nicht Boris, aber in sich tragen sie einen anderen Boris, den sie begraben müssen. So könnte man es zumindest nennen. Alle machen das. Sorgfältig, damit kein Handknochen mehr aus dem Boden ragt. Heute, genau jetzt, kümmert sich Tomás del Protzo um die Finanzierung seines Begräbnisses. Und nach dem kapitalistischen Gesetz wird dieses Geld weitere Beerdigungen finanzieren. Und kein Knochen wird mehr zu sehen sein. Niemand wird jemals die Wahrheit erfahren, Fernando.«

»Mit einer Ausnahme. Dass es besser ist, nach innen zu tanzen als nach außen. Wenn man nach innen tanzt, wird man sehenden Auges verrückt.«

»Was redest du da?«

Zum zweiten Mal erzählte ich den Tag des Watussi von vorne bis hinten. Jeden Augenblick, jede Folge von Augenblicken, jede überstandene Gefahr, jede Erkenntnis, jeden Betrug. Und Catapulta hörte mit wachsender Aufmerksamkeit zu.

Die Nutten warteten. Guillermo Catapultas Rausch verging, und die aufgesetzte Euphorie verwandelte sich in natürliche Begeisterung. Dann gab er mir Geld und ließ mich mit der Nutte, die

Tina ähnlich sah, zurück. Catapulta bat die falsche Tina um ihre Telefonnummer, falls man mich finden müsse. Er gestand mir, dass er keine Übernachtung für mich gebucht hatte, weil er und Tomás del Protzo mir eine Überraschung hatten machen wollen, eine Nacht im Palace mit einer Nutte, die den Namen »Die Wasserstoffbombe« trug, die Mega-Erfahrung. Aus irgendeinem Grund hatte es nicht geklappt. Ich bedankte mich trotzdem. An diesem Abend hatte ich einen Freund gefunden. Einen wahren Freund. Ein ehrliches Wiehern zwischen tausend falschen Lachern.

24

»Meine Damen und Herrn, nach den Worten meines ehrenwerten Kollegen Carlos del Cravall und seiner rührenden kleinen Geschichte von dem Piloten, der nach einer Bruchlandung in der Wüste sitzt und einem kleinen Prinzen zuhört, wie er ihm von seinen Besuchen auf anderen Planeten erzählt, wo niemand glücklich ist, erlauben Sie mir, dass auch ich die Allegorie bemühe, um die Ideen der Bürgerlichen Liberalen Partei zu umreißen. Ich hoffe, dass dieser Kopf …« – Jaime Vilabrafim zeigte auf seinen, vor kurzem von uns gekämmten Schopf – »vor lauter Ideen nicht noch dasselbe Schicksal erleiden wird wie jener, der seinen Tagen mit einem Sturz in die eisigen Fluten der Wolga ein Ende gesetzt hat. Oder war es die Weichsel? Oder die Oder? Die Moldau vielleicht?« – Vilabrafims verlorener Blick schien einen Strom hinabzugleiten, gebildet aus den Köpfen der Zuhörerschaft, die für ihn Ruderer waren. Er kam sofort wieder zu sich: »Ich meine jedenfalls Ángel Ganivet, diesen großen Mann, der in seinem *Idearium Español* sagte …«

Vilabrafim sah zu Catapulta. Catapulta deutete verstohlen auf das Blatt Papier, das in Vilabrafims Händen zitterte. Die Ereignisse hatten sich überstürzt, und jeder stolperte, wie er nur konnte, über das unsichere Gelände des Betrugs. Doch wenn etwas in der ganzen Verunsicherung klar wurde, dann, dass Vilabrafim Angst bekommen hatte und dass er unabhängig davon auf einmal Respekt zeigte. Nachdem er zu Catapulta geblickt und dessen auffordernde Geste gesehen hatte, drehte Vilabrafim seinen Kopf zu dem großen, hinter ihm prangenden W. Vor einer halben Stunde hatte hier die Wohlgeruch und Glanz verströmende Gesellschaft Madrids Einzug gehalten – zugekleisterte Gesichter, radioaktives Lippenrot, Luft-Küsschen neben die Wange, neben die andere Wange, Umarmungen, Händedrücken und Wispern ins Ohr – und den Mut unseres Logos und die Frische seiner graphischen Gestaltung ausdrücklich gutgeheißen, wie eben alles Neue bejubelt wird, vorausgesetzt, es ist nicht zu extrem, und bringt Mittagsruhe und Feiertage nicht in Gefahr. Vilabrafim fuhr fort:

»… was Ganivet gesagt hat, hebe ich mir für einen anderen Tag auf, ätsch. Sie wissen ja, dass ich für mein Leben gerne zitiere, aber manchmal bin ich zu großzügig mit meinen Zitaten. Die Leute schnappen sie auf und schmücken sich mit fremden Federn, obwohl ihre Bildung gerade mal zum Kaffeekochen reicht. Milchcafé im Glas natürlich. Wie geschmacklos!« Vilabrafim faltete sein Blatt auseinander: »Meine Damen, meine Herrn, machen Sie es wie John Lennon, der Pop-Sänger, stellen Sie sich etwas vor, stellen Sie sich die westliche Welt, die hochindustrialisierten Länder als eine große Stadt vor. Oder als eine Stadt, die sich für groß hält. Wir leben in unheilvollen Zeiten. Im Elendsviertel dieser Stadt, am Rand, wo Hunger, Ungerechtigkeit, Seuchen, Gewalt herrschen …« Vilabrafim blickte verstohlen zu Catapulta, ob er sich an den Ausschmückungen seiner Rede stoße: offenbar nicht: »… die Angst in diesen Elendshütten macht auch vor dem Anführer nicht halt. Seine Herrschaft ist eigentlich unangefochten; trotzdem packt ihn die Angst, und die Bewohner dieser Baracken sind so verroht, dass sie diesen Mann tatsächlich vergiften. Der Anführer stirbt. Und auf der Stelle suchen diejenigen, die sein Ansehen bewahren wollen, nach einem Schuldigen. Diejenigen, die die Siedlung abreißen wollen, angeblich, um den Wildwuchs der Baracken zu beenden, suchen ebenfalls einen Schuldigen. Sie wiederum wollen das Andenken an ihn möglichst lebendig halten, um auf einen imaginären Feind zurückgreifen zu können. Wenn sie wieder einmal durchgreifen wollen, zeigen sie einfach auf die Statue, die sein Grab krönt, und sagen den Ahnungslosen: ›Seht! Wir müssen aufpassen, dass er nicht zurückkehrt!‹ Wenn auch aus unterschiedlichen Gründen, in beiden Fällen braucht man einen Schuldigen, muss jemand sterben, weil man etwas ein für alle Mal begraben will. Nur zwei Jungen – wie Sie sehen, habe ich eine Kindheitsallegorie gewählt –, nur zwei kleine Jungen glauben an die Unschuld des vermeintlichen Schuldigen. Denn sie haben ihn gekannt, sie haben ihn mit sauberen Augen gesehen, denn sie sind die Zukunft, und für sie trägt seine Botschaft Friedlichkeit und Wahrheit in sich … So sagt es ihnen ihr unschuldiges Bewusstsein, ihr Glaube an die Zukunft, der sie erwartungsvoll, nicht furchtsam entgegenblicken. Weil sie Kinder sind, meine Damen und Herren, fürchten sie auch mit sauberen Augen, und mit sauberen Augen fürchtet man nicht die Zukunft, sondern die Vergangenheit.«

Vilabrafim wendete sein Blatt um, während er die Wirkung seiner Rede beim Publikum abschätzte. Er fasste sich an den Knoten seiner Krawatte, das I-Tüpfelchen seines tadellosen Anzugs, den wir ihm vor einer Stunde gekauft hatten. Er untersuchte seine Brille mit Goldrand und schien mit seinem neuen Accessoire zufrieden zu sein. Eine Bühne für sich zu bekommen, hatte unseren Philosophen offenbar besänftigt. Das sagte die Art, wie er die Pause auskostete, sich über die Glatze strich, sich die Zotteln glättete. Der Saal lag ihm zu Füßen, die Stille war spannungsgeladen. Ich blickte zu Catapulta. Dass er meine Geschichte ausgeplaudert hatte, würde ich ihm nie verzeihen. Der Rest, den ich noch wusste und den ich ihm in dieser Nacht der Bekenntnisse beinahe auch noch erzählt hätte, würde nun mein Geheimnis bleiben. Für mich galt es jetzt, meine Haut zu retten. Das Entscheidende, was ich bei unserem Hauptstadtbesuch gelernt hatte, war nicht, dass es keine

Wahrheit gibt oder dass man sie begraben muss, sondern ich hatte gelernt, was ein Geheimnis wert ist. Vilabrafim redete weiter:

»Gut, eines Tages, vielleicht war es ein Wahltag, wenn es in der Barackensiedlung und in der damaligen Zeit überhaupt Wahlen gab – Sie werden gleich sehen, dass ich mit meiner kleinen Geschichte auf den Tag hinauswill, an dem der Lumpenkönig mit großem Pomp zu Grabe getragen wurde –, an diesem Tag, meine Damen und Herren, fällt der Entschluss, einen Mann zu töten. Alle zeigen auf ihn als den Schuldigen. Ich weiß, ich wiederhole mich, und ich reite auf meinen Symbolen herum, es ist mir einfach wichtig, dass der Gedanke klar wird. Ich komme auf die Jungen zurück. Die beiden Jungen, die das Schlimmste für ihn befürchten, ziehen los, um ihn zu warnen, und suchen ihn in der ganzen Stadt, in diesem dunklen Wald. Nur wissen sie leider nicht, wo sie ihn finden sollen. Sie sind Kinder, unschuldige Kinder, es ist ein regnerischer Tag. Diese Jungen gehen der Erkenntnis entgegen durch tausend dunkle und gefährliche Gassen, und niemand, niemand kann ihnen irgendetwas über diesen Mann sagen, etwas, was sie nicht selbst schon vermutet hätten, und doch fühlen sie sich durch die Angaben, die sie bekommen und die sehr widersprüchlich sind, in ihrer Meinung bestärkt, dass er ein großer Mann ist. Was sie über ihn hören, weist nicht gerade auf einen Heiligen hin, aber doch auf einen aufrechten Mann, von dem niemand eine Tat, wie er sie begangen hat, erwartet hätte. Diese Jungen setzen ihr Leben aufs Spiel, sie wachsen, lernen. Am Tag nach dem Tod des Gaunerkönigs, nach den Wahlen, nach der pompösen Beerdigung finden sie ihn am Hafen, wo er im Wasser treibt. Im schmutzigen Wasser. Nur ein Dummkopf würde das Geschehene ein Wunder nennen. Alle glauben, die Gerechtigkeit sei wiederhergestellt. Nicht lange danach verschwindet das Viertel. Die Stadt ist in Auflösung.«

Vilabrafim machte eine bedeutungsschwere Pause. Ein bewunderndes »Oh« war zu hören. Vilabrafim trank von seinem Wodka, der als Wasser getarnt war. Es schien ihm zu schmecken, denn er trank noch einen Schluck, und noch einen. Catapultas Räuspern zerriss die Stille in dem aufgeheizten, spannungsgeladenen Raum.

»Dieser Mann hatte kein Verbrechen begangen, aber die Beschuldigungen nahmen kein Ende. Er hat den Übeltäter nicht umgebracht, sagten die einen. Er hat ihn zweimal umgebracht, weil er für ihn gearbeitet hat, er war ein Verräter, sagten die anderen. Sie waren verdorben und konnten nicht mit den sauberen Augen dieser Jungen die Wahrheit sehen. Dieser Mann, den das Schicksal auserwählt hat, um den Menschen Glück zu bringen, der nie eine Führerfigur hatte sein wollen, aber das Zeug dazu hatte, aus schwierigen Situationen herauszukommen, war am Ende von allen getötet worden.«

Vilabrafim hieb mit solcher Wucht auf das Pult, dass er den Schmerz nicht verbergen konnte.

»Seien Sie unbesorgt ... ›Die Erkenntnis, nicht der Schmerz, zieht durch tausend dunkle und gefährliche Gassen.‹ Ich sage Ihnen, meine Damen und Herren, ich sage es ihm, ich sage es mir selbst, und sehr bald sagen wir es allen, dass die Stunde gekommen ist, für einen Führer, der keiner sein will, denn bei den bevorstehenden Wahlen begraben wir ein für alle Mal den Banditen, der uns allen Angst gemacht hatte. Die Stunde ist gekommen, ich sage es noch einmal, da wir lauthals rufen: ›Entscheide dich! Übernimm die Führung!‹ Ich möchte nicht, dass diese Kinder, die das Lied der Freiheit ohne Furcht und Scham gesungen haben, ihn auf dem Wasser des Vergessens treiben sehen. Er ist der Mann, den wir brauchen. Wir wollen zeigen, dass wir der Situation gewachsen sind, ohne radikal zu werden, ohne sowjetische Krücken, ohne hochgereckte Fäuste oder Arme ... Die Toten sind begraben. Rufe Wahlen aus, Präsident. Behalte die Macht. Wir machen mit. Vielen Dank.«

Einhelliger Applaus. Einer der Zuhörer stand auf. Eine Frau rief: »Bravo!« Vilabrafim hatte durch die Blume, durch Catapultas Geschichte und, indem er mein Leben durch den Schlamm zog, gesagt, dass der Ministerpräsident Adolfo Suárez die Führung der uns wahrscheinlich bevorstehenden Koalition übernehmen solle.

Darüber waren sich die meisten damals einig, aber das hätte zu diesem Zeitpunkt niemand, der nicht ein Kriecher oder geltungssüchtig war, laut ausgesprochen, es sei denn mit vom Alkohol gelöster Zunge. Gefundenes Fressen für Presse und Tratsch. López y López und Pérez y Pérez kamen, um Vilabrafim und Carlos del Cravall zu begrüßen. Sie vermieden es, sich mit ihnen ablichten zu lassen, als ein Journalistentrupp auf die Tribüne kletterte, und luden uns in ein Nobelrestaurant zum Abendessen ein.

Am nächsten Morgen bat mich Catapulta, mich auf dem Rückflug neben ihn zu setzen:

»Du hast es nicht bemerkt, nicht wahr? Deine Geschichte hat wesentlich dazu beigetragen, dass alles noch gut ausgegangen ist.«

Ich nickte stumm. Es kann sein, dass ich lächelte.

»Ich weiß, dass das für dich sehr wichtig ist. Denken wir nicht länger darüber nach. Du wirst der jüngste General Europas werden. Das versichere ich dir. Es sind gute Zeiten für einen schnellen Aufstieg, sehr gute sogar. Aber man muss Zugeständnisse machen, Fernando. Noch etwas, du darfst nicht länger an diesem seltsamen Tag hängen. Ich will dir ein paar Sachen sagen. Genau gesagt, drei. Oder sogar vier. Fünf. Erzähl niemandem mehr, woher du kommst. Die meisten Leute sind dumm, sie wissen nicht, wie dünn der Schleier ist, der ein Leben von einem anderen trennt. Hauchdünn. Niemand sieht dir mehr an, dass du zwischen Baracken aufgewachsen bist. In Zukunft kannst du bescheidene Verhältnisse anführen, nur musst du selbst davon überzeugt sein. Und noch was zu deinem Besten, erzähl niemandem, niemals mehr« – hier senkte er die Stimme –, »die Geschichte von Boris. Das ist das Zweite, was ich dir sagen wollte. Das Dritte ist, dass ich zu der Lösung gekommen bin, was an dem Tag – du nennst ihn den Tag des Watussi – geschehen ist. Folgendes, einige mächtige Leute haben das Verbrechen an diesem Mädchen als Vorwand für den Mord an deinem Watussi genommen. Hinterher haben sie ihre Tat vertuscht, damit niemand ihre Absichten erfährt. Andere Absichten, meine ich. Sie haben sich die Situation zunutze gemacht. Die Anspannung. Jedenfalls haben sie zwei Fliegen mit einer Klappe geschlagen, die näheren Umstände kenne ich nicht. Was wollten sie in Wirklichkeit? Keine Ahnung. Wer war der wirkliche Mörder? Ich weiß es nicht. In deinem Viertel waren alle schlaue Füchse. Ihnen konnte niemand etwas von Sündenböcken erzählen. Das Vierte, ich glaube, ich weiß jetzt, wer die Ws an die Wand des Les Feuilles Mortes gepinselt hat … du warst es. Die Drohung des Watussi. Gestern Nacht, du hast es gar nicht bemerkt, hast du mir alles erzählt. Ich weiß nicht, was dich dazu getrieben hat. Ich weiß nur, dass du diese Geschichte eingesetzt hast, um mein Vertrauen zu gewinnen. Guter Spielzug. Aber du weißt ganz genau, dass das nicht die rechte Zeit für Späßchen ist. Del Protzo und Del Cravall waren sehr beunruhigt, dass es ein Attentat oder eine Entführung geben könnte. Diese Ws haben sie in den Wahnsinn getrieben. Wenn ich ihnen irgendwann mal erzähle, wer es war, werden sie das überhaupt nicht lustig finden. Und damit kommen wir zu Punkt fünf. Der betrifft unsere Chefs. Manchmal meine ich in deinem Blick einen Anflug von Skepsis zu erkennen. Denk an eins, Fernando. Sie sind, wie sie sind, aber sie haben immer erreicht, was sie wollten. Klar?«

Ich nickte. Catapulta klopfte mir auf die Schulter.

»Kopf hoch, Fernando, wir haben eine Menge zu tun, alles wird gut werden. Wenn wir am Ziel sind, sehen wir weiter. Dann kannst du immer noch deine Schuld bei mir begleichen.«

Catapulta gähnte, räkelte sich in seinem Sitz, ließ die Jalousie herunter. Dabei funkelten keine Sonnenstrahlen mehr auf dem Stahlflügel. In seiner Welt, in der verstecktesten seiner vielen und turbulenten Welten, schuldete ich ihm offenbar etwas. Aber ich hatte nicht vor, ihm zur Wiedergutmachung wichtige Informationen oder einen Bericht über das Geschehene zu liefern, seit er mich in dieser Bar in der Nacht vor Vilabrafims Rede im Club Unter Null ausgehorcht hatte.

Ich habe bereits erzählt, dass mich diese finstere Geschichte über diesen Boris weniger verstört hat als die Tatsache, dass das Unheimliche an dieser Geschichte auch für mich selbst zu gelten schien. Ich hatte geahnt, dass wir Leichen begruben, hatte mir schon gedacht, dass alles Staffage war. Das Schlimme war, dass ich auf einmal das Gefühl hatte, mein ganzes Leben sei so eine Farce. Ich hatte weder Ahnung von Geschichte, noch wusste ich sonst etwas. Ich war ein einfacher Junge. Ich stand unter Drogen und Alkohol und war sehr stolz, dass Catapulta die Geschichte vom Tag des Watussi gefallen hatte. Was heißt gefallen. Überwältigt hatte sie ihn, obwohl er mir selbst gerade so seine verstörende Geschichte erzählt hatte, die demselben Muster folgte wie meine. Im Unterschied zu der Version, die ich Tina damals im Hotel im Bett erzählt hatte, erklärte ich Catapulta, was ich für den wahren Hintergrund des Tags des Watussi hielt. Ich erzählte ihm auch, was man mir über den Watussi gesagt hatte und was seine Worte und seine Handlungen für mich bedeuteten. Was es hieß, um die eigene Achse zu tanzen, strahlen, worauf ich so fixiert war. Nach meinem Bericht schwieg Catapulta, er hatte sehr aufmerksam zugehört, sodass die Schläfrigkeit nach und nach aus seinen Augen verschwand.

In jener Nacht in der Bar hatte er mir am Ende Geld in die Hand gedrückt und mich mit der falschen Tina sitzengelassen, dem Mädchen mit der blondierten Afro-Frisur, der Doppelgängerin meiner Gefühlsverwirrerin. Die falsche Tina nahm mich mit nach Hause. Sie wohnte ganz in der Nähe des Etablissements und respektierte auf unserem Weg meine Abwesenheit und Verwirrung. Zu ihrer Ehrenrettung muss ich vorausschicken, dass sie die ganze Nacht lang einwandfreie Arbeit leistete, was die astronomische Summe, die ich im Voraus bezahlen musste, einigermaßen rechtfertigte.

Wir erreichten die kleine Wohnung. Die falsche Tina residierte wie eine Baronin, jedoch auf engem Raum. Ich nahm den Drink an, den sie mir anbot, und ihren gutgemeinten Hinweis, dass ich schon ziemlich viel getrunken hätte und man es mir anmerke. Männern, die viel diskutieren, verlören die Kraft. Und ich hätte die ganze Nacht mit meinem Freund diskutiert. Nur darum sei sie so spät aus der Kneipe gekommen, aber sie beklage sich nicht, im Gegensatz zu ihr sei Carol ganz leer ausgegangen. Sie nannte mir ihren falschen Namen. Ich fragte sie, ob es ihr etwas ausmachen würde, wenn ich sie Tina nennen würde. Sie zuckte die Schultern oder wackelte mit dem Hintern. Ich fragte sie, ob sie nicht dieses Schnarchen höre, ganz in der Nähe. Sie sagte mir, das seien die Nachbarn, man wisse doch, diese Wohnungen heute seien zwar sehr teuer, aber gerade mal bessere Pappschachteln, in dieser Gegend bekämen sie alles los. Die falsche Tina schlug mir vor, ins Schlafzimmer zu gehen, wo ein großes Rolling-Stones-Plakat die halbe Wand bedeckte, ein Geschenk eines amerikanischen Seargants. Ich fragte die falsche Tina, ob ich kurz telefonieren dürfe. Ich wählte die Nummer der echten Tina.

»Ja, bitte? Wer dran? Wer? Sag was, wenn du ein Mann bist. Sag, wer du bist, ich bring dich um!«

Das hörte ich, bevor ich auflegte. Die zorneswütige Stimme gehörte niemandem anderen als Don Tomás del Protzo y del Castillo Grande. Während man ihn also irgendwo hier auf einem wichtigen Treffen wähnte, war er gar nicht mehr in der Stadt. Natürlich konnte er nach seinem Treffen die letzte Maschine genommen haben. Die vielen Male jedoch, die er über den Tag hinweg bei seiner Geliebten angerufen hatte, seine Verärgerung darüber, dass er sie nicht erreichte, die Tatsache, dass er in der Bar des Palace Hotels einen Whisky nach dem anderen in sich hineinschüttete, dass er mich in dem Moment, als er eigentlich zu diesen wichtigen Männern hätte aufbrechen müssen, in ein vertrauliches Gespräch verwickelte und mir eine Mission auferlegte, seine Neigung zum Pathos, die ich als Hilflosigkeit deutete, all das brachte mich zu dem Schluss, dass Del Protzo auf überhaupt keinem Treffen gewesen war. Alles war Schall und Rauch. Eine schwindelerregende Farce. Obwohl ich natürlich nicht alles wusste. Ich war …

»Sag schon …«

Ich sagte der falschen Tina, dass sie mir bitte und unbedingt noch einen Drink bringen solle. Ich flehte die falsche Tina an, mir zu sagen, dass sie mich liebte. Sie sagte es mir. Es nützte nichts. Vielleicht war es das Schnarchen, das nicht aufhörte. Wenn doch dieses Schnarchen aufhören würde. Ich bat sie, ihr schärfstes Geschirr anzulegen und auf allen vieren über den Holzboden zu kriechen. Dazu sollte sie sich selbst schimpfen. Die falsche und professionelle Tina, die ihren stattlichen Gewinn in atemberaubende Spitzenstrings investierte, zeigte mir ein reiches Repertoire an Vorwürfen gegen ihre eigene Person. Ich schlug ihr vor, das Licht auszumachen, damit sie mehr Tina wäre, und ein etwas raueres Timbre anzuschlagen, wenn sie dieses schauspielerische Talent besäße. Diesen marmorweißen Katzenkörper, die geschmeidige Taille und das wackelnde Gesäß, überzogen Streifen des letzten Lichts der Straßenlaternen, während die falsche Tina mit rauchiger Stimme die wüstesten Schimpfwörter aussprach. Währenddessen trank ich, dachte nach und blickte auf eine graue Ecke des Rolling-Stones-Plakats. Als die falsche Tina zu miauen begann, regte sich eine Einrichtung in mir, und ich beschloss, mich hinter diesen bereits zum Stehen gekommenen Körper zu knien, um auf göttliches Geheiß diese süßeste aller Wildkatzen zu penetrieren. Ein schlapp herunterhängendes, nicht ganz, eher ein lächerlich schrumpeliges Ding, eine ungeschälte halbe Erdnuss, schlackerte, um es irgendwie zu nennen, über dem immer noch, ich schwöre es, erregten Körper der falschen Tina. Ich setzte mich wieder aufs Bett, trank und starrte auf den abstrakten Fleck des Rolling-Stones-Plakats. Die falsche Tina, nie verlegen, wusste ein Mittel gegen die Impotenz, das ich bereits vom Tag des Watussi kannte, auch darum war er so wichtig in meinem Leben. Das Zaubermittel war rhythmisches Saugen. Ich erzähle das übrigens nicht, um einen Skandal zu provozieren oder um den Leser meines Berichts zu erhitzen oder zu verärgern, sondern damit die Situation plastisch wird, in der ich mich befand, als der Anruf kam.

Das Telefon klingelte.

Die falsche Tina sagte zu mir:

»Sicher für dich«, und reichte mir zwinkernd den Hörer. Als sie sah, dass ich ihren sich aufrichtenden Körper mit den Augen verschlang, bat sie ohne Worte um Erlaubnis, mit der Operation fortfahren zu dürfen. Ich gestattete es ihr.

»Fernando, mein Kind, wo steckst du?« hörte ich aus dem Hörer.

In der Stille, die ich auf die Frage meiner Erziehungsgerechtigten nach dem Ort meines Aufenthalts folgen ließ, tat ich mein Bestes, um mich ohne Worte bei der falschen Tina für mein Knie in ihrem Gesicht zu entschuldigen, das aufgrund ihrer ungünstigen Position und meines Schocks über die Stimme meiner Mutter dort gelandet war.

»Bei einer Parteikollegin, Mama.«

Die falsche Tina hielt sich wehklagend eine Hand aufs Auge, aber ihr Ausdruck sagte mir, dass sie Verständnis hatte. Und als ich ihr gestisch andeutete, dass es ein üppiges Schmerzensgeld geben würde, wusste sie, dass der Faden unseres stummen Gesprächs nicht abgerissen war.

»Eine Parteikollegin? Kenne ich sie?«

»Du kennst doch eh niemanden. Ich will sagen …«

»Vielleicht zufällig. Hör zu, ich rufe dich aus der Klinik an. Wir haben den ganzen Tag versucht, dich zu finden, aber erst jetzt am Morgen« – es war schon Morgen?! – »hat mir ein sehr netter Herr, dieser, den ich kenne, Herr Catapulta, mir diese Telefonnummer gegeben. Er hat sich über die Nachricht gefreut, als würde er zur Familie gehören. Man schätzt dich sehr, Fernando.«

»Aber, was ist denn passiert?« fragte ich und stellte mir den lachenden Catapulta vor, während ich beobachtete, wie die nackte und falsche Tina mich ansah wie diese Leute, die glauben, schon alles gesehen zu haben, und dann doch wieder vom Leben überrascht werden.

»Du hast ein Brüderchen bekommen.«

»Du warst schwanger …«

»Das sollte doch jetzt keine Frage sein?«

»Nein, es ist einfach, die Arbeit …«

»Erzähl du mir nichts von Arbeit, seit du ausgezogen bist, hast du nicht einmal bei uns vorbeigeschaut, und dabei wusstest du, in welchem Zustand ich mich befinde. Und sieh an, mit einer Kollegin aus der Partei …«

»Es ist, dass …«

»Keine Erklärungen. Als ob ich nicht deine Laken und deine Taschentücher gewaschen hätte!«

»Mama, ich glaube, das ist jetzt nicht der richtige Moment und nicht die richtige Situation und nicht der richtige Anlass, um die Angelegenheit weiter auszubreiten.«

»Wie gut du redest, mein Schatz! Man merkt, dass du nicht allein bist!«

»Und wie geht's euch so?« fragte ich, während eine dritte Person aus dem Wohnzimmer ins Schlafzimmer schaute. Es war ein nordamerikanischer Sergeant, schwarz wie die Nacht, die wir hinter uns gebracht hatten. Mir fiel auf, dass mit seinem Erscheinen das Schnarchen aufgehört hatte. Ich fürchtete das Schlimmste. Die falsche Tina ging aus dem Zimmer, um mit ihm zu reden. Der Sergeant fragte Tina, warum sie ein demoliertes Auge habe, und blickte mich dabei zornig an. Er wollte sich mir nähern, er tat es bereits. Gerade noch rechtzeitig verhinderte das Mädchen, dass der massige Militär auf mich losging, während ich bereits mit geöffneten Armen um Waffenstillstand flehte.

»Wir sind alle wohlauf. Er wiegt vier Kilo … Ich bin … also ich, mir geht es gut. Ein Schreihals, der Kleine, wie du. Dagegen war dein Schwesterchen ein süßer Fratz. Und ich werde auch älter und halte nicht mehr so viel aus. Entschuldigung, mein Junge, dass ich dich um die Uhrzeit angerufen habe, meine Ungeduld war einfach zu groß. Und du sollst doch auch … Wir sind von Tag zu Tag« – meine Mutter schluchzte –, »ich bin sehr glücklich, mein Junge.«

Ich verabschiedete mich von meiner Mutter. Die falsche Tina sagte zu dem nordamerikanischen Sergeant, dass ich ein Schulfreund sei und dass das mit dem Auge von irgendeinem Arschloch letzte Nacht sei. Dass ich sie gerettet hätte. Und dass ich natürlich zahlen würde. Hier würde jeder zahlen, das wisse auch ich. Der Sergeant gab sich zufrieden, als er mich weinend auf dem Bett sah. Die falsche Tina kam zu mir. Sie umarmte mich. Sie sagte mir, dass es beim ersten Mal immer mehr Schmerz als Lust bereite, dass sie es verstehe, dass unter diesen Umständen nichts gehe und dass alles gut würde. Wimmernd bedankte ich mich bei ihr. Ich sagte ihr, sie solle die Beruhigungstabletten aus meiner Jackentasche holen, und alles Geld, das sie finde, nur fürs Taxi solle sie etwas übrig lassen. Als sie mir das Valium gab, fragte sie mich, ob mein neues Geschwisterchen ein Junge oder ein Mädchen sei. Ich antwortete ihr, dass ich es vergessen hätte. Möglich, dass ich einschlief.

Wieder klingelte das Telefon. Ich glaubte, eine Stimme zu hören, und spürte ein Ding aus Plastik an meinem Ohr. Die Stimme gehörte Catapulta:

»Aufstehen, Weltmeister! Feueralarm! Du wirst dich doch nicht über deine Mutter geärgert haben?« Schallendes Gelächter am anderen Ende der Leitung. »Ich habe die ganze Nacht nicht geschlafen. Mit dieser Geschichte, die du mir erzählt hast, hast du mir die Erleuchtung gebracht. Du bist eine Muse. Unverzichtbar. Aber diese Arschlöcher wollen uns das Leben schwermachen. Del Protzo antwortet nicht, Del Cravall ist frühstücken gegangen, und Vilabrafim hält sich an einer Adresse auf, die ich dir jetzt durchgebe, verdammt schwierig, sie rauszufinden. Bring ihn ins Hotel. Ich werde auf Del Cravalls Zimmer sein, Wunder vollbringen. Glaubst du an Wunder?«

Die Adresse, wo Vilabrafim sich aufhielt, war von der Wohnung der falschen Tina nicht weit entfernt. Bei meiner Ankunft befand sich Vilabrafim in einem Zustand, für den die Medizin keinen Begriff hatte – sein Atem war eine Alkoholwolke, und seine Poren dünsteten merkwürdige, nach Alter riechende Sekrete aus. Er verabschiedete sich gerade von der Mulattin, die er letzte Nacht im D'Alessandro zum Weinen gebracht hatte. Durch die angelehnte Tür sah ich das schwarze Lederkorsett, Stiefel mit überhohem Schaft und grotesker Plateausohle und den Gesichtsausdruck »ist doch nichts dabei« zwischen glattem Indianerhaar. Vilabrafim – um einige Symptome zu nennen – wirkte froh, vital, optimistisch, glücklich, euphorisch, gereinigt, und er schwankte.

»Die Erkenntnis, Fernando, nicht der Schmerz, zieht durch tausend dunkle und gefährliche Gassen.« Vilabrafim versuchte, mir zuzuzwinkern. So zumindest meine Vermutung: »Herzlichen

Glückwunsch zu deinem Brüderchen. Guillermo hat es mir gesagt. Ach! Die Beziehung unter Geschwistern geht über Zuneigung hinaus. Ich rede zwar mit keinem von meinen, aber ich weiß, wovon ich rede. Einmal habe ich sogar Inzest mit der Kleinen getrieben. Kinderspiele, Zärtlichkeiten, *quel maladie*! Wehe, du erzählst das weiter. Weißt du, wie ich die Kleine hier davon überzeugt habe, dass es in ihrem Land keinen Putsch gegeben hat? Ich bin rausgegangen, habe einen offenen Kiosk gefunden und bin mit einer Zeitung und einem Blumenstrauß zurück ins D'Alessandro. Dann habe ich ihr gezeigt, dass in der Zeitung keine einzige Meldung von irgendeinem Staatsstreich steht. Und bei den Blumen ist meine indianische Gaugin-Frau schwach geworden. Meine indianische Gaunerin. Wehe, du erzählst das weiter. Sie hat eine astronomische Summe verlangt. Wenn's doch einen Putsch gibt, kann diese Löwin mit dem, was sie mir aus der Tasche geleiert hat, ihrer Guerilla einen ganzen Panzer kaufen. Wohin bringst du mich? Ihr habt doch nicht etwa beschlossen, mich zu liquidieren? War ein Witz.«

Im Hotel stürmten wir sofort hoch in Don Carlos' Zimmer, vorbei an tausend gleichgültigen Augen. Bevor ich anklopfen konnte, hielt Vilabrafim mit einem verschlagenen Blick meine Hand zurück, legte das Ohr an die Tür und gab mir Zeichen, dasselbe zu tun.

Es sprach Del Cravall:

»Ich will nicht mehr dieses abgeschmackte Zeug hören. Meine Rede ist viel reizvoller.«

Catapulta erwiderte:

»Aber wenn das doch von Anfang bis Ende *Der kleine Prinz* ist! *Der kleine Prinz*, den kennt jeder! *Der kleine Prinz* hat nichts mit der aktuellen politischen Lage zu tun! Er hat hier ganz und gar nichts zu suchen!«

»Wir müssen eine Friedensbotschaft vermitteln, Guillermo, Aufrichtigkeit, ein reines Gewissen. Ums Hakenschlagen und Zwietrachtsäen kümmern sich schon die anderen. Genauer gesagt, du.«

»Ich bin es satt. Ich bin es satt, immer alles hinbiegen zu müssen«, erhob Catapulta die Stimme.

»Genau dafür bezahle ich dich, Guillermo. Die anderen Jungs bezahle ich, dass sie meine Bodyguards sind, und dich, damit du das tust, was du gerade gesagt hast.«

Vilabrafim neben mir zog sein stummes Karnickelgrinsen.

»Und auch wenn ich schmutzige Arbeit machen muss, ich muss meine Arbeit gut machen. Ich muss die Dinge auf den Tisch legen. Die Probleme beim Namen nennen. Es ist wie mit der Hymne gestern. Die hast du uns eingebrockt und uns dann damit sitzengelassen.«

»Duz mich nicht.«

»Die Hymne war überflüssig, Herr Del Cravall.«

»Die Hyme war doch hübsch. Sie kam gut an.«

»Hübsch nennen Sie einen Text wie ›Der Alte in Friede und Freiheit ins Grab kehrt ein‹?«

»Du hast das nicht verstanden, Guillermo. Du hast nichts verstanden. Du bist zu jung. Die Menschen, die den Krieg erlebt haben, die gelitten haben, sehen nun ein neues Spanien und denken: ›Endlich kann ich in Ruhe sterben!‹ Gut, noch nicht. Ich hab noch ein bisschen Zeit, so Gott will.«

»Das hab ich schon verstanden. Das ist nicht so schwer zu verstehen. Viel schwerer ist es, diese Arbeit zu machen und sich keine Kugel einzufangen. Zurück zu der Hymne. Und zu ihren Folgen. Hast du *La Nación* gelesen? Hast du Hipérbolos Kolumne gelesen?«

»Sicher. Ich erfülle meine Pflichten, Guillermo, und dazu die Pflichten der anderen. Ich geh nicht zu den Nutten.« – Man hörte eine Zeitung rascheln. Del Cravalls Stimme wurde getragen: »›Lola Platero und ich. Lola ist klein, unbehaart und sanft, ihre Anatomie ist so fest, dass man sie eine Statue von Donatello nennen könnte, bla, bla, bla.‹«

»Was ist denn das? Ich war mir sicher … Vilabrafim hat mir gesagt …«

Zum ersten Mal schien Catapulta überrascht.

»›Vilabrafim hat mir gesagt, Vilabrafim hat mir gesagt …‹ Keine Panik, Guillermo. Schließlich sitzen wir alle im selben Boot. Diese Lola ist die Schauspielerin, die gestern neben Hipérbolo saß. Seine Kolumne ist ein Lobgesang auf ihre Reize, an denen es ihr, offen gesagt, nicht fehlt. Willst du ihre Telefonnummer? Ich habe sie. Wenn du's ganz lesen willst, was eigentlich auch deine Pflicht wäre, wirst du sehen, dass auch ein paar positive Bemerkungen zu den Reden insgesamt drinstehen. Er stellt den Jahrmarktschreier Vilabrafim sogar über mich …« – Vilabrafim reckte das Kinn, richtete sich auf und machte ein würdevolles Gesicht –, »… weil er ein Freund von ihm ist. Auf jeden Fall werden unsere politischen Pläne von Hipérbolo mit Wohlwollen gesehen. Und sogar in der Zeitung, die uns am feindlichsten gesinnt ist, steht eine kurze Meldung. Und man hat mich von der Zeitschrift *Haus und Mode* angerufen, sie wollen das x-te Interview mit meiner Frau in unserem Haus in Bagur machen. Meine Frau hat sofort erfreut zugesagt. Weißt du, wie viele Frauen *Haus und Mode* lesen? Und weißt du, was das bedeutet? Manchmal denke ich, du nimmst mich nicht für voll, Guillermo. Und wenn diese Rede hundert Prozent *Der kleine Prinz* ist, ist sie eben *Der kleine Prinz*, auf jeden Fall wird sie heute Abend gehalten.«

Stille. Ich stellte mir Catapulta vor, wie er brummend in dem Zimmer auf und ab ging. Ich begriff nicht so ganz, was Carlos del Cravall mit seinem endlosen Gerede eigentlich sagen wollte.

»Gut, dann soll eben Vilabrafim die Rede lesen«, sagte Catapulta resigniert.

»Hervorragende Idee.«

In dem Augenblick öffnete er die Tür. Ich fragte, ob ich duschen könne. Ohne ein Wort zu sagen, gab mir Catapulta den Schlüssel zu seinem Zimmer. Als ich zurück in der Halle war, sah ich, wie Catapulta einem überraschten Vilabrafim ein feinsäuberlich verschnürtes Päckchen überreichte. Vilabrafim wickelte es neugierig aus. Es war eine Brille mit Goldfassung. Vilabrafim probierte sie auf. Er drehte den Kopf in alle Richtungen, um die optische Qualität zu prüfen. Als ich zu ihnen kam, hörte ich:

»Ich hab Himmel und Hölle bewegt, damit sie noch fertig wird. Aber das musste sein. Ich habe mich gestern ziemlich rüpelhaft benommen.«

Vilabrafim und Catapulta umarmten sich. Vilabrafim gab Catapulta einen Kuss auf die Wange.

»Sag es niemandem«, fügte er hinzu.

»Du auch nicht«, sagte Catapulta, während er das Blatt mit der Rede herauszog.

Vilabrafim steckte es ein, kein Wort und ein breites Grinsen. In der Halle des Ritz, als er wieder einigermaßen nüchtern und zu seiner Rolle als politischer Partner wieder einigermaßen fähig war, fragte er Catapulta:

»Und Tomás?«

»Ich habe mit Del Protzo gesprochen. Er ist nach Barcelona zurückgereist. Er hat heute morgen die erste Maschine genommen und ist bereits in der Bank. Offenbar musste er etwas Dringendes erledigen. Und wir essen jetzt mit ein paar Unternehmern zu Mittag: verschiedene Geschäftsbereiche, Elektronik, Transport, Vertrieb, Werbung … Wir werden im José Luis von goldenen Tellern essen. Und uns werden sie aus der Hand fressen.«

Vilabrafim lachte. Bei dem Essen ließ sich Vilabrafim so zulaufen, dass er schließlich zusammenklappte und alle in dem Séparée beflissentlich wegsahen. Vom Boden aus sandte er uns ein Lächeln zu, das schon etwas Jenseitiges hatte. Ein Kellner und ich schleppten ihn durch die Küchentür zu einem Taxi. Im Hotel half man mir, ihn ins Zimmer zu bringen. Catapulta rief an und trug mir auf, ihn zu duschen. Die Spuren der Nacht, Striemen von Fingernägeln und Peitschenhieben, überzogen einen bleichen, schwammigen und sommersprossigen Rücken.

»Sag niemandem was«, brummelte er unter dem Wasserstrahl.

Kurz darauf kam Catapulta, in Begleitung eines Arzts und eines Hotelangestellten. Catapulta instruierte mich, wie ich Vilabrafim wieder aufpäppeln sollte, und machte sich dann auf den Weg in den Club Bajo Cero, um die Konferenz zu organisieren. Der Arzt erkannte den Daniederliegenden. Er spritzte ihm Valium, wir ließen ihn eineinhalb Stunden schlafen, überwachten seinen Schlaf, riefen den Schneider des Königs an, weckten Vilabrafim auf, gaben ihm ein Aufputschmittel, steckten ihn in den neugekauften Anzug. Nach drei Stunden trug Vilabrafim die von Catapulta geschriebene Rede wie ein Cicero vor. Murmelnd kommentierte der eine oder andere die Kompetenz dieses Mannes. Die Herzattacke ein paar Stunden zuvor schien nicht so ernst gewesen zu sein, jetzt stand er schon wieder da wie eine Eins.

Am nächsten Morgen im Flugzeug schlief Jaime de Vilabrafim wie ein Baby, während Catapulta zu mir sagte:

»Das hättest du von mir nicht erwartet, stimmt's?«

Dann schmeichelte er mir ein bisschen, schob ein paar seiner alles andere als subtilen Drohungen nach und schlief ein. Erklär mir dein großartiges Verhältnis zur Politik, Boris. Erklär mir doch, wie du es schaffst, von einem Tag auf den anderen ein anderer zu werden, wie du, ohne mit der Wimper zu zucken, jemanden verraten kannst. Du warst der Judas, Boris, und ein paar wissen es. Das ist es, was dich verzweifelt macht, dass du Boris warst und jetzt Catapulta bist. Und es hat dir nichts ausgemacht, mich wie Ware an die anderen zu verkaufen.

Alle schliefen, und ich musste mich glücklich schätzen, dort zu sein, wo ich war. Diesmal durfte ich sogar erster Klasse reisen. »Das hättest du von mir nicht erwartet, stimmt's?« Und ich würde es ihm sein Lebtag nicht verzeihen. Er hatte ein Geheimnis, das so nutzlos war wie eine Bombe, deren Lagerort niemand kannte. Jemand benützt dich, Boris, so wie du die anderen benützt. Jemand betrügt dich, Catapulta, würdest du dahinterkommen? Du hast mich in der Hand, aber mein Geheimnis gebe ich nicht preis.

»Die große Politik wird in diesem Land Einzug halten«, »ernstzunehmende Gegner«, »Wendehälse, aber geschickte«, »Vilabrafim und Del Cravall schaffen eine neue Unbekannte in der Koalition der Mitte«. So und noch anders wurden die Lügen betitelt, die wir hinter uns gelassen hatten. Und die Gerüchte, die entstanden, sich ausbreiteten und wieder verschwanden. Ich klappte die Zeitung zu. Nahm einen Schluck von meinem Glas. Ich war der Einzige, der wach war und trank. »Das hättest du von mir nicht erwartet, stimmt's?« Der gefallene Engel, dieser bohrende Geist, gebildet, unersättlich, unsicher, war doch nur eine Kanalratte. Eine, die sich auf ihre Aufgabe verstand. Er hatte meinen Tag des Watussi zerstört. Zunächst Stück für Stück. Dann auf einen Schlag. So machten es die Kanalratten. Aber er wusste nicht, was er getan hatte. Er wusste nicht, dass es grausam war, Wissen zu missbrauchen, genauso grausam wie dieses Wissen selbst. Mit ein bisschen Anstrengung konnte ich zum entscheidenden Glied in der grotesken Farce werden. Der Geruch dieser toten Stadt, die wir verließen, hing in dem stickigen Flugzeug, bis man nach einer Stunde die halb begrabenen Leichen unserer Stadt zu riechen begann, das Flugzeug flog eine Kehre, und ich sah meinen Montjuïc, die Wolken auf dem stumpfen Marmor des Friedhofs, die verlassene Festung. Auch mich hatten sie begraben. Dieser Mann hatte den 15. August 1971 begraben. Fernando Atienza war zur Witzfigur verkommen, zu einem geprügelten Hund mit einem Geheimnis.

25

Aus den weißen Lautsprechern dröhnte eine Tonfolge, die wenig gemeinsam hatte mit dem, was vor sechs Jahren aus Pepitos, aus Yeyés Mund gekommen war, während er mit seinem orthopädischen Schuh die Gärten der Weltausstellung im Takt zertrampelt, eine Zigarettenkippe aus üblem Kraut ausgedrückt und mit den Händen einen Gegenrhythmus geklatscht hatte. Aus den erzitternden Palmen war Staub, aus seinem Mund eine unmögliche Sprache gekommen. Es war eine Szene der Anmut und Verzweiflung gewesen. Ich saß in Tinas schneeweißem, fast futuristischem Apartment auf dem kurvigen Sofa, rauchte eine Zigarette und sah dem sich drehenden Vinyl zu, starrte auf die Flecken aus Licht, das von Lampen, Bildschirmen und weißen Wänden abprallte und wellige Reflexe auf der Platte bildete. Endlich hörte ich »Der Watussi«. Mein Leser wird denken, ich war glücklich. War ich das? Nein.

Tina schwebte in Begleitung eines Innenarchitekten durch die verschiedenen Ebenen ihres Apartments. Als ich mich zu ihnen umdrehte, um zu sehen, ob sie zu mir kämen, erblickte ich das Gesicht dieser Frau, die zugleich meine Gastgeberin, Schülerin, flüchtige Geliebte und jetzt Spionageobjekt war, gleich in doppelter Ausführung. Als Erstes ein Werbeplakat des Juweliers Robbe-Grillet, auf dem Tina Ohrringe zur Schau trug, eine Kette mit einem goldenen Herzen, das sie nicht besaß, und Ringe an ihren perlmuttenen Fingernägeln, mit denen sie sich in einer Weise durchs Haar fuhr, wie es meine Herrin nie im Leben tun würde. Auf einem zweiten Plakat posierte sie in der verrenkten Haltung eines sich verteidigenden Boxers, wodurch eine Fingerringpalette sichtbar wurde. Ihre Haare waren nicht so blond wie heute, verheißungsvolle Dessous, noch heller die sommersprossige Haut, gezupfte Augenbrauen, perfekte Lippen nach der Regel »die Funktion macht ein Körperteil aus«, zwischen denen wie immer ihre Zungenspitze durchblitzte. Einer der Ringe, die Tina auf dem Plakat vorführte, steckte jetzt an ihrem Finger.

Tina und ihr Innenarchitekt kamen nicht zu mir, es blieb uns also erspart, uns gegenseitig vorzustellen, und ich konnte mich weiter meinen Dingen widmen. Der in irgendeinen Plan vertiefte Innenarchitekt stieß ein »göttlich« aus. Ich hörte sie irgendwas flüstern, mal näher und mal weiter weg, und spürte ihren Blick im Nacken, während ich zum x-ten Mal das Plattencover ansah: ein Typ mit Hornbrille und in einem Zweireiher, darin sah er eigentlich eher wie ein Hausierer aus. Der Typ saß auf einer Conga, auf der »Ray« stand, was bei seinem Namen, Ray Barretto, einem von vielen Spitznamen, nicht weiter verwunderlich war, und streckte eine Handfläche vor. Watussi Man war ein anderer Künstlername des Musikers, den ich für das größte Missverständnis verantwortlich machte. Hinter mir hörte ich wieder das raue Lachen Tinas (im roten Kostüm) und ihres Innenarchitekten (Edelpulli und Fliege in Gelb, ockerfarbene Cordhose, glänzende Mokassins: ein Geck). Erstere entschuldigte sich dafür, dass ihr Gast, also ich, so unkommunikativ sei, während der Inneneinrichtungsexperte den Kosmos der Neologismen mit einem »allerköstlichst« bereicherte.

Mit meinem schwachen Französisch konnte ich hinten auf der Papphülle entziffern, was ein kluger Mensch geschrieben hatte: »Wer *West Side Story* gesehen hat, weiß, dass in East Harlem (Spanish Harlem) und seinen Straßen ein Herz mit kubanischer Systole und puerto-ricanischer Diastole schlägt. Ein wildes Ghetto, traurig und fröhlich, in grellen Farben, mit Girlanden, die Kinostars und Latinosänger, Jungfrauen und Heilige umschlingen. Dort verbindet die zweite Emigrantengeneration der beiden Inseln und anderer karibischer Orte die traditionellen Klänge von Guaracha, Sohn und des Cha-Cha-Cha mit den Modetänzen des Jazz, Soul und Rock 'n' Roll. Ray Barretto, der in dem Orchester Tito Puente groß geworden ist, erringt in den Sechzigerjahren großen Erfolg, unter anderem mit dem Thema »El Watussi«, das wir Ihnen hier präsentieren, und er überschwemmt die Vereinigten Staaten mit einem neuen Rhythmus ... dem Boogaloo! Viel Vergnügen.« Jacque Tutupá.

Ich dachte noch einmal über alles nach, während ich erneut das Lied hörte. Ein großer Erfolg in den Vereinigten Staaten. Ein schwarzer Matrose aus dem berühmten Spanish Harlem, nahm ich an, hat dieses Lied im Hafen von Barcelona einem Jungen beigebracht. Der begeisterte Junge singt und tanzt dieses Lied von früh bis spät. Irgendwelche Freunde kommen auf die Idee, den Jungen Watussi zu rufen. Der Watussi wird zum Mörder. Alle sagen, er ist schlau, schön, verwegen, dass er seltsame Dinge denkt und sagt. Und ich, im Bann seines Zaubers, glaube es. Alles, was mit diesem Musikstück zusammenhängt, gibt meinem Leben auf einmal einen Sinn, schafft ein Scharnier zwischen dem Wunder und dem, was in Wirklichkeit geschieht. Aber zu meiner Enttäuschung musste ich jetzt festestellen, dass der Liedtext von nichts dergleichen handelte; nichts, was man mir gesagt hatte, kam darin vor; nichts von dem, was meine Vorstellung beflügelt hatte.

Wie soll ich das Lied zusammenfassen? Man kann es gar nicht nacherzählen. Das eigentlich Packende ist der ansteckende Rhythmus, die Fröhlichkeit dieser Musik. Aber das war für mich nichts Neues. Hingegen war ich zutiefst über die Belanglosigkeit des Texts enttäuscht, jahrelang war ich nach diesen Sätzen auf der Suche gewesen, in der Hoffnung, mit ihnen die Lösung zu finden, die Wörter für das, was ich fühlte. Wenn ich die Information aus dem Lied auswerte, ist der Watussi aus dem Lied ein Mulatte, der »sieben Fuß hoch« ist und »einhundertneunundsechzig Pfund« wiegt. Er ist ein Killer und strohdumm. So ähnlich wie der Superman aus meinem Viertel. Das ganze Lied lang fordert der Erzähler einen auf, keine Angst vor dem Watussi zu haben, sich nicht von den breiten Schultern und der großen Klappe beeindrucken zu lassen, weil nichts dahinter ist. Das war selbstverständlich nicht mein Watussi. Das war nichts. Wie war es möglich, dass der Barceloneser Watussi, der dem Watussi aus dem Lied meilenweit voraus war, sich nach ihm nannte? Die Ws, die Sätze, dieses verrückte Tanzen, die Erkenntnisse … »Wenn dir ein Toter in die Augen blickt, blicken dich alle Toten der Welt an«, »Du musst dich mit Blut beflecken, weil eine Sehnsucht dich anzieht wie ein Magnet das Eisen«, »das Tier, das den Tod sieht«, »die Grenze, die das Licht von der Dunkelheit scheidet, den Tod vom Leben, die lebenden Wasser von den toten Wassern, strahlend, strahlend, strahlend«. Wo war das alles? Endlich begriff ich, dass alles bis auf das Blut völliger Blödsinn war, diese ungeschriebene Chronik der Ereignisse an jenem Tag, der Betrug, die in der Lüge aufblitzende Wahrheit, meine Mutter und ich beim Gehen in der Dunkelheit, der auf dem Wasser treibende Körper. Trotz dieser quälenden Ernüchterung konnte ich es nicht lassen, das Lied wieder und wieder zu spielen, als ob der Text beim nächsten Hören ein anderer wäre und endlich die Erleuchtung käme. Aber der Inhalt von Liedern ändert sich nicht. Zumindest nicht, wenn es auf eine Schallplatte gepresst ist. Und später, als ich auf meiner Suche andere Versionen des Watussi-Songs durchhörte, schämte ich mich nur noch mehr. In einer Version des Songs soll der immer lächerliche Watussi zum Mond fahren. In einer anderen geht es um seine Größe, wegen der er nicht in den »Flieger« passt, der ihn nach New York bringen soll, also reitet er auf einem Pferdchen auf dem Flugzeug. Und dann war das ganze Lied auch noch mit einem verächtlichen »Bad vribe, man …« unterlegt. Das war »Watussi Bogaloo« von Willie Rosario. Und in einer anderen Version, »Der Vielfraß Watussi«, war der Watussi auf eine Hochzeit eingeladen, und anstatt, wie von ihm verlangt, Wasser in Wein zu verwandeln, schaufelt er zehn Kilo Bohnen in sich hinein und kann nicht mehr tanzen: »Watussi, du bist nicht mehr du, wiegst hundert Kilo dazu.« Und ich hörte »Wah-Watussi« von Chubby Checker, und den instrumentalen »Watussi« von The Ventures. Und »Wa-tu-wa-zui« von Charles Kynard. Und »Das schwierige Lied« der Persuasores, aber das ist eine andere Geschichte. Ich lernte auch, dass in den sechziger Jahren in Südamerika der Satz »Ich habe vor dem Watussi keine Angst, Mann« gesagt wurde, wenn jemand vor einem Hindernis stand, das auf den ersten Blick unüberwindlich schien. Als würden sie einem Naturgesetz folgen, wie rinnende Flüssigkeit, deren Weg nicht aufzuhalten ist, liefen alle meine Gedanken immer wieder auf den Tag des Watussi hinaus. Dagegen war ich machtlos, und ich amüsiere mich sogar darüber. Denn der Tag des Watussi hat nach so langer Zeit noch immer eine Bedeutung für mich. Darum schreibe ich diesen Bericht.

An dem Nachmittag bei Tina glitt die Nadel ein ums andere Mal mit leichtem Schwung zum Rillenende. Der Plattenspielerarm wollte einfach nicht in seine Halterung zurück. Ein rotes Balkendiagramm leuchtete auf dem Verstärker. Die Zeiten der Träumereien auf der Dachterrasse waren vorbei.

Tina tauchte vor mir auf, nahm die Platte und räumte sie weg. Das war eine klare Botschaft. Ich hörte zwei schmatzende Küsse im Gang und eine neue Sprachschöpfung des Innenarchitekten: »Hübschlein«.

Da war sie wieder. Ein mechanisches Lächeln und ein Klaps wie auf einen Hundehintern forderten mich auf zu gehen, während ein Glanz in meine Augen sie zur Sünde anstiften wollte. An dem Morgen hatten wir wieder mit den Fahrstunden begonnen, und weder Lehrer noch Schülerin sahen einen Sinn in weiteren Instruktionen. Ich war mir noch unschlüssig, ob ich Tomás del Protzo alles sagen würde, was sein Schützling so machte, auf jeden Fall war es erst mal meine Aufgabe, Interesse zu heucheln. Ich war mir auch nicht sicher, ob es sinnvoll war, Tina meine neue Mission zu beichten, damit sie die Gegenspionage in Gang setzen konnte. Jetzt fing sie gerade an, sich schamlos vor mir auszuziehen, dann ging sie ins Schlafzimmer, ohne mir anzudeuten, dass ich mitkommen könne. Wenn ich sie über Don Tomás' Eifersucht und seine Vermutungen aufklärte, würde sie vielleicht böse auf ihn, auf die Welt, auf mich, wie heute Morgen, als ich ihr, vielleicht etwas zu distanzlos, halb im Scherz gesagt hatte, dass sie die Aufkleber der Schweizer Skiorte langsam mal von der Windschutzscheibe abmachen könnte. Eigentlich ärgerte sie sich mehr über sich, weil sie sich von mir ertappt fühlte, darum nahm sie sich auch zusammen; aber da ich tagelang in fast allen Frauen nur sie gesehen hatte, war ich natürlich trotzdem verstört.

Als sie aus dem mir verwehrten Zimmer zurückkam und sich weder schamhaft noch kokett den Hausmantel überzog, sah ich in ihr endlich die echte Tina, die gar nicht diese unnahbare Idealfrau war, die sie in ihrer perfekten Affäre verkörperte. Dann erzählte ich ihr von unseren Abenteuern in Madrid und hoffte insgeheim, sie würde vielleicht eine Bemerkung fallenlassen, wie ihr Geliebter zu ihr ins Liebesnest gekommen war. Dann wäre bewiesen, dass es gar keine Sitzung mit den hohen Tieren der Großgeschäftsbank gegeben hatte. »Er stolperte um zehn Uhr abends stockbetrunken hier rein. Diese Sitzungen müssen ganz schön schlauchen. Passt mal ein bisschen auf ihn auf.«

Tomás del Protzo war also auf keiner Sitzung gewesen. Er betrog uns alle, mich vielleicht am wenigsten. In diesem Labyrinth war ich ein Gast. Wenn ich Tina sah, machte mir das alles seltsamerweise nichts mehr aus. Ich vergaß den Watussi, die beruflichen Verwicklungen, die Alibis, und wollte nur noch eins, es noch einmal mit ihr machen, und wenn ich dafür unter dem Stacheldraht der Demut durchkriechen musste.

»Gehst du schon?« fragte sie mich, obwohl ich nicht die geringsten Anstalten gemacht hatte, vom Sofa aufzustehen. Ich war hingerissen von ihrer vor mir auf und ab gehenden Gestalt und verfluchte ihre ständigen Blicke in diesen Taschenkalender, der mein persönlicher Feind war. Offenbar las sie meinem Gesicht einen Wunsch ab, schließlich war das ihr Beruf, denn sie fragte mich:

»Willst du nichts zu meinem Geschenk sagen? Sie haben die Platte sofort für mich gefunden. In Paris findest du alles. Aber, mein Junge, versteh doch … Sigfrido war doch da …« – der schmächtige Innenarchitekt mit dem philologischen Faible –, »… da hättest du dein Lied nicht gleich dreißigmal hintereinander abspielen müssen.«

»Vielleicht wiederhole ich die Dinge ja gerne …« Damit gab ich ihr eine Vorlage, aber sie wollte offenbar weiterstreiten. Sollte sie haben: »Denk mal drüber nach, wie oft ich was wiederholen muss, wenn du fährst. Du machst alles falsch, und ich verbessere dich unermüdlich und bin noch nie ärgerlich geworden …«, ich wusste nicht, wie mir geschah, auf einmal schlug meine aufgesetzte Verärgerung in ernste Wut um: »Und jetzt komm mir bloß nicht damit, was du mir alles beigebracht hast. Das hast du, ich bezweifle es nicht … Und dieses spezielle Metier hat auch einen Namen … Scheiße aber auch.«

»Raus aus meiner Wohnung, raus.«

Ich schleuderte die Plattenhülle aufs Sofa und ging. Ein wenig sentimentaler Abgang. In meinem Zimmer, an den Wänden die unsinnigen Wimpel, werfe ich mich aufs Bett und bestrafe in einsamer Lust Tina auf die verschiedensten Arten, bis ich komme und mir klargeworden ist, dass ich nicht genügend Phantasie besitze, um diese Hetäre zu demütigen. Ich mache mir keine Gedanken darüber, in welche Bredouille wir uns alle gebracht haben. Ich kenne die Spielregeln nicht und weiß nicht, ob wir verlieren oder gewinnen werden. Seit unserer Rückkehr aus Madrid will Catapulta, immer schlechtgelaunt und im Stress, unbedingt meine Zukunft planen:

»Wenn dieser ganze Unfug vorbei ist, musst du irgendwas studieren. Eine Ausbildung ist unverzichtbar, Fernando. Deinen Lebenslauf ein bisschen aufpolieren. Etwas darstellen. Ein Studium, Sprachen. Das werden fünf harte Jahre. Und wenn du was Neues lernst, kannst du uns später außerdem besser assistieren. Wir werden dich unterstützen. Wenn unsere Kontakte funktionieren, kannst du dich für die nächsten Wahlen auf die Liste der Koalition setzen lassen und gleichzeitig in die juristische Abteilung der Bank aufsteigen. Nach meiner Berechnung bist du im Jahr neunzehnhunderteinundachzig der jüngste Abgeordnete der Geschichte. Der jüngste General Europas. Wenn ich es dir sage. Ich werde so stolz sein wie ein Vater.«

Konnte man sich mehr wünschen? Ein Gläschen vielleicht.

Ein Gläschen, Fernando? Kein Problem. Eine neue pharmazeutische Entwicklung, das Medikament »Sosegón«, erlaubte es mir, mich gehenzulassen und gleichzeitig vor Selbstbewusstsein zu strotzen: Bei meiner Herkunft hatte ich nichts zu verlieren, und mein derzeitiges Leben war ein Geschenk. Als es an der Tür klopfte, schlief ich wahrscheinlich, gewiegt vom fernen Lärm einer Demonstration oder vom Rauschen des Regens. Ich richtete mich auf. Zog das rechte Knie an die Brust, spreizte die Hand und berührte gleichzeitig mit dem Daumen die Nasenspitze und mit dem Zeigefinger die Kniescheibe. Das Gleichgewicht war stabil. Ich ging zur Tür.

Tina, enges Kleid mit Blumendruck, tief ausgeschnitten und drunter nur nackte Haut, diese Schlampe, warf mir einen zerzausten Fuchspelz, einen triefenden Regenschirm und eine dumme Entschuldigung zu. Die Platte hatte sie vergessen. Die Befreiung aus den Zwängen des Büstenhalters war genauso unaufhaltsam wie die Demonstration auf der Straße und das Gewitter, über das Tina die ganze Zeit redete, um die Spannung zwischen uns zu überspielen.

»Machst du nie auf?«

»Wozu?«

»Zeigst du mir dein Zimmer?«

»Wozu?«

»Weiß nicht …«

Woher kam auf einmal dieses Begehren?

»Es kann jemand kommen, Tina.«

»Tomás treibt sich irgendwo in Frankreich rum. Ist Genf in Frankreich? Anscheinend ist einer aus der Bank sehr krank.« – »Ach ja?« – »Del Cravall und Vilabrafim sind auf dieser Demo, die man bis hierher hört.« – »Ach ja?« – »Und Guillermo würde nichts sagen.«

Ach ja?!

»Warum denn nicht?«

Für Tina war der Fall so eindeutig, dass sie es nicht für nötig hielt zu antworten, sondern nur komplizenhaft die Brauen hochzog. Im Grunde war ich nicht sehr überrascht. Ich fand es sogar einen Akt der Barmherzigkeit, dass Catapulta mir gesagt hatte, er sei nie mit ihr im Bett gewesen. Warum sie mich hingegen unbedingt nochmal mit ihren Reizen verführen wollte, begriff ich immer noch nicht. Wie Catapulta war auch mir der Mund versiegelt, ich hatte niemandem etwas von unserem Abenteuer erzählt.

»Nein«, sagte ich und machte mich von ihr los.

»Wie, nein?«

»Wir machen es jetzt nicht.«

»Fernando, ich bin ein dummes Ding. Ich kann die Sachen nicht auf andere Art sagen.«

»Ich hab keine Lust. Ganz einfach.«

Wieder drückte sie sich an mich. Sie sah mich nicht an. Ihre Hände führten erfolgreich eine präzise Operation durch, auf die meine Libido ohne Rücksprache mit dem Gehirn sofort ansprang. Es war, als hätte Tina den Film gesehen, den ich vor einer Stunde noch mit ihr hatte drehen wollen. Ihr Talent war bewundernswert. Ich zog sie in mein Zimmer. Es war mir egal, ob uns jemand überraschte. Was, mein Leser, glauben Sie, macht eine Frau, die ein erotisches Genie ist, in dieser Lage? Ich rede von einer neuen Kleopatra, in deren Umkreis es beschlossene Sache ist, dass Rom im Tiber versinkt und die Imperien zusammenbrechen.

»Warte, warte, Fernando, mein Süßer. Nicht so schnell. Hier

gefällt's mir nicht. Und du hast recht, es kann jemand kommen. Was macht man so nach einer Demonstration? Hast du eine Ahnung?«

Sie hätten mein Gesicht sehen sollen. Nach langem Schweigen, das einem stillen Flehen glich, sagte ich:

»Dann also nicht.«

»Gehen wir in ein Hotel.«

»Nein.«

»Es muss ja kein Stundenhotel sein. Ich weiß doch, dass du dort nicht gerne hingehst.« Jemand fummelte an dem Reißverschluss meiner Hose. »Wir gehen in ein gutes Hotel. Stell dir einfach vor, ich sei eine andere. Ganz einfach. Ich werde dir was zeigen. Na ja, vielleicht zeigst du mir auch was. Nimm Bleistift und Papier mit. Und einen Koffer, wenn du einen hast. In den Koffer packst du den Bleistift und die Blätter … und ein paar Kissen.«

Hotels in der eigenen Stadt geben einen neuen Blick auf den Alltag, von ihnen aus eröffnen sich ungeahnte Aussichten von Dachterrassen und Fassaden, von Sehenswürdigkeiten und öffentlichen Gebäuden. Dampf quoll aus dem Badezimmer, wo Tina stumm unter dem Wasserstrahl stand, bis die Fensterscheiben und meine Gedanken ihre Transparenz verloren, wobei sich über Letztere schon ein Schleier gezogen hatte, als ich zugesehen hatte, wie eine glückliche Tina beschloss, eine Dusche zu nehmen und zu diesem Zweck eine Plastikhaube aus der Manteltasche zog, bevor ihr splitternackter, wie gegossener Körper im Bad verschwand, während sie mich vor dem Panorama, von dem das Gewitter abgezogen war, mit dem Wasserplätschern im Hintergrund, dem fernen Sirenengeheul und der Gewissheit, dass ich wieder mal betrogen worden war, zurückließ.

Ich wischte das Fenster frei, wozu ich eine Faust durch den Lamellenvorhang steckte. Dort unten, in der Fußgängerzone, die von zwei ausgestorbenen Fahrspuren und gepellten, regennass glänzenden Bäumen gesäumt war, wateten ein paar Demonstranten in blauen Mänteln durch die Pfützen in Richtung des großen Boulevards, den die Nachmittagssonne gerade wieder in Besitz nahm und damit dem Sirenengeheul und Hundegebell auf den Balkonen die Schärfe nahm. Plötzlich war die Stadtansicht weg. Tina hatte die Lamellen umgestellt, sie runzelte die Stirn, ohne ihren lasziven Blick, der allen so gefällt, von mir abzuwenden. Mein Leser, ich habe mich entschlossen, Ihnen die erotische Szene zu ersparen: Ich sage Ihnen nur, dass Tina an diesem Nachmittag tatsächlich »eine andere« war, wie sie es mir versprochen hatte. Das verstand sie auf eine Weise, die ich in meiner Unerfahrenheit in der Liebe für einen Teil ihres Berufs hielt, dabei war es nur eine Spielart dessen, was ich später bei verliebten Frauen allgemein beobachtet habe, egal ob sie genussfreudig oder kalt, aufrichtig an einem interessiert oder egoistisch sind. Tina gab sich unterwürfig wie jene falsche Tina in Madrid, mit dem Unterschied, dass sie zwar auch falsch, aber die echte Tina war. Die Zeit dehnte sich, der Raum verengte sich auf dieses Bett, und ich war wunschlos glücklich.

Sie nicht.

Nachdem Tina beim Zimmerservice eine Wettkampfmahlzeit für eine ganze Fußballmannschaft bestellt hatte, sprang sie quietschvergnügt aus dem Bett. An der Rezeption hatten wir uns als frisch verheiratetes Paar ausgegeben. Tina hatte vor dem Rezeptionisten schamlos das große Glück ausgebreitet, während ich meinen Blick auf die Schuhspitzen geheftet hatte und einem Hoteldiener ausgewichen war, der unbedingt unseren Koffer hochtragen wollte. Diesen Koffer, der, nachdem Tina ihn geöffnet hatte, die ganze Nacht unbeachtet und auf dem blauen Teppichboden lag.

Mit Bleistift, Blättern, einem Heft, ihrem Kalender und der Brille bewaffnet, schlüpfte sie wieder ins Bett. Tina zeichnete in das Heft rätselhafte Pfeile. Tina unterbrach ihre Skizze, um mich über ihre Brille hinweg anzusehen:

»Früher oder später wird Tomás dir Fragen stellen …«

»Was für Fragen?«

»Über mich, Mann. Tu nicht so, das weißt du doch …« Sie versuchte, mich zu zeichnen, während ich mich bemühte, gleichzeitig verwirrt und uneinsichtig zu wirken. »Er wird dich fragen, ob du mich mit jemandem gesehen hast, wo ich war, wo wir zusammen waren.«

»Und was soll ich ihm antworten?«

»Weiß nicht. Das sehen wir dann schon. Jetzt hör zu ...«

Nichts lieber als das.

»Vielleicht kriege ich eine Arbeit. In meinem Beruf, in der Werbung.« Um ihre Worte zu unterstreichen, setzte sie ein großes W in das rätselhafte Schema. »Es ist eine dieser Chancen, die man nur einmal im Leben hat. Und ich werde auf diesen Zug aufspringen. Jawohl ...«

Während ich mir überlegte, wie sie auf irgendeinen Zug aufspringen wollte, und sie mit rührender Detailfreude eine Dampflock in das undurchschaubare graphische Gebilde einzeichnete, wanderten meine Finger zum Ort meines Verhängnisses. Ohne sich aus der Ruhe bringen zu lassen, schloss sie die Beine. Dann brach sie ihre Eisenbahnskizze mitten in der Rauchsäule ab.

»Jetzt nicht. Lass es mich erklären. Ein amerikanischer Waschmittelkonzern, Clean & Sober, setzt schon seit einigen Jahren auf den spanischen und portugiesischen Markt. Mit der Demokratie jetzt glauben sie, dass der Bedarf an Reinigungsmitteln steigt. Klar, beim Anblick dieser Zottelhaarigen überall müssen sie denken: ›Wird Zeit, dass die sich waschen.‹ Das war jetzt ein Witz. Sie beklagen sich, dass sie keinen Erfolg haben. Dass ihre Verkäufer nichts davon verstehen, wie man ein Produkt einführt. Und die Verkäufer sagen ihnen, dass es solche und solche Märkte gibt und dass die Leute hier nicht dumm sind, sondern in ihrem Kaufverhalten konservativ. Gut, sagen die Amerikaner, wenn ihr ohne unser Waschmittel auskommt und eure Regierung nicht bald mit Investitionsförderprogrammen die Wirtschaftskrise in den Griff bekommt, schließen wir eben unsere Fabriken und Niederlassungen in Spanien und entlassen alle Arbeiter. Daraufhin bekommen die Bereichsleiter hier kalte Füße und wollen zeigen, dass eine gute Werbekampagne den Verkauf der Produkte ankurbelt.«

»Caramba ...« Diese Einblicke in die Wirtschaftswelt, die mir meine Fahrschülerin und Liebeslehrerin bislang verwehrt hatte, beeindruckten mich tatsächlich; und das Schlimmste war, dass die Art, wie sie ihre Brille über ihr Näschen in Richtung Brauen schob, mich schwach machte: Sie war eine ganz neue Persönlichkeit.

»Ich erzähl's dir. Solche Unternehmen vertreiben oft dasselbe Produkt unter verschiedenen Marken. Der Inhalt, Seife, Waschmittel, Shampoo, ist, wie gesagt, immer gleich. Die Marken machen sich gegenseitig Konkurrenz, aber dahinter steht das Ziel, alle Plätze auf dem Markt zu besetzen. Hältst du endlich still?«

»Nur wenn du aufhörst, lauter Pfeile, Züge und Waschmittelpäckchen zu zeichnen, das hält nur auf, so bist du in zwei Stunden noch nicht mit Erzählen fertig.«

»In der Akademie sagen sie uns immer, dass es unabdingbar ist, dass wir unsere Ideen visualisieren.«

»Aber es gibt solche und solche Ideen, Tina … Wir wollen hier doch nicht eine Woche lang sitzen«, argumentierte ich, und anstatt über diese reizende Aussicht zu seufzen, half ich ihr auf die Sprünge: »Sie machen sich Konkurrenz, und weiter?«

»Also, im Moment haben sie zwei Waschmittel auf dem Markt. Ulan und Bator. Handwäsche oder Maschinenwäsche, biologisch abbaubar usw. usw. Dieselben Marken in den USA, Südamerika, Europa, bla, bla, bla … Saubere Namen, die in Erinnerung bleiben … eben wie das Waschen selbst … Man merkt, dass ich das *briefing* auswendig gelernt habe.« Sie gab mir keine Zeit zu fragen, weil sie schon ahnte, dass ich nur einen Vorwand suchte, meinen Kopf dem ihren zu nähern. »Ein *briefing* ist eine Informationsschrift der Firma für die Werbeagentur.«

Die Werbefrau Tina wollte so effizient und detailverliebt sein wie die andere Tina, aber ich glaube, sie gefiel mir weniger.

»… sie haben Kampagnen mit Geschenken gestartet, damit die Kinder ihre Mütter beim Einkaufen rumkriegen. Und warum hat auch das nicht geklappt? Die Amerikaner behaupten, dieser Markt habe einen sehr schwachen Wirkungskoeffizienten, weil in diesem Land die Sitte herrscht, Waschmittel, überhaupt Reinigungsprodukte, bei ihrem Markennamen zu nennen, also *classic custums*.«

Das hast du schon gut drauf, dachte ich. Aber ich sagte:

»Was willst du damit sagen? Dass die Amerikaner pleitegehen, weil meine Mama *Tu-tú* zu ihrem Waschmittel sagt?«

»Und meine *Lagarto*. Was auch immer. Darin liegt der Kern des Problems. Die Amerikaner beklagen sich, dass die Werbung viel zu wenig aggressiv und nicht besonders einfallsreich ist und dass sie auch nicht die Stärke des Unternehmens zum Ausdruck bringt. Schlicht gesagt, sie finden, dass sie sich lächerlich machen. Sie haben der Werbeagentur, die bis jetzt für sie gearbeitet hat, gekündigt und stehen kurz vor dem Konkurs. Konkurs, na ja … Mehr oder weniger. Sie haben die größten Agenturen zusammenberufen. Ein Amerikaner, einer, der kommt, alle umlegt und wieder geht, hat das Treffen geleitet. Er hat die Werbestrategie umrissen. Punkt eins: Man muss sich auf die Werbung für das Waschmittel konzentrieren. Das Waschmittel ist das Zugpferd« – Tina zog einen Rahmen um ihre Zeichnung – »für die übrigen Reinigungsprodukte. Deshalb, Punkt zwei: Die Marketingabteilung, nicht die Entwicklung, sitzt bereits daran, eine neue Marke zu kreieren, die mit Ulan und Bator konkurrieren soll. Sehr billig und von schlechterer Qualität, für die eine riesige Werbekampagne aufgezogen werden soll. Wenn sie erfolgreich ist, wird man im Preis hochgehen, er soll dann noch höher liegen als der von Ulan und Bator. Dann entdecken die Hausfrauen, dass Ulan und Bator besser sind und sogar billiger. Punkt drei: Für das neue Waschmittel ist aus Imagegründen eine neuartige Einführungskampagne unverzichtbar. Punkt vier: mehrere aufeinanderfolgende Kampagnen, für Markteinführung, Expansion und Diversifikation. Punkt fünf … Langweile ich dich?«

Ich schüttelte den Kopf. Der Abend zog sich wie ein zerschlissener Vorhang über der Stadt zusammen, es machte nichts.

»Punkt fünf: Der Amerikaner hat eine Bedingung genannt, mit der er alle ausspielen wird, eine Werbekampagne. *Frenzy Spots*. Aus einer Studie weiß er, dass es in Spanien so was noch nie gegeben hat. Umso besser. Die Neuigkeit würde die Wirkung noch unterstützen. Er ließ von den Vertretern der Werbeagenturen eine Erklärung unterschreiben, dass sie in den nächsten sechs Monaten keine *Frenzy Spots* für andere Unternehmen kreieren würden, anderenfalls könnte *Clean & Sober* sie verklagen. Und anstatt den ganzen Tag über Zahlungsmodalitäten, Rabatte, Risiken und offene Rechnungen zu reden, sollen sie lieber gute Anzeigen entwerfen. Was meinst du zu diesem Amerikaner?«

»Dass er ein Arschloch ist. Aber das ist wahrscheinlich nicht alles, was über ihn zu sagen ist. Erklär mir doch mal, was *Frenzy Spots* sind …«

»Das sind fortgesetzte Werbespots. Rasende Werbung. Am Anfang, wenn der erste Spot geschaltet wird, weiß der Zuschauer nicht, wovon die Rede ist. Damit schafft man Erwartungen. Das hängt natürlich davon ab, wie geschickt man es angeht, wie gut die Idee ist. Im zweiten Schritt kündigt man an, was für eine Art Produkt man bewirbt, man hält die Spannung aber noch aufrecht. Im dritten Schritt macht man dann offen Werbung. Punkt sechs, der Amerikaner ist nämlich noch nicht fertig: Zusätzlich besteht das Unternehmen darauf, dass der Spot für das neue Waschmittel einen Übergang von Schwarz-Weiß zu Bunt vollzieht. Da es ›in diesem kleinen Land‹ immer mehr Farbfernseher gibt, ist das … ›die zündende Idee‹, sagte der Amerikaner. Dann erzählte er irgendwas von Flugzeug verpassen und ging. Alle saßen mit offenem Mund da. Einer meiner Professoren, der in einer der Agenturen gearbeitet hat und bei dem Treffen war, hat die Aufgabe an ein paar seiner Schüler weitergegeben. Den Vorschlag, den er am besten findet, will er einbringen, das hat er versprochen.

»Warum willst du eigentlich arbeiten?«

»Du bist zu süß, wenn du so zahm bist … Also was? Hilfst du mir?«

»Bei was?«

»Beim *Brainstorming*.«

Ich wartete erregt darauf, was dieses *Brainstorming* sein würde, aber sie redete einfach weiter.

»*Brainstorming* bedeutete ›Gehirnsturm‹. Du sammelst Ideen und spielst mit ihnen, bis was dabei rauskommt. Man macht das zu mehreren. Aber ich habe niemandem, mit dem ich das machen kann. Ich bin allein. Um Gottes willen, Fernando, deck das zu … Komm, hilf mir doch …«

Ohne auf eine Antwort zu warten, schlug sie ihren mir so verhassten Taschenkalender auf. Sie blätterte Seiten voller Namen und Nummern um. So allein war sie, die Arme … Dann schlug sie eine Seite auf, auf der in säuberlicher Handschrift alle möglichen Wörter untereinandergeschrieben standen.

»Pass auf, ich lese dir jetzt eine Reihe von Wörtern vor, die nach Aussage meines Professors in der modernen Welt eine starke Ausstrahlung haben. Mit ihnen spielen wir dann, bis uns etwas einfällt. Dieses Etwas entwickeln wir weiter, und dann zeigen wir es den Amerikanern, die werden Augen machen.«

Tina fing an, die vielversprechenden Wörter zu lesen, und achtete nicht auf meine Hand, die mit ihren Fingern spielte. Ich las mit: »Frivol. Idealismus. Früher war alles besser. Geschmack. Schärfe. Einzigartigkeit. Eine Klasse, die erreicht wird. Geld ausgeben. Banalität. Individuum. Spiel. Niederlage. Brummell. England. Meinung. Kleidung. Nebensache. Die Art, wie man Geld ausgibt. Gleichgültigkeit. Oscar Wilde. Ich. Alkohol. Ästhetik. Selbstmord. Autobiographie. Unordnung. Sex.«

Als Tina mit dem Vortrag ihrer goldenen Worte fertig war, hatte ich die ersten schon wieder vergessen, ich erkannte nicht, wie man sie sinnvoll zueinander in Beziehung setzen sollte. Auf meiner kürzlichen Madridreise hatte ich schon zu viel Hokuspokus intellektueller Scharlatane gesehen, um mich von so etwas beeindrucken zu lassen.

Eine Hand tastete nach meiner wie eine lebendige Languste, sie griff zart zu und schlüpfte wieder zurück.

»Was sagst du dazu?«

»Keine Ahnung. Was soll ich schon sagen? Was hat das alles mit Waschmittel zu tun?«

»Das ist Kreativität. Ein Spiel. Mann, die ganzen Wörter haben nichts miteinander zu tun. Aber auf der Grundlage dieser Liste können wir überlegen. Wenn du nichts dagegen hast, tauschen wir Wörter aus und denken nach. Das nennt man *Brainstorming*. Zum

Beispiel ›Brummell‹, ich weiß gar nicht, was es bedeutet. Aber ein Aftershave heißt so. ›Alkohol‹ streiche ich auch. Und ›Niederlage‹. Das würde gerade noch fehlen. Und ›Früher war alles besser‹. Und ›Autobiographie‹ …«

Ich sah, wie sich ihre Lippen bewegten, sah sie ausstreichen, den Bleistift übers Papier ziehen. »Lenkt mich das, was du bist, von dem ab, was du sagst?« Kann sein … Ich änderte meine Art, sie zu streicheln, damit auch sie ihre Art ändern würde, mich wegzuschieben. Ich war vollkommen verwirrt und nahm mir vor, auf der Hut zu sein. Ich dachte daran, wie sie sich nicht von meinen lächerlichen Geschichten aus den Baracken hatte beirren lassen und mir die Schallplatte geschenkt hatte, nur weil ich an einem verrückten Vormittag wie ein kleines Kind darauf bestanden hatte, dieses Lied anzuhören. Das war ihre Art, einen glücklich zu machen.

Da auf einmal kam mir die Idee, die meinem Leser vielleicht auch schon durch den Kopf gegangen ist. Watussi, warum nicht? Ihr zu Ehren. Wenn dieser köstliche Wettbewerb gut laufen sollte, würde diese Idee vielleicht eine dauerhafte Verbindung zwischen uns schaffen.

»Wie findest du ›Watussi‹?«

Sie warf mir über ihre Brillengläser hinweg einen vorwurfsvollen Blick zu.

»Als Name … Weiß nicht, ist mir so eingefallen …«, verteidigte ich mich.

»Du hast auch nichts anderes im Kopf. Ein sturer Esel bist du, also echt.«

»Klingt doch gut. ›Waschen Sie mit Watussi!‹«

»Soweit ich weiß, sind die Watussis Schwarzafrikaner. Und hässlich. Heißt es zumindest in dem Lied. Ich hab das Lied nämlich heute Mittag ein paar Mal gehört …« Sie seufzte: »Was meinst du? Soll ich ›Einzigartigkeit‹ streichen?«

»Streich doch …«

»Und ›Banalität‹?«

»Sagt mir auch nichts.«

»Ich hab's!« – Sie richtete sich mit einem Ruck auf. Ihr Oberschenkel stieß an meinen, und ich verglühte fast: »Einzigartig!«

»›Einzigartig‹? ›Wasch mit Einzigartig‹? ›Kauf Einzigartig‹?«

Tina hielt an ihrem absurden Vorschlag fest.

»Es soll irgendwie exklusiv klingen. ›Exklusiv‹?«

»›Watussi, das Exklusive‹?« Auf einmal erinnerte ich mich an sie im Schwimmbad. »Wasch mit ›Superman‹. ›Saubermann!‹ Hand- und Maschinenwäsche. So heißt das doch, oder?«

»Hilfe, ich höre besser nicht mehr auf dich. Ich bin schon zufrieden, wenn du nicht störst. Morgen muss das fertig sein.«

»Hab ich dir mal erzählt, dass ich mit Superman im Schwimmbad war, wo Ausländerinnen zwischen den Bojen herumschwammen? Dass ich mir gesagt habe, irgendwann will ich das schönste Mädchen der Welt in so einem Schwimmbad sehen?«

»Wahrscheinlich hast du es nicht nur mir, sondern halb Spanien erzählt«, erwiderte sie, ohne von ihrem Gekritzel aufzusehen. Sie war nicht das schönste Mädchen der Welt, aber das Beste, was ich mir je hätte erträumen können.

»Das auch wieder nicht .... Was ist eigentlich mit Catapulta los?«

»Wie kommst du da jetzt drauf?«

»Fällt mir gerade so ein. Ich habe nur ihm und dir Watussis Geschichte erzählt, und weil du mir vorhin zu verstehen gegeben hast ...«

»Ach, das stimmt doch gar nicht. Ich wollte dir nur ein bisschen Angst machen ...«

»Ach so ...«

»›Tiefgründig‹, ›vollkommen‹?«

»Das kannst du zu einem Cognac sagen. Ich habe Catapulta die Geschichte vom Watussi erzählt. Er hat sie prompt in seiner Rede verwurstet, und Vilabrafim hat sie gehalten.« – ›Und ich bin immer noch sauer auf ihn‹, wollte ich noch sagen, aber so wichtig war es mir dann doch nicht.

»Aber war Vilabrafim nach dem Essen nicht sturzbesoffen?«

»Woher weißt du denn das?«

»Woher wohl, Tomás hat's mir erzählt …«, murmelte sie, während sie mit ihren Gedanken woanders war.

Ich bohrte nicht weiter nach.

»Was ich sagen will: Wir können dasselbe machen, was Catapulta mit meiner Geschichte gemacht hat. Das ist doch auch ein *brainstorming*, oder? Meine Geschichte hat auch eine Handlung. Und nebenbei könnte ich mich endlich davon befreien …«

»Oha, wenn du auf sensibles Jüngelchen machst, übertriffst du alle. Und damit der Junge seine Angst verliert, machen wir bei einem dieser Preisausschreiben mit, die ins Haus flattern, und mit Haus meine ich eine zweigeschossige Villa am Stadtrand, und unsere Idee für das Waschmittel ist eine Wasserleiche, ein besoffener Mafiaboss, irgendwelche Prügeleien, von denen ich kaum glauben kann, dass es sie vor ein paar Jahren gegeben hat … »Wie wollen wir das Waschmittel nennen? Zoff?«

»Ich bin ganz deiner Meinung, Fernando. Sich in die Spielchen anderer einzumischen ist sehr gefährlich … Jetzt hilf mir doch endlich, einen Namen zu finden.«

»Saubermann. Superman, aber als Waschmittel.«

»Hör doch auf …«

»Nein, jetzt hör doch zu. Ein Typ, ein ganz normaler Typ. Mit Frau und drei Kindern. In dem Viertel gibt es noch einen Typ, der ist der Schmutz in Person. Der Schmutzige. Alle haben Angst vor ihm. Der normale Typ verwandelt sich in Saubermann und vertreibt den Schmutzigen aus dem Viertel. Er ist wie Superman, wie der echte Superman, der aus dem Comic, er hat zwei Persönlichkeiten …«

»Du überzeugst mich noch. Sollte die andere Figur nicht eine Frau, eine Hausfrau sein …?«

»Nein, das ist es ja gerade. Die Frauen, die die Werbung sehen, haben genügend Sinn für Humor, um den Witz zu kapieren. Die Frau ist heimlich verliebt in Saubermann, er kann eine Art Waschmittelkarton mit Kopf sein. Ein Typ, so, rechtwinklig. Der Schmutzige ist ein Rumtreiber, ein Penner, mit einer Jacke wie aus einer Jugendgang, so eine Baseball-Jacke. Das werden die Amerikaner sicher verstehen. Der Schmutzige hinterlässt überall, wo er gewesen war, eine Sauerei. Die Frau holt Saubermann zu sich nach Hause, ohne dass ihr Ehemann es mitbekommt. Wenn die Frau die Waschmaschine anwirft, betrügt sie ihren Ehemann mit Saubermann. Das macht doch Laune, musst du doch zugeben. Und ich glaube nicht, dass irgendwer etwas dagegen sagen kann, dass eine Frau ihren Mann mit einer Schachtel Waschmittel betrügt.«

Tina wiegte den Kopf. Ob mein Leser es glaubt oder nicht, sie schrieb alles mit. Ich hätte bis zum Sonnenaufgang an meiner Geschichte weiterspinnen können.

»Der Ehemann tut so, als würde er nichts mitkriegen. Offenbar kriegt er auch nicht mit, dass es überall zu Hause blitzblank ist. Kurz gesagt, er ist der typische Ehemann. Sie liebt ihren Mann, aber sie will auch, dass er sieht, dass es sauber ist. Da er aber immer weiter so tut, als würde er es nicht sehen, verliebt sie sich immer mehr in Saubermann. Das braucht ja in der Werbung nicht vorzukommen. Das sind nur so Ideen …«

»Wir sind ja auch beim *Brainstorming* …« Und auf einmal hob Tina, nachdem sie eine Weile über ihren Notizen gebrütet hatte, den Kopf und sah mich an: »Mir kommt das alles schon sehr gewagt vor. Sehr überdreht. Alles andere als einfach. Eine Botschaft muss klar sein, direkt …«

»Wie gesagt, ich rede einfach vor mich hin. Und es hängt natürlich davon ab, was man daraus macht. Zum Beispiel die erste Anzeige. Schwarz-weiß. Der Schmutzige geht durch die Straße und macht alles schmutzig. Ein Wirbelwind aus Schmutz. Und er ist natürlich böse, das gehört zusammen. Er schlägt einem Kind das Eis aus der Hand, sodass es auf sein Hemd klatscht. Reißt einer alten Frau den Stock weg, sodass die alte Frau in eine Pfütze fällt. Er stürmt in eine Bar und kippt einem Herrn den Kaffee über die Hose. Er stellt einem Kellner mit Tablett ein Bein, und das Ergebnis ist eine Riesensauerei. Der Koch kommt aus seiner Küche mit einer Schürze, die einem den Appetit verdirbt …«

»Hör auf, hör auf …«

»Alle rennen entsetzt aus dem Lokal. Eine Frau – sie muss eine Hausfrau sein, deren Gesicht man sich merkt, eine bekannte Schauspielerin, was weiß ich, einfach jemand, der Aufmerksamkeit weckt – wendet sich an den Zuschauer und sagt den Satz. Es gibt da nämlich immer einen markigen Satz. Einen Slogan. Oder ein Motto, wie Catapulta sagt. Was weiß ich ... ›Wer kann das alles stoppen?‹ Ein bisschen wie ... die derzeitige Situation ... Niemand versteht so recht, was vor sich geht. Nein, die Frau sagt: ›Ich weiß, wer das alles stoppen kann.‹«

»Der Satz gefällt mir noch nicht. Das ist ... keine Werbung. Er packt einen nicht.«

»Gut ... Dann sagt die Frau: ›Keine Angst. Lassen Sie mich nur machen.‹ Oder ›Haben Sie keine Angst vor dem Schmutz, meine Dame‹.«

»Und warum nennen wir ihn nicht direkt ›Watussi‹?«

»Ja ...« – Warum eigentlich nicht? – »Stimmt, warum eigentlich nicht?«

»Die Frau sagt: ›Meine Freundin, haben Sie keine Angst vor dem Watussi.‹«

»Das ist das Ende der ersten Anzeige. Die Leute fragen sich: ›Was soll das alles?‹ Denn es darf nie offenkundig werden, dass wir vom Schmutz reden. Es ist, als ob der Watussi ein Terrorist wäre, dabei ist er bloß ein Penner. Die Leute fragen sich vielleicht auch: ›Hat das etwas mit unserer derzeitigen Situation zu tun?‹ Die Straße muss voller armer Leute sein, wie in schlimmen Zeiten ...«

Tina schrieb eifrig mit.

»Und die zweite?«

»Auch schwarz-weiß. Die Frau – sie muss eine bekannte Schauspielerin sein – betritt ihre Wohnung. Die Kinder schaukeln an den Lampen. Der Großvater kackt sich voll, was weiß ich, ist nur eine Idee, der Ehemann liest Zeitung, während im Fernsehen eine Atombombe explodiert, irgendwas ganz Schlimmes. Von der Straße hört man Polizeisirenen. Chaos. Die Frau blickt auf den Bildschirm und zuckt die Schultern, als würde sie sagen: ›Ist mir egal.‹ Dann geht sie weg ... Endlich blickt der Ehemann von seiner

Zeitung auf, als wollte er nachsehen, ob seine Frau wirklich weggegangen ist, dann blickt er in die Kamera und sagt: ›Mein Freund, haben Sie keine Angst vor dem Watussi.‹«

»Fernando, ich finde …« Tina war hingerissen, allerdings nicht von mir, sondern von meinen Worten: »… das ist eine gute Idee. Man muss offensiv sein. Das taugt was.«

Nicht schlecht, ihre Professoren.

»Dritte Anzeige. Kurze Panoramaansicht der Straße. Ein einziges Chaos. Die Häuser. Auch Chaos. Das Haus unserer Familie. Der Watussi wütet. Dann ertönt eine Stimme, so eine starke Stimme, ohne dass man das Gesicht dazu sieht. Die sagt: ›Haben Sie keine Angst vor dem Watussi.‹ Das muss alles sehr schnell sein. Wir sehen den Mann aus seinem Sessel aufstehen, aus dem Haus gehen, und auf einmal verwandelt er sich in … Saubermann. Der Mann geht auf den Watussi los. Verpasst ihm eine Ohrfeige. Und wie von Zauberhand ist die ganze Stadt auf einmal sauber. Und die Anzeige in Farbe! Dann sehen wir die Frau, die Saubermann-Waschmittel in ihre Waschmaschine kippt. Sie geht zurück ins Wohnzimmer, wo alles in bester Ordnung ist, die Kinder lachen mit dem Großvater, im Fernsehen sind Erdbeerfelder zu sehen, der Ehemann liest die Zeitung. Dann blickt die Frau in die Kamera und umarmt die Packung Saubermann. Sie seufzt. Der Mann zuckt lächelnd die Schultern. Die Packung ist groß im Bild, mit dem Schriftzug: ›Haben Sie keine Angst vor dem Watussi.‹ Und noch einmal die Stimme: ›Saubermann. Für Hand- und Maschinenwäsche.‹«

Tina nahm die Brille ab und schielte in meine Richtung.

»Fernando, hast du schon mal drüber nachgedacht, das beruflich zu machen?«

Das war das erste Mal, dass jemand so etwas zu mir sagte:

»Nein, wozu?« – Ich wurde rot: »Ich habe eine Arbeit. Außerdem, wenn du genau hinsiehst, erfinde ich gar nichts. Die Gesellschaft ist so.« – Ich spielte mich ein bisschen auf. »Es ist mehr oder weniger die Geschichte des Watussi. Meine Mutter denkt noch heute, dass sie mir das Leben gerettet hat, während ich der Ansicht bin, ich hätte es ihr gerettet. Und eigentlich glaube ich sogar, auch wenn das nichts mit der Anzeige zu tun hat, dass der Watussi uns beiden das Leben gerettet hat.«

»Was du alles aus den Dingen rausholst!« Tina sah auf die Uhr: »Jetzt ist schon eine Stunde rum, und sie haben das Abendessen immer noch nicht hochgebracht.«

Dann öffnete sie einladend die Arme. Ich kletterte auf sie, und sie sah mich verrucht an, während sie sich vorsichtig in die Bauchlage drehte.

»Probier mal, du wirst schon sehen …«, säuselte sie mir zu. »Vorne bin ich ein bisschen wund, weißt du.«

Was glatt gelogen war. Mit schaukelnden Bewegungen half sie mir in die richtige Position, und nachdem sie sich das Haar zurückgeworfen hatte, machte sie mit ihrer einladenden Kruppe leichte Bewegungen. Erst als ich gekommen war und sie erwidernd stöhnte, fiel mir auf, dass sie in dieser Stellung bequem weiter nachdenken konnte, während ich mich über ihren Rücken ergoss. Geduldig wartete sie, dass ich von ihr herunterkletterte. Sie streichelte mich flüchtig.

»Los, wir rufen nochmal an, dass sie uns sofort das Essen hochbringen sollen. Und dann arbeiten wir weiter. Was wir haben, ist schon sehr gut, aber man muss noch viel dran tun. Möglichkeiten ausloten. Die Personen auswählen. Je weiter wir kommen, desto besser. Ich wusste, dass du mich nicht im Stich lassen würdest. Wenn sie die Idee nehmen, gebe ich dir, was dir zusteht.«

Ich zog spöttisch eine Braue hoch.

»Ich meine Geld.«

Möglicherweise zweifelt mein Leser daran, dass ich dieses versprochene Geld jemals erhalten habe. Darauf kommen wir noch zu sprechen. Jetzt sage ich erst mal nur, dass ich in dieses Fleisch sank, dass ich immer wieder dort eindringen wollte, weil ich dort die schlichte Tatsache vergessen konnte, dass ich bislang mein Leben nicht gelebt hatte.

Tina sah mich gespannt an.

»Sigfrido.«

»Was?«

»Sigfrido, der Innenarchitekt … Wenn Tomás dich fragt, sag ihm, dass du mich mit Sigfrido gesehen hast. Dass ich meine Wohnung neu gestalten will. Das ist noch nicht mal gelogen. Ich wollte ihn überraschen, aber so misstrauisch, wie er ist, steh ich am Ende nur dumm da. Und mit Verónica. Mit Vero. Sag ihm, dass wir heute Nachmittag Auto gefahren sind und ein Mädchen auf der Straße gehen sehen haben. Sag ihm, ich hätte sie gerufen und dich nach Hause geschickt. Das stimmt zwar nicht, aber wenn du ihm das erzählst, können wir die Nacht zusammen verbringen. Und das Abendessen kommt auch gerade.«

Ich hätte alles gesagt angesichts des Versprechens, noch einmal ihr Casanova sein zu dürfen. Wir aßen und lachten. Die ganze Nacht hörte man Polizeisirenen. Eine schmeichelnde Stimme redete auf mich ein, mich bedingungslos zu ergeben. Nichts lieber als das.

Am nächsten Morgen wiederholte Tina, während sie sich hastig anzog, so oft meinen Namen, bis sie mich aus meinen himmlischen Träumen gerissen und meine Person in eine konfuse Wirklichkeit zurückgeholt hatte, in der ich die Rolle des eifersüchtigen Geliebten zu spielen hatte. Und des Spions. Ich fragte sie, ob wir heute eine Fahrstunde machen wollten, und schloss aus ihrem fabelhaften Kleid, ihren Bewegungen und Handgriffen vor dem Spiegel, dass sie ihre Pläne nicht meinetwegen geändert hatte. Alles, das Kleid, die Duschhaube, die großzügige Hingabe, der Säuselton, war Teil eines Plans, und sie hatte von Anfang an gewusst, dass sie heute Morgen ein anderes Kleid anziehen würde. Von der Dusche aus rief sie mir zu, dass aus der Fahrstunde heute Vormittag nichts würde. Sie müsse Del Protzo vom Flughafen abholen.

»Warte unten auf mich. Ich muss noch ein paar Anrufe erledigen …«

Sie ließ mich mit meinem Koffer am Taxistand an der Ecke stehen, während die Taxifahrer sich um sie prügelten. Ich nahm ein anderes Taxi und befahl dem Fahrer mit bestimmter Stimme, dass er seinem Kollegen folgen solle.

»Er wird uns erkennen …«, wandte der Mann am Steuer ein. »Er ist mein Cousin. Und nicht auf den Kopf gefallen. Der wird Ihnen unangenehme Fragen stellen.«

Ich gab dem Taxifahrer ein Trinkgeld, als ob ich damit die Diskretion seines Cousins kaufen könnte, und wir fuhren in maßvollem Abstand hinter meiner Geliebten her, nach der sich alle umdrehten. Ich war keine fünf Minuten am Flughafen, als aus der Ankunft-Tür eine Menschenmenge herausdrängte. Del Protzo war nicht dabei. Tina küsste die schmalen und angespannten Lippen eines Herrn, der mir irgendwie bekannt vorkam: sehr groß und schlank, etwas ungelenk in seinem sündhaft teuren Anzug, ein blonder, die eingefallenen Wangen bedeckender Bart. Um Diskretion zu wahren, löste sich der Mann von Tina, die bis über beide Ohren verliebt zu sein schien. Während ich vor Selbstmitleid verging, erkannte ich das Gesicht. Dieser Mann war bei dem Essen gewesen, bei dem Vilabrafim vom Stuhl gekippt war. Darum wusste Tina über Vilabrafims Absturz Bescheid, und nicht, weil es ihr Tomás erzählt hatte. Aber wer weiß, vielleicht hatten es ihr auch beide gesagt. Der Mann war aus der Werbebranche, was für ein Zufall, ein aussichtsreicher Kandidat für eine Beziehung. Und in dem Moment erinnerte ich mich dunkel an eine Beschreibung von Catapulta, bei der er ihn als einen Menschen dargestellt hatte, der zwar keine Ideen hatte, aber einem Eskimo ein Stieleis verkaufen konnte: »Geschäfte machen heißt, eine Perle, die du nicht besitzt, jemandem zu verkaufen, der sie nicht will.« Bestimmt hatte der Mann von seiner Agentur den Auftrag bekommen, die Wahlkampagne für unsere Koalition zu entwerfen.

Nach dem zweiten Kuss konnte ich fast hören, wie Tina, die verzückt zu dem Werbefachmann aufsah und ihn hingebungsvoll anlächelte, irgendetwas von einer großartigen Idee säuselte, die ihr gekommen war. Sie hatte eine gute Idee. Und ich hatte zwei Geheimnisse.

26

Kurze Zeit später starb in Genf Pompeyo Llansá de Tramontana y de Ampurias, zweiter Marquis von Tramontana und Präsident der Bürgerlichen Handelsbank. Dass damit auch meine beiden Geheimnisse nutzlos wurden, ahnte ich noch nicht, als überall die Todesanzeigen erschienen, gespendet vom Reiterverein, vom Freundeskreis seines Gymnasiums, von der Fleischwarenfabrik Muh – vom Labor Matraz, Phosphate Aaiún, Gadirsa, Chaletsa, Costa-Bravasa, Ubacatsa, der Universität von Barcelona, Geschützfabrik Zaragoza, Stadtverwaltung Barcelona, Schützenverein Donostiarra, Automobilclub, Tanzclub, Barcelona Fußballclub, Familie Pérez Llansá, Großgeschäftsbank und, natürlich, eine halbe Seite, Bürgerliche Handelsbank. Die Wertlosigkeit meiner Geheimnisse deutete sich auch noch nicht an, als in den erzkonservativen Zeitungen die Hymnen auf seine Lebensleistung erschienen, während den progressiven Blättern das Ableben des Bankiers keine Meldung wert war. Mein Scheitern als Intrigant zeigte sich erst, als in der Folge des Todes unseres Bankpräsidenten alles wie ein Kartenhaus in sich zusammenzufallen begann.

Eines frühen Morgens rief mich Catapulta an, um mir zu sagen, ich solle mich schon mal darauf einstellen, wieder meine Rolle als Chauffeur zu übernehmen. Ich schob vor, dass an diesem Abend die Taufe meines kleinen Bruders gefeiert würde, was er nur mit einem »Erzähl mir nichts!« quittierte, das mich erzittern ließ. Um neun Uhr morgens fuhr ich zur Bankzentrale, um ihn abzuholen, und erwartete einen in seinem Schmerz gefassten Catapulta, der in der Stunde des gemeinsamen Abschieds von dem großen Mann die Beileidsbekundungen und Zukunftssorgen von Angestellten und Großaktionären entgegennehmen würde. »Eine herausragende Persönlichkeit in Finanzkreisen, außergewöhnlich diskret, ein Diplomat. Herzlich im persönlichen Umgang, gewitzt im Small Talk. Er war stark in seinen Entscheidungen, aber auch stark in seinen Zweifeln. In schwierigen Zeiten hat er trefflich gehandelt, und er hatte einen sechsten Sinn, sich im richtigen Moment zurückzuziehen. Die Wirtschaftsgeschichte dieses Landes wird Pompeyo Llansá einmal auf der Haben-Seite verbuchen.« So der Nachruf eines bekannten Ökonomen, der mit seinen salbungsvollen Worten das Ziel verfolgte, seinen Sitz im Aufsichtsrat der Handelsbank zu sichern, wie Catapulta mich auf dem Weg zur Grabstätte aufklärte. Schließlich war der Francismus fast schon Geschichte, sodass es keine Rolle mehr spielen sollte, wer seinerzeit irgendwelche Ämter bekleidet hatte.

»Junge, immer bringen sie dieselbe Entschuldigung an, ich kann's schon nicht mehr hören. ›Wenn ich nicht den Posten belegt hätte, hätten Schlimmere dort gesessen.‹ Geopfert haben sie sich für uns, sich dem Allgemeinwohl zuliebe dem falschen Verdacht ausgesetzt, Faschisten zu sein. Zum Totlachen. Und dann sollen wir ihnen auch noch dankbar sein, dass sie uns angeblich vor einem erneuten Krieg bewahrt haben.«

»Ja, ja, ganz richtig ...«, stimmte sein Mitfahrer auf dem Rücksitz begeistert zu, ein ehemaliger Fischer von der Costa Brava mit arabischen Zügen, der bei Catapultas Vortrag nicht so recht mitkam.

»Wie? Sie teilen die seltsame Ansicht, Herr Llansá habe zu jeder Sekunde seines Lebens einen unbezahlbaren Dienst erwiesen ...? Wollen Sie das sagen?«

»Ich sage überhaupt nichts. Wie kommen Sie darauf, zu denken, dass ich ... denke?«

Die feierliche Beisetzung sollte in der *Villa Ruhmreich* begangen werden, und dieser Name sagte viel über die intime Verschrobenheit des Bankiers Llansá oder eine seiner Vorfahren. Die Villa Ruhmreich, »mein *locus amoenus*, meine wahre Geliebte, meine einzige Geliebte ...«, so die Worte des Verstorbenen, lag ungefähr zwanzig Kilometer von der Stadtgrenze entfernt am Rande einer Ortschaft, die als exquisite Adresse galt. Die Villa war umgrenzt von einer Landstraße, einem schmiedeeisernen Zaun, einer Zypressenreihe, einer anderen Reihe aus Ulmen und einem Graben. Catapultas Kommentare im Auto über die neue Maske francistischer Politiker und Bankiers und seine nachfolgende Boshaftigkeit stachelten unseren Mitfahrer, den ehemaligen Fischer, zu einer stürmischen Verteidigungsrede an. Dieser Wurm, der dank seiner Schleimkünste seit Jahren einen hohen Posten nach dem anderen bekleidete, versuchte, Catapulta mit einem doppelzüngigen Bedauern über die zu erwartenden Machtverschiebungen aus der Reserve zu locken. Catapulta, sich seiner starken Position bewusst, verging fast vor sadistischer Lust: Wie nebenbei erwähnte er, dass der Führungsriege, die dem unerträglichen Marquis und seinen Protegés ihre Posten gesichert habe, eine komplette Erneuerung bevorstünde. Der Ex-Fischer verstand nicht viel, aber er ahnte so manches, und für den Rest der Fahrt blickte er sich jedes Mal um, wenn uns eine Luxuskarosse überholte, um unter den anreisenden Trauergästen seine Rettungsanker oder Henker zu erkennen. Catapulta, der angesichts der bevorstehenden Ereignisse nicht ganz so gelassen war, wie er gerne gewirkt hätte, gab sich der Betrachtung der eintönigen Landschaft hin, Zonen des Übergangs, Dornbüsche, Eidechsen und Hunde, Stichstraßen, Weinberge, verlassene und verpachtete Gehöfte.

Am Gittertor der Villa Ruhmreich drängten sich die Trauernden, und mehr bekamen ich und unser Mitfahrer, der noch eine Woche im Amt bleiben sollte, auch nicht von der Zeremonie mit. Hin und wieder ließen sich Neffen und Erben des Marquis von Tramontana am Eingang der Finca blicken, außer sich, dass sein Tod so einen Rummel erzeugen konnte. Fünfzig blasse und geschlechtslose Wesen in vorvorgestriger Kleidung und von zweifelhafter Hygiene, die im Verborgenen gehaltene Sünden erahnen ließen. Es hieß, die Neffen hätten die Dienerschaft angewiesen, dafür zu sorgen, dass der gerade geerbte Garten und der Familienfriedhof nicht vom niederen Volk zertrampelt würden. Stimmen, die wie Alarmsignale auf- und abschwollen, mokierten sich über die stellvertretenden Gastgeber, bestehend aus einem achtzigjährigen Hausdiener, einem hundertjährigen Kindermädchen und einem Gärtner, den Goya noch hätte porträtieren können: Viele von denen, die sich hierher verirrt hatten, versicherten, dass sie nicht bereit seien, zum Erweisen der letzten Ehre Eintritt zu bezahlen, selbst wenn die Bediensteten eine Mastino-Meute auf sie hetzen sollten. Perfekt wurde das Stimmengewirr durch eine Demonstration der Landarbeiter, die lärmend über die Straße zogen und die Freigabe einiger Hektar und freie Liebe forderten.

Als guter Chauffeur setzte ich mich auf die Kühlerhaube meines Wagens und wartete neben meinen Kollegen, die sich im Who is Who der Bankenwelt weitaus besser auskannten als ich. In der Ferne, hinter einem Rasenabhang und der größten Ulme, die ich je gesehen hatte, erkannte ich den Gottesacker, auf dem an dem sonnigen Morgen die marmornen Erzengel leuchteten, das glänzende Nussbaumholz des Sargs und der Stahl und das Gold der Uhren; das Licht und das sanfte Wiegen der Vegetation unterstrichen die Würde des Begräbnisses, sosehr das Drumherum auch Staffage sein mochte. Vor mir auf der Landstraße kesselte eine Polizistenkette die Landarbeiter ein. Die Proteste der soeben Anreisenden verstummten, als sie sich zu dem Grüppchen vor dem Eingangstor gesellten, das sich für den freundlichen Hinweis auf die Eintrittsgebühr bedankte und nun mit krampfigem Lächeln Chauffeure, Guardias Civiles und Landarbeiter anpumpte. Denn in ihre eigene Tasche griffen diese prominenten Bankiers nur, um sich am Sack zu kratzen.

Einige graubärtige Herren mit Vatermörderkrägen gingen nachdenklich am Straßenrand auf und ab, Unheil lag in der Luft. Von Zeit zu Zeit rügten sie einen Guardia Civil, der einen Landarbeiter schlug. Endlich kamen die Trauergäste heraus, endlich sah ich bekannte Gesichter.

Jaime de Vilabrafim schob nicht ohne Stolz den Rollstuhl Carlos del Cravalls, der nun sein Kollege in der Führungsriege unserer Partei war. In diesen Tagen des Bürgerfurors und Demokratiehungers waren die beiden Politiker übereingekommen, die Präpositionen ihrer Namen zu streichen. Und so waren ihre geschichtsreichen Namen nun zu Jaime Vilabrafim und Carlos Cravall verstümmelt. Letzterer wollte noch einen Schritt weitergehen und erreichen, dass er für die zukünftigen Wähler schlicht Carlos sein würde.

Nur das Argument, dass ein gefährlicher Terrorist, der Bomben legte und Föten mit Pfeffer fraß, sich genauso nannte, belehrte ihn eines Besseren.

»Und Carles?« fragte er: »Carles ist modern und katalanisch.«

»Das sehen wir noch …«, bekam er als Antwort.

Entgegen meinem begründeten Verdacht unterhielt das Gespann Cravall–Vilabrafim sowohl zur spottfreudigen Öffentlichkeit als auch zu den politischen Rivalen ein ausgezeichnetes Verhältnis: Während Letztere sie schlicht für harmlos hielten, beobachtete Erstere ihren unverdrossenen Einsatz für ihre politische Zukunft mit einer Mischung aus Bedauern und Bewunderung. Vilabrafims Alkoholexzess in Madrid war zum Herzinfarkt umgedeutet worden, und um Carlos Cravalls Behinderung rankte sich die Legende von heroisch ertragener Folter in feuchten Kellern. Das Gespann war in seinem Aktivismus nicht mehr aufzuhalten. Einmal porträtierten Journalisten sie mit anderen wichtigen Politikern auf dem Zwiebelfest, einem volkstümlichen Brauch, der während der vierzig Jahre dauernden Diktatur verboten gewesen war. Das Zwiebelfest, dessen Ursprünge in graue Vorzeiten zurückreichen und das von der katholischen Kirche in einer schwindelerregenden synkretistischen Operation als Beginn der Fastenzeit umgedeutet worden war. In der tarragonesischen Ortschaft Ceporrons verfolgt ein junger Mann (der Teufel) mit einer Zwiebel in der Hand (das Böse) ein junges Mädchen (die Jungfrau). Wenn der Teufel die Jungfrau geschnappt hat und sich mit ihr auf dem Heu wälzt, stellen sich alle übrigen Jungen und Mädchen um sie herum, geben primitive Schreie von sich, bewerfen das Paar mit Gemüse oder versuchen auf andere Weise, in den ungleichen Kampf einzuschreiten. Am Ende zwingen sie den Teufel oder »Eixit« (brünstig, geil), die Zwiebel und einen Stein zu essen. Die neuen politischen Kräfte sahen nun keine Notwendigkeit mehr, dieses Ritual, das dem Volk so viel Vergnügen bereitete, zu untersagen. Das war nun also die Demokratie: hinter jungen Mädchen herrennen und Zwiebeln essen.

Anderentags fanden sich Vilabrafim und Cravall auf einem

öffentlichen Platz ein, wo sie sich gemeinsam mit dem Freundeskreis der Taubenzüchter und anderen aufstrebenden Vereinen dafür einsetzten, dass der Nachwuchs der liebreizenden Taubenvögel nicht länger unter dem Vorwand, Überbevölkerung, Krankheitsverbreitung und Stadtverschandelung zu bekämpfen, auf unmenschliche Weise abgeschlachtet würde. »Aber wenn sie doch Tauben sind, kann die Behandlung doch nicht unmenschlich sein, oder menschlich oder sonst was«, wandte der unverbesserliche Bürokrat ein. Ein Friedenssymbol darf in den neu angebrochenen Zeiten keinesfalls vernichtet werden, hieß es. Noch einmal wiederholte man: »Freiheit für die Tauben! Mörder, nein!« Das genügte. Die Stadtverwaltung gab nach, und in jenem Jahr siebenundsiebzig vervielfachte sich die Taubenpopulation so gewaltig, dass die ältesten von ihnen an der Mündung eines Abwasserrohrs, das sich ins Mittelmeer ergoss, zur Selbstopferung schritten.

Vilabrafim und Cravall unterschrieben Absichtserklärungen, schlossen sich Demonstrationen von Bürgerinitiativen an, forderten Freiheit, Amnestie und Autonomie, küssten Bischöfen die Hände, besuchten Arbeiterviertel, gaben Streikenden recht und verhandelten mit den Geschäftsführungen. Jetzt, auf der Beerdigung, schüttelten sie Finanzgrößen die Hände und erzählten sich mit ihnen hinter vorgehaltener Hand Schülerwitze. Sie wirkten glücklich.

Weniger glücklich wirkte Don Tomás del Protzo, der es nicht für nötig gehalten hatte, auch nur eine Silbe seiner vielen Namen zu unterschlagen, geschweige denn, vor irgendeinem Kameraobjektiv zu posieren. Er hatte dem Verstorbenen noch einen heimlichen Besuch in der Schweizer Klinik abgestattet. Anschließend war er in die Arme seiner Geliebten geflohen, wo ihn die Nachricht von Don Pompeyos Tod unvorbereitet getroffen hatte, sodass er auf direktem Weg mit Tinas Cabrio zur Beerdigung gerauscht war. Davor hatte er alle Aufkleber von der Windschutzscheibe entfernt, die auf die Schweiz oder ihre Skiorte verwiesen. Die kreisrunden Ränder waren noch sichtbar. Kaum hatte er die Schwelle der

Villa Ruhmreich überfahren, wurde er mit Schmeicheleien überschüttet. Einige beglückwünschten ihn sogar. Er gab sich über den Dingen schwebend und sandte mit gezielten Blicken Befehle und Botschaften aus. Es schockierte mich auch nicht, dass er so tat, als wären Vilabrafim und Cravall ihm entweder unbekannt oder so vertraut, dass er sie nicht beachten müsste, und ich war auch nicht bestürzt, dass er auch Catapulta nicht weiter beachtete, der sich an der Ulme sehr angeregt mit zwei mausgrauen Herren unterhielt. Deren Gesichter unterschieden sich wenig von dem des Pfarrers, der die Beisetzung vorgenommen hatte und jetzt Don Pompeyos Verwalter gestisch zu verstehen gab, er solle endlich für das leibliche Wohl sorgen. Don Tomás schien sich nach Angestellten der Bank umzusehen, die ich namentlich nie kennengelernt hatte. Subdirektoren, Assistenten, Abteilungsleiter, Fachleute, Pfennigfuchser, Erbsenzähler, kurz gesagt alle, die irgendetwas mit unserem Generaldirektor zu tun hatten. Und damit habe ich zum letzten Mal von Don Tomás del Protzo als Generaldirektor gesprochen. Denn es ging bereits von Mund zu Mund, von Erstaunensmiene zu Erstaunensmiene, dass Del Protzo als neuer Präsident der Bürgerlichen Handelsbank im Gespräch war. Doch trotz der unmittelbar bevorstehenden Ernennung sprach aus diesem Gesicht keine Freude. Plötzlich wanderte Don Tomás' Blick zu mir, er winkte mir mit den Autoschlüsseln, woraufhin ich sofort Bereitschaft signalisierte und den Wagen so parkte, dass er jederzeit sofort abfahren konnte. Als ich die Tür öffnete und zu einer Verbeugung ansetzte, flüsterte er mir zu:

»Was hast du mir zu berichten?«

»Nichts Außergewöhnliches, außer letzte Woche …« Ich machte eine Spannungspause und sagte dann, wie Tina mir angeordnet hatte: »An einem Nachmittag ist sie mit einer Vero, von Veronica, losgezogen, und an einem anderen mit einem Mann.«

»Was für ein Mann?«

»Er heißt Sigfrido und trägt eine Fliege. Ich glaube, er ist Innenarchitekt.«

Das Staunen wich nicht aus Don Tomás' Gesicht.

»Sag Catapulta, dass ich am Montag nach Madrid fahre. Dass ich ihn noch anrufe.«

Das war alles. Kurz darauf winkte Catapulta mit den Schlüsseln.

»Geh schon mal zum Auto.«

Ich ging zum Auto, auf dessen Rücksitz es sich Catapulta und zwei Männer bequem machten, die von ihrem Aussehen her Totengräber hätten sein können. Die beiden sackten in die Polster und seufzten behaglich. Vielleicht hatten die Tage der Trauer ihre Seelen geschunden. Wie gleichgeschaltet luden sie beide Catapulta zum Essen ein. Der Erste, nennen wir ihn »Hotel«, musste zu einem Treffen in sein Hotel. Der Zweite, den wir zum Flughafen brachten, soll den Spitznamen »Luftbrücke« bekommen.

Hotel: »Alle Achtung, Catapulta. Ich muss wirklich sagen, mit der Bürgerlichen Liberalen Partei habt ihr solide Arbeit geleistet. Ich muss mich einfach beglückwünschen, dass wir unser Vertrauen in Leute wie euch gesetzt haben. Jetzt brauchen wir nur noch auf die Presse zu warten. Die wird hervorragend sein. Und wir dürfen uns nicht von den äußeren Umständen verunsichern lassen. Die vielen Toten, die ganzen Streiks … Wir lassen uns nicht beirren, stimmt's?«

Catapulta, der zwischen »Hotel« und »Luftbrücke« saß, sagte nichts. Er gab dort hinten ein seltsames Bild ab. Obwohl seine beiden Begleiter eher schmächtig waren, wirkte er, als wäre er von der Kraft zweier Titanen bedrängt, so groß schien der Druck, den die beiden Gesandten höherer Mächte auf ihn ausübten.

Hotel: »Und diese Gratwanderung, wachsam und dennoch mutig zu sein, fordert ein großes Maß an Übersicht. Die Politik, insbesondere die Demokratie, verleitet wahrscheinlich sogar dazu, es mit der Übersicht zu übertreiben, Guillermo. Und du weißt, jeder Gefallen muss beglichen werden. Aber wenn die Stunde gekommen ist, soll die linke Hand nicht wissen, was die rechte tut … bis zu einem gewissen Grad. Vielleicht wäre es sogar besser, sie wüsste es nie.«

Catapulta: »Wie verbleiben wir?«

Hotel: »Darin, dass sie es nie wissen soll … bis zu einem gewissen Grad.«

Catapulta: »Wollt ihr denn mit uns kooperieren?«

Hotel: »Das tun wir bereits, Catapulta. Wir haben einen Pakt geschlossen, Brücken geschlagen. Und du warst offenbar unser Gesprächspartner. Sehr gut, sehr gut … alles klar so weit …« Er deutete mit der Stirn in meine Richtung. – »Kann man dem Burschen trauen?«

Catapulta: »Hängt davon ab.«

Hotel: »Mach keine Witze, Guillermo, mach keine Witze.«

Nachdem er sich nach meinem Grad an Vertrauen erkundigt hatte, lobte Hotel den Einsatz der katalanischen Weinbauern und lachte – auch er machte also Witze – über das Sprichwort »Die Katalanen machen noch aus Steinen Brot« (Seufzer). Er gestand, dass das Meer seine große Leidenschaft war und dass er sich, wenn seine elf Kinder gut untergebracht sein würden, in eine Villa am Meer zurückziehen würde, wo er jeden Tag mit Blick auf den Streifen, wo Himmel und Meer zusammentreffen, den Horizont, mit Gott Kontakt aufnehmen könnte (Seufzer). Er bewunderte die Friedhofskunst. Er rühmte die Sagrada Familia. Er verehrte Antonio Gaudí und verherrlichte seine Frömmigkeit, seinen angewandten Mystizismus. Er bezeichnete den Architekten als laizistischen Heiligen. Und den Stadtplaner, der eine so klare Anordnung von Straßen und Boulevards geschaffen hat, einen Glückseligen (langer Seufzer). Bestimmte Epochen, so sagte er weiter, würden eine Stadt besonders prägen. Und eine solche Epoche würden wir und alle Spanier gerade einläuten. Daran hatte er nicht den geringsten Zweifel. Das Lokale, fügte er hinzu, ist der Schlüssel zum Universalen. Und der Charakter eines Volkes der Schlüssel zur Kunst (Seufzer und rhetorische Frage).

Hotel: »Weißt du, Guillermo, dass ich, dass meine Frau und ich Kunstliebhaber sind?«

Catapulta (tief betrübt): »Davon wusste ich nichts.«

Hotel: »Marichila ist närrisch nach alten Kelchen. Obwohl gerade schlechte Zeiten für Sammler sind. Eine Zeit der Verunsicherung, wie bei allem (ein Lacher, ein Seufzer). Die Dorfpfarrer. Wollen die Soutane ablegen, aber an die Sakristeischätze klammern sie sich wie nie zuvor. Wahrscheinlich als Geschenke für die Mädchen. Hier sind wir …«

Hotel verabschiedete sich mit den Worten, dass sie sich bald wiedersehen würden. Oder telefonieren, sobald die Listen für den Senat aufgestellt wären. Dann verschwand er in einer Drehtür.

Catapulta (zu mir): »Fahr weiter. Zum Flughafen.« (Zu Luftbrücke): »Bist du dir sicher, dass wir nicht noch was essen gehen sollten?«

Luftbrücke: »Nein, danke, Guillermo.«

In dem Mercedes herrschte nun Stille. Diese nützte ich aus, um auf Hotels Anregung hin meine Stadt mit anderen Augen zu sehen und nach dem Charme Ausschau zu halten, von dem er gesprochen hatte. Und wirklich, mein Leser, auf einmal erblickte ich an einer Wand ein W. An einer Ampel überquerte vor uns ein älterer Mann mit gebeugtem Rücken und einer Plastiktüte im Schneckentempo die Straße. Kinder strömten aus einer Schule. Vor einer Tür ein Rettungswagen. Catapulta kam auf sein Thema zurück:

Catapulta: »Ihr habt irgendwas mit uns vor, das sehe ich euch doch an. Aber ihr müsst mir schon auf die Sprünge helfen, damit ich weiß, was für Informationen ich euch zuspielen soll. Vielleicht haltet ihr mich auch gar nicht für einen kompetenten Gesprächspartner. In dem Fall …«

Luftbrücke: »Das ist es nicht. Ganz und gar nicht. Du sollst einfach nur unsere Einschätzungen bejahen oder verneinen.«

Catapulta: »Dann fang an.«

Luftbrücke (zeigt mit dem Finger auf mich): »Kann man ihm wirklich trauen?«

Catapulta: »Ja. Fang bitte an.«

Luftbrücke: »Ich fange an. Als Erstes ist Carlos del Cravall viel zu eng mit dem neuen Präsident der Bürgerlichen Handelsbank verbandelt. Bin ich da falsch informiert? Außerdem ist er mit Enrique und Álvaro de la Lanza verwandt, sie sind Cousins und sitzen im Aufsichtsrat der Großgeschäftsbank. Bin ich da falsch informiert?«

Catapulta sagte nicht ja und nicht nein, aber das scharfe Aufblitzen seiner Augen sprach für sich.

Luftbrücke: »Wie ich sehe, sind meine Informationen richtig. Unsere Informationen. Das heißt, wir haben mit unseren Vermutungen richtig gelegen. Eine politische Partei darf, unabhängig von ihrer Richtung, nicht mit der Finanzoligarchie unter einer Decke stecken. Mit denen von eh und je.«

Catapulta: »Du weißt doch ganz genau, dass die Bürgerliche Handelsbank nichts mit Oligarchie oder sonst was zu tun hat. Die Präsidentschaft ist quasi ein Ehrenamt. Das reicht nicht mal zum Lebensunterhalt. Und was die Großgeschäftsbank angeht, Don Carlos' Familie …« Eine Pause, ein Blick auf die Straße, eine Frau, die eine Einkaufstasche schleppt, ein bettelnder Mann an einem Metro-Eingang. »Aber was lasse ich mich überhaupt darauf ein! Das ist der dümmste Vorwurf, den ich je gehört habe. Ihr, ich meine, jede Partei auf unserem Erdkreis hat irgendeine Verbindung zu einer Bank. Einer sitzt in der Banesto, einer in der Außenhandelsbank, einer in der Hispano, in den zugehörigen Firmen. Verdammt nochmal! Soll ich sie dir alle auflisten? Wenn du andeuten willst, unsere Beziehungen seien verdächtig, wenn es da etwas gibt, was euch stutzig macht, dann sagt es. Wenn man was auszusetzen hat, sagt man es.«

Luftbrücke: »Jetzt dürfte dir klar sein, dass wir Informationen haben und dass ein Aufruhr nur Staub aufwirbeln und allen schaden würde. Jeder Dummkopf kann einen Strohhaufen entzünden, Catapulta. Vermutlich weißt du das, wenn nicht, dann sollst du es jetzt von mir erfahren. Einerseits wird sich an der Situation der Bürgerlichen Handelsbank nicht viel ändern. Don Tomás del Protzo wird von nun an der Hampelmann sein, das hast du so gesagt. Der neue Generaldirektor, natürlich ein guter Freund, dessen Name dir bekannt vorkommen wird, steht in sehr enger Verbindung zu den alteingesessenen Bankenfamilien dieser Stadt, sodass sich die Bürgerliche Handelsbank, deren Zukunft bislang etwas ungewiss war, endlich etablieren wird. Der neue Generaldirektor wird natürlich im Einverständnis mit der Großgeschäftsbank, die gut daran täte zu schweigen, bis die Wogen geglättet sind, Leute seines Vertrauens mitbringen. Denn leider kann man in einer Bank nicht bei null anfangen. Aber wir können es. Und das ist die zweite Frage, um die es geht. Fangen wir also von vorne an. In diesem Spiel sind, um es plastisch auszudrücken, zu viele Nullen auf der linken Seite, und einige Leute haben den Wunsch, dass unser Mann hier, in dieser Stadt, wie ihr es ja auch schon vorgeschlagen habt, Jaime de Vilabrafim ist.«

Catapulta: »Du redest so viel auf einmal, dass ich dir kaum folgen kann. Habe ich richtig verstanden, ihr wollt euch einfach Vilabrafim schnappen, und wir sollen in die Röhre gucken? Ist dieses Treffen, das der da« – er meinte Hotel – »jetzt hat, mit Vilabrafim? Mit demselben Vilabrafim, um den ich mich in Madrid rührend gekümmert habe, als er völlig besoffen war?«

Luftbrücke (tat diese dreiste Unterstellung mit einem Zungenschnalzen ab): »Es war ein Infarkt, Guillermo, hör nicht auf die bösen Zungen.«

Catapulta: »Habe ich dir nicht gerade gesagt, dass ich persönlich …«

Luftbrücke (geht nicht weiter auf ihn ein): »Sie wollen Vilabrafim. Er ist beim Publikum beliebt. Er hat einen guten Ruf. Alles an ihm kommt gut an: seine Freundschaften, seine Reden, seine Vergangenheit, die jüngere wie die entferntere. Er ist jemand, wie man heute sagt, mit Ausstrahlung. Jemand, mit dem man rechnen kann.«

Catapulta: »Ich glaube, ich spinne. Vilabrafim? Der? Dem ich noch seine Reden schreibe? Außer die über die Tauben, klar, ins Fettnäpfchen treten kann er auch ohne fremde Hilfe.«

Luftbrücke (lacht): »Das ist doch das Wenigste, Guillermo. Sei nicht so eingebildet. Wenn du nicht mehr seine Reden schreibst, schreibt sie ein anderer. Oder er selbst. Er ist sehr gebildet.«

Ich warf einen Blick in den Rückspiegel und sah einen Catapulta, wie ich ihn nicht kannte. Ich kam mir vor wie ein Junge, der zusehen muss, wie sein Vater von einem fremden Mann misshandelt wird. Dann blickte ich zu seinem Gegner, der ihn bewusst nicht anschaute. Catapultas Gesicht bat um Milde, um einen erleichternden Satz, etwas, das ihn aufatmen ließe. Ich war ernsthaft erschrocken.

Luftbrücke: »Was stinkt hier so, eine Viehherde?«

Fast symbolhaft zog einem jedes Mal, wenn man sich dem Flughafen näherte, ein bestialischer Gestank in die Nase.

Catapulta (eingesunken): »Das ist eine Fabrik … Textil … Tergal …«

Luftbrücke sah Catapulta an und bemerkte dessen betrübte Stimmung, dann zeigte er ihm mit einem Klaps aufs Knie, dass die Folter nun vorbei sei.

Luftbrücke: »Aber du brauchst dir doch keine Sorgen zu machen.« Darauf eine Taschenspielergeste, ein Lachen: »Du hast mich nicht verstanden! Offenbar habe ich mich nicht deutlich ausgedrückt! Nein, du nicht. Für dich haben wir schon Pläne. Du kannst auf der Stelle bei uns mitmachen. Kündige deine Arbeit. Rette deine Seele, Guillermo, und die Zukunft gehört dir. Mach dir deine Tür selber auf, mein Junge. Es ist eine große Tür, und dahinter liegt ein sehr langer Gang. Rauf dir nicht die Haare, gräm dich nicht. Neues Spiel, neues Glück. Ich lese es in deinen Augen, du willst dich retten. Du bist doch ein intelligenter Mensch, Guillermo, du weißt, wenn die Zeiten sich ändern, musst du vorsorgen, bei deiner Wiedergeburt musst du von der Erbsünde frei sein. Sollen die anderen sehen, wo sie bleiben … Hallihallo! ›Du bist du, und ich bin ich, du bist bescholten und ich nicht.‹ Es gibt nur eine Macht, Guillermo. Und sie hat so viele Gesichter, wie du sehen willst. Der Figur ›Vilabrafim‹ werden wir die Absolution erteilen, ohne dass er zur Beichte muss. Wenn er seine schmutzige Wäsche zu Hause wäscht, ist er gerettet. Er und das, wofür er steht. Nächsten Samstag beginnen die Dreharbeiten für eine Serie: ›Hundert Spanier für die Demokratie‹. Vilabrafim wird dabei sein. Ein Sprungbrett. Unser Mann in der Stadt. Einer von vielen. Was denkst du. Aber keine Skandale, bitte …«

Der Flughafen war schon zu erkennen.

Catapulta: »Was meine Rettung angeht … Habt ihr mir etwas Solides zu bieten, oder ist das nur ein fauler Trick?«

Luftbrücke: »Natürlich etwas Solides. Die Bürgerliche Liberale Partei wird sich einem Wahlbündnis anschließen. Und aus dem wird eine Partei hervorgehen. Und in dieser Partei, gut, Guillermo … Was soll ich dir sagen? Daran arbeiten wir doch die ganze Zeit. Oder nicht?«

Catapulta: »Sicher, doch …«

Luftbrücke: »Gut, unter uns Freunden, jetzt, da alles geklärt ist, müssen wir noch über eine Sache reden. Wir haben mit den Leuten von der Großgeschäftsbank gesprochen.«

Catapulta: »Und?«

Luftbrücke: »Ihr doch auch, stimmt's?«

Catapulta: »Natürlich …«

Luftbrücke: »Also, sie haben uns ein bisschen was anderes gesagt … Sag besser nichts, Guillermo, hör mir einfach zu. Heute ist Samstag. Am Montagabend werden alle bösen Gedanken wie fortgeblasen sein, und wir müssen uns darüber keinen Kopf mehr machen. Wir müssen uns dann um fast nichts mehr einen Kopf machen.«

Luftbrücke stieg aus, beteuerte noch einmal, dass alles gesagt sei, und verschwand in einer Drehtür. Catapulta zündete sich eine Zigarette an und versank in Gedanken. Auf einmal sagte er zu mir:

»Steig aus.«

Ich gehorchte. Kaum hatte ich mich mit der Umgebung vertraut gemacht, hatte ich schon die blitzenden Augen, den Mörderblick vor mir.

»Was wollte Del Protzo heute Morgen von dir?«

»Ich hatte den Auftrag, ihm alles zu erzählen, was Tina macht.«

»Und was macht sie? Betrügt sie ihn?«

»Ja …«

»Weißt du, dass Del Protzo möglicherweise überhaupt nicht

mit den Leuten der Großgeschäftsbank geredet hat, als wir in Madrid waren? Begreifst du, was ich sage? Dass er überhaupt nicht bei dem Treffen war, wie er behauptet hat?«

»Ich gehe davon aus, dass er nicht dort war.«

»Warum?«

»Er torkelte ziemlich betrunken aus dem Hotel, noch bevor das andere Abendessen, das im Ritz, angefangen hatte. Ungefähr eine Stunde vorher. Außerdem ist Tina rausgerutscht, dass er in der Nacht da war. Hier, meine ich. Bei ihr. Da habe ich mir schon gedacht …«

»Du sollst nicht denken, du sollst antworten.«

»Ich weiß nicht, ob es zu dem Treffen kam. Aber ich glaube nicht.«

Ein nächstes Aufblitzen in diesen Augen genügte. Ohne ein weiteres Wort stieg Catapulta in den Mercedes und fuhr davon. Das Flughafengelände erschien mir wie eine Wüstengegend. Zwischen der Natur und mir bestand auf einmal eine unüberwindliche Kluft. Auf einmal hatte ich das Gefühl, nirgendwo dazuzugehören. Ich suchte in der Tasche nach einer Beruhigungstablette. Längst hatte ich aufgehört, mir zu dem, was ich sah und hörte, Fragen zu stellen. Ich wollte tief Luft holen, mit Lungen, so groß wie die Silos, die ich in der Ferne sah, ich wollte mich einem tröstenden Kult hingeben, der mich vom Denken erlöste, jetzt, da meine Familie mich abgeschrieben hatte, da der Watussi und das, was er bedeutete, zu etwas Lächerlichem verkommen war, jetzt, da nach meinem Geständnis zu Catapulta Tinas Möse unerreichbarer war als je zuvor. Ich roch den Asphalt, diese Vermengung von Dreck und Zement, aus der das Flughafengelände bestand, diese harte Fläche, auf der ich stand. Darauf waren die Begrenzungslinien der Landebahnen gezeichnet, der Parkplätze, der Fahrbahnen. Menschen gingen, Autos fuhren, Flugzeuge starteten und landeten. Dort, dort, ich weiß nicht wo.

Ich musste zu einer Taufe.

In einem Warenhaus kaufte ich Geschenke. Ich nannte das zarte Alter des Täuflings, und man drückte mir Spieluhren, Plüschbären und Bälle in die Hand. Ich kaufte Silberlöffel. Ich kaufte Söckchen, Lätzchen, Strampelhöschen, Hemdchen, Babysachen.

»Gehobene Klassen kaufen Silberschnuller.«

»Der Silberschnuller soll mir gehören.«

Ich kaufte eine Goldmünze, auf die ich anstatt des Geburtstags von Franciso José das Datum »15. August 1971« gravieren ließ, was ein klares Zeichen war, dass ich neben meiner skeptischen auch eine abergläubische Seite hatte. Beladen wie der Weihnachtsmann, rief ich aus einer Telefonzelle meine Mutter an, und eine mir vollkommen unbekannte Stimme teilte mir sehr höflich mit, sie sei nur da, um auf die Kleine aufzupassen und um einen Anruf des undankbaren ältesten Sohns entgegenzunehmen, einem Kind aus einer früheren, unerlaubten Verbindung Floras, wie diese ihr anvertraut habe. Die Taufzeremonie sei bereits vorbei, und alle außer dem Kindermädchen und dem missratenen Sohn ließen es sich in einem Restaurant gutgehen, das sich auf Banketts für die ehrenvolle Mittelklasse spezialisiert hatte. Den Angaben der auskunftsfreudigen Dame am Telefon folgend, eilte ich zu dem mit ländlichen Motiven dekorierten Festsaal, wo die Taufe meines Bruders gefeiert wurde, und erregte sofort Aufsehen zwischen einem Haufen Unbekannter, die in drei der vier peninsularen Sprachen durcheinanderredeten. Meine Mutter stellte mich ihnen vor, dann schlug sie auf einmal einen vertraulichen Ton an:

»Stell dir vor, mein Sohn, letzte Woche habe ich das Kosmetikerin-Diplom gemacht. Sobald die beiden Kinder in den Kindergarten gehen, will ich arbeiten. Jetzt mache ich schon von zu Hause aus was, aber ich will wieder arbeiten gehen. Mir fällt die Decke auf den Kopf. Sag das bloß nicht Carmelo. Dass mir die Decke auf den Kopf fällt, meine ich. Erhol dich ein bisschen, mein Kind, du siehst ziemlich abgearbeitet aus.«

Ich liebkoste diesen Francisco José, der mein Bruder sein sollte. Ich küsste viel und wurde geküsst, gefeiert, beklatscht. »Er ist der aus der Bank, der Sohn, der in die Politik gegangen ist, ein Rechter, ein Rechter, ein Wendehals, ein Roter, ein Sozialist, ein Talent, scheint mir, einer, der die Dinge in die Hand nimmt, der hat das

Zeug zum Minister.« Niemand brauchte mich wie die römischen Generäle der Antike beim Siegesaufzug daran zu erinnern, dass ich sterblich war, denn mir ging es auch so nicht sehr gut. Was nicht nur an der nachlassenden Wirkung des Speeds lag, das ich genommen hatte, um in Gesellschaft gut drauf zu sein, sondern an den spitzen Kommentaren eines besonders Gescheiten, irgendeines Freundes von ihnen, den ich nicht kannte. Der Neider nuschelte einen seichten Kommentar in seinen Bart, irgendwas in der Art, dass man Angeberei und Eitelkeit in diesen unsicheren Zeiten nicht gebrauchen könne. Viele dachten so. Die zweite Sorte Kritiker waren die Angestellten, sie ahnten von dem Techtelmechtel zwischen Banken und der neuen Politik und zogen folgenden Schluss: Wenn dieser Affe, dieser angebliche Bastard Floras, so in Saus und Braus lebte, wie sein Anzug, die Taufgeschenke und seine Unpünktlichkeit vermuten ließen, wie mussten dann erst seine Vorgesetzten residieren, bezahlt vom Schweiß derer, die beim Anblick und Geruch der gemischten Vorspeisenplatten Sehnsucht nach ihren Dörfern bekamen? Vielleicht milderte ein Typ wie ich wenigstens ihre Angst vor dem Kommunismus. Handwerker wie Angestellte leerten die Likörflaschen und führten Havannas und schlechte Vorzeichen und Galle im Mund, wodurch die Spannung ganz von alleine stieg. Ich tanzte mit meinen Altersgenossinnen und der einen oder anderen ihrer Mütter und versprach Flora, sehr bald einmal zu dem halb fertigen Landhaus mitzukommen, das die Familie an dem Ort baute, der früher »das Grundstück« hieß. Ich suchte von der Anspannung des Tages und den bösen Zungen Trost bei einer Altersgenossin, die meine Mutter mir wispernd empfohlen hatte. In einem stillen Winkel eröffnete mir das Mädchen seine medizinische Berufung, und bei der Beschreibung einer dieser Verletzungen, die sie so faszinierten, musste ich mich fast übergeben. Mit komplizenhaftem Lächeln verließen wir die Feier. Dann penetrierte meine Zunge ihren Mund in einer dunklen Ecke des Parks, wo mir Jahre später ein anderes Mädchen in langen Nächten Geschichten erzählen würde. Das Mädchen war trotz seiner Medizinbegeisterung und seinem Erstsemester-Stolz einer tieferen anatomischen Untersuchung abgeneigt. Sie ließ sich nur »außen« streicheln, wie sie selbst erklärte. Doch selbst so war es für mich eine überraschende Erfahrung, zum ersten Mal eine wirklich passive und vielleicht echte Hingabe zu erleben. Allerdings wirkte das junge Mädchen so unerschütterlich solide, dass ich mich wieder einmal als Außenseiter fühlte. Das erklärt, warum ich ihr Gesicht vergessen habe, nicht aber die zartesten Ausbuchtungen ihrer karierten Bluse. Ich schob eine plötzliche Verpflichtung vor und machte mich davon.

Über dem nicht weit entfernten Viertel Tinas lag die Samstagabendstille des Geldes, die Vertrautheit duftenden Jasmins, die Majestätik vorübergleitender Luxuswagen. Als ich mich der Eingangstür näherte, sah ich zu meiner Überraschung die Silhouette Catapultas, der sich versteckt hielt und auf jede Bewegung, jeden Lichtwechsel in ihrem Apartment achtete. Mit rasendem Herzen versteckte ich mich hinter großen Pflanzentöpfen. Er sah auf die Uhr, rauchte, verzweifelte. Er ging, ich ging auch. Ich nahm mir vor, mir nicht die ganze Nacht den Kopf darüber zu zerbrechen, was mein Mentor hier zu suchen hatte. Im Briefkasten unserer Parteizentrale, meines Zuhauses, fand ich einen Umschlag, der den ersten Antrag auf Eintritt in unsere Partei enthielt. Es war eine Rentnerin: »Die beiden Herren sehen fabelhaft aus und wirken am klügsten von den Leuten, über die die Zeitschriften schreiben. Ich bin krank. Rheuma. Sehr schmerzhaft. Kinder. Auch ich habe ein schwaches Herz wie Herr Brafin, wie ich aus *Interviú* weiß. Ich kann Umschläge kleben und Adressen schreiben. Man hat mir gesagt, das wird in einer Partei viel gemacht, und dass Sie zahlen. Wie Sie sehen, habe ich eine schöne Schrift.«

Darunter hatte sie noch einmal ihre Anschrift gesetzt, falls wir den Umschlag weggeworfen hätten.

27

Zwei Zufälle, die in der Hitze der Ereignisse vielleicht gar keine große Bedeutung hatten, brachten meine Entscheidung voran.

Folgendes geschah:

Der Tag nach Don Pompeyos Beerdigung war ein Sonntag. Ein mittlerweile Routine gewordener Anruf in aller Herrgottsfrühe ließ die Farce und den Staub auf den Möbeln und allegorischen Gemälden unseres Parteisitzes auffliegen. Ich ging ans Telefon. Am anderen Ende der Leitung war nicht Catapulta, sondern Carlos Cravall:

»Fernando, du musst mir einen Gefallen tun. Tomás' Familie ist in heller Aufregung. Offenbar ist der Gauner schon zwei Tage lang nicht nach Hause gekommen. Es gibt kein Lebenszeichen von ihm. Er war doch gestern auf der Beerdigung, oder?«

»War er.«

»Das habe ich ihnen gesagt, dass kein Anlass zu Sorge besteht. Catapulta ist auch nirgendwo aufzufinden … Ehrlich gesagt, Fernando, ich will gar nicht wissen, wo sich dieser Hallodri rumtreibt. Der Punkt ist der, Tomás muss in die Messe in San Gregorio. Wie jeden Sonntag. Bei der Position, die er jetzt hat! Kümmer dich darum. Sonst glauben diese Leute, ihm ist etwas zugestoßen, und kommen noch auf die Idee, in den Krankenhäusern anzurufen …«

Der Skandal, nun also doch. Ich wusste nicht, inwieweit Carlos Cravall über die Ereignisse auf dem Laufenden war und wie nahe ihm das alles ging. Meine erste Idee war es, Tinas Wohnsitz zu beobachten, wo Catapulta und ich schon am Vorabend umhergeschlichen waren. Während das Taxi durch die entspannte Stille des frühen Morgens fuhr, suchte ich nach überzeugenden Formulierungen für meine lächerliche Mission: »Herr Del Protzo, Gott erwartet Sie.« Bevor ich mich der Apartmentanlage Pluto näherte, sah ich mich um, ob nicht Catapulta noch immer auf der Lauer lag. Ich sah niemanden. Also drückte ich auf die Klingel, niemand antwortete. Als Nächstes steuerte ich die Garage an, um mein Vergnügen mit dem unausstehlichen Garagenwächter zu haben. Sein Vertreter beteuerte, von nichts eine Ahnung zu haben. Ein flüchtiger Blick über die parkenden Wagen gab mir die Gewissheit, dass der gelbe Jaguar nicht da war.

Es war so früh, dass Del Protzos Stammlokale noch geschlossen hatten. Auf der Straße waren die immer gleichen alten Frauen, die jeden Sonntagmorgen zu früher Stunde in geheimer Mission durch die Stadt spuken. In diesem Viertel traten sie gehäuft in Begleitung eines exotischen Dienstmädchens oder geistesschwachen Kindes auf. »Bingo spielen! Bingo spielen!« gab eines dieser Kinder begeistert von sich. Ich probierte Tinas Nummer: Vielleicht ging sie nicht an die Tür, aber ans Telefon. Nicht ohne Vergnügen malte ich mir aus, wie der neue Präsident der Bürgerlichen Handelsbank auf dem Gipfel der Lust verendet sei und die erschrockene Tina nicht wisse, was sie tun solle. Diese süße Todesart war eines der beliebtesten Gesprächsthemen der liederlichen Nachtschwärmer, mit denen ich in letzter Zeit das Vergnügen gehabt hatte. Ein Infarkt hatte mehr Industrielle, Bankiers, Diplomaten und Monarchen zur Strecke gebracht als hundert Revolutionen. Bezahlt mich mein Leser für solch dummen Gedanken? Nein. Niemand ging ans Telefon.

Ich beschloss, zu der Kirche zu gehen, die Carlos Cravall mir genannt hatte, einem zylindrischen Bau in der Mitte eines prachtvollen Platzes. Dort würde ich auf Del Protzos Angehörige warten und ihnen beistehen. Ich würde eigenhändig die Krankenhäuser durchtelefonieren, ich würde, warum nicht, zum Helden der acht Töchter werden.

Auf dem Weg zu dem Sakralbau ereignete sich der erste der erwähnten Zufälle.

In der Nähe eines stark frequentierten Boulevards lag ein Platz, wo rotes Neonlicht dem zahlungskräftigen Bürger Animierdamen und Sex versprach. Um acht Uhr morgens waren die Leuchtreklamen dort erloschen, und auf dem sandigen Boden in der Mitte des Platzes, im Schatten leerer Bürogebäude, diskutierten zwei Alte über Sportergebnisse, während sich ihre Hunde beschnüffelten.

Vor einem der erloschenen Neonschilder stand in zweiter Reihe der gelbe Jaguar. Er wurde bewacht von einem Mann mit schwarzem Hemd und Krokolederschuhen, der lässig an der Mauer lehnte und mit einer seiner zehn goldenen Halsketten spielte. Ich ging auf ihn zu. Auf den Wagen zeigend deutete ich ihm an, dass ich auf der Suche nach Don Tomás del Protzo war. Der Unterkiefer des Manns schob einen Kaugummi vor, eine Blase platzte. Ich ließ durchblicken, dass es sehr wichtig für mich sei, mit dem Besitzer des Jaguars zu sprechen. Ich beschrieb ihm Don Tomás' Aussehen und nannte ihm seine Vorliebe für Witze. Und ich beteuerte, dass mir keine Moralpredigt im Sinn stünde, im Gegenteil, dass ich ein genauso begeisterter Puffbesucher sei wie Don Tomás del Protzo. Da gab der Wachmann nach und drückte einen weißen Klingelknopf neben dem Eingang des Clubs Avida Dollars. In dem Metallrollladen ging eine Tür auf, und eine Frau mit einer Rose im Haar erschien.

»Der da sagt, er ist ein Freund vom Zigeuner«, kündigte mich der Türsteher an.

Aus einem Keller jaulten alte Aufnahmen von Manolo Caracol. Ich folgte dem Absatzklappern des Mädchens, das sich im Gehen eines kurzen, bestickten Jäckchens entledigte, eine Treppe nach unten. Ein düsterer Raum mit Sesseln, eine Bar. Aus der Dunkelheit hörte ich:

»Los, leg dich hin … gerade. Und lass den rechten Arm auf der Hüfte liegen. Ganz entspannt. So. Und stell dir vor, du hast einen Fächer in der Hand. Aber nicht losfächern, Kleine, so genau sollst du dir's auch nicht vorstellen!«

Ich blickte in die Richtung, aus der die Stimme kam, und erkannte umrisshaft meinen Präsidenten. An jeder Seite schmiegte sich eine junge Frau und kraulte ihn. Die Mädchen folgten einer Mode, die damals unter dem englischen Begriff *topless* ihren Siegeszug antrat.

»Du Hirsch, du. Ich hab schon gerochen, dass es du bist. Los, setz dich in eine Ecke auf das Sofa. Gut, wunderbar. Los, Süße, leiste meinem Freund da ein bisschen Gesellschaft.«

Eine Nutte schlang ihren Arm um mich. Ich musste ständig meinen Hosenschlitz wieder zuziehen, den sie hartnäckig zu öffnen versuchte. Und ich musste mir überlegen, wie ich Don Tomás davon überzeugen konnte, zur Messe zu gehen.

»Don Tomás. Können wir …?«

»Nein, wir können gar nichts. Los, sieh dir das großartige Schauspiel dort drüben an. Und du, Schnuckelchen, änderst den Rhythmus, wenn ich es dir sage. Sag bloß, du kennst die Szene nicht, die die Grazien dort nachstellen, Francisco?«

»Fernando. Francisco ist mein Bruder.«

»Kenne ich deinen Bruder?«

»Unwahrscheinlich. Er ist einen Monat alt. Oder zwei.«

Del Protzo warf mir aus seinen blauen Augen einen kalten Blick zu. Seine Gespielin hatte angefangen, ihm einen zu blasen; daher die Erwähnung des Rhythmus, den das Mädchen zu einem bestimmten Zeitpunkt beschleunigen sollte. Von Zeit zu Zeit sah sie verstohlen nach oben, über den vorgewölbten Leib des Bankiers hinweg, und zog sich ein Haar aus dem Mund. Ich beschloss, mir die von ihm erwähnte Szene näher anzusehen. Ein Mädchen, das fast genauso aussah wie das, das mir die Tür geöffnet hatte, lag seitlich auf einem großen Sofa. Sie bemühte sich sehr, uns aufreizend anzusehen. Den Kopf mit der Rose im Haar hatte sie in die rechte Hand gestützt, während der linke Arm nach der Anweisung von Don Tomás, die ich bei meiner Ankunft gehört hatte, auf dem Rumpf ruhte. Um sie herum standen drei weitere Mädchen, die sich in Ermangelung einer präzisen Anweisung des Szenenregisseurs in liebreizenden Verrenkungen um die Liegende posierten. Das alles war ziemlich lächerlich.

»Weißt du, was das ist, Fernando? Ein Bild. Ein Gemälde, meine ich. *Trinis Enkelin* von Don Julio Romero de Torres.« Woraufhin Don Tomás zu singen begann: »Julio Romero de Torres malte die dunkelhaarige Frau, ihre Augen ein Geheimnis und ihre Seele voller Trauer …« Dann ermunterte er seine Gespielin: »Keine Sorge, meine Kleine, ich komm schon noch.« Und dann fragte er mich: »Weißt du, von wem ich rede?«

»Von dem mit dem Garten.«

»Exakt. Früher, in Córdoba, sind wir Jungs in Don Julios Garten geschlüpft, in der Nähe der Plaza del Potro. Wir sind auf die Orangenbäume geklettert, um zuzusehen, wie er die nackten Mädchen malte. Ich kannte Trinis Enkelin. Ziemlich gut sogar …«

Del Protzo redete, während im Hintergrund Zigeunermusik lief. Er erzählte, ohne dass ich ihm weiter Beachtung schenkte, von Gässchen, vergitterten Fenstern voller Blumen, einem Maimónides und Liebesturnieren am Flussufer. Abgesehen von meiner Unruhe, dass ich eine dringende Mission zu erfüllen hatte, während um mich herum alle höchst zufrieden schienen, brannte ich vor Neugierde, was zwischen dem alten Satyr und Tina vorgefallen sein mochte. Außerdem musste ich dem weiblichen Wesen, das mich verhätschelte, klarmachen, dass ich keine Lust hatte, und ich musste diese Szene ertragen, die mir wie eine Karikatur einer dantesken Vision vorkam. Die barbusigen Grazien tanzten um die falsche Enkelin Trinis herum. Ich hatte meine falsche Tina in Madrid gehabt, meine falsche Berta auf Mallorca … Insofern hatten Del Protzo und ich etwas gemeinsam, auch wenn ich es nur ungern zugab. Wir waren skrupellose Karrieristen, in unserer Egomanie waren wir unfähig zu echten Gefühlen und imitierten auf die plumpeste Weise, was uns verlorengegangen war. Bass erstaunt war ich, als ich in der Mädchenschar plötzlich Dora aus meinem alten Viertel entdeckte, Julias Freundin. Die Tochter des Hehlers, die am TdW als Einzige ihre Gefühle nicht hatte verbergen können, war also Nutte geworden. Dort stand sie, das Indianerhaar zu einem strengen Dutt zusammengebunden, ihr draller Körper. Sie und noch eine sahen sich an und konnte sich kaum halten vor Lachen.

Das war der zweite Zufall an diesem Tag.

Ich empfand Bedauern für Dora, als ob ich eine Position gehabt hätte, von der aus ich auf irgendwen hätte herabsehen können. Ich Elendsgestalt. Irgendwann, dachte ich mir, würde ich noch einmal in diesen Club gehen und die Phantasie Wirklichkeit werden lassen. Doch fürs Erste beschäftigten mich dringendere Anliegen. Ich sah zu Don Tomás, sein Gesicht zuckte, während er versuchte, seiner Liebesdienerin den Haarknoten zu lösen. Sie hatte die Taktfrequenz erhöht, sodass der Sexualtrieb ihres Herrn, dessen leere Augen auf die ausgeschalteten Deckenlampen starrten, bald befriedigt sein würde, der Höhepunkt war … eine Lachsalve? Eine Lachsalve, ja. Das war die Art, wie der frischgebackene Präsident der Bürgerlichen Handelsbank den Gipfel seiner Gelüste ausdrückte. Zumindest vor Publikum.

»Danke, meine Hübsche. Sag den anderen, sie sollen herkommen.«

»Don Tomás …«, redete ich auf ihn ein.

Während er noch seine Kleider sortierte, leerte Don Tomás sein Glas. Beim Nachschenken fragte er mich:

»Hast du ein Beruhigungsmittel dabei?«

»Valium? Librium? Tranxilium?«

Entweder er hatte schon wieder einen Orgasmus, oder das war sein natürliches Lachen. Auch ich lachte wie ein Gestörter, während ich ihm eine Tablette gab. Die Mädchen hatten sich zu uns gesetzt und warteten auf einen neuen Einfall ihres Gönners. Ich blickte zu Dora, um zu sehen, ob sie mich erkannte. Sie warf mir einen langen Blick zurück, aber ihre Zungenspitze, die wie bei einer Schlange hin und her zischte, ließ mehr auf Geschäftstüchtigkeit als auf bestürztes Wiedererkennen schließen.

»Valium, librium, tranxilium … Jetzt redest du schon Latein mit mir. Es ist immer dasselbe mit den Untergebenen. Ich meine den Knaben da, nicht euch, ihr Hübschen. Man weiß nie, ob diese Arschkriecher brave Hündchen sind, die aus Dankbarkeit alles für dich tun, oder Schmeichler, auf die man aufpassen muss.« – Er schluckte die Tablette, auch ich musste schlucken: »Am besten prüft man ihre Treue, bevor es zu spät ist. Diesen Rat hat mir ein Herr gegeben, den wir heute beerdigt haben. Schon sein Vater hatte es zu ihm gesagt. Das war das Einzige, worauf er sich verstand. Ist mir schlecht …«

»Lakai!« schrie er mich an, während ich ihn mit Hilfe der Mädchen zur Toilette führte: »Der Teppich!«

Wir stellten einen Schemel ans Waschbecken. Ich lockerte ihm die Krawatte. Und ich sorgte dafür, dass Del Protzo nicht seine eigene Blässe im Spiegel sah.

»Knecht! Lümmel! Neger!«

Während ich an eine ähnliche Szene mit Vilabrafim dachte, musste ich mich im Stillen für meine Hilfsbereitschaft loben.

Eine der Nutten erkannte an meinen hochroten Wangen meinen Widerwillen.

»Komm, lass mich machen …«

»Ruf Paca«, sagte eine andere. Die Armbewegung einer herzlosen Dame, die sich mit der Hand über den Hals fuhr, verriet mir, dass der Türsteher gemeint war.

»Mein Armer, ist nicht so schlimm …« Die junge Frau, die zunächst so mildtätig gewirkt hatte, rieb sich zwei Finger, was bedeutete, dass Don Tomás ein einträglicher Kunde war, den man nicht vergraulen sollte.

Der wieder etwas erfrischte Don Tomás sah sich im Spiegel. Draußen verstummte die Musik, stattdessen hörte man Stühlerücken, es klang nach Sperrstunde. Eines der Mädchen war in der Toilette geblieben. Es war Dora. Sie hatte sich ein T-Shirt mit den Initialen »UCLA« übergezogen. Don Tomás, der seinen eigenen Anblick nicht mehr ertrug, wollte aufs Klo. Ich flehte ihn an, die Tür nicht zu verriegeln.

»Sklave! Strolch! Rotzlöffel!« brüllte er mir aus der Zelle zu, und gleich darauf stimmte er wieder den Paso doble »Julio Romero de Torres« an. Er sang nicht schlecht. Seine Stimme traf in dem spärlich möblierten Abort auf eine günstige Akustik. Hin und wieder unterbrach er die A-cappella-Version des Lieds durch den donnernden Ausruf: »Mich kriegen sie nicht!«

»Also, wenn Sie mich brauchen …«, sagte Dora zu mir im Gehen.

»Dora …«

Ein Schreck durchfuhr sie, dann sah sie mich mit schlechtgespielter Verwunderung an. Sie ging das Personenverzeichnis in ihrem Kopf durch, während ich zusah, wie sie ihre nackten Beine langsam übereinanderschlug.

»Ich heiße Vanessa«, stellte sie richtig und sah mich dabei mit etwas scheuer, aber scharfer Neugierde an. Dieser Blick sagte mir, ich könne dankbar sein, dass ich in Begleitung eines Prominenten wie Don Tomás hier sei, sonst würde mir dieser Paco eine Tracht Prügel verabreichen, dass ich den Namen Dora schnell aus meinem Gedächtnis streichen würde. Vorsichtshalber verbiss ich es mir zu sagen:

»Ich kenne dich aus der Barackensiedlung. Ich bin der Sohn der Witwe. Der, als Julia damals …«

Stattdessen sagte ich nur: »Aha …« Sie wollte gehen, aber ich packte sie am Arm. Sie warnte mich: »Pass auf, ich ruf den von der Tür …«

Die Erwähnung des guten Paco brachte mich schleunigst zur Räson. Ein Liedchen pfeifend, machte ich mich vor dem Spiegel zurecht. Bevor sie ging, kam sie noch einmal an und sagte:

»Pass mal auf, ich will einfach nicht mehr an die Sache erinnert werden … Und um nicht daran erinnert zu werden, erinnere ich mich auch nicht mehr an dich. Das ist alles. Nach dem, was mit Julia …«

»Und mit dem Watussi …«

Sie lächelte. Ich fasste ihr Lächeln als komplizenhafte Geste auf.

»Nach alldem sind noch viel seltsamere Dinge passiert.«

Für den Bruchteil einer Sekunde sah ich das Bild ihres Vaters vor mir, des altgewordenen Hehlers, der mit einem Werkzeugkasten in der Hand aus dem Vergnügungspark kam … Ich hatte ein Auto gestohlen, sah, wie alt und müde er war, und vermutete, dass das allen so ging, dass alle irgendwo ihr trauriges Dasein fristeten. Ich hatte mir nie vorstellen können, was in der so genannten Normalität aus diesen Leuten geworden war. Dora war etwas kleiner als ich, und etwas fülliger, verbraucht, und sehr viel angespannter, aber das lag vielleicht an der Eile und dem erbarmungslosen Licht in der Toilette.

»Noch viel seltsamere Dinge …« Mehr brachte ich nicht heraus.

»Sehr seltsame Dinge, ja. Sie sind einfach weg und haben uns sitzenlassen. Weißt du mehr? Ich jedenfalls nicht. Schluss damit … Ich freue mich, dass es dir gutgeht. Sag diesem Herrn, er soll nicht vergessen zu bezahlen. Nicht, dass wir ihm nicht trauen würden. Nur zur Sicherheit … Mit Paco ist nicht zu spaßen. Und sein Macker wohnt oben.«

Ich wusste nicht, wovon sie redete, hatte aber im Kopf, dass sie immer schon schlau gewesen war. Von ihrem Ruf als gefährliche Verführerin war nicht mehr viel zu spüren, sie hatte mehr von einem wachsamen Tier: Warnsignale aufnehmen, riechen, was in der Luft liegt, sich umsehen und notfalls fliehen. Das Klappern ihrer Absätze wurde immer dumpfer, verschwand schließlich hinter einem Türenschlagen. Jahre später, als ein paar Snobs Julio Romero de Torres für sich entdeckten und mir ein Katalog seines Werks in die Hände fiel, sah ich ein Plakat des Malers mit dem Titel *Dora, die Cordobeserin*. Ich musste sehr lachen, was meine damaligen Freunde, die sich an meine scheinbar unmotivierten Lachanfälle schon gewöhnt hatten, einfach übergingen. Auch die wirkliche Dora sah ich Jahre später noch einmal wieder. Sie trug dasselbe T-Shirt und hatte einige Kilo verloren.

»Kennst du den Witz über den Professor aus Lepe?« Tomás del Protzo hatte nicht nur die Rechnung beglichen, er wurde umjubelt für sein Trinkgeld. Sogar der legendäre Paco krümmte untertänig das Rückgrat, als wir endlich aufbrachen.

»Wo soll ich Sie hinbringen? Eigentlich müsste ich Sie nach Hause bringen. Man vermisst Sie. Und Sie müssen heute um eins in die Messe.«

»Bis dahin ist noch Zeit. Fahr los. Ich will Luft schnappen. Und dir den Witz erzählen. Danach bringst du mich zur Messe. Gib mir noch so eine Tablette … so eine Speedpille, die geil macht. Die sind großartig.«

Ich fuhr das Cabrio in eine abgelegene Gegend, wo niemand meinen Chef kannte. Ich fuhr zum Meer. Don Tomás mochte nämlich nicht nur Speed und die Sakralmusik einer Morgenmesse, die aus dem Autoradio kam, sondern auch das Meer. Ich hörte ihn Bauerntölpel zu den Leuten einer Bürgervereinigung sagen, die ein Banner an zwei Ballons befestigten, Terroristen zu ein paar Kindern, die an einer ausgestorbenen Straße ein W malten, Sonntagsfahrer zu allen Wagen, die wir überholten. Dreimal bekam ich den Witz über den Professor aus Lepe zu hören. Dieses war das dritte Mal:

»Jetzt hör mal gut zu, Fernandico. Fernandico Atienza Picazo. Geboren am zehnten Januar achtundfünfzig in Barcelona. Was sagst du zu meinem Gedächtnis? Vorhin habe ich Francisco zu dir gesagt. So was passiert mir nicht einfach so. Begriffen? Ich weiß auch noch mehr. Deine Eltern sind aus Cuenca. Warte ... Die Duque-Ebene. Wusstest du, dass es in Cuenca keine einzige Kaserne gibt? Gefällt dir Cuenca?«

»Ich war nie dort.« Sein Detailwissen schüchterte mich ein.

»Also, stell dir ein Marionettentheater vor. Solche Puppen ...«

»Sie haben mir den Witz schon mal erzählt. Er ist sehr lustig.«

»Und ich werde ihn dir so lange erzählen, bis du ihn im Schlaf aufsagen kannst. Komm bloß nicht auf die Idee, mir zu sagen, ich hätte es vergessen. Dass ich dir den Witz schon erzählt habe, will ich sagen, nicht den Witz an sich. Also, Leute in einem Marionettentheater. Kinder und Erwachsene. Luftballons und Zuckerwatte. Ich bin mit meinen Töchtern auch schon ins Marionettentheater gegangen. Ist Jahre her. Weißt du, dass ich acht Töchter habe? Bestimmt weißt du es ... Jeder weiß es. Antonia, wie ihre Mutter, Concha, Lourdes, Fátima, Teresa, Manuela, Patricia und Sonia. Acht Töchter. Ein Mann mit zwei Eiern. Das bin ich. Von den acht sind mir fünf gut gelungen, zwei sind durchschnittlich und eine missraten. Sieben Schöne und eine Hässliche. Sechs kluge und zwei Dumme. Nein, drei. Fünf kluge und drei Dumme. Panene ist unter die Hippies gegangen, solche dummen Sachen macht sie. Vier sind mir nach meinem Wunsch gelungen, die anderen vier sind stockfaul. Und das nur, um mich zu ärgern. Ihre Mutter ist schuld. Irgendwas ist da schiefgelaufen. Die Schwangerschaft. Was weiß ich ... Töchter eben. Der Familienname ist futsch. Na ja ... Also, das Marionettentheater. Prinz und Prinzessin an der

Hand. Der Prinz sagt zur Prinzessin ›Wie schön Ihr seid …‹. Und die Prinzessin antwortet ihm: ›Und Ihr, hoher Herr, seid auch nicht übel …‹ So geht das weiter, während sich auf der anderen Seite der Menschenfresser anschleicht: ›Ha, ha, ha … Ich fresse Euch.‹ Die Prinzessin schreit: ›Ah! Was bin ich erschrocken ….‹ Aber der Prinz, der auch lacht, erwidert: ›Fürchtet Euch nicht, der Menschenfresser tut nichts. Er ist doch aus Lepe.‹ Von den Leuten aus Lepe sagt man, sie seien dumm …«

»Hab ich mir gedacht.«

»Schlau. Ich mag's lieber, wenn du dumm aus der Wäsche schaust. Lass mich weitererzählen. Als der Prinz das sagt, fangen alle an zu lachen. ›Ha, ha, ha … Ha, ha, ha …‹ Und plötzlich steht im Publikum ein sehr gutgekleideter, sehr gutaussehender Herr auf. ›Halt!‹ sagt er: ›Einen Moment!‹ Die Kinder verstummen, die Erwachsenen verstummen, alle verstummen. ›Seht ihr mich? Kennt ihr mich?‹ fragt er. Niemand antwortet. Es herrscht absolute Stille. ›Wunderbar, wenn Sie mich alle sehen, aber keiner mich kennt, will ich Ihnen jetzt sagen, dass ich aus Lepe bin. Ja, meine Damen und Herrn, liebe Kinder, und vor allem, ihr dort vorne. Ich bin aus Lepe, habe einen Universitätsabschluss in Physik und Philosophie. Und ich habe in drei Fächern promoviert. Dann bin ich nach Yale, in die Vereinigten Staaten gegangen. Dort habe ich Raumfahrttechnik studiert. Und wurde sofort von der NASA angestellt, wo ich jahrelang das Projekt Apollo geleitet habe. Jetzt bin ich Universitätsprofessor an der Harvard University. Ich bin Professor! Ich bin aus Lepe!‹«

Del Protzos Augen waren voller Tränen. Die Geschwindigkeit, der Fahrtwind und sein Erzähleifer bewirkten, dass ihm die Tränen über die Wangen ronnen und sein ganzes Gesicht glänzte.

»… ›Scheiße‹, denken alle. Und schweigen weiter. Irgendwann kommt der Mann, der die Marionetten führt, der Spieler, sehr beschämt hinter dem Kasten hervor und rechtfertigt sich: ›Mein Herr, ich wusste nicht …‹ Da ist der Herr aus Lepe sehr erbost und brüllt: ›Ich rede doch nicht mit Ihnen! Ich rede mit dem Prinzen und der Prinzessin!‹«

Ich lachte wie verrückt, und mein Lachen vereinte sich mit Don Tomás' Lachen zu einem Freudenduett. Dabei gründete sich meine Ausgelassenheit mehr auf die süßen Klänge, die nach dem Ende der Messe nun aus dem Radio kamen. »There was something in the air that night the stars were bright, Fernando.« Diese idiotische Musik schaffte es, dass sie, dass Tina jetzt hier zwischen uns war. Del Protzo kratzte mit dem Fingernagel die Reste der Skiorte-Aufkleber weg, er lauschte der Musik und wagte sich zu sagen: »Guck mal, der in dem Lied heißt auch Fernando.« Ein Lumpensammler tauchte auf der Straße auf. Er zog zwischen zwei Lagerhallen einen Karren hinter sich her. Ein Junge und ein Alter in einem Jaguar, die sich totlachten, gaben eine täuschend echte Vorstellung davon, was die Wirklichkeit sein konnte. Dann fühlte sich Del Protzo bemüßigt, seinen Witz zu erklären:

»Der Typ wusste nicht, dass jemand die Fäden führte. Er dachte, es seien selbstbestimmte Wesen. Genau das, selbstbestimmte Wesen. Der Mann aus Lepe erinnert mich an den armen Carlos.«

»Er hat mich geschickt, Sie zu holen.«

Da lachte Don Tomás, und ich lachte auch. Und Don Tomás verstummte, und ich konzentrierte mich wieder auf die Straße.

»Carlos ist ein Idiot. Er hätte sich irgendeine Ausrede ausdenken können. So viel, wie ich reise … Er hätte nur ein bisschen nachdenken müssen! Der Typ findet allmählich allzu viel Gefallen am großen Auftritt. Und immer, wenn Carlos an etwas Gefallen findet, wird's gefährlich. Dann ist es ihm egal, wenn wir dumm dastehen.«

Auch mir tränten die Augen. Der Wind. Auf der Bergseite verdeckten Pinien pastellfarbene Gebäude mit geschlossenen Fensterläden, verlassenen Schaukeln, eine Minigolfanlage und eine verfallene Gokart-Bahn. Ein Paar schob einen Kinderwagen. Kinder auf Fahrrädern überquerten die Straße. Leere Wohnungen, einsame Straßen, geschlossene Campingplätze, der ausgestorbene, verlassene Strand, Pfützen und Müll, Reifenspuren nächtlicher Eskapaden überdeckten die Spuren der Nachmittagsausflügler. Auf dem Meer tanzten die Bojen vor dem Schillern der flachen Sonne.

Es war genau die Strecke, die Tina und ich in demselben Auto gefahren waren, um Don Tomás' Tochter (sicher Panene, dem Hippie) zu folgen. Jetzt schaukelten Leiden und Verzweiflung auf den Wellen wie diese Bojen auf dem Meer, in dem sich das Licht und die Empfindungen spiegelten. Eine Weile schwieg Del Protzo. Ich blickte ihn an. Das Kinn war ihm auf die Brust gesunken, das Hemd stand offen, und er murmelte unverständliche Dinge. Auf einmal sah er mich an und sagte:

»Gib mir noch eine Tablette. Eine von den guten. Und dann fährst du durch bis Valencia. Bis Afrika. Bis zum schwarzen Kontinent …«

Dieser Blick und diese Befehle waren die eines Unzurechnungsfähigen. Ich schaltete hinunter und setzte den Blinker. Er bemerkte es sofort.

»Was machst du da?«

»Sie müssen nach Hause. Wenn Sie nicht in die Messe wollen, lassen Sie es bleiben. Aber Sie müssen nach Hause. Und morgen müssen Sie nach Madrid.«

Ich war schon dabei abzubiegen.

»Willst du mir jetzt auch schon Vorschriften machen?«

Noch während er die Frage formulierte, stürzte er sich auf das Lenkrad, genau in dem Sekundenbruchteil, als der Wagen in die Kurve ging. Bevor der Wagen reagieren konnte und wir in die Weiten des Mittelmeers stürzen würden, riss ich das Steuer herum, doch Del Protzo zerrte nochmal am Lenkrad. Als letzte Rettung versuchte ich, auszukuppeln, aber der Verrückte neben mir trat aufs Gas. Eine Betonwand mit dem Plakat »Camping *Die lustige Schildkröte* 10 km« nahm uns in ihrem Schoß auf. Eine grüne Schildkröte auf zwei Pfoten grinste uns an. Die Windschutzscheibe rieselte über die zerknautschte Motorhaube. Del Protzo war auf dem Beifahrersitz in sich zusammengesunken, er sah aus, als weinte er.

»Ist Ihnen etwas passiert?«

Er antwortete nicht.

»Ist Ihnen etwas passiert, Herr Del Protzo?«

Da auf einmal fuhr er hoch wie ein Schachtelteufel und gab eine handfeste Beschwerde von sich:

»Was heißt hier, passiert? Was soll mir schon passiert sein, Fernando? Ich will dieses Mädchen vögeln, das ist mit mir passiert.« Woraufhin er es herausschrie: »Ich will noch einmal dieses Mädchen vögeln! Ich will noch einmal dieses Mädchen vögeln!«

Die Menschen, die sich neugierig genähert hatten, machten Anstalten, sich wieder zurückzuziehen. Wahrscheinlich fürchteten sie, in die Schusslinie des rasenden Bankiers zu geraten, falls sich besagtes Mädchen nicht sofort einfinden würde. Ich stürzte aus dem Auto. Ein Mann, der wie ein Seelöwe aussah und sich als Hobbyfotograf herausstellte, half mir, Del Protzo herauszuzerren, der nicht aufhörte zu jammern:

»Ich will noch einmal dieses Mädchen vögeln!«

Die ganzen Gaffer, ein Kellner, ein Radfahrer, ein Vater, der seinem Sohn die Ohren zuhielt, Mädchen in Tenniskleidung, die sich prustend die Hand vor den Mund hielten und sich verschwörerisch zublinzelten, sie alle sahen sich überall nach dem Objekt dieser rasenden Begierde um. Ich zuckte nur eifrig mit den Schultern. Dann gab ich dem Fotografen ein Trinkgeld mit der Bitte, auf den Wagen aufzupassen. Auf meine Frage nach einem Telefon zeigten mehrere Zeigefinger auf die Bar des Yachtclubs. Dort wollte ich das Nötige regeln, dann könnte ich vorsichtig versuchen herauszubekommen, was los war. Ich versuchte, ihn zu beruhigen:

»Ganz ruhig, Don Tomás, wenn Sie möchten, fahre ich Sie vor oder nach der Messe zu ihr.«

»Weißt du denn, wo sie ist? Weißt du es?«

Nein, ich wusste es nicht. Ich schleppte ihn in die Bar mit Glasfront, die in alle Richtungen auf das Meer zeigte, in der Ferne ein langsam dahingleitendes Segelschiff, und rief eine Werkstatt für Luxuswagen an. Es war Sonntag, niemand hob ab. Ich entschied mich für den ortsansässigen Abschleppdienst. Man wollte sich beeilen. Die Frau des Taxifahrers vor Ort teilte mir mit, dass ihr Mann gerade jemanden in die Stadt fahre. In einer Stunde sei er zurück. Ich versprach großzügige Aufwandsentschädigungen. Del

Protzo saß an einem Tisch vor der Glasfront bei Kaffee und Whisky, und einige Sonntagsmatrosen, die sich an der Bar in der Flaute eines Wermuts treiben ließen, rätselten, wer er sein mochte. Einer kannte ihn offenbar. Alle spekulierten über ihn, über seinen Whisky, seine Einsamkeit und sein trauriges Gesicht. Ich setzte mich zu ihm. Er sah mich an. Ich begriff:

»Wenn Sie möchten, warte ich draußen. Und passe auf den Wagen auf …«

Er antwortete nicht. Ich stand auf und wandte mich zum Ausgang.

»Wohin gehst du? Sei so gut …« Angespannt zeigte er auf einen Stuhl. Die Spekulationen wurden lauter. »José Bódalo, der Schauspieler«, sagte einer.

Tomás del Protzo trank von seinem Whisky, machte eine angewiderte Geste und schaute ins Glas.

»In letzter Zeit habe ich ein so ungeordnetes Leben. Ich muss mich erholen.« Er blickte einem Segelschiff nach. »Den größten Teil meines Lebens habe ich mich um Vermögen, um Gewinne und Finanzierungen gekümmert. Und jetzt weiß ich nicht mehr, wo oben und unten ist. Das ist eine Phase. Ich brauche … Weißt du was, Fernando? Ähm … wie lange braucht denn das Taxi? Und der Abschleppwagen? Hast du in der Werkstatt angerufen, die ich dir gesagt habe?«

»Das Taxi, eine Stunde. Der Abschleppwagen, keine Ahnung.«

Er schien gar nicht zuzuhören, irgendein Gedanke schien ihm Wohlbehagen zu verschaffen. Wenn er jetzt wieder sein penetrantes Verlangen herausschreien würde, würde ich schnellstens abhauen und Tina oder einen Psychiater suchen.

»*Walzer.* Es heißt Walzer. Wie *Die blaue Donau*. Eine Badeanstalt. Junge, ein Bad, das ist es, was ich jetzt brauche. Frieden. Das Becken, das Wasser, das Sprudelbad, die Massagen. Das Wasser fließt, strömt über den Marmor, fließt immer weiter, rauscht … Ich war schon ein paar Mal dort, aber immer nur für ein, zwei Nächte … Entschuldige das von vorher. Ich habe dich beleidigt. Ich wollte einen Witz machen und hab es zu weit getrieben. Das ist nicht gut …«

Ich wollte schon sagen: »Das macht nichts«, aber er ließ mich nicht: »Das *Walzer* liegt in einem Tal. Dort sieht es aus wie die Zeichnungen auf den Buntstiftschachteln. Beeindruckend, sag ich dir. Die Berge, die Natur, die Schweizer Alpen. Ich will eine Weile dorthin, Urlaub machen, wenn sich hier alles geklärt hat. Schließlich schickt man mich de facto in Pension. Die Kleine macht da nicht mit. Dabei, mit mir ins *Walzer* zu fahren, meine ich.«

Jetzt blickten wir beide einem Segelschiff nach. Jeder seinem. Ich musste mich mit der Vorstellung anfreunden, dass der Anblick Tinas am Flughafen, wo sie den Werbemann geküsst hatte, meine letzte Erinnerung an sie sein würde. Doch jetzt erst mal musste ich meinen Kameraden Del Protzo trösten. Ich ließ ihn einfach reden, bis er zu mir sagte:

»Hörst du mir überhaupt zu? Warum hörst du mir nicht zu? Findest du mich dumm? Ich glaube schon. Du weißt etwas, was ich nicht weiß, ich seh's dir an. Und ich bin für dich dumm. Ein dummer Alter. Weißt du was? Je älter man wird, desto weniger hat man Lust, den anderen zu beweisen, wie schlau man ist, wie viel Angst man verbreiten kann, aber hinterher bedauert man es dann doch. Es schmerzt einen. Je älter man wird, desto mehr. Und weißt du was, wenn man noch nicht mal mehr diesen Schmerz spürt, ist man wirklich hinüber, dann ist man alt und fertig. Ich mache mir noch meine Gedanken; und mein Gedächtnis funktioniert noch. Agustina Pérez Alarcón, geboren am fünfzehnten April neunzehnhundertundzweiundfünfzig in Tomelloso. Kein höherer Abschluss, Grundschule und fertig. Sie sagt, sie hat Sekretärin gelernt. In der berühmten Sekretärinnenschule von Tomelloso. Wie jetzt, die Arme, da sie denkt, sie sei eine Werbefachfrau. Allerdings ist mir zu Ohren gekommen, dass sie in dem Ort auf ganz andere Weise berühmt wurde, im Sommer nämlich ist ein Junge aus anständiger Familie, ein Junge mit Erziehung, stell dir vor, in Tomelloso, dieser Bursche hat sie also jeden Abend mit ein paar Freunden mit einem Lieferwagen abgeholt, und sie haben sie reihum gebumst. Der Lieferwagen drehte seine Runden um den Ort, und sie haben die Sau rausgelassen. Das hat mir ein Kellner aus dem Les Feuilles Mortes erzählt, er kommt aus dem Nachbarort. Wie im Film, sage ich dir. Die Hauptnutte des Orts. Aber dieses Mädchen ist so einfach gestrickt, so naiv, dass sie es einfach vergisst. Sie blättert die Seite um, und was Neues fängt an. Jetzt will sie auch wieder die Seite umblättern. Was ihr ziemlich leichtfallen wird, denn egal, was ich tue, ich mache mich nur lächerlich. Von diesen Dingen hat die Kleine keine Ahnung. Das lernt man nicht in einem Lieferwagen.«

Sie hieß Agustina. Sie war aus Tomelloso. Del Protzo liebte sie.

Auf der Landstraße war ein Hupen zu hören. Der Abschleppwagen war da. Man forderte Schadensersatz wegen Beschädigung öffentlichen Eigentums. Ich verabschiedete mich von dem Fotografen und sah zu, wie der Abschleppwagen den Jaguar anhob und mit sich nahm. Zärtlich über die Karosserie streichend, lief ich ein Stück hinterher. Der Jaguar mit der angehobenen verletzten Schnauze war auch traurig, er redete auch zu mir. Vor ein paar Stunden hatte er mich, ohne dass es mir bewusst geworden war, aus der milden Sonntagsruhe gerufen. Jetzt fuhr er fort. Es war ungerecht: Dieses wunderschöne Fahrzeug hatte mir nichts getan, es war gar nicht dazu in der Lage, Schaden anzurichten. Es war wirklich das einzige Unschuldige in meinem Leben. Ich ging zurück ins Lokal. Del Protzo saß vor seinem zweiten Whisky.

»Schau mich nicht so an, Junge. Mir passiert schon nichts. Du denkst, ich hätte die Nacht durchgemacht, aber das stimmt nicht. Ich bin sehr früh aufgestanden. Was sollte ich allein in dieser Wohnung? Ich habe bis tief in die Nacht auf sie gewartet, dann erst ist mir aufgefallen, dass die Fotos, die an der Wand gehangen hatten, nicht mehr da waren. Ein ehrliches Mädchen, sie hat nur ihre Fotos mitgenommen. Sag mal, hat Catapulta dir in letzter Zeit Fragen zu mir gestellt?«

»Wie meinen Sie das?«

»Warte. Ich meine eine, ich weiß nicht, entscheidende Frage. Überleg, ob du ihm etwas zu sagen hattest, das er nicht wusste.«

»Gestern haben Sie mir erzählt, dass Sie am Montag nach Madrid fliegen. Das hab ich ihm gesagt.«

Er schüttelte genervt den Kopf. Stellte mich als unmöglich dar. Plötzlich sah er mich messerscharf an, versuchte, mich mit seinem Blick zu ergründen. Angespannt fragte er mich:

»Du magst Catapulta, was?«

»Er ist mein Chef.«

»Dein Chef bin ich, du Idiot. Oder hast du überhaupt nichts kapiert? Du erinnerst dich …« Er bohrte sich den Zeigefinger in die Schläfe, die Männer am Tresen waren sich jetzt sicher, das er José Bódalo war: »… wer die Fäden in der Hand hat, wie in dem Witz, den ich dir dreimal erzählt habe. Glaubst du etwa, nur weil ich Witze erzähle und mich vor diesem Mädchen lächerlich gemacht habe, bin ich ein Idiot? Glaubst du etwa, nur weil ich mich schon am Morgen ein bisschen vergnüge, Ablenkung suche, weiß ich nicht, was ich tue? Ich bin grausam, schlecht, verächtlich. Jawohl … Ich habe keine Wahl, fressen oder gefressen werden, mein Lieber. Meine Töchter sind der Meinung, dass ich ein Arschloch bin. Alle acht. Unterschiedslos. Sie haben noch nie in ihrem Leben gearbeitet. Haben die besten Schulen besucht. Hier und in England. Sie haben die beste Ausbildung, die besten Freundschaften, eine gesellschaftliche Stellung, Einfluss, Vermögen. Saubere, von keiner Sünde befleckte junge Mädchen. Sie sind deshalb sauber, weil ich das Arschloch bin. Der Alte. Bei Panene, dem Hippie, bin ich nur ›der Alte‹. Es ist sehr einfach, dem Alten die Schuld zuzuschieben. Erst recht, seit er so eine lächerliche Figur ist, die sich die Haare färbt und modische Hemden kauft. Nein, meine Hübschen. Ich lasse mich von niemandem aufziehen. Wenn ich dieses Mädchen vögeln will, wenn ich mich von meiner Leidenschaft als Mann führen lasse, dann heißt das längst nicht, dass es mit mir vorbei ist. Ich glaube, es heißt genau das Gegenteil. Aber offenbar muss man das erst erklären. Den Dummen muss man immer alles erklären. Ich bin nicht auf den Kopf gefallen. Die Leute reden hinter vorgehaltener Hand über mich. Sie gehorchen, das schon, aber sie halten sich für unverzichtbar. Und wenn ich nicht aufpasse wie ein Luchs, tanzen sie mir auf der Nase herum. Das glauben sie zumindest. Nein, sie glauben es nicht mehr. Sie fressen mir aus der

Hand. Ich erzähle dir jetzt etwas. Deine Schlüsse kannst du dann selbst daraus ziehen.«

Wie viele irre Monologe hatte ich in den letzten Monaten gehört? Nicht gerechnet meine eigenen inneren Monologe, das Umherschweifen meiner Gedanken … Wie viele falsche Geständnisse, wie viele hohle Reden? Wie viele Lügen hatte ich gelesen, gehört, waren vor mir ausgesprochen worden?

»Hörst du mir zu oder nicht? Du bist ein bisschen … Was ich dir zu erzählen habe, dürfte dich interessieren. Es ist immer interessant, etwas zu erfahren. Ernesto Montereau Montereau. Der verdoppelte Nachname ist schon verdächtig. Der Sohn einer Unverheirateten? Ja. Die Mutter ist Französin, aus Südfrankreich. Der Vater ist Jesuit. Aus Nordspanien …« Er lachte eine Weile. Ich auch: »Eine ganz schön harte Geschichte, wenn ich so darüber nachdenke. Wie aus einer dieser Zeitschriften. Der Sohn dieser unverheirateten Frau ist sehr klug. Er studiert in Frankreich und später in einem spanischen Seminar. Niemand weiß, wer er ist. Sein Schicksal ist schon von klein an besiegelt. Nicht der zu sein, der er ist. Das Seminar. Der Junge ist sehr fromm. Aber er darf nicht Priester werden, wenn eines Tages die Wahrheit ans Licht kommt, ist ihm Spott sicher. Denn Priester sind große Spötter, falls du das nicht weißt. Er verlässt das Seminar und tritt in die Militärakademie in Zaragoza ein. Nummer eins seines Jahrgangs. Er arbeitet sich im Militär hoch. Als er es bereits zum Leutnant gebracht hat, ruft ihn die Pflicht. Es werden mutige Männer gesucht, die Französisch können, die in ihrem Aussehen auch als Franzmänner durchgehen, die es ertragen können, mit doppelter Identität zu leben. Fällt dir da jemand ein?« – Er lachte, ich lachte: »Man will von ihnen, dass sie die Bewegungen unterwandern, die sich in Südfrankreich eingenistet haben. Montereau wollen sie in eine Anarchistengruppe stecken. Er bereitet sich darauf vor. Er lernt Taktiken, Codes, Kung-Fu und so etwas, außerdem bringt man ihm Fertigkeiten bei, die ihm als Deckmantel dienen können. Sie schleusen ihn nach Frankreich. Er geht zu der Anarchistengruppe. Überfällt Banken. Und er verschickt regelmäßig verschlüsselte Informationen, wie viele sie in der Gruppe sind, wo sie sich aufhalten, was sie vorhaben. Weißt du, wie er das macht? Er schickt der Polizei selbstgezeichnete Comics, beleidigenden Inhalts, als wollte er sie foppen. Aber die Beleidigungen sind in Wirklichkeit verschlüsselte Hinweise. Genial. Ich bewundere ihn. Sein Kommandeur, soweit ich weiß, auch. Aber die Regierung, die Polizei wollen erreichen, dass die Anarchistengruppe viel größer erscheint, als sie ist. Auf diese Weise können sie, wenn sie sie schnappen, einen viel größeren Erfolg verbuchen. Also warten sie, bis sich die Situation zuspitzt und die Presse die vier Hanseln, mehr waren es nämlich nicht, zu einer Mafiagruppierung aufpuscht. Schließlich verhaften sie sie. Durch einen unglücklichen Zufall allerdings entgeht ihnen Montereau Montereau, der davon überzeugt ist, dass ihn seine Vorgesetzten längst vergessen haben. Ich weiß nicht, wie, jedenfalls entkommt er. Und über irgendeine seltsame Verwicklung hält man den Toten für den ehemaligen Vertrauensmann. Und weißt du, warum er entkommen ist? Weil der Kerl am Ende tatsächlich Anarchist geworden ist. Er hat es geglaubt. Es hat ihm gefallen, stell dir vor. Und auf einmal ist er allein. Und als sie einen der Diebe, einen Bekannten von ihm, der selbst einen Polizisten zur Strecke gebracht hat, erschießen, wird er verrückt. Richtig verrückt. Dass sie ihn einsperren. Ende der Geschichte, man sperrt ihn in eine Klinik, und die Militärs lassen ihn einfach fallen …«

Das Glas, das Del Protzo in der Hand gehalten hatte, zersprang auf dem Boden in tausend Scherben. Wir müssen so versunken gewirkt haben, dass der Kellner ohne zu murren die Scherben zusammenkehrte und Del Protzo einen neuen Whisky hinstellte.

»Montereaus Mutter stirbt. Da schaltet sich der Jesuit, der Vater, in die Angelegenheit ein. Er lebt in Barcelona. Er lebt immer noch hier, er ist ein sehr guter Freund von mir. Und zu meinen Freunden stehe ich. Ich sprach mit allen möglichen Leuten und erreichte, dass der Junge einen anderen Namen bekam. Und ich gab ihm Arbeit. Der Junge taugte was, ich beförderte ihn sofort. Ich habe mich über ein paar Konventionen hinweggesetzt, aber ich habe aus ihm einen einflussreichen Mann gemacht. Genau das will er jetzt mit dir machen. Nichts von dem, was Catapulta tut, beruht auf seinen eigenen Ideen. Nichts. Ich will sagen, wenn er dich eines Tages fallenlässt, dann nicht, weil er es von sich aus wollte. Vor einiger Zeit, als Carlos seine ersten Anstrengungen unternahm, in die Politik zu gehen, und Catapulta von der Idee begeistert war, sah ich mich gezwungen, Gerüchte zu streuen. Ich weiß nicht, ob du verstehst, was ich meine. Hier und dort eine Bemerkung. Jetzt habe ich ihn fest an den Eiern. Der Alte ist kein Idiot. Und der Alte macht nichts einfach so. Wenn man ihm hilft, hilft er auch. Wenn man ihm eine reinschlägt, schlägt er zurück.«

Er trank genüsslich von dem Whisky. Dann zwinkerte er mir zu. Tomás del Protzo wollte mir Einblick in die internen Gesetze unter Heuchlern geben.

»So viel habe ich schon lange nicht mehr geredet. Dir erzählen oft Leute ihr Leben, nicht wahr? Manchmal hörst du nicht zu. Das ist normal, du bist sehr jung, die Träume, die Flausen. Aber wenn du zuhörst, Fernando, bist du ganz bei der Sache. Das würdigen die Menschen, weil das nicht so oft vorkommt. Erzählt man dir viel oder nicht?«

Es bestand kein Zweifel, jetzt war ich an der Reihe. Meine Geheimnisse. Gut, ich hatte sogar Lust, sie zu erzählen. Doch da störte jemand unsere Vertrautheit.

»Was wollen Sie?« fragte Del Protzo.

»Ich bin der Taxifahrer.«

»Warten Sie, ich mache mich fertig.«

Während der gesamten Rückfahrt sagte er fast gar nichts. Gut, er erzählte mir einen Witz:

»Eine Kirche. Genau die Kirche, zu der wir jetzt fahren. Eine Kirche, in die Leute aus der Oberschicht gehen. Eine dieser Morgenmessen um acht in der Früh, ein paar Gestalten. Aber Gestalten mit Vermögen, die Creme de la Creme … Zukünftige Erben. Der Pfarrer hält seine Predigt, spricht zu ihnen: ›Gott mag euch materiellen Reichtum gegeben haben, aber, ihr Töchter, denkt immer daran, dass wir alle vor ihm nichts sind.‹ Als der Kirchendiener, der herumschleicht und Heiligenfiguren abstaubt, hört, was der Pfarrer sagt, begreift er, er läuft wie in Ekstase zu ihm und ruft:

›Es ist wahr! Wir sind nichts!‹ Woraufhin der Pfarrer seine Predigt unterbricht, ihn ansieht, die betuchten Leute ansieht und zu ihnen sagt: ›Der Arme, er glaubt's wirklich …‹«

Ich erstickte fast vor Lachen, aber ich wurde auch ein bisschen nachdenklich. Als wir die Stadt erreichten, zupfte Del Protzo auf einmal an seinen Kleidern herum und fragte mich, wie er aussehe, ob er rote Augen habe, ob er gut rieche. Er sagte mir, ich solle mir keine Sorgen machen, wenn ich noch mehr seltsame Dinge sähe. Er betonte noch einmal, dass ich sehr jung sei. Dass man im Lauf seines Lebens mit ansehen müsse, wie die Leute noch verrückter würden, als sie schon waren, er zum Beispiel habe die Anarchie zurückkehren, habe Bomben vom Himmel fallen sehen. Dass ich in eine andere Stadt gehen solle, denn diese Stadt würde niemals lernen. Ich müsse aufwachen, an den richtigen Ort gehen, dem richtigen Lager angehören, wenn der Frühling lachte. Wir näherten uns der Kirche. Weit und breit war niemand zu sehen. Die Messe hatte bereits begonnen.

»Mein zweiter Triumpheinzug. Gut, mein Lieber, zahl das Taxi. Ich hab kein Bargeld mehr. Dafür verrate ich dir was. Frag dich, was ich mich gefragt habe, als ich jung war, was man sich immer fragen sollte: ›Wenn ich für sie existiere, wer bin ich?‹«

Del Protzo ging die Stufen hoch zur Kirche. Ein paar Tauben flogen auf. Ich warf einem Bettler etwas hin.

28

Wenn ich für sie existiere … Wer bin ich?

Als ein von der Welt Vergessener, aber Meister in verschlungenen Gedanken hätte ich antworten können: einer, der etwas von Metamorphose versteht und Geheimnisse löscht, der in dem einstürzenden Gebäude das Geräusch der Zeit vernimmt.

»Der Arme, er glaubt's wirklich.«

In der Karwoche des Jahres siebenundsiebzig fand ich nicht als Einziger wenig Beachtung: Carlos Cravall und ich geisterten gemeinsam durch den Sitz einer erfundenen Partei. Der Unterschied zwischen uns beiden bestand darin, dass er nichts davon wissen wollte, dass er politisch tot war, oder er überspielte es. Er rackerte und rackerte, rieb sich in sinnlosem Aktionismus auf. Zwei Ereignisse waren schuld, dass er noch disziplinierter die Einführung der BLP in seiner Heimatstadt betrieb: die Legalisierung der Kommunistischen Partei und Jaime Vilabrafims Erklärung in einem madrilenischen Filmbeitrag zur Serie »Hundert Spanier für die Demokratie«. Anlässlich der Legalisierung der Kommunistischen Partei verstieg er sich zu der kühnen These, sein Brief, den er Präsident Suárez geschickt hatte, habe den Ausschlag gegeben, dass der Regierungschef endlich auf diese Forderung der Straße eingegangen war.

Cravalls Aktivismus gipfelte darin, dass er schließlich eines der angesehensten Theater Barcelonas mietete, um eine Konferenz abzuhalten. In seiner Rede missbrauchte er wieder einmal meine Geschichte für seine verschlungenen Gedanken:

»Ja, liebe Freunde, es ist leider unbestreitbar. Die Anstrengungen der beiden Jungen waren umsonst. Nachdem sie durch die ganze Stadt gelaufen sind, nachdem sie versucht haben, die Frauen zu retten, den Ruf der Mutter, der Nation, bleiben die wirklichen Mächte bestehen, und die Leiche, in der einige am liebsten die Demokratie gesehen hätten, die Utopie, die Illusion, schaukelte an einem weiteren Regentag im schmutzigen Wasser des Hafenbeckens. Niemand hat je erfahren, mit welcher Absicht der Betrug angestiftet wurde, auch wenn es sich jeder denken konnte. Die Hoffnung starb aus Lüge und aus Angst, und weil keiner auf den Richtigen setzte. Die Jungen sind groß geworden, und einer von ihnen trifft sich manchmal mit jemandem, der Zeuge der Ereignisse ist. Niemand von beiden möchte reden, aber ihre Gesichter sagen mehr als tausend Worte. Dieser Junge bewahrt auch als Erwachsener sein Schweigen, er dreht sich um und geht. Sein Umriss verliert sich im Sonnenuntergang, während er zu vergessen versucht, warum der Tänzer gestorben ist. Er fürchtet, dass ihn in ferner Zukunft ein anderer Junge, sein Sohn, fragen könnte: ›Warum redest du nie über diesen Tag?‹ Er wüsste nicht, was er ihm antworten sollte.«

Die leere Bühne ohne Logos, ohne Plakate, ohne Schmuck. Nur ein genau abgemessener Lichtkegel um Carlos del Cravall herum. Carlos Cravall sah nicht von dem Blatt auf, während er den Applaus der Familienangehörigen hörte. Und meinen. Und den eines Journalisten, der mit großen Schritten auf den Ausgang zustürzte, sobald ihm klargeworden war, dass er unnötigerweise einer Bitte nachgekommen war. Danach hörte man in den leeren Parkettreihen eine ganze Weile lang nichts. Ich gebe zu, ich hatte mich von seinem blinden Eifer anstecken lassen und nicht gesehen, dass wir vollkommen abgemeldet waren und jeder die haarsträubendsten Ausreden anführte, um nur nicht mit ihm zu Abend essen zu müssen. Am Abend zuvor war ich seiner Bitte gefolgt, ein paar kommentierende Worte zu verfassen, die ich bei der Konferenz im Theater im Anschluss an seine und Vilabrafims Rede verlesen sollte. Weder von ihm noch von Vilabrafim existierte eine Rede. Vilabrafim erschien noch nicht einmal. Auch nicht Catapulta. Auch nicht Del Protzo. Niemand. Letzterer schob vor, so viel Arbeit zu haben und vor den neuerlichen Veränderungen in der Bank noch einmal seine Gedanken sammeln zu müssen. Nur die Familie von Carlos del Cravall – von nun an führte er die Präposition wieder im Namen – zeigte sich solidarisch und übte von den ersten Reihen aus diskrete Unterstützung. In der letzten Woche hatten wir ein Wahlprogramm für die Koalition entworfen, die Veranstaltung der Presse angekündigt, unzählige Einladungen verschickt und schließlich dieses Theater gemietet, das nun eine intime Probe für ein pathetisches Drama zu beherbergen schien. Des Weiteren hatten wir erfolglos bei der Regierung Fördergelder beantragt und ebenso vergeblich die Sängerin Karina zu engagieren versucht: Sie hätte vor einem brechendvollen Saal ihr »Ich suche im Sarg der Erinnerungen« schmettern und damit auf mustergültige Weise illustrieren sollen, dass wir unser Glück nicht in der Vergangenheit suchen, sondern jeden neuen Tag genießen und dabei die Zukunft nicht aus den Augen verlieren.

Die Bodyguards, die in diesen von blutigen Unruhen gekennzeichneten letzten Monaten Del Cravalls Auftritte gesichert hatten, kamen auf die Bühne, als die Stille allmählich peinlich wurde. Als der Politiker noch einmal die Hand hob, bevor er zwischen Kulissenwänden verschwand, erbarmte sich die Familie zu einem letzten Applaus. Aus der letzten Reihe im Parkett überlegte ich pflichtbewusst, ob ich Del Cravall fragen sollte, ob er noch etwas brauche, doch dann rannte ich, von Panik und Verzweiflung ergriffen, hinaus. Im Foyer erkannte ich in einer Gruppe gutsituierter Leute das traurige Lächeln von Sisita Ponce-Caballero del Cravall, die mit ausgestreckter Hand auf mich zuging, ihre blauen Augen, ihr breiter Mund, ihr zurückgebundenes Haar, ihre Patrizierinnengestalt, ihr braunes Kostüm. Der weiche Duft ihres Parfüms umhüllte mich, mir stockte der Atem.

»Du bist doch Fernando, oder? Wenn ich mich vorstellen darf, ich bin Isabel, Carlos' Frau. Auch wenn ihr nicht viel Glück hattet, ich muss dich loben, du hast großartige Arbeit geleistet. Und die Rede ist einfach phantastisch. Das Bild der modernen europäischen Nationen, die hinter einer gläsernen Wand umhertauchen, und die Spanier, die nicht an sie herankommen und immer nur von Krieg und Tod reden, einfach phantastisch. Und die Demokratie, die im Wasser des Hafenbeckens treibt, nachdem sie in der Dunkelheit einen Tanz aufgeführt hat, dessen Steppgeräusche nur die Frauen und Kinder vernommen haben … Hut ab! … Geh bitte nicht, Carlos will dir etwas sagen.« Dann wandte sich der hübsche Kopf wieder der Gruppe zu, den tuschelnden alten Frauen, der lachenden, unverheirateten Tante, die nirgendwo fehlt, dem gähnenden Hippie-Sohn, der sich für den Anlass fein angezogen hatte und in seinem Anzug eines Jungen aus gutem Hause verkleidet aussah: »Carlos!«

»Er ist dort drinnen«, sagte ich.

»Nein, ich meine nicht meinen Mann, ich rufe meinen Sohn.

Carlos ist bei uns ein beliebter Name, weißt du?« Sisita zwinkerte mir verschwörerisch zu: »Sobald er aus seiner Abwesenheit erwacht ist, stelle ich ihn dir vor …«

Es stimmte, der gute Carlos del Cravall jr. sah aus, als sei er ganz woanders. Doch auf einmal schien er mich zu mustern und zu überlegen, wo er mich schon mal gesehen hatte. Auch ich kramte nun in meinem Gedächtnis. Während ich ihm also die Hand gab, interessiert zuhörte, was er zu erzählen hatte, klebte ich diesem Mondgesicht in Gedanken einen Banditenschnauzbart und lange Haare an. Und siehe da, ich stand vor dem Freund von Panene del Protzos, der Hippie-Tochter Don Tomás del Protzos. Tina und ich waren ihnen in die Luxusvilla nach Bagur nachgefahren. Sisita flüsterte nun ihrem Ehemann etwas zu, der ebenfalls herausgekommen war und einem seiner Bodyguards Anweisungen erteilte. Del Cravall hatte ein nachdenkliches, arrogantes Gesicht aufgesetzt. Die Welt hätte untergehen können, doch die Anwesenden hätten größte Normalität vorgespielt, davon verstanden sie etwas. Del Cravall blickte mich an, schwenkte seinen Rollstuhl in meine Richtung. Ich wusste nicht, was ich für ein Gesicht aufsetzen sollte, und beschloss, mich Sisitas süßem Lächeln anzuschließen und zu warten, bis das Theater gleich in sich zusammenstürzte. Dann hätten sie anderes zu tun, als zu mir herzusehen.

»Fernando, mein Goldschatz. Ich weiß nicht, wie ich dir meine Dankbarkeit ausdrücken soll. In den letzten Tagen haben du und ich Hand in Hand gearbeitet. Ich hoffe, dass das nicht das letzte Mal war …« Del Cravall rang nach Worten. Sisita räusperte sich. Alle räusperten sich. Ich wagte es, danke zu sagen. Er redete weiter: »Wir haben gerade erst angefangen, gib nichts auf das, was du siehst. Weißt du, von welcher Zeitung der Journalist war?«

Ich nannte ihm einfach irgendein großes Nachrichtenblatt, das mir gerade einfiel, und lief davon. Diese unbedingte Entschlossenheit Carlos del Cravalls begann mir unheimlich zu werden. Als mich die raue Straße wiederhatte, bedrängte mich die Frage »Was tun?«. Ich beschloss, zum Parteisitz zurückzukehren und die Welt zu vergessen, in der Frühlingsschwüle meiner Phantasie freien

Lauf zu lassen, zum Beispiel könnte mich Sisita Ponce-Caballero von ihrem Wohnsitz in Bagur aus anrufen, mit irgendeiner Bitte, und wenn wir uns dann allein in dem Haus gegenüberstünden, würde sie ihre kühle Art vergessen und mir mit rauchiger Stimme zuhauchen: »Mach mit mir, was du willst, du versauter Knabe.« Am Abend könnte ich, wie so oft in diesen Tagen, zu den Apartments Pluto fahren, hypnotisch auf das Flimmern der Fernseher rund um Tinas dunkle Wohnung starren und den abnehmenden Mond anheulen. Am nächsten Tag könnte ich, ohne jemandem etwas zu sagen, ins Bankarchiv zurückkehren, mich zwischen verstaubten Aktenstapeln einrichten und auf das Ende aller Zeiten warten, auf die nächste Eiszeit oder eine neue Sintflut.

Doch ich fing schon an zu heulen, bevor die Nacht hereinbrach und ich mich überhaupt Tinas Haus nähern konnte. Ein Passant lachte, eine Hupe trötete »La cucaracha«, ein Hund fiel in mein Klagelied ein. Ein Guardia Civil legte mir nahe zu verschwinden.

Der Briefkasten des Parteisitzes hatte mir nicht mehr zu bieten als einen weiteren Brief von jemandem, der eine ebenso triste Zukunft hatte wie ich und sich erhoffte, mit dem Eintüten von Briefen ein paar Duros zu verdienen. Aber auf einmal machte ich Freudensprünge, denn ich las auf einem zusammengefalteten Blatt Papier: »Erinnerst du dich nicht mehr an mich? Apartments Pluto.«

Der abendliche Lichterglanz, das Surren des automatischen Türöffners, ein Umzugswagen vor der Tür, die weißen Möbel, die der Reihe nach in einen Lastwagen verschwanden, der besetzte Aufzug. Während ich die Treppen nach oben stürmte, überschlugen sich meine Gedanken. Seit dem Sonntag, an dem Del Protzo mir Tinas Verschwinden mitgeteilt hatte, hatte ich die Hoffnung begraben, dass ich noch einmal von ihr hören würde, und vor allem, dass sie es mir geben würde. Wenn meine Intuition mich nicht trog, bewegte sich die Kurtisane von nun an unter der schützenden Hand von Arturo Campanero von der Webeagentur Campanero, Fusté, Rebollo und Smith (CFRS). Das Unternehmen war in Madrid ansässig, Campanero reiste ständig hin und her.

Ihr neues Selbstbild: Das gierige und scharfsinnige Mädchen, das ein Herz aus Gold und Lerneifer hat, fordert von ihrem Neuen eine gleichberechtigte Stellung, auch wenn sie an seine Leistung nie herankommen kann, wegen der sie ihn, der sie gefickt hat wie keiner zuvor, auch anhimmelt. Der lüsterne Werbemann war Junggeselle und überdies eine Ausnahmeerscheinung. Ich hatte sein Foto und ein paar biographische Angaben in einem der vielen Kataloge gesehen, die sich in Del Cravalls Büro stapelten. Er war dreiunddreißig Jahre alt und hatte nach seinem Siegeszug bei *Flash-Spot und Pepín, Popoff & Partner* die Agentur CFRS gegründet. Ein Curriculum, das nichts zu wünschen übrig ließ. Campaneros begnadeter Kreativität haben wir berühmte Slogans zu verdanken, die einen noch heute zum Schmunzeln bringen, wie »Nutz die Pause, sei kein Banause« für den Bücherei-Dachverband, oder »Trink Rondel, und es wird Frühling« für eine Schaumweinmarke. Ich nenne noch einmal seinen Zivilstand: ledig. Die Werbeagentur, die er zusammen mit Fusté, Rebollo und Smith gegründet hatte, war die erste, die mit emotionalen Argumenten arbeitete und farbige Fernsehspots drehte. Ihre Philosophie: »Die Werbung ist nicht der Spiegel des Lebens, sie erschafft das Leben«. Er gab Kurse in Kreativität und BWL an einer bekannten Privatuniversität und und und. Ich zog den Hut vor ihm, er hatte gewonnen. Aber an diesem trostlosen Abend sollte Tina noch einmal mir gehören. Ich war bereits auf dem Treppenabsatz, die Tür stand einen Spalt offen, ich wollte mir schon die Hose ausziehen, da sah mich ein schnauzbärtiger Typ an, der Gang, das leere Wohnzimmer, ganz und gar weiß, noch ein Schnauzbart, Catapultas Lachen, Catapultas auf und ab wippender Schnauzbart.

»Mach nicht so ein dummes Gesicht! Schau nicht so erschrocken! Kennst du mich nicht mehr? Setz dich, leider gibt's nur noch den Boden. Ich will dir etwas geben.«

Ich gehorchte. Er blieb stehen, seine Gestalt hatte auf einmal etwas Bedrohliches, doch dann drehte er sich zum Fenster und sah nach draußen. Er fragte mich:

»Wie ist es gelaufen? Hat Del Cravall uns vermisst?«

»Es war ein bisschen irreal.«

»Ja, über die Irrealität zur Straflosigkeit. Über die Elektronik zum Glück. Aber, Fernando, tu mir den Gefallen … Verlasse die Irrealität, du bist zu jung, um dort zu leben. Gib mir Informationen, sei objektiv, vermeide es, Schlüsse zu ziehen. Das ist mein Metier.«

Ich erzählte ihm, wie es gewesen war. Ich war objektiv. Ich vermied es, Schlüsse zu ziehen, und wartete darauf, dass Catapulta mich aufklärte, nicht darüber, warum er mich in den letzten Tagen mich selbst überlassen hatte, das konnte ich mir selbst denken, sondern über meine Zukunft. Catapulta drehte sich vom Fenster weg, mit den Händen am Rücken, blickte mich aus den Augenwinkeln an, begann zu wippen, hob die Schuhspitzen an, dann die Hacken, die Spitzen, die Hacken …

»Von hier aus sieht man Del Cravalls Haus.« Diese Bemerkung können wir These 1 nennen: »Diese Sonnenuntergänge überzeugen mich nicht recht, die in der Stadt, meine ich.« These 2: »Es gibt kein richtiges Rot, kein Violett, keine Glutstreifen, kein Knallblau. Es gibt keine Farbensymphonie …« Ausschmückungen zu These 2: »Die Schlampe Alarcón hat gut daran getan zu verschwinden.« These Nummer 3: »Sie hat es gut mit uns gemeint. Und wenn Don Tomás herausbekommt, dass ihr was miteinander hattet, halten wir beide dicht. Am besten würde er gar nichts herausbekommen.«

Nach diesen seltsamen, zwischen Vorahnungen und Schaudergeschichten schwankenden Thesen hörte Catapulta auf zu wippen. Er trat auf mich zu:

»Steh auf.«

Ich stand auf. Er sah mich an. Sein Arm schoss vor. Ich wich aus, hielt mir die Hand vors Gesicht.

»Was machst du denn? Ich will dir doch nur die Hand auf die Schulter legen. Ich habe dir etwas Wichtiges zu sagen. Wenn du hier wie ein Äffchen rumhüpfst, kann ich doch nicht ernsthaft mit dir reden. Los, komm … jetzt fang bloß nicht an zu heulen.«

»Wenn mir aber zum Heulen ist …«

»Das sehe ich. Du frisst ja auch Unmengen von diesen Tabletten. Das ist für das emotionale Gleichgewicht gar nicht gut. Hör zu. Willst du die Möbel? Sie sollen irgendwo zwischengelagert werden. Offenbar ist die Kleine nach Madrid gegangen. Ende der Veranstaltung, nicht nur von dieser. Wir müssen jetzt aufpassen, dass nichts publik wird, von jetzt an darfst du mir nichts verheimlichen. Sind wir uns einig? Klar sind wir uns einig. Komm, begleite mich zur Garage.«

Gleich darauf gondelten wir im Jaguar durch die Stadt. Er achtete sehr genau auf die Geräusche des Motors, um sich zu vergewissern, dass man sich in der Reparaturwerkstatt auch keinen Pfusch geleistet hatte. Aber der Motor schnurrte wie eine Katze. Nur die Motorhaube war noch nicht lackiert, das rohe Blech der Witterung ausgesetzt.

»Den Kühlergrill haben sie auch nicht angerührt. Er ist eingedrückt«, meinte ich.

»Kümmer dich nicht drum … Wir fahren ins Les Feuilles Mortes. Wir müssen reden, planen, wie wir weiter vorgehen.«

Wenn ich für sie existierte, wer war ich?

Das Feuilles Mortes war zu. Catapulta sah auf die Uhr, fragte mich, was für ein Tag sei, wunderte sich sehr, fluchte über das an die Wand geschmierte W, dann brach er in Gelächter aus.

»Dann reden wir eben hier. Wie soll ich anfangen. Also. Wahrscheinlich hast du dir, Fernando, in den letzten Tagen viele Fragen gestellt. Du nickst. Gut. Das ist logisch. Ich will dir die aktuelle Situation erklären. Aber vielleicht wäre es besser, wenn wir vorher ein bisschen Geschichtsunterricht nehmen. Willst du eine Zigarette? Von ›Es war einmal‹ bis zu ›Wehe, du erzählst das weiter‹ wird alles dabei sein. Eins kannst du dir gleich merken, ›Wehe, du erzählst das weiter‹ ist absolut ernst zu nehmen.«

Woraufhin er mir erzählte, was er zu erzählen hatte, ein weiterer taktischer Zug im Gewand einer menschlichen Tat. Draußen legte sich mit der untergehenden Sonne auch der Verkehr, die Straßenlaternen gingen an, und die Schritte der Passanten wurden deutlicher. »Es war einmal« ein Bankdirektor, dessen einziges Verdienst über lange Zeit darin bestand, die Kunde zu verbreiten, dass er mit seinen Cousins im Zwist lag (die in der Mutterbank das Sagen hatten). Gleichzeitig führte er in dem Tochterunternehmen, dem er vorstand, heimlich die größten Operationen durch. Unter großem Risiko erworbene Depots, die in den Bilanzen als Gewinne glänzten, mit hervorragender Rendite, treffsichere Investitionen. Damit steigt man nicht in eine höhere Dimension auf, damit wächst man nicht, und man tritt auch nicht in Erscheinung, aber man hält den Zinssatz. Man verdient Geld, die Fassade bleibt erhalten. Man geht einen Schritt weiter und hält den Zinssatz weiterhin, man tut noch einen Schritt, der nächste ist keine Frage des Wollens mehr, schließlich geht es ums Ganze. Und in dem Moment lässt man sich auf gefährliche Geschäfte ein, gefälschte Briefe, Devisenschieberei, Briefkastenfirmen, die ihre Kredite nicht zurückzahlen, nicht abgesicherte Kredite, Gefallen, für die es keine Erklärung gibt, Verschwendung, Zinswucher, nicht zurückgezahlte Gefallen, Erpressung, Nutten, Buchführung nach Wunsch, Provisionen, Vereinbarungen unter der Hand, Finanzlöcher und Lachen. Warum? Das fragt man sich und sucht nach rationalen Gründen, nach einer Erklärung, einem Argument. Vergeblich, es gibt nur vage Hinweise. Die Hände des Spielers zittern, er sieht keinen anderen Ausweg, als seine Bedrängnis zu negieren. Und in dem Moment erscheint es tatsächlich so, als gäbe es keine Bedrängnis, übrig bleiben nur gewaltige Gedankenklimmzüge, wachsende Zufriedenheit, der Lustschauder bei jeder unbestraft bleibenden Tat. Es gibt nichts Stimulierenderes, als festzustellen, dass sich eine Intuition als richtig erwiesen hat und man wieder auf der Gewinnerseite ist, dass man obenauf ist und wieder einmal aus einem schmutzigen Geschäft, das anderen eine Nummer zu groß war, als Sieger hervorgegangen ist. Und dann auch noch zu sehen, dass alle anderen vor Ehrfurcht erstarren, anstatt einzugreifen, ist berauschend. Willkommen im Club des Stillschweigens, wo eine Empfehlung Wunder wirkt, wo man sich für einen Gefallen bedankt, wo man über kleine Ausfälligkeiten hinwegsieht und sich der Traum der Macht und des Geldes in selbstzufriedenen Aperitifs erfüllt, schließlich ist es immer so gewesen und wird es immer so sein, und das ist gut. Derartiges Betrügertum erforderte absolute Diskretion. Nur zwei bis drei Personen in Schlüsselpositionen dürfen von den Manövern wissen, aber auch die dürfen keinen Überblick haben, geschweige denn Einsicht in das gesamte Ausmaß der Staffage. »Wenn ich dir erzählen würde …« Und dann stürzen wir eines Tages vom Pferd, die Behinderung ist zunächst körperlich, später erweist sie sich auch als geistige, denn was aus Del Cravalls Mund kommt, bereitet seinen Partnern, seinen engsten Verbündeten Sorgen. Und nur einer kann sein Vertrauen gewinnen, der Leiter der juristischen Abteilung, Tomás del Protzo, der vor kurzem noch seine jämmerliche Kopie war. Und diese jämmerliche Kopie verspricht ihm, sich um alles zu kümmern, unauffällig, ohne Aufsehen zu erregen. Aber als er allmählich eine genauere Vorstellung von seiner Aufgabe bekommt, als er erkennt, dass der einzige Mensch, der ihm etwas sagen kann, unter Depressionen leidet, spaltet er sich auf wie eine Amöbe und hält für die Gesellschaft ein Gesicht bereit und ein anderes für seinen ehemaligen Gönner und die Wahrheit. Das Wahrheitsgesicht sagt ihm, dass man nichts machen soll, von dem man nicht weiß, wie es endet. Das war schon immer die große Finanzformel. Nicht sehr aufregend, aber dafür zuverlässig.

»Ich weiß …«, sagte Catapulta zu mir, während er seine Zigarette rauchte und von Zeit zu Zeit einen Blick in den Rückspiegel warf. Ich spürte, dass er mit diesem Bericht einen Auftrag ausführte. Wieder einmal fehlte mir der größere Zusammenhang: »Und außerdem, auch wenn du das jetzt nicht glauben magst, Del Protzo war im Vergleich zu Del Cravall immer schon ein Trampeltier, ein viel schlechterer Geschäftsmann. Das wundert dich, nicht wahr? Tomás del Protzo, wir beide wissen das, ist ein seniler grober Klotz mit einer Schwäche für junge Mädchen, ein widerliches Großmaul mit dem Hirn voll ranzigem Samen. Man muss schon lange nach einem Mann in seiner Position suchen, der so wenige gute Eigenschaften hat wie er. Und noch etwas, das schwer zu glauben ist, Del Cravall war vor seiner Lähmung, bevor er sich an dieser Idee von der Strafe Gottes festklammerte, ein intelligenter Mensch, oder zumindest jemand mit ausreichend guter Erziehung, um als intelligent durchzugehen. Und das reichte aus, um eine kluge Frau zu heiraten, die sich Gedanken über seine Angelegenheiten machte, ohne sich einzumischen. Doch letztlich übte diese Frau einen schlechten Einfluss auf ihn aus. Ihre permanenten Skrupel, die Ehre der Ponce-Caballeros. Es ist vielleicht eine Kleinigkeit, aber der Wappenspruch ihrer Familie lautet: ›Vor allem die Formen‹. Und da kommen wir zum Einstieg in die Politik. An erster Stelle muss man sich natürlich unangreifbar machen, aber wenn der Einstieg erfolgreich sein soll, gehört es auch dazu, die eigene Vergangenheit so umzudeuten, dass sie einem nutzt. In der damaligen Zeit ging das nicht, wird man einwenden können. Aber sieh mich an, ich bin jetzt Abgeordneter, arbeite für Leute, die mir ihre Stimme gegeben haben. Der Vater der Kennedys war Likörhändler, einige hier in der Stadt brüsten sich damit, ihr Großvater sei Sklave gewesen. Vermögen, gesellschaftlicher Einfluss kann vor einem moralischen Gericht bestehen. Ihr, eure Väter, gingen durch eine Zeit der Verwirrung, ich vielleicht auch auf meine Art, obwohl es schon so lange her ist, dass ich mich an Einzelheiten nicht mehr erinnere. Mein Sohn, meine Frau, meine Nachkommen haben das Recht auf Ansehen. Um die Kosmetik an der Vergangenheit kommt keiner herum. Sobald auch nur einer in der neuen demokratischen Mannschaft als Schuft entlarvt würde, hieße es, das neue demokratische System sei an der Wurzel faul. Niemand würde ihn also anzeigen.«

»Und warum hat es nicht geklappt?« wollte ich wissen, während ich mich langsam fragte, was an dem Rückspiegel so interessant sein sollte.

»Weil Tramontana gestorben ist. Der Tod des debilen Alten war für die Großgeschäftsbank die Entschuldigung zu sagen, jetzt ist Schluss, woraufhin Del Protzo die Decke hochging. Gott sei Dank konnte ich mit ihm reden und ihn zur Räson bringen. Er nimmt jetzt Urlaub und wird anschließend zurücktreten. Er wird gesundheitliche Probleme anführen. Bevor Tramontana starb, ließ er ihn noch die entsprechenden Vollmachten unterschreiben, damit die größten Schweinereien für Jahre unter Verschluss bleiben. Wirklich, Del Protzo hat jeden Einfluss verspielt, den er hätte haben können. Und der wäre nicht gering gewesen.«

»Aber er hat doch das Geld nicht überbracht«, traute ich mich zu sagen.

»Von welchem Geld redest du?«

»Von dem, das wir versprochen haben, als wir in Madrid waren. Das Treffen, zu dem Del Protzo nicht gekommen ist. Del Protzo ist nicht zu dem Treffen gegangen, weil er verhindern wollte, dass die Sache aus den Fugen gerät. Er wollte einfach Zeit gewinnen.«

»Ich weiß nicht, von welchem Geld du redest. Es gibt kein Geld. Nichts hängt von Geld ab.«

Die These »Geld für Gefallen« galt nicht mehr, und Catapulta war dreist genug, mir ins Gesicht zu lügen. Entweder wollte er nicht einsehen, dass man ihn betrogen hatte, oder er wollte mich in die Enge treiben.

Catapulta hatte mit Del Protzo gesprochen, aber jetzt wusste er, dass Del Protzo ihn hatte betrügen wollen. »Wenn ich für sie existiere, wer bin ich?«

»Denk ruhig, dass ich auch ein Betrüger bin. Und du hast am Ende nur den Kopf hingehalten … Du musst dir jetzt auch was überlegen …«

»Ach was …« Wenn ich für sie existiere, wer bin ich?

»Ich habe getan, was ich tun musste. Wenn meine Strategie nicht aufgegangen ist, liegt das nicht an mir, es liegt eigentlich an niemandem. Es gab zu viele widrige Umstände« – Catapulta blickte erneut in den Rückspiegel: »Du hast auch getan, was du tun musstest. Du hast mir Information verweigert, will ich sagen. Denk bloß nicht, ich wäre dir dafür böse und hätte dich darum letzte Woche an Del Cravalls Seite schmoren lassen, keine Sorge, das hat nichts damit zu tun. Von jetzt an arbeiten wir für Vilabrafim, du beziehst wie bisher dein Gehalt von der Bank, und wenn es irgendwie hässlich wird, setzen wir dich auf die Kandidatenliste der Koalition. Hast du mal ein Interview mit Vilabrafim gelesen? Das aus ›Hundert Spanier für die Demokratie‹? Hast du nicht meine Handschrift dahinter erkannt …? Das Talent im Hintergrund?«

Um ehrlich zu sein, nein. Damals waren mir alle Talente, ob im Hintergrund oder nicht, egal. Catapulta bemerkte meine Skepsis.

»Sieh doch, Fernando. Ich erteile dir jetzt eine sehr wichtige Lektion. Für die Politik, fürs Leben, für alles. Taktische Maßnahmen darf man nicht nach ihren Ergebnissen beurteilen. Man selbst kann sein eigenes Handeln nicht in die Waagschale werfen, nicht ermitteln, was gut, was schlecht ist. Ich nenne dir ein Beispiel: Hat Suárez gut gehandelt, als er im Dezember ein Referendum für die politische Reform abhalten ließ? Jetzt denken wir, dass es gut war, weil die Regierung gewonnen hat, sie musste auch gewinnen, damit der demokratische Prozess halbwegs vorankommt. Aber in ein paar Jahren, wenn es wieder Erschießungen vor der Stadt geben wird, wenn die Mauren Städte plündern und in den Rucksäcken einen verfaulten Schädel wegtragen, um ihm bei der ersten Gelegenheit die Goldzähne herauszureißen, dann wird Suárez, dann werden wir alle, die an den Wechsel geglaubt und ihn unterstützt haben, als Lachfiguren dastehen, oder wenn es nicht ganz so schlimm kommt, als Schwächlinge. Wenn es schlecht ausgeht, wird es nicht an Neunmalklugen fehlen, die darüber klagen, was alles falsch gemacht wurde. An unsere plumpen Versuche wird man sich nicht mehr erinnern. Das wird schneller gehen, als wir denken. Trotzdem wünsche ich mir, dass irgendwer mit uns Mitleid haben wird. Das meine ich ganz im Ernst.«

Die Scheinwerfer an der Straßenecke hinter uns mussten dreimal blinken, bis Catapulta sie bemerkte. Er überspielte es gleich wieder. Ich auch.

»Wirst du Mitleid mit mir haben, wenn ich ein alter Mann bin? Du bekommst viel zu viel mit. Und du wirst noch viel mehr mitbekommen. Aber ich glaube, dass wir in unserer merkwürdigen Art schon wieder Teil der Normalität sind. Der neuen Normalität. Man hat mir gesagt, im Juni sind Wahlen.«

Catapulta zündete sich eine Zigarette an, blickte verstohlen in den Rückspiegel. Die Scheinwerfer hatten aufgehört zu blinken, der dazugehörige weiße Wagen parkte in zweiter Reihe.

»Du musst mir einen Gefallen tun, Fernando. Es ist ein Gefallen, den ich Del Protzo schulde. Ab jetzt schulde ich ihm nichts mehr, jeder von uns ist wieder ein freier Mann. Du und ich, wir sind nochmal mit heiler Haut davongekommen, und ich glaube, das verdanken wir dem Alten, so widerwärtig er auch sein mag.«

Man weiß es einfach, man erkennt die Stunde der Wahrheit, ein Pfeifen in der Luft, das Geräusch der Zeit, die Falle, in die man getrieben wurde. Wenn ich für sie existiere … wer bin ich?

»Hörst du mir zu, Fernando? Del Protzo hat eine Drohung von einer Anarchistengruppe bekommen. Offenbar wollen sie Attentate auf wichtige Unternehmer verüben. Da Del Protzo bis zur Aktionärsversammlung und der Dividendenbekanntgabe nichts zu tun hat, hat er beschlossen, im Ausland Urlaub zu machen. Außerdem ist er erschöpft, und das Mädchen hat ihn versetzt. Auch er ist in die Normalität zurückgekehrt, ob für immer, weiß ich nicht, aber er ist mit seiner Frau und seiner jüngsten Tochter nach Nizza gereist.«

Del Protzo hat nichts zu tun. Del Protzo ist im Urlaub. Ich existiere für sie. Wer bin ich? Warum hat Del Protzo so offen mit mir gesprochen? Was ging da vor sich?

»Du sollst ihm den Wagen nach Frankreich bringen. Zu dieser Adresse.«

Catapulta fummelte aus der Innentasche seines Jacketts einen Zettel heraus. Er tat so, als fiele es ihm schwer, das Französische zu lesen, dann gab er ihn mir: »Es ist direkt in Nizza. Eine Privatgarage. Vielleicht triffst du Don Tomás, oder du findest eine Nachricht vor, wo du ihn treffen sollst. Grüß ihn von mir und sag ihm, dass es keine Neuigkeiten gibt. Hast du Geld? Ich würde dir was geben, aber vor morgen früh krieg ich keinen Duro her.«

»Kein Problem.«

»Nimm dir ein Hotelzimmer. Wenn du willst, hängst du noch

einen Tag dran. Schau dir die Stadt an. Dann nimmst du ein Taxi bis zur Grenze, dort steigst du in den Zug. Hast du deinen Pass dabei?«

»Er ist in der Zentrale.«

»Er ist in der Zentrale, natürlich. Also, hol ihn und fahr von dort aus gleich weiter. Übermorgen ruf ich dich an. Einverstanden? Nächste Woche haben wir ein Essen mit möglichen Kandidaten für die Union des Demokratischen Zentrums. Du solltest sie kennenlernen, und merk dir eins: Del Cravall war ein Klotz am Bein, und das hier ist die Welt, wie sie wirklich ist. Niemand wird von dir darüber Rechenschaft fordern.«

Catapulta besaß die einzigartige Fähigkeit, ohne sichtliche Bewegung von einer Haltung in eine andere zu wechseln. Er stand jetzt neben dem Wagen und schloss sehr langsam die Tür.

»Sei vorsichtig. Mit dem Verkehr, meine ich …«

Ich fuhr los, die Straße hoch. Als ich rechts einbog, sah ich, wie Catapulta einem weißen Seat 1430, der auf ihn zufuhr, mit Handzeichen signalisierte, dass er das Tempo drosseln sollte. Die Häuser, die gebogenen Straßenlaternen starrten auf mich. Jemand musste in irgendeiner Tasche den Kofferraumschlüssel vergessen haben, der sonst immer wie ein Erhängter an der Zündung baumelte und gegen das Armaturenbrett schlug. Die Ampeln gewährten mir freie Fahrt. Als die Häuser, die Straßenlaternen auf mich einzustürzen drohten, hörte ich ein Pfeifen in der Luft, das Geräusch der Zeit.

29

»Die Träume werden Wirklichkeit, wenn Sie Ihre Wünsche in konkretes Handeln umsetzen. Fordern Sie vom Leben eine reiche Bescherung und ermuntern Sie das Leben, sie Ihnen zu geben.« Ich lag in der Parteizentrale auf dem Bett. Als ich hier angekommen war, hatte ich sofort meinen Pass geholt, das Geld aus der Keksdose und sämtliche Rezepte, die ich in den letzten Monaten angehäuft hatte, Passierscheine in ein Land ohne Wiederkehr. Dann warf ich eine Speedpille ein, eine zweite und eine dritte, und ein Beruhigungsmittel hinterher, und das alles spülte ich mit dem Rest aus der Armagnacflasche runter, der den Wahlkampf überstanden hatte. Ergebnis war ein Herzjagen erster Güte. Bis die Beruhigungsmittel zu wirken begannen, tanzten die Zimmerdecke und die treuseligen Wimpel eine Spott-Choreographie, die ich mit erotischen Bildern aus lange zurückliegenden Zeiten zu verdrängen versuchte. Vergeblich. Das Einzige, das wie die Saat eines Albtraums in mir aufkeimte, waren diese beiden Sätze aus meinem alten Buch *Zu Geld kommen mit Köpfchen*. Mit höhnendem Lachen verwandelte das Schicksal meine Träume in Wirklichkeit, und die reiche Bescherung, die ich vom Leben gefordert hatte, ergoss sich vor mir als klebriger Fleck. Während ich auf die Zimmerdecke starrte, glitt ich in eine lang vergangene Zeit, in der meine blendende Zukunft mir noch versprochen hatte, mit einem Cabrio im Mondschein spazieren zu fahren. Jetzt stand dieses Cabrio unten, in zweiter Reihe geparkt, bei abnehmendem Mond. Auf der Fahrt hierher waren die Häuserschluchten Zeugen meines Zusammenbruchs geworden, meiner Zweifel, meiner tiefen Verletztheit, verraten worden zu sein und nicht zu wissen, worin der Verrat genau bestand. Ich hatte erkannt, dass es weder Treue noch Ordnung gab, und besaß nur noch einen Wunsch: mich zu befreien, auch aus den Fängen der Angst.

Ich hatte das beklemmende Gefühl, dass Catapulta mein Leben schon bestimmt hatte, bevor ich ihn überhaupt kannte. Er war meine blendende Zukunft, er hatte Macht über mich, zog die Fäden. Es war seine Idee gewesen, dass ich mir ein Cabrio im Mondschein vorstellte, dass ich in demselben Cabrio lässig auf das hübscheste Mädchen der Welt wartete, dass ich ihr in einem leeren Schwimmbad durch eine Scheibe unter Wasser beim Schwimmen zusah. Ich sah, wie der Strudel einer anderen Persönlichkeit ihn verschlang, beim dreifachen, vierfachen Verstellungsspiel, Schwindel wie Salti mortali. Monterau-Montcorbier-Catapulta. Er war wie die hochgestellten Herren, die er verachtete, und das wusste er. »Du würdest dich wundern, mein Junge, wenn du wüsstest, wie stümperhaft die Welt regiert wird.« Ich brauchte Beweise, dass der 15. August 1971 davon ausgenommen war. Aber es gab keine Beweise, nur diese beiden Sätze, die mich in meiner Einsamkeit und Jämmerlichkeit ins Herz trafen. »Die Träume werden Wirklichkeit, wenn Sie Ihre Wünsche in konkretes Handeln umsetzen. Fordern Sie vom Leben eine reiche Bescherung und ermuntern Sie das Leben, sie Ihnen zu geben.«

Wer fuhr den weißen Wagen? Warum fehlte der Kofferraumschlüssel? Sollte ich Verrat üben, oder war ich der Verratene? Ich existierte für sie, einverstanden, aber ich wusste immer noch nicht, wer ich war. Ich war der, der Angst hatte. Den die Wut im Griff hatte.

Ausdrucksarten von Wut. Damals kannte ich Gaspar Pérez noch nicht, Autor des Monumentalwerks *Die verborgene Gesellschaft*. Darin berichtete Gaspar Pérez, wie er von einer mafiösen Vereinigung verfolgt wurde, die Leute mit psychischem Druck systematisch erpresst, indem sie versteckte Botschaften in Kinofilme schleust, in Fernseh- und Radiosendungen, Popsongs, indem sie Politikerreden und Talkmasterwitze mit unterschwelligen Akrosticha und Botschaften durchsetzt. Doch diese Botschaften waren keine Spuren, sie waren Ausdrucksarten von Wut, Wolfsknurren. Ich hängte die Wimpel ab und packte sie zusammen mit den Rezeptblöcken in eine Aktentasche. Auf den Wimpeln stand *Hércules Fußballclub, Sportverein Huelva*. »Lauter Hs«, dachte ich. Dann legte ich in die Aktentasche einen Kugelschreiber Del Cravalls, den er nicht vermissen würde, den Katalog mit den biographischen Angaben zu Campanero, mein Parteibuch der Bürgerlichen Liberalen Partei, ein paar Visitenkarten. Während ich die Treppe runterging, betete ich, dass das weiße Auto nicht da sein würde, der rätselhafte Wagen, der hinter uns die Scheinwerfer hatte aufleuchten lassen, während Catapulta wieder mal eine seiner falschen Fährten gelegt hatte.

Es waren zwei identische weiße Autos. Jeweils eines auf jeder Straßenseite, zwanzig Meter hinter mir.

Was wussten sie? Sie wussten, dass ich auf die Autobahn nach Frankreich fahren würde.

Was war ihr Ziel? Wollten sie mich beseitigen? Warum? Hatten sie es auf das abgesehen, was im Kofferraum lag? Warum? Ich sprang in den Jaguar. Machte das Radio an. Benahm mich wie einer, der keine Angst kennt. Als ich schon aus der Stadt herausfuhr, kam im Radio ein Lied: »Es lag etwas in der Luft in dieser Nacht. Die Sterne waren hell, Fernando.« Ich wusste nicht, ob ich weinen oder lachen solle. Die ganze Welt schien auf mich zu starren. Ich machte das Radio aus.

Bei der ersten Autobahnausfahrt unternahm ich den ersten Fluchtversuch und fuhr ab in Richtung Küste. Eines der weißen Autos folgte mir. Das andere rauschte weiter die orange beleuchtete Piste entlang. Obwohl es kalt war, öffnete ich das Verdeck. Natürlich lag etwas in der Luft, auch wenn die Sterne nicht sehr hell und abnehmender Mond war. Fernando.

Die Straße führte aufs Land, das trotz der Nähe des Meers trostlos war. Im Vorbeifahren erloschen die Leuchtreklamen für Bier und Wein. Die Mode der Ws an den Wänden war bis hierher gekommen. Ws mit langen, eleganten Schenkeln, die mich Böses ahnen ließen. Meine Verfolger hatten es gut, sie hatten ihre weißen Autos, die Unterstützung der Verschwörer und die Ausrede, dass etwas in der Luft lag in dieser Nacht, denn die Sterne waren hell, Fernando. Und die Industriegebiete waren hell und die verheißungsvollen Schilder, Frankreich 60, Frankreich 55, Frankreich 50, die rot-blau-weiße Grenze, das W auf den Plakaten, ich war mutterseelenallein, ich brauchte die Musik, wollte die Welt aufrütteln, wollte erreichen, dass sie wieder auf mich starrte. Ich machte das Radio an, gerade begannen die Nachrichten.

»Der Zivilgouverneur Barcelonas, Salvador Sánchez-Terán, ist gestern von seinen Ämtern zurückgetreten, um bei den bevorstehenden Wahlen anzutreten. Das hat eine Rücktrittswelle ausgelöst, und eine ganze Reihe hochstehender Amtsträger hat sich als Kandidaten in die nun immer länger werdenden Listen der verschiedenen politischen Gruppierungen eintragen lassen: José Miguel Ortí Bordas, José Luis Meilán Gil, Luis Gamir, José María Martí Oviedo, Quintiliano Pérez y Pérez … Marcelino Camacho, Generalsekretär des Arbeiterbunds, erklärte heute Morgen unserem Sender: ›Wir sollten uns nicht darüber empören, wenn Ministerpräsident Suárez bei den nächsten Wahlen kandidieren sollte, das wäre heuchlerisch.‹ Aus gut informierten Quellen ist zu hören, dass für die bevorstehenden Wahlen der fünfzehnte Juni als Datum feststeht. Der Prozess gegen die sieben für das Massaker in Atocha Angeklagten wurde eröffnet. Einhundertsiebenundzwanzig Tote auf Spaniens Straßen in den Osterferien. Ein Aasgeier zieht seine Kreise am Himmel von Barcelona. Eine Bürgerinitiative aus dem Viertel Sants konnte ihre humoristische Ader nicht verleugnen und hat den Vogel im Anklang an die jüngsten politischen Ereignisse *Lenin* getauft: ›Es heißt, er tut nichts, aber man weiß ja nie.‹ Diesen Sommer hat sich die Modefreiheit durchgesetzt. Die Damen können sich auf leichte Kleider in allen Farben und Formen einstellen. Valerio Lazarov und Augusto Algueró haben einen Spot für eine bald anlaufende TV-Werbekampagne von Titanlux gedreht, wobei zum ersten Mal in Spanien ein Computer eingesetzt wurde, was ganz neue Gestaltungsmöglichkeiten eröffnet. Arturo Campanero, der Produzent der Kampagne, sprach während der Dreharbeiten von einer Revolution der spanischen Werbung. Er ist auch der Schöpfer der sympathischen Werbung, die seit vergangenem Sonntag die spanischen Radiohörer begeistert.«

Und dann kam's.

Man hörte den Bass. Dann das Klavier. Das Klatschen. Man hörte den Bass, das Klavier und das Klatschen, ein weiteres Klatschen, das sich synkopisch über das Klatschen legte. Es war, als strömten die Klänge direkt aus dem Motor meines geliebten Autos. Von allen wilden Tieren, die ich kennengelernt hatte, war der Jaguar das einzige mit Rhythmus. Campanero hatte das Lied kaputtgemacht, es besaß keine Kraft mehr, nichts mehr von Unterschicht, es war genauso steril und kitschig wie alle Werbemelodien. Trotzdem war es das Lied des Watussi.

»Meine Freundin, haben Sie keine Angst vor dem Watussi.«

Und Ende.

Über das Gefühlige der Botschaft konnte ich sogar hinwegsehen, die Botschaften in dieser Schlacht um die Gunst der Massen waren immer so, und mit dieser war Tina wenigstens der Durchbruch geglückt. Ich konnte ihr einfach nicht böse sein, dafür war ich immer noch zu betört von ihrem Körper. Um nicht in jeder Frau immer nur Tina zu suchen, musste ich sie mir aus dem Kopf schlagen. Weg da, Tina. Weg da, Welt. Langsam, langsam, nicht gleich alles. Das mussten die Pillen sein, der Rausch. Das kannte ich schon. Ich hatte mich im Griff. Ich hatte die Situation im Griff. Die Welt in ihrer Geschwindigkeit, in der alles zusammenschnurrte, gehörte mir allein, die Welt, die Landschaft wechselte vor meinen Augen, wenn ich, wenn mein Atem den richtigen Rhythmus hatten. Den ganzen Tag des Watussi war *er* in den Gesichtern gewesen, in meinen Verletzungen, überall. Ich glaubte, er sei für uns gestorben, aber das stimmte nicht. Er lebte fort in den Ws an den Wänden, musste für die Ankündigung eines Waschmittels herhalten, dessen Name aufgrund einer bescheuerten Werbestrategie noch geheim gehalten wurde. Er lebte fort im Drehen der Räder, meinem Leben, das nun wieder eine neue Richtung einschlug. Rätsel warf auch die Identität dieses Gaspar Pérez' auf, des Autors von *Die verborgene Gesellschaft*, der am 10. Februar 1981 Justo Carmona, den Hauptdarsteller der Fernsehserie *Du brauchst vor nichts Angst zu haben*, angriff, weil er ihn für eines der Hauptziele der telepathischen Mafia hielt. Am 8. August 1988 sollte jener Gaspar Pérez nach der Premiere des Kinofilms *Du brauchst keine Angst zu haben*, der auf der Fernsehserie basierte, dem Leben Carmonas endgültig ein Ende setzen. Nach der Urteilssprechung konnte Gaspar Pérez in der psychiatrischen Haftanstalt sein Werk zu Ende schreiben und es einem Verleger überreichen, damit hielt er die Aufseher ein weiteres Mal zum Narren. Das Buch hat siebenhundertvierzig Seiten.

Um diese angsteinflößende Geschichte zu verdrängen, klammerte ich mich an den Taktschlag des Lieds, an die sich wiederholende Botschaft, die ich selbst erfunden hatte: »Meine Freundin, haben Sie keine Angst vor dem Watussi.« Agustina Alarcón, unsere gemeinsame Schlampe, unsere Möse, unsere Tina, war fein raus, aber ich dachte nicht eine Sekunde lang, dass sie mich retten würde, retten würde mich die Erkenntnis, dass das Leben ein in sich geschlossener Zirkel war und dass ich den Watussi und seinen Schatten gesehen hatte. Die Rettung war das Hafenwasser in meinem Speichel, die Tränen, die mir die Geschwindigkeit auf der Landstraße in die Augen trieb, auf der Lastwagen ein- und abbogen und der weiße Wagen mich verfolgte. »Hab keine Angst vor dem Watussi.« Sei vernünftig. Rette dich. Vergiss endlich diese Geschichte.

Die Fahrer der weißen Autos wussten, wohin ich fuhr. Nach Frankreich. Ein Grenzposten. Hier musste ich durch. Es gab keine Ausweichmöglichkeit. Sie wussten, dass mein Auto viel schneller war als ihres, obwohl es nach Del Protzos Unfall, der auch herbeigeführt gewesen sein konnte, nicht mehr so zog wie früher. Sie würden mich am Grenzposten schon erwarten. Schlussfolgerte ich. Was eine Eigenschaft von mir war, die Catapulta nie gern gesehen hatte.

Bei der nächsten Auffahrt fuhr ich wieder auf die Autobahn. Das weiße Auto verlor sich auf der Landstraße im Nebel. Doch wahrscheinlich standen sie in Kontakt, denn das andere weiße Auto erwartete mich am schon am Mauthäuschen. Kurz dachte ich, hier sei meine Reise zu Ende. Und als zwischen den Reflexlichtern auf der Windschutzscheibe ein sich nähernder Polizist sichtbar wurde, derselbe, der im Les Feuilles Mortes Catapulta immer mit Informationen versorgte, bestand für mich kein Zweifel mehr: Man wollte mich an der Grenze festnehmen. Sie alle waren sich sicher, dass ich mich meinen Schlächtern lammzahm ergeben würde. Sie kannten mich nicht, sie wussten nicht, dass ich es war, der sie betrogen hatte. Oder doch nicht. Schließlich hatte ich Catapulta oft genug erzählt, dass ich immer noch in diesem Tag des Watussi lebte. Ihr Geld und ihre Möglichkeiten bedeuteten mir nichts im Vergleich zu diesem einen Tag, dem schaukelnden Hafenwasser, das ich noch immer vor mir sah. Das Radio, der Regen, der eingesetzt hatte, die duftende Umarmung der Pinien, als ich wieder von der Autobahn abfuhr, bestärkten in mir den Verdacht. Ich transportierte heiße Ware im Kofferraum. An der Grenze würde man mich festnehmen. Niemand würde mir glauben, wenn ich anfing, Namen zu nennen. Und überhaupt! Vielleicht existierte Guillermo Catapulta gar nicht. Er hieß nicht so. Er hieß Boris. Er hatte tausend Namen. Und ich hatte ihn unter früheren Namen schon gekannt. »Die Botschaft spaltet sich in Varianten, sie maskiert sich, leugnet sich, aber die Methode des Variierens, Maskierens und Leugnens ist immer dieselbe. Die Botschaft spricht in Gleichnissen, schwingt mit in der Musik. Wir müssen zuhören, dann erkennen wir, dass er uns zu seinem Instrument macht«, so Gaspar Pérez in *Die verborgene Gesellschaft*. Ein politischer Kommentator, der nach eigenen Angaben gute Verbindungen zu militärischen Informationskanälen hat, behauptet in seinem Buch *Das Elefantengedächtnis*, dass der Staatsstreich vom 23. Februar 1981 eine Simulation gewesen sei, eine Impfung, eine Inszenierung, um alle antidemokratischen Verschwörungen auszulöschen und der Person des Königs neuen Glanz zu verschaffen. Der Journalist erwähnt aber auch, dass der geistesgestörte Gaspar Pérez, den man wegen der Erpessung und des Mordes an dem Hauptdarsteller von *Du brauchst vor nichts Angst zu haben* kennt, bei seiner Festnahme neben anderen Ausweisen einen Waffenschein vorgelegt hat. Gaspar Pérez erklärte mehrmals, dass sein erster Angriff (drei Tage vor dem vermeintlichen Militärputsch) eine erste Impfung gewesen sei, um *Die verborgene Gesellschaft* auszulöschen. Er wisse viel, sagte er noch, unter anderem, dass dies nur die erste Impfung gewesen sei und dass er eine sich selbst auferlegte Mission zu erfüllen habe.

Am Ortseingang von Bagur hielt ich an. Niemand folgte mir. Ich fuhr schnell an dem Ortsschild vorbei, als wollte ich es aus meinem Gedächtnis löschen. Bei den ersten Häusern bremste ich scharf und machte die Scheinwerfer aus. Ich ließ ein, zwei Autos vorbeifahren. Niemand folgte mir. Dann fuhr ich ein Stück weiter, bis zu der Stelle, wo der Weg zu Del Cravalls Landhaus abzweigte. Ohne Licht ließ ich mich in den Wald rollen. Hunde schlugen an, woraufhin in einem Fenster ein Licht anging. Um mein Herzklopfen zu dämpfen, griff ich zu den Tabletten und stellte mir zum ersten Mal vor, welche Panik mich überkommen würde, wenn das alles vorbei wäre. Verkatert und zittrig. Von den Tabletten und von der Geschichte. Im Leerlauf rollte ich an die Stelle, wo ich den Eingang zu Del Cravalls Landhaus vermutete. Der Jaguar stieß langsam gegen die Eisenschranke, die Scheinwerfer zersplitterten.

Ich stieg aus und suchte unter dem viereckigen Stein den Schlüssel, wie ich es bei Del Cravalls Sohn gesehen hatte, als Tina und ich ihm gefolgt waren. Ich spürte den kühlen Schlüssel und hatte das frohlockende Gefühl, dass alles gut lief. Dann öffnete ich die Schranke. Ich sagte mir, dass mich schon niemand verdächtigen würde. Wer einen Jaguar fuhr, war kein Einbrecher. Ich folgte einem Weg, und kurz darauf sagte mir ein gefliester Boden, dass das Haus nicht mehr weit sein konnte. Ich durfte nicht einschlafen, bis zum Morgengrauen musste ich meine Arbeit erledigt haben. Zu diesem Zeitpunkt wussten sicher schon alle, dass ich die Grenze nicht überqueren würde. Sie würden mich suchen und eine Erklärung von mir fordern. Am Strand waren die Umrisse einiger Fischer zu sehen. Ich machte das Radio an, in der Erwartung, noch mehr Botschaften zu hören. Für mehrere Stunden untermalte klassische Musik den Mondschein.

Die Morgenkühle stimmte meine Gedanken milder. Del Cravall war von Catapulta, Del Protzo und Vilabrafim verraten worden, unterschiedlich schwer und aus unterschiedlichen Gründen. Jetzt war ich auf dem Grundstück seines Landhauses untergeschlüpft, neben einem offenbar leeren Swimmingpool. Ich warf ein Steinchen. Nach dem Aufprall hörte ich es über den Zementboden kullern, ein Tier huschte erschrocken davon. Von Zeit zu Zeit drangen neben dem Meeresrauschen kegelförmige Lichtstrahlen von der Landstraße her, ich spürte den Atem der Schatten, ihr lebhaftes Spiel durchzog die Dunkelheit. In *Die verborgene Gesellschaft* schreibt Gaspar Pérez bis zur Ermüdung der Leser von »Schatten wie das Klingeln alter Registrierkassen«, von »unsichtbarem Geld, das von der Königlichen Loge Alfa, der Trilatera Commission, Bilderberg-Gruppe, dem Club of Rome investiert wird«. Die Lichter am Strand erloschen. Ein Lichtstreifen legte sich auf die Dächer und roten Ziegel, die Häuser nahmen Gestalt an, und eine Dachluke blitzte auf wie ein Goldzahn in einem geöffneten Mund. In dem Garten waren Statuen, eine zementene Tischtennisplatte und Reste eines Grillfests zu sehen. Bestimmt war Carlos del Cravall Ponce-Caballero (für mich »der Junior«) in diesen Wintermonaten Herr im Haus und hielt sich nicht damit auf, zwischen seinen Gelagen sauber zu machen. Der Jaguar blickte mich mit seinen kaputten Augen und seiner demolierten Schnauze an. Bald würden wir für immer getrennt sein, und mit diesem Spielzeug würde noch etwas in weite Ferne rücken, eine geschmeidige Taille, feuchte Lippen. Der feuchte Boden, zwischen den Rädern saß eine Ratte und starrte mich an. Ich zuckte zusammen, dann bemühte ich mich, wie ein Erleuchteter zu denken, zu folgern, dass dies die Ölratte war, die riesige Ratte im Ausguss, von der Catapulta mir erzählt hatte.

Doch die Ratte war einfach nur ein Eichhörnchen. Das Tierchen sprang auf den Rücksitz des Autos, schnupperte an der ledernen Rückenlehne, dann verschwand es im Geäst einer Pinie. Was war in diesem Kofferraum?

Ich setzte mich und machte das Radio an: »Admiral Pita da Veiga, Oberkommandeur der Marine, tritt aus Protest gegen die Legalisierung der Kommunistischen Partei zurück. Demonstration der Ultrarechten vor dem Pardopalast. Vier Ex-Häftlinge werden begeistert in Eibar, Rentería und Recalde empfangen. Der Dichter Rafael Alberti kehrt am Montag nach Spanien zurück. Druck auf Ministerpräsident Suárez, bei den Wahlen anzutreten. Ministerpräsident Suárez kommt am 23. April, dem Feiertag Sant Jordi, nach Barcelona, um die Goldmedaille der Provinz entgegenzunehmen. Die Vergrößerung der Union des Demokratischen Zentrums wird sehr wahrscheinlich. Ende der Woche sollen die Kandidatenlisten feststehen. Jaime Vilabrafim die mögliche Nummer eins der Stadt. Heute, am dreizehnten April, tritt das Gesetz des Rechts auf freie Meinungsäußerung in Kraft. In Barcelona wird der Streik der Bauarbeiter fortgesetzt.« Mit der Hand die Augen abschirmend, schaute ich mich um. Weit und breit war niemand zu sehen. Ich drehte den Zündschlüssel. Ließ das Kätzchen ein paar Minuten schnurren, dann stieg ich aus und schob mit Tränen in den Augen den Jaguar durch die offene Wagentür auf den Swimmingpool zu. Ich versetzte dem Gaspedal einen Tritt, und noch vor dem Aufprall ging ich unter der Veranda in Deckung. Der Rest abgestandenen Wassers sprengte die Morgenluft und hinterließ grünliche Spritzer auf den Kacheln. Eichhörnchen huschten in den Bäumen, zwei Pinienzapfen fielen herunter, die Hunde schlugen an, niemand schien sie zu hören. Ich hatte wenig Zeit. Die Vorderräder des Jaguars saßen im grünen Schlick des Regenwassers fest. Wie damals, das grüne Wasser. Ich drehte die Zündung ab und küsste das Armaturenbrett. Wie ich es kalkuliert hatte, war von dem Aufschlag der Kofferraum aufgesprungen. Dort drinnen begrüßten mich zwei Aktentaschen. Ich nahm meine von dem halb versunkenen Vordersitz und ging mit allen dreien den Weg vor zur Landstraße. Ich flüchtete mich in ein Café und ertrug die Blicke der Einwohner, während ich den Inhalt meines Funds durchsah.

Das war die Schatzkarte. Eine hübsche Versammlung von Beweisen der dunklen Machenschaften Tomás del Protzos, Carlos del Cravalls und Pompeyo Llansás. Einige machtvolle Unterschriften der zittrigen Hand Pompeyo Llansás, die Tomás del Protzo die Vollmacht für diverse Schweizer Bankkonten erteilten. Ein Brief aus dem Jahr 1973 von Carlos del Cravall an ein hochgestelltes Mitglied der Zentralverwaltung, darin ging es um die Aufwertung irgendwelcher Männer an der Costa Brava. Aufnahmen eines Hauses und einige technische Angaben: »Grund: 7000 Quadratmeter, rechtwinklig geschnitten, fünfprozentige Neigung. Bebauung: 1740 Quadratmeter, tonfarbener Ziegelbau mit Flachdach in derselben Farbe. Weißlackierte Aluminium-Gartenmöbel.« Ich zeigte die Fotos den Einheimischen. Nicht ohne Misstrauen deuteten die Männer auf einen Hügel, der hinter dem Haus aufragte, und nannten mir ungefähr die Richtung, in der die Ortschaft lag. Ein Name fiel (der des hochgestellten Verwaltungsbeamten), dann noch einer (der eines in diesen Tagen sehr bekannten Politikers), dann diskutierten sie, wer der neue Besitzer sei (ein Bankier, der damals als zukünftiger Senator gehandelt wurde). In der Aktentasche war noch mehr. Ein Abbuchungsbeleg eines Kontos mit öffentlichen Geldern. Der Eingang derselben Summe am selben Tag auf einem anderen Konto, das auf Tomás del Protzo lief. Quittungen für Devisenumrechnungen. Der Eingang dieser Summen auf zwei Konten (Del Protzos und Del Cravalls) einer Schweizer Bank. Auszüge dieser beiden Konten und Notizen zu den Abgängen. Kauf von Wertpapieren auf die Namen Tramontana, Del Protzo und Del Cravall, abgebucht von einem Verwaltungskonto der Bank. Belastendes Material ohne Ende … Catapulta hatte sich verraten gefühlt und wollte sie fertigmachen. Er musste mit irgendwem einen Pakt geschlossen haben. Wenn sie mich an der Grenze festgenommen hätten, hätte er sie und mich fertiggemacht. Das war alles. Das war das Geräusch der Zeit. Das Schreckensgeblök des Sündenbocks, das nicht mehr lange auf sich warten lassen würde. »Für das, was zu tun ist, ist der Junge gerade gut genug.«

Ich kaufte eine Kiste, fragte nach der Adresse des Landhauses von Del Cravall und gab das Paket auf. Der Schalterangestellte, der mich für sehr dumm halten musste, wies mich darauf hin, dass das Paket erst zugestellt würde, wenn Herr Del Cravall persönlich anzutreffen sei. Und Herr Del Cravall komme erst im Sommer wieder. Ich sagte, dass das genau meine Absicht sei.

Ich nahm den Bus nach Gerona. Dort ging ich in eine Filiale der Bürgerlichen Handelsbank. Ich beantragte die Auflösung meines Kontos. Man sagte mir, dass das Konto gesperrt sei. Ich verlangte einen Kontoauszug. Den bekam ich auch. Der letzte Eingang war eine Überweisung von einer Madrider Bank durch Agustina Alarcón. Tausend Peseten. Das war also der Betrag, den diese Hure für angemessen hielt, dafür, dass sie mit meiner Idee den Einstieg in die Werbewelt geschafft hatte. Ein Hohn. »Sag mir, was ich für dich tun kann.«

Noch am selben Nachmittag nahm ich den Bus Richtung Zaragoza. In Lérida stieg ich aus und nahm einen Zug nach Barcelona. Zwei oder drei Stationen vor dem Hauptbahnhof, an einem Provinzbahnhof voller Ws an den Wänden, hinter denen ein farbloser Ort lag, stieg ich aus. Ich nahm ein Taxi, das mich in die Altstadt fuhr. Nachdem ich in der am wenigsten siffigen Pension, die ich finden konnte, einen Monat im Voraus bezahlt hatte, zählte ich, wie viel Geld ich noch in der Tasche hatte. Mit dem aus der Keksdose, in die ich immer kleine Summen von den Repräsentationskosten abgezweigt hatte, konnte ich sechs Monate dieses neue und seltsame Leben bestreiten, das mich nun erwartete. Ich würde wieder arm sein, jede Pesete umdrehen müssen. Ich hängte die Wimpel auf. Dann ging ich auf die Straße hinunter, und eine lebendige Nacht auf den Ramblas empfing mich. Unregelmäßiges Licht und fliehende Schatten umfingen mich. Polizisten mit Halstüchern bewachten mit ausweichenden Blicken eine Menschenschar, die sich über die Legalisierung der Kommunistischen Partei freute. Ich ging in eine Bar und rief meine Mutter an. Als sie abnahm, sagte ich nichts und hörte mir nur ihre Stimme an. Fünf Minuten später tat ich noch einmal dasselbe. Mit erschrockener Stimme sagte sie schließlich: »Fernando, mein Junge, bist du es?«

Ich suchte die Apotheken in der Nähe. Schrieb mir ihre Adressen auf. Ich traf die Vorbereitungen, ein legales Gespenst zu werden.

In der Pension schlug ich eine Einladung der Wirtin aus, im »Fernsehzimmer mit Farb-TV« die Serie *Reicher Mann, Armer Mann* anzuschauen. Als ich zurück in meinem Zimmer war, trat mir der kalte Schweiß auf die Stirn bei dem Gedanken, dass hinter diesem *Reicher Mann, Armer Mann* eine böse Absicht stehen konnte, dass man mich bereits aufgespürt hatte und jede meiner Bewegungen verfolgte. Ich hängte den Anzug auf und dachte, dass dies meine einzige Kleidung war, dass ich auch Geld für etwas zum Anziehen brauchte. Ich nahm zwei Valium und sah noch einmal den Auszug des Bankkontos durch, auf das ich keinen Zugriff hatte. Die Posten der Abbuchungen machten mir bewusst, auf was ich zukünftig alles würde verzichten müssen. Maßgeschneiderte Kleidung, die teuersten Gerichte der Speisekarte, von denen ich die Hälfte stehenließ, ein Tablett mit einer Flasche Champagner, das Sofa, auf dem die schönen Frauen warteten, das Paar Ski, das in der Rezeption des Palace Hotels herumstand, die teuren Geschenke aus dem Warenhaus für meine Geschwister, nie an Geld denken zu müssen, an die Möglichkeit, es zu verlieren, die ganzen Feste, Drinks, Aperitifs, eine Sattheit, die nach Geld schmeckte, und dieses Geld bedeutete eine große Zukunft, von der nichts übrig bleiben würde außer einem unguten Gefühl. Das wusste ich.

Die Wände fingen an zu zittern. Schreie drangen aus dem schmutzigen Nachbarhof hoch, an die ich mich gewöhnen würde. Von der Straße drang Musik herauf und verflüchtigte sich wieder. Man hörte Besoffene im Chor grölen. Von der anderen Seite dieses schmutzigen, grünlichen Nachbarhofs aus, in den ich mich an verzweifelten Tagen am liebsten gestürzt hätte, klang ein Radio und viele, zu viele Nachrichten. Ich drückte mir das Kopfkissen auf die Ohren; aber es half nichts. Solange ich in diesem Zimmer wohnen bleiben sollte, ging dieses Radio immer zur selben frühen Morgenstunde an.

Immer zufällig, wie nebenbei, wie eine undeutliche Resonanz der Welt und der Geschichte, drangen die Nachrichten aus diesem Radio zu mir. Jaime de Vilabrafim fiel im letzten Moment aus den Wahllisten des Jahres 1977, ihm wurde vorgeworfen, er mache innerhalb der Zentrumskoalition Stimmung gegen Suárez und umgebe sich mit verdächtigen Intellektuellen. An seiner Stelle ernannte man den ehemaligen Sekretär eines der Falangegründer. Im Oktober 1982, kurz nach seiner Ernennung zum Abgeordneten in der *Convergència y Unió por Girona*, starb de Vilabrafim an einem Herzinfarkt. Wenn es Todesanzeigen und Nachrufe gab, habe ich sie nicht gelesen. Es überraschte mich auch nicht, wie weit jemand seiner eigenen Lüge treu bleiben konnte. Ich machte darüber sogar einen Witz und lachte. Im Radio hörte ich auch von Carlos del Cravalls Ernennung zum Dekan der Juristischen

Fakultät einer Privaten Universität, und von der Hochzeit Patricia del Protzo Granulosas mit dem mexikanisch-libanesischen Unternehmer Porfirio Hayek. Trauzeuge wurde der Vater der Braut, Tomás del Protzo, ebenfalls Unternehmer und Inhaber eines hohen Postens im *Departament d'Economia y Finances*, und die Direktorin einer kulturellen Einrichtung mit vielen Initialen. Von Agustina Alarcón und Guillermo Catapulta, diesen Schweinen, hörte ich nie wieder.

Manchmal beschwichtigte ich mich, dass ich sie nicht hassen darf, weil ich sie nur in einem sehr kurzen Moment kennengelernt habe. Es nützte nichts.

Die Bürgerliche Handelsbank verschwand als eigenständige Firma Anfang der achtziger Jahre, die Zentrale und die Filialen liefen fortan unter dem Namen der Mutterbank, Großgeschäftsbank, die Anfang der neunziger Jahre mit der Großindustriebank fusionierte, und später dann mit dem Branchenriesen Iberische Bank. Nie habe ich etwas von irgendwelchen Finanzskandalen gehört, die auch nur einer der Gesellschaften geschadet hätten. In diesem Radio hörte ich eine Rede Adolfo Suárez', in der von zwei Jungen die Rede war, die für die Zukunft Spaniens die Nacht durchwachten und nicht zusehen wollten, wie die Nation in den schmutzigen Wassern der Vergangenheit versank. Und in einer Weihnachtsansprache des Königs: »Um euch in meinem Namen und im Namen meiner Familie Frieden, Freiheit und Erfolg zu wünschen, erlaube ich mir, kurz in eure Heime einzutreten. Unser Gruß möge auch die erreichen, die in den entlegensten Winkeln unseres Vaterlandes leben und die, die noch im Ausland weilen und Spanien in ihren Gedanken und im Herzen tragen. Die Spanier im Inland, in den Bergen und auf der Hochebene, an den Küsten und auf den Inseln. Die, die auf dem Meer arbeiten. Die, die unter einer Krankheit leiden. Die Frauen, die die Heiterkeit und vorantreibende Kraft unserer Heimat sind. Die Kinder, die das Glück suchen ...«

Die Jahre vergingen, ich sah Plakate einer neu organisierten Partei mit dem Logo einer fliegenden Möwe, das bereits zu Zeiten der Bürgerlichen Liberalen Partei graphisch gestaltete W. Aber das überraschte mich nicht. Die anderen Ws standen immer noch an den Wänden. Obwohl das anarchistische Kommando, bekannt unter »Freiheitliche Gruppen Watteau«, längst zerschlagen war. Einen Schatten warf nur der Fall »Parole W«, bei dem es um die illegale Finanzierung politischer Parteien ging. Wen sollte es überraschen, dass die Werbung für das Waschmittel Saubermann zuerst im Radio, dann im Fernsehen ein voller Erfolg wurde? Mein Leser wird sich bestimmt erinnern. Sie wird noch manchmal in nostalgieseligen Sendungen gezeigt, die meistens nur Ablehnung gegen die Vergangenheit hervorrufen. Sicher kennt mein Leser noch die Saubermann-Figuren mit dem W auf der Brust. Und den Kabarettisten, der bei der entscheidenden Runde eines bekannten Wettbewerbs sagte: »Wer hat Angst vor dem Watussi?« Und den Werbedarsteller, der den Watussi spielte, Antonio Paredes. Und die Schauspielerin Concha Luna, die in der Werbung die Hausfrau war. Und Josto Carmona, der »Saubermann höchstpersönlich«, wie er in einer Kaffeewerbung auftritt, in der Saubermann die gerösteten Bohnen wieder weiß machen soll, der erste Flop. Und die Fernsehserie *Du brauchst vor niemandem Angst zu haben*, die vier Saisons lang lief und dann auf Drängen der Nigerianischen Botschaft, die sich über den Missbrauch der Figur des Watussi wiederholt beschwert hatte, die Namen änderte. Bei der Gelegenheit ersetzte man Concha Luna durch die attraktivere Silvia Basanta. Und der Film *Hab keine Angst*. Und die beiden Angriffe – der zweite davon tödlich – auf Justo Carmona durch den Geistesgestörten Gaspar Pérez, der Physik studiert hatte, Abendlehrer an einer Privatakademie gewesen war und 1992 auf eigene Kosten die Streitschrift *Die verborgene Gesellschaft* veröffentlicht hatte. In der Einleitung liest man: »Intelligent sind wir aufgrund unserer Fähigkeit, Verbindungen herzustellen. Unsere ständig neu stimulierte Fähigkeit, Verbindungen herzustellen, erhält uns am Leben. Und sie ist eine ständige Herausforderung für die telepathische, unterschwellige Macht. Manche Fakten und Verbindungen in diesem Werk erscheinen absurd, aber sie sind ein Beweis für die Verschwörung, für die Unterwanderung unseres Umfelds und die Instrumentalisierung so unterschiedlicher Personen wie des Clowns Fofó, Manuel Fraga Irbarne, Eleuterio Sánchez el Lute, des Sängers Carlos Aguirre der Gruppe Los Persuasores, des Sängers (sic!) Fernando Atienza von Avant-Pop, des Tombolaverkäufers auf dem Jahrmarkt, des Waffenhändlers Munzer Al-Kassar, des Schauspielers Justo Carmona und des Playboys José Federico Neyra. Ein Komplott ist im Gange.«

Damit ist der rätselhafte Name José Federico Neyra gefallen, und während ein Gott in jener schwülen Aprilnacht des Jahres 1977 unverhohlen über mich lacht, erkläre ich den zweiten Teil meines Berichts für beendet.

Die unverständliche Sprache

1995

Eines steht außer Frage, Gaspar Pérez ist ein begeisterter Anhänger von Verschwörungstheorien:

»In einer Welt, deren Koordinaten sich nicht grundlegend geändert haben, konnte der Surrealismus auf fruchtbaren Boden fallen, und sein Erfolg ist ebenso plump wie gefährlich. Wenn das Schauspiel Opium fürs Volk ist, dann ist das surrealistische Schauspiel in seinem jugendlichen Leichtsinn ein noch gefährlicheres Narkotikum. Gehirnwäsche oder das Einschleusen geheimer Losungen sind dabei gar nicht nötig, es werden schlicht die Jung'schen Archetypen so verändert, das kollektive Unterbewusstsein so manipuliert, dass die ›menschliche Willenskraft‹ aus unserem Verhalten verschwindet und durch Gefügigkeit und eine neue Sanftmut ersetzt wird. Am liebsten hätten sie uns als Schattenwesen, die im Schein der Fernsehbildschirme dahinvegetieren. Am liebsten wäre es ihnen, wir würden überhaupt nicht mehr eigenständig handeln, sondern der BOTSCHAFT gehorchen. Wer steht dahinter? Wie viele?

Die Ersten waren die Freimaurer. Es gibt sie noch. Die Gebrüder Grimm, Collodi, Mozart, Rudyard Kipling waren Freimaurer. Auch Walt Disney, so meine Behauptung, gehört dieser Sekte an.

Sämtliche Walt-Disney-Filme sprechen eine doppelt codierte Sprache. *Fantasia* sogar eine dreifach codierte. Warum tragen die Zwerge von Schneewitchen so merkwürdige Namen? Brummbär, Pimpel und so fort. Ha, ha, ha … da kann ich nur lachen. ›Der Mann ist in den Wald gegangen‹ – ist das einfach bloß eine ökologische und harmlose Ankündigung oder vielleicht ein HINWEIS? Niemand hat sich bislang darum gekümmert, solche Botschaften aufzuspüren, die ebenso wenig verschlüsselt sind wie einige politische oder sexuelle Anspielungen, die in Filmen für Erwachsene gelegentlich zensiert oder kritisiert werden.

Ich stelle also die Frage: Sind Gaby, Fofó, Miliki und Fofito, dieses so lustig auftretende Grüppchen, auch bekannt als ›die Fernsehclowns‹, in Wirklichkeit Freimaurer? Sind die Schöpfer der Saubermann-Werbung und dieser Fernsehserie Freimaurer?

Nicht ganz.

›Die Fernsehclowns‹, die aus den Vereinigten Staaten oder einer ihrer Kolonien stammen, traten bei uns erstmals im Jahr 1973 auf. Es war das Jahr, in dem der designierte Franco-Nachfolger Carrero Blanco ermordet wurde und die Nachrichtensender uns einreden wollten, die ETA stünde hinter dem Attentat. Oder der CIA.

Bevor ich dieses Buch schrieb, konzentrierten sich meine Nachforschungen ausschließlich darauf, die Verbindungen der ›Operación Ogro‹ – so der Deckname des Plans zur Ermordung des spanischen Ministerpräsidenten – mit den Mechanismen der geheimen Ebene der Geschichte in Verbindung zu setzen. Lange Zeit habe ich mit gewissem Erfolg den *Großen Fernsehzirkus* (so hieß die Fernsehsendung mit den Clowns) mit dem sich anbahnenden Attentat relationiert. Hinter dem Liedtext ›Hallo, Don Pepito, Hallo, Don José, ihr wart bei mir zu Hause, und ich war es bei euch, ihr habt Großmama gesehen, und ich die von euch, adiós, Don Pepito, adiós, Don José‹ ist ohne Zweifel ein Handlungsaufruf verborgen, schließlich hat der Clown Fofó das Lied in den Tagen vor der Tat gesungen, aber am Tag vor dem Attentat HAT ER ES NICHT MEHR GESUNGEN. Seltsam, nicht wahr? Damals bestand für mich kein Zweifel, welche Botschaft hinter dem so plötzlich fallengelassenen Lied stand: Es war ein Befehl. Als der Clown Fofó unter rätselhaften Umständen starb, wurde zur schmerzlichen Erinnerung vor allem der kindlichen Bevölkerung in der Hauptstadt eine Straße nach ihm benannt – Avenida del payaso Fofó – und ein Denkmal errichtet. Es war meine Pflicht, dem nachzugehen, und an dem Abend der Denkmalenthüllung schlich ich mich an diesen gefährlichen Ort heran.

Ich sah umherhuschende Gestalten, Schatten in den Häusereingängen, Schatten in den Autos, die SEHR LANGSAM dort ihre Runden drehten. Am meisten aber verwunderte mich, dass sich noch am selben Tag jemand erdreistete und mit einer roten Sprühfarbe auf den Sockel ein W sprühte. Ich brauche nicht zu erklären, dass das W ein Zeichen der Rosenkreuzer ist, als Abwehr gegen den rituellen Tanz und das mystische Feuer. Ein Zeichen, das in den letzten Jahren überall auf Wänden und Fassaden aufgetaucht ist, vor den Augen der Polizei, die wieder einmal vor dem, was vor sich geht, die Augen verschließt oder sein Komplize ist.

Ich war sehr überrascht. Doch erst mal verfolgte ich die Sache nicht weiter. Vielleicht standen von Franco verfolgte Sekten dahinter, die sich, die neue Freiheit witternd, reorganisierten und sich wie die politischen Parteien auf Buchstaben kaprizierten. Auf jeden Fall musste man wachsam bleiben. Und als ich schließlich diese Saubermann-Anzeige und die Fernsehserie sah, und diese bizarre Figur, diesen Watussi, war meine Intelligenz auf den Plan gerufen. Ich weiß nicht, wie es bei Ihnen ist, meine Intelligenz sucht jedenfalls nach Zusammenhängen. Ich kann nicht anders, als Verbindungen zu ziehen, die einzelnen Zellen einer Verschwörung zu verknüpfen, den geheimen Plan aufzuspüren und alle zu demaskieren.

Da der *Consejo Superior de Investigaciones Científicas* meinen Antrag auf ein Stipendium, mit dem ich meine Untersuchung in Ruhe zu Ende führen wollte, abgelehnt und die von mir vorgelegten Beweise nicht anerkannt hat, festigt sich in mir nun doch die Vermutung, dass JEMAND das Anliegen hat, das Verborgene im Verborgenen zu lassen.

Ein anderer Jemand hat einmal gesagt, die Wahrheit liege in aufgewühltem und tiefem Wasser. Der moralische Mensch und der Künstler schwimmen; der Verrückte ersäuft. Ich habe meine eigene Erklärung für die Winke und Zeichen, für die Wörter und Rhetorik, mit denen Geschehnisse dargestellt werden. Ich weiß um meinen labilen Zustand, er ist eine Folge meiner jahrelangen Exzesse.«

Ich schließe dieses seltsame Buch und stehe auf, um mich zu vergewissern, dass meine Mutter noch schläft und atmet. Ihr Gesicht ist eingefallen; sie hat keine neuen Falten, nur die bereits bestehenden sind tiefer eingegraben, ihr Geruch ist anders, abgebrochen sind ihre gewohnten Bewegungen und Gedanken: Die vergängliche Natur des Menschen wird offensichtlich. Sie ist nicht mehr sie selbst, ihre Zellen sind dem unaufhaltsamen Verfall ausgeliefert, dem Tod, dem nüchternen Wissen, einen ungleichen Kampf verloren zu haben. Die Krankheit schreitet voran, sie wird wie ein Tier verrecken; wir, die Hinterbliebenen, müssen sie für uns ersetzen, eine Glocke aus Erklärungen und Trost über uns stülpen.

Der Umstand, dass ich ein Fremder in der Familie bin, hindert mich daran, nachzufragen, wie lange dieser Zustand noch dauern soll; schließlich liegt meine Mutter nun schon einen Monat lang auf der Station. Ich denke, dass es ihr zu Hause viel besser gehen würde als in dieser sterilen Umgebung, vielleicht sähe sie ein Hoffnungsfünkchen und nicht immer nur das glatte Lächeln der untereinander verschworenen Ärzte und Krankenschwestern, und wenigstens hätte sie Zeit, um sich in Ruhe von ihrem Lebenswerk zu verabschieden, von all dem, was sie, die keine Resignation kannte, geschaffen hat. Aber sie bleibt weiter auf der Station, und ich traue mich nicht zu fragen, denn ich bin ein Störfaktor in dieser Harmonie, die sie erschaffen hat und nun verlassen wird. Weder Carmelo noch Gracia, Franciso José oder Marta kann ich sagen, dass ich finde, meine Mutter habe das Recht, zurück nach Hause zu gehen, denn ich muss befürchten, sie würden meinen Einwand als ein »seht, wie ihr mit ihr zurechtkommt« verstehen, was mir vollkommen fernliegt und vielmehr etwas darüber sagt, was sie von meiner Fähigkeit zu lieben halten. Nur nachts haben sie mich hin und wieder bei ihr wachen lassen, als wäre für eine Kranke da zu sein ein Privileg derer, die sie in den letzten Jahren ertragen haben (ertragen muss man, fürchte ich, sagen). Jetzt auf einmal beanspruchen sie das Alleinrecht auf sie, nur weil sie jahrelang vor dieser temperamentvollen und starrsinnigen, und vermutlich auch ziemlich egoistischen Frau haben kuschen müssen.

Meine Mutter Flora glaubt nicht an die absurde Lüge, die sie ihr in Absprache mit dem Klinikpersonal aufgebunden haben. Sie weiß, dass sie keinen akuter Diabetes hat, den beobachtet werden muss. Die anderen, Carmelo und meine Geschwister, wissen, dass sie es nicht glaubt. Sie ist ihnen für ihren Beistand dankbar und macht das Spiel mit, um sie nicht zu verletzen. Die anderen wissen, dass sie mitmacht, und sagen nichts, um wiederum sie nicht zu verletzen. Sie sind alle bewundernswert, aber die Spannung steigt, und ein kleines Zuviel an Nervosität reicht, um den Schleier des gegenseitigen Verstehens zu zerreißen.

Wahrscheinlich wird meine Schwester Gracia die beste Show abziehen. Nicht nur, dass sie nah am Wasser gebaut hat; sie ist auch zu tränenreichen Rührstücken auf dem Gang in der Lage, zu Marathontelefonaten, in denen eine kurzzeitige Atemnot oder auch nur ein unfeiner Ausdruck meiner Mutter (die sie in vor Gesundheit strotzenden Zeiten minütlich abgab) zum Hinweis auf ihr bevorstehendes Ableben aufgebauscht wird. Ein anderes Lieblingsthema von ihr ist die vielleicht berechtigte Sorge über den Verfall des Wortschatzes meiner Mutter, der seit ihrer Krankheit immer zotiger wird. Flora hat in der Tat eine lockere Zunge. Gracia bringt dann immer ihre zärtlichen Kindheitsgeschichten an, wie meine Mutter mit ihr in den Park gegangen ist und ihre Kindergeburtstage mit Sinn für Kleinigkeiten ausgerichtet hat (»immer hatte Flora einen Sinn für Kleinigkeiten«). Und während ich meine Halbschwester nicht frei von inzestuösen Gedanken so ansehe und sie eine goldene Medaille an ihre blitzendweißen Zähne führt (worin ich später eine Angewohnheit von mir sah, es musste in der Familie liegen), wird mir einmal wieder bewusst, dass Gracia nichts von unserer Vergangenheit weiß. Niemand hat ihr erzählt, dass wir in Baracken gewohnt haben oder in einer Hausmeisterwohnung, sie hat nicht die blasseste Ahnung von der Vergangenheit ihrer Mutter und will auch nichts davon wissen. Flora interessiert sie nur als Mutter, als ihre Mutter. Irgendwie scheint Gracia nicht zu begreifen, dass ihre Mutter im Sterben liegt. In ihrer vollkommenen Unreife, in ihrem Sommerferiendress einer adretten Studentin, geht ihr Krankheit nur als eine etwas ungewöhnliche psychodramatische Übung in den Kopf. Gracia, deine Mutter liegt im Sterben, und deine Unfähigkeit, das zu begreifen, diese Art von dir, echtes Leiden zu trivialisieren, bringt uns noch alle um.

Und nun hat Gracia Ferien (sie studiert Betriebswirtschaft an einer Privatuniversität) und besteht darauf, die Nächte bei unserer Mutter zu verbringen. Nacht für Nacht. Ihr Vater Carmelo ist unfähig, etwas zu verbieten, ihre Unreife schon gar nicht. Kürzlich ist Gracia in der Cafeteria ohnmächtig geworden, man hat an ihr eine beginnende Anämie diagnostiziert. Angesteckt von ihrer Exaltiertheit, habe ich sie an den Schultern gepackt und geradezu angeschrien, um sie davon zu überzeugen, dass ihr niemand etwas vormacht, dass Krebs nicht ansteckend ist, dass es nur eine beginnende Anämie ist, sonst nichts. Ihr hatte man natürlich eingebläut, dass ich ein armer Nichtsnutz sei, der schon seit Jahren sein Leben nicht mehr in der Hand habe, und dass man mir nichts glauben dürfe. Als ich Carmelo dann mit verschlossenem Gesicht auf dem Sofa sitzen sah, dachte ich, dass diese Familie, vielleicht wir alle, eine kleine, regierungslose Gesellschaft sind. In ihrer Kopflosigkeit ufern Emotionen immer gleich in Gefühlstaumel aus. Diese Familie, der ich doch nicht ganz so fremd bin, erinnert mich, mein Leser, an das Spanien, meine Stadt, mein Leben zwischen den Jahren 1975 und 1985.

Dank des Einsatzes meiner Schwester Gracia, die sich um meine Mutter gekümmert hat, konnte ich den zweiten Teil dieses Berichts einigermaßen zügig zu Ende schreiben. Jetzt, zurück auf dem Sofa, wo ich auf den Morgen warte und auf eine Krankenschwester, die sich im Vorbeigehen höflich erkundigt, wie meine Mutter die Nacht überstanden hat, habe ich meine Arbeit auf dem Schoß, neben mir liegt eine gebundene Kopie des Pamphlets *Die unberührbare Gesellschaft*. Wir beide erzählen unsere Wahrheit. Ich schwimme. Er ertrinkt. Möglich.

Alles ist merkwürdig friedlich, als ich in den Garten dieser modernen Klinik hinaustrete, um noch vor Tagesanbruch eine Zigarette zu rauchen. Während meine Schritte durch die nächtliche Stille hallen, wünsche ich mir, mein Spaziergang hätte weniger dramatische Umstände.

Ich setze mich, rauche, der Duft der Pinien würzt die letzten Atemzüge der Nacht. Die Vögel zwitschern, langsam fahrende Autos transportieren den Tag herbei. Wenn ich bald hier hinausgehe, schluckt mich vielleicht die verrauchte Luft irgendeiner Kaschemme, die in dieser unseligen Morgenstunde noch geöffnet hat. Und wenn ich mich ein wenig ausgeruht habe, beginne ich vielleicht mit dem dritten Teil meines Berichts.

Meine Streifzüge durch die Halbwelt, mein Symmetriewahn, mein Plan, aber auch mein Hingezogensein zum Chaos, das alles wird, so glaube ich mittlerweile, Früchte tragen. Sehr bald, mein Leser, werde ich zu greifbaren Ergebnissen gelangen. Ich bin zwar ein sehr kostengünstiger Spion, einer aus der Gosse, aber dafür umso zäher. Vielleicht ist das der Einfluss meiner Mutter, ihrer Krankheit, der Umstände. Womöglich hat mich dieses Erinnern gegen alle Widerstände, gegen die lindernde und notwendige Anstrengung, zu vergessen und nach vorne zu blicken, um weiterzuleben, vielleicht hat mich dieses Erinnern wider die Vernunft zu einer düsteren Einsicht in den Lauf meines Lebens geführt. Ich bin nicht der Typ, der an Erlösung glaubt, und ich kann auch nicht wie Gaspar Pérez Symmetriewahn, Paranoia und Logik bis zur letzten Konsequenz durchziehen.

Jemand, die Person ist schon gestorben, hat mir einmal gesagt, »dass uns seltsamen Menschen seltsame Dinge passieren«. Ja, Elsa, und ich kann jetzt hinzufügen: »Wir seltsamen Menschen erkennen uns gegenseitig auf den ersten Blick, wie die Zwerge.« Sie redet weiter aus der Vergangeheit zu mir, und so stöbere ich in meiner Erinnerung einen anderen Ausspruch von ihr auf: »Ich bin glücklich im Elend. Das Elend macht mich unbesiegbar.«

Drei Leute haben mir bereits gesagt, dass sie José Felipe Neyra kennen. Sie haben mir auch hübsche Geschichten über korrupte Polizisten, verschwundene V-Leute, Finanzherren, Diplomaten, Ungarn, Marseilleser, Schweizer Bankiers und so fort erzählt.

Man hat die monatlichen Zahlungen für meine Arbeit eingestellt. Interessiere ich dich nicht mehr, mein Leser? Muss ich Angst bekommen? Ich weiß schon lange, dass »Neyra« fünf Buchstaben hat. Und dass das alles ist.

Wie sagte noch Elsa: »Die Fünf ist ziemlich perfekt, aber ich mag sie nicht.« Ich auch nicht, Elsa. Ich sehe das Wort NEYRA, wie es am 15. August 1971 in die nasse Erde geschrieben ist. Gleich nach dieser Entdeckung hat ein orthopädischer Schuh in beharrlichem, rhythmischem, geduldigem Fris-fras den Boden glatt gestrichen, und schon steht dort nur noch NEYR, er kickt eine Kippe in mein Blickfeld und ein ausgerupftes Büschel Unkraut, die Hände klatschen synkopisch dazu, und die Zunge schnalzt dazu einen dritten, sauberen Takt, doch dann hält die Zunge ein, und aus seinem Mund kommen die Worte: »Der Watussi ist ein Tanz. Der beste Einzeltanz …« Fris-fras, der Fuß wischt, Fris-fras. NEY. Tänzer in perfekter Formation. Der Erste beginnt eine Welle mit einem Arm, er schüttelt ihn, als schickte er einen elektrischen Impuls zu dem anderen Arm, der Arm des zweiten Tänzers nimmt ihn auf, und nach einer Pause geht der Impuls im gleichmäßig fortgeführten Rhythmus auf den dritten Tänzer über. Eine Stimme singt in einer Sprache, die weder der Sänger noch ich verstehen. Die Wörter und der Sinn ändern sich, aber das Lied ist ewig, oder zumindest höre ich es immerfort. Die wirren Worte sind ein undeutlicher Schlüssel zur verborgenen Wahrheit; nur sie kann die bedrohliche Dunkelheit erhellen. Anfang '77 haben sie mich nach Strich und Faden belogen und als dressierten Milchbartbuben verkauft, loyal war ich, die ganze Zeit, von Anfang an ein Ausgebeuteter; als Sühneopfer zur Hand, falls die Dinge schieflaufen würden. Fris-fras, NE. Catapulta hat die Beweise für den Bankrott vorgelegt und seinen Kopf gerettet, Fris-fras. Die Polizei punktet, als sie einen Trickspieler festnimmt, der mit Beweisen jongliert, sie biegen ihn sich zurecht, indem sie ihm alle möglichen Aufträge erteilen, Fris-fras. Nur die Nutte konnte entkommen, wie immer, N. Das bittere Gefühl vergeudeter Jahre, Fris-fras. Immer weiter, eines nach dem anderen, Rhythmus, immer gleich, eines nach dem anderen, genau, eines nach dem anderen, dort, um das NICHTS kreisend, das nicht ein Wort mit sechs Buchstaben ist, sondern mit fünf: NEYRA. Und José Felipe Neyra treibt auf dem Wasser im Hafen, oder er sieht alles. Fris-fras …

Ich gehe zurück ins Zimmer meiner Mutter, und bevor ich die Tür aufdrücke, vernehme ich überrascht einen Seufzer, das Schlurfen von Pantoffeln. Ich warte hinter der Tür, bis sie sich wieder ins Bett gelegt hat. Mir wird bewusst, dass sich bei diesen Geräuschen kein Wiedererkennen einstellt, sosehr ich mich anstrenge. Früher waren die Schritte meiner Mutter ein wendiges Klappern, und ihr Seufzen von damals erschließt sich mir heute, da ich einige ihrer Träume kenne, als unbestimmtes erotisches Sehnen. Früher ratterte ihre Stimme wie ein Maschinengewehr. Irgendwo in der Wohnung, man verstand kein Wort und war gezwungen, zu ihr zu gehen, wenn man wissen wollte, was sie schon wieder von einem wollte. Davon ist nichts mehr übrig. Ich öffne die Tür.

Meine Mutter sitzt da und blättert meinen Bericht durch. Vielleicht nützt sie meine Zigarettenpausen, um sich über meine Arbeit zu informieren.

»Was soll dieser Haufen trockenes Gelaber?« Mein Leser verzeihe ihre Sprache. Die Ärzte reden von zeitweiligem Kontrollverlust, eine Folge der Medikamente.

»Ich schreibe einen Roman.«

»Ich glaub's nicht …!« Sie nimmt die Brille ab, sinkt in einer vorgespielten Erschöpfung in die Kissen zurück und sieht aus dem Fenster.

Ich sammle mein über das Bett verteiltes Manuskript ein. Wahrscheinlich hat sie Dinge gelesen oder geahnt, die sie lieber nicht wissen wollte. Ohne mich anzusehen, sagt sie:

»Du warst die ganze Zeit, die ganzen Jahre hier in Barcelona, stimmt's?«

Ich sage nichts. Setze mich. Sobald sie aufwacht, setzen die Schmerzen ein, werden immer schlimmer, bis sie unerträglich sind. Dann kommt mir die Acht-Uhr-Krankenschwester mit der Spritze wie ein Engel vor.

»Sei nicht böse. Ich muss dir was erzählen, du hast nämlich so gut wie nichts kapiert.«

Ich rücke auf dem Sofa hin und her, fühle mich unbehaglich. Es dauert nicht mehr lange, bis die Krankenschwester kommt. Aber meine Mutter fällt genau in dem Augenblick ins Schweigen, da ich darauf warte, dass sie wieder eine delirierende Geschichte wie eine Brücke zwischen zwei Träumen erzählt, eine ihrer wirren Anekdoten, die sie in den letzten Tagen mit seltsam fremder Stimme vorgetragen hat. Wenn man nicht wüsste, dass sie unerträgliche Schmerzen hat, könnte man meinen, sie sei nicht mehr ganz bei sich, und mir wird bewusst, dass sie sich dafür auch schon bereitmacht.

Endlich redet sie. Was mich jedes Mal schmerzt. Ein erhabener Schmerz, der Begräbnisfeierlichkeit wegen. Und ein gemeiner Schmerz, wegen der Peinlichkeit.

»Ich kann nicht den Löffel abgeben, bevor ich es dir erzählt habe.«

»Mama, du stirbst doch nicht.«

Sie dreht sich kurz weg, Schmerz verzerrt ihren Mund.

»Ich meine nur, irgendwann werde ich sterben … Jetzt red bloß keinen Schwachsinn daher. Ich will, dass du eine Sache erfährst.

Das, was ich am Schluss gelesen habe. Ich nehme an, so was in der Art hast du erlebt.«

»Sie haben mich verraten. Die Typen waren nicht ganz sauber.«

»Als ich klein war, war ich ein verlaustes Bauerntrampel, ich sah diese feinen Leute und dachte, die stehen über Gut und Böse. Aber obendrüber ist niemand. Stimmt's, mein Junge? Ich weiß nicht, warum wir uns immer die Schuld für alles aufladen.

»Da ist was dran, ja.«

»Ich weiß nicht, was ich hätte tun müssen, damit meine Kinder nicht so störrisch werden.«

»Lade dir nicht für alles die Schuld auf.«

Sie möchte lachen, es kommt aber nur ein Husten. Ich bewege mich nicht. Bei einem Hustenanfall oder einer Schmerzattacke kann sie es nicht leiden, wenn jemand in ihre Nähe kommt. Dann hagelt es Vorwürfe und Schimpfwörter. Doch auch wenn sie es nicht zeigt, mag sie es, dass jemand bei ihr ist.

»Ich kenne diese Schlampe. Die Frau von diesem Schwachmatikus. Diese Del Cravall. Kurz nachdem du verschwunden warst, bin ich zu ihr gegangen, um mit ihr zu reden.«

Ich bin vom Donner gerührt.

»Und?«

»›Und?‹ fragst du Bengel auch noch. Nichts, verdammte Scheiße. Wie eine Zigeunerin bin ich bei ihr aufgekreuzt. Mit der Kleinen auf dem Arm und diesem Hosenscheißer von deinem Bruder, Francisco José, im Kinderwagen. Hat nur noch ein Knoblauchzopf gefehlt. Diese Leute … Ein Pack … Ich habe also zu dem Schwachkopf gesagt, er soll mir aufmachen, ich muss Sisita Ponce-Caballero sprechen. Ich hatte ein Kärtchen dabei, das mir ihr Mann gegeben hatte, damals, als er mir die Blumen geschickt hatte und sie dich eingesackt hatten, und ich habe gesagt, dass ich deine Mutter bin. Dann kam der Hausherr endlich, oder wer auch immer dieser warme Bruder da ist, und hat mir gesagt, die Señora sei nicht zu Hause. So ein Arschloch …«

»Ich höre zu.«

»Junge, wie die Zeit vergeht. Die ganze Zeit hast du diese Scheißanrufe gemacht. Ich wusste von Anfang hat, dass du es bist, Dummkopf. Ich wusste, dass du am Leben bist. Ich wollte dich nur finden, um dich mit meinen eigenen Händen erwürgen zu können. Ich bin mit dem Idioten von Carmelo zur Polizei gegangen, um sie zu fragen, wo du steckst, dass du minderjährig bist und sie dich suchen sollen, aber diese Quarktaschen sagten nur, ich soll mich nicht so haben. Dass sie doch alle heutzutage von zu Hause abhauen. Ich dachte: ›Solange das Arschloch anruft, will er sagen, dass er am Leben ist …‹ Und wie immer bin ich die Dumme gewesen, habe nicht weiter aufgemuckt. Ich habe auch nicht aufgemuckt, als dieselbe Bullerei zu uns nach Hause kam, weil sie sich dann doch für deinen Fall interessiert hat. Sie kamen zu mehreren. Ich habe ihnen Kaffee gemacht und mich bedankt. Sie haben zu mir gesagt, wenn es irgendwas Neues gibt, soll ich mich sofort melden, dass es ein Jammer ist, dass ein so wohlerzogener Junge wie du in irgendwelche Geschichten hineingerät. Ich war natürlich stinksauer, da geht man aufs Kommissariat, und die Bullen sagen einem nur, dass es überhaupt nicht in Frage kommt, dass sie diesen Dreckslümmel suchen, und hinterher spazieren sie einfach bei einem zur Tür herein, als sei es das Normalste von der Welt … Sehr merkwürdig. Und als sie das nächste Mal kamen – sie kamen nämlich nochmal –, war ich stinksauer. Ich hab das arme Mütterchen gespielt, ihnen was vorgeheult und gesagt, du hättest aus London angerufen. London war mir so eingefallen. Dass du nichts mehr von uns wissen wolltest. Und dass sie sich vom Acker machen sollten! Ich war jedenfalls vollkommen am Ende, ich wusste ja nicht, was du angestellt hast, warum sie dich suchten und warum sie mir nicht offen sagten, dass sie dich suchen. In diesen Zeiten, wo jeden Tag was passiert … Einmal hattest du dich ja gerade noch retten können, aber jetzt sah alles sehr schwarz aus, das jetzt war nicht Celso, die Baracken, diese dreieinhalb Penner, das jetzt waren andere Leute …«

»Aber dann kam der Sommer.«

»Willst du, dass ich aufstehe und dir links und rechts eine verpasse, dass es sich gewaschen hat? Woher weißt du das?«

»Ich habe ihnen in ihrem Haus in Bagur eine Nachricht hinterlassen.«

»Das ist doch der Gipfel. Du Vollidiot! Diese Schlange, Sisita, hat tatsächlich angerufen. Sie hatte meine Telefonnummer und Adresse schön aufgehoben, diese Arschlöcher sind doch immer auf Trab. Wir haben uns in einem Café getroffen. Was für ein Unglück, das alles, sagte sie zu mir. Dass wir beide unser Leid teilen, denn auch ihr einziger Sohn war verschwunden. Dass sie in den letzten Tagen viel an dich gedacht hat. Wo du nur steckst, du Armer. Dass es sehr bewegte Zeiten sind und dass sich ihr Mann, ohne es zu wollen, mit Leuten zusammengetan hat, die nicht gut sind, die Kacke ist am Dampfen, alles läuft aus dem Ruder. Das typische Geschwalle. Sie dachte, sie kann mich abspeisen ... Wenn ich Geld brauche, sagte sie mir dann. Und ich sage ihr, dass sie sich ihr Geld in den Arsch schieben soll, dass ich dich will, dass ich wissen will, wo du steckst. Und dann fängt sie an zu heulen, die blöde Kuh. Und will mich trösten. Die spinnt, mich trösten wollen, in ihrem superfeinen und gutsitzenden Kleid, das arschteuer ist, da bin ich auf hundertachtzig.«

»Mama!«

»Ich mache noch einen Anlauf, erzähle ihr mein Leben. Wie viel ich gekämpft habe, dass ich Kosmetikerin bin, eine Ausbildung zur Parfümeriefachverkäuferin mache, dass ich dies und dass ich jenes. Und sie plappert einfach, dass man eben nicht alles lösen kann, und dass sich da was machen lässt. Und nach zwei Monaten arbeite ich bei *Barnabooth Products Spain*. Und nach acht Jahren bin ich schon stellvertretende Verkaufsleiterin. Du weißt nicht, mein Lieber, wie einfach es ist, Karriere zu machen, wenn man die richtigen Leute kennt.«

»Doch, das weiß ich.«

»Einen Scheißdreck weißt du. Sieh dich doch an, du Jammerlappen. Sisita haben wir hin und wieder zum Tee getroffen. Irgendwie hat es ihr Spaß gemacht, denn anstatt in den Zoo zu gehen und sich die Affen anzuschauen, hat sie bei mir vorbeigeschaut. Hat sich für etwas Besseres gehalten, die blöde Kuh. Und ich habe sie, stimmt schon, für alles um Rat gefragt. Ich habe mir einen Spaß daraus gemacht, sie für alles um Rat zu fragen. Ich wurde das soziale Werk dieser Arschkuh, doch dann ist sie nach Madrid zurückgegangen, als ihr Mann die Kurve nicht mehr gekriegt hat, vor lauter Behinderung, Stümperei und Staffage. Und einer Embolie, die er kriegt, als das Mustersöhnchen stirbt, ph, das hat mich überhaupt nicht gekratzt, aber an dich habe ich gedacht, ob du, doof wie du bist, dich nicht auch da hineinziehen lässt und eine Drogenkarriere machst.

In der ganzen Zeit hat Sisita mir alle möglichen Ratschläge gegeben. Und ich habe mich Leuten vorgestellt. Beziehungen. Habe Klinken geputzt, glaub mir. Die ganze Zeit, weißt du? Damit wir eine andere Wohnung finden. Damit Carmelo, dieser Idiot, in Frührente gehen kann, bei vollem Gehalt. Für alles. Und ich dumme Gans denke die ganze Zeit, dass ich das alles auf deine Kosten tue, Gott weiß, wo du steckst. Dass du vielleicht tot bist und mich vom Himmel aus anrufst. Oder dass du schon die ganze Zeit tot bist und der Anrufer jemand anderes ist. Darum habe ich nie viel gesagt von dem, was ich wusste.«

Wieder kommen Husten und Wimmern. Ich kann nicht glauben, was ich gerade gehört habe, für ihren sozialen Aufstieg gab es also doch eine überzeugendere Erklärung, als dass sie das alles durch Sparen, Entbehrungen und Anstrengung erreicht hatte. Ich verstehe es selbst nicht, aber trotz der Schmerzen und Krämpfe meiner Mutter habe ich auf einmal das Bedürfnis, loszulachen. Und als die Krankenschwester hereinkommt und sagt: »Wie geht es meiner Teufelsaustreiberin heute?«, da breche ich unverhohlen in Lachen aus. Glücklich im Elend.

»Du bist das missratene Söhnchen einer schlechten Mutter.«

Da muss ich noch mehr lachen. Wir sehen aus wie zwei Betende. Die Krankenschwester versteht gar nichts mehr.

»Hör endlich auf, du gemeines Schwein, sonst muss ich auch lachen, und das tut so weh. Und ich pisse!«

Vor lauter Lachen möchte ich kotzen. Mir rutscht das Manuskript meines Berichts von den Knien, die Blätter flattern durcheinander auf den Boden.

»Los, auf die Knie, mal sehen, ob sie dir an den Hintern gehen, Schwuchtel!« ruft meine Mutter, während die Krankenschwester stumm versucht, ihr eine Spritze zu setzen.

Meine Schwester Gracia, die Ablösung, ertappt mich, wie ich auf dem Boden liege und lache.

»Die Meeresenge von Gibraltar!« schreit meine Mutter.

Ich stehe auf, drücke der Statue, in die sich meine Schwester verwandelt hat, zwei Küsse auf die Wangen und schlüpfe in den Gang hinaus, von wo aus ich mich auf den Weg zu den verruchtesten Drogenhöhlen mache.

… lerne
vergessen, dass du aufsangst. Das verrinnt.
In Wahrheit singen, ist ein andrer Hauch.
Ein Hauch um nichts, ein Wehn im Gott.
Ein Wind.

R.M. RILKE, *Die Sonette an Orpheus*

Der Tänzer ist immer im Recht.

NIETZSCHE *Geburt der Tragödie*

Ich bin der Richter, aber ich kann tanzen.

PRINCE BUSTER

1

Manchmal regnet es, und manchmal verschleppt der Wind Papiere in die Winkel der Gassen, Lichter gehen aus, die Schatten zittern. Das Radio grummelt unerschöpflich Nachrichten, Wunschmelodien und dümmliche Saubermann-Werbung im feuchten Innenhof der Pension. Es ist April 1977, und ich befinde mich an einem versteckten Ort, an den mich mein unheilvoller Beschützer Catapulta gedrängt hat: Alles ist verkehrt, ich muss einen Spiegel vor den Spiegel stellen, um in die richtige Richtung zu fliehen. Mich verstecken. Mich durch einen anderen ersetzen. Die Nachrichten über die politischen Intrigen sind wie fernes Glockengeläut, und die von den Menschenmassen auf den Straßen skandierten Sprüche Gewittergrollen. Manchmal regnet es, das Straßenpflaster wird nass, manchmal fällt das Licht aus, und die Hausbewohner schauen übers Treppengeländer nach unten. Wenn eine Sirene heult, schlagen die Hunde auf den Balkonen an. Der Schrei eines Menschen. Unaufhörliches Schreien. Die Nacht ist erfüllt von Schreien und Flehen. Ich habe die Initiale und den Schatten gesehen, dafür zahle ich.

Ich habe mich in Luft aufgelöst, spiele mit der Leere. Meine blendende Zukunft war ein schlechter Witz, der Tag des Watussi eine kitschige Flause, und während ich von einem Tag auf den nächsten lebte, befinde ich mich in grausamer Wachsamkeit, der ständigen Alarmbereitschaft eines Schwimmers, der kein Ufer sieht; doch unter der Oberfläche eines schlecht geplanten und noch schlechter in die Praxis umgesetzten Lebens pocht der Herzschlag meiner wahren Charaktereigenschaften weiter: meine Neigung zu Illusionen, mein unerschütterlicher Überlebensinstinkt und meine Feigheit. Aber da ist noch etwas.

Man könnte es Gleichgültigkeit nennen.

Wie es gehen soll, dass bei meinem Aktivismus Gleichgültigkeit mein ethisches und ästhetisches Leitmotiv ist, muss ich wohl erklären.

Alles wurde mir gleichgültig, die Taten, die meine skrupellosen Chefs mir zugemutet hatten, die ins Auge stechenden Wahrheiten, die auf unanständige Weise verhöhnt worden waren.

Es war so etwas wie wachsende Distanz. Auf diffuse Weise verlor alles, auch die feindliche Umwelt, ihre Intensität und löste sich in immer wiederkehrende Schatten auf.

Es war so etwas wie eine Ahnung. Lose Wörter sind davon übrig geblieben: ein fremdartiger Gesang verworrener Stimmen, ein im Nichts verhallender Gesang in einer unverständlichen Sprache.

2

Die Umstände haben Distanzierung von mir verlangt. Vielleicht war Catapulta oder eine seiner Spiegelungen auf der Suche nach mir, Masken seiner neuen Verbündeten, seiner höchstpersönlichen Polizei. Vielleicht lauerten sie alle auf einen Fehltritt, wenn sie nicht in den Wirren untergetaucht waren. Ich wusste, dass es andere Städte und andere Länder gab, wo mich irgendeine Truppe der Fremdenlegion erwartete, und irgendwann würde ein Beamter unter der Hitze einer dampfenden Leuchtstoffröhre die Rekrutenliste durchgehen und einen Anruf tätigen. Die Aussicht, weggehen zu müssen, lähmte mich erst recht. In den ersten Wochen meines inneren Exils legten sich meine Angst, mein Hass und meine Wut etwas, allerdings erhielt ich meinen Entschluss aufrecht, mit meiner Familie zu brechen und sie nicht mehr weiter in meine Handlungen einzubeziehen. Am Ende hätten sie noch von mir verlangt, dass ich mich schön brav der guten alten Ordnungsmacht stelle.

Auf einmal wusste ich, dass ich die Wirklichkeit weniger zu fürchten brauchte als meine eigene Schwarzmalerei. Auf einmal fühlte ich mich frei in meinen vier Wänden, mit einem unebenen Boden, einem Fenster mit Blick auf einen engen Hof, einem nüchternen Kleiderschrank und einem fast immer besetzten Bad auf dem Gang. Ich war wie neugeboren. Nachts flüsterte der weise Jugendliche in mir, der ich schon fast nicht mehr war, zum Klagegesang der quietschenden Betten auf der anderen Seite der Wand: »Du hast keinen Ort, wo du hingehen kannst …« Also blieb ich und sah mein Heil in der Distanziertheit. So wurde ich gleichgültig.

Was hieß es eigentlich, gleichgültig zu sein? Von jetzt an würde ich vollkommen auf mich gestellt sein. Was würden für mich nun die Schwimmbäder sein, die Lichtreflexe auf dem Wasser, die Wege des Flaneurs, die fremden Straßen? Die Straßen blieben dieselben, nur mein Blick auf sie war ein anderer. Mein unhinterfragtes Selbstverständnis von vor eineinhalb Jahren, als ich noch Autos klaute, war zerstört, jetzt beherrschten mich Entfremdung und Verwirrung. Als der verstörte Junge eines Morgens erwachte, war das Barcelona von 1977 für ihn ein phosphoreszierender Traum.

Eine Gruppe Nichtstuer an einer Straßenecke, Brot und Zeitung unterm Arm, aus den Taschen hingen Lottoscheine, verfolgten frohlockend oder verdrossen – je nachdem –, wie gemächliche Beamte ein Straßenschild mit einem dunkel in der Erinnerung haftenden Namen gegen ein Schild mit einem anderen dunkel in der Erinnerung haftenden Namen austauschten. Statuen wurden gestürzt, Symbole ausgetauscht, Markenzeichen ausgewechselt, und ich spazierte pfeifend und wachsam durch die Straßen, geradewegs auf eine Apotheke zu, in der ich so viel Amphetamine kaufen wollte wie möglich, bevor die Rezeptblöcke, die ich aus dem sinkenden Schiff gerettet hatte, verfallen würden: Die Muse der Geschäftstüchtigkeit sagte mir, dass das eine gute Einnahmequelle sein könnte, wenn ich erst einmal die Kanäle herausbekommen hätte; außerdem war es eine meiner wenigen Vergnügungen, von einer Apotheke zur nächsten zu eilen und eine unbedarfte Miene aufzusetzen, die die Herren in weißen Kitteln eingehend musterten. Meine strammen Besorgungsgänge führten mich auch an Orte, an denen ich am Tag des Watussi vorbeigekommen war und die jetzt zu meinem näheren Umfeld gehörten: das *Boston's*, ein Tanzsalon der Amerikaner mit angeschlossenem Bordell, war nur noch eine zugemauerte Tür unter einem fast aus den Angeln gehobenen Schild mit abbröckelnder Schrift; außerdem war ich Yeyés Spinnereien auf die Schliche gekommen, die sich mir als aberwitzige Ausläufer von Wahrheit in den Kopf gesetzt hatten: Es stimmte weder, dass die Tiefgaragen entfernte Straßen miteinander verbanden, noch, dass die Verkehrsschilder geheime Botschaften enthielten. Einige Markierungen waren noch auf den Häuserwänden, auch wenn es die Diebe, denen sie als Orientierung gedient haben mochten, längst nicht mehr gab. Ich wusste, dass auf den Ramblas Rosen verkauft wurden, zu jeder Zeit, für jedermann, und ihr Duft betörte mich so trügerisch wie einst.

In der Pension ließ ich meine neu erschaffene Biographie nur tröpfchenweise durchsickern, und nur, wenn es nicht anders ging. Hauptsache, es würde niemand ankommen und im Gästebuch mit dem Finger die Namen durchgehen. Wie so oft klammerte ich mich an meine Intuition, die mir sagte, dass das Stadtzentrum, weil so nahe liegend, der letzte Ort sei, wo mich meine Verfolger suchen würden. Aber es gab die Routinekontrollen, die Überraschungen des Augenblicks, die Sehnsucht, die tückische Sehnsucht … Und hin und wieder trafen mich die Fragen der anderen Pensionsbewohner, geschickt gestellt, schließlich wurden die meisten Leute, mit denen sie Umgang pflegten, nicht gerne auf ihre Vergangenheit angesprochen. Im Fernsehzimmer liefen den ganzen Abend über Quizsendungen und Serien, während ich mich in einer Ecke der Lektüre hingab, weit weg von ihrem Getuschel, das die ständige Begleitmusik in diesem Raum und weit weniger harmlos war, als die Wirtin behauptete, genauso wie ihre bewegte und promiske Vergangenheit, wie einige Lästermäuler mit boshaftem Blick an mich herangetragen hatten. Diese Frau, die systematisch ihren dänischen Ehemann mit buschigem Schnauzbart überging, wie auch ihren übergewichtigen Sohn, der den Nachtdienst schob, schenkte mir ihr bestes Lächeln, damit ich mein Buch für sie hochhob und ihr den Titel zeigte (zum Beispiel *Rot und Schwarz*), was ich auch brav, um ihre Zustimmung heischend, tat. Dann beugte die Wirtin, ihre Hände ruhten im Schoß, den Rumpf vor, sodass der Sessel unter ihrer ranzigen Masse knarzte, was für ein Aufflattern der Blicke sorgte, die sich schließlich wieder auf dem Bildschirm niederließen.

»Der gute Junge, immer am Studieren. Du machst dir noch die Augen kaputt.«

Und so wurde ich für die Zeit, die ich in diesem Haus wohnte, der gute Junge, während ich meine Existenz still und heimlich neu erfand, in vielen kleinen Gesprächen, in denen ich viel Stirnrunzeln und mitleidige Kommentare erntete, während mein Blick über eine Landschaft in Öl glitt, mit Fluss, Wäscherin und grünem Wald, in der sich die grelle Buntheit des Fernsehzimmers fortsetzte.

Und so lautete meine Biographie: geboren in Barcelona, hier bleibe ich bis zu meinem dreizehnten Lebensjahr, dann wird mein Vater, der bei der Guardia Civil ist, befördert und auf irgendeinen höheren Posten einer nicht näher bestimmten Provinzstadt versetzt. Erarbeitet hat er sich diesen Aufstieg mit seinem Einsatz, als man dem berüchtigten Verbrecher Watussi das Handwerk gelegt hat, der übrigens nichts mit diesem lächerlichen Ungetüm aus der Fernsehwerbung zu tun hat.

»Ja, ja, ja … dieser Watussi, das war ein Früchtchen! Ich habe ihn noch gesehen …«, sagte einer der Bewohner, der nach eigener Aussage vom Hausieren lebte. Kurz darauf kam mir allerdings zu Ohren, dass er »der Exakte« hieß und in der Einsamkeit seines Zimmers geduldig Ausweise und andere Dokumente fälschte.

»Nein, mein Papa hat nicht geschossen …«, beeilte ich mich zu erklären und gab damit zu verstehen, dass meine Familie mich mit einer harmlosen Version abgespeist hatte.

Eine große Karriere, die mein Vater gemacht hat, hätte sie nicht ein so bitteres Ende gefunden. Bei jener geheimen Mission, vermutlich im Baskenland. Als wir nicht länger auf nie eintreffende

Nachrichten warten wollten, hat meine Mutter mich trauriges Geschöpf an die Hand genommen und bei den Behörden nach ihm gefragt, überall, doch nirgendwo wollte man ihre Vermutung bestätigen, dass er bei einer geheimen Mission verschollen sei.

Meinen biographischen Entwurf hatte ich mir gar nicht so sehr aus Geschichten, die ich aufgeschnappt hatte, zusammengeschustert, als aus einzelnen Folgen einer amerikanischen Fernsehserie, die damals, als man mir die Frage nach meinem Vater stellte, gerade lief. Und ehrlich gesagt, mein Leser, wünschte ich mir nichts so sehr, als dass man mir auf die Schliche kam.

Meine Mutter fing an, Tabletten zu nehmen, sie sprach mit niemandem mehr … Meine Familie? Ich habe keine Familie. Der Krieg … Um mit dem allen abzuschließen, habe ich Atomphysik studiert.

Ich war ein artiger Junge, Sohn eines Beamten der Guardia Civil und von jedermann respektiert, also legte sich niemand mit mir an, und ich konnte ungestört weiterlesen.

Bel Ami, *Rot und Schwarz*, *Der große Gatsby*, *Letzte Tage mit Teresa*, *Die Memoiren des Junkers Barry Lyndon*, Casanovas *Mein Leben* … Der Antiquar erkannte meine Bedürfnisse sofort. Der alte Mann, dessen Umgangsformen auf eine ähnliche, genauso elende soziale Herkunft schließen ließen, trug mit der Zeit und zunehmendem Vertrauen dazu bei, meinen Wissenshorizont über das Standardrepertoire eines Emporkömmlings hinaus zu erweitern. Ich las von früh bis spät und machte mir kurze Notizen (»Giacomo ist ein Gespenst ….«) zu jedem der achthundertzweiundsiebzig Bücher, die ich zwischen den Jahren '77 und '79 verschlang. In den ersten Wochen in der Pension, als ich mich von meiner Verwirrung und Paranoia etwas beruhigt hatte, wurde mir klar, dass mein Bedürfnis, einen klaren Kopf zu bewahren, ein Gegengift zu meinem übermäßigen Konsum von Tabletten und Alkohol der letzten Monate war. Dass meine andauernde Erschöpfung und der kalte Schweiß Entzugserscheinungen waren, wusste ich damals noch nicht. Außerdem stellte ich fest, dass ich nicht viele Ausgaben hatte; meine Ersparnisse würden also eine Weile reichen, vorausgesetzt, ich würde sie vor dem räuberischen Zugriff der anderen Pensionsbewohner hüten. Mir des Risikos bewusst, trug ich mein Geld stets in meinem einzigen Anzug *Savile Row Diplomat* bei mir: Das altmodische Stück saß etwas knapp, ich wuchs ja noch, und die Socken guckten raus. Ich nahm typische Studentenjobs an wie sonntags beim Fußball Bonbons verkaufen, was mir ein bisschen was für die Miete einbrachte und mir zusätzlich Gelegenheit bot, im Gewimmel der fahnenschwingenden und grölenden Menge meine Einkünfte aufzubessern. Als einzige Extras leistete ich mir einen Koffer, in dem ich meine Habseligkeiten aufbewahrte, ich rauchte wie ein Schlot und besorgte mit den Rezepten Tabletten. Der Buchhändler, der nur zu gut wusste, dass der jugendliche Geist nicht von hoher Literatur allein lebt, schob mir hin und wieder irgendwelche Heftchen zu, die er »knackig« nannte und die später als »underground« liefen. In einem dieser Hefte las ich:

»Weißes Licht und weiße Hitze sind keine natürlichen Produkte. Aber sie hauen rein, Kollegen. In den alten Zeiten der Factory, Lou, Nico, Andy und ihre Freunde, gab es Speed ohne Ende, und die Speed-Freaks oder Motorheads frühstückten ausgewählte Erzeugnisse der pharmazeutischen Industrie. Die Kapitalistenschweine erreichten, dass Anfang des Jahrhunderts Kokain verboten wurde, sie haben's durch Wunderpillen ersetzt, die, zugegeben, gar nicht so schlecht sind. Amerika ist auf Trab gekommen, und wie! Eine Freundin von mir, sie ist Model, erinnert sich, dass sie, als sie in New York war, eine tagelange Achterbahnfahrt erlebt hat, hoch mit Dexamyl und wieder runtergesaust mit Valium. Konkret erinnert sie sich daran, dass sie auf dem Klo mit einer anderen Tussi gefickt hat und ein Schwarzer ihr in den Mund gepisst hat. Weißes Licht, weiße Hitze. Der totale Trip.«

Eines Morgens, ich saß in einem gotischen Hof, wo ich oft stundenlang las, hörte ich jemanden flüstern:

»Haschisch, Speed …«

Nachdem ich mich überall umgesehen hatte, streckte mir der Typ wortlos die offene Hand hin, da dämmerte es mir: Auf seinen

Bauernpranken prangten mir ziemlich vertraute Pillen. Ich lehnte das Angebot ab, schmiedete aber augenblicklich einen Plan, der so neu nicht war, denn schon seit einer Weile spielte ich mit dem Gedanken dieser Geschäftsidee. Jedes Mal wenn ich im Stadion von einer der Tribünen aus den Blick eines Süchtigen auffing, sagte ich mir, dass es abgesehen von der Gefahr, dass alles jede Sekunde auffliegen kann, kein Problem gab.

Es gab kein Problem. Benommen schlüpfte ich in das Labyrinth eines diffusen Traums vom großen Geld. Der Abstand, den ich schuf, wurde immer größer, ich lebte wie in einem anderen Land, einer anderen Zeit. Was nicht immer einfach war.

Die Ramblas als verkommener Circus maximus, die Puerta de la Paz, der Marktplatz, die vergammelten Schuppen und Molen, die im Meer zu schwimmen schienen, waren der Teil der Stadt, der für eine Zeit meinen Aktionsradius bildete, erfüllt vom rhythmischen Schrubben der Schuhputzer, dem Murmeln der Vertrauensleute. Als Erstes waren da die Penner, Prostituierten und Diebe, wie Skulpturen aus demselben elefantengrauen Stein der Fassaden. Diese Bevölkerungsschicht beäugte spöttisch die zweite Gruppe: die Eifrigen, die sich in der historischen Stunde engagierten, im Ohr haftenbleibende Parolen skandierten, Flugblätter verteilten, Tische aufstellten mit Manifesten und Fahnen, sich in Siegesträumen wähnten bis zu den Wahlen im Juni '77, danach lösten sie sich auf und gerieten in Vergessenheit. Die dritte, auf den Ramblas vertretene Gruppe, die farbigste, bildete eine Art Synthese von Gruppe eins und zwei; und wenn diese Subjekte nicht hin und wieder eins über die Mütze bekommen hätten, hätte man meinen können, sie seien nicht wie früher auf der Suche nach Wohlstand aus den Dörfern gekommen, sondern um möglichst viel Spaß zu haben. Sie kleideten sich beinahe wie Folkloretänzerinnen, und außer an ihrem Aufzug erkannte man sie an ihrer nasalen Aussprache, dem feuerroten Taschentuch und einer wallenden Mähne. Man hatte den Eindruck, als lebten sie in einer anderen Stadt und in einer anderen Welt, von der diese hier ein armseliger Abklatsch war, und als wäre dieses fahrende Volk nur eine Art Kulisse für die neue Feierlaune der Jugend. Ich hatte die Ehre, zusammen mit anderen Sonderlingen einer vierten Gruppe anzugehören, zu der zählten auch die amerikanischen Marinesoldaten, die geschniegelt wie Kommunionskinder waren und aussahen wie Jungen, die aus ihren Anzügen herausgewachsen sind und nicht so recht wissen, wo sie hingehören. So wahrte ich also Distanz; ich beobachtete die Theke des Drugstore auf der Höhe der Oper, wo sich die vier Grüppchen unter dem kränklichen grünen Licht versammelten, und sah mir aus Sympathie die Gescheiterten an, die jeden Morgen aus allen Stadtteilen, überspieltes Unglück ins Gesicht geschrieben, herbeiströmten und sich vor einschlägigen Gebäuden in die Schlange stellten.

Über alles senkte sich eine Stille, die kaum die Vögel zu durchbrechen wagten, bis es eskalierte: Schreie und Hupen, aufschlagende Körper, Füße, die auf der Flucht vor den rauchenden Molotow-Cocktails Autos auswichen. Ich hatte Angst, aufs Polizeirevier geschleppt zu werden und nie wieder aus dessen Kellern herauszukommen.

In früheren Zeiten hatte ich solche Ausschreitungen von der Dachterrasse aus beobachtet; dann hatte ich sie aus der Ferne gehört, als ich, welch ein Witz, eine Art Politiker war. Jetzt stand ich mittendrin. Schon seit langem ging ich nachts nicht aus. Auch am Abend nicht. Die Vormittage brachte ich mit Lesen zu, sie endeten mit dem Mittagessen und einem Anruf von einer Telefonzelle.

»Ja, bitte?«

(Schweigen.)

»Fernando, mein Junge, sag, dass du's bist. Du bist es doch. Warum sagst du nichts? Was ist los? Du treibst mich noch in den Wahnsinn!«

Ich zog mein Schweigen noch ein paar Minuten in die Länge, bis einer von uns beiden auflegte.

Das Radio im Hof – irgendjemand kommt von seiner Nachtschicht nach Hause oder steht zu dieser frühen Stunde auf – teilt unablässig etwas mit, das niemand wissen will: ein Toter mit einem Einschuss im Nacken, Maschinengewehrsalven an den Kontrollstellen, noch mehr Nackenschüsse, der Tote, Zivilist oder Militär?, Säbelklirren, Improvisation, Tauschhandel, angesichts der Wirtschaftskrise den Gürtel enger schnallen, Angst.

3

Wie gesagt, zwischen '77 und '79 habe ich achthundertzweiundsechzig Bücher gelesen. Literatur, Kunst, Philosophie, Selbsthilfe, Geschichte, Ufologie, Naturwissenschaften, Flugtechnik. Nichts Menschliches war mir fremd, außer die Menschen selbst. Und viele Romane: von Charles Bovarys Mütze bis zu Yossarians Leber, so fing alles an, ich habe ja nie ein Wort darüber verloren, aber da ist etwas, Lolita, das uns gemeinsam unsterblich macht, und zwar ein kurioses Zitat aus diesem letzten Buch: »Ein großes W aus weißen Steinen an einem steilen Hang, das in der Ferne am Ende einer Querstraße zu sehen war, erschien mir wie der riesige Anfangsbuchstabe von ›Weh‹.« In keinem anderen Wort, mein Leser, stehen sich Freude und Leid so nah.

Im Januar 1979 wurde ich Besitzer eines Schlüssels zu einem Hausmeisterkabuff in der Calle Lérida. Versteckt hinter den Büchern, die meine ehrwürdige Bibliothek bildeten, stapelte ich Packungen des Produkts, das imaginäre Ärzte imaginären Patienten verschrieben hatten. Meine Ersparnisse gingen zur Neige, ich musste mir also eine Lebensgrundlage suchen. Im Groben kannte ich die jugendlichen Gepflogenheiten in lila gestrichenen Cafés, dort hatte ich mich wie ein Spitzel im Qualm versteckt. Mit der Zeit hatte ich die klingenden Namen der Pubs – so nannte man die Kneipen damals – gelernt, deren nervöse, wild gestikulierende Besucher, die in Monologen große Pläne entwarfen oder in asthmatischem Murmeln nicht nur die eigene, sondern die Gefühlsarmut der ganzen Welt beklagten. Anschließend suchte ich in den »knackigen« Heftchen, mit denen mich mein Buchhändler versorgte, was über die »Pubs« geschrieben wurde, die ich besichtigt hatte. Ich verfolgte den Plan, diesen desolaten Jungen und Mädchen meine Pillen zu verkaufen, damit sie noch prächtigere Luftschlösser bauen könnten; zumindest würden meine Rauschmittel diese dumpfen, leer vor sich hin starrenden Jugendlichen ein wenig aufmuntern. Ich hatte bei anderen beoachtet, wie man das machte.

Unter großen Vorsichtsmaßnahmen begab ich mich in die Oberstadt. Jeden Abend drehte ich eine Runde durch die drei, vier Bars mit Underground-Anstrich, in denen sich die entsprechenden Jungen und Mädchen trafen. An mir vorbei zog ein Reigen von Gesichtern, die mir falsche Zuneigung zeigten – wogegen ich mich wappnen musste – und hin und wieder ein übersteigertes Interesse für meine Herkunft. In diesen Lokalen, in denen eine mit Gefühlen und Gefahr aufgeladene Atmosphäre herrschte, begegneten orientierungslose Mädchen und Jungen anderen orientierungslosen Mädchen und Jungen; offenbar verstanden sie sich gut vor der nervösen Lärmkulisse und verbrachten ganze Abende und Nächte vor Spielbrett, Würfelbecher und ein paar Bier, wobei sie mit Letzteren den herbeigesehnten Augenblick hinauszögerten, an dem sie sich mit der Nadel in der Hand und einem Murmeln auf den Lippen zu ihrem eigenen Versuchskaninchen machten. Ihre Art, sich zu bewegen, korrekt auf ein Lied zu reagieren, folgte einem mir unbekannten Ritual; es war mehr als ein geheimer Code, mit dem Jugendliche sich gerne vor Fremden abgrenzen: Musik und Kleiderordnung waren eine Art Uniform, das merkte man sofort, die das Machtgefälle unter ihnen – erzeugt durch schmachtende Liebe und Sehnsucht nach Freundschaft – kaschieren sollten. Bei manchen stand auch der Wille, sich abzugrenzen, dahinter: In den folgenden Jahren wurden viele junge Leute – übrigens aus denselben Gründen, wie sich ihre Großväter den Freimaurern anschlossen – Junkies oder Schwule, einfach weil sie ein Zeichen setzen oder anders sein wollten. Sie erlebten die erste Welle der Ehescheidungen, wurden Zeugen, wie Vater oder Mutter ein zweites Leben anfingen oder zusammenbrachen, da sie letzlich nicht weniger haltlos waren als ihre Kinder. Eine andere Sorte waren die ausgeflippten Provinzler: Eine beträchtliche Anzahl der Jungen und Mädchen in den Lokalen der Oberstadt waren vor allem eins: Landeier. Sie gaben sich als etwas anderes aus, als Prinzen und Prinzessinnen eines sagenhaften Reichs von Sex, Drugs and Rock 'n' Roll.

Was sie alle von mir hielten? Sie hätten mich zutiefst verachten können, aber dazu fehlte es ihnen offenbar an Elan; und obwohl ich wusste, dass sie wussten, dass mir mein Anzug knapp geworden war, und ich bemerkte, dass sie bemerkten, dass meine ganze Verhaltensweise ihrer Kreise nicht würdig war, konnten sie mich in keine der Schubladen stecken, in die sie Jammerlappen wie mich normalerweise abschoben. Hätte ich bloß gewusst, dass mein zu kurzer und zu enger Anzug, den mir Catapulta in seinen grausamen Modevorstellungen verpasst hatte, die neuesten und gewagtesten Tendenzen aus London aufgriff, dann hätten sie mich ohne weiteres in ihrer Mitte geduldet. So grüßte ich affektiert mit erhobenem Glas, was bei den Mädchen Befremden auslöste, doch nachdem sie zu dem Schluss gekommen waren, dass dieser Blödmann ihre Gruppenidentität nicht gefährden würde, warfen sie sich ein schiefes Lächeln zu, das ich mit viel gutem Willen als wohlwollend interpretierte. Sie tuschelten kurz, dann wagten sie sich vor an die Ecke der Theke, wo ich auf sie wartete. Wenn ich die Jungspunde endlich vor mir hatte, übte ich mit ihnen Konversation: Immer war ich gerade total überwältigt von den Scheiben von Elvis Costello, den Talking Heads oder B-52, auch wenn diese Musik für mich einfach nur nach Militärmarsch klang. Ich sagte zu ihnen: »Ich habe eine traurige Geschichte, denn ich bin der Enkel des berühmten Malers Picasso.« Ein paar Angaben über Notre Dame de Vie, den letzten Wohnort des Künstlers, und die Augenbrauen um mich herum wurden anerkennend gelüpft. Sobald meine neuen Freunde ungeduldig hin und her rutschten, überbrachte ich ihnen die gute Nachricht: dass ich wusste, wo man zu einem guten Preis Speed und andere pharmazeutische Kicks bekam. Wenn der Kontakt stand, ging ich ins nächste Lokal. Und wenn der letzte Handel abgeschlossen war, kehrte ich in die erste Bar zurück, leierte meine Arie herunter, wie ich an die Aufputschmittel kam, zog sie aus der Tasche und kassierte. Natürlich war das Publikum an allen Orten gleich, und es dauerte nicht lange, da erhoben sich Stimmen, die sagten, dass hinter meinem bescheidenen Beitrag zur allgemeinen Stimmungsaufhellung ein wirtschaftliches Interesse stehe und dass diese angebliche Suche nach meinen prominenten Wurzeln eine Farce sei. Allmählich kam ein Verdacht auf: Um der Enkel des berühmten Malers zu sein, konnte ich zu wenige Sprachen, was doch die Zöglinge ausländischer Bildungsanstalten auszeichnete. Man brauchte nur zu hören, wie ich »Elvis Costello« oder »Talking Heads« aussprach, um auf meine mangelhaften Englischkenntnisse zu schließen. Es erwies sich als nicht einfach, diesen Leuten etwas vorzugaukeln; auch wenn sie mir alle zu glauben schienen, oder zumindest lächelten, wenn ich ein paar Mal mit durchgeknalltem Vokabular die Geschichte eines französischen Verbrechers erzählte, le Watussi (der natürlich in keiner Verbindung zu dem gleichnamigen, dümmlichen Männchen aus der Waschmittelwerbung stand), an dessen Festnahme in Paris ich beteiligt gewesen sei. Anschließend hätte ich mich an einem nicht näher bestimmten Ort in Andalusien verstecken müssen, und das Trauma, dessen Opfer ich geworden sei, habe mich am Sprachenlernen gehindert, und dasselbe Trauma sei auch daran schuld, dass ich das geliebte Französisch meiner wunderbaren Kindheit und das Englisch meiner Gouvernante vergessen hätte. Aber sei's drum! Meine geistige Verwirrung hin oder her, ich war der Onkel mit dem Speed, Doktor Feelgood, und so nahmen alle ohne größeren Widerstand meine überschattete Vergangenheit hin. Sie lächelten und zahlten, während ich abwog, wie sehr ich ihnen vertrauen konnte, und ihnen die Ware aushändigte. Ich musste darauf achten, dass mich keiner von ihnen verpfiff, und die Typen mit versteinertem Gesicht und stechendem Blick im Auge behalten, die hin und wieder in den Lokalen auftauchten und sich ans Ende der Theke setzten. Um Probleme zu vermeiden, zog ich gegen zwölf mit meinem Kram ab.

1979 zog ich zum Leidwesen meiner Wirtin aus der Pension aus. In dem gotischen Innenhof, wo ich vormittags meine Lektürestunden zugebracht hatte, war man nicht mehr sicher. Die klassischen Räuberbanden gehörten der Geschichte an, jetzt herrschte rohe Gewalt, meistens attackierten einen ein oder zwei Typen, die hart zur Sache gingen. Vermutlich hatten die aus den Fugen geratenen Verhältnisse auch vor den Kriminellen nicht haltgemacht. Ich suchte Zuflucht in einem Café von Annodazumal, in dem ein bildungshungriger junger Mann noch gerngesehener Gast war. Leider blieb das nicht lange so. An einem dieser Vormittage hörte ich, dass ein Alter einen vertrauenswürdigen Mieter für irgendeine Butze suchte, die er verächtlich »Schweinestall« nannte. Dieser »Schweinestall« war ein Häuschen, das ohne Genehmigung auf einer der Dachterrassen der Plaza Real erbaut worden war. Hinter dem pompösen Namen dieses geschlossenen Platzes verbirgt sich ein neoklassizistischer Innenhof mit Laubengängen, er steht in dem Ruf, Treffpunkt von Gesindel aus aller Herren Länder zu sein.

Mein persönlicher Abschied von der Wirtin, die zu diesem hohen Anlass ihr bestes Kleid angezogen hatte, mit einer goldenen Brosche an ihrem mit frivolem Instinkt gewählten Ausschnitt, endete in einer intimen Entgleisung, für die ich mich bis heute schäme und die sie mit den Worten abschloss: »Halunke, Gauner, wo kommst du überhaupt her?« Woraufhin sie sich auf die Unterlippe biss und das Karmesinrot ihres Lippenstifts auf die Zähne abfärbte. Ich verabschiedete mich auch von dem »Exakten«, diesem angeblichen Hausierer, der in Wirklichkeit Fälscher war. Er lud mich an meinem letzten Abend in sein Zimmer auf ein Gläschen ein. Kaum war ich drinnen, hob er mit seinen langfingrigen, feinen Händen das Glas und prostete mir zu. Unsere Gläser klirrten, er sagte in seiner rauen Stimme zu mir:

»Bürschchen, ich weiß ja nicht, was du angestellt hast, ich hoffe nur, dass sie dich nicht kriegen.«

Auf seinem Gesicht stand noch sein listiges, erfahrenes Lächeln, als ich die Hand in die Tasche schob und ihm ein paar Passfotos hinlegte. Ich sagte:

»Wenn du mir hilfst, kriegen sie mich nicht. Ich fänd's gut, wenn einer meiner beiden Nachnamen ausländisch wäre. Ich erzähl allen, dass ich der Enkel von Picasso bin.«

Der Exakte sah keinen Grund, das Lächeln aus seinem Gesicht verschwinden zu lassen. Nachdem er sich seine mindestens tausend Dioptrien starke Brille aufgesetzt hatte, waren seine Schlitzaugen größer. Er nahm das Foto unter die Lupe und nickte.

»Wenn du sagst, du bist der Enkel von Picasso, solltest du dir ›Ruiz‹ als zweiten Nachnamen zulegen. Und aus Erfahrung rate ich dir, deinen Vornamen zu behalten. Ist er es? Gut. Beruf »Student«? Sehr gut. Einen Reisepass willst du? Kein Problem. Der Preis ist der gleiche. Aber wehe, du verplapperst dich, wenn sie dich schnappen … Die Namen nehmen wir von den Totenscheinen verstorbener Kinder. Das heißt also, an der Angelegenheit sind auch ernstzunehmende Leute beteiligt. Und ernstzunehmende Leute sind die, die am wenigsten zimperlich sind, falls du das noch nicht weißt.«

Doch, das wusste ich. Eine Woche später war ich Fernando Ruiz McDonald und drei Jahre vor mir in derselben Stadt geboren. Und da der Profi schon mal dabei war, fertigte er aus Gefälligkeit auch noch ein Sparbuch auf meinen neuen Namen an. Wenn ich wieder Geld hätte, könnte ich gleich was auf die hohe Kante legen.

Mein neues Zuhause war ein echter Adlerhorst und die genaue Kopie meines früheren Zimmers, nur nicht so sauber, und ich muss zugeben, dass die Hitze manchmal unerträglich war; ein einziges Fenster mit Blick auf den Platz verschuf ein wenig Erleichterung von den lautstarken Auseinandersetzungen unter den Bewohnern und einigen impulsiven Nachbarinnen, die sich erstaunlich häufig bezahltem Geschlechtsverkehr hingaben. So kam es, dass ich mein neues Zuhause in erster Linie als Aufbewahrungsort für meine schmale Garderobe und die unverzichtbaren Papiere nützte, denn ein Mindestmaß an ordentlichem Lebenswandel sollte verhindern, dass man mich schon gleich bei meinen ersten Gehversuchen festnahm. Ich hielt mich strikt an meine selbst auferlegte Vorsichtsmaßnahme, nur nachts die Wohnung zu verlassen. So wurde ich ein stiller Zeuge derer, die sich im Schutz der mit Schmähparolen beschmierten Mauern auf den Terrassen trafen, der unten auf dem Platz in den Hauseingängen liegenden Körper, derer, die im Haschischqualm unter den Arkaden schacherten und lachten. In diesem Jahr 1979, wurde behauptet, gingen die Leute weniger aus und waren weniger vergnügungssüchtig als in den beiden Jahren zuvor, in denen Barcelona angeblich zu neuem Leben erwacht war. Davon hatte ich nicht viel gemerkt, außer, dass man mehr Nacktheit sah, Nackte in den Straßen, nackte Akrobaten, nackte Sardana-Tänzer. Und ich stellte fest, dass die Reisen nach Ibiza, Nepal, Amsterdam oder London einen nicht dagegen wappneten, plötzlich eine Sehnsucht nach einem Ort zu spüren, an dem man noch nie war.

Zu diesen Sehnsüchten kam, was mich betraf, der Kitzel von Gefahr und Lust. Jeder Tag sollte sich anders anfühlen, mit diesem Ehrgeiz wachte ich jeden Morgen auf. Wenn meine Amphetamin-Vorräte sich neigten, suchte ich mein Kabuff auf und verschwand wieder. Dann aß ich, begleitet von reichlich Wein, in einer alten Gaststätte zu Mittag, anschließend verfolgte ich weiter die Abenteuer eines Fabrizio del Dongo, Thomas de Quincey, Fréderic Moreau, die Razzien und Reibereien in den umliegenden Bars, die Sicherheit, mit der ein Großmaul behauptete, einen der aktivsten Agitatoren im Sitz der CNT früher einmal in grauer Uniform gesehen zu haben. Anschließend ging ich zur Ergänzung meines autodidaktischen Bildungsprogramms in die Filmothek oder in Programmkinos, und zu meinem bassen Erstaunen sah ich einmal in einem Film, während Marcello Mastroianni und Anouk Aimée wie hypnotisiert zu ihrem Sportwagen gingen und die Gestapo in den Gassen von Trastevere Partisanen erschoss, auf der Wand einer Mietskaserne lauter Ws. Ich dachte, Gott treibe Schabernack mit mir, bis mich viel später ein Italiener belustigt aufklärte, dass das W in seinem Land die Abkürzung für den Jubelruf »Viva!« sei. Das hieß also, der Watussi oder Pepito oder die Stimmen aus dem alten Viertel oder ich selbst hatten nichts erfunden. Nachdem ich mich von dem ersten Schock erholt hatte, verwunderten mich auch die anderen Ws in der Dunkelheit nicht mehr, die in dem Kinosaal auf die Wände geschmiert waren. Nach dem Kino besuchte ich meinen Buchhändler, der seit einigen Monaten erstaunt mein Interesse für Picasso-Biographien verfolgte. Auf halbem Weg in die Oberstadt tätigte ich einen Geisteranruf bei meiner Mutter, und nachdem ich meine Runde beendet hatte, kehrte ich zurück ins Stadtzentrum, im Zauber und in der Einsamkeit einer Nacht, die ich mit der Zeit mit anderen Augen sah, obwohl sich eigentlich nichts verändert hatte. Ich überquerte leere Straßen im gelblichen Laternenschein, ging weiter mit einem flauen Gefühl, als hätte ich zu Hause Licht brennen lassen, und ich war schon völlig berauscht, als ich über die Plaza Real kam und sich mir die Verkäufer von Rauschmitteln, meine Kollegen, an die Fersen hefteten und Drogennamen ins Ohr säuselten, die in keiner Weise auf das Fiasko, das sie zur Folge hatten, schließen ließen. In dem Trubel setzte ich mich an irgendeinen Tisch zu Leuten, die ich vom Sehen kannte, ohne den geringsten Ehrgeiz, mich in ihr Gespräch einzumischen. Viele mochten meine Art nicht. Nur sehr wenigen gefiel sie.

Wenn schließlich mein Hineinplatzen in eine Tischrunde erfolgreich verlaufen war, fing ich an zu erzählen, und da ich eigentlich nichts zu erzählen hatte, kam ich in den Laubengängen, umgeben von Stimmengewirr und den Laternen Gaudís, Biergläsern und skeptischen Blicken, immer wieder auf meinen 15. August 1971 zurück. Mir wurde bewusst, dass sich die Schönheit jenes Tages nicht verfälschen ließ, nicht verändern, und schon gar nicht auslöschen, denn sie hatte sich unlösbar von den Ereignissen in meinem Gedächtnis festgesetzt.

»Hört zu, liebe Leute, ich erzähl euch meine Geschichte nämlich nur einmal. Ich habe einen trockenen Mund, jetzt seid mal nicht so und ladet mich auf eine Cuba Libre ein. Es ist eine verrückte Geschichte, sehr verrückt, so verückt, dass ich niemanden hier auf dem Platz sehe, der sich so was auszudenken traut. Nerve ich euch? Wenn ich euch nerve, gehe ich lieber. Also gut, ich bleibe, das kennt ihr ja schon von mir. Außerdem will ich mir Geschichten anhören, die ich nachher weiterspinnen kann. Aber als Erstes erzähl ich euch was. Meine Geschichte handelt weder von Frieden noch von Gewalt, schon gar nicht von Benzin in Cola-Flaschen, die mit Lumpen verstopft sind, diese Molotow-Cocktails, die glatt den Gestank nach toten Kötern aus unseren Gassen vertreiben. Ich will keine Gewalt in meiner Geschichte, keine Schüsse. Aber ich will auch keine Liebe. Es gibt eh schon zu viele Hippies; irgendwann schlagen sie zurück und werden Hippie-Albträume. Monster. Ich habe schon welche gesehen. Aber jetzt zu meiner Geschichte. Dort unten, noch jenseits der schwarzen Klötze von Gebäuden, wo der Hund begraben liegt, am Hafen, wo's nach fauligem Fisch stinkt, dort ist das verseuchte Wasser, stimmt's? Und der dreckige Strand. Ich rede von den sechziger Jahren. Jetzt kommen ja angeblich die sechziger Jahre zurück. Das will ich sehen … Die Geschichte jedenfalls, die ich euch erzähle, ist damals passiert. Der Große Zoff am Strand …«

»Der Hammer, spiel dich nicht auf, Knabe …« Aus meinem perplexen Publikum erhob sich eine Stimme.

»Ganz ruhig, Zottelbär, ich weiß, dass die Geschichte wie ein Turnier aus dem Mittelalter klingt. Ist total hippy, das Mittelalter. Aber ich rede jetzt von den Sechzigern, da war die Coca-Cola schon erfunden, obwohl die gar nicht so hippy ist. Und Cuba Libre, logisch. Am Strand, an diesem Strand dort unten, haben die Banden ihre Hickhacks ausgetragen. Es wurde geschlagen, Fäuste und Messer flogen, es wurden Fressen poliert und ›gillettiert‹, denn irgendeiner hatte immer eine Rasierklinge in der Stiefelspitze stecken – übel für den, der seinen Fußtritt abbekam. Das Übliche halt. Mehr Folklore als Gewalt. Als sich die beiden Banden auf dem Sand einander gegenüberstanden und gerade losstürzen wollten, um sich die Köpfe einzuschlagen, da machte auf einmal einer von ihnen, der auf dem Berg am Meer wohnte, er hieß Watussi – also der Typ, nicht der Berg –, und jetzt fragt mich nicht, was der mit dem Watussi aus der Saubermann-Werbung zu tun hat, denn meine Antwort würde garantiert ›Nichts, gar nichts, und jetzt lasst mich in Frieden‹ heißen, dieser Watussi also machte einen Schritt nach vorne, während die beiden Banden sich anknurrten. Dass ich Durst habe, war übrigens ernst gemeint. ›Gut‹, sagte der Watussi, ›wir woll'n uns wohl mal wieder grundlos die Schädel einschlagen. Es wird Zeit, dass wir aufhören, wir wollen uns nicht wie Indianer aufführen, die auf ihre Häuptlinge losgehen, oder wie Vorgesetzte, die sich vor Auseinandersetzungen drücken und einen Untergebenen vorschicken, der sich die Zähne einschlagen lassen darf, wir wollen echte Männer sein, die, auch wenn wir noch nicht mal wissen, woher wir kommen, wer wir sind oder was aus unserem Leben werden soll, Ideen haben und strahlend sind.‹ Das hat er gesagt: ›strahlend‹. Alle Männer am Strand sahen sich an, sie murmelten, wurden zögerlich. Am Rand, am Ende des Strands saßen ein paar alte Weiber und gafften, ähnlich wie die dort auf der Bank, die tagsüber die Tauben füttern und sie am Abend in die Pfanne hauen, denn anders kann ich mir nicht erklären, wo die ganzen Stadttauben bleiben, also wie gesagt, die alten Weiber hörten, dass der Watussi sie rief und ihnen befahl, einen tragbaren Plattenspieler der Marke Cosmos am Strand aufzustellen, einen, der mit Batterien funktioniert, und immer wieder hintereinanderweg die Single ›Black is Black‹ zu spielen. Dann sprach er mit den Anführern der einen und der anderen Bande und sagte: ›Jesus ist für die Sünden der anderen gestorben, aber nicht für meine. Ich will kein Sündenbock sein, auch wenn das gut klingt. Ich werde mich nicht auf dem Kanonenfuttermarkt anbieten, niemals. Die Alten werden immer wieder den unumstrittenen Hit von Los Bravos ›Black is Black‹ auflegen, und wir tanzen. Und wenn die Batterien leer sind, sollen die Alten abstimmen, wer Sieger ist. Schließlich sind wir hierhergekommen, um gegeneinander anzutreten, auch wenn wir keinen rechten Grund haben. Und wenn es schon keinen Grund gibt, warum dann kein Tanzturnier? Alle Variationen von Jerk oder Solotanz sind zugelassen: Madison, Philadelphia, Rollschuh, Autostop, Fliege, Hund, Affe, Vogel, Frosch, Pony, Kaninchen, Popeye, Swim oder Schwimm, der interessante Mash-Potatoe, der lächerliche Hully-Gully, der Block, der Waddle, Heiligsprechung, Leulah Wig, und wer gut im Sichschütteln ist, kann sich in dem anspruchsvollen Funky Broadway versuchen. Aber nie den Watussi, der ist nur für mich. Alles klar? Ihr könnt loslegen.‹ Und alle, meine Freunde, die soeben noch wilde Tiere waren, blutdürstende Gladiatoren, schrien wie aus einem Mund ›Party!‹, und die Musik und das Gezappel fingen an.‹

»Der Hammer …«, sagte die Stimme von vorhin und reichte den Joint weiter.

»Der Oberhammer. Aber der Watussi hatte das menschliche Versagen nicht mit bedacht. Anstatt Batterien in den Cosmos-Plattenspieler einzulegen, steckten die alten Weiber ihn über aneinandergestöpselte Kabel ans Netz. Sie legten die Hit-Single ›Black is Black‹ auf, und alle fingen an zu tanzen. Sie tanzten den ganzen Abend und die ganze Nacht, bis zum Morgen des nächsten Tages, und hofften, dass endlich die Batterien ausgehen würden, und damit die Musik. Aber von wegen, es war eine Endlos-Melodie, und die Jungs ein Perpetuum mobile. Es waren so viele, und sie tanzten so viel, dass unter der permanenten Bewegung ihrer Füße der Sand beiseitegedrängt wurde, und ihr wisst ja, wenn Hunde etwas suchen, buddeln und buddeln sie immer weiter. Und so kam es, dass zuerst die Alten und dann alle anderen Strandgäste, die über den Tag kamen, um spazieren zu gehen oder sich zu bräunen – baden tat jedenfalls keiner in dieser grünlichen Brühe –, also alle, die vorbeikamen, nicht schlecht staunten beim Anblick zweier immer tiefer werdender Gruben, eine Grube für jede Bande, und aus diesen Gruben drang auch noch ein Grummeln, das direkt aus der Hölle zu kommen schien, etwas wie: ›Blacisblac-auanmabeibisba …‹.

Und das waren niemand anderes als die Raufbolde, die aus vollem Halse, allerdings nicht sehr gut artikuliert, das Thema von ›Black is Black‹ grölten. Die Gossenversion sozusagen. Die Gruben wurden so tief, und auch das Gemurmel in dieser unverständlichen Sprache wurde so tief, dass die Alten irgendwann den Stecker des Plattenspielers zogen, denn die Tänzer hörten sowieso kaum noch was. Doch sie machten weiter, und wie ein vulkanisches Echo hörte man: ›Isgreinisgrein-aunajirtustei…‹.

Es kamen Radioreporter, aber ihnen blieb vor Staunen der

Mund offen stehen, und sie nahmen nichts auf, dann kamen Leute vom Rettungsdienst, aber sie retteten niemanden, denn in diese Gruben hinabzusteigen war ein ziemlich gefährliches Unterfangen. Schließlich kam der Zivilgouverneur und beugte sich über einen dieser tiefen Brunnenschächte und kommentierte: ›Diese Goliaths dort unten planschen wohl im Lethe-Fluss und wollen Charons Barke umstürzen. Und dabei tanzen sie immer weiter. Und hört, hört …‹ Und schließlich kamen die gewohnten Ballspieler heran, um sich das Höllengrummeln aus der Tiefe anzuhören: ›Blacisblac-auanmabeibisba …‹.

Es war zu spät. Niemand konnte mehr etwas machen, vielleicht war es auch nur eine faule Ausrede. Sie beschlossen, die Totengräber zu holen und die Gruben zuzuschaufeln. Die Zeitungen brachten unkommentiert die Meldung. Manche glaubten nicht den erstaunlichen, widersprüchlichen, schrecklichen Berichten der anderen. Allmählich geriet die Geschichte aus dem Fokus des Interesses, sie schwappte an die Ufer der Legende und floss mit der Fiktion ineinander, mit dem Klang einer unverständlichen Sprache, die die Brise an Sommerabenden manchmal vom Meer herweht. Und die Moral aus der Geschichte heißt, meine Freunde, lasst das Tanzen nicht, tanzt, bis irgendwer die Löcher zuschaufelt. Ich tanze auch allein. Macht ihr doch, was ihr wollt. Das ist mir ziemlich schnuppe. Ende.«

»Mann, das ist ja der Hammer! Das ist glatt magischer Realismus, Mann!«

»Und du bist ein popliger Hippie mit Korbtasche und wirst mich jetzt auf eine Cuba Libre einladen, aber ein bisschen dalli.«

Ja, so allmählich begriff er. Und wenn der Schwarm Vogelscheuchen allmählich unruhig wurde, log ich was zusammen, warum mir die Hosenbeine gerade mal bis an die Knöchel reichten, warum meine Krawatte zu kurz und mein Gesicht verzerrt war, und dann kam ich wie beiläufig auf die Tabletten zu sprechen, die ich ihnen zu einem guten Preis besorgen könnte, sie bräuchten nur ein halbes Stündchen zu warten, ich hätte da einen Bekannten, der nicht weit wohne …

Dann waren da noch die sexuellen Kontakte. Damit hat es seine eigene Bewandtnis. Ich kam in den Genuss einer freizügigen Zeit, und das bedeutete Folgendes: Hinter der Promiskuität, dem so dahingesagten »Magst du ficken?«, stand bei den meisten Mädchen eine Art Vorgabe, die schön brav erfüllt werden musste, so wie sie ein paar Jahre zuvor die väterlichen Tischregeln eingehalten hatten oder die Kirchenregeln in der Privatschule oder die Familienregeln, die ich gerne mit demselben Feuer, auf dem das Gemüse kochte, abgefackelt hätte. Man geht während der Mahlzeiten nicht ans Telefon, wir sind doch keine Zigeuner; einem netten Typen verwehre ich nie eine Nummer, ich bin doch keine alte Truller. Oft war es nur eine Manie für Listen: »Gestern habe ich's mit Hinz gemacht, und jetzt fehlt mir nur noch Kunz, dann war ich mit der gesamten Redaktion der Zeitschrift *Ajotopo* im Bett.« Ich war mir meines sich hartnäckig haltenden Rufs als Dummkopf bewusst, umso überraschter war ich über meinen Erfolg. Bei so viel Selbstlob werden meinem Leser Zweifel aufkommen. Dabei war gar nicht viel dabei, ich hatte einfach alle Zeit der Welt, ich hatte Geduld und Lust. In diesen ersten Jahren hatte ich das Glück, nachdem ich etwas Erfahrung gesammelt hatte, in dem bescheidenen Ruf eines allzeit bereiten Liebhabers zu stehen, obwohl ich der Wahrheit halber auch zugeben muss, dass ich in einigen Nächten, in denen mehr der Wein als die Rosen eine Rolle gespielt hatten, aufgrund meines instabilen Kreislaufs meinen Ruf Lügen strafte. Und vergessen wir auch nicht die geheime Losung eines jeden Libertins: »Zwei pro Monat macht vierundzwanzig im Jahr«. Oder das Epitaph des aufrichtigen Libertins: »Ich bin immer mit hübschen Frauen ins Bett gegangen; aufgewacht bin ich oft an der Seite von hässlichen.« Und das unumstößliche Gesetz: Wenn du eine durchgevögelt hast, sodass sie dir zu Füßen liegt, und wenn sie auch noch gut aussieht, hat sie garantiert einen Freund und ist nur mit dir ins Bett gegangen, um ihn eifersüchtig zu machen oder sich für einen Fehltritt zu rächen. Und du hattest dir schon Chancen ausgerechnet.

Meine flüchtigen Partnerinnen lernte ich an den abendlichen

Treffpunkten kennen, dazu brauchte ich mich nur ein wenig in Geduld üben. Ich zeigte mich von meiner charmanten Seite, gab mich dennoch interessiert und hoffte, dass die Mädchen nicht wieder irgendeinem esoterischen Schwatzmaul auf den Leim gingen, sondern sich, von ihrem eigenen Draufgängertum angestachelt, in meinen Aktionsradius wagten. Von mir bekamen sie Unterhaltung und eine Pille, nebenbei flocht ich ein, dass ich ganz in der Nähe wohnte, und ehe sie sich's versahen, eine Berührung, eine Zärtlichkeit, und dann stürzte ich mich auf sie. Woraufhin sie entweder die Flucht ergriffen oder feststellten, wenn wir bei mir zu Hause waren (seit Stunden oder fünf Minuten oder einer Sekunde), wie leicht es war, sich in den Rhythmus einzuschwingen, den meine Huren-Nachbarinnen im hurtigen Abspeisen ihrer trägen Freier vorgaben. Brüste und Rücken und Haarschopfe in gleichmäßigem Hin und Her, und währenddessen weilten meine Gedanken bei Tina, der einzigen Frau aus meinem Bekanntenkreis, die Sex nicht als einfache Übung zur Stärkung des Selbstbewusstseins abspulte.

Das war keine schlechte Zeit, ganz und gar nicht. Gestöhne über Gestöhne, mein Leser. Oder Litaneien oder Seufzer oder Vorwürfe oder stilles Vortasten oder verräterisches Vormachen oder Schreie, die einen aus dem Bett auffahren ließen. Die ergiebigste Gruppe meiner Partnerinnen waren großzügige und neugierige junge Mädchen, für die der Besuch der Unterstadt auf ihrer Suche nach Spannung kaum weniger abenteuerlich als eine Safari war; verrückte Mädchen, die es sich in den Kopf gesetzt hatten, in meiner privilegierten, wenn auch dürftigen Behausung Anker zu werfen. Eines ihrer Mittel dafür war, persönliche Gegenstände zu vergessen oder vorsätzlich liegenzulassen. Und so füllte sich eine Dose, in der einmal hundert Ducados-Zigaretten gewesen waren, allmählich mit Hippie-Halsketten mit Anhängern aus Flusskieseln, Strandglas, Obstkernen und Tropenholz. Dazu geflochtene Lederarmbänder. Sonnenbrillen. Winzige Masken-Anstecker für die Meinungsfreiheit. Ohrringe in Form von Erdbeeren, Kirschen, Hörnern, Totenköpfen oder sonst etwas. Das ganze Universum des Modeschmucks war in dieser Dose versammelt.

Beim Frühstück, wenn die Augen noch verschlafen, die Lider noch schwer waren, rückte der Zeitpunkt heran, sich abzugrenzen, dann wanderte eine Hand ans Ohrläppchen, und der Blick verweilte in der Umgebung des Stuhls. Ich zog mich dann immer zurück. Am Morgen war ich ein anderer als am Abend zuvor, nun achtete ich penibel darauf, mein Geheimnis zu hüten vor diesen fidelen Mädchen, die von Wohnung zu Wohnung hüpften und als Erstes unbedingt eine Ecke finden mussten, wo sie ein Poster von ihrem geliebten David Bowie festnageln konnten, bevor sie selbiges mit ihrem Gastgeber taten. Je lebenshungriger, desto mehr Umstände machten sie einem. Aber es stimmt schon, diese Art der Zerstreuung war von den vielen, die ich ausprobierte, die angenehmste. Zum ersten Mal bekam ich ohne nennenswerte Gegenleistung Liebe, Dankbarkeit oder zumindest eine kleine Gymnastikvorstellung. Ein plumpes Sichhingeben, ein schreckliches Bewusstsein für die Situation, ein furchtsames Mädchengesicht, ein Tupfer Parfüm hinterm Ohr, zu kleine Füße oder Hände stimmten mich weich, und manchmal kamen mir sogar die Tränen. Wenn man dumm ist, wird man weich.

Jetzt fühle ich in schwachen Stunden manchmal eine Zärtlichkeit für meine Partnerinnen von damals, und wenn ich durch die Straßen spaziere, erkenne ich manchmal ein Profil, einen Hüftschwung, Arme und Beine, die mir entfernt vertraut sind. Dann blicke ich in Augen, die ich nicht zum ersten Mal sehe, und entdecke eine anämische Mutter. Was bedeutet es schon: Im Grunde weiß ich, dass uns nichts verbunden hat, doch immerhin haben wir eine Nacht oder zwei unser Trugbild von der Welt und die Lust einer Zeit geteilt, in der die Leute ungeheuer viel lachten und weinten, in der man die Schuld für alles dem Leben und der Welt und der Familie und den Umständen gab, aber nicht der Zeit, nur der Zeit nicht, in der alle in jedem Land, nur nicht in diesem leben wollten und sich nach jemandem sehnten, mit dem sie etwas mehr als einen Augenblick ihres möglichst abwechslungsreichen Lebens teilen konnten.

Und jetzt, mein Leser, verlasse ich dich für einen Augenblick.

Vielleicht lassen wir eine weitere Person durch die Hintertür eintreten. Du brauchst sie nicht zu begrüßen. Keine Höflichkeiten, keine Verbindlichkeiten. Ich habe seltsame Begebenheiten zu erzählen.

4

Ich komme noch einmal zurück auf das Jahr 1995. Manchmal regnet es, und manchmal verschleppt der Wind Papiere in die Winkel der Gassen, Lichter gehen aus, die Schatten zittern. Das Volk entdeckt den Dominoeffekt, und als es die Selbstherrlichkeit der Mächtigen in sich zusammenfallen sieht, entwickelt es – gleich einem kleinen Jungen, der Zinnsoldaten umwirft – einen maliziösen Eifer im Aufdecken von Korruption, Steuerhinterziehung und schmutzigen Geschäften. Auf das böse Erwachen folgt die Empörung, wieder einmal nicht das Leben gelebt zu haben, das einem versprochen worden ist.

Und abermals der Schrei in der Nacht, das metallische Türenschlagen, die langen Lichter, Autoreifen zermalmen den Kies. Ein offizieller Ex-Spion, Perote ist sein Name, bekommt Drohungen von einem nicht ganz offiziellen Spion mit dem Namen Peasa. Die Staatsgeheimnisse wirbeln durch die laue Luft der geschützten Straßen, Schatten zittern, während lose Papiere um verlassene Ecken fegen und sich wie Falken in die Luft erheben, mit den Fetzen und Servietten tanzen und sich im Karton des Stadtstreichers niederlassen, der sie zusammenknüllt und sich mit ihnen wärmt. Die Staatsgeheimnisse setzen ihren Höhenflug fort: Sie sind bereits höher als die Berggipfel, höher als die Wolken. Der offizielle Ex-Spion, Perote, eröffnet das Droh-Feuer und spricht von vielen Dingen, vielleicht streut er bald Informationen über den »Fall Amparito« und lässt lächelnd den Namen Neyra fallen. Meine Mutter stirbt.

Meine Mutter stirbt, und ich ziehe mich, den Schmerz der anderen fürchtend, an einen Ort des Grauens zurück. In eine Höhle mit einem Teppichboden voller Brandlöcher. Gestalten mit müden Augen drängen sich, einfache junge Leute, die in der verrauchten Luft mit ihrer Sucht die Zahlungsbilanz Kolumbiens ausgleichen. In einem anderen Raum, wie in einem anderen Leben, schlagen Billardkugeln und Gläser aneinander, die Leute schreien beim Reden, von der Theke her schallen italienische Discoschlager, ein Flipperautomat klingelt. Da ist eine Frau, die meinen Schwachpunkt zu kennen glaubt, eine Blutsaugerin, die sich nicht recht fügt in dieses Ambiente zukünftiger und früherer Straftäter. Diese gaffen unverhohlen und geben obszöne Kommentare über ihre dürftig von einem Minirock bedeckten Schenkel ab. Diese Mata Hari trippelt ab und zu mit unverkennbaren Absichten heran. Doch irgendwann gibt sie auf, weil du, Olga, die du in Wirklichkeit Paca heißt, mich in einem fort zuquasselst.

Jede Nacht endet einmal, auch die heutige verfliegt, während du, Olga, redest und redest. Dabei kenne ich dich nicht und will auch nichts von dir. Bevor die Krankheit meiner Mutter mein Herz ausdörrte und das Schreiben an diesem Bericht meine Instinkte lähmte, stillte ich meine natürlichen Gelüste planmäßig wie ein viktorianischer Bürokrat: Ich besuchte das meinem Zuhause nächstgelegene Bordell, dasselbe Gedicht als Lied auf den Lippen, und verließ es mit immer derselben Gleichgültigkeit, überzeugt, dass jeder Mann auf der Straße entweder einen Puff oder eine Bar als Ziel hat. Wenn du deinen Monolog auch nur eine Sekunde unterbrechen würdest, Olga, würde ich dir sagen, was Stendhal einmal behauptet hat: »Über maßlose Leidenschaft Bericht zu erstatten ist dumm.« Aber das kann ich dir nicht sagen, denn das würde deinen Freunden nicht behagen, oder wer auch immer diese Kerle an dem Tisch dort sind, sie werden die Nase rümpfen und, da bin ich sicher, Verdacht schöpfen. Außerdem bin ich es, der über Leidenschaften Buch führt, seit man mich mit einem Bericht über die Geschehnisse in meiner Stadt beauftragt hat, über die Schatten und Erwähnungen von José Felipe Neyra, dem

Spion, dem politischen Vermittler, dem Freund der Araber, der Schweizer und anderer Leute, über den mein Bericht einige verworrene, vielleicht wichtige Tatsachen zutage gefördert hat. Ich kann dir nicht befehlen zu schweigen, Olga, du hast schon viel zu lange die Schwelle der Vernunft überschritten, sodass ich unserem Gespräch keine Wendung geben könnte, ohne grob zu werden. Dein Mann Paco ist gestorben, weil er Junkie war, du wirst ihm bald folgen, wenn du es nicht schaffst, dich von ihm zu lösen, wie auch von deinem Lieblingsbruder, der ebenfalls Paco heißt und nach einem Motorradsturz gestorben ist, da man in der Klinik die Gehirnblutung nicht erkannte.

Als ich das Lokal betrat, erzähltest du gerade eine Geschichte, die in einer Discothek am Meer spielte. Ich erinnere mich nicht mehr, wem du sie erzählt hast, ich weiß nur noch, dass derjenige bereits keine Lust mehr hatte zuzuhören. Und da ich dir gefallen wollte, kam mir die abstruse Idee, einfach zu behaupten, ich wäre an jenem Abend dort gewesen, auf dem Fest unter den Palmen, auf dieser großartigen Terrasse. Ja, Olga, ich wusste, wovon du sprachst; es waren Feste an wechselnden Orten, den einen Donnerstag hier, den nächsten dort. Es sprach sich herum, und alle – was damals nicht allzu viele waren – kamen. Das waren Raves, bevor man sie Raves nannte. Woran habe ich wohl gedacht, Olga, als ich sagte: »Mensch, was für ein Zufall, dann waren wir also schon früher mal gleichzeitig an einem Ort?« Woraufhin ich noch hinzufügte, dass es ein Gründonnerstag gewesen sei.

»Irre! Ich habe in meinem ganzen Leben noch nicht so viele gedankenlose Leute auf einem Haufen gesehen. Aber es laufen viele gedankenlose Leute rum, oder?«

»Ja.«

»Ich heiße Olga. Na ja, eigentlich Paca. Aber in meiner Familie heißen alle Typen Paco, und wenn ich dann Paca heiße, klingt das doch wie ein Fehler, oder? Und wie heißt du?«

»Du fällst gleich vom Barhocker, Olga. Dort hinten ist alles frei. Sollen wir uns setzen?«

Und an dem hinteren Tisch hast du dann angefangen, ohne

Punkt und Komma von deinem Unglück zu erzählen, sodass mir bald klar wurde, was ich für eine Dummheit begangen hatte. Während du redetest, habe ich mich von der Erinnerung an jenes Fest am Gründonnerstag des Jahres 1985 tragen lassen. Damals, in der Karwoche, gab es LSD für alle, die sich entschlossen hatten, die Ferien in Barcelona zu verbringen; irgendein Hobbydealer war offenbar billig an Stoff gekommen und verteilte das Acid fast geschenkt über die ganze Stadt. Daran erinnere ich mich noch gut, Olga. In jener Nacht, die Discothek war schon geschlossen, und der Morgen nahte, saß ich eingezwängt auf dem Rücksitz eines winzigen Autos am Meer, zusammen mit irgendwelchen Freunden, zu denen ich eine so oberflächliche Beziehung hatte, dass es fraglich war, ob wir uns noch einmal sehen würden.

Irgendwann erblickte jemand im Sand schwarze Zylinder, die in gleichen Abständen auf dem Strand aufgereiht waren, und sagte: »Sie sind schon da …« Er sagte nur das: »Sie sind schon da …« Wir alle im Auto kamen zu demselben Schluss, als wir die Zylinder im Mondlicht sahen (in der Karwoche ist immer Vollmond), die in ihrer irrealen Anordnung beunruhigend waren wie ein Gemälde de Chiricos, und stießen ein »Aahh!« aus, gleichermaßen erschrocken wie erstaunt über die Gegenwart des Wunderbaren.

Das war 1981. Ich weiß nicht, ob es der Abend war, an dem ich Elsa zum ersten Mal sah. Ich wusste, wer sie war, das ist sicher. Damals kannten wir uns alle vom Sehen, jeder wusste über jeden Bescheid, und natürlich hatten wir alle voneinander eine falsche Vorstellung. An jenem frühen Morgen des Jahres ’81 hatte irgendwer die Idee, bis zu den Wellenbrechern vor zu gehen. Ich glaube, wir wollten weitertanzen. Ja, jetzt erinnere ich mich wieder: Die Fahrer der drei Autos entdeckten, dass sie alle dieselbe Kassette hatten, von einer Gruppe, die damals sehr in Mode war, und da kam einer auf die Idee, am Ende der Mole die Autotüren zu öffnen und alle drei Anlagen voll aufzudrehen. Es war ziemlich verrückt, aber originell, und in den Morgenstunden jener Jahre war man für jeden Moment des Glanzes dankbar: Damals gab es noch keine Lokale für Schlaflose oder Abenteuerhungrige, und schon gar nicht für Konsumenten gewisser Substanzen (deren eifriger Lieferant ich damals noch war), für die die Nacht nicht lang genug sein kann. Ergriffen gingen wir den Steinarm vor; die riesenhaften Kräne und Türme der Verladevorrichtungen erhoben sich gespenstisch über dem Tanz der Hafenlichter im Wasser. Ich erinnere mich nun. In unserem Auto schwiegen alle. Das zweite Auto, das hupend vor uns herfuhr, war ein grölender Narrenkäfig. Das dritte Fahrzeug kam erst nach einer Weile hinterher, weil seine Insassen noch irgendwo Getränke gekauft hatten. In solchen Momenten sind Absichten und Gefühle selten deckungsgleich. Dass jeder von so einer frühmorgendlichen Aktion seine eigene Vorstellung besaß, wurde in dem Moment klar, als wir an unserem Ziel ankamen.

Seit einer Weile dröhnte an den Wellenbrechern unharmonisch die Musik, und es wurde Tag. Ein Pärchen hatte sich in eines der Autos zurückgezogen und strapazierte, nicht frei von Exhibitionismus, stöhnend die Rückbank, was die Musik nicht zu übertönen vermochte, das Kreuzfeuer der Kassetten, das in voller Lautstärke aus den drei Fahrzeugen wummerte. Andere waren auf der Suche nach tentakeligem Getier zum Meer runtergegangen, der zweifelhaften gastronomischen These folgend, dass man solche Tiere schlagen muss: Sie überredeten einen Fischer, ihnen seinen Fang zu schenken, und das arme Tier musste als Ball einer improvisierten Fußballpartie herhalten. Andere fanden weniger Genuss am Sport an der frischen Luft: Vom Zappeln beim überstürzten Tanzen hatten sie einen Krampf bekommen, und jetzt kotzten sie bei Sonnenaufgang über die Mole. Ein Mädchen tanzte immer noch, allein, im Rausch ihrer Selbstverliebtheit und unter den bewundernden Blicken zweier Jungs. Vielleicht sah auch ich sie an, von meinem Platz auf der Kühlerhaube des Autos aus. Doch die Tatsache, dass ich die Situation wie immer nicht richtig begriff, und meine übersteigerte Wahrnehmung des ganzen Ambientes halfen mir in diesem Fall: Sie schaffte es nicht, mich zu einem weiteren Opfer ihrer Scharfmacherkünste zu machen. In meiner unnahbaren Art stellte ich mich auf meine Weise auch aus, ich spielte den »Betrachter«, so als würde der Flug der Möwen mir gehören, das gespenstische Knarzen der Kräne und Boote … Die Farbtöne gewannen in dem flachen Licht an Intensität; kontrastreich hoben sich die Dinge in tiefem Rot, tiefem Grün ab, bildeten klare Umrisse vor der graublauen Monotonie, in die sich nach und nach der Tag verwandelte. Ich betrachtete alles um mich herum: die dichte Stille der Stadt und die Art, wie einer der Typen in meiner Nähe signalisierte, dass er sich was einwerfen musste, um die nachlassende Wirkung von dem Zeug, das er sich vorher eingeworfen hatte, aufzuheben, und so immer weiter. Dieser, jener und noch einer krochen in eines der Autos, wo ein anderes Mädchen (ich kannte sie vom Sehen), diese Blonde, die sich immer wie eine Sekretärin anzog und immer wie frisch vom Friseur aussah, und in der Aufmache ging sie, als ob nichts wäre, in die düstersten Schuppen, dieses Mädchen also saß seitlich auf dem Beifahrersitz, ihre Beine (hübsche Beine) hingen nach draußen, und sie beugte sich jetzt zur Seite, um die anderen vorbeizulassen. Die Typen kletterten nach hinten ins Auto, und das Mädchen kehrte auf den Vordersitz zurück und blickte weiter auf die Stadt oder ins Leere. Sie lächelte, das war seltsam. Neben ihr die halb leere Whiskyflasche. Ich ging zu ihr, griff nach der Flasche und nahm einen Schluck. Sie sah mich ausdruckslos an, aus diesen riesengroßen, überdimensionierten Glupschaugen mit winzigen Pupillen, die manchmal grün, dann wieder blau waren. Es waren keine schönen Augen, aufregend war nur, was sie mit ihnen machte. Sie hatte sie die ganze Zeit über weit aufgerissen, gierig, als spürte sie, dass etwas Phantastisches in der Luft lag, diese Augen weckten in einem entweder eine unendliche Zärtlichkeit oder den Verdacht, dass das Mädchen etwas beschränkt war. Nachdem sie mich angesehen hatte, als wollte sie »mir geht es wunderbar« sagen, wendete sich das Mädchen wieder ihrer rätselhaften Beschäftigung zu, in die Leere, auf die Stadt, oder durch die Stadt hindurchzublicken. Jetzt, Olga, Quasselstrippe, pass auf, wenn du wenigstens für einen Augenblick die Klappe halten und aufhören könntest zu erzählen, wie deine Mutter dich misshandelt hat, könnte ich den Bogen zu jener Zeit schlagen, noch einmal über die

Brücke schreiten, die ich in diesen späten Nachtstunden errichtet hatte, und noch einmal an diesen Tag im Jahr '81 zurückkehren, an die Wellenbrecher, und dir erklären, was in dieser Nacht nach der Party am Strand passierte, nach diesem Fest, auf dem ich und du, Olga, waren, nicht aber Elsa, ich könnte dir erzählen, was ich in dieser Nacht an den Wellenbrechern, als es schon Tag wurde, Elsa gefragt habe und was Elsa mir geantwortet hat. Sie blickte wie erleuchtet ins Leere, auf die Stadt, durch die Stadt hindurch. Darum fragte ich sie:

»Ist irgendwas?« Dass ich als Stratege relativ erfolgreich war, hieß nicht automatisch, dass meine Annäherungsversuche glückten.

»Mit mir? Nein …«

»Weil du so dorthin schaust …« Ich zeigte auf die Stadt, und da bemerkte ich es. Die Stelle, auf die mein Finger zeigte, auf die ihr Blick gerichtet war, war die Straße zu den Wellenbrechern, nicht die Stadt selbst.

»Ich stelle mir die ganze Zeit vor, der Wellenbrecher habe sich vom Festland gelöst. Es sieht so aus. Und je mehr ich ihn ansehe, desto stärker kommt es mir vor, als würde die Stadt kleiner werden. Wir entfernen uns.«

Interessant. Ich setzte mich neben sie und dachte, »ja, Mädchen, ja«, wie jetzt mit dir, Olga, die du nicht mit dem Reden aufhörst. Ich lehnte mich an die geöffnete Wagentür. Drinnen setzte sich einer einen Schuss, als weitere Stufe der aufeinanderfolgenden Hochs und Tiefs. Der andere zurrte gerade ein Gummiband über dem nackten Arm fest. Ich tat so, als blickte ich auf die Stelle, wo der Wellenbrecher sich öffnete, das sollte die Schneise sein, die sich zwischen uns und die Stadt schob.

»Siehst du?«

Ein Kurzsichtiger hätte vielleicht die Umrisse nicht genau erkannt und den Lichtstreifen als Schneise gesehen. Man konnte sich tatsächlich vorstellen, dass der Wellenbrecher sich vom Festland entfernte und abdriftete oder dass wir aufs Meer hinaus, der Sonne entgegen, abdrifteten. Allerdings war ich damals eher ein modern eingestellter junger Mann, der für bestimmte Landschaften und

Eindrücke, die diese Landschaften auf der schlaffen Netzhaut hinterließen, nur Spott übrighatte.

»Das ist doch Blödsinn«, sagte ich zu ihr und atmete auf: »Aber das habe ich eigentlich gar nicht gedacht. Stattdessen habe ich gedacht, wenn das tatsächlich der Fall sein sollte, wäre es mir egal. Sollen wir uns von der Stadt entfernen, sollen wir ersaufen. Besser so, soll diese verdammte Stadt untergehen, mit uns, uns Verrückten. Ich habe gedacht, die Katastrophe macht mich unbesiegbar.«

»Ja, Mädchen, ja«, dachte ich wie ein Idiot.

»Obwohl, in Wirklichkeit, ganz in Wirklichkeit habe ich auch daran nicht gedacht. Ich habe daran gedacht, dass ich einmal, als ich noch ein kleines Mädchen war, mit meiner Familie auf die Dachterrasse gegangen bin. Na ja, so klein war ich auch nicht mehr. Es war das Fest zur Johannisnacht oder so. Wir sind aufs Dach hochgegangen und sahen das Feuerwerk, die Lichter, die bunten Funken, die Explosionen … Aber das hat mich nur kurz in Bann gezogen, denn ich habe sofort bemerkt, dass unsere Nachbarn, die auch auf der Dachterrasse waren, anders waren als sonst, wenn ich sie auf der Treppe oder an der Eingangstür traf. Sie benahmen sich anders: Der eine hielt ein Glas, der andere leerte die Flasche, sie packten sich am Arm, schäkerten, krakeelten herum und küssten sich. Ihre Bewegungen, ihre Blicke, alles war anders. Meine Aufmerksamkeit galt weniger dem Feuerwerk als der schwarzen Umgebung, die in dem Augenblick, als das Licht, das sich am Himmel öffnete, darauf fiel, aus der Dunkelheit trat, und da sah ich ein Haus auf dem Berg, das mir noch nie aufgefallen war, und Leute an einer Reihe Autos, die nach oben blickten. Doch auf einmal sah ich sie nicht mehr, sie verschwanden, als wäre ein Vorhang gefallen. Ich ging dann auf die andere Seite der Dachterrasse, ich wollte allein sein, und mir wurde bewusst, wie groß die Stadt war. Die Leute redeten, schäkerten, krakeelten herum und küssten sich, während ich die Stadt mit meinem Blick umarmte. Es war Nacht. Sicher ist das kindisch, aber das dachte ich: ›Es ist Nacht.‹ Und ich dachte auch: ›Ich will nicht schlafen, ich will nie wieder schlafen. Ich will jeden Abend ausgehen.‹ Den Ausdruck hatte ich gehört: ›ausgehen‹. Die Leute gingen am Abend aus. Ich drückte das Ohr an die Wand und hörte die Lieder, die meine Nachbarn auf dem Plattenspieler abspielten. Ich hörte sie sagen, fast singend: ›Heute gehen wir aus!‹ Und ich dachte, wenn ich ausgehen würde, würde ich meine Nachbarn treffen und diese Lieder hören. Und so kam es, dass ich an dem Abend, als sie mich mit auf die Dachterrasse hochnahmen, um das Feuerwerk anzusehen, eine ziemlich genaue Vorstellung davon bekam, was es hieß, auszugehen. Ich würde durch die Straßen laufen und alle die Lieder hören, die ich bisher nur durch die Wand gehört hatte. Dann, während ich durch die Straßen ging und die Lieder hörte, würde ich meine Nachbarn und noch andere Leute treffen, die ich kannte, und wieder andere, die ich kennenlernen würde. Ich würde grüßen: ›Hallo! Geht ihr heute aus?‹ Dann würde ich weitergehen. Ich würde immer weitergehen, viele Lieder hören und alle mit der Hand grüßen, ich würde winken wie die englische Königin und alle möglichen Leute fragen, ob sie heute ausgingen. Und irgendwann, nach einem weiten Weg, käme ich an einen Ort, an dem es nicht mehr Nacht wäre. Der Ort, an dem die Nacht ausgeht. Das bedeutete für mich, ›ausgehen‹, und das bedeutet es für mich bis heute. Vor allem deshalb, weil jenes Fest zur Johannisnacht sehr abrupt endete. Irgendein Besoffener fasste meine Mutter an. Meinte jedenfalls mein Vater. Mein Vater war ein Zauberer, er sah manchmal Hände, wo gar keine waren. Er stellte sie sich vor. Dann wieder wollte er sie nicht sehen. Warum ich dir das erzähle? Wie, sagst du, heißt du?«

5

Seit jenen frühen Morgenstunden an dem Wellenbrecher, an dem sie mir sagte, dass sie glücklich im Elend sei, als sie mir ihren Namen und ich ihr meinen Namen sagte, bin ich viele Male mit Elsa an diesen Ort zurückgekehrt, an dem es nicht mehr Nacht war, an den sonderbaren Ort, wo die Nacht ausging.

Wer war Elsa?

Eine Weile lang war sie meine Freundin.

Jene Nacht am Wellenbrecher war für mich das erste Mal, dass ich bis in den frühen Morgen hinein trank, was ich von nun an öfters tat, und jedes Mal fiel ich anschließend wie ein Gekreuzigter ins Bett, wälzte mich meistens ein oder zwei Tage lang in den Laken, stöhnte und jammerte »Nie wieder, nie wieder!«. Einmal, ich hatte es mir mit einem der Produkte gegeben, die ich selbst verkaufte, verbrachte ich meinen Bußetag, an dem ich allen Drogen abschwor, gewiegt von der freundlichen Stille in meiner Junggesellenstube. Diese Stille war ein seltener Umstand, denn das Geschnatter und lärmende Treiben vom Platz dauerte meistens die ganze Nacht hindurch an. Als ich am darauffolgenden Nachmittag rausging, sah ich Elsa auf einer Bank sitzen, sie plauderte mit einer dieser alten Frauen, die sich die Zeit mit dem Füttern von Tauben vertreiben. Wieder einmal fiel mir auf, wie einfühlsam Elsa war und dass mir das gefiel, wobei ich nie erfahren habe, worüber sie in dem Plauderkränzchen mit der Rentnerin gesprochen hatte. Elsa sah mich, und ihr Gesicht öffnete sich zu einem gespielt überraschten Lächeln. Als ich vor ihr stand, sagte ich, tief gähnend, zu ihr:

»Ich habe geschlafen wie ein Stein. Wie friedlich alles ist! Heute mache ich bestimmt kein großes Geschäft.«

Elsa lachte. Eine, zwei Minuten. Die Alte, die neben ihr saß, sah mich apathisch an.

Während meines Kontrollgangs durch die Bars in der Oberstadt, auf dem Elsa mich gerne begleitete, ohne irgendwas von mir zu wollen (»Speed ist nichts für mich«), studierte sie meine wachsende Verwirrung über die Bemerkungen der Leute, die zu mir kamen, um Pillen zu kaufen: »Also, ich geh nach London, sobald ich kann«, oder »Also, wenn wir zu den Waffen greifen müssen, ich bin dabei, ich bin doch kein Weichei …«, oder »Also, solange der Laden hier nicht dichtmacht, ist mir alles wurscht«. Wenn die Sprücheklopfer abgezogen waren, erklärte ich Elsa, dass sie ganz recht daran tue, keine Amphetamine zu nehmen, sie seien viel gefährlicher, als allgemein behauptet wurde, und wenn man mit Anfällen von Paranoia, Euphorie und Depression nicht richtig umgehen kann, fängt man an, solchen Schwachsinn zu reden wie die Typen von eben.

Sie bekam glänzende Augen.

Auf dem Heimweg, der Regen lenkte unseren Weg von Markise zu Markise, während vor uns eine der vielen Demonstrationen vorbeizog, rügte ich Elsa dafür, dass diese dreisten Leute, die so tun, als würde die Fahrbahn ihnen gehören, ihre Augen zum Leuchten brachten. Es war eine Unart von ihr; wegen allem und jedem bekam sie leuchtende Augen.

Wie immer begleitete ich sie nach Hause, und während ich ihr vor ihrem Haus zum Abschied einen Kuss auf die Wange drückte, was uns beide verlegen machte, wagte Elsa es, mich über den Staatsstreich zu informieren, der tags zuvor stattgefunden hatte. Das Land war wie gelähmt, nirgendwo trat das Militär auf die Straße, außer in Valencia, wo die Panzer auffuhren. Niemand wagte daran zu denken, was zu tun wäre, falls die Aufständischen Erfolg hätten. Zum Glück war die Sache erledigt, und die Staatsfeinde mussten ihre Krallen einziehen.

»Wenn sie gewonnen hätten und die Armee ausgerückt wäre, da hättest du aber ein Gesicht gemacht. Du mit deiner Phantasie und deinen Hirngespinsten … Du wärst der erste Vermisste gewesen.«

»Dann hätte endlich jemand eine würdige Biographie über mich geschrieben. Der junge Märtyrer, der gerade einem verrückten Leutnant Speed verkaufen wollte …«

Wir lachten aus vollem Halse, bis irgendein schlafloser Neurastheniker aus einem dunklen Fenster einen Kübel Wasser auf uns schüttete.

Ich brauchte lange, bis ich ihr eine Liebeserklärung machte, ich tat es erst, als es nicht mehr anders ging. Das lag an meiner Unsicherheit, und die politischen Wirren gaben mir den letzten Rest. Hinter jedem Staatsstreich, jeder Feststellung der Personalien, jeder Einkesselung vermutete ich eine Warnung Catapultas, dagegen half kein Vergessen und keine Ablenkung. Und sei es durch eine Frau wie Elsa.

Fast ein Jahr war vergangen, es war Oktober '82. Ich kam gerade von den Bars in der Oberstadt zurück, in Begleitung einiger Bekannter. Nachdem ich in der Szene Fuß gefasst hatte, hatte ich endlich mit dem Tablettenhandel aufgehört und ihn durch Gelegenheitsjobs ersetzt, auf die ich noch zu sprechen kommen werde. Da ich nun in den Stunden, in denen ich früher meinen Handel abgeschlossen hatte, keinen klaren Kopf mehr bewahren musste, ließ ich schon bald alle Zügel locker. Meine Bekannten und ich gingen also durch die Straßen, stellten uns gegenseitig ein Bein und trieben in betrunkenem Gelächter einen boshaften Witz auf die Spitze. Tagsüber hatten Wahlen stattgefunden, und um uns über deren Ausgang zu erkundigen, blieben wir vor den Wahllokalen stehen und versuchten herauszufinden, wer warum gewählt worden war. Ob wir allzu viel verstanden, weiß ich nicht: Den Listen, die an Türpfosten und heruntergelassenen Rollladen klebten, waren die Mehrheitsverhältnisse zwischen den verschiedenen Parteien und Koalitionen zu entnehmen und die Anzahl der Stimmen, die in dem entsprechenden Wahllokal abgegeben worden waren. Jemand entdeckte, dass einige eher folkloristische Parteien, die sehr extreme und kuriose Positionen vertreten, gerade einmal eine einzige lächerliche Stimme bekommen hatten. Wir wurden neugierig, was für ein Typ dieser einsame Held sein musste, der allen Widerständen zum Trotz seinen winzigen Anspruch auf die politische Führung angemeldet hatte, obwohl es abzusehen war, dass er am Ende in der Rubrik »andere« verschwinden würde.

»Das Arschloch von *Fuerza Nueva* soll ans Fenster kommen!« grölten wir zum Beispiel. Im Grunde waren wir weder für noch gegen den Faschisten. In diesem Wahllokal war eben zufällig die Partei, die eine Stimme bekommen hatte, *Fuerza Nueva*, oder wie damals diese Koalition aus Falangisten und Ultramontanen hieß.

»He, Arschloch! Zeig dich, wenn du kein Feigling bist, Arschloch! Wir sind deine Freunde, Arschloch!«, woraufhin einer meiner Begleiter, der vor ein paar Jahren Guerillero von Cristo Rey gewesen war, uns den glühenden Text von »Gesicht zur Sonne« aufsagte. Ein anderer, der seine Strafe dafür abgesessen hatte, dass er zur Aktionsgruppe »Kropotkin« gehört hatte, wollte mit ihm nicht über den Inhalt der Faschistenhymne, sondern über die Betonung diskutieren, die man dem Versanfang »Siegreiche Fahnen kehren heim …« geben müsse. Ein dritter und ein vierter, die sich auf keinen Fall mit der Polizei anlegen wollten, sagten gar nichts, sie beschränkten sich aufs Trinken, Witzereißen und laut Lachen.

Endlich trat jemand auf den Balkon, allerdings nicht, um sich uns als einziger Wähler seiner Herzenspartei zu zeigen, sondern um eine nächtliche Klage anzustimmen. Da …

»He, Arschloch! Mach den römischen Gruß, Arschloch! Sei kein Feigling, Arschloch!«

Und als die übrige Nachbarschaft, geweckt von dem Lärm, sich an den Fenstern zeigte, zeigten wir alle auf den Mann im Morgenmantel mit dem müden Gesicht:

»Dieser Mann kennt keine Angst! Dieser Mann ist ein echter Spanier! Lasst uns alle diesen Mustersohn des einigen, großen und freien Spanien grüßen! Wir wollen ein Kind von dir, Arschloch!«

Dann rannten wir weg, während der Mann in dem Morgenmantel alles leugnete und die Nachbarn anfingen, sich gewisse Verhaltensweisen dieses Menschen zu erklären, der manchmal jähzornig, dann wieder die Sanftmut in Person sein konnte und immer Bonbons in der Tasche hatte.

Einige Straßen weiter unten, wir grölten gerade aus vollem Halse die Internationale, hielt neben mir ein Auto an. Was mich völlig überrumpelte, denn während die anderen angesichts des plötzlich auftauchenden Fahrzeugs verstummten, grölte ich, der ich mit dem Rücken zur Straße stand, immer noch »Es lebe die Mutter, die die roten Jungfrauen geboren hat! Es lebe die Erinnerung an euer Menstruationsblut! Und es lebe Peking und Kanton!« Wenn in dem Auto nur nicht die Bullen sitzen, dachte ich plötzlich, und mir fielen wieder meine falschen Papiere ein, dass ich meinen Militärdienst nicht geleistet hatte und dass diese machtgeilen Catapultas vermutlich immer noch hinter mir her waren. Der Überfall auf die Zentralbank hatte gezeigt, was für eine Panik ausbrechen konnte, wenn einem die Fehler aus der Vergangenheit vorgeführt wurden. Damals …

Nein, mein Leser, eigentlich will ich Ihnen gar nicht sagen, was ich während der Tage auf den Überfall der Zentralbank gefühlt habe.

Aber zurück zum Oktober 1982, zu dem Abend, an dem die Urnen der sozialistischen Partei die absolute Mehrheit bescheinigten und die Linke jubelte. Zu meiner Erleichterung war das Auto, das neben uns gehalten hatte, nicht von der Polizei. Elsa beugte sich aus dem Fenster, ihre Haare steckten unter einem Borsalino mit rotem Band. Dieser Hut stand für ein Vorher und ein Nachher in unserer Beziehung: Am Anfang dachte ich, sie trage den Hut, um ihre ungewaschenen Haare oder winzigen Pupillen zu verstecken; doch ich wurde sofort aufgeklärt, dass er lediglich ein Schutz gegen unhöfliche Anmache war. Ein Typ kauerte auf dem Rücksitz und schlang sich nervös die Arme um den Leib. Die Tatsache, dass er aussah wie eine lebende Leiche, konnte mir nicht verbergen, dass es sich um niemand anderes als um Carlos del Cravall jr. handelte: blutunterlaufene Augen, totenblasses Gesicht, Zittern am ganzen Leib. Solche Wiederbegegnungen waren weder Laune des Zufalls noch selten: Wenn man einmal anfängt, sich ungezwungen zu bewegen, trifft man irgendwann die gefürchtetsten Schatten (wie ich es übrigens auch am Tag des Überfalls auf die Zentralbank erfahren habe). Der Heroinmarkt schuf neue Gesellschaftsgruppen, neue Freundschaften, neue Bekanntschaften. Man redete kurz, tat sich zusammen, gab Informationen weiter. Wenn Elsa auf Stoffsuche war, ließ sie sich mit jedem ein: Heute war es das Wrack Carlos del Cravall jr., morgen irgendein anderer Loser.

»Kannst du mir ein bisschen Geld geben?«

»Frag doch den Papi von dem Knaben da hinten.«

Das Wrack hatte mich nicht erkannt und sah noch nicht mal zu mir, als ich seinen Vater erwähnte. Auch Elsa wusste nicht, wovon ich redete, sie war sehr nervös. Dann stieg sie aus, setzte ihre Stiefel aus Schlangenleder auf den Asphalt. Sie umarmte mich und legte ihren Kopf an meine Brust, und während sie den Hut nach hinten schob, damit unsere Blicke sich treffen und ich ihrem Schmachten erliegen würde, betete ich zu ihrer Mutter, zu meiner Mutter, zu Gott und zur Mutter Gottes. Dasselbe Märchen wie immer. Ich gab ihr Geld, das sie mir am nächsten Tag zurückgeben wollte, wenn sie nicht hier auf der Stelle der Schlag treffen sollte. Als der Wagen losfuhr, zu irgendeinem düsteren Treffpunkt, sagte ich zu meinen Freunden, mit denen ich ungefähr so befreundet war wie Elsa mit ihren Freunden:

»Vor ein paar Jahren hätte ich fast den Vater von diesem Idioten zum Abgeordneten gemacht. Von dem hinten drinnen. Seinen Vater. Ungelogen.«

Woraufhin alle in schallendes Gelächter ausbrachen. Aus dem Mund von jemandem, der vor kurzem überall rumerzählt hatte, er sei der Enkel Picassos, klang diese Information wie ein schlechter Witz, noch dazu an so einem Tag und unter solchen Umständen.

Am nächsten Tag tauchte Elsa nicht auf. Auch am übernächsten nicht. Und als ich sie nach einiger Zeit traf, sauber und hübsch wie nie, ausgelassen, da hatten wir die Schulden wie auch die ganze Szene, wie es dazu gekommen war, schon vergessen. Wir stellten keine Fragen; das Band der Liebe, das zwischen uns bestand, verhinderte, dass wir uns einander entfremdeten.

Aber, wer war Elsa?

Seit dem ersten Morgengrauen an den Wellenbrechern wussten wir, dass wir uns etwas zu sagen hatten, was nicht gerade häufig vorkam, so oberflächlich, wie die Leute sich in ihrer Rhetorik des Augenblicks näherkamen. Vielleicht mochten wir uns, jeder von uns hatte seine Erfahrungen, und in gewisser Weise waren wir beide an Körpern übersättigt. Wir hatten beide unseren Ruf, und so war ein Fick das, was uns als Handlung der Liebe am wenigstens in den Sinn gekommen wäre. Je heftiger die Gefühle sind, desto rücksichtsloser wird man, und diese Gefahr wollte ich in meiner jugendlichen Hitze nicht eingehen. Lieber wartete ich, bis ich den nächsten Schritt unternahm. Genüsslich spannten wir uns auf die Folter: Wir erzählten uns unsere Leben, unsere Ziele, das, was wir machen wollten, was wir machen konnten und, noch viel wichtiger, was wir um nichts in der Welt machen würden. Ich hatte den Eindruck, dass sie auch der Ansicht war: Wenn wir sofort miteinander ins Bett gehen würden, würde etwas kaputtgehen, es wäre nicht dasselbe. Darum suchten wir an den Abenden und in den Nächten unsere Nähe und redeten viel und lachten. Die helle Freude, zum ersten Mal mit einem Mädchen zu lachen, die Begeisterung zu schmecken: Das genügte zum Glück und zu der Illusion, dass der richtige Zeitpunkt schon noch kommen würde.

Ich erfuhr, dass Elsa angefangen hatte, Architektur zu studieren, was sie jedoch aufgegeben hatte, nachdem sie von zu Hause und dem Leben, das man für sie vorgesehen hatte, abgehauen war. Seitdem arbeitete sie vormittags in einem Reisebüro, und auch wenn sie eine Nacht durchgemacht hatte und von Bar zu Bar gezogen war, saß sie am nächsten Morgen »wie aus dem Ei gepellt«, wie sie zu sagen pflegte, vor ihren Flugtickets und Stempeln in ihrem Büro im Stadtzentrum. Da sie nach der Arbeit immer sofort auf die Piste wollte, erschien sie »wie aus dem Ei gepellt« – also mit Kostüm, Nylons und hohen Schuhen – auch oft in den Bars, wo sie in der Kluft wie ein Marsmensch und Objekt der Begierde war.

Als ich sie kennenlernte, war sie keine zwanzig Jahre alt. Sie war unglaublich reif für ihr Alter. Vielleicht war das der Grund, dass Zeit das Einzige war, womit sie nachlässig umging. Sie war ihr erklärter Feind. Einmal sagte sie zu mir: »Von den fünf Sinnen habe ich nur den sechsten.« In allem anderen war sie äußerst penibel: ihre Kleidung, jede Bewegung, das Metalletui, in dem sie ihre Nadel aufbewahrte, der Gummi, der kleine Löffel und die Liste der täglichen Erledigungen, ihre Platten und ihre runde, ebenmäßige Schrift, mit der sie ihre Wünsche aufschrieb. Die Sieben strich sie nicht durch. Und noch einmal sagte sie mir: »Die 1 ist alt, die 2 gefällt mir nicht, die 3 ist bauchig und sympathisch, die 4 ist friedlich, die 5 annähernd perfekt (trotzdem mag ich sie nicht), die 6 ist meine Lieblingszahl, weil die anderen Ziffern mit ihr wetteifern wollen und sie ganz zufrieden ist, die 7 ist ein Ball, aber ich streiche sie nicht durch, denn das macht sie kaputt, die 8 ist ein Streber, die 9 ist sehr eingebildet, und die 0 ist unscheinbar.« Die Null soll unscheinbar sein? Nicht im Dezimalsystem, Elsa. Die Göttin Vernunft ist stolz auf ihre zehn Finger.

Sieh, mein Leser, Olga, sieh du auch, ich kann nicht anders, als die Sache mit der Zentralbank noch einmal zu erzählen.

Ein Samstag. Ein strahlender Morgen im Mai '81, allerdings nicht für mich. Zumindest nicht ganz. Ich bin draußen, unter den Arkaden, und sehne mich danach, dass die Berührung des von tausend halbseidenen Gestalten abgenutzten Handlaufs aus Nussbaumholz mich zu meinem Zuhause führt. Ich verabschiede mich gerade mit verkatertem Stammeln von der kleinen Punkerin, mit der ich letzte Nacht zusammen gewesen bin. Während ich auf irgendetwas mit »ja, ja« antworte, stelle ich verblüfft fest, dass die Kleine keine eins zwanzig groß ist. Heute Morgen, als ich etwas verwirrt und plötzlich ein Auge öffnete und das etwas punkige Mädchen, das sich unter dem Laken versteckte, um den vom Platz heraufkommenden Lärm abzuschirmen, schon vergessen hatte, zweifelte ich kurz, ob dieses kleine Häufchen neben mir wirklich ein Mensch sein sollte, und fragte mich, ob ich in den Wirren der Nacht nicht etwa zoophil geworden sei. Das Mädchen, ein Knäuel unter dem Laken, schien eher ein kleiner Hund oder eine große Katze zu sein. Doch dann erinnerte ich mich, wie eine ungeduldige Hand meine Hand, die schlaff war, zu einer Klitoris führte, ihr eine Rubbelbewegung auferlegte, als wollte man an der Ärmelmanschette eine Münze polieren. Irgendwo in meinem Gehirnwindungen tauchte auch die vage Erinnerung auf, dass ich irgendwann ans Fenster trat und Lust hatte, vor der schüchternen Helle des neuen Tags eine Zigarette zu rauchen, auch wenn dieser neue Tag lediglich aus dem üblichen Herumtragen von Klappstühlen, Todesdrohungen hinter jeder Ecke bestand. Dann musste ich kotzen.

»Mann, ich finde mein Armband nicht … Du findest es sicher, dann kannst du's mir ja geben … Ich geh dann mal …«

»Ja …«

Die sympathische und ungeschminkte, leicht punkige Nymphe musste wirklich klein sein, denn als sie im Spiel von Sonne und Schatten unter den Arkaden wegging, war sie schon nach zwei Metern nicht mehr zu sehen.

»Päderast! Auf Kinder steht er! Sabbersack! Alter Sack! Er ist schuld! Der Putschist! Guardia Civil! Grobian! BeideinerMama! Babyficker! Kinderschänder!«

Es war ebensowenig nötig wie ratsam, den Stimmen nachzugehen; es waren die verrückten Weiber auf dem Platz, die sich wie ein griechischer Chor über die kleinen Vorfälle des Biotops erhoben. Jetzt hatten sie es auf mich abgesehen; ich überging sie und betrat die erstbeste Bar, um mit einem Kaffee meinen Herzschlag zu beschleunigen, mich mit einem Valium zu entspannen und mich meinen Widersprüchen zu stellen. Ich lud mein ganzes Gewicht auf der Theke ab und sah mich verstohlen um. War da nicht das Wort Putschist gefallen?

»Was für Putschisten?« fragte ich den Kellner.

»Es ist nicht ganz eindeutig, anscheinend hat es wieder einen Staatsstreich gegeben …«, bestätigte mir der Kellner.

»Ach, herrje …«

»Ich weiß es nicht, das sagen sie jedenfalls im Radio … Irgendwelche Putschisten sind in die Zentralbank eingedrungen, gleich hier um die Ecke, auf der Plaza Cataluña.«

Ich sah mich um, und zwischen dem Gedränge an Schultern, über denen sich Nähte spannten, an blinden Idioten, Umherirrenden, behaarten Brüsten, durch abschirmende Hände hindurch, das Lächeln Elsas. Als ich verschämt aus der Bar trat und in der ersten Gasse verschwinden wollte, sprang sie auf mich zu und nahm mich am Arm:

»Wollen wir zur Plaza Cataluña vorgehen und gucken, was los ist?« fragte sie mich.

»Bist du etwa auch ein Anhänger von ihnen?« fragte ich zurück.

»He, nicht gleich sauer werden, die sind hammerhart gut drauf. Es ist bestimmt ergreifend. Ein ergreifender Morgen. Und überhaupt habe ich über die hühnerbrüstige Zwergenfrau kein Wort verloren ... Und auch nicht darüber, wie schlimm du aussiehst ...«

Auf den Ramblas drängte sich eine Menschenmenge, sodass man nicht weiter als bis zum Mittelstreifen kam; das rosa gewellte Pflaster trug eine bunte Mischung von Menschen, die alle nach Norden strebten, vom fleißigen Handwerker bis zum notorischen Taschendieb. Die Ausländer warfen sich wissende oder bestürzte Blicke zu und waren davon überzeugt, gerade eine Zeit zu erleben, die als gefährlich in der Erinnerung haftenbleiben würde. Elsa und ich schlugen uns in die Gassen der Altstadt, wollten uns auf Umwegen dem Bankgebäude nähern. Eine Kioskverkäuferin klärte uns kurz und bündig darüber auf, dass gegen neun einige Militärs den Sitz der Bank mit wenigen Schüssen eingenommen hätten, dass weder im Radio noch im Fernsehen die Leichen erwähnt worden seien, die man weggeschafft habe, und auch nicht das Donnern wie aus Kanonen, das sie mit ihren eigenen Ohren, auf die sie nun mit ihrem rotlackierten Fingernagel zeigte, gehört habe.

Kaum waren wir um die nächste Ecke, winkte Elsa jemandem zu, der ihren Gruß jedoch nicht erwiderte. Die Gestalt, schneller Schritt, schweißverklebt, verdrehte Augen, trug unterm Arm einen in Zeitungspapier eingewickelten prächtigen Schinken.

An der Straße, die zum oberen Teil der Ramblas hinüberführt, hatte die Kette der Polizisten, die ihre alte graue Uniform gegen ein schickes Senfgelb eingetauscht hatten, die herbeiströmenden Schaulustigen auseinandergetrieben; nur die Händler und Kellner standen in den Türen ihrer Geschäfte und Bars und blickten über Absperrungen hinweg, die die Sicht auf das Spektakel versperrten. Obwohl eh nicht viel zu sehen war: Die Fassade eines herrschaftlichen Eckgebäudes an einer großen Kreuzung; in den Fenstern hielten Silhouetten wie menschliche Schutzschilde Stellung. Gegenüber der Bank waren Brustwehren errichtet worden, Gewehrläufe ragten heraus; zahlreiche Polizisten und Militärs, und Typen mit Sonnenbrille, die aussahen, als trügen sie einen Pistolenhalfter, gingen hektisch hin und her, ihnen in den Weg stellten sich Ambulanzwagen, Regierungsautos und Einsatzwagen mit vergitterten Fenstern. Auf den Balkonen der Ramblas Fotografen, Fernsehkameras und Radioreporter, und auf dem Boulevard selbst, die Stühle waren leer und die Kioske geschlossen, die Menschenmenge. Und in dieser Menschenmenge tauchte plötzlich ein Typ auf, unter dessen Achsel der schwarze Schweinefuß eines Schinkens hervorschaute. Ich erläuterte den Zufall Elsa, doch sie zuckte die Schultern und warf einem lächelnden, an einer Balkonbrüstung lehnenden Rotschopf einen Blick zu, der mir gar nicht gefiel.

Wir bezogen Posten in einer Bar, von deren Tür aus man einen Ausschnitt des Gebäudes sehen konnte. Nachdem ein paar Stunden vergangen waren, in denen ich für meine Stoffwechsel-Achterbahnfahrt zum Frühstück einen Aperitif und zum Mittagessen Bier und Tabletten genommen hatte, schlürfte Elsa an einer Fanta. Zwischen Fernsehen, Radio und Straßenlärm drang eine offenbar zuverlässige Information zu uns durch: Jemand war in das Geldinstitut eingedrungen und hatte alle dort befindlichen Personen als Geiseln genommen, rund zweihundert Angestellte, unter denen allerdings niemand aus der Führungsebene war, denn die hatte ihre Büros vor kurzem in das Gebäude der nicht mehr bestehenden Bürgerlichen Handelsbank verlegt. Sieh mal an … Das Überfallkommando forderte innerhalb von zweiundsiebzig Stunden die Freilassung der Militärs und Guardia-Civil-Beamten, die vor genau drei Monaten den Staatsstreich angeführt hatten. Zuverlässige Quellen aus Militär und Guardia Civil verneinten jeglichen Zusammenhang. Vorhin hatten sie einen Angestellten mit

Schusswunde am Bein herausgeschleppt; auf dem Weg ins Krankenhaus berichtete der Verletzte, dass das Überfallkommando aus etwa zwanzig Mann bestehe, deren Anführer im Militärjargon Befehle erteile, und dass sie wie deutsche Strandurlauber »Viva España!« schreien würden. Als sie ein paar weitere Geiseln befreiten, stieß die gaffende Menge einen erstickten Schrei zum Himmel aus, und wie angetrieben von dieser Stimme des Volkes stolperte ein magerer Typ mit einer Schachtel unterm Arm in unsere Bar, er führte Selbstgespräche und sah sich zwanghaft immer wieder nach einem nicht vorhandenen Verfolger um. Ich kannte ihn: Einmal hatte ich mit ihm ein paar Sätze gewechselt, als er mich davon überzeugen wollte, als Bassist bei einer Gruppe mitzumachen, die er gründen wollte. Auf meine Erklärung, ich hätte keine Ahnung, wie man Bass spiele, meinte er bloß, dass ich ein »Bassistengesicht« hätte und er mir ansehe, dass ich es schnell lernen würde. Der magere Typ setzte sich uns gegenüber und stellte die Schachtel auf einen leeren Stuhl. Er ließ eine Bemerkung über den Trubel ab, hob geheimnisvoll den Deckel seiner Schachtel und wandte sich Elsa zu, die er besser zu kennen schien als mich:

»Könnte sein, dass das deinen Freund interessiert …« Offenbar erinnerte sich die Schmeißfliege gar nicht mehr an mein »Bassistengesicht«. Elsa reckte den Kopf über den Tisch, sah nach, was in der Schachtel lag, und fing an zu lachen. Der lästige Kerl ermahnte sie zu Ruhe und sah sich weiter furchtsam um.

»Weißt du eigentlich, was da drinnen ist?« fragte mich Elsa.

Ich dachte einen Augenblick nach:

»Ein Schinken«, riet ich.

Wieder lachte Elsa, sie krümmte sich über dem Tisch, während sie mit dem Finger verneinte. Noch während des Lachanfalls wurde aus dem einen Finger zwei Finger.

»Zwei Schinken?«

Elsa nickte, als würde sie auf den Tisch picken.

Der junge Mann drückte den Zeigefinger auf die Lippen und erklärte uns, dass er es anders als andere Schinkenverkäufer, denen wir sicher schon begegnet seien, nicht eilig habe, den gepökelten

Hintern loszuschlagen, er habe sich nämlich seine Dosis Heroin schon tags zuvor beschafft, er sei nun mal vorausschauend. Auf diese Weise, führte er aus, konnte er immer sofort was dagegen tun, wenn er auf Turkey kam. Und seine vorausschauende Art habe ihm auch nahegelegt, sich an einem Raubzug zu beteiligen, der vorige Nacht ohne größere Vorfälle an einem der Wurststände am Boquería-Markt verübt worden sei. Tatsache. Ausgeheckt habe den Überfall niemand anderes als der Sohn des Wurstmachers, der »total fertig ist. Bei mir ist's nur ein kleines Laster …« Der Süchtige hatte spitzgekriegt, dass eine große Ladung edelster Pata-Negra-Schinken am Stand seines Vaters angeliefert worden war, und da er Flüssiges brauchte, um die Ausgaben für seine dringenden Bedürfnisse zu bestreiten, hatte er die Woche hindurch eine Hand voll Bekannter zusammengetrommelt, die eine ähnliche Bindung an das Rauschmittel hatten, so »Don Vorausschauend«, wie ich ihn ab da nannte. Don Vorausschauend war fixer, als man ihm zutraute. In dieser Nacht, als die Schinken aus dem Stand herausgeschafft wurden, hatte die erfolgreiche Gang ihre Beute aufgeteilt, je nach Beteiligung in Planung und Durchführung des Raubzugs, dann hatte sie kurzerhand die Gruppe für aufgelöst erklärt, und jeder Beteiligte konnte auf dem Markt der Straße selbst je nach Verkaufstalent sein Glück versuchen. Die meisten hatten ihre Schinken zu einem miserablen Preis verkauft, und auch nicht an die Endverbraucher, sondern an andere Junkies, ein Kuhhandel mit dem ungeschriebenen Gesetz, dass nach geglücktem Verkauf der Gewinn erneut geteilt wird. Das Ergebnis dieser Kettenreaktion war für die Bevölkerung einigermaßen verwirrend, denn auf einmal schlurften einige hundert Junkies übellaunig mit einem Schinken unterm Arm durch die Altstadtgassen. Sie konnten sich auch nicht allzu weit entfernen, denn sobald sie die Ware verkauft hatten, mussten sie auf schnellstem Weg ihren Dealer aufsuchen, immer mit der Unsicherheit, dass ihre Dealer hinsichtlich der politischen, und das heißt immer polizeilichen Umstände beschlossen haben konnten, sich für eine Weile aus dem Zentrum des Geschehens zurückzuziehen. Die Dummheit, die diese Putschisten jetzt angestellt hatten, so Don Vorausschauend, brachte den gesamten Markt zum Erliegen; die Straßen waren versperrt, Polizei und Armee voll im Einsatz. In den verruchtesten Höhlen der dunkelsten Gässchen stritt man die militärische Professionalität des Überfallkommandos ab und fragte sich, ob nicht vielleicht »der Blonde« mit von der Partie sei. Nicht irgendein »Blonder«, nein – die Gosse vergibt diesen Spitznamen allzu gerne an jeden, der nicht gerade rabenschwarz ist –, sondern der echte »Blonde«. Und dieser »Blonde« war ein V-Mann. Von der Mafia aus Perpignan. Don Vorausschauend wusste allerdings auch, dass das Interesse an der Unterwelt sich in den letzten Wochen auf einige Italiener konzentrierte, die sich neuerdings in der Stadt herumtrieben. Die Italiener suchten hier für irgendeine krumme Sache Leute zusammen. Heute Morgen habe man ihm versichtert, der »Affe«, noch so ein Geselle, sei in der Bank. Dieser »Affe« arbeitete für die Italiener. Sieh mal einer an, dieser Don Vorausschauend, der vor einigen Monaten eine unschuldige Popgruppe hatte gründen wollen, stand jetzt mit dem übelsten Pack auf Du und Du.

»Du weißt, wenn ich Italiener sage, meine ich Faschos, die Italiener sind nämlich echte Faschos. Es gibt keine größeren Faschisten als sie. Irgendwer hat gesagt, wenn sie solche Faschisten sind, sind sie bestimmt zum Kongress der Fuerza Nueva gekommen, er findet dieses Wochenende statt. Aber das glaube ich nicht … Wenn jemand ein verdächtiger Typ ist und zu einem Kongress anreist, spaziert er nicht in der Altstadt herum und hält an jeder Ecke ein Schwätzchen … Hingegen haben die von Fuerza Nueva bestimmt genauestens darüber Bescheid gewusst, dass …«

»Wenn du mitkommst, sage ich dir, wo du das Ding da verkaufen kannst …« Elsa stand auf, tastete in einer ihrer Hosentaschen nach einem Metalldöschen. In meiner Verblüffung teilte ich ihr nur noch mit, dass wir uns später sehen würden.

Kurz darauf torkelte ich leicht beschwipst und ziellos auf die Straße, wo mir die Unwirklichkeit des grellen Tageslichts und das immer lauter werdende Heulen einer Kolonne Rettungswagen entgegenschlug. Ich ging vor bis zur Polizeikette und hörte, wie ein paar niedere Guardia-Civil-Bullen frustriert anmerkten, dass in einer Kaserne Gewehre fehlten. In einem Hochparterre saß ein Mütterchen auf dem Balkon, die Handarbeit im Schoß, und erschreckte ein älteres Ehepaar, das gerade vom Markt kam und einen mit Öl und Zucker beladenen Einkaufswagen aus kariertem Stoff hinter sich herzog. Die Matrone erklärte mit unheilvoller Stimme, dass diesen Monat auf den Papst geschossen worden sei, dass die ETA so viel gemordet habe wie noch nie, und jetzt seien da auch noch diese Kerle, die sich dort drinnen verschanzt hätten und sich nicht mehr damit zufriedengäben, zehn oder fünfzehn Bankfilialen an einem Tag zu überfallen; jetzt begäben sie sich direkt zum Hauptsitz. Und sie sagte, jemand habe ihr gesagt, dass sie das Öl vergifteten, und dabei zeigte sie mit der Stricknadel auf eine der grünen Flaschen, die neben der schwarzen Extremität einer gepökelten Schweinekeule aus dem Einkaufswägelchen des Paares ragte.

»Und Bob Marley ist auch gestorben …«, fügte ich im Vorübergehen hinzu und schlug die Hände über dem Kopf zusammen.

Ich peilte die großen Verkehrsadern des Stadtzentrums an, vielleicht hatte Elsa ihren Deal gemacht, und ich würde sie irgendwo treffen. Ich hatte vergessen, dass sie jedes Wochenende als festes Ritual ein Achtelgramm kaufte, das half ihr, in verschiedenster Umgebung abzudriften, meistens auf einer der Terrassen der Bars auf unserem Platz, wo sie stundenlang vor sich hin dämmerte. Sie sah sehr schön aus, wenn sie sich einen Schuss setzte, sie war erregt, und wenn es ging, wollte ich dabei sein, auch wenn mir klar war, dass nicht ich der Grund für ihre sinnliche Erregung war. Es war, als würde das Heroin ihr am Samstag und Sonntag ein Bewusstsein für etwas geben, für das sie die restliche Woche über kein Gespür hatte, wenn sie mich in den Bars suchte und wir in die Oberstadt gingen, durch die Kneipen zogen und verschämt um uns herumschlichen. Als ob man der Sehnsucht, die dafür verantwortlich war, dass wir uns suchten und miteinander gingen und zusammen lachten, künstlich auf die Sprünge helfen musste. Mir fehlte natürlich jegliche Erfahrung, dass sich über das Bett ein Laken der Harmonie breiten ließ, dass das Sonnenlicht, abgemildert durch das Gewebe, die Körper der Liebenden streicheln konnte; aber wie auch immer, nachdem jeder von uns beiden mehrere Monate vergeblich auf den ersten Schritt des jeweils anderen gewartet hatte, ging sie nun wieder mit ihren anderen Freunden, und ich mit meinen Freundinnen. Wir lachten viel, das schon, manchmal machten wir Andeutungen, aber immer nur im Scherz ….

Vor mir rannten Kinder vorbei, sie grölten über die ganze Straße: »Das SEK ist da! Das SEK ist da!« Damit wollten sie ablenken. Ich ging ihnen aus sicherem Abstand nach. Sie machten übertrieben große Schritte, taten so, als würden sie rennen oder verfolgt werden; und ich dachte, ja, diese Kinder sind glücklich im Elend, und nur die Angst der Erwachsenen stört diese Fröhlichkeit. Während ich die Kinder aus den Augen verlor, dachte ich, ein Kind weiß immer, dass ein lieber Gott die schützende Hand über es hält, zumindest weiß es das, wenn es geliebt wird.

Ich gelangte an eine große Straße mit ziemlich heruntergekommenen Geschäften. Von der Ecke beobachteten die Kinder die Mitglieder des Sondereinsatzkommandos: massige Typen, die sich hinter dem Panzer ihres legendären Rufs allzu sicher waren. Um sie herum, die ganze Avenida Pelayo hinunter, rannte eine buntscheckige Horde aus Sanitätern und Sicherheitsleuten geschäftig hin und her. Andere lehnten an ihren Wagen und schlugen die Zeit tot. Immerhin sahen alle hin und wieder mit argwöhnischen Blicken zu dem Bankgebäude, während sie herumliefen oder Stullen aßen oder an ihrer Zigarette zogen. Allmählich legte sich auf die aschgraue Fassade der Bank mit ihren Kuppeln und ihren Anzeigen an der Seite und ihren Fenstergittern die Glut der Abendsonne. Zu meinem Entsetzen erkannte ich auf einmal in dem Pulk offizieller Herren die beiden Geheimagenten, die für Catapulta arbeiteten und mich seinerzeit, in einer Aprilnacht 1977, auf der Autobahn verfolgt hatten. Ich stürzte mich in einem Affenzahn in die Gassen der Altstadt, jemand heftete sich mir an die Fersen. Ich drehte mich um, es waren die Kinder, die mich nun überholten, und als sie etwas Vorsprung erreicht hatten und um die Ecke biegen wollten, ahmten sie auf einmal einen Athletenlauf in Zeitlupe nach, sie rissen gleichzeitig die Arme hoch, sie zankten sich, wer Sieger war, und fingen an zu raufen. Ich erlegte mir auf, unbekümmert weiterzugehen, und überlegte, ob vier Jahre genug Zeit sind, damit sie mich vergessen würden.

Diesen Abend, beschloss ich, würde ich nicht in die Oberstadt gehen, heute würde ich keine Tabletten verkaufen, würde mich nicht den Blicken aussetzen; ich legte mich also ins Bett und nahm eine Valium nach der anderen, zum Rhythmus meiner Gedanken, in denen sich Geschichten unterschiedlichen Verlaufs mit immer dem gleichen Ausgang entsponnen: Ich werde festgenommen, und in meiner Wohnung findet man belastendes Material, das meine Verstrickung in den Banküberfall beweist.

Solange ich Stimmen auf dem Platz hörte – so redete ich mir gut zu –, hieß das, dass das SEK noch in der Calle Vergara war. Ich konnte also beruhigt sein … Catapulta war gar nicht Catapulta, und wenn, dann scherte er sich nur noch sehr wenig um mich, da er viel zu beschäftigt war, Möbel zu rücken, Leichen zu begraben, die große, mit Öl vollgesogene Ratte zu füttern. Ich beruhigte mich nur für wenige Minuten; denn kurz bevor die Dämmerung hereinbrach, flog ein riesenhafter, mich bedrohender Ventilator über mein Gebäude hinweg. Ich suchte meinen Koffer. Aus einer aufgetrennten Futternaht fummelte ich meinen Ausweis heraus, den Pass und den Führerschein mit meinem richtigen Namen. Ich zerriss die Papiere in Stücke, warf sie ins Klo, wo mein zerstückeltes Gesicht Spiralen drehte. Ich lehnte mich zum Fenster hinaus, dort waren sie, über mir, um mich zu holen. Sie entfernten sich, ein Täuschungsmanöver. Entfernten sich immer weiter, gleich würden sie umdrehen. Ich blickte nach unten auf die Mitte des Platzes, es machte mich fertig, dass die drei steinernen Grazien und die sie umringenden Gestalten aus Fleisch und Blut nichts wussten von der Bedeutung dieser Hubschrauber, die gleich … Halt, halt, halt, Fernando … In der Nähe ist eine Menschenansammlung, die vielleicht mehr Aufmerksamkeit auf sich zieht als du.

Ich beschloss, auf die Straße zu gehen, überzeugt, dass Catapulta (wenn er es überhaupt war, wenn er sich noch so nannte) und seine Freunde von der Polizei mich über die Jahre vergessen hatten und kein Hahn mehr nach mir krähte. Bestimmt war das so. Andererseits waren diese Agenten doch wie von der Tarantel gestochen aufgesprungen und hatten mir einen mit Kurare vergifteten Blick zugesandt. Nein, Fernando, wenn sie auf dich aus wären, wenn in dem Auto Catapulta gesessen hatte (sicher war er es nicht), wären sie raffinierter vorgegangen, wären sie in die Nebenstraßen ausgeströmt und hätten sich dir von hinten genähert, dich zwischen ihnen und der Polizeikette in die Enge getrieben. Sie hätten sich nicht so auffällig benommen, Fernando, hätten dich nicht so aufschneiderisch angesehen. Und vergiss nicht, Fernando, dass sie damals versagt hatten. Sie haben noch mehr Angst als du, Fernando.

Sicher, wenn Catapulta wirklich Catapulta war, wenn er sich noch so nannte und seiner langen Liste falscher Identitäten nicht einen weiteren Namen angehängt hatte, schien es für ihn ganz gut zu laufen: Regierungswagen, getönte Scheiben, noble Ausstattung. Wenn Catapulta Catapulta war, war er aus Madrid gekommen, um irgendeine Art Operation gegen die Terroristen in der Zentralbank durchzuführen. Zu meinem eigenen Wohl musste ich endlich anerkennen, dass ihn viel zu wichtige Dinge umtrieben, um sich um mich zu kümmern.

Ich kam an Bars vorbei, an leeren Rathausplätzen, bescheidenen Ruinen aus der Römerzeit, dem Mittelalter, der Moderne, der heutigen Zeit …

»Soll ich dir das mit auf die Rechnung schreiben?«

»Ja, das auch noch …« Ich drückte dem Kellner ein paar Amphetamine in die Hand, um sein Schweigen zu kaufen. Ich sagte ihm, sie seien von einer Großtante von mir, die unbedingt abnehmen wollte.

Der Kellner verschwand in einem Kabuff und kam mit einem Teller Schinken aus einer kleinen Küche zurück. »Heute Nachmittag habe ich unverschämt günstig einen Pata-Negra-Schinken gekauft. He, du siehst gar nicht gut aus …«

»Die politische Situation macht mich fertig.«

»Ach, komm … Du lebst doch eh in deiner Welt. Vor kurzem hast du noch nicht mal gewusst, wer Ministerpräsident ist …«

»Natürlich weiß ich das. So ein Typ, der wie ein Platz heißt. Er hat ein Gesicht wie so eine Statue von den Osterinseln … Außerdem sind Namen unwichtig. Heute hab ich ein paar ganz üble Burschen gesehen. Solche, die sich auch noch was darauf einbilden, dass sie überall schlechte Stimmung verbreiten. Sie suchen mich, wollen sich für eine alte Geschichte an mir rächen.«

Der Kellner lachte, öffnete ein Bier und führte eine Scheibe Schinken zum Mund. Dann zuckte er mit den Schultern, räumte mein leeres Glas ab, wischte mit einem Lappen über den Tresen und gab mir ohne Worte zu verstehen, dass die Audienz beendet sei, dass es mir ja nicht einfallen solle, noch mehr zu bestellen und ihn weiter zu belabern.

Durch den Qualm torkelte ich nach draußen. Gassen in der Hafengegend, das Borne-Viertel, auf einmal war die Angst ganz weit weg, nur, weil ich ein Gläschen getrunken, ein paar Tabletten eingeworfen und ein paar Straßen gemieden hatte, weil ich niemanden hörte und nur ich selbst war. Das hatte ich gelernt. Mich zu verteidigen. Die Zähne zu zeigen. Nein, wegzurennen.

Ich kam zu einem leeren Lokal, in dem eine Band spielte. Vielleicht würde Elsa hier irgendwann erscheinen. Die Band fing zu spielen an, vor einem Publikum, das sich aus einer Hand voll Freunden und duldsamen Kellnern zusammensetzte. Ich näherte mich dem Geschehen, klopfte wie ein weiterer Freund mit dem Schuh den Takt mit. Sofort bemerkte ich, dass mich sogar die Musiker böse ansahen. Ich hatte mich in der Band geirrt, im Lokal, im Stadtviertel. Ein Tunnel aus verlorenen Blicken führte mich auf eine falsche Straße hinaus; die Fassaden, das Straßenpflaster, der Himmel tanzten Pogo, und während ich zur Ecke vorging, dachte ich darüber nach, was es mit der paradoxen Wirkung auf sich hatte: Beruhigungsmittel bis zum Abwinken, und trotzdem war ich davon überzeugt, dass alle Gesichter, die mir begegneten und die über mein Schwanken erschraken, umherstreifende Spione waren, ich nahm ihr Raunen wahr, Geständnisse hinter vorgehaltener Hand, labyrinthische Tänze, die zu einer Höhle führten, wo das Monster grollte. Und dieses Monster hatte Münder anstelle von Augen und Münder anstelle von Ohren.

PLATSCH!

Jemand schüttete mir Wasser über den Kopf, den Gestalten aus meiner Vision ging es nicht anders – es musste also doch die Wirklichkeit sein –, patschnass schimpften sie zu den Fenstern hoch. In einer fremden Sprache. Portugiesisch. Sie halfen mir auf und fragten mich mit brasilianischen Endungen, was los sei. Alle hießen, so stand es auf ihren Mützen, S. S. Pernambuco. Ich erzählte ihnen, dass ich einen niedrigen Blutdruck hätte, sie luden mich auf einen Kaffee ein, nahmen mich als Fremdenführer. Ich führte sie in eine Spelunke voller Tattergreise, in der ich irgendwie fehl am Platz war.

»Du bist aschfahl im Gesicht …«

Ich legte mich zu Hause kurz hin, dann duschte ich und ging raus. Auf dem Platz herrschte die Normalität eines beliebigen Sonntags. Briefmarken- und Münzenverkäufer. Kinder und Väter und Mütter. Ganze Familien. Und Sonne. Noch war der Ausnahmezustand nicht verhängt worden.

»Willst du einen Teller Schinken, Fernando? Kriegst du auch billiger. Ich hab ein paar Schinken zu einem Spottpreis ergattert. Und sie sind …«

»Nein, lieber Kichererbsen. Und Wein.«

»Die Leute sind entweder blitzgescheit oder brunzdumm …«, sagte der Kellner in dem Musik-Restaurant zu mir, das so hieß, weil in einer Ecke eine ausgesteckte Musicbox stand. Während der Kellner mit mir über den Städter und seine Eigenschaft plauderte, ahnte er schon, dass ich zu der Sorte verantwortungsloser Leute gehörte, die sich um den wackligen Zustand unseres Rechtsstaats nicht sonderlich kümmerte, solange ich meinen Wein und meine Kichererbsen bekäme. Er nahm also die Bestellung auf und versorgte mich mit der knappen Information, dass Terroristen und Geiseln noch immer in dem Gebäude eingeschlossen seien. Und dass am Abend Hammerschläge aus dem Innern der Bank zu hören seien, vielleicht gruben sie einen Tunnel. Und dass sie angefangen hätten, Leichen aus den Fenstern zu werfen. Niemand habe irgendwas gesagt, aber er habe einen Schwager, der einen Typ kennt, der …

»Vielleicht versuchen sie, den Tresor aufzubrechen. Kann es nicht sein, dass es einfach nur Räuber sind? Vielleicht ist diese ganze Aufregung über den Staatsstreich und die Faschisten und so weiter der blanke Unsinn«, vertrat ich vehement mit allen mir zur Verfügung stehenden rhetorischen Waffen und kam zu dem Schluss: »Alles wird so sein, wie Catapulta sagt.«

Ich sah zu dem Kellner in der Hoffnung, dass er neugierig geworden war und ich endlich mein Herz ausschütten und über Catapulta reden könnte. Aber der Kellner war verschwunden. Ich aß kaum etwas. Trank viel. Ich bestellte noch ein Glas, er stellte es mir auf den Tisch, als wollte er mir etwas antun. Ich stellte mir vor, dass Catapulta immer noch vor dem Gebäude stand, dass er ein wichtiges, aber windiges Amt bekleidete und genau den Auftrag hatte, den ich vermutete. Sie sah aus, als würde sie nach Hause gehen, an ihrem Arm hing der rothaarige Typ, der gestern vom Balkon bewundernd auf sie herabgesehen hatte. Sie blieben stehen, küssten sich, Elsa hob dabei wie ein rosaroter Flamingo ein Bein. Ich wollte fast applaudieren, doch schon löste sich der Typ wieder von ihr und zeigte mit aufgeregten Bewegungen auf das Ziffernblatt seiner Uhr. Entweder war er ein Polyp oder taubstumm. Jemand ging an dem Paar vorbei, kam näher, stieß mit seiner Schulter an meine Schulter. Ich sah ihm nach, er trug einen Schinken unterm Arm. Ich folgte ihm. Und wenn Elsa und der Rothaarige mich tatsächlich entdeckten, würde ich so tun, als wäre ich vollkommen von dem Schinkenphänomen in Bann gezogen und würde sonst nichts um mich herum mitbekommen.

Und tatsächlich bekam ich nicht mit, dass ich in eine Nebenstraße der Avenida Pelayo geraten und den Polizisten und Sanitätern fast in die Arme gelaufen war. Und ein Stück weiter, in der Calle Vergara, dem SEK. Als ich zur Ecke vorging, erblickte ich tatsächlich diesen Regierungswagen, der Catapulta gehören konnte. Der mit dem Schinken war stehen geblieben und versuchte, irgendwelchen potenziellen Käufern seinen Schinken anzudrehen, die Leute zuckten zusammen, als sie von dem Schinken gestreift wurden, dabei begegnete man diesen Typen mit Schinken doch auf Schritt und Tritt. Währenddessen rechnete ich aus, wie viele Schinken wohl in einer Marktbude gelagert werden konnten, wenn einem an jeder Ecke diese Schinken über den Weg liefen. Während ich an den Menschenmassen vorbei durch die Straßen zog, drangen an mich weitere Neuigkeiten zu dem Banküberfall heran: dass es Argentinier gewesen sein sollten, dass einer von ihnen entkommen sein sollte, dass sie von sich behaupteten, normale Bankräuber zu sein, und dass der General der Guardia Civil, der mit ihnen verhandelt hatte, das auch bemerkt hätte, aber nichts dergleichen habe verlauten lassen, und dass der Fluss nur dann rausche, wenn er Wasser führe, und dass man nicht schlecht genug von den Menschen denken könne, und dass man vor lauter Bäumen den Wald nicht mehr sehe, und dass einer, der sich an Kindern vergehe, das Letzte sei. Ein Penner hat schon wieder eine Elf im Lotto gezogen. Und zwar die dritte Woche in Folge, unglaublich.

Es wurde Nacht, und in der Bar neben meinem Haus lud man mich auf einen Schinken ein, ein großartiges Angebot. Ich ging die Stufen hinunter, die zu einer zweiten Theke und einer Tanzfläche führten, es herrschte ausgelassene Stimmung. Eine Zwergenfrau, kaum eins zwanzig groß, kam mit einem Typen auf mich zu, ich fragte mich, wie er sie umarmen wollte, ohne in die Knie zu gehen. Die Zwergin grüßte mich, gab mir einen Kuss, und nachdem sie mir eine Sekunde Zeit gelassen hatte, flüsterte sie mir ins Ohr, dass ich ihr endlich mal das Armband, das sie bei mir vergessen habe, zurückgeben solle. Ich setzte mich an die Theke, um auf Elsa zu warten. Seit ich sie kannte, war sie jeden Sonntagabend hierhergekommen. Jemand kam auf mich zu und sagte mir, dass es offenbar normale Bankräuber gewesen seien, dass das mit dem Staatsstreich ein Trick gewesen sei, um Zeit zu gewinnen. Ein anderer sagte mir, alle Geiseln hätten nach ihrer Freilassung gesagt, es seien zwanzig oder mehr Verbrecher gewesen. Und dass nur elf herausgekommen seien. Oder zehn. Oder neun. Und dass einer getötet worden sei. Nein, zehn. Und fünf Geiseln, aber darüber würde keiner reden. Ich habe einen Verrückten auf der Straße herumlaufen sehen. Ich auch. Ich auch. Sie haben sich unter die Geiseln gemischt. Und tragen Schinken unterm Arm, als Erkennungszeichen. Um fünf Uhr schloss der Schuppen, Elsa war nicht gekommen.

Als wir uns nach zwei, drei Tagen wiedertrafen, verlor keiner von uns beiden ein Wort über das Wochenende. Alles ging mehr oder weniger so weiter wie bisher, bis ich eines Tages nach Hause kam und auf den Briefkästen ein Paket lag. Auf dem Paket stand der Name Fernando Ruiz McDonald. Es bestand kein Zweifel mehr, Catapulta wusste, wo ich wohnte und wie ich mich nun nannte. Nachdem ich eine Weile zögernd um das Paket herumgeschlichen war, öffnete ich es. Es enthielt eine Videokassette. Um sie ansehen zu können, brauchte ich jemanden, der einen dieser modernen Apparate hatte. Danach würde ich sowieso sterben, denn Catapulta wusste alles. Als ich Elsa sah, fragte ich sie. Es tue ihr schrecklich leid, aber sie kenne niemanden. An der Art, wie sie das sagte, hörte ich Schadenfreude heraus. Ich fragte weiter herum, eine einzige Pleite. Schließlich gab mir jemand den Hinweis, dass der Sexshop an den Ramblas für das moderne Leben gerüstet sei. Ich redete auf den Angestellten ein, der sich schließlich mit zehn Pillen zufriedengab, wenn ich das Band fertig angesehen hätte, bevor der Chef käme. Ich willigte ein, dass er Raubkopien anfertigen dürfe, wenn ihm das, was er zu sehen bekäme, geschäftsträchtig erscheinen würde. Wir gingen durch menschenleere Gänge mit Regalen voller Horrorfilme und gelangten in einen kleinen Raum. Der Angestellte schob die Videokassette rein, ich zitterte. Auf dem Bildschirm erschienen Nachrichten der BBC. Eine Sprecherin brachte Meldungen über Margaret Thatcher, über dies und jenes. Auf einmal erschien eine Landkarte von Spanien; und auf der Landkarte ein Punkt auf der Höhe von Valencia, beschriftet mit »Barcelona«. Dann ein Rotschopf, der mir nicht ganz unbekannt war. Der Rotschopf stand auf einem Balkon, hinter ihm war die Zentralbank zu sehen.

»Sie sagen, es seien Spezialeinheiten der Polizei eingesetzt worden … Dass sich die Lage beruhigt habe … Dass die offizielle Version zweifelhaft sei, nach der es sich um eine gewöhnliche Verbrecherbande handle, die von einem gewissen José Juan Martínez alias der ›Blonde‹ angeführt werde, der die instabile politische Lage ausgenützt habe, um Zeit zu gewinnen …« Don Vorausschauend wusste, wovon er sprach: »Dass die barcelonesische Bevölkerung, die, wie allgemein bekannt ist, ihre Unabhängigkeit von der Regierung in Madrid erklären will und Stierkampf und Flamenco verboten hat, befürchtet, das alles sei inszeniert worden, um Repressionen zu rechtfertigen … Dass wir nun einige Stimmen von Regierungsverantwortlichen und Leuten auf der Straßen hören werden …« Der Angestellte fühlt sich bemüßigt zu erklären: »Ich habe einen Doktor in englischer Philologie … Fremdsprachenkenntnisse sind wichtig, wegen der Polypen und so …«

»Ach so …«, sagte ich, und der Angestellte zuckte die Schultern. Auf dem Bildschirm erschien Jordi Pujol, seine Worte wurden von englischen Untertiteln begleitet. Pujol bestätigte, dass in Katalonien die Lage unter Kontrolle sei und dass Katalonien weiter für seine Sache kämpfen müsse, um die Demokratie in und außerhalb Kataloniens zu festigen, und vor allem die Souveränität Kataloniens. Katalonien. Narcís Serra erschien und erklärte, dass alles gut laufe, dass die Attentäter Anarchisten, Kotzbrocken und Kratzbürsten gewesen seien, wie ein General der Guardia Civil es so treffend formuliert habe. Ein Junkie mit einem Schinken unterm Arm gab an, dass er an der Kompetenz der Regierung zweifle und dass an der marxistischen Annahme schon etwas dran sei, nach der die Geschichte sich immer als Farce wiederhole und die Polizei das einzige Bollwerk des Kapitalismus gegen die ständig drohende Plünderung sei. Und einer von der Linken sagte, dass so etwas nicht passieren würde, wenn Katalonien unabhängig wäre, oder zumindest der Landkreis Osona. Elsa sagte, dass sie mich um Verzeihung bitte, mir aber nie einen Rosengarten versprochen hätte und dass sie nicht mich, Fernando, meine, sondern den Rotschopf, den ich an dem Hauseingang gesehen hätte. Dass so gut wie nichts zwischen ihnen gelaufen sei und dass sie jetzt was für ihn singen wolle, denn man habe ihr versprochen, dass sie eine Kopie von der Nachrichtensendung bekäme. Dann sang sie irgendetwas Unverständliches, das mit »rousgarden …« endete, während irgendwelche Ausgeflippten sich wie Fernsehgroupies hinter sie stellten und mitgrölten. Der Angestellte des Sexshops brach in schallendes Gelächter aus:

»Den Untertiteln nach sagt die Kleine, die spanische Jugend sei über die Ereignisse besorgt, vertraue aber darauf, dass sich die politische Situation bald stabilisieren werde, dann könnten sie sich wieder den ihrem Alter angemessenen Freizeitaktivitäten widmen …«

Der rothaarige *special guest*, dem Elsa nie einen Rosengarten versprochen hatte, erschien auf dem Bildschirm und sagte mit aller Ironie, zu der sein sommersprossiges Gesicht fähig war: »Späin is diferent.« Elsa und die Ausgeflippten tanzten um ihn herum, die Melodien überschnitten sich.

Ich wollte schon rausgehen, da sagte der Angestellte, der nicht das geringste Interesse an der Videokassette angemeldet hatte:

»Die Kleine kommt ziemlich oft hier vorbei …«

»Und was kauft sie? Was verkauft sie?«

»Berufsgeheimnis …«

6

Elsa war eine wahrhaftige Expertin in Popmusik. Ihre direkte Art kam gut an, und so nahm ihr fast jeder gerne eine Kassette auf, meistens waren es irgendwelche Typen, die den ganzen Tag gelangweilt zu Hause herumhingen. Ihr Gespräch, das nur mühsam die aus den Boxen dröhnende Musik übertönte, drehte sich immer um dasselbe: Neuheiten auf dem Plattenmarkt, herausragende Karrieren, legendäre Marken von Musikinstrumenten und wie man es anstellt, auf eine Bühne zu kommen und das Publikum für sich einzunehmen.

In dieser Zeit, vor allem in den Jahren nach 1981, war die spanische Jugend der Musik verfallen. Der Grund war meistens eine Verweigerungshaltung gegenüber den Erwartungen der Eltern. Genüsslich rebellierend tauchten die jungen Leute ins rituelle Bad, das in Wirklichkeit ein Abwassertümpel war, in dem die Anemonen, der Abfall und die Wasserflöhe der fremden Populärkultur trieben. Im Schutz der Nacht strömten sie aus, um in dem Abfall der kulturellen Führungsmacht zu stöbern, in Zeitschriften, Platten, Filmen. Zum Beispiel konnte Elsa stundenlang darüber reden, was irgendwelche englischen oder amerikanischen Gruppen machten, und war es noch so belanglos. Die Fotos verführerischer Frauen und Männer auf den Plattencovern schienen durch die Klänge, die aus der Schallplattenrille aufstiegen und sich zu Doppelhelixen formten, zum Leben erweckt zu werden. Es ist nicht verwunderlich, dass auf diesem riesigen Schuttplatz der Glückseligkeit die Musikgruppen wie Pilze aus dem Boden schossen. Jeder wollte eine Gruppe gründen, die Grenzen der Zeit und bestimmter Orte überschreiten. In den Kellern trafen sich krachmachende Träumer; und sobald ihr Demoband oder ihre erste und einzige Single zum ersten und letzten Mal im Radio gespielt wurde, rannten die Jungen und Mädchen auf die Straße. Elsa, die eines der wenigen Mädchen war, deren Begeisterung für die Musik echt war, und die noch dazu nicht hässlich war, wurde siebzehnmal gefragt, ob sie nicht Sängerin werden wolle, noch bevor sich irgendwer über ihre stimmlichen Qualitäten erkundigt hatte. Doch abgeschreckt vom früheren Beruf ihrer Eltern, die als erbärmliches Zauberer-Duo aufgetreten waren, bis der Vater eine Arbeit als Wohnungsmakler fand und sich von seiner Frau trennte, weigerte sich Elsa, eine Bühne zu betreten. Darum antwortete sie auf die Angebote immer nur, dass jemand ja auch das

Publikum stellen müsse; was auch eine Drecksarbeit sei, aber die würde sie übernehmen. Die drei Mal, die man mir ein ähnliches Angebot machte – immer sollte ich Bass spielen –, übernahm ich die Formulierung ihrer Absagen. Jedenfalls enttäuschten unsere negativen Antworten die aufsteigenden Popmusiker nicht nachhaltig; dazu waren sie viel zu beschäftigt, die Ausbeute des Unmöglichen, die Rumpelkammer all der Bilder und Gefühle, Objekte und Metaphern zum Klingen zu bringen, die in einem Land, in dem die Zeitung mit mehreren Tagen Verspätung auf die Dörfer kam und das Fernsehen aus sechs Stunden ranzigster Prüderie bestand, ein Tabu gewesen waren. Es ist sehr bezeichnend, dass die Namen der Gruppen oft besser waren als ihre Lieder, ganz zu schweigen von dem sehr unterschiedlichen Talent, mit dem diese Lieder vorgetragen wurden.

Die Namen der Gruppen waren Manifeste träumerischer Menschen: *Die Rebellen, Die Negativen, Die Geheimen, Känguruhs, Zombies, Die Illegalen, Feind, Esel, Mestizen, Ratten, Spezialisten, Große Liebe, Füchse, Die Schnellen, Dezibel, Kojoten, Nikis* … Oder sie waren vom Kino oder Fernsehen inspiriert: *Alphaville, Polanski und die innere Glut, Die Grenze, Kabinett Caligari, Die Unberührbaren, Die Überreder, Melodrama, Dinaram*. Oder sie waren eine Ermahnung an das Primitive: *Troglodíten, Pekingmenschen*. Oder sie waren zeitlos oder Abkürzungen, ohne die niemand einen schmutzigen Krieg erklären konnte: *UA, TNT, VK, KK de Luxe, PP Einfach So*. Oder sie waren futuristisch: *Oviformia Sci, Die Gründung, Radio Futur, New Buildings, Glänzende Geometrie, Pilot Dro und seine Mannschaft*. Oder sie erschufen verlorene Paradiese neu: *Berlin, Ziel Birma, Brighton 64, Minui Polonia*. Oder sie nützten den gesteigerten Appetit aus: *Camembert, Marmelade, Glutamat Yeyé, Ultratuita, Samen-Up*. Andere originelle Namensschöpfungen waren: *Johnny Jux und die Wiederaufbauer der Pisuerga, Psychopathen aus dem Norden, Klaustrophobie, Kakao für'n Affen, Gott, Unsichtbarer Tanz, Ein Pinguin in meinem Aufzug, 091, Tote Toreros*. Oder sie kreierten schließlich so etwas wie eine feste Wendung, einen Namen eines Phantasie-Unternehmens: *Bauschutt Arias, Totale Finsternis, Tiefschlag, Lebenslang*

Gelähmt, Aggressive Beamte, Tolle Katzen, Kaputte Nerven, Klingendes Verbrechen, Leeres Leben, Nacha Pop, Liquid Car, Letzter Antrieb, Worst Case, Ichallein-Gewerkschaft, Vereinigte Fluglinien, Englische Disziplin, Fünfter Kongress … Seit der Nacht im Oktober '82, in der Elsa mich zum x-ten Mal um Geld bat, während der Sohn von Carlos del Cravall auf der Rückbank des Wagens mit seinem Turkey kämpfte, kamen die Linken an die Regierung und erkannten, dass sie dringend ihr Image aufpolieren mussten.

Damit wir uns verstehen: Was diese neuen Gruppen mit ihren Liedern sagen wollten, hat so richtig kaum einer verstanden. Nehmen wir als Beispiel Elsas damaliges Lieblingslied:

> Deine Kiemen atmen unter Wasser
> Das ist der Tanz der neuen Zeit
> Deine Kiemen atmen unter Wasser
> Die idealen Go-Gos
>
> Spüre die Versuchung,
> dich kopfüber in deinen Fischteich zu stürzen
>
> Himmel! Die Fische erschrecken
> Blaualgen
> Grünalgen
> Tanzen zwischen den Algen
> Durch die Kiemen atmen zwischen den Algen
>
> Ich tauche in einen Fischteich
> Ich tauche in meinem Fischteich
> Ich tauche in deinem Fischteich
> Wir sind bereit zum Untertauchen!

»Wir sind nur auf der Oberfläche, um tief einzuatmen, damit wir wieder auf den Grund zurückkehren können. Sehnsucht nach Kiemenatmung.« Wer damals etwas verstand, verstand schon zu viel. Und keine Sprachen zu können, eröffnete einem ein quasi grenzenloses Gebiet der Spekulation über die Themen der populären Musik in der zweiten Hälfte des zwanzigsten Jahrhunderts. Endlich konnte ich alle Gruppen hören, über die ich, ohne als Amphetaminverkäufer im Außendienst Ahnung zu haben, gesprochen hatte, und ich dachte mir alle möglichen Geschichten aus, die ihre Lieder erzählten. Köstliche Lichtblitze in meinem Gehirn.

An diesen Abenden, die sich nur wenig voneinander unterschieden – alle waren gleich dunkel und endeten auf dieselbe Weise –, sprach Elsa, bevor ich meine Runde durch die Bars in der Oberstadt antrat, über ihre Begeisterung und entwarf eine vorsichtige Ästhetik, die sich in den Liedern verbarg. Ihr didaktischer Eifer rumpelte manchmal mit meiner rüpelhaften Art zusammen:

»Hast du ein Lieblingslied? Ich meine ein echtes Lieblingslied …«

»Ganz bestimmt nicht.« Das Lied in der Saubermann-Werbung wollte ich vergessen, ebenso eine Platte von Tina, die ich bei ihr zu Hause vergessen hatte, und auch die ungleichen Füße von Pepito, dem Yeyé.

Elsa sah mich verlegen an, sie ahnte, dass da etwas war, an das sie mit einer unschuldigen Frage wie »Hast du ein Lieblingslied?« nicht herankam. Wir waren beide verlegen. Und aus Verlegenheit lachten wir:

»Mann, stell dich nicht so an. Viele Leute haben ein Lieblingslied. Oder einen Lieblingssänger. Vielleicht spinnen sie, kann ja sein …«

Ihre Augen glühten vor Neugierde. Ich weiß, es ist albern, aber irgendwie bin ich stolz darauf, dass ich für andere erst mal ein Rätsel bin. Am Anfang habe ich ihr zum Beispiel auch nicht gesagt, dass mein Leben erfunden und mein Name gar nicht mein richtiger Name ist.

Elsas musikalische Vorlieben waren äußerst eklektisch: Anstatt sich auf einen Musikstil zu beschränken, pflückte sie sich aus allem das Beste heraus, auch wenn sie damit manchmal gegen den Strom schwamm und für Gruppen, Musikstile und Interpreten schwärmte, die an und für sich nicht »angesagt« waren, wie man sich damals ausdrückte. Eine ihrer Schwächen war Musik, die sie (und nur sie) »jammermäßig« nannte: Sängerinnen, denn es waren vor allem Sängerinnen, deren Stil etwas über die Grenzen des guten Geschmacks hinausging:

»Wenn einer nicht so viel Talent hat, ist es nicht so schlimm, aber Geschmack … Der Geschmack ist das einzig Wichtige. Aber nicht der so genannte gute Geschmack, bei dem alles schön seinen Platz hat, sondern das gewisse Etwas. Obwohl, Talent ist auch total wichtig. Zumindest so viel Talent, um Geschmack zu einem besonderen Geschmack zu machen, mit dem gewissen Etwas …«

»Mit dem gewissen Etwas?« Ich verstand zuerst rein gar nichts.

Bei ihren Unterscheidungen, wer Geschmack hatte und wer nicht, bekam Elsa wie jeder Enthusiast etwas von einer kleinen Tyrannin, die ihre Entscheidungskriterien, was nun »jammermäßig« oder das »gewisse Etwas« ausmachte, nicht weiter begründete. Jedenfalls sagte mir meine Erfahrung, dass die, die am meisten »jammermäßig« waren, solche Interpreten waren, die unabhängig von ihren Gaben (je weniger sie besaßen, desto mehr Eindruck machten sie) darum bemüht waren, etwas Genialisches zu vermitteln, was man mit gutem Willen erahnen konnte. Vergessene Namen wie P. J. Proby, ein Jamaikaner namens Yellowman (aber nur in seiner Facette als bluesman), die letzten Platten von Elvis, Dion Di Mucci, Wreckless Eric, Ian Dury (klar), der Sänger von Monochrome Set, Brian Wilson … Das alles waren Künstler, die ihr Dilettantentum ohne Magenschmerzen zur Schau stellen. Einige gewannen Elsas Bewunderung, weil sie sangen, als wollten sie Glas zum Zerspringen bringen; andere warfen beim Hörer Zweifel über die Bedeutung des Verbs »interpretieren« auf, wenn sie mit ihrem markerschütternden Geheule die Ungeheuer aus der Erinnerung wachriefen. Verzückungen, die größer als das Leben waren, ausgedrückt mit einer Stimme, als hätte der Sänger einen Kloß verschluckt. Orchesterarrangements, dargeboten von irgendeiner trötenden Kapelle aus dem hintersten Bergdorf. Wahrhaft schreckliche Biographien, in denen der Ausdruck »Ich war kurz davor …« zu häufig vorkam. Diese Künstler vermehrten sich wie Karnickel, allerdings unter der Bedingung, dass sie das Englische pflegten, das Idiom des Erfolgs, und ich nichts verstand. Sie alle hatten eine gutbezahlte Anstellung in Elsas persönlichem Ministerium für Mitleid und Bewunderung.

»Der König der Jammermäßigen«, jemand mit dem gewissen Etwas, Talent, er beherrschte die Materie außergewöhnlich gut, war ein nordamerikanischer Sänger, der eher wie ein Engländer wirkte und Scott Walker hieß.

»Er hat dir was zu sagen, er könnte rundum runde Lieder schreiben, wunderbar sein, aber er will nicht.«

Besagter Scott Walker war Elsas unumstößliches Idol, er hieß in Wirklichkeit Scott Engel und hatte einer sehr erfolgreichen Gruppe angehört, den Walker Brothers, die nach Elsas Worten trotz ihres Erfolgs sehr gut gewesen sein muss.

»Dann hat er alles hingeschmissen, um diese seltsamen Platten zu machen. So besonders … Am Anfang habe ich gesagt: ›Pass mal auf, Scott, deine Sachen sind sehr gut, wenn man sie sich zum dreißigsten Mal anhört. Aber ich weiß nicht, warum du unbedingt was anderes sein willst. Und dann noch diese Traurigkeit, die du verströmst.‹ Ich glaube, dieses Jammermäßige ist nur aufgesetzt. Man muss sich doch auch ein bisschen freuen, Mann …«

»Und hat er dir geantwortet?«

»Warum musst du immer so zynisch sein?«

»Manchmal ist die Grenze zwischen dem Zynismus, den ich verabscheue, und dem Kynismus, den ich verehre, einfach zu fein.« Ich war immer noch ein eifriger Leser, soweit es meine Drogenexzesse erlaubten, und bastelte mir mit meiner autodidaktisch erworbenen Bildung alle möglichen Erklärungen; aber niemand, noch nicht mal Elsa, beachtete mich. Ich war ein »jammermäßiger« Gelehrter. Inzwischen hatte in der winzigen Wohnung die Dunkelheit Einzug gehalten und verdeckte gnädig die Stapel von Platten und Kassetten, eine leere Gin-Flasche und die über den Boden kullernden Cola-Flaschen. Und ich traute mich immer noch nicht, Elsa zu berühren. Ich spürte, wie der Watussi zurückkam, grausam und bedrängend, um wie eine unsichtbare Macht jede Art von Gefühl auszulöschen. Er war der Mörder-Tänzer. Und für mich war Vögeln eine überhöhte Form von Tanz und Mord. Und ich wollte nur mit Elsa tanzen. In ihrer Wohnung. Alles andere käme schon noch, die Liebe in all ihrer Fülle, die gegenseitige Durchdringung der Körper und Seelen, von der alle reden und die ich nur aus Kinofilmen kannte.

Die Wohnung von Elsa, der Mutter Teresa des Sperrmülls: »Objets trouvés«, die, ohne eine ernsthafte Restaurierung erfahren zu haben, eher »perdus« wirkten: Nierentisch, Ohrensessel, Tulpenvasen, Lampenschirme, Figurenvasen und geschwungene Aschenbecher. Die lebhafte Farbskala sorgte für eine permanente Überreizung des Sehnervs. Doch dieser »jammermäßige« Stil musste natürlich an der Idee dahinter gemessen werden. Die Herrin des Hauses (man müsste fast sagen, die Mutter dieser »Schützlinge«) sah darin überhaupt nichts »Jammermäßiges« und war auf jeden ihrer Funde stolz:

»Manchmal gehe ich durch die Straßen und spüre, wie die Dinge zu mir sprechen. Sie rufen mich.«

»Hörst du Stimmen?«

»Sei nicht so doof. Als würden sie funkeln. Die Möbel. Als hätten sie ein eigenes Leben.«

»Das Irrlicht der Müllmänner.«

»Irrlicht? Das gefällt mir sogar …«

»Ein Licht, das von allem ausgeht …« Ihre Augen funkelten: »… das vergänglich ist.«

Elsas Modefimmel nahm ebenfalls verrückte Ausmaße an: Sie hütete ihre Garderoben-Schätze, um sie endlich jemandem zeigen zu können, der sie zu schätzen wüsste. Die Tragödie der Moderne ist die Einsamkeit, das Jeder-für-Sich und dass man seine Ideen mit niemandem teilen kann; vielleicht war ich nicht die geeignete Person, ich brachte keine Begeisterung für Mode auf, für Schnitte und Farben, für die sie so sehr ins Schwärmen geraten konnte:

»Balenciaga ist nicht lebensfähig. Er ist der Scott Walker der Mode. Dramatisch. Schau …« Und sie zeigte mir ein Bild einer aparten und unerreichbaren Frau in Schwarz-Weiß, in einem Kleid mit zwei Röcken, Hütchen und Regenschirm. Man achtet immer mehr auf das Modell als auf die Kleidung, aber ich musste aufpassen, nicht zu ätzend zu sein: »… Du kannst dir diese Kleider stundenlang ansehen, aber sie sind einfach untragbar. Und wenn ich mich doch mal so anziehe? Ich besitze ein Stück mit so einem Etikett …« Sie zog eine Schublade im hintersten Regal ihrer üppigen Plattensammlung auf und zeigte mir etwas: »Balenciaga. 10, Avenue Georges V. Paris«.

Die Sternstunden in der Geschichte der Menschheit nach Elsa – in dieser Reihenfolge: die Frisuren des Models Jean Shrimpton (alias »Shrimps«), die Kollektion »Robin des Bois« von Yves Saint Laurent, die Kollektionen von '66 desselben Modeschöpfers (insbesondere das Kleid Mondrian), und die Frühlingskollektion aus dem Jahr '65 von Courrèges, der laut Elsa nicht nur ein Genie war, das 1969 mit dem weißen Mantel Couture Future den Schwanengesang der Schönheit entwarf, sondern auch der eigentliche Erfinder des Minirocks, »und nicht diese abkupfernde Tomate Mary Quant«.

»Gut, und dann sind da noch die Jacketts von Ventrillon. Aber den gibt's nicht mehr. Pleite.«

»Und was ist mit mir?«

»Mit dir?«

»Ja, was soll ich anziehen?«

»Hier, das ist dein Gott!« Womit sie mir ein Plakat (zerrissen) des Films *Alfie* zeigte: »Echt cool. Hast du nicht was von Kynismus gesagt, der kein Zynismus ist?« Elsa hörte manchmal zu, wenn es gar nicht den Anschein hatte: »Das ist cool. Schwarzer Anzug, weißes Hemd. Schlicht, aber nichts fehlt. Elegant … Solange du den Mund nicht aufmachst …«

Und so fingen wir an, uns nach ihren Vorstellungen zu kleiden. Eines Morgens zogen wir los, um für sie Klamotten aus den sechziger Jahren zu suchen, wir gelangten an die unglaublichsten Orte, kleine Märkte und Lager, wo sich die Sonderangebote stapelten. Um aus mir einen coolen Typen zu machen, waren solche Beutezüge allerdings nicht nötig. Wir suchten im hintersten Winkel der Altstadt einen alten Schneider auf, und als wir ihm ein Foto des Schauspielers Michael Caine, des Hauptdarstellers aus *Alfie*, zeigten, liefen dem alten Herrn Tränen der Nostalgie über die runzligen Wangen. Während Elsa den Stoff aussuchte und ich in dem einzigen Bestreben, cool zu sein, alles über mich ergehen ließ, tupfte sich der Schneider mit dem um seinen Hals hängenden Metermaß die Tränen ab.

Eines Tages, wieder einmal stöberten wir in einem dieser Lager, die sich vorzugsweise in Hafennähe befanden und mich fatal an die samstäglichen Stadtbummel mit meiner Mutter erinnerten, wurde Elsa auf einmal blass:

»Fernando …« Sie fasste sich an die Brust.

»Ist alles in Ordnung?«

Elsa zeigte auf ein Etikett an einem roten Samtjackett: »Ventrillon. Paris.«

»Die haben vor ewigen Zeiten dichtgemacht … Das ist absolut …«

Einige Wochen lang trug Elsa, die noch nicht mal mehr während der Arbeit »wie aus dem Ei gepellt« war, auf allen Festen ihre nagelneue (für sie war sie es) Jacke, die sie mit allem Möglichen kombinierte: mit schwarzen Shirts mit roten Kreisen auf der Brust, blauen Stiftröcken, rosa Miniröcken, schwarzen Leggings, Vichy-Karos, Ballerinas oder hohen und kurzen Lackstiefeln. Sie ergänzte ihr Outfit mit allem, von dem sie sich vorstellen konnte, es sei der letzte Schrei aus Paris, London oder New York, sie zeigte mit Stolz ihre Verachtung für den Kleiderstil unserer biederen Mitmenschen. In ihrer ebenso unbedarften wie zielsicheren Art schaffte es Elsa, dass ich mich nicht wie ein Clown fühlte, sondern cool und überlegen. Und noch dazu aufgeräumt; das hatte ich noch nicht mal erreicht, als ich mit Tina an der Seite einen Jaguar fuhr. Es war wie eine Reise in ein Land der Jugend, in dem ich nie gewesen war; dort fühlte ich mich wie ein Prinz, ich sog literweise kristalline Luft in mich auf, war einfach so glücklich und auf keine andere Anerkennung angewiesen außer auf die Elsas. Zu meinem noch größeren Stolz bemerkte ich, dass sie anfing, einige meiner typischen Bewegungen nachzuahmen, meine freche Art, die mich auf der Plaza Real berühmt und berüchtigt gemacht hatte, diese Endlosreden, die dazu dienten, den Selbsthass zu entladen, den Hass auf unsere wirkliche Situation in der Welt.

Es war im Jahr darauf, als ich auf einem meiner täglichen Gänge in die Oberstadt, inzwischen ging ich allein, in einem Schaufenster auf einer Holzbüste Elsas Jackett von Ventrillon erblickte. Es war eine exklusive Boutique, und ich dachte, Elsa würde sich freuen, dass sie und ihr Stil endlich einmal jemandem aufgefallen waren. Ihr Stil hatte Schule gemacht, war von den Reichen aufgegriffen worden. Am nächsten Tag fand ich Elsa unter den Arkaden des Platzes, sie taumelte, und an der Größe ihrer Pupillen erkannte ich, dass sie zumindest für diesen Tag keine Kälte und keine Schmerzen ertragen musste. Sie nahm meinen Vorschlag an, mit mir zu der Boutique zu gehen, und als wir dort waren, starrte sie eine, zwei, zehn Minuten lang auf das Schaufenster, sie wankte, dann kullerte ihr marineblauer Gangsterhut über den Boden. Was schaute sie die ganze Zeit an? Ein rotes Samtjackett mit umgelegtem Kragen. Sonst nichts. Das Zeug, von dem sie abhängig war, war schuld an diesen apathischen Zuständen; gleichwohl, heute nahm sie sich besonders lange Zeit, die Geschichte dieses Jacketts nochmal an sich vorbeiziehen zu lassen, dieses erlesenen Kleidungsstücks, das zuerst »Ventrillon« gehört hatte, dann »Elsa« und nun eine Boutique schmückte. Hinter der Scheibe, hinter den spanischen Wänden wurden bereits elegante Schatten unruhig.

»Komm, Elsa, lass uns gehen …«, sagte ich zu ihr, während ich ihr den Hut aufsetzte.

»Das ist eine Sauerei.«

Eine Weile lang, während der abschüssige Weg uns zum Platz zurückführte, sagte ich nichts. Ich glaubte zu verstehen, dass sie es angesichts der Geschäftslage im Stillen bereute, kein Kapital aus ihrem modischen Gespür geschlagen zu haben, mit dem sie sich für die Zukunft, die sich über uns zusammenzog, hätte rüsten können. Meine Devise damals lautete, dass eine Folge grauer Tage allemal besser war als dieser hoffnungslose Wolkenbruch, in den Elsa hineingeraten war.

Dann brach ein neuer, schwankender Wortschwall aus ihr heraus:

»Das ist eine Sauerei. Ein schlechter Witz … Der Hohn. Ich schwöre dir, ich habe keinem gesagt, welche Marke das Jackett hat, weil ich wusste, dass die keiner kennt. Es war auch ein Witz, aber für mich. Den ich mir selbst erzählt habe … Der Hohn … Und jetzt die dreiste Kopie. Ich lebe umringt vom Toten. Das Jackett gab es nicht mehr, ich habe es zu neuem Leben erweckt. Es hat nur gelebt, weil ich es aufgestöbert habe. Das war noch keine Kopie. Sondern eine Idee, die ich hatte. Und sie haben mich kopiert. Eine Kopie ist ein Schlag ins Gesicht. Und stillos. Eine Sauerei.«

Wir gingen weiter von Straßenecke zu Straßenecke, überall leuchtende Laternen und Schatten. Ich glaubte, ich würde sie verstehen, aber ich dachte auch, dass ihre abgehackten Sätze, dieses Ich-Ich-Ich, ihr auf den Boden gehefteter Blick und die gehetzten Schritte mit ihren abgelaufenen Stiefeln mir in meinem Urteil recht gaben, dass sie verbittert war.

Ihre Unruhe, der Zwang, sich Stoff besorgen zu müssen, wurden immer schlimmer, mein Leser. Elsa war längst nicht mehr glücklich im Elend, sie ließ sich gehen, und wir alle wurden darin bestätigt, dass, wie einmal jemand gesagt hat, »der Schrecken weiß ist« (und manchmal die Farbe braunen Zuckers annimmt). Sie und ich, wir entwarfen Handlungen, zeichneten Karikaturen, Parodien, um zwischen den Toten ein wenig Leben aufzuspüren. Wir sangen in einer Sprache, die wir nicht verstanden, und ein paar Wörter plus Melodie und Rhythmus lieferten uns Geschichten, die viel besser waren als das Original, fast immer anders, aber trotzdem nicht falsch; in den Wörtern klang etwas nach, das wir zu kennen glaubten, als wären sie für uns bestimmt gewesen. Wir waren unbedeutend, provinziell, und fühlten uns göttlich. Die unverständliche Sprache war eine Absage an den volkstümlichen Dialekt des Lebens. Noch mehr Musik: Erfindung, ein Schatten, der wahrhaftiger ist als das Licht; Formen, die, zumindest in meinem Fall, von Pepito, dem Yeyé, ausgegangen waren, von seinen sprudelnden Phantasiegeschichten über magische Ballsäle in einem zu New York hochstilisierten Stadtviertelidyll. Auf dem glänzenden Parkett verloren die dichtgedrängten Menschen das Elend der Welt aus den Augen.

7

Ende des Jahres '81 führte die Tatsache, dass wir unsere Gefühle einander nicht zeigten, zu Schwierigkeiten. Die Spannung zwischen uns wuchs: Elsa und ich hatten eine Grenze zu einem Land überschritten, in dem die Liebe vergeht, weil sie nicht ausgeübt wird. Wir begannen zu begreifen, dass wir im Bett Erfüllung finden mussten und dass die Vereinigung unserer Körper auf ganz natürliche Weise im Orgasmus gipfeln und dass es mit einem Orgasmus nicht genug sein würde; doch es fiel uns damals schwer, den einen richtigen, möglichst spontanen Zeitpunkt zu finden. Mir gefielen ihre Beine, ihr Hals, ihr Gang in den grünen Schlangenlederstiefeln, für die sie in einem ihrer Secondhandläden ein Vermögen hingelegt hatte. Aber schließlich bedeutet der kalte Blick auf einzelne Körperteile noch nicht, dass man ein Mädchen liebt.

Voraussetzung war, dass wir uns von irgendwelchen Idealvorstellungen lösten und unsere Distanziertheit überwanden. Vor allem ich musste meine Distanziertheit überwinden.

Zum ersten Mal schliefen wir bei mir zu Hause miteinander. Ich schaukelte auf ihr herum, während sie mir begeistert von einer Platte der *Rezillos* erzählte. Nach dem kurzen Schreck über das Zucken im Rücken, das ohne Vorwarnung einfach über mich gekommen war, keine Grimasse, kein Aussenden erotischer Wellen oder mehrfaches Heben der Augenbrauen, setzte sie ein schiefes

Lächeln auf und drehte den Kopf weg, als wollte sie »ach endlich …« sagen. Wir bemühten uns nach Leibeskräften, entfalteten unser ganzes Können. Ich weiß nicht, wo sie währenddessen mit ihren Gedanken war (an irgendetwas Unterhaltsames würde sie schon denken), ich jedenfalls vermied es, an Tina zu denken. Nach Übungen in fernöstlicher Kriegskunst, bei denen eine verrenkte Stellung die andere ablöste, entlud ich endlich die Essenz meiner Männlichkeit in die immer weiter freundlich dreinblickende Elsa. Sie lächelte huldvoll, als hätte ihr jemand einen schlechten Witz erzählt. Der Abendlärm drang vom Platz herauf, darüber erhob sich die Stimme eines Hippies, der »Mr. Tambourine Man« sang.

»Er singt ›Mr. Tambourine Man‹ …«, sagte Elsa.

»Ja …«

»Jedes Mal, wenn ich das Lied höre, stelle ich mir eine unasphaltierte Straße und eine unbarmherzig brennende Sonne vor. Irgendwann kommen wir, du und ich, meine ich, bei einer alten Tankstelle mit geziegeltem Vordach an. Ein angenehm kühler Ort. Mit so einem Bastvorhang an der Tür, der wie eine Harfe klirrt … Eigentlich geht das Lied, glaube ich, über einen Typen, der einen anderen bittet, das Tambourin zu spielen … Ich weiß nicht, man müsste sich den Text mal genau anhören …«, klärte Elsa mich auf, während sie sich in den Laken wälzte, mir ihre sommersprossige Schulter zeigte, sich eine Zigarette anzündete und sich mit dem Handrücken heimlich das Schamhaar abwischte.

Als sie aus der Dusche kam, fertig angezogen, zog sie den Schluss:

»Du bist meine Sonne, Fernando.«

Eine unbarmherzig brennende.

Irgendwie wussten wir, auch ohne ein Wort in welcher Sprache auch immer darüber zu verlieren, dass das alles gewesen war, was wir im Bett füreinander tun konnten. Eine Stimme sagte mir, dass unsere Erwartungen überhöht gewesen waren, ihre Augen allerdings schienen mir zu sagen, während sie über das wunderbare Foto auf dem Album *Bringing It All Back Home* von Bob Dylan und der schönen Sally Grossman sprach, dass vielleicht auch meine

Trägheit schuld war. Ich erwiderte sofort auf ihren mutmaßlichen Gedanken, mein Blick sagte: »Du brauchst keinen Schwanz, sondern einen Presslufthammer. Oder nein, nichts davon, ich habe mehr, als du brauchst, aber ich habe dich zu sehr lieb, um meinem Raubtierinstinkt freien Lauf zu lassen. Hör dich um, wenn du mir nicht glaubst.« Manchmal fühlt man sich in der Haut eines präpotenten Schwachkopfs sicher, doch bei Elsa bröckelten meine Vorstellungen über Sex, statt Geilheit stieg in mir ein heftiges, beunruhigendes Gefühl der Ablehnung auf.

Eine Woche lang sahen wir uns nicht, und ich litt unter der seltsamen Funkstille. In meiner Unsicherheit testete ich meinen Marktwert, was dazu führte, dass ich eine Woche lang glaubte, die gesamte weibliche Welt habe sich gegen mich verschworen; einen objektiven Erfolg landete ich bei einer Stöhnerin mit präraffaelitischem, leicht nach Henna riechendem Haar und feinen Lippen. Sie freute sich sehr über meine Bekanntschaft, ihre Augen strahlten wie die Lichter eines Leuchtturms, wenn sie mit mir versaute Sachen machen durfte, und wenn sie in sich den berühmten Doctor Feelgood spürte, hier und jetzt, im Augenblick des kleinen Tods, weinte sie vor Freude. Ich war ein moderner Junge mit Zungenfertigkeit, kundigen Lippen und einem Schwanz, dem fast, das kann ich laut sagen, ein eigenes Leben vergönnt war. Nicht ein Winkel deines Körpers, du geile Maus, bleibt unerkundet, was du mit mir fühlst, wirst du erst wieder erfahren, wenn du Anthropologin bist und im Senegal zu den Negern gehst, und während ich solche Dinge sage, denke ich an das geöffnete Oval von Tinas Mund. Tina, wie durch Zauberkunst lenkte dein wogender Schamhügel mit präzisen Bewegungen jenen Handschuh, der deine Fotze ist, bis zu dem Punkt, als elektrische Stöße die Intensität der Lust ausreizen, sie immer höher schrauben, eine süße Beklemmung, ätzend und süß, leicht schmerzhaft und süß, und ich will immer mehr, salzig und flüssig, an Punkten meiner Anatomie, die nur die östliche Medizin kennt, das ist es jetzt, sehr süß und salzig und sehr gut.

Doch dann besuchte mich Elsa wieder, sie trug eine Kappe mit

Vichy-Karos und hatte das Haar zu zwei Zöpfen geflochten. Sie sagte zu mir:

»Hast du schon gehört, dass unter deiner Hütte eine Wohnung frei wird? Der Vermieter kennt mich. Sie ist billig.«

»Und?«

»Wir könnten es versuchen. Was sagst du dazu?« Woraufhin sie die Mütze abnahm und ihre beiden Zöpfe wie Propeller schwang. Sie meinte ihre kindliche Frisur und die Aussicht, zusammenzuziehen.

Wir zogen zusammen und gaben alles, was wir hatten, für die Einrichtung aus, für einen Aufsatz von einem Flipperautomaten (darauf stand »Beach Party«), für Fotos von Michael Caine und Brigitte Bardot, für ein großformatiges Plakat von *Qué noche la de aquel día!* Immer wieder spielten wir unser sexuelles Repertoire durch; doch diese reine Gymnastik machte uns im Stillen verzweifelt, jeder von uns lag auf seiner Seite des Betts, ohne je Erfüllung zu erfahren. Wären wir ein wenig mehr oder etwas weniger kundig gewesen, wäre Geduld unsere Devise gewesen, dann wären wir unverkrampft zu dem Schluss gekommen, dass das Fehlen von Leidenschaft oder einer vergleichbaren Gefühlsregung, diese Barriere zwischen unseren Körpern, nicht so wichtig war. Früher oder später würde das Zusammenleben sowieso dazu führen, dass wir uns ein bisschen hassten, da brauchte es uns nicht zu verdrießen, wenn wir uns im Bett auch ein wenig hassten. Sie war unbesiegbar, obwohl sie jeden Tag mehr Heroin brauchte und das Beschaffen des Stoffs ihre Gedanken und Zeit restlos in Anspruch nahm. Man hatte sie aus der Arbeit rausgeworfen (ich erfuhr nie den Grund, konnte ihn mir aber denken), stattdessen verkaufte sie jetzt meine Tabletten, während ich nun vormittags in einem Plattenladen arbeitete und nachts hin und wieder Konzertplakate auf die Häuserwände klebte, wo meine früheren Ws allmählich verblichen.

Aber, und das wusste Elsa genau, es war nicht damit getan, dem Heroin hinterherzujagen. Wir wohnten etwa einen Monat zusammen, als ich bemerkte, dass die Leute auf dem Platz, irgendwelche

Arschlöcher in den Bars mich schon von weitem angrinsten und irgendwelche blöden Kommentare über meine Klamotten und meine Plattensammlung abließen … Sehr verdächtig, das alles. Und alles andere als komisch.

Elsa zog in ein anderes Zimmer. Eines Abends hörte ich sie stöhnen. Es blieb nicht das einzige Mal. Also schleppte ich eines Abends so eine Schlampe mit nach oben, die nur aus Locken und Titten bestand. Am einen Ende des Gangs Elsa und ihre lasziven Laute. Am anderen mein Zimmer. Ich ging mit der Tussi rein, und während sie sich auszog, tat ich, als wäre ich mit irgendwas beschäftigt, und stöpselte ein Mikrofon in die Anlage. Dann stellte ich das Mikrofon neben mein Bett und wuchtete die voll aufgedrehten Lautsprecher in den Gang. Es war ein durchschlagender Erfolg. Es dauerte keine drei Sekunden, da legte dieses Mädchen mit dem mikroverstärkten Gestöhne los, dass die Wände wackelten. So sehr, du gemeine Elsa, liebt dich dein verrückter Fernando!

Die Antwort kam prompt am nächsten Abend: Meine Mitbewohnerin, meine Freundin, meine Geliebte schleppte gleich zwei Typen mit nach Hause. Männer jeden Alters und jeden Zustands kamen von da an zu jeder Tages- und Nachtzeit, und das rhythmische Knarzen des Bettes, die Dauer, die Aufenthaltsdauer des Schwanzes, die Schwänze selbst glichen sich immer mehr den Gepflogenheiten unserer Hurennachbarinnen an. Aber das war noch das Geringste. Die freien Stunden meiner Strich-Freundin hatten unsere Wohnung in einen Schlupfwinkel für Junkies verwandelt. Alle standen wir aus dem einen oder anderen Grund vor dem Klo Schlange. Eines Tages verschwand die Anlage.

»Wir müssen reden, Elsa.«

»Schon gut. Lass mir ein bisschen Zeit, bis ich eine Wohnung gefunden habe, und du kannst die hier behalten.«

Diesmal dauerte es mehrere Wochen, bis wir uns wiedersahen und so taten, als ob nichts gewesen wäre. Doch erneut schmerzte uns die Distanz zwischen uns, die uns noch immer nicht unüberwindbar schien, und in meinem Bedürfnis, alles mit Elsa zu teilen, begleitete ich sie auf ihrer seltsamen Safari von einer Bar zur anderen, während der sie zu wittern versuchte (jetzt war ihre Intuition gefragt), wo der unsympathische Türke, der legale Libanese, der aufgeregte Marokkaner bloß steckte, was es mit dieser so seltsamen Menschentraube auf sich hatte, die sich plötzlich an irgendeiner Straßenecke in einem entlegenen Viertel gebildet hatte. Ich wartete mit ihr, bis hinter einer Luke dreimal das Licht an- und ausgeknipst wurde, wir liefen die U-Bahn-Stationen auf der Suche nach einem Untergrund-Dealer ab. Stunde um Stunde saßen wir unter Denkmälern, wir gingen an Orte, wo man deutlich die Glocken hörte, wie sie einmal und noch einmal die Stunden schlugen, Randgegenden, wo Hühner sich im Schlamm suhlten und herrenlose Hunde schrottreife Autos verfolgten. Oder wir gingen die Treppen empor, die auf den Berg meiner Kindheit führten, an der Pfarrkirche vorbei, wo man das regelmäßige Aufschlagen eines Pingpongballs hörte und irgendwen, der die Punkte zählte, und Elsa streckte ihre noch immer in Caprihosen steckenden Beine aus und legte die Hand als Schutz an ihren Cordobeser Hut, weil die Nachmittagssonne genau auf die Tür der Pfarrkirche fiel, wo sich gerade eine Gestalt verabschiedete und auf den Weg machte. Elsa ging der Gestalt nach, während ich auf der Treppe sitzen blieb. Mit nur einem Bruchteil der Geschicklichkeit, mit der sie sich Heroin beschaffte, dachte ich mir, hätte sie sich schon längst aus ihrer Zwangslage befreien können. Angst schien sie nicht zu kennen, nie wirkte sie furchtsam. Nie sah ich irgendwelche Spuren, die darauf hingewiesen hätten, dass sie geschlagen worden war, misshandelt von irgendeiner dieser Bestien, die ihr an ihren Versorgungswegen auflauerten. Als mir das Glockenschlagen so vertraut wie mein Herzschlag war, kehrte sie unfreiwillig schwankend zurück und hockte sich an meine Seite, um abermals die Stunden zu vergessen, und wie wir da saßen, überraschte uns eine köstliche Frische, während wir zusehen konnten, wie das Licht schwand. Und sie sprach zu mir in einer Laune, die ich nur als flüssig, blau, submarin, ozeanisch beschreiben kann, drückende Stille.

»Weißt du, warum ich von meinen Eltern ausgezogen bin, Fernando? Ich hatte da so einen Freund. Einen Kommilitonen aus dem COU. Das Studium hat mich überhaupt nicht begeistert, mein Freund hat mich auch nicht begeistert, und meine Arbeit schon gar nicht. Das Einzige, was mich begeisterte, waren die Musik und der Monat August. August, immer nur August, mit wem auch immer. Aber dann kommen solche Arschlöcher und legen dir in dem Glauben, dich zu erziehen, Pflichten auf, die sie selbst sich in ihrem ganzen Scheißleben nie aufgebürdet hätten. Aber das durchschaust du nicht, und sie bläuen dir ein, dass du sie nie hintergehen darfst, dass sie dann ihres Lebens nicht mehr froh würden. Dann erwischte ich meine Mutter mit diesem Jungen. Meinem Freund. Im Bett. Die hielt sich wohl immer noch für eine Zauberin …«

»Das glaub ich einfach nicht, Elsa.« Um ihre Lügen und Märchen aufzudecken, mit denen sie ihren Zustand rechtfertigen wollte, brauchte ich sie nur zu streicheln. Denn wenn sie log, stieg ihre Körpertemperatur. Ich wollte sie anfassen, aber nicht, weil ich mir unsere Beziehung zurückwünschte, sondern ich erhoffte mir, dass durch die Berührung meine Erinnerung zurückkäme. Ich berührte sie am Ellenbogen, nahm ihre Hand, klopfte ihr mit dem Zeigefinger aufs Knie. »Das glaub ich nicht …«

»Meine Güte. Sie waren gerade dabei, ins Bett zu steigen.«

»Woher weißt du das?«

»So was weiß man.«

»Du kannst das nicht wissen, solange …«

»Sie waren nervös und standen kichernd vor mir. Sie wussten nicht, wohin mit sich. Neben dem Sofa, ziemlich weit weg von ihnen, standen zwei leere Gläser. Das passte nicht zusammen. Aber das sind nur Hinweise. Vor allem aber spürt man so etwas. Die Aufgeladenheit des Augenblicks. Hast nicht du mir gesagt, meine Stärke sei die Intuition?«

Ich führte irgendeine Ausrede an und ging, und ich schüttelte über mich den Kopf, dass ich überhaupt mit hierhergekommen war. Damit endlich mal etwas zwischen uns passieren würde, das intensiv, echt war? Damit ich auch mit dem Drücken anfing und wir beide gemeinsam den Abhang dieses Bergs hinabkullern würden und als eines dieser Paare enden würden, die sich nie einen Blick schenkten, außer um auf das Nahen eines Dealers hinzuweisen, siamesische Zwillinge, die schon lange nicht mehr miteinander schliefen und wie erstarrt auf der Plaza Real, am Arco del Teatro standen? Undenkbar, außerdem glaubte ich nicht, dass sie zum Arbeiten geschaffen war, trotz ihres Durchhaltevermögens. Das musste ich anerkennen. Elsa und ihre Welt waren zu viel für mich. Machten mir Angst. Große Angst. Und jener dumme (damals zumindest, mein Leser, heute ein wenig klügere) Überlebensinstinkt, dieser Glaube, dass sich hinter allem eine bedrohliche Falle verbirgt, war dafür verantwortlich, dass ich nicht Eifersucht, sondern Angst fühlte, Angst vor jedem hoffnungsfroh aufblitzenden Funken Liebe. Mir lief es kalt den Rücken hinunter, während ich die Straßen des Stadtteils Pueblo Seco hinunterging, den bebauten Hang meines Berges, wie früher so oft, als ich keine anderen Sorgen hatte als meinen Drang nach Abenteuer und meine blendende Zukunft. Auf den Plätzen lungerten herumpöbelnde Grüppchen herum, sie hatten dasselbe eingefallene Gesicht wie Elsa, die jetzt allein oben auf den Stufen saß, ermattet, verlassen. Die dort spürten dieselbe Kälte, Erstarrung des eigenen Körpers, die erbärmlichste aller Verzweiflungen. Sie musterten mich kurz, dann kamen sie in einer Horde auf mich zu, beschimpften mich, bloß nicht stehen bleiben, bereiteten ihre List vor, schnell weg. Rennen.

Abends, an diesem oder irgendeinem anderen Abend, es spielt auch keine Rolle, kam Elsa ziemlich zerknirscht nach Hause:

»Ich liebe dich über alles auf der Welt, Fernando. Du bist etwas ganz Besonderes. Aber, bitte, bitte, du weißt nicht, wie das ist, du hast keine Vorstellung davon. Macht es dir was aus, wenn ich mir bei dir einen Schuss setze? Weißt du, bei mir zu Hause sind so Leute, und ich will nicht, dass sie mitbekommen …«

»Nein, Elsa … Nochmal, und ich rede kein Wort mehr mit dir. Du weißt, was los ist.«

Es war nämlich so, seit ein paar Monaten überwachte die Polizei verstärkt die Drogenszene. Ich war als Dealer bekannt, auch wenn ich in Wirklichkeit keiner war, und es brachte mir auch nichts, dass ich Elsa mein Gewerbe überlassen hatte. Am Anfang verstrickte sie sich in irgendeiner weitschweifigen Erklärung, dass wir aus unserem gemeinsamen Handel keinerlei Profit schlugen. Doch bald scherte sie sich nicht mehr darum: Alles, was sie hatte, floss in die Spritzen und von dort in die Adern. Doch einen Ruf wird man nicht so schnell wieder los, und irgendwann kriegst du Ärger, denn wenn du Dealer bist und nie erwischt wirst, kann das nur heißen, dass du dich als Spitzel hast anwerben lassen. Diskretion wurde mein oberstes Gebot, außerdem begann ich, ein bisschen Geld mit dem An- und Verkauf gebrauchter Platten zu verdienen, und ich fand auch nichts Verwerfliches dabei, Elsas Kassetten zu überspielen und sie am Wochenende in den Bars zu verkaufen. Ich textete für einen Comiczeichner, der Geschichten über Bandenkämpfe in einer nicht näher bestimmten Stadt zu Papier brachte. Ich erlaubte mir sogar, das Angebot eines Agenten zurückzuweisen, der sich als Toni Tortosa vorstellte und auf den ersten Blick von mir begeistert war, für ihn hätte ich Pornos oder zumindest »heftige« Geschichten schreiben sollen. Seinen Worten zufolge würde ich meine überbordende Phantasie »in den Dienst eines internationalen Publikums« stellen. Ich glaubte fest an meine kleine, heile Welt, die mir gleichwohl abgeschieden und abgenützt schien, und natürlich nicht sehr produktiv, aber zumindest war ich raus aus dem Spießrutenlauf der Drogenstreifzüge. Es ging mir gut, ich hatte wenige Ausgaben und wollte keine Schwierigkeiten. Weit weg von den Junkies, weit weg von dem frivolen Unsinn, der zunehmend aus Elsas Mund kam:

»Willst du mich heiraten?«

»Klar … Gleich morgen?«

»Ich meine es ernst, Fernando. Ich weiß nicht, ob ich es dir schon erzählt habe, meine Eltern haben sich getrennt. Wie es meiner Mutter, diesem Kotzbrocken, geht, weiß ich nicht, aber meinem Vater hat die Trennung sehr gutgetan. In letzter Zeit himmelt er mich an.«

»Bemerkt er gar nichts?«

»Was soll er denn bemerken?«

»Ach, nichts.«

»Offenbar hat er in den letzten Wochen viel Geld verdient. Er ist Partner bei einer Immobilienfirma geworden und hat sogar meinen Bruder dort untergebracht. Er hat Wohnungen gekauft. Und meinem Bruder und mir hat er eine Wohnung versprochen, wenn wir heiraten. Er will meiner Mutter eins reinwürgen. Recht hat er.«

»Wenn er das muss …«

Elsa schob sich ihren Hut aus dem Gesicht und sah mich herausfordernd an:

»Du hast mir nie etwas von deinen Eltern erzählt …«

»Du hast mich auch nicht nach ihnen gefragt.«

»Natürlich habe ich dich gefragt. Tu nicht so. Du willst dich einfach nie festlegen. Kommst immer mit irgendeiner Ausrede … Aber ich will mich gar nicht einmischen. Ich sage das nur, weil sie zur Hochzeit kommen müssen. Deine Eltern, meine ich.«

»Ach, diese Hochzeit ist also bereits abgemacht …« Sie sah mich weiter stumm an. »Aber, hör mal … Was heißt hier heiraten? Was redest du da überhaupt?«

»Wir heiraten, mein Lieber. Wie heiraten, verkaufen die Wohnung, die uns mein Vater schenkt, und teilen uns das Geld. Halbehalbe, was hältst du davon? Da kommst du doch wirklich nicht schlecht weg. Weißt du, ich brauche das Geld, Fernando …«

Elsa weinte nie. Sie beschwor mich nur mit leiser, flehender Stimme: »Bitte, bitte, bei Gott, beim lieben Gott, bei allem, was du willst …«

»Elsa, ich kann nicht.«

»Aber warum denn nicht? Ich liebe dich, du liebst mich …«

»… wir lieben uns, ihr liebt euch, sie lieben sich.«

»Ich weiß schon, das klingt nach einer echten Hochzeit, aber mit diesem Geld sind wir fein raus. Ich habe sofort an dich gedacht, weil ich dich liebe. Ich wünsche dir nur das Beste. Und ich nehme an, das wünscht du dir auch für mich. Hast du eine andere, die du heiraten willst? Diese Schnecke, die du vor ein paar Tagen mit hochgeschleppt hast? Oder was ist das Problem?«

»Ich kann einfach nicht.«

»Sag mir einen triftigen Grund. Aber schwafel nicht rum, komm mir nicht mit irgendwelchen komischen Geschichten. Die Stunde der Wahrheit ist gekommen, zeig, wer du bist …«

Man brauchte kein Meister der Dialektik zu sein, um diese letzte Forderung zu zerpflücken, doch ich war einfach nur ehrlich.

»Ich habe keine Papiere. Ich heiße nicht Fernando Ruiz McDonald, Elsa. Ich heiße Fernando Atienza Picazo. Ich kriege keinen neuen Personalausweis. Ich habe mich vor dem Militär gedrückt. Es kann sein, dass wichtige Leute mich suchen, wegen etwas, das ich nicht erzählen darf. Vielleicht suchen sie mich auch nicht mehr, aber ich habe trotzdem Angst.«

In diesem Augenblick spürte ich, dass Elsa das Interesse an mir oder zumindest an dem, den ich darstellte, verloren hatte. Sie sah mich an, als hätte ich sie gerade geschlagen:

»Hau ab, verdammtes Arschloch!«

Sie knallte die Tür zu. Ende 1982 heiratete sie einen Typen, der mir teuflisch ähnlich sah. Auf dem Platz und in den umliegenden Gassen wurde er bekannt als Picasso 2. Gemäß der Vereinbarung verkauften Elsa und Picasso 2 nach der Hochzeit, zu der sie mich nicht einluden, eine großartige Wohnung in einer guten Gegend zu einem lächerlichen Preis. Offenbar verschwand dieser Picasso 2 ziemlich schnell von der Bildfläche und hatte einen weit größeren Prozentsatz aus dem Immobilienverkauf eingesackt, als ihm eigentlich zugestanden hätte. Elsa hat sich wahrscheinlich einen Hut gekauft; im Übrigen ging alles genauso weiter: Runden drehen, Schlange stehen, Warten, geöffnete Fenster und geschlossene Luken in abgelegenen Stadtvierteln, Warten, viel Warten und hin und wieder merkwürdige Reisen mit noch merkwürdigeren Leuten, die ihr irgendeine suspekte Information gesteckt hatten. Es konnte genauso gut Junkie-Gelaber wie die Wahrheit sein, doch Elsa mit ihrem weichen Herzen und ihren moralischen Ansprüchen nahm alles für bare Münze.

Erste merkwürdige Mitteilung Elsas: Wenn im Radio oder in den Zeitungen ein Schlag gegen den Drogenhandel angekündigt wird, muss man vierzehn Tage verstreichen lassen. Vierzehn Tage lang dauert das Katz-und-Maus-Spiel. Anspannung bei allen, eine sehr harte Zeit für Junkies und Dealer. Aber wenn die vierzehn Tage rum sind, sind die Straßen von Heroin überschwemmt. Die Stadt wird weiß.

Zweite merkwürdige Mitteilung Elsas: Leute, die Waffen verkaufen, handeln auch mit H. Wenn zum Beispiel irgendwelche ETA-Leute kommen, sagt einer, der auf Turkey ist: »Ich verkauf dir fünfzig Pistolen, aber du musst mir dafür ein Kilo Stoff besorgen.« Die ETA-Leute wissen, dass viele von denen, die zu ihnen kommen, übel auf Heroin sind. Aber Krieg ist eben Krieg, und das Wichtigste sind die Waffen, also besorgen sie ihnen Stoff. Allerdings wissen sie nicht, dass der Verkäufer mit der Polizei hier eine Regelung getroffen hat. Sobald sie mit Stoff in Berührung kommen, nimmt die Polizei sie als Dealer und nicht etwa als Terroristen fest, und andere ETA-Leute rücken nach. Die Polizei schüchtert den geschnappten ETA-Mann ein und bringt ihn dazu, für sie zu arbeiten.

Dritte merkwürdige Mitteilung Elsas: Erinnerst du dich an David Supersauber, so ein Typ, der sich hier in der Gegend rumgetrieben hat, ziemlich groß, du hast ihn Don Vorausschauend genannt? Weißt du, was man mir erzählt hat? Er soll mit der Polizei unter einer Decke stecken. Angeblich dachte er, wenn er Bulle ist, tun sie ihm nichts an. Vor ein paar Tagen hat ihn jemand in ein Auto steigen sehen. Seitdem fehlt jede Spur von ihm …

Einmal, nachdem sie eine Woche lang verschwunden war, kam sie mit einem großen Paket an:

»Das ist für dich.«

In dem Paket waren zahlreiche Schachteln mit pharmazeutischen Produkten.

»Ich war in Frankreich. Frag nicht weiter nach. Wir sind irgendwohin gefahren und dann woandershin … Und das hier schulde ich dir.«

Die Schachteln waren voller Amphetamine und Beruhigungspillen. Ich dachte sofort das Schlimmste: Elsa wollte mich wieder in dunkle Geschäfte hineinziehen, zumindest schien es, als wollte sie mich durch eine neue Abhängigkeit wieder näher an sich binden; sie wollte ihre Hand wieder in meine Tasche stecken und nach dem Fläschchen greifen können, sobald sie sich bedroht fühlte, um nicht eines Tages einzuknicken vor den Bedrohungen, die immer düsterer wurden. Ich wusste schon damals, dass ich nicht genug Kraft hatte, ihr zu helfen. Außerdem hatte Elsa das, was sie zu einem besonderen Menschen machte, längst verloren, und das wusste sie.

»Ein Typ hat mich eingeladen, nach Korsika zu fahren. Ich fahre als Touristin mit einem schicken, reichen Typen, wenn du den sehen würdest … Er sagt, dass ich Stil habe. Mit dem fahre ich. Die hübsche Elena, die Dichterin, kommt auch mit, mit einem Ungarn.«

Ich hatte keine Ahnung, wer diese hübsche Elena sein sollte. Oder María von den Kannibalen, die angeblich mit dem gesamten H von Málaga verschwunden war. Oder dieser Málaga, oder Rashid, oder die Brüder Velasco, von denen einer Polizist und der andere ein wichtiger Dealer war, nur, dass nie jemand wusste, wer wer war.

Man muss der Erinnerung ein wahrheitsgetreues Gesicht geben. Mir ist es ein Bedürfnis zu erklären, dass Elsa und ich auch damals noch viele Male zu zweit geredet haben wie ein altes Ehepaar, das ohne rechten Enthusiasmus, aber auch ohne Verbitterung über das Leben spricht, das es geteilt hat. Um unangenehme Erinnerungen zu vermeiden und uns nicht zu verletzen, tauschten wir uns immer nur über die letzten Stunden aus. Elsas rauschartige Reden steckten an. Einmal, erinnere ich mich, haben wir geredet und alles um uns vergessen, es müssen Stunden gewesen sein. Wir saßen in einem dunklen Einkaufszentrum auf einer Treppe, als sich plötzlich die Treppe in Bewegung setzte und wir nach oben fuhren und uns ziemlich dumm ansahen. Es war eine Rolltreppe, und das Einkaufszentrum war nicht mehr ein Netz untereinander verbundener Gänge, sondern eine Zeile erleuchteter Schaufenster, es roch nach Milchkaffee, das röchelnde Bremsen eines alten Busses an der nahen Haltestelle war zu hören, die zugeschminkten Gesichter der Verkäuferinnen kamen, ein Ameisenstrom stiller Stadtbewohner, die vor kurzem aufgestanden waren und deren Blicken wir auswichen. Wir waren schmutzig und auf dieser immer weiter hochfahrenden Rolltreppe vollkommen fehl am Platz, wir gaben ein lächerliches Bild ab, doch wir waren glücklich im Elend.

Ich erinnere mich noch an einen anderen Ort, an dem wir einmal das Ende der Nacht erlebten.

Wir hatten einen unserer melancholischen Spaziergänge durch die Oberstadt unternommen und anschließend beschlossen, dort zu bleiben, zwischen den Luxusresidenzen mit Marmoreingängen und lederausgeschlagenen Portierslogen und großzügigen Balkonen, von denen das ferne Murmeln der Schönen und Reichen herüberdrang, das Klingeln der Silberzangen, die in Eiswürfelkübeln rührten. Am Ende dieser Nacht schlichen wir in einen öffentlichen Park, der sich als ein Ort in einem Ort herausstellte, eine unwirkliche Lichtung zwischen gewundenen Pfaden, verborgenen Statuen, Eichen mit hohen Kronen und Seerosenteichen. In diesem Park, in dem ich seit meiner Kindheit – anlässlich der Taufe meines Bruders Francisco José – einmal mit einem viel zu braven Mädchen gewesen war, stießen Elsa und ich an einen Zaun, und als wir über ihn sprangen, gelangten wir zu einem kleinen Amphitheater: an einen Ort innerhalb eines Orts. Einer von uns beiden kletterte auf die Bühne und erzählte einen Witz oder machte einen der Menschen nach, denen wir in dieser scheidenden Nacht begegnet waren. Irgendwann erzählte sie mir mit ihrer müden Stimme, was sie am Ausgang eines Konzerts gelernt hatte:

»Wenn du nicht reinkommst – und ohne Geld kommst du nicht rein –, bekommst du ziemlich seltsame Dinge zu sehen. Ich habe mich in den gegenüberliegenden Eingang gesetzt und die ganze Zeit dem nach außen dringenden Umba-Umba zugehört. Das Volk kommt und geht, betreibt seine Geschäfte, man spricht mich an. Irgendwann kommt eine Tussi raus und verschwindet nebenan in der Bar, kurz darauf kommt ein Typ raus und geht zu einer Telefonzelle, woraufhin ein anderer Typ herauskommt, wahrscheinlich der Freund des Mädchens, er rast vor Eifersucht, weil er glaubt, seine Freundin und der arme Kerl in der Telefonzelle seien zusammen rausgegangen. Du sagst nichts zu ihm. Lachst über diesen Idioten. Und dann geht dir ein Licht auf. Ein Schlitten hält an der Straßenecke an. Heraus kommt der Chauffeur in Livrée. Die Portiers, die diesen Herrn wie ein Wesen von einem anderen Stern anstarren. Der Chauffeur, der irgendwas zu ihnen sagt und hineingeht. Und wieder herauskommt. Nach fünf Minuten kommt dann auch die hübsche Elena heraus und sieht sich um. Ich verstecke mich in dem Eingang, damit sie mich nicht sieht. Elena, die in die Richtung geht, aus der das Auto gekommen ist. Und ich gehe ihr nach …«

»Wart ihr denn nicht Freundinnen?«

»In der Szene gibt's keine Freunde.«

»Wie im Film … Fast wie im Cowboyfilm …«

»Wenn du meinst, von mir aus, es ist jedenfalls die Wahrheit. Was ich dir gesagt habe. Ich gehe Elena nach. Sie geht bis zum Parque de la Ciudadela. Dort wartet der Schlitten auf sie. Die Tür geht auf. Ich schwör's dir, der Typ, den ich dort gesehen habe, war ein Araber … Elena mit einem Araber. Seltsam, nicht wahr?«

»Ich kenne sie nicht.«

»Mensch, es ist trotzdem seltsam …«

Und in einer anderen Nacht war ich dabei, als sie sich einen Schuss setzte, und fiel beim Anblick der blutverschmierten Nadel fast in Ohnmacht. Doch das war die einzige Gelegenheit, die Ekstase auf ihrem Gesicht aufblühen zu sehen. Da sagte ich zu ihr: »Seit ich im La Alameda war, wundert mich gar nichts mehr.«

»Was ist La Alameda?«

»Anfang der siebziger Jahre gab es auf dem Tibidabo, oder in Richtung Vallvidrera, sicher weiß ich es nicht, einen Ort dieses Namens. Man ging dorthin, um zu drücken. Ich war einmal dort, weil ich jemanden suchte. Anstatt denjenigen zu finden, habe ich jemand anderen kennengelernt. Mehr oder weniger jedenfalls. Es war eine Fixerin. Aber da ich damals nicht wusste, dass sie Fixerin war, hielt ich sie einfach für ein bisschen abgedreht.«

»War das bevor oder nachdem du deinen Großvater Picasso kennengelernt hast?«

»Soll ich dir was erzählen, Elsa? Hast du Lust, zuzuhören?«

Nein, hatte sie nicht, doch ich fing trotzdem an zu erzählen. Eine Version, die der Wahrheit ziemlich nahekam. Die Worte, der leichte Luftzug, der das Eichenlaub bewegte. Die Schatten wurden lebendig, die Geheimgesellschaft des Waldes, Haine und bezaubernde Lichtungen, Jäger und Banditen, während Pepito und ich Bedrohungen einsteckten, Schwimmbäder aufsuchten, uns in den zoologischen Garten schlichen, von einer Entführerbande verschleppt wurden, durch die Pfützen des nassen Pflasters stolperten. Wir flohen, ich ließ mich hinters Licht führen und sah den Schatten, das W, dasselbe W wie an den Wänden, und da musste ich untertauchen und konnte nie damit prahlen, den Mörder-Tänzer tot gesehen zu haben. Sie hörte aufmerksam zu, dann fragte sie mich:

»Watussi hieß er, wie der Typ aus der Waschmittelwerbung?«

»Ja.«

»Und ist das Lied des Watussi nicht das Lied aus der Werbung?«

»Mehr oder weniger.«

»Und läuft nicht im Fernsehen eine Serie, die ›Du brauchst vor nichts Angst zu haben‹ oder so ähnlich heißt?«

»So ist es. Da besteht kein Zusammenhang. Na ja, es gibt ihn schon, aber auch wieder nicht.«

»Und der Tote im Hafen, hat man den einfach auf dem Wasser treiben lassen? Tut man das mit Leuten, die man ins Meer wirft?«

»So habe ich das zumindest gesehen.«

»Und du warst damals fünfzehn?«

»Dreizehn.«

»Und hast du diesen Yeyé nochmal gesehen? Oder die Coupé? Oder diese Nutte, die dir einen geblasen hat?«

»Zum Glück nicht. Na ja, die Nutte …«

»Macht es dir etwas aus, dass ich dir nicht glaube?«

»Ich glaube es doch selbst nicht.«

»Weißt du, warum ich dir nicht glaube?« Elsa nickt mit dem Kopf, und mit dem Kopf auf der Brust setzt sie ihre Ausführung fort. Die Wörter bröckeln sehr langsam aus ihrem Mund, aber trotz ihres desolaten körperlichen Zustands bin ich überrascht, wie gut ihr Hirn funktioniert:

»Obwohl uns seltsamen Menschen oft seltsame Dinge passieren, und seltsam bist du wirklich, nie hast du mir von deinem Leben erzählt, in deiner misstrauischen Art, das muss mal gesagt werden, und jetzt erfindest du diese Geschichte … Obwohl uns seltsamen Menschen oft seltsame Dinge passieren, ich sag's nochmal, hast du jedes Mal, wenn ich dir eine meiner seltsamen Geschichten erzählt habe, die Geschichte aus Korsika und so, ein ungläubiges Gesicht aufgesetzt. Du glaubst immer noch, dass ich mein Karree nie verlassen habe. Ist auch nicht so wichtig. Wichtig ist zum Beispiel, dass Bullerei und Stoff nie in Berührung kommen. Dass keine wichtigen Typen dahinterstehen, die uns in die Scheiße reiten wollen. Wenn ich sage, dass der Staat uns verarscht, glaub bloß nicht …«

»Das klingt schon wieder wie ein Western, Elsa.«

Western, was rede ich da. Ich hätte ihr sagen sollen, dass sie und ich, dass wir beide unschuldige Kinder waren und dass unschuldige Kinder höllisch aufpassen müssen, dass sie ihre Unschuld nicht verlieren. Ich hatte den Eindruck, sie war immer in Habtachtstellung, wie eine Eidechse, ihr blieb nichts anderes übrig. Und das war in der Welt, in der sie sich bewegte, verhängnisvoll. Das hätte ich ihr sagen sollen, wenn ich sie aufrichtig geliebt hätte, und nicht, dass ihre Geschichten wie ein Cowboyfilm klingen.

»Auch nicht anders, als wenn du erzählst, dass es in den Baracken auf dem Montjuïc einen Typen gab, der für die Mafia in Marseille getötet hat. Und dass er Tänzer war. Mindestens John Travolta. Und dass er ein Mädchen vergewaltigt, nein, ermordet hat, und zwar die Tochter von einem anderen, der ihn beauftragt hat, Leute umzubringen, offenbar einer von der French Connection. Und das alles mit zwei gekauften Bullen, und das alles an einem Ort, wo sich Leute die Nadel setzten, und dazu noch irgendwelche

Entführer, Lolita-Nutten und der Hundetempel und weiß der Teufel was. Nicht zu vergessen der Zigeunerjunge wie aus dem Märchen. Und der Schwimmbad-Hengst. Und diese Französin, die die Schwester des Paten sein könnte. Die Französin hat mir am besten gefallen, eine echte Persönlichkeit …« Sie lachte auf: »Und wenn das alles erstunken und erlogen ist, oder so eine Geschichte von Sherlock Homes, die du irgendwann gelesen hast und jetzt aus irgendeinem Spleen heraus auf dich zuschneidern willst, hab ich die Lösung.«

»Aber wenn es keine Lösung gibt …«

»Wieso denn nicht? Sieh her … Wenn sie diesen Watussi schnappen wollen … also. Sie sind brutale Typen, also tun sie – pass jetzt gut auf, was ich sage –, sie tun so, als hätte er sich an dieser Julia vergriffen, die dir so gefällt, auch wenn du dich nie getraut hast, es ihr zu zeigen, du Angsthase, hast dich ja noch nicht mal getraut, an sie zu denken, während du dir einen runtergeholt hast.«

»Wenn ich doch gesehen habe, dass sie tot war …«

»›Gesehen habe …‹, was heißt das schon. War der, der sie gesehen hat, sich wirklich sicher, dass sie tot war? Dieser hinkende Yeyé, hat der nicht am laufenden Band gelogen? Vielleicht hat er sie noch nicht mal tot bei der Totenwache gesehen. Sie wollten den Watussi schnappen und brauchten einen Vorwand. Und die Kleine, die ihnen allen die Augen verdreht hat, diese Julia, war am nächsten Tag wieder quietschvergnügt. Vielleicht wollte sie sowieso verreisen, und das haben sie sich zunutze gemacht …«

»Ja, ja, Elsa, so wird's gewesen sein. Sie haben uns alle zum Narren gehalten. Und in Wirklichkeit war gar nichts. Aber du kennst diese Art Typen. Wenn sie den Watussi kriegen wollen, kriegen sie ihn auch, koste es, was es wolle. Außerdem habe ich an jenem Tag alle möglichen Leute getroffen, die alle gesagt haben, die Julia ist tot. So viele können nicht irren.«

»Aber was willst du schon gesehen haben! Wie kommst du überhaupt dazu, mir zu erzählen, das alles sei passiert, während Franco noch lebte? Was soll das, bitte schön, sein? Das sagenhafte Reich des Verbrechens in Disneyland? Wenn du schon erfindest, dann mach mich wenigstens nicht nach. Und habe wenigstens so viel Anstand, nur solche Dinge zu erfinden, die du, wenn du sie erzählt bekämest, selbst glauben würdest. Wir beide, du und ich – du weniger, du bist ein Hosenscheißer –, leben im Elend, trotzdem denken wir einigermaßen normal. Und normal ist normal. Erzähl mir also keine Geschichten …«

Sie hatte recht. Ich hatte mit aller Macht zu vergessen versucht, dass ich an jenem Tag des Watussi nichts begriffen hatte. Auch danach nicht. Es gab eine »Wirklichkeit«, eine »Normalität«, manchmal war sie süß und behaglich, dann wieder rau und der Routine unterworfen oder unglücklich oder grau, Gärten mit Magnolien und Kreuzworträtsel und Dominospiel und Tennispartien und Nachtisch. »Ach, was für ein schöner Tag ist heute.« »Wir hatten einen schönen Tag, nicht wahr?« Und dabei haben sie einfach nur zu Abend gegessen. Ihr Abendessen in sich hineingestopft. Geschäfte und Wettbewerb, Ferien, Thymian und Mitgliedsausweis und Sozialversicherungsnummern. Frisch gebadete Babys. Abrechnung der Haushaltskasse, und im Hintergrund läuft irgendein seichtes Zeug im Fernsehen. Diese »Wirklichkeit« war nicht die, die ich am 15. August 1971 gesehen hatte, als ich gerade noch heil davonkam, und auch nicht die, die ich in den ersten Monaten des Jahres '77 kennengelernt hatte, als ich verurteilt wurde; ich war einer schwindelerregenden Scheinwelt verfallen. Die »Wirklichkeit« hingegen existierte für Leute wie meine Mutter, für alle diese Menschen, die in ihren Autos an mir vorbeifuhren, wenn ich an der Ampel stand, die aus dem Fenster schauten, auf den Straßen gingen. Und trotz meiner Trübsal und meiner Gedankenverirrungen glaubte ich noch immer fest an eine blendende Zukunft, kleine Unglücke und Fehltritte im Leben inklusive. Ich wollte Elsa etwas sagen, ehe sie einschlief:

»Dann erzähle ich dir eben nicht, dass ich eine politische Partei gegründet habe, zusammen mit einigen Bankiers und einem ehemaligen anarchistischen Bankräuber, der eigentlich beim Militär war, ein Arschloch, ein verrücktes noch dazu. Und dass der Sohn einer dieser Bankiers ein gewisser Carlos war, er ist mal mit dir im Auto gefahren. Und dass ich mit der Lady im Bett war, die später mit dem Typen, der die Saubermann-Werbung gemacht hat, abgezwitschert ist. Die Idee für diese Werbung stammte nämlich von mir. Sie alle haben mich verraten … Darum lebe ich jetzt mit falschem Namen.«

»Eben. Du hast ihn selbst gewählt. So musst du es auch erzählen. Ich bin auf H, aber deshalb nicht komplett bescheuert … Und hör auf, mir solches Zeug zu erzählen, das bringt eine Seite von dir ans Licht, vor der mir gruselt. Das ist ein bisschen gespenstisch, Fernando, als wärst du ein bisschen geistesgestört … Also sei lieber ruhig …«

Das ist eine meiner Erinnerungen an die Orte, an denen wir das Ende der Nacht erlebten. Elsa kam in immer größeren Abständen, manchmal bettelte sie mich um Geld an, manchmal wusste ich nicht den Grund. Wir sahen uns selten. Es war viel geschehen, und in den letzten Wochen hatten wir uns nur einmal gesehen. Wir zogen es vor, uns aus der Ferne unsere Zuneigung zu bewahren, jeder für sich in seinem Elend, das jeder lieber für sich behielt, auch wenn es uns schwerfiel, uns einzugestehen, dass wir nichts mehr miteinander zu tun hatten. Und obwohl ich, mein Leser, dein Zähneknirschen bis hier höre – offenbar bist du verärgert, dass ich dir nähere Angaben zu meinem Bericht über José Felipe Neyra verweigere –, wollte ich ein letztes Mal erzählen, dass Elsa mir diesen Ort gezeigt hat, bevor sie bei dem Fest am Strand zusammen mit anderen eine galaktische Invasion unserer Küste entdeckte und ich begriff, dass sie unerreichbar für mich war. Was nicht heißt, dass ich sie nicht trotzdem noch lange Zeit sah, allerdings aus der Ferne, frei von Selbstmitleid oder dem Gefühl von Schuld.

8

Ich komme jetzt zu meinem Bericht zurück, mein Leser.

1983 lernte ich eines Abends eine dieser unsäglichen Frauen kennen, die sich mit über dreißig noch schminken wie ein Teenager. Wir wussten voneinander nicht mehr, als dass unsere Blicke, die sich zufällig begegnet waren, verführende Kräfte besaßen: Sie bezauberte mich mit ihrem hinreißenden Schielen, während in meinem furchteinflößenden Glotzen meine männliche Tiefe zum Ausdruck kam. Da ich ihr in meiner distanzierten Art zu verstehen gab, dass ich kein Freund umständlicher Gefühlsbekundungen bin, und ich auch noch direkt neben dem Lokal wohnte, kamen wir schnell zur Sache. Beim ersten Mal ließ die Frau mich so vögeln, wie es mir gefiel (und offenbar niemandem anderen); also mit dem Elan, den jemand, der den ganzen Tag auf Achse gewesen und sowieso kein Athlet ist, um drei Uhr morgens noch aufbringen kann. Das zweite Mal war schon am nächsten Abend – offenbar war meine distanzierte Art bei ihr gut angekommen. Da sie sich nun schon sicherer fühlte, bemühte sie sich, unser Liebesspiel anzufeuern. Was ihr auch gelang, obwohl mich die Kleine nicht die Bohne interessierte (damit das klar ist). Ich hatte gegen ihre Vorlieben nichts einzuwenden, höchstens gegen die Kratzer und ihr apachenhaftes Kriegsgeschrei, bei dem Ausdrücke wie »Töte mich, du geiler alter Sack« fielen. Es kam zu einer dritten Begegnung, und diesmal ließ das Mädchen mich kaum die Tür schließen, da fiel sie mich schon im stockfinsteren Flur an. Mich derart überrumpelnd, forderte sie, ich solle sie jetzt auf der Stelle töten, ich geiler alter Sack, und so tat ich, was ich konnte. Ich nahm meine gesamte Geilheit zusammen – vielleicht würde ich wirklich bald ein alter Sack werden – und stieß urzeitliche Brunftschreie aus, dazu rieb ich mich an ihrem Körper und probierte verschiedene Stellungen aus. Ich übernahm die Führung, und sie passte sich perfekt meinem Rhythmus an und hauchte »Amen, amen …« Auf einmal hörte ich durch unser Liebesgestöhne hindurch ein metallisches Klimpern, da tauchte zwischen ihr und mir ein kaltes Paar Handschellen auf, was mir als Flüchtigem mit falschen Papieren Anlass zu den schlimmsten Befürchtungen gab. »Leg sie mir an, fessle mich und nagel mich fest«, lautete die Befehlskette, der ich, toller Sadist, auch brav Folge leistete. Ich griff nach den glänzenden Handschellen und führte eher genervt als streng den Befehl dieser Dame aus.

Ich riss ihr die Kleider vom Leib, drückte sie an die Wand und brüllte »Lass die Schuhe an, Schlampe!«. Na ja, eigentlich war es mehr ein Flüstern: Ich wollte meine Nachbarn nicht wecken, am Ende hätten sie noch mitmachen wollen. Die Frau ging auf alle viere und nahm eine empfangsfreudige Haltung ein. Ich zwang sie, die Arme zu heben, und führte die Kette der Handschellen hinter einem senkrecht vor der Wand verlaufenden Heizungsrohr durch, dann ließ ich unter einem eher zum Lachen reizenden Stöhnen das Schloß zuschnappen. Ich trat einen Schritt zurück, um mich davon zu vergewissern, dass mein Werk auch unter bildhauerischen Gesichtspunkten gelungen war: Ich war damit zufrieden. Dann nahm ich sie ran, und während ich sie mit allen möglichen Namen bedachte, bemerkte ich, dass ihre Haut unerhörte Oberflächenstrukturen annahm, sei es durch die elektrische Aufladung, die mein ungestümes Rütteln erzeugte, sei es, weil sie der unbehaglichen Zugluft des Wohnungsflurs ausgesetzt war. Trotz eines kleinen Missgeschicks, das ich hier nicht weiter ausführen will, zog ich mich zufrieden wie nach erfüllter Pflicht aus ihr zurück. Nachher würden wir auf den Platz runtergehen, um etwas zu trinken, und sie würde mir eine weniger heftige Seite ihrer komplexen Persönlichkeit zeigen. Und dann schön nach Hause, und Schwamm drüber.

Während ich überlegte, wie lange ich sie noch hängen lassen wollte, wand sie sich, röchelte furchterregend und fuhr verzweifelt mit den Armen das Rohr hoch und runter. Das schabende Geräusch würde die gesamte Nachbarschaft wecken, und wahrscheinlich vermuteten sie hinter diesem Sägegeräusch gar nicht krankhafte Sexualpraktiken (an die sie ohnehin gewöhnt waren), sondern einen Massenmörder, der gerade sein Opfer zerstückelte (was in dem Haus weniger üblich war). Die Frau lehnte mit schmerzgezeichnetem Gesicht den Kopf gegen die Wand und murmelte Selbstbeschuldigungen, die den Applaus unserer großen Mystiker bekommen hätten. Ich saß an der gegenüberliegenden Wand, rauchte eine Zigarette aus dem Päckchen, das aus ihrer vollgestopften Handtasche gefallen war, und war mit mir darüber im Reinen, dass mich diese Vorstellung der Selbstgeißelung nichts anging.

»Wenn du schon Sachen aus meiner Tasche nimmst, gib mir doch den Schlüssel der Handschellen«, sagte sie und wandte mir über die Schulter ihr fast vollständig hinter den Haaren verstecktes Gesicht zu.

»Wo, sagst du, ist der Schlüssel?« fragte ich, während ich das Licht im Flur anmachte und damit den Zauber des Augenblicks zerstörte.

»In einem blauen Schächtelchen von Vasari.«

»Von wem?«

»Ein Juwelierschächtelchen. Klein. Viereckig. Und mach das Licht aus!«

Ich gehorchte und trug die Tasche in mein Zimmer, während sie weiter auf dem Boden kniete, allein und in der Dunkelheit – ich musste wirklich zugeben, dass die Heiligen sich mit ihren Martyrien den Gefallen Gottes wahrlich nicht billig erkauft hatten. Ich leerte den Inhalt der Handtasche über meinem Bett aus: ein Päckchen Papiertaschentücher, eine kleiner Spiegel, ein Lippenpflegestift, eine Schachtel französischer Schmerzmittel, die gesamte Produktpalette von Chanel (so kam es mir vor), zwei Theaterkarten für den nächsten Tag, eine Packung neue Strümpfe, ein Paar zerrissene Strümpfe (»Verdammte Hacke!« rief ich aus, die lässt sich an jeder Ecke quälen), ein Schlüsselbund mit einem Mickey-Mouse-Kopf, der beim Drücken der Ohren aufleuchtete, ein Dupont-Feuerzeug und vier weitere normale Feuerzeuge, ein Textmarker, ein dick ausgebeulter Filofax-Kalender, ein größeres Heft mit der Aufschrift STILLLEBEN, in das eine geschickte Hand neben Kürbissen und Rebhühnern Hunderte Male und in immer neuen Positionen ein gelbes Küken mit großen unschuldigen Augen gezeichnet hatte, eine Schachtel Buntstifte von Caran d'Ache, ein Spiralheft mit noch mehr Kükenzeichnungen, ein Brillenetui voller Kugelschreiber, noch ein Etui mit einer Gleitsichtbrille (dieses bezaubernde Schielen), ein drittes Etui mit einer Sonnenbrille und ein Schächtelchen (kurz aufflackernde Hoffnung) mit einem Haschisch-Klumpen, Papier und zwei Valium (wieder dieses bezaubernde Schielen), eine Geldbörse, eine Brieftasche mit Kreditkarten und einem älteren Foto von einem zauberhaft schielenden Mädchen in Hippie-Klamotten und einem John Lennon ähnlich sehenden Typ, der ihr den Arm um die Taille legt. Im Hintergrund des Fotos war ein Berg mit beschneitem Gipfel zu sehen, und in einem dahinter sich öffnenden Tal ein buddhistischer Tempel. Der Gesang der Nachtigallen, die sanfte Stimme, drangen bis in mein Zimmer: »Gebirgsnebel / Tempelwächter berühren / die Schwaden.« Jugendliche Schwärmereien.

»Sag mal, bist du dir sicher, dass da eine kleine Schachtel ist?«

»Sag bloß, du findest sie nicht ...« Jegliche postkoitale Schamlosigkeit war aus ihrer Stimme gewichen. Sie kriegte es mit der Angst zu tun, wahrte aber eine gewisse Wohlerzogenheit, als würde sie zu ihrem Mann sagen: »Sag bloß, wir haben schon wieder eine Telefonrechnung über 50 000 ...«

Ich ging in mein Zimmer zurück. Noch einmal wühlte ich Geldbörsen, Etuis, Kalender und sämtliche Innentaschen der Handtasche durch. Nichts. Ich sah den Schlüsselbund durch, doch keiner der Schlüssel war klein genug, dass er in das Schloss der Handschellen gepasst hätte. Hilflos blickte ich auf das Chaos auf meiner Matratze, in dem Bewusstsein, dass ich früher oder später wieder auf den Gang hinausmüsste. Im Kleiderschrank suchte ich nach einer Decke. Ich atmete tief durch.

Die Gefesselte fing rückhaltlos zu heulen an, als sie begriff, aus welchem Grund ich sie schweigend zudeckte. Sie strampelte und wollte mich an meinem Vorhaben hindern. Sie schluchzte weiter, während ich mit einem Draht in dem Schlüsselloch der Handschellen stocherte und sie immer wieder zur Ruhe gemahnte. Um sie zu beruhigen, erzählte ich ihr, dass ich viel Erfahrung im Knacken von Schlössern hätte, da ich im zarten Knabenalter ein begnadeter Autodieb gewesen sei. Doch sie wandte sich von mir ab, so als widerte es sie an, einem Verbrecher ins Gesicht sehen zu müssen.

»Hast du den Schlüssel wirklich nicht gefunden?«

»He, das mit den Autos ist lange her. Jetzt wart mal.« Ich warf den Draht fort. »Ich weiß schon nicht mal mehr, wie man so ein Scheißding aufkriegt.«

»Sie sind auch sehr gut«, gab sie kleinlaut zu und fing wieder an zu schluchzen. »Sie sind von der englischen Polizei.«

»Na toll … Also für deinen Bedarf würden weniger hochqualitative Importprodukte reichen.«

Plötzlich prasselte ein Schwall von Vorwürfen auf mich ein, der sich nicht nur gegen mich und den gerissenen Verbrecher, für den sie mich hielt, richtete, sondern gegen sich selbst, das Leben im Allgemeinen und seine tragischen Wendungen. Ich sagte nichts und wartete, dass die Gefangene endlich begriff, dass meine Hilfe unverzichtbar, dass dies meine Wohnung und unser Schlamassel ein gemeinsames war. Schluchzend schlug mir die Frau die abwegigsten Lösungen vor, die ich leider alle ablehnen musste. Das Rohr abzusägen, Mädchen mit dem vergessenen Namen, war viel zu riskant. Einen Schlüsseldienst zu holen, war, da waren wir uns einig, allzu demütigend. Endlich gab sie es zu:

»Ich habe die Schachtel zu Hause gelassen. Im Arbeitszimmer. Neben den Aquarellen. So dumm muss man erst mal sein!«

Ich betrachtete den Schlüsselbund mit dem Mickey-Mouse-Anhänger.

»Dann gehe ich halt zu dir nach Hause und hole ihn.«

»Kommt nicht in Frage. Mein Mann kann jeden Moment nach Hause kommen.«

»Und wenn ich es ihm erkläre?«

»Sei doch kein Blödmann …!« Und nachdem sie die Beschimpfung hatte nachklingen lassen: »Na ja, er weiß schon so ungefähr

Bescheid, aber das jetzt ist … Ich habe ihm sogar gesagt, dass ich nicht zum Schlafen nach Hause kommen würde, manchmal machen wir so was, aber …«

An der Stelle hielt sie inne. Sie fing wieder an zu jammern, doch dann wurde ihr erneut bewusst, dass hysterische Ausfälle an ihrer lächerlichen Lage nichts ändern würden.

»Dann bleibt uns wohl nichts anderes übrig, als morgen früh den Schlüsseldienst zu holen«, sagte ich und seufzte fast auf: »Ich hol dir was, damit du die Nacht über bequem liegen kannst.«

»Sag mal! Das fängt wohl an, dir Spaß zu machen, was? Oder bist du aus der wilden Mongolei?«

Ich sah mich auf einem strammen Pferd Taras Bulba hinterherjagen. Sah mich mit den Fingern zählen. Doch dann sah ich mich wieder im Flur meiner Wohnung sitzen, gegenüber einer Ex-Masochistin, die ans Heizungsrohr gefesselt war.

»Wie spät ist es?« fragte sie.

»Halb zwei.«

»Mein Mann ist sicher noch im Billy's. Er musste zu einem Abendessen, und hinterher ist er zum Aufreißen losgezogen. Das hat er mir so gesagt. Zum Aufreißen. Dieses Arschloch …«

Während sie in Gedanken bei ihrem Liebsten weilte, hatte ich eine Idee. Ich würde meinen Plan durchführen, ohne die Betroffene darüber aufzuklären – erstens hatte sie es nicht verdient, zweitens war es besser für mich. Und wenn der Plan scheitern sollte, würde ich immer noch mit dem Schlüsseldienst und dem Volk vom Platz anrücken können, das für so ein wundersames Schauspiel glatt Eintritt bezahlen würde.

»Ich geh kurz raus.«

»Geh nicht zu mir nach Hause. Ich flehe dich an.«

Ich nahm den Schlüsselbund, ließ ihn vor ihren Augen baumeln und anschließend zwischen sie und die Wand fallen. Der Mickey-Mouse-Kopf – das sind die kleinen Absurditäten, die einem im Gedächtnis bleiben – leuchtete auf.

»Wo denkst du hin«, log ich. »Bestimmt sind wir nicht die Ersten, denen so ein peinliches Missgeschick passiert. Ich will mich an einen Freund von mir wenden, der sich mit solchen Sachen gut auskennt. Ich schildere ihm einfach die Situation, als wäre sie irgendwann mal irgendwem anderes passiert. So, und wenn ich ihn dann frage ›Sag bloß, du wüsstest, wie man aus so was rauskommt?‹, wird er mir sicher Antworten geben. Und unter seinen Antworten wird bestimmt eine dabei sein, die sich leicht in die Praxis umsetzen lässt. Ich bin gleich wieder da.«

Noch vom Treppenabsatz aus hörte ich ihr Schluchzen und ihre Vorwürfe.

In Wirklichkeit sah der erste Teil meines Plans vor, Elsa zu suchen. Das letzte Mal, dass ich sie gesehen hatte, lag sie auf einer Bank, und als ich sie wachgerüttelt hatte, sagte sie mir: »Du wirst es nicht glauben, aber ich bin gerade gestorben.« Ich wollte sie ins Krankenhaus bringen, aber das Einzige, was sie akzeptierte, waren ein paar Pillen und dass ich sie ein Stück begleitete. Die ganze Nacht sagte sie immer nur »es ist nichts«, und irgendwann wurde ich sauer. Doch unsere Bereitschaft, uns immer wieder zu verzeihen, schien grenzenlos zu sein. Ich war mir sicher, dass sie mir helfen würde, wenn ich sie fände. Ich ging hinunter auf den Platz, doch kaum hatte ich einen Fuß auf das Pflaster gesetzt, fand ich, dass mein wirklicher Plan den anderen, den ich der Gefesselten erzählt hatte, an Idiotie noch übertraf; doch auch wenn die Erfolgschancen äußerst gering waren, musste ich so wenigstens nicht mehr die verzweifelte Arroganz meines unfreiwilligen Gastes ertragen, und vor allem bemerkte ich an mir eine gewisse Heiterkeit, die ich in den immer gleich ablaufenden Nächten schon zu vermissen begonnen hatte.

Elsa war nicht unter den hohen Palmen, die nachts wie aus Stein aussehen. Sie war auch tagsüber nicht zwischen den Terrassen der Bars herumgestrichen, wo sie sonst immer nach planlosen und weichherzigen Müßiggängern mit Geld Ausschau hielt. Ich versuchte es an einem anderen, etwas düsteren Platz. Ich kannte Elsa lang genug, um zu wissen, dass ihr Tagesverlauf unter dem oberflächlichen Chaos einer strengen, von den Zwängen der Drogenbeschaffung auferlegten Routine folgte. Auf dem zweiten Platz entdeckte ich ihre Bekannten, die man schon fast als treue Gefährten bezeichnen musste. Mit dem einen oder anderen von ihnen hatte ich bestimmt schon eine dieser viel zu kurzen Nächte verbracht oder ein Erlebnis auf der Straße geteilt; doch prinzipiell wahrte ich lieber Abstand zu ihnen. Elsa war nicht da. Ich schlug mich durch Gassen und das Grölen der Samstagsbesoffenen, die in ihren Militärstiefeln Sägemehl aus billigen Kaschemmen mitschleppten. Als ich auf die Plaza Real zurückkam, überzeugt, dass mein Plan gescheitert war, sah ich sie auf einmal neben einer dieser ununterscheidbaren Alten sitzen, mit denen sie oft stundenlang plauderte.

Endlich erblickte Elsa mich, und ich lächelte sie an. Ich lächelte sie an, weil ich sie brauchte. Sie stand von der Bank auf, rückte sich einen Hut mit schmaler Krempe zurecht und hüpfte in ihrer gewohnten Art auf mich zu, wie ein fröhliches kleines Mädchen, das mit erhobenem Kinn und ausgebreiteten Armen zu ihrem Papa rennt. Sie küsste mich auf die Lippen, und ich studierte ausgiebig ihr Gesicht. Es war schon erstaunlich: Ihre extreme Dünnheit machte sie noch attraktiver, und wie immer war sie äußerst gepflegt und nach der neuesten Mode gekleidet, womit sie jeden davon überzeugen konnte, dass doch alles mit ihr in Ordnung sei.

»Wenn du was trinken gehst, komm ich mit.« Das war kein Angebot, das war eine Forderung. Sie hatte sich daran gewöhnt zu fordern.

»Hör mal, du musst mir einen Gefallen tun …«

»Immer doch, das weißt du doch.«

»Lass uns ins Billy's gehen, auf dem Weg erkläre ich's dir.«

Ziemlich offen erzählte ich ihr den zweiten Teil meines Plans. Und den dritten. Der Rest würde bei ihr liegen. Elsa wunderte sich keinen Augenblick: Nicht als ich ihr darlegte, was ich von ihr wollte, noch als ich ein Päckchen Kaugummi kaufte, das für die Mission notwendig war, und es ihr wie einen Passierschein in die Blusentasche steckte. Sie war im Rausch, ich war im Rausch, und unser Elend war so groß, dass sie nicht nur vergnügt auf meinen Vorschlag einging, sondern mir sofort den Grund ihrer Bereitwilligkeit darlegte:

»Ich bin an super Stoff rangekommen. Aber sag das niemandem, kein Sterbenswörtchen davon. Die haben hier alle solche Ohren, und ein paar denken, dass du noch mein Freund bist. Wenn dich jemand nach mir fragt, sagst du, du hättest keine Ahnung.«

»Keine Ahnung.« Genau das habe ich gesagt, Elsa, als sie mich nach dir fragten, und nebenbei habe ich einen Einblick bekommen, mit was für Leuten du dich rumtreibst.

Wir erreichten das Billy's, eine der wenigen Bars, die in diesen Monaten auch von Leuten besucht wurden, die nicht im Viertel wohnten. Das Billy's stand in dem Ruf, gute Musik zu haben, doch der eigentliche Grund, warum die Leute aus der ganzen Stadt herkamen, war, dass man dort leicht wen aufreißen konnte; dieses Gerücht erreichte in dem knappen Jahr seit seinem Bestehen schon den Rang einer Legende. Die geheimen Gesetze der Stadt wollten es, dass sich dort das Beste, was zu haben war, versammelte, und manchmal genügte ein Blick. Das Lokal war jede Nacht zum Bersten voll.

»Und? Siehst du ihn?«

Ich stellte mich am Rand des Lokals auf die Zehenspitzen.

»Warte. Ich muss ihn mir erst vorstellen. Ich kenne ihn nur von einem Foto. Und auf dem Foto war er ein Hippie.«

»Er ist ein Hippie?«

»Nicht mehr … Warte. Ich weiß nicht.«

»He.« Umgeben von der murmelnden Menschenmenge näherte Elsa ihre Lippen meinem Ohr: »Ich weiß, ich schulde dir viel, und es macht mir auch nichts aus, das jetzt für dich zu tun. Du brauchst mir auch nicht unbedingt zu antworten. Aber sag mal, warum willst du eigentlich, dass ich einen Ex-Hippie anbaggere? Du hast doch keine Wette abgeschlossen oder so was …«

Ich erzählte ihr die Geschichte, und Elsa brach fast zusammen vor Lachen.

»Sie ist also bei dir zu Hause?« fragte sie. Und ich sah sie zum ersten Mal seit langer Zeit einmal wieder herzerfrischend lachen. Sie verschluckte fast den Kaugummi, den sie bereits kaute.

Ich hopste hoch, um mir über die Köpfe hinweg einen Überblick zu verschaffen, da schlug mir jemand auf die Schulter, gefolgt von einer Entschuldigung. Der Mann hatte raspelkurze, fast weiße Haare. Seine Gesichtszüge sahen härter aus als auf dem buddhistischen Porträt in dem nepalesischen Tal, und er trug auch keine runde Brille mehr, sondern eine eckige aus schwarzem Horn. Ich brauchte nur kurz zu nicken, schon begriff Elsa und begab sich geschickt in die Schusslinie unseres auserkorenen Ex-John-Lennon-Fans, der mit werbenden und verführenden Blicken durch die Menge schritt. Ich bestellte einen Drink und suchte mir einen günstigen Beobachtungsposten.

Ihre Art eines schnurrenden Kätzchens (dieses sprechende weibliche Lächeln, das sich fast allein auf den Weg machen kann) und die Eile des Casanovas erleichterten den Übergang zu Teil zwei des Plans. Als sie draußen waren, beobachtete ich, wie Elsa sich, unterbrochen von rosaroten, von ihrem Mund geformten Kaugummiblasen, standhaft weigerte, an einen anderen Ort als in seine Wohnung zu gehen. Der Typ blickte nervös auf seine Uhr, auf die Sterne, rechnete, und währenddessen flatterte Elsa wie ein Schmetterling um ihn herum, mit unerhört aufreizenden Bewegungen, die sofort meine Eifersucht erregten; entweder kannte ich sie nicht ausreichend (eigentlich kannte ich sie ja), oder der Typ gefiel ihr besser, als ich ihr je gefallen hatte. Endlich hielten sie ein Taxi an, und ich stieg gleich in das nächste, weil ich fürchtete, sie hätte ihre Verpflichtung mir gegenüber schon vergessen und würde diesen Trottel bereits um Geld anhauen. Vielleicht hatte er auch den Inhalt seiner Brieftasche nachgezählt, und sie machten sich nicht auf den Weg zu ihm nach Hause, sondern in ein Motel.

Doch nein, sie fuhren zu ihm nach Hause. Es geht doch nichts über die Pakte alter Paare, ihre barmherzigen Lügen, die Verbundenheit der vielen Jahre …

Sie klebte den Kaugummi wie vorgesehen über das Schnappschloss der Eingangstür. Durch den Spalt sah ich – falls mein Leser ein Faible für Wohnkultur hat – eine Wohnung, die das gesamte Stockwerk einnahm. Elsa folgte haarklein meinen Anweisungen.

Ich wartete, bis das Licht ausging und die ersten Luststöhner zu mir drangen. »Ich leg mich ordentlich ins Zeug, ja?« hatte Elsa mich vorgewarnt. Ich schlüpfte in die Wohnung. Zum Glück befand sich das vermutliche Arbeitszimmer gleich neben dem Eingang, während die Liebesschlacht irgendwo im hinteren Teil der Wohnung stattfand. In dem Arbeitszimmer, das im Schein der Straßenlaternen lag, stand ein kilometerlanges Sofa gegenüber einem langen Schreibtisch, der in zwei Arbeitsplätze unterteilt war. Auf dem einen prangte ein riesengroßer Computerbildschirm – damals hatte noch fast niemand einen Computer –, darüber lief ein Regalbrett mit einer kleinen Bibliothek über international preisgekrönte Architektur. Über den gesamten Arbeitsplatz verteilt lagen Modelle von Häusern, Möbeln und Lampen. Ihr Bereich war die kleine Welt von Severino Piep-Piep. Kinderbücher mit einem Küken als Hauptfigur, besagtem Severino, Entwürfe von Severino Piep-Piep und seinen Freunden: dem Kaninchen Tan-Tan, der Ente Quak-Quak und dem Schwein Oink-Oink. Während ich im Schein eines Feuerzeugs den Tuschkasten suchte, bekam ich allerlei Fotos zu sehen, die an das Regal gepinnt waren und auf denen die Entwicklung des Paars nachzuvollziehen war, vom Hippielächeln bis zur Strenge der leistungsorientierten Karrieristen von heute, und noch einige Fotos von der jungen Frau im Kreis ihrer Arbeitskollegen, wie sie von einer mit Juwelen behängten Alten einen Preis entgegennimmt und ein großformatiges Plakat mit einem Bild von Severino Piep-Piep umarmt.

In dem Tuschkasten, an der Stelle des aufgebrauchten Zitronengelbs (das Severino-Gelb), lag eine Schachtel mit einem kleinen Schlüssel. Ich dachte an die Frau, die im Flur meiner Wohnung auf dem Boden lag, an ihre nach außen so perfekte Welt und ihre heimlichen Ausflüchte. Nichts, was ich nicht schon bei diesen Bankier-Haien gesehen hätte; nur dass ich über diese Form der bürgerlichen Doppelmoral noch mehr entrüstet war als über die offene Heuchelei all der Tinas, Del Cravalls, Catapultas und Del Protzos. Mich überkam Ekel, aber vor allem war ich ohne zu wollen davon berührt.

Meine Benommenheit dauerte etwa fünf Sekunden. Dann führte ich meinen Plan weiter aus.

Ich steckte den Schlüssel der Handschellen in die Tasche, nahm Papier und Bleistift und schrieb: »Gibt es Lust ohne Schmerz? Wir sind unbesiegbar im Elend, weil wir uns ein Geheimnis verraten haben. Und vielleicht ist es nicht das letzte. Spielen und Vergessen sind unsere Stärken.« Ich las das Geschriebene noch einmal durch. Nicht schlecht, fand ich. Feierlichkeit liegt mir, auch wenn sie in dieser Notiz etwas künstlich wirken mochte. Ich rief mir noch einmal die Vorwürfe dieser angeketteten Pharisäerin in Erinnerung und klebte den Zettel mitten auf den Superbildschirm des Supercomputers ihres Ehemanns. Da ich noch immer nicht genug hatte, schlug ich beim Hinausgehen die Tür hinter mir zu, sollte der erfolgreiche Architekt nur an einem Herzinfarkt sterben.

Zu Hause angekommen, empfing mich die Frau Architektin mit einem »Mach verdammt nochmal das Licht aus!«. Ein kurzes Aufleuchten der Deckenlampe hatte mir genügt, um die Urinpfütze zu entdecken. Ich befreite sie aus den Handschellen und erzählte ihr irgendeine Geschichte, dass ich einen Freund hätte, der für die englische Disziplin schwärmte und ein ganzes Lager solcher Schlüssel besäße, und noch dazu allerlei andere Gebrauchsgüter aus Leder und Stahl, die sie interessieren könnten, und dann sagte ich ihr noch, dass niemand etwas mitbekommen habe und ihre Ehre also gerettet sei. Sie bedankte sich noch nicht mal. Aus meinem Zimmer hörte ich im Bad die Dusche rauschen. Kurz darauf stand die Frau bei mir im Zimmer:

»Ich habe deinen Bademantel genommen.«

Sie ging zum Bett, stopfte eilig ihre Sachen in die Handtasche und verschwand. Ich hörte die Haustür. Die Schöpferin des Kükens Severino hatte es nicht für nötig gehalten, sich zu verabschieden, geschweige denn, die Spur ihres Aufenthalts im Flur zu beseitigen.

Ich brauchte kurz, bis ich in Gang kam und die Ereignisse noch einmal Revue passieren ließ. Die flüchtig gewordene Ex-Gefangene würde beim Nachhausekommen gleich merken, dass der Schlüssel, mit dem ich sie befreit hatte, ihrer war. Mich überfiel etwas die Panik bei dem Gedanken, Elsa könnte, geblendet von dem Luxus der jungen Berufstätigen, etwas geklaut haben, und ich trüge daran die Schuld. Am nächsten Tag würde ich sie suchen und ihr ein paar Fragen stellen. Es war allzu bedauerlich, dass ich nicht mitbekam, wie der Ehemann die Notiz auf seinem Bildschirm fand und sich die beiden daraufhin in irgendwelche Erklärungen verstricken würden. »Offene Partnerschaften kommen an die Grenze, wenn die offenen Wunden eitern«, dachte ich, und beschwingt von meiner erbaulichen Stimmung griff ich mir den Wischmopp und ließ Wasser in einen Eimer. Die Handschellen und der Schlüssel lagen neben der Pfütze. Ich hatte die Spuren noch nicht beseitigt, da klingelte es an der Tür. Es war Elsa. Sie lächelte.

»Wenn ich mir bei dir einen Schuss setzen darf, erzähle ich dir alles.«

Ich erlaubte ihr schon lange nicht mehr, dass sie bei mir zu Hause drückte; aber sie wusste, dass ich an diesem Abend eine Ausnahme machen würde, schließlich hatte sie mir einen Gefallen getan, und das kleine Abenteuer hatte uns wieder einander nähergebracht. Als ich mit dem Putzen fertig war und in mein Zimmer kam, lag sie auf dem Bett und lächelte. In der Hand hielt sie eine Musikzeitschrift.

»Wie findest du ›Torero-Rock‹? Ich habe den Eindruck, das ist irgendwie eine Spinnerei, nicht wahr?«

»Vergiss die Toreros, Elsa«, sagte ich und setzte mich in den Sessel, den wir vor ein paar Jahren aus der Oberstadt mitgenommen hatten. »Das Poster ist von Nancy Robbins. Du wirst schon sehen, wie gut es sich über dem Bett macht.«

»Ich schwöre dir, ich hätte einen Preis verdient. Nicht wegen dieses Typen … Ich war doch gut, oder? Ein ganz netter Kerl. Und noch dazu hübsch. Höflich und ziemlich gut im Bett, gemessen an den Umständen. Hart wurde es nur, als ich mich mitten im Vögeln daran erinnerte, warum ich da war. Ich bin fast gestorben vor Lachen. Der arme Kerl fragte mich, was mit mir los sei. Und ich, nun, ich hab ihm einfach gesagt, ich lache aus purer Lust. Und, sag mal, dass du die Tür so zugeknallt hast, war ein bisschen heftig. Was glaubst du, wie der aufgeschreckt ist! Der ist fast gestorben. Dem hat's echt die Sprache verschlagen.«

»Voll meine Absicht. Hast du was mitgehen lassen?«

»Wie meinst du das?«

Ich machte eine unmissverständliche Handbewegung.

»Nein. Ehrlich nicht. Okay, ich sage dir die Wahrheit. Ich wollte ihm die Uhr klauen. Ich klaute sie ihm in dem Moment, als er wegen der knallenden Tür nachsehen ging. Aber als er zurückkam, hat er mir das hier gegeben.« Elsa suchte etwas in ihrer Tasche. »Und so hab ich die Uhr am Ende liegen lassen.«

Elsa hielt mir einen Zettel hin. Ich las: »Gibt es Lust ohne Schmerz? Wir sind unbesiegbar im Elend, weil wir uns ein Geheimnis verraten haben …« Es standen noch ein paar mehr Albernheiten in meiner Schrift da. Ich gab Elsa den Zettel zurück, der sie so verzückte, und bewunderte im Stillen die Unverfrorenheit, Improvisationsstärke und Reaktionsschnelle des erfolgreichen Architekten. Elsa faltete sorgfältig das Papier zusammen und steckte es wieder in die Tasche. Vielleicht täuschte ich mich, aber ich meinte, ein verliebtes Seufzen zu hören.

»Unbesiegbar im Elend …« Elsa streckte die Arme aus und reckte sie. »Der Typ kam mir nicht besonders hell im Kopf vor. Er war ein bisschen wie du … Damit meine ich jetzt nicht, dass du nicht auch hell im Kopf sein kannst. Wenn du einen auf Abgefahren machst, bist du ganz gut. Aber im Alltag, wenn wir einfach nur so quatschen … Er halt auch nicht. Darum wird er das da geschrieben haben … Dann haben wir noch über Architektur geredet. Er ist Architekt. Und mich hat es fast …«

»Fast, fast …«

Ihr fielen die Augen zu. Während ich vor dem Bett saß, wurde mir das ganze Elend der Situation bewusst, wie wir Tag und Nacht vor uns hin sumpften. Wir waren in unserem Elend nicht unbesiegbar, Elsa: Das Elend hat Ausdauer, es ist sehr geduldig, und wir beide machten uns etwas vor, wir malten uns unsere Lage schön.

Wie ich sie dort auf meinem Bett liegen sah, hätte ich sie am liebsten bei den Schultern gepackt und sie angeschrien: »Weißt du, wer das geschrieben hat, du elende Fixerin? Ich habe das geschrieben! Und du hast mir das beigebracht! Du hast mir diesen Unsinn vom Glück im Elend eingeredet! Und nun sitzen wir hier!«

Doch ich zog ihr einfach nur die Schuhe aus und ließ sie schlafen. Ich setzte mich in den Sessel und spielte mit ihrem Hut.

Ich weiß nicht, wie lange ich Elsa betrachtete. Sie murmelte im Schlaf zusammenhanglose Wörter und lächelte, und ich war so müde, dass ich nicht schlafen konnte. Draußen wurde es hell, und das schmutzige Licht traf zwischen vorbeifliegenden Möwen und den großen Gebäuden auf die dunklen Möbel und Körper: Die Lücke an der Wand, wo die gestohlene Stereoanlage gestanden hatte, zeichnete sich als viereckiger, heller Fleck ab, der leere Garderobenständer, auf dem ihre Kleider gehangen hatten, das Filmplakat, die kleine Kiste, vieles von dem, was zu Elsas Leben gehört hatte. Nun war sie ein süßes Z auf dem Bett und gehörte mir, ohne dass ich ein Anrecht auf sie gehabt hätte. Die Möwen begannen zu kreischen; doch in dieser Wohnung hatte Vogelgezwitscher nichts Liebliches. Endlich schlug Elsa die Augen auf, sie wusste zuerst nicht, wo sie war.

»Schläfst du, Fernando?«

Als ich mit nein antwortete, lachte sie. Und ich ärgerte mich, ich weiß auch nicht genau, warum.

»Ich habe so gut geschlafen wie seit Jahren nicht mehr. Ich habe sogar geträumt. Das liegt bestimmt daran, dass ich in den letzten Tagen ruhiger geworden bin.«

»Bestimmt ...«

»Sei nicht gleich sauer, du kamst in meinem Traum vor. Erinnerst du dich an die Nacht bei den Wellenbrechern, als wir das erste Mal miteinander geredet haben?«

»Grob, ja«, sagte ich. Wenn jemand Gedächtnislücken hatte, dann sie, dachte ich.

»Ich weiß nicht, ob du dich erinnerst, was mit mir an dem Abend los war. Ich hatte irgendein Teufelszeug genommen ...

Und, wusch, plötzlich kam es mir vor, als würde der Wellenbrecher abbrechen und wir uns vom Festland entfernen. Genau das ist auch in meinem Traum passiert. Ja, wirklich, wie ein riesengroßes Schiff. Wie eine schwimmende Plattform. Die Sonne ging gerade auf, aber wir waren von Fackeln beleuchtet, die auf Marmorsäulen steckten. Es roch nach verbranntem Rosmarin. Die Stadt rückte immer weiter in die Ferne. Die höchsten Gebäude waren noch riesiger, wie römische Baudenkmäler. Wie aus der Antike. Einfach sagenhaft. Es waren auch nicht dieselben Leute. Nur du warst natürlich dabei. Und ich glaube, mein Bruder und noch irgendwelche Leute waren da, alle sahen so schön aus. Und ein Chor, in der Art wie die *Impressions*, perfekte, geheimnisvolle Schwarze, die den schönsten Song, den du dir vorstellen kannst, sangen. A cappella, ohne Schnickschnack, nur ihre Stimmen, du konntest sie fast anfassen. Sie sehen. Und, warte! Die Schwarzen sangen Bla-bla-bla, ich verstand natürlich nichts, aber irgendwann dann schon. Und zwar … Warte. Sie sangen: ›Warum ist es dunkel, wenn das Meer doch leuchtet?‹ Genau. ›… das Meer leuchtet.‹ Eigentlich Unsinn, aber gut. Alles war sehr seltsam. Und dann ging das Bla-bla-bla weiter. Und ihr Tanz – denn die Schwarzen tanzten auch – war sehr präzise, als hätten sie die Klänge im Griff. Sie drehten sich. Klatschten. Eine Drehung um die eigene Achse, dann einmal Klatschen. Bei einer dieser Drehungen erkannten meine müden Augen, dass am Ufer – da war nämlich ein von Fackeln gesäumter Pfad, der zum Meer führte –, also, dass da Scott und Jean waren, elegant, wunderschön …«

Diese Unart, berühmte Leute bei ihren Vornamen zu nennen, als würde man jeden Tag mit ihnen zusammen am Frühstückstisch sitzen! Wahrscheinlich meinte sie Scott Walker, den Sänger. Und Jean Shrimpton, das Model. Oder auch nicht. Es war auch egal. Ich war hundemüde.

»… Scott sagte etwas zu Jean, und Jean lachte. Sie waren sehr schick angezogen, aber nicht sehr flippig. Wie am Anfang. Vollkommen … Ich wusste, dass Jean nah am Wasser gebaut hat und gleich vor Freude weinen würde. Dann umarmten sie sich, und plötzlich, ich weiß auch nicht, wie das ging, waren sie nicht mehr da. Das Wasser riss eine Planke mit sich fort, und in der Ferne bildete sich ein Strudel. Die Musik der Sänger schwoll an, je müder die Augen wurden, je dichter der Rauch, und vermengte sich mit dem Licht des neuen Tags. Ich glaube, Jean ist damit einverstanden, dass Scott sie ins Wasser führte, während es Morgen wurde. Die Hauptsache war, dass es Morgen wurde. Oder nein. Ach, das ist Unsinn. Vielleicht hat das alles auch gar nicht stattgefunden. Aber im Traum hat es sich so angefühlt, als wären sie glücklich gewesen, und die anderen auch. Sehr glücklich. Überschwänglich vor Glück. So glücklich, ich kann's gar nicht sagen.«

»Du sagst ja auch fast nichts.«

»Es scheint dich nicht sehr zu interessieren.«

Ich stand aus dem Sessel auf.

»Nicht jetzt, Elsa.«

Eigentlich interessiert es niemanden besonders, sich die Träume von irgendwem anzuhören. Wie in so vielen unserer letzten Begegnungen sagte Elsa nicht mehr. Sie erhob sich vom Bett und zog ihre Schuhe an. Beim Aufstehen schwankte sie etwas und stammelte ein »Zeit, nach Hause zu gehen«, nachdem sie mich auf den Mund geküsst hatte. Ihr »Bis nachher« gab mir zu verstehen, dass wir uns gleich wiedersehen würden.

Aber ihr Abschied verzögerte sich. Bevor sie ging, steckte sie nochmal den Kopf ins Zimmer und fragte:

»Du hattest sie also im Flur angekettet?«

»Ja …«

»Also echt …«

Dann endlich ging sie, noch immer lachend.

Als ich sie das nächste Mal sah, war sie tot.

9

Machen wir uns nicht länger etwas vor. Ich habe nur noch eine einzige Aufgabe, mein Leser, und die wäre, mich über dich lustig zu machen. Ich wusste von Anfang an, seit man mir das hübsche Sümmchen als Vorschuss für meinen Bericht hat zufließen lassen, dass du mich hereinlegen willst. Meine seltsamen Fischzüge in den trübsten Becken der Stadt haben dazu geführt, dass man sich in den lichtdurchfluteten Büros die verschiedensten Versionen über die Taten José Felipe Neyras erzählt. Die Leute reden nämlich gerne, sie reden, anstatt hinzusehen, reden, anstatt hinzuhören. Da mein Tag mehr Stunden zu haben scheint als der Tag anderer Menschen, schaffe ich es nebenher auch noch, diesen Bericht fertigzustellen, in dem ich mich als ein Autor ausgebe, der ich nie im Entferntesten sein wollte. Noch dazu im Comic-Geschäft! Ja, lach du nur, mein Leser. Und wenn ich's recht bedenke, sind die Dinge, die sich ereignet haben, wirklich zum Lachen. Wie Torten, die in verdutzte Gesichter klatschen, Witzfiguren, die auf einer Bananenschale ausrutschen, und Gebisse mit Sprungfedern, die zur Tischkante vorschnalzen. Elsa hätte es zumindest so gesehen.

In den dreißiger Jahren trat das Tonkino seinen Siegeszug an, und auf einmal waren Kilometer von Stummfilmrollen unbrauchbar geworden. Irgendwer kam auf die Idee, die alten Schmonzetten zusammenzukaufen und sie mit der spitzen Feder eines Schriftstellers zu unterlegen, um einen, sagen wir, komischen Effekt zu erzielen. Auf diese herzerfrischende Weise wurde aus *Gefangene des Schicksals*, einem vor Kitsch triefenden Melodrama, *Albertos Wortgefecht*. Übrigens starb der berühmt gewordene Schriftsteller allein und vergessen in seiner Wohnung. Immer wieder stieß er mit den Armen gegen die Wände, denn er hielt sich für einen mittelgroßen Vogel und flatterte nach Leibeskräften, um sich in die Lüfte zu schwingen, was ihm nie gelang; außerdem war er davon überzeugt, Opfer einer Verschwörung zu sein. Merken wir uns beide, du, mein Leser, und ich, welch schmerzliches Ende jemandem blüht, der es nicht lassen kann, Fiktionen weiterzuspinnen. Doch ich flattere weiter zwischen meinen Fiktionen umher und finde Sätze an den Wänden, ohne mich in die Luft zu erheben. Leser. Du schlägst einen Haken. Ich hinterher. Aber ich mache kehrt.

Manchmal regnet es, und andere Male schleppt der Wind Papiere und Warnungen in geschützte Gassen. Manchmal fällt der Strom aus, und zwischen den Schatten der Vorhänge zittern Flammen. Doch fast immer beleuchten die nackten, von Motten umkreisten Laternen spärlich die Gassen mit ihrem abgetretenen Pflaster und stumpfen Ecken. Den Müllgestank, die Markierungen an den Wänden, die Harnbotschaften der Katzen sind einem so vertraut, dass man sie schon nicht mehr riecht. Man geht eiligen Schrittes, will die zerstückelte Zeit abschütteln.

Ein Stiefel aus Schlangenleder. Man hetzt durch die Straßen und hält nicht vor einem Prachtportal der Altstadt an, das einst als Kutscheneinfahrt diente und nun nur den modrigen Geruch des Niedergangs ausatmet. In einem solchen Portal sind im schwachen Lichtkreis einer Laterne der Ansatz der Treppe, schmutzige Marmorplatten und eine Katze zu erahnen. Einer, der es eilig hat, sieht die Szene und denkt: »Die Frau, die dort liegt, trägt genau solche Stiefel wie Elsa.« Und wenn er das Portal ein Stück weit hinter sich gelassen hat, möchte er schon fast umkehren, doch er wendet nur den Kopf ein wenig und redet sich ein: »Das kann nicht Elsa gewesen sein.« Und wenn er die Gasse bereits verlassen hat, murmeln seine Lippen: »Es war nicht Elsa.«

Wie hart man geworden ist, denkt er, dass einen nichts mehr betroffen macht. Elsa wird ganz bald wieder auf den Beinen sein und in ihren Trott zurückkehren, in ihr eigenes Elend, ganz bestimmt. Vor meiner Begegnung mit der sadomasochistischen Graphikerin, die für mich nur noch eine Anekdote war, hatte ich Elsa eines Nachmittags auf einer Bank liegen sehen. Als sie sich aufgerichtet hatte, hatte sie mir gesagt: »Ob du es glaubst oder nicht, ich bin gerade gestorben.« Ihre Lippen waren blau angelaufen. »Das sind die Afrikaner, die haben teuflisch gutes Zeug, da musst du aufpassen.« In derselben Nacht, nachdem der Schreck vergangen war und sie Schnaps und Aufputschmittel zu sich genommen hatte, tanzte sie in einem Kellerlokal, gleich hier neben dem Haus, wie jeden Sonntag. Sie tanzte geschmeidig, mit kleinen Bewegungen, ohne viel Raum zu benötigen, eine Könnerin. So war sie eben, von Rhythmus durchdrungen. Und verrückt. Ich saß eifersüchtig an der Theke und sah ihr zu.

Am nächsten Morgen, während einem die Augen noch brennen, man ein Bier frühstückt und in der zittrigen Hand die erste Zigarette hält, kommt jemand auf einen zu, der Xavi, der Matraca, der Pole, Gesichter, die leere Namen sind, ohne Leben dahinter. Sie setzen sich neben einen auf den Barhocker und sagen es. Der plötzliche Tod von irgendwem ist in diesen Zeiten eine häufige Nachricht, und man gewöhnt sich den stoischen Gesichtsausdruck eines Menschen an, der schon viel durchgemacht hat und selbst erzählen kann, dass er vor vielen Jahren zum ersten Mal einen Toten (oder sogar zwei) gesehen hat und dass einer der Toten im Hafen auf dem Wasser trieb und …

Sie sagen es einem, als wüssten sie nicht, dass man sie kannte. Dass man mit ihr wie Mann und Frau gelebt, sie dann doch verloren hatte.

»Hast du diese blonde Fixerin gekannt, die mit den süßen Hüten, die manchmal dort drüben mit den Alten ein Schwätzchen gehalten hat …?«

Man hört nicht zu.

Man tut so, als ginge einen das alles nichts an, und sieht sich zum ersten Mal gezwungen, auf eine Beerdigung zu gehen, weil man das Bedürfnis verspürt, sich von ihr zu verabschieden, sich ihr zu erklären.

Wahrscheinlich gehört es sich, dass man bei der Schilderung einer Beerdigung als Erstes über das Wetter schreibt. Leider erinnere ich mich daran nicht mehr. Ich weiß nur noch, dass es nicht regnete, denn als ich meinen alten Berg hochstieg, dachte ich an Regen. Wenn es stark regnete (wie am Tag des Watussi), wurde jedes Mal davor gewarnt, dass die Sturzbäche die Baracken der »Stadt ohne Gesetz« in den Abwassergraben spülen würden. Am nächsten Tag standen die Baracken noch immer an ihrem Platz. Entweder war alles Lüge und eine Gefahr hatte nie bestanden, oder man hatte über Nacht die vom Schlamm und Wasser niedergerissenen Baracken wieder aufgebaut. Als ich am Friedhof ankam, lief ich die Gräberreihen ab, einige Gräber waren mit Blumen geschmückt, bei anderen waren Namen und Jahreszahlen schon verblasst. Ich war in Gedanken bei Pepito, dem Yeyé, und erinnerte mich, wie ich mit ihm im Regen die Reihen der Badehäuschen am Strand abgelaufen war. Als ich in eine der Gräberreihen einbog, erkannte ich die gealterten Gesichter eines Zauberers und seiner Gehilfin, Elsas Eltern, in Gesellschaft von fünf oder sechs Leuten. Ich sah, wie die Totengräber ihre Arbeit ausführten und wie mich ein Junge ansah, der entfernte Ähnlichkeit mit der Verstorbenen hatte. Doch kaum machte ich Anstalten, mich zu nähern, schon rannte die ganze Gruppe mit gereckten Fäusten auf mich zu und schrie »Schwein!«.

Da gab es nur eins, Fliehen. Ohne groß nachzudenken, schlängelte ich mich durch die Rabatten, bis ich in einen Teil mit Grabstätten und Mausoleen gelangte, wo ich zu meiner Überraschung in einer Verschnaufpause im Vorbeigehen las:

Anita Codina (1878–1922)
Erfinderin des Schnellen Schnitts Codina

Und während die Schreie und die Schritte näher kamen, dachte ich, dass Anita Codina viel länger gelebt hatte als Elsa Basora (1962–1984. Erfinderin der Figur Scott). Ich kam zu den gotischen Pantheons, zu den marmornen Engeln und Erzengeln, und nach und nach begriff ich, dass diese rachsüchtige Familie nicht anders konnte, als mich zu beschuldigen und zu massakrieren. Ich konnte nicht mehr und blieb keuchend stehen. Wie ich an der Mauer der ewigen Ruhestätte der Familie Caliu-Germanor lehnte, schreckte mich auf einmal der unzweifelbare Bruder Elsas auf, er schrie:

»Papa, warte! Er ist es nicht!« Doch da packte mich Pol, der Zauberer, der später als Immobilienmakler und nun als Immobilienspekulant tätig war, schon am Kragen und knallte mir eine, was ich wehrlos über mich ergehen ließ.

Ich war also nicht ich.

»Wer bist du?« fragten sie mich.

»Ein Freund von Elsa. Fernando …«

»Und warum bist du gerannt?«

»Der Schmerz …«

Der Schmerz führt tatsächlich zu seltsamen Reaktionen, denn jetzt flossen sie über vor Entschuldigungen und küssten mich sogar, und dann führten sie mich zu der Grabstelle, die die sterblichen Überreste Elsas aufnehmen sollte. Ich hielt Schritt mit den Leuten, die den Arm um mich legten und mich unaufhörlich um Entschuldigung baten, während ich über zwei Gedanken brütete. Der erste kreiste darum, wie verstörend es war, dass eine Flenntüte wie ich keine einzige Träne vergießen konnte. Der zweite Gedanke war die Erkenntnis, dass man mich auf den ersten Blick und für die Dauer der Verfolgung für den so genannten Picassín 2 gehalten hatte, diesen Fixer und Dieb, den offiziellen Ehemann der Verstorbenen. Wir verliefen uns zwischen Gräberreihen und leeren Grabstellen, und es dauerte eine Ewigkeit, bis wir das Grab erreichten. So hatte ich Zeit, ihnen zu erklären, dass ich mit Elsa in einem Reisebüro gearbeitet hätte und kurz nach ihrer Kündigung auch von dort weggegangen sei. Nein, über ihre Lebensgewohnheiten wisse ich nichts, nur dass die Zeiten hart seien. Ich wollte ihnen den Eindruck geben, ein schüchterner Verehrer zu sein.

Endlich kamen wir zu dem Grab, wo die Totengräber ihre Arbeit fortführten. Ich habe bereits gesagt, dass fünf oder sechs Trauergäste gekommen waren, sie wechselten untereinander kein Wort. Die Mutter, die viel weniger fett und hässlich, und vor allem viel weniger geschwätzig war als in Elsas gehässigen Schilderungen, versteckte ihre Trauer hinter einer überdimensionierten Sonnenbrille und lehnte den Kopf an die Schulter eines alten Herren, den galicischen Großvater, den ich aus Elsas Erzählungen kannte. Die traurige Nachricht und nun die Vergegenwärtigung des Tods seiner Enkelin schienen den alten Mann seinem eigenen Tod näher gerückt zu haben. Ich ging weg, ohne mich zu verabschieden. Zwischen den Fingern zerrieb ich ein Bröckchen frischen Zements und dachte, dass Elsa diese Geschichte ihrer eigenen Beerdigung erfreut hätte, sie war ihrer würdig. Auf dem Heimweg erzählte ich sie ihr in einer etwas abgemilderten Form, ich erzählte von dem Missverständnis und der Verfolgung, von dem aufrichtigen Schmerz, den ich gesehen hatte.

Es würde noch eine Weile dauern, bis Elsa wirklich gestorben sein würde, denn Fernando Atienza war nicht der Einzige, der sie im Gedächtnis behielt. Am nächsten Tag kehrte ich zurück auf den Friedhof, doch ich vermied es, mich dem Grab zu nähern, weil ihr Großvater, die Hand auf den Marmor gestützt und den Blick auf den Boden geheftet, mit leiser Stimme ein Totengebet murmelte. Während ich wartete, dass der Alte gehen würde, kam ich auf eine makabre Idee. Mir fiel ein, dass ich die Identität eines Verstorbenen trug. Der Mann, der meine Papiere gefälscht hatte, der Exakte, der mit mir in der Pension, meinem Versteck zwischen '77 und '79, gewohnt hatte, hatte mir gesagt: »Wenn sie dich schnappen und du redest, weißt du, was passieren kann. Wir nehmen die Namen aus dem Totenregister verstorbener Kinder. Und das heißt, dass ernsthafte Leute ihre Finger im Spiel haben …« Ich ging zum Eingang und fragte nach meinem Grab, das sich als eine Grabstelle mit einem recht neu wirkenden Stein herausstellte, es war noch nach so langer Zeit mit Blumen geschmückt:

Fernando Ruiz McDonald
(1955–1962)
»Ein Engel mehr«

Die Toten beschützen die Toten. Sie konnte nun diesem Engelchen mit Kinderhänden weiter von ihrem frühen Leid erzählen; denn im Klagen sind die Menschen unverbesserlich, und ich höre nicht mehr zu. Ich schlendere über die leeren Terrassen von Miramar und bin niemand. Elsa ist wie ein zitternder Tropfen auf einer Markise, an einem regenlosen Morgen. Und schon nicht mehr.

10

Oben auf der Bühne dreht sich der Sänger, der nicht singt, er verschluckt einen Schrei, sackt in sich zusammen und tut so, als wäre er in Trance, will lässig wirken: hellgraue Hose, Sweatshirt in dunklerem Grau, überflutet von farbigem Licht, das von hinten aus einem klug eingestellten Projektor kommt: Blautöne amerikanischer Himmel, Grüntöne und Rottöne übereinandergestapelter Karosserien auf fernen Autofriedhöfen. Der Sänger, der nicht singt, stammelt etwas in der Art wie:

»Je suis la chanson française! Je suis un conoisseur! Je suis la gauche divine! Je suis un cascacouilles! À present, c'est l'heure des cuirasserus! Mickrige Memme. Romerales, über alles. Weltanschauung, schauung, schauung. Honk, honk, saratoga, whroom, whroom, mit Minze. Du Winzling! Überall Sucht, alles ansteckend, krash, krash, kaputt, braka, braka. Verloren. Ein Virus! Ein Virus!«

Der arme Junge befindet sich in der Zange zwischen einem, der den Synthesizer malträtiert, und einem anderen, der eine Gitarre schrubbt, während ein Dritter mit vollem Karacho auf ein elektronisches Schlagwerk eindrischt und die typische Fette das Saxophon bläst. Auch seine Begleiter gelangen nun ins Rampenlicht: das Rot von Coca-Cola und das Blau und Weiß von PanAm. Oberkörper und Köpfe beugen sich über die Brüstung des oberen Stockwerks wie Kampfhähne, die es nicht erwarten können, in die Arena gelassen zu werden. Vor der Gruppe und einen Meter weiter unten aufmerksame und weniger aufmerksame Köpfe, Münder, aus denen Rauchschwaden und gleichgültige Bemerkungen dringen, eingenebelt vom charakteristischen Geruch nach Haschisch und dichtgedrängten Körpern. Ein Ort mit Industrieambiente: Eine Lagerhalle, kahle Stahlträger, sichtbare Konstruktionen, die unerklärliche Vorliebe der Zeit für den Sekundären Sektor, die harte Nostalgie der Fabrik und des Arbeiters: Millionen von Stiefeln rücken vor, Hammerschläge, Maschinenlärm. Der Sänger, der nicht singt, hampelt herum und improvisiert in unbeholfenen Krächzlauten über den nun hämmernden Rhythmus:

»Werkstatt Bermúdez! Zack-bumm-krach. Werkstatt Bermúdez! Industrieschule, bum-bum. Es lebe der Müll! Es lebe das Sumpffieber! Kachung-kachung. Bracka-bracka-bracka. Werkstatt Bermúdez! Und wer sind Sie? Ich bin Bermúdez!«

Das Saxophon jault wie eine krepierende Ratte, und ich komme darauf, dass dieser Typ auf der Bühne lügt. Er ist nicht Bermúdez, er ist Atienza. Ich bin der Sänger, der nicht singt, von der Gruppe AvantPop.

KGB, 14. April 1987
W AvantPop präsentiert:
Dadaistmeinpapa

»Dadaistmeinpapa«. Brillant. Das W mit einzubauen war meine Idee gewesen. Es kostete mich einiges an Überzeugungsleistung, unseren Ideologen Martí Oliver zu überreden, den Buchstaben in unser Logo aufzunehmen, während die Vorbereitungen für dieses Mega-Konzert schon liefen und wir von den Kameras des autonomen Fernsehsenders angespornt, von den Lokalzeitungen fotografiert und von irgendwelchen Typen an der Bar spitz kommentiert wurden. In der Vorbereitungsphase, während der wir zahlreiche Auftritte in winzigen Schuppen hinter uns brachten, redete ich auf Martí Oliver ein, sich an dieses W von damals zu erinnern, das, ohne die geringste Aussage zu vermitteln, die Mauern unserer Stadt überzogen hatte.

»So wie dieses ›Kilroy was here‹ der Amerikaner im Krieg«, kommentierte er in seiner gewohnt kühlen und kontrollierten Art zu sprechen, hinter der eine glänzende Intelligenz stand: »An irgend so etwas habe ich auch schon gedacht. Aber dieses W bedeutet bestimmt etwas. Weißt du vielleicht, was das W bedeutet?« – Und bevor ich der Versuchung unterlag, ihn anzulügen, sagte ich: »Es ist unser Aleph, unser Fluchtpunkt. Oder vielleicht unser weißes Blatt, auf das wir unsere Sehnsucht schreiben. Unsere Sehnsucht ist ein unerklärliches W, darum ist es eine unerfüllte Sehnsucht. Ein Gleichgewicht zwischen Himmel und Hölle. Die Sehnsucht nach Symmetrie, nicht allein zu sein, die Lust zu erleben, die in dem doppelten Buchstaben ausgedrückt ist. Lass dir das nicht entgehen, Martí.«

Martí Oliver gestand mir, dass er mich schon von meiner Zeit an der Plaza Real kannte; einmal habe er zugesehen, wie ich mich zu unbekannten Leuten gesetzt hätte, um ihnen eine meiner Reden aufzudrängen. Als er mich Ende '86 in einer Disco, die damals in war, ansprach, fragte er mich, um sein Bild über mein Leben auf den neuesten Stand zu bringen, was ich so machen würde.

Keine schlechte Frage. Was hatte ich eigentlich in den zweieinhalb Jahren nach Elsas Tod gemacht?

Zunächst hing ich in ihrer leeren Wohnung Erinnerungsspuren nach: Die Plakate lösten sich von der Wand, sodass sich die Idole, ihrer Mission auf dieser Welt entledigt, nun in Demut verneigten; ein Armband oder Hemdchen, das seit Jahren unter dem Bett den Staub anzog; eine Plattenhülle mit ihrem Namen darauf. Ich erkundigte mich in den umliegenden Bars auch nach anderen, die verschwunden waren, sei es, weil sie gestorben waren oder weil sie ihre Gewohnheiten geändert hatten. Und so wurde Elsa mit der Zeit zum Symbol für das Unbestimmte, den Zweifel, das Schicksal, die Schuld .... Ich beugte mich zitternd aus dem Fenster und entdeckte im harten Schattenspiel der frühen Morgenstunden die Alten, mit denen Elsa immer geplaudert hatte. Die Alten waren gerade dabei, einem Fixer-Transvestiten seine Lackschuhe zu entwenden, während dieser »Erzähl mir vom Meer, Matrose« jaulte und Stadtplaner in bordeauxroten Jacketts mit Plänen unterm Arm das Terrain untersuchten und die Kellner träge die Terrassenstühle aufstellten. Eines Nachmittags sah ich unter den Palmen des Platzes, der mittlerweile eine Baustelle war, Toni Tortosa wieder, diesen Tausendsassa, der sich einmal als Agent vorstellte und ein andermal als Künstler. Große Klappe, nicht zu bremsen, tausend Versprechungen, was du willst … Tortosa hatte irgendein Drehbuch für einen Zeichentrickfilm zu Gesicht bekommen, das ich früher mal für irgendeine Underground-Produktion geschrieben hatte, und wollte, dass ich jetzt Pornogeschichten für ihn schrieb. Ich hatte ihm bereits gesagt, dass ich das nicht tun würde, aber er ließ nicht locker. Er besuchte mit mir Graphikstudios, wo die Abgabe der Seiten bis zur letzten Stunde aufgeschoben wurde, wo man über die Ähnlichkeiten zwischen *Die Juwelen der Castafiore* und *Die Regeln des Spiels* philosophierte und bereitwillig jedes Narkotikum annahm, das einem unter die Nase gehalten wurde. Währenddessen erzählte mir Tortosa, dass ich viel Geld verdienen könnte; er würde sich darum kümmern, dass man es mir regelmäßig zukommen ließe. Die Graphiker, die jetzt ihr Kokain schnupften, könnten bezeugen, was für gute Beziehungen er hatte. Diese reichten weit über die spanische Verlagswelt hinaus, sie bildeten ganze Netze internationaler Agenturen, unterwanderten Steuergesetze, gehorchten den geheimen Regeln von Ruhm und Erfolg, und wenn es angemessen war, wechselten sie auch auf andere Kulturbereiche über: Nicht umsonst hatte Tortosa in den Siebzigern pornographische Kurzfilme produziert (als dies noch als künstlerisches Betätigungsfeld galt), ebenfalls pornographisch angehauchte (und ebenfalls künstlerische) Fotobände, ebenfalls pornographisch angehauchte (und künstlerische) Bücher über Fotografie, verschiedenste Werke moderner Kunst, die vielleicht nicht gewürdigt wurden, aber zweifellos profitabel waren. Toni Tortosa führte ein legales Leben, seine Biographie konnte sich sehen lassen, und wenn es um Verträge ging, zählte sein Wort.

So geschah es, dass ich der Versuchung nachgab, die Geschichte der Tochter eines Bandenchefs zu schreiben, die von einem Berufskiller vergewaltigt und ermordet wird, und dieser Berufskiller ist gleichzeitig ein begnadeter Tänzer und eine mysteriöse Gestalt, und am Ende erweist sich alles als eine Farce, um den Killer-Tänzer aus dem Weg zu räumen. Als Nächstes erzählte ich vom schwindelerregenden sozialen Aufstieg eines Mädchens vom Lande und seinen erotischen Leidenschaften. Die dritte Geschichte erzählte von einem nach außen hin fröhlichen, in Wirklichkeit aber tiefverzweifelten Mädchen, das sich auf der Suche nach Schimären jedem hingibt, der auf irgendeine Weise ihre Phantasie anregt. Tortosa sagte mir kurz darauf, er hätte meine plumpen biographischen Neuaufgüsse an merkwürdige Verlage in Kanada, Brasilien und Hongkong verkauft. Ich solle nicht erwarten, sie je gedruckt zu sehen, denn es könnte sein, dass diese Verlage sie wiederum auf dem riesigen Markt der *Pulp Fiction* verkaufen würden. Immerhin, auf diese merkwürdige Weise errang ich unerwartet ein wenig ökonomische Sicherheit und ein weiteres Angebot: Ich durfte in das ehemalige Junggesellenapartment meines neuen Chefs in der Oberstadt ziehen, es lag in einer Seitenstraße im Schatten der prunkvollen gelben Häuserblöcke der Calle de Balmes, in der in trauter Nachbarschaft Erotikclubs, kleine, im Niedergang befindliche Läden und neue, zukunftsfrohe Büros lagen. Nachts, wenn die blauen und roten Neonschilder blinkten, wenn ein spektakuläres Kleid, gefolgt von einem hartnäckigen Herrn, vorbeirauschte, wenn ein Wagen langsam vorbeirollte, bekam dieser unscheinbare Winkel etwas Traumhaftes. Toni Tortosa kündigte mir an, dass er, sobald seine außergewöhnlichen und stets geheimen Interaktionen erste Ergebnisse zeigen würden, auf die japanische Verlagsgruppe Yamamoto Inc. zugehen würde, um mit ihr einen Vertrag über eine Serie zu schließen, deren Handlung in Barcelona zum abschließenden Höhepunkt kommen sollte. In Japan waren Comics ein starker Wirtschaftszweig, und die Comic-Verleger waren auch auf anderen Gebieten tätig. Wenn unsere Stadt den Zuschlag für die Olympischen Spiele bekommen sollte, was sich Yamamoto Inc. schon seit Jahren im Hinblick auf neue Comics wünschte, bekäme die Stadt etwas von einem Mythos für die Kinder der Aufgehenden Sonne, die nicht nur begeisterte Leser von Comics, sondern auch finanzstarke Touristen waren. Die japanischen Geschichtenschreiber von Mangas, so hieß es, brauchten als Grundlage für ihre Handlungen originelle Geschichten, sie waren auf die Zusammenarbeit mit einfallsreichen Leuten angewiesen. Wenn Tortosa den Vertrag unterzeichen würde, war ihm und mir ein geregeltes Leben bis zum Olympischen Jahr 1992 sicher.

Endlich würde die Tristheit ein Ende nehmen; auch wenn ich davon überzeugt war, dass ich dieses Mal weitaus mehr aufs Spiel setzte als in meinen schon weit zurückliegenden Ausflügen in die Welt der Finanzen und Politik, deren Vertreter, wenn ich mich nicht sehr täuschte, weit weniger mächtig waren, als ich damals vermutet hatte.

Auf meinen neuen dreißig Quadratmetern (zuzüglich zehn Quadratmetern Terrasse) dachte ich manchmal an die Gespenster in meinem Leben, und es fiel mir schwer, sauber zwischen Lebenden und Toten zu trennen. In regelmäßigen Abständen machte ich einen stummen Anruf bei meiner Mutter. Meine Lebenszeichen waren zu einer der typischen Sonderbarkeiten unglücklicher Familien geworden. Auch wenn meine Mutter in ihrer verharmlosenden Art wahrscheinlich gar nichts dabei fand, einem stummen Gegenüber zu erzählen, wie sie gekleidet war oder dass die Gymnastik nach der Arbeit zwar höllisch anstrengend, aber ein Garant für jugendliches Aussehen war. Außerdem gab sie bereitwillig Auskunft über das vollkommene Glück der ihren: dass die Olympischen Spiele ihre Aufstiegsmöglichkeiten in der Kosmetikfirma verbesserten; dass meine Geschwister großartig heranwuchsen; dass Carmelo kurz vor der Pensionierung stand; dass sie das Landhaus verkauft und aus dem Erlös und einigen Ersparnissen den Kauf des Hauses bestritten hatten, in dem sie nun lebten (natürlich ganz bei mir in der Nähe). Sie berichtete von gastronomischen Köstlichkeiten, Reiseerlebnissen, neuen liebgewonnenen Lebensgewohnheiten. Außerdem hatte sie erfolgreich gegen die bürokratische Vermauertheit der Telefongesellschaft gekämpft, um dieselbe Nummer zu behalten, damit ich mit ihnen in Kontakt bleiben konnte, wenn auch in dieser außergewöhnlichen Form. Und sie wollten ein kolumbianisches Mädchen adoptieren und dazu in dieses Land reisen. Außerdem sei ich vom Militärdienst ausgelost worden, aber davon habe sie mir nichts erzählt, weil sie sich gedacht habe, dass ich das schon wisse, und wenn nicht, könne sie mich damit vielleicht nach Hause locken, wenn ich nicht ganz so dumm und verabscheuungswürdig sei, wie es scheine. Sie vermissten mich, auch wenn ich es nicht glauben würde. Wo ich denn stecken würde. Was sie mir angetan habe, wo sie doch ihr ganzes Leben für mich geopfert habe und …

Bevor die Situation eskalierte, legte einer von uns auf, und ich ließ weiter meine Gedanken schweifen. Dazu sammelte ich in einem Album mit blauem Umschlag Fotos und Zeitungsausschnitte aus alten Zeitschriften für Fans von Scott Walker. Ich ließ mich auch zu Selbstgesprächen auf der Terrasse hinreißen, bei denen ich, während ich mir getrocknetes klebriges Zeug von den Fingerkuppen bröselte und Schmutzpartikel und immer nutzlosere Erinnerungsfetzen in der Luft schwebten:

»Gut, Elsa, du hattest recht. Scott Walker heißt in Wirklichkeit Noel Scott Engel und wurde in Hamilton, Ohio, im Jahr neunzehnhundertvierundvierzig geboren. Bevor er die Walker Brothers gründete, spielte er bei zwei amerikanischen Hits Bass, ›Let's go‹ von den *Routers* und ›Wipe out‹ von den *Surfaris*. Sieh dir diesen Artikel aus dem Jahr sechsundsechzig an: ›Aufgepasst, Fans! Scott Engel geht ins Kloster!‹ Aber mach dir keine Sorgen, Elsa. Wenn man weiterliest, erfährt man, dass Scott nur vorübergehend in ein Kloster ging, um sich vor dem Trubel zurückzuziehen. Und sieh, was hier über ihn steht: ›Er ist gehässig und launenhaft, sieht immer noch gut aus und hat immer noch Ausstrahlung. Und das ist der Grund, warum man ihm alles verzeiht.‹ Was sagst du dazu? 1983 kam, ohne dass wir es mitbekommen haben, sein neues Album heraus, *Climate of Hunter*.«

Mein Sammelalbum über Scott enthält einen ziemlich pikanten Anhang, von dem ich Elsa bislang nichts erzählen wollte, um sie nicht in Verzweiflung zu stürzen. Es waren Kurzmeldungen, auf denen die Rede von einem Ausländer ist, der einer Serie von Verbrechen an Drogenabhängigen und Prostituierten verdächtigt wird. Zeugenaussagen zufolge lernten die Opfer ihren Mörder in den amerikanischen Kneipen am Ende der Ramblas kennen, sie gingen vertrauensselig mit ihm mit, und er tötete sie, erwürgte sie am Ende der Wellenbrecher. Man war sich einig, dass der Mörder, der sich selbst Scott nannte, ein äußerst gefährlicher Geistesgestörter war und dass er schon in anderen Städten wie Vigo, Marseille oder Genf sein Unwesen getrieben hatte … In der Angst vor Scott blieben die Aufreißkneipen an den Ramblas, in der Altstadt und um die Plaza Real herum wie ausgestorben. Monate später gelang es den Ordnungskräften glücklicherweise, als in der ganzen Gegend keine Spur mehr von Prostitution und Drogenhandel übrig war, Scott an den Wellenbrechern zu überwältigen. Er war gerade dabei, ein neues Verbrechen zu begehen. In seiner Verzweiflung stürzte sich Scott in die Fluten und wurde vom Meer verschluckt. Allem Anschein nach hieß dieser Mensch Waldemar Wajda und war ein Handelsmatrose mit polnischen Vorfahren. Natürlich wäre ich damals, mein Leser, bereit gewesen, das alles zu glauben; aber die Unerhörtheit dieser Geschichte brachte mich zu der Überzeugung, dass diese Figur ein Produkt von Elsas träumerischer Schwärmerei war und dass vielleicht mein Bericht über den Tag des Watussi seinen Teil dazu beigetragen hatte. War es möglich, dass so eine Figur zur urbanen Legende unter Junkies wurde und dass die Polizei so einen Mythos ausnutzte, um eine Massenhysterie auszulösen, wo es doch ermordete Nutten immer geben würde und noch dazu in Zeiten sagenhafter Überdosen? Mit solchen Methoden säuberte man die Altstadt von unerwünschten Elementen, um ihr ein würdiges Aussehen zu verleihen, für den Fall, dass die Stadt der Austragungsort der Olympischen Spiele 1992 werden sollte.

Alles fieberte dem Tag entgegen, an dem der Austragungsort bekanntgegeben würde. Niemand, weder Tonio Tortosa noch meine Mutter, noch der Handel, noch die Architekten, noch die Bauträger, noch die ehemaligen Rebellen, noch die neuen Schlaumeier, noch die Versager wollten angesichts des Aufblühens der Stadt auf der Strecke bleiben. An einem Tag im Oktober '86 war es so weit, die Zeitungen überschwemmten in Extraausgaben die Straßen, es herrschte eine Euphorie wie seit dem Kubakrieg nicht mehr. Zwischen Gehupe und Feuerwerksraketen, einer wahren Symphonie des Jubels, ging ich mit Toni Tortosa und zweien seiner Freundinnen auf den Berg meiner Kindheit, um zu sehen, ob wir Einlass zu einem Fest bekämen, auf dem mein Chef endlich seinen Einfluss unter Beweis stellen könnte, mit dem er sich immer brüstete, wenn er sich als Pionier der modernen Werbung, des modernen Designs, der modernen Fotografie, des modernen Kinos, der modernen Musik und, warum nicht, der modernen Mode rühmte. Doch als wir bei dem Fest ankamen, war seine Berühmtheit verflogen, und das Einzige, was ihm zuteil wurde, waren hochmütige, gönnerhafte Blicke. Man ließ uns natürlich nicht hinein. Unter der pyrotechnischen Kuppel, vor den erleuchteten olympischen Ringen, brachen alle Jahre meines Lebens wie eine Welle der Wärme über mich herein, und ich erinnerte mich, dass es eine Zeit gegeben hatte, in der ich von dem Gefühl beherrscht war, ich würde mit der Geschichte Gleichschritt halten, dass die Stadt, das Land, der Staat mein Alter hätten. Vom Abend dieses Volksvergnügens an wollte ich meine Geisteskräfte wieder zurückgewinnen, zur Verteidigung oder zum Angriff, ich wollte mich kundig machen, was wirklich auf der Welt passiert war, in der Zeit, als ich nichts Besseres zu tun gehabt hatte, als mit Toten in einer unverständlichen Sprache zu singen.

Bereitwillig schloss ich mich der breiten Masse an. Es gibt eben keine moralische Überlegenheit, wenn man auf einer riesigen Leinwand unter riesigen Brunnen ein ausgeklügeltes Video über eine Traumstadt sieht und rundherum Luftballons und Tauben aufsteigen und irgendwelche Angestellte mit mehr oder weniger schütterem Haar mit Broschüren wedeln, als wären sie das Sternenbanner des unsichtbaren Vaterlands, und andere sich bücken, um die Würstchengutscheine aufzuheben, die in erster Linie dazu beitragen, dass die Löcher in den Bilanzen der Partnerunternehmen des Hauptunternehmens, der Olympiade, ins Unermessliche wachsen. Das ist das Schicksal einer Stadt, die es noch nicht einmal geschafft hat, über ihre Vergangenheit eine kohärente Lüge zu breiten.

Auf einem anderen Fest, für das man keine exklusive Einladung benötigte, entdeckte ich ein paar Typen, die sich früher auf der Plaza Real herumgetrieben hatten, nun trugen sie die Haare kurz, dazu Anzug, Hemd und Krawatten von Marken, die ich schon bald in meinen Wortschatz aufnehmen würde, allerdings ohne diesen Geschmack von Mythos, Exklusivität und Schönheit mitschwingen zu lassen, wie Elsa es beherrscht hatte. Diese Emporkömmlinge, die ich vor einem Jahr das letzte Mal gesehen hatte, hätten abgestritten, mich zu kennen; doch auf einmal hob sich bei einem verblüfft eine Augenbraue, die andere folgte zögerlich, während das Programm des Wiedererkennens ablief. Picassín lebte also noch? Und nicht nur das. Picassín war kein Speed-Dealer mehr? Picassín hatte es zu was gebracht? Hallo, Picassín! Nimm meine grüßende Hand. Aber bleib nur fern, wenn du immer noch diese Manie hast, einen mit dem unglaublichsten Zeug zuzuschwafeln. Wenn du dich also rein aus Zufall in diesen Kreis der Auserwählten verirrt hast, bleib fern.

Da hörte ich, wie Toni Tortosa entgegen seinen eigenen Ratschlägen zur Diskretion sich selbst und sein unternehmerisches Geschick lobte. Und als dieser Rothaarige sich endlich von dem aufschneiderischen Gepluster meines Mäzens gelöst hatte und sich zu mir stellte, wurde mir bewusst, dass mir sein Gesicht nicht ganz unbekannt war.

»Wer ist das?« fragte ich Tortosa.

»Campanero.«

»Campanero deiner Kampagnen?« Damals redete ich so.

Da erklärte mir Tortosa, dass er in den siebziger Jahren zusammen mit Campanero in der Werbung gearbeitet habe. Dass er einer der tüchtigsten Burschen sei, die er kannte, ein vor Ideen sprühendes Talent. Zumindest sei das so gewesen, bis sich eine wahre Harpyie, heute seine Ehefrau, auf ihn gestürzt habe. Seitdem wohne er in der Hauptstadt und sei nur noch damit beschäftigt, sozial aufzusteigen.

»Die Kleine hatte bloß eine Idee im Kopf, das ist vielleicht eine! Sie heißt Tina Alarcón. Früher war sie Model, jetzt führt sie eine Werbeagentur, während er Partner einer Firma für Public Relations ist. Du weißt schon, weltweite Werbekampagnen, Corporate Identity, Lobbyarbeit, Wahlwerbung ... Alles auf höchster Ebene. Das alles tut er, um ein Sprungbrett für seine Frau zu sein. Wenn er in Madrid ist, lässt sie ihm anscheinend keine Luft zum Atmen.«

Jetzt plauderte Tinas Ehemann, beschwingt von der festlichen Atmosphäre der Promiskuität, von Mächtigen, Anwärtern und Faulenzern, mit einer Blondine an derselben Theke im ersten Stock einer In-Disco, an der ich einen Monat später Martí Oliver erzählen sollte, dass ich mit Hilfe des umwerfenden Tortosa nun Geschichten für japanische Comics schrieb.

Bevor ich meine neue und außergewöhnliche Arbeit aufnahm, klärte Tortosa mich über die japanischen Vorlieben bei Comics auf. In seiner unverwechselbaren Art sprach er von »hardcore Ambiente«, da es den Japanern gefalle, die Wirklichkeit stark zu übertreiben. Auf Telepathie würden sie auch stehen, sagte er noch. Und auf Parallelwelten. Und auf Gaudí. Und natürlich, das betonte er mit zusammengepressten Zähnen, auf »Mädels«. Miniröckchen, herausguckende Slips und Lutscher, die sie genüsslich mit der ganzen Zunge lockten. Er legte mir ans Herz, Elemente der amerikanischen Popkultur einzuflechten, »Amischrott, yeah«, denn die Vereinigten Staaten seien der zweitwichtigste Markt für Mangas. Ich war verpflichtet, Exposés für achtzig geplante Folgen zu schreiben, dann würden die Japaner mir einen Vorschuss zahlen, und ich könnte mit der Arbeit beginnen. Tortosa würde einen kleinen Prozentsatz einbehalten. Für ihn sei die ganze Angelegenheit selbstlos, er wolle vor allem nette Leute kennenlernen.

Versorgt mit diesen Grundinformationen meines Chefs, wie ich ihn vollkommen frei von Sarkasmus nun nannte, machte ich mich an die Arbeit:

Der Wächter der Grenzen.

Diesen Titel gab ich meinem geplanten Werk, das entgegen allem, was meinem Leser zu Ohren gedrungen sein mag, das Einzige ist, das ich je geschaffen habe. In einem ersten Handlungsentwurf verliert Elsita, ein Mädchen aus Arizona, nach einem Angriff von Engeln aus der Hölle seine Familie. Ziellos streift sie durch die Welt und entdeckt, dass die Welt ganz anders ist, als sie sie sich vorgestellt hat, feindlich natürlich, ein postnuklearer Albtraum. Jeder, der ihren Weg kreuzt, redet in einem ihr fremden Sportler- oder Politikerjargon. Während sie durch die fünf Kontinente treibt, von Bordell zu Bordell, denn dort landet das arme, schutzlose Mädchen stets, entdeckt Elsita, dass es möglich ist, in eine Parallelwelt zu gelangen, die besser ist, und der Übergang zu diesem neuen Leben befindet sich in der Stadt Barcelona, am Mittelmeer gelegen und komplett von dem Architekten Gaudí erbaut. Genau dort befindet sich die Grenze, von der aus man in die andere Welt gelangen kann. Diese Parallelwelt ist sanft, überall plätschert freundliche Musik, es ist ein Ort, wo ALLE mit der Zeit eins sind, ihrem eigenen Rhtythmus folgen. Aber diese ALLE sind vorerst noch NIEMAND, da der Übergang zu dieser neuen Welt von MATWAN, dem Wächter der Grenzen, blockiert wird. Gegen MATWANS Macht kämpft die Truppe Shingalín, bestehend aus Jugendlichen wie Elsita, die auf der Suche nach einem neuen Leben, nach Zeit und Rhythmus, in die Stadt Barcelona gekommen sind. Sämtliche Shingalíns haben eines gemeinsam: Sie sprechen eine fremde Sprache, die nicht logisch-referenziell ist, sondern symbolisch oder imaginativ, eine Sprache, die über die Psychologie hinausgeht, losgelöst von der Ratio und dem Mythos und ungezwungenen Ritual verpflichtet ist. Eine Sprache, in der das erste Wort eines Liedes, das alle kennen, auf unmittelbare, magische Weise eine idyllische Landschaft oder vielleicht ein Gefühl aufruft. Das zweite Wort dieses Lieds erfüllt die Landschaft mit einer Geschichte. Aber das dritte Wort macht alles zunichte. Wenn zum Beispiel ein Shingalín »Jamin« sagt, verstehen die anderen: »Nur in der Stille des Tanzes kann man den Regen erschaffen«. Wenn man »Withyou« hinzufügt (das hier als ein einziges Wort fungiert), verstehen alle, dass sie dem zweiten Wächter der Grenzen helfen müssen, der gegen MATWAN kämpft. Dieser andere Wächter heißt WATMAN.

An dieser Stelle der Geschichte tritt die Geschichte vorübergehend in den Hintergrund, nun steht WATMAN im Zentrum des Geschehens. WATMAN spricht noch nicht mal die Shingalín-Sprache. Er spricht überhaupt nicht. Er hat sein Ausdrucksvermögen so verbessert, dass er alles mit Tanzen sagt: »Wo Logos ist, ist Rhythmus«, sagen seine Körperbewegungen: »Wo Metaphysik ist, ist Melodie. Und wo Wissen ist, ist Handlung.« WATMAN ist natürlich auf der Suche nach Frohsinn, wird daran aber von MATWAN, seinem Doppelgänger auf der anderen Seite, gehindert. WATMAN warnt vor MATWAN, der seine Düsternis überall dort verbreitet, wo der andere strahlend sein will. MATWAN, der alle Sprachen beherrscht, die Sprachen der Beherrschung und Unterwerfung, der Leere. MATWAN, der mit leeren Wörtern Angst und Verschwörungen schürt.

WATMAN muss zusammen mit den Shingalíns auf die andere Seite der Grenze einwirken, auf einen Ort, der ebenfalls seine eigene, fast immer doppelt codierte Sprache spricht. WATMAN muss zusammen mit den Shingalíns Lied für Lied das Territorium des neuen Lands erobern, indem er choreographisch-philosophisch-gnadenlose Wettstreite mit seinen Doppelgängern ausficht.

Am Ende triumphiert das Gute, das Strahlende. Das neugewonnene Territorium wird bevölkert. Musik erklingt, und eine erneuerte Welt schwingt sich auf ihren Rhythmus ein.

»Junge, deine Geschichte ist ein bisschen zu flippig. Viel zu tiefgründig. Junge, so was kommt doch nicht an«, sagte Tortosa zu mir, nachdem er mein Exposé gelesen und dabei viel die Lippen bewegt hatte.

Und einen Montat später, nachdem Yamamoto Inc. grünes Licht gegeben hatte:

»Junge, deine Geschichte ist genial. Sie ist bei ihnen gut angekommen«, sagte Tortosa.

Und so erhielt ich den ersten einer Reihe von Schecks, die mir bis zum Jahr ’92 einen recht soliden Lebenswandel erlauben sollten.

»Und was machst du jetzt?«

Mit dieser schlichten Frage lockte Martí Oliver die Erinnerung hervor. Ich erzählte ihm nur von japanischen Comics. Wider Erwarten fand er meine Betätigung extravagant und witzig. Während wir plauderten, erinnerte ich mich, wie schlecht ich damals in seiner Lieblingsbar meinen Handel mit Amphetaminen vertuscht hatte und dass es ihn rein gar nicht verwunderte, dass ich nun von meinen Geschichten lebte, nachdem er mich spätnachts auf der Plaza Real als Knallkopf herumvagabundierend gesehen hatte. Er sagte mir, von meinen Reden, meinen durchgeknallten Geschichten, sei schon immer ein Sog ausgegangen. Allerdings sagte er mir auch:

»Ein delikater Blödsinn, ja, im Ernst.« Ich wusste nicht recht, was er damit meinte.

Wenn Martí Oliver kein rechtes Konzept hatte, sprach er abgeklärt und andeutungshaft wie einer, der schon alles auf der Welt gesehen hatte, auch wenn der Rest seiner Erscheinung gar nicht dazu passte. Sich selbst bezeichnete er als Musiker. *Los Persuasores*. Mehr brauchte man dazu nicht zu sagen. Wer kannte *Los Persuasores* nicht? Nun, da musste man nicht weit gehen, zum Beispiel der linkische Fernando Atienza.

Mit dem Ziel, sich noch etwas mehr über seine bedeutende Biographie auszubreiten und mich davon zu überzeugen, dass ich mich seiner neuen Gruppe anschließen sollte (diesmal nicht als Bassist, was mich sehr erstaunte), verabredeten wir uns ein paar Tage darauf in seinem Probenraum, einem mit einem Vorhängeschloss gesicherten Kellerverlies in einem alten Fabrikgebäude. Martí wies mich an, mich hinter die Lautsprecher und die Instrumentenkästen zu setzen, und nachdem er die Gitarre angeschlossen hatte, fing er an zu singen:

> Wohlerzogene Kinder
> Plündern Eisstände

Und ich sehe es nicht
Schon länger sehe ich es nicht
Befleckte Gesichter schießen
Pfeile auf die Äpfel
Ich sehe es nicht
Schon länger sehe ich es nicht
Auch die Dicken hinter Autobussen
Die Penner an den Kreuzungen
Sehe ich nicht
Morgens geht die Sonne auf
Und Rock-'n'-Roll-Spieler
Sinken ans Ende der Nacht
Ich sehe es nicht
Es wird Tag und ich zwitschere
Die Erde riecht nach Teer
Aber ich sehe sie nicht
Sie haben mich liebkost
Und mich losgelassen
Junge, das Geld
Ich habe nichts mehr in den Taschen
Weil ich es nicht sehe.

Als das Lied zu Ende war, lächelte er mir jovial zu, und ich dachte darüber nach, wie schwierig es war, bei jemand so Arrogantem einzuschätzen, ob er Talent besaß: »Bis ich zwanzig Jahre alt war, habe ich nicht gesprochen. Ich habe auf meine Art zu den Leuten gesprochen, singend. Das muss sich doch bemerkbar machen, oder nicht? Bestimmt knuffen sich die in den anderen Zimmern mit den Ellenbogen.« Das Lied, das durch das langsame Tempo den dramatischen Text zu verspotten schien, erinnerte mich an irgendetwas, doch ich kam nicht drauf. Eine gelungene Melodie, einfach zu spielen und zu begleiten, als gehorchten Gitarre, Stimme und Darsteller einer einzigen Kraft.

In der Bar in der Nähe des Probenraums erzählte Martí mir, dass es einige Jahre zuvor unmöglich gewesen sei, in Barcelona eine Popgruppe ernsthaft voranzubringen. Darum war ihm nichts anderes übriggeblieben, als '82 nach Madrid zu gehen, wo er *Los Persuasores* neu gegründet hatte. Dort hatten seine Freunde und er alles Mögliche gemacht, nur nicht das, wozu sie aufgetreten waren. Das Wechselbad der Gefühle, zuerst die Lust und dann der Schrecken … Aber warum erzählte er mir das alles, sagte er, ich würde doch gar nicht verstehen, worauf er eigentlich hinauswolle. Martí Oliver trennte sich von dieser Verrückten, zog sich in das Haus seiner Familie an die Costa Brava zurück und vertrieb sich die Zeit mit Lesen und Komponieren. Er dachte daran, irgendwann einmal eine Platte aufzunehmen, mit einem Stück, das die Geschichte des Rock'n' Roll neu schreiben würde; aber wie alle großen Würfe würde diese Platte langsam reifen. Solange der Hit auf sich warten ließ – so hatte Martí, der von seiner Auszeit am Strand zurückgekehrt war, beschlossen –, wollte er eine Gruppe *artie* gründen, um die Szene ein wenig aufzumischen, er dachte an ein Spektakel, das Performance und Musik im Geist der klassischen Avantgarden zusammenführte. Etwas in der Art wie Peter Gordon und seine *Love of Live Orchestra*, oder *The Theoretical Girls* oder *The Gynecologist*. Mehr New Yorker als europäischer Spirit, denn dort, auf der anderen Seite des großen Teichs, lebte die Idee des Cabaret Voltaire wieder auf. Aha. Ob ich, Fernando Atienza, mir vorstellen könne, der Sänger zu sein, der nicht singt. Sein Plan sei es, das schläfrige Bürgerbewusstsein in diesen Jahren der Euphorie und des Aufbruchs etwas aufzurütteln und, was nicht minder wichtig war, nebenbei Subventionen aller möglichen Instituionen einzustreichen, was aufgrund des ernsthaften und professionellen Anspruchs unseres künstlerischen Projekts nicht allzu schwierig sein dürfte. Obwohl ich in der unsterblichen Sprache eines Hugo Ball vortragen würde, würden die Texte und Manifeste der Gruppe in Spanisch, Katalanisch, Englisch und Deutsch verfasst. Das würde uns das Wohlwollen der Bürokratie sichern und ihre Agenten besänftigen, auch wenn wir nichts als Spott im Schilde führten. Außerdem eröffneten sich uns dadurch weitreichende Auftrittsmöglichkeiten in Kunstgalerien, Kulturzentren und so weiter, und trotzdem müssten wir auf Erfolg im Show-Business nicht verzichten. Die Gruppe bestünde aus vier Musikern, »die nicht viel von Musikern haben, aber Begeisterung verströmen«, einem zukünftigen Filmregisseur, der Dias und Videos aufnehmen würde, und Martí Oliver, dem Komponisten und Chefideologen:

»Fürs Erste will ich nicht öffentlich auftreten. Doch ich werde auch so wichtige Arbeit leisten. Während unseren Vorstellungen werde ich mit einflussreichen Leuten reden, mit den dicken Fischen, ich sage dir, die werden mir ins Netz gehen …« Er lachte. »Reihenweise werden die mir ins Netz gehen.«

Ein solider Plan, vollkommen im Einklang mit dem rebellischen Umfeld, in dem wir arbeiteten: Manifeste, Stipendien, Formulare und Subventionen, Unterschrift, Stempel und Quittungen. Mir konnte es egal sein; vielleicht hatte der grandiose Schwindel ja Erfolg, jedenfalls ließ er sich ohne Schwierigkeiten mit meiner Arbeit als Autor für Tortosa und seine japanischen Freunde vereinen. Meine Aufgabe bei AvantPop würde darin bestehen, typische, besonders wirksame Gebärden vorzuführen als Symbol für die Verblödung der modernen Zeiten. Aus dem ersten Manifest der Gruppe, zumindest aus der spanischen Version, ging unmissverständlich hervor, was man von mir erwartete, und auch, warum Martí Oliver trotz seiner Rolle als Kopf der Gruppe und bekannter Sänger nicht auf der Bühne erschien: »Der Buffo, der klassische Spaßmacher, kann angesichts der Krise keine kohärente Rede formulieren. Die Wörter haben keinen Wert mehr. Der Trottel ist das Schwein, das auf der Onomatopöie herumtrampelt, auf der Verblödung und den dumpfsten Erscheinungsformen der Popkultur.«

»Wasserspeier, Jagdhörner, Fahnenstangen. Ping-ring-scrach-scrach. Wollen Sie Ihre Wohnung in bar? In Sasi werden Sie etwas Neues entdecken. Whud-whud. Sasi bekommen Sie leicht und mit Sicherheit in Barcelona. Clum-clump.«

Es stimmte, die Wörter waren nichts mehr wert. Doch das war nicht meine unverständliche Sprache. Es war eine Frage des Antriebs. Und eine Sache war die rationale Ausbeutung des irrationalen Nichts, wie Elsa und ich es getan hatten, und etwas ganz anderes die irrationale Ausbeutung des rationalen Nichts, wie der Sänger von AvantPop und der Rest der Leute in der Stadt es in diesem Augenblick betrieben.

So ging ich also in dieser extrem monotonen Musik auf, klammerte mich wie ein reuiger Selbstmörder mit den Fingern an Jagdhörner und Fahnenstangen. Die anderen taten, was ihre ungeschickten Hände konnten, mit zwei Akkorden und Martís Arrangements, eines so eintönig wie das andere, die er uns beizubringen versuchte. Und das nannten sie dann Improvisation. Das Ergebnis war, und damit übertreibe ich nicht, zum Speien.

11

Nach Ende des Konzerts gingen die Lichter an, es gab höflichen Applaus. So geschah es Wochenende für Wochenende. Ich sprang mit verwirrtem, aber erleichtertem Gesicht von der Bühne, wie jemand, der dem Schafott entkommen ist. Ich kickte Plastikbecher zur Seite und wich Schulterklopfen aus, dann endlich war ich in der Umkleide, dem Lager einer Kneipe, wo Bierkästen herumstanden und die Klimaanlage surrte. Auf den Wänden standen die Kritzeleien anderer Gruppen, kindische Sprüche und das W, »ein Ausgleich zwischen Himmel und Hölle«. Während ich mich umzog, tat ich so, als würde ich dem Gitarristen zuhören, der sich für seine vielen Fehler selbst anklagte und Besserung gelobte, dem Keyboard-Spieler, der in einer Mischung aus Euphorie und Erschöpfung von irgendwem erzählte, der gekommen sei. Mein Album mit den Zeitungsausschnitten wuchs, und das Talent der Gruppe zeichnete sich allmählich ab: ihre vielfältige Verbindung zu den höheren Sphären. Die dicke Saxophonistin trug stolz den Namen eines berühmten Dichters. Ebenso der Mann am Synthesizer, er war der Sohn des Herausgebers einer Zeitung und der Schwester eines prominenten Politikers der Sozialisten. Der Gitarrist war der Cousin eines Kulturpolitikers der PSOE. Und der, der immer zum falschen Zeitpunkt auf die Drums schlug, war der Enkel eines vortrefflichen Pädagogen, was einen offenbar aus dem Takt bringt. Ein Bruder des Gitarristen war stellvertretender Direktor des Straßenbauamts, eine weniger bedeutende Beziehung, aber man weiß nie: Vielleicht würde er uns eines Tages die Genehmigung ausstellen, unter einer Brücke zu schlafen.

Als die Freunde der an Beziehungen reichen Gruppe sich in die Garderobe drängten, war der Augenblick des Händeschüttelns und Küsschenverteilens gekommen, und endlich konnte ich auch meine Maske des »Deppen vom Dienst« fallen lassen. Als ich meine Geschichten an der Plaza Real vorgetragen hatte, hatten alle mich für einen Idioten gehalten; jetzt war es viel schlimmer: Diese ganzen Gestalten, die mit irgendwelchen Bemerkungen zu mir kamen, meinten es ernst. In dem einen Monat, in dem wir auftraten, lernte ich die unterschiedlichsten Menschen kennen.

Ich begrüßte Dealer, die mir in Kellergewölben Ware von höchster Reinheit anpriesen, wobei sie meist die Gelegenheit nutzten, sich mit beunruhigendem Eifer über die experimentelle Literatur auszulassen, die sie gelesen hatten, über die experimentellen Filme, die sie gesehen hatten, über ihre eigenen kunterbunten künstlerischen Experimente. Unruhig zerdrückten sie mit einer Kreditkarte das Kokain auf dem Klodeckel und sagten, es sei nur Kreide oder der Flügel einer Fliege. Ich grüßte die Mitarbeiter irgendwelcher Plattenlabels, die ihre ländliche Herkunft wie eine Narbe im Gesicht trugen. Ich grüßte Musikkritiker, die, nachdem sie Martí Oliver ihre Anerkennung ausgesprochen hatten (er genoss nicht nur das Ansehen als eine Art Pionier der Popmusik in der Stadt, sondern schlimmer noch: Man sah ihn als gescheiterten Pionier an), sich mir zuwendeten und mir vorhielten, ich würde mich auf der Bühne wie ein Marktschreier auf einem Viehmarkt aufführen. Ich grüßte Toni Tortosa, der ebenfalls gekommen und stolz auf mich war; er stellte mich unbedeutenden Figuren vor, die einmal hatten Kinoregisseure werden wollen, aber beim Fernsehen als technische Direktoren von Quizsendungen geendet waren, und er stellte mir nicht weniger unbedeutende, frustrierte Zuhälter vor, die neuerdings Pavillons und Programme für die Weltausstellung in Sevilla organisierten, um die Ausgaben für die Öle und Lotionen ihrer Wahl (für ihre Krokotaschenhaut) bestreiten zu können. Ich begrüßte eine mollige Mittvierzigerin, die sich als Moderatorin von Kultursendungen einen gewissen Ruf erworben hatte und jetzt den letzten Rest ihrer Popularität darauf verwendete, sich gegen Drogenmissbrauch oder die Angepasstheit von Leuten auszusprechen, die einmal Talent und die Welt in der Hand gehabt hatten – was natürlich auf Martí Oliver gemünzt war.

Ich grüßte einen etwa fünfzigjährigen Herrn mit Mundgeruch, der mich fragte, ob ich ihm den Zusammenhang zwischen dem Namen des Lokals, KGB, und dem W erklären könne, das auf den Plakaten und Flugzetteln zu finden sei, und ob die Idee, das Programm zum sechsundvierzigsten Jahrestag der Ausrufung der Republik aufzuführen, einen tieferen Sinn habe. »Sechsundvierzig. Vier und sechs macht zehn. Zehn ist eins plus null. Ganz zu schweigen davon, dass, passen Sie jetzt auf, das Cabaret Voltaire am 5. Februar 1916 in Zürich gegründet wurde. Also einundsechzig Jahre und achtundachtzig Tage vor unserem Konzert. Einundsiebzig ist sieben und eins, was zusammen acht macht. Die dreifache Acht. Die dreifache, zum Himmel führende Spirale. Warten Sie, guter Mann, ich bin gleich fertig. Auf der einen Seite haben wir die dreifache Acht und auf der anderen die Einheit und das Nichts ... Können Sie mir folgen?«

Vielleicht stimmte es, dass ich ihm nicht die gebührende Aufmerksamkeit schenkte. In solchen Augenblicken des Überdrusses erschien mir Elsa, sie machte sich über mich und meine Gesprächspartner lustig und legte mir immer wieder den Unterschied zwischen Konzerten, die in intimer Atmosphäre abgehalten wurden, und diesen protzigen, exhibitionistischen Darbietungen dar. Ich entgegnete ihr, dass sie mich nur machen lassen solle, dass die

Wege des Erfolgs unergründlich seien. Sie nannte mich Streber. Da erinnerte ich mich:

»Die Acht ist eine sehr streberhafte Ziffer, mein Herr. Und die Eins ist ein alter Mann. Zur Null dagegen habe ich keine feste Meinung.«

Aber der Mann war bereits gegangen, und andere kamen und grüßten. Ich begrüßte einen sehr merkwürdigen Typ mit Brille, der mich fragte, ob ich die Gruppe *Throbbling Gistle* kennen würde, und sich in minutenlangen Lobeshymnen über sie erging. Ich begrüßte einen anderen, sehr merkwürdigen Typen mit Brille, der mich fragte, ob ich die Gruppe *Pere Ubu* kenne, und sich in stundenlangen Lobeshymnen über sie erging. Ich begrüßte einen sehr seltsamen Typen mit Brille, der mich fragte, ob ich die Gruppe *The Residents* kenne, und sich in tage-, ja mondphasenlangen Lobeshymnen über sie erging. Ich begrüßte einen sehr merkwürdigen Typen mit Brille, der mich auf einen Whisky einlud und mir zu verstehen gab, dass er ein gutes Auge für Talente habe und dass seine Zeitung mehrere Seiten über moderne Kultur bringen würde und ob ich Lust hätte zu schreiben. Wir gaben uns an Ort und Stelle die Hand. Ich begrüßte ein etwas merkwürdiges Mädchen mit Sonnenbrille, mittelgroß, sehr entschlossen, vielleicht hatte sie gute Titten und einen guten Hintern, zu erkennen waren nur ihre guten Beine. Ich sagte ihr, sie solle verschwinden, damit ich dem Mädchen alle Aufmerksamkeit schenken könne, sie trug ein grünes Sweatshirt, Minirock und schwarze Strümpfe. Wie ein Schulmädchen. »Eine kreuzbrave, etwas pummelige Künstlerin. Und diese Sonnenbrille hier drinnen!« stichelte eine Elsa, die immer noch nicht verschwinden wollte. Die Brille des Mädchens, deren Worte ich nicht verstand, rutschte unentwegt auf ein Näschen, das gar nicht viel Platz bot für optische Rutschpartien. Zwei Typen mit phantasievollen Hemden und engelhafter Heiterkeit stützten die Betrunkenen zu beiden Seiten. Entweder wollten sie beide was von ihr, oder sie hatte sich zwischen sie gedrängt:

»Du bist der Sänger, nicht wahr? Ich kenne dich …« Ich lud sie auf ein Glas ein, aus der Natürlichkeit, mit der sie die Einladung annahm, schloss ich, dass sie ein Mädchen aus gutem Hause war. Die Blicke der beiden Typen lynchten mich. Voreilig schloss ich, dass die engelhafte Heiterkeit nur aufgesetzt war.

Das Mädchen nippte an dem Wodka mit Eis, dann kippte sie ihn sich mit der Entschlossenheit eines Brigadiers der Fremdenlegion hinter die Binde. Ein »Uff«, gefolgt von:

»Ich bin Victoria, die Schwester von Elena. Aber eigentlich bin ich gekommen, um meinen Cousin Oriol, den anderen Gitarristen, zu sehen. Nicht Martí. Den kannst du vergessen. Auch wenn er jetzt nicht auf der Bühne zu sehen ist, sondern sein neuer Arbeitsplatz an der Theke ist. Und was machst du so?«

Die Sonnenbrille, die nur noch an den Ohren hing, rutschte ihr nun vollständig hinunter. Sie stotterte kurz, lächelte (ein hübsches Lächeln) und redete weiter (eine traurige Rede):

»Elena ist meine Schwester.«

»Das hast du bereits gesagt.«

»Elena ist meine Schwester und war mal die Freundin von Martí …« Sie zeigte zur Theke, wo Martí Oliver gerade dabei war, den Fünfzigjährigen mit Mundgeruch loszuwerden, anschließend zeigte er einem Typen mit Bart ein mechanisches Lachen. »Du machst auf John Wayne oder so? Verzeihung, Verzeihung …« Sie stützte sich mit der Hand an meiner Brust ab. »Ich bin sturzbetrunken. Ich komme mit Daniel und Damián von so einem Essen, das schon um acht vorbei war. Fatal.« Sie fasste mich am Arm und flüsterte mir zu: »Sie sind Gays. Daniel und Damián. Sie machen alles zusammen. Malen, vögeln … Sie wollen ihre Bilder in der Galerie ausstellen. Mickymäuse als heiliger Sebastian und so, gefesselt und mit Pfeilen gespickt … Die Idee, na ja … Aber sie sind schrecklich. Wie von einem Erstklässler an der Kunsthochschule, dem man sagen möchte »Mach was anderes im Leben«. Sie schleppen mich so lange von einem Ort zum anderen, bis ich ihnen endlich sage, ja, ich stelle sie aus. Deswegen schauen sie dich auch so böse an, sie haben nur Angst, dass ich mit dir mitgehe. Aber was sage ich da! Daniel und Damián sind so lustig! … Allein schon ihre Hemden …«

»Das will ich sehen, dass ein Hemd mir einen Witz erzählt.«

»Ist ja gut …«

In diesem Augenblick teilten die spindeligen und einander spiegelbildlichen Männer Victoria mit, dass sie in ein phantastisches Gay-Lokal gehen wollten, was bei Victoria auf Gefallen stieß.

»Ich muss los. Hier hast du meine Karte … Das ist die Telefonnummer von der Galerie. Und hier, warte, ich schreibe sie dir auf, die Nummer von zu Hause …« Ein Lächeln: »Ihr habt euch getrennt, nicht wahr?«

»Wer?«

»Habe ich dir nicht erzählt, dass ich die Schwester von Elena bin?« Sie redete mit mir wie mit einem Kind. »Elena und deine Freundin. Oder deine Ex-Freundin. Sie sind gute Freundinnen. Kennst du Elena denn nicht?«

In diesem Augenblick flüsterte Elsa mir ins Ohr, »Elena, die Hübsche«, und während ich allmählich ahnte, dass von der berühmten durchgeknallten Freundin Martí Olivers die Rede war, der Frau, die ihn durch die Abgründe des Lasters geschleift hatte, stellte sich gleichzeitig heraus, dass sie niemand anderes als die Frau war, die Elsa manchmal auf ihren Streifzügen begleitet hatte.

Elsa löste sich in Luft auf. Victoria löste sich in Luft auf.

Meine Erfahrung als Sänger, der nicht singt, währte nicht lange. Nach einigen weitereren Konzerten in dem Lokal machten die politisch-kulturellen Beziehungen der Gruppe den Weg für eine kleine Tournee durchs Land frei, bei der die Gemeinden uns für einen astronomischen Preis buchten, wie wir von den entsprechenden Amtsstellen hinter vorgehaltener Hand erfuhren. Greisenversammlungen tagten, während im Nebenzimmer Dominosteine auf den Marmor purzelten. Ob auf vom Wind leergefegten Brachen, ob auf Festen mit Wurstspezialitäten oder Schnecken oder Gedenkfeiern für die Märtyrer verlorener Kriege … Unverdrossen zogen wir unsere Nummer vor Zuhörerschaften ab, die aus drei, vier Leuten bestanden und von denen uns nur zwei wirklich zuhörten: der Dorfdepp und der Speedabhängige, der bei der Großmutter im Haus untergeschlüpft war. Fünfzig Prozent des

Publikums, wenn wir dem Optimismus einiger Umfragen folgen wollen. Ich bemühte mich nach Kräften, meine Rolle als Sprecher zu erfüllen, mit meinen Drehungen, Pirouetten und Unsinnstexten vorzuführen, wie Hugo Ball gesagt hatte, dass jede lebendige Kunst irrational, primitiv und komplex zu sein habe und dass sie eine geheime Sprache sprechen müsse. Vom Dorfdeppen bis zum fünfzehnjährigen Speedabhängigen, die begeisterten Fans kletterten zum Mitgrölen auf die Bühne. An der Theke einer Dorfkneipe mühte sich Martí Oliver ebenso hartnäckig wie erfolglos ab, einen potenten Kulturförderer, der grau wie ein räudiger Hund war, für sich einzunehmen.

Irgendwann tat sich der denkwürdigen Gruppe *AvantPop* die Möglichkeit auf, sich einer Theatergruppe anzuschließen, als rhythmisch-melodisch-avantgardistische Begleitung eines Performance-Theaters, in dem bacchanalische Gewalt zum Ausdruck gebracht wurde. Die Tatsache, dass der Leiter der Theatergruppe (oder die Leiter, denn die Kompanie war aus einer Art Hippie-Kommune hervorgegangen) es vorzog, anstatt mein Gequassle zu ertragen, ein Band mit den unverwechselbaren Stimmen der Nazi-Führer aufzunehmen, und die nicht minder wichtige Tatsache, dass die Theaterleute aufgrund ihrer hervorragenden Verbindungen zu den Institutionen und ihres vergleichsweise großen Erfolgs beim Publikum es tatsächlich geschafft hatten, in Fabrikhallen spielen zu dürfen, machte meine Beteiligung mehr als überflüssig:

»Der hat ein Mundwerk wie ein Jahrmarktschreier …«

»Nimm ihn nicht ernst …«

»Und sein Geschmack erst, auweia …«

»Für den ist Avantgarde ein alkoholisches Getränk …«

»He, Martí, wo hast du den denn aufgegabelt? Manchmal bist du wirklich …«

»Fernando, hör zu …« Das war Martí, der mich in einer der Proben beiseitenahm, um mit mir zu reden. Während wir uns der Tür näherten, suchte der Rest der Gruppe den Boden nach losen Kabeln ab. »Es fällt mir nicht leicht, dir das zu sagen, aber …«

Es machte mir nichts aus. Schließlich konnte man es auch so

sehen, dass ich zu einem ehrbaren Leben zurückkehrte. Und ich lachte mir ins Fäustchen, als ich nach einem Monat erfuhr, dass es zwischen Martí Oliver und der Theatergruppe zu Reibereien gekommen war, denn die Theaterleute weigerten sich, der lebenden Legende der lokalen Rockszene den geforderten Respekt entgegenzubringen. Schließlich waren sie auf niemanden angewiesen.

Dass Martí Olivers Ruf als verdammt starke Persönlichkeit und echter Künstler nach seinem Rausschmiss wiederauflebte, gefiel mir weniger. Aber nun, ich schrieb weiter meine japanischen Geschichten und fand Geschmack daran, in der Tageszeitung Eindruck zu schinden, in der ich dank des von mir so begeisterten Journalisten, der nach einem der Konzerte von AvantPop auf mich zugekommen war, nun mitarbeitete, und zwar unter einem zukunftsträchtigen Pseudonym: »Elsa Basora«.

Da ich mir Elsas verzweifelte Seite für *Der Wächter der Grenzen* aufhob, stellte ich mir in meinen Artikeln für die Zeitung die Aufgabe, ihre strahlende Seite jenseits des Debakels des Alltags fortleben zu lassen. So entstand eine Reihe von Artikeln, die bis zur Verfassung dieses Berichts mein gesamtes Werk darstellten:

Erster Artikel: »Das Selz und das Nichts«. Hier behandelt Elsa Basora mit einiger Gelehrsamkeit das theoretische Problem des Nichts, in ziemlich frivoler Weise, die allerdings nicht mit frivoler Unbedarftheit zu verwechseln ist. Dieses Nichts war keineswegs das Nichts der Mystiker, auch nicht das von Unamuno, Heidegger oder den Existentialisten. Es war eine Reminiszenz an unser anderes Leben, in dem wir nichts gewesen sind und das die Musik uns zurückbringt.

Der verantwortliche Redakteur der Beilage rief mich an, um mir zu sagen, dass er noch nie in seinem Leben etwas so Brillantes gelesen habe, und gab mir doppelt so viel Platz auf der Seite. Warum ich eigentlich nicht mit meinem wirklichen Namen zeichnen würde? Er wisse nämlich gar nicht, wie der lautete. Ha, ha, ha …

Mein zweiter Artikel: »Was für ein Verderben!«. Elsa Basora erklärt, welche Idee von Glück man anstreben kann, während die Welt um einen herum zusammenbricht. In einer Welt der Angst findet ein nicht erklärter Krieg statt, in dem Jungen wie Mädchen sich in ihr eigenes Verderben stürzen, nur um keine Angst mehr haben zu müssen. Männer wie Frauen, fast noch Kinder, sterben in einer Gesellschaft, die für ihre Schwäche kein Verständnis hat, sondern auch noch mit dem Finger auf sie zeigt, weil sie angeblich nur ihr eigenes Vergnügen im Kopf haben.

Mein Chef rief mich an, um mir zu sagen, dass ich den Finger in die Wunde gelegt hätte, dass die Heroin- und Aidstoten die Opfer dieses neuen Bürgerkriegs seien, vor dem sich alle gefürchtet hatten. Dass von nun an die Kriege so sein würden. Eine unsichtbare Konfrontation, ein geheimer Konflikt, reale Tote. Das habe ich alles gesagt? Ha, ha, ha …

Mein dritter Artikel: »Bla-bla-bla, alles Quatsch«. Um die halbe Zeitungsseite zu füllen, wusste Elsa Basora kein anderes Mittel, als sich über die Sprache auszulassen, die die verbrauchten Wörter nach und nach ersetzte und die sie schon immer »Bla-bla-bla« genannt hatte.

Mein Chef versprach mir, einen Buchverlag derselben Verlagsgruppe anzurufen, die auch die Zeitung herausbrachte. Der sollte diesem neuen Jürgen Habermas, den er mit seinem scharfen Blick entdeckt hatte, ein Angebot machen.

Der vierte Artikel, »Eine erste Kopie geht daneben«, und der fünfte, »Die ›jammermäßige‹ Musik verjüngt unsere Seelen«, brachten diesen begeisterungsfähigen Journalisten an den Rand des Deliriums. Der sechste, »Der Tag des Watussi und warum die anderen Tage nicht wie der Tag des Watussi sind«, veranlasste ihn, mich zu sich nach Hause zum Abendessen einzuladen. Vielleicht war seine Reaktion etwas übertrieben, jedenfalls war er hochzufrieden mit mir. Darum bereue ich es, den siebten Artikel veröffentlicht zu haben: »Scott und Scott«, in dem von Blendern die Rede war, von Leuten, die Dinge erfinden, und von der Figur, die eine Erfindung ist. Die Erfindung, die als negative Fiktion die Repression nach sich zieht. Eines Morgens klingelte bei mir zu Hause das Telefon, und anstelle der begeisterten Glückwünsche, die ich erwartet hatte, sagte eine wichtigtuende Stimme zu mir:

»Herr Atienza, ich weiß ja nicht, wer Sie sind …«

»Nun, Atienza ….«

»Dessen bin ich mir eben nicht so sicher. Ein Zweifel, der angesichts der jüngsten Vorfälle nur allzu berechtigt ist. Ihr böses Spiel hat einen vielversprechenden Journalisten bereits den Arbeitsplatz gekostet, auf ihn wird nun von oberster Stelle gehöriger Druck ausgeübt, Namen und Adressen rauszurücken. Ich habe nur eine Bitte an Sie, halten Sie sich in Zukunft von uns fern.«

»Aber, was habe ich denn getan?«

»Dass Sie beim PAK waren oder noch sind, gibt Ihnen nicht das Recht, uns zu verhöhnen …«

»PAK, was soll das sein? Pakistan?«

Doch der Mann, vermutlich war es der Herausgeber der Zeitung, hatte bereits aufgelegt.

Ich war kurz davor, mich an einem Baum aufzuknüpfen. In meinem Artikel hatte ich noch nicht mal erwähnt, wie man diesen Scott missbraucht hatte, um die Altstadt von Barcelona zu säubern. Ich hatte von ihm nur als von einer Art Mythos unter Junkies gesprochen, so wie Elsas Version vermutlich ausgefallen wäre.

Dann fing es an, dass sie mich verfolgten. Denn heute, da ich aus Chaos und Paranoia, aus diesem Meer wirrer und unnützer Daten wieder aufgetaucht bin, kann ich versichern: Sie haben mich verfolgt. Ich habe gelernt, dass die Verfolger, zumindest die Agenten dieser undurchsichtigen Organisation namens PAK, nichts von einem Polizisten haben, also mäßiger Lohn und feste Arbeitszeiten, Kurzhaarschnitt, leidliches Hanteltraining und heimlicher Wunsch nach den Substanzen, hinter denen ihre Kollegen von der Drogenrazzia her sind. Ein Bündel an Eigenschaften, das ihnen etwas von einem Versicherungsagenten gibt. Die Leute vom PAK, wenn es denn diesen PAK je gegeben hatte, konnten (und können) alte Leute sein, schöne oder hässliche Frauen, Zwerge … In meinem Fall war es eine bildhübsche, etwas in die Breite gegangene Mama Ende zwanzig, die jeden Morgen, wenn ich zu meinem Spaziergang aus dem Haus trat, wie zufällig ihren Kinderwagen vor meinem Haus vorbeischob. Egal um welche Uhrzeit ich das Haus verließ, um zehn, zwölf oder zwei, die Mutter mit dem Kinderwagen war da …

»Sie hat sich in dich verguckt, Süßer … In dich kann man sich ja auch vergucken, Süßer. Halt sie doch einfach mal auf, Süßer …«

Diese Erklärung des Rätsels gab mir Toni Tortosa, mein Arbeitgeber, nachdem ich ihm vage die Sache mit der Zeitung und Scott (da blieb ich besonders vage) erklärt und ihm von dem Anruf des hohen Tiers erzählt hatte, der mir in seiner Verärgerung die Pest an den Hals gewünscht hatte.

»Die mit Kinderwagen sind die Besten, Süßer. Nach der Schwangerschaft würdigt ihr Mann sie keines Blickes mehr, ihr Selbstbewusstsein ist am Boden, und sie sind absolut heiß. Eine Zeit lang hatte ich es auf solche Mamas abgesehen. Sie schmolzen dahin wie Eis in der Sonne. Ich brauchte sie nur mit nach Hause zu nehmen und aufs Bett zu legen. Eine wiegte sogar ihr Baby, während wir vögelten. Wirklich, greif zu …«

Das musste eine andere Zeit gewesen sein, in der Tortosa das erlebt hatte. Ich redete mir ein, dass alles auch eine Verwechslung sein konnte und ich mir nicht allzu viel Angst einjagen lassen sollte, was hatte ich schon zu befürchten. In den vergangenen Jahren hatte ich mich zu leicht einschüchtern lassen. Nur dass ich es mir im Journalismus verscherzt hatte, nagte an mir. Ich grüßte also auf meinen Spaziergängen durch die Oberstadt meiner tolldreisten Matrone zu und versuchte, nur an das zu denken, was mir gefiel. Viel dachte ich nicht. Und eines schönen Morgens verfolgte mich diese junge Frau nicht mehr.

»Du bist eine Flasche, Süßer …«

Trotz dieses Zwischenfalls lebte ich so gut, dass ich das Dilemma verdrängte, ob ich mit meiner Familie wieder Kontakt aufnehmen sollte oder nicht. Stattdessen hielt ich Ausschau nach einem Mädchen mit Minirock und schwarzen Strumpfhosen. Oder nach einem Blick, der sich mit einem kreuzte, hinter einer auf eine kleine Nasenspitze gerutschten Sonnenbrille. Ich war auf der Suche nach Victoria.

Der Erinnerung an Victoria hatte ich es nämlich zu verdanken, dass mich in letzter Zeit die Angst nicht so heftig wie sonst bedrängte. Jeden Tag sah ich das Visitenkärtchen an, das sie mir in dem lange zurückliegenden Konzert von AvantPop gegeben hatte. Anrufen wollte ich sie trotzdem nicht, weil ich mir sicher war, dass sie mich vergessen hatte, ich war davon überzeugt, dass sie jeden galanten Vorschlag, der von mir käme, ablehnen würde, oder dass sie mich zwingen würde, meine süßen Gedanken zu korrigieren, die mich jedes Mal überfielen, wenn ich das grüne Rechteck aus Karton betrachtete (NoFun-NoArt / Victoria Llinàs). Ich brauchte eine hübsche und intelligente Frau an meiner Seite, einen neuen Lebensinhalt. Meine blendende Zukunft meldete sich zurück. Dabei hatte Victoria bei unserer kurzen Begegnung gar keine übermäßige Intelligenz bewiesen. Ich ging auch nicht vor ihrer Schönheit in die Knie; es hatte sich kein Himmel geöffnet, aus dem heraus ein Chor von Cherubinen »Salve, salve ….« anstimmte, begleitet von Harfenspielerinnen mit blondem, langem Haar. Aber, mein Leser, mich hatte flüchtig ein Mensch gestreift, der mich meinen Alltagstrott und meine ungewisse Zukunft vergessen ließ. Meine Intuition sagte mir, dass ich diesen Kopf und diesen Körper erobern sollte.

Ich traute mich aber nicht. Was den Reiz nur noch steigerte.

Manchmal fragte ich jemanden, der sie kennen konnte, nach ihr. Der Kontakt zu Martí Oliver war abgebrochen, darum konnte ich mich jetzt nicht an ihn wenden. Außerdem war er ihr Ex-Schwager. Aus dem Kärtchen und unserem Gespräch schloss ich, dass Victoria eine Art Galerie führte, oder sogar besaß, in der Typen wie Damián und Daniel ausstellten; wenn ich also mit irgendeinem Maler oder einer Malerin sprechen würde, was nicht schwer war, denn die gab es wie Sand am Meer, könnte ich das Gespräch auf die Galerien der Stadt lenken. Doch niemand konnte mir viel Erhellendes über Victoria sagen, außer ihren Nachnamen, den ich schon kannte (Llinàs), und eine Verbindung (»Sie ist die Schwester von der, die vor Jahren allen die Köpfe verdreht hat, Mann, von Elena Llinàs«). Damit waren meine Nachforschungen auch schon an ihr Ende gelangt, und der Redner hob das Glas, um auf die körperlichen

Vorzüge Elenas und ihre starke Persönlichkeit anzustoßen und natürlich darauf, einmal eine Frau wie Elena besessen zu haben. Es gebe nämlich nicht mehr viele Frauen wie Elena, überall wimmle es nur noch von Studenten, Neureichen, Popfans, Fernsehansagerinnen. Ich erwähnte nicht, dass ich mit einer Verrückten, die durch mein Leben spukte, genug hatte und dass Geschichten wie die von einem arabischen Scheich im Auto (wenn Elsa mir die Wahrheit erzählt hatte) oder Wochenendtrips nach Korsika mit irgendwelchen Typen, die später im Profil im Fernsehen zu sehen waren, nicht meiner Vorstellung von einer Amour fou entsprachen. Ich hatte es auf die Schwester abgesehen.

Und so vergingen die Monate, schwache Gedanken auf beschaulichen Terrassen, bis ich eines Tages, ich saß in einem Café nahe dem Eingang, eine lebhaft schnatternde Gruppe herannahen sah. Zwei Typen, drei Tussis. Victoria. Ihr zu einem Pferdeschwanz zusammengebundenes Haar war das Einzige, was ich von ihrer Erscheinung wahrnahm, für alles andere war ich zu benommen. Victoria, die einen dieser belanglosen Typen bis zur Kieferstarre anlächelte, hatte die Anwesenheit ihres in einen Frosch verzauberten Prinzen nicht gesehen, dabei saß er vor ihr und quakte. Auf bessere Zeiten wartend, hielt ich mich an meinem Glas fest, ich war kurz davor, ihre Visitenkarte zu zerreißen, aufzustehen und davonzurennen. Doch da sagte eine Stimme über mir:

»Man gibt jemandem seine Telefonnummer, weil man von ihm angerufen werden will. Wenn er das nicht tut, kommt man sich lächerlich vor.«

»Wie geht's deiner Schwester?« Ich hielt mich an die einzige handfeste Erinnerung inmitten all der Wunschträume, denen ich in den letzten Monaten nachgehangen hatte: Wir rennen aufeinander zu, Victorias Haus brennt, und ich komme, sie zu retten, die vierzig Räuber … und so weiter.

»Gut …« Ihre trockene Antwort, mit der sie wartete, bis ich den Kopf hob und ihr in die Augen sah, enttäuschte mich zutiefst: »Und deiner Frau?«

»Auch gut, ja …«

Wir wechselten einen gleichgültigen Blick. Machten uns komplett lächerlich. Sie ging weiter nach hinten in den Speisebereich, und ich blieb mit meiner Lächerlichkeit allein. Die wirkliche Welt, der ich in den letzten Monaten ausgewichen war, erschien nun vor mir wie ein verrückt gewordenes Karussell.

Das alles wurde nun übertönt vom Lärm der Olympischen Spiele, in deren Vorfeld Horden von Touristen und Reisebusse auf den großen Boulevard einfielen, der früher zum Tagträumen eingeladen hatte und nun eine einzige Baustelle war.

Baustellenzäune, Schutthügel, Presslufthammer. Für das Irrationale war kein Platz mehr, es war verdrängt worden; vorbei war es mit den endlosen, verwegenen Spielen an weltvergessenen Orten, die der Realitätsflucht gedient hatten. Vorbei war es mit irrwitzigen Staatsstreichen, Hubschraubern, die Paranoiker in den Wahnsinn trieben, unersättlichen Plutokraten mit ihren Winkeladvokaten, die ihre eigenen Dreistigkeiten gegnerischen Elementen in die Schuhe schoben, um eine noch autoritärere Macht zu rechtfertigen.

Und was hatte das mit der jungen Frau zu tun, die im hinteren Teil des Lokals mit ihren Freunden aß? Nun, dass sie dazugehörte und ich nicht. Dass ich mir nicht weiter etwas vormachen konnte. Ich war ausgeschlossen. Am Ende blieb nichts außer dem Wahnsinn der Normalität in ausgeweideten Straßen.

Da saß ich nun und hielt den Kellner mit Fliege dazu an, für nicht abreißenden Alkoholfluss zu sorgen. Verzweifelt versuchte ich, mich mit lauten, zusammenhanglosen Gedanken interessant zu machen, und stammelte immer wieder »Die Chance ist vergeben!«. In der Hand hielt ich einen Band der gesammelten Werke von Jonathan Swift: »Der Autor dieser ›Reisen‹, Mr. Lemuel Gulliver, ist ein alter und enger Freund von mir; über meine Mutter sind wir auch entfernt verwandt.« Das las ich. Und weiter: »Über meine enge und alte Mutter, der Autor dieser ›Reisen‹ und auch ein gewisser Mr. Lemuel Gulliver.« Ich führte mich auf wie ein aufgeregter kleiner Junge, und zwischendurch lehnte ich mich immer wieder zurück. Von Zeit zu Zeit nutzte ich das Spiegeln der auf- und zuschlagenden Flügeltür des Cafés, wenn jemand hinein- oder hinausging, um die Gruppe an einem der Tische unter dem gläsernen Vordach zu beobachten und herauszufinden, ob sie über mich sprachen. »Mr. Lemuel Gulliver, der Autor meiner Mutter, enger Freund ihrer ›Reisen‹ durch eine gewisse Verwandtschaft.« Als sie hinausgingen, war ich bereits dazu übergegangen, Volkslieder aus dem Alto Aragón zu trällern. Ich wusste nicht, was sie von mir erwartete oder eh schon über mich wusste, und verfluchte meine mangelhafte sentimentale Erziehung, die nicht weiter reichte, als mit niveaulosen Schlampen Missverständnisse auszutauschen. Sie hätte sich wenigstens von mir verabschieden können, zumal ihre Gruppe schon vorausgegangen war und jetzt vergnügt gackernd um die Ecke bog:

»Ich glaube, ich habe was wiedergutzumachen …«, sagte sie zu mir.

Noch nie im Leben hatte es mir jemand so leichtgemacht. Also war doch nur meine Bescheidenheit schuld daran, dass ich so oft meine reiche Erfahrung, meine sexuelle Reife und meine virile Sicherheit, die ich offenbar ausstrahlte, in Zweifel gezogen hatte. Ich sagte ihr »Setz dich und teile den Nachmittag mit mir, meine Liebe«, oder vielleicht etwas noch Schlimmeres. Jetzt war ich auch in der Verfassung, ihre tolle Figur in Schwarz zu würdigen, die sie ein ums andere Mal reckte, um nach ihrer Gruppe zu sehen. Indem sie Zeigefinger und Daumen gespreizt an ihr reizendes rechtes Ohr hielt, gab sie ihnen zu verstehen … Aber nun zur Sache:

»Cote, der Große dort …«, sie zeigte auf die Gruppe, die gerade die Straße überquerte, »… hat mir gesagt, dass Elsa …«

»Ich glaube, du bringst da was durcheinander, Victoria. Vielleicht trage ich die Schuld.«

Sie hatte natürlich Picassín 2, meinen Doppelgänger, im Kopf, die Hochzeit in nicht ganz makellosem Weiß, die Wohnungsverkäufe, den Sumpf:

»Nein, nein, ich bin auf dem Laufenden. Verzeihung, ich will dir nicht zu nahetreten … Pau, der Elsa geheiratet hat, ist um ein paar Ecken mit mir verwandt …«

»Mütterlicherseits …«

»Ja, woher weißt du das?«

Ich nannte ihr nicht den Satz von Swift, der wieder durch den Raum schwirrte, sondern log:

»Ich kenne mich in der hiesigen Gesellschaft einigermaßen aus. Ihr seid doch alle irgendwie verwandt …«

»Ach ja? Das höre ich zum ersten Mal …« Man hatte ihr sehr gut beigebracht, sich zu verstellen. »Aber wenn du meinst. Du bist Fernando, nicht wahr? Meine Schwester Elena hat mir viel von Elsa erzählt. Sie mochte sie sehr. Und das heißt schon was bei meiner Schwester … Sie müssen ziemlich enge Freundinnen gewesen sein, obwohl ich sie nie zusammen gesehen habe. Unter anderem hat sie mir auch erzählt, dass ein gewisser Fernando sie hat sitzenlassen …«

Wenn die wüsste. Ich erspare meinem Leser eine genauere Schilderung des Lächelns, das in diesem Augenblick auf meine Lippen trat; die alberne Wölbung meines Mundes, unter der mein Pferdegebiss zum Vorschein kam. Die Engelsgleiche redete weiter:

»Ich wusste, dass ihr zusammengewohnt habt, aber dass sie … Und dass du schließlich …«

Die Durchdringung des Themas konnte sich für eine zweite Begegnung natürlich sehen lassen. Victorias Halbsätze lieferten eine erstaunliche Sicht auf das Geschehene. Ich bemühte mich, die melodramatische Grundstimmung unserer Unterhaltung zu überwinden. Fragte sie, was sie eigentlich machte. Ihre Antwort war ihre Galerie und eine Doktorarbeit, an der sie schrieb, um an der Universität unterrichten zu können. Und du? Wieder einmal stellte ich fest, dass es in diesen fröhlichen Zeiten höher angesehen wurde, wenn man Geschichten für die japanische Verlagswelt schrieb, als wenn man Neurochirurg an einer texanischen Klinik war. Jedes Mal, wenn Victoria auf die Uhr sah, machte ich mir Sorgen. Schließlich sagte sie:

»Willst du mich zur Galerie begleiten? Ich will sie dir zeigen. Ich muss leider um fünf zurück sein …«

Auf dem Weg erklärte ich ihr, dass ich nicht mehr bei AvantPop mitmachen würde. Die Gründe? fragte Victoria, um gleich darauf anzufügen, dass es auch nicht so wichtig sei. Sie kenne Martí Oliver, nicht, dass er ein schlechter Mensch sei, aber sein Egoismus, den er als künstlerisches Temperament kaschierte, habe unerträgliche Ausmaße angenommen. Auch wenn sie nicht groß reden dürfe, denn das letzte Mal, dass Olivers Selbstverliebtheit mit ihm durchgegangen sei, war, als er sich auf den nicht weniger ausgeprägten Narzissmus Elenas eingelassen habe, die sich übrigens an unbekanntem Ort aufhalte. Nicht ein Anruf, nicht ein Hinweis. Was ich darüber dächte?

»Schrecklich, schrecklich …«, sagte ich, ohne mich zu schämen, und dabei fiel mir ein, dass ich meine Mutter schon lange nicht mehr angerufen hatte.

»Ehrlich, Fernando, ich mag, wie du redest. Wo bist du eigentlich her?«

Lass es dir gesagt sein, mein Leser, solche Augenblicke sind entscheidend, denn am Anfang einer Beziehung werden die Karten verteilt, die das spätere Spiel der Liebe bestimmen. Wenn man schüchtern ist und der andere für einen die Entscheidungen trifft, wird er sie immer treffen. Wenn man den anderen zum Lachen bringt, wird einem der eigene Humor irgendwann zum Hals raushängen – wenn auch erst viel später als dem anderen. Blender, Menschen, die sich ihre Persönlichkeit erfinden, hatte ich bei der Zeitung genug kennengelernt.

»Woher bist du, Fernando?«

Eine plötzliche Eingebung führte mich durch die wichtigsten Städte der Iberischen Halbinsel, an der Hand eines Vaters, der Richter gewesen war, und stets war mir meine weinerliche Mutter vor Augen, ihr warmes Gesicht ganz nah bei mir, ihre Liebkosungen. Mein Vater war vor einigen Jahren gestorben. Da uns schon so viele Tote und Verschollene an diesem Nachmittag das Herz schwergemacht hatten, führte ich aus:

»Der Herr Richter starb in einer Kneipe, ob du's glaubst oder nicht. Schwerenöter und Rechtsbesorger bis ans Ende seiner Tage.«

Und da ich wusste, dass das gut ankam, fügte ich hinzu:

»Als ich nach Barcelona kam, stand für mich fest: ›Hier bleibe ich.‹ Und ich habe mich nicht mehr vom Fleck bewegt.« Und mit Rücksicht auf meinen neuerworbenen Personalausweis und um künftigen Fragen vorzubeugen, sagte ich abrundend: »Weißt du, außerdem wurde ich hier geboren … Barcelona war eine der ersten Arbeitsstellen meines Vaters.«

Die Galerie, die sie vor zwei Jahren nach vielen Problemen und Momenten der Verzweiflung eröffnet hatte, lag direkt am Paseo de Gracia. Ich half Victoria, den Rollladen hochzuschieben, und während die Metalllamellen noch quietschten, schlüpfte die schlanke Frau drunter durch und machte das Licht an:

»Erwarte nicht zu viel.« Ich erwartete gar nichts, außer dass sie an geeigneterem Ort nochmal dieselbe Pose einnehmen würde wie in dem Lokal. »Der Hinterraum ist vielleicht besser … Marta, meine Partnerin, kann heute nicht kommen, darum … Bei dem, was wir momentan hängen haben, kommt eigentlich eh niemand. Typisch … Zwei Stücke haben wir am Tag der Vernissage an Verwandte verkauft, ein anderes haben wir selbst gekauft und ein weiteres die Caixa … Das war's … Ganz anders bei Daniel und Damián, erinnerst du dich an sie? Wir haben die Ausstellung eröffnet, und nach zwei Stunden war alles verkauft. Lauter Freunde … Eine Riesenfete … Schau …«

Hinter einem kleinen Eingangsbereich mit einer Theke, hinter der Plakate vergangener Ausstellungen hingen, daneben ein Regal, in dem sich Kataloge und Postkarten stapelten, öffnete sich ein hexagonaler Raum – um im Jargon zu bleiben – mit weißen Wänden, bestückt mit zehn identischen Leinwänden. In gespannter Erwartung des vielversprechenden und in meiner Vorstellung idyllischen Hinterzimmers wandelte ich vor diesen Leinwänden hin und her, die grau, ockergrau, grauocker, grau und sehr grau waren und die Serie »Von Mauern lernen« des Malers Arnau Vilabrafim bildeten. Der Name der Ausstellung war eine Anspielung auf »Von Las Vegas lernen«, einem Buch von Architekten, die die Meinung vertraten, dass sich nur an schrecklichen Orten der wahre künstlerische Geist einer Epoche zeigte. So viel zumindest verstand ich von den Worten Victorias:

»Mir gefallen sie. Wirklich«, sagte sie zu mir. »Um dieses Werk wirklich würdigen zu können, muss man zuerst ganz nah herangehen, anstatt es sich aus der Entfernung anzusehen. Und nicht nur, um die Malerei auf sich wirken zu lassen, sondern um die Kniffe zu sehen … Sobald man entdeckt hat, was es in Wirklichkeit darstellt, kann man einen Schritt zurückgehen.«

»Hat der Maler irgendeine Verbindung zu diesem jämmerlichen Politiker der Übergangszeit?«

Victoria lachte. Ich amüsierte sie.

»Er ist sein Neffe. Er hat viel Talent. Komm, sieh's dir aus der Nähe an …«

Ich gehorchte und stellte mich neben Victoria und vor *Avinyó-Gutai*.

»Arnau spaziert durch die Straßen der Stadt …«

»›Das Wissen, nicht der Schmerz, läuft durch tausend dunkle und wilde Straßen‹ …«, zitierte ich.

»Von wem ist das?«

»Das hat der Onkel dieses Meisters dauernd gesagt …« Als mir bewusst wurde, dass solche Einblicke nicht in meine vermeintliche Biographie passten: »Er war mit meinem Vater befreundet. Sie haben zusammen einen Flamenco-Kurs besucht …«

Wieder lachte sie, als wollte sie sagen, jetzt komm aber …

»Ich erklär's dir. Arnau spaziert durch Straßen, die in der Kunstgeschichte mehr oder weniger emblematisch sind, manchmal schlägt er eine leichte Ironie an …«

»Das würde mir auch gefallen: Beim Spazierengehen Ironie anschlagen … Manchmal …«

Sie beachtete mich nicht:

»Er sucht in den Fassaden nach Stellen, die wie Malerei sind. Dann umrahmt er etwas, das ihm gefällt, mit Kreide, fotografiert es, vergrößert es und kopiert es in dem Stil, an den ihn die Spuren der Zeit auf den Mauern erinnern. Diese hier ist zum Beispiel in der Calle de Avinyó, also dort, wo Picasso und so …« – das war einer der wenigen Momente an diesem Tag, an denen ich mir auf die Zunge biss –, »er sieht oder evoziert das Fassadenstück im Stil der Gruppe Gutai, das waren Japaner, die den abstrakten Expressionismus mit dem Zen, der östlichen Kalligraphie kombinierten. Jiro Yoshisara und solche Leute …« – Victoria sah mich an und lächelte: »Siehst du? Hier hast du zum Beispiel *Madrazao. Pop Art, Vilabrafim. Drip Painting*. Die Straße, in der er wohnt, heißt wie er. Es ist also eine Art Selbstbildnis, mehr oder weniger … Gut … Jedenfalls ist es halb abstrakter Expressionismus, halb Zen. Gutai kann sich jeder nennen. Aber ihn aus dem Kontext zu lösen, erscheint mir ziemlich genial. Außerdem versteht er was von Malerei. Was man von den meisten nicht behaupten kann. Entschuldigung …«

»Entschuldigung wofür?«

»Dass ich dich so zurede.«

»Wenn schon, dann muss ich mich entschuldigen. Bei meiner Arbeit, die ich mache, sollte ich mich in japanischer Kunst ein wenig auskennen, und schau … Außerdem interessiert mich sehr, was du sagst …« Ich tat einen Schritt hinter sie und bemerkte, wie sie ihren Kopf leicht in meine Richtung bewegte, sodass ich ihren Geruch wahrnahm. Ich musste jetzt etwas sagen: »Man könnte sagen, der Künstler Vilabrafim kann nicht bestreiten, dass er, anders als Picasso, erst suchen muss, bevor er findet …«

Schallendes Lachen. Wahrscheinlich hatte ich gerade gehörigen Unsinn geredet. Aber warten wir ab, wer als Letztes lacht. Victoria war nahe an das Meisterwerk *Avinyó-Gutai* herangetreten:

»Es ist unglaublich. Sieh, hier …« Woraufhin auch ich herantrat. »Man sieht die Spur eines Graffitos, das mit einer Schablone angefertigt worden ist, vielleicht noch im Krieg. Und hier ein Rest Papier, und der Umriss eines Hundes, mit einem Messer gezogen, gut gelungen. Jede Kerbe ist ein Pinselstrich. Und daneben, zwei Enten ….«

»Das sind keine Enten. Das sind zwei Zweien. Das bedeutet, dass im zweiten Stock, zweite Tür, ein Hund ist. Schau …« – Endlich hatte ich Gelegenheit, Pepitos esoterische Lektionen weiterzugeben. »Und siehst du die Mütze dort?, und die drei, beides ist stark verblasst, es bedeutet, dass im dritten Stock einer von der Guardia Civil wohnt. Die Warnung lautet also, dass Hund und Guardia das Haus für Diebe ungeeignet machen.«

Ein vergnügtes, fragendes Gesicht Victorias. Eine Interessensbekundung, die über das normale Maß hinausging. Ihr Gesicht, ihre Augen, ihr Mund strahlten, als wäre sie bereits nackt.

»Mein Vater, der Herr Richter, brachte mir bei, diese Zeichen zu deuten. In seiner Arbeit hatte er viel mit Einbrechern zu tun. Mein Vater sagte, die Einbrecher legten die Zeichen an den Häusern aus, so wie Schäfer an dem Verhalten der Tiere und dem Himmel die Wetterlage ablesen. Du weißt doch, wenn die Fliegen den Esel belästigen, gibt's ein Gewitter. ›Wenn der Hahn kräht auf dem Mist, bleibt das Wetter, wie es ist …‹ Entschuldigung, dass ich so viel rede …«

Victoria fragte mich, ohne mit dem Lachen aufzuhören:

»Hat dein Vater dir auch erzählt, dass Einbrecher so flinke Hände haben wie du?«

»Ich weiß nicht, was auf einmal mit mir los ist.« Ich wusste es schon, es war mir nicht ganz geheuer.

»Lässt du meine Hand los?« Ihr Ton war vergnügt.

Ich ließ ihre Hand los, und gleich darauf fiel ich stürmisch über sie her. Die Arme hatte keine Wahl. Nach einer beträchtlichen Weile sagte sie mir, noch immer auf Zehenspitzen:

»Glaub nur nicht, dass ich so etwas jeden Tag mache …«

Ich schüttelte eifrig den Kopf. Auch ich hatte schon lange nicht mehr eine so plötzliche und heftige Erektion gehabt.

»Warte …«, sagte ich noch.

Und wie um eine geeignete Umgebung für ein köstliches Schäferstündchen zu schaffen, ließ sie den Rollladen runter. Während ich noch überlegte, ob ich ihr zur Hilfe kommen sollte oder nicht, war sie schon wieder zurück und führte mich in das wahrlich luxuriöse Hinterzimmer. Ein Studio mit ein paar Erwerbungen der Besitzerin an den Wänden (ein Vilabrafim: sofort Eifersucht. »Glaub nur nicht, dass ich so etwas jeden Tag mache«), ein riesiger

Schreibtisch, ein paar Regale mit Jahresbüchern, die man zusammen mit Kunstkatalogen in allen Sprachen und Zeitschriftenabonnements erhält, und das Wichtigste, ein ellenlanges Sofa, das ich nach schon einer Woche ebenfalls »Chester« nannte, als hätten wir zusammen Abitur gemacht.

Erregung hin oder her, ihre nervösen Bewegungen und ihr fehlendes Vertrauen in die Eigengesetze der Erotik bewirkten, dass Victoria noch nervöser war als ich. Kaum hatte ich diesen Gedanken gefasst, hielt sie meine Hand an, die sich ihre Schenkel hinaufbewegte, drückte sie sanft und sagte:

»Ich bin nervös. Ich weiß auch nicht, warum ... Ich mag mehr ernste Sachen, und jetzt gerade lasse ich mich gehen. Ich habe gerade eine etwas seltsame Geschichte hinter mir und will nicht zu denen gehören, die sofort mit jedem ins Bett steigen, sobald sie ...«

Ich zog meine Brieftasche vor und zeigte ihr das Kärtchen, das sie mir an dem Abend, als wir uns kennengelernt hatten, gegeben hatte. Eine nette zärtliche Geste, wie mein Leser sich denken kann.

»Schließe ich den Laden, oder gehen wir nach Hause?«

Ich hätte am liebsten mit der Zunge geschnalzt. Vielleicht habe ich es sogar getan. Bei ihr zu Hause – sie bewohnte ein kleines Apartment, das mit allen möglichen Designobjekten (»nichts Besonderes«) und dem einen oder anderen Art-déco-Stück (»alter Kram aus dem Haus meiner Eltern«) ausgestattet war, legten wir uns auf ein Bett, das uns nur schwerlich zu zweit Platz bot.

»Wie ich sehe, hast du dich auf eine klösterliche Zeit eingestellt.«

Sie bebte vor Verlangen.

»Mir bleibt nichts anderes übrig, als mich auf dich zu legen.«

Sie brannte.

»Die Missionare waren nicht dumm ...«

Sie lachte.

Ich nahm mich zusammen, gab mir Mühe, ich konnte es sogar genießen ... Zigaretten und Stille. Kurzer Ausflug ins Bad mit

Wohnungsbesichtigung. Die bereits in mir schlummernde Idee tauchte aus dem Dunst des zu Mittag genossenen Alkohols auf: Ich hätte nichts dagegen, mich nochmal dort drinnen aufzuhalten. Ich gab mir noch mehr Mühe: ein Talent, dem man die Arbeit nicht anmerkt, ein echter Künstler. Stöhne nur, Stöhne ohne Angst, meine Süße …

»Warum siehst du mich so an?« fragte ich.

»Einfach so …«

Ich wusste es genau.

Wir nahmen gemeinsam ein Bad. Und obwohl mein Plan es nicht vorsah, Hygiene und Erotik zu verbinden, planschte ich wie ein kleines Kind. Diese süß vorspringenden Titten. Dieses schöne Badezimmer. Dieser zauberhafte Spiegel. Diese liebreizende junge Frau. Diese ach so hübschen Lügen, die sie in ihrer Klugheit wie das Tuch eines Zauberers über mein wahrscheinlich ausschweifendes Vorleben breitete. Ich hatte wirklich Lust, ein ordentliches Leben zu beginnen, allerdings wollte ich weiter lachen und andere zum Lachen bringen, wollte weiter großzügig meinen Frohsinn verströmen. Der Badeschaum brannte mir in den Augen, ich würde also das zarte Liebesspiel, das ich begonnen hatte, kaum sicher in den Hafen führen können. Ich wollte mir aus ihrem Zimmer ein Handtuch holen, wo ich auf diesen ganzen Design-Schnickschnack stieß, der einem entgegenschrie: »Hier ist die Oberschicht zu Hause!« Ich öffnete den Schrank, da lachte ich, allein, wie jemand, der sich gerade einen guten Witz ausgedacht hat, mit dem er gleich bei seinen fröhlichen Freunden mit fröhlichen Hemden punkten will. Vor mir war alles voller Handtücher in schönster Ordnung. Die feinsäuberlich gefaltete und gestapelte Baumwolle ergab eine vollständige Farbskala, es gab Handtücher in Grasgrün, Blassgrün, verschiedenen Blautönen, Grautönen, Weiß …. Und sie dufteten sauberer als sauber, eine Reinheit ohnegleichen, ein Garten, über den noch nie jemand gelaufen ist.

»Was ist los?«

Es war Victoria, sie war erschrocken über meine Laute und

mein Fernbleiben. Bevor ich den Kopf aus dem Schrank zog und von dem Wäschestapel nahm, auf dem ein Abdruck meines Gesichts zu sehen war, und noch bevor ich aufgehört hatte, alle die Tränen zu weinen, die ich nicht geweint hatte, als Elsa starb, als meine Mutter auf der anderen Seite der Telefonleitung zusammenbrach, als ich in schlaflosen Nächten im Rausch bedrohliche Schatten über die Wände huschen sah, die vielen Male, die ich mir klargemacht hatte, dass ich ein sinnloses Leben führte und mir unentwegt etwas vormachte, da schluchzte ich:

»Es sind die Farben …«

Ich bemerkte, dass sie gerührt war, ich wollte sagen, dass ich vielleicht hin und wieder log, es aber ernst mit ihr meinte. Und dass ich auch weinte, weil ich jetzt schon alle Lügen bereuen würde, die noch auf uns zukommen würden, unser beider Lügen, unsere Missdeutungen.

Vier Jahre gemeinsames Leben und unterschiedliches Denken im Reich des Fleischs und der Falschheit. Die Schritte ihrer nackten Füße, das Rauschen der Dusche, der Duft des Kaffees, ihr Duft, jeden Morgen, ihr Leben. Mein Leser, ich möchte von den beiden Klippen des Falls erzählen: dem REAL erlebten, und dem IRREAL erlittenen. Ich will auch von den Lügen erzählen, mein Leser, von den Witzen, von den Betrügereien und Sinnestäuschungen.

12

Im Haus schlug die Gitarre einen Akkord an, ein zweites und drittes Mal, bis die unermüdlichen Hände einen immer runder laufenden Klang zustande brachten. Die Musik drang in den Garten hinaus, wo es nach verbranntem Pinienholz roch, da auf dem Nachbargrundstück jemand einen Kamin angezündet hatte.

Das Haus der Llinàs, ein jahrhundertealtes Gemäuer, das bedrängt wurde vom voranschreitenden Verkauf der umliegenden Grundstücke.

Ein Seufzer von Octavi Llinàs, dem Vater Victorias, durchbrach die beschauliche Stimmung:

»Ich vermisse die giftmischenden Fürsten …«, sagte der emeritierte Professor, Akademiker an zahllosen Wirkungsorten, Träger aller möglichen Auszeichnungen, zweimal verwitwet, und betrachtete dabei sein Werk: den Garten, »die Ruhe, in deren Mitte das Haus auf Joachim Patinirs Gemälde *Rast auf der Flucht aus Ägypten* liegt«.

Bei meinem ersten Besuch auf seinem Anwesen nutzte Octavi Llinàs meine Unerfahrenheit als Zuhörer aus und erklärte mir weitschweifig, was es mit der wohlüberlegten Anordnung der Ulme, der Pinien und des Nussbaums auf sich habe … Er sprach von magischen Anziehungskräften, von göttlichen Zweier- und Dreierverbindungen. Ich folgte dem dichten Vortrag über die Verbindungen zwischen natürlichem Objekt und Repräsentation mit eifrigem Nicken und bemerkte gar nicht, dass der Alte sich mit mir einen Scherz erlaubte. Ohne ihn zu kennen, wäre man auch nicht darauf gekommen, dass Octavi Llinàs ein Mann mit Humor war; sein hageres Gesicht, die tiefen Falten, die sich wie Straßenläufe auf einer Landkarte durch das Gesicht des schönen Mannes zogen, und die Ehrfurcht, die dieser Mann einflößte, das alles zusammen bewirkte, dass seine dritte Frau und seine beiden jüngeren Töchter (Elena nie) ihm einiges an Schrulligkeiten durchgehen ließen. Dass man übertriebenen Respekt vor ihm hatte, zeigte sich darin, dass jedes Husten und jede Äußerung von ihm bei den mehr als kargen Familienessen Aufmerksamkeit erregten; in dem lächerlichen Rauchverbot, das Victoria in seiner Gegenwart einhielt; in der von allen nachfolgenden Generationen weiterbestehenden Bereitschaft, an allen Feiern und Riten teilzunehmen, die unterstrichen, wer die Llinàs jenseits aller Ideologie und Zeitgeschichte wirklich waren, nämlich ein Patriziergeschlecht.

Bei unserem ersten gemeinsamen Tafeln also erzählte Octavi Llinàs mir beim Nachtisch von Patinir und der Flucht aus Ägypten, und er verriet mir auch, wo ich mir die notwendigen Grundlagen erwerben konnte, um bei einem neuen Gespräch im Anschluss an ein endloses Mittagessen mit ihm disputieren zu können, anstatt »wie ein Zugtier den Kopf zu bewegen, bis der Alte schweigt. Und am besten stirbt«. Als ich ihn ansah, überrascht über diese Entgleisung im Ton, fand ich ein unschuldiges Gesicht wie von einem Kind, das aus einem schmutzig-wässrig-blauen Pullover ragte.

Vom nächsten Tag an stürzte ich mich, ohne Victoria etwas davon zu sagen, in die quellklaren Wasser der flämischen Landschaften dieses Patinir (auch Patenier oder Patinier), ich erfuhr von der Malerzunft in Antwerpen und Patinirs Freundschaft mit dem gelehrten Dürer, ich machte mich über Melancholien und Reiter und Tode und Teufel kundig. Der nächste Besuch rückte heran. Das nächste Mittagessen, wieder die Lobrede auf den Fisch, der sich in den Schwanz beißt (die immerselbe Lektion über Ouroboros!), in der Mitte der Tafel thronte die Flasche, die ich nicht anzurühren wagte. Schließlich wollte ich bei dem Gespräch über flämische Kunst nicht versagen. Doch der vortreffliche Doktor Llinàs sah mich nach einer langen Schweigeminute an und sagte:

»Sie, Atienza« – so sprach er mich an, Sie, Atienza –, »meinen Sie, dass Blut eine höhere Dichte als Wasser hat?« Wieder trat eine lange Stille ein, in die der Lärm eines unweit stattfindenden olympischen Wettkampfs drang. »Ich nicht …«

Absolute Stille. Als wäre jemand gestorben. Fast eine Stunde lang. Die Gläser nicht angerührt. Endlich gingen wir, und ich fragte Victoria über die Bepflanzung des Gartens, ohne auch nur eine Sekunde mein nächtliches Studium von Patinirs aus dem Blick zu verlieren. Nachdem sie viel gelacht und mir in einer Deutlichkeit, die sie vor ihrem Vater nie gezeigt hätte, klargemacht hatte, dass man nicht alles ernstzunehmen brauche, was der weise Alte von sich gebe, und dass dieser Vortrag damals eine Art interner Witz gewesen sei, erklärte mir Victoria, dass der Kunsthistoriker Llinàs vor seinem Ausscheiden aus sämtlichen akademischen Verpflichtungen nicht einmal wahrgenommen hatte, dass sein Haus von einem Garten umgeben war. Darum war es auch schwerlich möglich, dass er irgendeine Entscheidung darüber getroffen hatte, welche Bäume in welcher Anordnung und nach welchem Vorbild gepflanzt werden sollten.

Und an einem anderen Nachmittag:

»Es muss trist sein, so weit weg von den Stieren zu leben …« Lange Pause. »Nicht die Weiden einzäunen, die Ställe ausmisten zu können …« Und dann drückte seine mitleidige Miene, die ohne Zweifel mir galt, auf einmal Fernweh aus, die Sehnsucht nach fernen Gefilden und intellektuellen Freuden, und seine Gedanken schienen nach Rom, Florenz, Venedig und noch weiter nach Nordosten zu gleiten, während ich gleichzeitig das Sticheln spürte.

Und bei der vierten Gelegenheit:

»Wann genau wird das ›Fest des dummen Esels‹ begangen? An welchem Datum?«

»Wie bitte?«

Der Alte sah mich mit einem Ausdruck an, als wäre er gerade einem Blender auf die Schliche gekommen, und ich blickte zum ersten Mal wie jemand zurück, der ertappt worden war, denn mein verstorbener Erzeuger, der Richter, besaß bereits eine vollständige Biographie samt typischen Aussprüchen und Nachkriegsliedern wie »Cataclaro«, »El Nudito« oder »El Brasileño«, deren Verkörperungen keinen »dummen Esel« einschlossen, und schon gar nicht als Figur eines angeblichen Volksfests.

»Schenken Sie sich ein, schenken Sie sich Anis ein … Oder heißt er bei Ihnen Rachenputzer?«

Und als ich ihm gerade sagen wollte, dass eine meiner Tugenden Abstinenz sei …

»Die Leute aus Atienza haben Alfonso XII. vor den Mauren gerettet …«

»Und?«

»Dieses historischen Ereignisses wird beim ›Fest des dummen Esels‹ gedacht. Sie sind doch aus Atienza, oder?«

»Atienza ist meine Nachname.« Ich hätte mich dafür in den Arsch beißen können, dass ich bei meiner Antwort gestottert hatte.

»Da haben wir's …! Ein Konvertit!« Der Alte hustete, sein Ausdruck, einen ertappt zu haben, verwandelte sich in genüssliche Häme. »Eugeni d'Ors, der gute D'Ors, hat in der zweiten Dekade unseres Jahrhunderts vorgeschlagen, einen Sperrgürtel zu errichten, um zu verhindern, dass die Einwanderer aus dem Süden die katalanische Rasse zerstören.«

»Nicht zu fassen!«

»Lachen Sie nur, Atienza …«

Und auch wenn es unglaublich erscheinen mag und mein Leser schon an meinem Selbstwertgefühl zweifelt – es gab ein fünftes Mal. Obwohl ich an diesem Nachmittag auf heißen Kohlen saß. Als wir uns setzten, wurde die bukolische Idylle wie schon so oft in letzter Zeit von nahen Bauarbeiten gestört. Im Olympiawahn hatte man gegen den Protest der Anwohner Peripherieringe mitten durch die noblen Vororte geschlagen. Von den Presslufthämmern dröhnte eine infernalische Symphonie herüber. Der Alte ließ es eine Weile über sich ergehen, doch plötzlich stand er auf, hob die Arme zum Himmel und rief aus:

»Beydelus, Deymenes, Adulex, Metucgayn, Atine, Ffex, Uquiuz, Gadix, Sol, Veni cito cum tuis spiritibus!«

Dann setzte er sich wieder. Nach ein paar Minuten besaß er dann die Freundlichkeit, uns über den Lärm hinweg aufzuklären:

»Erschrecken Sie nicht über meine esoterischen Anwandlungen … Sie brauchen nicht vor mir auf die Knie zu fallen und mich für einen Gott zu halten, der göttliche Worte entsendet. Atienza, Sie brauchen auch nicht Ihr bestes Schaf vor meinem Füßen zu opfern. Was ich gerade getan habe, ist nur eine alte Anrufung aus dem Picatrix, einem Buch der schwarzen Magie, darin bin ich ein wenig bewandert.«

Aber die Bohrer schienen die Anrufung der Geister nicht zu erhören und frästen sich weiter in den Berg. Ich konnte nicht anders, als ebenfalls aufzustehen und einige Ska-Schritte hinzulegen. Trotz meines mangelnden Rhythmusgefühls gelang es mir, meine magischen Kräfte zu entfalten. Ich wackelte dümmlich mit dem Hintern und wedelte mit den Armen auf und ab:

»LetmitelyubautSalibraun LetmitelyubautSalibraun Salibraunisaguelinataun Donyunoumesaraun …« Dann erhob ich die Stimme und stieß unverständliche Laute in der unverständlichen Sprache aus, wodurch ich den Alten in die Flucht schlug: »Kuku, kuku, kuku, kukumakastick, kuku, kuku, kuku, kukumakastick …. hityugüizyukukumakastick.«

Dann setzte ich mich. Auf der Stelle verstummte der Baustellenlärm. Ein Glückstreffer. Um den Gartentisch herum wurde es still, unterschwellig kochte in dem Alten die Wut, da er sich in seinem Magierstolz gekränkt fühlte. Nach einer Stunde des Schweigens erlöste Victoria mich. Da packte der alte Llinàs die Anisflasche und teilte seiner Tochter mit:

»Dein Freund beherrscht das Englische, wie die Unbesiegbare Armada die Engländer beherrscht hat.«

Dann schwebte er leichten Schritts über den Rasen davon. Ich wusste, dass die Rache kommen würde. Und sie kam von Seiten der »giftmischenden Fürsten«. Octavi Llinàs schien nur darauf gewartet zu haben:

»Ich sage es Ihnen ganz im Ernst, Atienza. Ich sehne sie herbei …«

»Die giftmischenden Fürsten …?«

»Ja, sehr …«

Und wieder diese Stille … Im Haus die Gitarre: Die Finger der unsichtbaren Elena kehrten zu einem Akkord zurück, schlugen langsam einen anderen an, dann einen dritten, und wieder von vorne. Monotonie hinter den Fensterscheiben und in dem abschüssigen Garten vor dem halb verfallenen Haus, das nur noch stand, um die Geier des Wohnungsbaus zu verscheuchen.

Ich spähte weiter auf die Anisflasche, um zu sehen, ob Octavi sich ein Glas einschenkte, das auch ich heute nicht ablehnen würde. Die giftmischenden Fürsten … Vielleicht verglich sich mein zukünftiger Schwiegervater mit einem Borgia, und diese Flasche Anis enthielt Arsen. So wartete ich auf das Ende des Sommers und der kühlen Abende, und überlegte, wie ich Victoria für diese quälenden Begegnungen die Quittung geben könnte. Sie schlief neben mir auf einer blauen Liege und kehrte mir den Rücken zu, als wollte sie mich verspotten, als wäre sie eine Verschwörerin, die ihre Opfer in diesen Garten bringt, damit ihr Vater sie verschlingt. Aber in meinen Gedanken verband sich der Geruch nach verbranntem Pinienholz mit dem Gedanken an Victorias glänzende Beine, die das Beste an ihrer Anatomie waren, und gleichzeitig wusste ich in dem trügerischen Frieden des Nachmittags, dass dieser Körper und dieser Atem logen. Unter der Decke im Burberry-Karo hob und senkte sich ihre Brust trügerisch im harmonischen Einklang mit der Welt, nur im Schlaf war sie frei von der Spannung des Unausgesprochenen. Als ich mich umsah, traf mich Octavis scharfer Blick, der mich dafür rügte, dass ich in seiner Anwesenheit Victoria bewunderte. Ohne mich weiter zu beachten, betrachtete nun er die Schlafende mit Innigkeit und Vaterliebe.

Octavis andere Tochter, Silvana, die vor einem Jahr noch fast ein Mädchen gewesen war und nun ihre vollendete Jugendlichkeit vorführte, sprang aus den ersten Schatten heraus in den Garten, küsste ihren Vater, küsste mich und hinterließ einen Parfümschwaden, den Lockduft ihrer erblühten Fraulichkeit. Während Silvana ihrem Vater mitteilte, dass sie am Abend ausgehen würde, sah Octavi mich schulterzuckend und resigniert an. Während Silvana redete, dachte ich unweigerlich, dass sie ihn anlog, um ihn zu schonen, so wie die Menschen in einem bestimmten Alter um des lieben Friedens willen lügen, bevor sie gewohnheitsmäßige Lügner werden. Ich beneidete sie, weil ich ihren Augen ansah, dass in Kürze ein anderer Glanz in ihnen aufscheinen würde, ich wusste, dass sie sich in den nächsten Stunden der Verwirrung der Gefühle hingeben würde. Als halb freiwillige Waise, die ich war, beneidete ich sie auch darum, dass sie jemanden hatte, der »Komm nicht zu spät«, »Erkälte dich nicht« zu ihr sagte. So sehnen wir uns eben nach einem geordneten Lauf des Lebens, so wie wir in den Kreisbahnen der Sterne Reinheit und Musik sehen wollen.

Im Gegensatz dazu war mein Leben durch und durch verlogen; aber an diesem Septemberabend, umgeben von der Nostalgie der giftmischenden Fürsten, stand alles unter dem Zeichen der Liebe.

Victoria schien selbst von ihrem Einfluss, den sie auf mich hatte, beeindruckt zu sein, immerhin widmete sie sich schon seit mehr als einem Jahr der Domestizierung des Guten Wilden. Schließlich hatte sie selbst am eigenen Leib erfahren, wie Traumata aus Kindheit und Jugend einem das Leben schwermachen konnten: der Tod der Mutter, als sie noch ein Kind gewesen war; die ständigen Streitigkeiten zwischen ihrem Vater und dessen Sohn aus erster Ehe, Rafael, einem mächtigen sozialistischen Kulturpapst in Madrid, der Octavi vorwarf, ihn vernachlässigt zu haben, sich aber an seine Schwestern mit Geschenken und bittersüßen Versprechungen heranzumachen versuchte; die außergewöhnliche Schönheit, Intelligenz und rebellische Kraft ihrer älteren Schwester, der verschlossenen Elena (ein Foto hatte mir eine blonde Halbgöttin gezeigt, die zumindest auf mich entmutigend wirkte); die Rolle der Verantwortung, in die sie gegen ihren Willen gedrängt worden war; ihre Zweifel, das Richtige zu tun, die angenehme Welt, die Victoria um sich herum aufgebaut hatte und die sie nun in Frage stellte, nach ihrem dritten Orgasmus, so glückselig, entrückt und dankbar, dass es mich beschämte. Tags zuvor hatte ich vor Einsamkeit in ihre Handtücher geweint; vierundzwanzig Stunden später ließ sie ihrem Schmerz freien Lauf, sie krallte sich, entfesselt vor Lust, in meinen Rücken und presste die Zähne zusammen, als wollte sie sich rächen für die vielen Male, die sie sich halbherzig irgendwelchen Männern hingegeben hatte. Mit bislang unbekannter rauer und strenger Stimme befahl sie mir, sie weiterzuvögeln.

Das sagte sie zumindest, und ich glaubte es gerne. Und irgendwie war ich eifersüchtig auf die Zukunft Victorias, wenn sie sich eines Tages von ihrer Unsicherheit befreit haben und ihr Glück in anderen Betten suchen würde, denn es war abzusehen, dass ihr Erfolg und ihr halb geöffneter Mund und ihre Neuentdeckung der Lust den falschen Sohn des erfundenen Richters überflüssig machen würden. Ich hatte den Verdacht, dass sie nicht nur mit mir, sondern auch mit ihren Künstlern neue Stellungen im Bett erprobte, mit Galeristen, Kritikern, Sammlern, Investoren, Ausstellungskuratoren, Direktoren großer und mittlerer Museen (und kleinerer Museen und Sammlungen), mit Politikern und Kunstliebhabern, die ihr über den Weg liefen, mit verflossenen Liebhabern, die im Augenblick in ihrem Leben keinen Platz hatten und in deren Arme sie wie die Gräfin von Montecristo des Sexes wegen zurückkehren würde .... Wie auch immer, dieser nagende Gedanke fachte meine Lust nur noch an, zu jeder Tages- und Nachtzeit mit ihr zusammen in diesem schmalen Bett zu sein, das nach einer Woche Beziehung durch ein neues ersetzt wurde und das, verglichen mit dem Stadion des Fußball-Clubs Barcelona, immer noch klein war.

Die Selbstgenügsamkeit eines von seiner eigenen Verliebtheit verzauberten Paares schirmte uns für einige Monate von der Außenwelt ab. Wir schmiedeten Pläne fürs Wochenende, fuhren mit ihrem Auto (einem klapprigen Panda) bis nach Südfrankreich, und so kam es, dass ich zehn Jahre, nachdem ich auf derselben Strecke in eine Falle geraten war, erneut in die Gegend der weißen, in der Wintersonne gleißenden Wände fuhr, der schmucken Ladenschilder, dorthin, wo sich der Berg erhebt, den Cézanne gemalt hat, wir aßen dieselben Früchte wie Cézanne, teilten uns Gitanes und unterhielten uns mit dem Enkel eines der Kinder, die Cézanne angeblich noch mit Steinen beworfen hatten. Ein Rausch der Sinne, mein Leser. Und wie in einem von Victorias Lieblingsliedern, die zunächst schwer wirken, einen dann aber anlächeln, tranken wir Weißwein und erwärmten mit Zärtlichkeiten unsere Gemüter in einem auf frischen Fisch spezialisierten Bistro.

Während ich leidlich meine oberflächlichen Freundschaften pflegte und mir für die Japaner abstruse Geschichten aus den Fingern sog, schlug sie sich mit den Problemen der Galerie und den Fußnoten ihrer Doktorarbeit herum (»Vicente Huidobro und die Maler. Asymmetrische Einflüsse in den historischen Avantgarden«). Nebenbei versuchte sie abzuschätzen, bis wohin ich ihre neuen und noch geheimen Pläne mittragen würde. Victoria zeigte mir nun auch die dunklen, hinter ihrem Lächeln verborgenen Züge ihres Gesichts, wenn ich einmal wieder zu viel Whisky und einiges an Kokain zu mir genommen und die Musik zu laut aufgedreht hatte. Doch von einem Augenblick auf den nächsten wurde Versöhnung im Bett gefeiert, und wieder einmal zeigte sich die Bedeutung von Sex, dass man viel hinnehmen kann, solange das Feuer der Leidenschaft lodert, und dass vieles sehr einfach ist, solange er denkt, dass sie immer dieselbe bleiben wird, und sie sich sicher ist, dass er sich früher oder später ändern wird.

In Wirklichkeit gab ich mir große Mühe, Schritt für Schritt ein anderer zu werden. Eine Zeit lang hielt ich es für notwendig, mir alles schönzureden, auch wenn ich damit riskierte, irgendwann wirklich noch zu vergessen, wer ich eigentlich war.

Zunächst gefiel es mir, dass wir uns allein mit Blicken zu verstehen schienen. Victoria las mir von den Lippen ab, wenn ich eine Sache lieber nicht erzählte, und ließ mich in Ruhe. Das war ein Fehler von ihr, den ich ihr zwar dankte, gleichzeitig aber fürchtete ich, dass ihre Meinung über mich sehr viel weniger gnädig wäre, sobald sie sich einen Schritt vorwagen und die Wahrheit mit allem, was dazugehörte, fordern würde. Doch unterdessen war ich fasziniert von Victorias Lebensfreude, von ihrer Energie, die in der Hassliebe (oder enttäuschten Erwartung) zu ihrer älteren Schwester Elena wurzelte. Eine der Methoden, ihre Schwester zu übertrumpfen, bestand ebendarin, mit diesem durchgeknallten, ungehobelten und herzlichen, nicht gänzlich ungebildeten Typ zusammenzuleben, der sich weder über sein Talent noch über seine Zukunft Gedanken machte und ein großartiger Liebhaber war. Etwas in der Art jedenfalls musste die verstorbene Elsa Elena über mich erzählt haben. Damals erfuhr ich, dass Angeberei und Übertreibung kein Exklusivrecht großspuriger Jungs war. Dass es nie gutging, wenn Fortuna ihre Hand im Spiel hatte, wusste ich bereits.

Die Begebenheiten, die Blicke, die Impulse, die Intuition. Victoria ging jeden Tag in einem nahe gelegenen Schwimmbad schwimmen, und eines Morgens stattete ich ihr dort einen Überraschungsbesuch ab. Victoria war Wettkampfschwimmerin und führte zwischen all den Badegästen, die in gesittetem Durcheinander zwischen den Absperrkordeln hin und her schwammen, gleichmäßige Züge wie aus dem Lehrbuch aus, die Bewegungen ihrer schönen Arme und Beine waren perfekt aufeinander abgestimmt. Diese Leichtigkeit, dieser Rhythmus, weit weg, unten in dem Becken.

Wenn sie mich erregen wollte, zog sie sich vor dem Spiegel in ihrem Zimmer aus, mit dem Rücken zu mir, während ich mit Stielaugen auf ihrem Bett lag. Sie näherte sich ihrem Spiegelbild und liebkoste es mit den Brustwarzen und küsste sich, dann drehte sie ganz langsam den Kopf in meine Richtung. Bei dieser Drehung, die sie sorgfältig einstudiert haben musste, bot sie mir ihren vollendeten Körper dar, was mich erregte, und zwar sehr, aber anders, als sie sich dachte. Es erregte mich, wieder einmal Zeuge ihres Drangs, sich zu inszenieren, zu werden.

Nach und nach stellte Victoria mir zuerst ihre Partnerin vor (ich begehrte sie), dann ihre Freundinnen (auch sie begehrte ich), schließlich ihre Freunde und Geschäftsfreunde, die ich durch die Bank hasste. Als der Moment gekommen war, Giulia kennenzulernen, die ihre italienische Stiefmutter und vor allem eine Koryphäe auf dem Gebiet der Renaissancekunst war, eine Autorin wichtiger Monographien, die den Rest eines Vermögens verpulvert hatte, das ihr bereits stark reduziert in die Hände gefallen war, musste ich mir eingestehen, dass mich die Tatsache beunruhigte, dass ich einzig und allein ich war (und dabei war dieses Ich noch nicht mal »ich«). Victoria unterstützte meine Idee, mich als bärtiger und steifer russischer Professor zu verkleiden und mich vor Octavi Llinàs als heißblütiger Kosake aufzuspielen. Victoria lachte, und wie sie lachte, enthüllte sie mir, dass ihr geliebter Vater, den sie in ihren Träumen mit Vorwürfen überschüttete, mir, was Fragen der Exzentrizität anging, meilenweit voraus war:

Bei meinem sechsten Besuch in diesem trägen Garten wünschte ich mir zum sechsten Mal von Herzen, Russe zu sein und als einzige Antwort auf das Gequassel des Ex-Professors fröhlich auf meiner Balalaika zu klimpern, zu dem wehmütigen Klang der Gitarre, der aus dem Zimmer der drögen Elena drang, die sich nach wie vor den plebejischen Blicken entzog.

»Genauso verehre ich natürlich diese vorwitzigen Insekten der Illusionsmaler. Die Insekten der Illusionsmaler ließen sich auf den Nasen der giftmischenden Fürsten nieder, doch die haben sie nie verscheucht, sondern respektiert. Die Chigi, Orsini, Rospigloioso, Barberini, Corsini, Rezzonico, Borghese, Pazzi, Bardi, Strozzi, Pitti, Rucellai, Medici, Visconti, Sforza, Este, Montefletro … Fürsten und Päpste … Sie alle sind uns in ihrer hochmütigen Haltung, mit der sie die symbolische Last der himmlischen und irdischen Mächte tragen, im Gedächtnis. Doch ihre Feinde mähten sie mit dem Schwert nieder, brachten sie auf den Scheiterhaufen und an den Galgen, mit ihren Lanzen durchbohrten sie ihre Harnische, das Badewasser färbte sich rot, und sie trugen die Herzen ihrer Rivalen in einem seidenen Taschentuch davon. Ganz zu schweigen von Sigismundo Malatesta, dem Granden von Rimini, dem einzigen Menschen, der zusammen mit Judas Iscariot offiziell in der Hölle ist. Il Lupe nannte man ihn. Derselbe, der den fünfzehnjährigen Gesandten des Papstes mit seinem eigenen Umhang fesselte und vor den Augen seiner Truppen vergewaltigte, auch das muss gesagt sein, dessen wurde er schließlich angeklagt. Derselbe Sigismundo Malatesta, der ein guter Kunde des dankbaren Alberti, Di Duccio und Piero della Francisca war … Ich stelle die Anisflaschen nicht zu Dekorationszwecken zwischen uns, trinken Sie schon …« Begeistert von seiner Abschweifung schenkte Octavi Llinàs mir ein Glas von dem starken und dickflüssigen Tropfen ein: »Trinken wir auf die Fürsten und die Insekten.«

Wir stießen an.

»Trinken wir.«

»Trink zuerst, du Arschloch«, dachte ich und lächelte.

»Trinken Sie, Atienza, trinken Sie. Befolgen Sie nicht gar so brav die Regeln Ihres Breviers der guten Manieren.«

Es stimmte, dass ich unter der Matratze so ein Buch hatte, die Autoren waren zwei Yuppies. Ich kostete den Anis, er schmeckte nach Anis. Ich sah in die Ferne, und es verschwamm nichts vor meinem Blick. Ich war beruhigt.

»Was ich Ihnen erklären will, lieber Atienza, die Renaissance, also die humanistische Kultur, die nun vor lauter Olympiade und Laschheit und französischer Philosophie an ihrem Ende zu stehen scheint, hat ihren Ursprung in verschiedenen Mythen. Darunter ist das Illusionsinsekt. Der erste Held unserer Geschichte ist ein legendenumwobener Landschaftsmaler, wie es sich gehört. Angeblich ist Giotto Schäfer gewesen. Mag sein. Eines Tages spazierte der Maler Cimabue über die Weiden in Bondone, da sah er einen Schäfer, der seine Schafe in wundersamer Klarheit und Feinheit auf einen Stein malte. Sofort nahm er ihn als Lehrling zu sich. Wir können aus dieser Geschichte lernen, dass damals offenbar, also vor vielen Jahren und Jahrhunderten, Atienza, nicht dass Sie glauben, das alles sei gestern geschehen …«

»Ja, ja …« Und nach einem Seufzer, mit dem ich Victoria wecken wollte: »Ja.«

»Die heutigen Maler sind wie Rockstars. Aber damals waren sie eine mehr dem Handwerk verpflichtete Zunft. Jedenfalls scheinen sie mehr Ansehen genossen zu haben als Schäfer. Giotto arbeitete sich nach oben. Er wollte etwas erreichen. Er trug den Realismus in die Stadt, nach Florenz, und ließ seine Herde allein. Arme Schäfchen! Bääh!«

Das debile Geblök bewirkte, dass die monotonen Klänge aus dem Haus verstummten und Victoria aufwachte. Etwas verwirrt und leicht verärgert hob Victoria leicht den Kopf und wandte uns ihr Gesicht zu, auf dem der Abdruck der Liege zu sehen war. Dann stammelte sie ihrem Vater schlaftrunken entgegen: »He, Papa, gib Ruhe …« Octavi sah mich an, als wollte er sagen: »Ist sie nicht reizend …« Aber dann verdunkelte sich sein Gesicht sofort. Er spann seine Gedanken weiter:

»Giotto wurde also Lehrling in Cimabues Malerschule. Eines Tages, als der Meister nicht da war, weil er irgendeinen dicken Fisch besuchte, oder seine Geliebte oder wen auch immer, pinselte der ehemalige Schäfer ziemlich frech einer Figur, die der Meister gerade fertiggestellt hatte, eine Fliege auf die Nase. Als Cimabue in die Malerwerkstatt zurückkam und sich noch einmal in sein Werk vertiefte, machte er als Erstes Anstalten, diese Fliege zu verscheuchen, so lebendig, so perfekt war sie, so eine Illusion von Wirklichkeit ging von ihr aus. Ich sagte es bereits, sie heißen Illusionsinsekten … Der Meister wollte immer weiter die Fliege verscheuchen, er hatte nämlich immer noch nicht begriffen, dass sie gemalt war. Doch da musste Cimabue das Gelächter seiner Gehilfen und Lehrlinge über sich ergehen lassen. Er fragte ohne jeden Sinn für Spaß, wer das gemalt habe. Schließlich versohlte er Giotto den Hintern, nicht so sehr wegen seiner Frechheit, sondern weil er es gewagt hatte, die Renaissance zu erfinden. Man brauchte nur noch die Luft zu malen, schon würde die Fliege eine Umgebung haben, eine Perspektive. Und es fehlten noch Falten im Gewand und wehende Haare, der *spiritus*, und der Tanz. Sicher, mein lieber Atienza, haben Sie diese Anekdote schon in irgendeiner populären Malerbiographie gelesen. Plinius spricht tatsächlich schon von einem Maler, der so großartige Brote darstellte, dass die wirklichen Vögel sich auf seiner Staffelei niederließen, um an ihnen zu picken. Doch erst mit Giotto wurde diese Geschichte exemplarisch. Um Rembrandt ranken sich ähnliche Anekdoten. Und um Murillo. Als ich jung war, gefiel mir Murillo sehr. Lieben Sie Murillo nicht?«

»Ich habe über Murillo noch nie so leidenschaftlich nachgedacht.«

»Sie haben überhaupt noch nie über Murillo nachgedacht … Kommen Sie, Atienza, Sie enttäuschen mich. Trinken Sie doch, trinken Sie …« Ich trank. »Murillos einziger Vorzug ist, dass die Zigeuner aus Sevilla dank seines großen Namens einer Menge Leichtgläubigen gefälschte Gemälde angedreht haben. Es ist sehr bezeichnend, das die Hauptfigur dieser Anekdote der erste Maler der Renaissance wurde. Aus ihr schreit es uns geradezu entgegen, dass hier der Siegeszug des Realismus begann. Dass etwas, das heutzutage als plump gilt, für die Menschen der Renaissance der höchste Wert der Kunst war: Die Wirklichkeit nachzuahmen, möglichst so perfekt, dass der Betrachter verwirrt ist. Und für einen Meister galt es als höchste Errungenschaft, wenn es ihm gelang, das Gemalte ohne sichtbare Mühe mit dem Wirklichen zu vermählen. Man war sich einig, dass die bildnerische Darstellung der Natur gleichen sollte. Und es wurde angeordnet, dass die gesamte Zunft sich in Illusionsinsekten üben sollte. Außerdem sollten die religiösen Darstellungen, die damals eine Vorrangstellung hatten, von der wundersamen Atmosphäre, der *maniera greca*, befreit werden. Die Menschen sollten wie Menschen aussehen. Die Hintergründe sollten nicht länger goldene Flächen sein, sondern sich als *paysage moralisé* mit Häusern, Palästen, ja ganzen Städten füllen, mit Weidenbäumen, Ziegen, Leuten zu Pferd und bäuerlichen Tanzszenen, wie Sie mir kürzlich eine vorgeführt haben, als Sie die englische Sprache neu erfanden. Außerdem sollten diese Szenen nicht im Himmel oder in der Hölle oder dem Nimbus angesiedelt werden, sondern an realistischen Orten. Und möglichst im Abendlicht. Sie werden schon bemerkt haben, dass sich die meisten Geschichten, die in der Malerei des Quattrocento dargestellt sind, am Abend abspielen. Zur magischen Stunde, wenn das Licht zugleich diffus und kristallin ist, wenn die Dinge eine tiefere Wesenhaftigkeit annehmen und wir die Müdigkeit des Tages fühlen. Es ist die Stunde, zu der man in die Kirche geht und sieht, wie die Erzengel die frohe Botschaft verkünden … Denn diese Fresken und Tafelbilder, alles das, mein lieber Atienza, war Erziehung, Bildungsaufgabe. Und je vollkommener die Illusion wurde, desto besser kam die Botschaft an. Doch das rief die Schwindler auf den Plan. Als sie sahen, dass nun alles wirklichkeitstreu zu sein hatte, schüttelten sie einen gewissen Lentulus aus dem Ärmel, der war ein falscher Gouverneur von Judäa und mit keiner geringeren Aufgabe betraut, als vor dem römischen Senat das erste Gutachten über Jesus vorzutragen. Stellen Sie sich das vor. Zuerst versuchen die kirchlichen Päpste und ihre Anhänger, jegliche Zeugnisse über Jesus zu vernichten, um immer die Position verfechten zu können, die ihnen gerade in den Kram passt, und dann erfinden dieselben Scharlatane diesen Lentulus … Warten Sie ab, was unser Freund gesagt hat. Unser erfundener Freund … Was also unser erfundener Freund über die vielleicht historische, bei Licht besehen aber ebenfalls erfundene Persönlichkeit gesagt hat.«

Der Alte stand aus seinem knarzenden Korbsessel auf und

schritt, als sähe er sich nach irgendeinem Folterinstrument um, durch die diffuse Helligkeit dieses magischen Abends. Als seine Schritte das Wiesengrün verließen und sich auf das Haus zubewegten, drehte ich mich zu Victoria hin, um sie zu wecken und ihr alles, was sie wollte, zu versprechen, wenn wir nur auf der Stelle von hier abhauen würden. Aber Victoria war gar nicht mehr da, nur noch die verlassene Decke auf dem von Unkraut durchsetzten Rasen. Ich sah mich um, um mich zu vergewissern, dass keine Gelehrten in Sicht waren, und füllte mir das Glas bis zum Rand.

»Zu viele erfundene Personen«, dachte ich und spülte einen Schluck Anís del Mono hinunter. Ich lebte in der ständigen Befürchtung, der Alte könnte meine Identität aufdecken. Seine Bemerkung über das »Fest des dummen Esels« hatte mir schon gereicht.

Ich hörte seine Stimme im Haus. Und ich hörte drei weibliche Stimmen, die lachten. Wenn sie alle über mich lachten, dann ging die Rechnung irgendwie nicht auf, schließlich hatte Victoria mir erzählt, Elena und ihr Vater würden nicht miteinander reden. Victorias Vater redete nicht mit vielen Leuten, aber dass er gegen Elena Groll hegte, verstand ich – sie war vollkommen dem Heroin verfallen. Aus der schon strapazierten Geldbörse nahm die Eminenz (oft sogar aus Victorias) das notwendige Geld für die modernsten Ärzte, er brachte seine ältere Tochter in die modernsten Kliniken, die den Kampf gegen die moderne Sucht aufnahmen. Erst vor kurzem war Elena aus ihrer letzten Entziehungskur zurückgekehrt, deshalb war sie so abgewandt und so schlechter Laune, dass sie keine andere Gesellschaft als die ihrer langmütigen Gitarre duldete. Trotz der vielen Bemühungen legte die unglückselige Elena immer noch nicht das Verhalten an den Tag, das ihr Vater sich wünschte; sie bat nicht um Verzeihung, gab keine Erklärungen ab und blieb nach wie vor der Familientafel fern. Nachts verschwand sie immer wieder zu irgendwelchen obskuren Treffen, über die Victoria nichts wusste, und hätte ich mich einmischen wollen, hätte ich die eine oder andere Bemerkung über einen Ausflug nach Korsika oder ähnliche Szenen fallenlassen können. *Paysagé rien moralisés*, um ein wenig über den weisen Llinàs zu spotten. Ich verschwieg, was ich wusste, und behielt meine Meinung für mich, wenn Victoria wie so oft die Schwierigkeiten ihrer Schwester schönzureden versuchte, weil sie sie trotz ihrer zwiespältigen Gefühle ohne Zweifel liebte.

»Sie sind immer noch hier? Wo waren wir stehengeblieben?« Octavi setzte sich die Brille auf und sah auf die Anisflasche: »Bedienen Sie sich nur, ganz in der Tradition Kastiliens … Gut … Ich habe Ihnen von den Illusionsinsekten erzählt, vom Realismus, von den religiösen Vorgaben und wie die Information, nachdem der *Zeitgeist* einmal begriffen worden war, manipuliert wurde. Man erfand einen gewissen Lentulus, der dem römischen Senat erzählte, wie Christus gewesen sei. Hören Sie nur zu, es ist allzu hübsch …«

Octavi Llinàs schlug ein schokoladenbraunes Buch auf, rückte sich die Brille zurecht und las:

»›Dieser Jesus ist ein Mann durchschnittlicher oder mittlerer Größe, sein Gebaren ist erhaben.‹ Ein Gentleman, Atienza! Ein Gentleman in der Wüste! Weiter: ›Er hat eine beeindruckende Ausstrahlung, und wer ihn ansieht, liebt oder fürchtet ihn. Sein Haar ist haselnussbraun. Es fällt gerade bis zu den Ohren, von dort aus wellt es sich kräftig und fällt in üppigen Locken auf die Schultern. Es ist durch einen Mittelscheitel geteilt …‹ Die Schwärmerei geht noch weiter: ›Sein Bart ist dicht und gleicht dem ersten Bart eines Jünglings … seine Augen glänzen, sein Blick ist lebhaft, klar, strahlend …‹ Was jetzt kommt, ist für die Malerei von großer Bedeutung: ›Er ist furchterregend, wenn er mahnt, ruhig, wenn er einen Rat erteilt. Er bewegt sich schnell, bewahrt dabei immer Würde. Niemand hat ihn jemals lachen gesehen, weinen hingegen schon …‹ Kennen Sie ein Bild, auf dem Jesus lacht? Das wäre Blasphemie, oder nicht? Und als Letztes noch …« Mit professoraler Würde schloss Octavi Llinàs das Buch, nahm die Brille ab und zitierte: »›Er ist der schönste Sohn des Menschengeschlechts.‹ Hier haben Sie es, mein lieber Atienza, so ist Jesus zum Abziehbild verkommen … Es hat nichts damit zu tun, wie man sich den Sohn eines jüdischen Tischlers vorstellen würde. Sie haben hier den Beweis für einen saftigen Betrug.«

Ich machte mir fast in die Hose. Plötzlich überkam mich ein heftiger Drang, mich zu entleeren. Um mein dringendes Bedürfnis zu überspielen, trank ich. Für mich bestand immer weniger Zweifel, dass Octavi Llinàs in seiner Freizeit Nachforschungen über die wahre Herkunft dieses windigen Burschen, der mit seiner Tochter zusammenlebte, angestellt hatte. Jetzt wollte er mir eine Lektion erteilen, und anschließend ihr. Ich war mein eigener Lentulus. Octavi Llinàs machte mir Angst. In meinen Gedärmen rumorte es, während er mit seiner aufgesetzten Freundlichkeit alles noch schlimmer machte:

»Jesus Christus wurde das Illusionsinsekt der päpstlichen Konklave, sie erfand sich ihr eigenes Bild von Jesus, das ihr für die Erziehung des Plebs geeignet schien. Aber der Realismus war nicht aufzuhalten. Ebenso wenig die Entdeckung der Perspektive. Auch schielte die optische Täuschung schon um die nächste Ecke, und das Selbstbewusstsein der Maler wuchs. Aber im Quattrocento war die Malerei, die Bedeutung des Piktorischen, die von ihr ausgehende Information bereits zu wichtig, um sie in den Händen der Maler zu lassen. Cosme de Medici, der Bankier, gab Gemälde in Auftrag und auch die Übersetzung der Klassiker. Cosme, ein Geschäftsmann, ein Geldleiher, der nichts anderes tat, als mit seinem Freund Castrucio Castracani Schuldner auszupressen. »Halsabschneider« nannte man ihn. Cosme war so etwas wie der Schöpfer einer neuen Erfahrung: die der erstickenden Last eines Kredits. Derselbe Cosme, dessen Abkömmlinge bald Päpste und Königinnen von Frankreich sein würden. Der Name Medici verweist darauf, dass sie einst Mediziner gewesen waren. Zuerst Mediziner, dann Bankiers und schließlich Regierungshäupter. Fällt Ihnen an dieser außergewöhnlichen Entwicklung etwas auf? Wissen Sie, dass Pujol, unser aufgeplusterter Vizekönig, ein Medizinstudium hat?«

»Keine Ahnung.«

»Ja, wirklich. Zuerst Mediziner, dann Bankier und schließlich Regierender. Haben wir es also mit einem neuen Renaissancefürsten zu tun? Machen Sie nicht dieses Gesicht eines dankbaren Zugereisten, mein lieber Atienza, das führt Sie nicht weiter … Von Pujols Wirken als Bankier reden wir lieber nicht, darüber herrscht allgemeines Schweigen. Als Regierungspolitiker … scheint er einige Lektionen nachzuholen, die er als Bankier verpasst hat. Ja, vor allem solche, die man an der Universität nicht beigebracht bekommt. Und wenn er Arzt geworden wäre? Seien Sie einmal in Ihrem Leben ehrlich, Atienza. Hätten Sie Ihre Gesundheit einem Doktor Pujol anvertraut?«

Er wartete meine Antwort nicht ab, denn er war sich so sicher, dass ich ihm keine geben würde, wie ich mir sicher war, dass Octavi mich aufziehen würde, egal wie meine Antwort ausfiele:

»Cosme, Lorenzo, die Borgia … Mächtige, die Reichtümer anhäufen und damit in eine Zukunft investieren, die auf dem Laster der Ausbeutung und dem Verbrechen an der Weisheit fußt. Sie schmücken sich mit Kunst. Und sie ließen Übersetzungen anfertigen. Die Weisen lasen die Übersetzungen und kamen so unter anderem in den Genuss der Lehren des Esoterikers Hermes Trimegisto. Ein großer Mann, dieser Hermes. Nie hat ihm irgendwer etwas nachsagen können, denn wie Lentulus hat es ihn nie gegeben. Es wurde behauptet, dass die beiden Bücher *Asclepius* und der *Corpus Hermeticum*, die im ersten Jahrhundert nach Christus geschrieben worden waren, in Wirklichkeit von einem uralten ägyptischen Magier stammten, der dem Sonnenkult gefrönt und neben anderen Ahnungen und Weisheiten die Ankunft Jesu vorausgesagt haben soll. Was für eine Prophezeiung, wo doch die Leiche des Nazarenen noch warm gewesen war! Die Kirchenväter, Lactancio und der heilige Augustus, glaubten, dass es ihn gegeben hatte, und noch viele Jahrhunderte später verteidigte Marsilio Ficino am Hof der Medici das Wissen des ägyptischen Magiers, und so konnte es passieren, dass Hermes von der Kirche anerkannt wurde. Seine Magie hingegen, ein neoplatonischer Kitsch, überlud humanistisches Wissen mit Theorie. Die Humanisten wiederum waren, anders als wir heute denken, keine Menschen, die kulturelle Normen vorgaben, sie wahrten Abstand zu den Universitäten, zur damaligen akademischen Welt. Gesellschaftlich gesehen waren sie nicht viel mehr als Klatschreporter. Sie schwänzelten um die wirklich Mächtigen herum, um ihnen zu schmeicheln. Die Humanisten zeigten nun also den Malern, wie die Fenster auszusehen hatten, durch die das Volk und die Adligen und die Bürger das Heilige und das Profane sehen sollten. Wie die Bilder zu sein hatten, die Wände, die Kuppeln … Nichts davon gab es oder hatte es jemals gegeben, mit Ausnahme der Illusionsinsekten, die sich auf der Nase der giftmischenden Fürsten niedergelassen hatten oder sich über den Rand eines Glases beugten oder auf einem vergoldeten Rahmen summten. Und der Glanz, der Prunk dieser Schöpfungswut, die der Betrug stimulierte, erregte den Neid des Papstes. So wurde Rom von der Exaltiertheit Florenz' angesteckt. Ebenso Mailand, Ferrara, Mantua, Venedig und sämtliche Städte Europas, wo es Macht und Gift gab … Es entstand ein neuer Geist. Und dieser Geist war wahrhaftig, obwohl er aus Vorspiegelung, Lüge, Ausbeutung und Gewalt entstanden war. Ein falscher Funke hatte einen wirklichen Brand entfacht. Etwas, das aus der Obsession einer kleinen Gruppe begonnen hatte, wurde kollektive Wirklichkeit, wurde öffentlich. Ich stimme Ihnen auch zu, Atienza, dass wir nichts wären ohne das, was nicht existiert, dass unser Gehirn erlahmen würde ohne Mythen, Fabeln, Missverständnisse, Irrglauben, Monster, Blender … Aber dieses harmonische Verhältnis zum Irrealen konnte sich nur an einem speziellen Augenblick der Geschichte einstellen, als die große Lüge im hellsten Glanz erstrahlte. Seitdem hat sich die Bedeutung der Illusionsinsekten verkehrt, ohne dass die ursprüngliche Bedeutung deshalb preisgegeben werden musste. Nun waren sie nicht mehr Realismus, sondern Beunruhigung. Engel des Paradoxen: Bedrohung, Gefahr, schlechtes Vorzeichen …«

»Entschuldigung … Ich muss auf die Toilette …«

»Warum sagen Sie denn nicht Klo? Ich weiß selbst, dass wir hier nicht auf einem Hühnerhof sind! Blöd rumgackern, dass würde Ihnen gefallen!« schrie er mir hinterher, während ich davoneilte, um Luft zu schöpfen und mich endlich zu entleeren …

Hilflos suchte ich im Haus nach einem Badezimmer, ich eilte durch Gänge, unter den strengen Blicken der Ahnen, die von den Wänden auf mich herabsahen. Victoria und ihre Stiefmutter Giulia sahen vom Salon aus zu mir herüber und sich untereinander auch etwas befremdet an. Victoria dirigierte mich aus der Ferne, sodass ich endlich ein Bad fand, wo ich mich über meine plötzliche Verdauungsstörung wunderte. Luft gegen kalten Schweiß. Überrascht erblickte ich eine vornehme Badewanne mit Füßen. Ein edles Gästeklo, als noch niemand ein Gästeklo hatte, jetzt war es nur noch eine Zelle mit gebrochenen Fliesen und stumpf gewordenen Armaturen. Ich stellte mir diese Badewanne vor, bis oben hin vollgelaufen mit blutrotem Wasser. Ich war mit meinen kleinen Lügen, meinen mehr als verdächtigen Identitäten immer gut durchgekommen, und jetzt zitterte ich, nur weil ein Alter ein bisschen mit mir spielen wollte.

»Alles in Ordnung?« Victoria stand in der Tür des Badezimmers: »Du bist so blass …«

Ich gab keine Antwort. Stattdessen ging ich wieder in den Garten und setzte mich wieder in meinen Stuhl, um den kühnen Worten dieses Mannes, der mich entlarvt hatte, weiter zuzuhören …

»Mensch, Atienza … Sie müssen ein Weltmeister der körperlichen Erleichterung sein. Wir haben noch Zeit genug, um über die Illusionsinsekten nachzudenken. Es sei denn, Sie haben bereits eines gesehen. Machen Sie sich keine Sorgen. Wir befinden uns in Zeiten des Wandels. Und der Prunksucht. Die Olympiade, die Museen, die Albernheiten … Der eine oder andere dieser Jungen, die jetzt so eifrig befehlen und organisieren, ist ein ehemaliger Schüler von mir. Manchmal bittet man einen um Rat. Einige von ihnen hören auch lieber zu, als dass sie reden … Aber es wird keine neue Renaissance geben, weil es keinen neuen Geist gibt. In diesem Land haben die Mächtigen schon vor langer Zeit ihren Pakt mit dem Laster geschlossen und versprechen sich keinen Gewinn davon, es durch Tugend einzutauschen. Die Illusionsinsekten sind nicht mehr hoch im Kurs und werden nur noch von denen gesehen, die in der Lüge leben. Doch diese Lüge ist längst nicht mehr die Aureole der giftmischenden Fürsten, sondern der armseligen, skrupellosen Emporkömmlinge. Lentulus hat gewonnen, die erfundene Figur, die selbst wiederum einen Jesus von vollkommener körperlicher Gestalt erfunden hat … Man legt alles daran, die bedrückende Spießigkeit dieser vierzig gescheiterten Jahre zu verwischen, ebenso die Lügen, die man über Leute wie uns verbreitet hat … Einige, Atienza, einige, die sich von nichts aus der Ruhe bringen lassen, werden Illusionsinsekten sehen, böse Engel, jawohl, die sie umkreisen …«

Der Alte öffnete die Arme und sah mich mit vorgespielter Süßlichkeit an, als wäre auch er ein bisschen ein Engel.

»Sie, zum Beispiel … Wen wollen Sie eigentlich betrügen? Japanische Comics … Das große Werk des Sohns eines ehrwürdigen Richters. Dass ich nicht lache. An falschen Funken gibt es genug, aber sie werden kein großes Feuer entfachen. Es wird kein neuer Geist aufleben, denn es gibt schon seit einer Weile keine Größe mehr. Man erteilt Aufträge an die angesehensten Bildhauer, an die bekanntesten Architekten, man ordnet an, Kuppeln auf verfallene Schuppen zu malen, aus ihnen sollen Theater werden. Und was will man in ihnen aufführen? Man plant großkotzige Museen. Und was will man darin einsperren? Wozu? Wie will man so viel sterile Lüge wettmachen? Es wird keine Renaissance geben, glauben Sie mir. Denken Sie nach, Atienza, gehen Sie in sich …«

Na schön. Es würde keine Renaissance geben, und ich würde Victoria so bald wie möglich sagen, dass ich nicht der Sohn eines Richters, sondern eines Maurers war, der im Jahr ihrer Geburt starb, und einer Verkäuferin für Barnabooth-Kosmetik, die früher als Putzfrau und dann als Hausmeisterin gearbeitet hatte. Dass ich ein Banklehrling war. Dass ich nach Francos Tod in seltsame Machenschaften der Marke »rette sich, wer kann« verwickelt gewesen war und für Unverbesserliche gearbeitet hatte, die nicht die Geduld aufbrachten, um auf den rechten Augenblick zu warten, an dem sie ungestraft ihren Raub und ihre Verschwendung weiterbetreiben konnten. Dass ich hätte Präsident werden können, doch am Ende nur die Flucht ergriffen hatte und ein ebenso arm-

wie redseliger Amphetamin-Dealer wurde. Dass ich mich in das Mädchen verliebt hatte, das ihrer Schwester Lügen über mich erzählt hatte, und an ihrem Wunsch, die Zeit festzuhalten und alles Böse zu vergessen, zugrunde gegangen war. Dass ich vor mehr als zehn Jahren meine Familie verlassen hatte und durch miese und melodramatische Telefonanrufe immer wieder in der Wunde bohrte, und dass mir das half, ruhiger zu werden und friedlich zu schlafen. Dass ich ja nicht wisse, was ihr Vater herausgefunden habe, aber irgendetwas würde man ihm schon gesagt haben. Und dass ich wisse, wo die Tür sei. Tschüss dann …

Als Victoria mich dann auf unserer Rückfahr in dem Panda fragte, worüber ich die ganze Zeit mit Octavi geredet hätte, erklärte ich ihr bloß, dass der Gelehrte mir die Unmöglichkeit einer neuen Renaissance auseinandergesetzt habe. Und dass er in mir trotz meines kreativen Gepinsels keinen neuen Leonardo sehe … Und da gebe es noch etwas, das ich ihr nicht länger verschweigen könne. Wenn wir zu Hause wären, würde ich es ihr sagen.

Nach einer Pause schoss es aus Victoria, die sehr nervös war, heraus:

»Ich habe es dir schon x-mal gesagt, Fernando … Er hat viel gelitten. Die Familie seiner ersten Frau hat ihm das Leben unmöglich gemacht. Rafael, der in Madrid, will sich gut mit uns Mädchen stellen, aber ich glaube, er ist nur deshalb so zuvorkommend zu uns, weil er ihn demütigen will. Und Papa ist überzeugt, am Tod meiner Mutter schuld zu sein. Giulia zählt nicht. Für ihn ist sie eine Studentin aus einem Sommerkurs, die schwanger wurde und für die er zu sorgen hat. Stell dir vor, er sich um sie sorgen … Sie vergöttert ihn, aber ich weiß, dass sie für ihn nicht zählt. Und dann die Sache mit Elena. Und alles, was wir durchgemacht haben … Für ihn ist es, als würde ihn das Gespenst Franco, das Drama Spaniens, der Krieg, alles, was danach kam, immer noch im Garten belauern, vor allem seit seiner Pensionierung. Manchmal denke ich über alles nach, und dann fällt mir auf, dass einige Antifranquisten nicht weniger franquistisch wirken als die Franquisten. Sie wollen sich mit niemandem mehr anlegen, davon haben sie genug gehabt. Franco ist gestorben, die Menschen haben sich verändert. Und er sieht überall nur Gespenster. Und dann kommst du und erinnerst ihn an diesen Kampf, den es nicht mehr gibt. Ich weiß nicht, Fernando … Frag mich nicht, wie oder warum, aber du erinnerst ihn daran.« Dann musste sie schlucken, bevor sie mir enthüllte: »Vielleicht, weil dein Vater Richter war und gewisse Leute vertreten hat. Er sagt, er kennt ihn. Deinen Vater …«

»Meinen Vater?« Das konnte ja noch lustig werden.

»Ja, aus den fünfziger Jahren. War dein Vater in den Fünfzigern denn nicht hier? Er sagt, wenn er der Richter Atienza war, dann …«

»Was sagt er genau?« fragte ich arglos, mit aufrichtiger Neugierde. Und trotz meines möglichst unbeteiligten und etwas zögerlichen Tons wurde Victoria nervös.

»Nicht viel … Wirklich, Fernando, er redet viel, wenn der Tag lang ist … Halb im Scherz, halb im Ernst, angeblich soll er ihn denunziert haben, angeblich wollte er eine Rechnung begleichen … Er kann nicht anders, als mir das aufs Butterbrot zu schmieren … Ungefähr so: ›Ich sage ja nichts, aber sieh nur, mit wem du dich da eingelassen hast, ein Geniestreich … Mit den Söhnen der Franquisten, und entschuldige, die können so gut nicht sein, die können so intelligent nicht sein, oder talentiert, was sollen die schon zustande bringen …‹ Aber ehrlich gesagt, von wem sind meine Freundinnen nicht alles die Töchter? Von wem bin ich die Tochter? Ich weiß nicht, warum mich das so mitnimmt, warum ich nicht anders kann, als ihn ernstzunehmen. Er ist doch senil!«

Victoria schüttelte den Kopf. Ich legte ihr den Arm um die Schultern und zog sie zu mir heran, während ich weiter den Wagen durch das städtische Verkehrschaos lenkte und mich zu so hehren Gedanken aufschwang wie ›Das Arschloch, so eine Sau …‹.

»Darum musst du mit ihm nachsichtig sein, Fernando … Beachte ihn einfach nicht. Sie können ihm so viele Auszeichnungen verleihen, so viele Ehrungen organisieren, wie sie wollen, mein Vater wird nie Zufriedenheit erlangen. Die Leute, denen er geholfen hat und die nun einen hohen Posten haben, denken nicht an ihn. Ich meine seine ehemaligen Studenten und so … Er würde gerne dazwischenfahren, sich auf seine Art an ihnen rächen, was weiß ich … Irgendwann muss er einmal gedacht haben, die neuen Zeiten könnten, wenn er eingreifen würde, eine Renaissance, eine neue Ära werden. Aber diejenigen, die ihm die Möglichkeit verschaffen könnten, einzugreifen, erinnern sich nicht mehr an ihn oder an das, was er geleistet hat, was es ihn gekostet hat …«

Ich gab vor, mich sehr auf eine Kreuzung konzentrieren zu müssen, und bat Victoria, mir eine Zigarette anzuzünden. Ich blies den Rauch in die Stille. Der Alte hatte also nicht die leiseste Ahnung, wer ich war. Er mochte mich schlicht und ergreifend nicht und wollte mit seinem Gestichel Zwietracht säen. Vielleicht mochte er auch niemanden und wollte, dass seine Tochter immer so bliebe, wie er sie haben wollte … Die Stille und meine Gedanken zogen sich hin, bis ich, nachdem ich das Auto geparkt hatte, Victoria zärtlich küsste und ihr vorschlug, auf der Terrasse der Bar nebenan noch ein Bier zu trinken.

»Mein Vater glaubt an ein goldenes Zeitalter. Er flüchtet sich in das, was hätte sein können, wie sich sein Leben und seine Ideen hätten entwickeln können, wenn der Krieg nicht gekommen wäre. Und als Entwicklung sieht er – zumindest heutzutage, denn vor dreißig oder vierzig Jahren hat er so bestimmt nicht gedacht – als Erstes ein Katalonien ohne Spanien, danach, noch in diesem Schwung, ein neues Florenz, und gleich darauf würde der Ruhm einsetzen. Alles, was derzeit betrieben wird, findet er scheiße, auf allen Gebieten … Da nichts von dem geschieht, was geschehen müsste, da wir alle Kinder und Enkel desselben Niedergangs und Betrugs sind, die uns vom einzig richtigen Weg abgebracht haben, findet er heutzutage alles scheiße. Für ihn zählt nur, dass die anderen ihn für sein Lebenswerk würdigen. Schön, er findet es scheiße, was du machst. Aber er findet auch scheiße, was ich mache. Und was Elena macht, ihre Gedichte und Lieder … Erinnerst du dich, als ich zu ihnen ging, um ihnen den Scheck zu bringen?« – Wenn Victoria gerade nicht selbst in Schulden erstickte, unterstützte sie ihren Vater. »Als ich ankam, hörte ich meine Schwester Gitarre spielen. Mein Vater las im Salon. Ich gab ihm den Scheck. Er steckte ihn kommentarlos ein. Und als ich mich setzte, sagte er: ›Wenn du die Langzeitfolgen von Drogen nicht kennst, brauchst du dir nur anzuhören, was für einen Krach deine rücksichtslose Schwester macht, da hast du einen handfesten Beweis für die letzte Stufe der Selbstzerstörung.‹ So ist mein Vater … Er hat für nichts und niemanden ein Herz. Gut, Elenas Gedichte und Lieder kann man vielleicht lächerlich oder unreif finden. Aber die Geschichten, die von meinem Bruder Rafael zu uns dringen, sind vernichtend. Er fand es auch nicht gut, was David gemacht hat …« – David Trabal, Victorias Ex-Freund. Soweit ich wusste, ein steiler Aufsteiger im Kultur-Business. Obwohl die Leute, so mein Gedanke, einem oft viel erzählen –, »… und das, obwohl er für David etwas übrighatte, immerhin war er ein Student von ihm … Wie gesagt, für ihn gibt es nur den Krieg und vor dem Krieg und eine Geschichte ohne Krieg, und wie er selbst gelitten hat …«

Und dabei wirft er Münzen in den Trevi-Brunnen … dachte ich. Und ich dachte in einem kurzen Anflug von Sentimentalität an die armen Menschen in meinem alten Viertel auf dem Berg.

Ich sah Victoria an und dachte, dass sie als eine Schönheit gelten könnte, wenn man unter Schönheit die ganze Art zu sein verstehen würde, das Aussehen, der Körper und das Feuer, Finger, die am Saum ihres grauen Minirocks spielten und eine Strähne aus dem Gesicht streiften. Sie senkte das Kinn und wog ihre Worte ab, damit sich niemand angegriffen fühlte, aber jeder wusste, was Sache war.

»Die Reden meines Vaters laufen alle auf eins hinaus. Auf die Erfindung einer idealen Vergangenheit. Später haben die anderen sich verändert, nur er nicht. Er denkt, er sagt immer die Wahrheit. Vielleicht stimmt das sogar. Seine Wahrheit. Sie ist das Einzige, was ihm geblieben ist. Er ist alt, Fernando. Dass er mich nervös macht, nun, das liegt daran, dass ich seine Tochter bin. Aber du?«

»Was soll ich dazu sagen? Ich habe mit diesen alten Konflikten nichts zu tun. Und ich kann und will es einfach nicht hinnehmen, dass dein Vater mich für Verbrechen beschuldigt, die ich nicht begangen habe. Er will mir die Schuld für Dinge aufladen, die irgendwer einmal begangen hat, der sich überdies auch nicht mehr verteidigen kann, weil er nicht mehr unter uns ist.«

Daraufhin schwieg sie, zupfte an ihrem grauen Minirock, den der »Sohn Francos« ihr in einer Stunde herunterreißen würde, um sie mit dem Schlachtruf »Hoch lebe Spanien!« aufs Bett zu werfen. Victoria seufzte, trotz ihrer einundzwanzig Jahre Unglück war sie dank ihres Charakters und ihres Kampfgeists und der Umstände eine fröhliche und sensible Frau geworden, mit Ansichten, die so konservativ waren wie die ihrer Mutter und Großmutter. Und die schrecklich naiv war. Oder zu sehr auf sich fixiert, um hellsichtig zu sein.

Ich sah Insekten, die kleine Wolken unter den Lindenbäumen bildeten, rings um die Laternen der Bar, auf dem Kies der Terrasse, wie sie sich auf dem Nebentisch niederließen. Illusionsinsekten, die sich aus den Bildern lösen und zu einem schwerfälligen Tanz anheben ... Illusionsinsekten, die sich in okkulte Geister verwandeln, in paradoxe, boshafte Engel ... Und ich fand heraus (oder würde irgendwann herausfinden), dass wir sehr wenig sein würden, ohne das, was nicht existierte, aber dass wir auch ruhiger wären. Dass diese Insekten an der Laterne, auf dem Tisch, unter den Lindenbäumen, wenn sie Illusionsinsekten wären, mich niemals in Ruhe lassen würden. Dass vielleicht ich selbst das Illusionsinsekt war, die Illusion selbst.

13

Mein Leser wird mir zustimmen, dass es undankbarere Aufgaben gibt, als der »Ruhepol« einer modernen Frau zu sein. Erfrischende Orgasmen liefern, dezent modisch gekleidet über die Empfänge schlurfen, der sympathische Begleiter sein, der unerschöpflich Hände schüttelt, darin bestand meine ganze Aufgabe, die mich nach und nach zu einer blassen Figur machte. Aus heutiger Sicht erkenne ich voller Sehnsucht, welche Leichtigkeit dieser Zustand damals hatte; aber als ich damals auf den Empfängen den Komparsen mimte, stets ein leichtes Lächeln auf den Lippen, leicht beschwipst und mit bohrenden Gedanken, als ich Kommentare machte, wie »sieht nicht gerade aus wie ein Deckhengst« oder »Picassín hat sich eine Galeristin geangelt« oder »Wenn er sich erhofft, Victoria käme irgendwann mal zu Schotter, kann er lange warten …« oder »Es ist nicht das erste Mal, dass er auf Zuhälter macht, erinnerst du dich …?«, wie ich also tapfer meine Rolle spielte, fühlte ich mich zunehmend lächerlich, und es setzte mir schon sehr zu, dass ich von Victorias schwankender Großzügigkeit abhängig war. In den kommenden Jahren ermunterte mich Victoria immer wieder, mir neben diesen japanischen Comics beruflich noch etwas anderes aufzubauen, denn Vergnügen hin oder her, sie war der Ansicht (vielleicht, nachdem sie Toni Tortosa kennengelernt hatte), ich lebe »von der Hand in den Mund«. Ich hatte ein bisschen das *enfant terrible* machen wollen, als ich ihr gesagt hatte, dass ich vier Studiengänge begonnen und wieder abgebrochen hätte, weil mir die Menschen in den Hörsälen zu hässlich gewesen waren. Doch sie ermahnte mich nur, weiter in die Vorlesungen zu gehen. Ein andermal wollte sie mich dazu bringen, in der Galerie zu arbeiten. Sie stellte mich Verlegern vor. Insgesamt wollte sie mich dazu anregen, mir zu überlegen, was ich eigentlich wollte. Anfänglich rührte mich ihr Bemühen, aus mir einen vorzeigbaren Mann zu machen, gleichzeitig kam es mir verdächtig vor: Hinter ihrem Wunsch, aus mir einen anderen zu machen, stand der Drang, sich selbst zu verändern. Und selbst wenn ich auf ihre Vorschläge leichter Hand eingehen würde, stünde ich früher oder später vor einer Victoria, die nicht mehr die war, die ich kennengelernt hatte, sie würde sexuell locker und eine reife Person sein, die genügend Abstand zu ihrem Vater gewonnen haben würde, sie wäre eine im Beruf erfolgreiche, anerkannte Frau und würde sich mit einem Typen wie Fernando Atienza nicht mehr einlassen. Und wie sollte ich überhaupt mein

Tätigkeitsfeld erweitern, ohne mich zu verraten, ohne irgendwann meine wahre Identität zu enthüllen? Das im Verborgenen gehaltene Leben war mir zur Sucht geworden ... Meine Poesie war das Königreich der Gefühlsausbrüche. Das Delirium, so alltäglich es auch geworden sein mochte, war das, was mich von den anderen unterschied. Immer ein anderer. Im Geheimen flüsternd: »Das ist es noch nicht.«

Wenn ich mein Leben jemandem erzählt hätte, bei dem ich hätte Eindruck schinden wollen, hätte ich hervorgehoben, wie stolz ich auf Victoria war, auf ihre Galerie, auf ihre Kurse an der Universität, die sie seit kurzem gab, obwohl sie noch an ihrer Doktorarbeit saß, oder auf ihre regelmäßige Anwesenheit bei Events in der Kunstszene. Doch ich hatte niemanden, dem ich etwas hätte erzählen können, und so schlitterte ich den Abhang der Lustlosigkeit hinunter. Am Anfang erzählte Victoria begeistert von ihren Erlebnissen, manchmal auch besorgt oder verschwörerisch. Irgendwann erzählte sie nichts mehr, vielleicht, weil meine Reaktionen zu passiv geworden waren oder weil ich bestimmte Signale aussendete, die sie abstießen. Mit der Zeit begann mich Victoria in meiner Schwäche zu verachten, während ich sie weiterhin unverdrossen anhimmelte. Das wollte ich nicht wahrhaben.

Ich dachte mir nicht viel dabei, wenn sie mit irgendwelchen Snobs nach Kassel, Venedig oder Lyon reiste. Gelegentlich holte ich, meiner Rolle treu, Victoria vom Flughafen ab, ich wartete, bis sie ihre Koffer über den spiegelglänzenden Boden durch eine automatische Tür geschleift hatte, mit Ringen unter den Augen und ohne ihre Begleiter, die zu einem Kurztrip nach London weitergereist waren oder noch ein paar Tage für eine Liebesaffäre drangehängt hatten. Ja, ein müdes Gesicht hatte man, wenn man nach einer langen Nacht noch stundenlang an der Hotelbar Kommentare über das extravagante, supermondäne Fest bei Merengano Merenganetti ablassen musste. Schon stand die Vernissage von Perico de los Palotes und seinem »Neo-Nei, Geo-Geo, Ja-Ja« bevor, und Rebeca, die Partnerin der Galerie, war wie immer hoffnungslos überfordert, eine zur Ausstellung passende Einladungsliste aufzustellen. Überhaupt schien sie sich wenig darum zu kümmern, ob es für die Art Kunst, die sie ausstellten, einen Markt gab.

Damals verschwieg ich eine Beobachtung, die ich an Rebeca machte: dass sie kein großes Gespür für das Kunstgeschäft besaß, sich dafür umso mehr von der Missgunst leiten ließ und sich für die Erniedrigung durch ihre Partnerin, die anders als sie ihr Leben im Griff zu haben schien, rächen wollte. Rebeca nahm sich Victoria für alles als Vorbild, sie hatte mit ihr studiert und war mit ihr verreist, hatte sie auf ihrer kurzen, aber intensiven Phase der wilden Nächte begleitet. Diese Rebeca, die sich jede Woche in einen anderen Jungen verliebte, jede Woche eine neue Berufung hatte, übernahm sklavisch alles von ihrem Vorbild Victoria, vor allem die Art, sich zu kleiden, sich zu schminken, aber auch die Meinungen, die sie so, wie sie sie von ihrer Geschäftspartnerin übermittelt bekam, herumposaunte. Tiefe, emotionale Dummheit sprach aus ihrem ganzen Verhalten, ihrem mädchenhaften Schwärmen: Ihre Augen suchten auf Vernissagen in tiefster Verzweiflung nach Kontakt, wie schön, dich zu sehen, was für hübsche Bilder. Rebeca war eine Last geworden, sie bemitleidete sich ständig selbst dafür, neben sich ein Leben aufblühen zu sehen, während sie selbst immerfort von ihrer Schwermut heruntergezogen wurde, gegen die auch Psychiater und Freunde nichts ausrichten konnten.

Eines Abends schlenderte ich durch die olympische Innenstadt, wieder einmal quälte mich der Überdruss an meinem Glück … Wo war das gefühlsgeladene Leben? Wo die einen Spalt geöffneten Türen? Wo war das Mögliche? Ich beschloss, bei der Galerie vorbeizugehen und Rebeca ein wenig Gesellschaft zu leisten. Leere Galerie, gelangweilte Rebeca. Ich holte Kaffee, danach ein paar Gin-Tonics, wir lachten, kokettierten miteinander. Irgendwann gingen wir den einen kleinen Schritt zu weit, wir ließen kurz entschlossen die Jalousie herunter, sodass noch einmal schwach die afrikanischen *Bidonvilles* aufschienen, die der Künstler selbst, Rosendo Mobutu, eine Woche zuvor abgehängt hatte. Dann zelebrierten wir im Hinterzimmer eine kleine, hastige Begegnung, weniger glamourös, dafür aber viel prickelnder als die Party, die zur gleichen Zeit in dem venezianischen Palazzo stattfand, wo sich über Tabletts voller Champagnergläser der Rauch kräuselte. Dasselbe schwarze Ledersofa, auf dem Victoria mir drei Jahre zuvor in unseren Anfängen ihre Nervosität offengelegt hatte, diente nun als Ort, an dem Rebeca und ich uns nun als Nebenrollen im Leben der Chefin Llinàs die Wunden leckten und stöhnend unseren Protest loswurden. Wenn eine Sexualität kriecherisch war, dann die Rebecas. So waren auch ihre Stöhner, als sie sich mit dem Rücken zu mir ankleidete und entgeistert auf den leeren Sessel starrte, als fürchtete sie die Anschuldigungen einer unsichtbaren Victoria, dann untersuchte sie einen Knutschfleck auf ihrem Arm: »Das war ein Ausrutscher, Fernando. Kein Wort darüber. Ein Augenblick, in dem ich den Kopf verloren habe … Sie ist sehr empfindlich.« Unbeschwerte Sexualität, wie noch vor einigen Jahren von manchen Leuten propagiert, gehörte der Vergangenheit an. Konservative Zeiten waren angebrochen. Eine Affäre war wieder etwas Abstoßendes; in den Familien wurden bei Tisch wieder Banalitäten übers Fernsehen ausgetauscht, Duckmäuser, Intriganten und Hausmeister zerrissen sich wieder das Maul über Ehebrüche, und die anständigen Leuten erhoben wieder den Zeigefinger über Trunksüchtige. Die Telefone der Nutten liefen wieder heiß. Ich bin mein ganzes Leben lang ein Dummkopf gewesen.

Der Tag, an dem sich die Ereignisse überschlugen und die Farce ihr wahres Gesicht zeigte, fiel mit der Rückkehr Victorias von der Biennale in Venedig zusammen. Direkt hinter dem Flughafen wurden Victoria und ich zwischen Plakatwände geschleust, die vor dem Olympiabesucher das Elend der Vorstädte verbergen sollten: Wohnviertel aus eintönigen Häuserblocks, deren Fassaden mit dreckigen Schlieren überzogen waren, Pfützen vor den Häusereingängen, Vorhängeschlösser vor den Türen, in einem sechsten Stock steckte ein grobschlächtiger Kerl den Kopf zum Fenster heraus … Victoria erzählte mir, wie kalt es in Venedig gewesen war. Dass wir beide irgendwann einmal dorthin fahren müssten. Diesmal habe sie mich nicht gebeten, sie zu begleiten, weil sie entgegen ihren Berichten über ausgelassene Feste beruflich sehr eingespannt gewesen sei: Zum Beispiel habe Carles Guardiola, ein anderer Ex-Student ihres Vaters, sie gedrängt, doch bald ihre Doktorarbeit zu verteidigen, da im kunsthistorischen Institut ein großer Wechsel bevorstehe; und im universitären Zirkel warte man darauf, bald eine echte Llinàs aus dem Geschlecht der Llinàs' begrüßen zu dürfen. Eine Llinàs aus dem Geschlecht der Llinàs', die zu ihrer intellektuellen Begabung dank ihrer Beziehungen eine steile Karriere machte und es sehr weit bringen konnte. Während Victoria Llinàs mir das erzählte, redete ich mir zum Trost ein, dass Victoria kalt agierte; ich stellte mir – parallel zu meinem Stelldichein mit Rebeca – eine Begegnung zwischen Victoria und diesem Guariola vor, obwohl ich wusste, dass die Tatsache, dass Victoria mit mir zusammen war, der beste Beweis war, dass sie bei ihrer Karriere auf erotische Nachhilfe nicht angewiesen war. Trotzdem ließ ich mich in meiner Eifersucht gehen. Wir gingen direkt in die Galerie, ohne vorher das Gepäck zu Hause abzustellen. Victoria erkundigte sich bei Rebeca über die Verkäufe der Ausstellung (»Multikulturalismus in Barcelona: Rosendo Mobuto. Landschaften aus meiner Heimat«), obwohl sie die Antwort schon kannte: »Wir müssen mal wieder Corleone anrufen.« Was so viel bedeutete, wie dass nichts verkauft worden war. Ich wurde von Tag zu Tag gespannter auf diesen »Corleone«. Zum Ende der Ausstellung würde ein Lieferwagen kommen, und ein Tätowierter aus dem dahinsiechenden sozialistischen Europa würde sämtliche Bilder mitnehmen. Victoria hatte mir nur undeutliche Angaben über ihre Geschäftsbeziehungen zu Sandor Szavost gemacht, diesem komischen Vogel, der möglichst schrille postmoderne Kunstwerke im Dutzend kaufte und der Victoria hin und wieder auf andere Kunstrichtungen stieß, die mehr Umsatz brachten.

Nachdem Victoria die Verkaufsbilanz zur Kenntnis genommen hatte, setzte sie sich an die Arbeit, während Rebeca und ich möglichst natürlich miteinander umgingen, als würden wir tatsächlich nur für die Bewunderung der Frau, von der wir abhingen, leben.

An diesem Nachmittag teilte ich den beiden Frauen mit, dass sie mich für heute los sein würden, da ich mit Toni Tortosa zum

Abendessen verabredet sei. Als Victoria den Namen meines Chefs hörte, brummte sie nur verächtlich. Victoria hatte Toni Tortosa einmal bei uns zu Hause kennengelernt, das hatte ihr gereicht. Er hatte im Kokainrausch erzählt, wie wichtig er sei, auch wenn ihn keiner beachten würde, und dann hatte er noch ein paar, immerhin schmeichelnde Bemerkungen über Victorias Hintern gemacht. Und jetzt brummte Victoria jedes Mal, wenn ich Toni Tortosa erwähnte, und schärfte mir zum x-ten Mal ein, dass ich endlich von diesem schmierigen Angeber loskommen müsse. Rebeca lachte und sah mich an, während ich dachte, dass Toni Torosa, sein dummes Gerede und sein Kokain mein einziger Freiraum in diesem famosen Leben waren, und mich daran erinnerte, wer ich war. Rebecas Blick verriet nichts, was mir nur recht sein konnte, dennoch vermisste ich in diesem Augenblick ein erotisches Knistern. Victoria bat mich, noch einen Botengang für sie zu erledigen, bevor ich in mein idiotisches »Universum Tortosa« abtauchen würde. Ich sollte einen Katalog ins Hotel Rivoli bringen, einem Steve Willard, einem der ausländischen Professoren, Händler oder Kritiker, die immer einmal wieder die Stadt besuchten, um die mediterrane Küche zu kosten, den mediterranen Wein und die willigen mediterranen Frauen. Diese Leute redeten fachmännisch und voller Bewunderung über Gaudí und taten so, als wären sie von allem beeindruckt, und gleichzeitig nutzen sie scharf kalkuliert den Minderwertigkeitskomplex und die tatsächliche Unterlegenheit der Einheimischen aus. Dann reisten sie, ohne etwas zu versprechen, nach Andalusien und gerieten bei den Osterprozessionen erneut ins Schwärmen. Dieser Willard von der Universität in Harvard nahm eine Schlüsselposition für die kulturellen Perspektiven der Stadt ein und vor allem für die Perspektiven Victoria Llinàs'. Willard sollte für eine Untersuchung über das Werk des Architekten Josep Lluís Sert ein Preis verliehen werden; außerdem wollte man ihn für die Förderung herausragender Künstler der Region würdigen. Victoria wollte mit ihm und mit David Trabal, ihrem Ex-Freund, zum Abendessen gehen. Meine Aufgabe bestand darin, diesen Willard zu bitten, doch den Katalog durchzublättern, den

Victoria mir zusammen mit einem Brief gegeben hatte. Victoria wollte den Professor nämlich als Organisator einer Ausstellung für sich gewinnen. Ich bräuchte mir keine Sorgen zu machen: Willard spreche perfekt Spanisch und würde mich hervorragend verstehen, wenn ich nicht gerade wie ein Penner nuscheln würde, was der Richtersohn in seiner wehmütigen Erinnerung an den Slum so gerne tat. Überhaupt habe sie sich schon gefragt, sagte sie mir noch, warum ich in meiner vielen Freizeit nicht Englisch lernen würde.

Im Taxi zum Hotel Rivoli blätterte ich den Katalog durch: *Julio Romero de Torres. Die spanische Wiederentdeckung*. Zerstreut, ohne die geringste Begeisterung, sah ich die Abbildungen durch, die mich an einen Abreißkalender aus den Zeiten der Barackensiedlungen erinnerten. Ich entdeckte, dass Julio Romero gerne lange Beine malte, aus der Gosse wie aus der Oberschicht, ausdrucksstarke Augen, rote Bäckchen, geflochtene Haarknoten. Er hatte Allegorien gemalt, die so kitschig waren, dass einem die Haare zu Berge standen, er hatte düstere Porträts genauso gemalt wie die rassige Dunkelhaarige, verfremdet vom Terpentin. Ohne Groll stieg in mir die Erinnerung an Tomás del Protzo in jenem Nachtclub auf, der irgendwann hatte schließen müssen. Damals hatte er mir Geschichten aus Córdoba erzählt und sich gleichzeitig oral befriedigen lassen; und die Nutten hatten nach seinen Anweisungen und zu seinem Vergnügen auf der Bühne eine Art Porno-Flamenco-Bild nachgestellt … Wie hatte es nur geheißen? Ich erinnerte mich nicht. Damals hatte ich Dora erkannt, die aus meinem alten Viertel, die wir am Tag des Watussi zu Unrecht verdächtigt hatten, obwohl sie untröstlich geweint hatte. Meine vielen Sorgen, versammelt in einem einfachen Katalog, das war nicht möglich. Ich sprach dem Katalog die Qualitäten eines Pornohefts zu, um mich an der Schönheit der Cordobeserinnen zu erhitzen, und warf dem eitlen Maler seine zügellose Geilheit vor. Schließlich erschienen mir sämtliche Bilder wie eine Rückkehr zu jenen Morgenstunden im Jahr '77 mit Tomás del Protzo, kurz bevor sie mich drängten, wieder der zu sein, der ich war. Und diese

Wirklichkeit setzte ich zu anderen in Verbindung. Zu dem Abend, an dem ich in Victorias Galerie auf meiner ersten Vernissage war, zum ersten Mal in der Rolle des offiziellen Freundes der Gastgeberin, noch etwas schüchtern, ein wenig angewidert von der für damals typischen Versessenheit auf Design. Ich vergrub mich ins Büro und blätterte in einer Kunstzeitschrift. Bevor Victoria in ihrem eleganten und modernen sibyllinischen Gewand sowie das Stimmengewirr und die Lacher der Gäste zu mir hereindrangen und sie mir mit einem Lächeln sagte: »Sie wollen dich kennenlernen ...«, als ob es unter ihnen einen Einzigen gäbe, der nicht schon wusste, wer ich war, hatte ich *Diana und Akteon* von Parmigianino entdeckt, dasselbe Bild, das als Fresko in Fontanellato in Italien zu sehen war und, natürlich nicht so künstlerisch wertvoll, im Obergeschoss des Boston's, dem Bordell, in das ich am Tag des Watussi hineingeraten war. Die Fresken stellten die Verwandlung von Akteon in einen Hirsch (und somit in die Beute seiner eigenen Hunde) dar, als Strafe dafür, dass er die Schönheit und Tugend der Göttin Diana geschändet hatte; etwas anderes tat ich im Grunde mit Victoria auch nicht. Warum hatte mich Pepito damals dorthin geführt? Damit ich irgendwann einmal im Leben diese bemalten Wände sehen würde? Ich schloss die Augen und hätte mich nicht gewundert, mich, nachdem ich sie wieder geöffnet hätte, am 15. August 1971 wiederzufinden, vor diesem Wandgemälde in dem Bordell. Wünschte ich mir das?

»Warum hast du die Augen zu?«

An jenem Abend der Vernissage (»Lluís Salat-Dolç: *To war or not to war* Rucksäcke«) schlug ich die Augen auf und sah Victoria, die in ihrer ganzen Schönheit auf den Tisch zukam. Sie warf einen Blick in die Zeitschrift, setzte sich auf meinen Schoß und sagte:

»Weißt du, dass mein Urgroßvater, der Reiche, ein Geheimzimmer mit solchen Gemälden hatte? Man hat es bei der Renovierung des Hauses entdeckt, als einige Zwischenwände versetzt wurden. Mein Vater besuchte mit meinem Großvater die Baustelle, da sahen sie es. Er hat es mir immer wieder erzählt. Die Gemälde waren auf einmal da, wie hergezaubert. In leuchtenden Farben, die in dem verschlossenen Zimmer konserviert worden waren. In ihm waren nur die Gemälde, und ein riesiges Sofa, und wahrscheinlich noch andere Dinge, über die mein Vater Stillschweigen bewahrt hat … Was sagst du zu meinem Urgroßvater?«

»Was soll ich schon sagen?«

Während Victoria den Arm um mich legte, um ihre Nerven zu beruhigen, fiel mein Blick auf die weißen Seiten eines Bergamo-Hefts und den silbrigen Glanz des Faber-Castell-Bleistifts (als Victoria und David Trabal noch ein Paar waren, haben sie sich solche Geschenke gemacht). Fast wollte ich schreiben: »Wie sieht gelebte Freiheit aus?« Aber ich hatte keine Lust und ging an der Hand meiner Herrin mit, um die Andeutungen der Möchtegerns und Pseudointellektuellen zu überhören, und währenddessen fragte ich mich, wer diese Zeitschrift dort liegengelassen hatte, damit ICH sie sehen konnte.

Warum hatte mir Victoria von einer ihrer Reisen einen Katalog der National Gallery mitgebracht, von dem einem die *Landschaft in Hamstead Heath* von John Constable entgegenleuchtete, ein Gemälde, von dem ich während meiner zweifelhaften politischen Karriere monatelang eine Kopie hatte ansehen müssen, samt eingefügtem Porträt von Carlos del Cravall und seinem Hund Winston?

Und was war mit Scott? Ein schmutziger Trick, um ein Stadtviertel beziehungsweise die gesamte Altstadt zu säubern. Und was war mit der Kinowerbung, die ich eines Abends mit Victoria gesehen hatte, in der Unmengen an Pkws, aus der Vogelperspektive aufgenommen, über eine weite Ebene fuhren, bis sie schließlich ein monströses W bildeten? Nein, mein Leser, ich wartete nicht ab, bis das Jubiläum der Marke Volkswagen eingeblendet wurde, sondern stieß einen Schrei aus, auf den hin das ganze Kino in Gelächter ausbrach und Victoria verwirrt und beschämt dreinschaute. Und was war mit dem Logo der Konservativen, des Partido Popular? War das die Möwe im Flug? Wer hatte sie sich ausgedacht?

Allmählich gewöhnte ich mich an diese Koinzidenzen. Mich ließ nur nicht in Ruhe, dass diese Übereinstimmungen, diese falschen

Verbindungen nie aufzuhören schienen. Um die Nervenanspannung etwas zu lindern, spielte ich mit der Idee, dass ich Victoria auf den Geschmack bringen könnte, selbst Fährten zu legen, wie ihr Vater es getan hatte und später ihre Schwester Elena es tun würde. Weniger Behagen bereitete mir die Tatsache, dass ich mir irgendwann selbst die ernste Frage würde stellen müssen, ob ich wirklich nur mit dieser Idee spielte oder tatsächlich an solche unmöglichen Manipulationen glaubte.

Jetzt saß ich in der Bar des Hotels Rivoli, ich hielt einen Briefumschlag in der Hand, mit dem ich den anderen, den ich soeben aufgerissen hatte, ersetzen wollte. Ich verletzte das Briefgeheimnis nicht, um den Inhalt zu erfahren, sondern um zu sehen, in welchem Ton Victoria sich an Willard wandte. Nicht dass ich eifersüchtig gewesen wäre, aber die Vorstellung, ich müsste irgendwann sagen, »Meine Frau ist mit Willard durchgebrannt, und ich wusste von nichts«, bereitete mir großes Unbehagen. Die Mitteilung war auf Englisch, Spanisch und Katalanisch verfasst. Sie handelte von einer geplanten Großausstellung über ein Jahrhundert spanische Kunst, die von einer besonderen Theorie ausgehen sollte: die Postmoderne als iberische Erfindung.

Lieber Willard:
Wir erwarten dich um neun im Boadas. Bei den Köstlichkeiten des Mittelmeers lässt es sich ungezwungen über diese großartige Idee meiner Freundin und Kollegin Victoria Llinàs plaudern.
David Trabal. Direktor ...
PS: Ich hoffe, dir dann das Interesse und die Unterstützung der *Junta de Andalucía* (Julio Romero), der *Fundación Gala Dalí* und der *Conselleria de Cultura Dalí* (Dalí und Noucentisme) sowie der *Comunidad de Madrid* und des *Ayuntamiento de Cádiz* (Costus) ankündigen zu können. Wir werden kämpfen müssen wie Löwen. Diese Bürokraten sind darauf spezialisiert, mich nichts machen zu lassen.

Ich habe es nicht für nötig gehalten zu erwähnen, von was David Trabal seinerzeit der Direktor war, da ich davon ausgegangen bin, dass mein Leser auf dem Laufenden ist. Wenigstens sei erwähnt, dass David, abgesehen von seiner Beratertätigkeit in kulturellen Fragen beim Bürgermeister und anderen hohen Beamten in der Stadt, regierte wie Bogart in *Casablanca* in seinem Rick's, und die Stellungen, die unser Mann besetzte, waren von wachsender Bedeutung. Aus Victorias Erzählungen zog ich den Schluss, dass der Stratege Trabal in den meisten Institutionen zwei Phasen durchlief: a) »Ich bin noch nicht richtig angekommen« und b) »Sie lassen mich nichts machen«; Momente/Simulationen (um in Trabals Jargon zu sprechen), in denen David Trabal bei allen möglichen Arbeitsessen den verschiedenen Beamtenanwärtern und Künstlern, seinem Manipulationsmaterial also, Ansprachen hielt, um ihnen hinterher – in dieser an Wirksamkeit nicht zu übertreffenden Reihenfolge – Versprechungen zu machen, sie zu verführen, zu drohen, ihnen auszuweichen und sie schließlich zu vergessen. Wenn er mit einem Rivalen derselben Hierarchieebene einen Streit über Kompetenzfragen vom Zaun gebrochen hatte, ging er meist als Gewinner, oder zumindest ohne Verlust, aus dem Konflikt heraus. Doch es würde nicht mehr lange dauern, da würde Trabal sich bei einem dieser köstlichen Duelle in den oberen Sphären der Kulturwelt in seinem Kalkül verrechnen, er sollte wie der sprichwörtliche gefallene Engel zum Sturzflug ansetzen und fortan als ermahnender Besserwisser in Gesprächsrunden in Radio und Fernsehen sein Erdendasein fristen. Heute sprechen wir von David Trabal als von einem Gescheiterten und hegen den Verdacht, der Schlusspunkt hinter sein Leben sei in der Zeit des »Falls Amparito« gesetzt worden, der ganz Madrid und fast ganz Barcelona für über eine Woche in Atem hielt. Aber bis zu seinem Niedergang war es bekanntlich noch eine ganze Weile hin.

Was ich an jenem Nachmittag in der Bar des Hotel Rivoli aus dem Kärtchen über David Trabal erfuhr, war noch nichts im Vergleich zu dem, was ich noch erfahren sollte (seien Sie nicht verärgert, mein Leser, ich selbst habe mich für meine geschraubte

Rhetorik auch schon geohrfeigt). Vier Jahre lang war der vierzigjährige Trabal der Freund der zwanzigjährigen Victoria Llinàs gewesen. Die Freundschaft Lehrer/Schüler mit Octavi, ihr Geschmack, ihre unerschütterliche Sympathie hatten dazu geführt, dass er (so zumindest erklärte es Trabal vier Jahre später Victoria) das Brudersein mit Liebe verwechselt habe, und sie sagte (so würde Victoria es mir demnächst erklären), »ich habe keinen Grund zu sagen, dass er kein toller Hecht ist, aber aus der Nähe ist er schwer auszuhalten. Lach nicht, Fernando, ich sage das ganz im Ernst.«

Was Victoria mir hingegen nicht verraten hatte, waren ihre amerikanischen Pläne; aber das war in der letzten Zeit normal: Aus ihrem betriebsamen Leben erfuhr ich nur beläufig etwas, das meiste enthielt sie mir vor.

Aber genug der Klagen.

Am anderen Ende der Bar saß ein Mann, der den geduldigen Barmann Eddy damit zuquasselte, dass er nicht zu denjenigen gehöre, die überall behaupten, nichts gegen Neger zu haben, dass er sich auch niemals anmaßen würde zu behaupten, die Neger würden sich alle kennen, und alle Neger würden im Showgeschäft, Sport oder Gastgewerbe arbeiten, denn so sei es in seinen, den Augen eines heterosexuellen, weißen Protestanten, aber er gebe zu, dass die Neger manchmal sein feines Ohr mit großartiger Musik erfreuen oder ihm etwas zu trinken servieren würden. Der Mann also, der eine solche Behauptung nach der anderen abließ und wie ein Rodeo-König aussah, wurde schließlich seiner Litanei überdrüssig und bat mich, nachdem er mich gemustert hatte, den Katalog von Julio Romero de Torres durchblättern zu dürfen. Ich ging unterdessen zur Rezeption und fragte nach einem gewissen Steve Willard.

»Er ist an der Bar«, sagte man mir.

Nachdem ich mich unter den Touristen umgesehen hatte, die tief eingesunken in den Sesseln um einen Flügel, auf dem zum Glück niemand spielte, lungerten und an ihren Getränken schlürften, kam ich zu dem Schluss, dass Steve Willard und der redselige

»Rodeo-König« ein und dieselbe Person waren. Ich ging zu ihm. Willard gab mir den Katalog zurück.

»Ein rechter Scheiß, den dieser Scheißmaler malt«, urteilte er.

»Sie brauchen nicht alles doppelt zu sagen, mein Herr. Damit heimsen Sie sich kein Lob für Ihre hervorragenden Spanischkenntnisse ein«, verkniff ich mir zu sagen und erinnerte mich daran, dass Victoria mir aufgetragen hatte, nicht vulgär zu werden. Ich reichte ihm also wie befohlen den Umschlag, begleitet von den möglichst salbungsvollen Worten: »Der Katalog ist ein Geschenk, er gehört zu diesem Brief, den ich Ihnen überreichen soll.«

Während er den Umschlag aufriss, den ich erst vor wenigen Minuten zugeklebt hatte, fühlte sich Willard bemüßigt, mir aus seinem Leben zu erzählen. Er musste ein leistungsstarkes Hirn haben, denn er vermochte es, gleichzeitig das Exposé zu »Der Raum der Prädesokultation: die iberisch-mediterranen Ursprünge der Postmoderne« zu lesen. Offenbar war er es nicht gewöhnt, sich aufzuregen, denn anstatt seinen Atem einzuteilen, keuchte er wie ein Wildschwein:

»Ich habe fünf Jahre in Spanien gelebt. In der Hauptstadt, in Madrid. Eine Höllenstadt. Immerhin konnte ich immer mal wieder in diese wunderschöne Stadt hier fahren, in Ihre Stadt, nehme ich an, die Stadt meiner Träume. Ich bin nach Spanien gegangen, weil ich in die Morde des Manson Clans verwickelt war. Das muss Sie nicht überraschen. Nachdem ich mein Studium in Harvard beendet hatte, wollte ich mich im glücklichen Kalifornien in der Gegenkultur suhlen und freundete mich mit einem Musiker an, der einmal beim Manson-Clan Gast hatte sein dürfen, gegen Sexdienste. Manson als falsche diabolische Figur interessierte mich. Während alle in ihm eine Art Guru sahen, war er für mich einfach ein Arschloch, wie man in Madrid sagen würde. Ich setzte mich also hin und schrieb ein Buch über ihn und seine Ruhmsucht. Mit Manson hatte ich mein Thema gefunden. Die Lüge der Spiritualität in der Generation des Fernsehens, der wohlhabenden Vororte und Einkaufszentren. Wehrlose Kinder, die von einem gemeinen Verbrecher betrogen wurden. Ich hatte klassische Bildung genossen, auch wenn ich wie ein Karnickel gerammelt habe, und das alles … In gewisser Weise war ich ein Pionier …« Willard unterbrach seine Erzählung und schrie auf, als spürte er auf einmal einen stechenden Schmerz: »Okultation? Desokultation? Prädesokultation? Eine gequirlte Scheiße!«

Er hatte das Exposé fertiggelesen, schien mir jedoch weiter sein Leben erzählen zu wollen und ging daher noch einmal mit verärgerter Miene an den Anfang zurück:

»Als Mansons Leute Sharon Tate und all die anderen in der Cielo Drive ermordeten, blieb mir nichts anders übrig, als über den Teich zu flüchten, denn Manson hatte ein Kopfgeld auf mich ausgesetzt. Sie hatten ein merkwürdiges W auf einer Leiche entdeckt, und alle schienen daraus zu folgern, dieses W würde sich auf mich, Willard, beziehen. In Madrid ging ich in eine Sprachenschule und unterrichtete meine Sprache. Aber da ich weitreichende Kenntnisse in Kunst, Literatur, Geschichte und anderen humanistischen Fächern besitze, fand ich sofort Anschluss an die antifranquistische Kulturelite. Wunderschöne Landhäuser mit Swimmingpool in den Bergen, wunderschöne Schiffe an der Küste … Ein paar Jahre nach Francos Tod bin ich in die Staaten zurückgekehrt. Nicht wenige dachten, ich sei es gewesen, der Francos Stecker rauszog, der, wie man so sagte, die entscheidende Voraussetzung für die *transición*, wie Sie die Übergangszeit nennen, geschaffen hatte, denn man fand überall merkwürdige Ws an den Wänden, die mich angeblich verrieten … Ich fürchtete, Manson oder einer seiner Schlächter stünde dahinter und verfolgte mich, also ging ich wieder zurück nach Amerika. Seit 1979 unterrichte ich in Harvard, organisiere Ausstellungen in einem der Museen dort und bin einer der Großen des Kulturlebens. Und ich beobachte, dass die Gegenkultur, die mir irgendwann so verhasst gewesen war, sich in Neopuritanismus oder Paranoia verwandelt hat, was ungefähr auf dasselbe hinausläuft. Lassen Sie es sich gesagt sein: Die Freidenker bereiten die Revolutionen vor, aber durchführen tun sie die Puritaner. Und die Puritaner haben nur den Wunsch, das Klima der Repression, der Denunziation wiederherzustellen, das Leben wieder unlebenswert zu machen. Jetzt sind alle Puritaner. Die Rechte wie die Linke … Puritaner. Nichts als Klagen oder Ressentiments oder Vorurteile. Manchmal vermisse ich Charles Manson. Ich habe sogar schon daran gedacht, einen Fanclub aufzumachen.«

Endlich legte Willard die Blätter auf die Theke:

»Dieser Scheiß, den Sie mir gegeben haben, ist echt eine Scheiße.«

»Ich bin nur der Botengänger.«

»Ja, ja, der Botengänger. Für so eine Scheiße. Das ist echt eine Scheiße. Und der Preis, den sie mir morgen verleihen, ist auch eine Scheiße. Ich bin nur zur Verleihung gekommen, weil ich vor meinen Problemen fliehe, viele Probleme, ziemlich schwerwiegende, komplizierte … Früher haben sie einem hier in Spanien andere Preise verliehen. Hat man Sie noch nicht in den Grafenstand erhoben oder zum Duque de Alba ernannt?«

»Die Zeiten ändern sich. Die *transición*, in der man Sie wegen dieser Ws verdächtigt hat …«

Willard sah gleichgültig die Blätter an und unterbrach mich:

»Es wird mir schwerfallen, diesem David Trabal eine Absage zu erteilen. Soweit ich weiß, hat er es veranlasst, dass man mir den Preis gibt. Dieser Gierschlund hat ja nicht lange gewartet, um von mir einen Gefallen als Gegenleistung zu wollen. Mit dreitausend Prozent Zinsen. Der denkt wohl, ein paar warme Worte und ein Abendessen sind genauso viel wert wie eine Ausstellung in … Er kann mir mal den Buckel runterrutschen, wie man in Madrid sagen würde.«

»Hier benützt man den Ausdruck auch.«

»Dann sage ich Trabal, er kann mir mal den Buckel runterrutschen, und übrigens vielen Dank für den Preis, aber verraten tue ich mich deshalb nicht. Dieses Mädchen, sie scheint auch keine große Leuchte zu sein, ist die Schwester eines Freundes von mir, aus meiner Zeit in Madrid. Er war Sozialist und hatte eine ganze Wohnung für sich allein, in der er Scharen von Sozialisten aus Moskau wohnen ließ. Kennen Sie das Mädchen?«

»Sie ist meine Freundin.«

»Aha … Gut. Der Botengänger heiratet eine Intellektuelle. Ich sehe schon, das hier ist eine echte Demokratie. Wirklich, die Zeiten ändern sich. Trinken Sie ein Glas mit mir«, sagte der unerschütterliche Willard, anstatt vor mir die Flucht zu ergreifen. Und weiter: »Unterhalten Sie mich ein wenig. Oder lassen Sie mich Ihnen mein Herz ausschütten, der Barmann hat, glaube ich, langsam genug.«

Ich hatte mich noch gar nicht auf meinen Barhocker gesetzt, geschweige denn etwas bestellt, da packte mich Willard am Revers und sagte:

»Lassen Sie nicht zu, dass in Ihrem Land dasselbe passiert wie in den Staaten, diesem verkommenen Land, mein Freund! Seien Sie so, wie Sie immer gewesen sind. Mystisch, erbarmungslos, verrückt … Die Rose des Feuers! Übergeschnappte Anarchisten sprengen Industrielle in die Luft, die mindestens genauso übergeschnappt sind, und stecken die Kirchen mitsamt der verklärten Geistlichen darin in Brand. Hier ist niemand Opfer der *political correctness*. Botengänger, wissen Sie, was mir passiert ist? Kennen Sie meine Tragödie?«

»Wenn Sie mich loslassen, dürfen Sie sie mir gerne erzählen.«

»Es war vor ungefähr zwei Wochen bei mir am Lehrstuhl, ich nahm mit den Studenten Velázquez durch. Ich erklärte ihnen nicht das, was in den Lehrbüchern steht, dafür lasse ich mich immer zu sehr von der Kunst hinreißen … Ach, Velázquez! Was waren das für große Zeiten! Die Gegenreform, die Inquisition, der Duque de Alba!« – Er keuchte und machte absichtlich eine Pause: »Das Feuer! Meine Erklärung der Malerei von Velázquez und ihrem Verhältnis zur Narratologie in der Werbung war wie immer brillant und klar, intelligent, leidenschaftlich, elegant, treffend, und auch mit dem pikanten Etwas, sodass die Mädchen einen feuchten Slip kriegen. Und wie ich so von Velázquez und der Beziehung seiner Porträts zu den Anzeigen von Benetton rede, lasse ich mich gehen und komme auch auf die degenerierten Könige zu sprechen, auf die kranken Infanten, die geistig Zurückgebliebenen, die körperlich Behinderten …«

»Und auf die Insekten der Illusionsmalerei wollten Sie nicht zu sprechen kommen?«

»Was ist das schon? Absoluter Blödsinn … Ich erzählte ihnen von den Hofnarren, die sich als Prinzen verkleideten, damit die Prinzen etwas zum Lachen hatten und für kurze Zeit Protokoll, Verschwörung und Intrige vergessen konnten. Wie hätte ich nicht über die Zwerge sprechen sollen? Sagen Sie selbst … Kann man über Velázquez reden, ohne die Zwerge zu erwähnen?«

»Vollkommen unmöglich.«

»Deshalb sprach ich darüber. Das ist meine Aufgabe als Dozent. Ich war mutig und sprach. Ich nannte einen der Zwerge von Velázquez Zwerg. Und vielleicht noch nicht mal das. Ich nannte Don Sebastían de Morra einen ›Höfling verminderten Wuchses‹ oder ›einen kleinwüchsigen Menschen, der weiter weg ist, als es uns unser trügerischer Blick zu verstehen gibt‹, oder wie zum Teufel man so was eben sagt. Wissen Sie, was passiert ist? Genau an diesem Tag war einer meiner Studenten besonders empfindlich, er hatte eine Absage auf einen Stipendiumsantrag erhalten, und zuvor schon hatte man ihn nicht in die Basketballmannschaft der Universität aufgenommen. Wahrscheinlich, weil er nicht groß genug war …« – Willard wurde bewusst, dass er sich gerade schon wieder auf politisches Glatteis begab, und stammelte: »Ich meine, wahrscheinlich spielte er nicht gut genug … Die Universität von Harvard hat eine bedeutende Mannschaft, nicht jeder darf dort mitspielen. Na ja, dieser Depp glaubte jedenfalls, dass seine Körpergröße der Grund sei. Zu klein, tja. Da hat er mich denunziert. Dachte allen Ernstes, ich würde über seinen Ausschluss aus der Mannschaft Bescheid wissen, als wäre er auf dem Campus in aller Munde und als wollte ich mich vor dem ganzen Kurs über ihn lustig machen. Der Professorenausschuss verlangte von mir, meine Aussage zu widerrufen, aber ich weigerte mich. Ich erwarte jede Minute einen Anruf der Sonderkommission, die sich mit dem Fall befasst. Und währenddessen sitze ich hier und soll so einen scheiß Preis entgegennehmen. Die *political correctness*! So was könnte hier nicht passieren …«

Obwohl ich keinerlei Mitleid mit Steve Willard hatte, blieb ich zahm, schließlich hatte ich bis zum Abendessen nichts zu tun. Außerdem trifft man so komische Vögel wie diesen Willard nicht alle Tage:

»Kennen Sie das Maskottchen der Olympischen Spiele in Barcelona? Haben Sie es im Kopf? So ein Hund, der aussieht, als wäre er überfahren worden?«

»Originell, mal was Neues. Sehr einfallsreich. So was kann nur in einem Land voller Künstler entstehen, voller Genies, sprühender Köpfe, Hundefreunde und Erpresser ... Nicht wie sechsundneunzig in Atlanta, diesem puritanischen Pflaster ...«

»Moment mal ... Wir sind uns einig, dass Cobi, das Maskottchen, nicht der letzte Mist ist?«

»Nichts, was dieses Land der Träumer hervorbringt, ist der letzte Mist, es sei denn, sie wollen dieses scheiß Land nachmachen, aus dem ich komme. Oder Baudrillard ...«

»Vor ein paar Jahren hat der Künstler, der Cobi entworfen hat, mit ein paar Freunden in seiner Geburtsstadt Valencia zu Abend gegessen. Er sagte, dass diese Stadt wunderbar sein könnte, wenn die Katalanen verduften würden. Er bezog sich auf einen bestimmten Stil, der in den offiziellen Kreisen herrscht, auch in ländlichen Gegenden. Und er sagte, stellen Sie sich das vor, dass Pujol, also der Mann, der uns in ständigem Zwist und Hickhack mit der Zentralregierung regiert, ein Zwerg sei. Ein Zwerg, das hat er gesagt. Und dabei ist dieser Pujol doch eigentlich gar kein Zwerg, noch nicht mal in dem Sinn, in dem sein Amtsvorgänger in der Generalitat de Cataluña von ihm als von einem »mickrigen Wesen« spricht. Können Sie mir folgen? Gut, einer der Teilnehmer dieser ausgelassenen Abendgesellschaft, bei der neben vielen anderen diese dumme Bemerkung fiel – schließlich war man unter sich –, war offenbar kein Freund, denn er veröffentlichte die Bemerkung als Exklusivbeitrag in der Presse. Haben die sozialistischen Freunde des Künstlers, die ihm auch den Preis verliehen hatten, sich dafür eingesetzt, seine Würde zu verteidigen? Sie machten sich die Hände nicht schmutzig. Die Freunde, die ihm den Preis verliehen, mein lieber Willard, sind Experten darin, sich die Hände nicht schmutzig zu machen. Um an der Macht zu bleiben, muss man sich darin üben, nicht zu viel zu wissen, nicht das Bedürfnis zu verspüren, sich als gut informiert zu geben. Ist das nicht Puritanismus? Oder ist das einfach der alltägliche Faschismus, wie Europa ihn erfunden hat?«

»Und wie ging's weiter?«

»Nun, sie haben den Künstler auf der Plaza Mayor gesteinigt.«

»Sie Witzbold.«

»Stimmt. Immerhin musste der Künstler nicht vor einer Professorenkommission widerrufen, um seine Karriere zu retten, er musste auch keine Gegendarstellung in der Zeitung veröffentlichen. Er musste es im Fernsehen tun. In so einer buntgemischten Unterhaltungssendung, vor einem Moderator, der die Rs verschluckt und auch sonst alles von einem Zugereisten hat. Er bat also öffentlich um Entschuldigung, damit sein Maskottchen das Maskottchen blieb und seine Karriere keinen Knick erlitt und alle weiter politisch korrekte Lauheiten vorgesetzt bekommen … Das plattgedrückte Hündchen, die Freude aller Kinder …«

»Was Sie mir da erzählen, ist ja wirklich das Letzte. Katalonien hat es wirklich verdient, unabhängig zu werden. Irrsinnige Anarchisten, irrsinnige Industrielle, Boheme im Blut … Man hat mir gesagt, der Enkel von Picasso treibt sich in den Gassen der Altstadt wie ein Penner herum, und alle geben ihm zu essen und behandeln ihn freundlich, nur wegen seines Großvaters …«

»Picassos Enkel ist traurig und allein vor sechs Jahren gestorben. Tut mir leid.«

Als unsere Unterhaltung an diesem absurden Punkt angelangt war, kam ein Botengänger und reichte Willard ein kabelloses Telefon. Zuerst zitterte seine Hand, dann zitterte seine englische Stimme, schließlich zitterte sein Kinn. Die Sätze, die ich nicht verstand, wabbelten wie Gelatine. In seinem roten Gesicht stand die Angst, aus seinem Mund drang Stöhnen. Der Kollaps bewirkte, dass die Hände ihre Unabhängigkeit erklärten und wild herumzappelten, während sie doch eigentlich nur die Taste suchten, um das Gespräch zu unterbrechen. Schließlich bekam ich das Telefon hingehalten, damit ich irgendwas damit machte, also drückte ich die Taste, auf der »off« stand, und hörte mir sein Jammern an, zu dem Willard, der fast auf mich stürzte, nun anhob:

»Ich soll widerrufen, sonst feuern sie mich!«

»Dann widerrufen Sie eben, meine Güte. Nehmen Sie sich ein Beispiel an dem mit dem Maskottchen …«

»Ich bin doch kein Feigling. Mich hat Charles Manson verfolgt …« Willards Tonfall wurde träumerisch, erinnerte an Hamlet, was einen scharfen Kontrast zu seinem Cowboy-Äußeren bildete: »Was soll ich jetzt machen? Kämpfen? In einem Hotel an den malerischen Ramblas meinem Leben ein Ende setzen? Sind die Attacken und Fallen der Zwerge denn vielleicht politisch korrekt? Oder die Angriffe der Lesben, die Provokationen der Grauen Panther? Die Vorwürfe, die mein feinsinniger Geist ertragen muss, ohne dass ich mit einem simplen Faustschlag die Rechnung begleichen kann?«

Als Willard seine theatralischen Fragen formuliert hatte, stützte er sich mit verschränkten Armen auf den Tresen und grub den Kopf in die behagliche Höhle, die er auf diese einfache, ich würde sagen geniale Weise, geschaffen hatte. Die Klage ging weiter. Eddy, der Barmann, trat zu uns und sagte zu mir:

»*Deus, qui humane substantiae dignitatem mirabiliter condisti, et mirabilius reformasti …*«

»Wie meinen?« fragte ich.

»Ich sagte, Ihr Freund hat nur Orangensaft getrunken, und sehen Sie, wie es ihm geht.«

»Das muss ein Herstellungsfehler sein.«

Ich dachte an Victoria, an ihre tadellose Erziehung, mit der sie es schaffte, dass sich auch ein Unbekannter in unangenehmer Lage in ihrer Gegenwart wohlfühlte. Schließlich war es nicht ganz unmöglich, dass dieser Willard trotz seiner Depression und seiner möglicherweise echten Bedrängnis nach wie vor für uns wichtig war. Vielleicht widerrief er ja doch noch seine Aussage. Oder er kämpfte und siegte. Und würde auch noch dankbar sein.

Im Augenblick war Willard nur für die schwüle Luft auf den Ramblas dankbar, für die Blumenstände, die unter dem Schwefelgestank der sich drängelnden Menge erstickten.

»Sie wollen mich zerstören. Aber nicht mich persönlich. Sie wollen das zerstören, wofür ich stehe.«

»Jetzt erinnern Sie mich an Pujol.«

»Ich stehe für die Freiheit. Für die Freiheit der Hochkultur. Die Freiheit der Eliten. Ich werde alles in Gang setzen, damit alle, die wie ich denken, diesem Unsinn der Multikulturalität eine Absage erteilen. Das Genie ist proteisch. Das Genie ist nicht politisch korrekt. Nehmen Sie Florenz, die italienischen Städte. Das Werk der …«

»Giftmischenden Fürsten?«

»Genau.«

»Um nicht von den Insekten der Illusionsmalerei zu sprechen …«

Verwirrung verschleierte erneut das weggetretene Gesicht Willards, über das sich nun zusätzlich ein Ausdruck von Arroganz legte, sodass man wieder dachte, einen Wahnsinnigen vor sich zu haben, der kurz davor war, durch einen kolossalen Gewaltakt seinem Lebenswerk ein Ende zu setzen.

»Nehmen Sie Sankt Petersburg. Eine sumpfige, ungesunde Flussmündung nahe dem Polarkreis, die sich zu einer phantastischen Stadt entwickelt hat. Und dann kommen die Puritaner und nehmen den Winterpalast ein … Und dann kommen neue Verrückte, diesmal Nihilisten und Puritaner, die alles zerstören, was die freien Verrückten aufgebaut haben. Peter I., genannt der Große. Puschkins Verse galoppieren mit ihm über die beschneiten Marmorblöcke und verspotten Schweden und Finnen. Peter der Große beschloss, dass alle seine Untertanten Europäer werden sollten, und es wurden alle Europäer. Nehmen Sie New York. Die Leichen, auf denen es errichtet wurde …«

»Ganz zu schweigen von dem, der einen fünfzehnjährigen Gesandten des Papstes misshandelt hat.«

»Wer?«

»Sigismondo Malatesta. Der Mentor Alberti, Di Ducios und Piero della Francescas. Neben Judas der einzige offiielle Verbrecher in der Hölle.«

»Was Sie mir da erzählen, ist doch alles der letzte Unsinn.«

Ganz im Ernst: Steve Willard war unerträglich. Stumm begleitete ich ihn auf seinem Stadtspaziergang, ohne seinen Worten zuzuhören, wenn er schwor, ein neues Nationalbewusstsein zu schaffen, dass es infolge seines Rausschmisses aus der Universität zu einem Bruch in der akademischen Welt kommen werde, »der Präzedenzfall Willard« hieß es bei ihm schon, er, ein Fels in der Brandung im Kampf um die Meinungsfreiheit, der Verhinderer einer bevorstehenden Hexenverfolgung. Ich griff auch nicht ein, als er sich den japanischen Touristen, die La Pedrera fotografierten, vor die Linse stellte. Und auch nicht, als er zu ihnen sagte, dass sie, solange es diese scheiß Zen-Gärten gebe, kein Recht hätten, Gaudís Seele zu stehlen, mit einer Technik, die ebenfalls gestohlen war. Ich hörte natürlich auch weg, als er mir die Vorzüge dieses architektonischen Deliriums erklärte, seine Hintergründe, seine Zeit, alles. Ich schreckte erst auf, als wir bereits in der Straße von »NoFun No-Art« standen und Willard auf die Tür der Galerie zeigte:

»Offenbar hat man sogar an diesem Ort mit dem entsetzlichen Namen schon einmal vom ›Präzedenzfall Willard‹ gehört.«

In der Tür stand eine schluchzende, verzweifelte Rebeca. Rebecas Zusammenbrüche waren nichts Neues. Ich wusste auch, wie man darauf zu reagieren hatte. Seltsam war nur, dass sie ihren Zusammenbruch in aller Öffentlichkeit hatte. Ungern erinnerte ich mich an einen Streit, den sie mit Victoria gehabt hatte und bei dem Rebeca mir schließlich in die Arme gesunken war, sodass ich schon hatte fürchten müssen, gleich würde sie Victoria in einer dramatischen Szene unser erotisches Abenteuer beichten. Danach die Hölle, wo ich Judas und Sigismondo Malatesta Gesellschaft leisten könnte.

»Sei sehr vorsichtig, Fernando …«

Rebecas verheulte Augen sagten mir, dass ich mich auf Schlimmes gefasst machen musste. Auf einmal sagte sie in einem anderen Tonfall »Wer ist denn das?«. Doch da hatte Willard schon die Galerie betreten, mit derselben Entschlossenheit, mit der er bald ins Weiße Haus einziehen wollte.

Mir blieb nichts anders übrig, als Willard zu folgen und ihn aufzuhalten, damit er nicht Zeuge meiner ehebrecherischen Aktivitäten würde und ich Victoria nicht in Verlegenheit brächte. Doch als ich den Ausstellungsraum betrat, sah ich zu meiner Verblüffung einen Schwarzen auf dem Boden liegen, aus dessen aufgerissenem Mund Blut strömte, um seinen sich windenden Körper lagen zerfetzte Leinwände. Willard hörte nicht auf zu reden:

»Happening? Body Art? Performance? Alles Quatsch! Der schwarze Mann, attackiert vom heterosexuellen, weißen Protestanten, der sich nicht damit begnügt, ihn zu entwurzeln und zu versklaven, sondern seinen Körper und seinen Geist zerstören muss, wie auf diesen miserablen Ölschinken dargestellt …« Willard hob mit beiden Händen eines der Gemälde auf, beugte sich nach hinten, um Abstand zu gewinnen, rümpfte die Nase und fällte lautstark das Urteil: »Der letzte Müll! Französischer Impressionismus der untersten Stufe, da kann der geistig zurückgebliebene Sohn des Schlachters aus Lille ja noch mehr, der hin und wieder am Sonntag malt, falls er sich erinnert, wo er den Pinsel hingelegt hat! Und die Motive? Warum malen Sie nicht gleich Pferde, die im Mondschein weiden? Verzeihung, Verzeihung …« – Willard wurde immer sarkastischer: »Ich wollte sagen, Zebras. Ich widerrufe. Zebras, die im Schein der Mondgöttin am Fuße des Gottes Kilimandscharo weiden. Und der Uhugott guckt zu und macht ›Uhu‹ wie ein Chorsänger der *Four Tops*. Erzählen Sie mir was von Enteignungen, erzählen Sie mir was von Stammestänzen, erzählen Sie mir was über Folklore, ach, afrikanischer Freund, erzählen Sie mir was, ich habe den ganzen Nachmittag Zeit.«

»Idiot«, röchelte der am Boden liegende Rosendo Mobuto, der heute vergessene Schöpfer von »Landschaften meiner Heimat«.

Den Überfall hätten wir nicht mehr verhindern können, dachte ich. Und ich fühlte eine unbeschreiblich tiefe Erleichterung. Die Anspannung war für Rebeca zu viel gewesen, sie stand noch immer weinend auf der Straße und wartete auf die Polizei. Jetzt stand sie jedoch auf einmal neben mir, zeigte auf die Tür zum Hinterraum und schärfte mir ein: »Sei vorsichtig.« Und ob ich vorsichtig sein würde, schließlich wartete Toni Tortosa auf mich, doch da sah ich Willard die Türklinke in die Hand nehmen und eintreten. Zaudernd folge ich ihm.

Im Hinterraum der Galerie saß Victoria an ihrem Schreibtisch, sie war in keiner Weise bestürzt, dafür umso verärgerter, und führte einen Streit mit einem Typen im Armanianzug, der sie ansah, als wollte er sagen: »Ich finde dich so süß, wenn du dich aufregst, mein Schmusekätzchen …!« Neben ihm stand ein Mann, er hatte das Format eines Panzerschranks in einer mächtigen Kreditanstalt und betrachtete lässig die Neuankömmlinge (Willard und mich) mit einem Blick, den man für leer halten konnte, der aber starr auf ein einziges Ziel gerichtet war.

»Deine Investition gibt dir nicht das Recht, so etwas zu tun. Einfach zu mir nach Hause zu kommen und mich so zu behandeln. Du denkst, du kannst dir alles erlauben, aber da irrst du dich.« – Das sagte Victoria, nicht John Wayne, und ich fiel fast in Ohnmacht. Willard nicht. Er hielt sich bestimmt selbst für John Wayne und fand es eine für ihn maßgeschneiderte Rolle, die bedrängte Dame zu retten. Vielleicht dachte er auch, hier würden sie auch ein Happening aufführen, diesmal mit Künstlern aus Osteuropa.

Ich hörte gerade noch den ersten der Schläge, die Sandor Szavosts Killer alias »Corleone« oder auch Sandor selbst in dieser hitzigen Neuauflage des Kalten Krieges Willard überzogen.

Die Tatsache, dass Victoria in den nächsten Tagen kein Wort mit mir redete, hat nichts damit zu tun, dass ich feige geflohen war. Schließlich war sie der Auffassung, der Zwischenfall mit Sandor Szavost sei ihre Sache und ich könne ihr nicht helfen. Nein, Victoria hatte einen Hass auf mich bekommen, weil es an diesem Abend kein Essen am Meer mit Willard und David Trabal geben würde, bei dem man über vielversprechende Ideen für Ausstellungen plaudern oder die Möglichkeit ausloten könnte, eine Ausstellung an der Universität von Harvard zu organisieren, die später durch die gesamten Vereinigten Staaten wandern würde. Erst, als sie eine Woche später ein Fax von Willard bekam, mit dem er für sein Verhalten um Entschuldigung bat, begriff sie, dass ich am Abend vor der Verleihung des *Premio Ciudad Condal* Steve Willard nicht zu Wein und Drogen verführt hatte, was sie mir glatt unterstellt hatte, sodass ich also an den Ausfällen des amerikanischen Freundes gegen die politische Korrektheit keine Schuld trug. Ich war auch nicht daran schuld, dass der *Premio Ciudad Condal*, mit dem Förderer des kulturellen Lebens gewürdigt wurden, in einem äußerst ungewöhnlichen Rahmen in einer vergleichsweise steifen Zeremonie verliehen wurde: in der Abteilung für Traumatologie eines großen Krankenhauses. Auch schloss ich mich nicht den Stimmen an, die sich darüber mokierten, dass in Zeiten leerer Staatskassen irgendwelche Preise an zweifelhafte internationale Größen verliehen wurden. Auch hatte ich nichts damit zu tun, dass David Trabal in aller Würde damit drohte, seine Ämter niederzulegen, und dass alle ihn beim Wort nahmen. Auch bin ich nicht schuld daran, dass Victorias Schwester Elena, seit Sandor Szavost vor einer Woche die Galerie gestürmt hatte, verschwunden war, was Victoria in unerklärlicher Weise nervös machte. Und schließlich bin ich nicht daran schuld, dass an dem Nachmittag vor den Augen der verstörten Rebeca, der von der Venedigreise müden Victoria und Rosendo Mobuto, der gerade seine nicht verkauften Werke (also alle) abholte, Sandor Szavost in die Galerie stürzte und dass sein Killer in dem Augenblick, als Mobutu ähnliche Anwandlungen von Mannhaftigkeit durchblicken ließ wie später Willard, die Arbeit machte, für die er bezahlt wurde.

Kurzum, mein Leser, ich war nicht schuld daran, dass Victoria Llinàs' Traum einer eigenen Kunstgalerie, der so schnell Wirklichkeit geworden war, innerhalb weniger Wochen vielleicht für immer zerplatzte.

14

Ich hatte noch kaum den Garten betreten, da hörte ich schon den alten Llinàs »die Reihen fest geschlossen« trällern. Auf das faschistische Kampflied folgte eine Lachsalve David Trabals. Der Alte, der denselben Pullover wie immer trug und schon angetrunken war, hielt sich ein Kissen vors Gesicht und verfremdete damit seine Stimme. Sein Schüler schnalzte mit einem Gummiband an einer Mappe und wollte mit dieser dümmlichen Bewegung die Aufmerksamkeit auf sich ziehen. David Trabal sah immer gleich aus, daran hatte auch sein kurzes Madrider Exil nichts geändert: Er trug ein priesterliches Gewand und zog stets die Oberlippe hoch, was elitär wirken sollte, aber immer nur aussah, als würde er etwas Übles riechen.

Aber das alles berührte mich kaum. Seit einigen Tagen fühlte ich mich stark, ich hatte die höchste Stufe der Fiktion erreicht, die reine Poesie, die im Helldunkel der Falschheit verschwimmt.

Vor dem Haus parkte in zweiter Reihe ein Volvo, darin saßen die ungarischen Killer. Sie rauchten Mentholzigaretten, drehten lautstark diskutierend an einem Rubik-Würfel und taten so, als verstünden sie kein Wort, als Victoria ihnen zum x-ten Mal klarzumachen versuchte, dass sie ihre Familie in Ruhe lassen sollten, sonst würde sie die Polizei rufen; und falls sie ihre Schwester suchen würden, warteten sie vergeblich, ihre Schwester sei nicht da. Die internationale Kriminalität hielt ihre nicht sehr schützende Hand über die Llinàs'; trotzdem fand der alte Octavi, der freudig erregt war über die Ehrung, die er bald erhalten würde, noch genug Zeit, um mich durch den Kakao zu ziehen. Trabal, der »sofort in den Flieger gestiegen war«, als er erfahren hatte, was passiert war, »Maestro, ich bin ganz für Sie da«, lachte ergeben.

»Wie viele Unschuldige hast du heute schon verurteilt? Oh, nein, ich verwechsle dich, du bist deinem Vater wie aus dem Gesicht geschnitten …« Ich ließ den Scherz über mich ergehen, ohne eine Erinnerung an einen Vater, der Richter gewesen sein sollte, und drehte den Kopf zur Seite. Mein Blick fiel auf die zur Neige gehende Flasche Anis, dem der Alte allzu sehr zusprach, seine Frau Giulia und seine jüngste Tochter Silvana mussten jeden Abend in der Stille der blauen Stunde den erschöpften Octavi ins Haus schleppen, während der Gärtner auf dem Nachbargrundstück trockenes Laub rechte, sich über die Hecke reckte und fragte, ob er behilflich sein könne. Ich wusste nämlich, dass seit Elenas Verschwinden und seit die ungarischen Killer vor einigen Wochen vor dem Haus aufgetaucht waren, niemand die Polizei gerufen hatte, da man keinen Skandal heraufbeschwören wollte, das war der Hauptgrund, außerdem wollte man Elena nicht in eine noch schlimmere Lage bringen, falls sie tatsächlich in irgendetwas verwickelt war. Natürlich wusste ich, dass Elena, das Sorgenkind, mit ihren dubiosen Kontakten ihre Familie aus der bedrängten Finanzlage gerettet hatte, indem sie Victoria und Sandor Szavost einander vorgestellt hatte.

Das rechnete ich ihr hoch an, und darum war ich auf ihrer Seite. Ich hatte schon früher als diese heuchlerische Bande für die unsichtbare Elena Partei ergriffen. Ich mochte sie, weil sie mich gewarnt hatte, ich wusste nur noch nicht, wovor.

Nach dem »Skandal des Premio Ciudad Condal« machte mir Victoria eine Reihe von Geständnissen. Es tat ihr leid, dass sie in den Tagen, nachdem Willard ins Flugzeug gestiegen war, so hart zu mir gewesen war. Ein bestimmtes Maß an Aufrichtigkeit hielt Victoria für unverzichtbar, und so erzählte sie mir, dass Elena ihr vor einigen Jahren erklärt habe, ein Freund von ihr wolle viel Geld in Kunst investieren. So kam es, dass Victoria dem Anwalt von Szavost den Vorschlag machte, er könne sich als Zwischenhändler für Werke des katalanischen Jugendstils betätigen: Malerei, Möbel, alter Krempel … Der erste Erwerb war ein von Casas gemaltes Porträt ihres Großvaters, was schließlich die wirtschaftliche Bedrängnis ihres Vaters linderte, der sich von dem Geisterhaus, in dem er wohnte, partout nicht lösen wollte, obwohl er mit seiner Rente die Kosten unmöglich bestreiten konnte. So wurde also das Bild, und nicht das Haus, verkauft, und kein Antiquitätenhändler der Stadt erfuhr etwas davon, kein wichtiger Sammler, niemand, der »armer Llinàs« hätte sagen können. Silvana würde im Ausland studieren können, wenn es so weit wäre, Elena könnte eine, zwei oder sogar drei Entziehungskuren machen, und niemand bekäme etwas mit. Victoria würde mit Rebeca eine Galerie aufmachen. Die Galerie war nämlich der zweite Gegenstand des Handels. Szavost würde von jeder Ausstellung die nicht verkauften Stücke kaufen, und im Gegenzug wäre er an allen tatsächlichen Verkäufen beteiligt. Da jeder davon ausging, dass Victorias Geschmack unfehlbar war, würde einer der Künstler schon bald ein Vielfaches des Einsatzes bringen, und Szavosts Investition hätte sich gelohnt. Aus irgendeinem Grund war diesem Szavost jedoch der Geduldsfaden gerissen. An dem Nachmittag, als ich mit Willard ins Hinterzimmer der Galerie platzte, hatte ich nicht hören können, wie Szavost Victoria erklärte, dass es Teil der Abmachung sei, dass er zu jedem Zeitpunkt den Aufenthaltsort Elenas wisse. Daher schlug Victoria so hilflos um sich.

Abgesehen von der Tatsache, dass Victoria es geschafft hatte, jeden gegen Elena aufzubringen, hatte sie nichts unternommen, um den Aufenthaltsort ihrer Schwester herauszufinden, und da kam der verbannte David Trabal gerade recht. Ihre Erfahrung sagte ihr, dass Elena sich an einem möglichst unwahrscheinlichen Ort aufhielt und, falls nicht das Schlimmste eintrat, früher oder später reumütig und mit der zweifelhaften Bereitwilligkeit zu einem Entzug wieder auftauchen würde. Victoria unternahm nichts, außer Martí Oliver, den Bandleader von AvantPop und Ex-Freund Elenas, anzurufen. Doch Martí Oliver wusste nicht mehr beizutragen, als dass er von Elena keinerlei Nachrichten habe und ihr Aufenthaltsort ihm vollkommen unbekannt sei. Treulos, verdorben, verrückt, böse sei sie … Elena pflege Umgang mit den übelsten Gestalten, seit sie mit dieser Freundin zusammenstecke, ja, die mit den Hüten, ja, Mensch, wie heißt sie noch, Elsa, glaube ich, sie war verheiratet (oder nicht) oder zusammen (oder nicht) mit dem Typ, den du dir als Freund geangelt hast. Mehr wusste Martí Oliver nicht. Dann redete Martí Oliver noch ein bisschen über alles und nichts, was wie immer darauf hinauslief, dass er über sich selbst sprach, dass er *Los Persuasores* neu gründen und bald eine Platte aufnehmen werde.

Victorias zweiter Anlauf war an mich adressiert. Victoria hatte im Zimmer der Verschwundenen eine Mappe mit einigen Gedichten und Songtexten gefunden. Die Mappe war mit der Notiz »Für Victoria« versehen und lag für die Finderin sichtbar auf dem Kopfkissen. Victoria sagte mir, dass sie die Texte gelesen habe, aus ihnen aber, abgesehen von dem Üblichen, nichts ziehen konnte: in schlecht ausgezählte Verse gegossenes Selbstmitleid. Und um ehrlich zu sein, habe sie keine Lust, idiotische Mysterien zu lösen, die doch nur immer auf dasselbe hinausliefen: eine unreife Fixerin, die auf Teufel komm raus Aufmerksamkeit erregen will, weil sie alle ihre glänzenden Aussichten auf eine vielversprechende Zukunft verspielt hat. So sprach dieselbe Victoria, die kurz zuvor noch ein Loblied auf jeden Menschen gesungen hatte, der eine dunkle, unergründliche Seite besaß. Diese Frau, die mir in ihrer Doppelgesichtigkeit zunehmend fremd wurde, redete mir ein, dass mir als Ex-Freund der Frau, die ihre Schwester verdorben hatte, und als Kenner des Milieus diese marginalen Texte sicher etwas sagen würden.

»Außerdem hat Elena den Wunsch geäußert, dass du sie liest. Sie hat immer nur Gutes über dich gesagt, das weißt du …« Ich wusste auch, was Victorias Augen mir mitteilten, während sie sprach: lau gewordene Leidenschaft, wachsende Schwierigkeiten, mich zu ertragen.

»Viel unternommen, um mich kennenzulernen, hat sie nicht«, spielte ich den Unbedarften.

»Mir hat sie gesagt, sie wolle nicht deine Erinnerungen an Elsa aufwühlen.«

Sie gab mir einen Stapel Blätter zur Durchsicht. Beim Lesen der ersten Seite, die offenbar das Titelblatt sein sollte, stellten sich mir die Haare auf: »Die Angst ist mein bester Freund, er wird nicht früher sterben als ich (wie jener Hund).« Eine spitze, verschlungene Schrift, von der man nicht auf ihre klassische Schönheit schließen konnte, die ich hin und wieder auf einer Fotografie erhascht hatte. Auf dem nächsten, mit Maschine geschriebenen Blatt stand das erste Gedicht:

SCOTTS GEBURT

Auf der anderen Seite liegt eine Fabrikstadt, in der,
beschirmt von einem Boss aus Barcelona,
die Revolverhelden gedeihen.
(JORGE LUIS BORGES, *Der Tod und der Kompass*)

Hier sind wir. Das Opfer sinnt
über Scotts ärmliche Geburt
vor der Stadt. Baracken, wo
furchteinflößende Revolverhelden
beschirmt von einem verrückten
Boss aus Barcelona
gedeihen.

Du bist außer dir, beiß die Zähne zusammen.
Atme, bitte, Meeresluft.
Stiftet auf andere Weise an
den sanften Niedergang, auch wenn das
die großen Familien
mit einer großen Vergangenheit bestreiten.

Die Zukunft, die Zukunft in Brand stecken.
Sie an der Hand nehmen und die Straßen überfallen.
Scotts Hand. Um sich zu erfinden.
Schlange stehen um Scotts Hand.

Dein Blut in seinem Körper, so die bescheidene Bitte.
So wird vor meinen Augen Scott geboren.
Wir bewegen uns jenseits von ALLEM.
Erfinden die Stadt. Errichten ein
Reich, in dem Lust und Glückseligkeit herrschen.

So viel verlorene Jugend. Das Leben
vergossen …

Ich konnte Victorias Missfallen (immerhin organisierte sie Ausstellungen mit gegeißelten Mickymäusen) an der lyrischen Ader ihrer Schwester nicht teilen. Dieses erste Gedicht ging einen Schritt weiter als die Prosa von willensschwachen Underground-Textern: ein weit ausholender Schritt auf der langen Reise zum reinen Versmaß. Hatte ich damals mit Gedichtformen etwas am Hut? Natürlich nicht, mein Leser. Mir hüpfte einfach das Herz. Ein Indiz nach dem anderen kam zum Vorschein, das gab mir die Hoffnung, dass sich diese ineinander verwobenen Koinzidenzen bald entflechten würden; die Auflösung stand unmittelbar bevor. Endlich die Lügen überwinden, die falschen Fährten, und damit die Angst.

Wer war der Autor dieses Gedichtentwurfs? Elena? Elsa? Ich selbst? Borges? Ich las die Erzählung des Argentiniers, die Elena als Epigraph *Scotts Geburt* vorangestellt hatte, in der Hoffnung, eines der vielen Rätsel zu lösen, die die Familie Llinàs zu einem so sonderbaren Grüppchen und mein Leben so absonderlich machten. Vielleicht verfolgte Elena tatsächlich die verborgene Absicht, mir eine verschlüsselte Botschaft zu übermitteln, denn *Der Tod und der Kompass* erzählte die Geschichte eines Mannes, der beim Enthüllen eines Rätsels dem Tod begegnet.

Das ist die Handlung: Dandy Red Scharlach hat Lönnrot eine Falle gestellt. Denn Scharlach kennt die Neigung seines Rivalen, sich in Mysterien hineinzudenken, er ahnt etwas von seiner Fähigkeit, sich in Fiktionen einzuschleusen. Die Schlinge zieht sich immer weiter zu, mittels drei imaginierter Verbrechen von kabbalistischer Undurchschaubarkeit. Scharlach drängt seinen Rivalen nun mit Tricks und Hinterhalten dazu, sich auf die Suche nach einem geheimen Namen zu begeben, um den Mörder zu finden.

Im Laufe der Erzählung freut Lönnrot sich über die Trefferquote seiner Intuition, zieht gegen jede kriminalistische Logik den Schluss, dass es zu einem vierten Verbrechen kommen wird.

Seine Hypothesen führen ihn zu »der leerstehenden Villa Triste-le-Roy«.

Und wo liegt dieser Ort? »Im Süden der Stadt meiner Geschichte fließt ein trübes, lehmiges Flüsschen, geschändet von Abwässern und Kehricht. Auf der anderen Seite liegt eine Fabrikstadt, in der, beschirmt von einem Boss aus Barcelona, die Revolverhelden gediehen.« An diesen Ort gelangt Lönnrot, beim Betreten der Villa ist er überrascht: »Von nahem gesehen, schwelgte das Haupthaus des Anwesens Triste-le-Roy in unnützen Symmetrien und manischen Wiederholungen: Einer eisigen Diana in einer modrigen Nische entsprach in einer zweiten Nische eine andere Diana …«

Ich war fasziniert. Wieder waren da die Symmetrien. Aufgrund dieser wiederholten Dianas hielt ich es für möglich, dass Elena das Strickmuster meines Lebens kannte. Eine Diana im Boston's am Tag des Watussi; eine weitere Diana in der Kunstzeitschrift auf Victorias Schreibtisch, wie eine Achse; eine dritte Diana, von der sie erzählt hatte, auf einer verborgenen Wand im alten Familiensitz der Llinàs' in der Altstadt. Dann das Viertel. Der Boss aus Barcelona. Die Symmetrien, mein Leser. Und die Halluzinationen.

Aber ich fahre fort in *Der Tod und der Kompass*. Lönnrot betritt das Haus, er ist überrascht von seiner seltsamen Aufteilung. Er steigt ins Obergeschoss, und das Haus erscheint ihm »unendlich groß und immer noch wachsend«. Die folgende Stelle nun setzt Borges in Anführungszeichen, er schreibt: »›An sich ist das Haus nicht so groß‹, dachte er.

›Die Dunkelheit, die Symmetrie, die Spiegel, die vielen Jahre, meine Unvertrautheit, die Einsamkeit lassen es größer erscheinen.‹«

Mein Leser, das könnte mein Epitaph sein. Und das von Lönnrot, der über eine Wendeltreppe den Erker erreicht. Dort fallen zwei Männer über ihn her. Einer von ihnen ist Red Scharlach. Lönnrot fragt ihn: »›Scharlach, suchen Sie den Geheimen Namen?‹«

Nicht doch. Scharlach will Rache für eine Verletzung, die man ihm zugefügt hat, und die Festnahme seines Bruders nehmen. Die Bestandteile von Scharlachs Rache sind »ein toter Häresiologe, ein Kompass, eine Sekte des 18. Jahrhunderts, ein griechisches Wort, ein Dolch, die Rhomben einer Farbenhandlung«. Zwei Verbrechen (im Norden und im Osten), ein Scheingefecht im Westen und eine Falle im Süden, damit Lönnrot Gottes Namen auf die Spur kommt, dem Tetragrammaton, JHVH. Lönnrot geht in die Falle.

Am Ende bin ich mir nicht sicher, ob es nicht ein billiger Trick ist, um Zeit zu gewinnen, wie in einem schlechten Film, wenn der in die Enge getriebene Held auf einmal ausufernde Fragen stellt und eine Wendung in der Klimax zugunsten des Helden eintritt. Wie auch immer, der unterlegene Lönnrot warnt Scharlach, dass er ihn das nächste Mal töten werde, mit Hilfe der geraden Linie; einer Art griechischem Labyrinth, in dem sich die größten Philosophen verirrt haben und wo sich ein Detektiv schon auch verirren kann. Nein, das ist kein Trick: Lönnrot scheint wie ein blinder Gläubiger von der Irreversibilität der Durchführung überzeugt zu sein. Er will den Tod auf ewig hinausschieben, vorausgesetzt, er bekommt eine zweite Chance.

Als Lönnrot sein Anliegen vorgetragen hat, macht ihm Scharlach mit unendlichem Sarkasmus das Versprechen. Dann schießt er.

In Lönnrot hineinversetzt, wandte ich mich wieder dem Gedicht »Scotts Geburt« zu. Wen konnte Elena damit ansprechen außer mich? »Außerdem hat Elena den Wunsch geäußert, dass du sie liest …« Ob Victoria etwas gewusst hat? Dass Victoria eine verborgene Absicht haben konnte, schloss ich aus. Sie war schlau, aber unbedarft. Sie war aufrichtig. Ihre geraden Linien waren nicht Labyrinthe, sondern Autobahnen. Mit Geheimniskrämerei hatte sie nichts zu tun. Schaukämpfe waren nicht ihr Stil. Also gut. Für mich stand fest, dass Elena meine Lebensgeschichte kannte, die proteische Natur einiger wirklicher oder imaginärer Personen, die im Lauf der Jahre meinen Weg gekreuzt hatten. Selbstverständlich wusste sie, dass ich nicht der Sohn eines Richters war, sie wusste von der Dreistigkeit meines Schwindels. Und dabei hatte ich darüber geschwiegen. Ich brauchte jetzt eine Vertrauensperson, der ich sagen konnte, dass niemand anderes das Gedicht interpretieren dürfe. Unter anderem wies es mich darauf hin, dass ich bei dem, was ich am Ende meiner Suche finden würde, höchste Vorsicht walten lassen sollte.

Ich las den Rest des Gedichts noch einmal genau auf weitere verborgene Hinweise durch. Die Adjektive, mit denen Elena die Borgeszitate abgewandelt hatte, hatten nicht nur die Funktion, das Versmaß aufzufüllen, sie zeigten auch, was für tiefe Einblicke SIE in MEINE Geschichte hatte. Die »ärmliche« Geburt konnte ein Verweis auf die klägliche Finte der Polizei sein, als die Figur »Scott« zum zweiten Mal geboren wurde und in den Zeitungen auftauchte. Die »Baracken« als zusätzliche Angabe zu der Gegend, der Fabrikstadt. Von den »furchteinflößenden« Revolverhelden – als ob es sympathische gäbe! – übersteigt einer, ein Tänzer mit mythischer Aura, die Züge eines einfachen Mörders. Schließlich das Wichtigste, der »verrückte Boss aus Barcelona«. Diese letzte Abwandlung ist sehr bedeutungsvoll: Auch wenn in vielen Geschichten Bosse als verrückt beschrieben werden, das »verrückt« in dem Gedicht war ein Geschenk an mich.

Und was erzählte mir der Rest? Die Gründung eines Mythos, genannt »Scott«. Damals hatten die Ordnungskräfte den falschen Scott bereits festgenommen, die Nachricht war in den Zeitungen bereits erschienen. Aber die Quelle von Elenas Scott war Elsas Scott. Eine von beiden, oder auch beide, hatten das Gerücht in den betreffenden Stadtvierteln in Umlauf gebracht, ein Polizist hatte aufgeschnappt, dass es einen Mann namens Scott gäbe, und irgendwann hatten die Ordnungskräfte oder jemand aus ihren Kreisen die Sage von einem Verbrechen, von Panik, Aufstieg und Fall in die Welt gesetzt. Eine urbane Legende, die nachträglich als Nachricht sanktioniert worden war. Aber die Eigenschaften von Elsas oder Elenas Scott verwiesen nicht auf einen Matrosen, der von einem ausländischen Schiff stammte, sondern vielmehr auf den Watussi. Auf den Watussi, der die Coupé verrückt gemacht hatte. Die Coupé wiederum war eine Vorwegnahme all der Elsas und Elenas, nur dass Letztere, so zumindest dachte ich damals, einem Trugbild von Leidenschaft folgte, nicht der Leidenschaft selbst wie jene Coupé, diese angebliche Mutter Pepitos.

Ich komme zurück zu dem Gedicht, zu dieser Geburt. Die Dichterin flieht vor dem Leben, das ihre Familie für sie vorsieht, in eine eigene Zukunft, »an Scotts Hand«. Sie »steht Schlange für Scotts Hand«. Ich wusste, dass »Schlangestehen« der Ausdruck der Junkies war für die typischen Ansammlungen von Menschen, die in den Gassen der Altstadt auf einen Dealer warteten. In dieser Schlange standen alle, deren tägliches Ritual das Warten war. Die Zeit verstrich, offenbar hatte die plötzliche Nachfrage den Dealer verschreckt. Daraufhin stellte sich ein anderer Ritus ein, spiralförmig, die Junkies tanzten wie verstörte Bienen auf der Suche nach ihren täglichen Pollen. »Die Schlange« löste sich auf. Alle gaben vor, eben woanders zu kaufen, da der Dealer sich nicht zeigte; und dabei wussten alle, was keiner aussprach, dass der Dealer in dem Augenblick, da die Schlange sich auflöste und nur die Hartnäckigen noch da waren, erscheinen würde. Alle taten, als gingen sie weg, und kamen nach kurzer Zeit wieder. Für eine Weile leerten sich Gasse und Eingänge, doch die Anspannung lag noch immer in der Luft. Dann kamen die Junkies wieder. Die Schlange bildete sich neu. Der Dealer war wieder abgeschreckt. Und so ging es jeden Tag, ob Regen oder Sonnenschein. Das also war die Schlange, in der die standen, die die Stadt erfanden, die jenseits von allem wandelten, ein Reich der Lust und Glücksseligkeit errichteten (ein anderes verstecktes Zitat), ihre Jugend vergeudeten und ihr Leben vergossen (wieder ein halbes Zitat, doch ich will keinem auf die Nerven gehen).

Somit ist »Scott« ein zweifacher Mythos. Aus der Notwendigkeit geboren, verschafft er Lust und zieht Schmerz und Zerstörung nach sich. Nebenbei kommt mir die schlaue Elena auf die Schliche.

Das nächste Gedicht schien weitere Indizien zu beinhalten, auch wenn es vielleicht nur der Schattenwurf eines Geständnisses war:

MEIN HAUS BRINGT NICHT
SOLCHE FRAUEN HERVOR

»Wenigstens werde ich noch sehr berühmt«,
sagte er mir am Strand und ging.
Aber es war Scott. Mein süßes Haus
bringt nicht solche wilden Frauen hervor.

Ich klage zeternd wie ein Püppchen
und kehre immer ruhig, verstellt
an den Mittagstisch mit den kunstvollen Kelchen zurück.
Stille. Ein angedeutetes »Hier passiert nichts«.

Schließlich verkaufte Papa, angeblich sehr gut,
das große Bild: eine vornehme Pose.
Die Hände im Schoß, sieht sie
unter der Ulme im Garten dem Betrug zu.

Der Maler der Unseren unterschlug die Leibesfülle.
Schlanke Frauen,
hochgewachsene Damen, brachte dieses Haus hervor:
Mit zwei Handgriffen hatten sie alles gelöst.

»Der beste Porträtmaler seiner Zeit.
Ein Jammer, dass er Paris verfallen war,
wie dem Absinth, wenn ich es Ihnen sage.«
Und dann zeigten sie auf die Großmutter.

Die Großmutter hängt nun an einem anderen Ort.
Der strenge Ungar oder der unsichtbare Mann,
der mich, umgeben von den blauen Fliesen, gefickt hat.
Schmutzige Zungen, nichts wissende, verdoppeln den Preis.

Scott verschwand, doch er würde »wenigstens noch sehr berühmt« werden (was bedeutete, dass die Nachricht über den erfundenen

Scott bereits in den Zeitungen erschienen war). Die Dichterin oder ihr lyrisches Ich (»verstellt«) erleidet eine Niederlage und kehrt an den Ort zurück, von dem sie hatte fliehen wollen. Dann ist die Rede von dem Verkauf des Bildes. Der Maler des Porträts der Großmutter (Eugenia Salvat de Creixell) war der Künstler Ramón Casas, ein hochangesehener Barceloneser Spätimpressionist, der enge Verbindungen zur damaligen Kulturszene hatte und am Steuer des ersten Automobils, das durch Barcelona fuhr, gesessen hatte.

Da mir nicht das Glück beschieden war, das Bild zu sehen, dessen Verkauf die Notlage der Familie Llinàs auf so beachtliche Weise gelindert hatte, war ich auf das Urteil angewiesen, zu dem ein Kunstexperte am Ende eines Artikels über den Maler kam. Nachdem er sein unzweifelhaftes Talent und seine anfängliche Verpflichtung gegenüber der Gesellschaft aufgezeigt hatte, schrieb der Kritiker: »Dann kamen die Porträts von Damen der Gesellschaft, sie sind langweilig und platt.«

So ein Bild musste es sein. Die sachlichen Angaben in dem Gedicht trugen einen moralischen Vorwurf an die Gesellschaftsschicht in sich: »Vornehme Pose« und »die Hände im Schoß«. In der letzten Strophe hatte sie mir, so vermutete ich, eine Fährte gelegt, denn nun hing »die Großmutter an einem anderen Ort«. Und Elena schlug mir zwei Möglichkeiten vor: »Der strenge Ungar oder der unsichtbare Mann, der mich, umgeben von den blauen Fliesen, gefickt hat.« Auf jeden Fall zwei harte Typen. War der unsichtbare Ficker etwa derjenige, der zur Bedingung gemacht hatte, immer über Elenas Aufenthaltsort Bescheid zu wissen? Ein dicker Fisch im nationalen oder internationalen Kunsthandel? Der Schlüssel? In einem dritten Gedicht suchte ich nach weiteren Angaben:

DER PIONIER SIEHT DIE BEATLES

Du warst dabei zu sterben, Jack, unter dem Rock
dieser Mutter und mehreren hundert Kilo Vergessen,
Wut, Verzweiflung und großem Schmerz.
Und jetzt, da in den Straßen tanzen

All die dümmlichen Jungen und Mädchen,
glücklich, weil es dich gegeben hat,
ohne zu wissen, dass es dich noch gibt,
der du mit farblosen Augen vor dem Fernseher sitzt.

Zum Tanzen braucht man
einen Vortänzer, ein Alibi,
einen Selbstmord mit falscher Fährte:
Scott, Iván, Jordi, Lucas, Anita,

Gonzalo, Sofi, Elsa (die arme)
Cote, Xavi, Quino und Pepe, den Rana
Bea, Toni, Nacho und Susana.

Jack, wach auf, sieh, was im Fernsehen läuft.
Bis zum Hals im Alkohol ertränkt.
Aufgedunsen, fett, träge, ein anderer
Jack hört den frischen Strahl im Schlund.

Und sieht die Beatles.

Die Lieder der Pilzköpfe und seine Mutter.
Und, Jack, das unerreichbare Gelaber.
Und, Jack, die unscheinbare Wand von Akanthus
zugewachsen, und Jack, der Kalender

In dem Gewürzlager in Florida
an irgendeinem Ort auf irgendeinem Planeten.
Wieder ein Tag, wieder eine Nacht, Jack,
gehen zu Ende.

Mir kamen fast die Tränen, als ich »Elsa (die arme)« las. Ohne große Mühe fand ich heraus, dass mit dem Gedicht Jack Kerouac gemeint war, der Beat-Romanautor. Bei meinen Nachforschungen lernte ich, dass Kerouac sich nach der großen Zeit des Beat und den dazugehörigen Exzessen in das Haus seiner Mutter in St. Petersburg, Florida, zurückgezogen hatte. Die Mutter (eine Indianerin, halb Mohawk, halb Caughnawaga) verfügte über eine weitere Qualität: Sie war unerträglich. Kerouac starb alkoholisiert, nachdem er Blut ins Waschbecken gespuckt hatte, in dem Haus, das in dem Gedicht nachgezeichnet wird. Das Gedicht stellt allem Anschein nach eine alltägliche Szene dar. Aus der grauen Monotonie von Ärmlichkeit und Alkohol heraus sieht Kerouac die Beatles im Fernsehen. Seine Mutter ist in der Küche und redet in einem fort. Kerouac war der Erste, der sich die Freiheiten nahm, die später alle Jugendlichen genossen, und selbst die Namen ihrer Idole gehen auf ihn zurück: »Beatles«. Denn »Beat-less« ist ein phonetisches Wortspiel, das eigentlich »ohne Rhythmus« bedeutet, und das ist die wahre Krankheit, an der Kerouac leidet (und ich fürchte, auch Elena). Wie sagte William Burroughs: »Im Grunde hat Kerouac Millionen Clubs eröffnet und eine Millionen Levis' an Jugendliche beiderlei Geschlechts verkauft. Woodstock ist aus seinen Seiten heraus entstanden.« Aber als sich das alles ereignete, vegetierte Kerouac bereits zwischen billigem Fusel und dem Geschnatter seiner Mutter vor sich hin. Elena stellte zwischen dieser erschütternden Szene und ihrer persönlichen Erfahrung eine Verbindung her. Was sind das für Namen auf dieser Liste? Tote? Pioniere der lokalen Szene mit traurigem Ende? Ich wage zu behaupten, dass Letzteres zutrifft. Die Liste beginnt mit einer fiktiven Figur »Scott«, die ich kannte, was bei den anderen nicht der Fall war. Außer Elsa natürlich. Und Pepe, den Rana, der als Discjockey im Metropol arbeitete, einer modernen Bar. Auf jeden Fall gab es trotz der Entfernung verblüffende Übereinstimmungen in den Lebensläufen von Elena und Kerouac. Das Kind kehrt heim und krepiert an einem tödlichen Alltag. In Elenas Fall besetzt Octavi Llinàs die Rolle der Mutter.

In der Art gingen Elenas Gedichte weiter. Es waren fünfzig. Zum Teil waren es Entwürfe, bei denen der letzte Schliff noch ausstand, einzelne Verse, Songtexte … Fasst alle handelten von Drogen und davon, wie Drogen die noch junge Lebenserfahrung zerstörten:

Ein Gedicht berichtete auf erschütternde Weise über die Einsamkeit in der letzten Stufe der Sucht:

WEIHNACHTLICHER HERZSTILLSTAND

Langsam kaut sie Mistel und Stechpalme,
windet sich am Gitter, flieht vor dem Zittern.
Was hast du mir gebracht, hypodermer Horizont?
Rauchendes Harz, zitterndes Lid.
Sprichst allein auf der Bank im Park.

Hier nun noch einige der Gedichte, die mich am meisten berührt haben. In einigen ist die Rede von einer sanften Harmonie, damit könnten die Nächte in den Entgiftungsstationen gemeint sein, die Freude darüber, neue Hoffnung zu schöpfen. Vielleicht bezogen sie sich aber auch einfach nur auf einen Augenblick des Lebens, der unerreichbar war, da es für sie kein Zurück gab:

WIEDERHERSTELLUNG DER SEELEN

Ich zeichne weiße Sommernächte.
Körper im Gras nehmen Geheimnisse auf.
Legen sich ein Sweatshirt über die Schultern,
führen ihre Hand über meinen Arm.
Die Natur fordert ein liebliches Gespräch.
Nicht verwechseln. Ich meine das Typische:

Der Schattenfächer, der weiße Lack
des Lächelns, der Mond. Fröhliches
Lied. Sanft fließt die Stille
und der beruhigende Segen des Windes.

Aus dem weiteren Verlauf des Gedichts kann man die Leidenschaft für den Mann »Scott« herauslesen, die Faszination für den Mörder »Scott«, eine masochistische Ader: »Vergewaltigst und plünderst, /

tötest und verführst / raubst und spottest, / verhöhnst und schändest / die weißen Mädchen im Spitzenkleid.« In vielen Gedichten fand ich das Selbstmitleid, über das Victoria sich so beklagte: »Niemand mag mich in den weißen Salons, / Blicke treffen auf mich und gleiten von mir ab / jenseits des Nichts. Das Getuschel / der fast immer dreisten Stimmen.«

Auch wenn die meisten Gedichte Elenas wie gesagt Entwürfe waren, fielen einige durch ihre fremdartige Schönheit auf, und weil sie Licht auf einen Aspekt Victorias warfen, den Victoria mir bislang verschwiegen hatte:

UNBEZAHLTE RECHNUNGEN

Sicher schwören Sie, sich nicht zu erinnern.

Manchmal kamen sie am Nachmittag.
Die erloschenen Gesichter …

Wie trübselige Kapuzenträger.

Auf der Straße gehen nicht die Lichter an.
Auch im Garten zündet niemand die Laterne an
(sie wiegt sich und beleuchtet eine Mauerecke
an der engen Straße
und verrät uns).

Niemand rührt sich, wenn es an der Tür klingelt.
Niemand hebt den Telefonhörer ab.
Man hört kein Radio, keine Schallplatten.
Über Geld spricht man nicht.

Bedrückt komme ich aus der Schule.
Werfe mich aufs Bett,
und mein erregter Atem
begleitet die Stille,

unterbrochen vom Sturmklingeln
der unbezahlten Rechnungen.

Ein Kribbeln in den Fingern,
noch ohne Gitarre, wie ein einziges Licht,
sucht im Dämmerschein die Klitoris,
bis eine leise Stimme ankündigt:
»Die Suppe …«

Victoria hatte mir nie so deutlich erzählt, dass Octavi Llinàs nach dem Tod seiner zweiten Frau zunehmend verschlossen wurde und jedem die Schuld für sein schweres Schicksal zuschob (Ausscheiden aus der Universität, Krankheit, Tod), um sich vor seinen Problemen zu drücken. Das wenige Geld, das er von einer Stiftung reicher katalanischer Mäzene bekam, gab er auf regelmäßigen Reisen nach Rom aus. Doch trotz des Schmerzes und allzu sichtbaren Verfalls bemühte sich sein sprudelnder Geist weiter um den schönen Schein. Davon konnte Victoria einiges erzählen: die Geschenke, die er ihnen machte, die Bildbände. Aber Elena war andersgeartet: daher die Männer, die mit der Brieftasche in der Hand nachmittags an der Tür klingelten. Octavi blieb nichts anderes übrig, als eine Studentin aus einem Sommerkurs in Bologna zu heiraten, Guilia, deren jugendliche Frische und Zuversicht etwas Ordnung ins Haus bringen sollten. Doch die Angst war ein Monstrum, das mit jedem Klingeln an der Tür wieder geweckt wurde. Vielleicht lag es daran, dass Victoria jünger war als ihre Schwester, dass sie diese bedrückenden Nachmittage der unbezahlten Rechnungen nicht mit der gleichen Intensität erlebt hatte. Die Stimme, die »Die Suppe …« ankündigte, gehörte einem Hausmädchen aus Teruel, sie war das erste Opfer der Zahlungsunfähigkeit und schob eine Erkrankung ihrer Schwester vor, um schnellstmöglich aus dem Leben der vornehmen Llinàs' zu verschwinden.

ZWEI ODER TAUSEND ODER ZWANZIGTAUSEND TAGE

»Ich sterbe bald oder weniger bald.
Aus Leidenschaft, mehr als aus Interesse.«

Wohlerzogene Kinder
belagern Eisstände.
Und ich sehe es nicht.
Seit langem sehe ich es nicht.
Befleckte Gesichter schießen
Pfeile auf Äpfel.
Ich sehe es nicht.
Seit langem sehe ich nicht mehr
Die Fetten hinter den Bussen.
Modelle riechen nach Schwefel.
Ich sehe sie immer noch nicht.
Am Morgen geht die Sonne auf.
Rock-'n'-Roll-Musiker
brechen am Ende der Nacht zusammen,
prallen blind gegen ein Auto.
Ich sehe es nicht.
Es wird Tag, und ich jubiliere nicht,
die Erde riecht nach Graphit.
Es ist der Bleistift, mit dem ich
vier ganze Wochen ausstrich.
Über das vergangene Jahr schreiben,
anstatt über das laufende, Abwägungssache.
Erst hoben sie mich in den Himmel,
dann stürzten sie mich.
Kleine, wo ist das Geld?
»Ich habe keine Geldbörse«,
denn ich sehe nichts.

Kommt dieses Gedankendelirium meinem Leser bekannt vor? Richtig, es ist das Lied, mit leicht verändertem Text, das Martí Oliver mir vorsang, als wir uns in dem Probenraum kennenlernten. Es gehörte zum Repertoire, das er für die Neugründung von *Los Persuasores* vorsah. Ich erinnerte mich, dass er mir gesagt hatte: »Bis ich zwanzig war, konnte ich mich nicht anders ausdrücken«, oder so ähnlich. Konnte er sich etwa nicht anders ausdrücken, bis er Elena kennenlernte und ihre Ideen klaute? Oder war es Elena, die Martí Oliver ausnutzte? »Verdorben, verrückt, böse …«, hatte er gesagt. In den Gedichten Elenas, die man mir gegeben hatte, deutete nichts auf Martí hin.

FINALE

»Es ist die Schwäche des Sommers
– sie lächelte – und dann
quollen ihr Tränen.«

Niemand schwimmt mehr
einher an dem kaputten Strand
und der Sand brennt
reuiges Lachen
aufgequollene Särge.

Zugegeben, mein Leser, als ich »Finale« zum ersten Mal las, überspülte mich einfach ein Gefühl der Erleichterung: Die Überraschungen waren auf ein vernünftiges Maß zurückgegangen, und selbst ich fühlte mich in meiner Eitelkeit geschmeichelt. Denn das Gedicht »Finale«, mein Leser, war wirklich das Finale. Doch dann tauchte diese spitze und nach hinten gekippte Schrift doch nochmal auf einem linierten Blatt auf, das der rückwärtige Umschlag zu sein schien:

DAS SCHWIERIGE LIED
(ein sicherer Hit)

Schüttle dich, ja, ja
Dein Selbst ist da, da
Löse es auf, ja, ja,
Dein Selbst, da.
Und di, da, da, da …

Neue Kühlschränke und Raffzähne wirst du sehen,
dahinter Nepp und Ratten
Schnepfen und Raubvögel oben
schnellen rasch vorüber

Schüttle dich, ja, ja
Dein Selbst ist da, da
Verfälsche es, la, la,
Dein Selbst, da.
Und di, da, da, da …

Nervöse und Seltsame halluzinieren
Ob Mann oder Frau, nimm's nicht genau
Erfinde es, la, la
Verbreite es, la, la
Dein Selbst, da,
Und di, da, da, da …

Die menschliche Hoffnung ist etwas Großes, aber wenn eine gewisse Aussicht gestorben ist, legt sich ein Nebel aus Lächerlichkeit auf das Tränental. So dachte ich, als ich diesen »Sicheren Hit« fand. Ohne mich näher auszukennen, war mir schwer begreiflich (eine Schwierigkeit, noch schwieriger als »Das schwierige Lied«), wie diese Mischung aus Dada (dem echten Dada, nicht dem, was ich bei AvantPop machte) und Pseudo-Nihilismus irgendeine Hitliste erklimmen sollte, in dem unwahrscheinlichen Fall, dass den

Text überhaupt jemand vertonen würde. An Vergleichbarem fand ich in meinem Gedächtnis nur einen seichten Twist aus Barackenzeiten, der manchmal aus dem Radio gescheppert war und den Text des Theorems von Pythagoras hatte. »Dümmlicher Pop für die Loser von heute«, dachte ich. Bald schon sollte ich erkennen, wie sehr ich mich damit geirrt hatte.

Bezahlst du mich (oder hast du mich bezahlt), mein Leser, damit ich mich in Textinterpretationen ergehe? Nein, natürlich nicht. Du bezahlst mich, damit ich herausfinde, was ich in den Gedichten und Textfragmenten dieses Manuskripts aufspüre. Es war nicht schwer, dafür brauchte man keine Kryptologen zu Rate zu ziehen. Aus den Texten habe ich, mein Leser, auch deinen Namen erfahren. Dafür bezahlst du mich. Damit ich deinen Namen herausfinde. Unsere Namen, deiner und meiner, mein Leser, flirren in der höchsten Sphäre der Fiktion.

15

Nach einer Weile fragte mich Victoria, ob ich in dem Manuskript, das ich schließlich auswendig konnte, einen Hinweis auf den Aufenthaltsort ihrer Schwester gefunden hätte. Ihre einzige Sorge war, dass diese beiden Killer, die ununterbrochen vor ihrem Haus Wache hielten, Octavi Llinàs Schaden zufügen konnten. Sie selbst arbeitete fleißig an ihrer Doktorarbeit, die sie bald verteidigen wollte. Zwei von Octavis Studenten halfen ihr, die einzelnen Teile zusammenzuführen, und jeden Nachmittag vertieften sich die drei stundenlang in die Beziehung zwischen dem Leben und Werk des chilenischen Dichters Vicente Huidobro und den ihm bekannten Malern. Victoria jammerte, dass ihr Blickwinkel alles andere als neu sei und dass ihr einziges Verdienst darin bestünde, die Quellen zu sichern. Man hätte diese Beziehungen einer politischen Lesart unterziehen, die Spannung beschreiben müssen, die im Paris der Zwischenkriegszeit wuchsen, doch das hätte bedeutet, dass sie viel mehr Bücher hätte lesen müssen, als sie bereit war, und dass sie sich auf vollkommen neue Denkrichtungen hätte einlassen müssen. Eines Morgens rief Octavi an. David Trabal sei in der Stadt und wolle helfen, das Problem mit diesen Ungarn zu lösen, außerdem wisse er etwas über den Aufenthaltsort Elenas. Victoria solle kommen und, wenn möglich – so Trabals Bitte, nicht seine –, den Sohn des Faschistenrichters mitbringen.

Und so fanden wir uns abermals in dem Garten ein, wo Jahre zuvor graue Männer mit dem unerhörten Anliegen aufgekreuzt waren, den Lohn für ihre Arbeit einzustreichen. Jetzt wurde er von Mafiosi bewacht, die mit Sicherheit ein nicht minder ernstes Anliegen hatten.

Trabal ließ die Gummibänder an seiner Mappe schnalzen. Octavi trug Victoria auf, mehrere Stühle zu holen, und zu mir sang er: »… der Tag für Freiheit / Und für Brot bricht an.« Als Giulia und Victoria sich zu der Gruppe gesellten, ergriff Trabal das Wort, in seiner durchgreifenden Art, die ihn in den achtziger Jahren berühmt gemacht hatte, als er sich mit anderen Intellektuellen und Künstlern in Designerbars traf – Trabal, der sich gerade sein erstes Dreiknopfsakko gekauft hatte, konnte erklären wie sonst niemand:

»Wenn du mich früher angerufen hättest, hätten wir die Sache gelöst. Als ich es erfahren habe, habe ich sofort den Bürgermeister angerufen und ihn gebeten, sich als guter Freund der Sache doch bitte anzunehmen. Ich habe ihm die Situation so schonend wie möglich beigebracht: dass wir selbst nicht wissen, wer dieser Sandor Szavost sei, dass wir uns selbst nicht erklären könnten, warum diese Männer das Haus rund um die Uhr überwachen. Dass wir einfach sehr erschrocken seien …« – diesen Plural fand ich entzückend. »Der Bürgermeister hat mich sehr gut verstanden. Sicher ahnt er auch, dass da noch mehr dahintersteckt, aber vielleicht nicht das ganze Ausmaß. Er ist ein Mann, der noch die Form wahrt. Die absolute Diskretion müsste also gesichert sein. Schließlich hat jede Familie ihr schwarzes Schaf. Der Chef der Stadtpolizei müsste schon hier sei. Übrigens ist er zwei Meter groß und hat wirklich das Auftreten eines Chefs, er ist also keine Simulation eines Chefs. Er wird ein paar Männer mitbringen. Wenn er nicht eingreifen kann, wird er zumindest ein Doppelpack Ordnungskräfte auf jeder Straßenseite postieren, so lange wie nötig. Als ich ihm die Situation dargelegt habe, hat er sich fabelhaft verhalten. Was das angeht, braucht ihr euch also überhaupt keine Sorgen zu machen. Konzentriere dich auf die Ehrung, Octavi. Viele von uns sind dir zu großem Dank verpflichtet für das, was du für uns getan hast und was du auch im Ruhestand weiter für uns tust. Wie ein Freischärler … Habe ich euch von dem Museum erzählt? Es ist nicht ganz dein Wirkungsbereich, aber da wird sich schon was machen lassen. Erst mal wird man Parteienwirtschaft und politisches Geplänkel aus der Schirmherrschaft raushalten müssen …«

Ich sah, wie Octavi Llinàs der Sabber lief. Ich glaube nicht, dass seine verschwundene Tochter der Grund war.

»Was Elena angeht … Ich will dir nicht zu nahetreten, Victoria … Aber es ist nicht dasselbe, ob du Martí Oliver anrufst und ihn um einen Gefallen bittest oder ob ich ihn anrufe. Ach, diese Rockmusiker …! Eine Simulation des gefährlichen Lebens, typisches Symptom für den Niedergang der westlichen Welt. Von ihm, Octavi, Giulia, weiß ich, wie sehr du Elena liebst, aber ihr braucht euch nicht mehr zu sorgen als sonst. Ich habe den Eindruck …« – Trabal wählte sehr sorgfältig seine Worte –, »… dass gar niemand Elena gedrängt hat, diesen Szavost zu verärgern. Man hat mir gesagt, und mehr darf ich nicht sagen, dass sie in Barcelona ist. Es ist das Übliche … Und von Victoria und Fernando wünsche ich mir …«

»… kaiserliche Größe …«, schnurrte Octavi. Guilia und Victoria stupsten sich beide gegenseitig mit den Ellenbogen an …

Als Trabal endlich nicht mehr vorgab, Octavi Llinàs lustig zu finden – nur er verstand es, in einer jämmerlichen Situation die genau richtige Dosis Humor zu streuen –, redete er weiter:

»Victoria, Fernando … Wenn die Ordnungskräfte kommen, begleitet ihr mich dann ins Raval?« So nannte man jetzt Barcelonas

Altstadt, um die finsteren Legenden von Sünde und Verbrechen zu verscheuchen, die über dem Viertel lagen, und die soliden Wurzeln wieder auszugraben. Eine sprachliche Simulation für urbanistische Interessen, die Trabal ohne mit der Wimper zu zucken mitmachte.

Endlich kam die Polizei, ein Riese und zwei Quadratschädel. Sie grüßten die Versammelten, woraufhin diese sich in Lobeshymnen über die Pünktlichkeit der Ordnungsmacht ergingen. Ich staunte über Trabals Talent, mit ihnen umzugehen, obwohl er keinen Einfluss mehr in die Politik der Stadt hatte. Dann zeigte er auf die Killer in dem Auto und klagte über die Zeiten, über die postmoderne Unsicherheit, über die Gefahren, die von den neuen Formen des Verbrechens auf die ehrenhaften Bürger und neuen Helden ausgingen, die alles geopfert hätten, um die Demokratie zu sichern, um die Olympiade in die Stadt zu holen, um die Stadt in eine hellerleuchtete, pulsierende Metropole zu verwandeln.

Der Polizeichef fragte, ob die Killer irgendetwas gesagt oder getan hätten, ob sie das Privatgrundstück unerlaubt betreten hätten, ob sie sie abgesehen von ihrer Anwesenheit sonst wie belästigt hätten. Die Antwort auf sämtliche Fragen war nein. Also trat der Polizeichef auf die Straße und fragte die Killer, was sie da machten. Die Ungarn antworteten, ihre Mission sei doch für jedermann zu erkennen: die einzelnen Felder des Rubik-Würfels so lange hin- und herzudrehen und zu ordnen, bis jede Seite eine einheitliche Farbe hätte. Und das sei eine langwierige und komplizierte Aufgabe. Die beiden massigen Ordnungskräfte postierten sich also kommentarlos auf je eine Straßenseite. Die Typen im Auto ließen sich von ihnen nicht beeindrucken; um sie aus der Fassung zu bringen, hätten wir Animateure hinstellen müssen, die »EM! A! EF! I! A! M-A-F-I-A!« schrien. Ich erinnerte mich, dass früher, 1976 oder 1977, ein Hinweis von Catapulta gereicht hatte, damit die Polizei in aller Härte durchgriff. Vermutlich, so mein Gedanke, verbot das Gesetz und der Respekt vor den demokratischen Grundsätzen den Ordnungskräften, diese Killer einzulochen, nur weil sich jemand durch sie gestört fühlte. Aber was für ein Unsinn ging mir da eigentlich durch den Kopf? Fest stand doch nur, dass hinter der Angelegenheit mit Elena viel mehr stand, als auf den ersten Blick ersichtlich war. Ich dachte an Elena wie an eine Freundin, eine Gleichgesinnte. Selbst die unerreichbare Schönheit meiner Schwägerin oder ihr Ruf als *Femme fatale* schreckten mich nicht ab.

Wir machten uns auf den Weg in die Altstadt. Wie ein Hund schlüpfte ich auch auf die Rückbank des Autos, während Victoria und David berufliche Neuigkeiten austauschten. Sie redeten und redeten. Und anstatt endlich mal damit rauszurücken, warum wir diese Reise in die Unterwelt eigentlich unternahmen, redeten sie über die mächtige Stellung Rafael Llinàs, dem Halbbruder von Victoria und Elena:

»Als ich nach Madrid kam, rief ich ihn gleich an und verabredete mich mit ihm zum Mittagessen. Dein Bruder Rafael ist ein echter Herr. Bei dem Essen vertraute er mir ein paar haarsträubende Dinge über ein paar traurige, schlaffe Gestalten von der Partei an: Einmal habe er zum Beispiel von einem hohen Beamten nur als Antwort bekommen, dass die Korruption das Schmieröl des Systems sei. Aber vor allem erzählte er mir von euch und erkundigte sich. Er ist sentimental, der gute Rafa… Ein paar Tage darauf ging ich bei ihm zu Hause vorbei, um ein kleines Dankeschön und ein paar Schleckereien für die Kinder vorbeizubringen. Süße Kinder, Victoria, und du kennst sie gar nicht. Kaum war ich wieder zu Hause, rief Rafael mich schon an, um sich bei mir zu bedanken. Und er lud mich in eine Villa des Conde de Bará zum Abendessen ein, »der würde sich so freuen, einen katalanischen Landsmann bei sich zu empfangen«. Ein paar Tage darauf ließ er mich dann in sein Büro kommen und stellte mir dieses Museum in Aussicht. Er überschüttete mich mit Lob, lud mich wieder zum Essen ein, und er fragte mich natürlich auch nach euch, seinen Schwestern, diesmal meinte er es ernst und erwartete klare und ehrliche Antworten von mir. Was Elena angeht, blieb mir nichts anderes übrig, als ihm halbwegs die Wahrheit zu erzählen. Aber vor allem habe ich von ihrem künstlerischen Potenzial berichtet, auch wenn sie nicht mehr in einem Alter ist, in dem man von einem jungen Talent redet. Über dich gab es natürlich viel mehr zu erzählen. Von der Schließung der Galerie, kein Wunder in diesen Zeiten, da nur noch Schafe herumlaufen, die nicht erkennen, was etwas taugt. Ich habe ihm von deinen Erfolgen an der Universität und auch von Willard erzählt. Was ich ihm alles gesagt habe! Er sagte mir, er sei über den Skandal dieses Preises auf dem Laufenden, und dass hier in Barcelona, wo es von nationalistischen Starrköpfen wimmle, die die Atmosphäre verseuchen, nichts zu machen sei. Er erzählte mir davon, wie Willard und er einen draufgemacht hatten in der Zeit, als der Amerikaner in Madrid lebte, er erzählte von dem unglaublichen Leben, das Willard geführt hatte, von seinem Temperament, und dass diese Sache in Harvard sich in Wohlgefallen aufgelöst habe. Eine kleine öffentliche Schulderklärung, und Willard ist in seiner Macht wieder gefestigt. Ich meine seine Macht, etwas auf die Beine zu stellen, Victoria … Du hast ihn auch kennengelernt, stimmt's, Fernando?«

»Ja.« Durch einen vorsichtigen Blick zur Seite erkannte ich, dass Trabals leerer Blick auch spöttisch sein konnte. Wenn ich es richtig verstanden hatte, war Willard bei seiner Rückkehr in seine geliebte Universität entgegen seinen großspurigen Behauptungen bei unserem Spaziergang winzig klein mit Hut geworden. Endlich fragte ich: »Warum fahren wir eigentlich in die Altstadt?«

»Sag ich euch gleich, erst will ich noch fertig erzählen … Wie gesagt, Victoria, ich brauchte deinem Bruder nur das Stichwort ›Willard‹ zu geben, schon hat er Dinge in Bewegung gesetzt. Ohne mein Wissen. Am Anfang konnte ich das mit dem Museum gar nicht glauben …«

»Na, was habe ich dir gesagt?« Anstatt auf den Verkehr zu achten, warf Victoria neugierige Blicke auf die geheimnisvolle Mappe, die Trabal nun aufschlug.

»Gleich, gleich sag ich's dir … Erst muss ich dir noch weitererzählen. Hör zu. Rafa hat sich ein weiteres Mal mit mir getroffen. Diesmal hat er über euren Vater gesprochen. Endlich traute er sich. Ich sagte ihm, was ich wusste, dass es ihm hervorragend geht und er nur ein wenig zerstreut ist … Er wurde nachdenklich und ein bisschen traurig, und dann eröffnete er mir fast übergangslos die Aussicht auf das Museum, dass es eine Frage von drei Monaten sei. Drei Monate brauche ich für meinen Roman. Eine Art moralische Memoiren mit einem postmarxistischen Touch, über das Ende der Geschichte.«

»Großartig …!« Victorias Interesse für die anderen war aufrichtig. Sie freute sich wirklich, wenn jemand Erfolg hatte oder jedenfalls mit sich und dem, was er tat, zufrieden war. Das lernte ich wie vieles andere mit der Zeit an ihr schätzen. Vor lauter Zuhören irrte sie chaotisch durch die verwinkelten Straßen.

»Er rief mich nochmal an, Victoria …«

»Meine Güte …« Mich beachtete keiner.

»Diesmal zu einem Abendessen mit dem Minister. Meinetwegen nenn mich einen Schleimer, jedenfalls las ich, seit ich von dem Essen wusste, sämtliche Bücher des Ministers, ich wusste nun alles über Konzentrationslager, auch über das, in dem er interniert gewesen war, Buchenwald …« Er brabbelte irgendwas, das wahrscheinlich nach perfektem Deutsch klingen sollte, oder auch nicht, und brach anschließend in ein Lachen aus, das sich in der Welt dieses Lackaffen Trabal der leinenen Tischwäsche, Gran-Reserva-Weine und Ministeressen wachsender Beliebtheit erfreute: »Über den Kampf im Untergrund brauchte er mir nichts zu erzählen. Wir waren zwar auf vollkommen verschiedenen Gebieten aktiv, trotzdem besteht eine, sagen wir, metaphysische Gemeinsamkeit … Also schön, ich wurde im Handumdrehen ein Experte …« Jetzt bemerkte selbst Trabal, dass Victoria langsam die Lust verlor: »Wir aßen also mit Künstlern im Lardhy, ein bisschen Camp. Victoria, Rafa hat mir als echter Kavalier den ganzen Abend Bälle zugespielt, die es mir leichtmachten, mich in glänzendem Licht darzustellen. Die Maler waren sehr angetan, und der Minister, der den Ruf hat, ein Griesgram zu sein, offenbar auch, denn er sprach irgendwann davon, dass man Schlüsselpersonen brauche, die die Dynamik zwischen Peripherie und Zentrum aufrechterhalten würden und außerdem überzeugte Europäer seien, dass man in der Kunst Mut für neue

Wege brauche, aber auch nicht gleich aufbrechen müsse, um ein neues Atlantis zu suchen, und dass man als Grundvoraussetzung zumindest einen Dialog aufrechterhalten müsse. Als wir später noch vor dem Lokal standen, nahm Rafa mich sehr anstandsvoll am Arm und zog mich unbemerkt zur Seite, dann sagte er: ›Ich habe gestern Abend mit Willard gesprochen, die Sache ist geritzt.‹ Daraufhin gab er mir dieses Fax, und am nächsten Morgen riefst du mich an und erzähltest mir die Sache mit deiner Schwester. Energiegeladen, wie ich war, hängte ich mich sofort ans Telefon. Gleich zeige ich es dir, Victoria. Suchen wir uns erst ein Restaurant, ich lade euch zum Essen ein …«

Er schloss die Mappe wieder. Während wir Elenas Schicksal schon fast vergessen hatten, fiel unsere Wahl auf ein baskisches Lokal, dessen Tür bis vor kurzem von Nutten flankiert worden war und wo man jetzt nicht selten das Gähnen von Chauffeuren und Bodyguards vernahm. Der Inhalt der mysteriösen Mappe war tatsächlich ein Fax, auf dem Steve Willard mitteilte, dass sein Vorschlag, die Ausstellung »Der Raum der Prädesokultation: die iberisch-mediterranen Ursprünge der Postmoderne« (ein sehr präziser Titel, der auf rätselhafte Weise in »Spain is different and Barcelona very sexy« abgeändert wurde, was offenbar niemanden weiter zu stören schien) ins Fogg Art Museum der Universität von Harvard zu holen, auf erster Ebene positiv entschieden worden war. Begeisterung brach aus, der Champagner floss, man lachte ausgelassen. Freimütig schenkte Trabal allen anderen in dem Lokal anwesenden Gästen sein breites Lächeln, während er den Korken knallen ließ, und da einige Herren aus der Politik, die er kannte und die zufällig im selben Lokal speisten, neugierig geworden waren, ließ er ihnen gegenüber durchsickern, dass er zum Direktor eines wichtigen Museums ernannt worden sei. Es sei noch nicht offiziell, weshalb Trabal mit einer beschwichtigenden Handbewegung zur Diskretion mahnte, was nichts anderes als eine taktische Aufforderung war, die Nachricht fleißig in Umlauf zu bringen. Dann wandte er sich wieder Victoria zu, um ihr noch von einem anderen Museum zu erzählen, diesmal handelte es sich um eines vor Ort, in dem ihr Vater nach dieser Ehrung einiges zu sagen haben könnte, was seinen Wiedereintritt in die Kulturpolitik bedeuten würde. Beim Kaffee kam das Gespräch zurück auf Elena:

»Als du mich angerufen hast, Victoria, habe ich sofort zum Telefonhörer gegriffen und Martí ausgequetscht. Ich habe ernst mit ihm geredet und ihm von eurer Beunruhigung erzählt, und dass ich aus sicheren Quellen wisse, auch wenn er es leugne, dass er sich immer noch mit Elena treffe.«

Diese Information überrumpelte Victoria etwas. Ich hingegen glaubte erst mal gar nichts von dem, was Trabal sagte, aus Prinzip, aus purem Hass auf diesen Schwachkopf. Doch dann erinnerte ich mich, was für eine Spannung ich die wenigen Male, die das Gespräch auf seine Ex-Freundin gekommen war, Martí angemerkt hatte. Und ich erinnerte mich an Elenas Gedicht, das Martí vertont und mir vorgesungen hatte. Ich fragte mich, woher Trabal nur so viel wusste:

»Wie es scheint, Victoria …« – Trabal schlug nun einen gewichtigen, etwas feierlichen Ton an –, »… ist Elena wieder …«

»Das habe ich schon befürchtet«, sagte Victoria genervt, und ich hatte den Eindruck, dass sie mit ihren Gedanken mehr beim Campus von Harvard war als bei ihrer Schwester oder irgendwelchen Leuten, die mit ihr und ihrem Lebensstil auf die eine oder andere Weise zu tun hatten. Dazu zählte ich auch.

»Am Anfang hat Martí den Unwissenden gespielt, ein bisschen stur, na ja. Aber dann habe ich ihm gesagt, dass ich in Madrid bin und gute Kontakte zur Musikszene habe und dass ich etwas für ihn machen könne. Wie immer, wenn jemand mit einer Sache nichts zu tun haben will, gab er mir erst mal eine falsche Information, aber wenn man der Spur so einer Pseudo-Information nachgeht, kommt man doch auf eine Wahrheit. So ungefähr … Er hat mir also gesagt, Elena sei wieder rückfällig geworden und würde wieder ihren alten Gewohnheiten nachgehen. Leute, die jeden Tag Drogen kaufen, weil sie sich einreden, wenn sie für mehrere Tage auf Vorrat kaufen würden, würden sie zu Sklaven ihrer Sucht. Lieber kaufen sie jeden Tag genau die Menge, die sie brauchen, denn vielleicht würden sie ja am nächsten Tag aufhören. Was natürlich nie der Fall ist … Da Elena, so vermutete Martí, wahrscheinlich nicht genug Zeit hatte, sich an einen großen Dealer ranzumachen, war sie wahrscheinlich an den gewohnten Umschlagplätzen zu finden. Sie geht gerne, so Martí, an die Kreuzung San Pau, Ecke San Jeroni, in der Altstadt. Das mit dem großen Dealer hat Martí nur so gesagt … Allerdings weiß er nicht, was wir wissen, nämlich dass Elena womöglich einen der richtig großen Drogendealer verärgert hat, ich will dir ja nicht zu nahetreten, Victoria, aber das ist nun mal die Hauptbetätigung deines Ungarn mit dem unaussprechlichen Namen. Unter anderem. Und wenn Elena es sich mit einem großen Dealer verscherzt hat, wird sie es nicht wagen, zu einem anderen zu gehen. Zumindest vorerst nicht. Es weist also alles darauf hin, dass wir sie im Raval finden. Klar?«

»Ja, leider …«, sagte Victoria. »Allein der Gedanke, dass sie sich mit diesem Pack einlässt … Dass sie den Schutz von einem Gangster sucht, um einen anderen abzuschütteln, das alles, wovon unsereins so keine Ahnung hat …«

Ich blickte zu Victoria und sah, wie sie sich eine Haarsträhne aus der Stirn strich und anschließend mit zwei Fingern nach einer Serviette griff. Eine Verlegenheitsgeste, oder vielleicht auch nicht. Das ging mich nichts an: Schließlich war das nicht meine Familie, nicht mein Leben, noch nicht mal der Teil, auf den ich ein Recht anmelden konnte. Dennoch nahm ich es mir heraus, die peinliche Stille zu durchbrechen:

»Nicht zu vergessen Sigismondo Malatesta. Der einen fünfzehnjährigen Knaben, einen Gesandten des Papstes, misshandelt hat und jetzt mit Judas in der Hölle schmort, ich meine Sigismondo, nicht der Gesandte. Es war der Mäzen von Piero della Francesca und ich weiß nicht wem noch …«

David Trabal und Victoria Llinàs blickten mich an. Sie hätten an Ort und Stelle das Begräbnis ihrer toten Augen feiern können.

»Dein Vater hat mir das erzählt. Damit will ich nur sagen, dass man kein schlechtes Gewissen haben muss, nur weil der Ungar ein Mäzen ist. Piero della Francesca stellte auch keine Fragen … So ist das …«

David Trabal wandte sich Victoria zu, sie war wie abwesend, ohne meine Worte auch nur im Geringsten zu würdigen:

»Ich habe an Fernando gedacht …« Fernando war ich, und ich war hier und redete am selben Tisch, an dem diese Arschgeige gerade kundtat, sich Gedanken gemacht zu haben.

Wieder sahen mich die beiden an, diesmal mit einem klitzekleinen Funken in den Pupillen. Endlich begriff ich:

»Was wollt ihr? Dass ich sie suche?«

»Du hast im Leben schon viel gesehen, Fernando. Du kennst doch diese Gassen wie deine Westentasche. Auf den Gehsteigen wimmelt es von Junkies und Drogensüchtigen, sie stürmen die Gassen, überfallen Autos oder werfen sich vor die Räder, und selbst wenn sie sich auf dem Pflaster die Zähne ausgeschlagen haben, spähen sie um sich, ob sie vielleicht jemandem die Brieftaschen entwenden können. Sie treten in Horden auf, wie Zombies … Sie hinterlassen nur Verwüstung, kacken in die Eingänge, stöhnen unter grindigen Treppen … Ich würde ja selbst gehen, um Elena zu suchen und mit ihr zu reden, aber …«

»Aber leider, leider …«

»Fernando, David hat recht. Elena und du, ihr kennt euch zwar nicht, aber sie hat eine hohe Meinung von dir.«

Einzig die Neugierde, die diese letzten Enthüllungen in mir entfacht hatten, verhinderte, dass ich dem Wolfsbarsch mit Hummer wieder auskotzte. Für seinen Aufstieg in Madrid nutzte Trabal Elenas Unglück schamlos aus, da war ich mir sicher. Victoria verstand sich nicht mit ihrer Schwester, so wie sie sich mit mir auch nicht verstand, denn die Zukunft fand woanders statt. Sie hatte recht.

An den Ramblas verabschiedete ich mich von ihnen, und nachdem ich ihnen nachgesehen hatte, wie sie, vertieft in ihr wichtiges Gespräch, in den Schlund einer Tiefgarage verschwanden, schlug ich mich in die Gassen der Altstadt.

Es war ein sonniger Nachmittag, keine Spur von Junkiehorden, die in Eingänge kackten, oder irgendeinem anderen Horrorszenario des großartigen David Trabal. Mit dem »Programm Scott«, also verstärkter Polizeipräsenz, Vertreibung, Abriss und Festnahmen, hatte man die Gegend, in der in den letzten Jahren fiebrige Anspannung geherrscht hatte, gesäubert, und nun herrschte wieder das übliche Treiben: die Lethargie der Anwohner aus Mangel an Lebensaufgaben, im Kontrast dazu der gehetzte Schritt der Passanten. Ich ging die Robadors hinab, drängelte mich durch den kaum einen Meter breiten Mittelgang zwischen den Nutten vor den Türen der Bars auf der einen Seite und den Gaffern und potenziellen Freiern auf der anderen. In den breiteren Straßen standen orientalische Händler vor ihren Geschäften, und die Kinder lachten im Vorübergehen über ihre Turbane, bis ein junger Pakistani sie mit Flüchen in perfektem Spanisch verscheuchte. In den Bars, die trotz dem Gedränge und schweren Geruch nach Schnaps und Fett unbelebt wirkten, hingen harmlose, gespenstische Wracks, die Teil der Folklore waren. Unscheinbare Wesen, die sich an der nächsten großen Kreuzung in nichts auflösen, zu Staub werden, und der Wind trägt den grellen Staub ihrer Ausverkaufshemden in das Gassengewirr zurück, bis zu der Brache vor einer Klagemauer, oder vielleicht einer Mauer der Hoffnung, die Keith Haring kurz vor seinem Tod bemalte. »Gemeinsam können wir Aids aufhalten.« Nicht dein Aids, mein Freund, das von fast keinem. Nun beherrschen Möwen die Szene, aber nur kurz, dann müssen sie sich aus dem Staub machen, wenn sie nicht im Suppentopf eines Obdachlosen landen wollen, der sie verfolgt und sich dabei mit den Beinen immer wieder in seinem knittrigen Morgenmantel verheddert. Der Obdachlose gibt auf und geht zurück zu seinem rostigen Einkaufswagen, voller Dinge, die in diesem Umfeld symbolischen Wert haben. Dann versammeln sich irgendwelche albtraumhafte Gestalten vor der Mauer, der normale Wahnsinn in einem armen Viertel, eine stille Tragödie, auch ohne Heroin. Von der permanten Gefahr der früheren Jahre ist nichts mehr übrig. Geblieben ist nur die Verkommenheit, doch schon bald wird sie von Baggern, von im frischen Zement versenkten Säulen beseitigt werden. Ich betrat eine Bar, bestellte ein Bier und fragte, ob es ein

Telefon gäbe. Gerade ließ sich ein Schriftsteller mit Idiotengesicht neben dem Billardtisch fotografieren, der in einem Slang, den nur er selbst verstand, einen Roman über das Ende des Barrio Chino, wie die Altstadt früher genannt wurde, geschrieben hatte. Weder der Schriftsteller noch der Fotograf bemerkten, dass die Alten, die hinten im Lokal an einem Tisch Domino spielten, schon bessere und ausgelassenere Zeiten erlebt hatten, denn jedes Mal, wenn der Blitz losging, verbargen sie das Gesicht. Als der Gestank des nahen Aborts unerträglich wurde, ging am anderen Ende der Leitung endlich jemand ran. Martí Oliver war überrascht, mich zu hören, und setzte zu einem Vortrag über seinen unmittelbar bevorstehenden Erfolg an, über seine Anstrengungen für die Aufnahme der Platte, die in wenigen Monaten herauskäme, sobald sie in dem Londoner Tonstudio fertig wäre, wie perfekt die Themen seien, auch wenn er sich bei einigen den Moderhythmen habe öffnen müssen. Er wollte schon auflegen, bevor er sich überhaupt nach dem Grund meines Anrufs erkundigt hatte, als ich ihn um einen Gefallen bat. Ob er mir nicht sagen wolle, ob dieser Kulturaffe David Trabal sich mit ihm in Kontakt gesetzt habe.

»Ja, doch …«, antwortete er: »Dieses Arschloch hat nicht einen Finger gekrümmt, als sie mich aus AvantPop, aus meiner eigenen Gruppe, die ich gegründet hatte, rausgeschmissen haben, und letzte Woche ruft er mich an und sagt mir, wenn mich irgendwer anrufen sollte, solle ich sagen, ich hätte tatsächlich mit ihm gesprochen, aber mehr dürfe ich nicht sagen. Das war alles, was er mir gesagt hat, abgesehen davon, dass er mir das Blaue vom Himmel versprach. Als ob dieser Idiot mir derzeit helfen könnte …«

Ich setzte mich an die Theke, mit Blick auf den leeren Platz, und dachte über meine Lage nach. Erst mal ließ ich Trabals dreiste Lüge und fadenscheinige Begründungen beiseite und konzentrierte mich auf Victoria. Ich musste mein Leben ändern, wenn ich verhindern wollte, dass sie mich wie eine Art Diener oder kleinen Bruder behandelte, wie einen armen Idioten, mit dem man nichts anfangen kann und der eine weitere familiäre Last ist, ein Ballast, den sie schnellstmöglich abwerfen sollte. Ich ertappte mich dabei, wie ich mir mich als einen vorstellte, der sich in derselben Lage befand wie die Penner, die vor der Wand von Keith Haring in der Sonne herumlungerten und irgendwelche Funde mit den Lumpensammlern tauschten. Wenn es mit den japanischen Comics bald vorbei sein würde, wenn ich nicht mehr den Schutz dieser ganzen Leute hätte, würde ich wieder vor dem Nichts stehen. Mit dem Unterschied, dass es diesmal ein absolut leeres Nichts wäre. Es war der Moment gekommen, da ich mich endlich um meine Zukunft kümmern und Victorias Achtung gewinnen musste.

Und so sah mein Plan, mich zu bessern, aus:

Nie mehr denken, dieser menschenleere Platz, den Trabal mit Pappjunkies bevölkert hatte, sei eine postmoderne Installation von ihm. Die frühere Partnerin Rebeca, die immer noch Victorias Freundin und Vertraute war, nicht länger von der Notwendigkeit überzeugen wollen, gemeinsam einen Swingerclub zu besuchen und uns durch den Umgang mit unbekannten Männlein und Weiblein unsere Unwichtigkeit vorzuführen. Das Weite suchen, wenn Rebeca wie bei früheren Gelegenheiten auf den Vorschlag eingehen sollte. Endlich mit der Suche nach dieser absurden Transzendenz aufhören, die mich dazu führte, zwanghaft hinter die Bekenntnisse der anderen blicken zu wollen, auch wenn diese spielerischer Natur waren: die Illusionsinsekten von Victorias Vater oder Elenas Gedichte, die sie mir anscheinend persönlich gewidmet hatte.

In diese Gedanken war ich vertieft, als jenseits der Glasscheibe mit dem in kläglicher Kunstfertigkeit aufgemalten Kraken die an der Keith-Haring-Mauer lungernden Penner auf einmal aufstanden und eine etwas in die Breite gegangene Frau in einem züchtigen, mit Veilchen bedruckten Kleid und Sandalen, Dutt und Hornbrille ansahen. Die Frau begrüßte die Penner, woraufhin diese ihr wie eine Gruppe Boy-Scouts folgten, bis sie in die enge und dunkle Robadors-Gasse verschwanden.

Trotz des Mantels der Diskretion, der diese Frau umgab und für jemanden, der sie von früher kannte, wie eine Verkleidung anmutete, erkannte ich sie. Es war Dora. Das Mädchen aus meinem alten Viertel. Die Tochter des Hehlers. Die Hauptverdächtige für Pepito, den Yeyé, am Tag des Watussi. Die Einzige, die angesichts des Geschehenen vor Wut geweint hatte. Dieselbe, die Jahre später als Nutte bei einem erotischen Bild beteiligt gewesen war, einer Nachstellung einer Szene von Julio Romero de Torres, dem Maler der rassigen Mädchen, dessen Schinken in ein oder zwei Jahren im Fogg Art Museum der Universität von Harvard hängen sollten.

Der erste Buchstabe des Namens war artikuliert worden.

16

Noch am selben Abend bat ich Victoria, die sehr erschöpft war, um ein Gespräch. In der Luft hing noch der Mief eines weiteren Tags in Klausur, an dem Victoria nach originellen Gedanken über die Verbindungen zwischen Vicente Huidobro und den Malern gesucht hatte. Nachdem ich mir eine Zigarette angesteckt hatte, erklärte ich ihr, dass ich ab sofort mein Leben ändern wolle. Dass ich nach eingehendem, aber kurzem Nachdenken zu dem Schluss gekommen sei, dass meine Unbeteiligtheit, die bis dahin als meine moderne Haltung als Mann gegenüber dem Lauf des Lebens habe gelten können, untragbare Ausmaße angenommen habe. Ob sie sich daran erinnere, wie ich ihr einmal erzählt hätte, ich hätte früher für eine Zeitung geschrieben? Victoria erinnerte sich, und ich sagte ihr, ich wolle versuchen, wieder bei irgendeiner Zeitung unterzukommen. Ich würde Klinken putzen, ich würde mir eine Zukunft aufbauen. Endlich würde Schluss sein mit dem »Von der Hand in den Mund leben«. Ebenso mit Kokain, Whisky, Exzess, dem Kitzel des Absturzes, denn in der Konsumgesellschaft sei kein Platz für die Charakterschwachen, die zum Abdriften neigen … Ich wolle mir Mühe geben, um ihrer, Victoria, würdig zu sein, sie sei der Engel, der in meinem überschatteten Leben aufgetaucht sei, um es aufzuhellen. Ich sei sehr stolz auf sie und wünsche mir, dass sie auch stolz auf mich sein könnte.

»Lassen wir die leeren Floskeln, Victoria. Wir müssen reden. Ich will unbedingt deine Stimme hören. Gehen wir ins Bett?«

Mehr tot als lebendig – »ich bin so müde, Fernando …« –, schleppten wir uns zum Liebesspiel, das den Stempel unserer erstarrten Routine trug. Die gewohnten Liebkosungen, der leicht geöffnete Mund, ein »hör nicht auf, hör nicht auf …«, das in ein langes Stöhnen und kurzes Lächeln mündete, dann kehrten wir uns voneinander ab und wünschten uns noch rasch eine gute Nacht. Kaum wollte ich einmal die gewohnten Pfade verlassen, bekam ich gleich die Quittung: Sie rauschte ins Bad, kam im Pyjama zurück und rieb sich die dick eingecremten Hände. Dann bekam ich noch ein »Rauch bitte nicht im Bett, Fernando« zu hören. Und ein Grummeln unter der Bettdecke:

»Ich bin ja gespannt, ob sich das, was du mir gesagt hast, bewahrheitet.« Und damit kehrte ihr Tonfall zum Floskelhaften zurück.

»Das wird sich nicht nur bewahrheiten, sondern darüber hinaus werde ich von morgen an jeden Tag in die Altstadt gehen und deine Schwester suchen. Ich habe das Gefühl, dass ich sie finden werde, dass ich sie überzeugen kann. Dass ich aus ihr eine Erklärung herausbringe, Victoria.«

»Ist unter den Sachen, die ich dir gegeben habe, etwas Interessantes dabei?«

»Du meinst die Gedichte? Nichts. Es scheinen Erinnerungen zu sein, irgendwelche Skizzen. Sie schreibt gar nicht schlecht …«

»Nein, nein …« Victoria flüsterte: »Sie bleibt nur nicht bei der Sache. Sie ist nie bei einer Sache geblieben. Schlimmer noch als du …«

»Ich werde sehr wohl bei der Sache bleiben. Glaub mir. Da brauchst du dir keine Sorgen zu machen. Ich werde mich jeden Abend in den Asphaltdschungel stürzen. Das Terrain durchkämmen. Mich umhören. Ich wünsche mir, dass um mich herum alle glücklich sind.«

Und so bezog ich eine Woche lang meinen Posten in demselben

vergammelten Café und sah zu, wie die Penner sich vor der Keith-Haring-Mauer trafen, wie die tadellose Dora sie in das Gassenlabyrinth führte, vorbei an der starren Prozession der Damen, die in der Calle Probadors vor den Clubs standen, eine nach der anderen ihr schäbiges Gebiss zeigten und in angespanntem Schweigen den lüsternen Blicken auswichen.

In der zweiten Woche meines neuen Lebens, in dem sich eigentlich nichts verändert hatte, zogen die Ungarn endlich vom Haus der Llinàs' ab, was die Familienmitglieder erleichterte und die Vertreter der öffentlichen Ordnung zu selbstbeweihräucherndem Applaus veranlasste. Meine Nachforschungen wurden damit hinfällig. Allerdings war ich mir sicher, dass David Trabal uns Lügen aufgetischt hatte, und da die Altstadt eine unwiderstehliche Anziehungskraft auf mich ausübte, ging ich weiter täglich dorthin. Ich lehnte mich an eine grindige Fassade gegenüber einem Club für einsame Herzen und sah zu, wie Dora mit zu Boden gerichtetem Blick an all den transparenten Bodys, Silikonbrüsten und Anatomien in unterschiedlich gutem Zustand vorbeizog und die Penner durch die enge Gasse hindurch in immer dasselbe mysteriöse Haus führte.

Ich versuchte vergeblich, mich unbemerkt unter die gaffenden Rentner zu mischen, unter die sabbernden Alten, die fast nie die Dienste einer Nutte in Anspruch nahmen, aber eine Art Chronisten dieses Verkehrs des Fleisches waren. Jeder hatte seine Lieblingsdirne und überwachte, ein bisschen verliebt, ihre beruflichen Aktivitäten. Wenn einer von ihnen nicht da sein konnte, weil er zum Arzt oder mit seinen Enkeln ins Kino gehen musste, beobachtete für ihn ein anderer das Treiben der Auserwählten und erstattete ihm am nächsten Tag Bericht, es sei denn, er unternahm selbst Annäherungsversuche und beging damit die seltsamste Ehebruchsimulation, die ich in meinem Leben gesehen habe.

Eines Tages stellte sich mir einer von ihnen, der genauso grau und verlebt aussah wie sie alle, selbstbewusst als Antoni Tarsans vor, Witwer, dass ich nicht lache, und Gründer der Talleres Tarsans. Nachdem wir einander vorgestellt hatten (ich war für ihn

David Trabal, Beamter), betrieb der Alte mit mir Konversation über die unterschiedlichen Dienste, die jene Damen anboten. Er erklärte mir ins Detail hinein die Angebotspalette: französisch, griechisch, kubanisch, russisch, hawaiianisch …

»Dann haben die, die immer sagen, Barcelona ist kosmopolitisch, am Ende doch recht …«

»Wie bitte?« Der Alte war etwas konsterniert, wollte mich aber weiter ins Vertrauen ziehen. »Aber ich verstehe nicht … So jung wie Sie sind … Entweder können Sie sich nicht entscheiden, oder Sie wollen einfach nur abspritzen …«

»Ich kann schon auch scharf werden … Aber am schärfsten machen mich solche Nutten, die nicht wie Nutten aussehen. Wie die, die immer die Penner abschleppt.«

»Schwester Dorotea? Sie haben wirklich ein gutes Auge … Sie hat mal in dem Gewerbe gearbeitet, aber dann ist sie in die Fänge so einer Sekte geraten. Sie haben ihre Räumlichkeiten, ihre Kirche oder was das sein soll, in dem Haus dort. Sie holt die Penner, gibt ihnen was zu essen und liest ihnen aus der Bibel vor, glaube ich zumindest. Aber diese ausgefuchsten Kerle stecken sich Wachs in die Ohren, wie bei einer Sprengung … So sind alle zufrieden.«

Der Mann versuchte, an meinem Gesicht abzulesen, wie die Mitteilung bei mir angekommen war. Dann stellte er sich auf die Zehenspitzen, dicht an mein Ohr, und flüsterte:

»Wenn Sie's auf die Schwester abgesehen haben, nur zu, die Tür steht immer offen … He, und wenn was läuft, sagen Sie mir Bescheid, ja …«

»Kann ich denn ohne Erlaubnis hochgehen?«

»Klar, sie wird Sie natürlich gleich bekehren wollen … Verzeihung …«

Der Witwer Tarsans entschuldigte sich, weil in diesem Augenblick seine Lieblingsnutte, eine fettleibige, monumentale Afrikanerin unbestimmten Alters einen Kunden verabschiedete und sich nun, während sie umständlich den Reißverschluss eines ihrer gelben Stiefel zuzog, unter dem Schild der Bar Tico-Tico von ihrer Fangemeinde bewundern ließ.

Ich wartete, bis die Penner herausgekommen waren, und trat dann in den halb verfallenen, feuchten Eingang. Ich erklomm im Dunkeln die Stufen, dann ging auf einmal Licht an, und ich stieß fast mit Dora zusammen, die im selben Augenblick aus einer Tür mit dem Schild »Pascualisten des Einzigen Tags« herauskam. Als der Schreck vorbei war, stammelte ich eine Entschuldigung, und sie sah mich an, als würde sie mich von irgendwoher kennen. Jemanden zu erkennen, so dachte ich mir, musste einer Frau mit ihrer Vergangenheit automatisch Anlass zu Misstrauen geben.

»Guten Tag, sind Sie hier zuständig?« fragte ich sie und erfand schnell eine Ausrede, um meine Anwesenheit zu rechtfertigen.

»Ja, ich bin hier zuständig. Was wünschen Sie?« Ihre Art, sich zu bewegen hatte etwas Frömmelndes, während ihre Stimme streng, fast angespannt war.

»Ähm, ich bin Journalist. Mein Name ist David Trabal. Ich schreibe eine Reportage über die, wie soll ich sagen, über die Armen, die durch die Radikalsanierung aus dem ehemaligen Barrio Chino verdrängt werden.«

»Mit Journalisten wollen wir nichts zu tun haben. Lassen Sie mich vorbei?«

Wir standen auf einem winzigen Treppenabsatz mit unebenem Boden, zwischen einer Wand mit abbröckelndem Putz und einem ziemlich wackligen Eisengeländer. Dora schien nicht mit sich reden zu lassen; trotzdem machte mir das Abenteuer allmählich Spaß. Anstatt sie vorbeizulassen, rührte ich mich nicht vom Fleck und flehte:

»Schwester Dorotea !... Meine Absicht ist es, für kleine Religionsgemeinschaften wie die Ihre das Wort zu ergreifen. Die Öffentlichkeit soll endlich Ihr Engagement für die Chancenlosen kennenlernen! Ich verfolge schon seit einer Weile Ihre Arbeit und habe mir gesagt ...«

Als sie schon fast auf der Straße war, drehte Dora sich zu mir um:

»Ich habe Sie schon gesehen. Dort vorne, bei den Stielaugen ...« Das musste ein Ausdruck aus dem Prostituiertenmilieu für Gaffer sein. »Ich hielt Sie für einen, der nicht recht weiß, wo er hingehört …«

»Nein, Schwester, ich bin ein direkter Zeuge des menschlichen Elends und der hingebungsvollen Bemühung einiger, dieses Elend zu lindern.«

»Also, ich muss jetzt einkaufen gehen. Die Tür ist offen. Wenn es Sie interessiert, können Sie sich die Broschüren nehmen, die auf dem Tisch liegen. Ansonsten fassen Sie bitte nichts an und gehen Sie wieder.«

Ich bot ihr an, sie zu begleiten, ihr tragen zu helfen, aber das Treppenhauslicht ging wieder aus, und als ich endlich den Schalter gefunden hatte und mich über das Geländer zu ihr hinabbeugen konnte, war Dora bereits verschwunden. Rasch verließ ich den Treppenabsatz mit dem ungleichen Boden und drückte die Tür auf. Ein intensiver Geruch strömte mir entgegen, er kam von einem Raumspray, das in der schlecht zu lüftenden Wohnung notwendig war. In dem kleinen Aufenthaltsraum, der gleich hinter dem Eingang lag, standen Schränke mit offenen Fächern, in denen Stapel von Broschüren und Mappen lagen, rings um einen langen Tisch, auf dem weiteres Werbematerial bereitlag. An einer Ecke des Tischs sah eine Alte wie eine pflichtbewusste Beamtin irgendwelche Drucksachen durch. Ich grüßte, bekam einen knappen Gruß zurück und setzte mich auf einen Stuhl. Ich versuchte, einen Blick in die übrigen Räumlichkeiten zu werfen. Gegenüber lag eine Küche, in der Würstchendosen für den Gastronomiebedarf gestapelt standen, und hinter mir ein größerer Raum mit kreisförmig aufgestellten Stühlen, in dem ich in einer dunklen Ecke ein Lesepult erkannte. Das abendliche Dämmerlicht, das Blinken der roten und grünen Barschilder auf der Straße machten es mir schwer zu lesen, was auf den Plakaten, die an den Wänden hingen, in klobigen Druckbuchstaben geschrieben stand. Ich machte Anstalten aufzustehen:

»Dort dürfen Sie nicht hinein, Bruder«, sagte die Alte zu mir, ohne von ihren Papieren aufzusehen und ihre routinehafte Tätigkeit auszusetzen.

»Ich wollte nur lesen, was auf den Plakaten steht …«

Die Alte drehte eine Broschüre um und sah mich über die Brille hinweg an:

»Lesen Sie das heilige Wort hier …« Sie zeigte mit einem Kugelschreiber auf die Broschüren. »Lesen Sie es hier, das heilige Wort ist überall und immer gleich …«

Angesichts dieser dogmatischen Maßregelung fragte ich mich erneut, was ich an diesem Ort zu suchen hatte. Wollte ich mit Dora reden? Worüber eigentlich? Über den Tag des Watussi? Nach so langer Zeit? Über das, was geschehen war? Wozu? Um eine neue Sicht auf die Dinge zu bekommen, neue Vermutungen, die mir nicht weiterhelfen würden? Um mich an alte Zeiten zu erinnern? Um endlich darüber Gewissheit zu erlangen, wer ich wirklich war?

Ja, das alles spielte mit hinein.

»Sie lesen doch nicht?« hakte die Alte etwas unfreundlich nach.

Gehorsam griff ich nach einer Broschüre der Pascualisten des Einzigen Tags. Der Titel verkündete: »Schwester Jeanette erklärt«. Unter der Titelzeile war die Zeichnung von einem Bilderbuchstrand. Ein blondes Mädchen in einer Tunika blickte aufs Meer.

> Schwester Jeanette erklärt, dass wir Punkte sind, die das Licht suchen. Aber das irdische Licht ist falsch und schlecht. Schwester Jeanette erklärt, dass ohne Jesus nichts von Wert ist. Jesus ist die Suche. Jesus ist das Licht, das sanft gegen das andere Licht kämpft. Beide Lichter muten gleich an, aber nur eines ist in Jesus. Jesu Licht kann sich in Worte verwandeln, die wir nicht verstehen, aber die uns retten. Früher hat niemand verstanden, was Schwester Jeanette erklärte. Sie hat die Sünde kennengelernt. Aber ein mächtiges und weißes Licht kämpfte gegen das vergiftete Licht, das ebenfalls weiß aussieht. Schwester Jeanette war einmal wie du. Und ist gerettet worden …

Als ich umblätterte, sah ich eine weitere Illustration. Genau der Saal, der hinter mir lag; die Stühle, die jetzt leer herumstanden, waren auf der Zeichnung von Modellen beiderlei Geschlechts besetzt. Die sitzenden Menschen hielten ihre Handflächen nach oben. Die Blonde in der Tunika mit dem keuschen Lächeln tanzte, gar nicht ohne Schwung, mit einer Schellentrommel in der Hand. Ich hätte wetten wollen, dass diese leicht exzentrische Blondine Schwester Jeanette war. Neben ihr ein bärtiger Mann in genauso einer Tunika wie die der Blondine auf dem Titelblatt, er hatte die Arme erhoben und machte ein Gesicht, als ginge es ihm prächtig. Ich erinnerte mich an die Worte meines Schwiegervaters Octavi an dem Nachmittag, als er mir von den Insekten der Illusionsmaler erzählt hatte. Er erwähnte das Vermächtnis eines gewissen Lentulus. Der junge Mann mit Bart war das perfekte Bild dieser Beschreibung. Jesus in Person. Der nicht unwesentliche Unterschied bestand darin, dass der Jesus dieser Broschüre in Tanzlaune war und dem Mädchen seine Euphorie zeigte. Eine aus christlicher Sicht tatsächlich merkwürdige Szene, auch wenn man wie ich nicht besonders streng religiös erzogen worden war. Über dieser Szene stand die Titelzeile: »Schwester Jeanette erklärt, dass Jesus tanzt«.

> Schwester Jeanette erklärt, dass das vergiftete Licht die Welt verfälscht erscheinen lässt, und so täuschen wir uns, wenn wir denken, dass die Zeit vergeht. Aber die Zeit vergeht nicht, sie nimmt nur ab und dörrt uns aus. Jesus tanzt, um das Licht zu täuschen, das uns täuscht. Jesus tanzt, damit die Zeit vorangeht und uns nährt. Jesus tanzt, damit das vergiftete Licht vor dem sanften Licht weicht. Auf dem Weg ihrer Erwählung sah Jeanette Jesus tanzen. Erfreut euch am Tanz. Erfreut euch an Jesus.

Auf der dritten Seite vergoss Schwester Jeanette eine Träne, als sie sah, wie der tanzende Jesus sich auf den Fluchtpunkt der Ewigkeit zubewegte. Jesus tanzte im Gehen, und auf dem Rücken seiner Tunika war ein großes J und sein ganzer Name gedruckt: JESUS-

CHRISTUS. Ich wurde nervös. Meine Augen sprangen zu der Titelzeile: »Schwester Jeanette erklärt, dass Jesus unsterblich ist«.

> Schwester Jeanette erklärt, dass der Name Jesus sich ändert. Seit Beginn des sanftes Lichts liebt uns Jesus. Wir sterben, aber ER liebt uns weiter. Er gibt vor zu sterben, aber in Wirklichkeit lebt er unter einem anderen Namen jenseits des sanften Lichts weiter. Und die Spur, die unser Leben hinterlassen hat, tanzt in den himmlischen Blumengärten, wenn wir uns entschließen, Jesus bei allen seinen Namen zu lieben, wenn wir die neue Sprache, in der Jesus zu uns spricht, verstehen. Wenn wir die neue Sprache Jesu mit dem neuen Namen nicht verstehen, sind wir Betrogene in der Zeit, im vergifteten Licht, und es kann keine Liebe geben. Wenn wir nicht den neuen Namen verstehen, stürzen wir in die Trostlosigkeit.

»Toñi, Schatz, hilf mir …« Dora kam mit einem Sack Brot und zwei Wasserkanistern herein, sie konnte ihre Last kaum tragen. Ich stand auf, um ihr zu helfen, da sah sie mich wieder mit tiefem Misstrauen an. Ich machte mir nichts aus ihrer abweisenden Art, packte den Sack und trug ihn in die Küche. Dann setzte ich mich wieder auf meinen Stuhl und gab vor, mich für die »Erklärungen« Schwester Jeanettes zu interessieren. Nur ein bisschen, mein Leser. Wenn ich mich mit meinen eigenen Augen hätte sehen können, wäre ich überzeugt gewesen, dass das die ersten Anzeichen von Verrücktheit waren.

»Also, Herr David …« Dora erinnerte sich an meinen falschen Namen: »Es tut mir sehr leid, aber ich werde Ihnen bei Ihrer Reportage, die Sie da machen, nicht helfen können. Ich muss mich jetzt sofort an die Arbeit machen, damit die Stullen für die Abendverteilung rechtzeitig fertig sind. Schwester Antonia und ich gehen zu den Bahnhöfen, den Parkplätzen, an Orte, wo es Bedürftige gibt … Bruder José findet, das sollten Sie sagen, und nicht das, was irgendwann mal in der Zeitung stand. Damals schrieben sie, dass wir die Armen ausnützen würden … Wie denn? Was heißt hier ausnützen, wenn wir ihnen doch nur helfen? Und dann haben sie noch behauptet, wir würden sie ›geistig‹ ausnützen. Wenn man am Verhungern ist, ist das das Einzige, was ›geistig‹ zählt.« Dora fuchtelte vor meinen Augen mit einem Brötchen herum. »Wir geben ihnen vor allem das …«

»Dieser Herr ist nicht so …«, warf in diesem Augenblick zu meiner Überraschung Schwester Toñi ein: »Dieser Herr sucht die Wahrheit, Dorita. Ich sehe es seinen Augen an. Unterhalte dich ruhig kurz mit ihm, ich mache solange die Stullen.«

Dann ließ Toñi die verwirrte Dora stehen, die so aussah, als wollte sie mit niemandem über irgendetwas reden, und verschwand in die Küche. Pfeifend schloss sie die Tür. Ich erkannte das Lied, das sie pfiff, wollte es aber nicht glauben. Erst als das Pfeifen zu einem Trällern auswuchs, bestand kein Zweifel mehr, und an der Stelle, an der es in dem Lied »Ich will Watussi tanzen, Watussi tanzen für dich« hieß, sang Toñi, »Ich will meine Seele retten, meine Seele geben für dich«.

»Sie scheint eine großartige Frau zu sein«, stammelte ich.

Ohne die geringste Koketterie trocknete sich Dora an ihrem grauen Rock die verschwitzten Hände ab. Sympathielos sah sie mich an. Dann schlug sie ihr sauberes, aber ungekämmtes und schon ergrauendes Haar nach hinten. Umgeben von groben Zügen die blauen, ausdruckslosen Augen. Abgesehen davon, dass sie meine Nervosität zu bemerken schien, wirkte sie nicht gerade einfühlsam. Sie hatte ausreichend Lebenserfahrung, um zu erkennen, dass ich nicht der war, der ich behauptete zu sein, auch wenn sie den Grund meiner Verstellung nicht sah. Ich improvisierte:

»Als Erstes würde ich gerne etwas über die Ursprünge Ihrer Konfession wissen, über die Veranstaltungen hier, was jemand, der sich, sagen wir, Ihnen anschließen möchte, tun muss.«

Die professionelle Nüchternheit meiner Fragen schien meine frühere Nachbarin, einst Scarlett O'Hara, dann Nutte, ein wenig zu beruhigen. Dora drückte sich ihre dicke Brille ans Nasenbein, formte mit ihren Lippen ein professionelles frommes Lächeln und sagte zu mir:

»Die Pascualisten sind auf der ganzen Welt verbreitet. Es gibt kein Zentrum, keine Kirche, keine, ich weiß nicht, Gesetze oder Bestimmungen, die von einem bestimmten Ort kommen und die sich irgendein Bischof, ein Papst, irgendeiner von denen ausdenkt … wie Bruder José sagt, es ist eine Art Netz mit Knoten. So wandern die guten Vorsätze, die Fürsorglichkeit, die Freude und die Liebe zu Jesus von einem Ort zum anderen. Ansonsten sind wir wie alle anderen Christen auch. Wir folgen der Lehre Jesu, seinem Lebensstil …« Früher hatte Dora nicht so roboterartig gesprochen. Sie schien diese Worte nicht nur anderen vermitteln, sondern auch sich selbst einreden zu wollen: »Wir unterteilen uns in den Einzigen Bruder, den Hirtenbruder und den Arbeiterbruder. Der Einzige Bruder hat zu einem bestimmten Zeitpunkt seines Lebens die Vision des sanften Lichts gehabt. Früher oder später wird der andere Einzige Bruder ihn finden und ihn verstehen. Oder die Pascualisten werden vom Hirtenbruder davon erfahren, der selbst aus dem Mund des Einzigen Bruders von der Lichtvision erfahren hat. Wir Arbeiterbrüder und -schwestern entsagen unserem früheren Leben, unserer Täuschung, und versuchen, Stück für Stück die Lehren des Einzigen Bruders durch unsere mildtätige Arbeit zu verstehen. Erst wenn wir die Lehre des Einzigen Bruders in uns aufgenommen haben, erkennen wir den Glanz des sanften Lichts.«

»Und wann wird man befördert? Steigt man überhaupt auf? Werden Sie irgendwann Hirtenschwester oder Einzige Schwester werden?«

»Nie. Ich werde immer die sein, die ich bin.«

Eine ernste, wenn auch nicht der Wahrheit entsprechende Antwort.

»Klar …«, war alles, was ich herausbrachte. Ich blätterte die Broschüre durch. Und improvisierte: »Folgen die Pascualisten in der ganzen Welt der Lehre von Schwester Jeanette? Ich meine, glauben sie an einen tanzenden Jesus und so?«

»Schreiben Sie nicht mit?«

»Nein. Ich habe ein gutes Gedächtnis.«

»Dann merken Sie sich das: Jeder Pascualistensitz geht seinen eigenen Weg. Den Weg, der ihm der Einzige Bruder oder der Hirtenbruder, der den Einzigen Bruder kennengelernt hat, aufzeigt. Jeder Weg ist gut, solange er sich an die Regeln der Pascualisten hält. Wir Pascualisten zeigen uns untereinander, welchen Weg wir einschlagen, und geben uns gegenseitig Ratschläge. Uns allen gemein ist der Glaube an den Einzigen Tag. An einen Tag der Enthüllung. Eines Tages wird Jesus sich dem Einzigen Bruder enthüllen: in seiner Größe, seinem Glanz, seinen wechselnden Gestalten, seiner Ewigkeit. Hier übernimmt Bruder José die Aufgabe, uns den Weg zu zeigen. Bruder José hat auch die Einzige Schwester Jeanette kennengelernt. Er übermittelt uns ihre Erklärungen. Er hat mir gezeigt, dass es ein sanftes Licht gibt. Dass Jesus tanzte, denn er war das freudige Licht. Strahlend …«

Dora, die Tochter des Hehlers, hatte neunzehn Jahre später das Wort gebraucht: strahlend …

»Was wollen Sie damit sagen?« fragte ich, obwohl ich sehr gut wusste, was so viel Lichterglanz bedeutete. In meinen japanischen Comicgeschichten gab es auch einen Watman, der strahlend war. Er bewachte die Grenze, und er tanzte. Und Matwan war die Dunkelheit, auch er bewachte die Grenze und täuschte die anderen.

»Ich war vom rechten Weg abgekommen. Dann hat Bruder José zu mir gesprochen. Er hat mir die verantwortungsvolle Aufgabe übertragen, gegen die falsche Zeit und das vergiftete Licht hier zu kämpfen, mitten in der Straße des Trugs. Das ist der Quell meiner Freude geworden.«

In der Küche pfiff und trällerte Schwester Toñi immer noch dieses Lied, das ich zum letzten Mal an einem Morgen des Jahres ’77 in Tinas weißem Apartment gehört hatte, kurz bevor ich die Frau, die jetzt vor mir stand, in einem Nachtclub mit dem Namen *Avida Dollars* traf. Jetzt stand dieselbe Frau vor mir und redete von Erlösung:

»Bruder José hat mir gesagt, ich soll helfen, ich soll mindestens so lange helfen, bis ich die geworden bin, die ich sein soll … Sehen Sie … Wir bringen den Armen Essen, erledigen für Leute, die nicht schreiben und lesen können, die Formalitäten, damit die Regierung ihnen eine Unterstützung auszahlt, wir helfen, wo wir können …« Doras Mund, der schon die verstecktesten Winkel des menschlichen Körpers ausgekundschaftet hatte, formte sich nun zu einem versonnenen, in die Rettung ihrer Seele versunkenen Lächeln. Am vernünftigsten wäre es, mich unter einem barmherzigen Vorwand zurückzuziehen, damit diese Frau weiter ihr Leben führen konnte, auch wenn mir das alles, was in diesen Broschüren stand, hinreichend bekannt vorkam, auch wenn die Frau in der Küche das Lied des Watussi pfiff, auch wenn das alles auch zu meinem Leben gehörte und ich ein Recht darauf hatte. Ich war in diese muffige Wohnung getreten, um herauszufinden, ob ich noch immer der war, der ich immer gewesen war, und die Antwort war nein. Auch sie waren nicht sie, da konnte Dora noch so sehr darauf beharren, »immer ich selbst zu sein«. Doch man musste die Dinge akzeptieren, wie sie waren, denn die tiefen Furchen um Doras Mund, ihre Augenringe, ihr erschlaffter Körper sagten mir, dass die Würde dieser erfundenen Worte das Einzige war, was sie besaß, und dass sie auf Zehenspitzen über ein Minenfeld ging. Im Vergleich dazu riskierte ich nichts in dem langweiligen Leben, in dem ich mich eingerichtet hatte. Auf einmal tauchte sie in eine wie bei allen Pascualisten strahlende Verklärtheit. Sie konnte nicht anders, als mir zu sagen:

»Dank ihm, dank Bruder José. Warten Sie …«

Dora stand auf, zog eine Schublade unterhalb der Regalfächer auf und holte eine gerahmte Fotografie heraus. Sie hielt sie mit beiden Händen wie etwas äußerst Zerbrechliches.

»Er kommt nur noch selten hierher. Er ist viel in Südamerika. Er möchte, dass alle Pascualisten die Erklärungen von Schwester Jeanette kennen. Und gut …. Uns gefällt die Vorstellung, dass es mittlerweise viele Pascualisten in Südamerika gibt, die Schwester Jeanettes Lehre kennen. Er überzeugt sie davon, unseren Weg zu gehen. Er kann reden … Und nicht nur zu denen, die Spanisch verstehen, sondern auch zu denen, die Englisch sprechen. Genau wie die Apostel, als sie auszogen, das Evangelium, die Worte Jesu, zu verbreiten. Sie sprachen sie in einer fremden Sprache, doch überall, wo sie hinkamen, verstanden die Menschen sie, als würde ihre Mutter zu ihnen sprechen. Bruder José singt und sagt seltsame Worte, aber überall, wo er hinkommt, verstehen die Menschen ihn. Ob in Boston oder Chicago. Wo auch immer …«

Dann zeigte sie mir das Foto von diesem Bruder José, der sie so blendete. Bruder José schien nicht mehr besonders gewachsen zu sein, seit ich ihn zum letzten Mal gesehen hatte, allerdings hatte er einige Kilo zugenommen, und seine scharfen Gesichtzüge, über denen fast immer eine schmutzige Mähne gehangen hatte, hatten sich in ein glatzköpfiges Mondgesicht verwandelt. Seinen schrecklichen Hemden war er ebenso treu geblieben wie seiner Mentorin, die man mir als Einzige Schwester Jeanette vorgestellt hatte und die wahrscheinlich niemand anderes war als die Coupé. Pepito, der tanzend vor einem Mikrophon stand und wahrscheinlich eine mitreißende Rede in der unverständlichen Sprache hielt, blickte mich an, zwischen uns der launige Strom der Zeit, dessen Fluss nicht vorherzusehen war. Auf dem Bild war nicht zu erkennen, ob er noch seinen orthopädischen Schuh trug, ich vermutete aber, nein. Meine Vermutung gründete sich darauf, dass über dem vorsintflutlichen Kragen von Pepitos sagenhaftem, strahlendem Hemd nun ein goldenes Amulett prangte, auf dem noch ein Blinder aus einem Kilometer Entfernung das Wort JESUSCHRISTUS lesen konnte.

»Es geht Ihnen wie vielen Leuten. Sie sehen das Foto und meinen, ihn zu kennen …«

»Hier …« Ich gab ihr das Foto zurück, und während mir durch den Kopf ging, was dieser Zigeuner und dieser Tag bei mir alles angerichtet hatten, konnte ich nicht mehr und fragte: »Und du, Dora, kennst Pepito, den Yeyé, auch, und mich willst du nicht kennen?«

Schwester Toñis Pfeifen in der Küche verstummte, Dora sah mich an und begriff, dass es mit der spirituellen Harmonie vorbei war. Ich konnte nicht anders, als weiterzureden, weil ich spürte, dass die unheilvollen Dinge aus meiner Vergangenheit, die in letzter Zeit in mir aufstiegen und mir im Kopf herumschwirrten, endlich auf eine Lösung zuliefen. Das alles ist kein Witz, mein Leser. Ich sagte zu Dora:

»Das ist nämlich Pepito, der Yeyé. Und die einzige Schwester Jeanette muss die Coupé sein. Und, nichts für ungut, Jesus ist der Watussi.«

Die von den vielen Jahren und vielen Kilos, die auf ihr lasteten, behäbig gewordene Schwester Dorotea rückte sich die Brille bis ans obere Ende des Nasenbeins, was das Erstaunen in ihren kurzsichtigen Augen noch zusätzlich betonte, und befahl mir:

»Gehen Sie.«

»Nein, noch nicht. Erinnere dich, Dora. Wir haben uns vor Jahren einmal in einer Oben-ohne-Bar getroffen, du hast dort gearbeitet. Ich habe so einen reichen Sack begleitet, für den ihr ein Gemälde von Julio Romero de Torres nachstellen solltet. Der Alte hat einen Schwächeanfall bekommen. Wir sind alle auf die Toilette, um nachzusehen, ob er sich erholt. Ich habe dich schon damals gefragt, was an jenem Tag damals passiert ist, aber du wolltest nicht darüber reden … Für dich war das Schnee von gestern. Gut … Und jetzt das hier, das ist doch ein …« – ich wollte »Witz« sagen, tat es aber nicht. »Ich frage dich also nochmal: Was ist passiert, Dora? Warum pfeift diese Frau in der Küche das Lied des Watussi? Warum sind wir alle seit diesem Tag verrückt? Seit dem Tag, als deine Freundin getötet wurde …«

»Toñi! Ruf die Polizei!«

Die Alte öffnete die Küchentür und starrte mich an, denn ich redete einfach weiter und bemühte mich, sie mit meinen Worten nicht zu verschrecken:

»Ich war an dem Tag auch dabei, Dora. Am 15. August 1971. Ich habe mich zwanzig Jahre lang gefragt, was an diesem Tag passiert ist. Auch ich habe die Worte des Watussi gehört. Und die der Coupé. Auch ich kenne sie …«

»Du weißt nicht, was du da redest«, sagte mir Toñi auf dem Weg zum Telefon.

»Schon außergewöhnliche Menschen, dieser Pepito und seine

Coupé. Einverstanden. Sie haben etwas, das wir nicht haben. Und sie sind in Ordnung. Das weiß ich auch. Aber ich flüchte mich nicht in die Lüge und denke, sie seien eine Art Propheten oder Heilige. Ich will nur die Wahrheit wissen. Auch ich habe gelitten. Dieser Tag ist für mich eine Last, die ich nicht abschütteln kann.«

Dora hatte den Kopf in die Arme sinken lassen. Als sie aufsah, war ihr Gesicht gerötet. Sie nahm sich die Brille ab und sah die alte Toñi an, die den Telefonhörer bereits in der Hand hielt:

»Leg wieder auf, Toñi ...«

Woraufhin Toñi zu mir sagte:

»Du weißt nicht, was Leiden ist, du verwöhnter Rotzlöffel. Treibst dich ein paar Tage in den Straßen rum und glaubst, du kennst die Welt. Wenn du die Hälfte von dem wüsstest, was ich von dieser Frau weiß, was dieses arme Kind durchgemacht hat ...«

»Sei ruhig, Toñi ...« Dora setzte sich die Brille wieder auf und sah mich endlich an: »Und du bist der Sohn der Witwe. Euch hat man eine Hausmeisterloge angeboten, damit ihr das Feld räumt.«

»Stimmt ...«

»Deine Mutter hieß ...«

»Flora.«

Entgegen meiner Erwartung trat Dora nun mit geöffneten Armen auf mich zu und reichte mir beide Hände. Ihre Hände waren rau. Dora weinte wieder und schüttelte den Kopf:

»Du hast wirklich die ganzen Jahre daran gedacht?«

»Jeden Tag bin ich zu unserem Berg zurückgekehrt, er hat mich nicht losgelassen. Irgendwann kam ich auf andere Gedanken. Aber gerade in letzter Zeit kommen die Erinnerungen wieder hoch. Wie gesagt, Dora. Dort im *Avida Dollars*, ich glaube, so hieß der Schuppen. Aber du hast mir gesagt ...«

Dora schloss die Augen und schüttelte den Kopf, sie wollte, dass ich schwieg und sie nicht länger an ihre Vergangenheit erinnerte. Leicht hysterisch sagte sie zu mir: »Ich war nicht ich selbst ...« Langsam musste ich annehmen, dass niemand der war, der er zu sein schien. »Eine lange Zeit war ich nicht ich selbst. Trotzdem ... Von mir wirst du nichts erfahren ...«

Dora ließ meine Hände los. Die alte Toñi hatte sich neben sie gesetzt und ihr die Hand auf die Schulter gelegt. Toñi flehte mich mit den Augen an, ich möge Schwester Dora nicht länger mit ihrer Vergangenheit quälen. Doch meine Vermutungen verdichteten sich, die Schatten wurden länger, ich würde nicht gehen, bis ich etwas erfahren haben würde … Denn da war etwas, das ich nicht wusste und das man mir verschwieg. Als ich diese Wohnung betreten hatte, hatte ich gesehen, wie diese Toñi mit der Sturheit einer Beamtin die Broschüren gefaltet hatte, darum vermutete ich, dass sich hinter der ganzen Spiritualität eine kaltblütige Frau verbarg, mit der sich handeln ließ, ich bräuchte nur ihren praktischen Sinn zu erwecken:

»Seht her … Mit mir hat es das Leben ziemlich gut gemeint.« Ich dachte an meinen Kontostand. Tortosa hatte mir für *Der Wächter der Grenzen* erst kürzlich die letzte Rate überwiesen, und in den letzten Wochen hatte ich mich nicht meinen üblichen Exzessen hingegeben, die sonst immer ein Loch in meine Finanzen rissen. – »Ich lade euch zum Abendessen ein und gebe euch eine Spende. So viel, wie ich jetzt lockermachen kann … Schätzungsweise um die hunderttausend Peseten … Und ich verspreche euch, euch weiter zu unterstützen. Es gibt doch sicher ein paar wohlhabende Leute, die euch unterstützen …«

Auf meinen Vorschlag hin nickte Dora etwas abwesend, während Toñi mich ansah, als wollte sie zu mir sagen: »Dir werde ich gerade sagen, wer uns unterstützt oder nicht …«

»Natürlich wird nie jemand auch nur ein Sterbenswörtchen davon erfahren.«

»Das geht nicht …«, sagte Dora.

»Sag ja, Dorotea, sei nicht dumm.« Mit ihrer Aufforderung rahmte die kluge Toñi das Bild ein, das ich mir gerade von ihr gemacht hatte, und diesen Rahmen verzierte sie noch mit den funkelnden Steinen ihrer Boshaftigkeit, als sie zu ihr sagte: »Der Junge gibt sich doch solche Mühe … Und bis Bruder José wieder da ist, ist längst Gras drüber gewachsen …«

Nun erklärte mir Toñi unaufgefordert, wer Pepito, der Yeyé,

in Wirklichkeit war. Wahrscheinlich hatte er tatsächlich nichts anderes im Kopf, als den paar armen Schluckern, die in dem Nebenzimmer herumhampelten, ihr klägliches Vermögen aus der Tasche zu ziehen. Vielleicht auch nicht. Aber ich wurde in meiner Skepsis bekräftigt, denn nun sagte sie:

»Du wirst ihn nicht mögen ... Was er dir erzählt, wird dir nicht gefallen.«

Und als ich die Tür öffnete, um Geld holen zu gehen:

»Du wirst ihn überhaupt nicht mögen ...«

Ich ging zu einem Geldautomaten und kehrte mit hunderttausend Peseten zum Sitz der Pascualisten zurück. Mit einem Pharisäerlächeln gab ich Toñi das Geld, woraufhin sie mir, ohne ihre versteinerte Miene zu verziehen, zu verstehen gab:

»Ich komme mit zum Abendessen. Ich bin nicht bereit, sie auch nur eine Minute alleine zu lassen.«

»Und Dora?«

»Sie kommt gleich. Sie heißt Dorotea. Schwester Dorotea.«

Endlich kam Dora, notdürftig für den Anlass zurechtgemacht, ohne Brille, ein bisschen geschminkt und mit einem blauen Chiffonhalstuch mit goldenen Sternchen und silbernen Monden, das sehr gut zu ihren Augen passte, aus denen sie kaum etwas sah. Sie sah aus wie eine ziemlich abgedrehte Astrologin. Seit langem schon bemühte sie sich nicht mehr, den Männern oder gar sich selbst zu gefallen. Ich erinnerte mich an die hochmütige Gestalt, die sie in längst vergangenen Zeiten in der Barackensiedlung gewesen war. Ihre klappernden Absätze, das Flattern ihres Minirocks. Vielleicht, so sagte mir mein Gespür, war Dora gar nicht so schlecht dran.

Während wir die Straße hinuntergingen, mied ich den verwirrten Blick des Witwers Tarsans, der aufgeregt seine Belagerungskameraden mit den Ellenbogen knuffte, und nachdem wir um die erste Ecke gebogen waren, machten wir uns auf die Suche nach einem einfachen Lokal in der Nähe der Ramblas. Man wies uns zwischen Studenten, ausgehfreudigen Jugendlichen und sonstigen Vergnügungssüchtigen einen Tisch zu. Wie bei einem Geschäftsessen verschoben Dora, Toñi und ich die Stunde der Wahrheit bis zum Kaffee. Während die beiden sich über Fälle von Emigranten unterhielten, die sie zu irgendwelchen Ämtern begleiten mussten, oder über reuige Verbrecher, die auf Bewährung freigelassen, aber gleich darauf abgetaucht waren, versuchte ich, mit kühlem Kopf zusammenzusammeln, was ich vom Tag des Watussi noch alles wusste: Julias Leiche unter dem kalten Blick Emilianos, Pepitos Tanz vor den beiden gekauften Polizisten, Supermans Angst, Blasrohrs Bande, Wühlmaus' Bericht, die vom Regen schlammige Mole, und nochmal der Regen, die Nutten und der Regen, die Französin und der Regen, der Klang des geheimnisvollen Tanzes zwischen den Baracken, das andere Gesicht des Rhythmus, das W zwischen den Schatten, die Schreie in der Nacht, meine Mutter und der Regen. Der Regen. Zwei Jungen, die von einer Mordgeschichte erdrückt werden, im Mülleimer der Fiktion. Ein Toter, der auf dem hin und her schwappenden Wasser treibt. Und wieder der Regen. Und während ich mit dem Besteck hantierte und zu lächeln versuchte, und während die Unterhaltung der beiden Frauen sich immer weiter von mir entfernte und wie im Nebel verschwamm, begann ich zu zweifeln, dass eine von ihnen schon bald Wörter artikulieren würde, welche die Geheimnisse der Vergangenheit und mein verzehrendes Brennen würden berühren können, und während ich so dachte, wappnete ich mich gegen die schlimmste Enttäuschung und sagte mir, dass der Tag des Watussi nicht mehr war als die Schlüsse, die ich aus seinem Verlauf zog. Dass ich selbst über meine Biographie bestimmte. Und wieder einmal sagte ich mir, dass ich einer ungeschliffenen, aber starken Rasse angehörte, scharfsinnig, neugierig, mit praktischem Sinn, Erfindungsgeist, schnell im Lösungenfinden, zupackend, am Nerv der Zeit, individualistisch, voller Freude und Überschwang. Nicht das, was passiert war, begriff ich, sondern die Art, wie es zu der Auflösung gekommen war. Ich weiß nicht genau, warum, jedenfalls kam mir auf einmal die Erinnerung an die Halle des Palace Hotels. Ich hatte einen Journalisten auf den Arm genommen, der daraufhin die Falschmeldung verbreitet hatte, an irgendeinem Ort in Mittelamerika habe es einen Staatsstreich gegeben. Und beim

Anblick dieses schrecklichen Halstuchs von Dora fiel mir Tinas im Wind flatterndes Halstuch ein, als wir in dem Jaguar-Cabrio hinter den Sprösslingen Del Cravalls und Del Protzos her an die Costa Brava fuhren. Ich erinnerte mich an Elsa, wie sie sang und wie sie eine Musikzeitschrift durchblätterte und die Artikel mit ihrer auffallenden Urteilsfähigkeit kommentierte. Und das Beste an Victoria, wenn sie nackt war: ihr leuchtendes Gesicht. Das alles war ich, daran änderten auch ein paar geänderte Ansichten über einen längst vergangenen Tag nichts, dem ich sowieso schon zu viel Bedeutung beigemessen hatte.

Als ich aus meinem Bad der Erinnerung auftauchte, schwärmten Dora und Toñi gerade von den Amerikareisen Bruder Josés. Unermüdliches Tanzen, Beten, Predigen gegen das Böse. In den Kordilleren der Anden, unter Strohdächern, an riesigen Strömen trat er auf zwischen den schweigenden Ureinwohnern und dem Geschrei des amazonischen Urwalds. Dann Boston, und Chicago … Während sie sich unterhielten – mich schlossen sie von der ersten Sekunde an von ihrer Unterhaltung aus –, spachtelten die Schwestern von Bruder José mit gesundem Appetit. Nach dem Dessert hangelten sie sich über ein paar schwierige Minuten, die endlich in die für ein ernsthaftes Gespräch notwendige Stille mündeten. Dann sagte Dora:

»Ich brauche einen Whisky, aber ich habe schon seit Ewigkeiten nichts mehr getrunken …« Ihre Stimme war von der frömmlerischen Begeisterung, mit der sie von den Erfolgen Bruder Josés erzählt hatte, in eine mondäne, nuttenhafte Zügellosigkeit umgeschlagen, die zu ihrem neuen Auftreten überhaupt nicht passte. Das war die Dora, die ich kannte, dieselbe, die mir nach dem Vorbild Bruder Josés hunderttausend Peseten aus der Tasche geleiert hatte. Ich fürchtete, dass sie nichts mehr vertrug, dass sie einen Whisky trinken und anschließend zwischen den Gästen polternd zusammenbrechen würde, ohne ein Wörtchen über das Thema, das mich so sehr interessierte, verlorenzuhaben. Darum machte ich die vorsichtige Bemerkung:

»Wenn du es verträgst …«

»Und ob sie es verträgt. Und ich auch. Du glaubst wohl selbst nicht, dass wir nach einem Schluck betrunken sind …« Toñi hatte nicht viel Respekt vor mir.

»Ich?« Auch ich hatte nicht allzu viel Respekt vor mir.

»Whisky war gar nicht mein Ding, Hübscher …«, sagte Dora zu mir, während sie den Whisky, der nicht ihr einziger bleiben sollte, in einem einzigen Zug leerte. »Ich war auf H, das hat mir den Rest gegeben.«

Da ich möglichst wenig sagen wollte, um Doras Redelaune nicht zu gefährden, nickte ich einfach stumm, als sie gleichzeitig ihre Gläser hoben und mich mit dem Blick aufforderten, eine weitere Runde zu bestellen. Ich wollte natürlich nicht kleinlich sein. Entweder musste sie den Schmerz betäuben, bevor sie den Tag des Watussi aus ihrer Sicht erzählen könnte, oder das war hier ein Wettsaufen. Doch dann fing Dora an zu reden, und in einem vom Alkohol schleppenden Ton entledigte sie sich der Last des jahrelangen Schweigens und sprach:

»Julia hatte mich über die Wahrheit aufgeklärt, schon viel eher, noch bevor Celso glaubte, er habe sie getötet …«

Ein Schlag ins Gesicht. Keine meiner Spekulationen über diesen Tag stimmte mit dieser Aussage überein. An jenem Morgen des Jahres 1971 hatte Pepito sofort den Gedanken gefasst, Dora selbst habe aus Groll ihre Freundin Julia, Celsos Tochter, umgebracht. Als ich später darüber meine Gedanken wälzte, kam ich zu keinem anderen Schluss, als dass der Watussi selbst mit seiner schwarzen, zerstörerischen Seite der Mörder sein musste. Mit der Zeit freundete ich mich dann sogar mit der These an, die Elsa mir, betäubt den Kopf wiegend, eingeredet hatte: dass Julia in Wirklichkeit gar nicht an diesem Tag gestorben sei; dass alles ein Vorwand gewesen sei, um dem Watussi das Handwerk zu legen. Und jetzt die Nachricht, dass ihr Vater …

»Was willst du mir damit sagen? Dass Celso seine Tochter getötet und vergewaltigt hat? Oder dass sie ihn so bearbeitet haben, dass er das glaubt?«

»Er wusste, dass er sie vergewaltigt hatte. Logisch, dass er es wusste. Er hatte sie missbraucht, seit ihre Brüste zu wachsen begannen … Aber sie war gar nicht seine Tochter. Und er hat sie auch nicht getötet. Sie haben es so hingedreht, dass er es geglaubt hat. Diese Schweine …«

Ich ließ Dora weiterreden, mir würde schon noch klarwerden, was sie meinte. Dora fuhr fort:

»Mein Vater kannte Celso aus der Strafanstalt in Ocaña. Mein Vater war dort, weil er auf der falschen Seite gestanden hatte. Mein Großvater war bei der CNT, und nach dem Krieg, es war kurz vor Weihnachten, kam die Polizei und steckte ihn ins Loch. Die Schläge, die man ihm verpasst hat, müssen einen gerissenen Kerl aus ihm gemacht haben. Und als Franco nach Barcelona kam, dasselbe Spiel. Sie haben alle eingesperrt. Wie auch immer, mein Vater landete in der Strafanstalt in Ocaña. Dort freundete er sich mit Celso an, der so etwas wie ein Leutnant unter Franco gewesen war und nach dem Krieg, schon als Zivilist, irgendwen umgelegt hatte. Ein Schwein. Aber er wurde der Freund meines Vaters, und sie verabredeten, dass sie sich in Barcelona treffen wollten, der Stadt meines Vaters. Außerdem war Barcelona eine Stadt, in der man verglichen mit anderen Orten frei atmen konnte. Celso wurde ins Gefängnis von Valencia verlegt, und mein Vater war davon überzeugt, dass er ihn – Freundschaft und gute Worte hin oder her – nie wiedersehen würde. Aber einige Zeit darauf stand Celso plötzlich auf dem Berg, er hatte ein bisschen Geld und erzählte irgendwas von irgendwelchen Franzosen, die er angeblich kannte. Er stellte meinem Vater Pilar vor, sagte, sie sei seine Schwester, dem Mädchen, Emiliano und zwei oder drei anderen. Allesamt Arschlöcher. Jedenfalls stieg Celso – solche Sachen sprechen sich einfach herum – mit Pilar, die seine Schwester war oder auch nicht, ins Bett. Bis er irgendwann genug von ihr hatte. Dann fing er was mit der Nichte an, wenn sie denn seine Nichte war. Julia war nämlich Pilars Tochter und nicht Celsos Tochter. Das hat sie, Julia, mir selbst gesagt. Und Celso war so närrisch nach Julia, wie ich es noch nie bei einem Mann gesehen habe. Dabei habe ich viel gesehen … Männer, die für Geld alles bekommen … Aber irgendwann verlieren sie die Lust daran, es fehlt der Reiz des Verbotenen. Und dann sehen sie sich um und vergucken sich in die kleinen Mädchen. Zuerst sind es nur Gedanken … Aber vor lauter Gedanken läuft ihnen irgendwann der Sabber aus dem Mund. Und dann werden sie wild. Julia ließ es über sich ergehen. Hinterher kam sie immer zu mir nach Hause und kauerte sich in die Ecke, die Fotze tat ihr weh, und die Seele tat ihr weh, alles tat ihr weh, wie einem kleinen Vögelchen. Mein Vater wusste alles, meine Mutter auch, sie war taubstumm, sie warf mir vielsagende Blicke zu. Dass Celso befehlen könne, was er wolle, aber dass er es ja nicht wagen solle, sich an mich heranzumachen. Eines Tages dann hat mir Julia alles erzählt und mich darum gebeten, Stillschweigen zu bewahren. Die Arme … Angemerkt hat man ihr schon was, sie hat das, was sie zu Hause ertragen musste, an den anderen ausgelasssen … Und so wie ich damals drauf war, auch keine Heilige, sind wir manchmal ganz schön aneinandergerasselt.« Dora lächelte, wie in schöne Erinnerungen versunken: »Ich erinnere mich, dass einmal …«

»Die Scarlett-O'Hara-Geschichte.«

»Genau. Du erinnerst dich?«

»Ich habe zugesehen. Ich war auf dem Weg zur Schule und habe zugesehen.«

»Zugesehen hast du? Dann weißt du ja Bescheid. Sie hatte sich so viel davon versprochen, und dann komme ich und … Kinderkram, natürlich, und trotzdem wusste ich, was lief … Ich wusste, dass eines Tages irgendetwas Schreckliches passieren würde … Das hat auch mein Vater gesagt: ›Halten wir uns da lieber raus.‹ Immer wieder sagte er: ›Sobald wir das Geld haben, gehen wir von hier fort …‹ Sie schuldeten uns nämlich eine hübsche Summe, haben auf diesem Berg gehaust wie die Ratten.«

»Von der Hand in den Mund.«

»So ist es, Herr Philosoph. Aber wo hätten wir hingehen, was hätten wir tun können. Man ließ uns nur in Frieden, wenn wir nicht weiter auffielen und schön dort blieben, wo wir waren, in unseren Rattenlöchern. Mein Vater war der Einzige mit ein bisschen Grips, er hat den anderen – teils aus Angst, teils, um selbst

Geld gewinnen und sich aus dem Staub machen zu können – gesagt, wie sie das Geld anlegen konnten, damit sie, wenn es eines Tages schlagartig mit dem Stehlen und so weiter zu Ende sein würde, genug gespart hätten, um ohne Arbeit leben zu können. Wohnungen kaufen, Sparkonten eröffnen. Das alles lief auf Pilars Namen, denn sie hatte keine Vorfahren und unterzeichnete alles als Witwe … Zu diesem Zeitpunkt, als das alles passierte, war das Viertel schon vom Abriss bedroht, und man hatte uns gesagt, in fünf oder sechs Monaten bekämen wir irgendeine blöde Abfindung, und dann solle jeder seiner Wege gehen … Und dann …«

Tränen. Ein Taschentuch. Die Brille abwischen. Whisky:

»Eine Dummheit. An allem war eine Dummheit schuld … Die Julia hatte sich in den Watussi verliebt. Sie hatte ihn kennengelernt, als sie noch ein kleines Mädchen war, und irgendwann hatte sie wie wir alle erfahren, dass er zurückgekommen war. Vom Hörensagen. Aber manchmal sah sie ihn in der Nacht. Von weitem. Von hinten. Und dazu ihre ganze Art, wie sie geworden war, seit diese Bestie sie missbrauchte. Aus heutiger Sicht alles ganz normal. Ein junger Kerl, von dem alle Welt redet, den sie aber nur von früher kennt … Der sie nicht anfasst. Der geheimnisvoll ist. Der weit weg ist … Mir hat sie von ihm erzählt, bis ich mich – ich war damals schon eine blöde Kuh – auch ein bisschen in den Watussi verliebt habe. Und die Leute redeten und redeten, Watussi hier, Watussi da. Und die Leute redeten schlecht über ihn, sehr schlecht sogar, aber das machte den Kerl nur noch interessanter. Ich sah das Unglück schon nahen, es lag in der Luft, und ich sagte mir: ›Das kann nicht gutgehen, irgendwann passiert etwas.‹ Hinzu kam noch, dass die Julia richtig romantisch wurde und damit regelrecht übermütig. Auch Celso machte ihr keine Angst mehr. Eines Nachts dann, Celso kam betrunken nach Hause und wollte sie zu sich ins Bett holen, sagte sie zu ihm, er solle abhauen, und wehe, er fasse sie an. In der nächsten Nacht kam er wieder, noch betrunkener, und sie sagte dasselbe zu ihm. Das alles hat sie mir erzählt, und ich habe Schweigen bewahrt, und mir ist es bis heute ein Rätsel, warum diese Bestien mich nicht fertiggemacht haben … Die einen wie die anderen. Arschlöcher und Bestien. Aber so weit kam es nicht. Wie gesagt. Celso hat es einmal versucht, vergeblich, ein zweites Mal, wieder Fehlanzeige, und auch in der dritten Nacht war nichts zu machen. Da ist dem Celso der Kragen geplatzt. Sie versucht also abzuhauen, der Celso hinterher, er erwischt sie und schleppt sie ins El Molino, diesen verfallenen Tanzschuppen. Und dort ist unser Leben zur Tragödie geworden, unser aller Leben.«

Dora gab Toñi einen Klaps auf den Oberschenkel, da wusste Toñi sofort, was sie zu tun hatte. Die Kellner machten schon einen großen Bogen um unseren Tisch. Wahrscheinlich brachten unsere Gesichter sie ebenfalls auf den Gedanken: »Hier passiert noch was.«

»Ich habe sie gesehen«, sagte Dora. »Julita hatte mir nämlich gesagt, dass sie es nicht mehr zulassen würde, dass der Celso sie anfasste. Dass sie sich reinigen wolle, so drückte sie sich aus. Sie sagte, sie wolle nochmal von vorne anfangen. Aber sie sagte mir auch, dass der Alte jede Nacht zu ihr komme und sie ihn wegschicken müsse ... Da wusste ich, dass etwas passieren würde. Darum wartete ich, wenn ich im Bett lag, immer, bis das Auto des Alten anrollte und ich draußen Stimmen hörte. Offenbar drehte er seine Runden, trank und gaffte Frauen hinterher, bis er irgendwann heiß wurde auf das, was er eigentlich wollte und was er bei sich zu Hause hatte. Von meinem Fenster aus sah ich Julias Zimmer. Und bei geöffneten Fenstern hörte man alles. Schließlich war es Sommer ... Ich sah also jede Nacht, wie Celso das Haus betrat. Auch in jener Nacht. Und ich sah, wie Emiliano, der größte Drecksack von allen, vor der Tür stand und eine Zigarette rauchte, und sobald der Celso kam, scheuchte er jeden weg, der sich auf der Straße herumtrieb, um Luft zu schnappen und der Musik aus dem nahen Vergnügungspark zuzuhören ... Dann sah ich, wie Julia das Fenster öffnete und auf die Straße sprang. Emiliano rannte ihr nach und packte sie. Anschließend sah ich, wie Celso auf die Straße rannte, und Pilar, die ihm auf den Fersen folgte und ihn zu halten versuchte. Mutige Pilar ... Celso holte schließlich Emiliano und Julia ein und sagte, er solle sie ihm überlassen und verschwinden. Daraufhin schleppte er sie ins El Molino. Was hat sie geschrien, aber niemand hat sich im Fenster gezeigt! Dann sah ich, wie Pilar zu Emiliano sagte, er solle nur hereinkommen, sie wolle mit ihm reden … Und ich bin so doof, schlüpfe in meine Kleider und gehe los. Ich gehe den Schreien nach, bis ich vor dem El Molino stehe. Ich blicke hinein und sehe nichts, sondern höre bloß das ›Au, au, au …‹ der armen Julia. Und das waren keine Lustschreie, kann ich dir sagen … Celso war fertig und wird auf einmal ganz zutraulich, geradezu zärtlich. Er hat alles Mögliche zu ihr gesagt … Die Drecksau!« An dieser Stelle schrie Dora, woraufhin die Kellner uns nun wirklich unfreundlich ansahen. »Julia sagt ihm, er soll sie in Ruhe lassen. Da nennt Celso sie einfach so Nutte. Ob sie eigentlich nicht wisse, dass sie verloren sei, ob sie das noch nicht begriffen habe. Dass das der Grund sei, warum die Pilar schon seit langem nicht mehr mit ihr reden würde. Dass sie ihm den Verstand geraubt habe. Dann ging er … Als ich um das El Molino herumschlich, um Julia zu Hilfe zu eilen, da sie mir erzählt hatte, der Alte würde sie jedes Mal übel zurichten … Schau nicht so blöd!«

»Sprich bitte etwas leiser …«, flehte ich sie an.

»Wolltest du das für deine hunderttausend Peseten denn nicht hören? Oder wolltest du eine Extranummer? Was Versautes? Warte nur, das kommt noch, und nicht zu knapp … Ich schleiche also um das Gebäude, da sehe ich etwas Großes … Ein Schrank von einem Mann. Dann sehe ich, wie er in das Gebäude geht und einen Stein aufhebt, und als die Kleine auf allen vieren abzuhauen versucht, schlägt er ihr den Stein auf den Schädel, ungefähr so, zack. Und noch einmal … Dann nimmt er den Stein und haut ab …«

»Der Watussi? Woher wusste der Watussi, dass sie dort waren? Warum hat er das getan?«

»Was heißt hier der Watussi! Emiliano! Niemand wusste es, bis ich es irgendwann meinem Vater erzählt habe. Denn Pilar kannte nicht die ganze Wahrheit. Es war ihre Idee gewesen, die Schuld dem Watussi zuzuschieben, allerdings hatte sie andere Gründe, und dann … Sie waren Bestien, aber nicht vollkommen herzlos, und das Mädchen war schließlich ihre Tochter. Andererseits, wenn ich nur daran denke, wie kaltblütig diese Frau gewesen ist … Mit diesem schrecklichen Kerl, den sie den ganzen Tag aushalten musste. Wenn sie gewusst hätte, dass es Emilianos Idee gewesen war, sie zu töten. Die Idee von ihrem Macker. Aber nach so langer Zeit, was soll's … Emiliano hatte die Idee, sich die ganze Kohle unter den Nagel zu reißen, wenn Julia erst mal tot sein würde, der Celso komplett abgekippt wäre und er sich die Pilar gefügig gemacht hätte … Aber was soll's.«

Dora bewältigte den wahrscheinlich härtesten Moment der Erinnerung. Sie trank. Teilte unser Schweigen. Tränen rannen ihr aus den geschlossenen Augen. Ich fürchtete, auch ihr würde es wie mir ergehen, und sie fürchtete, sich an jenem 15. August wiederzufinden, sobald sie die Augen aufschlug. Aber Dora kam wieder zu sich, sah uns an und redete weiter:

»Sie haben dann dem Watussi die Schuld zugeschoben und diesen ganzen Zirkus veranstaltet. Was irgendwann ein bisschen kompliziert wurde, weil der arme Bruder José die arme Schwester Jeanette finden wollte, weil er glaubte, sie würde den Watussi suchen und ihm sagen können, was los war. Bruder José, der arme Kerl. Ein Zigeunerjunge, den seine Mutter verlassen hatte, so eine Schlampe, die sich noch nicht mal mehr bei ihren eigenen Leuten blicken lassen konnte. Eine vollkommen fertige Nutte … Eine Seele von Mensch, unser Bruder José, er schloss sich mal dem einen, mal dem anderen an, wie ein Hündchen. Und seit er gehen konnte – du weißt doch, damals ging er sehr schlecht –, war er auf der Hut, dass sie ihn nicht ins Waisenhaus oder Kinderheim steckten. Vor allen war er auf der Hut. Und Schwester Jeanette … Sie war die heilige Maria unter uns, und wir haben es noch nicht mal bemerkt … Du ja auch nicht, obwohl du mittendrin warst. Wenn du mich fragst, irgendwann an dem Tag waren sie sogar so weit, dass sie euch umbringen wollten. Daran gedacht haben sie ganz bestimmt. Und geredet haben sie auch darüber. Sie haben es nur nicht getan, weil die Lage zu unübersichtlich geworden war und die Franzosen befohlen hatten, dich nicht anzurühren. Frag mich nicht, warum … Im Viertel hieß es später, deine Mutter sei ein Spitzel, sie würde mit einem Polizisten unter einer Decke stecken … Das nur, damit du es weißt … Ich habe dich ja gewarnt, dass dir das, was ich zu erzählen habe, nicht gefallen wird …«

Wie der Witwer Tarsans vorhin gesagt hatte: »Die Ex-Nutte …« Das arme Mädchen von der Straße, die Dora des Hehlers, glaubte allen Ernstes, es würde mir irgendwas ausmachen, mit wem meine Mutter irgendein Vertrauensverhältnis gehabt haben oder mit wem sie ins Bett gestiegen sein soll. Nur die Boshaftigkeit, mit der die gütige Schwester Dora das gesagt hatte, veranlasste mich dazu zu erklären:

»Die Französin … Es war die Französin aus dem La Alameda …«

»Die Französin, die Franzosen, weiß der Henker. Ich habe diese Leute nie gesehen. Mein Vater übrigens auch nicht. Er gab nur Befehle an Celso. Oder hatte Nachrichten für Pilar. Jedenfalls müssen diese Franzosen echt was für dich übriggehabt haben, sie waren es nämlich auch, die euch die Hausmeisterwohnung organisiert haben. Sie bestimmten über einen Haufen Gebäude. Im Viertel hieß es, deine Mutter habe die Hausmeisterwohnung unter der Bedingung bekommen, dass sie weiter Spitzel sein würde. Anscheinend war es der Polizist leid, mit ihr immer irgendwohin zu gehen …«

Ich dachte an meine Mutter, die mit Fußballerknieschützern die Treppe schrubbte, und ich spürte zu ihr eine Zuneigung, die ich jahrelang verdrängt hatte. Ich wollte sie bald einmal anrufen, sehr bald. Und was diese Nutte anging – wenn das alles einschließlich der Geschichten über meine Mutter die Wahrheit sein sollte, dann war mir eine hässliche Seite meiner Existenz ganz schön lange verborgen geblieben.

»Natürlich haben sie was für dich übriggehabt, ist doch klar … Denn nach Bruder José und Schwester Jeanette hat man sehr wohl gefahndet, nachdem der erste Schock verwunden war. Denn da war noch etwas … Julia war tot, und in ihrer Hilflosigkeit fiel ihnen nichts Besseres ein, als sich den armen Superman vorzuknöpfen. Der war bei dem ganzen Zirkus wirklich der Depp. Und dann haben sie kurzen Prozess gemacht.«

»Der Superman? Aber was hatte er damit zu tun? Sie haben doch den Watussi getötet. Ich habe die Leiche doch gesehen. Wie sie im Hafen geschwommen ist …«

»Was hast du schon gesehen … Lad mich auf noch einen Whisky ein, und ich erklär's dir …«

»Dora, meine Liebe …« Sogar die stille Toñi begann sich Sorgen zu machen.

»Schwester … Du selbst wolltest, dass ich rede. Schließlich bekommen wir Geld, das wir an die Armen verteilen können, wir werden einen Freudentanz aufführen. Hübsches Geld vom Söhnchen der spitzelnden Hausmeisterin …«

Die gute Schwester Dora lief langsam zu Form auf, endlich schien sie wieder die Alte zu sein, nur in einem erschlafften Körper. Noch nie hatte ich in einem Lokal so lange auf einen Whisky gewartet. Mit ihm zusammen brachte man mir gleich die Rechnung, damit wir möglichst sofort verschwanden. Ich zahlte gleich und ließ ein mehr als üppiges Trinkgeld da. Nicht ohne Spott ließ sich der Kellner auf den Handel ein. Ich weiß gar nicht, warum ich mich jetzt daran erinnere. Wegen des Lokalkolorits, um meinem vertraulichen Bericht über einen Menschen, den es nicht gibt, ein wenig Atmosphäre zu verleihen.

Dora nippte immer wieder an dem Glas, bis sie schließlich sagte:

»An dem Morgen, als sie die Julia töteten, Kleiner, war der Watussi schon mindestens drei Jahre tot. Es gab keinen Watussi. Es hatte nie einen Watussi gegeben. Jedenfalls, wenn man sich an das hält, was Bruder José predigt. Die Julia hatte sich in jemanden verliebt, den es gar nicht gab. Schwester Jeanette war eine drogensüchtige Nutte und wartete, dass der Watussi wieder zu ihr zurückkäme. Sie wartete auf jemanden, der längst tot war. Und das hat sie endgültig gebrochen. Die Liebe, die Abhängigkeit … Bruder José leiert das immer wieder runter wie ein Papagei …«

»Dora!« ermahnte sie die alte Toñi.

»Ich sage wie ein Papagei, weil er nach wie vor keine Ahnung hat. Ich habe das alles mein ganzes Leben lang mit mir herumgetragen. Bruder José plappert wie ein Papagei die Worte nach. Und wenn Schwester Jeanette ihn nicht irgendwann in dieses Konsulat schleppt, wo auch ihr Vater gearbeitet hat, dann treiben sie irgendwann auch noch im Hafen. Traut vereint mit dem Superman …«

Das konnte genauso gut eine Lüge wie die Wahrheit sein. Ich hatte zu lange meine eigenen Gedanken gewälzt, mich meinen Gefühlen hingegeben, um Lüge und Wahrheit auseinanderhalten zu können. Langsam glaubte ich, dahinterzukommen:

»Irgendwer hat sich also als der Watussi ausgegeben. Nur, warum?«

»Emiliano hat sich als Watussi verkleidet, du Dummkopf. An dem Tag musste der Superman dran glauben, und zwar aus dem einzigen Grund, weil er ihm ähnlich sah. Sie zogen ihm diese Baseballjacke an, damit man seine Tätowierungen nicht sah, damit die Leute glaubten, er wäre es … Und im Wasser …«

Das war also der Schrei in der Nacht gewesen. Der unaufhörliche Schrei. Jetzt hörte ich ein irres Lachen. Gefolgt von einer hochtrabenden Rede:

»In der Nacht, als sie Julia umgebracht haben, haben sie auch den Superman umgebracht. Es war eben das Einfachste, irgendwie muss ihnen an dem Tag ein Licht aufgegangen sein. Die Sache wurde mit Geld geregelt. Dann haben sie allen irgendwas weisgemacht, dem Celso, dass er angeblich seine Nichte umgebracht habe, die allen als seine Tochter bekannt war. Schon war die Sache geritzt, das Geld hatten sie an einem sicheren Ort untergebracht. Eines Nachts sind sie verschwunden. Ich habe gesehen, wie sie abgehauen sind, aber ich habe nichts gesagt … Ich hatte genug von dem allen … Mein Vater, der von heute auf morgen ohne alles dastand, versuchte, mit den Franzosen zu reden, aber die Franzosen haben ihm nur ins Gesicht gelacht. Und sie haben ihn gewarnt, dass sie ihn abmurksen würden, wenn er noch einmal auftauchen würde. Und wohin Emiliano, Celso und die Pilar gegangen sind, tja … Meine Brüder machten sich nach ihnen auf die Suche, aber es war vollkommen aussichtslos … Jedenfalls hat mein Vater gesagt, er schulde uns eine Erklärung … Schließlich erzählte er uns etwas, wofür er sich ziemlich schämte, dass diese Typen aus Marseille vor Jahren auch in Barcelona ihr Unwesen getrieben hätten, sie hätten sich mal mit dem einen, mal mit dem anderen arrangiert. Sie waren auf der Seite der Bösen, aber ganz böse auch wieder nicht, wie soll ich sagen … Immerhin sind sie keine Spitzel wie deine Mutter. Und mein Vater hat nie mit einem Polizisten geredet, nicht wie die ganzen Arschlöcher.« Dora nahm einen Schluck. Wutgeladen wie ihre Worte war auch der Blick, den Toñi mir nun zuwarf, weil ich in diesem Schlangennest gestochert hatte, wo sie doch so glücklich und zufrieden gewesen waren. »Die Franzosen sagten Celso, sie bräuchten einen ›Prügelknaben‹. Prügelknaben nannten sie jemanden, auf dem sie die ganze Schuld für alles, was passierte, abladen konnten. Natürlich musste das jemand sein, dem man zutraute, ein Lügner zu sein. Ein Gemeindepfarrer war also nicht gerade geeignet … Am besten dient als Prügelknabe jemand, der bereits tot ist. Ein Toter ist am besten, klar … Jemand, der tot ist, aber dessen Tod sich noch nicht herumgesprochen hat. Die Franzosen murksen in Frankreich jemanden ab, und die Schuld fällt auf den Prügelknaben hier, dafür brauchen sie nur durchsickern zu lassen, dass sie alles, was hier passiert, spitzkriegen. Und dieser Prügelknabe war der Watussi. Mein Vater erfuhr zufällig, dass er in Amerika gestorben war. Offenbar war er als Seemann unterwegs, als ihn eine Last erschlug … Irgend so was erzählte jemand eines Tages meinem Vater am Hafen. Wie gesagt, zufällig. ›War der nicht einer von hier, groß, schlaksig, der Watussi …?‹ So war es. Die Leute haben erzählt, er sei ziemlich verrückt gewesen, keine Ahnung … Jedenfalls hatte er hier irgendwelche Drogenprobleme mit Schwester Jeanette und hat sich aus dem Staub gemacht. Sie waren die Allerersten damals. Auf Ibiza. Er ist einfach abgehauen, ohne etwas zu sagen, und hat sie hier sitzenlassen. Er sei weggegangen, würde aber zurückkehren. Die Leute sagten, sie hätten den Watussi gesehen, erzählten ihr irgendwelche Geschichten, und sie wartete. Und so kam es, dass der Watussi drei Jahre nach seinem eigenen Tod jemanden umbrachte, diese ganzen Ws hinpinselte, über die die ganzen Idioten immer nur sagten: ›Der Watussi war's.‹ In Frankreich konnten sie natürlich lange nach dem Watussi suchen. Irgendwann suchten sie ihn hier, weil irgendwelche Leute behaupteten, sie hätten ihn nachts herumschleichen sehen … Um was zu erzählen zu haben, erfinden die Leute alles Mögliche … Es gibt auch solche, die immer nur das verstehen, was sie verstehen wollen. Und dann gibt's die Oberschlauen, die immer Bescheid wissen. Der Watussi war wie ein großer Müllcontainer, in den alle ihren gesammelten Schrott abluden. Eine Erfindung. Manchmal zog sich der Emiliano so eine Jacke an, wie sie der Watussi immer getragen hatte, mit einer Fünfundsechzig und noch irgendwas hintendrauf, und schlich nachts heimlich durch die Gassen, um eine Spur zu legen. Wenn jemand ihn rief, reagierte er nicht. Nun hieß es also: Der Watussi redet mit niemandem mehr. Das war schon alles gut durchdacht, das schon … Sie gaben ihm sogar eine Art Scheinadresse in der Barceloneta. Hin und wieder ging Emiliano dorthin, um beim Watussi vorbeizuschauen. Schwester Jeanette bot weiter ihre Fotze an und sagte: ›Mein Watussi, mein Watussi …‹, und der hinkende Zigeuner sagte ›Wehe ihr schlagt mich, ich bin ein Freund vom Watussi …‹. Die Leute redeten, was für gute Freunde sie waren, diese Deppen, und immer sein werden, diese Vollidioten … Julia verliebt sich sogar in ihn. Und dann bringen sie sie um. Und verschwinden. Und verarschen uns. Und mein Vater wird nie wieder der Alte. Und meine beiden Brüder lochen sie ein, Banküberfall. Und meine Mutter stirbt vor Kummer. Und mein Vater ist ein Wrack. Wahrscheinlich wartet er immer noch am Riesenrad im Vergnügungspark. Wenn er noch lebt …«

Ein gealterter Mann kommt in einer feuchten Winternacht aus dem Vergnügungspark. Die Art, wie er geht, verrät, dass er nicht gerne dorthin geht, wohin er geht, dass er nicht gerne von dort kommt, woher er kommt. Ich beobachte ihn aus einem gestohlenen Seat 1500 und bin schwach und weiß nichts, trotzdem bemühe ich mich, sauber zu bleiben. »Er geht nicht gerne dorthin, wohin er geht, er kommt nicht gerne von dort, woher er kommt.« Das war ein Ausdruck, den seine Tochter von ihm übernommen und mir soeben vorgeführt hatte.

»Und wir haben unser Zuhause verloren. Ich wurde Nutte, was nicht das Schlechteste war. Ich war sogar ganz zufrieden als Nutte, bis ich zu drücken anfing. Und bis …«

»Wahrscheinlich hat Pepito, also Bruder José, dir dieselbe Geschichte erzählt, von dem Tag, meine ich, nur in einer anderen Version. Aber wenn du das weißt, das alles weißt, wie ist es möglich, dass …?«

Dora sprang fast auf, die Arme, Hände ausgestreckt. Dann bat sie um Ruhe, schwankte kurz und:

»Bruder José kann mir predigen, was er will, ich höre nur auf meine Intuition!« schleuderte sie mir entgegen, und es hatte den Anschein, als wollte sie mir das Glas, das sie energisch leerte, am liebsten hinterherwerfen.

»Was willst du eigentlich von uns? Warum machst du uns das Leben zur Hölle?«, fragte mich Toñi und zerrte Dora mit sich, die nun für immer aus meinem Leben verschwinden sollte.

Warum verstand ich nichts mehr, außer vielleicht das Kopfnicken des Kellners, das mir zu verstehen gab, dass seine Geduld erschöpft war?

Auf der Straße. Allein. Es gab keinen Watussi. Dieser Schmerz war echt. Der einzige echte Schmerz.

Vor mir, in der bedrückenden Enge der Nacht, lag ein Platz mit einer Kirche, Bänke voller Taubendreck, Stille und Gedanken. Ich sah Dora und Toñi davontorkeln, wie sie in eine noch engere Gasse einbogen. Da stand ich auf dem Platz wie ein Trottel, am selben Platz, von dem jedes Ostern die gespenstischste Prozession Spaniens loszieht, die wahrhaftigste. Nutten, Transvestiten und Diebe knien sich hin und büßen vor einem Christus, den es nie gegeben hat, vor einer Heiligen Jungfrau, die es nie gegeben hat. Einmal, als ich mit Elsa unterwegs war, trafen wir auf diese Prozession. Elsa blieb stehen, um zuzusehen und sich an der Verzweiflung dieser Ungetümer zu laben, die uns vorführten, dass man sich in der Verzweiflung die Hände halten und zum Himmel blicken muss. Elsa hat daran geglaubt. Dora schaffte es, glücklich zu sein, obwohl sie an nichts glaubte, ihr genügte es, jeden Tag den Schrecken auf der Straße zu sehen, denn das Elend zog sie an. Die Augen niederschlagen. Sich auf die Brust schlagen und weiter glauben. In dieser Nacht, in der ich innerlich aufschrie, neunzehn Jahre später, da ich der Wahrheit ein gutes Stück näher gekommen war, kamen meine Gedanken immer wieder auf diesen Platz zurück, und ich erinnerte mich an schaurige Geschichten, aus Mündern, die sich nur nach Weinbrand sehnten. Doras Rausch, ihrem wilden Um-sich-Schlagen, mit dem sie die lächerliche Lüge, in der sie sich eingerichtet hatte, nun bezahlte, gemahnte mich an meine eigene lächerliche Lüge, an mein lächerliches Leben.

Neunzehn Jahre später. Den Watussi gab es nicht. An jenem 15. August 1971, eigentlich war es schon der 16., sah ich ihn auf dem Wasser treiben. Alles, was ich wusste, wusste ich vom Hörensagen, einiges war wahr, anderes komplett falsch. Fiktionen und Erinnerungsfetzen, die die Leute uns vorsetzen. Zu ihrer eigenen Erleichterung.

Ich ging ziellos durch die Gassen und dachte in einem Moment der Ruhe, dass mir jetzt nur noch die Vernunft bliebe. Und während ich an meiner Zigarette zog und den restlichen Rauch ausatmete, blickte ich nach vorne und zurück, ohne eine Menschenseele zu sehen, und mir kam der Gedanke, dass ein vernunftgeleitetes Leben wahrscheinlich viel weniger aufregend, aber wesentlich besser wäre. Der Moment würde kommen, an dem ich mich mit meinen wenigen mir verbliebenen Kräften dafür beglückwünschen würde, dass ich mich zu einem vernünftigen Lebenswandel entschieden hatte. Dass ich zum logischen, klaren Denken zurückgefunden hatte, an den Altar des Gottes des gesunden Menschenverstands, ohne die Anfälle von Paranoia, ohne Illusionsinsekten. Weder im Guten noch im Schlechten. Ohne Engel. Ohne Fiktionen.

Es war ein Moment großen Friedens. An ihn werde ich mich erinnern, wenn der Tod mich bedrückt und mein Leben blitzschnell vor meinen Augen vorüberzieht.

Sofort war der Frieden wieder dahin, als ich mich an die unglücklichen Zufälle erinnerte, die mich zu einem ziellosen Streuner gemacht hatten. Der blinde Zufall. Manchmal war es kaum zu glauben, dass es Zufall sein sollte, zum Beispiel als ich die Musik des Watussi hörte, verhunzt zum Jingle einer Waschmittelwerbung, während ich in einer Nacht kurz nach Vollmond in einem Jaguar flüchtete. Diese Art Zufälle verleiten uns, an eine höhere Macht zu glauben, an eine höhere, alles sehende Kraft. Für mich war es logisch, dass ich in meinen Jahren an der Plaza Real Elsa und keine andere kennengelernt hatte, und ebenso logisch, dass ich Jahre später Gefallen an Victoria fand, und sie an mir, und dass ihre Schwester mit Elsa befreundet war und Elsa ihr meine Geschichte erzählt hatte. Allzu viel konnte Elena allerdings nicht wissen. Ich allein trug die Verantwortung dafür, wer ich einmal gewesen war.

Das war der Moment, an dem die Angst zurückkehrte.

Auf einmal erinnerte ich mich an die verschlüsselten Botschaften in Elenas Gedichten, in ihrem »Schwierigen Lied«. Ich erinnerte mich an die unbekümmerte Art, in der sie in ihrem ersten Gedicht ihr Wissen über mich darlegte, ihre Erkenntnis, die sie mir in den übrigen Gedichten, wie etwa in »Finale«, mitteilte:

N iemand schwimmt mehr
E inher an dem kaputten Strand
Y (u)nd der Sand brennt
R euiges Lachen
A ufgequollene Särge

Und dann das »Schwierige Lied«:

NEue Kühlschränke **Y** (u)nd **RA**ffzähne wirst du sehen
Dahinter **NE**pp **Y** (u)nd **R**atten
Sch**NE**pfen **Y** (u)nd **RA**ubvögel oben
Sch**NE**llen **RA**sch vorüber.

Ein absurdes Lied, wenn es überhaupt einen Inhalt hatte, dann den der erfundenen Identitäten.

Aber wer war dieser Neyra? Einerseits verstand ich, und jetzt mehr denn je, dass Neyra eine Person war, die es gar nicht gab. »Schüttle dich, ja, ja, die Identität, da, da.« Jemand »Aufgelöstes«, »Gefälschtes«, »Erfundenes«, und vor allem »bekannt«. Andererseits schloss ich aus Elenas Gedankengängen, aus der Art und Weise, wie sie ihre verschlüsselten Botschaften vor mir ausbreitete, dass sie mich warnen wollte. Ich musste Neyra genauso kennenlernen, wie ich Scott und seine früheren Identitäten kennengelernt hatte. Er war auch »… der unsichtbare Mann, der mich, umgeben von blauen Fliesen, vögelte …«.

Schlussfolgerung: Ich kannte Neyra und musste auf der Hut sein.

Fürs Erste war »Neyra« nur ein Name. Ein Name, der mit Angst beladen war. Weil der, der dahinter stand, verborgen blieb.

Ein Name. Angst. Dein Name, mein Leser. Mein Name.

Verschlüsselte Botschaften. Verborgene Systeme. Erfundene Personen. Alle Buchstaben des Namens sind artikuliert worden. Doch der Name existiert nicht. Es hat keinen Watussi gegeben. Es hat keinen Watussi als solchen gegeben. Etwas ist auf ihn gestürzt und hat ihn erschlagen. Mitten auf dem Meer. Den Tänzer. Jetzt gibt es nur Neyra. Den Unbekannten. Der Zufall ist die letzte Komponente bei der Errichtung von Labyrinthen.

Ich ging weiter durch die Nacht, hinter mir niemand, vor mir niemand, und durchleuchtete noch einmal die tausend Versionen jenes 15. Augusts 1971, des Tages, an dem eine Heilige Jungfrau geehrt wird, die es nie gegeben hat, ehemals die Göttin Diana, die womöglich so, wie man sie kennt, mit Pfeil und Bogen, ebenfalls nie existiert hat. Ich durchleuchtete mein Gedächtnis und zerquetschte übereinandergeschichtete Lügen, wie jemand, unter dessen Sohlen totes Laub knirscht, und gelangte zu der Villa La Alameda, die einst noch größer erschienen war in der Düsternis des Gewitternachmittags, durch ihre Symmetrie, die Spiegel, die vielen Jahre, die Einsamkeit, und schließlich durch das spärliche

Licht, das durch die Rhomben der Fenster fiel und gewundene Gestalten auf den Boden zeichnete. Und nachdem ich die Räume durchmessen hatte, war ich damals zu dem Tisch gelangt, an dem die Französin ihr Geld gezählt hatte:

»Wenn du die Geschichte heute schon mal gehört hast, weißt du, dass der Watussi abgehauen ist und später wiedergekommen und nochmal abgehauen und jetzt wieder da ist. Heute Morgen hat er Celsos Tochter umgebracht.«

Weiter hatte die Französin erzählt:

»Ich kenne nur eine Geschichte des Watussi. Nur vier oder fünf Leute können sagen, dass sie den Watussi gesehen haben, und ich gehöre nicht dazu. Gesehen habe ich ihn nicht. Ich sehe nichts. Du brauchst mich nicht zu fragen, ob ich ihn gesehen habe, ich habe ihn nicht gesehen …«

Weil der Watussi tot war.

Ziellos streifte ich weiter durch die immer schmaleren Gassen, ich hatte keine Lust, nach Hause zu gehen, in keines meiner Zuhause. Ich ging unter den Baugerüsten für die Olympiade durch, wo es von Dieben wimmelte, streifte die Baldachine, unter denen die Diebe unbemerkt davonschlüpften. Ich ging immer weiter und fühlte mich als Dieb, mein Weg kam mir vor wie ein Davonschlüpfen in Spiralform, jeder Pflasterstein eine Überraschung. Es gibt keine Erinnerungen. Vor mir ist niemand, niemand läuft auf mich zu. Hinter mir ist niemand. Nur mein neuer gesunder Menschenverstand verfolgte mich, die bestechende Vernunft, die denkt:

»Aber ich habe den Schatten gesehen. Ich habe das W gesehen. Ich habe diese gespenstischen Schritte gehört. Meine Mutter auch.«

Jene Schritte, die die Stille der Nacht durchkreuzten, als würden sie zu allem einen Kontrapunkt setzen. Das Geräusch entfernte sich, tauchte plötzlich links von uns, dann wieder hinten, dann rechts von uns auf. Vom Fenster unseres Hauses aus, von jenem Haus, das mein Vater ohne Baugenehmigung auf diesem dichtbevölkerten Hang in der duldsamen Dunkelheit errichtet hatte, das ich damals bis in seinen letzten Winkel kannte und das nur mehr eine Erinnerung unter Baugerüsten war, war ich in Spiralen bergan gestiegen, über große und kleine Straßen, ich hatte gesehen, wie der Schatten eine Lichtung überquerte. Auf meine Netzhaut war das W eingebrannt, der Rücken seiner Jacke, sein wendiger Körper. Jene Nacht. Dann der Schrei eines Mannes:

»Mama, Flora, ich bin's, Fernando. Du hast die Schritte doch damals gehört, nicht wahr? Du hast auch den Schatten gesehen, nicht wahr? Du bist die ganze Nacht wach geblieben, um die Schatten zu beobachten …«

»Aber Fernando! Mein Junge! Wo bist du? Was ist los mit dir? Rede weiter, bitte!«

Ich legte auf. Neunzehn Jahre später versöhnte ich mich mit dem Schrei, ich war verloren im Gassengewirr, und der Name wurde ausgesprochen:

»Watussi!«

Sechs Jahre später versöhnte ich mich mit dem Anblick ihrer Leiche in einem Hauseingang und meiner Ohmacht:

»Scott!«

Die Hilflosigkeit schlechthin:

»Watman! Matwan!«

Das sanfte Licht. Das Strahlende. Das Aufblitzen eines feinen Sonnenstrahls auf dem löchrigen Topf eines Penners.

»Neyra! Neyra!«

»Warum sagen sie dunkel, wenn das Meer doch leuchtet?«

Ich kam zu den Ramblas, zu den geöffneten Kiosken, den geschlossenen Blumenständen und dem ganzen Volk, das früher oder später der Teufel holen würde. Ich stellte mich in die Mitte der breiten Prachtstraße, damit alle sahen, dass ich die großen Boulevards nicht scheute. Dann begann ich mit der Nummer. Ich war das W, das aufgedeckte Geheimnis. Ich war der Watussi, Scott, Watman und Matwan. Der doppelte Schlag der Sohle, Gegenschlag, auf dem Boden und auf der Bank und der Karosserie des parkenden Autos, weiterer Gegenschlag, Schlussschritt und Gegenschritt. Und dann natürlich die Drehung. Die Shingalíns werden zu Materie, sie umkreisen mich unter den Laternen. Und lachen, als Söhne der Freude. Zwei von ihnen treten zu mir, um mich zu fragen:

»Ausweis, bitte.«

»Den Watussi gibt es nicht. Nur seinen Chef. Er ist zwei Meter oder noch größer. Und obwohl er wie ein Chef aussieht, ist er keine Simulation von einem Chef.«

»Sind Sie Ausländer?« fragte mich Wächter 1.

»Ich bin ein Shingalín. Der Erste von ihnen. Ich hoffe, Sie wollen nicht auch noch wissen, ob ich aus Saholín oder aus Shangrilá bin. Das hier ist jedenfalls meine Art zu tanzen.«

Woraufhin ich weitertanzte.

»Machen Sie sich bloß nicht über uns lustig …«, sagte Wächter 1 zu mir, während Wächter 2 wegsah, als würde er sagen »Dir wird das Lachen noch vergehen …«.

»Ohne Freude keine Größe«, gab ich zum Besten.

»Aber du könntest dir einiges ersparen, wenn du jetzt auf der Stelle in ein Taxi steigen und nach Hause fahren würdest.« Wächter 2 ging endlich auf mein Sympathieangebot ein.

Das fünfte Taxi nahm mich dann mit, die davor hatten sich von meinem zerrupften Äußeren abschrecken lassen. Ich kam nach Hause. Ich stieg die Treppe hoch, wenn sie keine Spirale war, wirkte sie wenigstens so. Die Uhr am Eingang zeigte sechs Uhr, was ich nicht ganz glauben wollte. Noch weniger wollte ich glauben, dass ich vom Flur aus Licht im Wohnzimmer sah. Im Wohnzimmer schluchzte jemand, und offen gestanden, dachte ich, dass es schon nicht so schlimm sein würde.

»He, wird schon nicht so schlimm sein, oder …«, gab ich laut vernehmlich von mir.

Was taten Victoria und Rebeca da Arm in Arm? Noch dazu im Schummerlicht? Wieso das Schluchzen bei so viel Zärtlichkeit?

»Elena …«, sagte Rebeca bloß, während die andere mich keines Blicks würdigte.

»Ja, ich hab sie gesehen. Sie tanzte hinter mir her, und auf einmal war sie verschwunden.«

»Mieses Schwein.« Victoria, die sich in ihrer Ausdrucksweise nicht zurückhielt.

Rebeca stand auf, sonderte sich in eine Ecke ab.

»Man hat sie tot in Madrid gefunden.«

»Das dachte ich mir.«

»Du bist ein Idiot!«

Auch wenn Victoria nicht so direkt von dem Unglück betroffen gewesen wäre, wäre ihr nicht aufgefallen, wie verdächtig vertraut Rebeca mit mir umging.

1995

Es ist August 1995, ich fahre mit dem Auto durch die Stadt, neben mir sitzt ein Mischlingsmädchen. Ich bin ihr großer Bruder, was an und für sich Sicherheit vermittelt; trotzdem sieht Marta mich an wie ein Monstrum. Und sie hat nicht unrecht.

Eines der letzten Worte unserer Mutter, bevor sie für immer in die Bewusstlosigkeit fiel, galt ihrem erstgeborenen Sohn und dem, was die Besucher der letzten Tage ihr über ihn aus der Zeitung vorgelesen hatten. »Darum konnte ich so lange nichts sagen …« Meine Mutter besaß nicht mehr die Kraft, um mich zu verfluchen, sie konnte sich nur noch in die Lüge retten. Ihr war zuzutrauen, dass sie es als ein gar nicht so unwürdiges Ende empfand, dass ihr Sohn in der Zeitung stand, wenn auch unter den vermischten Meldungen über unsichtbare Netzwerke, im Geheimen agierende Drahtzieher, Zauberer und Fluchtkünstler. Einen der Berichte begleitete ein Foto, auf dem ich mich vor dem Vergnügungspark auf dem Tibidabo mit einem fototechnisch unkenntlich gemachten Mann unterhalte. Im Vorhof dieses burlesken Negativs der Hölle ein heftiger Wortwechsel mit einem krüppelhaften Charon.

Während ich meine Runden drehe, um meine Verfolger abzuhängen, bevor ich meine Mitteilung hinterlassen und Marta nach Hause bringen kann, würde ich sie gerne darüber aufklären, wer dieses Monster neben ihr wirklich ist; schließlich könnte es sein, dass wir uns nie wiedersehen werden, vieles spricht dafür. Aber Monster sind nicht dazu geschaffen, viele Erklärungen abzugeben. Als ich vorhin erfahren habe, dass die Ärzte unsere Mutter aufgegeben haben, habe ich mich meiner kleinen Schwester angenommen und sie aus dieser mit Anspannung, Bangen und vielleicht auch Erleichterung aufgeladenen Atmosphäre des Krankenzimmers herausgeholt. Wir, die beiden Außenseiter der Familie: der Sohn aus Zeiten des Elends und die Adoptivtochter. Ich weiß nicht, was sie Marta über mich erzählt haben oder was sie aufgeschnappt hat. Ich könnte ihr die Tragödie von einer ganz anderen Seite her aufrollen. Ich könnte ihr von König Ödipus erzählen.

In der elendigen Tragödie meines Lebens, lieber Leser, bin ich Ödipus, der Chorführer und das Kind. Und du, mein Leser, bist Guillermo Montereau Montereau, alias Boris Montcorbier, alias Guillermo Catapulta. Ein weiterer Deckname von dir, mein Leser, war José Felipe Neyra, bis ich zu José Felipe Neyra wurde.

Das würde ich Marta gerne erklären, in deren Augen ich ein Monstrum bin. Ich würde ihr auch gerne erklären, dass auf der Rückbank zwischen dem Haufen Blumensträußen, die wir in der Klinik eingesammelt haben, ein Bericht liegt. Dass in dem Bericht von Monstern die Rede ist, die überall sind, die aufsteigen und niedergehen, sich verändern, verwandeln, mutieren, aber immer zum Ausgangspunkt zurückkehren. Eine seltsame Choreographie. Der Tanz der Metamorphose.

Gefahr schärft die Sinne. Die Stadt will sich mir in allen ihren Dimensionen zeigen, die Gebäude treten aus der Zweidimensionalität des Zeichentrickfilms heraus, die in letzter Zeit meine Sicht auf die Welt bestimmt hat. Ich schlage mich in enge Gassen. Wage mich in Fußgängerzonen. Doch meine Verfolger sind hartnäckig, und Experten. Marta fällt auf, dass ich viel in den Rückspiegel schaue. Sie bemerkt meine Nervosität. Sie bleibt dabei, dass ich ein Monster bin. Ich versuche, nett zu sein:

»Hast du Rhythmus, Marta? Ich meine damit nicht, ob du ’n Kilo Rhythmus in der Handtasche mit dir rumträgst. Oder hundert Gramm … Ich meine Rhythmusgefühl.«

»Ach, so … Rhythmus. Wie alt, glaubst du, bin ich?«

Marta ist elf oder zwölf, aber sie gibt mir mit ihrem ernsten, für sie sehr typischen Blick zu verstehen, dass sie schon alt genug ist.

Ich weiß, dass meine Schwester Gracia immer eine Musikkassette im Handschuhfach hat. Ich bitte Marta, sie zu suchen, dann schiebe ich sie in den Schacht, und der Spaß geht los:

> Schüttle dich, ja, ja
> Dein Selbst ist da, da
> Löse es auf, ja, ja,
> Dein Selbst, da.
> Und di, da, da, da …

Marta blickt verstört auf den Kassettenspieler. Das ist nicht der passende Moment für Partymusik.

»Tut es dir nicht leid, dass Mama so krank war?«

»Doch, Marta, sehr. Kennst du das?« Ich zeige auf den Kassettenschacht.

»Klar, kennt doch jeder. Es ist ›Das schwierige Lied‹. Es war vor zwei Jahren ein Hit, jetzt kommt es wieder.«

»Weißt du, wie der Sänger heißt?«

»Carlos Aguirre. Er sieht toll aus …«

»Der Sänger heißt Carlos Aguirre, aber auch Martí Oliver. Er hat seinen Namen geändert, weil er glaubt, der neue passt besser zu der Musik, die er macht. Und seinen echten Namen hebt er sich für die Zeit auf, wenn er irgendwann die Musik macht, von der er glaubt, dass er sie mal machen wird. Aber das bildet er sich nur ein. Der kriegt doch nichts auf die Reihe. Carlos Aguirre oder Martí Oliver, ganz wie du willst, ist nämlich dumm.«

»Woher weißt du das?«

»Ich hab ihn mal kennengelernt. Ich habe in einer Gruppe gesungen, die er gegründet hat.«

»Na, na, na …«

Und wie sie das sagt, fängt sie an, im Takt auf das Armaturenbrett zu schlagen. Ich halte den Wagen an. Marta hört mit ihrer Perkussion auf. Ich bitte sie weiterzumachen, immer weiter, ich weiß auch nicht, warum, mein Leser, und währenddessen verlasse ich die reinen Ideen des Tanzes. In der für Verfolger üblichen Entfernung haben auch sie ihren Wagen angehalten, einen nicht ganz kleinen BMW, und sehen mit allzu deutlichen Absichten zu mir her.

Warum?

Weil der Wind manchmal noch in der entlegensten Ecke die Fenster zum Klappern bringt und noch im düstersten Winkel die Schatten zittern. Die Sirene heult, Hunde schlagen an. Kleinmut und Zynismus greifen um sich, und alle, die noch mit offenem Mund und beklommenem Herzen staunen, die noch nicht begriffen haben, wie man in dieser Welt leben soll, sehen ihre Möglichkeiten dahinschwinden. Die Gedanken verdorren, die Wörter, die einmal elektrisiert haben, verstummen, verflüchtigen sich zu brutalen, freien, strahlenden Bildern, der unverständlichen Sprache. Es gibt keine Sprache, wenn die Möwen im Morgengrauen kreischen und eine unsichtbare Hand die Lichtpunkte der Laternen einfängt, sie auf die graue, wellige Fläche des Meeres verschleppt. Ich höre den Applaus, spüre das Glück in den Gesichtern, höre das Klatschen und die Lieder, und ein metallener Riese geht über den Sand desselben Olympiastadions, von dem ein Penner-Platon einst im Mondschein geträumt hat. Der »Prügelknabe« der Mafiosi wird zum Maskottchen der Welt. Der hohle Zeitgeist applaudiert zur falschen Sphärenmusik, verachtet das Leben und will nichts davon wissen, dass auf den Spaß der Schmerz folgt, während das Hohngelächter, die Vernichtung unablässig weitergehen.

1992 erschienen in Spanien 40324 Bücher. Eines davon trägt den Titel *Die Seele des Herzens, das Herz der Seele (Symmetrische Simulation)*. Der größenwahnsinnige Autor hatte rechtzeitig erfahren, dass sich alle Romantitel, die das Wort »Herz« oder »Seele« enthalten, besonders gut verkaufen. Warum also bescheiden sein?

David Trabal weiß Bescheid. Er weiß so viel, dass er fast dahinterkommt.

Jeder, der die Geduld aufbringt, die Regale der Buchhandlungen durchzustöbern, wird sich davon überzeugen, dass *Die Seele des Herzens, das Herz der Seele (Symmetrische Simulation)* in einem Stil geschrieben ist, der zwischen Camus' *L'étranger* und Baudrillards *Die fatalen Strategien* liegt, alles in allem handelt es sich um die gesammelten Erzählungen eines erbärmlichen Hochstaplers. Schon auf der ersten Seite lernt man diesen D. und seinen Werdegang kennen: einen hervorragenden Studenten der Philologie und des Rechts mit zu viel Zeit, der in die radikalsten Zirkel der antifranquistischen Politik gerät. Dann, schon zu Zeiten der Demokratie, nimmt er auf das Drängen anderer hin ein Amt an, doch irgendwelche Neider entheben ihn wieder. Während er die Frauenwelt unsicher macht (er ist ein Casanova), arbeitet er sich zum Richter hoch, und es gelingt ihm, alle, die früher seine Freunde waren und an der Macht korrupt geworden sind, einzusperren. D. wird für seine Heldentat nicht gewürdigt. Wie John Wayne geht er am Arm eines jungen Mädchens dem Horizont entgegen, ihn umweht eine zarte Patina der Skepsis, der Ironie, ein Hauch von Dekadenz. So weit, so gut … Und F.? F. steht wieder auf der Straße, trällert in einer Gasse obszöne Lieder. F. scheitert in seiner Farce. F. ist ein Wrack.

Einmal wurde eine Amme gefragt, wovon *Romeo und Julia* handelt, und sie antwortete: »Von einer Amme.« Natürlich sind die Bezugnahmen auf diesen F. in David Trabals Wälzer nur herausgegriffene Anekdoten. Sicher ist meinem Leser aufgefallen, dass die blutleere Beschreibung von Elenas Begräbnis immer dann, wenn es um meine Person geht, in einen gestelzten Ton verfällt. In Wirklichkeit war ich gar nicht auf der Beerdigung. Ich war zwar noch nicht aus Victorias Wohnung ausgezogen, gehörte aber sozusagen schon nicht mehr zur Familie Llinàs. Angesichts der Lebendigkeit der literarischen Beschreibung, dank deren wir uns mitten in die Beerdigung versetzt fühlen, sie förmlich vor uns sehen und riechen, die Atmosphäre spüren, wird der Leser überrascht sein, wenn ich ihm nun sage, dass auch David Trabal nicht dort war. Seit Elenas Tod war dieser unersättliche Aufsteiger eine Null. Er hatte es zu weit getrieben, hatte sich in das ständige Hokuspokus, immer allen etwas vormachen zu wollen, verrannt. Sein doppeltes Spiel kam ihn teuer zu stehen, denn für Rafael Llinàs schien er gestorben zu sein. Genaueres erfuhr ich allerdings nie, dazu hätte ich mehr nachforschen müssen. Doch ich hatte mehr als genug Probleme mit Victoria (nun ja, eigentlich war es nur eines, aber ein alles entscheidendes), um mich am Unglück meines Rivalen zu weiden.

Nach einer inoffiziellen, der Wahrheit aber wohl am nächsten kommenden Version, die Rafael Llinàs seiner Halbschwester Victoria am Telefon mitgeteilt hatte, war Elena am 10. Mai 1991 in der Nähe der Madrider Siedlung La Celsa an einer Mülltonne kauernd aufgefunden worden. Mit dem Kopf zwischen den angezogenen Knien hätte man sie für eine Nachdenkende halten können. Es machte mich stutzig, dass Rafael Llinàs' Version überhaupt keine Zweifel an der Todesursache ließ: selbst verabreichte Überdosis. Nichts am Ort des Geschehens gab Anlass zu dem Verdacht, dass Fremdeinwirkung im Spiel gewesen sein könnte.

Der leblose Körper Elenas wurde von einer Polizeistreife entdeckt, entgegen der üblichen Sitte, vom Elend der Drogensüchtigen wegzusehen und solche Orte links liegenzulassen. Doch Elenas Gestalt, ihre Kleidung, ihre mädchenhafte Anmut, die seidige, wie ein Fächer über Arme und Beine gebreitete blonde Mähne, veranlasste die Polizeistreife dazu, stehen zu bleiben. Die Polizisten veranlassten sofort das Notwendige, um die leblose Schöne in ein Krankenhaus zu bringen und untersuchen zu lassen, ob sie ihr Leben wirklich ausgehaucht habe. Als ein Arzt dort den Tod feststellte, fand er in einem Schaft ihrer Stiefel ihre Papiere. Ihm fiel auf, dass diese Elena Llinàs Gil-Kaiser denselben Familiennamen trug wie ein großes Tier derjenigen politischen Partei, der er selbst seit ihrer Gründung um das Jahr 1977 angehörte. Außerdem erkannte er eine vage Ähnlichkeit mit Rafael Llinàs. Er schob vor, eine wichtige Routineangelegenheit erledigen zu müssen, und tätigte Anrufe, die die mächtigen Kreise in Alarmbereitschaft versetzten, während die Hauptstadt gerade erwachte. Es war nicht das erste Mal, dass so etwas geschah, schließlich gab es in den meisten Familien jemanden, der auf die schiefe Bahn geraten war. Als Rafael Llinàs von dem tragischen Fund erfuhr, bat er den mit ihm befreundeten Arzt, im Obduktionsbericht jegliche Erwähnung irgendwelcher Drogen zu unterlassen, und bevor er sich dem Schmerz überließ, rief er noch David Trabal, den Freund und Ex-Schwager der Verstorbenen, an und verabredete sich mit ihm in der Klinik. Rafael Llinàs zeigte dem Arzt seine Anerkennung für sein politisches Einfühlungsvermögen und bedankte sich für dessen Einverständnis, Herzversagen nach fehlerhafter Medikamenteneinnahme als Todesursache auf dem Totenschein anzugeben. Dann nahm er sich der persönlichen Gegenstände Elenas an, und als er sie traurig durchsah, entdeckte er mehrere Telefonnummern und einen Hausschlüssel. In dem Moment wurde Rafael Llinàs ganz ein Llinàs, denn er schwor, denjenigen umzubringen, der den Drogenmissbrauch seiner verstorbenen Schwester unterstützt hatte. David Trabal begannen die Beine zu schlottern, seine Knie schlugen im Rumba-Rhythmus aneinander.

Währenddessen berichtete ein anderer Arzt aus dem Krankenhaus, ebenfalls ein politischer Mensch, einem dynamischen Führer der Oppositionspartei brühwarm, was er gesehen und gehört hatte. »Llinàs versenken« lautete für diesen und die folgenden Tage die Parole. Denn obwohl Rafael Llinàs ein nach außen hin eher unscheinbares Amt bekleidete, war er zweifellos ein dicker Fisch. Und nach nichts leckte sich die Opposition mehr die Finger, als einen dicken Fisch nervös zu machen und ihn an die Angel zu kriegen.

Als Erstes fand die Opposition heraus, wer an diesem Tag bei der Polizeidirektion Dienst gehabt hatte. Dann beglückwünschte man den diensthabenden Polizeichef zur Hochzeit seines siebten Sohnes und ließ gleich darauf die Bombe platzen: Rafael Llinàs' Schwester liege in der Klinik, vielmehr ihr Leichnam, während er selbst und ein katalanischer Sabberheimer alle Hebel der Macht in Gang setzen würden, um die Papiere zu fälschen. Als der Mann der Ordnung das hörte, rief er den Himmel an, er möge Rafael Llinàs für so viel Verbrechen und Korruption bestrafen. Vor Rechtschaffenheit fast platzend und mit der insgeheimen Hoffnung auf eine weitere Beförderung erteilte er unverzüglich den Befehl, den verantwortlich zeichnenden Arzt festzunehmen und die sterbliche Hülle der Drogensüchtigen der Gerichtsmedizin zu übergeben, damit diese eine Autopsie durchführe. Außerdem rief er seinen Journalisten für alle

Fälle an, empfahl ihm Vitamin B12 und Alka-Seltzer und berichtete ihm in beispielhafter Offenheit über den Vorfall. Zur gleichen Zeit beichtete Trabal stammelnd und unter tausend Erklärungen Rafael Llinàs', dass der Schlüssel, den man in Elenas Kleidung gefunden hatte, in das Schloss seiner Wohnung passte. Besser, er selbst rückte gleich mit einer abgemilderten Form der Wahrheit heraus, als dass die anderen die ganze Wahrheit herausfinden würden. Anschließend bemerkte Rafael Llinàs, dass die sterblichen Überreste Elenas, wenn alles so weit vertuscht und jede Sickerstelle abgedichtet sein würde, nach Barcelona überführt würden, wobei der schwierigste Schritt darin bestehen würde, Octavi Llinàs über das Ableben seiner Tochter zu unterrichten. David Trabal wurde immer kleinlauter. Es dauerte fast eine Woche, bis Rafael Llinàs' Überzeugungsarbeit anschlug. Nicht eine Zeitungsmeldung, nicht ein Anflug eines Skandals, nur hin und wieder eine beiläufige Bemerkung und die inständigen Bitten eines Krankenhausarztes, der darum flehte, diesen Schandfleck auf seiner weißen Weste wieder auszuputzen, schließlich habe er doch nur einem Kollegen helfen wollen …

Erst als wieder halbwegs Ruhe eingekehrt war, griff Rafael zum Telefonhörer, um seinen Vater anzurufen, mit dem er seit den siebziger Jahren nicht mehr gesprochen hatte. Er überbrachte ihm die Nachricht. Laut Victoria entspann sich daraufhin folgendes Gespräch:

»Wirst du mir zurückgeben, was ich hatte?« fragte Octavi.

Rafael wusste nicht genau, ob sein Vater damit Elenas Leben oder alles andere meinte. Geduldig und behutsam legte er ihm die Gründe dar, warum er ihn erst so spät benachrichtigt habe.

Ocatavi erklärte:

»Gib mir zurück, was ich hatte.«

Rafael versuchte, ihn zu verstehen. Aber Octavi blieb stur:

»Ich weiß nur, dass ich das, was ich hatte, nicht mehr habe.« Dann legte er auf.

Als Victoria Llinàs von Elenas Beerdigung zurückkam, bat sie mich, mit ihr ins Bett zu gehen. Ich gab mich ihr rückhaltslos hin, anschließend bat sie mich um Verständnis für das, was sie mir nun mitteilen wolle. Schlicht gesagt sollte ich die Koffer packen. Ich bat sie, mir ein paar Tage Zeit zu geben, um eine Wohnung zu finden. Sie war einverstanden. Ich bat sie auch, ihr bei ihrer Doktorarbeit helfen zu dürfen, dann könnten wir noch ein paar Tage zusammenbleiben. Als Antwort bekam ich ein sarkastisches Grinsen. Trotzdem nahm sie sich ein Herz und legte mir dar, was sie Großartiges gefunden hatte. Ein Freund einer ihrer Studenten habe in einem Pariser Archiv Abschriften von Gelegenheitsgedichten Vicente Huidobros aufgestöbert, die dieser seinerzeit in der Radiosendung *La Voz de América* vorgetragen haben soll. Es sei nicht viel und gehöre auch nicht ganz zum Thema ihrer Doktorarbeit, doch diesen echten Forschungsbeitrag wolle sie sich nicht entgehen lassen. Sie zeigte mir die Gedichte. Erst überflog ich sie mit vorgespieltem Interesse, doch sie zogen mich sogleich in Bann:

KAMERAD CLAQUÉ BLICKT ZUM HIMMEL

André erfuhr es heute Morgen
im Stimmengewirr des Cafés.
Die Bomben sind keine Kinder,
sondern der Tod, den die Menschen bringen.
Die Straßen sind leer, wenn die Sirene
Warnung gibt vor ihm.
Der Tod erinnert sich nicht.
Synkopisch über einen Himmel aus Holz fliegen
Tango, Cake walk, Black bottom.
Ich rede vom Montparnasse vor tausend Jahren.
Ich liebte diese Tänze,
ich liebte die metallenen Vögel am Horizont,
ich liebe einmal das Leben, Amerikaner.
Jetzt gehört meine Bewunderung Kamerad Claqué
mit seinem Kind in den Armen.
Er blickte durch das Blut hindurch zum Himmel.
Der Himmel und das Blut:
Was mich menschlich macht.

Huidobro traf – wie der von ihm vergötterte Neruda – mitten in die Wunde. Auf einmal blickten mich der vermeintliche Vater des Watussi und das Baby aus der brüchigen Wirklichkeit eines Verses an. Ein toter Mann mit einer Leiche auf dem Arm, weil ein deutscher Wachsoldat das Bündel mit dem Baby für eine Bombe gehalten hat. Sie blicken zum Himmel, der weit und blau ist, jemand soll ihre Geschichte schreiben, wir alle sollen unsere Geschichten schreiben, die Geschichten unserer Angst. Die Angst, die sich nicht rechtzeitig einstellte. Der Beginn der fürchterlichen Kette an Fiktionen, Auflösungen und Manipulationen, Emphase, und am Ende nur Zerfall. Aber was dachte ich da? Ich begriff, dass es für mich Zeit war zu gehen, dass ich besser ein atemloses als ein nicht lebbares Leben führen sollte. Victoria und ich aßen in einem Lokal zu Abend, tranken etwas in unserer Stammbar, und es war ein Wunder, dass wir nicht unser Lied sangen (»Wanda – stai seria con la faccia …«). Das ganze Abendessen lang erzählte Victoria sehr aufgewühlt und leicht aufgekratzt von ihren Kinderspielen mit Elena. Sie erzählte von ihrem Neid auf Elenas schulischen Erfolg, wie sie ihr beigebracht hatte, die Schuhe zu binden, wie sie sie beschützt und wie sie sie verachtet hatte, vor allem in ihrem nie nachlassenden Eifer, den sie nie verstanden hatte … Währenddessen war ich mit meinen Gedanken bei Kamerad Claqué, bei der Unendlichkeit des Himmels, der Kälte auf dem freien Feld, dem zusammengekauerten Körper Elenas, dem Körper Elsas in derselben Haltung, kurz, bei meinen trügerischen Entdeckungen. Und ich dachte an die rätselhaften Sätze Octavis: »Bring mir zurück, was ich hatte«, »Ich weiß nur, was ich hatte und nicht mehr habe«, und dann dachte ich, wie wenig Rückhalt wir doch hatten, ich dachte an unsere zerstörten Familien, an unsere Hilflosigkeit, an all die verlorenen, vergessenen Handlungen aus Liebe. Das Gras wächst, wie das Unkraut im verwilderten, erinnerungsleeren Garten der Llinàs'. Die getragenen Töne eines Klaviers erzählen mir vom Tod, wie die leise plätschernde Musik in dem Restaurant. Eine Todesnote, noch eine Todesnote, der Tod. Ich blickte Victoria an, sie weinte über dem Carpaccio, das sie nicht angerührt hatte. Wir schenkten uns Wein nach, sahen uns ohne Liebe an, nur, um uns Halt zu geben, um dem Tod aus dem Weg zu gehen, wir fühlten uns seltsam schuldig für unser Leben, waren seltsam stolz auf unser Leben. Zu uns drangen das ferne Brummen der Motoren über dem freien Feld, der Schein des Feuers in La Celsa, die Hitze, die Flamme, der Flammentod.

Victoria bat mich, mit ihr ins Bett zu gehen, und anschließend teilte sie mir ohne Pardon mit, dass sie ihre Meinung, was mein Verbleiben in der Wohnung angehe, geändert habe: Sie wollte, dass ich schon für die nächste Nacht ins Hotel zog. Rebeca würde bei ihr einziehen, bis die Familie den Schmerz einigermaßen verwunden habe. Ja, sie behandelte mich wie Dreck, offenbar hatte ich es nicht anders verdient. Der Urteilsspruch. Sie war die wahre Richterin. Zum Glück hatte ich Toni Tortosa schon vorgewarnt und konnte sofort in mein früheres Single-Apartment zurück. Die Umzugskosten würde ich zahlen, war doch klar.

Da war ich nun also wieder, sah die Blätter fallen, sah neue Blätter sprießen. Irgendwo kreischte jemand, und ich drehte beim Hören meiner Plattensammlung die Lautstärke hoch. »Der Watussi«, »Watussi '65«, »Watussi boogaloo«, »Watussi Vielfraß«, »Wah-Watussi«, »Wa-tu-wa-zui« … Lieder mit einem Anfang und einem Ende, wahrhaftige Materie, Raumklang, Dauer … Und unten auf der Straße verging die Zeit, vielleicht. Aber es war eine Zeit, die nicht einfach nur vergeht, sondern nur abnimmt und uns ausdörrt. In luziden Momenten sponn ich die Geschichten von Watman und Matwan, der Truppe Shingalín, den Sprachen auf der Basis phonetischer Näherungen weiter, das war meine Antwort auf die toten Mythen, auf das Nichts.

So ging es dahin bis eine Woche vor der Eröffnung der Olympischen Spiele, als David Trabal erneut in meinem Leben auftauchte. Telefonisch bereitete er mich darauf vor, dass er eine große Entdeckung gemacht habe. Ich erwiderte ihm, es sei allein schon eine große Entdeckung, mich aufgespürt zu haben. Woraufhin er mich nur zurechtwies, ich solle keinen Unsinn reden: Er habe mir ein hochinteressantes Angebot zu machen. Es könne ja sein, dass wir beide bis zu diesem Moment noch nie wirklich miteinander zu tun gehabt hätten, aber ich dürfe die Einladung zum Abendessen nicht ausschlagen, und zwar jetzt auf der Stelle in ein Restaurant der *haute cuisine*. Ob ich schon mal etwas von dem Unternehmen Yamamoto gehört hätte. Und dann:

»Und kein Wort zu diesem Freund von dir … Tarragona.«

»Tortosa.«

»Genau der. Kein Wort.«

Nachdem ich aufgelegt hatte, rief ich sofort Tortosa an, vielleicht fand ich ja etwas über die möglichen Gründe dieses gerissenen Trabal heraus. Diesem selbsternannten Ratgeber in allen Lebenslagen gefiel es, Befehle zu erteilen, Strippen zu ziehen, Verschwörungen zu nähren. Jetzt war offenbar ich an der Reihe, und der Zufall wollte es, dass ich Tortosa nicht antraf. Ich zögerte, ob ich zu dem Essen gehen sollte, aber ich wollte es mir nicht entgehen lassen, mir den einst charismatischen Trabal nach seinem Niedergang aus der Nähe anzusehen. Zugegeben, bei seiner Ankündigung und dem Namen »Yamamoto« hatte ich sofort die Ohren gespitzt. Ich musste meinen Hass auf diesen Trabal eben kurz mal zurückstellen.

Außerdem war da der Tod Elenas. Und die vielen kleinen Erinnerungsspuren, die mich zu Victoria zurückführen würden. Letzteres war, auch wenn ich es damals nicht zugegeben hätte, der Hauptgrund für mich, zu dem Treffen zu gehen.

Das Restaurant befand sich in einem Landhaus mit Glaswänden, Ornamenten aus der Wasser- und Pflanzenwelt, man kam sich vor wie bei einem Picknick in einem Wintergarten. Trabal, ein Japaner im Hugo-Boss-Anzug und eine Japanerin in einem ultrakurzen Kleid, die mich entfernt an irgendwen erinnerte, hatten schon vor einiger Zeit beschlossen, nicht länger zu warten, und rührten diskret vorwurfsvoll (die Japaner) und unübersehbar nervös (Trabal) in ihrem Kaffee. Meine Tischmanieren konnten ihre anfängliche Verstimmung nicht abmildern.

Ich fasse nun das zusammen, was die Japaner mir mit David Trabals Hilfe mitteilten, der ihr Englisch Wort für Wort ins Spanische übersetzte und so viel Alkohol intus hatte, dass ich ihm während des ganzen Gesprächs nicht entlocken konnte, welche Rolle er bei der ganzen Angelegenheit eigentlich spielte.

Shido Nakini, ein leitender Manager von Yamamoto Inc., erzählte mir durch Trabals Mund, dass in dem Küstenort Blanes, nicht weit von Barcelona, seit den frühen Achtzigern Akio Tojo wohne, ein angesehener Drehbuchautor für *mangas* und *animes* (Comics und Zeichentrickfilme). Dieser Drehbuchautor habe sich aus Japan in diesen Fischerort zurückgezogen, um in der Nähe seiner einzigen Tochter zu sein, die ursprünglich nur für ein Studienjahr nach Barcelona gegangen sei, um ihr Wissen über den von ihr bewunderten Architekten Gaudí zu vertiefen, doch wie das Leben so spiele, sei sie einem Herrn in die Arme gesunken, dessen Betätigungsfeld einigermaßen unklar war: Antonio Tortosa. Vielleicht lag es an der Schönheit der Landschaft, an der spanischen Sonne, an Tortosas sympathischem Naturell und auch an einem gewissen Bangen um die Zukunft der Tochter, dass Akio Tojo und seine Frau beschlossen, für immer in Blanes zu bleiben, und das, obwohl ihre Tochter nach einem Jahr Ehe mit Tortosa zurück ins Land der Aufgehenden Sonne flüchtete, da sie es leid war, dass ihr Herr und Gebieter sich nur zu Hause blicken ließ, um das Hemd zu wechseln, und das in zunehmend unregelmäßigen Abständen. Trotz der gescheiterten Ehe setzte sich die sympathische Seite Tortosas durch, er besuchte weiterhin seinen Schwiegervater, verwöhnte ihn hin und wieder mit einer Schachtel Mandelkekse, empfahl ihm einen Gärtner oder stellte ihm einen Illustrator vor, den er aus der Drogenszene kannte. In ihrer Bewunderung für Herrn Tojo wussten diese Zeichner nicht nur über dessen gesamtes Werk als Drehbuchautor Bescheid, sondern sie kannten auch seine Leibspeisen und Lieblingsfarben. Akio Tojo nahm diese Aufmerksamkeiten gerne an. Trotzdem berührte ihn in seiner Wohlerzogenheit jede übermäßige Gefühlsäußerung unangenehm, und er konnte nicht eine leichte Unruhe verbergen, während er die Azaleen goss, sich anschließend in ihren Schatten legte und sich wieder einmal

Tortosas Klagen anhörte, wie wenig man ihm für sein kulturelles Engagement für die Stadt danke.

Der tiefere Grund für Tojos Besorgnis war folgender: Seit einiger Zeit ließ ihn seine Kreativität im Stich, und die Publikationen von Yamamoto Inc. trafen nicht mehr wie gewohnt den Geschmack der Leser. Japan war das einzige Land, in dem man als Geschichtenschreiber für Comics echte Berühmtheit erlangen konnte, doch seine neueste Serie zog einfach nicht. Sie handelte von einem Schriftsteller, der allein in einer Großstadt lebte, der Schwierigkeiten hatte, eine Frau zu finden, und darin versagte, eine Tochter zu erziehen, die für ihn zu modern war und die sich auf und davon machte in die Stadt ihres geliebten Gaudí, wo sie einen kompletten Versager kennenlernte und heiratete. Seine Schaffenskrise war nicht zu übersehen. Daher die Überraschtheit Tojos, als sein eifriger Schwiegersohn eines Tages aufkreuzte und ihm in seinem Geschäftssinn ein paar Geschichten zweifelhafter Güte vorschlug, aus denen eine ordnende Hand aber etwas machen konnte. Die Geschichten gingen über einen Bandenkrieg in der Hafengegend, über Frauen, die vom rechten Weg abgekommen waren, über Sex, Musik und Gewalt. Akio Tojo setzte sich daran, diese Geschichten zu Drehbüchern umzuarbeiten, übersetzte sie ins Japanische und schickte sie als Früchte seines Geistes an den Verlag, der seine Urheberschaft auch nicht in Zweifel zog. Yamamoto Inc. reagierte auf diese zweite Blüte im Schaffen Tojos mit einem phantastischen Auftrag: eine Serie über ein traumähnliches Barcelona zu schreiben. Das schlugen die Berater des Tourismus-Sektors von Yamamoto Inc. vor, anlässlich der fast sicheren Aussicht, dass die Olympischen Spiele in dieser europäischen Stadt, deren Immobilienlandschaft im Wandel begriffen war, ausgetragen würden. Es dauerte nicht lange, da erhielt die Zentrale in Tokio ein erstes Exposé der Geschichte. Sie stieß auf großes Gefallen. Auch die ersten Teillieferungen ließen nicht auf sich warten. Begeisterung auf den sonst so undurchschaubaren asiatischen Gesichtern. Die Zeichner machten sich an die graphische Umsetzung, die Werbeleute an die Werbestrategie. Watman, Matwan, die Truppe Shingalín und

Elsita eroberten nicht nur vom ersten Moment an die Herzen der Leser, sondern um den *Wächter der Grenzen*, so hieß die Serie, entstand ein wahrer Kult. Schon bald eröffneten im ganzen Land Fanclubs. In Yokohama gab es Tanzmarathons, bei denen Watman-Doubles gegen Matwan-Doubles antraten. Es wurden Platten mit den Liedern der Shingalíns auf den Markt gebracht. Als Nächstes Bücher mit den Gedanken Watmans, und schließlich der größte, weil vollkommen unerwartete Erfolg, ein Wörterbuch des Shingalinischen, in dem sämtliche Mythen und Szenen aufgeführt waren, auf denen die Wörter der so genannten »Sprache der Rebellen« gründeten. Die T-Shirts brauchen nicht gesondert erwähnt zu werden, auch nicht die Mode »Scott Style Back to the 70's«, zu der eine Nebenfigur aus dem Kapitel »Tanz in der Asche« die Anregung gab. Michiko, die Japanerin in dem Mikrokleidchen, führte mir gerade ein Beispiel für diesen neuen Look vor, indem sie ihr knappes Röckchen um einen Zentimeter hochgleiten ließ. Maskottchen gab es natürlich auch …

Während die Männer redeten, legte Michiko, die ganz in ihrer Rolle als Assistentin aufging, mir einige Nummern von *Der Wächter der Grenzen* vor, daneben CDs und T-Shirts. Ich bekam ein Püppchen gezeigt, das den Namen Elsita trug und sehr dunkelhäutig war, fast ein Mischling, sie besaß überhaupt keine Ähnlichkeit mit Elsa. Des Weiteren wurde mir der Watussi in Gestalt von Watman vorgeführt, samt der Jacke mit dem W. Aber damals dachte ich nicht, dass ich allein es gewesen war, der diesem Stück Plastik seine Gestalt gegeben hatte; ich fand es einfach einen tollen Streich des Zufalls, dass ein von der Marseilleser Mafia erfundener Sündenbock zu diesem Püppchen mutiert war.

Ich erinnerte mich, dass es schon das Püppchen Saubermann gegeben hatte, das aus dem Werbespot, den ich für Tina erfunden hatte, entstanden war. Offenbar, so mein anerkennender Gedanke, hatte die Verwertung solcher Geschichten mit der Zeit Fortschritte gemacht.

Doch ich habe nichts gesagt. Ich ließ sie reden.

Sie berichteten mir von astronomischen Erfolgszahlen, von

einem Boom und seinen Folgen: dem Interesse der US-amerikanischen Unterhaltungsindustrie. Die Verlage der Vereinigten Staaten prüften gerade die Möglichkeit einer eigenen Version von Watman, sie wollten einen klassischen Superhelden aus ihm machen. Es dauerte eine Weile, bis die Serie drüben angelaufen war, aber als es so weit war, war der Erfolg nicht mehr zu bremsen. Während der Japaner mit dem Namen Shido Nakini mir das alles durch Trabal mitteilte, prüfte an irgendeinem Ort in Nordamerika George Lucas, Schöpfer von *Krieg der Sterne*, die Weltrechte für eine Kinoversion. Lucas wollte mit allen Mitteln verhindern, dass der Film *Der Wächter der Grenzen* gedreht wurde, weil er befürchtete, er würde sein Werk in den Schatten stellen. In den Programmrunden der Verlage und Kinoproduktionen wurde über nichts anderes gesprochen, und sogar die Intellektuellen, die Theoretiker der Massenkultur wie Steve Willard an der Universität von Harvard hatten in ihren Artikeln diese beliebte Serie mit dem falschen Inhalt gelobt, in der Abenteuer, Spannung und Vorstellungskraft gemäß der Heidegger'schen Auffassung von Sprache angelegt seien, als Zuhause eines Seins, das sich nach dem Sein sehnt. Willard vertrat die These, die Serie würde mit erfreulicher Raffinesse, durch die Urform der linguistischen Darstellung, dem Tanz, die Rebellion des Individuums verschlüsseln, des modernen Menschen als gefügige Maschine, als Spielzeug in einer entleerten Gesellschaft, als versklavtes Wesen in einem Universum der Simulation.

Während David Trabal die begeisterten Worte des Japaners übersetzte, sah er mich voller Neid an, und als er bemerkte, dass mir das nicht entging, bereicherte er seinen Gesichtsausdruck mit einem säuerlichen Lächeln. Ich zuckte die Schultern. Aber was die Einschätzung dieses Blicks anging, hatte ich mich sehr getäuscht.

Wie sollte man sich bei Akio Tojo, so die rhetorische Frage Shido Nakinis, für die Erfindung dieser fiktiven Welt und ihrer Figuren bedanken, die Yamamoto Inc. solchen Gewinn eingebracht hatten? Ganz einfach. Das Unternehmen beschloss, Akio

Tojo, den Schöpfer der Serie, mit einer lebensgroßen Statue von Watman zu ehren. Akio Tojo erwiderte, dass der Garten seines Hauses in Blanes für so ein monumentales Denkmal zu klein sei. In seiner Großzügigkeit spendete er schließlich das Geschenk der Gemeinde seiner Wahlheimat. Und die Gemeinde gab auch sofort einen öffentlichen Platz für diesen einzigartigen, geradezu legendären Nachbarn frei. Anlässlich der Aufstellung dieser Statue auf dem Tojo-Platz war Shido Nakini nun vorige Woche mit einem Teil der Belegschaft nach Barcelona und Blanes angereist. Man stieß mit katalanischem Sekt an, schoss Leuchtfeuer in den Himmel, die ortsansässige Kapelle spielte das Thema »Boogaloo und Shingalín«, Kinder rannten zwischen den Beinen der Menge hin und her, folkloristische Aktrobaten traten auf, und man hörte den Dorfsäufer lallen, Wühlmaus wurde er genannt, der am Rande des Deliriums brabbelte, er habe den Typ von der Statue vor zwanzig oder dreißig Jahren gekannt, die Jacke, das W … Dass er einem afrikanischen Stamm angehöre, dass er alles andere als ein guter Mensch gewesen sei, Angst habe er einem eingejagt. Eine rechte Jammergestalt, diese Wühlmaus …

Aber man unternimmt nicht eine Reise, nur um eine Statue einzuweihen. Und schon gar nicht Leute wie Shido Nakini. Shido und seine Mitarbeiter besuchten also ausgewählte Unternehmen, die, sobald die Olympiade vorbei wäre und die wirtschaftliche Rezession wieder auf die Tagesordnung käme, ausländischen Investoren feindlich gesinnt sein könnten. Die Japaner pflegten gewinnversprechende Freundschaften, füllten ihre Terminkalender mit Geschäftsessen. Ein solches Essen fand gerade mit David Trabal statt, dem man, so verstand ich es, gnädig erlaubte, sich ein bisschen wichtig zu fühlen. Shido Nakini kannte Trabal, seit dieser die Ausstellung »Utopien / Antiutopie. Die Ästhetik der Simulation« organisiert hatte, bei der auch die japanische Unterhaltungsindustrie einen breiten Raum eingenommen hatte, mit Unterstützung des Sponsors Yamatoto Inc. Zum Beispiel waren nationale Themenparks vorgestellt worden, Erholungsorte, an denen man, ohne seine Stadt zu verlassen, die wichtigsten Baudenkmäler und

Brauchtümer eines fremden Landes kennenlernen konnte. Der Spanien gewidmete Park »Olé Gaudí!« war das bekannteste Beispiel. Als Trabal im Lauf des Essens den Hauptgrund von Nakinis Besuch in Barcelona erfuhr, spielte er endlich seinen Trumpf aus: dass er die Person kenne, die diese Geschichten wirklich schreibe. Das sei nämlich mitnichten dieser Japaner, sondern der Freund einer seiner Ex-Freundinnen.

Nach einer bedeutungsgeladenen Stille bekam ich die Frage vorgelegt, für die man mich geholt hatte. Ob ich irgendeinen Vertrag über die Zusammenarbeit mit Akio Tojo unterschrieben hätte.

»Nein ...«

Dann fragten sie mich, ob ich irgendwelche Belege hätte, dass ich für meine Arbeit eine Vergütung erhalten hätte:

»Nein ...«

Sie fragten mich nicht, warum ich weinte, und ich gab ihnen auch keine Hilfestellung: Sie würden es sich schon denken können. Trotzdem bemühte sich Shido Nakini um mich und wollte wissen, wie ich auf der Idee für diese Geschichte gekommen sei.

Schluchzend fing ich an zu erzählen. Der 15. August 1971. Zwei Jungen im Regen. Verworrene Geschichten. Tanz. Tod. Die Erfahrung, dass Erwartungen entzaubert werden können. Untertauchen. Tod. Liebe zu einem selbstzerstörerischen Engel mit Namen Elsa. Verzweiflung. Tod. Geschäftsbeziehung mit Tortosa. Überdruss. Einverständnis, diese Geschichten zu schreiben. So also erzählte ich mein Leben, auf Englisch wiedergegeben von einem David Trabal, der mir hin und wieder vorwurfsvolle Blick wegen meines ordinären Tons zuwarf.

Anschließend fragte mich Shido Nakini nach dem Inhalt meiner letzten Lieferungen. Sie waren noch nicht gezeichnet worden, sodass niemand anderes als ihr Autor oder ein auserwählter Mitarbeiter von Yamamoto Inc. ihren Inhalt kennen konnte. Der Erfolg hat eine bittere Kehrseite, und Piraterie war so weit verbreitet, dass man sehr vorsichtig sein musste.

Ich erzählte ihnen das tragische Ende, das ich mir in der Bedrückung der letzten Monate ausgedacht hatte. Elsita entdeckt, dass Watman und Matwan dasselbe Wesen sind, das personifizierte Böse. Es gibt keine Parallelwelt, auch nicht jenseits der trügerischen Lichtbalken, die eine telepathische Mafia den Getäuschten sendet, damit sie denken, sie tanzen, obwohl sie in einer Höhle eingeschlossen und angekettet sind. Das Reich des Falschen ist allumfassend. Die Mythen sind tot, wie auch die Illusionen.

Es gab keine weiteren Fragen. Auf dem Tisch lagen eine Reihe von Schriftstücken, auf denen Fernando Atienza Picazo Akio Tojo, den Schwiegersohn von Toni Tortosa, wegen Raubs geistigen Eigentums bezichtigte, wegen Plagiats und aller möglichen daraus folgenden Vergehen, die den Drehbuchautor in dermaßen schwerwiegende rechtliche Probleme verwickelten, dass er gegen die Rechtsabteilung von Yamamoto Inc. keine Chance haben würde. Für meine Bereitschaft, vor Gericht auszusagen, wozu es höchstwahrscheinlich nie kommen würde, und für das Abtreten der Weltrechte an der Geschichte und den Figuren sollte ich hunderttausend Dollar bekommen. Direkt vor meiner geröteten Nase lag der Scheck. Ich nahm ihn. Nakini zahlte die Restaurantrechnung. Er verabschiedete sich von Trabal, vermutlich bis zu einem weiteren Treffen, bei dem der Meister der Simulation einen gleich hohen oder sogar höhreren Scheck als meinen bekommen würde, nur weil er einmal in seinem miesen Leben die Wahrheit gesagt hatte. Nur jemand von Yamamoto Inc. vermochte zu sagen, was für sagenhafte Honorarzahlungen an Akio Tojo das Unternehmen dadurch sparte. Michiko, die Japanerin, warf mir ein professionell höfliches Lächeln zu und übergab mir mit einer Verbeugung die gesamte Merchandising-Palette von *Der Wächter der Grenzen*. Dann wandte sie sich ab, um ihrem Chef und sicher auch Geliebten, Shido Nakini, hinterherzutrippeln. Als sie ihn eingeholt hatte, sagte Michiko etwas, das Shido zum Lachen brachte. Beide warfen mir aus der Ferne einen asiatisch-spöttischen Blick zu.

»Haben sie mich Säufer genannt?« fragte ich Trabal.

»Keine Ahnung«, erwiderte er. Als ich zu ihm hinsah, bemerkte ich, dass er mich eingehend betrachtete. In den letzten Jahren hatte er mich immer nur schamlosen bis verächtlichen Blicken unterzogen, jetzt schien er Sympathie für mich zu hegen: »Was du da erzählt hast …«

Da ich ahnte, worauf er sich bezog, und mich reich und betrunken fühlte, beschloss ich, seinen Worten zuvorzukommen:

»Ich habe immer gelogen, David. Ich bin nicht der Sohn eines Richters. Ich habe das an dem Abend erfunden, als ich Victoria zum ersten Mal näherkam, und … Aber das spielt jetzt keine Rolle mehr.«

David Trabal erwiderte meine Worte mit einem skeptischen Lächeln. Und wenn Trabal skeptisch war, stellte er noch die Bedeutung der Wörter in Frage. Natürlich bezog sich sein »Was du da erzählt hast …« nicht auf meine Kindheitsschilderungen. Etwas anderes ließ ihn in seiner Taktik umschwenken, während er mir noch einen Whisky und seinem feinen Gaumen einen edlen Brandy bestellte. Ich versuchte, mich auf diese neue Intimität gar nicht erst einzulassen, sie konnte nur bedeuten, dass er mich ausbeuten wollte. Im Augenblick dachte ich an Tortosa und daran, was für ein krummes Spiel er die ganzen Jahre über mit mir getrieben hatte. Nicht mit einem Wort hatte er seine japanische Hochzeit erwähnt, diesen Schwiegervater, der Drehbuchautor war, und natürlich nicht die Abmachung, die er sehr wahrscheinlich mit ihm getroffen hatte. Alles verschwamm im Nebel wichtiger Beziehungen und dem wiederholten »Na, Kleiner«, »noch ein Streifchen Koks?«. Darum hatte ich zusehen müssen, wie er auf unerklärliche Weise immer reicher wurde, immer zum Feiern aufgelegt war, ein Vermögen für Kokain ausgab. Der Herr Kollege … Auf einmal fand ich es widerlich, wie er sich in den letzten Jahren für meine Dienste revanchiert hatte. Das Angebot, in seinem Apartment zu wohnen, das lächerliche Gehalt, das er mir zahlte.

Zwischen diesen trüben Gedanken schien die Sonne der Erkenntnis auf. Von dem Geld, das ich nun hatte, würde ich einige Jahre leben können. Wieder einmal würde ich mich umstellen müssen, doch diesmal bräuchte ich auf Genuss nicht zu verzichten. Über meinen guten Vorsatz legte sich das Aquariumsgurgeln, das Murmeln der gedämpften Gespräche und Besteckklappern. Hinter den Pflanzen tupften sich Frauen die Lippen mit Stoffservietten ab, wippten mit ihren hochhackigen Schuhen, lachten, verfolgten eine Haarlocke bis in den Nacken, entschuldigten sich, bevor sie auf die Toilette gingen. Im Gehen strichen sie sich die Hüften hinab über den schmalen Rock. Ich stellte meine persönliche Favoritinnenliste auf und beschloss, dass ich mich von nun an dem Genuss verschreiben wollte. Ein Hoch auf die Betrunkenheit. Noch einen Whisky. Diese netten fünf Minuten dümmlicher Glückseligkeit, in denen ich in Gedanken ganz bei ihren Körpern war, ihren Versprechungen, ich mich in sie verlieben und ihnen sanfte Worte entlocken wollte. Ich begehrte ihre Lügen und ihre Wahrheiten, ihr Lippenrot und ihre Knie und ihre Zungen, ihre Nichtigkeiten und ihre Verpflichtungen und ihre Geheimnisse. Doch auf einmal war da wieder diese Müdigkeit …

»Zufrieden?« fragte mich Trabal.

»Was kassierst du eigentlich bei der ganzen Sache?« fragte ich zurück.

»Natürlich sehr viel weniger als dein Freund Tortosa. Und als du. Vor allem ziehe ich daraus neue Erkenntnisse … Mein Wissensdurst und meine Neugierde sind mein Antrieb. Ich will alles sehen im Leben. Die niedrigsten Gräuel genauso wie die Kanäle der Macht.«

Mehr sagte er nicht, und vielleicht lag sogar ein wenig Wahrheit darin. Ein wenig.

»Und was ist aus deinem Leben geworden?« fragte ich ihn. »Man hat mir gesagt, nachdem Elena, na ja …«

»Gar nichts ist passiert. Es ist nichts passiert, weil ich nirgendwo war. Mein Territorium war das Reich des Versprechens, um es irgendwie zu sagen. Was hätte schon passieren sollen, dafür weiß ich zu viel. Über sie alle. Was ich schon wusste, was Elena mir erzählt hat und was ich hinterher herausgefunden habe …«

Ich konnte nicht anders, als weiter nachzubohren:

»Warum ist Elena nach Madrid gefahren? Was hatte sie mit dir zu tun?«

»Sie hatte Angst. Ihr wurde bewusst, dass sie zu viel wusste, da bekam sie Angst. Darum ist sie von zu Hause abgehauen. Erst da begriff sie, dass sie sich nicht entziehen konnte. Sie wusste, dass sie in Gefahr war. Dass alle, denen sie meinte, vertrauen zu können … Und, na ja, das habe ich niemandem erzählt, Fernando … Als Victoria und ich zusammen waren, entwickelte sich eine sehr enge Beziehung zwischen Elena und mir. Sie war das eigentliche Talent der Familie. Merkwürdig, selbstzerstörerisch, eine Magierin … Ich hatte einen Draht zu ihr. Wir hatten uns viel zu sagen. Darum bat sie mich auch um Hilfe …«

»Und jetzt kommst du her und bittest mich um Hilfe, als Gegenleistung für den Gefallen, den du mir erwiesen hast …« – war mein Gedanke. Der Grund war, dass ein Typ wie David Trabal solche Dinge nie ohne Hintergedanken erzählte. Ich musste ihn einfach in die Enge treiben …

»Als Elena also verschwunden war und du aus Madrid kamst, um uns zu sagen, dass sie in der Altstadt untergetaucht sei und so weiter, hielt sie sich in Wirklichkeit in deiner Wohnung auf. Es war alles eine Lüge.«

»Es war ein Spiel. Ich rechnete nicht damit, dass Victoria oder ihr Vater das Schicksal Elenas kümmerte, sie hatten schon genug am Hals mit diesem Ungarn, oder mit dem Dominoeffekt, zu dem es kommen würde, wenn der Ungar böse würde. So unglaubwürdig es erscheinen mag, es war alles ein Ablenkungsmanöver. Und Elena das Opfer.«

»Das Opfer, um die Schwester deines Gönners zu schützen.«

»Mein Gönner, du sagst es, ist ein hohes Tier und hatte dringendes Interesse daran, Elenas Aufenthaltsort zu erfahren. Und dass sie ihr Wissen, das ihr eigentlich gar nicht zustand, niemals irgendwem gegenüber durchsickern lassen würde.«

Wenn Trabal das alles wusste, warum hatte er es dann so eilig gehabt zuzugeben, dass der Schlüssel, den man in Elenas Tasche gefunden hatte, zu seiner Wohnung gehörte? Seine Version war nur schwer zu glauben. Mit gutem Willen konnte man es für eine dumme Lügengeschichte halten, die seine Scham darüber verbergen sollte, dass ein gewonnen geglaubtes Spiel in der Katastrophe geendet war. Unter dem Vorwand, zu Elena ein enges Verhältnis zu haben, wollte David Trabal Rafael Llinàs dazu bringen, dass er ihn für einen der ihren hielt und ihn nun endlich fördern würde. Nur leuchtete mir nicht ein, was den kulturliebenden Rafael Llinàs mit jenem grobschlächtigen und halbseidenen Sandor Szavost verbinden sollte.

»Das klingt für mich mehr nach Fiktion als nach Politik, Trabal.«

»Politik und Fiktion sind ein und dasselbe, Fernando.«

»Die Simulationen, ja, ja …«

»Nein, Fernando, es liegt an den ganzen Arschlöchern, die überall herumlaufen.«

Trabal bemerkte, dass er nicht weiter dumm daherreden konnte. Er setzte sich gerade auf, räusperte sich und nahm einen Schluck aus seinem Glas. Dann unterzog er den Brandy einem prüfenden Blick, roch daran, probierte einen weiteren Schluck. Er sagte:

»Ehrlich gesagt, glaube ich ganz und gar nicht, dass Elena an einer Überdosis gestorben ist. Sie war sehr nervös. Deine Freundin hingegen …«

»Welche Freundin?«

Trabal zeigte auf das Elsita-Püppchen, das auf dem Tisch lag. Ich stellte es auf. Spielte mit ihm vor Trabals Augen, ohne etwas zu sagen. Ich war versucht, sie ihm für seine Andeutung an den Kopf zu schlagen: Bei Elsa verstand ich keinen Spaß … Auf jeden Fall muss es für die Leute am Nebentisch ein seltsames Schauspiel gewesen sein, uns beide hier wortlos mit den Püppchen spielen zu sehen. Trabal nahm Elsita und setzte sie beherzt auf den Tisch, als wollte er sagen, »Genug damit, hier kennt man mich …« Dann sponn er seine Geschichte fort:

»Möglich ist es schon … Eine Weile lang steckten beide in ziemlichen Schwierigkeiten. Ich verstehe ja nichts von Drogen, aber Elena hat immer gesagt, Elsa strotze vor Leben. Sie war unersättlich, aber zäh. Ihr Problem war, dass sie sich nicht vor dem, was sie wusste, schützen konnte.«

Es stimmte, dass Elsa sich im letzten Jahr ihres Lebens zu dem geheimen Wissen über die Unterwelt, die Kloaken der Macht, die Schnittmengen zwischen Verbrechen und ehrbarer Politikerklasse hingezogen gefühlt hatte. Doch das alles änderte nichts an der Tatsache, dass ich Elsa in einem Hauseingang liegengelassen hatte, unter anderem weil sie ein paar Wochen zuvor, als ich sie von einer Bank hochhievte, mit blauen Lippen lostanzte. Daran war nichts zu ändern, ebenso wenig wie an der Tatsache, dass der Tod an allen Ecken und Enden über die Stadt herfiel. Die meisten Todesopfer gingen auf das Konto des allzu reinen Heroins, das die Afrikaner einschleusten. Seine Wirkung überforderte einfach die Konstitution der in der heimischen Szene herangewachsenen Junkies. Und so starben etliche, bis es endlich Aufklärung gab. Außerdem würde kein Mörder Elsas Leiche an einem Ort liegenlassen, wo sie jeder kannte und alle die Bewegungen von jedem verfolgten, an einem Ort, wo man niemandem eine Pistole auf die Brust zu setzen brauchte, damit er einem eine Geschichte erzählte. Elsa war ihrer selbst überdrüssig geworden. Elena auch. Beide gehorchten ihrer Liebe zur Theatralik, inszenierten ein Drama und zogen es bis zum Ende durch. Das ist alles. Der Rest, Politik und Fiktion, was auch immer. Ich hörte Trabals Worten weiter zu, als dieser schon eine Weile sprach:

»... es war ein Jammer. Ich gebe den Roman ab, er wird gedruckt. Irgendwer ganz oben liest ihn und sorgt dafür, dass er nicht verbreitet wird. Weitgehend jedenfalls... Niemand beachtete ihn. Und weißt du, was so merkwürdig, so paradox ist, Fernando? Obwohl es ein ziemlich gesellschaftskritischer Schlüsselroman ist, wusste ich damals nicht halb so viel wie heute. Heute zum Beispiel ... Wenn ich damals gewusst hätte, was ich heute weiß ...«

»Was weißt du denn heute?«

Trabal beachtete mich nicht:

»Wichtig ist vor allem, dass in dem Roman nicht steht, was ich weiß, sondern das, was ich tun muss. Hier. In *Die Seele des Herzens, das Herz der Seele*. Das ist fast prophetisch.«

»Habe ich leider nicht gelesen«, sagte ich, um irgendetwas zu sagen. Da riss er auf einmal die Augen auf, vielleicht, weil er sich daran erinnerte, wie er F. in seinem Meisterwerk behandelte. Abrupt wechselte er das Thema.

»Das bleibt alles unter uns, Fernando. Ich möchte nicht, dass irgendetwas von dem, was wir hier besprechen, publik wird. Aber ich muss einfach wissen, wie viel die anderen wissen. Und was du mir hier gesagt hast, zeigt mir, dass du viel weißt. Hat Elena dir etwas erzählt?«

»Ich habe nie mit Elena gesprochen. Ich habe sie noch nicht mal kennengelernt …«

Trabal setzte eine erhabene Miene auf. Eine Ernsthaftigkeit wie aus dem Katalog, Bürokratenernst. Ich bedauerte, dass jemand, der zu solcher Würde fähig war, auf einmal ohne Aufgabe dastand und seine Gabe nicht ausleben konnte. Er fragte mich:

»Weißt du, was der PAK ist, die Finca …?«

»Ein Zeitungschef hat mich einmal beschuldigt, ich sei von diesem PAK. Ich glaube sogar, dass sie mich verfolgt haben. Eine Tussi mit einem Kinderwagen …«

»Fernando, du brauchst nicht so zu tun, als wärst du überall mit dabei. Weißt du also, was der PAK ist, oder nicht?«

»Na schön, nein …«

»Verstehe …« – Was war da zu verstehen? – »Hör mir gut zu … Ich sage dir jetzt mehr oder weniger das, was ich herausgefunden habe. In der Übergangszeit zur Demokratie haben Mitglieder des Geheimdienstes von Polizei und Militär nach einigen schlechten Erfahrungen mit dem Staatsapparat eine eigene parallele Einheit gegründet. Vor allem, nachdem der Putschversuch vom 23. Februar an ihrer Glaubwürdigkeit gerührt hatte. Es gibt Beweise, dass das, was vordergründig ein Militärputsch war, in Wirklichkeit vom Geheimdienst inszeniert wurde, sozusagen als Impfung, um die Macht des Königs zu stärken und die Bevölkerung von der Macht des Staates zu überzeugen. Eine Simulation, lach jetzt nicht. Die Spionage, das Umlenken von Informationen, ist die wahre Kunst der neuen Zeit. Spionage als Seiltanz. Aber davon weiß die Masse nichts. Der Masse haben sie erzählt, der Geheimdienst sei in den entscheidenden Geschehnissen der Übergangszeit inkompetent gewesen. Es wurde ein Netzwerk aufgebaut, das dazu dienen sollte, falsche Informationen zu verbreiten. Schwarze Propaganda, oder graue oder weiß gewaschene, wie du willst. Das heißt also, Fernando, und das ist jetzt nicht Fiktion, dass viele Ereignisse in Wirklichkeit nie stattgefunden haben, dank der perfekten Verwaltung dieses Netzes. Ereignisse wie der Überfall auf die Zentralbank, ich weiß nicht, ob du dich daran erinnerst, haben nie stattgefunden …«

»Ich war dort und habe alles gesehen …«

»Was hast du gesehen, Fernando?«

In Wirklichkeit nichts. Dabei wusste ich sehr wohl, wen ich gesehen hatte.

»Ich weiß schon, dass ich von dir keine Antwort erwarten kann, aber war Victoria über all das auf dem Laufenden?«

»Über was?«

»Schon gut … Ich will es dir weitererklären. Ereignisse, die in Wirklichkeit nie stattgefunden haben. Falschmeldungen über angebliche Putschversuche, die Entführung von Melody … Das Netzwerk trägt den Namen PAK, beliebige Initialen, die nichts bedeuten. Mit den Jahren hat der PAK immer größere Macht errungen. Vielleicht ist das der Grund, warum er ständig seinen Namen ändern muss. Jetzt nennt er sich Finca … Frag mich nicht, warum, vielleicht weißt du es auch besser als ich. Jedenfalls haben sie eine irrsinnige Macht errungen. In diesen Zeiten, in denen es um Dinge wie die Herkunft der GAL, der Antiterroristischen Befreiungsgruppe, geht, steht es in ihrer Macht, erfundene, aber wahrhaftig erscheinende Beweise zu verknüpfen, Regierungsmitglieder und ihre Zuarbeiter mit dem Drogen- und Waffenhandel in Verbindung zu bringen … Vielleicht ist das die Wahrheit, vielleicht aber auch nicht. Und jetzt pass gut auf, meine Frage an dich lautet: Was hast du mit dem allen zu tun?«

Dieser Mann war verrückt geworden. Man musste ihm unverzüglich irgendeine Stelle in einem Museum besorgen. Ihn auf eine Spielwiese setzen … Ich antwortete mit einer Gegenfrage:

»Was meinst du?«

»Ach, Fernando, Fernando … Du stellst dich geschickt an, mir auszuweichen … Aber ich habe dich erwischt. Ich kannte die Handlung deiner japanischen Geschichten nicht. Und die ist sehr verdächtig. Ebenso das, was du hier heute erzählt hast. Diesmal kannst du nicht entkommen … Ich meine den Kern dieser Geschichten.«

»Der ist mein eigenes Leben. Mein wirkliches.«

»Ist ja gut …« Trabal lachte, er spielte wieder den Unbedarften. Aber dann fragte er mich wie beiläufig: »Weißt du eigentlich, wer Gaspar Pérez ist?«

»Nein …«

»Ein Geistesgestörter. Er hat ein Buch veröffentlicht …«

»Der auch?«

»Ja. Er ist ein total verrückter Typ, geradezu zwanghaft, er verschickt dieses Buch, das er auf eigene Kosten hat drucken lassen, an alle Leute in wichtigen Positionen. Nach irgendwelchen eigenen Kriterien entscheidet er, wer die Wahrheit erfahren soll, die er mit seiner verrückten Methode herausgefunden hat, alle möglichen konkreten und abstrakten Verbindungen zu ziehen und auf Kleinigkeiten zu achten, die für den Rest der Sterblichen nicht zu erkennen sind. Durch und durch ein Paranoiker. Manchmal bekommst du Anrufe von Leuten, die dich unter Gelächter fragen, ob du auch das Buch von Gaspar Pérez bekommen hast. Immerhin ist es eine ganz schöne Auszeichnung, wenn ein Mann mit einem Doktortitel in Physik, der über die telepathische Mafia forscht, beschließt, dass du zu den wichtigen Leuten gehörst. Gaspar Pérez ist nämlich Doktor der Physik und der Überzeugung, dass wir von einer telepathischen Mafia regiert werden …«

»Der PAK, was denn sonst.«

»Dazu kommen wir noch. Gaspar Pérez ist der Meinung, die Mafia würde von den Entscheidungen der Regierung bis hin zu den unseriösesten Werbespots und Fernsehsendungen alles infiltrieren … Alles. Er ist ein As im Analysieren eingeschleuster Codes. Aber er ist verrückt. Es muss 1981 gewesen sein, als er auf den Hauptdarsteller einer Serie losgegangen ist, die damals im Fernsehen lief. Er hat sich mit ihm in die Wolle gekriegt. Aber nicht, weil er ein schlechter Schauspieler gewesen war, sondern weil Pérez davon überzeugt war, dass dieser Mann ein Medium der psychologischen Mafia war. Jetzt pass auf. Ende der achtziger Jahre beschloss eine Produktionsfirma, die Serie nochmal groß im Kino rauszubringen. Wenige Tage nachdem der Film angelaufen war, brachte Gaspar Pérez den Schauspieler um. Einfach so. Mit zwei Schüssen. Zu seiner Verteidigung führte er die telepathische Mafia an, woraufhin man ihn in eine Irrenanstalt einlieferte. Dort hatte er mehr Zeit als genug, um seine Theorien weiterzuentwickeln, das Manuskript in eine Druckerei zu geben und das Buch an …« – Trabal zeichnete mit beiden Händen Anführungszeichen in die Luft – »… wichtige Leute zu schicken. Ich machte ein paar Anrufe und erfuhr so manches über das Leben dieses Mannes. Ich war drauf und dran, das Buch wegzuschmeißen, aber dann blätterte ich doch hinein und … Schließlich saß ich in der Küche auf dem Boden und konnte bis zur letzten Seite nicht aufhören zu lesen. Und dabei ist es ein dickes Buch. Aber da stehen Sachen über Leute drin, Bekannte wie Unbekannte … Du kommst zum Beispiel auch vor.«

»Ich?« fragte ich nach, mein Leser, als wäre ich verwundert. An den Ruhm gewöhnt man sich schnell.

»Ja, du. Und viele andere. Dieser Gaspar Pérez ist ein Verrückter, der endlos vor sich hin deliriert. Aber mitten aus den Delirien blitzen auf einmal Wahrheiten auf. Einige zumindest habe ich erkannt. Die Schwierigkeit besteht nämlich darin, Delirium / Lüge von Delirium / Wahrheit zu trennen. Man versucht, dahinterzukommen, aber am Ende weiß man nie … Und deine japanischen Geschichten und das eine oder andere von dem, was du heute erzählt hast, stehen in diesem Buch. Zum Beispiel *Der Wächter der Grenzen*. Woher kennst du diesen Pérez?«

»Guter Vorstoß, Trabal. Aber ich schwöre dir, dass ich bis zu diesem Augenblick noch nie von ihm gehört habe.«

Trabal kehrte daraufhin sein Intellektuellengesicht heraus und fuhr mit dem Verhör fort:

»Weißt du, wer Neyra ist?«

»**NE**ue Kühlschränke **Y** (u)nd **R**affzähne wirst du sehen, Dahinter **NE**pp **Y**nd **Ra**tten.«

»Nein …«

»Du hast ein Gesicht gemacht, als würdest du ihn kennen.«

»Ich kenne ihn aber nicht.«

»Theoretisch ist Neyra, José Felipe Neyra, ein Unternehmer mit einer sagenhaften Biographie. Aber es gibt Stimmen, die sagen, er sei nur eine Erfindung, ein allzeit verfügbarer Sündenbock …«

»Ein Prügelknabe, eine Puppe …«

»Eine Puppe ist das hier, Fernando …«, woraufhin Trabal ausgerechnet zu der Watman-Puppe griff: »Ich rede mit dir über ein wichtiges Thema … Derjenige, der sich hin und wieder irgendwo als Neyra vorstellt, ist niemand anderes als die Nummer 1 des PAK, Finca oder wie auch immer. Das Entscheidende kommt jetzt: Elena und ihre Freundin Elsa haben diesen Menschen, der sich Neyra nennt, kennengelernt, als sie mit diesem Sandor Szavost, Elenas Freund und Victorias Geschäftspartner, auf Korsika Ferien machten. Sandor Szavost ist ein Schmuggler. Und Neyra, die eigentliche Nummer eins der spanischen Spionage, vielleicht auch. Die Politiker haben es nicht nötig, sich auf illegale Weise zu bereichern. Sie verdienen schon genug mit dem Erlassen neuer Gesetze, auf deren mögliche Folgen niemand länger als fünf Minuten Aufmerksamkeit verwendet. Dazu die ganzen Kontakte, die Lobbyarbeit … Zumindest betrifft das die Mehrheit. Außerdem ist den meisten die Schattenwelt nicht geheuer. Und der PAK achtet genau darauf, dass diejenigen, zu deren Gunsten er agiert, davon nichts mitbekommen. Die Leute an der Spitze stoßen einen Wunsch aus, wie einen Seufzer, und dieser Seufzer setzt eine Kette an Befehlen in Gang … Und es sind viele, die sehr oft seufzen. Manchmal haben sie sich nicht laut genug bemerkbar gemacht, dann haben sie jetzt das Nachsehen. Der arme Gaspar Pérez hat, ohne es zu wollen, diesen Mechanismus durchschaut. Und du spielst darin eine bedeutende Rolle. Weißt du was, Fernando, morgen schicke ich dir das Buch. Eine Fotokopie, das Original will ich auf keinen Fall aus den Händen geben. Wie gesagt. Erschrick nicht beim Lesen. Lach nicht zu viel. Ich rufe dich wieder an, und wenn du willst, erzählst du mir, was du davon hältst. Sie bieten mir Geld und was weiß ich noch alles, dafür soll ich mit ein paar Informationen rausrücken. Was ich natürlich mit größtem Vergnügen tue. Sie sind viel stärker, als man meint. Und viel skrupelloser. Aber mir werden sie schon nichts anhaben, diese gerissenen Hunde … Außerdem weiß ich, dass PAK oder Finca, oder wie man diese Leute nennen will, die so gerne mit Zinnsoldaten spielen, gar nicht die eigentlich Wichtigen sind … Wichtig sind die Scharniere …«

»Die Scharniere?«

Trabal beugte sich nach vorne und führte nervös die Hände an den Fingerspitzen zusammen.

»Die Scharniere, Fernando, die Scharniere …«

Das waren Drohgebärden eines Emporkömmlings, der spürt, wie er in die Gosse zurückfällt. Victoria hatte mir einiges aus Trabals Vergangenheit erzählt. Vater Taxifahrer, Mutter davon überzeugt, ein Genie auf die Welt gebracht zu haben. Eltern, die für ihren einzigen Sohn alles gaben und sich um seine politischen Interessen sorgten. Spannungen, Streit, Abwendung … Kommt mir bekannt vor, alle erwarten von einem große Dinge, und um zu sich selbst zu finden, bleibt einem nichts anderes übrig, als sich von seinem eigenen Blut zu lösen.

»Wenn du das Buch gelesen hast, sag mir, was du davon hältst. Ich bin mir sicher, du wirst es kaum erwarten können, mit mir darüber zu reden und von mir noch mehr zu erfahren … Mögliche Dinge … Die Scharniere, Fernando …«

Trabal war davon überzeugt, da war nichts zu machen. Ich stopfte den Scheck in die Tasche. Der Maulwurf hatte fürs Erste Nahrung. Das war erst mal die Hauptsache.

Fast jedenfalls. Wir stritten uns, wer die Rechnung bezahlen durfte. Dann gingen wir nach draußen, und ich konnte mich nicht zurückhalten. Als er ins Taxi stieg, fragte ich ihn möglichst beiläufig:

»Weißt du etwas von Victoria?«

»Von Victoria Llinàs?«

Nein, von Victoria von Samotrake … Dieser Kerl hielt mich offenbar tatsächlich für dumm. Das war gefährlich. Ich warf ihm einen Blick zu, der ihm signalisieren sollte, dass auch ich gefährlich sein konnte. Bevor er die Wagentür schloss, sagte er:

»Hast du mich nach Victoria Llinàs oder nach Victoria Willard gefragt?« Nachdem er meine Verwirrtheit mit einem Lächeln quittiert hatte, ließ Trabal das Fenster des Taxis hinunter und redete weiter: »Sie ist nach Harvard gereist, um die Ausstellung vorzubereiten … diese Ausstellung, die ich konzipiert habe. Sie hat doch glatt angerufen, um mich zu fragen, ob ich mitmachen will, ob ich etwas brauche und so. Ich brauche dir nicht zu sagen, dass Victoria kein so gutes Händchen hat. Anders als ihr neuer Mann. Du hast ja gesehen, er hat den tieferen Sinn deiner Comics aufgespürt. Ich kann dir nicht sagen, ob das in Harvard Thema ihrer Gespräche ist … Mach dir nichts draus, Fernando. Und vor allem, denk an die Scharniere … Fahren Sie bitte los …«

Victoria hatte sich aus der Affäre gezogen. Trabals Taxi und seine vagen Versprechungen zogen ebenfalls davon, und durch die Rückscheibe konnte ich erkennen, wie er sich umdrehte und die Hände an den Fingerspitzen zusammenführte. Die Scharniere … Ein schwarz-weißer Klecks zwischen den zusammenführenden und auseinanderdriftenden blauen, silbrigen, weißen Klecksen, orange leuchtende Schluchten an einem Sommerabend, meine in den Himmel geschriebenen Geschichten.

Eine Woche ist vergangen seit meinem Treffen mit Trabal und den Japanern. Um mich herum herrscht falsche Harmonie, aus den Mündern, die zu ehrlichem Lachen unfähig sind, dringt nichts als ein unter Zynismus ersticktes Krächzen. Ich sitze vor einem Fernseher mit Riesenbildschirm und blicke aus dem Fenster auf eine leere Straßenkreuzung des Ensanche-Viertels, betäubt von dem Juli-Licht und der Eröffnungsfeier der Olympiade, die auf dem Bildschirm läuft. Die Olympiade ist auch der Anlass dieses Empfangs im Haus eines Modeschöpfers, der, wenn ich mich nicht täusche, die Marke »Scott Style« in Europa einführen soll. Neben Tortosa ist auch die Frau des Modeschöpfers anwesend, eine Argentinierin mit Hakennase, die ich von einer norwegischen Malerin fernhalten soll, auf die es Tortosa abgesehen hat. Die norwegische Künstlerin wiederum fühlt sich sichtlich unwohl. Sie ist peinlich berührt, weil Tortosa den Modeschöpfer mitten im Satz stehen lässt und vom Sofa aufsteht, als er entdeckt, wie ein stählerner Riese unter Beifallsrufen, Konfetti und dem Staunen der ganzen Welt das Olympiastadion durchquert. Nun ärgert er sich, dass er jemandem aus der Theatergruppe, die den Auftrag für diese Zirkusnummer bekommen hat, von seinen japanischen Erfahrungen erzählt hat. Er hüpft wie ein Rumpelstilzchen durchs Wohnzimmer, rot vor Zorn über die Worte des Fernsehmoderators:

»... wie Pindar in seinen *Olympischen Oden* schreibt, ist der Gott Herkules der Gründer der Spiele. Der Überlieferung nach ist er auch der Gründer Barcelonas. Ein glückliches Zusammentreffen, das wir dem vielseitigen Herkules zu verdanken haben. In diesem Augenblick ziehen Dutzende, als Flammen verkleidete Gestalten ins Stadion ein. Und aus Osten kommt – hören Sie den überwältigenden Applaus des Publikums – eine beeindruckende Figur aus Metall, die den griechischen Gott darstellt, sie wird von Radsportlern angetrieben, Athleten gehen neben ihr her. Die Theatergruppe, die uns dieses großartige Spektakel beschert hat, erklärt diese Figur so: ›Sie symbolisiert den Sieg des Lichts über die Dunkelheit. Den Kampf gegen das Böse. Ihr Leitmotiv ist der Tanz um die Sonne, denn der Tänzer hat immer recht. Der Tanz macht aus dem Koloss den ›Wächter der Grenze‹ ...«

Woraufhin Tortosa »Arschlöcher …« brüllt und sagt, dass das alles seine Idee gewesen sei. Eine der vielen Ideen, die man ihm im Lauf der Jahre geraubt habe. Vielleicht wollte er auch nur Druck ausüben, damit der Modeschöpfer von jeder Versuchung des Plagiats Abstand nahm. Jedenfalls nahm Torosa immer noch keine Notiz von mir, obwohl ich hier anwesend und der eigentliche Vater dieses monströsen Geschöpfs war, das den Menschen in aller Welt über Satelliten, Kabel und alle erdenkliche Kommunikationsnetze Freude brachte. Er hat sich schon zu sehr daran gewöhnt, dass ich alles mitmache. Trotzdem halte ich mich mehr denn je an ihn. Mittlerweile habe ich eine Wohnung gefunden und das Buch von Gaspar Pérez gelesen, das mir am Tag nach meiner Unterhaltung mit David Trabal ein Bote gebracht hatte. Ich habe *Die unberührbare Gesellschaft* von der ersten bis zur letzten Seite gelesen, und leider hat mich die Paranoia angesteckt. Derzeit halte ich es für ratsam, mich möglichst im nahen Umkreis der Person, die mir Schaden zufügen kann, aufzuhalten. Selbstverständlich weiß Toni Tortosa noch nichts über meine Entscheidung, was die Japaner betrifft. Nur Gaspar Pérez weiß alles.

Ich habe gesagt, dass im Jahr 1992 in Spanien 40324 Bücher erschienen sind. Das, welches ich letzte Woche mit gemischten Gefühlen gelesen habe, nicht mitgezählt. Es ist im Selbstverlag erschienen. Ein Lebenswerk, das weltumspannende Delirium eines Verrückten, der die These von der Existenz einer Allmacht aufstellt und dabei eine plausible Erklärung für die Unsichtbarkeit dieser Macht liefert. Mit anderen Worten, er spricht sich auf überraschende Weise für die Existenz eines Gottes aus. Diesen Gott nennt er die telepathische Mafia. Oder die Wissenden. Oder Unsere Freunde. Ein Gott, der Paranoia schürt. Ein Gott, der mit Vorliebe Informationen irreleitet. Ein Gott, der in einem bestimmten Moment ich bin, Fernando Atienza.

Gaspar Pérez leidet unter einer schweren Geistesstörung. Sein Gehirn ist nicht in der Lage, zwischen Wesentlichem und Nebensächlichem zu unterscheiden. Alles besitzt den gleichen und unumstößlichen Wert, alles belegt eine vollkommen überdrehte

Hypothese. Bei Gaspar Pérez sind alle Entdeckungen glückliche Funde im Kampf gegen das Bestreben der telepathischen Mafia, an einer Kryptogeschichte zu schreiben. Der Autor von *Die unberührbare Gesellschaft* ist nicht in der Lage, die Argumente so zu sortieren, dass ein logischer Schluss entstehen könnte. Stattdessen schlägt Pérez wild um sich …

Ich werde nun so gut es geht versuchen, einige von Pérez' Leitmotiven gebündelt darzustellen.

In einer Passage über sein Leben stellt sich Pérez als jemand vor, der in einer sehr unaufrichtigen Zeit groß geworden ist, unter der Knute einer streng katholischen, sehr reichen Familie. So oft, wie er in seinem Buch schreibt, dass er zu Bank gehen muss, um sich mit Mitteln für seine Forschungen zu versorgen, und aus einigen unnachahmlichen rhetorischen Schnörkeln möchte man schließen, dass er ein aus dem Gleichgewicht gebrachter Sohn eines Mitglieds des Opus Dei ist, der Priester hätte werden sollen, schließlich aber doch Physik studiert hat und nach einer atheistischen Phase nun panisch nach einem Gott sucht, der vielleicht weniger gefällig ist, aber besser zu ihm passt. Seine Erleuchtung beginnt mit dem tödlichen Attentat auf Admiral Carrero Blanco, rechte Hand und designierter Nachfolger Francisco Francos. Pérez fängt an, in den harmlosesten Fernsehsendungen oder Zeitungsartikeln Signale zu erkennen. Unter seinen Verdacht fallen vor allem die Fernsehclowns – in ihnen sieht er Agenten, die jenseits des Geheimdienstes wirken und Instrumente einer unfehlbaren, weltumspannenden Macht sind.

Als die Stadt Madrid Jahre später einem der Clowns, Fofó, eine Statue errichten ließ, suchte Pérez in der Nacht den Ort auf. Dort entdeckte er ein W, das er für ein mystisches Zeichen für Eingeweihte hielt. Gaspar Pérez sah auf einmal überall solche Ws, auf Häuserwänden, in den Logos einer kurzlebigen Partei, auf der Brust eines Werbemännchens im Fernsehen. Die mannigfaltigen Erscheinungsformen dieses Ws wurden der Antrieb seiner Nachforschungen, ihr roter Faden.

Irgendwie – und bei diesem Gedanken muss ich jedes Mal

lachen – unternahm der arme Gaspar Pérez dieselbe Reise, auf der ich durch meine lächerliche Existenz gestolpert bin, in die entgegengesetzte Richtung. Dabei stieß er auf folgende Namen: Fernando Atienza, Guillermo Catapulta, Carlos del Cravall. Und er war überall dort zur Stelle, wo das W war. Er entdeckte japanische Comics, in denen das W mit konkreten Botschaften belegt ist. Ebenso in amerikanischen Comics. Eine weltweite Verschwörung. Außerdem wurde er auf den Hit »Das schwierige Lied« von der Gruppe *Los Persuasoes* aufmerksam. Er wusste, dass sich der Sänger der Gruppe Carlos Aguirre nannte, eigentlich aber Martí Oliver hieß. Er nahm das Lied auseinander und entdeckte, dass die Intervalle das Wort Neyra bilden. Alle diese Namen hatte er schon gehört. Er wusste, dass Martí Oliver der Ideengeber einer Gruppe mit dem Namen AvantPop gewesen war, dass auch dieser Fernando Atienza dort mitgemacht und am Tag vor dem Konzert die Plakate mit einem riesigen W versehen hatte. Da erinnerte ich mich auf einmal an einen Mann mit Mundgeruch, der mich kurz vor meiner Bekanntschaft mit Victoria mit penetrant dummen Fragen belagert hatte. Gaspar Pérez sah noch einmal sein Archivmaterial über die Bürgerliche Liberale Partei durch, die dabei war, in der UCD aufzugehen, und während ihres kurzen Bestehens Guillermo Catapulta als Geschäftsführer gehabt hatte. Und tatsächlich, in einem der zahllosen Bücher, die tagtäglich über alle möglichen Themen erscheinen, vorzugsweise über die jüngsten Entwicklungen in unserem Land, entdeckte Pérez in einer Fußnote ohne Quellenangabe einen Hinweis auf eine Begebenheit, die damals als offenes Geheimnis gehandelt wurde. Sie betraf eine Anarchistengruppe, die Anfang der siebziger Jahre die franquistische Polizei an der Nase herumgeführt hatte, außerdem wurde in der Fußnote ein gewisser Boris Montcorbier erwähnt, der angeblich vom SECED infiltriert war. Als wahrscheinlichere Namen jenes Boris kämen Guillermo Montereau Montereau oder Guillermo Catapulta in Betracht.

Die Nachforschungen führten Gaspar Pérez weiter durch die unübersichtliche Informationslage in einem geheimniskrämerischen Land. In einem Buch über die Union des Demokratischen Zentrums (UCD) kommt als innenpolitischer Berater ein gewisser Guillermo Montereau während der Präsidentschaft Leopoldo Calvo Sotelos vor, dessen weiterer Werdegang, nachdem die Sozialisten an die Macht gekommen sind, nicht näher bekannt ist. Allerdings taucht er in der Anfangszeit der neuen Regierung als Verfasser eines internen Papiers zur Terrorismusbekämpfung auf. Dennoch, so zeigt Pérez, wird Kommandant Montereau in keiner der vielen Berichte über den Fall GAL erwähnt. Was von großer Bedeutung ist, so Pérez, da dieses plötzliche Auf- und Abtauchen meist ein sicheres Indiz für die Zugehörigkeit zu einer höheren Organisation ist, in deren Schoß der Betreffende von Zeit zu Zeit zurückkehrt, um neue Weisungen entgegenzunehmen. Typisch Gaspar Pérez …

Seinen Höhepunkt erfährt Pérez' Bücherschau bei seiner Lektüre eines dieser mit heißer Nadel gestrickten Titel, die keinerlei Substanz besitzen, sondern nichts weiter als Stilübungen in der alten Kunst des Pamphlets sind, in denen ein Autor sich dazu berufen fühlt, jemand anderen mehr oder weniger vordergründig durch den Dreck zu ziehen. Besagter Titel lautet *Das Raunen der Spione*. Autor ist Arturo Campanero, einer der bedeutendsten Publizisten Europas, Experte in Wahlkampagnen und Berater in Fragen der Inneren Sicherheit. In *Das Raunen der Spione* führt Campanero ein etwas unglaubwürdiges Abenteuer an, zu dem Oberstleutnant Montereau in den Libanon aufgebrochen war. Das libanesische Abenteuer selbst interessiert nur am Rande. Entscheidend daran sind für Pérez (und für mich) die Unterredungen, die in den Wartesälen am Flughafen und auf der Fahrt über staubige und von Kämpfen erschütterte Straßen zu dem Revolutionscamp geführt wurden. Pérez zieht aus diesen Gesprächen den Schluss, der Autor Campanero müsse eine offene Rechnung mit Montereau haben (dessen bin ich mir sicher). Campanero behauptet, Montereau habe ihm Folgendes mitgeteilt: dass er dank seines beharrlichen Nachbohrens ein perfektes System von Spionage und Gegenspionage aufgedeckt habe. Ein Aussteiger aus der Marseiller Mafia habe ihm gestanden, dass die kriminelle Organisation seit Ende der fünziger Jahre in Spanien an Boden gewinne, ohne dass irgendetwas davon jemals an die Öffentlichkeit gelangt sei. So konnten sie eine Reihe überaus wirkungsvoller Morde durchführen, die nie aufgeklärt wurden aufgrund der einfachen Tatsache, dass es sie gar nicht gab. Jahrelang hätte die französische Polizei, die spanische Polizei und Interpol nach Verbrechern gesucht, die zwar als solche bekannt, aber niemals greifbar gewesen waren (wie die Illusionsinsekten, hätte ich hinzufügen können). Zufälligerweise, so Oberstleutnant Montereau weiter, habe er vor Jahren mitgehört, wie jemand über einen dieser Morde redete. Vollkommen unbedarft versicherte er, eine Leiche gesehen zu haben, die im Hafen von Barcelona auf dem Wasser trieb. Montereau fragte nach, woraufhin der Mann, ein reuiger Mafioso, ihm von mehreren Fällen »erfundener Morde« erzählte, in Barcelona, Málaga, Cádiz, Palma de Mallorca … Interessanterweise kam aus Marseille nie eine Weisung, wie diese Person beschaffen sein sollte. Die Weisung lautete einfach, eine Person zu erfinden. Oder besser, jemanden wiederzubeleben. Jemanden, von dem der Verantwortliche, und nur er, sicher wusste, dass er tot war. Faszinierenderweise stimmten alle Verbrechensmuster überein. Montereau lief bei solchen Aktionen zu Hochform auf.

Campanero erklärte nun, dass es ihn keineswegs überraschte, dass ein gewisser José Felipe Neyra nach dem Verschwinden Montereaus aus dem geheimen Organigramm mit den Schiebereien Al-Kassars und Sandor Szavosts in Verbindung gebracht wurde. Campanero vertritt die Ansicht, dass Oberstleutnant Montereau sich in seinen eigenen Phantastereien verloren hat. Gaspar Pérez ist anderer Meinung: Er glaubt, dass Montereau diesen höheren Kreisen angehört und auf irgendeine Weise den Dilettanten Campanero mit falschen Informationen in die Irre geführt hat. Den wahrhaftigen Neyra spürt er in »Das schwierige Lied« auf.

Und in Elenas Gedichten.

NEYRA. Den, den ich für eine leere Hülle hielt, mein Leser, warst du. Du bist es gewesen, der Elena kennengelernt hat, »der unsichtbare Mann, der mich vögelte, umgeben von blauen Fliesen«. Du hast dich im Keller verborgen gehalten. Du warst der Watussi in seinen verschiedenen Gestalten und bist zu meinem Schatten geworden. Und ich war auf eine Weise deiner. Ich war Elsas Freund, ich habe dich beim Überfall auf die Zentralbank gesehen und Alarm geschlagen, als ich einen Artikel über den Fall Scott las. Die Gesellschaft hat sich verändert, aber einen Fortschritt erzielt hat nur die formale Freiheit, die Spontaneität, das Unkontrollierbare. Natürlich bist du nicht unfehlbar, niemand ist das. Nur Schicksalsschläge. Ich habe und ich werde mich immer weigern, an ein Schattenreich zu glauben. Real ist nur der Kleingeist, mein Leser, und Nachlässigkeit und Gewalt. Der Kommerz. Entweder wolltest du es nicht einsehen, oder du hast vergessen, dass man die Angst besiegen muss.

Die Angst hat endgültig den Sieg über meinen Geist errungen, nachdem ich dieses Buch *Die unberührbare Gesellschaft* gelesen hatte. Ich habe mir eine andere Wohnung genommen, um nicht mehr David Trabals Anrufe ertragen zu müssen, der unbedingt von mir wissen wollte, was ich von Gaspar Pérez' Werk hielt und ob Toni Tortosa meine Zugehörigkeit zu diesem Geheimdienst hinnehmen würde. Doch mein früherer Förderer wusste nicht, wo ich mich aufhielt. Außerdem hat man mir später erzählt, dass er gar nicht viel Zeit hatte, sich zu wundern, da ihm das Finanzamt auf den Fersen war und er sich ins Ausland abgesetzt hatte. Man erzählte mir auch, dass er nicht die besten Worte für mich übrighatte.

Ich ging aus meiner neuen Wohnung, blickte nach links und rechts und sah niemanden. Niemanden weit und breit. Ich war allein, mutterseelenallein mit meiner Angst. Und mit Geld. Und mit mir, so wie ich war.

Anfang 1993 versöhnte ich mich mit meiner Familie.

Es gab keine Freudentränen am Telefon. Nüchtern lud mich meine Mutter für Sonntag zum Mittagessen ein. Dort saßen sie dann, kein Überschwang, doch den Tisch hatten sie so vollgeladen, als wollten sie mir vorführen, was ich in all den Jahren verpasst hatte. Meine Mutter und Carmelo hatten ihren bereits halbwüchsigen Kindern erzählt, ich hätte in Argentinien gelebt. Ich erzählte aus dem Stegreif etwas von irgendwelchen beruflichen Aufgaben dort, unter dem verächtlichen Blick meiner Mutter, die meine Rückkehr allein nicht milde stimmte. Das Wunderkind kommt mit zu Boden gerichtetem Blick nach Hause, fällt auf die Knie und bittet um Gnade. Auch die bereits halbwüchsigen Kinder brachen nicht gerade in Begeisterung aus. Entgegen meinen Hoffnungen trugen sie mich nicht im Herzen. Sie hatten überhaupt keine Vorstellung von mir. Gracia, die mich früher, so meine Erinnerung, angelächelt und vollgesabbert hatte, musterte meine Kleidung und verkniff sich einen Kommentar. Francisco José, den ich kaum kannte und den ich wegen seiner in sich gekehrten Art bis heute kaum kenne, trug noch immer die Münze um den Hals, die ich ihm zur Taufe geschenkt hatte. Ich bat ihn, sie mir zu zeigen. Sie hatten über mein 15. 8. 71 sein Geburtsdatum eingraviert. Ihnen sagte das Datum nichts. Ich begrüßte meine Mischlingsschwester, woraufhin sie sich gut erzogen als Marta Fernanda vorstellte. Ihre Eltern warfen ihr einen stechenden Blick zu, und von da an nannte sie sich nur noch Marta. Carmelo rief mir ein »Alles paletti?« entgegen, und das von nun an jedes Mal, das ich sie besuchen ging. In den nächsten Monaten suchte ich ihre Gesellschaft sehr. In stiller Eintracht – was nach meinen Geisteranrufen kaum zu glauben war – saßen wir mit einem Teller Gebäck auf dem Sofa, hörten Radio oder sahen fern. Als eine, die zu den Gewinnern gehörte, ließ meine Mutter sich von der aggressiven Stimmung der Zeit mitreißen. Für sie war die salbungsvolle Rhetorik unserer führenden Politiker, egal aus welchem Lager, entzaubert, sie glaubte nicht mehr an ihre Versprechen, sondern war nun erklärter Fan der hitzigen Gesprächsrunden, die zu jeder Tages- und Nachtzeit in den Medien gesendet wurden. Da keiner von uns beiden persönliche Themen anschneiden wollte, entlud sie ihre unausgesprochene Klage über meinen Lebenswandel bei unverfänglichen Sachthemen, die die Politik gerade umtrieben. Jedes Mal erzählte sie mir von den empörenden Neuigkeiten, die sie auf dem Weg zur Arbeit im Auto gehört hatte …

»Du fährst Auto, Flora?

»Aber natürlich.«

Kein Wort, das über die Korruptheit der Mächtigen hinausging, über die Brillantheit dieser präpotenten Gesprächsrundenteilnehmer und ihren reißerischen Behauptungen, kein Schuldeingeständnis, dass sie mich damals diesen Pappnasen ausgeliefert hatte, den Del Protzos und Del Cravalls. Während die Gesprächswogen hochgingen und das Beistelltischchen mit dem Teegebäck wankte, sah ich in ihr gealtertes Gesicht, sah ihre tiefe Erschöpfung, die sie mit ihrer energischen Art zu überspielen versuchte. Die schwere Zeit in der Barackensiedlung war eine Erfahrung, die sie nicht leugnen konnte. Meine Gefühle mochten abgestumpft sein, sie jedoch zeigte mir überhaupt keine Zuwendung. So weit meine Gedanken …

Eines Morgens fühlte sich meine Mutter in ihrem Büro bei *Barnabooth Products* unwohl, sie wurde auf dem Weg zur Toilette ohnmächtig, und ihre Kollegen rieten ihr, sofort einen Arzt aufzusuchen. Doch sie entschied sich, erst mal nach Hause zu gehen und mich anzurufen, damit ich ihr Gesellschaft leistete. Ich hatte ihr gesagt, ich arbeite für eine italienische Kunstzeitschrift und könne viel von zu Hause aus machen, sodass ich jederzeit für sie da sein könne. Bei meiner Ankunft empfing mich ein weißes Gesicht, das aus einer Decke herausschaute. Doch ihr Blick, der aufmerksam auf den Fernseher gerichtet war, sprühte Funken:

»Wie fühlst du dich, Flora?«

Sie überging meine Frage und sagte, gefüttert mit Information:

»Du kannst dir nicht vorstellen, was passiert ist. Amparo Lazaga, die Moderatorin der Sendung, die ich immer beim Aufstehen höre, ist heute Morgen nicht im Sender erschienen. In den letzten Tagen haben sie Meldungen gebracht … Ein ganzer Ring von Drogen- und Waffenhändlern ist aufgeflogen … Und sie kommt einfach nicht. Heute Morgen habe ich nur Musik gehört und gedacht, Carmelo wäre schuld, dass er irgendwo rumgeschraubt und den Empfänger kaputtgemacht hat … Die Leute vom Radio haben sogar bei ihr zu Hause angerufen, aber sie war nicht da. In den Krankenhäusern ist sie auch nicht. Sie ist verschwunden. Und dann haben sie die ganzen wichtigen Typen im Radio befragt: Luis del Olmo, José María García, alle eben … Einige haben gesagt, die ETA hätte sie entführt, andere meinen, irgendein Waffenhändler mit einer Villa an der Küste hätte sie ermorden lassen. Natürlich gibt es auch solche, die sagen, diese Amparito würde bei ihrem Verdienst doch in Geld schwimmen. Und dass der CESID dahinterstehen könnte, oder der israelische Geheimdienst, dieser MOSSAD, weil sie den Palästinensern Geld gespendet hat. Bis die Aufregung sich gelegt hat, waren die Leute sehr nervös, ziemlich sogar, denn dieser David Trabal, der sich am besten in diesen alten Geschichten auskennt, war auch verschwunden. Sie haben Angst, das ist unübersehbar … Als ich nach Hause kam, habe ich das alles gesehen und gedacht, was muss noch alles passieren, damit die Leute nicht immer weiter schweigen.«

»Aber, wie geht's dir?« Abgesehen von dieser verstörenden Wahnhaftigkeit, mit der meine Mutter in das Chaos der Zeit eintauchte, war ich natürlich verwirrt, aus ihrem Mund den Namen Trabal zu hören.

Doch meine Mutter ignorierte mich. Sie wollte einfach nur einen Zuhörer, dem sie das, was als »Fall Amparito« in die Annalen eingehen sollte, berichten konnte.

»Sie haben gesagt, Amparo Lazago und David Trabal sind Opfer dieser irrsinnigen Zeiten, in denen über alles Stillschweigen gebreitet, alles unter den Teppich gekehrt wird, in denen wir das Scheitern einer Demokratieform erleben. Aber das Beste kommt noch: Als bereits die halbe Regierung, Zeitungschefs, einfach alle, auf den Plan gerufen waren, kommt Amparito mit der Polizei daher. Und zwar aus dem gegenüberliegenden Hotel. Sie behauptete einfach, sie hätte etwas sehr Wichtiges recherchiert, als auf einmal die Polizei in der Tür stand und ihren Interviewpartner festnehmen wollte. Doch sie hätte sich mit ihnen einigen können. Und dann hat sie noch berichtet, dass David Trabal in derselben Nacht zu Hause einen Herzanfall erlitten hat und ins Krankenhaus eingeliefert worden ist. Wer kann diese Farce noch ertragen? Manche Medien waren mit dieser Version auch nicht zufrieden und verbreiteten sofort die Meldung, dieser Trabal hätte die Nacht mit Amparito verbracht, und der Tod hätte ihn bei, du weißt schon, ereilt … Sie waren zusammen gewesen. Im Bett. Und natürlich haben sie was miteinander gehabt …«

»Die Scharniere, die Scharniere …!« rief ich aus. »Die Scharniere sind an allem schuld. Die Doppelmoral, die Doppelpersönlichkeiten …«

»Ich glaube, ich sollte eher dich fragen, wie es *dir* geht …« Meine Mutter blickte wieder auf den Fernseher und kam zu dem unumstößlichen Fazit: »Sie haben ihn erledigt. Diesen Trabal. Dabei hat er doch die Wahrheit gesagt. Sie haben ihn trotzdem erledigt …«

»Ach was. Der ist wirklich an einem Infarkt gestorben. Der war doch ein Stecher. Hatte nichts anders im Kopf …«, redete ich klug daher. Und um meine Mutter zu beeindrucken und in ihren Augen Ansehen zu gewinnen: »Ich kannte Trabal. Ein schrecklicher Idiot …«, sagte ich und flehte Gaspar Pérez bei Gott an, er möge wirklich an einem Herzanfall gestorben sein. Denn wenn Trabal mit einem dümmlichen Lächeln auf den Lippen gestorben war, verzückt von der Liebeskunst der entfesselten Amparito, dann waren Elsa und Elena erst recht in einer ehrenvolleren Schlacht gefallen. Das war für mich das Einzige, was Geltung hatte. Trotzdem sagte ich: »Was wollen diese ganzen Idioten, die sich vor die Kamera stellen und irgendetwas von finsteren Mächten und einer lenkenden Hand faseln? Dem dummen Volk was zu fressen hinwerfen und ein noch pralleres Konto und noch mehr Einfluss. Und wir dürfen uns alle noch viel weiser fühlen, klar. Da ist einer, der hinter allem steckt, und wenn du dem Faden nachgehst, gelangst du zum Herrscher über den Mars, der von seinem UFO aus dem Ministerpräsidenten Befehle erteilt. Glaub mir, Flora, ich habe die alle kennengelernt, ihr einziges Geheimnis besteht darin, wie sie es hinkriegen, trotz ihrer Dummheit nicht zum Ausbessern von Landstraßen abkommandiert zu werden.«

»Wen meinst du denn mit dummem Volk, etwa auch mich?« fragte Flora.

Ich glaube, nichts in der Welt konnte sie mehr kränken. Abgesehen davon, dass ich mich ziemlich arrogant aufgespielt hatte, hatte ich unsere stille Übereinkunft gebrochen, meine Vergangenheit nicht anzusprechen. Sie richtete kein Wort mehr an mich, bis Carmelo kam und ich ankündigte, dass ich nun gehen würde. Sie verabschiedete sich nicht. Bei meinem nächsten Besuch schob sie irgendeine Entschuldigung vor, warum sie nun leider gehen müsse. Plötzlich nach all den Jahren fühlte ich mich zurückgewiesen und ziemlich dumm. Doch das schlug schon bald in Kränkung und Stolz um. Ich hatte nichts mit diesen Leuten zu tun, mit diesen wahren Illusionsinsekten, die nicht zu greifen waren. Ich hatte mit Mühe gelernt, was Freiheit ist, und sah mich jetzt gedemütigt. Wir würden schon sehen … Eines Nachts lernte ich ein ausgeflipptes Mädchen mit langen Beinen und einem vielversprechenden Körper kennen. Umnebelt von Alkohol und Kokain fielen alle Entscheidungen leicht. Ich zog zu ihr, und nach drei Monaten verliebte sie sich in einen kolumbianischen Discjockey. Ich fühlte mich weder verletzt noch zurückgesetzt, denn ich hatte noch japanisches Geld, und das war meine beste Gesellschaft. Ich stürzte mich ins Nachtleben wie nie zuvor in meinem Leben, war kalt und ziellos. Ich hing in Spelunken herum, in denen der Morgen draußen auf der Straße als Zumutung erscheint und fertige Gestalten nur den Wunsch haben, dass es bald wieder Abend werde. Wenn man sich so gehenlässt, kann man nur schwer einen klaren Gedanken fassen, erst recht, wenn man anfängt, Stimmen zu hören, und unter dem Bett und den Sesseln nach Verstecktem, nach der geheimen, einen wieder heimsuchenden Geschichte sucht. Man bekommt einen Schreck, wenn man in einer Bar an der Theke zusammenbricht und die Sanitäter im Krankenhaus einen schon kennen. Das Höchstmaß an Schrecken ist dann erreicht, wenn man nach drei Tagen ziellosen Herumirrens in die eigene Bruchbude zurückkehrt und überall an den Wänden Ws entdeckt. Man geht ins Hotel, wo man die nächsten drei Nächte durchschläft und sich einredet, dass es nicht wahr sein kann, was man gesehen hat. Dann kehrt man wohl oder übel an den Ort des Schreckens zurück. Die Ws sind immer noch da. Man schließt Türen und Fenster, um den Sommer auszusperren, doch im Schein eines Feuerzeugs liest man:

> So zu sterben,
> wie ich sie eines Tages sterben sah,
> meine Freunde, deren funkelnde Blicke
> meine dunkle Jugend mit Licht erfüllt haben.
> Mutige und tiefgründige
> Tänzer in der Schlacht.

Schließlich ruft man seine Mutter an, und sie fragt einen, warum man umgezogen ist. Darauf sagt man seiner Mutter etwas, das man zutiefst bereuen wird, dass man Hilfe braucht, dass man zu ihr ziehen will. Woraufhin die Mutter einem nur antwortet, man solle wieder anrufen, wenn man erwachsen geworden sei. Dass sie es nicht ertrage, zuzusehen, wie man die Familie zerstöre.

Am Anfang dachte ich, meine Mutter hat recht. Auf nichts, was ich im Leben gemacht hatte, konnte ich stolz sein. Ich hätte mich gar nicht erst auf diese Abenteuer einlassen dürfen. Aber ich hatte doch nicht absehen können, dass es so schlimm kommen würde.

Die Talfahrt ging weiter. Als ich nach Hause kam, hämmerte ein Nachbar in Begleitung eines Polizisten wie wild auf meine Wohnungstür ein. Als sie mich die Treppe hochkommen sahen, wunderten sie sich. Durch meine Wohnungstür hindurch dröhnte Musik in voller Lautstärke. »Das schwierige Lied« in einer Endlosschleife. In ihren Blicken war kein Mitleid, als ich eine Erklärung abgab. Jemand ging in meiner Wohnung ein und aus und erlaubt sich einen Spaß mit mir. Woher kamen diese Ws? Diese Unordnung? Dieser Schmutz? Und Sie? Was bilden Sie sich ein? … Nach einem Monat lassen sie einen wieder frei. Wieder ein Wechsel des Wohnorts mit seinen unvermeidbaren Begleiterscheinungen. Kaum hat man das Telefon angeschlossen, rufen sie einen an und legen auf, rufen an und legen auf. Endlich sagt einer was. Ein Vertreter von *Top Security* bestellt dich irgendwohin, wo du dem bekannten Bankier Ernesto del Pistacho an einem Heiligedreikönigsmorgen im Vergnügungspark am Tibidabo persönlich die Hand geben sollst. Dort gibt ein Typ namens Javier Trueta bei dir einen Bericht über eine Person in Auftrag, die nicht existiert. Was habe ich zu verlieren?

Ich habe etwas zu verlieren, mein Leser. Vieles sogar.

Während meiner Arbeit an diesem Bericht nämlich, als die tiefen Saiten des Klaviers für mich nur vom Tod erzählten, erklang auf einmal eine andere Melodie, etwas, das mich von meiner Angst befreite. Meine Rettung war dieser Bericht. Er war unumgänglich, das machte ihn real. Er hat mich der Realität zurückgebracht, mein Leser. Auch wenn meine Mutter ein falsches Bild von mir mit ins Grab nehmen wird, da es ihr, wie fast allen heutzutage, an Ernsthaftigkeit fehlte, wird niemand abstreiten können, dass sie mich als Menschen anerkannt hat.

Das liegt auch an meiner Taktik, an meinen geschickten Schachzügen.

Seit du mich nämlich mit dem Bericht über jemanden beauftragt hast, den es nie gegeben hat, wenn nicht du selbst es bist, habe ich angefangen, Fragen zu stellen, unbeeindruckt davon, dass man mich verfolgte und auch mir Fragen stellte. Ich habe die Routen der Nacht kennengelernt, diese besondere Klientel, die von einer Drogenhöhle zur nächsten wandert. Und von der Drogenhöhle aufs Polizeirevier. Erst als ich aufhörte zu fragen und mich verhielt wie der vermutliche Neyra, haben sie mich mit Neyra selbst verwechselt.

Endlich erschien in einer Zeitung die Meldung:

»JOSÉ F. NEYRA, DAS FEHLENDE GLIED«.

Nicht gerade ein hymnischer Titel. Auf dem Foto erzählt Trueta mir meine Lebensgeschichte und erteilt mir den Auftrag, mich zu suchen. Ich weiß nicht, wie und wann dieses Foto von mir aufgenommen wurde, und auch nicht, ob Trueta noch einer der euren ist, oder der anderen, oder was auch immer.

In dem Artikel werden Bedenken über mein Tun laut. Mein Treiben erregt Furcht.

Ich bin erleichtert, dass ich keine Angst mehr habe, dass ich begriffen habe, das das Leben eine einzige, vergebliche Anstrengung ist, diese Angst zu bekämpfen. Dass dieser Kampf großartig sein kann. Noch immer sehe ich den humpelnden Zigeunerjungen vor mir tanzen. Meine Schwester Marta sieht mich vom Beifahrersitz aus noch immer wie ein Monster an. Aus dem BMW, der an der Ecke in zweiter Reihe parkt, blicken mich die Männer wütend an. Mir geht das abschließende Geständnis meines Berichts durch den Kopf, den ich gestern Nacht beendet habe, während in den Augen meiner Mutter ein Fünkchen Mitleid aufschien. Jetzt ist alles gut. Marta begleitet mich zu einem Briefkasten. Ich will die Pakete, meinen Bericht in mehreren Ausführungen an verschiedene Zeitungen und einige Verlage schicken. Anschließend werde ich Marta nach Hause bringen. Und dann, wie heißt es noch im Märchen, wenn ich nicht gestorben bin, so lebe ich noch heute.

»Also, Marta, sag schon, hast du Rhythmusgefühl oder nicht?«

Um mich nicht allzu unglücklich zu machen, schlägt Marta wieder aufs Armaturenbrett. Am Anfang lustlos, dann immer engagierter, schließlich vollkommen besessen. Schlag, Gegenschlag. Ihr Körper macht es wie von allein. Sie hat also Rhythmusgefühl.

Ich fahre los. Teile ihr mit, dass wir noch etwas zu erledigen haben, bevor wir nach Hause fahren. Auf dem Weg wolle ich ihr eine Geschichte erzählen, etwas, das ich erlebt habe, als ich mehr oder weniger so alt war wie sie jetzt. Ich erzähle ihr von zwei Jungen, kurz vor dem Erwachsenwerden, die am 15. August 1971 an einer Hafenmole angeln. Sie angeln, ohne Aussicht auf einen Fang, weil sie nichts oder weil sie alles wissen. Sie angeln einfach um des Angelns willen, so wie man einfach so eine Geschichte erzählt. Und weil sie nichts haben, haben sie noch nicht mal einen Köder. Diese Jungen erleben kurz darauf bewegende und gefährliche Abenteuer. Und am Ende des Tages, als schon der neue Tag anbricht, kehren sie an denselben Ort zurück. Unten im Wasser treibt, wie ein Meerestier, der Körper eines Menschen. Man hat ihn geschoren, Schuhe und Hosen ausgezogen. Nur die Jacke haben sie ihm gelassen, auf dem Rücken aufgenäht der Schriftzug Watussi '65 und ein W.

Da haben sie nun ihren Köder. Einen besseren Köder gibt es nicht.

Jordi Puntí
Erhöhte Temperatur

Deutsch von Theres Moser
Gebunden

Die Protagonisten in den sechs Erzählungen des jungen katalanischen Autors Jordi Puntí benehmen sich in Liebesangelegenheiten alle genauso idiotisch und unreif wie die meisten von uns. Doch was vertraut klingen mag, ist bei Puntí neu und wie ein schwelender Vulkan: Mit einer Ironie und einer großen Sympathie für die Schwächen seiner Protagonisten lässt Puntí seine Figuren agieren und erzählt so in einer wunderbaren Sprache, was passieren kann, wenn die Liebe zu Ende geht. Es ist wie im Bekanntenkreis: Man fiebert mit, möchte gute Ratschläge geben und weiß doch, dass jeder seine Fehler selbst machen muss. Ein Buch über Lust und Frust und große Gefühle.